U0516524

全宋词

（简体增订本）四

唐圭璋 编纂 王仲闻 参订 孔凡礼 补辑

中华书局

目　次

第　四　册

张　潞

潞字东之,永新人。牧昭州。有张昭州集,今不传。

祝英台近　木犀

宝熏浓,云幄重,琼叶丽金蕊。黛绿蜂黄,秋态未憔悴。绣帘深院黄昏,著香无处,人欲睡、为花重起。　　月如水。别有天外楼台,玲珑异尘世。翠袖生寒,只欠素娥倚。何如倩取西风,吹将归去,为添在、广寒宫里。阳春白雪卷八

崔与之

与之字正子,广州人。生于绍兴二十八年(1158)。绍熙四年(1193)进士。累官秘书监、权工部侍郎,出知成都府,进本路安抚使。又为广东路经略安抚使、兼知广州,拜参知政事、右丞相,皆力辞,以观文殿大学士致仕,封南海郡公。嘉熙三年(1239)卒,年八十二,谥清献。有诗文集。

水调歌头　题剑阁

万里云间戍,立马剑门关。乱山极目无际,直北是长安。人苦百年涂炭,鬼哭三边锋镝,天道久应还。手写留屯奏,炯炯寸心丹。

对青灯,搔白髮,漏声残。老来勋业未就,妨却一身闲。梅岭绿

阴青子,蒲涧清泉白石,怪我旧盟寒。烽火平安夜,归梦到家山。

贺新郎 寿转运使赵公汝燧

雨过云容扫。使星明、德星高揭,福星旁照。槐屋犹暄梅正熟,最
是清和景好。望金节、云间缥缈。和气如春清似水,漾恩波、沾渥
天南道。晨鹊噪,有佳报。　　天家黄纸除书到。便归来、升华天
下,安边养浩。好是六逢初度日,碧落笙歌会早。遍西郡、欢声多
少。人道菊坡新酝美,把一觞、满酌歌难老。瓜样大,安期枣。以上
二首见崔清献公集卷五

吴　琚

　　琚字居父,号云壑,汴(今河南省开封)人。宋高宗吴皇后之侄。
乾道九年(1173),特授添差临安府通判,历尚书郎,除知明州、兼沿海制
置使,寻知邓州,再知庆元。庆元二年(1196),以镇安节度使留守建康,
嘉泰二年(1202)迁少保。卒谥忠惠。有云壑集。

念奴娇 题浮玉石簿山

我来浮玉,似凭陵沧海,蹑金鳌背。又若骑鲸游汗漫,飞入八荒之
外。钟鼓传声,楼台倒影,不类人间世。徘徊吟眺,恨无陶谢酬对。
　　今古潮落潮生,问英雄多少,与江俱逝。直欲乘风归阆苑,疑
是三生习气。未办鱼蓑,先盟鸥鹭,奈卜邻无地。从今清夜,梦魂
应绕空翠。嘉定镇江志卷二十一

柳梢青 元月立春

彩仗鞭春。鹅毛飞管,斗柄回寅。拂面东风,虽然料峭,毕竟寒轻。
　　戴花折柳心情。怎捱得、元宵放灯。不是今朝,有些残雪,先

去踏青。阳春白雪卷二

浪　淘　沙

云叶弄轻阴。屋角鸠鸣。青梅著子欲生仁。冷落江天寒食雨,花事关情。　　　池馆昼盈盈。人醉寒轻。一川芳草只销凝。时有入帘新燕子,明日清明。

又

岸柳可藏鸦。路转溪斜。忘机鸥鹭立汀沙。咫尺钟山迷望眼,一半云遮。　　　临水整乌纱。两鬓苍华。故乡心事在天涯。几日不来春便老,开尽桃花。以上二首见阳春白雪卷四

水　龙　吟

紫皇高宴萧台,双成戏击琼包碎。何人为把,银河水翦,甲兵都洗。玉样乾坤,八荒同色,了无尘翳。喜冰销太液,暖融鸡鹊,端门晓、班初退。　　　圣主忧民深意。转鸿钧、满天和气。太平有象,三宫二圣,万年千岁。双玉杯深,五云楼迥,不妨频醉。细看来、不是飞花,片片是、丰年瑞。

醉　江　月

玉虹遥挂,望青山隐隐,一眉如抹。忽觉天风吹海立,好似春霆初发。白马凌空,琼鳌驾水,日夜朝天阙。飞龙舞凤,郁葱环拱吴越。　　　此景天下应无,东南形胜,伟观真奇绝。好是吴儿飞彩帜,蹴起一江秋雪。黄屋天临,水犀云拥,看击中流楫。晚来波静,海门飞上明月。以上二首见武林旧事卷七

存　目　词

历代诗馀卷五有吴琚点绛唇"憔悴天涯"一首,乃赵彦端所作,见介
庵赵宝文雅词卷四。

刘　翰

翰字武子,长沙人。吴琚之客。有小山集一卷。

桂殿秋　寿于湖先生

青帝子,碧莲宫。不驾云车骑白龙。瑶池路远羽衣湿,玉珮泠泠明
月中。

又　同上

双玉节,到神京。碧杯仙露冷如冰。一声金磬千花发,洞口天风吹
酒醒。以上二首见小山集

蝶　恋　花

团扇题诗春又晚。小梦惊残,碧草池塘满。一曲银钩帘半卷。绿
窗睡足莺声软。　　瘦损衣围罗带减。前度风流,陡觉心情懒。
谁品新腔拈翠管。画楼吹彻江南怨。阳春白雪卷二

清　平　乐

萋萋芳草。怨得王孙老。瘦损腰围罗带小。长是锦书来少。
玉箫吹落梅花。晓寒犹透轻纱。惊起半屏幽梦,小窗淡月啼鸦。

按此首历代诗馀卷十三误作潘妨词。

又

鸳鸯翡翠。小小池塘水。落絮游丝花满地。度日阑干独倚。
金刀裁就春衫。起来初试轻寒。满把相思清恨,题诗欲寄江南。

以上二首见阳春白雪卷三

好　事　近

花底一声莺,花上半钩斜月。月落乌啼何处,点飞英如雪。　　东
风吹尽去年愁,解放丁香结。惊动小亭红雨,舞双双金蝶。阳春白雪
卷四

菩　萨　蛮

去时满地花阴月。归来落尽梧桐叶。帘外小梅残。绿窗幽梦寒。
　　明朝提玉勒。又作江南客。芳草遍长亭。东风吹恨生。阳春
白雪卷七

　　以上刘翰词七首用周泳先辑小山词。

赵　雕

　　　　雕字和仲,绍兴二十四年(1154)进士。开禧间为处州太守。

谒　金　门

天色晚。云外一筝斜雁。独凭阑干秋满眼。菊花寒尚浅。　　叶
落香沟红泛。懒把新诗题怨。何处笛声三弄断。月迟帘未卷。阳
春白雪卷五

杜　旞

旞字伯高,号桥斋,金华人。尝登吕祖谦之门。淳熙、开禧间两以制科荐。有桥斋集,不传。兄弟五人,时称金华五高。

酹江月　石头城

江山如此,是天开万古,东南王气。一自髯孙横短策,坐使英雄鹊起。玉树声消,金莲影散,多少伤心事。千年辽鹤,并疑城郭非是。

　　当日万驷云屯,潮生潮落处,石头孤峙。人笑褚渊今齿冷,只有袁公不死。斜日荒烟,神州何在,欲堕新亭泪。元龙老矣,世间何限馀子。

摸鱼儿　湖上

放扁舟、万山环处,平铺碧浪千顷。仙人怜我征尘久,借与梦游清枕。风乍静。望两岸群峰,倒浸玻璃影。楼台相映。更日薄烟轻,荷化似醉,飞鸟堕寒镜。　　中都内,罗绮千街万井。天教此地幽胜。仇池仙伯今何在,堤柳几眠还醒。君试问。□原无空格据律补此意、只今更有何人领。功名未竟。待学取鸱夷,仍携西子,来动五湖兴。

蓦山溪　春

春风如客,可是繁华主。红紫未全开,早绿遍、江南千树。一番新火,多少倦游人,纤腰柳,不知愁,犹作风前舞。　　小阑干外,两两幽禽语。问我不归家,有佳人、天寒日暮。老来心事,唯只有春知,江头路,带春来,更带春归去。以上三首见词品卷六

存　目　词

历代诗馀卷六十八有杜耒念奴娇"小妆朱槛"一首,乃王炎作,见双溪诗馀。

刘仙伦

仙伦一名儗,字叔拟,号招山,庐陵(今江西吉安)人。有招山小集一卷。

贺　新　郎

翠盖笼娇面。记当年、沉香亭北,醉中曾见。见了风流倾国艳,红紫纷纷过眼。算好处、何嫌春晚。谁把天香和晓露,倩东君、特地匀娇脸。千万朵,开时遍。　　隔花听取提壶劝。道此花过了,春归蝶愁莺怨。挽住东君须醉倒,花底不妨留恋。待唤取、笙歌一片。最爱就中红一朵,似状元、得意春风殿。还惹起,少年恨。全芳备祖前集卷二牡丹门

木兰花慢 秋日海棠

渐秋空向晚,被风雨、趱重阳。正木落疏林,海棠枝上,忽见红妆。料应妒他兰菊,任年年、独甚占秋光。故把春风娇面,向人逞艳呈芳。　　看来毕竟此花强。只是欠些香。诮一似当年,五陵公子,却厌膏粱。肯来水边竹下,与幽人、相对说凄凉。只恐夜深花睡,五更微有清霜。

菩　萨　蛮

东风去了秦楼畔。一川烟草无人管。芳树雨初晴。黄鹂三两声。

海棠花已谢。春事无多也。只有牡丹时。知他归不归。以上
二首见全芳备祖前集卷七海棠门

贺新郎 寿王侍郎简卿

　　某兹者共审某官道协降神，祥开诞旦。五百年而名世，允谓间生；
八千岁而为春，定膺难老。俯仰都无于愧怍，谤谗何损于忠良。却雁鹜
而暂得闲身，对龟鹤而永绥眉寿。辄陈俚语，上祝台釐。狂斐是惭，览
掷为幸。

小队停钲鼓。向沙边、柳下维舟，庆公初度。平尽群蛮方易镇，此
事多应有数。奈自古、功成人妒。君看乐羊中山役，任谤书、盈箧
终无据。千载下，竟谁与。　　诗中带得西山雨。指天台、雁荡归
欤，寿乡深处。缓急朝廷须公出，更作中流砥柱。笑痴騃、纷纷儿
女。多少人间不平事，有皇天、老眼能区处。挥玉斝，听金缕。

　　按此首又见截江网卷四，调名作"乳燕曲"，题作"寿王帅"，载有小序，兹据补。

又 题吴江

重唤松江渡。叹垂虹亭下，销磨几番今古。依旧四桥风景在，为问
坡仙甚处。但遗爱、沙边鸥鹭。天水相连苍茫外，更碧云、去尽山
无数。潮正落，日还暮。　　十年到此长凝伫。恨无人、与共秋
风，鲙丝莼缕。小转朱弦弹九奏，拟致湘妃伴侣。俄皓月、飞来烟
渚。恍若乘槎河汉上，怕客星、犯斗蛟龙怒。歌欸乃，过江去。

又 赠建康郑玉脱籍

郑玉非娼女。叹尘缘未了，飘零被春留住。肠断胭脂坡下路。成
甚心情意绪。生怕入、梨园歌舞。寂寞阳台云雨散，算人间、谁是
吹箫侣。空买断，两眉聚。　　新来镜里惊如许。暗伤怀、莺老花
残，几番春暮。事逐孤鸿都已往，月落千山杜宇。念修竹、天寒何

处。不念琐窗并绣户,妾从前、命薄甘荆布。谁为作,解绦主。

念奴娇 送张明之赴京西幕

舻艎东下,望西江千里,苍茫烟水。试问襄州何处是,雉堞连云天际。叔子残碑,卧龙陈迹,遗恨斜阳里。后来人物,如君瑰伟能几。

其肯为我来耶,河阳下士,正自强人意。勿谓时平无事也,便以言兵为讳。眼底山河,楼头鼓角,都是英雄泪。功名机会,要须闲暇先备。

又 感怀呈洪守

吴山青处,恨长安路断,黄尘如雾。荆楚西来行堑远,北过淮堧严扈。九塞貔貅,三关虎豹,空作陪京固。天高难叫,若为得诉忠语。

追念江左英雄,中兴事业,枉被奸臣误。不见翠华移跸处,枉负吾皇神武。击楫凭谁,问筹无计,何日宽忧顾。倚筇长叹,满怀清泪如雨。

又 长沙赵帅席上作

西风何事,为行人扫荡,烦襟如洗。垂涨蒸澜都卷尽,一片潇湘清泚。酒病惊秋,诗愁入鬓,对景人千里。楚宫故事,一时分付流水。

江上买取扁舟,排云涌浪,直过金沙尾。归去江南丘壑处,不用来寻月姊。风露杯深,芙蓉裳冷,笑傲烟霞里。草庐如旧,卧龙知为谁起。

满江红 题快阁和徐宰韵

快阁东西,鸥边问、晚晴可喜。鸥解语、既盟之后,两翁曾倚。笛弄惯听黄鲁直,履声深识徐渊子。添我来、相对两忘机,真相似。

也不种,闲桃李。也不玩,佳山水。有新诗字字,爱民而已。一片心闲秋水外,三年人在春风里。涨一篙、江水送归鸿,明朝是。

又　春晚

著意留春,留不住、春归难恋。最苦是、梅天烟雨,麦秋庭院。嫩竹阴浓莺出谷,柔桑采尽蚕成茧。奈沈腰、宽尽有谁知,难消遣。

幽阁恨,双眉敛。香笺寄,飞鸿远。向风帘羞见,一双归燕。翠被闲将情做梦,青楼赚得恩成怨。对尊前、莫惜唤琼姬,持杯劝。

霜天晓角　题蛾眉亭

倚空绝壁。直下江千尺。天际两蛾凝黛,愁与恨、几时极。　　暮潮风正急。酒醒闻塞笛。试问谪仙何处,青山外、远烟碧。

按此首阳春白雪卷三作韩元吉词。

诉衷情　客中

征衣薄薄不禁风。长日雨丝中。又是一年春事,花信到梧桐。

云漠漠,水溶溶。去匆匆。客怀今夜,家在江西,身在江东。

江神子　洪守出歌姬就席口占

华堂深处出娉婷。语声轻。笑声清。燕语莺啼,一一付春情。恰似洛阳花正发,见花好,不知名。　　金瓯盛酒玉纤擎。满盈盈。劝深深。不怕主人,教你十分斟。只怕酒阑歌罢后,人不见,暮山青。

系裙腰　愁别

山儿矗矗水儿清。船儿似叶儿轻。风儿更没人情。月儿明。厮合造、送人行花庵误作"行人",从粹编乙。眼儿薮薮泪儿倾。灯儿更冷清清。遭逢著雁儿,又没前程。一声声。怎生得、梦儿成。

永遇乐 春暮有怀

青幄蔽林,白毡铺径,红雨迷楚。昼阁关愁,风帘卷恨,尽日萦情绪。阳台云去,文园人病,寂寞翠尊雕俎。惜韶容、匆匆易失,芳丛对眼如雾。　　巾欹润褻,衣宽凉渗,又觉渐回骄暑。解籜吹香,遗丸荐脆,小芰浮鸳浦。画栏如旧,依稀犹记,伫立一钩莲步。黯销魂,那堪又听,杜鹃更苦。

菩萨蛮 怨别

吹箫人去行云杳。香篝翠被都闲了。叠损缕金衣。是他浑不知。　　冷烟寒食夜。淡月梨花下。犹自软心肠。为他烧夜香。以上十四首见中兴以来绝妙词选卷五

江 神 子

东风吹梦落巫山。整云鬟。却霜纨。雪貌冰肤,曾共控双鸾。吹罢玉箫香雾湿,残月坠,乱峰寒。　　解珰回首忆前欢。见无缘。恨无端。憔悴萧郎,赢得带围宽。红叶不传天上信,空流水,到人间。

蝶 恋 花

小立东风谁共语。碧尽行云,依约兰皋暮。谁问离怀知几许。一溪流水和烟雨。　　媚荡杨花无著处。才伴春来,忙底随春去。只恐游蜂黏得住。斜阳芳草江头路。

一　剪　梅

唱到阳关第四声。香带轻分。罗带轻分。杏花时节雨纷纷。山绕
孤村。水绕孤村。　　更没心情共酒尊。春衫香满，空有啼痕。
一般离思两销魂。马上黄昏。楼上黄昏。_{以上三首见绝妙好词卷二}

沁园春　_{庆彭司户}

闻道参军，今日垂弧，胜如去年。正新颁蓝绶，天香芬馥，初开黄
牒，御墨新鲜。鼻祖登科，已逾百载，衣钵于今喜再传。图南事，看
抟风九万，击水三千。　　　官曹小试民编。有奕世甘棠在道边。
向樽前有兴，细斟清醴，琴中得趣，缓拂朱弦。东观酬书，西垣草
制，此去掀腾好着鞭。应难老，信君家眉寿，自有筴山。

好事近　_{庆祝司理}

春事恰平分，南极夜来星瑞。闻道都曹初度，拥万红千翠。　　长
才杰出应时须，一郡赖纲纪。看即诏还入觐，上鸳行班里。

沁园春　_{寿共大卿恕斋治易}

周易一书，更三圣人，深切著明。凡变通动静，有形有象，盈虚消息，
时止时行。天相名卿，日探妙趣，往古来今无两心。褰帷暇，手韦编
不置，聊以娱情。　　　如今祝寿殷勤。请得以推评理致新。看九重
有命，晋侯锡马，三公论道，鼎足承君。同厥震男，拔乎泰茹，玉笋班
中联步什_{疑误}。贤奋建，定丰亨豫大，扬夬王庭。_{以上三首见截江网卷五}

喜迁莺　_{寿令人}

祥云笼昼。正梅花弄粉，岁寒时候。长记今朝，瑶台仙子，降作人

间明秀。四德生来全备,绿鬓年年依旧。更满目,儿妇儿孙,森罗前后。　　知否。笙歌奏。去岁芳筵,好事今年又。寿烛高烧,寿词齐唱,满劝长生酒。元自荣华富贵,况复康宁福寿。愿此去,等鹤算龟龄,天长地久。截江网卷六

鹧 鸪 天

帘幕祥风动玉钩。凤箫声彻瑞烟浮。萧郎玉女来相会,今日齐眉醉玉楼。　　同富贵、共风流。一封花诰一封侯。更须有子腰金斗,镜里双鸾到白头。翰墨大全乙集卷十七

满江红　寿郡幕

过了烧灯,杨柳外、无边春色。庆初度、香浮东阁,瑞呈南极。翰墨场中推老手,曾魁多士催勃敌。到而今、官簿在天台,神仙籍。

　　和月倚,南坡石。滴露点,床头易。看白头红颊,目光摇碧。富贵康强仍有子,人生似此应难得。更摩挲、铜狄说当年,真消息。
翰墨大全丙集卷十三,又见丁集卷二,无撰人姓名,题作寿张金。

好事近　二月十八日

桃李绿阴浓,屈指中和三六。恰是仙翁初度,霭瑞烟芬馥。　　歌喉宛转绕华堂,总是长生曲。他日临清亭上,看儿孙朝服。

满江红　寿留守正　月初三

凤历更端,才信宿、年华方好。深院宇、祥风飘荡,瑞烟缭绕。闻道君侯当诞日,欢声解压春寒峭。更九衢、烟火近元宵,闻嬉笑。

　　人正在,蓬莱岛。烧绛蜡,斟清醑。听清歌艳曲,一声云杪。奠枕江淮无一事,留都宫殿千门晓。看赐环、千岁侍君王,人难老。

念奴娇　寿尚倅　三月初一

一番春事,到芎林、更两日重三节。百品名花饶笑处,喜遇诞弥佳
月。巢叶灵龟,舞琴野鹤,总是千年物。来为公寿,纶巾长映华髪。

　　平生圣处工夫,道□深味,胸次真冰雪。高蹈丘园还谢了,枚
叟蒲轮朝谒。时上篮舆,相随孙子,庆满床簪笏。南丰道价,敬持
一瓣香爇。以上三首见翰墨大全丁集卷二

满江红　寿胡漕　六月初一

夜半天风,吹佩玉、列仙初度。又恰是、人间六月,叶蕽方吐。黄纸
除书惊乍到,青毡旧物欣重睹。拥皇华、玉节待清秋,江南去。

　　招壮士,增王旅。漕廪粟,资淮浦。济江南嘉绩,久闻当宁。明
弼堂前山满眼,来鸿庭后花无数。看召环、即到寿星边,朝明主。
翰墨大全丁集卷三

醉蓬莱　寿七十一　九月十八

昨长庚入梦,昴宿呈祥,岳神钟秀。降产英贤,信道由天祐。蕽荚
飞三,九秋将暮,遇称觞时候。香爇沉檀,曲调金缕,满斟春酒。

　　试纪绛年,六身二首,甲子方延,才经八九。款醉蓬莱,寿与天长
久。桂子青春,兰孙方茂,谅箕裘方绍。折桂来秋,成名指日,家毡
复旧。翰墨大全丁集卷四

　　以上刘仙伦词三十一首,用赵万里辑招山乐章。

调　名	首　句	出　处	附　　注
天　香	漠漠江皋	词谱卷二十四	刘镇(方叔)作,见类编草堂诗馀卷三
临 江 仙	薄紫飘红芳信断	金绳武本花草粹编卷十三	刘镇(叔安)词,见中兴以来绝妙词选卷八

杜　旃

彡旃字仲高,金华人,杜旂之弟。

满 江 红

半落半开花有恨,一晴一雨春无力。……别缆解时风度紧,离舷尽处花飞急。龙川文集卷十九

韩彦古

彦古字子师,延安人。韩世忠之幼子。隆兴二年(1164),将作监丞。乾道二年(1166),知严州,与宫观。三年(1167),知泰州,未赴罢。六年(1170),考功员外郎兼权大理少卿。七年(1171),权知临安府。八年(1172),右司员外郎兼权刑部侍郎,除秘阁修撰知台州。淳熙二年(1175),敷文阁待制知平江府,落职放罢。四年(1177),户部侍郎。五年(1178),户部尚书,送临江军居住。七年(1180),与在外宫观。九年(1182),新差知隆兴府再任宫观。绍熙三年(1192)卒。

浣 溪 沙

一缕金香永夜清。残编未掩古琴横。绣衾寒拥宝缸明。　　坐听竹风敲石磴,旋倾花水漱春醒。落梅和雨打帘声。阳春白雪卷三

张　祥

祥,淳熙十三年(1186)合州守。

水 调 歌 头

为爱龙山胜,小队一登临。冯仙洞府安在,抉石试幽寻。商略生平事业,摆脱人间尘土,欲与翩丝苓。泉响似相答,未可启归心。

　中原地,禾黍茂,犬羊腥。君王梦想豪杰,有待扫妖氛。缚虎正须人手,跨鹤缓酬凤志,行矣勿因循。夜半遣雷雨,助我作秋成。

合川县志卷三十六合川龙多山石刻

张履信

履信字思顺,号游初,鄱阳(今江西省)人。淳熙中,尝监江口镇,后通判潭州,官至连江守。

柳 梢 青

雨歇桃繁,风微柳静,日淡湖湾。寒食清明,虽然过了,未觉春闲。

　行云掩映春山。真水墨、山阴道间。燕语侵愁,花飞撩恨,人在江南。

谒 金 门

春睡起。小阁明窗儿底。帘外雨声花积水。薄寒犹在里。　　欲起还慵未起。好是孤眠滋味。一曲广陵应忘记。起来调绿绮。以上二首见绝妙好词卷一

赵　昂

昂，孝宗时御前应对。

婆罗门引

暮霞照水，水边无数木芙蓉。晓来露湿轻红。十里锦丝步障，日转影重重。向楚天空迥，人立西风。　　夕阳道中。叹秋色、与愁浓。寂寞三千粉黛，临鉴妆慵。施朱太赤，空惆怅、教妾若为容。花易老、烟水无穷。藏一话腴甲集卷一

徐　玿

玿字公饰，乾道或以前人。

谒金门　题沅州幽兰铺壁

秋欲暮。路入乱山深处。扑面西风吹雾雨。驿亭欣暂驻。　　可惜国香风度。空谷寂寥谁顾。已作竹枝传楚女。客愁推不去。

又

春欲半。重到寂寥山馆。修竹连山青不断。谁家门可款。　　红晕花梢未半。绿蘸柳芽犹短。金缕香消春不管。素蟾光又满。以上二首见云谷杂记卷三

郭应祥

　　应祥字承禧，号通斋，临江军(今江西省清江)人。生於绍兴二十八年(1158)。淳熙八年(1181)进士。尝官楚越间。有笑笑词一卷。

万年欢 瑞庆节

佳气葱葱，望长安日下，鸾鹤翔舞。天祐皇家，当年挺生真主。令节标名瑞庆，曾未数、电枢虹渚。人都道，福若高宗，太平赛过仁祖。　　需云燕锡广宇。有霓旌绛节，西极金母。笑捧蟠桃，更酌九霞清醑。持向两宫三殿，愿岁岁、此觞同举。南山寿、海算沙量，定应高出前古。

菩萨蛮 喜雪

当年瑞雪多盈尺。今年仅有些儿白。天欲兆丰年。须教趁腊前。　　南枝初破萼。风味浑如昨。快与泻银瓶。寒醅醉易醒。

又 施尉生日

开禧三月初逢九。持杯来庆梅仙寿。警捕恰三年。四封人宴然。　　政成应不日。去作朝京客。阴德合长生。休看三住铭。三住铭，施肩吾作。予近得御书墨本，尉来借录，云欲依此修行。

又 立春日

雪销未久寒犹力。霜华特地催晴色。残腊尚馀旬。隔年先见春。　　独怜霜点鬓。羞戴银幡胜。百里却熙然。今年强去年。

又 同僚友泛舟作

泉江三遇昌阳节。棹歌还向中流发。急桨更轻桡。看谁夺得标。
明年归紫淦。尚忆舟同泛。应有旧双鬟。能讴菩萨蛮。

又 六月十三日，同官携具，以予被荐

转头又是清秋近。晚风淅淅凉犹嫩。多谢客携觞。空惭画饼章。
中亭明月可。未要亲灯火。十阅望舒圆。归期在眼前。

又 丁卯寿李嗣宗

去年持酒为君寿。劝君快上悬车奏。通籍已金闺。腰银袍亦绯。
壶中闲日月。自有长生诀。父子弟兄贤。一门行地仙。

又 去岁寿李嗣立

诞辰迟似秋三日。草堂已有新凉入。鬓绿未全霜。欣然把一觞。
吟松新纳禄。共享清闲福。两个老人星。君家难弟兄。

又

牡丹已过酴醾谢。那堪风雨连朝夜。底事最堪悲。春归人未归。
春宜留取住。人却推将去。早晚遂江滨。欢然夸尹新。

又 丁卯八月九日鹏飞集作

秋堂积雨新凉入。今宵雅趁鹏飞集。劲翮会高风。功名欤唾中。
笔头元有准。快写平生蕴。何日捷书来。重阳把一杯。

又 三月六日静胜小集

去年今日游稽古。斓斑曾著莱衣舞。四世共团栾。津然一笑欢。
归期今不远。孥累俱先遣。犹有社中人。相从寂寞滨。

又 钱太夫人之南丰

修途六月清无暑。潘舆稳向盱南去。喜气已津津。平反一笑春。
人言阴德报。罗纸重重诰。明岁早归来。泉江去鹢催。

又 邹伯源园木犀，次彭孚先韵

涂黄仙子娇无力。秋花不敢争颜色。风物一番新。从今到小春。
新词仍险韵。赓续惭非称。桃李寂无言。此花名独传。

又 县斋木犀今年殊未开，而盆菊特茂盛，以晦日约客

未观岩桂先观菊。世间底事真迟速。节物苦相催。重阳便到来。
白衣何处觅。沽酒邀佳客。一笑有馀欢。官居终日闲。

又 送太夫人就养南安

佳辰昨日传筒黍。今朝重把离觞举。别驾奉安舆。前呵方塞途。
庞眉真寿相。两处交迎养。庾岭到星沙。风光属一家。

又 戊辰重阳

分宜七里逢重九。篱根无菊尊无酒。萧飒鬓如蓬。不禁吹帽风。
插花开口笑。未分输年少。明岁定王台。传杯不放杯。

渔家傲 丁卯生日自作

去岁簿书丛里过。生朝也有人来贺。随分侑尊呼几个。胡厮和。愁颜镇日何曾破。　　素发如今添老大。归来方是闲当座。旋擘黄柑筞白堕。哩喻啰。从他扰扰如旋磨。

又 用履斋韵赠邵惜惜

白古馀杭多俊俏。风流不独夸苏小。又见尊前人窈窕。花枝裊。贪看忘却朱颜老。　　曲巷横街深更杳。追欢买笑须年少。悔不从前相识早。心灰了。逢场落得掀髯笑。

传言玉女 五月四日孙金判四昆仲携具稽古堂观竞渡有作

稽古堂前,恰见四番端午自甲子至丁卯。又来江上,听鸣鼍急鼓。棹歌才发,漠漠一川烟雨。轻舟摇飏,浪心掀舞。　　倦客今年续命,欠□彩缕。归期渐近,划地萦心绪。何日斑衣,更看迎门儿女。百怀且付,尊前蒲黍。

鹧鸪天 次孚先韵,重阳前两日无尽藏作

依约滩声杂橹声。波光隐映月华明。眼前好景真无尽,身外浮名尽可轻。　　穷胜赏,续欢盟。直饶风雨也须晴。满头插菊掀髯笑,笑道齐山浪得名。

又 癸亥十一月十四日为内子寿

爱日迎长月向圆。当年飞堕蕊珠仙。相门赫奕人争羡,阃则柔嘉世所贤。　　罗纸贵,彩衣鲜。鼎来盛事乐无边。妇姑夫妇孙和子,同住人间五百年。

又 甲子重阳

谁道他乡异故乡。泉江风物似湄湘。钗头缀糁萸偏紫，杯面浮金菊倍黄。　　今共古，几重阳。休将往事更平章。舞衫歌扇姑随分，又得掀髯笑一场。

又

风雨潇潇旧满城。今年九日十分晴。且同北海邀佳客，共向东篱看落英。　　罗绮队，管弦声。银山高处好同登。催租岂解妨诗兴，自是潘郎句未成。

又 甲子十一月十四日寿内子

鸾诰双双妇与姑。家尊荣宦到中都。暂时花县飞凫舄，新看芝庭捧鹤书。　　梅欲放，柳将舒。诞辰先占一阳初。清心堂下围红处，剩有长生酒满壶。

又 遁斋自作生日

垂领纷纷已二毛。可堪州县尚徒劳。催科自笑阳城拙，勇退应惭靖节高。　　来祝寿，笑儿曹。说椿说柏说蟠桃。世间底事非前定，妙理还须问浊醪。

又 宴王园作

休道泉江寂寞滨。喧喧歌吹遍城阛。莫辞邀赏连三日，且庆开禧第一春。　　呼小队，领嘉宾。王园佳处踏芳尘。星球不用随归骑，自有山头月逐人。

又 乙丑八月十八日寿太孺人

人道今年秋较迟。木犀全未放些儿。不因诞节开千岁，争得今辰
把一枝。　　呼宝鼎，伴渠伊。堂萱喜色正融怡。儿前妇后孙曾
从，岁岁称觞无尽期。

又 中秋后一夕宴修成之、富正甫作

万里澄空没点云。素娥依旧驾冰轮。自缘人意看承别，未必清辉
减一分。　　倾白堕，拥红裙。不知谁主复谁宾。更筹易促愁分
袂，又作东西南北人。

又 乙丑岁寿内子

怪得欢声满十龙。诞辰和气敌严冬。安书连幕欣频到，庆事花城
喜屡逢。　　琼液泛，宝熏浓。华堂交口祝椿松。阿姑同健夫偕
老，会有重重锦诰封。

又 丙寅元夕

动地欢声遍十龙。元宵真赏与民同。春归莲焰参差里，人在蓬壶
快乐中。　　乘皓月，逐和风。凉舆归去莫匆匆。班春休道无千
炬，也有星球数点红。

又 寿徐主簿

前数重阳后小春。中间十日是生辰。二年稳作栖鸾客，百里谁非
贺燕人。　　无一事，扰天真。年登八八愈精神。句稽宜解淹贤
辙，黄发犹须上要津。

又 季功旬会之次日小醼饯陈巡入乡

点检尊前主与宾。今宵依旧昨宵人。自缘笑语生和气，不为风光属小春。　　香叆靆，酒清醇。山肴野蔌总前陈。掀髯抵掌君休怪，镜里星星白髮新。

又 丙寅岁寿内子

贺了生辰却贺冬。今年乐事又重重。寿香喷处芝兰馥，寿酒斟时琥珀浓。　　偕桂隐，到花封。迎长介寿恰三逢。明年此日称觞罢，稳上肩舆九里松。

又 丁卯岁寿太夫人

诞节初开七秩祥。今秋仍喜十分凉。称觞堂下孙和息，备福人间寿且康。　　从庾岭，到章江。两州元自接封疆。儿曹此去分风月，莱彩潘舆乐未央。

又 戊辰正月十一日寿八兄

瓶里梅花香正浓。阶前更著锦熏笼。且留幡胜明朝戴，共庆桑蓬此日逢。　　眉镇绿，脸长红。后堂无日不春风。明年定又强今岁，会有明珠入掌中。

又 戊辰七夕

令节标名自古闻。今宵银汉耿无云。难寻海上乘槎客，空诵河东乞巧文。　　罗异果，炷名熏。纫针捻线漫纷纷。蓬莱底事回车处，暗想当年钿合分。

又 梦符置酒于野堂,出家姬歌自制词以侑觞,次韵

我离浏川七载强。去思那有召公棠。方怀旧友归鸿阁,忽枉高轩
戏彩堂。　　频举白,剩添香。剧谈不觉引杯长。官居也有城门
禁,未到三更尽不妨。

又 戊辰生日自作

古遂长沙千里遥。三年三处做生朝。试拈疏蕊铜瓶插,更把轻沉
宝鼎烧。　　杯绿泛,脸红潮。抱孙娱膝语声娇。官居只似私居
样,管取寒松最后凋。

又 丁卯岁寿内子

方是闲堂寿宴开。今回生日胜前回。慈闱斑貌看看到,别驾除书
鼎鼎来。　　纷彩服,滟金杯。缓歌慢舞不须催。明年此际称觞
罢,醉向裴亭与定台。

西江月 七夕后一日县斋小集

巧节已成昨梦,今宵重倒芳尊。主宾和气觉春温。雄辩高谈衮衮。
　　剩把烛花高照,频教舞袖轻翻。笛声幽咽鼓声喧。却恨更筹
苦短。

又 鹏飞集作

锁棘方当拔士,挥毫正好摛文。词源三峡笔千军。尽出平生素蕴。
　　天府仁登名姓,夜窗不负辛勤。直须平步上青云。始信文章
有准。

又

十桂胜如五柳，九秋赛过三春。蓬蓬金粟吐奇芬。自有天然风韵。　休羡一枝高折，尽教十里遥闻。尊前若有似花人。乞与些儿插鬓。

又　乙丑中秋前二日，约李季功、孙仲远、李茂叔、郭元择预赏月。申刻雨大作，酉刻已开霁，三更月出

赏月几成喜雨，开尊仍间围棋。令人却忆敬斋词。小饮不妨文字。　底事冰轮未放，犹教银幕低垂。休言动是隔年期。闰八看看又至。是岁有闰中秋。

又　遁斋生日，有以喜神之轴来为寿者，悬之照壁，遂作

此老谁描拙状，今朝持献生辰。一人能变作三人。说与儿曹未信。　坐者行者立者，化身报身法身。且须辨取假和真。肥瘦短长休问。

又　寿李知丞

明日恰当人日，今年远胜常年。瓣香卮酒寿蓝田。喜色津然满面。　及戌人方竞进，悬车公独高骞。身闲便是地行仙。赢得千秋强健。

又　戊辰七月十日作

令节无过七夕，今年已隔三宵。奔驰五百里而遥。行止非人所料。　月入尊罍楚楚，风生襟袖飘飘。不须抵死哄河桥。对月临风笑。

又 席间次潘文叔韵

妙句春云多态,丰姿秋水为神。慕潘应有捧心颦。谁是相看楚润。

　　试问甜言软语,何如大醉高吟。杯行若怕十分深。人道对花

不饮。楚娘、润娘,维扬二妓。昔人诗云:"楚润相看别有情。"

又

洗眼重看十桂,转头已过三秋。人生遇坎与乘流。何况有花有酒。

　　花若于人有意,酒能为我浇愁。试挼金蕊泛金瓯。比似菊英

胜否。

又 赋木犀次李季功韵

碎影乱筛月地,浓香时度风檐。渊明有菊径开三。不似此花雅淡。

　　兰蕙芬敷可并,芙蓉浅俗堪嫌。美人妆罢笑窥帘。插鬓些儿

正欠。

又 次彭天若元夕观灯之韵

歌扇潜回暖吹,酒兵顿解寒围。红莲绛蜡两交辉。小醉何妨大醉。

　　落笔君如王勃,属辞我愧周墀。明年应记盍簪时。耿耿怀人

不寐。

又 天祐遣饷牡丹,侑以新词,次韵为谢

为爱脸边著晕,更怜肌里生香。此花端合占年芳。两朵那堪一样。

　　自叹思归陶令,忽逢好事彭郎。朋来异卉与名章。击节何妨

叹赏。

又　赋紫笑花

不但酴醾芍药，此花亦殿馀春。麝囊初破酒初醺。恰有这般风韵。　烂坏真成绝倒，半开犹带轻颦。不知抵死笑何人。待与折来细问。

又　寿韩宰

乐事无过新岁，生辰恰占元宵。湄湘台下有欢谣。令尹风流年少。　暂借牛刀凫舄，宜参豹尾鸡翘。政成三异合归朝。拭目天边紫诏。

又　庆太夫人七十

头上银幡初卸，堂前玉斝重飞。人言七十古来稀。七十如今已至。　斑白元无一点，微黄已透双眉。一番庆寿十年期。更庆十番不啻。

又　戊辰八月一日寿赵丞，其日社

朔旦生朝同贺，寿觞社瓮齐倾。湄湘元是小东京。著个风流贰令。　地胜岂如人胜，秋清争似官清。双瞳炯炯鬓青青。稳上华途捷径。

又　韩亨道席上次方孚若韵

送我匆匆行色，赖君衮衮名章。德星今夜聚清湘。岂羡瀛洲方丈。　宾醉须教主醉，更长不怕杯长。凤鸣端合在朝阳。飞诏来从天上。

昭君怨 醉别小妓丽华

歌舞籍中第一。情致人间第一。年纪不多儿。尽娇痴。　　昨夜华严阁下，今夜海棠洞下。多少别离情。泪盈盈。

又 乙丑九日前二日偕元择、茂叔、季功登高作

去岁银山塔上。今岁金山塔上。屈指到泉江。再重阳。　　有菊不妨同戴。有酒不妨同醉。嘉客与佳宾。两俱新。

玉 楼 春

匆匆相遇匆匆去。恰似当初元未遇。生憎黄土岭头尘，强学章台街里絮。雨荒三径云迷路。总是离人堪恨处。从今对酒与当歌，空惹离情千万绪。

又 丁卯四月二十三日书考会作

贤僚益友俱亲密。真个三年如一日。清尊倒处笑喧哗，彩笔吟馀才俊逸。　　杯盘狼藉情真率。歌管棋枰仍间出。今朝又喜盍朋簪，何日定当抛县绂。

鹊桥仙 甲子七夕

金风淅淅，银河耿耿，七夕如今又至。人间唤作隔年期，但只似、屈伸指臂。　　罗花列果，拈针弄线，等是纷纷儿戏。巧人自少拙人多，那牛女、何曾管你。

又 甲子中秋

金飙乍歇，冰轮欲上，万里秋空如扫。一年十二度团圆，甚恰限、今

宵最好。　　　烹麟脍凤，幕天席地，争似杯盘草草。明年应更胜今年，但只恐、朱颜暗老。

又 □□立春

泥牛击罢，银幡卸了，又是一番春至。有人耳畔语低低，道宜入、新年吉利。　　　堆盘红缕，浮杯绿蚁，自有及时风味。从今日日是东风，待拚了、偎红倚翠。

又 乙丑七夕

薄云笼月，轻飙却暑，天上人间佳节。银河自有鹊为桥，又那要、兰舟桂楫。　　　后期可准，新欢如昨，选甚轻离易别。姮娥休要妒人呵，待更与、留连一霎。

又 周监旬会上作

六人欢笑，六姬讴唱，六博时分胜负。六家盘馔鬥芳鲜，恰两月、六番相聚。　　　特排整整，华筵楚楚，终是不如草具。赏心乐事四时同，又管甚、落花飞絮。

又 旬会作

六丁文焰，六韬武略，那更六经心醉。六人相对座生风，继六逸、当年旧事。　　　六州清唱，六么妙舞，执乐仍呼六妓。大家且饮六分觥，看宾主、迭居六位。

又 雨中赏酴醾，次周监税韵

杯盘草草，园亭小小，不用罗帷锦幄。酴醾本是殿馀春，更风雨、无端趣却。　　　有词可和，有棋可赌，杂以诙谐戏谑。闲时日日可邀嬉,又选甚,花开花落。

又 五月四日仲远浴儿

去年七夕,今年五日,两见浴儿高会。乃翁种德已多年,看衮衮、公侯未艾。　　封胡羯末,综维缜绛,堪羡金鱼垂袋。丹砂白蜜不须涂,把续命、彩丝与带。

又 丙寅七夕

两情相向,一年斯睚,等得佳期又到。休言夜半悄无人,那喜鹊、也须知道。　　来今往古,吟诗度曲,总漫萦牵怀抱。不如乞取巧些些,待见了、分明祷告。

又 丙寅除夕立春,骨肉团聚,是夕大雪

立春除夕,并为一日,此事今年创见。度间三世共团栾,随分有、笙歌满院。　　一名喜雪,二名饯岁,三则是名春宴。从教一岁大家添,但只要、明年强健。

又 丁卯七夕

今年七夕,新秋三日,已觉凉生院宇。吾乡风物胜他乡,那更著、莱衣起舞。　　泛槎经岁,分钗半夜,往事流传千古。独怜词客与诗人,费多少、闲言泼语。

浣溪沙 次李茂叔韵

仙子凌波袜有尘。翰林摛藻笔如神。此花此曲两无伦。　　不与妆台簪宝髻,却来书阁伴幽人。恨无佳客只空尊。

又 嗣立置酒稽古,令予坐东

屈指中秋一日期。雨馀云薄月来迟。冰轮犹自欠些儿。　　世事
孰非颠倒相,客居东位主人西。觞行莫惜醉如泥。

又

树底全无一点红。今年春事又成空。不须追恨雨和风。　　欲去
未来多恶况,独眠无寐少欢悰。一声啼鸠五更钟。

又 赠陈惜惜、怜怜

尊俎之间著二陈。津津眉宇笑生春。清歌妙舞两无伦。　　叔隗
轻盈饶态度,小乔妩媚足精神。风流总属一家人。

好事近 丙寅重阳

今日十分晴,好个重阳天气。又向银山高处,为黄花一醉。　　泉
江风物饱相谙,瞥眼过三岁。但得明年强健,任举杯何地。

又 丁卯元夕

今岁度元宵,随分点些灯火。不比旧家繁盛,有红莲千朵。　　客
来草草办杯盘,饾饤杂蔬果。休羡暗尘随马,与银花铁锁。

又 家人生日

今岁庆生朝,迟似迎长十日。试向彩衣堂下,听欢声洋溢。　　小
孙能笑长能歌,已自堪娱膝。管取婆犹未老,见满床堆笏。

满江红 次贾子济韵

节物匆匆,又还见、浓春入眼。那更是、晓风初扇,宿云都卷。蝶舞
已便花蕊乱,燕归仍惬香泥暖。又何须、女手学春工,并刀剪。

欢乐事,郊坰遍。游赏处,轮蹄远。听谁家弦管,日开华宴。有
客摛毫多丽句,惭予拆袜无长线。问新来、诗酒顿然疏,怎消遣。

又 次子云弟韵

五十头颅,早已觉、飞腾景暮。愁眼看、蜂黄蝶粉,草烟花露。莫做
阳台云雨梦,休怀渭北春天树。怅城闉、多少踏青人,红尘路。

怀古恨,凭书诉。倾国貌,障羞妒。记山阴陈迹,群贤星聚。对
景裁诗真漫与,看花不饮成虚负。问落红、千点总随流,归何处。

又 寿韩思机

七衮华年,这强健、人谁得似。还又见、设弧令旦,秋风生桂。教子
已成森砌玉,弄孙仍得追风骥。更后堂、深处著婵娟,笙歌沸。

香霭篆,杯浮蚁。欢意洽,酡颜醉。有静中日月,闲中天地。不
必亲扶灵寿杖,何须远挹浮丘袂。看蟠桃、著子又开花,三千岁。

念奴娇 次贾子济韵

琼苞玉屑,问天公、底事乱抛轻坠。城郭山川都一样,那得个般清
气。谢女才情,如何只道,柳絮因风起。比梅差可,但无绿萼红蕊。

坐上十客雄豪,颓然一老,草具相邀致。驱尽寒威凭酒力,买
笑千金须费。谁办佳词,洛阳年少,笔下生新意。待添几琖,共君
今夕同醉。

虞美人 送张监税

二年浏水司征榷。小却平戎略。征衫指日去朝京。恰恰一江新
渌、可扬舲。　　诗工画妙俱臻极。到处留真迹。一尊莫惜暂停
桡。不待离歌唱彻、已魂销。

又 茂叔、季功置酒稽古堂,以瓶贮四花,因赋

梅桃末利东篱菊。著个瓶儿簇。寻常四物不同时。恰似西施二
赵、太真妃。　　从来李郭多投分。伯仲俱清俊。苍颜独我已成
翁。尚许掀髯一笑、对西风。

又 送周监税

周郎素蕴平戎略。聊此司征榷。他人两载已辞难。君独三年、只
作一朝看。　　紫萸黄菊重阳后。木落秋容瘦。休斟别酒惨离
裾。戚畹如今、个个有新除。

又 次沈庄可韵

天公有意留君住。故作纤纤雨。闭门觅句自持觞。并舍官梅、时
有过来香。　　沈郎诗骨元来瘦。更挹湘江秀。不须骂雨及嘲
风。收拾个般、都入锦囊中。

醉落魄 丙寅中秋

琼楼玉宇。分明不受人间暑。寻常岂是无三五。惟有今宵,皓彩
皆同普。　　素娥阅尽今和古。何妨小驻听吾语。当年弄影婆娑
舞。妙曲虽传,毕竟人何许。

采桑子 老人生日

中秋过了还逢社,寿我亲闱。百里熙熙。尽道平反赖母慈。

浏川水阔吾山峻,福禄如斯。禄鬓青眉。子又生孙孙又儿。

又 赠丽华

饯筵绿绕红围处,只这孩儿。两泪垂垂。不忍教人遽别离。

别离不作多时计,千日为期。却恐归时。人道寻春已较迟。

朝中措 寒食前一日陪令佐小饮县圃,席上赋

海棠零落荡花繁。春意已将阑。予告恰当寒食,邀宾同赏芳园。

湄湘台畔,杯盘楚楚,歌舞喧喧。预约牡丹开后,更须重倒清
尊。古诗:"君王予告作寒食。"

卜 算 子

春事到清明,过了三之二。秾李夭桃委路尘,太半成泥滓。　　只
有海棠花,恰似杨妃醉。折向铜壶把烛看,且莫教渠睡。

又 客有惠牡丹者,其六深红,其六浅红,贮以铜瓶,置
之席间,约五客以赏之,仍呼侑尊者六辈,酒半,人
簪其一,恰恰无欠馀。因赋

谁把洛阳花,剪送河阳县。魏紫姚黄此地无,随分红深浅。　　小
插向铜瓶,一段真堪羡。十二人簪十二枝,面面交相看。

减字木兰花 寿李茂叔

仲春上七。门左垂弧当此日。点检春光。百草千葩已鬥芳。

折花持酒。彩袖殷勤来祝寿。明岁而今。稳向南宫待捷音。

又

偶然相聚。最是人间堪乐处。散步寻春。来作琴堂不速宾。
缓歌一曲。野鹜纷纷都退缩。不用多杯。准拟花时日日来。

又 戏万安胡簿

栖鸾高士。文采风流谁得似。年德虽高。对酒当歌气尚豪。
明眸皓齿。一朵红莲初出水。膝上安排。爱惜须教不离怀。

又 用季功韵戏呈子定

遇如不遇。最是暂来还复去。归到乡关。欲再来时却恐难。
丁宁去后。倩雁传书须访旧。万斛羁愁。逐水那容许大舟。

柳梢青 惜花

春事匆匆。花慵柳困，雨横风狂。寄语诗人，须烧银烛，与照红妆。
　　休言桃李河阳。但过眼、难寻色香。只有今宵，更无明日，且
缓飞觞。时侑觞者明日遂行

又 乙丑自寿

遁斋居士。今年今日，又添一岁。鬓雪心灰，十分老懒，十分憔悴。
　　休言富贵长年，那个是、生涯活计。茗饮一瓯，纹楸一局，沉烟
一穗。

又

薄晚才晴。相邀移席，待月中庭。环坐斯须，屋山高处，忽吐微明。

云收雨止风停。人世有、琼楼玉京。一任星移,从教斗转,且
缓飞觥。

又 送别陈廉州于一片潇湘

合浦名邦。风流太守,紫绶金章。暂驻旌麾,来临祖席,一片潇湘。
　　且须缓举离觞。细看取、眉间点黄。未到还珠,已闻赐玺,归
近清光。

又 两邑大夫鞭春之集,城南主人张澧州有词,次其韵

两令邀宾。城南佳处,饯腊迎春。步入梅林,纷然缟袂,间以红英。
　　遥岑寸碧增明。更酬唱、无惭昔人。一笑相欢,且斟佳醑,休
羡莼羹。

生查子 八月二十四日桂隐观菊,次彭孚先韵

尊前主与宾,欠一还成九。休唱木犀词,预饮黄花酒。　　开怀今
夕同,分手明朝又。不管岁年催,且把馨香嗅。

又 谢德操席上次卢守韵

银烛映红衫,薄暮新梳洗。一笑奉宾欢,未解东君意。　　回廊月
转初,忆趁良宵会。喜事在明年,剧饮拚先醉。

点绛唇 王园次施尉韵

九十韶光,闲忙晴雨常相半。赏春有愿。乘兴宁论晚。　　纵饮
筠溪,日午花阴转。杯行缓。量悭嫌浅。须索斟教满。

又 祗林寺劝农

小队郊坰，耄倪争看铜章吏。来宣德意。劝相遵彝制。　夜雨
连明，百谷应滋遂。真奇事。开禧元二。总是丰登岁。

又 卢守席上

五马归来，后车载得如花女。缓歌金缕。新样京华舞。　主悦
宾欢，一醉祛袢暑。停箫鼓。且须听取。三朵花能语。

又 庆江王之武子新居

甲第初成，持杯酌酒来相庆。棣华辉映。相对开三径。　小巧
规模，百事都相称。年方盛。从容啸咏。不碍青云兴。

江城子 重阳次施尉韵

开尊拟对菊花黄。舞伊凉。掺渔阳。更有风流，妓女胜徐娘。只
道难逢开口笑，争驰逐，利名场。　玉山蓝水两茫茫。采幽香。
泛清觞。橙橘堆盘，犹恨未经霜。底事□□堪喜处，丰年最，冠江
乡。邻邑间阙雨，独此邦大熟，故卒章云。

临江仙 庆谢操生子

忆我归舟初系岸，君家盛事先知。后房深处第三姬。熊罴符吉兆，
鸑鷟产佳儿。　衮衮庆源真未艾，谢兰还茁新枝。娇婴想见白
和眉。他年贤子弟，今日小机宜。

又 丙寅生日自作

老子开年年五十，依前恁地痴顽。昨非今是有无间。惟惭新赤绂，

不称旧苍颜。　　休羡长年并极富,休贪宝带腰镮。人生难得是清闲。急须抛县印,归去隐家山。

霜天晓角 赵簿席上写目前之景

琉璃十椀。兽炭红炉暖。花下两枝银烛,和气洽、欢声满。　　从他吹急管。杯行须款款。尽做更移漏转,也犹胜、春宵短。

踏 莎 行

鹗离风尘,燕辞门户。翩然举翮轻飞去。当初自恨探春迟,而今岂解留春住。　　花不重开,萍难再聚。垂杨只管牵离绪。直饶云雨梦阳台,梦回依旧无寻处。

又 三月二十日元择旬会

骤暖忽寒,送春迎夏。金沙过了酴醾谢。漏声款款日偏长,奇峰历历云如画。　　幸有杯觞,堪同保社。棋如飞电晴空下。六人酬唱已成编,他年遂水留佳话。

又 季功度上赋,时移尊就月,凉意甚佳,主人亲摘阮以 娱客,故云

露湿冠巾,风生襟袖。月华耿耿明如昼。主人情意十分浓,阮咸横膝清音奏。　　渐永更筹,新凉气候。穿针乞巧看看又。却怜相聚日无多,偷闲且可陪觞豆。

又

明月清风,绿尊红袖。厌厌夜饮胜如昼。虽然文字有馀欢,也须闲把笙歌奏。　　十雨如期,三秋届候。去年丰稔今年又。东阡西

陌稼如云,笑他齐量区兼豆。

又 寄远

一撮精神,百般体态。兰心蕙性谁能赛。霎时不见早思量,许多日
子如何睚。　　我已安排,你须宁耐。看看重了鸳鸯债。此生永
愿不分飞,傍人一任胡瞋怪。

又 七月十六日寿胡季海

自昔中元,多生上相。麒麟今又来天上。云衢虽未掇勋名,月评先
已腾声望。　　宝鼎浓熏,金翘绝唱。真珠百斛倾家酿。斯辰聊
用祝龟龄,他年端合扶鸠杖。

又 乙巳正月二日雪

春已经旬,历方换岁。六花依旧来呈瑞。细思残腊与新年,一般清
绝元非二。　　宿麦连云,遗蝗入地。坡仙有句谁能继。元宵此
去日无多,会看霁色生和气。

南 歌 子

生世逢端午,齐头五十番。一番须作一般看。又听竞船箫鼓、沸江
干。　　不用丝缠臂,休将艾插门。及时蒲黍漫登盘。只恐岁华
催促、鬓毛斑。

又 怀人

心下悬悬地,侬家好好儿。相怜相惜许多时。岂料一朝轻拆、便轻
离。　　要见无由见,教归不肯归。数珠懒把镜慵窥。二物渠所留者。
只有新添鬓雪、减腰围。

好事近 二月十日作

春事日相催，红尽浅桃深杏。可惜窥园无暇，任绿苔封径。　凭谁说与雨和风，休要太狂横。等待禁烟予告，要选幽寻胜。

卜算子 二月二十六日夜大雷雨，枕上作

午夜一声雷，急雨如飞雹。枝上残红半点无，密叶都成幄。　苦恨簿书尘，刚把闲身缚。却忆湄湘春暮时，处处堪行乐。

又 二月晦，借徐孟坚、滕审言、李季功游装公亭作

城上著裴亭，亭下临湘水。泼黛揉蓝画不成，暝色仍含紫。　忙里不知春，却问今馀几。相与偷将半日闲，共把尘襟洗。

更漏子 与黄几叔然烛赏木犀。几叔归而有作，遂次其韵

月蟠根，天雨粟。宜贮阿娇金屋。心欲醉，眼偏明。无穷佳思生。　焰银钉，纷宝罺。倒著接䍦花下。人已散，梦初回。渴心犹望梅。

谒金门 己巳为内子寿

香篆袅。瓶里梅英犹小。鸳瓦霜华晴欲晓。今年生日好。　鬓绿颜朱不老。女嫁儿婚将了。四世团栾同一笑。人间如此少。

鹧鸪天 己巳生日自作

屈指新年五十三。未嫌垂领雪毵毵。设弧届旦人交贺，题座无功我自惭。　荣莫羡，富休贪。寿龄也不慕彭聃。只思了却痴儿事，一榻香凝晓梦酣。

秦楼月 为陈倅寿

三月一。题舆恰届垂弧日。垂弧日。武安门外,欢声扬溢。　　双瞳炯炯头如漆。天公付与长生质。长生质。云霄稳坐,持荷簪笔。

卜算子 清明前一日,约韩耕道、卢国英、皮国材、叶南叔同赏牡丹,因点黄几叔所惠绿烛,遂赋

绿烛间红花,绝艳交相照。不分花时雨又风,折取供吟笑。　　拟把插乌巾,却恨非年少。点笔舒笺领略渠,座客词俱妙。

临江仙 次黄几叔韵赋酴醾

姑射仙人肌雪莹,笑他红紫纷纷。从教藏白后庭深。虬枝才破蕾,鼻观已遥闻。　　花正繁时春又暮,年华荏苒催人。惜花心事与谁论。长哦清绝句,目断古南云。以上彊村丛书本笑笑词

李　壁

　　壁字季章、号雁湖,李焘之子,眉州丹棱人。绍兴二十九年(1159)生。举绍熙元年(1190)进士,历官秘书省正字、权礼部侍郎兼直学士院、拜参知政事、兼知枢密院事。嘉定十五年(1222)卒,年六十四。壁嗜学,为文综练,有雁湖集一百卷,今佚。(壁或作璧,误。)

浣溪沙 人日过灵泉寺次韵少庄

只记梅花破腊前。恼人春色又薰然。山头井似陆公泉。　　上客长谣追楚些,娇娃短舞看胡旋。秾桃积李自年年一作"来年且幸报丰年"。

朝中措 人日蟆颐席间和韵

东风歌吹发重闉。飞旆入山新。小雨不妨酥润，江头一并霜晴。

　　年年心似，输他钗燕，蟠带迎春。怎得樽前避酒，史君精鉴如神。以上二首永乐大典卷三千零一人字韵引李壁雁湖集

小重山 数椽甫葺，知府载酒宠临，辄次日近环湖所赋
韵为一杯寿

燕雀风轻二月天。一枝何处是家园按此句是字上下缺一字。有花不惜是谁怜。生嫌怕，不为老人妍。　　眉黛拥连娟。高情时载酒、雁湖边。略无雕饰自天然。新诗好，品第入朱弦。

满江红 知府丈宠教和蒋洋州乐府，将亦有书遗某，问
所赠石君无恙。辄次韵上呈，并以寄洋州也

帘卷东风，□原无空格林外、鸟啼姑恶。政迤逦、花梢红绽，柳梢黄著。散策丘园容懒□原无空格，懒字上下缺一字，折冲樽俎须雄略。但有书盈屋酒盈缸，还堪乐。　　嗟每被，浮云缚。黄粱梦，新来觉。悄祇愁湖海，故交辽邈。一纸素书来问我，数峰苍玉何如昨。更几时、夜雨落檐花，同春酌。

南歌子 偶与子建小酌，知府秘书惠然临顾，此一段奇
也。辄成小阕，呈二使君

紫绶新符竹，叶此字疑误頳老弟兄。西风吹棹过湖亭。杨柳夫渠相伴、也多情。　　况是瀛洲侣，来同酒盏倾。白沤浑不避双旌。一种风流人似、玉壶清。以上三首永乐大曲卷一万零九百九十九府字韵引李壁词

好事近 饯交代劝酒

莫惜一樽留,共醉锦屏山色。多少飞花悠飏。送征轮南陌。

曲湖归去未多时,还捧诏黄湿。生怕别来凄断,看满园行迹。

江神子 劝酒

露荷香泛小池台。水云堆。好风催。宝扇胡床,无事且徘徊。帘
外海榴裙一色,判共釂、两三杯。　　此怀能得几番开。玉山颓。
不须推。回首慈恩,前梦老堪哈。好是上林多少树,应早晚、待公
来。

阮郎归 劝袁制机酒

苏台一别费三年。锦书凭雁传。风姿重见阆江边。玉壶秋井泉。
　　翻短舞,趁么弦。篆香同夕烟。多情莫惜为留连。落花中酒
天。以上永乐大典卷一万二千零四十三酒字韵引李壁雁湖集

鹧鸪天 燕史君席间和韵

岸柳阴阴跃锦鳞。并湖莲子恰尝新。谁教故岁应官去,会老堂中
少个人。　　归未久,意弥亲。吹香不断酒倾银。行藏判已天公
付,且閧而今见在身。

西江月 和提刑昂席新赋

又送鹏程轩鼇,几看驹隙推移。多端时事只天知。不饮沉忧如醉。
　　白首已甘蓬艾,苍生正倚丞疑。楚台风转一帆吹。朝列问君
来未。以上二首见永乐大典卷二万零三百五十三席字韵引李壁雁湖集

存　目　词

调　名	首　句	出　　处	附　　　　注
清 平 乐	西江霜后	广群芳谱卷六十四	李之仪作,见姑溪词
西 江 月	昨夜十分霜重	又	又

韩　淲

淲字仲止,号涧泉,尚书元吉子。生于绍兴二十九年(1159),嘉定十七年(1224)卒,年六十六。有涧泉集。

临江仙 为顾致尧生日

难老一杯春酒美,主人玉鉴清秋。九华山下共追游。朝来多爽气,都向笔端收。　　台阁功名归去好,便应衮衮公侯。未妨含笑看吴钩。当年佳梦日,和气瑞光浮。

满江红 和赵公明

五老峰前,九江上、曾生仙客。相邂逅、贵池亭下,定交金石。我辈风流宜啸咏,官曹尘冗从煎逼。且簿书、丛里举清觞,偷闲日。　　同一笑,当今夕。梅正好,香浮白。便相忘尔汝,醉巾沾湿。已向琼楼夸意态,似闻金殿传消息。想君今、归去际风云,应相忆。

柳梢青

云淡秋空。一江流水,烟雨濛濛。岸转溪回,野平山远,几点征鸿。　　行人独倚孤篷。算此景、如图画中。莫问功名,且寻诗酒,一棹西风。

醉蓬莱 寿潘漕

问西湖好处，楼上薰风，有谁称寿。十里荷香，对槐阴清昼。细浪揉蓝，远山凝黛，更管弦初奏。醉舞傞傞，欢声沸沸，生申时候。　　膝下婆娑，老莱儿戏，帝所辉光，使衣呈绣。眷倚方隆，赐金章华绶。自此飞腾，凤阁鸾台，好满斟醇酎。道骨仙风，朱颜青鬓，年年依旧。

水调歌头 晁子应三十八丈见过，因□张德广对木犀
小饮，次德广韵

明月到花影，把酒对香红。此情飘洒，但觉清景满帘栊。人被好花相恼，花亦知人幽韵，佳处本同风。挥手谢尘网，举袂步蟾宫。　　秋已半，幽涧侧，乱山中。故人过我，终夕乘兴可千钟。赖有曲江才子，坐上平章花月，不管老英雄。心事将何寄，醉语又匆匆。

贺新郎 坐上有举昔人贺新郎一词，极壮，酒半用其韵

万事倦休去。漫栖迟、灵山起雾，玉溪流渚。击楫凄凉千古意，怅怏衣冠南渡。泪暗洒、神州沉处。多少胸中经济略，气□□、郁郁愁金鼓。空自笑，听鸡舞。　　天关九虎寻无路。叹都把、生民膏血，尚交胡虏。吴蜀江山元自好，形势何能尽语。但目尽、东南风土。赤壁楼船应似旧，问子瑜、公瑾今安否。割舍了，对君举。

又

病起情怀恶。小帘栊、杨花坠絮，木阴成幄。试问春光今几许，都把年华忘却。更多少、从前盟约。拟待莺边寻好语，恍残红、零乱风回薄。思往事，信如昨。　　清明寒食须行乐。算人生、何时富

贵,自徒萧索。试著春衫从酒伴,乱插繁英嫩萼。信莫被、功名担阁。随分溪山供笑傲,这一身、闲处谁能缚。琴剑外,尽杯酌。

清平乐 七月十三日潘令生朝

鸣琴单父。凫舄宜飞去。不比河阳花满树。此意直高千古。
清秋诞日相逢。乃同涧上村侬。笑指壶山为寿,仁心静处加功。

水龙吟 七月二十六日信守生朝　王道夫

从来江左夷吾,大名迥诸出公右。金堂玉室,瑶林琼树,龙麟蟠走。志在神皋,气雄云梦,十吞八九。问三槐盛事,当年初度,人应羡、青毡旧。　　说与文章太守。庆千秋、好为亲寿。冰桃雪藕,霞裾月佩,莺鸾歌奏。雨熟西畴,星躔南极,宝香凝昼。趁新凉,便约乘云绕日,饮天浆酒。

清平乐 次韵

萧然在涧。景色秋来冠。几缕明霞红未断。矫首时时遐观。
回思五马清游。分明前辈风流。留作山间佳话,更谁愁上眉头。

踏莎行 七夕词

雨意生凉,云容催暮。画楼人倚阑干处。柳边新月已微明,银潢隐隐疏星渡。　　今古佳期,漫传牛女。一杯试与寻新句。幽怀冷眼是青山,旧欢往恨浑无据。

清平乐 寿潘文叔

常思高致。又见凉风起。欢喜年时为寿意。快写山歌重寄。
愿公好德康宁。青云收取功名。莫道而今官小,吾儒正要仁民。

柳梢青 雨洗元宵

雨洗元宵。楼台烟锁，隐隐笙箫。且插梅花，自烧银烛，沉水香飘。
软红尘里星桥。想霁色、皇都绛霄。屏掩潇湘，醉和衣倒，春梦迢迢。

菩萨蛮 同仲明饮山隐

雪云收尽晴风软。小山春浪晴波远。梅片已飞香。海棠红试妆。
人言诗易与。酒戋谁分付。不是没心情。夕阳啼鸟声。

一剪梅 送冯德英

说著相思梦亦愁。芳草斜阳，春满秦楼。楼前新绿水西流。一曲
阳关，分付眉头。　　多少风流事已休。纷薄香浓，怕见绸缪。淡
云笼月小庭幽。明日山长，清恨悠悠。

海月谣 送赵永兴宰

晚秋烟渚。更舟倚、萧萧雨。水痕清汜，迤逦渐整，云帆西去。三
叠阳关，留下别离情绪。　　溪南一坞。对风月、谁为主。酒徒诗
社，自此冷落，胸怀尘土。目送鸿飞，莫听数声柔橹。

好事近 红梅

春色入芳梢，点缀万枝红玉。莫道怕愁贪睡，倚新妆如束。　　纷
纷桃李太妖娆，相对夜阑烛。记取疏花横处，有暗香飘馥。

菩萨蛮 野趣观梅

平生常为梅花醉。数枝滴滴香沾袂。雪后月华明。胆瓶无限清。

夜深灯影瘦。饮尽杯中酒。明日景尤新。人间都是春。

西江月 走笔因宋九韵示黄六

春色著人多少,溪头桃杏舒红。杖藜相与过桥东。往事旧欢如梦。
花底醉眠芳草,柳边嘶入骄骢。如今憔悴坐诗穷。莫问醯鸡
舞瓮。

浣溪沙 夜饮仲明小轩

一曲青山映小池。林疏人静月明时。相逢杯酒也相宜。　　醉眼
不知春事少,欢情犹得漏声迟。神仙何处梦魂飞。

又 仲明命作艳曲

宝鸭香消酒未醒。锦衾春暖梦初惊。鬓云撩乱玉钗横。　　半怯
夜寒褰绣幌,尚馀娇困剔银灯。粉痕微褪脸霞生。

西江月 次韵

风暖晨光寂寂,月明夜气沉沉。山间林下步轻阴。花柳飞绵布锦。
酒病向谁能遣,春愁惟我难禁。尊前一曲断肠声。梦破晓窗
欹枕。

朝中措 次韵

池塘春草燕飞飞。人醉牡丹时。多少姚黄魏紫,搦成腻粉燕支。
谪仙醉把平章看,晴影度帘迟。花外一声鹧鸪,柳边几个黄鹂。

水调歌头 清明严濑

今古钓台下,行客系扁舟。扁舟何似,云山千叠亦东游。我欲停桡

一醉,与写平生幽愤,横管更清讴。小上客星阁,短鬓独搔头。

　　风乍起,烟未敛,雨初收。一年花事,数声鹈鸠欲春休。吊古怀贤情味,只有浮名如故,谁复识羊裘。赖得玄英隐,相望此溪流。

西江月　四叔生朝

梅蕊小春天气,橘林良月风光。五云边近九霞觞。美景初无尽藏。

　　老矣相逢湖海,年来游遍潇湘。诗情满眼兴何长。赢得烟霄直上。

卜算子　生朝次坐客韵呈四叔

花底醉东风,好景宜同寿。海角天涯今几春,邂逅新丰酒。　　内集记高阳,南渡闲回首。但愿长年饱饭休,一笑风尘表。

浣溪沙　夜饮潘舍人家,有客携家妓来歌

小雨收晴作社寒。月桥花院篆香残。杏腮桃脸黛眉弯。　　歌拂燕梁牵客恨,醉临鸾镜怕人看。良宵春梦绕屏山。

菩萨蛮　小词

海棠欲谢绵飞柳。柳丝自拂行人首。上巳是清明。新烟带粥饧。

　　轻阴帘幕冷。闲却秋千影。曲水兴无涯。丽人花半遮。

浣溪沙　寿晁元默

湖海相逢更日边。槐风莲雨寿杯前。琴书图画水沉烟。　　共指金銮当傺直,不应彭泽尚回旋。今年初度想超然。

恋绣衾 晁仲一将到滁阳,新买姜

欢浓两点笑靥儿。雪初消、梅欲放时。不信道、伤春瘦,怕人猜、犹待皱眉。　　香浓翠被屏山曲,把珊枕、侧过又移。试与伴、江头去,但醉翁、亭上要诗。

浣溪沙 题美人画卷

一曲霓裳舞未终。玉钗垂额鬓云松。梦回金殿月华东。　　燕子莺儿情脉脉,柳枝桃叶恨匆匆。罗襟空惹御香浓。

步蟾宫 钓台词

三年重到严滩路。叹须鬓、衣冠尘土。倚孤篷、闲自濯清风,见一片、飞鸿归去。　　人间何用论今古。漫赢得、个般情绪。雨吹来云、乱处水东流,但只有、青山如故。

水调歌头 次韵载叔

一枕暑风外,事事且随缘。随缘何处琴剑,闲泊此层巅。日绕九天楼殿,烟抹四山林薄,尘土市声前。老眼醉还醒,犹得到诗边。　　桥南院,双桂隐,有名言。江湖人物,好在收拾付书帘。回首吾庐无恙,寄卧僧窗何事,鸿鹄本高骞。水调赋明月,谁道更超然。

鹧鸪天 兰溪舟中

雨湿西风水面烟。一巾华发上溪船。帆迎山色来还去,橹破滩痕散复圆。　　寻浊酒,试吟篇。避人鸥鹭更翩翩。五更犹作钱塘梦,睡觉方知过眼前。

水调歌头 次宋倅韵

嘉节已吹帽,谁复见南山。南山佳处,台上云绕一溪环。犹记使君同醉,化鹤千年何在,今古自应悭。胜事漫陈迹,风物只高寒。

都莫问,归酒畔,集毫端。等闲吟笑而已,赖有孔融尊。伟矣广平心致,赢得相遭淡泊,感旧唱酬闲。且看小斋菊,抵掌共凭阑。

减字木兰花 次昌甫韵

年光虚度。能得几多消散处。莫恨归迟。得见新词不自持。
山中酒里。笑语喧哗知有弟。此意谁如。世事纷纷一任渠。

生查子 梅溪橘阁词

霜叶柳塘风,烟蕊梅溪渡。茅店问村醪,未许空归去。　　倚杖小徘徊,写我吟边句。醉眼复何之,落日孤鸿处。

西江月 晚春时候

闻道晚春时候,暖风是处花飘。游人争渡水南桥。多少池塘春草。
跃马谁联玉勒,钓鱼应泛兰桡。韶光何限不逍遥。输与溪鸥野鸟。

朝中措 和吴子似

春浓人静倦游嬉。烟雨战棠梨。翠径乱红无数,频啼枝上黄鹂。
小园流水溅溅处,绿遍谢家池。怨月恨花滋味,泪痕犹染罗衣。

小重山 和吴子似

云影收晴雨外明。碧溪春滟滟,落花平。莺声催我过桥行。人何在,诗酒淡心情。　　闲里兴还生。锦鳞题尺素,有谁能。草边芳径柳边城。归来也,清梦绕山屏。

临江仙 闺怨

脆管繁弦无觅处,小楼空掩遥山。柳丝直下曲阑干。海棠红欲褪,玉钏怯春衫。　　斝酒不成芳信断,社寒新燕呢喃。雕盘慵整宝香残。绮疏明薄暮,帘外雨潺潺。

朝中措 平江施倅生朝

五湖烟水百花洲。别乘最风流。人道紫枢家世,清时衮衮公侯。　　名园绿水春无价,蜀锦舞缠头。眉寿年年今日,宝杯香霭飞浮。

月宫春 和吴尉

柳娇花妒燕莺喧。断肠空眼穿。一春风雨夜厌厌。不闻钟鼓传。　　香冷曲屏罗帐掩,园林谁与上秋千。忆得年时凤枕,日高犹醉眠。

浣溪沙 满院春

芍药酴醾满院春。门前杨柳媚晴曛。重帘双燕语沉沉。　　花映绿娇初日嫩,叶栖红小晚烟昏。轻雷不觉送微阴。

鹧鸪天 禁烟

烟禁荒荒雨湿云。近郊争出满城人。儿童藉草几成市,杯酒沾花不觉村。　　身又老,眼增明。回头一任是红尘。山中谁信无寒食,涧上何如按“何如”原作“如何”,从紫芝漫钞本涧泉诗倳且采蘋。

一丛花 次韵斯远

翻空雪浪送飞花。春晓媚霜华。风回点点迷人处,峭寒轻、诗思殊佳。双燕未来,断鸿何在,微雨又天涯。　　绮窗明暗是谁家。雕槛馥兰芽。画檐帘幕黄昏后,试倾杯、笑语喧哗。聚散人生,吾侪老矣,醉墨任横斜。

眼 儿 媚

东风拂槛露犹寒。花重湿阑干。淡云㘕日,晨光微透,帘幕香残。　　阴晴不定瑶阶润,新恨觉心阑。凭高望断,绿杨南陌,无限关山。

青玉案 西湖路

苏公堤上西湖路。柳外跃、青骢去。多少韶华惊暗度。南山游遍,北山归后,总是题诗处。　　如今老矣伤春暮。泽畔行吟漫寻句。落拓情怀空自许。小园芳草,短篱修竹,点点飞花雨。

浣溪沙 和辛卿壁间韵

只恐山灵俗驾回。海鸥飞下莫惊猜。机心消尽重徘徊。　　宿雨乍晴千涧落,晓云微露两山排。新苗时翼好风来。

朝中措 戏赠郑幹

扁舟撑月转江湖。烟水湛金铺。篷底晓凉歌罢,肌肤冰雪初扶。　　诗人自是风尘表,佳处句能摹。属玉一双飞去,荷花香动孤蒲。

明月棹孤舟 逢子似清河坊市中客楼小饮

忽得相逢惊似旧。问山中、酒徒诗友。闲倚晴楼,长安市上,华髪为君搔首。　　绿竹疏梅今在否。对西湖、夕阳烟岫。鸿雁声中，人间今古，还是醉醒时候。

江城子 德久同醉，子似出新置佐酒，和德久词

天孙应为织云裳。试宫妆。问刘郎　。湖上波寒，依旧远山苍。自是老来心事懒，空落拓，少年场。　　挥豪闲与细端相。记严扬。陋苏张。兴到一杯，微醉亦成章。回首片帆西去也，何日更，共清狂。

冉冉云 弄花雨

倚遍阑干弄花雨。卷珠帘、草迷芳树。山崦里、几许云烟来去。画不就、人家院宇。　　社寒梁燕呢喃舞。小桃红、海棠初吐。谁信道、午醉醒时情绪。闲整春衫自语。

谒金门 东风吹酒面

花影半。晴色乍开云卷。择胜寻春愁日短。雨馀山路晚。　　涧底桃深红满。人意不禁闲远。胡蝶绕枝啼鸟怨。东风吹酒面。

满庭芳 王寺簿生朝

点点淮山，迢迢江水，分明别是风光。地灵人杰，星斗烂文章。初度充闾佳气，当年瑞、应弄珪璋。薰弦奏，凉宵宝月，玉井藕花香。　　清真，如逸少，兰亭修竹，曲水流觞。想醉乡日永，地久天长。小驻屏星怀玉，飞凫舃、元在鹓行。功名事，云龙风虎，行矣佩金章。

浣溪沙 醉木犀

一曲西风醉木犀。天香吹梦入瑶池。钗横犹记未开枝。　　花重嫩舒红笑脸，叶稀轻拂翠颦眉。酒醒残月雁声迟。

又 次韵昌甫

山气吹云宝月凉。园英承露菊花黄。吾生只合醉为乡。　　怅望佳人因共赋,分明佳节是重阳。酒边犹发少年狂。

又 次韵昌甫

莫问星星鬓染霜。一杯同看月昏黄。放歌渔父濯沧浪。　　却忆手栽双柳句,真成云汉抉天章。苏仙何在立苍茫。

又 霜菊黄

霜后黄花尚自开。老年情绪为何哉。株株浑是手亲栽。　　秋际有言挥玉麈,冬来无梦绕金钗。相思一夜发窗梅。

江 城 子

雪消霜入小溪舟。试浮游。上山头。薄薄寒烟,依旧未全收。问道梅花开也未,吟不尽,一春愁。　　襟怀如此老还休。懒凝眸。转深幽。诗罢一眉,新月又如钩。腊后春前村意远,回棹稳,水西流。

浣溪沙 野色轩看玉色木犀(紫芝漫钞本调作广寒枝)

月角珠庭映伏犀。扶摇当上凤凰池。广寒曾折最高枝。　　壮志还同诸葛膝,清名还似紫芝眉。梅花春寿酒行迟。

鹧鸪天 次韵昌甫

老去情怀酒味中。水边林下古人风。岁云暮矣江空晚,谁识儋州秃鬓翁。　　人易远,语难工。春时犹记一尊同。苦心未免皆如此,只合挥弦日送鸿。

风入松 远山横

小楼春映远山横。绿遍高城。望中一片斜阳静,更萋萋、芳草还生。疏雨冷烟寒食,落花飞絮清明。　　数声弦管忍重听。犹带微醒。问春何事春将老,春不语、春恨难平。莫把风流时节,都归闲淡心情。

菩萨蛮 花间意

小园红入春无际。新声休写花间意。一笑唤真真。香腮酒未醒。　　惜芳追胜事。畅饮馀诗思。无处说衷情。暗尘罗帐生。

谒金门 和昌甫

花肃肃。杨柳三眠未足。一棹溪山新涨绿。旧欢无梦续。　　莫问杜鹃啼蜀。只有江南水竹。北客凄凉无伴独。春山生草木。

又 又

幽意熟。吟啸春风自足。爽气初生晴未燠。相逢休问卜。　　画出高山盘谷。岩上飞云相逐。他日江东思渭北。断弦谁为续。

卜算子 中秋前一日和昌甫所寄

一雨已秋深,月色寒而静。夜半披衣草树间,玉露团清影。　　长笛倚楼声,听彻还重省。手启柴门倦复关,云卧衣裳冷。

醉蓬莱 上太守(紫芝漫钞本题作冰玉风月)

庆文章太守,燕寝凝香,诞弥佳节。庾岭归来,又经年梅发。棋酒心情,笙歌滋味,便合朝天阙。玉作山前,冰为水际,几多风月。

绿鬓朱颜，浩然相对，自是中原，旧家人物。鹓鹭班回，尚记陪清切。好把胸蟠万卷，谈笑了、济时勋业。锦幄初温，宝杯深劝，舞回香雪。

朝中措 梅月圆

为兹春酒寿诗翁。我辈一尊同。香动梅梢圆月，年年先得东风。
冰溪清浅流环玉，莲幕漫从容。但愿人生长久，挥弦目送飞鸿。

太常引 腊前梅

小春时候腊前梅。还知道、为谁开。应绕百千回。夜色转、参横斗魁。　　十分孤静，替伊愁绝，片月共徘徊。一阵暗香来。便觉得、诗情有涯。

朝中措 次韵昌甫见寄

谁翻新曲玉溪滨。何日得为邻。醉里行歌相答，步随泉石松云。
如今又是梅时候，只有眼中人。魂断幽香孤影，花前闲整衣巾。

恋绣衾 泪珠弹

溪风吹雨晚打窗。把心情、阑入醉乡。记取在、山深处，我如今、双鬓已苍。　　夜阑寒影灯花淡，梦难成、清漏更长。宝瑟断、鸾胶续，泪珠弹、犹带粉香。

一剪梅 腊前梅（永乐大典卷二千八百十一作蜡梅春）

一朵梅花百和香。浅色春风，别样宫妆。西湖衣钵更难忘。雪意江天，浑断人肠。　　清夜横斜竹影窗。赢得相思，魂梦悠扬。玉溪山外水云乡。茅舍疏篱，不换金章。

蝶恋花 三十日归途村店市酒,成季、子任同酌而歌

道上疏梅花一树。人去人来,不管流年度。闲过南魏同散步。东风为我吹香去。　　试问青春今几许。明日新正,溪影横山暮。遮莫攀翻君且住。心儿却在题诗处。

又 细雨吹池沼

尽道今年春较早。梅与人情,觉得梅偏好。一树南魏香未老。春风已自生芳草。　　来自城中犹带晓。行到君家,细雨吹池沼。怅望沙坑须会到。玉溪此意年时少。

生查子 梅和柳

山意入春晴,都是梅和柳。白白与青青,日映风前酒。　　归去也如何,路上休回首。各自做新年,柳袅梅枝瘦。

探春令 景龙灯

暗尘明月小桃枝,旧家时情味。问而今、风转蛾儿底。有谁把、春衫试。　　景龙灯火升平世。动长安歌吹。这山城、不道人能记。甚村酒、偏教醉。

临江仙 画屏春

罗帐画屏新梦悄,绿窗慵起香残。重帘生怕倚阑干。春风吹玉水,春雪满灵山。　　梁燕未来归雁动,海棠才带红酣。酒愁花恨霎时间。烟云催薄暮,丝雨湿轻寒。

眼儿媚 社日

风回香雪到梨花。山影是谁家。小窗未晚，重檐初霁，玉倚兼葭。

　　社寒不管人如此，依旧在天涯。碧云暮合，芳心撩乱，醉眼横斜。

临江仙 六月二日病差出门散适

竹树阴阴流涧水，黄鹂飞去飞还。蓬门篱落小桥湾。更无尘迹到，我自爱其闲。　　雨又随风催薄暮，轻雷时动云斑。归来凉意一窗间。病馀真倦矣，睡熟簟纹宽。

蝶恋花 野趣轩看玉色木犀

斜日清霜山薄暮。行到桥东，林竹疑无路。小院横窗香喷雾。胆屏曲几花如雨。　　细酌心情因少驻。九万刚风，寒影吹琼素。不是月宫那有许。霓裳舞彻凌波步。

柳梢青 玉水明沙

玉水明沙。峰回路转，城倚桥斜。老我登临，同谁酩酊，一望还赊。　　飞鸿杳霭天涯。但拚取、心情酒家。紫菊枝枝，红茱颗颗，休问年华。

满　庭　芳

玉水灵山，霜天清晓，非烟非雾琴堂。载临初度，圭璧记煌煌。百里民安抚字，欢呼处、禾黍登场。今年好，为兹春酒，莫惜醉淋浪。　　神仙，□领袖，山河勋业，星斗文章。便黄扉青琐，会遇明良。愿赐尚方之剑，攀槛折、于古辉光。飞凫去，甘棠遗爱，留与话桐乡。

菩萨蛮 梅花句

风前觅得梅花句。香来自是相分付。片月动黄昏。一枝横酒尊。
人间何处有。又到春时候。莫负此诗家。将心吟好花。

贺新郎 十三日,小园梅枝微红点缀,便觉可句

梅蕊依稀矣。岁华深、翛然但把,杖藜闲倚。山绕荒林红叶下,落
日孤城烟水。意兴寄、云何则是。底事疏枝横绝峭,未吹香、便与
花相似。不忍折,为之喜。　　　寒鸦万点霜风起。正人家、园收芋
栗,小槽初美。欲醉阿谁同一饮,拟赋才成又止。老态度、浑侵鬓
齿。摸索孤根春在否。任红红、白白皆桃李。空烂漫,岂能尔。

百字令 寿南枝

诏飞天上,看金狨系马,西湖风月。朝罢香烟携满袖,身在琼楼玉
阙。锦绣肝肠,珠玑欸唾,绿鬓非华发。与谁经济,河山应笑吴越。
　　　且把春酒寻梅,年年眉寿,坐对南枝发。兵卫朱门森画戟,醉
舞尘生罗袜。山面高堂,溪浮新舰,留取邦人说。等闲馀事,一时
如此奇绝。

菩萨蛮 赵昌甫折黄岩梅来,且寄菩萨蛮,次韵赋之

陇头无驿奚为朵。岩前有折宜来堕。风急雪云溪。诗清满意携。
竹炉良夜饮。饮竟煎僧茗。梅以句深长。得花情未忘。

小重山 柳色新

点染烟浓柳色新。小桃红映水,日初匀。露收芳径草铺茵。凝情
久,风淡起轻尘。　　　梁燕已争春。折花闲伴酒,试濡唇。流莺何

处语声频。阑干曲,蜂蝶更随人。

感皇恩 和吴推官

急管度青枝,醉眠芳草。云断巫阳梦能到。乍醒馀困,晴影暗移纱帽。旧时闲意思,都忘了。　　今岁春迟,去年春早。点点繁红又多少。惜春归去,酒病翻成花恼。数声鸣鸟唤,人惊老。

又 又

诗社酒徒闲,村村花柳。月榭风亭更霞牖。临春结绮,又是那回时候。不禁中夜雨,相偻僁。　　弄蕊攀条,为寻芳酒。一斗谁能问千首。江南云梦,空说气吞八九。持杯人共我,能吟否。

瑞鹧鸪 辛镇江有长短句,因韵偶成,愧非禹步尔

南兰陵郡鹧鸪词。底用登临更赋诗。贵不能淫非一日,老当益壮未多时。　　人间天上风云会,眼底眉前岁月知。只有海门横北固,宦情随牒想推移。

浣溪沙 同昌甫饮南池

屋上青山列晚云。水边红袂映斜曛。柳阴荷气篸湘纹。　　酒以歌长谁乐事,诗成杯滟我离群。香消凉意有南薰。

又 次韵昌甫

作意如何和好歌。细翻重看得长哦。晓梧吹雨露明荷。　　老我从他琴下斁,故人元自笛亭柯。北山烟岫郁嵯峨。

又 又

鸦娇荒寒燕复低。门前长草与人齐。长桥南畔小桥西。　　安得有诗同尔句,可教无酒泛其杯。相思常苦易离携。

鹧鸪天 离歌一叠

只唱离歌一叠休。玉溪浮动木兰舟。如何又对云烟晚,不道难禁草树秋。　　空脉脉,忍悠悠。绸缪终是转绸缪。相思相见知何处,记取新欢说旧游。

满江红 陈玉局生朝

归锦堂成,云汉上、天垂新画。有朱颜绿鬓,禁林仙客。玉局暂从香火社,金龟未报文章力。看彤庭、赐第别承恩,居君侧。　　斑衣戏,蟠桃摘。翠袖倚,歌檀拍。正祥开初度,颂声千百。又是腊前梅态度,几多春近花消息。想明年、今日醉西湖,光辉赫。

好事近 翠圆枝

一涧水南山,腊尽春生梅雪。行过小桥深处,带疏钟横月。　　征衫闲著指东吴,休怕与人别。吟到翠圆枝上,是归来时节。

菩萨蛮 胡教生朝

南枝已见春消息。今年为寿方知得。俾尔炽而昌。流霞浮暗香。　　蓬壶清浅水。笑指云阶喜。高论有规模。平戎赋两都。

浣溪沙 试香罗

风软湖光远荡磨。春衫初试薄香罗。踏青无计奈君何。　　莫笑老来多岁月,肯教闲去少诗歌。长安陌上有铜驼。

谒金门 春早湖山

春尚早。春入湖山渐好。人去人来虽未老。酒徒犹恨少。　　梅落桃开烟岛。日日更吹香草。一片芳心拚醉倒。冷云藏落照。

祝英台近 寒食词

馆娃宫,采香径,范蠡五湖侧。子夜吴歌,声缓不须拍。崇桃积李花闲,芳洲绿遍,更冉冉、柳丝无力。　　试思忆。老去一片身心,孤负好春色。古往今来,时序恼行客。去年今日山中,如何知得。却又在、他乡寒食。

浣溪沙 过卢申之

梅叶阴阴占晚春。博山香尽玉嶙峋。茶瓯酒碗试濡唇。　　闲里常愁无伴侣,老来不是有情人。牡丹天气惜芳辰。

洞仙歌 次韵斯远所赋清溪一曲

溪山好处,赢得题新曲。待足人生甚时足。问临流情味,倚遍斜晖,应似画、小景生绡一幅。　　渔舟声欸乃,岩上云飞,杳杳归鸦去鸿逐。任当年伊吕,谈笑兴王,争敌恁、闲眠野宿。待雪天、月夜我还来,醉潇洒清幽,那些儿屋。

点绛唇 寻瑶草

山凹春生,探梅只道今年早。暗香迎晓。人与花能好。　　岁岁持杯,天地同难老。须吟啸。放开怀抱。更约寻瑶草。

减字木兰花 梅词

菊花开了。待得梅梢来索笑。雪色江波。看尽千林未觉多。
一丘缓步。只恐朝来有新句。岁岁年年。白髮催人到酒边。

采桑子 又一首

萧萧两鬓吹华髮，老眼全昏。徙倚衡门。岁晚寒消涧水痕。
含情更觉沧洲远，欲语谁论。窈窕孤村。细雨梅花只断魂。

又 十四日

华灯自是年年好，月淡烟空。依旧东风。萧鼓吹香醉脸融。
谢他诗侣还相觅，雨迹云踪。不分情浓。柳浅梅深鬓影松。

好事近 次韵昌甫

北客过江来，赢得家家都老。屈指中兴人物，到如今谁好。　　　　散
庵常是爱山林，健笔胜挥扫。我则临风三叹，信儿曹惊倒。

减字木兰花 昌甫以嵇叔夜语作曲，戏用杜子美诗和
韵

一杯易足。自断此生犹杜曲。词客哀时。不敢愁来赋别离。
孤城麦秀。常愧葛洪丹未就。诗罢长吟。衰晚迟回违寸心。

鹧鸪天 次韵赵路分生朝所赋

便把山林寄此身。也须诗酒属吾人。仙家旧是金堂士，吏隐新收
玉局名。　　惟自乐，不忧贫。渊明谈笑更清真。年年眉寿登高
后，醉帽常留菊满簪。

好事近 郑倅生朝

腊雪映江梅,冰玉更分风月。衮衮紫枢家世,庆诞弥时节。　　烘堂赢得戏莱衣,春酒宝杯凸。籍籍郑庄人物,要汉廷勋业。

太常引 呈昌甫

随风和雨带烟开。更清冷、照崔巍。片片亦佳哉。细看得、花如翦裁。　　茅檐出没,水浮桥外,人自两峰来。吟到涧泉梅。问何似、山阴道回。昌甫有"春浦雪涧泉梅"之句。

西江月 次韵赵路分

脉脉蜂黄蝶粉,盈盈水秀山明。卖花声里听吹饧。佳丽芳华韵胜。　　下上休看舞燕,惺松一任啼莺。枕痕屏曲梦关情。酒醒春宵漏尽。

谒金门 次韵郑婺源

行又住。水远山遥村路。把酒问春春几许。老年花似雾。　　坐上风流张绪。留我我还难去。却忆章台飞柳絮。只愁萦暮雨。

绕池游慢 赵倅游濠,作绕池游慢,约同赋

荷花好处,是红醋落照,翠蔼馀凉。绕郭从前无此乐,空浮动、山影林篁。几度薰风晚,留望眼、立尽濠梁。谁知好事,初移画舫,特地相将。　　惊起双飞属玉,萦小楫冲岸,犹带生香。莫问西湖西畔□,□九里、松下侯王。且举觞寄兴,看闲人、来伴吟章。寸折柏枝,蓬分莲实,徒系柔肠。

鹧鸪天 寿福国陈夫人

静乐堂中禅悦身。相家庆袭两家春。瑶池云气冲霄鹤,兰砌风标瑞世麟。 华屋邃,宝杯新。年年秋与月常明。笙箫且奏长生曲,宣劝还看送喜频。

忆秦娥 茉莉

香滴滴。肌肤冰雪娇无力。娇无力。秋风凉冷,有谁消得。 洗妆不奈云鬟侧。璧堂珠院空相忆。空相忆。轻颦浅笑,小梅标格。

朝中措 寄元立

薰风两节照稽山。三百里湖间。镜上谁为贺老,棹船能伴官闲。 今年寿日,不妨吟啸,还上清班。为寄长生新曲,齐眉想见酡颜。

醉落魄 次韵斯远

风高木落。壮心万里空回薄。振衣待把尘埃濯。声里斜阳,孤起戍楼角。 人生谁会谁为错。年来但觉多离索。黄花照地浑开却。华发如斯,同和醉落魄。

朝中措 约和卿、敬之持醪为文叔生朝

山林钟鼎似无同。舒卷有穷通。洗出壶中三峡,帝城赢得从容。 黄流乱注,狂澜既倒,砥柱能东。此际诞弥杯酒,宜歌风虎云龙。

西江月 十一月初六日夜偶成

日日山迷水癖,年年书恼诗痴。寻思那里要他知。试比古人犹未。 往往眼甜口苦,常常心是身非。如何则甚破他疑。只学今人

足矣。

阮郎归 客有举词者,因以其韵赋之

小楼秋霁碧阑干。中人初薄寒。霜风吹我到湖山。平林斜照残。　　空阔里,有无间。牵萝翠袖闲。篮舆兴尽却愁还。断肠歌未阑。

好事近 同仲至和探梅

湖上有孤山,合把探梅词刻。清浅黄昏时候,冷疏枝寒色。　　窗前忽到又如何,一夜足相忆。信道收香藏白,报春风消息。

浣溪沙 清和风

买得船儿去下湖。这些天气近来无。清和风里绿阴初。　　酒不为渠闲放荡,诗应嫌我太粗疏。酒徒诗社复何如。

又 寄文叔生朝

江上新凉入酒杯。瑞芝堂祝寿筵开。五楼百雉更崔嵬。　　劳来流离施菽麦,作成丰稔到田莱。便朝天去也徘徊。

醉桃源 昌甫有曲,名之濯缨,因和

残春风雨绕檐声。山空分外鸣。闲来落佩倒冠缨。尚馀亲旧情。　　人不见,句还成。又听求友莺。濯缨一曲可流行。何须观我生。

浣溪沙 徐倅生朝

留得菖蒲酒一杯。与公今日寿筵开。灵山排闼送青来。　　须信南州高士后,持荷持节照苏台。瑞云深处是三台。

醉桃源 和昌甫

固穷斋里语吾生。言之必可行。扶疏夏木既啼莺。更逢鱼计成。

多雅尚,少时情。沧浪渔父缨。高歌宁与俗争鸣。朱弦疏越声。

减字木兰花 初五日昌甫生朝,因庆七十

从心所欲。高蹈祠官惟见独。其寿伊何。古井章泉水不波。
腊前梅好。玉洁日光香耐老。才大三千。首首清诗得自编。

菩萨蛮 和昌甫见招

归来又喜山中约。菊枝桂树真宜酌。兴尽只观山。秋深方闭关。

会须追雅步。策蹇或肩舆。少待必能治。膏肓泉石医。

百字令 杨民瞻索古梅曲,次其韵

园居好处,是古梅飞动、欺霜凌雪。底问纷华桃李态,自倚天姿明洁。城外灵山,桥头玉水,多少佳风月。岁寒时候,南枝尤与清绝。

几回唤酒寻诗,诗成小醉,絮帽浑欹侧。领略不辞身跌宕,一洗群儿喎哳。太始遗音,元和新样,到了都难说。草玄经在,对花何闷孤寂。

一剪梅 醉中

醉倒城中不过溪。溪外无尘,惟掩柴扉。水浮桥漾翠烟霏。一片闲情,能几人知。留饮君家絮帽欹。爆竹声中,万事如斯。梅催春动已熹微。尔既能来,我亦何疑。

贺新郎 次韵昌甫雪梅曲

又见年年雪。水浮桥、南岸幽处,周遭森列。横碧轩中空旧话,独钓寒江愁绝。更一段、冰霜高洁。忽得两篇强健曲,倚回风、洒急凭谁说。嗟巩洛,乃闽浙。　　　　何当醉酒扬雄宅。问避人避地,其如楚之舆接。览德已而歌凤去,千仞辉翔难蹑。我和句、却愁狂辄。折尽梅花伤岁暮,□撒盐、起絮分才劣。鸡犬静,涧篱閞。

点绛唇 五月二日,和昌甫所寄,并简叔通

竹隐高深,夏凉日有清风度。苎衣绳屦。鹤髮空相顾。　　　　翠扑流烟,又向溪翁去。青山路。要当同住。长占无尘处。

菩萨蛮 酒半戏成

秋林只共秋风老。秋山却笑秋吟少。恰恨有秋香。青岩秋夜凉。　　　　清秋须是酒。结客秋知否。醉笔写成秋。一秋无复愁。

祝英台近 燕莺语

海棠开,春已半,桃李又如许。一朵梨花,院落阑干雨。不禁中酒情怀,爱闲懊恼,都忘却、旧题诗处。　　　　燕莺语。溪岸点点飞绵,杨柳无重数。带得愁来,莫恁空休去。断肠芳草天涯,行云荏苒,和好梦、有谁分付。

谒金门 醉花春

人已醉。溪北溪南春意。击鼓吹箫花落未。杏梅桃共李。　　　　水底鱼龙惊起。推枕月明千里。伊吕衰翁徒尔耳。我怀犹未是。

虞美人 代儿寿黄靖州

晓来一阵催花雨。正桃李、横塘处。笙歌帘幕燕莺喧。春在人间不老、谷城仙。　潇湘图画迎千骑。襦袴欢声起。功名风虎庆云龙。更看万钉横带、系金犾。

朝中措 昌甫作长短句呈朱卿、余倅,因和韵

水南何事兴偏浓。花草小园中。山气静分馀霭,泉声幽转流淙。　午桥坐上英豪客,今昔为谁容。不是倚楼人在,登临无复携筇。

卜算子 初十日海棠宋十一哥家饮

烟雨海棠花,春夜沉沉酌。寒食清明数日间,人也须行乐。　不怕笛声长,只怕风儿恶。烛影红酣宝篆香,楼上黄昏角。

谒金门 方斋小集,有琴者,昌甫作词,和韵

闲度日。愁里费人辞辟。榆火新烟还熟食。小墙花槛直。　锦字玉徽清集。何用主人留客。相赏暂时谁画得。庞公非浪出。

浣溪沙 怨啼鹃

锦瑟瑶琴续断弦。璧堂初过牡丹天。玉钩斜压小珠帘。　睡鸭炉温吟散后,双鸳屏掩酒醒前。一番春事怨啼鹃。

菩萨蛮 花貙碧

丝丝柳色清愁织。山城望断花貙碧。回首仲宣楼。登临无计愁。　雨声吹海立。流转韶光急。九万有鹏程。沉香天上亭。

好事近 次韵昌甫

梅雨快晴风,苔竹定翻新箨。相望得寻幽调,把陈言都略。　　大
江东去更飞云,心事共回薄。仿佛散庵佳处,一声声猿鹤。

又

黄髮享颐期,兄弟此时宜告。见说对床夜雨,世间尘都扫。　　青
毡堂外瑞峰高,云气拂晴昊。老大中原人物,在江湖乡保。

又

三叠古藤阴,自笑无能为役。千载和陶新曲,了非仙非释。　　影
徒随我月徘徊,风叶露华湿。瓮下是成真逸,醉令人思毕。

朝中措 述旧曲

霓裳霞佩淡丰容。云冷露华浓。唤起石丁归去,冥冥仙仗崆峒。
　　人间秋老花饶笑,清映小帘栊。记取五城深处,凤箫吹下天风。

水调歌头 坐间有伤仲至,且怀昌甫,因呈张宰

新月已如许,我问带湖梅。人间题句,赢得浮漱酒盈杯。落拓豪英
满坐,烂漫风骚连纸,天外凤凰来。只怕轻孤负,莫待巧安排。
　　空翠滴,寒爽矣,晚佳哉。为君绝倒,折尽千树玉蓓堆。渺渺章
泉好在,寂寂卢泉仙去,今古付尊罍。拍手见花木,放眼记莓苔。

鹧鸪天 看瑞香

看了香梅看瑞香。月桥花槛更云窗。不知是有春多少,玉水灵山
醉几场。　　闲蝶梦,褪蜂黄。尽温柔处尽端相。珠帘十里扬州

路,赢得潘郎两鬓霜。

菩萨蛮 寿昌甫生朝

今年是处梅花早。分明开到章泉好。兄弟寿杯同。暗香明月风。
风流文物旧。春意枝枝透。儿侄定飞轩。衣冠与世传。

又 十五夜,昌甫约赋,寄刘簿

聚星亭下书堂水。冬来欲问梅花使。圭撮是何官。人间有底难。
章泉词和去。交道元如故。转眼岁将穷。溪头鹤发翁。

朝中措 九日周国正席间赋长短句

年年羞插菊花游。华发不禁秋。此日遨头寻胜,清除万斛清愁。
湿云凉雨南台上,歌动玉溪流。俯仰人间今古,多情破帽飕飕。

点绛唇 席间和昌甫

银笔金花,断肠有句闲挥扫。又还落了。梅片阳春小。　　古往
今来,风味须才调。山林少。这些襟抱。输与江东老。

菩萨蛮 张饶县以一枝梅来,和韵

的皪南枝横县宇。空山无此新花吐。手种几多梅。迎霜今已开。
簪屏聊隐几。诗与君应喜。更报晏斋翁。相将索笑同。

鹧鸪天 冲雨小舟上南港

莫笑闲身老态多。避人避世欲如何。分明画出山阴道,太息吟成
宁戚歌。　　穿木石,泛烟波。从前魑魅喜人过。灵山西畔高溪
上,一棹归来舞短蓑。

浣溪沙 又

系得船儿柳岸头。夹江灯火雨飕飕。寻诗家醉更绸缪。　待腊
未教寒事少,小春换取暗香浮。夜长飞梦失清愁。

又 至日带湖

爱日回春一线长。氤氲谁忆御炉香。孤城岁晚卧沧江。　花底
千官迎淑气,湖阴十里写晴光。剩拚华髮醉为乡。

又 又

春入疏弦调外声。雪云初霁带湖清。屏温香软绮窗深。　山倚
虚窗情淡淡,水流清浅韵泠泠。断魂醒处梦难凭。

谒金门 带湖新月

云外月。画出一痕清绝。梅已飘零桃未发。带湖烟水阔。　汀
渚尚留微雪。不恨酒融歌歇。老我多情胶漫结。半醒空自说。

临江仙 和答昌甫见寄生朝

满眼春生梅柳意,山居清听风泉。又因初度说今年。华颠相望处,
新曲忽来前。　自笑一周闲甲子,何为佞佛贪仙。如翁辈行敢
随肩。徒知言语妙,欢喜向谁传。

谒金门 不怕醉

不怕醉。记取吟边滋味。幽草绿阴花絮里。莺啼双燕起。　老
去是何乡里。漠漠吴头楚尾。一曲荒山清照水。殢渠杯酒旨。

霜天晓角 又

雨收云薄。有底情怀恶。一段春风花事,吟得就、又忘却。 海棠红未落。细细流霞酌。选甚蝇营狗苟,皆现定、有何错。

临江仙 周国正生朝

寒食清明春事好,公家霁月光风。年时犹记雨声中。州侯陈乐舞,法从酒杯同。 坐上王杨虽自散,酝酿依旧香浓。待将诗易寿无穷。鸢飞鱼跃矣,风虎更云龙。

鹧鸪天 昌甫同明叔饮赵崇公家

莫道庞公不入州。为谁歌酒也迟留。襟期别乘真难事,领略同游岂易谋。 他扰扰,自悠悠。香浮茉莉笑花头。一帘云影催诗雨,唤起佳人无限愁。

鹊桥仙 闲举"金风玉露相逢"之曲,因赋

诗非漫与,酒非无算,都是悲秋兴在。与君觞咏欲如何,画不就、新凉境界。 微云抹月,斜河回斗,隐隐奇奇怪怪。刚风九万舞瑶林,其些少、人间利害。

浣溪沙 涧上昌甫有词

闲里相看两鬓秋。酒能沾醉雨能幽。吾庐何幸得翁留。 世路尽教终易与,山林佳话恐难酬。人来人去亦知不。

又 元夕

分付心情作上元。不知投老在林泉。谁将村酒劝鱿船。 月影

静摇风柳外,霜华寒浸雪梅边。醉欹乌帽忽醒然。

又 生朝和昌甫韵

老觉空生易得年。闲居那复问旌旃。一丘春静自回旋。　　翁善于人知美矣,我行于世转乖然。清词俾寿喜言传。

鹊桥仙 红梅已谢

红梅已谢,杏花开也,一片海棠犹未。春风吹我带湖烟,甚恰限、新晴天气。　　黄昏楼上,烛花影里,拼得那回滋味。暗尘弦索拂纤纤,梦留取、巫山十二。

生查子 晴色入青山

晴色入青山,更见飞花晚。不是不登临,自是心情懒。　　试襞小红笺,与写天涯怨。杜宇一声春,楼下沧波远。

一剪梅 闻箜篌

缥渺神仙云雾窗。说与苏州,未断人肠。带湖烟月堕苍茫。唤醒嫦娥,春笋纤长。　　马上琵琶半额妆。拨尽相思,十二巫阳。疏□清梦入潇湘。佩玉鸣鸾,吹下天香。

眼儿媚 下郭赵园

西溪回合小青苍。梅雨弄残阳。意行陇亩,景分庭院,乳燕春长。　　酒深不用人歌啸,锄圃试商量。细晞菜甲,旋寻蔬笋,一梦黄粱。

水调歌头 次韵倅车寿守

一曲笙歌外,四座笑谈清。使君秋霁领客,别乘更宗英。想像亲闻称寿,写就通家情分,相与庆恩荣。欢动桂花发,香雾扑帘旌。

功名事,台阁路,好同登。只今报政归诏,舆论正蜚声。以我文章学术,与国和平安靖,冠剑入明庭。应顾棠阴下,野老鬓星星。

鹧鸪天 十二月二十二日

云到春飞若素期。柳条吹送落梅枝。冰壶表里谁能赋,玉鉴圆明且屈卮。　　村舍北,郡楼西。治中风调只心知。不堪野老关门醉,想见山翁倒载时。

桃源忆故人 杏花风

杏花雨里东风峭。不比寻常开了。枝上飞来多少。人与春将老。　　山城灯火笙箫杳。梦到十洲三岛。睡觉绮窗清晓。绿遍池塘草。

浣溪沙 十六夜

荆楚谁言镜听词。烛花影动画檐低。烧灯天气醉为期。　　雨湿杏腮疑淡淡,风迷柳眼半傲傲。小山西路板桥西。

菩萨蛮 次韵昌甫见贻生朝

春来晴雨常相半。水光风力花撩乱。山北与山南。行歌或再三。　　诵君诗过日。才大真盘屈。寿我敢言酬。相望亦饮不。

浣溪沙 十四日

百花丛里试新妆。不许巫山枉断肠。牡丹风飚曲声长。　　寒食清明闲节序,绮窗朱户少年场。燕泥香润落空梁。

虞美人 姑苏画莲

西湖十里孤山路。犹记荷花处。翠茎红蕊最关情。不是薰风、吹
得晚来晴。　　而今老去丹青底。醉腻娇相倚。棹歌声缓采香
归。如梦如醒、新月照涟漪。

又 赵倅酌别灵山阁

送君报最登朝路。初整曹装处。又因杯酒见馀情。凉雨灵山阁
上、月初晴。　　醺然领客襟怀底。消得阑干倚。风流别乘我依
归。清誉冰溪棠荫、绿漪漪。

朝中措 赵倅约玉楼溪小集,不及往,因寄一曲

一番风月已平分。留得玉溪云。蔼蔼宾僚如故,东楼北海清尊。
　　荷香凉透,柳阴深锁,翠袂珠裙。□到九重城里,才华好觐吾君。

浣溪沙 秋思

宋玉悲秋合反骚。陶潜把菊任持醪。山遥遥外水萧萧。　　梦不
到时诗自在,兴难忘处恨全消。香沉沉里蕊飘飘。

朝中措 赵伊一哥回侍

君之竹隐是章泉。只要世家传。莫道闲诗浪句,风花雪月云烟。
　　一杯我醉,百年人事,乾转坤旋。直与唤回兴替,羲皇留下遗编。

浣溪沙 沙溪小饮

一抹青山拍岸溪。麦云将过笋初齐。不知何处水流西。　　小阁
路头吾欲醉,短篷船尾客同携。酒边华发更题诗。

又 次韵伊一

水绕孤村客路赊。一楼风雨角巾斜。举觞无复问煎茶。　　夜静曲声初喷竹，酒深烛影细吹花。明朝飞鹭起圆沙。

又 又

忆把兰桡系柳堤。斜风细雨一蓑衣。夕阳回照断霞飞。　　洛浦佩寒如隔日，高唐梦到又何时。背人挑□独心知。

水调歌头 和石倅寿汤守

玉水灵山地，燕寝亦书功。邦人耆老，诞弥佳节以词通。尔岂知吾恺悌，我乃因君谈笑，祝寿酒杯同。箫鼓少人会，歌舞为谁容。

观坐客，惊野老，笔如风。个般酬唱，诏回应上玉华东。多少家传经济，留与孙谋持守，出处信何穷。唤起千年调，分付一车公。

菩萨蛮 次韵

人间多少闲风度。薄情失记相逢处。绿鬓画鸦儿。旧巢双燕栖。　　舞衫回素玉。檀板声何蹙。一抹晚霞飞。泪痕无脸啼。

浣溪沙 戏成寄李叔谦

彩笔新题字字香。雁来时候燕空梁。芙蓉无处著秋光。　　人远山长言外意，曲传书恨醉时妆。倩谁闲寄水云乡。

菩萨蛮 晚云烘日

晚云烘日枝南北。一杯未尽梅花曲。城郭小春回。暗香开未开。　　留连吾欲醉。醉眼红尘外。多少老心情。景清人亦清。

少年游 玉腊梅枝

闲寻杯酒,清翻曲语,相与送残冬。天地推移,古今兴替,斯道岂雷同。　　明窗玉蜡梅枝好,人情淡、物华浓。个样风光,别般滋味,无梦听飞鸿。

蝶恋花 次韵伊一

未就丹砂须九转。谁把新词,歌绕梁尘遍。拍拍韶华春意满。揆予初度文何健。　　恰是山花汀草远。独乐园林,不梦笙歌殿。灵气仙才非小见。霞杯漫道蟠桃献。

又 次韵郑一

千叶香梅春在手。日薄帘栊,花影遮前后。小立徐行还易久。微吟莫厌伤多酒。　　拾翠流红弦管透。望断青青,休问行人柳。往事如云如梦否。连天芳草惊依旧。

点绛唇 王园

南陌柔桑,粉墙低见谁家女。燕飞莺语。依约提篮去。　　老觉多情,梦也无分付。君知否。楚襄何处。一段阳台雨。

浣溪沙 为仲如赋茉莉

滴滴琼英发翠绡。江梅标韵木香娇。乍凉时候漏声遥。　　欲绾鬓丝妆未了。半回身分曲初招。霓裳依约梦魂飘。

又 小集涧亭

雨阁云流小院秋。半醺凉意不关愁。一番相见一番休。　　淡伫

乍持杯未浅,懒歌浑罢笑初收。 主宾无处著绸缪。以上涧泉诗馀

摊破浣溪沙 杨梅

生与真妃姓氏同。家随西子苎萝东。谁道玉肌寒起粟,酒能红。

　　火齐烧空来上苑,冰浆凝露在西宫。不似荔枝生处远,恨薰

风。涧泉集卷二十

以上彊村丛书本涧泉诗馀　　　词题原由朱祖谋校删甚多,凡摭词中语为词题者皆

是。今据紫芝漫钞本涧泉诗馀补。此为旧本所有,永乐大典所引韩淲词多有之。

李廷忠

　　　　廷忠字居厚,号橘山,於潜人。淳熙八年(1181)进士。庆元元年

(1195),於潜教授。嘉定八年(1215),知夔州,放罢。有橘山甲乙稿,今

不传。

瑞　鹧　鸪

洛浦风光烂漫时。千金开宴醉为期。花方著雨犹含笑,蝶不禁寒

总是痴。　　香腮擎吐浓华艳,不随桃李竞春菲。东君自有回天

力,看把花枝带月归。全芳备祖前集卷二牡丹门

生　查　子

玉女翠帷熏,香粉开妆面。不是占春迟,羞被群花见。　　纤手折

柔条,绛雪飞千片。流入紫金卮,未许停歌扇。全芳备祖前集卷十九蔷

薇门

水龙吟 寿宁国太守王大卿正月二日

风流最数宣城,奇山秀水神仙府。琴高台畔,花姑坛上,鸾翔凤舞。

春度玉墀，月升金掌，荣分铜虎。想少陵，知有异人间出，三百载、
留佳句。　　岁岁椒盘栢罤，到明朝、又还重举。阳和散作，千岩
瑞雪，两溪甘雨。汲取恩波，酿成禄酒，庆公初度。有东风传报，都
人已为，筑沙堤路。

沁园春 刘总幹会饮同寮，出示新词，席上用韵

幕府增辉，前度刘郎，又还到来。看芙蓉池畔，神凝秋水，绮罗丛
里，欢动春雷。彩笔新题，金钗半醉，当日英雄安在哉。开筵处，是
真仙福地，不著纤埃。　　堪怜倦客情怀。听吹竹弹丝金奏谐。
有黄花插鬓，何妨欹帽，绿橙醒酒，莫惜空罍。坐上疏狂，帘间姝
丽，应想横波一笑回。停杯久，待娇歌缓劝，归骑休催。

水调歌头 武昌南楼落成，次王漕韵

抚景几今古，遗恨此江山。百年形胜，但见幽草杂枯菅。多少名流
登览，赖有神扶坏栋，诗墨尚斑斑。风月要磨洗，顾我已衰颜。
擎天手，携玉斧，到江干。一新奇观，领客觞咏有馀闲。烟草半
川开霁，城郭两州相望，都在画屏间。便拟骑黄鹄，直上扣云关。

满江红 上夔帅乐秘阁生日

玉帐西来，道前是、绣衣使者。游览处、秋风鼓吹，自天而下。湘水
得霜清可鉴，巫峰过雨森如画。有神仙、佳致在胸襟，真潇洒。
荆州宝，元无价。夔门政，长多暇。听谈兵樽俎，百川倾泻。此
日寿觞容我劝，他年枢柄还公把。趁桂花、时节去朝天，香随马。

鹧鸪天 九日南楼和范总幹韵

槛外长江浪拍空。萧萧红蓼白蘋风。三秋告稔三农庆，九日追欢

九客同。　　烟渚北，月岩东。莫嫌光景太匆匆。登龙戏马英雄事，都在南楼一啸中。

踏莎行 赵宽夫十二月十二日生，赋此为寿

星野涵辉，云峰环翠。南园迎腊开梅蕊。瑶台仙子笑相逢，金钗行里拚沉醉。　　照乘骊珠，出闲天骥。相随寿母多年纪。春风侍宴宝花楼，五枝七叶都荣贵。以上八首见花庵中兴以来绝妙词选卷四

贺新凉 寿制帅董侍郎

濯锦江头路。望祥云、密拥旌幢，初开天府。冰露壶中秋玉莹，不著人间烦暑。现物表、神仙风度。回首太清宫阙杳，是鸣珂簪笔遨游处。舟万斛，却西诉。　　筹边堂上兵无数。笑当年、蜀山谅将，夜分旗鼓。听取今朝宣阃令，洗尽蛮烟塞雾。便催唤、衮衣归去。运应河清逢岳诞，办中兴事业须申甫。看岁岁，寿觞举。截江网卷四

霜天晓角 庆高尉

洞天仙伯。总是梅标格。来索东风一笑，香浮动、潜溪月。　　寿尊谁共酌。少年花县客。试问日边春信，梁园上、正飞雪。

感皇恩 寿王节使

昨夜一星明，太微西畔。应得良朝诞名将案此句末叶韵，疑有误。豹韬龙节，谈笑坐清江汉。年年梅雪里、开华宴。　　铁券高勋，金钟洪算。要同宗社流芳远。玺书褒异，自得君王深眷。看看登剑履、明光殿。以上二首见截江网卷五

临江仙 寿刘子野

人物风流真罕见,何须尘外求仙。绿龟千岁稳巢莲。醉倾金凿落,笑拥玉婵娟。　　须信日边消息好,寒花也作春妍。笙歌乐地酒中天。功名无限事,都在寿觞前。截江网卷六

又 寿帅幕

秋到三山呈瑞气,斑斑绣虎文章。早分桂殿一枝香。婉谋参幕府,华署等朝行。　　驾月姮娥来献寿,胜如昨夜辉光。十分满劝紫霞觞。年年花萼宴,相约侍君王。翰墨大全丙集卷十三

庆清朝 上楼大参　十一月十五

天启重光,地钟上瑞,有人起自东山。当年谢傅,几曾鹤发貂冠。不似文章隽老,重来鸣步斗枢间。洪钧转,五原草绿,太白兵闲。　　运庆今朝初度,正日添纹线,月挂冰盘。恩重御壶宣劝,喜溢天颜。听取沙堤好语,金科红篆押千官。春长在,调元鼎里,不假还丹。翰墨大全丁集卷四

卜算子 萧计议席上

草际雪痕消,梅上春心动。碧幕红裙簇画筵,横玉声三弄。　　雅兴杂鱼龙,妙舞回鸾凤。莫道司空眼惯□空格据律补,还入清宵梦。
永乐大典卷二万零三百五十三席字韵引李廷忠橘山词
　　以上李廷忠词十五首,用赵万里辑橘山词,稍有增补。

胡惠斋

　　　　惠斋,平江(今江苏苏州)人。胡元功之女。尚书黄由之室。

百字令 几上凝尘戏画梅一枝

小斋幽僻，久无人到此，满地狼藉。几案尘生多少憾，把玉指亲传踪迹。画出南枝，正开侧面，花蕊俱端的。可怜风韵，故人难寄消息。　　非共雪月交光，这般造化，岂费东君力。只欠清香来扑鼻，亦有天然标格。不上寒窗，不随流水，应不钿宫额。不愁三弄，只愁罗袖轻拂。皇宋书录外篇

满江红 灯花

暝霭黄昏，灯檠上、荧荧初炙。银焰袅、孤光分夜，寸心凝碧。留照娇颜欢笑偶，上元庆赏嬉游夕。笑聚萤、积雪与偷光，寒儒忆。

蝶眷恋，成何得。花传喜，知何日。听邻家昨夜，扣阍谁觅。焰短始知新月上，摇红孤馆因风急。恨那人、别后不成眠，时时剔。
花草粹编卷九

谢　直

直元名希孟，避宁宗讳，改名直，字古民，台州黄岩人。从陆九渊游。淳熙十一年（1184）进士，历太社令，嘉定十五年（1222），添差嘉兴府通判。

卜算子 赠妓

双桨浪花平，夹岸青山锁。你自归家我自归，说着如何过。　　我断不思量，你莫思量我。将你从前与我心，付与他人可。谈薮

高似孙

似孙字续古，馀姚人。淳熙十一年(1184)进士。庆元五年(1199)，武学博士。嘉泰三年(1203)，被命知信州，放罢。开禧元年(1205)，知严州，与祠禄。嘉定元年(1208)，知江阴军。嘉定十七年(1224)，著作佐郎。宝庆元年(1225)，知处州。有疏寮小集。

金人捧露盘 送范东叔给事帅维扬

下明光，违宣曲，上扬州。玉帐暖、十万貔貅。梅花照雪，月随歌吹到江头。牙樯锦缆，听雁声、夜宿瓜州。　　南山客，东山妓，蒲萄酒，鹧鸪裘。占何逊、杜牧风流。琼花红药，做珠帘、十里邀头。竹西歌吹，理新曲、人在春楼。阳春白雪卷二

眼　儿　媚

翠帘低护郁金堂。犹自未忺妆。梨花新月，杏花新雨，怎奈昏黄。　　春今不管人相忆，欲去又相将。只销相约，与春同去，须到君行。阳春白雪卷三

莺　啼　序

屈原九歌东皇太一，春之神也。其词凄惋，含意无穷。略采其意，以度春曲。

青旆报春来了，玉鳞鳞风旆。陈瑶席、新奏琳琅，窈窕来荐嘉祉。桂酒洗琼芳，丽景晖晖，日夜催红紫。湛青阳新沐，人声潏荡花里。　　光泛崇兰，坼遍桃李，把深心料理。共携手、蕙室兰房，奈何新恨如此。对佳时、芳情脉脉，眉黛蹙、羞搴琼珥。折微馨、聊寄相思，莫愁如水。　　青蘋再转，淑思菲菲，春又过半矣。细雨湿香

尘,未晓又止。莫教一鸠无聊,群芳薏薏。伤情漠漠,泪痕轻洗。曲琼桂帐流苏暖,望美人、又是论千里。佳期杳渺,香风不肯为媒,可堪玩此芳芷。　　春今渐歇,不忍零花,犹恋馀绮。度美曲、造新声,乐莫乐此新知。思美人兮,有花同倚。年华做了,功成如委。天时相代何日已。怅春功、非与他时比。般勤举酒酬春,春若能留,□还亦喜。阳春白雪卷四

失　调　名

红翻茧栗梢头遍。爱日斋丛钞卷四

存　目　词

调　名	首　句	出　处	附　　　　注
江 神 子	草堂潇洒浙江头	永乐大典卷一万四千三百八十一寄字韵	金元好问作,见遗山乐府卷中。词附录于后
满 江 红	汉水方城	又	金元好问作,见遗山乐府卷上。词附录于后
洞 仙 歌	青钱白璧	又	金元好问作,见遗山乐府卷中。词附录于后
临 江 仙	自笑此身无定在	又	又
点 绛 唇	生死论交	又	金元好问作,见遗山乐府卷下。词附录于后
又	十六芳年	又	又

江神子 寄王德新

春风花柳日相催。浙江梅。腊前开。开遍山桃,恰到野荼䕷。商岭东来三百里,红作阵,绿成堆。　　半山亭下钓鱼台。拂层崖。坐苍苔。林影湖光,佳处两三杯。恨杀玉溪王老子,忙个甚,不同来。

又

众人皆醉屈原醒。笑刘伶。酒为名。不道刘伶,久矣笑蜾蛉。死葬糟丘殊不恶,缘底事,赴清泠。　　醉乡千古一声平。物忘情。我忘形。相去羲皇,不到一牛鸣。若见三闾凭寄语,吾有酒,可同倾。

又

二更轰饮四更回。宴繁台。尽邹枚。谁念梁园,回首便成灰。今古废兴浑一梦,凭底事,寄悲哀。　　青天荡荡镜奁开。月光来。且徘徊。何用东生、西没苦相催。世事悠悠吾老矣,歌一曲,尽馀杯。

木兰花慢　孟津官舍寄钦若、钦用昆弟，并长安故人

流年春梦过，记书剑、入西州。对得意江山，十千沽酒，著处欢游。兴亡事、天也老，尽消沉、不尽古今愁。落日霸陵原上，野烟凝碧池头。　　风声习气想风流。终拟觅菟裘。待射虎南山，短衣匹马，腾踏清秋。黄尘道、何时了，料故人、应也怪迟留。只问寒沙过雁，几番王粲登楼。

二

拥都门冠盖，瑶圃秀、转春晖。怅华屋生存，丘山零落，事往人非。追随。旧家谁在，但千年、辽鹤去还归。系马凤凰楼柱，倚弓玉女窗扉。　　江头花落乱莺飞。南望重依依。渺天际归舟，云间江树，水绕山围。相期。更当何处，算古来、相接眼中稀。寄与兰成新赋，也应为我沾衣。

三

赋招魂九辩，一尊酒，与谁同。对零落栖迟，兴亡离合，此意何穷。匆匆。百年世事，意功名、都在黑头公。乔木萧萧故国，孤鸿澹澹长空。　　门前花柳又春风。醉眼眩青红。问造物何心，村箫社鼓，奔走儿童。天东。故人好在，莫生平、豪气减元龙。梦到琅邪台上，依然湖海沉雄。

四

对西山摇落，又匹马、过并州。恨秋雁年年，长空澹澹，事往情留。白头。几回南北，竟何人、谈笑得封侯。愁里狂歌浊酒，梦中锦带吴钩。　　严城箚鼓动高秋。万灶拥貔貅。觉全晋山河，风声习

气,未减风流。风流。故家人物,慨中宵、拊枕忆同游。不用闻鸡起舞,且须乘月登楼。

江神子 寄德新丈

草堂潇洒浙江头。傍林丘。买扁舟。隔岸红尘,无路近沙鸥。枕上看书樽有酒,身外事,竟何求。　　暮云归鸟仲宣楼。弊貂裘。为谁留。千古书生,那得尽封侯。好在<small>原误作"生",据遗山乐府改</small>半山亭下路,闻未老,去来休。

满江红 寄方城商师国器军中。寄同年李钦用,时钦
用为西台掾,在长安

汉水方城,今古道、几回投迹。留滞久,浩歌狂醉,此心谁识。渭北清光摇草树,故人对酒应相识。记雨窗、相对话离忧,秋风夕。

风月笛,烟霞屐。身易老,时难得。鸟飞天不尽,野春平碧。我梦秦东亭上饮,举头但有长安日,便与君、重结入关期,明年必。

洞 仙 歌

　　　　超化蘸碧轩得饮之书,有相调之语,因代书以寄,寺有长明灯龛,
即所见而言。

青钱白璧,自买愁肠绕。更恨欢狂负年少。记阳关图上,尊酒留连,儿女泪,输与闲人坐钓。　　茂陵多病后,懒尽<small>原误作"画",据遗山乐府改</small>琴心,无复求凰与同调。似清风古殿,风动幡摇,晴昼永,惟有龛灯静照。看蝴蝶、飞来淡无情,问墙角茂葵,为谁凝笑。

临江仙 寄德新丈

自笑此身无定在,北州又复南州。买田何日遂归休。向来元落落,

此去亦悠悠。　　赤日黄尘三百里,嵩丘几度登楼。故人多在玉溪头。清泉明月晓,高树乱蝉秋。

点绛唇 寄李辅之

生死论交,有情何似无情好。满前花草。更觉今年老。　　塞上春迟,湖上春风早。东州道。几时飞到。烂醉红云岛。

又

十六芳年,锦儿娇小琼儿秀。海棠红绉。恰到愁时候。　　天上歌声,未省人间有。休回首。渭城烟柳。肠断离亭酒。

易　祓

　　祓字彦祥,一作彦章,号山斋,长沙人,一云宁乡人(今湖南省)。淳熙十一年(1184),上舍释褐。庆元六年八月,除著作郎。九月,知江州。开禧元年(1205),左司谏。迁礼部尚书兼直学士院。开禧三年(1207),追三官融州安置。至嘉熙时尚在。有周易总义二十卷。

蓦山溪 春情

海棠枝上,留得娇莺语。双燕几时来,并飞入、东风院宇。梦回芳草,绿遍旧池塘,梨花雪,桃花雨。毕竟春谁主。　　东郊拾翠,襟袖沾飞絮。宝马趁雕轮,乱红中、香尘满路。十千斗酒,相与买春闲,吴姬唱,秦娥舞。拚醉青楼暮。

喜迁莺 春感

帝城春昼。见杏脸桃腮,胭脂微透。一霎儿晴,一霎儿雨,正是催

花时候。淡烟细柳如画,雅称踏青携手。怎知道、那人人,独倚阑
干消瘦。　　　别后。音信断,应是泪珠,滴遍香罗袖。记得年时,
胆瓶儿畔,曾把牡丹同嗅。故乡水遥山远,怎得新欢如旧。强消
遣,把闲愁推入,花前杯酒。以上二首见中兴以来绝妙词选卷四

水 调 歌 头

　　　　被奉陪判府府判诸丈为淡岩之游,回视融之仙岩,全之砻岩,殆相
　　　长雄。使被向不以罪斥,则安知天下有此清胜。谨以小词纪其实。被
　　　皇恐再拜。

自古清胜地,江带与山篸。夸娥擘此石镡,不独岭之南。初见仙岩
第一,再见砻岩第二,今见淡岩三。邱壑皆有分,品第不须谈。

　望前驱,陪后乘,破晴岚。出城一舍而近,峭壁与天参。不使尘
埃浣脚,忽觉烟云对面,鹤驭可同骖。杖屦从归去,此乐按此处缺一
字湘潭。金石补正卷九十六载澹山岩题刻

易祓妻

一 剪 梅

染泪修书寄彦章。贪做前廊。忘却回廊。功名成就不还乡。铁做
心肠。石做心肠。　　　红日三竿懒画妆。虚度韶光。瘦损容光。
不知何日得成双。羞对鸳鸯。懒对鸳鸯。古杭杂记

存 目 词

　　　林下词选卷三载易祓妻长相思"朝有时,暮有时"一首,乃刘克庄
　　词,见后村长短句卷二。

章斯才

斯才一称章衡阳。宋会要辑稿第一百七册选举二:淳熙十三年,太学上舍生章斯才与释褐赐进士出身,未知即其人否,姑依之编于此。

水调歌头　寿提刑

帝念重湖远,使者选清强。关西夫子人杰,揽辔出鸳行。熊楚一天坐镇,虎节三台更历,号令肃秋霜。赛帷间风俗,原隰总生光。

瞻南极,朝北斗,酌霞觞。潢池息浪奏凯,筹饷属萧张。一点眉间多按此句缺一字,一札日边有诏,香案侍东皇。岁岁蓬壶宴,好景对椸黄。

又　寿杨宪

秋老楚天阔,光粲极南星。郁葱瑞霭浮动,湘水舞湘灵。方启流虹华旦,恰值缬麟弥月,嘉会庆千龄。维岳降神处,玉印注长生。

衣衮绣,袍练鹊,纽双萦。民气和乐,雁到回地作欢声。楚观连天境界,四景撩人风物,身世自蓬瀛。剩酌金貂酿,飞诏到临蒸。

以上二首见截江网卷五

危　稹

稹原名科,字逢吉,号巽斋,又号骊塘,临川人。淳熙十四年(1187)进士,孝宗更其名为稹。调南康军教授。嘉定六年(1213),武学谕。八年(1215),诸王宫大小学教授。九年(1216),宗学博士。迁著作郎,进屯田郎官。十一年(1218),出知潮州,被论罢职。久之,又起知漳州。后提举崇禧观卒,年七十四。有巽斋集,不传。

水龙吟　庆齐年诸丈

洛阳九老图中,当时司马年犹小。争如今夕,举杯相劝,十人齐寿。
已幸同庚,何分雌甲,本无多少。但有头可白,无愁可解,只如此、
都赢了。　　　庆礼十年还又,更十年、依前难老。尽教百岁,做人
高祖,见孙白首。却要从今,探梅脚健,看山眼好。赖天公,顿得东
园长在,陪歌陪酒。

渔家傲　和晏虞卿咏侍儿弹箜篌

老去诸馀情味浅。诗词不上闲钗钏。宝幌有人红两靥。帘间见。
紫云元在梨花院。　　　十四条弦音调远。柳丝不隔芙蓉面。秋入
西窗风露晚。归去懒。酒酣一任乌巾岸。

沁园春　寿许贰车

籍甚声名,门阑相种,文章世科。算当年瑞世,正当夏五,仙家毓
德,全是春和。底事屏星,著之海峤,奈此腾骧骥足何。君知否,看
飞来丹诏,径上鸾坡。　　　殷勤携酒相过。要滟滟浮君金叵罗。
叹同心相契,古来难觅,二年同处,意总无它。如此平分,更教添
个,也自清风明月多。拚沉醉,任光浮绿鬓,笑满红涡。以上三首见中
兴以来绝妙词选卷四

王居安

　　居安原名居敬,字简卿,后易名居安,改字资道,一字东卿,台州黄
岩人。淳熙十四年(1187)进士。嘉泰二年(1202),司农寺丞。开禧三
年(1207),秘书丞、著作郎、兼考功郎官。擢右司谏。迁起居郎兼崇政
殿说书。权工部侍郎,以集英殿修撰出知隆兴府。嘉定十五年(1222),

工部侍郎，出知温州。理宗初，以敷文阁待制知福州，升龙图阁直学士。有方岩集，不传。

满 江 红

八十归来，方岩下、几竿修竹。柴门外，沙铺软路，水流清玉。栽接新来桃与李，安排旧日松和菊。过小桥、作个看山楼，千峰绿。

收笔砚，藏棋局。酒莫饮，经须读。但平平放下，顿超凡俗。独睡已无年少梦，闲吟不唱他家曲。算人生、万事苦无多，相将足。
阳春白雪外集

沁园春　敬次白真人韵

湖海襟期，烟霞气宇，天下星郎。有灵方肘后，年年却老，神锋耳底，夜夜腾光。万卷蟠胸，千钟蘸甲，衮衮词源三峡滂。功成处，见须弥日月，河岳星霜。　　兴来引笔千行。看举世何人是智囊。任纵横万变，难瞒道眼，优游自乐，不识愁肠。闹市丛中，密林静处，鼻观常闻三界香。天书到，听笙箫竞奏，幢盖班行。白玉蟾集卷六

王克勤

克勤字叔弼，一云字敏叔，临川人。淳熙二年(1175)童子科，补从事郎，入秘书省读书。十二年(1185)，赴吏部依格出官。十四年(1187)，登进士。庆元五年(1199)，主管礼兵部架阁文字。嘉泰元年(1201)，太学博士，放罢。开禧元年(1205)，太常寺主簿，秘书省正字。

朝中措　寿熊左史

银河无际渺澄空。一点寿光中。此夕谪仙初度，清歌吉甫清风。
文章间世，曾亲玉座，屡赐金钟。丹禁若须鳌便，赤城唤取渔

翁。翰墨大全丙集卷十三

钟将之

　　将之字仲山,尝为编修官。庆元二年(1196),监登闻鼓院。四年
(1198),军器监丞。开禧二年(1206),江西提刑兼权赣州。又曾为江南
路转运判官。有岫云词,今不传。

浣溪沙　南湖席上次韵二首

鬂鬋云梳月带痕。软红香里步莲轻。妖娆六幅过腰裙。　　不怕
满堂佳客醉,只愁灭烛翠眉颦。更期疏影月黄昏。

又

蘋老秋深水落痕。桂花微弄雨花轻。瘿仙也解醉红裙。　　太白
麹君愁满饮,小鸿眉黛爱低颦。尊前一洗眼花昏。以上二首见永乐大
典卷二万零三百五十三席字韵引钟将之词

水　调　歌　头

更似南津港,再遇吕公船。纯阳吕真人文集卷二

吴礼之

　　礼之字子和,钱塘(今杭州)人。有顺受老人词五卷。

浣溪纱　橄榄

南国风流是故乡。红盐落子不因霜。于中小底最珍藏。　　荐酒荐

茶些子涩,透心透顶十分香。可人回味越思量。全芳备祖后集卷四橄榄门

喜迁莺 闰元宵

银蟾光彩。喜稔岁闰正,元宵还再。乐事难并,佳时罕遇,依旧试灯何碍。花市又移星汉,莲炬重芳人海。尽勾引,遍嬉游宝马,香车喧隘。　　晴快。天意教、人月更圆,偿足风流债。媚柳烟浓,天桃红小,景物迥然堪爱。巷陌笑声不断,襟袖馀香仍在。待归也,便相期明日,踏青挑菜。

丑奴儿 秋别

金风颤叶,那更饯别江楼。听凄切、阳关声断,楚馆云收。去也难留。万重烟水一扁舟。锦屏罗幄,多应换得,蓼岸蘋洲。　　凝想恁时欢笑,伤今萍梗悠悠。谩回首、妖饶何处,眷恋无由。先自悲秋。眼前景物只供愁。寂寥情绪,也恨分浅,也悔风流。

杏花天 春思

闷来凭得阑干暖。自手引、朱帘高卷。桃花半露胭脂面。芳草如茵乍展。　　烟光散、湖光潋滟。映绿柳、黄鹂巧啭。遥山好似宫眉浅。人比遥山更远。

雨　中　花

眷浓恩重,长离永别,凭谁为返香魂。忆湘裙霞袖,杏脸樱唇。眉扫春山淡淡,眼裁秋水盈盈。便如何忘得,温柔情态。恬静天真。　　凭栏念及,夕阳西下,暮烟四起江村。渐入夜、疏星映柳,新月笼云。酿造一生清瘦,能消几个黄昏。断肠时候,帘垂深院,人掩重门。

瑞鹤仙　秋思

风传秋信至。颤叶叶庭梧，飘零阶砌。年华迅流水。况荣枯翻手，存亡弹指。谁编故纸。论古往、英雄鬥智。在当时、唤做功名，到此尽成闲气。　　何谓。生为行客，死乃归人，世同驿邸。十步九计。空捞攮，谩儿戏。忍都将、有限光阴萦绊，趁逐无穷天地。我直须、跳出樊笼，做个俏底。

蓦山溪　感旧

刘郎老矣，倦入繁华地。触目愈伤情，念陈迹、人非物是。共谁携手，落日步江村，临远水，对遥山，闲看烟云起。　　买牛卖剑，便作儿孙计。朋旧自荣华，也怜我、无名无利。箪瓢钟鼎，等是百年身，空妄作，枉迂回，贪爱从今止。

风入松　江景

蘋汀蓼岸荻花洲。占断清秋。五湖景物供心眼，几曾有、一点闲愁。梦里翩翩胡蝶，觉来叶叶渔舟。　　谢郎随分总优游。信任沈浮。恬然云水无贪吝，笑腰缠、骑鹤扬州。只恐丹青妙笔，写传难尽风流。

渔家傲　闺思

红日三竿莺百啭。梦回鸳枕离魂乱。料得玉人肠已断。眉峰敛。晓妆镜里春愁满。　　绿琐窗深难见面。云笺谩写教谁传。闻道笙歌归小院。梁尘颤。多因唱我新词劝。

蝶恋花 春思

睡思厌厌莺唤起。帘卷东风,犹未忺梳洗。眼细眉长云拥髻。笑
垂罗袖熏沉水。　　媚态盈盈闲举止。只有江梅,清韵能相比。
诗酒琴棋歌舞地。又还同醉春风里。

又 别恨

急水浮萍风里絮。恰似人情,恩爱无凭据。去便不来来便去。到
头毕竟成轻负。　　帘卷春山朝又暮。莺燕空忙,不念花无主。
心事万千谁与诉。断云零雨知何处。

又 春思

满地落红初过雨。绿树成阴,紫燕风前舞。烟草低迷萦小路。昼
长人静扃朱户。　　沉水香销新剪苎。欹枕朦胧,花底闻莺语。
春梦又还随柳絮。等闲飞过东墙去。

桃源忆故人 春暮

画桥流水飞花舞。柳外斜风细雨。红瘦绿肥春暮。肠断桃源路。
　　欢随仙子乘鸾去。镂月裁云何处。唯有病和愁绪。肯伴刘郎住。

谒金门 春晚

风乍扇。帘外落红千片。飞尽落花春不管。閗忙莺与燕。　　往
事上心撩乱。睡起日高犹倦。料得伊家情眷眷。近来长梦见。

霜天晓角 王生陶氏月夜共沉西湖,赋此吊之

连环易缺。难解同心结。痴騃佳人才子,情缘重、怕离别。　　意

切。人路绝。共沉烟水阔。荡漾香魂何处,长桥月。断桥月。

又 <small>秋景</small>

西风又急。细雨黄花湿。楼枕一篙烟水,兰舟漾、画桥侧。　　念昔。空泪滴。故人何处觅。魂断菱歌凄怨,疏帘卷、暮山碧。

生查子 <small>浙江</small>

吴山与越山,相对摩今古。袅缆浙江亭,回首西兴渡。　　区区名利人,无分香闺住。匆遽促征鞍,又入临平路。<small>以上花庵中兴以来绝妙词选卷四</small>

失 调 名

我不成、心酸眼软。<small>郑元佐新注朱淑真断肠诗集卷六</small>

好事近 <small>秋日席上</small>

金菊间芙蓉,秋意未为萧索。临水见山庭院。伴玉人杯酌。
携炉终日袅沉烟,氤氲篆文□<small>空格据律补</small>。可惜被风吹散,把袖儿笼著。

柳梢青 <small>席上</small>

板约红牙。歌翻白雪,杯泛流霞。苏小情多,潘郎年少,欢计生涯。　　轩窗临水人家。更门掩、青春杏花。百万呼卢,十千沽酒,不负韶华。<small>以上二首见永乐大典卷二万零三百五十三席字韵引吴子和词</small>

<small>　　以上吴礼之词全篇十九,断句一,用赵万里辑顺受老人词,稍有增补。</small>

存　目　词

陈　善

善字敬甫,号秋塘,罗源人。贵耳集云:淳熙间豪士。

满　江　红

三月风前花薄命,五更枕上春无力。贵耳集卷上

丁　黼

黼字文伯,号涎溪,池州人。淳熙进士。官军器监。(人称丁大监,屡见魏了翁集中。)以直秘阁守信州、吉州,四川夔州路安抚使知夔州。宝庆初,官四川制置使。嘉熙三年(1239),元兵至,力战死之。谥节敏。

丁战死事见宋史忠义传,与无名氏昭忠录所载有异。姑从宋史,俟考。

满江红　寿江古心母

某惶恐端拜申禀某官(称呼)。某兹者共审庆集慈闱,时临诞节。鹊巢载咏,知功行之弥深;鹤髪双垂,真古今之希有。某阻升堂而展拜,敢载酒以称觞。寿算南山,更辑康宁之福;辞同下俚,聊申祝颂之忱。

尚冀台慈,俯赐鉴瞩。

梅腊宾春,瑞烟满、华堂馥郁。还又祝、屏垂彩帨,觞称醽醁。南浦
西山开寿域,朱帘画栋调新曲。庆彩衣、龙节侍慈萱,春长绿。

双鹤髪,齐眉福。一麟瑞,如冰玉。看国封重见,五霞凝轴。王
母瑶池鸾凤驭,麻姑金鼎神仙箓。数从今、椿算到何时,蟠桃熟。
截江网卷六

按此首原题丁大监作。

俞国宝

国宝,临川人,淳熙太学生。有醒庵遗珠集,不传。

贺新凉 梅

梦里骖鸾鹤。觉三山不远,依前海风吹落。浮到五湖烟月上,刚被
梅香醉着。粲玉树、轻明疏薄。十万琼琚天女队,捧冰壶、玉液琉
璃杓。来伴我,荐清酌。　　　恍然梦断浑非昨。问溪边竹外,新来
为谁开却。无限冰魂招不得,拟把离骚唤觉。待抖擞、红尘双脚。
万里瑶台终一到,想玉奴、不负东昏约。留此恨,寄残角。全芳备祖
前集卷一梅花门

风　入　松

一春长费买花钱。日日醉花边。玉骢惯识西湖路,骄嘶过、沽酒垆
前。红杏香中箫鼓,绿杨影里秋千。　　　暖风十里丽人天。花压
鬓云偏。画船载取春归去,馀情寄、湖水湖烟。明日重扶残醉,来
寻陌上花钿。阳春白雪卷一

瑞　鹤　仙

春衫和泪著。又燕入江南,雁归衡岳。东风晓来恶。绕西园无绪,泪随花落,愁钟恨角。梦无凭、难成易觉。到春来易感,韩香顿减,沈腰如削。　　离索。挑灯占信,听鹊求音,不禁春弱。云轻雨薄。阳台远,信难托。念盟钗一股,鸾光两破,已负秦楼素约。但莫教、嫩绿成阴,把人误却。

清　平　乐

数声乌鹊。院宇寒萧索。杨柳梢头秋过却。无叶可供风落。
可人犹有芙蕖。向人冷澹妆梳。云外征鸿过尽,夕阳依旧平芜。

卜　算　子

剪烛写香笺,拨火温寒醋。门外东风将我愁,欲作三更雨。　　夜夜玉楼心,日日长亭路。荳蔻花开信不来,尘满金钗股。以上三首见阳春白雪卷四

存　目　词

本书初版卷一百七十五据花草粹编卷八引俞国宝风入松"东风巷陌暮寒骄"一首,乃元人张翥作,见蜕岩词卷下。附录于后。

风入松　广陵元夜病中有感

东风巷陌暮寒骄。灯火闹河桥。胜游忆遍钱塘夜,青鸾远、信断难招。蕙草情随雪尽,梨花梦与云销。　　客怀先自病无聊。绿酒负金蕉。下帏独拥香篝睡,春城外、玉漏声遥。可惜满街明月,更无人为吹箫。

徐冲渊

　　冲渊字叔静，姑苏人。自号栖霞子。淳熙中，被召居太一宫高士
斋，已而奉诏典洞霄通明馆。孝宗召真佑圣观凝神斋。复主豫章玉隆
观，卒。有西游集，不传。

水调歌头　怀山中

穷达付天命，生死见交情。人今老矣，□□狗苟与蝇营。赢得一头
霜雪。闲却五湖风月。鸥鸟负前盟。颜厚已如甲，太息误平生。
　　想箕山，怀颖水，挹馀清。只今归去，沧浪深处濯吾缨。笑抚
山中泉石。细说人间荆棘。有道苦难行。好补青萝屋，且占白云
耕。洞霄诗集卷六

李好义

　　好义，下邳人。开禧三年(1207)，兴州中军副将转正任防御使，又
转承宣使。遇毒而死。

谒　金　门

花过雨。又是一番红素。燕子归来衔绣幕。旧巢无觅处。　　谁
在玉楼歌舞。谁在玉关辛苦。若使胡尘吹得去。东风侯万户。花
草粹编卷三

　　按此首贵耳集卷上作卫元卿词，阳春白雪卷七作李好古词，未知孰是。

望　江　南

思往事，白尽少年头。曾帅三军平蜀难，沿边四郡　齐收。逆党反

封侯。　　　元宵夜,灯火闹啾啾。厅上一员闲总管,门前几个纸灯球。箫鼓胜皇州。词苑丛谈卷七引江湖纪闻

程　準

準字平叔。程大昌之子。有文名。淳熙二年(1175)进士。曾为桐庐宰。绍熙元年(1190),以宣教郎知常熟县。庆元元年(1195),通判太平州。三年(1197),主管官告院,放罢。嘉泰元年(1201),润州西厅通判。四年(1204),军器监丞,放罢。开禧二年(1206),两浙路转运判官、淮东总领。三年(1207),与宫观。嘉定二年(1209),以朝请大夫直秘阁知庆元府兼沿海制置司公事。四年(1211),直焕章阁再任。又曾守婺州。

水调歌头

船系钓台下,身寄碧云端。胸中千古风月,笔下助波澜。唤起羊裘仙魄,来伴蝉冠清影,星阁倚阑干。上想中兴事,名节重于山。

濯沧浪,开玉鉴,照朱颜。平生多少英气,直欲斩楼兰。尽道诗书元帅,好作经纶上衮,勋业秉华丹。霄汉展鸾翼,雷雨震龙蟠。钓台集卷下

高　翥

翥字九万,号菊磵,馀姚人。孝宗时游士。有信天巢遗稿。

秋日田父辞 二首

啄黍黄鸡没骨肥。绕篱绿橘缀枝垂。新酿酒,旋裁衣。正是昏男嫁女时。

又

少妇挼蓝旋染裙。大儿敲葛自浆巾。新摘摘,笑欣欣。相唤相呼
看赛神。以上二首见菊硼小集

高惟月

　　惟月字明之,怀安人。绍熙元年(1190)进士。嘉定五年(1212),丹
　　徒令。理宗朝,知永州。

念　奴　娇

　　三山高惟月以庆元戊午校秋试于零陵竣事,尝游淡岩,观山谷留
　　题。后廿九年,竭来分符,暮秋复游。睹景物之依然,叹岁月之逾迈。
　　归兴翩翩,赋念奴娇一阕。

岩扃不锁,算空洞深窈,是谁初凿。帝遣六丁持月斧,乱把云根镌
刷。骇目奇观,恍如崩浪,汹涌从天落。谪仙何处,翠珉佳句如昨。
　　惆怅白首重游,多情还似,与青山有约。且对清尊酬胜赏,休
想舞衣歌乐。景物依然,头颅如许,何事嗟漂泊。翩翩归兴,故山
无限林壑。金石补正卷九十六载澹山岩题刻

彭叔夏

　　叔夏字清卿,庐陵人。绍熙四年(1193)进士〔或云绍熙三年(1192)乡
　　举〕。周必大校文苑英华,叔夏之力为多。有文苑英华辨证十卷传世。

水调歌头　寿赵宰母

铜章纤墨绶,茜服佩银鱼。慈闱一笑,全胜莱了彩衣裾。好是柿红

萱草,长伴朱颜绿髪,荣贵更谁如。轴锦装鸾诰,帘绣窣藤舆。

　龙为炙,麟作脯,倒琼壶。寿筵今年,邀请金母伴麻姑。缥渺飞琼舞罢,宛转双成歌彻,何物奉亲娱。探支长命缕,预借角蟾蜍。

截江网卷六

应　傃

　　傃字自得,号兰坡,昌国人。绍熙四年(1193)进士,曾官乌程尉,湖南抚机。

失调名 江路野梅香

横斜淡月黄昏,漏泄早春消息。大德昌国州图志卷六

吴　康

　　康字用章,南丰人。生绍兴间。

失　调　名

试问海棠健否,海棠虽似,减清香。

又

凌空蜂翼递香来,惊破蜜房幽梦。以上见水云村稿卷四词人吴用章传

汪　晫

　　晫字处微,绩溪人。生于绍兴三十二年(1162)。开禧中,尝一至阙

下,不就举试而归。栖隐山中,结庐曰环谷。嘉熙元年(1237)卒,年七十六。著有环谷存稿。里人私谥曰康范先生。

贺新郎 次韵初夏小集

田舍炉头语。便如何学得、三变美成家数。村酒三杯狂兴发,拔剑偶然起舞。只么也、迎寒送暑。待草万言书上阙,似忧端、倚柱东邻女。卿相事,未易许。　　渔歌且和芙蓉渚。又何须、淫辞媒语,诃风诋雨。劝人生、且随缘分,分外一毫莫取。那富贵、由天付与。身蹈危机犹不觉,如布衣、自在都无阻。空博得,雪千缕。

蝶恋花 秋夜简赵尉借韵

午夜凉生风不住。河汉无声,时见疏星度。佳客伴君知未去。对床只欠潇潇雨。　　素月四更山外吐。金鸭慵添,消尽沉烟缕。料想玉楼人念处。归舟日望荷花浦。

念奴娇 清明

谁家野菜饭炊香,正是江南寒食。试问春光今几许,犹有三分之一。枝上花稀,柳间莺老,是处春狼藉。新来燕子,尚传晋苑消息。　　应记往日西湖,万家罗绮,见满城争出。急管繁弦嘈杂处,宝马香车如织。猛省狂游,恍如昨梦,何日重寻觅。杜鹃声里,桂轮挂上空碧。

水调歌头 次韵荷净亭小集

落日水亭静,藕叶胜花香。时贤飞盖,松间喝道挟胡床。暑气林深不受,山色晚来逾好,顿觉酒尊凉。妙语发天籁,幽眇亦张皇。　　射者中,弈者胜,兴悠长。佳人雪藕,更调冰水赛寒浆。惊饵游鱼深逝,带箭山禽高举,此话要商量。溪上采菱女,三五傍垂杨。

如梦令　次韵吴郎子信残春

几点弄晴微雨。翳日薄云来去。断送一番春,满径杨花飞絮。无
语。无语。还是旧时院宇。

贺新郎　开禧丁卯端午中都借石林韵

帖子传新语。问自来、翰林学士,几多人数。或道江心空铸镜,或
道艾人如舞。或更道、冰盘消暑。或道芸香能去蠹,有宫中、鬥草
盈盈女。都不管,道何许。　　离骚古意盈洲渚。也莫道、龙舟吊
屈,浪花吹雨。只有辟兵符子好,少有词人拈取。谁肯向、帖中道
与。绝口用兵两个字,是老臣、忠爱知艰阻。写此句,绛纱缕。

又　环谷秋夜独酌

夜对灯花语。且随宜、果盘草草,两三杯数。翠玉环中园五亩,自
唱山歌自舞。况今夜、尊前无暑。何用食前须方丈,更后车、何用
婵娟女。这闲福,自心许。　　蓼花芦叶纷江渚。有沙边、寒蛩吟
透,梧桐秋雨。羡甚满堂金玉富,未可学人渔取。怕天也、未曾相
与。豹遁蛟藏泉可濯,有鬼神、呵护盘之阻。鲜可食,脍银缕。

鹧鸪词　春愁

伤时怀抱不胜愁。野水粼粼绿遍洲。满地落花春病酒,一帘明月
夜登楼。　　明眸皓齿人难得,寒食清明事又休。只是鹧鸪三两
曲,等闲白了几人头。

念奴娇　汪平叔、王季雄、戴適之环谷夜酌，即席借东坡先生大江东去词韵就饯平叔赴任南陵尉

相逢草草，共吟诗、同醉杯中之物。评论三王讥五霸，谈辩喧哗邻壁。敲缺唾壶，击残如意，妙语飞华雪。无能为也，如何对此三杰。　看取东野诗成，南昌书就，奈征车催发。后夜山深何处宿，红豆寒灯明灭。一老堪怜，两生未起，应念星星髮。风传佳话，花村无犬惊月。

西江月　次韵李明府见寿

千缕柳丝犹嫩，一星榆火初明。载将新意寿幽人。红袖持杯劝尽。　老鹤自偏野性，沙鸥难比轻身。殷勤多谢祝长春。一笑东风夜静。

沁园春　次韵李明府劝农

民吾同胞，剖破藩篱，元是大家。故见之诰诏，视如子弟，谆勤恳切，悃愊无华。孝悌力田，职当劝相，起早非干为看花。亲酌酒，老农唯诺，句句仁芽。　晓来犹觉寒些。看雨湿风吹旗□斜。笑吾生八十，尽谙农事，公筵既彻，更共烹茶。高唱豳风，敬酬令尹，王道桑麻乐有涯。春务急，见溪头杨柳，已可藏鸦。

如梦令　属纩遗语

一只船儿没赛。七十六年装载。把柂更须牢，风饱蒲帆轻快。无碍。无碍。匹似子猷访戴。以上明嘉靖刊本西园康范诗集

江城子 咏木犀

可是东风、当日欠商量。百紫千红春富贵，无半点，似渠香。康范诗
集汪梦斗跋

虞刚简

刚简字仲易，仁寿人。虞允文之孙。隆兴二年（1164）生。与魏了
翁等讲学于蜀，人称沧江先生。历提点夔州路刑狱兼提举常平，改利州
路，主管武夷山冲夷观。宝庆三年（1227）卒，年六十四。

南乡子 用子和韵送珏西归就试。珏屡劝余早还家，
　　　　因一致意

儿有掌中杯。但把归期苦苦催。奕按"奕"字原空格，据式古堂书画汇考书
考卷十五补世衣冠仍上第，公台。元自诗书里面来。　　　秋色为渠
开。先我梁山马首回。猿鹤莫轻窥蕙帐，惊猜。抬步归休亦乐哉。
铁网珊瑚书品卷五虞提刑尚书父子词翰
按此首原注"嘉定元年秋七月丁丑汉中泽物堂书"。

张　拭

宝庆四明志卷十八有张拭；嘉泰四年（1204）象山县令，疑或即其
人。

向　湖　边

万里烟堤，百花风榭，游女翩翩羽盖。彩挂秋千，向花梢娇对。矧
门外、森立乔松，日花争丽，犹若当年文会。廊庙夔龙，暂卜邻交

外。　　　共讲真率,玉糁金虀脍。同萧散寄傲,樽罍倾北海。佳处难忘,约追欢须再。况风月不用一钱买。但回首,七虎堂中心欲碎。千里相思,幸前盟犹在。花草粹编卷十一

按本书初版卷一百五十五,误以此首为张栻作。

赵希明

希明,宗室,燕王德昭九世孙。嘉定元年(1208),处州守。

霜 天 晓 角

空山木落。月淡阑干角。相与羊裘披上,方知道、宦情薄。　　　老来须自觉。酒尊行处乐。疑到碧湾无路,滩声小、橹声薄。钓台集卷六

程　泌

泌字怀古,休宁人。生于隆兴二年(1164)。绍熙四年(1193)进士。知富阳县,历官翰林学士知制诰、进宝文阁学士、出知福州、兼福建路安抚使、封新安郡侯。以端明殿学士致仕。淳祐二年(1242)卒,年七十九。赠特进、少师。系本河北洺州、因自号洺水遗民。有洺水集二十六卷。

前莚勾曲

百世基图,光胙圣神之主;九天雨露,恩浓帝王之州。上奉台颜,后部献曲。

醉 蓬 莱

望皇都清晓,瑞日祥烟,洞开阊阖。一朵红云,映重瞳日月。万岁山高,九霞杯暖,正想宸游洽。绝塞庭琛,重闱天笑,年年仙阙。

韶凤徘徊,蒲鱼演漾,镐酒恩浓,龙蟠建业。玉琢麟符,分付人中

杰。奠国安民,持将祝寿,乐作君臣悦。看取头厅,押班称贺,明年
天节。

后莚勾曲

天容不老,千龄已祝于尧年;地限无边,四海均闻于舜乐。至和一
鼓,万象皆春。上侑清欢,后部献曲。

西江月　茶词

岁贡来从玉垒,天恩拜赐金奁。春风一朵紫云鲜。明月轻浮盏面。

想见清都绛阙,雍容多少神仙。归来满袖玉炉烟。愿侍年年
天宴。

鹧鸪天　汤词

饮罢天厨碧玉觞。仙韶九奏少停章。何人采得扶桑椹,捣就蓝桥
碧绀霜。　凡骨变,骤清凉。何须仙露与琼浆。君恩珍重浑如
许,祝取天皇似玉皇。以上嘉靖本程端明公洺水集卷二十一

水调歌头　昏发乌江,朝至湖阴,月正午,舟中作

玉女扫天净,雍观掠江宽。问君何事底急,夜半挟舟还。三岛眠龙
惊觉,万顷明琼碾破,凉月照东南。碧气正吞吐,满挹漱膺肝。

烟篷上,乘云象,噉天关。人间已梦,我独危坐玩漫汗。蠏殿黄
昏未锁,鹤氅翩跹萤下,共吸酒壶干。兴罢吹笙去,风露五更寒。

又　壬子五月二十三日,流杯玉泉,雨忽大作,连赋水调
二章,一书于壁,一怀以归

电阙驱神骏,铁棰起痴蛟。木鸣山裂盛夏,白昼野魃号。急上瑶庭
深处,为问龙君何怒,抉破古天河。日华开绚采,雨意属诗豪。

与君来,萤玉佩,斩觚瓢。纤流沉羽,借我万斛沸银涛。醉拍满

缸香雪,写竭一池浓墨,逸气正飘飘。何事谪仙子,归去续松醪。

又

日毂金钲赤,雪窦水晶寒。支机石下翻浪,喷薄出层关。半夜雌龙
惊走,明日灵蛇张甲,蛰上石盘桓。多谢山君护,未放醉翁闲。

安得醉,风泚泚,露珊珊。翠云老子,邀我瑶佩驾红鸾。一勺流
觞何有,万石横缸如注,虹气饮溪干。忽梦坐银井,长啸俯清湍。

又　登甘露寺多景楼望淮有感

天地本无际,南北竟谁分。楼前多景,中原一恨杳难论。却似长江
万里,忽有孤山两点,点破水晶盆。为借鞭霆力,驱去附崑崙。

望淮阴,兵冶处,俨然存。看来天意,止欠士雅与刘琨。三拊当
时顽石,唤醒隆中一老,细与酌芳尊。孟夏正须雨,一洗北尘昏。

又　戊戌自寿

渤澥东南界,西北倚崑崙。当时推步,但知宇内有乾坤。午夜风轮
微转,驾我浮空泛景,一息过天垠。俯视人间世,渺渺聚沤尘。

挽天吴,摩海若,吐还吞。宁用计年,八十阳九又三阴。要自白
榆星外,直至黑流沙底,山与泽俱平。不论初末度,一色界如银。

六州歌头　送辛稼轩

向来抵掌,未必总谈空。难遍举,质三事,试从公。记当年,赋得一
丘一壑,天鸢阔,渊鱼静,莫击磬,但酌酒,尽从容。一水西来他日,
会从公、曳杖其中。问前回归去,已笑白髪成蓬。不识如今,几西
风。　　蒙庄多事,论虱豕,推羊蚁,未辞终。又骤说,鱼得计,孰
能通。□□□空格据毛扆校汲古阁本洛水词校语补。叹如云罔罟,龙伯唉,

眇难穷。凡三惑,谁使我,释然融。岂是匏瓜者,把行藏、悉付鸿
濛。且从头检校,想见迎公。湖上千松。

满江红　龚抚干示闰中秋

黄鹤楼前,江百尺、波横光溢。问老子、当年高兴,何人知得。最爱
洞庭天际水,分明表里玻璃色。恐今宵、未必似前番,天应惜。

都莫问,鸿钟勒。也休羡,壶天谪。忆故人霜下,乱滩横笛。便
好骑鲸游汗漫,古来蟾影何曾没。更明年、重约再来时,乘槎客。

又　登石头城,归已月生

颇恨登临,浪自作、骚人愁语。石城上、何须苦说,死袁生褚。当日
卧龙商略处,秦淮王气真何许。与君来、萧瑟北风寒,黄云暮。

枕钟阜,湖玄武。生此虎,真蹲踞。看四山环合,休临江渚。可
笑唐人无意度,却言此虎凌波去。君且住、明月为人来,潮生浦。

沁园春　别陈总帅　(按调名原误作八声甘州,此从汲
　　　古阁本洺水词)

玉局仙人,轻帆万里,送入三吴。怪一舟如叶,元无浊物,依然姑
射,满载冰壶。昔日文君,千言成诵,不识如今记得无。新来也,喜
都将分付,一颗骊珠。　　　向来田赋蠲输。散多少、春风巴与渝。
算公家粗了,莼鲈而已,何妨西子,白髪江湖。印铸黄金,时来须
佩,毕竟人生万卷书。离情处,正秦淮岁晚,雪意模糊。

步虚词　寿张门司

休怪频年司钥,仙官长守仙宫。东风未肯到凡红。先舞云韶彩凤。

都是一团和气,故教上苑春浓。群仙拍手过江东。高唱紫芝新颂。

沁园春 寿王运使

公有仙姿,苍松野鹤,落落昂昂。论法主长生,仍须极贵,云台绛
阙,都许尚羊。更忆当年,而今时候,一念功名下帝旁。天分付,使
人间草木,尽有春香。　　人知相法奇庞。又那识、阴功事更长。
算毗陵荒政,江东风采,忠文典则,凛凛生光。再岁秦淮,觚棱入
梦,帷幄从来在庙堂。公归去,好平心献替,人望时康。

又 寿李通判

那用招秋,休言推暑,风自薰兮。问谁解当初,识公来处,月明碧
落,旆卷青霓。千丈长松,起人生意,冻芋寒瓜空满畦。还堪怪,怪
诸公衮衮,我尚凭泥。　　须教一举崔嵬。算人世、功名各有梯。
更何须炼鼎,玄霜绛雪,只烦煮茗,水饼冰蘁。紫府多仙,招来满
座,公自长生角亢齐。何曾也,有玉麟行地,老凤梧栖。

又 谢刘小山频寄所作

君有新词,何妨为我,时遣奚奴。看此山大小,风流晋宋,眼中徐
子,苦自侏儒。九曲清溪,千枝杨柳,还记新条更有无。春将好,欲
从君商略,君意何如。　　佳人玉佩琼琚。更胸中、浇灌有诗书。
把古人行处,从头检点,今人说底,却不须渠。更上石头,重登钟
阜,画作金陵考古图。频相见,怕薰风早晚,便隔天隅。

又 庚午三月望日赋椿堂牡丹

消得雕栏,也不枉教,车马如狂。怪元和一事,韩公子者,归来属
去,玉毁崑冈。为解花嘲,朝来试看,采佩殷霞浥露香。君休怪,算
只缘太艳,俗障难降。　　诗人未易平章。向百卉、凋零独后装。

看洪炉大器，从来成晚，只须这著，也做花王。况是月坡，花围一尺，压尽纷纷琐细芳。还堪笑，笑龙钟老凤，方入都堂。

又　读史记有感

试课阳坡，春后添栽，多少杉松。正桃坞昼浓，云溪风软，从容延叩，太史丞公。底事越人，见垣一壁，比过秦关遽失瞳。江神吏，灵能脱罟，不发卫平蒙。　　休言唐举无功。更休笑、丘轲自阨穷。算汨罗醒处，元来醉里，真敖假孟，毕竟谁封。太史亡言，床头酿熟，人在晴岚杳霭中。新堤路，喜樛枝鳞角，夭矫苍龙。

锦帐(按帐原作堂，据词谱卷十三改)春　留春

最是元来，苦无风雨。只恁匆匆归去。看游丝、都不恨，恨秦淮新涨，向人东注。　　醉里仙人，惜春曾赋。却不解、留春且住。问何人、留得住。怕小山更有，碧芜春句。

壶中天　寿丘枢密

日躔东井，正轮囷桂影，十分光洁。火令方中符国运，天与非常英杰。荦荦平生，眼空宇宙，绿鬓千寻雪。笑谈一镇，单于底事心慑。　　晚岁佛地功深，人间富贵，五湖烟水按"水"字原缺，据汲古阁本洺水词补阔。谁遣心期事左，须酬满、麒麟勋业。又也何妨，长生仙箓，已在黄金阙。中原恢拓，要公归任调燮。

烛影摇红　元宵

青斾摇风，朱帘漏月黄昏早。蓬山万叠忽蜚来，上有千灯照。和气祥烟缭绕。映琼楼、五云缥缈。青裙缟袂，乱吹繁弦，九衢欢笑。　　元是琴堂，十分管领春光到。手移星宿下人寰，招客来仙岛。信

道邦人见少。仿佛似、皇都春好。明年只恐,鳌山扈从,随班清晓。

谒金门 用赵帐干韵

烟漠漠。醉里看春都错。过了清明迟一著。牡丹重约摸。　　晓
日渐明檐角。天与芳辰难却。驻得韶华元有药。桃源谁共约。

水龙吟 寿李尚书

道家弱水蓬莱,鲸波万里谁知得。人间自有,南昌居士,仙风道骨。
诗似白星,貌如聃老,风尘挺出。向谪仙家里,滕王阁畔、
飘玉佩、下丹阙。　　黄发四朝元老,又谁知、重生绿发。手提一笔,活人
多少,三千功积。已冠文昌,人人瞻_{按"瞻"原误"詹",从汲古阁本洺水词}
望,玉枢躔逼。对新凉、酒颊微红,宛是一星南极。

喜迁莺 别陈新恩

少年意气,脑_{疑是恼字之误}燕兵胡鞑,虏王区脱。眼底曚眬,腹中空
洞,不著曹刘元白。闻道殊科八中,也要彩卢连掷。收拾尽,到如
今但有,寸心如铁。　　天付,真奇特。口静神充,双眼胡僧碧。
楚国离骚,唐朝词学,未信方尘□_{按原无空格,从汲古阁本洺水词,下俱同,}
_{不另注歇。}结取佳人香佩,截断儿曹绮舌。归去也,且斓斑戏彩,好
春长日。

又 寿李文昌

评君谁似,似长松千丈,离奇多节。骨瘦棱棱,文高荤荤,今日□来
仙阙。走卒识公容貌,酉房问公官阀。更史馆,一编书多少,频添
勋业。　　伟绝。今岁别。新绿名孙,又见枝生叶。底事七旬,双
瞳如水,毕竟桂花方发。赐第彤墀秋早,又一瑶枢光洁。故人也,

念相逢谁似,凤池同列。

又 寿薛尚书

一天风露,喜初行弹压,人间残暑。金母此时,云軿先降,又见枢星光吐。人道鸿濛逢日,可是东方明处。更天上、走王人络绎,仪鸾琼醑。　　听语。更希举。试把皇朝、盛事都来数。当日鳌头,皇扉侍母,绿髮方瞳□□。更有飞凫王季,往往文星再聚。浑休问,但回班千岁,貂蝉成谱。

又 寿薛枢密

去年玉燕,记曾期今岁,瑶光入度。今日都人,从头屈指,尽是黑头公辅。争道一朝语合,谁信千龄际遇。更积雨。晓来晴,洗出琉璃秋宇。　　笑语。知何许。旆卷青霓,来自钧天所。道骨仙风,安排顿著,须是人间紫府。要识云台高绝,更有凤池深处。从今数。看千秋万岁,永承明主。

柳梢青 寿薛尚书

官已尚书,人犹寒素,仙有名言。谓是若人,法当至贵,仍主修年。　　唐人四字鲜妍。堪照映、画堂彩烟。更对新凉,一声芝曲,万斛金船。

又 和齐仙留春

嫩绿成堆。朝来红紫,都在莓苔。方见春来,又闻春去,暗里谁催。　　人生易老何哉。春去矣、秋风又来。何似云溪,长春日月,无去无归。

酹江月　丙子自寿

平生有意,把六经膏泽,人人沾受。白被子明康节辈,浪说乘除先后。遇合一时,英雄千古,谁是高强手。蹉跎岁晚,临风浩然搔首。

今但入梦青山,云溪深处,烟月生怀袖。宿有十年萧散愿,此段功缘须就。因忆坡公,仇池有约,莫误归时候。今朝对酒,歌此与君为寿。

贺新郎　寿李端明

袖手云溪畔。看人间、纷纷饥乌腐鼠,触蛮交战。便得金鱼垂玉带,多少雌黄点勘。算此语、必非河汉。直自弹冠班八座,更青春、数到期颐算。一段玉,无纤玷。　　公难学处尤堪羡。全似□、泠泠秋水,体清形健。衮处从来高一著,那肯随人脚转。要须是、常见乾坤清晏。天意未教公猛去,要都俞、了却从公便。歌寿斝,朱帘卷。

宝鼎现　寿李端明

绿杨欲舞,红杏微笑,春工渐侈。试偻指、自从嘉定,数到宝庆□□里。无一岁、不书年大有,问元功谁燮理。□□□、于变雍熙,如此自当千岁。　　况是端笏蓬莱陛。但看雍容、玉立山峙。炼五色、补天无迹,扶日天衢光四被。安清祐、填群心声色,恬然如谈笑耳。更八荒、民生奠枕,此著又当千岁。　　又况善述先猷,严武备、不开边鄙。阴功遍南北,千岁未多畴祉。且说总是三千岁。此际方岐嶷。听今日、处处笙歌,何止南楼十二。

念奴娇　忆先庐春山之胜

归来一笑,尚看看趁得,人间寒食。阿寿牵衣仍问我,双鬓新来添白。忍见庭前,去年芳草,依旧青青色。西湖雨后,绿波两岸平拍。

天教断送流年,三之一矣,又是成疏隔。燕子春寒浑未到,谁说江南消息。玉树熏香,冰桃翻浪,好个山间景物。这回归去,松风深处横笛。

又　初见海棠花

嫣然一笑,向烛花光下,经年才见。欲语还羞如有恨,方得东君一盼。天意无情,更教微雨,香泪流丹脸。今朝霁色。笙歌初沸庭院。　　因是思入东屏,当年手植,遍桃源低岸。失脚东来春七度,辜负芳丛无限。问讯园丁,宁如归去,细与从头看。东风独立,白云遮断双眼。

倾杯　丁亥自寿

銮殿秋深,玉堂宵永,千门人静。问天上、西风几度,金盘光满,露浓银井。碧云飞下双鸾影。迤逦笙歌近笑语,群仙隐隐。更前问讯。堕在红尘今省。　　渐曙色、晓风清迥。更积霭沉阴、都卷尽。向窗前、引镜看来,尚喜精神炯炯。便折简、浮丘共酌,奈天也、未教酩酊。来岁却笑群仙,月寒空冷。余家天都山,乃浮丘仙升之地。

醉蓬莱　寿王司直

算千葩百卉,谁伴东风,早春时候。唯有江梅,在人间长久。雪后霜前,冲涉多少,尚精神如旧。岁岁年年,酴酥饮了,便为公寿。更向尊前席上,细看人与梅花,棱棱争瘦。桃李漫山,都落芳尘后。和气满身,参调玉弦,表天然孤秀。来岁今朝,星闱雾阁,一厄春酒。

又　丙申自寿

记蟾宫桂子,撒向人间,如今时候。□□□□,□□□□□。白下长干,乱滩横笛,想昔游依旧。大海一沤,千年一息,谁称彭寿。

开遍门前丹蕊,渐西风入东篱,酿成仙酒。□□□□,□□□□□。卓笔鸡笼,悬天宝盖,占断宣徽秀。来岁清苕,公家事了,斑衣蓝绶。

西江月　壬辰自寿

天上初秋桂子今岁七月,月中桂子下,庭前八月丹花。一年一度见仙槎。秋色分明如画。　　愿把阴功一脉,灯灯相续无涯。降祥作善岂其差。永作渔樵嘉话。

又　癸巳自寿

底事中秋无月,元来留待今宵。群仙拍手度仙桥。惊起眠龙夭矫。

　　天上灵槎一度,人间八月江潮。西兴渡口几魂消癸丑八月侍亲西兴。又见潮生月上。

满庭芳　雪登前岭。自己酉江右雪行弥月,四十七年,
　　　　　无此乐也,今再见之

未岁嘉平,初旬日四,雪中归自崇唐。山林湖海,一气接苍茫。踏尽玉龙千丈,更一望、龙尾天长。须臾上,高峰四顾,迤逦过前冈。

　　群山,如玉削,松林百万,尽傅琼霜。浑疑是天际,一鹤翱翔。人道玉皇三六,欲一叩、风力方刚。明朝好,金乌衔烛,八表散祥光。

又　戊戌上元喜霁,访开桃洞

去腊飞花,今春未已,迤逦将度元宵。俄然甲子,青帝下新条。净扫

一天沉霭,红轮满、大地山河。从今好,便当听取,万国起歌谣。

有人,当此际,钼云深坞,剪月中阿。已占断春风,自种仙桃。更扶疏桂影直,从岩底、上拂云梢。仍为我,长摩苍石,无负此清波。

又　戊戌自寿

人道苍姬,燠多寒少,故教千岁绵绵。算来春夏,一气本无偏。底事今年玉历,秋未朔、风露泠然。君知否,山深地僻,自是早霜天。

如今,当此去,十分亲切,面问婵娟。何须看仙槎,海上重还。好在金英玉屑,□为我、满泛金船。仍传语,横江秀石,□永锁三川。

减字木兰花

不应双睫。看尽人间花与雪。曾是当时。一朵红云拥日飞。

如今正好。万绿千红深处坐。也使春工。唤作天池五月风。以上程端明公洺水集卷二十四

朱用之

用之与程珌同时。

意难忘　和清真韵

宫额涂黄。怕笺凝怨墨,酒渍离觞。红楼春寄梦,青琐夕生香。花气暖,柳阴凉。棹曲水沧浪。爱弄娇、临流梳洗,顾影低相。

桃花结子成双。纵题红去后,枉误刘郎。琴心挑别恨,莺羽学新妆。千万恨,恼愁肠。便憔悴何妨。待共伊、平消别后,几度风光。

阳春白雪卷五

厉元范

庐陵郡守。

失调名 梦中得

叶叶柳眉齐抹翠,梢梢花脸争匀白。石屏长短句满江红词序

郑　域

域字中卿,号松窗,三山(即今福州)人。绍兴二十五年(1155)生。淳熙十一年(1184)进士。曾倅池阳。庆元二年(1196),随张贵谟使金。嘉定十三年(1220),行在诸司粮料院干办。有燕谷剽闻二卷,今不传。

昭 君 怨

道是花来春未。道是雪来香异。竹外一枝斜。野人家。　　冷落竹篱茅舍。富贵玉堂琼树。两地不同栽。一般开。全芳备祖前集卷一梅花门

念 奴 娇

水晶宫殿,放三千龙女,凌波浮浴。花里彫房分洞户,隐隐钉头齐簇。处子娇羞,碧裙无袖,密护圆瑳玉。堤头微露,半身犹掩金绿。

　　知是紫府筵开,□随纤指,出玲珑窗屋。倩剥霓裳轻手搔,掏损些些香玉。端的中心,密藏芳意,苦苦何时足。巴城憔悴,采歌犹闻新曲。全芳备祖前集卷十一荷花门

蓦　山　溪

嫣然一笑,风味人间没。来自广寒宫,直偷得、天香入骨。软金缕
屑,点缀碧琼枝,花藏叶,叶笼花,刚被风吹拂。　　道人衾帐,不
用沉烟爇。插满枕屏山,觉身在、蓝桥仙窟。一觞一咏,消得九秋
愁,篱边菊,畹中兰,甘避芳尘不。

霜　天　晓　角

绿云剪叶。低护黄金屑。占断花中声誉,香与韵、两清洁。　　胜
绝。君听说。是他来处别。试看金衣犹带,金庭露、玉阶月。以上
二首见全芳备祖前集卷十三桂花门

按此首又作谢懋词,见中兴以来绝妙词选卷四。

念　奴　娇

素肌莹净,隔鲛绡贴衬,猩红妆束。火伞飞空熔不透,一块玲珑冰
玉。破暑当筵,褪衣剥带,微露真珠肉。中心些子,向人何大焦缩。
　　应恨旧日杨妃,尘埃走遍,向南闽西蜀。困入筠笼消黯搅,香
色精神愁蹙。赖有君谟,为传家谱,不弃青黄绿。到头甜口,是人
都要圈熟。全芳备祖后集卷一龙眼门

又

蕊宫仙子,爱痴儿、不禁三偷家果。弃核成根传汉苑,依旧风烟难
□。老养丹砂,长留红脸,点透胭脂颗。金盘盛处,恍然天上新堕。
　　莫厌对此飞觞,千年一熟,异人间梨枣。刘阮尘缘犹未断,却
向花间飞过。争似莲枝,摘来满把,莺嘴平分破。餐霞嚼露,镇长
歌醉蓬岛。全芳备祖后集卷六桃门

又

东陵美景,有轻烟和月,斜风吹雨。一体龙须随地转,不学松萝儿
女。结就员青,收来掌握,犹带金盘露。拍浮金井,水花零乱飞舞。

　　谁信六月飘霜,破开落刃,散银丝金缕。冷碧凄香萦齿颊,洗
我尘襟烦暑。杜老吟诗,巳公留客,此兴无今古。安期非诞,世间
有枣如许。全芳备祖后集卷八瓜门

画堂春 春思

东风吹雨破花悭。客毡晓梦生寒。有人斜倚小屏山。蹙损眉弯。

　　合是一钗双燕,却成两镜孤鸾。暮云修竹泪留残。翠袖凝斑。

桃源忆故人 春愁

东风料峭寒吹面。低下绣帘休卷。憔悴怕他春见。一任莺花怨。

　　新愁不受诗排遣。尘满玉毫金砚。若问此愁深浅。天阔浮云远。

念奴娇 戊午生日作

嗟来咄去,被天公、把做小儿调戏。蹀雪龙庭归未久,还促炎州行
李。不半年间,北胡南越,一万三千里。征衫著破,著衫人、可知
矣。　　休问海角天涯,黄蕉丹荔,自足供甘旨。泛绿依红无个
事,时舞斑衣而已。救蚁藤桥,养鱼盆沼,是亦经纶耳。伊周安在,
且须学老莱子。

浣溪沙 别恨

酒薄愁浓醉不成。夜长欹枕数残更。嫩寒时节过烧灯。　　已自
孤鸾羞对镜,未能双凤怕闻笙。莫教吹作别离声。以上四首见中兴以

来绝妙词选卷四

以上郑域词十首,用赵万里辑松窗词。

王　澡

澡字身甫,号瓦全。生于乾道二年(1166)。绍熙元年(1190)进士。嘉定十二年(1219),监都进奏院。十三年(1220),国子博士。庶斋老学丛谈云:澡,四明人。有瓦全集。文献通考:王澡,宁海人。初名津,字子知。

霜天晓角　梅

疏明瘦直。不受东皇识。留与伴春终肯,千红底、怎著得。　　夜色。何处笛。晓寒无奈力。若在寿阳宫院,一点点、有人惜。深雪偶谈

按此首赵万里校辑宋金元人词误补作汪藻词。

祝英台近　别词

玉东西,歌宛转。未做苦离调。著上征衫,字字是愁抱。月寒鬓影刁萧,舵楼开缆,记柳暗、乳鸦啼晓。　　短亭草。还是绿与春归,罗屏梦空好。燕语难凭,憔悴未渠了。可能妒柳羞花,起来浑懒,便瘦也、教春知道。浩然斋雅谈卷下

按“妒柳羞花”三句,别引作王君玉词,见张氏拙轩集卷五,已收入王琪词中。惟宋另有王君玉,未必即王琪作。

赵希侂

希侂字寅父,号野云,常州无锡人。三衢酒官,临安府排岸。嘉熙元年(1237)卒,年七十二。

点　绛　唇

又是年时,冷烟寒食梨花院。柳金拖线。一曲珠歌转。　　翠碧
雕梁,风软帘通燕。何须劝。酒豪诗健。逸韵今重见。阳春白雪卷四

戴复古

　　　　复古字式之,天台人。乾道三年(1167)生。家于石屏山下,因号石
　　　屏。有石屏集,词一卷。

满江红　赤壁怀古

赤壁矶头,一番过、一番怀古。想当时、周郎年少,气吞区宇。万骑
临江貔虎噪,千艘列炬鱼龙怒。卷长波、一鼓困曹瞒,今如许。

江上渡,江边路。形胜地,兴亡处。览遗踪,胜读史书言语。几
度东风吹世换,千年往事随潮去。问道傍、杨柳为谁春,摇金缕。

水调歌头　送竹隐知郢州

雕鹗上云汉,虎豹守天关。一官游戏,笑向古郢试朱幡。天下封疆
几郡,尽得公为太守,奉诏仰天宽。万物一吐气,千里贺平安。

雪楼高,三百尺,玉栏干。政成无事,时复把酒对江山。问讯莫
愁安在,见说风流宋玉,犹有屋三间。请和阳春曲,留与世人看。

沁　园　春

一曲狂歌,有百馀言,说尽一生。费十年灯火,读书读史,四方奔
走,求利求名。蹭蹬归来,闭门独坐,赢得穷吟诗句清。夫诗者,皆
吾侪平日,愁叹之声。　　空馀豪气峥嵘。安得良田二顷耕。向

临邛涤器，可怜司马，成都卖卜，谁识君平。分则宜然，吾何敢怨，蝼蚁逍遥戴粒行。开怀抱，有青梅荐酒，绿树啼莺。

贺新郎　为真玉堂寿

说与黄花道。九秋深、三光五岳，气钟英表。金马玉堂真学士，蕴藉诗书奥妙。一一是、经纶才调。斟酌古今来活国，算忠言、谠论知多少。又入奏，金门晓。　　朝回问寝披萱草。对高堂长说，一片君恩难报。更待痴儿千载遇，膝下十分荣耀。趁绿鬓、朱颜不老。整顿乾坤济时了，奉板舆、拜国夫人号。可谓忠，可谓孝。

又　寄丰真州

忆把金罍酒。叹别来、光阴荏苒，江湖宿留。世事不堪频着眼，赢得两眉长皱。但东望、故人翘首。木落山空天远大，送飞鸿、北去伤怀久。天下事，公知否。　　钱塘风月西湖柳。渡江来、百年机会，从前未有。唤起东山丘壑梦，莫惜风霜老手。要整顿、封疆如旧。早晚枢庭开幕府，是英雄、尽为公奔走。看金印，大如斗。

又　丰真州建江淮伟观楼

百尺连云起。试登临、江山人物，一时俱伟。旁把金陵龙虎势，京岘诸峰对峙。隐隐接、扬州歌吹。雪浪舞从三峡下，乍逢迎、海若谈秋水。形胜地，有如此。　　使君一世经纶志。把风斤月斧，来此等闲游戏。见说楼成无多日，大手一何容易。笑天下、纷纷血指。酝酿春风与和气，举长江、变作香醪美。人共乐，醉桃李。

水调歌头　题李季允侍郎鄂州吞云楼

轮奂半天上，胜概压南楼。筹边独坐，岂欲登览快双眸。浪说胸吞云梦，直把气吞残虏，西北望神州。百载一机会，人事恨悠悠。

骑黄鹤，赋鹦鹉，谩风流。岳王祠畔，杨柳烟锁古今愁。整顿乾坤手段，指授英雄方略，雅志若为酬。杯酒不在手，双鬓恐惊秋。

满庭芳　楚州上巳万柳池应监丞领客

三日春光，群贤胜践，山阴何似山阳。鹅池墨妙，曲水记流觞。自许风流丘壑，何人共、击楫长江。新亭上，山河有异，举目恨堂堂。

使君，经世志，十年边上，两鬓风霜。问池边杨柳，因甚凄凉。万树重新种了，株株在、桃李花傍。仍须待，剩栽兰芷，为国洗河湟。

　　按以上二首别误入黄升散花庵词。

又

赤壁矶头，临皋亭下，扁舟两度经过。江山如画，风月奈愁何。三国英雄安在，而今但、一目烟波。风流处，竹楼无恙，相对有东坡。

登临，还自笑，狂游四海，一向忘家。算天寒路远，早早归呵。明日片帆东下，沧洲上、千里芦花。真堪爱，买鱼沽酒，到处听吴歌。

醉落魄　九日吴胜之运使黄鹤山登高

龙山行乐。何如今日登黄鹤。风光政要人酬酢。欲赋归来，莫是渊明错。　　江山登览长如昨。飞鸿影里秋光薄。此怀只有黄花觉。牢裹乌纱，一任西风作。

柳梢青　岳阳楼

袖剑飞吟。洞庭青草，秋水深深。万顷波光，岳阳楼上，一快披襟。　　不须携酒登临。问有酒、何人共斟。变尽人间，君山一点，自古如今。

按戴栩浣川集误收此词。

锦帐春　淮东陈提举清明奉母夫人游徐仙翁庵

处处逢花,家家插柳。政寒食、清明时候。奉板舆行乐,使星随后。人间稀有。　　出郭寻仙,绣衣春昼。马上列、两行红袖。对韶华一笑,劝国夫人酒。百千长寿。

行香子　永州为魏深甫寿

万石崔嵬,二水涟漪。此江山、天下之奇。太平气象,百姓熙熙。有文章公,经纶手,把州麾。　　满斟寿酒,笑捻梅枝。管年年、长见花时。佳人休唱,浅近歌词。读浯溪颂,愚谷记,澹岩诗。

鹊 桥 仙

新荷池沼,绿槐庭院。檐外雨声初断。喧喧两部乱蛙鸣,怎得似、啼莺睍睆。　　风光流转。客游汗漫。莫问鬓丝长短。即时杯酒醉时歌,算省得、闲愁一半。

木 兰 花 慢

莺啼啼不尽,任燕语、语难通。这一点闲愁,十年不断,恼乱春风。重来故人不见,但依然、杨柳小楼东。记得同题粉壁,而今壁破无踪。　　兰皋新涨绿溶溶。流恨落花红。念著破春衫,当时送别,灯下裁缝。相思谩然自苦,算云烟、过眼总成空。落日楚天无际,凭栏目送飞鸿。

按此首别误入黄升散花庵词。

洞 仙 歌

卖花〔担〕(檐)上,菊蕊金初破。说着重阳怎虚过。看画城簇簇,酒

肆歌楼,奈没个巧处,安排着我。　　　　家乡煞远哩,抵死思量,枉把
眉头万千锁。一笑且开怀,小阃团栾,旋簇着、几般蔬果。把三杯
两盏记时光,问有甚曲儿,好唱一个。

西 江 月

宿酒才醒又醉,春霄欲雨还晴。柳边花底听莺声。白髮莫教临镜。
　　　　过隙光阴易去,浮云富贵难凭。但将一笑对公卿。我是无名
百姓。

又

三过武昌台下,却逢三度重阳。菊花只作旧时黄。白雪堆人头上。
　　　　昨日将军亭馆,今朝陶令壶觞。醉来东望海茫茫。家近蓬莱
方丈。

贺新郎　兄弟争涂田而讼,歌此词主和议

蜗角争多少。是英雄、割据乾坤,到头休了。一片泥涂荒草地,尽
是鱼龙故道。新堤上、风涛难保。沧海桑田何时变,怕桑田、未变
人先老。休为此,生烦恼。　　　　讼庭不许频频到。这官坊、翻来覆
去,有何分晓。无诤人中为第一,长讼元非吉兆。但有恨、平章不
早。尊酒唤回和气在,看从来、兄弟依然好。把前事,付一笑。

沁 园 春

请赋林堂,林堂未成,吾何赋哉。想胸中丘壑,山中风月,亭台几
所,花木千栽。应接光阴,品题胜概,须待堂成我再来。听分付,是
经行去处,莫放苍苔。　　　　吾曹不堕尘埃。要胸次长随笑口开。
任江湖浪迹,鸥盟雁序,功名到手,凤阁鸾台。它日相寻,有逾此

约,酌水浮君三百杯。闻斯语,有冠山突兀,袍岭崔嵬。

鹧鸪天　题赵次山鱼乐堂

围围洋洋各自由。或行或舞或沉浮。观鱼未必知鱼乐,政恐清波照白头。　　休结网,莫垂钩。机心一露使鱼愁。终知不是池中物,掉尾江湖汗漫游。

减字木〔兰〕(栏)花　寄钦州刘叔冶史君

羊城旧路。檀板一声惊客去。不拟重来。白髪飘飘上越台。故人居处。曲巷深深通竹所。问讯桃花。欲访刘郎不在家。

又　寄五羊钟子洪

天台狂客。醉里不知秋鬓白。应接风光。忆在江亭醉儿场。吴姬劝酒。唱得廉颇能饭否。西雨东晴。人道无情又有情。

又

阻风中酒。流落江湖成白首。历尽艰关。赢得虚名在世间。浩然归去。忆着石屏茅屋趣。想见山村。树有交柯犊有孙。

浣溪沙

病起无聊倚绣床。玉容清瘦懒梳妆。水沉烟冷橘花香。　　说个话儿方有味,吃些酒子又何妨。一声啼鸠断人肠。

清平乐　嘲人

醉狂痴作。误信青楼约。酒醒梅花吹画角。翻得一场寂寞。相如谩赋凌云。琴台不遇文君。江上琵琶旧曲,只堪分付商人。

临江仙 代作

误入风尘门户,驱来花月楼台。樽前几度得徘徊。可怜容易别,不
见牡丹开。　　莫恨银瓶酒尽,但将妾泪添杯。江头恰限北风回。
再三相祝去,千万寄书来。

鹊桥仙 周子俊过南昌,问讯宋吉甫、黄存之昆仲

西山岩壑,东湖亭馆,尽是经行旧路。别时方见有荷花,还又见、梅
花岁暮。　　宋家兄弟,黄家兄弟,一一烦君传语。相忘不寄一行
书,元自有、不相忘处。

祝英台近 别李择之诸丈后途中寄此

泛杭州,临尘水。几日共游戏。歌笑开怀,酒醒又还醉。奈何一旦
分携,连宵风雨,剪不断、客愁千里。　　水云际。遥望一片飞鸿,
苦是失群地。满眼春风,管甚闲桃李。此行归老家山,相逢难又,
但一味、相思而已。

大江西上曲 寄李实夫提刑,时郊后两相皆乞归

大江西上,郁孤台八境,人间图画。地涌千峰摇翠浪,两派玉虹如
泻。弹压江山,品题风月,四海今王谢。风流人物,如公一世雄也。
　　一片忧国丹心,弹丝吹笛,未必能陶写。西北风尘方颎洞,宰
相闲归绿野。月斧争鸣,风斤运巧,不用修亭榭。紫枢黄阁,要公
整顿天下。

满江红 庐陵厉元范史君梦中得柳眉抹翠一联,仆为
　　　　续作此词歌之

太守风流,何人似、金华仙伯。试看取、珠篇玉句,银钩铁画。叶叶

柳眉齐抹翠,梢梢花脸争匀白。比池塘、春草梦来诗,尤奇绝。

胸中有,蛾眉月。笔头带,蓬□雪。笑归来万里,不登金阙。鹿瑞堂前冬日暖,螺山江上春波阔。但伤时、一念不能休,添华髪。

望江南 壶山宋谦父寄新刊雅词,内有壶山好三十阕,自说平生。仆谓犹有说未尽处,为续四曲

壶山好,博古又通今。结屋三间藏万卷,挥毫一字直千金。四海有知音。 门外路,咫尺是湖阴。万柳堤边行处乐,百花洲上醉时吟。不负一生心。

又

壶山好,胆气不妨粗。手奋空拳成活计,眼穿故纸下功夫。处世未全疏。 生涯事,近日果何如。背锦奚奴能检典,画眉老妇出交租。且喜有赢馀。

又

壶山好,文字满胸中。诗律变成长庆体,歌词渐有稼轩风。最会说穷通。 中年后,虽老未成翁。儿大相传书种在,客来不放酒尊空。相对醉颜红。

又

壶山好,也解忆狂夫。转首便成千里别,经年不寄一行书。浑似不相疏。 催归曲,一唱一愁予。有剑卖来酤酒吃,无钱归去买山居。安处即吾庐。壶山有催归曲赠仆,甚妙。

又　仆既为宋壶山说其自说未尽处，壶山必有答语，仆
自嘲三解

石屏老，家住海东云。本是寻常田舍子，如何呼唤作诗人。无益费
精神。　　千首富，不救一生贫。贾岛形模元自瘦，杜陵言语不妨
村。谁解学西崑。

又

石屏老，长忆少年游。自谓虎头须食肉，谁知猿臂不封侯。身世一
虚舟。　　平生事，说着也堪羞。四海九州双脚底，千愁万恨两眉
头。白髪早归休。

又

石屏老，悔不住山林。注定一生知有命，老来万事付无心。巧语不
如喑。　　贫亦乐，莫负好光阴。但愿有头生白髪，何忧无地觅黄
金。遇酒且须斟。

清平乐　兴国军呈李司直

今朝欲去。忽有留人处。说与江头杨柳树。系我扁舟且住。
十分酒兴诗肠。难禁冷落秋光。借取春风一笑，狂夫到老犹狂。
按此首别误入黄升散花庵词。

醉　太　平

长亭短亭。春风酒醒。无端惹起离情。有黄鹂数声。　　芙蓉绣
茵。江山画屏。梦中昨夜分明。悔先行一程。以上双照楼本石屏长短
句四十首

满庭芳　元夕上邵武王守子文

草木生春，楼台不夜，团团月上云霄，太平官府，民物共逍遥。指点江梅一笑，几番负、雨秀风娇。今年好，花边把酒，歌舞醉元宵。

　　风流，贤太守，青云志气，玉树丰标。是神仙班里，旧日王乔。出奉板舆行乐，金莲照、十里笙箫。收灯后，看看丹诏，催入圣明朝。

汲古阁本石屏词

　　按此首别误入黄升散花庵词。

渔父　四首

渔父饮，不须钱。柳枝斜贯锦鳞鲜。换酒却归船。

二

渔父醉，钓竿闲。柳下呼儿牢系船。高眠风月天。

三

渔父醒，荻花洲。三千六百钓鱼钩。从头下复收。

四

渔父笑，笑何人。古来豪杰尽成尘。江山秋复春。以上四首见锦绣万花谷别集卷十八

沁园春　送姚雪篷之贬所

访衡山之顶，雪鸿渺渺，湘江之上，梅竹娟娟。寄语波臣，传言鸥鹭，稳护渠侬书画船。诗人玉屑卷二十一

戴复古妻

戴复古妻,武宁人,不知其姓氏。三台词录作金伯华。

祝 英 台 近

惜多才,怜薄命,无计可留汝。揉碎花笺,忍写断肠句。道傍杨柳
依依,千丝万缕,抵不住、一分愁绪。　　　如何诉。便教缘尽今生,
此身已轻许_{按此十四字、各本皆脱,惟古今词选卷四有,未必可信。}捉月盟言,
不是梦中语。后回君若重来,不相忘处,把杯酒、浇奴坟土。_{广客谈}

李子酉

子酉号冰壶,官转运判官。

玉 楼 春

纱窗春睡朦胧著。相见尚怀相别恶。梦随城上角声残,泪逐楼前
花片落。　　　东风不解吹愁却。明月几番乖后约。当时惟恐不多
情,今日情多无处著。_{阳春白雪卷五}

徐梦龙

梦龙字叔柔。嘉定间有知均州徐梦龙,或即其人。

醉 太 平

冰肌玉容。情真意浓。小楼几度春风。醉琉璃酒钟。　　　关山万

重。何时又逢。思量雨迹云踪。似襄王梦中。阳春白雪卷六

赵　扩

扩即宁宗,光宗次子。生乾道四年(1168)。初封嘉王,受内禅。在位三十年。嘉定十七年(1224)卒。纪元四:庆元、嘉泰、开禧、嘉定。

浣溪沙　看杏花

花似醺容上玉肌。方论时事却嫔妃。芳阴人醉漏声迟。　　珠箔半钩风乍暖,雕梁新语燕初飞。斜阳犹送水精卮。皱水轩词笙

按沈雄古今词话词话卷上引作宋孝宗词,非。

方信孺

信孺字孚若,兴化军人。生于乾道四年(1168),以荫补官。开禧中,假朝奉郎使金,三往返不诎。历淮东转运判官,知真州,至广西漕。嘉定十五年(1222)卒,年四十六。有好庵游戏,不传。

西江月　再游龙隐岩,追和陶商翁韵

碧洞青崖著雨,红泉白石生寒。暍来十月九湖山。人笑元郎太漫。　　绝壑偏宜叠鼓,夕阳休唤归鞍。兹游未必胜骖鸾。聊作湖南公案。粤西诗载卷二十五

龚大明

大明字若晦,仁和(今浙江杭州)人。生乾道四年(1168)。宁宗闻其名,召至禁中斋修,赐号冲妙大师。嘉熙二年(1238)卒,年七十有一。

缺调名 山居

山居好。山居好。鹤唳猿啼饯昏晓。碧窗柏子炷炉香,趺坐蒲团诵黄老。

又

山居好。山居好。门对青山水环绕。一榻烟霞梦寐清,我以不贪为至宝。

又

山居好。山居好。竹杖芒鞋恣幽讨。坐分苔石树阴凉,闲数落花听啼鸟。

又

山居好。山居好。劚月锄云种瑶草。泠泠碧涧响寒泉,籁籁落花风自扫。

又 赠道友雪崖朱先生

清高绝,雪崖翁。向上玄机顿观通。金鼎有丹成九转,凝然宴坐白云中。

按以上五首未注调名,实亦潇湘神一类之词也。

西江月 书怀

我本无为野客,飘飘浪迹人间。一时被命住名山。未免随机应变。

识破尘劳扰扰,何如乐取清闲。流霞细酌咏诗篇。且与白云为伴。以上六首洞霄诗集卷七

陈　楠

　　楠字南木,惠州博罗人。自号翠虚翁。嘉定四年(1211)卒,年四十三。据云:楠得太乙金丹诀,能捻土疗人,病人呼为陈泥丸。后归罗浮,能驱狐鞭龙,浮笠济湍,显诸神异。

水调歌头　赠九霞子鞠九思

夺取天机妙,夜半看辰杓。一些珠露,阿谁运倒稻花头。便向此时采取,宛如碧莲合蕊,滴破玉池秋。万籁风初起,明月一沙鸥。

　　紫河车,乘赤凤,入琼楼。谓之玉汞,与铅与土正相投。五气三花聚顶,吹著自然真火,炼得似红榴。十月胎仙出,雷电送金虬。

鹊桥仙　赠蛰虚子沙道昭

红莲含蕊,露珠凝碧,飞落华池滴滴。运归金鼎唤丁公,炼得似、一枚朱橘。　　三花喷火,五云拥月,上有金胎神室。洞房云雨正春风,十个月、胎仙了毕。

真珠帘　赠海南子白玉蟾

金丹大药人人有。要须是、心传口授。一片白龙肝,一盏醍醐酒。只为离无寻坎有。移却南宸回北斗。好笑。见金翁姹女,两个厮鬥。　　些儿铅汞调匀,观汉月海潮,抽添火候。一箭透三关,方表神仙手。兔子方来乌处住,龟儿便把蛇吞了。知否。那两个钟吕,是吾师友。以上三首见道藏翠虚篇

望　江　南

黄中宝,须向胆中求。春气令人生万物,乾坤膝下与吾俦。百脉自

通流。　　　施造化,左右火双抽。浩浩腾腾光宇宙,苦烟烟上霭环楼。夫妇渐相谋。

又

玄珠降,丹窟在中宫。九候息调重九数,赤波或进太阳东。心肾遂交通。　　　逢六变,重六息阴功。火自海门朝帝坐,水从莲萼佐丁公。紫电透玲珑。

又

毛髪薄,三转运行阳。胎色渐红阴渐缩,推移岁运助阳刚。育火养中央。　　　成物象,五转辨微茫。出入尚迟形上小,晨昏时饮玉壶浆。天籁奏笙簧。

又

丹已返,四转运行阴。逢六闭藏阳户气,三关全透合丁壬。龟游任浮沉。　　　时出入,无碍贯他心。游戏神通常出面。圆光周匝绕千寻。寒暑不相侵。

又

珠自右,紫电入丹城。内养婴儿成赤象,时逢五转采阳精。火自水中生。　　　烧鬼岳,紫电起峥嵘。随意嬉游寰海内,寐如砂碛卧长鲸。时序与偕行。

又

日精满,阴魄化无形。每遇月圆开地户,神龟时饮碧瑶精。清洁复如冰。　　　阳砂赤,阴粉色微青。粉换肉兮砂换骨,凡胎换尽圣胎灵。飞举似流星。

又

形透日，七转任飞腾。幽静深岩图宴坐，息无来往气坚凝。却粒著
其能。　　生成火，返本气澄清。九候浴时开地户，月中取火日求
冰。五内换重新。

又

内外变，八转始还元。地带长垂主坎户，周行胎息贯天门。太始道
方存。　　纯一体，赤黑气常喷。丹火发时烧内景，冷泉涌处浴猴
孙。神水赤龟吞。以上八首修真十书杂著捷径

按以上八首又见陈先生内丹诀，作陈朴词。

史弥巩

弥巩字南叔，浩从侄。乾道六年（1170）生。嘉定十年（1217）进士。
调峡州教授。端平初，监进奏院，提点江东刑狱。淳祐九年（1249）以直华
文阁、提举崇禧观卒，年八十。自号独善，有独善先生文集二十卷，不传。

失　调　名

羊左合人我。左既绝粮甘自饿。羊仕楚王官职大。　　依旧杀身
蓬颗。颜公畴昔曾经过。佳咏至今传播。景定建康志卷四十三

徐鹿卿

鹿卿字德夫，丰城人。生于乾道六年（1170）。嘉定十六年（1223）
进士。淳祐九年（1249）卒，年八十。有徐清正公集。

水调歌头　快阁上绣使萧大著

廊庙补天手,夷夏想威名。上前张胆明目,倾倒汉公卿。二百年来章贡,前赵后萧相□,今古两豪英。四海望霖雨,可但总祥刑。

自儿时,文字里,已心倾。魁躔邈在霄汉,薄宦偶趋承。山见崆峒秀丽,水见玉虹清绝,犹愿见先生。寄语二三子,洙泗在江城。

酹江月　元夕上秘丞　并引

　　　判府秘丞郎中永嘉陈公镇横浦之明年,化洽政成,民无札瘥,岁无荒饥。冬既寒而雪,春方交而雨。邦民德之,乃因民所欲而尊其知。正月之望,张灯公廨,以旁施于亭也,令民游观无禁。前乎此也,阴云晻曖,连日不开。膏火既举,霾云扫青,万象轩豁。城之中边,士女阗咽,以游以嬉,以歌以舞。穷壤之间,同一和气;官民之际,同一至乐,穆乎休哉。属吏徐鹿卿偶得周旋其间,思有以写父老之所欲言而不能言者以为公寿。顾其词语浅薄,不足发越,乃杂取东坡先生上元诸诗檃括成酹江月一阕,与邦民共歌之。

雪销平野,正云开天宇,灯辉花市。明灭吐吞无尽藏,巧鬭飞桥激水。铁马响冰,牙旗穿夜,箫鼓声歌沸。丰年欢笑,酿成千里和气。

相欢交□游嬉,卖薪买酒,歌舞升平里。记得前年随玉辇,吹下天香扑鼻。璧月腾辉,仙球稳缒,归有传柑遗。来年此夜,通明仍许归侍。

水调歌头　饯提举陈秘丞

岭峤转和气,英荡挟新凉。登车揽辔慷慨,风采肃台纲。第一澄清官府,次第咨询民瘼,馀事到囷仓。谨勿养稂莠,莠盛稻苗伤。

金芝秀,蒲涧碧,荔枝香。此中风味不恶,暂借使星光。毋薄炎荒瘴海,曾著广平李勉,归去□平章。唤起昔贤梦,千载续遗芳。

贺新郎　饯郭府判趋朝

解组轻千里。趁朝来、风高气爽,波平如砥。试问馀恩深几许,江阔秋清无底。看两径、棠阴舞翠。明月归艎轻似叶,只梅花、香里诗千纸。端不愧,西江水。　　谪仙才气兰亭字。更清姿雅度,修竹长松标致。官职几人曾此过,萱草春风谁似。任彩服、蹁跹娱戏。去此云霄真一握,算令公、勋业浑馀事。中书考,从今始。

减字木兰花　杜南安和昌仙词见示次韵酬之

狂吟江浦。不食人间烟火语。韦曲名家。也试河阳一县花。群仙推去。暂寄岭梅清绝处。笑俯清溪。只有清风明月知。

又　再次韵

云横远浦。一段秋光烦著语。月下谁家。丹桂迎风一两花。双凫来去。不踏人间风日处。才入云溪。问我来时总不知。

酹江月　贺提举陈秘丞除宪

薰风有意,还年年吹下,九天纶綍。庾岭高哉知几仞,不隔清名突兀。明月扁舟,图书之外,所载无南物。襄公往矣,辽辽直到今日。　　南来北地开藩,甘棠好在,一夜春光入。父老欢迎相告语,依旧朱颜绿髪。四海无波,四江无讼,是先生清德。岭梅迎笑,和羹□□消息。

水调歌头　贺史宰受荐

五剡乃脱选,通籍入金闺。祖宗立法初意,正欲猎英奇。近世流风薄矣,强者立跻霄汉,弱者困尘泥。流水伯牙操,底处有钟期。

公为政,民不扰,吏无欺。春风桃李满县,当路几人知。五马宏开公道,一鹗首旌治最,迟乃速之基。不枉受人荐,更看荐人时。

又 寿林府判

别驾映旋軨,父老绕称觥。西风底事于役,造物岂无情。知道神生崧岳,大庾岭边和气,未足助欢声。小试活人手,详谳命公行。

赣滩石,青原雨,快阁晴。西江一带风物,尽把祝长生。福与此江无尽,寿与此江俱远,名与此江清。江水直到海,公亦上蓬瀛。

汉宫春 和冯宫教咏梅,依李汉老韵

庾岭梅花,到江空岁晚,始放南枝。岂徒冰雪蹊径,不受侵欺。孤高自负,尽炎凉、变态无期。便瘴雨、蛮烟如许,淡妆也不随时。未肯移根上苑,且竹边院落,月下园篱。除却西湖句子,此后无诗。向□红紫,要十分、妩媚因谁。算只有、天怜清苦,纷纷蜂蝶争知。

又 重和

吏隐南昌,问盘根几世,长子孙枝。仙风道骨如此,信不吾欺。素姿倾国,□难昏、坐觉愆期。算好与、水仙作配,又还恨不同时。岁晚寻盟有几,早兰辞湘浦,竹谢东篱。自向月中弄影,雪里评诗。角声吹动,这一天、清兴关谁。刚唤起、赤松孤竹,此心惟许君知。

满江红 饯林府判

斗大横江,旧曾著、周程夫子。谭道处,疏梅迎笑,双松延翠。百载高风勤景仰,数椽老屋重经始。更大书、留与后人看,公归矣。下缺

以上彊村丛书本徐清正公词

邹应龙

应龙字景初,泰宁人。乾道八年(1172)生。庆元二年(1196)进士第一。庆元六年(1200),秘书省正字。开禧元年(1205),著作佐郎。嘉定三年(1210),起居舍人,出知赣州。嘉熙元年(1237),拜端明殿学士,签书枢密院事兼权参知政事。三年(1239)罢,进资政殿学士。淳祐四年(1244)卒,年七十二。谥元襄。

木兰花 寿伯母太夫人上官氏

吾家二老。前有高平生癸卯。若到今辰。讵止荣华九十龄。　共惟伯母。九十新年还又五。五五相承。好看重逢乙巳春。

鹧 鸪 天

九十吾家两寿星。今夫人赛昔夫人。百年转眼新开衮,十月循环小有春十月二十一日生。　　生日到,转精神。目光如镜步如云。年年长侍华堂宴,子子孙孙孙又孙。

又

寿母开年九十三。佳辰就养大江南。缇屏晃耀新宁国,绣斧斓斑老朴庵。　　倾玉斝,擘黄柑。两孙垂绶碧于蓝。便当刊颂崆峒顶,留与千年作美谈。

又 在朝日寿母昌国叶夫人

帝里风光别是天。花如锦绣柳如烟。还逢令节春三二,又庆慈闱岁八千。　　斟寿斝,列长筵。子孙何以咏高年。各裒千首西湖什,一度生朝献一篇。

又 任静江经略安抚日元夕奉亲出郊

彩结轻车五马随。倾城争出看花枝。笙歌十里岩前去，灯火千门月下归。　　莲炬引，老莱衣。蛾眉无数卷帘窥。谁知万里逢灯夕，却胜寻常三五时。

卜算子 寿母

满二望三时^{中春三十日生}，春景方明媚。又见蟠桃结子来，王母初筵启。　　无数桂林山，不尽漓江水。总入今朝祝寿杯，永保千千岁。以上六首见寿亲养老新书卷四

　　按此首别误作范靖江词，见花草粹编卷二。

邹应博

　　　　应博，应龙从弟。开禧元年(1205)登第，历知婺州、苏州，提点江南西路刑狱。

感皇恩 知平江日寿母上官太夫人

觅得个州儿，稍供彩戏。多谢天公为排备。一轮明月，酝作清廉滋味。倾入寿杯里，何妨醉。　　我有禄书，呈母年万计。八十三那里暨。便和儿算，恰一百四十地。这九千馀岁，长随侍。

鹧　鸪　天

天遣丰年祝母龄。人人安业即安亲。探支十日新阳福，来献千秋古佛身。　　儿捧盏，妇倾瓶。更欣筵上有嘉宾。紫驼出釜双台馈，玉节升堂两使星。

又 家居日寿词

　　十月二十一日，吾母太淑人生日也。今年九十，仰荷乾坤垂佑，赐以福寿康宁，愿益加景覆，令其耳目聪明，手足便顺，五脏六腑，和气流通，常获平安之庆，子孙贤顺，寸禄足以供甘旨也。

诸佛林中女寿星。千祥百福产心田。喜归王母初生地，满劝麻姑不老泉。　　吾梦佛，半千员。一年一佛护庭萱。数过九十从头数，四百馀零一十年。以上三首见寿亲养老新书卷四

黄　某

　　自号怡轩居士。与邹应博同时。

浪淘沙 原不著调名，按律似是浪淘沙

八十加三迎九十，还似婴童。寿亲养老新书卷四

叶秀发

　　秀发字茂叔，金华人。庆元二年(1196)进士。为庆元府教授，知高邮军。有论语讲义。学者称南坡先生。

醉落魄 自寿

胸襟洒落。光风霁月澄寥廓。生平素志惟丘壑。随分田园，花木按"木"原作"未"，据翰墨大全丙集卷十四改四时乐。　　儿孙不用千金橐。吾家自有诗书粕。生朝有酒团栾酌。因笑渠侬，痴骇画松鹤。截江网卷六

　　按此首原题南坡撰。

李　刘

　　刘字公甫,号梅亭,崇仁人。生于淳熙二年(1175),嘉定元年
(1208)进士。历礼部郎官、兼崇政殿说书,起居舍人,迁吏部郎中。又
曾为成都路转运判官。

贺新郎　上赵侍郎生日

鹄立通明殿。又重逢、揆余初度,梦庚华旦。不学花奴簪红槿,且看秋
香宜晚。任甲子、从新重换。天欲东都修车马,故降神生甫维周翰。
歌崧岳,咏江汉。　　　明堂朝罢夷琛献。引星辰、万人共听,风尘长
算。清昼山东诸将捷,席卷黄河两岸。问谁在、玉皇香案。师保万民
功业别,向西京、原庙行圭瓒。定郏鄏,卜瀍涧。中兴以来绝妙词选卷八

鱼游春水　寿卫大参

湖南三千里。百万人家争送喜。元戎初度,和气水流山峙。荆楚
中间寿域开,翼轸傍边台躔起。崧岳降神,维箕骑尾。　　　见说君
王注倚。问舟楫、盐梅谁是。国人争望周公,东归几几。功名多载
旂常上,福禄平分天壤里。家家弦管,年年弧矢。

水调歌头　寿赵茶马

万里碧鸡使,叱驭问邛崃。枪旗有烨,川秦奔走送龙媒。好在灵均
初度,唤起长庚佳梦,霜月照金罍。寿似武侯柏,香在草堂梅。
　　舞娉婷,斟凿落,沃崔嵬。神尧孙子,向来八九上三台。挂了桑
弧蓬矢,便恐彤弓秬瓒,分宝下天阶。归赋梁园雪,试唤长卿来。
以上二首见截江网卷四

酹江月　寿漕使

汉庭用老,想君王也忆、潜郎白首。底事煌煌金玉节,奔走天涯许
久。江右风流,湖南清绝,更借诗翁手。明年七十,人间此事希有。

　　固是守得堂间,鲂斋亭下,要称归来柳。上恐夜深〔□〕贾傅,
便有锋车迎候。寿岳峰前,寿星池畔,且寿长沙酒。期颐三万,祖
风应管依旧。

　　　按此首别作梅峰,见翰墨大全书丁集卷一,疑是梅亭之误。

满庭芳　上程宪卓,程尚书大昌侄

郑履声传,倪经业绍,半千贤运重开。妙年阔步,高折桂枝回。卿
月郎星历遍,都贪把、符竹南来。棠阴永,仍持玉节,臬事副钦哉。

　　吾生,真幸会,旧家桃李,曾费栽培。更春风次第,吹到寒荄。
遥望绂麟祥旦,霄躔邈、阻奉琅杯。谁知道,清源路远,直上即蓬莱
自泉守改宪。

生查子　寿谢宪,在四川类省试院

湘江贯地维,衡岳生人杰。谁遣益州星,暂伴峨眉月。　　　初度庆
今朝,绣斧双龙节。为国罩嘉鱼,趣觐黄金阙

浣溪沙　庆董内机

濯锦江边玉树明。碧油幢里彩衣荣。当年此日下长庚。　　　细酌
成都千岁酒,闲看嶰谷一阳春。归听云母隔屏声。以上四首见截江网卷
五

朝中措　自寿

我生辰在斗牛中。井路有何功。运转峨眉山月,按行雪界天风。

归欤老矣,愁添鬓白,酒借颜红。丘壑堪容我辈,轩裳分付诸
公。截江网卷六

水调歌头　寿丘漕　九月初三

端正九秋月,今夜始生明。扬辉毓秀,飘然海上跨长鲸。认得灵均
初度,直用望舒为御,重耀紫枢庭。何事乘槎使,尚藉执珪卿。
　　合东西,瞻使节,镜中行。腾腾渐渐,绕枝乌鹊不须惊。太白擒
胡了未,即墨降城安否,玉斧杖修成。圆却山河影,捣药兔长生。

鹧鸪天　寿吴倅　九月初七

恰则重阳信宿前。菊潭先寿濮阳仙。暂陪明月清风夜,共醉孤云
落照边。　　群玉府,紫微天。看看东壁二星连。月中斫桂吴夫
子,定是长生不记年。

生查子　寿魏制干　九月十九

万里彩衣远,旬日黄花后。蓬矢纪佳辰,莲幕翻新奏。　　更看桂
枝香,归献灵椿寿。同对小蟠桃,共醉长生酒。以上三首见翰墨大全丁
集卷四

存　目　词

郑清之

清之字德源,初名燮,字文叔,号安晚,鄞县(今浙江省宁波)人。生于淳熙三年(1176)。嘉定十年(1217)进士。以荐为魏宪王府教授。理宗嗣位,以定策功,累拜太傅、左丞相、封魏国公、致仕。淳祐十一年(1251)卒,年七十六,封魏郡王,谥忠定。有安晚堂集七卷。

念奴娇　菊

楚天霜晓,看老来秋圃,寒花犹在。金阙栽培端正色,全胜东篱风采。雅韵清虚,幽香淡泊,惟有陶家爱。由他尘世,落红愁处如海。

多少风雨飘摇,夫君何素,晚节应难改。休道三闾曾旧识,轻把木兰相对。延桂同盟,索梅为友,不复娇春态。年年秋后,笑观芳草萧艾。阳春白雪卷八

陈　鹄

鹄号西塘,南阳人。有耆旧续闻。

失　调　名

莫待柳吹绵。吹绵时杜鹃。耆旧续闻卷二

按此二句似是菩萨蛮词。

又按耆旧续闻所载引自他书而未著所出者甚多。此二句未必为陈鹄自作,俟考。

李仲虺

仲虺,汀州连城(在今福建省)邑士,绍熙间人。

如梦令 石门岩

门外数峰围绕。帖石路儿弯小。花老不禁风,委地乱红多少。人悄。人悄。隔叶数声啼鸟。永乐大典卷七千八百九十一汀字韵又卷九千七百六十四岩字韵引汀州府志

黄　简

　　　　简一名居简,字元易,号东浦,建安人,隐居吴郡光福山。嘉熙中卒。

眼 儿 媚

画楼濒水翠梧阴。清夜理瑶琴。打窗风雨,逼帘烟月,种种关心。
　　当时不道春无价,幽梦费重寻。难忘最是,鲛绡晕满,螺锦香沉。阳春白雪卷五

柳 梢 青

病酒心情。唤愁无限,可奈流莺。又是一年,花惊寒食,柳认清明。
　　天涯翠巘层层。是多少、长亭短亭。倦倚东风,只凭好梦,飞到银屏。

玉 楼 春

龟纹晓扇堆云母。日上彩阑新过雨。眉心犹带宝觥酲,耳性已通银字谱。　　密奁彩索看看午。晕素分红能几许。妆成揽镜问春风,比似庭花谁解语。以上二首见绝妙好词卷三

陈耆卿

耆卿字寿老,号筼窗,临海人。淳熙七年(1180)生。嘉定七年(1214)进士。嘉定十一年(1218),青田县主簿。十三年(1220),庆元府府学教授。宝庆三年(1227),校书郎。绍定五年(1232),著作佐郎。官至国子司业。端平三年(1236)卒。有筼窗集,自永乐大典辑出。

鹧鸪天　母侯置酒南教场赏芙蓉

莫惜花前泥酒壶。沙场千步锦平铺。将军闲试临边手,按出吴宫小阵图。　　清露里,晓霜馀。娇红淡白更怜渠。人间落木萧萧下,独倚秋江画不如。

又　再赋

艳朵珍丛间舞衣。蹴球场外打红围。小舆穿入花深处,且住簪花醉一卮。　　秋欲尽,最怜伊。江梅未破菊离披。情知不与韶华竞,回首西风怨阿谁。永乐大典卷五百四十蓉字韵引耆卿筼窗集

存　目　词

调　名	首　句	出　处	附　　注
柳初新	东郊向晓星杓亚	筼窗集卷十	柳永词,见乐章集卷上
三台令	鱼藻池边射鸭	永乐大典卷五百四十蓉字韵	王建词,见王建诗集卷七。词已见柳永存目附录

林表民

表民字逢吉,号玉溪,师葴子,东鲁(今山东省泛称)人。寓居临海。

有玉溪吟稿。

玉漏迟 和赵立之

并湖游冶路。垂堤万柳,鞴尘笼雾。草色将春,离思暗伤南浦。旧日惜惜坊陌,尚想得、画楼窗户。成远阻。凤笺空寄,燕梁何许。

凄凉瘦损文园,记翠筇聊吟,玉壶通语。事逐征鸿,几度悲欢休数。莺醉乱花深里,悄难替、愁人分诉。空院宇。东风晚来吹雨。阳春白雪卷五

薛师石

师石字景石,永嘉人。生于淳熙五年(1178)。隐居不仕,筑屋会昌湖西,名曰瓜庐。绍定元年(1228)卒,年五十一。有瓜庐集。

渔 父 词

十载江湖不上船。卷篷高卧月明天。今夜泊,杏花湾。只有笭箵当酒钱。

其　　二

邻家船上小姑儿。相问如何是别离。双坠髻,一湾眉。爱看红鳞比目鱼。

其　　三

平明雾霭雨初晴。儿子敲针作钓成。香饵小,茧丝轻。钓得鱼儿不识名。

其　　四

船系兰芷鲙长鲈。曲袷方袍忽访吾。神甚爽，貌全枯。莫是当年
楚大夫。

其　　五

春融水暖百花开。独棹扁舟过钓台。鸥与鹭，莫相猜。不是逃名
不肯来。

其　　六

夜来采石渡头眠。月下相逢李谪仙。歌一曲，别无言。白鹤飞来
雪满船。

其　　七

莫论轻重钓竿头。住得船归即便休。酒味薄，胜空瓯。事事何须
著意求。以上七首并见瓜庐诗

史达祖

> 达祖字邦卿，号梅溪，汴（今河南开封）人。有梅溪词一卷。四朝闻
> 见录：韩侂胄为平章，专倚省吏史达祖奉行文字，拟帖拟旨，俱出其手，
> 侍从束札，至用申呈。韩败，遂黥焉。

绮罗香　咏春雨

做冷欺花，将烟困柳，千里偷催春暮。尽日冥迷，愁里欲飞还住。
惊粉重、蝶宿西园，喜泥润、燕归南浦。最妙它、佳约风流，钿车不

到杜陵路。　　沉沉江上望极，还被春潮晚_{元本误夺"晚"字}急，难寻官渡。隐约遥峰，和泪谢娘眉妩。临断岸、新绿生时，是落红、带愁流处_{别作"去"}。记当日、门掩梨花，翦灯深夜语。

双双燕 咏燕

过春社了，度帘幕中间，去年尘冷。差池欲住，试入旧巢相并。还相雕梁藻井。又_{别云："又"字羡}软语、商量不定。飘_{别作"翩"}然快拂花梢，翠尾分开红影。　　芳径。芹泥雨润。爱贴地争飞，竞夸轻俊。红楼归晚，看足柳昏花暝。应自_{别作"是"}栖香正稳。便忘了、天涯芳信。愁损翠黛双蛾_{别本少二字，作"愁损玉人"}，日日画阑独凭。

阳 春 曲

杏花烟，梨花月_{别作"雨"}，谁与晕开春色。坊巷晓偗偗，东风断、旧火销处近寒食。少年踪迹。愁暗隔、水南山北。还是宝络雕鞍，被莺声、唤来香陌。　　记飞盖西园，寒犹凝结_{别夺"结"字}。惊醉耳、谁家夜笛。灯前重帘不挂，瑸华裾、粉泪_{别作"痕"}曾拭。如今故里信息。赖海燕、年时相识。奈芳草、正锁江南，梦春衫怨碧。

海 棠 春 令

似红如白含芳意。锦宫外、烟轻雨细。燕子不知愁，惊堕黄昏泪。　　烛花偏在红帘底。想人怕、春寒正睡。梦著玉环娇，又被东风醉。

夜行船 正月十八日闻卖杏花有感

不翦春衫愁意态。过收_{别作"烧"}灯、有些寒在。小雨空帘，无人深巷，已早_{别作"早已"}杏花先卖。　　白髪潘郎宽沈带。怕看山、忆它眉黛。草色拖裙,烟光惹_{别作"染"}鬓,常_{别作"长",又作"尚"}记故园挑菜。

东风第一枝　咏春雪

巧沁_{别作"霸",又作"冰"}兰心,偷黏草甲,东风欲障新暖。谩凝_{别作"疑"}碧瓦难留,信知暮寒轻_{别作"较"}浅。行天入镜,做弄出、轻松纤软。料故园、不卷重帘,误了乍来双燕。　　青未了、柳回白眼。红欲断、杏开素面。旧游忆著山阴,厚_{别作"后"}盟遂妨上苑。寒_{别作"熏"}炉重暖_{别作"熨",又作"燠"},便放慢_{周选作"且慢放"}春衫针线。恐_{别作"怕"}凤靴_{别作"鞋"}、挑菜归来,万一灞桥相见。

又　壬戌闰(按"闰"原作"开",从毛扆校本梅溪词)腊
望,雨中立癸亥春,与高宾王各赋

草脚愁苏_{别作春回,又作愁回},花心梦醒,鞭香拂散牛土。旧歌空忆珠帘,彩笔倦题绣户。黏鸡贴燕,想立_{别作"占"}断、东风来处。暗惹起、一掬相思,乱若_{别作"藏"}翠盘红缕。　　今夜觅、梦池秀句。明日动、探花芳绪。寄声沽酒人家,预_{别作"款"}约俊_{别作"嬉",周选作"冶"}游伴侣。怜它梅柳,乍_{别作"怎"}忍俊_{别作"润",又作"后"}、天街酥雨。待过了一月灯期,日日醉扶归去。

又　灯夕清坐　或作"元夕"

酒馆歌云,灯街舞绣,笑声喧似箫鼓。太平京国多欢,大醣绮罗儿处。东风不动,照花影、一天春聚。耀_{别作"看"}翠光、金缕相交,苒苒细吹香雾。　　羞醉玉、少年丰度。怀艳雪、旧家伴侣。闭门明月关心,倚窗小梅索句。吟情欲断,念娇俊、知人无据。想袖寒、珠络藏香,夜久带愁归去。

玉楼春 社前一日

游人等得春晴也。处处旗亭堪别作"闲"，又作"咸"系马。雨前秾别作"红"杏尚娉婷别作"拌停"，风后别作"里"残梅无顾藉。　　忌拈针线别作"指"还逢社。鬥草赢多裙欲卸。明朝双别作"新"燕定归来，叮嘱重帘休放下。

又 赋梨花

玉容寂寞谁为主。寒食心情愁几许。前身清澹似梅妆，遥夜依微留月住。　　香迷胡蝶飞时路。雪在秋千来往处。黄昏著了素衣裳，深闭重门听夜雨。

喜 迁 莺

月波疑别作"凝"滴。望玉壶天近戈选作"天近玉壶"，了无尘隔。翠眼圈花，冰丝织练，黄道宝光相直。自怜诗酒瘦，难应接、许多春色。最无赖，是随香趁烛，曾伴狂客。　　踪迹。漫记忆。老了杜郎，忍听东风笛。柳院灯疏，梅厅雪在，谁与细倾春碧。旧情拘别无"拘"字未定，犹自学、当年游历。怕万一，误玉人、夜寒戈选作"寒夜"，别本"寒"下有"窗际"二字帘隙。

万年欢 春思

两袖梅风，谢桥边、岸痕犹带阴雪。过了匆匆灯市，草根青发。燕子春愁未醒，误几处、芳音辽绝。烟溪上、采绿人归，定应愁沁花骨。　　非干厚情易歇。奈燕台句老，难道离别。小径吹衣，曾记故里风物。多少惊心旧事，第一是、侵阶罗袜。如今但、柳髪唏春，夜来和露梳月。

阮 郎 归

龙香吹袖白别作"向"藤鞭。帽檐冲柳烟。一春几度画桥边。东风
听管弦。　　花活计，酒因缘。从人嘲少年。真别作"直"须吟就绿
杨篇。湾头寄小怜。

又　月下感事

旧时明月旧时身。旧时梅萼新。旧时月底似梅人。梅春人不春。
　　香入梦，粉成尘。情多多断魂。芙蓉孔雀夜温温。愁痕即泪
痕。

眼儿媚　寄赠

潘郎心老不成春。风味隔花尘。帘波浸笋，窗纱分柳，还过天津。
　　近时无觅湘云处，不记是行人。楼高望远，应将秦镜，多照施
颦。

又　代答

儿家七十二鸳鸯。珠佩锁瑶箱。期花等月，秦台别作"楼"吹玉别作
"笛"，贾袖传香。　　十年白玉堂前见，直是翦柔肠。将愁去也，不
成今世，终误王昌。

忆瑶姬　骑省之悼也

娇月笼烟，下楚领，香别作"春"分两朵湘云。花房渐密时别作"时渐
密"，弄杏笺初会，歌里别作"袖"殷勤。沉沉夜久西窗，屡隔兰灯幔别
作"幔"影昏。自彩鸾、飞入芳巢，绣屏罗荐粉光新。　　十年未始
轻分。念此飞花，可怜柔脆销春。空馀双泪眼，到旧家时郎别作

"节"，谩染愁巾。袖止别作"神仙"说道凌虚，一夜相思玉样人。但起来、梅发窗前，哽咽疑是君。

南　歌　子

采绿随双桨，看山藉一筇。关南桃树几番红。昨夜诗情频在、雨声中。　　花径无云隔，苔垣只别作"有"梦通。旧欢一饷可过从。试觅鸳鸯新杏、简春风。

风　流　子

红楼横落日，萧郎去、几度碧云飞。记窗眼递香，玉台妆罢，马蹄敲月元误"目"，沙路人归。如今但，一别作"流"莺通信息，双燕说相思。入耳旧歌，怕听琴别作"金"缕，断肠新句，羞染乌丝。　　相逢南溪上，桃花嫩、娇样浅澹罗衣。恰是怨深腮赤，愁重声迟。怅东风巷陌，草迷春恨，软尘庭户，花误幽期。多少寄来芳字，都待还伊。

又

飞琼神仙客，因游戏、误落古桃源。藉吟笺赋笔，试融春恨，舞裙歌扇，聊应尘缘。遣人怨，乱云天一角，弱水路三千。还因秀句，意流江外，便随轻梦，身堕别作"坠"愁边。　　风流休相误，寻芳纵来晚，尚有它年。只为赋情不浅，弹泪风前。想雾帐吹香，独怜奇俊，露杯分酒，谁伴婵娟。好在夜轩凉月，空自团圆。月轩，其号也。

金　盏　子

桨绿催红，仰一番膏雨，始张春色。未踏画桥烟，江南岸、应是草秾花密。尚忆溅裙蘋溪，觉诗愁相觅。　　光风外，除是倩莺烦燕，谩通消息。　　梨花夜来白。相思梦、空阑　林别作"袜"月又逃作"月波湿"。深深柳枝巷陌，难重遇、弓弯两袖云碧。见说倦理秦筝，怯春葱无力。空遣恨，当时留别无"留"字秀句，苍苔蠹壁。

杏花天 清明

软波拖碧蒲芽短。画桥别作"楼"外、花晴柳暖。今年自是清明晚。便觉芳情较懒。　　春衫瘦、东风蔫蔫。过别作"逼"花坞、香吹醉面。归来立马斜阳岸。隔岸别作"水"歌声一片。

又

古城官道花如霰。便恰限、花间再见。双眉最现愁深浅。隔雨春山两点。　　回头但、垂杨带苑。想今夜、铜驼梦远。行人去了莺声怨。此度关心未免。

又

细风微月垂杨院。记年少、春愁一点。栖莺未觉花梢颤。踏损残红几片。　　长安共、日边近远。况老去、芳情渐减。屏山几夜春寒浅。却将别作"怕"因而梦见。

又

扇香曾靠腮边粉。旧尘埋、月轮有晕。南风未似愁来近。前事临窗隐隐。　　凉花畔、云歌露饮。梦断了、终难再问。鸳鸯带上三生恨。将泪揩磨不尽。

三 姝 媚

烟光摇缥瓦。望晴檐多风别作"风裛"，柳花如洒。锦瑟横床，想泪痕尘影，风弦常下，倦出犀帷，频梦见、王孙骄马。讳道相思，偷理绡裙,自惊腰衩。　　　惆怅南楼遥夜。记翠箔张灯,枕肩歌罢。又入铜驼。遍^{别作"过"}旧家门巷,首询声价。可惜东风,将恨与、闲花俱谢。记取崔徽模样,归来暗写。

寿楼春 寻春服感念

裁春衫寻芳。记金刀素手,同在晴窗。几度因风残絮,照花斜阳。谁念我,今无肠^{别作"裳"}。自少年、消磨疏狂。但听雨挑灯,欹^{元误"歌"}床病酒,多梦睡时妆。　　　飞花去,良宵长。有丝阑旧曲,金谱新腔。最恨湘云人散,楚兰魂伤。身是客,愁为乡。算玉箫、犹逢韦郎。近寒食人家^{别夺"人家"二字},相思未忘苹藻香。

于飞乐 鸳鸯怨曲

绮翼翾翾^{别作"翮翮"},问谁常借春陂。生愁近渚风微。紫山深,金殿暖,日暮同归。白头相守,情虽定、事却难期。　　　带恨飞来,烟埋秦草,年年枉梦红衣。旧沙间,香颈冷,合是单栖。将终^{别作"终将"}怨魂^{别作"魄"},何年化、连理芳枝。

南　浦

玉树晓飞香,待倩它、和愁点破妆镜。轻嫩一天春,平白地、都护雨昏烟暝。幽花露湿^{别作"湿露"},定应独把阑干凭。谢屐未蜡,安排共文鹓,重游芳径。　　　年来梦里^{别作"雨"}扬州,怕事随^{戈选作"逐"}歌残,情趁^{戈选作"随"}云冷。娇昒隔东风,无人会、莺燕暗中心性。深盟纵约,尽同晴雨全无定。海棠梦在,相思过西园,秋千红影。

探　芳　信

谢池晓。被酒滞^{别作"碲"}春眠,诗萦芳草。正一阶梅粉,都未有人扫。细禽啼处东风软,嫩约关心早。未烧别作"收"灯,怕有残寒,故园稀到。　　说道试妆了。也为我相思,占它怀抱。静数窗棂,最欢别作"忺"听戈选作"爱听得"鹊声好。半年白玉台边话,屡见别本"见"下有"琼"字,一作"银"钩小。指芳期,夜月花阴梦老。

祝英台近 元注:"或在第九句阻幽会下分段。"下二阕仿此

柳枝愁,桃叶恨,前事怕重记。红药开时,新梦又溱洧。此情老去须休,春风多事。便老去、越难回避。　　阻幽会。应念偷蒱酴醾,柔条暗萦系。节物移人,春暮别作"草"更憔悴。可堪竹院题诗,藓阶听雨,寸心外、安愁无地。

又　蔷薇

绾流苏,垂锦绶。烟外红尘逗。莫倚莓墙,花气酽如酒。便愁醺醉青虬,蜿蜿别作"蟠蟠"无力,戏穿碎、一屏新绣。　　谩怀旧。如今姚魏俱无,风标较消瘦。露点摇别作"瑶"香,前度蒱花手。见郎和笑拖裙,匆匆欲去,蓦忽地、胃留芳袖。

又

落花深,芳草暗,春到断肠处。金勒骄风,欲过大堤去。翠楼葛领西边,恰如曾别作"旧"约,画阑映、一枝琼树。　　正凝伫。芳意欺月矜春,浑欲便偷许别作"去"。多少莺声,不敢寄愁与。谢郎日日西湖,如今归后,几时见、倚帘吹絮。

钗头凤 寒食饮绿亭

春愁远。春梦乱。凤钗一股轻尘满。江烟白。江波碧。柳户清

明,燕帘寒食。忆忆忆。　　莺声晓别作"暖"、又作"晚",箫声短。落花不许春拘管。新相识。休相失。翠陌吹衣,画楼别作"桥"横笛。得得得。按此阕绝妙好词作清商怨,词洁作惜分钗,并前后遍结处,各少一字。

西江月　闺思

西月澹窥楼角,东风暗落檐牙。一灯初见影窗纱。又是重帘不下。

　　幽思屡随芳草,闲愁多别作"又"似杨花。杨花芳草遍天涯。绣被春寒夜夜。

又　赋木犀香数珠

三十六宫月冷,百单八颗香悬。只宜结赠散花天。金粟分身显现。

　　指嫩香随甲影,颈寒秋入云边。未忘灵鹫旧因缘。赢得今生圆转。

又

一片秋香世界,几层凉雨阑干。青天不惜烂银盘。借与先生为劝。

　　酒唤诗来酒外,人言别作"思"身在别作"出"人间。如何得似碧云闲。且别作"长"共嫦娥相别作"为"伴。

又　舟中赵子野(原作"楚",从毛校)有词见调,即意和之

裙折绿罗芳草,冠梁白玉芙蓉。次公筵上见山公。红绶欲衔双凤。

　　已向冰奁约月,更来玉界乘风。凌波袜冷一尊同。莫负彩舟凉梦。

庆　清　朝

坠絮孳萍,狂鞭孕竹,偷移红紫池亭。馀花未落,似供残蝶经营。

赋得送春诗了,夏帷撺断绿阴成。桑麻外,乳鸠别作"鸦"稚燕,别样芳情。　　荀令旧香易冷,叹俊游疏懒,枉自别作"是"销凝。尘侵谢展,幽径斑驳苔生。便觉寸心尚老,故人前度谩丁宁。空相误,祓兰曲水,挑菜东城。

桃源忆故人

双鸳蹙月天津近。归后嫩情常剩。灯市一年愁凝。心共梅花冷。　　网尘洞户春沉静。衰尽冶游情性。羞见素娥娇影。明似愁鸾镜。

又　赋桃花

明霞烘透春机杼。春在明霞多处。我是有诗渔父。一梦秦天古。　　柳枝巷陌深朱户。墙外风流别作"东风"一树。十五年来凝伫。弹尽胭脂雨。

花 心 动

风约帘波,锦机寒、难遮海棠烟雨。夜酒未苏,春枕犹欹元误"歌",曾是误成歌舞。半褰薇帐云头散,奈愁味、不随香去。尽沉静、文园更渴,有人知别作"收"否。　　懒记温柔旧处。偏只怕、临风见他桃树。绣户锁尘,锦瑟空弦,无复画眉心绪。待拈银管书春恨,被双燕、替周选作"会"人言语。意不尽,垂杨几千万里别作"缕"。

解 佩 令

人行花坞。衣沾香雾。有新词、逢春分付。屡欲传情,奈燕子、不曾飞去。倚珠帘、咏郎秀句。　　相思一度。秋愁一度。最难忘、遮灯私语。澹月梨花,借梦来、花边廊庑。指春衫、泪曾溅处。

菩萨蛮 夜景

梨花不碍东城月。月明照见空阑雪。雪底夜香微。褰帘拜月归。　锦衾幽梦短。明日南堂宴。宴罢小楼台。春风来不来。

又 赋玉蕊花

唐昌观里东风软。齐王宫外芳名远。桂子典刑边。梅花伯仲间。　笼茸馈暖雪。琐细雕晴月。谁驾七香车。绿云飞玉沙。

又 赋软香

广寒夜捣玄霜细。玉龙睡重痴涎坠。閤合一团娇。偎人暖欲消。　心情虽软弱。也要人抟搦。宝扇莫惊秋。班姬应更愁。

贺 新 郎

花落台池静。自春衫闲来,老了旧香荀令。酒既相违别作“逢”诗亦可,此外云沉梦冷。又催唤、官河兰艇。匝岸烟霏别作“飞”吹不断,望楼阴、欲带朱桥影。和草色,入轻暝。　裙边竹叶多应剩。怪南溪见后,无个再来芳信。胡蝶一生花里活,难制窃香心性。便有段、新愁随定。落日年年宫树绿,堕新声、玉笛西风劲。谁伴我,月中听。

又

绿障南城树。有高楼衔城,楼下荛荷无数。客自倚阑鱼亦避,恐是持竿伴侣。对别作“前”浦、扁舟容与。杨柳影间风不到,倩诗情、飞过鸳鸯浦。人正在,断肠处。　两山带著冥冥雨。想低帘短额,谁见恨时眉妩。别为清尊眠锦瑟,怕被歌留愁住。便欲趁、采莲归去。前度刘郎虽老矣,奈年来、犹道多情句。应笑煞,旧鸥鹭。

又

鹊翅西风浅。乍疏云垂幔,近月银钩将卷。天上应闲支机石,前度
芳盟谁践。便好织、回文锦献。乞得秾欢今夜里,算盈盈、一水曾
何远。宁不会,暗相见。　　彩楼吹断闲针线。想幽情嫩约,别有
薜庭花院。青鸟沉沉音尘绝,烟锁蓬莱宫殿。渐木杪、参旗西转。
不怕天孙成间阻_{别作"隔"},怕人间、薄幸心肠变。又学得,易分散。

又　六月十五日夜西湖月下

同住西山下。是天地中间,爱酒能诗之社。船向少_{别作"西"}陵佳处
放,尘世必无知者。暑不到、雪宫风榭。楚竹忽然呼月上,被东西
_{别作"南"},几叶云萦惹。云散去,笑声罢。　　清尊莫为婵娟泻。为狂
吟醉舞,毋失晋人风雅。踏碎桥边杨柳影,不听渔樵闲话。更_{别作"便"}
欲举、空杯相谢。北斗以南如此几,想吾曹、便是神仙也,问今夜,
是何夜。

又　湖上高宾王、赵子野同赋

西子相思切。委萧萧、风裳水佩,照人清越。山染蛾眉波曼睐,聊
可与之娱悦。便莫赋、湘妃罗袜。怕见绿荷相倚恨,恨白鸥、占了
凉波阔。拣凉处,放船歇。　　道人不是尘埃物。纵狂吟魂_{别作}
_{"落"}魄,吹乱一巾凉髪。不觉引杯浇肺渴,正要清歌骇发。更坐上、
其人冰雪。截取断虹堪作钓,待玉蟾、今夜来时节。也胜钓,石城
月。

夜合花 <small>赋笛</small>

冷截龙腰,偷拿鸾爪,楚山长锁秋云。梅叶未落,年年怨入江城。千嶂碧,一声清。杜<small>别作"枉"</small>人间、儿女箫笙。共凄凉处,琵琶溢浦,长啸苏门。　　当时低度西邻。天澹阑干欲暮,曾赋高情。子期老矣,不堪带<small>别作"滞"</small>酒重听。纤手静,七星明。有新声、应更魂惊。梦回人世,寥寥夜月,空照天津。

又

柳锁莺魂,花翻蝶梦,自知愁染潘郎。轻衫未揽,犹将泪点偷藏。念前事,怯流光。早<small>"早"下元有"去"字</small>春窥、酥雨池塘。向销凝里,梅开半面,情<small>别作"清"</small>满徐妆。　　风丝一寸柔肠。曾在歌边惹恨,烛底紫香。芳机瑞锦,如何未织鸳鸯。人扶醉<small>元作"醉扶人"</small>,月依墙。是当初、谁敢疏狂。把闲言语,花房夜久,各自思量。

留春令 <small>金林檎咏</small>

秀肌丰靥,韵多香足,绿匀红注。劅取东风入金盘,断不买、临邛赋。　　宫锦机中春富裕。劝玉环休妒。等得明朝酒消时,是闲澹、雍容处。

又 <small>咏梅花</small>

故人溪上,挂愁无奈,烟梢月树。一涓春水点黄昏,便没顿、相思处。　　曾把芳心深相许。故梦劳诗苦。闻说东风亦多情,被竹外、香留<small>别作"留香"</small>住。

瑞　鹤　仙

杏烟娇湿鬓。过杜若汀洲，楚衣香润。回头翠楼近。指鸳鸯沙上，暗藏春恨。归鞭隐隐。便不念、芳盟别作"痕"未稳。自箫声、吹落云东，再数故园花信。　　谁问。听歌窗罅，倚月钩元作"钓"阑又作"阑边"，旧家轻俊。芳心一寸。相思后，总灰尽。奈春周选作"东"风多事，吹花摇柳，也把幽情唤醒戈选作"暗引"。对南溪、桃萼翻红，又成瘦损。

又　赋红梅

馆娃春睡起。为发别作"助"妆酒暖，脸霞轻腻。冰霜一生里。厌从别作"重"来冷澹，粉腮重洗。胭脂暗试。便无限、芳秾气味。向黄昏、竹外寒深，醉里为谁偷倚。　　娇媚。春风模样，霜戈选作"凉"月心肠，瘦来肌体。孤香细细。吹梦到，杏花底。被高楼横管，一声惊断，却对南枝洒泪。谩相思、桃叶桃根，旧家姊妹。

点　绛　唇

花落苔香，断无人肯行鸲鹆。晚风翻绣。吹醒东窗酒。　　犹卧氍毹，明月知人瘦。香消后。乱愁依旧。开□别作"闲损"胡酥手。

又　六月十四夜，与社友泛湖过西陵桥，已子夜矣

山月随人，翠蘋分破秋山影。钓元误"约"船归尽。桥外诗心迥。　　多少荷花，不盖鸳鸯冷。西风定。可怜潘鬓。偏浸秦台镜。

青　玉　案

蕙花老尽离骚句别本"句"下误衍"渐"字。绿染遍、江头树。日午别作

"暝"酒消听别作"来"骤雨。青榆钱小，碧苔钱古。难买东君住。

官河不碍遗鞭别作"遗鞭不碍官河"路。被芳草、将愁去。多定红楼帘影暮。兰灯初上，夜香初炷。犹自别作"是"听鹦鹉。

浣　溪　沙

不见东山月露香。姚家借得小芬芳。乱莺随趁过宫墙。　　香珀碾花娇有意，绿茸绣叶涩无光。御封春酒几时尝。

蝶　恋　花

二月东风吹客袂。苏小门前，杨柳如腰细。胡蝶识人游冶地。旧曾来处花开未。　　几夜湖山生梦寐。评泊寻芳，只怕春寒里。令别作"今"岁清明逢别作"连"上巳。相思先到溅裙水。

临　江　仙

草脚青回细腻，柳梢绿转条苗戈选作"苗条"。旧游重到合魂销。棹横春水渡，人凭赤阑桥。　　归梦有时曾见，新愁未肯相饶。酒香红被夜迢迢。莫交别作"教"无用月，来照可怜宵。

又

倦客如今老矣，旧时不别作"可"奈春何。几曾湖上不经过。看花南陌醉，驻马翠楼歌。　　远眼愁随芳草，湘裙忆著春罗。枉教装得旧时多。向来箫鼓地，犹别作"曾"见柳婆娑。

又　闺思

愁与西风应有约，年年同赴清秋。旧游帘幕记扬州。一灯人著梦，双燕月当楼。　　罗带鸳鸯尘暗澹，更须整顿风流。天涯万一见温柔。瘦应因别作"缘"此瘦,羞亦为郎羞。

汉宫春 友人与星娘雅有旧分,别去则黄冠矣,托予寄
情

花隔东垣,咏燕台秀句,结带谋欢。匆匆旧盟,有限飞梦重关。南塘
夜月,照湘琴、别鹤孤鸾。天便遣、清愁易长,春衣常恁香寒。
唐昌故宫何许,顿蒹霞裁雾,摆落尘缘。一声步虚,婉婉云驻天坛。
凄凉故里,想香车、不到人间。羞再见、东阳带眼,教人依旧思凡。

兰陵王 南湖同碧莲见寄,走笔次韵

汉江侧。月弄仙人佩色。含情久,摇曳楚衣,天水空濛染娇碧。文
漪簟影织。凉骨时将粉饰。谁曾见,罗袜去时,点点波间冷云积。
　相思旧飞鹢。谩想像风裳,追恨瑶席。涉江几度和愁摘。记
雪映双腕,刺繁丝缕,分开绿盖素袂湿。放新句吹入。　　寂寂。
意犹昔。念净社因缘,天许相觅。飘萧羽扇摇团白。屡侧卧寻梦,
倚阑无力。风标公子,欲下处、似认得。

风入松 茉莉花

素馨榭萼太寒生。多蒨春冰。夜深绿雾侵凉月,照晶晶、花叶分
明。人卧碧纱橱净,香吹雪练衣轻。　　频伽衔得堕南薰。不受
纤尘。若随荔子华清去,定空埋、身外芳名。借重玉炉沉炷,起予
石鼎汤声。

隔 浦 莲

红尘飞不到处。此地知无暑。乱竹分幽径,虚堂中、自回互。阴壑
生暗雾。飞泉注。气入闲尊俎。快风度。　　齐宫楚榭,如今空

锁烟树。何人伴我，梦赋雪车冰柱。惟有蝉声助冷语。惊寐。飞云来献凉雨。

又 荷花

洛神一醉未醒。俯鉴窥红影。万绿元误"缘"森相卫，西风静、不放冷。侵晓鸥梦稳。非尘境。棹月香千顷。锦机靓。　　亭亭不语，多应嗔赋玉井。西湖游子，惯识雨愁烟恨。只恐吴娃暗折赠。耿耿。柔丝容易萦损。

凤来朝 五日感事

晕粉就妆镜。掩金闺、彩丝未整。趁无人、学指_{别作"酱"}鸳鸯颈。恨谁踏、薜花径。　　一梦蒲香葵冷。堕银瓶、脆绳挂井。扇底并_{别作"弄"}团圆影。只此是、沈郎病。

玉 簟 凉

秋是愁乡。自锦瑟断弦，有泪如江。平生花里活_{别作"语"}，奈旧梦难忘。蓝桥云树正绿，料抱月、几夜眠香。河汉阻，但凤音传恨，阑影敲凉。　　新妆。莲娇试晓，梅瘦破春，因甚却扇临窗。红巾衔翠翼，早弱水茫茫。柔指_{别作"情"}各自未蕲，问此去、莫负王昌。芳信准，更敢_{别作"教"}寻、红杏西厢。

鹊桥仙 七夕舟中

河深鹊冷，云高鸾远，水佩风裳缥缈。却推离恨下人间，第一个、黄昏过了。　　舟行有恨_{原作"限"，从毛校}，愁来无限，去去长安渐杳。应将巧思入相思，觉泪比，银湾较少。

湘 江 静

暮草堆青云浸浦。记匆匆、倦篙曾驻。渔榔四起,沙鸥未落,怕愁沾诗句。碧袖一声歌,石城怨、西风随去。沧波荡晚,菰蒲弄秋,还重到、断魂处。　　酒易醒,思正苦。想空山、桂香悬树。三年梦冷,孤吟意短,屡烟钟津鼓。屐齿厌登临,移橙_{别作"灯"}后、几番凉雨。潘郎渐老,风流顿减,闲居未赋。

玲 珑 四 犯

雨入愁边,翠树晚,无人风叶如翦。竹尾通凉,却怕小_{戈选作"宝"}帘低卷。孤坐便怯诗悭,念后_{别作"俊"}赏、旧曾题遍。更暗尘、偷锁鸾影_{周选作"镜"},心事屡羞团扇。　　卖花门馆生秋草,怅_{别作"恨"}弓弯、几时重见。前欢尽属风流梦,天共朱楼远。闻道秀骨病多,难自任、从来恩怨。料也和、前度金笼鹦鹉,说人情浅。

又 _{京口寄所思}

阔甚吴天,顿放得、江南离绪多少。一雨为秋,凉气小窗先到。轻梦听彻风蒲,又散入、楚空清晓。问世间、愁_{别作"情"}在何处,不离潋烟衰_{别作"芳"}草。　　篁纹独浸芙蓉影,想凄凄、欠郎偎抱。即今卧得云衣冷,山月仍相照。方悔翠袖,易分难聚,有玉香花笑。待雁来、先寄新词归去,且教知道。

八 归

秋江带雨,寒沙萦水,人瞰_{别作"看"}画阁_{别作"楼"}愁独。烟蓑散响惊诗思,还被乱鸥飞去,秀_{别作"绣"}句难续。冷眼尽归图画上,认隔岸、微茫云屋。想半属、渔市樵村,欲暮竞然竹。　　须信风流未老，凭持别本多一字，作"凭持尊"，又作"凭谁持"酒、慰此凄凉心目。一鞭南陌，几别作"数"篙官渡，赖有歌眉舒绿。只匆匆眺远别作"远眺"，早觉闲愁挂乔木。应难奈别作"禁"，故人天际，望彻淮山，相思无雁足。

过　龙　门

一带古苔墙。多听寒螿。箧中针线早销香。燕尾宝刀窗下梦，谁剪秋裳。　　宫别作"更"漏莫添长。空费思量。鸳鸯难得再成双。昨夜楚山花簟里，波影先凉。

又　春愁

醉月小红楼。锦瑟箜篌。夜来风雨晓来收。几点落花饶柳絮，同为春愁。　　寄信问晴鸥。谁在芳洲。绿波宁别作"迎"处有兰舟。独对旧时携手地，情思悠悠。

玉　胡　蝶

晚雨未摧别作"催"宫树，可怜闲叶，犹抱凉蝉。短景归秋，吟思又接愁边。漏初长、梦魂难禁，人渐老、风月俱寒。想幽欢。土元误"二"花庭砌，虫网阑干。　　无端。啼蛄搅夜，恨随团扇，苦近秋莲。一笛别作"曲"当楼，谢娘悬泪立风前。故园晚、强留诗酒，新雁远、不致寒暄。隔苍别作"窗"烟。楚香罗袖，谁伴婵娟。

按此首别误入梦窗词集。

齐天乐　白髪

秋风早入潘郎鬓，斑斑遽惊如许。暖雪侵梳，晴丝拂领，栽满愁城深处。瑶簪谩妒。便羞插宫花，自怜衰暮。尚想春情，旧吟凄断茂陵女。　　人间公道惟此，叹朱颜也恁别作"任"，容易堕去。涅了别作"不"，元误"子"重缁，搔来更别作"便"短，方悔风流相误。郎潜几缕。渐疏了铜驼，俊游俦侣。纵有黣黣，奈何诗思苦。

又　秋兴

阑干只在鸥飞处，年年怕吟秋兴。断浦沉云，空山挂别作"撷"雨，中别作"只"有诗愁千顷。波声未定。望舟尾拖凉，渡头笼暝。正好登临，有人歌罢翠帘冷。　　　悠然魂堕故里，奈闲情未了，还被吹醒。拜月虚檐，听蛩坏砌，谁复能怜娇俊。忧心耿耿。寄桐叶芳题，冷枫元作"风"新咏。莫遣秋声，树头喧夜永。

又　赋橙

犀纹隐隐莺黄嫩，篱落翠深偷见。细雨重移，新霜试摘，佳处一年秋晚。荆江未远。想橘友荒凉，木奴嗟怨。就说风流，草泥来趁蟹螯健。　　　并刀寒映素手，醉魂沉夜饮，曾情排遣。沉溰含酸，金罌裹玉，蔌蔌吴盐轻点。瑶姬齿软。待惜取团圆，莫教分散。入手温存，帕罗香自满。

又　湖上即席分韵得羽字

鸳鸯拂破蘋花影，低低趁凉飞去。画里移舟，诗边就梦，叶叶碧云分雨。芳游自许。过柳影戈选作"外"闲波，水花平渚。见说西风，为人吹恨上瑶树。　　　阑干斜照未满，杏墙应望断，春翠偷聚。浅约挼香，深盟捣月，谁是窗间青羽。孤筝几戈选作"雁"柱。问因甚参差，暂成离阻。夜色空庭，待归听俊语。

又　中秋宿真定驿

西风来劝凉云去，天东放开金镜。照野霜凝，入河桂湿，一一冰壶

相映。殊方路永。更分破秋光,尽成悲境。有客踟蹰,古庭空自吊
孤影。　　江南朋旧在许,也能怜天际戈选作"也怜天际远",诗思谁
领。梦断刀头,书开蚕尾,别有相思随定。忧心耿耿。对风鹊残
枝,露茧荒井。斟酌姮娥,九秋宫元误"官"殿冷。

燕　归　梁

楚梦吹成树外云。乍雁影斜分。黄花心事一帘尘。但频忆、小腰
身。　　今宵素壁冰弦冷,怕弹断、沈郎魂。秋衣因甚满愁痕。是
干按"干"原作"午",校云:疑"干"误。毛斧季校本梅溪词正作"干",今据改预、几黄
昏。

又

独卧秋窗桂未香。怕雨点飘凉。玉人只在楚云傍。也著泪、过昏
黄。　　西风今夜梧桐冷,断无梦、到鸳鸯。秋钲二十五声长。请
各自,奈思量。

月　当　厅

白壁别作"璧"旧带秦城别作"楼"梦,因谁拜下,杨柳楼心。正是夜分,鱼
钥不动香深。时有露萤自照,占"占"别作"飐",戈选作"招飐"风裳、可喜影
趶金。坐来久,都将凉意,尽付沉吟。　　残云事绪无人捡别作"拾",
恨匆匆、药娥归去难寻。缀取雾窗,会唱几拍清音。犹有戈选作"怕"老
来印愁处,冷光应念雪翻簪。空独对、西风紧,弄一井桐阴。

秋　霁

江水苍苍,望倦柳愁别作"残"荷,共感秋色。废别作"虚"阁先凉,古帘
空暮,雁程最嫌风力。故园信息。爱渠入眼南山碧。念上国。谁

是、鲙别作"脍"鲈江汉未归客。　　还又岁晚,瘦骨临风,夜闻秋声,吹动岑寂。露蛩悲别作"鸣"、清灯冷屋,翻书愁上鬓毛别作"先"白。年少俊游浑断得。但可怜处,无奈苒苒魂惊别作"惊魂",采香南浦,翦梅烟驿。

满江红　中秋夜潮　案潮,元误湖

万水归阴,故潮信、盈虚因月。偏只到、凉秋半破,鬭成双绝。有物揩磨金镜净,何人拿攫银河决。想子胥、今夜见嫦娥,沉冤雪。

光直下,蛟龙穴。声直上,蟾蜍窟。对望中天地,洞然如刷。激气已能驱粉黛,举杯便可吞吴越。待明朝、说似与别作"与似"儿曹,心应折。

又　书怀

好领青衫,全不向、诗书中得。还也费、区区造物,许多心力。未暇买田清颍尾,尚须索米长安陌。有当时、黄卷满前头,多惭德。
思往事,嗟儿剧。怜牛后,怀鸡肋。奈棱棱虎豹,九重九别作"关"隔。三径就荒秋自好,一钱不直贫相逼。对黄花、常待不吟诗,诗成癖。

又　九月二十一日出京怀古

缓辔西风,叹三宿、迟迟行客。桑梓外、锄耰渐入,柳坊花陌。双阙远腾龙凤影,九门空锁鸳鸯翼。更无人、擪笛傍宫墙,苔花碧。
天相汉,民怀国。天厌虏,臣离德。趁建瓴一举,并别作"再"收鳌极。老子岂无经世术,诗人不预平戎策。办一襟、风月看升平,吟春色。

恋绣衾

吴梅初试涧谷春。夜幽幽、江雁叫云。人正在、孤窗戈选作"帏"底,被秾愁、醺破醉魂。　　　雨窗只剩残灯影,伴罗衣、无限泪痕。瘦骨怕、红绵冷,说别作"记"年时、斗帐夜分。

又

黄花惊破九日愁。正寒城、风雨怨秋。愁便是、秋心也,又随人、来到画楼。　　　因缘幸自天安顿,更题红、不禁御沟。待写与、相思话,为怕奴、憔悴且休。

又 席上梦锡、汉章同赋

天风入扇吹苎衣。小红楼、夜气正微。有人在、冰弦外,水精帘、花影自移。　　　阳台只是虚无梦,便不成、凉夜误伊。想闲了、流离簟,就一身、明月伴归。

换巢鸾凤 梅意　花庵作春情

人若梅娇。正愁横断坞,梦绕谿桥。倚风融汉粉,坐月怨秦箫。相思因甚到纤腰。定知我今,无魂可销。佳期晚,漫几度、泪痕相照。　　　人悄。天眇眇。花外语香,时透郎怀抱。暗握荑苗,乍尝樱颗,犹恨侵阶芳草。天念王昌忒多情,换巢鸾凤教偕老。温柔乡,别作香醉芙蓉、一帐春晓。

惜　奴　娇

香剥酥痕,自昨夜、春愁醒。高情寄、冰桥雪岭。试约黄昏,便不误、黄元误"春"昏信。人静。倩娇娥、留连秀影。　　　吟鬓簪香,已断了、多情病。年年待、将春管领。镂月描云,不枉了、闲心性。谩听。谁敢把、红儿元误"颜"比并。

龙吟曲　问梅刘寺

夜寒幽梦飞来,小梅影下东风晓。蝶魂未冷,吾身良是,悠然一笑。竹杖敲苔,布^{别作"芒"}鞋踏冻,岁常先到。傍苍林却恨,储风养月,须我辈、新诗吊。　　永以南枝为好。怕从今、逢花渐老。愁消秀句,寒回斗酒,春心多少。之子逃空,伊人遁世,又还惊觉。但归来对月,高情耿耿,寄白云杪。

又　雪

梦回虚白初生,便凝冷月通窗户。不知夜久,都无人见,玉妃起舞。银界回天,琼田易地,晃^{别作"恍"}然非故。想儿童健意,生愁霁色,情频在、窥帘^{别作"檐"}处。　　一片樵林钓浦。是天教、王维画取。未如^{别作"知"}授简,先将高兴,收归妙句。江路梅愁,灞陵人老,又骑驴去。过章台,记得^{别作"不记"}春风乍见,倚帘吹絮。

又　陪节欲行留别社友

道人越布单衣,兴高爱学苏门啸。有时也伴,四佳公子,五陵年少。歌里眠香,酒酣喝月,壮怀无挠。楚江南,每为神州未复,阑干静、慵登眺。　　今日征夫在道。敢辞劳、风沙短帽。休吟稏穗,休寻乔木,独怜遗老。同社诗囊,小窗针线,断肠秋早。看归来,几许吴霜染鬓,验愁多少。

鹧　鸪　天

睡袖无端几折香。有人丹脸可占霜。半窗月印梅犹瘦,一律瓶笙夜正长。　　情艳艳,酒狂狂。^{别作"汪汪"}小屏谁与画鸳鸯。解衣恰恨敲金钏,惊起春风傍枕囊。

又 灯市书事

御路东风拂醉别作"翠"衣。卖灯人散烛笼稀。不知月底梅花冷,只忆桥边步袜归。　　闲梦淡,旧游非。夜深谁在小帘帏。罘罳儿下围元作"团"炉坐,明处将人立地时。

　　按此首别作张镃词,见阳春白雪卷二。

又

搭柳阑干倚伫频。杏帘胡蝶绣床春。十年花骨东风泪,几点螺香素壁尘。　　箫外月,梦中云。秦楼楚殿可怜身。新愁换尽风流性,偏恨鸳鸯不念人。

又 卫县道中,有怀其人

雁足无书古塞幽。一程烟草一程愁。帽檐尘重风吹野,帐角香销月满楼。　　情思乱,梦魂浮。缃裙多忆敞貂裘。官河水静阑干暖,徙倚斜阳怨晚秋。

惜黄花 九月七日定兴道中

涵秋寒渚。染霜丹树。尚依稀、是来时、梦中行路。时节正思家,远道仍怀古。更对著、满城风雨。　　黄花无数。碧云欲暮。美人兮,美人兮、未知何处。独自卷帘栊,谁为开尊俎。恨不得别作"有若个"、御风归去。

玉 烛 新

疏云萦碧岫。带晚日摇光,半江寒皱。越溪近远,空频向、过雁风别作"空"边回首。酸心一缕。念水北、寻芳归后。轻醉醒、堤月笼

沙别作"纱",鞍别作"鞍沙"松宝轮飞骤。　　秦楼屡约芳春,记扇背题
诗,帕罗沾酒。瘦应是"庚"误愁易就。因惊断、梦里桃源难又。临风
话别作"诉"旧。想日暮、梅花孤瘦。还静倚、修竹相思,盈盈翠袖。

一 剪 梅

谁写梅豀字字香。沙边幽梦,常恁芬芳。不如花解别作"酒"伴昏
黄。只怕东风,吹断人肠。　　小阁无灯月浸窗。香吹罗袖,酒映
宫妆。如今竹外怕思量。谷里佳人,一片冰霜。

又 追感

秦客当楼泣凤箫。宫衣香断,不见纤腰。隔年心事又今宵。折尽
冰弦,何用鸾胶。　　些子轻魂几度销。兰骚蕙些,无计重招。东
窗一段别作"梦"月华娇。也带春愁,飞上梅梢。

醉 落 魄

鸳鸯意惬。空分付、有情眉睫。齐家莲子黄金叶。争比秋苔,靴凤
几番蹑。　　墙阴月白花重叠。匆匆软语屡别作"频"惊怯。宫香
锦字将盈箧。雨长新寒,今夜梦魂接。

又 浙江送人,时子振之官越幕

江痕妥帖。日光熨动黄金叶。阑干直下愁相接。一朵红莲,飞上
越人楫。　　鲤鱼波上丁宁切。诗筒如线不曾别。明年好个春风
客。五鹗交飞,身在玉皇阙。

醉公子 咏梅寄南湖先生

神仙无皋别作"膏"泽。琼裾珠佩,卷下尘陌。秀骨依依,误向山中,

得与相识。溪岸侧。倚高情、自锁烟翠，时点空碧。念香襟沾恨，酥手蔫愁，今后梦魂隔。　　相思暗惊清吟客。想玉照堂前、树三百。雁翅霜轻，凤羽寒深，谁护春色。诗鬓白。总多因、水村携酒，烟墅留屐。更时带、明月同来，与花为表德。

步　　月

蔫柳章台，问梅东阁，醉中携手初归。逗香帘下，璀璨镂金衣。正依约、冰丝射眼，更荏苒、蟾玉西飞。轻尘外，双鸳细蹙，谁赋洛滨妃。　　霏霏。红雾绕，步摇共鬓影，吹入花围。管弦将散，人静烛笼别作"龙"稀。泥私语、香樱乍破，怕夜寒、罗袜先知。归来也，相偎未肯入重帏。以上四印斋所刻词本梅溪词

存　目　词

调　名	首　　句	出　　处	附　　　　注
喜　迁　莺	游丝纤弱	古今词统卷十四	蒋捷作，见竹山词

高观国

观国字宾王，山阴(今浙江省绍兴)人。有竹屋痴语一卷。

齐　天　乐

碧云阙处无多雨，愁与去帆俱远。倒苇沙闲，枯兰溆冷，寥落寒江秋晚。楼阴纵览。正魂怯清吟，病多依黯。怕挹西风，袖罗香自去年减。　　风流江左久客，旧游得意处，朱帘曾卷。载酒春情，吹箫夜约，犹忆玉娇香软。尘栖故苑，叹璧月空檐，梦云飞观。送绝征鸿，楚峰烟数点。

又　菊

丛幽一笑东篱晓,霜华又随香冷。晕色黄娇,低枝翠婉,来趁登高佳景。谁偏管领。是彭泽归来,未荒三径。最惬清觞,道家标致自风韵。　　南山依旧翠倚,采花无限思,西风吹醒。万蕊金寒,三秋梦好,曾记餐英清咏。斓斑泪沁。怕节去蜂愁,雨荒烟暝。明日重阳,为谁簪短鬓。

又　中秋夜怀梅溪

晚云知有关山念,澄霄卷开清霁。素景分中,冰盘正溢,何啻婵娟千里。危阑静倚。正玉管吹凉,翠觞留醉。记约清吟,锦袍初唤醉魂起。　　孤光天地共影,浩歌谁与舞,凄凉风味。古驿烟寒,幽垣梦冷,应念秦楼十二。归心对此。想斗插天南,雁横辽水。试问姮娥,有谁能为寄。

玉楼春　拟宫词

几双海燕来金屋。春满离宫三十六。春风蒨草碧纤纤,春雨浥花红扑扑。　　卫姬郑女腰如束。齐唱阳春新制曲。曲终移宴起笙箫,花下晚寒生翠縠。

又　海棠题寅斋挂轴

燕脂染出春风锦。生怕黄昏人有恨。雨难揩泪玉环娇,烟不遮愁红袖冷。　　醉魂吹断香魂静。拂拂翠眉羞带粉。最怜新燕识风流,只为春寒消瘦损。

又

多时不踏章台路。依旧东风芳草渡。莺声唤起水边情,日影炙开花上雾。　　谢娘不信佳期误。认得马嘶迎绣户。今宵翠被不春寒,只恐香秾春又去。

又

春烟澹澹生春水。曾记芳洲兰棹舣。岸花香到舞衣边,汀草色分歌扇底。　　棹沉云去情千里。愁压双鸳飞不起。十年春事十年心,怕说湔裙当日事。

玉　蝴　蝶

唤起一襟凉思,未成晚雨,先做秋阴。楚客悲残,谁解此意登临。古台荒、断霞斜照,新梦黯、微月疏砧。总难禁。尽将幽恨,分付孤斟。　　从今。倦看青镜,既迟勋业,可负烟林。断梗无凭,岁华摇落又惊心。想莼汀、水云愁凝,闲蕙帐、猿鹤悲吟。信沉沉。故园归计,休更侵寻。

临江仙 东越道中

俱是洛阳年少客,才华迥出天真。青衫惯拂软红尘。酒狂因月舞,诗俊为梅新。　　寄语长安风月道,莺花缓作青春。披风沐露问前津。客中春不当,归去倍还人。

又

风月生来人世,梦魂飞堕仙津。青春日日醉芳尘。一鞭花陌晓,双桨柳桥春。　　前度诗留醉袖,昨宵香浥罗巾。小姬飞燕是前身。

歌随流水咽,眉学远山颦。

金人捧露盘　水仙花

梦湘云,吟湘月,吊湘灵。有谁见、罗袜尘生。凌波步弱,背人羞整六铢轻。娉娉袅袅,晕娇黄、玉色轻明。　　香心静,波心冷,琴心怨,客心惊。怕佩解、却返瑶京。杯擎清露,醉春兰友与梅兄。苍烟万顷,断肠是、雪冷江清。

又　梅花

念瑶姬,翻瑶佩,下瑶池。冷香梦、吹上南枝。罗浮梦杳,忆曾清晓见仙姿。天寒翠袖,可怜是、倚竹依依。　　溪痕浅,云痕冻,月痕澹,粉痕微。江楼怨、一笛休吹。芳音待寄,玉堂烟驿两凄迷。新愁万斛,为春瘦、却怕春知。

又

楚宫闲,金成屋,玉为阑。断云梦、容易惊残。骊歌几叠,至今愁思怯阳关。清音恨阻,抱哀筝、知为谁弹。　　年华晚,月华冷,霜华重,鬓华斑。也须念、闲损雕鞍。斜缄小字,锦江三十六鳞寒。此情天阔,正梅信、笛里关山。

凤　栖　梧

云唤阴来鸠唤雨。谢了江梅,可踏江头路。拚却一番花信阻。不成日日春寒去。　　见说东风桃叶渡。岸隔青山,依旧修眉妩。归雁不如筝上柱。一行常见相思苦。

又 题岩室

岩室归来非待聘。渺渺千崖，漠漠江千顷。明月清风休弄影。只愁踏破苍苔径。　　摘取香芝医鹤病。正要臞仙，相伴清闲性。朝市不闻心耳静。一声长啸烟霞冷。

又 湖头即席，长翁同赋

西子湖边眉翠妩。魂冷孤山，谁是风烟主。相唤吟诗天欲雨。嫩凉不隔鸥飞处。　　移下天孙云锦渚。翠盖牵风，绰约凌波女。清约已成君记取。月明夜半鱼龙舞。

贺新郎 赋梅

月冷霜袍拥。见一枝、年华又晚，粉愁香冻。云隔溪桥人不度，的皪春心未纵。清影怕、寒波摇动。更没纤毫尘俗态，倚高情、预得春风宠。沉冻蝶，挂么凤。　　一杯正要吴姬捧。想见那按"见那"二字原空格，据毛晋校竹屋痴语补、柔酥弄白，暗香偷送。回首罗浮今在否。寂寞烟迷翠拢。又争奈、桓伊三弄。开遍西湖春意烂，算群花、正作江山梦。吟思怯，暮云重。

喜迁莺 代人吊西湖歌者

歌音凄怨。是几度诉春，春都不管。感绿惊红，颦烟啼月，长是为春消黯。玉骨瘦无一把，粉泪愁多千点。可怜损，任尘侵粉蠹，舞裙歌扇。　　转盼。尘梦断。峡里云归，空想春风面。燕子楼空，玉台妆冷，湖外翠峰眉浅。绮陌断魂名在，宝篋返魂香远。此情苦，问落花流水，何时重见。

又

凉云归去,再约著,晚来西楼风雨。水静帘阴,鸥闲菰影,秋到露汀烟浦。试省唤回幽恨,尽是愁边新句。倦登眺,动悲凉还在,残蝉吟处。　凄楚。空见说,香锁雾屃,心似秋莲苦。宝瑟弹冰,玉台窥月,浅澹可怜偷聚。几时翠沟题叶,无复绣帘吹絮。鬓华晚,念庚郎情在,风流谁与。

菩 萨 蛮

春风吹绿湖边草。春光依旧湖边道。玉勒锦障泥。少年游冶时。　烟明花似绣。且醉旗亭酒。斜日照花西。归鸦花外啼。

又　苏堤芙蓉

红云半压秋波碧。艳妆泣露娇啼色。佳梦入仙城。风流石曼卿。　宫袍呼醉醒。休卷西风归。明日粉香残。六朝烟水寒。

又　水晶脍

玉鳞熬出香凝软。并刀断处冰丝颤。红缕间堆盘。轻明相映寒。　纤柔分劝处。腻滑难停箸。一洗醉魂清。真成醒酒冰。

又

玉阑秋色知谁主。隔阑一架葡萄雨。绿藓怕啼螀。可堪宫漏长。　乌丝吟古怨。清泪消尘砚。梦冷不成云。□峰峰外情。

又

何须急管吹云暝。高寒滟滟开金饼。今夕不登楼。一年空过秋。

桂花香雾冷。梧叶西风影。客醉倚河桥。清光愁玉箫。

又　咏双心水仙

云娇雪嫩羞相倚。凌波共酌春风醉。的皪玉台寒。肯教金戋单。
只疑双蝶梦。翠袖和香拥。香外有鸳鸯。风流烟水乡。

青　玉　案

平生似欠西湖债。每拚了、金貂解。妩媚烟云多变态。雕鞍来处，
画船归去，花柳春风隘。　　玉京相接蓬壶界。入画遥山翠分黛。
苏小不来时节改。一堤风月，六桥烟水，鹭约鸥盟在。

醉　落　魄

钩帘翠湿。寒江上、雨晴风急。乱峰低处明残日。雁字成行，写破
暮天碧。　　故人天外长为客。倚阑一望情何极。新来得个归消
息。去棹回舟，数过几千只。

夜　合　花

斑驳云开，濛松雨过，海棠花外寒轻。湖山翠暖，东风正要新晴。
又唤醒，旧游情。记年时、今日清明。隔花阴浅，香随笑语，特地逢
迎。　　人生好景难并。依旧秋千巷陌，花月蓬瀛。春衫抖擞，馀
香半染芳尘。念嫩约，杳难凭。被几声、啼鸟惊心。一庭芳草，危
阑晚日，无限消凝。

花心动　梅意

碧藓封枝，点寒英、疏疏玉清冰洁。梦忆旧家，春与新恩，曾映寿阳
妆额。绿裙青袂南邻伴，应怪我、精神都别。恨衰晚，春风意思，顿

成羞怯。　　　犹念横斜性格。恼和靖吟魂,自来清绝。斜傍劲松,偷倚修篁,总是岁寒相识。绿阴结子当时意,到如今、芳心消歇。小桥夜,清愁倦陪澹月。

昭君怨 题春波独载图

一棹莫愁烟艇。飞破玉壶清影。水溅粉绡寒。渺云鬟。　　　不肯凌波微步。却载春愁归去。风澹楚魂惊。隔瑶京。

杏　花　天

雾烟消处寒犹嫩。乍门巷、悁悁昼永。池塘芳草魂初醒。秀句吟春未稳。　　　仙源阻、春风瘦损。又燕子、来无芳信。小桃也自知人恨。满面羞红难问。

又

远山学得修眉翠。看眉展、春愁无际。雨痕半湿东风外。不管梨花有泪。　　　西园路、青鞋暗记。怕行入、秋千径里。一春多少相思意。说与新来燕子。

又 题杏花春禽扇面挂轴

花凝露湿燕脂透。是彩笔、丹青染就。粉绡帕入班姬手。舒卷清寒时候。　　　春禽静、来窥晴昼。问冷落、芳心知否。不愁院宇东风骤。日日娇红如旧。

又 杏花

玉坛消息春寒浅。露红玉、娇生靓艳。小怜鬓湿燕脂染。只隔粉墙相见。　　　花阴外、故宫梦远。想未识、莺莺燕燕。飘零翠径红千点。桃李春风已晚。

祝英台近 荷花

拥红妆，翻翠盖，花影暗南浦。波面澄霞，兰艇采香去。有人水溅红裙，相招晚醉，正月上、凉生风露。　　两凝伫。别后歌断云闲，娇姿黯无语。魂梦西风，端的此心苦。遥想芳脸轻鞩，凌波微步，镇输与、沙边鸥鹭。

又

一窗闲，孤烬冷，独自个春睡。绣被熏香，不似旧风味。静听滴滴檐声，惊愁搅梦，更不管、庾郎心碎。念芳意。一并十日春寒，梅花煞憔悴。懒做新词，春在可怜里。几时挑菜踏青，云沉雨断，尽分付、楚天之外。

江城子 代作

绿丛篱菊点娇黄。过重阳，转愁伤。风急天高，归雁不成行。此去郎边知近远，秋水阔，碧天长。　　郎心如妾妾如郎。两离肠。一思量。春到春愁，秋色亦凄凉。近得新词知怨妾，无处按"处"字原缺，据永乐大典卷一万四千三百八十一寄字韵补诉，泣兰房。

生查子 咏芹

野泉春吐芽，泥湿随飞燕。碧涧一杯羹，夜韭无人翦。　　玉钗和露香，鹅管随春软。野意重殷勤，持以君王献。

又

芙蓉羞粉香，倚竹窥烟霁。眼带楚波寒，骨艳春风醉。　　谁传侧帽情,想解遗鞭意。红叶可怜秋,不寄相思字。

又　史辅之席上歌者赠云头香乞词

蓬莱一捻云,彻骨龙涎染。风味韵而芳,笑语柔而婉。　花娇绿
鬓寒,酒凝清歌怨。翠幄已烟秾,银烛重休翦。

又　木香

春笼云润香,露湿青蛟瘦。偷学汉宫妆,舞彻霓裳后。　酥胸紫
领巾,冰翦柔荑手。有意入罗囊,不肯成春酒。

又

飞花澹澹风,破暖疏疏雨。香润玉阶尘,翠湿纱窗雾。　钿筝离
雁行,宝箧留钗股。惟有凤楼魂,夜夜江南路。

又　梅次韵

香惊楚驿寒,瘦倚湘筠暮。一笛已黄昏,片月尤清楚。　沉沉冰
玉魂,漠漠烟云浦。酸泪不成弹,又向春心聚。

解连环　柳

露条烟叶。惹长亭旧恨,几番风月。爱细缕、先窣轻黄,渐拂水藏
鸦,翠阴相接。织软风流,眉黛浅、三眠初歇。奈年华又晚,萦绊游
蜂,絮飞晴雪。　　　　依依灞桥怨别。正千丝万绪,难禁愁绝。怅岁
久、应长新条,念曾系花骢,屡停兰楫。弄影摇晴,恨闲损、春风时
节。隔邮亭,故人望断,舞腰瘦怯。

又 春水

浪摇新绿。漫芳洲翠渚,雨痕初足。荡霁色、流入横塘,看风外漪
漪,皱纹如縠。藻荇萦回,似留恋、鸳飞鸥浴。爱娇云蘸色,媚日挼
蓝,远迷心目。　　　仙源漾舟岸曲。照芳容几树,香浮红玉。记那
回、西洛桥边,裙翠传情,玉纤轻掬。三十六陂,锦鳞渺、芳音难续。
隔垂杨,故人望断,浸愁万斛。

烛 影 摇 红

别浦潮平,远村帆落烟江冷。征鸿相唤著行飞,不耐霜风紧。雪意
垂垂未定。正惨惨、云横冻影。酒醒情绪,日晚登临,凄凉谁问。
　　　行乐京华,软红不断香尘喷。试将心事卜归期,终是无凭准。寥
落年华将尽。误玉人、高楼凝恨。第一休负,西子湖边,江梅春信。

忆 秦 娥

栖乌惊。隔窗月色寒于冰。寒于冰。澹移梅影,冷印疏棂。　　　幽
香未觉魂先清。无端勾起相思情。相思情。恼人无睡,直到天明。

又 舟中书事

歌声闲。兰舟只隔芙蓉湾。芙蓉湾。扇摇波影,风卷云鬟。　　　馀
音袅袅留馀欢。双鸳飞处传情难。传情难。曲终人去,愁寄湖山。

清平乐 秋叶

盘枝蔇翠。叶叶西风意。吹上玉人云□底。无限新凉气味。飘萧
露卷烟柔。绝怜不逐宫流。寄语多情宋玉,悲秋得似宜秋。

又

春蒲雨湿。燕子低飞急。云压前山群翠失。烟水满湖轻碧。

小莲相见湾头。清寒不到青楼。请上琵琶弦索,今朝破得春愁。

更 漏 子

玉箫闲,清韵咽。人倚画阑愁绝。云恼月,月羞云。半溪梅影昏。

恨春风,萧散后。夜夜数残更漏。情悄悄,思依依。天寒一雁飞。

东风第一枝　为梅溪寿

玉洁生英,冰清孕秀,一枝天地春早。素盟江国芳寒。旧约汉宫梦晓。溪桥独步,看洒落、仙人风表。似妙句、何逊扬州,最惜细吟清峭。　　香暗度、照影波渺。春暗寄、付情云杳。爱随青女横陈,更怜素娥窈窕。调羹雅意,好赞助、清时廊庙。羡韵高、只有松筠,共结岁寒难老。

又　壬戌立春日访梅溪,雨中同赋

烧色回青,冰痕绽白,娇云先酿酥雨。纵寒不压葭尘,应时已鞭黛土。东君入夜,怕预恼、诗边心绪。意转新,无奈吟魂,醉里已题春句。　　香梦醒、几花暗吐。绿睡起、几丝偷舞。酒醅清惜重斟,菜甲嫩怜细缕。玉纤彩胜,愿岁岁、春风相遇。要等得、明日新晴,第一待寻芳去。

摊破浣溪沙　七夕

袅袅天风响佩环。鹊桥有女夜乘鸾。也恨别多相见少,似人间。

银浦无声云路渺，金风有信玉机闲。生怕河梁分袂处，晓光寒。

浣　溪　沙

遮坐银屏度水沉。障风罗幕皱泥金。日迟宫院静愔愔。　　繁杏
半窥红日薄，小怜低唱绿窗深。试拈犀管写春心。

又

魂是湘云骨是兰。春风冰玉注芳颜。谁招仙子在人间。　　溅水
裙儿香雾皱，唾花衫子碧云寒。洞箫声绝却骖鸾。

又

偷得韩香惜未烧。吹箫人在月明桥。草芳似待玉骢骄。　　吹絮
绣帘春澹澹，隔香罗帐夜迢迢。楚魂须著楚词招。

又　小春

云外峰峦翠欲埋。雨沾黄叶湿青鞋。小惊春色入寒荄。　　风月
愁新空雁字，神仙梦冷忆鸾钗。凄凉不是好情怀。

又　题湖楼壁

一色烟云澹不消。两峰眉黛为谁娇。春寒犹占木兰桡。　　燕子
似甘愁寂寞，海棠未肯醉妖娆。小园嫩约尚萧条。

按此首吴昌绶误补入东山词。

兰陵王　为十年故人作

凤箫咽。花底寒轻夜月。兰堂静，香雾翠深，曾与瑶姬恨轻别。罗

巾泪暗叠。情入歌声怨切。殷勤意,欲去又留,柳色和愁为重折。

　　十年迥凄绝。念鬒怯瑶簪,衣褪香雪。双鳞不渡烟江阔。自春来人见,水边花外,羞倚东风翠袖怯。正愁恨时节。　　　南陌。阻金勒。甚望断青禽,难倩红叶。春愁欲解丁香结。整新欢罗带,旧香宫箧。凄凉风景,待见了,尽向说。

又　春雨

洒虚阁。幂幂天垂似幕。春寒峭,吹断万丝,湿影和烟暗帘箔。清愁晚来觉。佳景憎憎过却。芳郊外,莺恨燕愁,不管秋千冷红索。

　　行云楚台约。念今古凝情,朝暮如昨。啼红湿翠春情薄。谩一犁江上,半篙堤外,勾引轻阴趁暮角。正孤绪寂寞。　　　斑驳。止还作。听点点檐声,沈沈春酌。只愁入夜东风恶。怕催教花放,趁将花落。冥冥烟草,梦正远,恨怎托。

水龙吟　云意

旧家心绪如云,乍舒乍卷初无定。西郊载雨,东城隔雾,还开晴景。爱恼花阴,喜移月地,朦胧清影。任无心有意,溶溶曳曳,萧散处、有谁问。　　　朝暮如今难准。枉教他、惜春人恨。远峰依旧,前踪何在,有时愁凝。此兴飘然,不妨吹断,一川轻暝。待良宵,再入高唐梦里,觅巫阳信。

又　为放翁寿

道山玉府真仙,去年再履论思地。西清禁域,眷深名重,年高身退。玉振金声,水增川涌,德兼才贵。爱知章引去,安车稳驾,轩冕付、谈笑外。　　　兰玉孙枝竞秀,奉亲欢、莱衣同戏。蓬莱东接,苧萝西顾,三山耸翠。赐杖清朝,命堂绿野,放怀高致。似太公出将,卫公入相,为苍生起。

又　为梦庵寿

夜来曾跨青虹,海风袅袅吹襟袖。蓬莱误入,群仙争问,刘郎安否。玉麈冰壶,日庭星角,孕成奇秀。看丹分宝鼎,篆传秘篋,闻重寄、长生酒。　　归梦惊回晓漏。正长庚、辉躔南斗。祥开华旦,菊香秋杪,柹黄霜後。笔扫龙蛇,句裁螭锦,俊才谁右。看功勋绣衮,家声再振,数千龄寿。

声声慢　元夕

壶天不夜,宝炬生香,光风荡摇金碧。月滟冰痕,花外峭寒无力。歌传翠帘尽卷,误惊回、瑶台仙迹。禁漏促,拚千金一刻,未酬佳夕。　　卷地香尘不断,最得意、输他五陵狂客。楚柳吴梅,无限眼边春色。鲛绡暗中寄与,待重寻、行云消息。乍醉醒,怕南楼、吹断晓笛。

隔浦莲　七夕

银湾初霁暮雨。鹊赴秋期去。浅月窥清夜,凉生一天风露。纤巧云暗度。河桥路。缥缈乘鸾女。正容与。　　西厢旧约,玉娇谁见私语。柔情不尽,好似冰绡云缕。回首天涯又怨阻。无语。西风魂断机杼。

思佳客　秋扇

入手西风意已羞。不须玉斧为重修。扑萤凉夜沉沉月,障面清歌澹澹秋。　　休弃置,且迟留。可怜又向篋中收。莫教暗损乘鸾女,汉殿凄凉万古愁。

又 题太真出浴图

写出梨花雨后晴。凝脂洗尽见天真。春从翠髻堆边见,娇自红绡脱处生。　　天宝梦,马嵬尘。断魂无复到华清。恰如伫立东风里,犹听霓裳羯鼓声。

又

有约湖山却解襟。昼眠占得一庭深。树边风色寒滋味,愁里年华雁信音。　　惊楚梦,听瑶琴。黄花尚可伴孤斟。断云万一成疏雨,却向湖边看晚阴。

又

翦翠衫儿稳四停。最怜一曲凤箫吟。同心罗帕轻藏素,合字香囊半影金。　　春思悄,昼窗深。谁能拘束少年心。莺来惊碎风流胆,踏动樱桃叶底铃。

又 立秋前一日西湖

不肯楼边著画船。载将诗酒入风烟。浪花溅白疑飞鹭,荷芰藏红似小莲。　　醒醉梦,唤吟仙。先秋一叶莫惊蝉。白云乡里温柔远,结得清凉世界缘。

又 中秋后一日借月意

白玉楼台知几重。夜来望断广寒宫。一分乍缺婵娟影,二八尤宜冰雪容。　　云鬓露,玉钗风。水晶帘幕正玲珑。殷勤再为天香醉,可惜清光付晓钟。

永遇乐 次韵吊青楼

浅晕修蛾,脆痕红粉,犹记窥户。香断帘空,尘生砌冷,谁唤青鸾舞。春风花信,秋宵月约,历历此心曾许。衔芳恨、千年怨结,玉骨未应成土。　　木兰艇子,莫愁何在,谩系寒江烟树。事逐云沉,情随佩冷,短梦分今古。一杯遥夜,孤光难晓,多少碎人肠处。空凄黯、西风细雨,尽吹泪去。

玲 珑 四 犯

水外轻阴,做弄得飞云,吹断晴絮。驻马桥西,还系旧时芳树。不见翠陌寻春,每问著、小桃无语。恨燕莺、不识闲情,却隔乱红飞去。　　少年曾识春风意,到如今、怨怀难诉。魂惊冉冉江南远,烟草愁如许。此意待写翠笺,奈断肠、都无新句。问甚时、舞凤歌鸾,花里再看仙侣。

御街行 赋帘

香波半窣深深院。正日上、花阴浅。青丝不动玉钩闲,看翠额、轻笼葱茜。莺声似隔,篆醒微度,爱横影、参差满。　　那回低挂朱阑畔。念闲损、无人卷。窥春偷倚不胜情,彷佛见、如花娇面。纤柔缓揭,瞥然飞去,不似春风燕。

又 赋轿

藤筠巧织花纹细。称稳步、如流水。踏青陌上雨初晴,嫌怕湿、文鸳双履。要人送上,逢花须住,才过处、香风起。　　裙儿挂在帘儿底。更不把、窗儿闭。红红白白簇花枝,恰称得、寻春芳意。归来时晚,纱笼引道,扶下人微醉。

霜 天 晓 角

春云粉色。春水和云湿。试问西湖杨柳,东风外、几丝碧。　　望
极。连翠陌。兰桡双桨急。欲访莫愁何处,旗亭在、画桥侧。

又

炉烟浥浥。花露蒸沉液。不用宝钗翻炷,闲窗下、袅轻碧。　　醉
拍。罗袖惜。春风偷染得。占取风流声价,韩郎是、旧相识。

又　九日苏堤

霜清水碧。冷浸红云湿。休说季伦锦帐,山南岸、更花密。　　露
滴。空翠幂。两峰开霁色。不为秾妆一醉,西风帽、为谁侧。

眼 儿 媚

轻云终被断云留。不肯放春愁。翠楼旧倚,粉墙重见,歌酒风流。
　　今朝毕竟吟情澹,芳意未全酬。东风向晚,莺花有意,吹转船
头。

卜算子　泛西湖坐间寅斋同赋

屈指数春来,弹指惊春去。檐外蛛丝网落花,也要留春住。　　几
日喜春晴,几夜愁春雨。十二雕窗六曲屏,题遍伤春句。

西 江 月

小舫半帘山色,断桥两岸秋阴。芙蓉消息已愁深。红染云机翠锦。
　　几度烟波共酌,半生风月关心。飞来鸥鹭是知音。一笑歌边
醉醒。

点 绛 唇

天外青鸾,几时常向人间住。断歌零舞。月上桐阴暮。　　憔悴
潘郎,不解为花主。知何处。梦云愁雨。怕向西楼去。

又

钓月篷闲,载诗却向旗亭醉。翠蒲阴外。莫放双鸥起。　　水佩
仙裳,洒落烟云意。来相试。玉绡新制。要写蓬壶记。

踏莎行　九日西山

水减堤痕,秋生屐齿。瘦筇唤起登高意。翠烟微冷梦凄凉,黄花香
晚人憔悴。　　怀古风流,悲秋情味。紫萸劝入旗亭醉。玉人相
见说新愁,可怜又湿西风泪。

又

花染烟香,柳摇风翠。春工写出清明意。翠湾还趁画船开,粉墙到
处骄骢系。　　歌唤红裙,酒招青旆。吟情又许春风醉。何妨日
日烂芳游,今宵先向西城睡。

恋 绣 衾

碧梧偷恋小窗阴。恨芭蕉、不展寸心。暗语近、阳台远,奈秋宵、砧
断漏沉。　　月明欲教吹箫去。隔骖鸾、空留怨音。从此是、天涯
阻,这一场、愁梦更深。

风 入 松

卷帘日日恨春阴。寒食新晴。马蹄只向南山去,长桥爱、花柳多

情。红外风娇日暖,翠边水秀山明。　　杜郎歌酒过平生。到处
蓬瀛。醉魂不入重城晚,秾欢寄、桃叶桃根。绣被嫩寒清晓,莺声
唤醒春醒。

又　闻邻女吹笛

粉娇曾隔翠帘看。横玉声寒。夜深不管柔荑冷,樱朱度、香喷云
鬟。霜月摇摇吹落,梅花簌簌惊残。　　萧郎且放凤箫闲。何处
骖鸾。静听三弄霓裳罢,魂飞断、愁里关山。三十六宫天近,念奴
却在人间。

南乡子　赋十四弦

直柱倚冰弦。曾见胡儿马上弹。却笑琵琶风韵古,溅溅。想像湘
妃水一帘。　　塞恨曲中传。两摺琴丝费玉纤。不似江南风月
好,厌厌。拍手齐看舞袖边。

洞仙歌　题真

轻痕浅晕。偷染春风面。恰似西施影儿现。拟新妆、临槛一段天
真,闲态度,长凭香娇玉软。　　从今怀袖里,不暂相离,似笑如颦
任舒卷。顾芳容不老,只似如今,娇不语、无奈情深意远。便雨隔
云疏暂分携,也时展丹青,见伊一见。

柳梢青　柳

翠拂晴波,烟垂古岸,灞桥春色。斜带鸦啼,乱萦莺梦,愁丝如织。
　　为怜张绪风流,正瘦损、宫腰褪碧。绽绾同心,留连不住,天涯
行客。

少年游　草

春风吹碧，春云映绿，晓梦入芳茵。软衬飞花，远连流水，一望隔香尘。　　萋萋多少江南恨，翻忆翠罗裙。冷落闲门，凄迷古道，烟雨正愁人。

诉　衷　情

西楼杨柳未胜烟。寒峭落梅天。东风渡头波晚，一棹木兰船。　　花态度，酒因缘。足春怜。屏开山翠，雨怯云娇，尽付愁边。

夜　行　船

翦水天风吹醉醒。高楼外、冻云愁凝。袖口香寒，歌喉春暖，不管雁边寒紧。　　琼屑瑶花飞碎影。应须待、玉田千顷。小约梅英，教吟柳絮，春在绣红鸳锦。

满　江　红

击碎空明，沧浪晚、棹歌飞入。西山外、紫霞吹断，赤尘无迹。飞上冰轮凉世界，唤回天籁清肌骨。看骊珠、影堕冷光斜，蛟龙窟。　　长啸外，纶巾侧。轻露下，纤缔湿。听洞箫声在，卧虹阴北。十万江妃留醉梦，二三沙鸟惊吟魄。任天河、落尽玉杯空，东方白。

酹江月　灵岩吊古

万岩灵秀，拱崇台飞观，凭陵千尺。清磬一声帘幕冷，无复宫娃消息。响屟廊空，采香径古，尘土成遗迹。石闲松老，断云空锁愁寂。　　专宠谁比轻鬘，楚腰吴艳，一笑无颜色。风月荒凉罗绮梦，输与扁舟归客。舞阕歌残，国倾人去，青草埋香骨。五湖波淼，远空依旧涵碧。

谒 金 门

烟墅暝。隔断仙源芳径。雨歇花梢魂未醒。湿红如有恨。　　别后香车谁整。怪得画桥春静。碧涨平湖三十顷。归云何处问。

留春令　淮南道中

断霞低映,小桥流水,一川平远。柳影人家起炊烟,仿佛似、江南岸。　　马上东风吹醉面。问此情谁管。花里清歌酒边情,问何日、重相见。

又

粉绡轻试,绿裙微褪,吴姬娇小。一点清香著芳魂,便添起、春怀抱。　　玉脸窥人舒浅笑。寄此情天渺。酒醒罗浮角声寒,正月挂、南枝晓。

又 梅

玉清冰瘦,洗妆初见。春风头面。等得黄昏月溪寒,爱顾影、临清浅。　　历尽冰霜空羞怨。怨粉香消减。江北江南旧情多,奈笛里、关山远。

又 红梅

玉妃春醉,夜寒吹堕,江南风月。一自情留馆娃宫,在竹外、尤清绝。　　贪睡开迟风韵别。向杏花休说。角冷黄昏艳歌残,怕惊落、燕脂雪。

太　常　引

玉肌轻衬碧霞衣。似争驾、翠鸾飞。羞问武陵溪,笑女伴、东风醉时。　　不飘红雨,不贪青子,冷澹却相宜。春晚涌金池,问一片、将愁寄谁。

浪陶沙 杜鹃花

啼魄一天涯。怨入芳华。可怜零血染烟霞。记得西风秋露冷,曾浼司花。　　明月满窗纱。倦客思家。故宫春事与愁赊。冉冉断魂招不得,翠冷红斜。

意难忘 代赠

仙子奇容。是名花第一,美占春风。烟香笼浅翠,露靓浥芳红。怜舞燕,惜惊鸿。想独步吴宫。料认得、娇云媚雨,来自巫峰。风流正与欢浓。羡高楼并倚,曲影阑东。烛摇留醉枕,尘坠恋歌钟。三弄笛,五花骢。莫行乐匆匆。但看取、天长地久,笑语相逢。

雨　中　花

旆拂西风,客应星汉,行参玉节征鞍。缓带轻裘,争看盛世衣冠。吟倦西湖风月,去看北塞关山。过离宫禾黍,故垒烟尘,有泪应弹。　　文章俊伟,颖露囊锥,名动万里呼韩。知素有、平戎手段,小试何难。情寄吴梅香冷,梦随陇雁霜寒。立勋未晚,归来依旧,酒社诗坛。

八归 重阳前二日怀梅溪

楚峰翠冷,吴波烟远,吹袂万里西风。关河迥隔新愁外,遥怜倦客音尘,未见征鸿。雨帽风巾归梦杳,想吟思、吹入飞蓬。料恨满、幽苑离宫。正愁黯文通。　　　秋浓。新霜初试,重阳催近,醉红偷染江枫。瘦筇相伴,旧游回首,吹帽知与谁同。想茰囊酒琖,暂时冷落菊花丛。两凝仁,壮怀立尽,微云斜照中。

瑞鹤仙 筇枝

一枝苍玉冷。爱露节霜根,从来孤劲。提携远尘境。自清臞骨力,岁寒心性。登临助兴。甚偏与,芒鞵相称。笑葛洪、陂外腾飞,渺渺水闲烟迥。　　　寻胜。拨开林影,斸破苔痕,缓支幽径。分云度岭。待随处、问梅信。任香挑村醥,寒拖夜月,识尽江山好景。扣禅关拗折,归来万缘自静。以上彊村丛书本竹屋痴语

存　目　词

词旨·属对有高观国"绿芰擎霜,黄花招雨"二句,乃冯去非词,见阳春白雪卷五。

魏了翁

　　了翁字华甫,蒲江(在今四川)人。生于淳熙五年(1178)。庆元元年(1195)登进士。开禧初,以武学博士对策,谏开边事,御史徐相劾其狂妄,遂辞去。筑室白鹤山下,授徒讲学。嘉定末,除起居郎,历任州郡。入朝权工部侍郎,旋贬靖州。理宗亲政,召还,命直学士院,累擢端明殿学士,同签书枢密院事,督视江淮京淮军马。以资政殿学士致仕。嘉熙元年(1237)卒,年六十,谥文靖,追赠秦国公。有鹤山词。

和孙蒲江□□上元词(蝶恋花) (调名据紫芝漫抄
本鹤山长短句补注,下俱同)

又见王正班玉瑞。霁月光风,恰与元宵际。横玉一声天似水。阳春到处皆生意。　　　十载奔驰今我里。昔□元非,未信今皆是。

风月惺惺人自醉。却将醉眼看荣悴。

虞永康刚简 所筑美功堂于城南以端午落成唐涪州赋水调歌即席次韵(水调歌头)

江水自石纽，灌口怒腾辉。便如黑水北出，迤逦到三危。百尺长虹天矫，两岸苍龙偃蹇，翠碧互因依。古树百夫长，修竹万竿旗。　画堂开，风与月，巧相随。史君领客行乐，旌纛立披披。慨想二江遗迹，更起三闾忠愤，此日最为宜。推本美功意，禹甸六章诗。

张茶马□□生日六月十八日(同上)

轻露瀹残暑，蟾影插高寒。团团只似前夕，持向老莱看。九秩元开父算，六甲更逢儿换，梧竹拥檀栾。都把方寸地，散作万云烟。　锦边城，云间戍，雪中山。风流老监在此，忧顾赖渠宽。天上玉颜合笑，堂上酡颜如酒，家国两平安。又恐玉川子，茗椀送飞翰。

杨崇庆熹生日(同上)

风露浸秋色，烟雨媚湖弦。旌旗十里小队，拟约醮坛仙。身在黄旗朱邸，名在玉皇香案，底事个人传。正恐未免耳，惊搅日高眠。　虎分符，龙握节，鹿御轓。于君本亦馀事，所乐不存焉。一点春风和气，无限蓝田种子，渺渺玉生烟。富贵谁不有，借问此何缘。

赵运判师岃生日(同上)

万里蜀山险，难似上青天。谁知间有、人心之险甚山川。赖得皇华星使，满载春风和气，来自鉴湖边。要识方寸地，四十万云烟。　佩珑璁，冠昱爚，组蝉联。眼前富贵馀事，所乐不存焉。闻道汉家子政，博考兰台载籍，胸次著千年。会有太一老，同结海山缘。

广汉士民送别用韩推官韵为谢(念奴娇)

万人遮道,拨不断、争挽房湖逐客。臣罪既盈应九死,全荷君王矜
恻。况是当年,曾将愚技,十字街头立。恩波浩荡,孤忠未报涓滴。
　　世事应若穿杨,一弦不到,前发皆虚的。自判此生元有分,不
管筮违龟食。靴帽丛中,渔樵席上,无入非吾得。倚湖一笑,夜深
群动皆息。

杜安人生日(临江仙)

九十秋光三十八,新居初度称觞。青衫彩服列郎娘。孙枝无处著,
犹欠两东床。　　尽是当年亲手种,如今满院芬芳。只凭方寸答
苍苍。个中无尽藏,谁弱又谁强。

送嘉甫弟赴眉山(同上)

细雨斜风驱晓瘴,绰开坦坦长途。膏车秣马问程初。梅梢迎候骑,
雁影度平芜。　　行己不论官小大,穷探不间精粗。只从厚处作
_{去声}规模。简编迁事业,屋漏拙功夫。

和阎广安□□感皇恩韵

三峡打头风,吹回荆步。坎止流行谩随遇。须臾风静,重踏西来旧
武。世间忧喜地,分明觑。　　喜事虽新,忧端依旧,徒为岷峨且
欢舞。阴云掩映,天末扣阍无路。一鞭归去也,鸥为侣。

登白鹤山,借前韵呈同游诸丈(水龙吟)

阑风长雨连霄,昨朝晴色随轩骤。松声花气,江烟浦树,如相迎候。
山送青来,僧随麦去,山为吾有。更搪筇直上,薜萝深处,云垂幄、

藓成螯。　　　未至相如独后。对山尊、劝酬多又。记曾犯雪，重来已是，绿肥红瘦。好语时闻，忧端未歇，倚风搔首。谩持觞自慰，冰山安在，此山如旧。去冬来时，侂无恙也。

次韵西叔兄咏兰（满江红）

玉质金相，长自守、间庭阁室。对黄昏月冷，朦胧雾浥。知我者希常我贵，于人不即而人即。彼云云、谩自怨灵均，伤兰植。屈平、子建愤世之不见知，离骚常以兰自况，而子建亦谓秋兰可喻桂树冬荣。　　　鹙鸠乱，春芳寂。络纬叫，池英摘。惟国香耐久，素秋同德。既向静中观性分，偏于发处知生色。待到头、声臭两无时，真闻识。

吴制置猎生日（水调歌头）

世界要扶助，人物载耆英。茫茫四海，谁识今代有庞臣。万顷青湖佳气，一片紫岩心事，天付与斯人。耸耸铁冠吏，表表白云卿。　　海沮漳，城汉郸，宅峨岷。规摹妙处，胸次纳纳几沧瀛。未说令公二纪，先看武公百岁，年与学俱新。星弁百僚准，天宇四时春。

和黄侍郎畴若见贻生日韵（南乡子）

万里载浮名。忆昔从容下帝京。冉冉七年如昨梦，分明。赢得存存夜气清。　　谁使滥专城。有罪当诛尚薄刑。细数当时同省士，皆卿。落落韶阳独九龄。

张致政□□生日（水调歌头）

冬至子之半，玉筦鳟微阳。壶中别有天地，转觉日增长。一样金章紫服，一样朱颜绿髪，翁季俨相望。翁是修何行，未已且方将。　　玉生烟，兰竞秀，彩成行。翁无他智，只把一念答苍苍。今日列城桃李,他日八荒雨露,都是乃翁庄。要数义方训,不说窦家郎。

杨子有德辅母夫人生日(临江仙)

尚忆去年称寿日,彩衣犹带天香。今年还见雁成行。两头娘子拜,
笑领伯仁觞。　　知是几年培植底,如今满院芬芳。只凭方寸答
苍苍。春风来不断,点缀艳阳妆。

妇生朝李倅□同其女载酒为寿用韵谢之(水调歌头)

曾向君王说,臣愿守嘉州。风流别乘初届,元在越王楼。湖上龟鱼
何事,桥上雁犀谁使,争挽海山舟。便遣旧姻娅,解后作斯游。
　　晚风清,初暑涨,暮云收。公堂高会,恍疑仙女下罗浮。好是中
郎有女,况是史君有妇,同对藕花洲。拟把鹤山月,换却鉴湖秋。

张邛州师夔生日(临江仙)

腰著万钉犀玉夸,肘垂斗大金章。非关性分总寻常。要知真乐处,
彩服鬓毛苍。　　浩荡春风生玉树,蒸成满院芬芳。斗城无处著
韶光。会归天上去,长捧伯仁觞。

赵运判师岁生日四月十一日(水调歌头)

有匪碧岩使,满腹鉴湖秋。不居上界官府,来作散仙游。长珮高冠
人伟,组练锦袍官贵,清献旧风流。杓柄长多少,洗尽蜀民愁。
　　鵷鹭冠,貂尾案,鹭鸶鵃。时来正恐不免,留滞剑南州。帘卷西
州风雨,庭伫百城歌鼓,桃李翠云绸。谁谓蜀山远,只在殿山头。

张总领□□生日(贺新郎)

家住峨山趾。暑风轻、双泉漱玉,五坡攒翠。坡上主人归无计。梦

泛沧波清沚。曾拜奏、前旒十二。愿上皇华将亲去，及翁儿、未老相扶曳。乘款段，过闾里。　　玺书未报人相谓。倚西风、胡尘涨野，隐忧如猬。就似东门贤父子，只恐荣亲犹未。待洗尽、岷峨憔悴。便把手中长杓柄，为八荒，更作无边施。却上表，乞归侍。

管待李眉州□□劝酒(鹧鸪天)

十载交盟可重寻。剩于棠芨细论心。云障晚日供秋思，风递荷书作晚阴。　　纤胜引，豁尘襟。未须紫马去骎骎。玻璃无计留君住，但乞天公三日霖。

管待李参政壁劝酒(水调歌头)

落日下平楚，秋色到方塘。人间袢暑难耐，独有此清凉。龙卷八荒霖雨，鹤冈十州风露，回薄水云乡。欲识千里润，记取玉流芳。

　　石兰衣，江蓠佩，芰荷裳。个中自有服媚，何必锦名堂。吸取玻璃清涨，唤起逍遥旧梦，人物俨相望。矫首望归路，三十六虚皇。

管待杨伯昌子谟劝酒(贺新郎)

独立西风里。渺无尘、明河挂斗，碧天如洗。鸤鹊楼前迎风处，吹堕乘槎星使。弄札札、机中巧思。织就天孙云锦段，尚轻阴、朱阁留纤翳。亲为挽，天潢水。　　等闲富贵浮云似。须存留、几分清论，护持元气。曾把古今兴亡事，奏向前旒十二。虽去国、言犹在耳。念我独兮谁与共，谩凝思、一日如三岁。夜耿耿，不皇寐。

李提刑冲佑筌生日(水调歌头)

沆露浸秋色，零雨濯湖弦。做成特地风月，管领老瞿仙。雁落村间柸影，鱼识桥边柱杖，忠潬境长偏。只恐未免耳，惊搅日高眠。

龙握节，貂插案，鹿衔幡。于公元只馀事，所乐不存焉。手植蓝田种子，无数阶庭成树，郁郁紫生烟。富贵姑勿道，借问此何缘。

王总领□□生日八月六日（同上）

轻露瀹残暑，哉魄拟初弦。天台万八千丈，中有紫霞仙。正理中枢旧武，却忆邻环昨梦，重上蜀青天。只守伯禽法，駉野万云烟。

锦川星，郎位宿，又移躔。为无结辈十数，踏遍蜀山川。人识绍兴奉使，家有显谟科约，慧命得公传。从此造朝去，两地亦青毡。

利路杨宪熹生日（同上）

岁岁为公寿，著语不能新。自公持节北去，我亦有遐征。坐我碧瑶洞府，被我石楠嘉荫，冰柱向人清。待屈西风指，王事有期程。

我尝闻，由汉水，达河津。痴牛骙女会处，应有泛槎人。便向汉川东畔，直透银河左界，去上白云京。袖有传婿研，我欲丐馀芬。

送张总领（摸鱼儿）

知年来、几番拜疏。但言归去归去。问归有底匆忙事，得凭陈情良苦。天未许。将花绶藻衣，为插仪庭羽。掉头不顾。念白髪翁儿，本来天分，不是折腰具。　　从头数。多少汉庭簪组。滔滔车马成雾。争如祖帐东门外，父子缥缥高举。峨眉下、有几许湖山，无著春风处。留君不住。但远景楼前，追陪杖屦，莫忘却、别时语。

和赵黎州□□陪李参政壁游醴泉西园（朝中措）

沙堤除道火成城。换得午桥清。寒色般添酒令，野芳抵当锄羹。

松馨花气，岸容山意，浦思溪情。谁记一时胜引，坐中喜得间平。

李参政璧生日十一月二十四日（水调歌头）

曾记武林日，岁上德星堂。相君襟度夷雅，容我少年狂。辇路升平
风月，禁陌清时钟鼓，噀子须反，撮口也送紫霞觞。回首十年事，解后
衮衣乡。　　　古今梦，元一辙，谩千场。纷纷间较目睫，谁解识方
将。霜落南山秋实，风卷北邻夜燎，世事正匆忙。天意那可问，只
愿善人昌。

送袁黎州柟（临江仙）

晓色眬暰云日澹，绰开坦坦长途。西宁太守问程初。梅梢迎候骑，
柳树困平芜。　　　九折邛峡浑可事，不妨叱驭先驱。平平岂是策
真无。抚摩迂事业，细密钝功夫。

安大使丙生日（水调歌头）

人物正寥阔，有美万夫望。七年填拊方面，帷幄自金汤。千尺玉龙
衔诏，六尺宝韀照路，载绩满旂常。富贵姑勿道，难得此芬芳。
　　　尝试看，今古梦，几千场。人情但较目睫，谁解识方将。霜落南
山秋实，风卷北邻夜燎，世事正匆忙。海内知公者，只愿寿而臧。

上元放灯约束妓前灯火（临江仙）

怪见江乡文物地，轻豪争逐春妍。银花斜觲紫金鞭。千灯浑是泪，
一笑不论钱。　　　今岁遨头穷相眼，繁华不学常年。只余底事索
人怜。诗书真气味，农扈老风烟。

次韵史少弼致政赋李参政璧西园海棠（鹧鸪天）

日日春风满范围。海棠又发去年枝。月笼火树更深后，露滴燕支

晓起时。　　看不足,醉为期。宵征宁问角巾欹。一春好处无多
子,不分西园掇取归。

同日李提刑至亦有词因次韵(临江仙)

脚踏西郊红世界,才知春意分明。不须更说锦官城。春来游冶骑,
得得为渠停。　　停到花眠人且去,酒杯苦欲留行。直须醉饮到
参横。不因歌白雪,三日作狂醒。

郡圃新开云月湖约客试小舫(柳梢青)

撺掇花枝,趱那天气,一半春休。未分真休,平湖新涨,稚绿初抽。
　　等闲作个扁舟。便都把、湖光卷收。世事元来,都缘本有,不
在他求。

饯黄侍郎畴若劝酒(摸鱼儿)

向江头、几回凝望,垂杨那畔舟才舣。江神似识东归意。故放一篙
春水。却总被。三百里人家、祖帐连天起。且行且止。便为汝迟
留,三朝两日,如此只如此。　　还须看,世上忧端如猬。一枰白
黑棋子。肥边瘦腹都闲事。毕竟到头何似。当此际,要默识沉思,
一著惺惺地。目前谁是。料当局诸公,敛容缩手,日夜待公至。

杨提刑子谟生日(水调歌头)

有匪碧岩使,长珮奏琅球。门前初暑才涨,一室淡于秋。帘卷峨眉
烟雨,袖挟西川风露,满眼绿阴稠。人物眇然甚,得似此风流。
　　此何时,公犹滞,剑南州。分明忧在目睫,只凭付悠悠。未问人
谋当否,须信天生贤哲,不只等〔闲〕(间)休。努力崇明德,巨浸要平
舟。

赵茶马师旂生日（贺新郎）

汉使来何许。到如今、天边又是，薰弦三度。见说山深人睡稳，细雨自催茶户。向滴博、云间看取。料得权奇空却后，指浮云、万里追风去。跨燕越，抹秦楚。　　　不妨且为斯人驻。正年来、忧端未歇，壮怀谁吐。顷刻阴晴千万态，怎解绸缪未雨。算此事、谁宽西顾。待洗岷峨凄怆气，为八荒、更著深长虑。间两社，辅明主。

鲜于安抚□□劝酒（念奴娇）

固陵江上，暮云急、一夜打头风雨。催原作"唯"，从永乐大典卷一万二千零四十三酒字韵改送春江船上水，笑指□山归去。鞲帽丛中，渔樵席上，总是安行处。惟馀旧话，为公今日拈取。　　　见说家近岷山，翠云平楚，万古青如故。要把平生三万轴，唤取山灵分付。庐阜嵩高，睢阳岳麓，会与岷为伍。及时须做，鬓边应未迟暮。顷得手帖曾及此，故云。

生日谢寄居见任官载酒三十七岁（木兰花慢）

怕年来年去，渐雅志、易华颠。叹梦里青藜，间边银信，望外朱轓。十年竟成何事，虽万钟、于我曷加焉。海上潮生潮落，山头云去云还。　　　人生天地两仪间。只住百来年。今三纪虚过，七旬强半，四峡看看。当时只忧未见，恐如今、见得又徒然。夜静花间明露，晓凉竹外晴烟。

张总领□□生日六月十八日（满江红）

有美人兮，招不至、几回凝伫。应只为、家山自好，不堪他顾。忙里抽头真得计，闲中袖手看成趣。念从前、出处总无心，天分付。　　　云冉冉，更吞吐。泉活活，无朝暮。与自家意思，一般容与。月壑晓寒垂叶露,风窗午睡连山雨。看苍颜、白髪两闲人,摩今古。

和李提刑㟥见贻生日韵(同上)

宇宙中间,还独笑、谁疏谁密。正从容行处,山停川溢。钟鼎勒铭模物象,山林赐路开行苹。要不如、胸次只熙熙,无今昔。　　便百中,穿牙戟。怕六凿,生虚室。为幽香小仟,旋供吟笔。人事未须劳预虑,天公浑不消余力。看雨馀、云卷约帘旌,明红日。

送宇文侍郎□□知汉州劝酒(鹧鸪天)

尚忆都门祖帐时。重来动是十年期。云拖暮雨留行色,露挟秋凉入酒卮。　　湖上雁,水边犀。未须矫首叹来迟。北风满地尘沙暗,宣室方劳丙夜思。

李提刑㟥生日(满江红)

秋意泠然,对宇宙、一尊相属。君看取、都无凝滞,天机纯熟。水拍池塘鸿雁聚,露浓庭畹芝兰馥。笑何曾、一事上眉头,萦心曲。　　兴不浅,船明玉。人更健,巾横幅。问人间底处,升沉迟速。气压暗岩虹半吐,眼明平楚云相逐。但年年、屈指问西风,笃新酿。

次韵李参政壁朝阳阁落成(鹧鸪天)

月落星稀露气香。烟销日出晓光凉。天东扶木三千丈,一片丹心似许长。　　淇以北,洛之阳。买花移竹且迷藏。九重阊阖开黄道,未信低回两鬓霜。

李参政壁生日(满江红)

湖水平漪,与我意、一般容与。任多少、双凫乘雁,落花飞絮。露冷云寒烟外竹,霜明日洁梅边路。怪天随、人意作阴晴,无非数。

　　方寸地,图书府。老太史,亲分付。况身名四海,未为不遇。用舍行藏皆有命,时来将相还须做。且闲中、袖手阅时人,摩今古。

邓倅子美生日(虞美人)

许时闭户间疏散。风月无人管。自从阳律一番新。又把前回风月、送西邻。　　浮云富贵非公愿。只愿公身健。更教剩活百来年。此老终须不枉、在人间。

任隆庆之母正月十一日生隆庆十三日生(醉落魄)

无边春色。试从汉谕堂边觅。儿前上寿孙扶掖。九十娘娘,身是五朝客。　　眼前富贵浑闲历。个中真乐天然的。儿孙强劝持馀沥。娘道休休,明日儿生日。堂名汉谕。

燕甲戌进士归自都城(水调歌头)

古说士夫郡,犹欠殿头魁。记曾分付公等,行矣勉之哉。世事弈棋无定,甲子循还复尔,不免且低回。人物价自定,万事付衔杯。

　　试与公,同握手,上春台。繁红丽紫何限,转首便尘埃。欲识化工定处,须向报秋时节,未用较先开。休道屋犹矮,卿相个中来。

张静甫之母夫人生日(临江仙)

天为西南分八使,更分四道蕃臣。争如齿宿彩衣新。亲年开百岁,又见子生孙。　　一度平反供一笑,无边桃李皆春。便归天上极恩荣。为君图寿母,去年曾以寿母图为献。更看太夫人。

叔母生日前数月,西叔方以女妻唐述之,

故末联云云(鹧鸪天)

遥想庭闱上寿时。芝兰玉树俨成围。问娘鼎鼎修何行,一样都生及第儿。　　春淡泡,日熹微。两头娘子玉东西。一杯更为诸孙寿,子舍新来恰上楣。

某既赋小阕为叔母寿因复惟念昔者未尝不得与

称觞之列今迎侍不果又以简书不克往侍缺

然于怀再遣小阕托诸兄代劝(柳梢青)

记得年年。阿奴碌碌,常在眼前。彩舫吴天,锦轮蜀地,阅尽山川。　　今年苦恋家园。便咫尺、千山万山。但想称觞,三荆树下,丛桂堂边。

次韵虞万州刚简以谒金门曲为叔母寿

那复有。气味酽于春酒。犹向故乡怀印绶。相过何日又。　　吐出心肠锦绣。问我阿娘依旧。娘亦祝君如柏寿。相看霜雪后。

即席和李参政壁白笑花清平乐

蓝田玉种。为我酬清供。香压冰肌犹怕重。更倩留仙群捧。看花美倩偏工。举花消息方浓。此笑知谁领解,无言独倚东风。

以上鹤山先生大全文集卷九十四

次韵李提刑玺白笑词并呈李参政壁(清平乐)

谁分天种。来上花鬉供。绿叶素云姿雅重。那得愁心频捧。他花自是无工。不关香淡香浓。才问为谁含笑,盈盈靓面歆风。

约李彭州玺兄弟看荔丹有赋(临江仙)

双荔堂前呼大撇，虯枝看取垂垂。帝怜尘土著冰姿。故教冻雨过，浴出万红衣。　　绿幄赪圆高下处，中含玉色清夷。浣人应笑太真肥。破除千古恨，须待谪仙诗。

李参政壁领客访环湖瑞莲席间索赋(浣溪沙)

晓镜摇空髻耸丫。夜盘承露掌分叉。翠芳绰约总无华。　　欲往从之空怅望，潜虽伏矣莫藏遮。淤泥深处瑞莲花。

李参政壁赋浣溪沙三首再次韵谢之

一日嘉名万口传。都凭新乐播芳鲜。非关呈瑞作人妍。　　地褊不妨金步稳，境幽生怕鼓声填。馀尊相与重留连。

又

密叶留香护境天。好风时雨媚清涟。亭亭双秀倚湖弦。　　造化曾居公掌握，呈祥宁许百花先。聊占棣萼蒂芳连。柳子厚双莲表：双花擢秀，连蒂垂芳。

又

试问伊谁若是班。二乔铜雀锁孱颜。千年痕露尚馀潸。　　羞向眼前供妖媚，独于静处惬幽娴。人情多少逐河间。

生日谢寓公载酒(贺新郎)

只记来时节。又三年、朱炜过了，恰如时霅。独立薰风苍凉外，笑傍环湖花月。多少事、欲拈还辍。扶木之阴三千丈，远茫茫、无计推华髪。容易过,三十八。　　此身待向清尊说。似江头、泛乎不系,扁舟一叶。将我东西南北去,都任长年旋折。风不定、川云如撒。惟有君恩浑未报,又故山、猿鹤催归切。将进酒,缓歌阕。

和李参政璧惠生日(满江红)

物象芸芸,知几许、功夫来格。更时把、荷衣芰制,从容平熨。云淡天空诗献状,竹深花静机藏密。对窗前、屏岫老仪刑,真颜色。

商古道,谁侪匹。评今士,谁钧敌。向平舟问雁,久间霜翮。枰上举棋元不定,磨边旋蚁何曾息。倘天公、有意要平治,饶华髪。

送简池宋倅□□之官即席赋(念奴娇)

修姱人物,元如许、谁把屏星留却。弄破峨眉山月影,似作平分消息。卷雾名谭,嶷云长袖,未称三池客。且然袖手,人间烦暑方剧。

分手未见前期,风前耿耿,目断斜阳角。亦欲乘风归去也,问讯故山猿鹤。纮鼓催鸡,挥弦送雁,转首成乖各。愿加餐饭,书来频寄新作。

虞万州刚简生日用所惠词韵(贺新郎)

久向闲边著。对沧江、烟轻日淡,雨疏云薄。一片闲心无人会,独倚团团羊角。便舍瑟、铿然而作。容室中间分明见,暮鸢飞、不尽天空阔。青山外,断霞末。　　看来此意无今昨。都不论、穷通得失,镇长和乐。此道舒之弥八极,卷却不盈一握。但长把、根基恢拓。将相时来皆可做,似君家、祖烈弥关洛。康国步,整戎略。

七夕之明日载酒李彭州至家即席赋(鹊桥仙)

银潢濯月,金茎团露,一日清于一日。昨宵云雨暗河桥,似划地、不如今夕。　　乘查信断，撧机人去，误了桥边消息。天孙问我巧何如，正为怕、不曾陈乞。

李彭州_至生日（水调歌头）

促织谁遣汝，唧唧不能休。揽衣起观，四顾河汉淡如油。露下南山荟蔚，风抹西湖菱芰，客感浩悠悠。尚此推不去，岁寿两公侯。

自侯归，闲日月，几春秋。东方千骑，何事白首去为州。会有葛公清侣，携上神仙官府，玉案侍前旒。却袖经纶手，归伴赤松游。

王总卿□□生日（八声甘州）

自王家无怨住襄城，世总生贤。似谢阶兰玉，马庭梧竹，一一堪怜。富贵关人何事，且问此何缘。又踏前朝脚，领蜀山川。　　点检重关复阁，尚甘棠匝地，乔木参天。中兴规画，父老至今传。六十年、山河未改，只芳菲、不断紧相联。相将又，参陪宰席，还似当年。

别李参政　璧（贺新郎）

此别情何限。最关情、一林醒石，重湖宾雁。几度南楼携手上，十二阑干凭暖。肯容我、樽前疏散。底事匆匆催人去，黯西风、别恨千千万。截不断，整仍乱。　　三年瞥忽如飞电。记从前、心情双亮，意词交划。千古黎苏登临意，人道于今重见。又分付、水流冰泮。满腹馀疑今谁问，上牛头、净拭乾坤眼。聊尔耳，恐不免。

许遂宁_奕生日（同上）

多少龙头客。数从前、何官不做，清名难得。万里将擅归报汉，青锁还应催当夕。又一叶、扁舟去国。许史庐前车成雾，未如公、正怕云霄逼。留不尽，二三策。　　·声千里楼前笛。遏天涯、浮云不断,镇长秋色。试上层楼分明看,无数水遥山碧。问此意、有谁曾识。独抱孤衷苍茫外,满阑干,都是长安日。终有待,佐皇极。

和瞻叔兄除夕(虞美人)

一年一度屠苏酒。老我惊多又。明年岂是更无年。已是虚过、三十八年前。　　世间何物堪称好。家有斑衣老。相期他日早还归。怕似瞻由、出处不曾齐。

刘左史光祖生日(念奴娇)

岸容山意,随春好,人在春风独立。立尽闲云来又去,目断一天红日。岂不怀归,于焉信宿,此意无人识。只看鬓发,丝丝都为人白。

　　风露正满人间,翛翛睡息,浑不知南北。要上南山披荟蔚,谁是同心相觅。天运无穷,事机难料,只有储才急。愿公寿考,养成元祐人物。

和刘左史光祖人日游南山追和去春词韵(朝中措)

天公只解作丰年。不相冶游天。小队春旗不动,行庖晚突无烟。　　吟须捻断,寒炉拨尽,雁自天边。唤起主人失笑,寒灰依旧重然。公所论圣忌日事凡历二十年,而所上疏亦半年馀才见施行,故云。

元夕行灯轿上赋洞庭春色呈刘左史

花帽檐行,宝钗梁畔,还是上元。看去年芳草,如今又绿,当时皓月,此夕仍圆。节序驱人人不解,道岁岁年年都一般。看承处,有烛龙照夜,铁凤连天。　　东风不知倦客,又吹向楼阁山巅。任管弦闹处,诗豪得志,绮罗香里,侠少当权。客与溪翁无一事,但随俗簪花含笑看。无限意,更醉骑花影,饱看丰年。

次韵刘左史光祖自和去年元夕词(鹧鸪天)

春漏逢欢恐不深。银花火树粲成林。酒中和乐无穷味,烛里光明一寸心。　　金马朔,玉堂寻。风流文献未如今。连宵坐我东风里,春满肝脾月满襟。

刘左史光祖夫人生日(念奴娇)

刘郎初度随春到,尚记彩衣春立。又上夫人千岁寿,相望不争旬日。琴瑟仪刑,山河态度,长是春风识。都将和气,蒸成满院红白。

　　我被五斗红陈,三升官酒,驱到郫城北。解后相逢同一笑,此会几年难觅。宝蜡烧春,花光缟夜,未放觥筹急。天然真乐,倘来知是疣物。

同官载酒为叔母寿次韵为谢时自潼过遂
(玉楼春)(按调此乃步蟾宫)

射洪官酒元曾醉。又六十八年重至。长江驿畔水如蓝,也应似、向人重翠。　　人生岂必高官贵。愿长对、诗书习气。陶家髫子作宾筵,有如个、嘉宾也未。外祖谯公,初任射洪簿,再为长江令,叔母生于射洪,故云。

叔母生日用许侍郎奕所和去岁词韵为谢(贺新郎)

谁主谁为客。叹人生、别离容易,会逢难得。省户高门十年梦,瞥忽浑如昨夕。风不定、乱云飞急。本自无心图富贵,也元知、富贵无缘逼。且还我,兔园策。　　谁知一曲柯亭笛。向天涯、依然解后,长安本色。怪我阿嬰今老眼,已是看朱成碧。但犹记、黄裳曾识。多谢殷勤无以报,愿阿嬰、长健如今日。送公去,上霄极。

和虞万州刚简所惠叔母生日词韵（洞仙歌）

人生一世。如此元如此。造化都从起时起。看庭前桃李,弄蕊开
花,还又看,一度成阴结子。　　母寿亲认取,叶叶枝枝,一气分来
结成底。更得故人书,遗我新词,把寸心、分明指似。信过眼、浮华
几何时,剩培植根心,等闲千岁。

妇生日许侍郎奕载酒用韵为谢（西江月）

曾记刘安鸡犬,误随鼎灶登仙。十年尘土浼行缠。怪见霞觞频劝。
　　会合元非择地,乖逢宁得非天。妇闻风月正婵娟。亲泼床头
醅面。

叔母生日刘左史光祖以余春时所与为寿词韵见贶复用韵谢之（念奴娇）

梦中犹记,来时路、五马踟蹰攒立。江北城南春澹沱,山锁一天晴
日。伊轧征车,徊徨去意,只有东风识。如今远在,谁人伴我浮白。
　　天外一曲阳春,依然有脚,来到萱堂北。不是奇情双照亮,肯
寄鳞鸿相觅。酒引曹醇,歌翻楚调,触拨归心急。醉魂时绕,莺花
世界风物。

叔母生日（水调歌头）

人道三十九,岁暮日斜时。儿今如许,才觉三十九年非。昨被玉山
楼取,今仗牛山挽住,役役不知疲。自己未能信,漫仕亦何为。
　　亦何为,应自叹,不如归。问归亦有何好,堂上彩成围。上下东
冈南陌,来往北邻西舍,遍地看儿啼。富贵适然耳,此乐几人知。

和费五九丈□□见惠生日韵(蝶恋花)

早岁腾身阼辇路。秋月春风,只作浑闲度。手挟雷公驱电母。袖中双剑蛟龙舞。　　如此壮心空浪许。四十明朝,忍把流年数。又过一番生日去。寿觞羞对亲朋举。

新亭落成约刘左史光祖和见惠生日韵(醉蓬莱)

又一番雨过,倚阁炎威,探支秋色。前度刘郎,为故园一出。黄髪丝丝,赤心片片,俨中朝人物。诗里香山,酒中六一,花前康节。　　倦客才归,新亭恰就,萱径荫浓,蒀林香发。尊酒相逢,看露花风叶。跃跃精神,生生意思,入眼浑如涤。更祝天公,收回积潦,放开晴日。久雨,故云。

次韵李参政壁见贻生日(江城子)

水花湖荡翠连天。记年年。甚因缘。鬬鸭阑干,云雾踏青妍。人似风流唐太白,披紫绮,卧青莲。　　如今别思浩如川。欲腾骞。隔风烟。月到天心,人影在长编。只有此身飞不去,翔雁侧,狎鸥边。

和许侍郎奕韵(贺新郎)

千里楼前客。数从前、几般契分,更谁同得。尚记流莺催人去,又见莎鸡当夕。叹天运、相煎何急。幸自江山皆吾土,被南薰、吹信还相逼。临大路,控长策。　　向来风月苏家笛。问天边、玉堂何似,黄冈秋色。万事无心随处好,风定一川澄碧。些个事、非公谁识。我亦年来知此意,但聪明、不及于前日。谁为我,指无极。

贺刘左史光祖进职奉祠(满江红)

许大才名，知几许、功夫做得。独自殿、三朝耆旧，岿然山立。出处
只从心打当，去留不管人忻戚。抱孤衷、脉脉倚秋风，无人识。

龙可养，凡鳞匹。鸾可挚，凡禽敌。便翩然归作，玉龙仙客。枰
上举棋元不定，磨边旋蚁何曾息。倘天公、有意要平治，须华髪。

刘左史光祖别席和韵(江城子)

一襟满贮梓城春。笑声频。笔挥银。自有江山，长是管将迎。不似
如今归去客，云外步，水边身。　　萧然今代杰魁人。混光尘。越
精神。不把浮云，轩冕拂天真。化洽堂边应创见，人物旧，榜颜新。

约刘左史光祖谢会再和(同上)

如公何地不阳春。往来频。醉倾银。闻道河阳，童稚正欢迎。移向
德威堂上著，疑潞国，是前身。　　行人还又送行人。夜无尘。对
丰神。自古心知，别语转情真。须信人生归去好，三径旧，四时新。

又(同上)

西来紫马倦行春。上书频。阙排银。愿听臣归，子舍便将迎。又为
老臣全晚节，关教化，系臣身。　　帝心终眷老成人。想音尘。倍
留神。且把闲风，淡月与全真。出处如公都有数，今古梦，几番新。

同官酌酒相贺再和前韵(同上)

与君同醉梓州春。不辞频。漏更银。尚记梅时，出郭喜相迎。又
对西风斟别酒，云过眼，月分身。　　倘来官职不关人。等微尘。苦
劳神。更向中间，谩说假和真。只有交朋关分义，无久近，与陈新。

别许侍郎奕即席赋(鹧鸪天)

公在春官我已归。公来东蜀我居西。及公自遂移潼日,正我由潼
使遂时。　　如有碍,巧相违。人生禁得几分飞。只祈彼此身长
健,同处何曾有别离。

许侍郎奕生日十月二十四日(木兰花慢)

记北人骑屋,看龙首、许仲元。自拥节来归,持荷直上,谁与争先。
好官到头做彻,些儿欠缺便徒然。我爱庆元龙首,当春不逐时妍。
　　人生天地两仪间。且住百来年。数初度庚寅,未来甲子,尽自
宽闲。太平竟须公等,终不成、造物谩生贤。拓取面前路径,著身
常要平宽。

宴遂宁新进士(同上)

记薰风殿上,曾当暑、侍君王。看绛服临轩,白袍当殿,流汗翻浆。
今年诏书催发,趁槐庭、初夏午阴凉,瘦马行时腊雪,叠猿啼处年
光。　　大科异等士之常。难得姓名香。叹陋习相承,驹辕垂耳,
麟楦成行。平生学为何事,到得时、遇主忍留藏。看取杏花归路,
身名浑是芬芳。

即席和韵(同上)

问梅花月里,谁解唱、小秦王。向三叠声中,兰桡荃棹,桂醑椒浆。
明朝濮渝江上,对暮云、平野北风凉。准拟八千里路,破除九十春
光。　　砚涵槐影漾旌常。披拂御炉香。念人世难逢,玉阶方寸,
陛楯颜行。休言举人文字,系一生、穷达与行藏。凡卉都随岁换,
幽兰不为人芳。

西江月梦中作觉后浑能省记独欠第五句因足成之晓起大雪（西江月）

一段同云似练，更无剩幅间边。玉娥不怕五更寒。剪就飞花片片。

酒里吟边竞爽，枝头枝底争妍。入春无物不芳鲜。只我依然颜面。

许侍郎奕硕人生日十二月二十二日（减字木兰花）

新符旧历。交割新年馀七日。谁识春华。元住东川太守家。

一年一曲。拟尽形容无可祝。愿似庭梅。长向春风伴斗魁。

刘左史光祖生日正月十日（满江红）

见说新来，把闲事、都齐阁束。日用处、浑无凝滞，天机纯熟。帘卷春风琴静好，庭移晓日兰芬馥。笑可曾，些子上眉头，萦心曲。

吞宇宙，船明玉。批风月，诗成轴。问人间底处，升沉荣辱。与我言兮虽我愿，不吾以也吾常足。但年年、先后放灯时，笃新酿。先后放灯，并谓夫人十九日生也。

同官约瞻叔兄□□饮于郡圃海棠花下遣酒代劝（海棠春令）

东君惯得花无赖。看不尽、冶容娇态。拟傍小车来，又被轻阴给。

阴晴长是随人改。且特地、留花相待。荣悴故寻常，生意长如海。

与同官饮于海棠花下烧烛照花即席赋（临江仙）

自有天然真富贵，本来不为人妍。谨将醉眼著繁边。更擎高烛照，惊搅夜深眠。　　花不能言还自笑，何须有许多般。满空明月四垂天。柳边红沁露,竹外翠微烟。

次韵同官约瞻叔兄□□及杨仲博约赏郡圃牡
丹并遣酒代劝(朝中措)

玳筵绮席绣芙蓉。客意乐融融。吟罢风头摆翠,醉馀日脚沉红。
简书绊我,赏心无托,笑口难逢。梦草闲眠暮雨,落花独倚春风。

东叔兄生日(临江仙)

去岁玉堂山下住,母旁后弟前哥。今年作县古松坡。静参朱祭酒,
间印马头陀。　去路更无山隔断,春风跋马经过。不妨缓辔尽
婆娑。愿申临别语,长使得天多。

小圃牡丹盛开旧朋毕至小阁寓意(柳梢青)

昨夕相逢。烟苞沁绿,月艳羞红。旭日生时,初春景里,太极光中。
　别来三日东风。已非复、吴中阿蒙。须信中间,阴阳大造,雨
露新功。

叔母生日每岁兄弟多以校试莫遂彩衣团栾之乐
今岁复尔良以缺然小词寄五兄代劝(小重山)

养得儿男百不中。年年随举子,踏春风 一作"年年蚕蚁阵,作元戎"。
寿觞庭院燕泥融。将雏处,长是半西东。　移孝便为忠。儿行
虽在远,母心同。若将一念答天公。归来拜,也胜橘双红。

即席次韵张太傅方为叔母生日赋(南柯子)

暮雨收尘马,薰风起篝龙。夜凉人锁武成宫。却忆亲旁、寿饼荐油
葱。　谁锡诗人类,应晞颖谷封。儿行虽远母心通。触拨今宵、

梦逐彩云东。

瞻叔兄生日五月三日（眼儿媚）

梦魂不踏正牙班。直作五云闲。简编真乐,壎箎雅韵,菽水清欢。
都将瞥忽荣华事,春梦晓云看。只期他日,实愿受用,大耐高官。

南叔兄生日用前韵五月六日（同上）

不居上界列仙班。梅隐寄幽闲。玉堂云晓,玉珍雨夜,总是真欢。
如兄才誉居人上,鹏路正看看。只祈兄弟,长随母健,不爱高官。

次韵许侍郎奕为叔母生日（洞仙歌）

寿觞庭户,正柳明桃炫。拟斫江鱼鲙银线。被春风吹入,花锦城
中,惟有梦,时到轻轩翠幰。　　归来春已过,桃柳成阴,但喜庭闱
镇强健。更得故人书,遗我瑰词,应重记、去年相见。望白鹤朱霞
杳难攀,谩芳草如烟,青青河畔。

又次韵为妇安人生日（鹧鸪天）

夫子同年第太常。偶然二内亦同乡。其间更有真同处,道义场中
无别香。　　花入思,绣为肠。不妨冬月作重阳。家人但歉今年
会,犹欠腰金与鞠黄。冬月重阳,用东坡事。鞠黄,夫人鞠衣也。

叔母生日刘左史光祖以余正月十日所与为寿
词韵见贻至是始克再用韵谢之（满江红）

彼美人兮,不肯为、时人妆束。空自爱、北窗睡美,东邻醉熟。不道
有人成离索,直教无计分膏馥。望鹤飞、不到暮云高,阑干曲。
驹在谷,人金玉。駃在陆,人宽轴。笑吾今何苦,耐司空辱。应
为嗷嗷乌反哺,真成落落蛇安足。到梓州、旧事上心来,呼杯酹。

以上五十三首鹤山先生大全文集卷九十五

再和班字韵谢南叔兄□□见贻生日(眼儿媚)

北风不竞帝师班。雨足桔槔闲。且容湖使,静中藏拙,忙里偷欢。

一枰黑白终何若,未可目前看。自量愚分,不堪世用,只称田官。

生日谢同官六月八日(洞庭春色)

四十之年,头颅如此,岂不自知。正东家尼父,叹无闻日,鄹人孟子,不动心时。顾我未能真自信,算三十九年浑是非。随禄仕,便加齐卿相,于我何为。　人间郁蒸难耐,谁借我五万蒲葵。上玉台百尺,天连野□,□楼千里,江射晴晖。此意分明谁与会,但时把瑶笙和月吹。吾归矣。有鸿相与和,鹤自由飞。

送赵阆州希异之官(水调歌头)

冻雨洗烦浊,烈日霁威光。逸人去作太守,旗志倍精芒。莎外马蹄香湿,柳下旍阴晨润,景气踏苍苍。夹道气成雾,我独犯颜行。

对颜行,斟尾酒,点头纲。请君釂此,更伴顷刻笑谭香。为问锦屏富贵,孰与熙宁谏议,千古蔚仪章。世道正颓靡,此意悗毋忘。

再用初八日韵谢通判运管以下(洞庭春色)

安石声名,买臣富贵,我不敢知。谩扬州泛泛,浮湛随水,阊门轨轨,开阖从时。满目浮荣何与我,只赢得一场闲是非。诚知此,问不归何待,不饮胡为。　岩松涧篁易老,应只能、采菽烹葵。看风沙漠漠,未清紫逻,烟云冉冉,时露晴晖。谁唤当年刘越石,为携取胡笳乘月吹。吾无用,但寤言独宿,奋不能飞。

吹韵东叔兄见贻生日(鹧鸪天)

内贵何妨知我希。芳荪纽佩石兰衣。不教尘外专云壑,准向人间
驾使骓。　　忧国梦,绕端闱。静言思奋不能飞。时因风雨思畴
昔,叹两苏公盍不归。

次韵高才卿恭叔见贻生日因以为寿(水调歌头)

桃李眩春昼,松柏傲霜时。春妍不必皆是,晚秀未为非。画斧河边
瘴雾,叱驭关前险阻,马竭复人疲。胡不效侪等,趣取好官为。
　　居之安,于胥乐,咏而归。毡裘鴂舌成市,书史俨相围。月淡秋
亭烽影,日静春斋铃索,未听杜鹃啼。美酒无深巷,莫道不吾知。

次韵刘左史光祖和三月十八日词见贻生日(小重山)

开汉江山落手中。满门花絮闹,锦蒙戎。与人和气乐融融。应怜
我,留滞剑南东。　　风味两文忠。怳如畴昔夜,一尊同。如今海
内几刘公。觇天意,犹在笑颜红。

次韵李参政璧见贻生日(临江仙)

闲放楼前千里目,天边云大如囷。秋风入帽露华新。无端忧国梦,
应到守封臣。　　旧弼如今都有几,长教燕坐申申。折杨笑面背
阳春。忧醒头欲雪,浊梦肺生尘。

贺许侍郎奕得孙(水调歌头)

三十作龙首,四十珥貂蝉。幡然携取名节,锦绣蜀山川。揽辔扶桑
初晓,饮马咸池未旰,来日尽宽闲。兹事亦云足,所乐不存焉。
　　女垂髫,儿分鼎,妇供鲜。尊章青鬓未改,和气玉生烟。造物犹

嫌缺陷,要启公侯衮衮,又畀贾嘉贤。公更厚封植,自古有丰年。

"又畀贾嘉贤",一作"更著一灯传"。

杜安人生日(临江仙)

七夕长留河汉女,重阳又属骚人。只馀八八号佳辰。中和无与拟,捲作一家春。　　俗事萦人何日了,随缘女嫁男婚。却将不系自由身。闲中书日月,随处弄儿孙。

九日席上呈诸友(贺新郎)

旧日重阳日。叹满城、阑风去雨,寂寥萧瑟。造物翻腾新机杼,不踏诗人陈迹。都扫荡、一天云物。挟客凭高西风外,暮鸢飞、不尽秋空碧。真意思,浩无极。　　糕诗酒帽茱萸席。算今朝、无谁不饮,有谁真得。子美不生渊明老,千载寥寥佳客。无限事、欲忘还忆。金气高明弓力劲,正不堪、回首南山北。谁弋雁,问消息。

送赵监丞□□赴利路提刑(阮郎归)

西风吹信趣征鞍。日高鸿雁寒。稻粱啄尽不留残。侬归阿那边。　　无倚著,只苍天。将心何处安。长教子骏满人间。犹令侬意宽。

送客归来道中再得数语(浣溪沙)(按调应是阮郎归)

骊驹未撤客乘鞍。征鞭摇晚寒。雁边醒梦角惊残。关山斜日边。　　求道地,托恩天。人情久亦安。转移都在笑鼙间。鄙夫应也宽。

茂叔兄□□生日(同上)(按此首方是浣溪沙)

云外群鸿逐稻粱。独乘下泽少游乡。赤心片片为人忙。　　　　俗事萦缠何日了,自身活计孰为长。闭门书卷圣贤香。

许侍郎<small>奕</small>生日(沁园春)

惠我田畴,拯民水火,春满蜀东。更山连睥睨,长蛇隐雾,红移略约,<small>扶握切,流星也。</small>睢霓横空。人卧流苏行席上,公心事夕阑晨枕中。长自苦,算无人识得,只有天公。　　　天教百般如愿,也应是、天眼惺忪。看田间泥饮,门无夜打,水滨庐处,户有朝舂。拟上公堂,称兕爵酒,未抵人间春意浓。无可愿,愿城池永与,公寿无穷。

李参政<small>璧</small>生日(水调歌头)

宇宙一大物,掌握付诸人。人心不满方寸,块北浩无垠。或者寒蝉自比,不尔秃犀贻笑,齷齪竟何成。胡不引贤者,相与共弥纶。　　　未如何,尝试使,问苍旻。四时迭起代谢,有屈岂无伸。昨夜伶伦声里,一气排阴直上,阳德与时新。道长自今日,持此庆生申。

刘监丞<small>翔之</small>生日(眼儿媚)

乃翁表里玉无瑕。浑是得天多。一生受用,不完全处,都补填他。　　　郎君心念和平处,似得十分家。天何以报,重重印字,滴滴檐槃。

西叔兄生日(乌夜啼)

不肯呈身觅举,那能随俗为官。梅花寒贴书窗月,一味漂阳酸。　　　梅里无边春事,书中千古遐观。邻翁不识清闲乐,惊见满堂欢。

许侍郎<small>奕</small>硕人生日(虞美人)

无端嫁得龙头客。富贵长相迫。云深碧落记骖鸾。又逐东方千

骑、到人间。　　妇前百拜儿称寿。季也参行酒。最怜小女太憨
生。约住两头娘子、索新声。

刘左史光祖之生正月十日李夫人之生以十九　　日赋两词寄之(浪淘沙)

老眼静中看。知我其天。纷纷得失了无关。花柳乾坤春世界，著
我中间。　　世念久阑珊。随寓随安。人情犹望衮衣还。我愿时
清无一事，尽使公闲。

又

鹤外倚楼看。云飐晴天。天高鸡犬碍云关。掉臂双仙留不彻，还
任人间。　　客佩振珊珊。来贺平安。年年直待卷灯还。似是天
公偏著意，占破春闲。

叔母庆七十(木兰花令)(按调此乃玉楼人)

儿前捧劝孙扶掖。共庆贺、娘娘七帙。此杯不比寻常，百年间、才
是省陌。　　眼前彩绣成行立。已应是、天公偏惜。何须剩觅长
年，且只消、一百二十。

东叔兄生日(醉落魄)

才难如此。一门生许奇男子。长公更是惺惺底。千百年间，一寸
心为纸。　　人知公在诗书里。天知公在诗书外。人间百顺由公
起。公把无心，总备人间事。

叔母生日同官载酒用去年词韵(小重山)

风雨移春醉梦中。忽然吹信息，堕泸戎。青炜风物换朱融。吾归

矣,家在月明东。　　　公等为人忠。年年称母寿,一尊同。恨无佳
句可酬公。相期意,滴滴小槽红。

叔母生日次韵许侍郎奕临江仙为寿(临江仙)

春院绣帘垂景篎,一天风月横陈。慈亲初度纪嘉名。每从歌舞地,
犹记杰魁人。　　　大句忽随乌鹊至,恍如前岁逢春。只祈岁岁及
兹辰。天风吹宝唾,华彩动文星。

叔母生日同家人劝酒(水调歌头)

涪右金华宅,上有蔚蓝天。当年玉女何事,未摆世间缘。要把平夷
心事,散作吉祥种子,春暖玉生烟。回首生处所,更欲与周旋。
　　　自归来,生处所,已三年。山头白鹤候我,应讶久留连。已作秋
风归梦,忽递春风消息,吹我著泸川。安得且归去,绵上饱耕眠。

约程漕使遇孙初筵劝酒(八声甘州)

记幡然、持节下青云,巴月几成弦。待竹枝歌彻,讼棠匝地,扉草连
天。却寻当年旧梦,来使蜀东川。人物寥寥甚,禁许回旋。　　　愧
我推挤不去,尚新官对旧,后任如前。与故人饮酒,月露写明躅。
叹书生、康时无计,谩忧思、时堕酒痕边。且只愿、早休兵甲,长见
丰年。

次韵费五十九丈□□题秋山阁有感时事(贺新郎)

霞下天垂宇。倚阑干、月华都在,大明生处。扶木元高三千丈,不
分闲云无数。谩转却、人间朝暮。万古兴亡心一寸,只涓涓、日夜
随流注。奈与世,不同趣。　　　齐封冀甸今何许。百年间、欲招不
住,欲推不去。闸断河流障海水,未放游鱼甫甫。叹多少、英雄尘

土。挟客凭高西风外,问举头、还见南山否。花烂熳,草蕃庑。

次韵西叔兄访王宣干万(江城子)

梦随瘦马渡晨烟。月犹弦。稻初眠。宇宙平宽,著我一人闲。梦破枇杷香满袂,应唤我,驻行鞯。王氏之门枇杷花正开。　　雁声砧杵落晴川。抚流年。叹区缘。随世功名,未信果谁贤。目断孤云东北角,离复合,断还连。时闻山东河北归附之人方费区处。

即席次韵南叔兄同亲友饯王万里万回宣幕(喜迁莺)

鬓霜盈握。叹刍牧荒墟,稻粱衰索。落日牛羊,晚云鸿雁,傍地飞空无托。牧人困和雨睡,田父醉连云酌。醉梦未醒,虎噑川谷,鹰惊林薄。　　离别。谁不恶。心事同时,都不论离合。眼底时几,鼻端人物,谁辨北征东略。最怜世途局趣,只道书生疏阔。无可赠君,松阴庭院,菊华篱落。

即席次韵宋权县彝约客(满江红)

世道何常,都一似、水流云出。叹自古、燕巾滥宝,楚山迷璧。老我如今观变熟,行藏语嘿惟时适。似沧溟、容得乘鸢飞,双凫集。　　花露晓,松风夕。经味永,山光吸。历岩中考第,案头月日。物欲强时心节制,才资弱处书扶掖。拟棕鞋、桐帽了平生,投簪舄。

即席和李潼川皇韵(水调歌头)

清燕卧霜角,月魄几回哉。一声云雁清叫,推枕赋归来。流水落花去路,画象棠阴陈迹,霄观傍楼台。别忆入梅艳,愁色上田莱。　　记来时,惊列缺,走吴回。人间都失匕箸,老婢亦惊猜。匹马晓风鞭袖,孤堠暮烟烽柝,挥却挂蛇杯。不负此邦去,笑口也应开。

约李潼川饮即席赋(同上)

昨夜严家集,是夕饮于严氏园,霜斗贴晴天。乾坤如许空阔,著我两人闲。醉帽三更月影,别袂一帘花气,语隽不知还。二十年间事,肝肺写明蠲。　　　记相逢,一似昨,两经年。风波闹处,推出心胆至今寒。也为故人饮酒,也念邦人怀旧,姑为驻征鞍。未忍作离语,留待月华圆。

贺李潼川皇改知常德府(同上)

更尽一杯酒,春近武陵源。源头父老迎笑,人似老癯仙。检校露桃风叶,问讯渚莎江草,点检旧风烟。世界要人挂,公独卧闲边。　　　叹从来,分宇宙,有山川。主宾均是寄耳,赢得鬓毛班。最苦中年相别,更是人才难得,相劝且加餐。归为玉昆说,时寄我平安。

刘左史光祖生日庆八十(同上)

山岳会元气,初度首王春。扶持许大穹壤,全德付耆英。二万九千日力,四百八旬甲子,酿此杰魁人。玉剑卧霜斗,金锁掣天扃。　　　学宗师,人气脉,国精神。不应闲处袖手,试与入经纶。磊落蟠溪感遇,迢递彭篯岁月,远到漆园椿。用舍关时运,一片老臣心。

十五日同宪使观灯马上得数语(鹧鸪天)

解后皇华并辔游。追随世好学风流。儿童拍手拦街笑,只是酸寒魏梓州。　　　千炬烛,数声讴。不知白了几人头。惺憁两眼看来惯,且得人心乐便休。

六十日再赋（同上）

两使星前秉烛游。滔滔车马九河流。耳听宣政升平曲,目断炎兴未复州。　　闻鼓吹,强欢讴。被人催送作邀头。凭谁为扫妖氛静,却与人间快活休。

再和四年前遂宁所赋韵（临江仙）

一点阳和浑在里,时来尔许芳妍。春风吹上醉痕边。隽欢欺浅酌,清晓失佳眠。　　聊把繁华开笑口,须臾雨送风般。因花识得自家天。炯然长不夜,活处欲生烟。

汪提刑杲宜人生日（柳梢青）

庄敏传家,文安嫡胄,文惠诸孙。两大相辉,晋秦匹国,韩姞盈门。　　天风吹下双轩。恰趁得、酴醿牡丹。锦绣光中,殿春不老,阅岁长存。

饯汪漕使杲劝酒（蝶恋花）

可煞潼人真慕顾。接得官时,只道来何暮。岁岁何曾捱得住。遂人又见迎将去。　　谩自儿曹相尔汝。心事同时,千里元相梧。况是棠阴随处处。秋江夜月春空雾。

王子振辰应生日同书院诸公各赋一阕（菩萨蛮）

鸣蝉泊雨晴云湿。游龙靮岸涪江碧。气候尔和平。满家浑是春。　　公堂虽有酒。不敌公真有。寿宿对魁星。颊红衫鬓青。

次西叔兄送南叔兄赴钤干见寄韵(青玉案)

中年怕踏长亭路。便自有、离愁苦。一自送君趋幕府。惺憁莺舌，呢喃燕觜，那解春无语。　　三年山月移朝暮。独倚松风等闲度。到得除书萦绊住。却愁不似，当时皓月，长伴君来去。

即席和书院诸友(西江月)

早厌人间腐鼠，要希云外飞皇。羲和不肯系朝阳。任向鬓边来往。　　出谷声中气味，编蒲册里晶光。至今心胆为渠狂。梦倚银潢天上。

虞简州刚简生日(水调歌头)

牛酒享宾客，焦烂列前荣。有人先事早计，残突伴孤星。香火家家绘象，簪鼓村村祠宇，覉不断人情。清〔唳〕(泪)九皋鹤，唤起梦魂惺。　　白蘋洲，芳草渡，玉湖亭。画帘挂起篆籁，一卷易同盟。携手锦江箍隐，觌面墨池玄叟，扶杖蜀君平。三老轓然笑，云散太空清。

应提刑㦿之生日(临江仙)

红杏花边曾共赏，天涯还是相逢。人言契分两重重。谁知声利外，别有一般同。　　炯炯奇情双亮处，天光水色相通。磨中旋蚁渺何穷。共扶天事业，此意政须公。

范遂宁子长生日和所惠词韵报之(同上)

千里楼高人与并，个中彻地通天。秋风吹髪半成宣。都将强岁月，空对旧山川。　　养就人才端有意，公今三祖差肩。偏轻偏重几番船。要公常把柂,容我老闲边。

茂叔兄生日(同上)

占断人间闲富贵,长秋应是长春。前山推月上帘旌。缓觞煨旧友,
勾拍按新声。　　时倚晴空看过雁,几州明月关情。知君早已倦
青冥。时来那得免,事业一窗萤。

送西叔兄之官成都(满江红)

逢著公卿,谁不道、人才难得。须认取、天根一点,几曾休息。未问
人间多少士,一门男子头头立。只其间、如许广文君,谁人识。

冠盖会,渔樵席。豪气度,清标格。要安排稳当,讲帷词披。蜀
泮堂堂元不恶,犹嫌偏惠天西壁。嘱公卿、著眼看乾坤,搜人物。

刘左史光祖生日(千秋岁引)(按调应是最高楼)

天生耆德,占断四时先。春院落,锦山川。万家灯市明朱紫,一庭
花艳傍貂蝉。妇承姑,翁抱息,子差肩。　　匜匜是、文公开九帙。
温公作文潞公庆八十乐语。陆续看、武公逾九十。从九九,到千千。海
风谩送天鸡舞,蛰雷未唤螯龙眠。且从他,歌缓缓,鼓咽咽。

人日南山约应提刑懋之(醉落魄)

无边春色。人情苦向南山觅。村村箫鼓家家笛。祈麦祈蚕,来趁
元正七。　　翁前子后孙扶掖。商行贾坐农耕织。须知此意无今
昔。会得为人,日日是人日。

上元马上口占呈应提刑懋之(南乡子)

连夕雨盈畴。先为农家做麦秋。更放年头晴甲子,知不。应是天

公及尔游。　　随事与民求。又与随时验乐忧。民气乐时天亦好,休休。为尔簪花插满头。

过凌云和张太博方(水调歌头)

千古峨眉月,照我别离杯。故人中岁聚散,脉脉若为怀。醉帽三更风雨,别袂一帘山色,为放笑眉开。握手道旧故,抵掌论人才。

山中人,灶间婢,亦惊猜。江头新涨催发,欲去重徘徊。世事丝丝满鬓,岁月匆匆上面,渴梦肺生埃。酒罢听客去,公亦赋归来。

张太博方送别壁津楼再赋即席和(水调歌头)

舣棹汉嘉口,更尽渭城杯。凌云山色,似为行客苦伤怀。横出半天烟雨,锁定一川风景,未放客船开。想见此楼上,阅尽蜀人才。

山猿鹤,江鸥鹭,亦相猜。滔滔日夜东注,全璧几人回。客亦莞然成笑,多少醉生梦死,转首总成埃。信屈四时耳,寒暑往还来。

次韵黄叙州□□(满江红)

风引舟来,恰趁得、东楼嘉集。正满眼、轻红重碧,照筵浮席。更是姓黄人作守,重新墨妙亭遗迹。对暮天、疏雨话乡情,更筹急。

嗟世眼,迷朱碧。矜气势,才呼吸。彼蔡章安在,千年黄笔。腐鼠那能鹓凤吓,怒蜩未信冥鹏翼。与史君、酌酒酹兴亡,浇今昔。

次韵黄叙州□□(水调歌头)

烟雨敛江色,江水大于杯。篷窗一枕霄梦,忽忽到无怀。苦被江头新涨,推起天涯倦客,万里片帆开。收用到我辈,天下岂无才。

路漫漫,行又止,信还猜。渊鱼得失有分,须载月明回。寄语鹤山亲友,若访吾庐花柳,为我扫烟埃。去去党无辱,振袂早归来。

次韵虞虁宪刚简新作巴绿亭(卜算子)

(按调此乃霜天晓角)

江横山簇。柏箭森如束。满眼飞蓬撩乱,知几几、未膏沐。　　快
意忽破竹。一夜明翠玉。千古江山只么,人都道、为君绿。

生日前数日杨仲博约载酒见访即席次韵

(贺新郎)

风定波纹细。夜无尘、云迷地轴,月流天位。摇裔飞来江山鹤,犹
作故乡嘹唳。清境里、伴人无睡。应叹余生舟似泛,浪涛中、几度
身尝试。书有恨,剑无气。　　从渠俗耳追繁吹。抚空明、一窗寒
簟,对人如砥。梦倚银河天外立,云露惺惺满袂。看多少、人间嬉
戏。要话斯心无分付,路茫茫、还有亲朋至。应为我,倒罍洗。

李季允曹约登鄂州南楼即席次韵(卜算子)

携月上南楼,月已穿云去。莫照峨眉最上峰,同在峰前住。　　东
望极青齐,西顾穷商许。酒到忧边总未知,犹认胡床处。

李季允曹同总漕载酒□湖相送即席再和(同上)

能得几时留,王事催人去。翠荡涵空酒满船,苦要留人住。　　身
世两悠悠,飘泊知何许。但得心亲志合时,都是相逢处。

李季允曾为白芙蕖赋卜算子至是久旱得雨
借前韵有赋

风雨满空霏,总得江山妙。洗出湖光镜似明,不受纤尘涴。　　心
事竟堪凭,天意真难料。呼吸丰年顷刻间,也合轩渠笑。

次韵西叔詹叔兄嘉甫弟惠生日□词(水调歌头)

昨梦鹤山去,风景逐时新。藕花拍满栏槛,松竹被池频。尽日兄酥弟酪,触处言鲭义腺,相对只翁卿。<small>高魏山弟。</small>梦觉帝乡远,有酒为谁倾。　　忽飞来,天外句,梦中人。自怜何事,强把麋鹿裹朝绅<small>一作"便思归扫岩岫,横竹挂朝绅"。</small>坐看九衢车马,鞭策长安日月,檐阁太玄经。只说来时节,金气已高明。

孙靖州<small>应龙</small>生日<small>八月八日</small>(木兰花慢)

恰秋光四十,箕斗外、月初弦。笑浅濑平芜,寒城小市,掌许山川。半生梦魂不到,与君侯、岁岁此周旋。鞍马空销髀肉,兜牟未换貂蝉。　　人生天地两仪间。须住百馀年。数重卦三三,后天八八,来日千千。面前路头尽阔,放规模、运量十分宽。官职终还分定,儿孙也靠心传。

又孙靖州<small>应龙</small>生日(水调歌头)

九十九峰下,百二十年州。西风吹起客梦,月满驿南楼。影入天河左界,辰在寿星向上,还是去年秋。要和木兰曲,载酒寿君侯。　　天边信,云外步,去难留。寿觞庭院依旧,已带别离愁。离合钟情未免,行止关人何事,浪白世间头。将相时来作,身健百无忧。

范靖州<small>良辅</small>生日<small>十月二十□日</small>(同上)

犹记端门外,鞭袖五更寒。一声天上钟柝,金锁掣重关。君向紫宸上阁,我侍玉皇香案,都号舍人班。梦觉帝乡远,相对两苍颜。　　玉围腰,金系肘,绣笼鞯。乡人衮衮严近,五马度荆山。收拾五湖气度,卷束蟠胸兵甲,春意满人间。天锡公纯嘏,气象自平宽。

靖州江通判埙生日(鹧鸪天)

日上牛头度岁辰。黄钟吹龠煦乾坤。弦歌堂上三称寿,风月亭前
又见君。　　人似旧,景长新。明朝六桂侍双椿。蛮邦父老惊曾
见,得似君家别有春。

和虞婿惠生日(满江红)

月上南箕,还认得、去年星历。知谁把、一天星象,荡摩朝昔。若使
平生浑自弃,如今老大何嗟及。更年来、偏得钝工夫,蹉跎力。
　溪瘴碍,蛮烟隔。穹壤断,江山窄。纵燕巾滥宝,楚山囚玉。小
小穷通都未问,忍闻同气相煎急。诵虞郎、百字短长诗,忧何极。

范静州良辅生日十月二十一日。二十三日交十一月节
(鹧鸪天)

谁把璇玑运化工。参旗又挂玉梅东。三三律琯声馀亥,九九玄经
卦起中。　　新岁月,旧游从。一觞还似去年冬。人间事会无终
极,分付翘关老令公。郭令公以武举翘关负米科。

江通判埙生日(菩萨蛮)

东窗五老峰前月。南窗九叠坡前雪。推出侍郎山。著君窗户间。
　　离骚乡里住。恰记庚寅度。挹取芷兰芳。酌君千岁觞。

绵州表兄生日绍定壬辰五月(念奴娇)

被东风吹送,都看尽、蜀三川。向涪水西来,东山右去,剑阁南旋。
家家露餐风宿,数旬间、浑不见炊烟。踏遍王孙草畔,眼明帝子城
边。　　万家赤子日高眠。丝管夜喧阗。自梓遂而东,岷峨向里,

汉益从前。人人里歌涂咏，愿君侯、长与作蕃宣。我愿时清无事，早归相伴华颠。(按调此首乃木兰花慢)

荣州表兄生日(贺新郎)

幸有天遮蔽。为西南、空虚一面，挺生男子。塞下将军支颐卧，夜半揽衣推起。扫十万、胡人如洗。见说巴山稍马退，也都因、粮运如流水。剑以北，一人耳。　　十年梦断斜阳外。恰归来、昌蒲蘸酒，祝兄千岁。入从出藩谁不是。谁是难兄难弟。正乐意、融融未已。莫趣东方千骑去，愿时平、华皓长相对。闲富贵，只如此。

高嘉定生日和所惠韵(水调歌头)

高氏八千石，驺哄溢街坊。庸夫俗子，夸道锦绣裹家乡。谁识书生心事，各要济时行己，肯顾利名场。用我吾所欲，不用亦何伤。　　汉嘉守，凡阅历，几麾幢。便教入从出节，都是分之常。但愿国安人寿，更只专城也好，不用较强梁。准拟耆英会，倚杖看人忙。

送蒋成父公顺(同上)

风雪锢迁客，闭户紧蒙头。一声门外剥〔啄〕(琢)，客有从予游。直自离骚国里，行到林间鹤山人，子云师屋畔，万里入双眸。世态随炎去，此意澹于秋。　　感毕逋，怀秸鞠，咏夫不。雏也，兴不皇将父母。寻师学道虽乐，吾母有离忧。岁晚巫云峡雨，春日楚烟湘月，诗思满归舟。来日重过我，应记火西流。韩退之云，欧阳詹舍父母之养，以来京师，虽有离忧，其志乐也。此语有碍，今反之。

高嘉定生日泰叔(摸鱼儿)

记年时、三星明处。尊前携手相语。家山幸有瓜和芋。何苦投身官府。谁知道,尚随逐风华,为蜀分南土。依前廉取。便卷却旌麾,提将绣斧。天口笑应许。　　逢初度。从头要为君数。怕君惊落前箸。天东扶木三千丈,不照关河烟雨。谁砥柱。想造物生才,肯恁无分付。九州风露。待公等归来,为清天步。容我赋归去。

上巳和黄成之韵(水调歌头)

尚记春归日,锦绣裹江城。谁推日驭西去,水认故乡痕。鱼鸟自飞自跃。红紫谁开谁落。天运渺无声。四序镇如此,当当复亭亭。　　是何年,修禊事,畅幽情。竞传元巳天气,别是一般清。便引郑郊溱洧。不道孔门沂泗。大道掌如平。待挽迷津者,都向此中行。

中秋(唐多令)

轻露濯秋风。新楼插太空。更遭逢、解事天公。为唤羲和驱六马,将呆日、挂帘栊。　　日影正沉红。须臾月在东。百万家、乐意融融。民意乐时天亦好,聊与众、一尊同。

别吴毅夫、赵仲权、史敏叔、朱择善(同上)

朔雪上征衣。春风送客归。万杨华、数点榴枝。春事无多天不管,教烂熳、住离披。　　开谢本同机。荣枯自一时。算天公、不遣春知。但得溶溶生意在,随冷暖、镇芳菲。

江东漕使兄高瞻叔生日_{端平丙申五月}(水调歌头)

堪怪两外府,使传载朝缨。虽云身在江表,都号汉公卿。莫是才堪世用,莫是有人吹送,中外尔联荣。天运自消息,龙蠖不关情。

更寻思,谁得失,孰亏成。潜鱼要向深渺,犹恐太分明。且愿时清无事,长把书生阁束,归践对床盟。强似抗尘俗,岁岁上陪京。

建康留守陈尚书㷭生日(同上)

天地一大物,扶植要人才。人才谁是,不肯随俗强追陪。与我言兮我愿。莫我知兮谁怨。全仗帝为媒。此意久寥阔,今见者留台。

筇围腰,书创屋,骑笼街。时贤白尽须髪,老子抑名斋。更取堂名淇绿。要把北山万竹。一日倚云栽。自处只如此,将相任时来。

淮西总领蔡少卿范生日(唐多令)

人物盛乾淳。东嘉最得人。费江山、几许精神。我已后时犹遍识,君子子、又相亲。　　秋入塞垣新。风寒上醉痕。万百般、倚靠苍旻。只愿诸贤长寿健,容老我、看闲身。

中秋新河(木兰花慢)

正秋阴盛处,忽荡起、一冰轮。甚汉魏从前,才人胜士,断简残文。都无一词赏玩,更拟将、美色似非伦。此意谁能领会,自夸光景长新。　　得阴多处倍精神。俗眼转增明。向大第高楼,痴儿騃女,脆竹繁茵。此心到头未稳,莫古人、真不及今人。坐看两仪消长,静观千古浇淳。

偶书(八声甘州)

被西风吹不断新愁,吾归欲安归。望秦云苍憺,蜀山渺济,楚泽平漪。鸿雁依人正急,不奈稻粱稀。独立苍茫外,数遍群飞。　　多少曹苻气势,只数舟燎苇,一局枯棋。更元颜何事,花玉困重围。算

眼前、未知谁恃, 恃苍天、终古限华夷。还须念, 人谋如旧, 天意难知。以上八十首鹤山先生大全文集卷九十六

李从周

从周字肩吾, 一字子我, 号嶓洲, 眉州(今四川眉山)人。精六书之学, 尝著字通, 为魏了翁之客。

玲 珑 四 犯

初拨琵琶, 未肯信, 知音真个稀少。尽日芳情, 萦系玉人怀抱。须待化作杨花, 特地过、旧家池沼。想绮窗、刺绣迟了, 半缕茜茸微绕。　　旧时眉妩贪相恼。到春来、为谁浓扫。新归燕子都曾识, 不敢教知道。长是倦出绣幕, 向梦里、重谋一笑。怎得同携手, 花阶月地, 把愁勾了。阳春白雪卷四

抛 球 乐

风胃蔫红雨易晴。病花中酒过清明, 绮窗幽梦乱于柳, 罗袖泪痕凝似饧。冷地思量著, 春色三停早二停。阳春白雪卷六

谒 金 门

花似匦。两点翠蛾愁压。人又不来春且恰。谁留春一霎。　　消尽水沉金鸭。写尽杏笺红蜡。可奈薄情如此黠。寄书浑不答。

一 丛 花 令

梨花随月过中庭。月色冷如银。金闺平帖阳台路, 恨酥雨、不扫行云。妆褪臂闲, 髻慵簪卸, 盟海浪花沉。　　洞箫清吹最关情。腔

拍懒温寻。知音一去教谁听,再拈起、指法都生。天阔雁稀,帘空莺悄,相傍又春深。以上二首见阳春白雪卷七

风　流　子

双燕立虹梁。东风外、烟雨湿流光。望芳草云连,怕经南浦,葡萄波涨,怎博西凉。空记省,浅妆眉晕敛,胃袖唾痕香。春满绮罗,小莺捎蝶,夜留弦索,么凤求凰。　　江湖飘零久,频回首、无奈触绪难忘。谁信温柔牢落,翻坠愁乡。仗玉笺铜爵,花间陶写,宝钗金镜,月底平章。十二主家楼苑,应念萧郎。阳春白雪卷八

清　平　乐

美人娇小。镜里容颜好。秀色侵人春帐晓。郎去几时重到。
叮咛记取儿家。碧云隐映红霞。直下小桥流水,门前一树桃花。

风入松　冬至

霜风连夜做冬晴。晓日千门。香葭暖透黄钟管,正玉台、彩笔书云。竹外南枝意早,数花开对清樽。　　香闺女伴笑轻盈。倦绣停针。花砖一线添红景,看从今、迤逦新春。寒食相逢何处,百单五个黄昏。

乌　夜　啼

径藓痕沿碧甃,檐花影压红阑。今年春事浑无几,游冶懒情悭。
旧梦莺莺沁水,新愁燕燕长干。重门十二帘休卷,三月尚春寒。

清　平　乐

东风无用。吹得愁眉重。有意迎春无意送。门外湿云如梦。

韶光九十悭悭。俊游回首关山。燕子可怜人去,海棠不分春寒。

鹧 鸪 天

绿色吴笺覆古苔。濡毫重拟赋幽怀。杏花帘外莺将老,杨柳楼前
燕不来。　　倚玉枕,坠瑶钗。午窗轻梦绕秦淮。玉鞭何处贪游
冶,寻遍春风十二街。以上五首见绝妙好词卷三

以上李从周词十首,用赵万里辑蟆洲词。

卢祖皋

祖皋字申之、又字次夔,号蒲江,永嘉人。庆元五年(1199)进士。
嘉定十一年(1218),主管刑工部架阁文字。十三年(1220),秘书省正
字,校书郎。十四年(1221),著作郎。十五年(1222),将作少监。十六
年(1223),权直学士院。有蒲江词藁。

宴清都 初春

春讯飞琼管。风日薄、度墙啼鸟声乱。江城次第,笙歌翠合,绮罗
香暖。溶溶涧渌冰泮。醉梦里、年华暗换。料黛眉重锁隋堤,芳心
还动梁苑。　　新来雁阔云音,鸾分鉴影,无计重见。啼春细雨,
笼愁澹月,恁时庭院。离肠未语先断。算犹有、凭高望眼。更那
堪、芳草连天,飞梅弄晚。

鱼 游 春 水

离愁禁不去。好梦别来无觅处。风翻征袂,触目年芳如许。软红
尘里鸣鞭镫,拾翠丛中句伴侣。都负岁时,暗关情绪。　　昨夜山
阴杜宇。似把归期惊倦旅。遥知楼倚东风,凝矕暗数。宝香拂拂
遗鸳锦,心事悠悠寻燕语。芳草暮寒,乱花微雨。

倦 寻 芳

香泥垒燕,密叶巢莺,春晦寒浅。花径风柔,著地舞茵红软。鬪草烟欺罗袂薄,鞦韆影落春游倦。醉归来,记宝帐歌慵,锦屏香暖。

别来怅、光阴容易,还又酴醾,牡丹开遍。妒恨疏狂,那更柳花迎面。鸿羽难凭芳信短,长安犹近归期远。倚危楼,但镇日,绣帘高卷。

江 城 子

画楼帘幕卷新晴。掩银屏。晓寒轻。坠粉飘香,日日唤愁生。暗数十年湖上路,能几度、著娉婷。　　年华空自感飘零。拥春醒。对谁醒。天阔云闲,无处觅箫声。载酒买花年少事,浑不似,旧心情。

又 寿外姑外舅

护霜云日霭晴空。锦围中。卷香风。弄玉乘鸾,人自蕊珠宫。天遣岁寒为伴侣,还待得,谪仙翁。　　等闲随处是春功。笑相从。寸心同。不羡鱼轩,蝉冕共荣封。只爱阶庭兰玉秀,梅不老,对乔松。

又 外舅作梅坡因寿日作此

小山初筑自天成。架危亭。与云平。面面梅花,阑槛十分清。唤得长淮春意满,香暗度,月微明。　　数枝长忆傍岩扃。杖履轻。醉中行。笑问东风,何日是归程,只怕和羹消息近,天未许,遂幽情。

西 江 月

燕掠晴丝袅袅,鱼吹水叶粼粼。禁街微雨洒香尘。寒食清明相近。

漫著宫罗试暖,闲呼社酒酬春。晚风帘幕悄无人。二十四番花讯。

画　堂　春

玉屏回梦月平阑。元来香冷衣单,柳风特地更将寒。吹上眉端。
云羽未回征雁,镜花空舞双鸾。去年芳径又斓斑。门掩春闲。

又

柳黄移上袂罗单。酒醒娇靥风鬟。茗瓯才试鹧鸪斑。沉炷熏残。
夜雨可无归梦,晓风何处征鞍。海棠开了尚凭阑。划地春寒。

又

柳塘风紧絮交飞。漾花一水平池。暖香飘径日迟迟。何处酴醾。
胡蝶梦中寒浅,杜鹃声里春归。镜容不似旧家时。羞对清溪。

清　平　乐

镜屏开晓。寒入宫罗峭。脉脉不知春又老。帘外舞红多少。
旧时驻马香阶。如今细雨苍苔。残梦不堪重理,一双胡蝶飞来。

又

柳边深院。燕语明如翦。消息无凭听又懒。隔断画屏双扇。
宝杯金缕红牙。醉魂几度儿家。何处一春游荡,梦中犹恨杨花。

又

玉肌春瘦,别凤离鸾后。柳外画船看翠袖。眼艳风流依旧。
杏梁语燕绸缪。可堪前梦悠悠。几度欲成花雨。断云还过南楼。

又 庚申中吴对雪

朔风凝冱。不放云来去。稚柳回春能几许。一夜满城飞絮。
羊羔酒面频倾。护寒香缓娇屏。唤取雪儿对舞,看他若个轻盈。

乌 夜 啼

几曲微风按柳,生香暖日蒸花。鸳鸯睡足芳塘晚,新绿小窗纱。
尺素难将情绪,嫩罗还试年华。凭高无处寻残梦,春思入琵琶。

又

照水飞禽鬥影,舞风小径低花。征鸿排尽相思字,音信落谁家。
系恨腰围顿减,禁愁酒力难加。楼高日暮休帘卷,芳草满天涯。

又

柳色津头泫绿,桃花渡口啼红。一春又负西湖醉,离恨雨声中。
客袂迢迢西塞,馀寒翦翦东风。谁家拂水飞来燕,惆怅小楼东。

又 西湖

漾暖纹波飐飐,吹晴丝雨濛濛。轻衫短帽西湖路,花气扑春慅。
鬥草䙂衣湿翠,鞦韆瞥眼飞红。日长不放春醪困,立尽海棠风。

又

段段寒沙浅水,萧萧暮雨孤篷。香罗不共征衫远,砧杵客愁中。
别恨慵看杨柳,归期暗数芙蓉。碧梧声到纱窗晓,昨夜几秋风。

谒 金 门

风不定。移去移来帘影。一雨林塘新绿净。杏梁归燕并。　　翠袖玉屏金镜。日薄绮疏人静。心事一春疑酒病。鸟啼花满径。

又

兰棹举。相趁落红飞去。一隙轻帘凝睇处。柳丝牵不住。　　昨日翠蛾金缕。今夜碧波烟渚。好梦无凭窗又雨。天涯知几许。

又

闲院宇。独自行来行去。花片无声帘外雨。峭寒生碧树。　　做弄清明时序。料理春醒情绪。忆得归时停棹处。画桥看落絮。

又

深院静。隔叶鸣禽相应。金鸭云寒闲梦醒。转帘花月影。　　闲步碧阶香径。䪒翠残红慵整。明日阴晴犹未定。试教移小艇。

又

寒半退。斜掩小屏珠翠。柳眼才醒桃欲醉。日高帘影碎。　　暗解鸳鸯罗带。独立晚风谁会。心事悠悠人好在。画桥流水外。

又

人寂寞。帘外翠阴如幄。团扇藤床花间错。雨边残梦觉。　　翠浅粉销香薄。临镜不忺梳掠。新恨悠悠无处托。棋声闲院落。

又

闲睡足。冰柱乱敲寒玉。簇簇庭阴嘉树绿。晚蝉声断续。　　一
雨藕花新浴。香破小窗幽独。重理焦桐寻旧曲。隔墙风动竹。

又

香漠漠。低卷水风池阁。玉腕笼纱金半约。睡浓团扇落。　　雨
后凉生云薄。女伴棹歌声乐。采得双莲迎笑剥。柳阴多处泊。

又

秋几许。荒蓼败荷烟渚。贴水飞鸥江欲暮。风帆追急羽。　　蝶
梦转头无据。愁到曲屏深处。寒入双城扃绣户。也应闻细雨。

又

罗袖褪。短鬓独搔谁恨。叶叶秋声风衮衮。万端心一寸。　　钗
风镜鸾谁问。想见粉香啼损。倩尽飞鸿终未稳。夜来寒陡顿。

鹧　鸪　天

纤指轻拈小砑红。自调宫羽按歌童。寒馀芍药阑边雨,香落酴醾
架底风。　　闲意态,小房栊。丁宁须满玉西东。一春醉得莺花
老,不似年时怨玉容。

又

庭绿初圆结荫浓。香沟收拾旧梢红。池塘少歇鸣蛙雨,帘幕轻回
舞燕风。　　春又老,笑谁同。澹烟斜日小楼东。相思一曲临风
笛,吹过云山第几重。

又

岸柳黄深绿已垂。庭花红遍白还飞。几回画蜡银台梦,双字香罗金缕衣。　　山浅澹,水茫瀰。顿无消息许多时。杏梁知有新来燕,下却重帘不放归。

踏 莎 行

夜雨灯深,春风寒浅。梅姿雪态怜娇软。锦笺闲轴旧缄情,酒边一顾清歌遍。　　玉局弹愁,冰弦写怨。几时纤手教重见。小楼低隔一街尘,为谁长恁巫山远。

琴调相思引

陆续鸣鸠呼晓晴,霏微残雾湿春城。未成梅雨,先做麦寒轻。长日惛惛花又落,短屏曲曲酒初醒。小舟无绪,闲带牡丹行。

又　同子高舣舟叶家庄

夹岸垂杨步障深。露桥横截影沉沉。数家篱落,一晌晚凉侵。　　闲倚短篙停夜月,静看双翅落栖禽。久无羁思,前事忽惊心。

眼 儿 媚

玉钩清晓上帘衣。香雾湿春枝。馀寒逗雨,罗裙无赖,重暖金猊。　　柳边谁寄东风缆,流水只年时。无人为记,天涯归思,梁燕空飞。

更 漏 子

玉钩裁,罗袜浅。心事漫拈针线。钗半軃,鬂慵梳。新来消瘦无。

江南路。花无数。春梦不知何处。帘影转,暝禽西。看看眉
黛低。

又

蓼花繁,桐叶下。寂寂梦回凉夜。城角断,砌蛩悲。月高风起时。
　　衣上泪。谁堪寄。一寸妾心千里。人北去,雁南征。满庭秋
草生。

锦园春三犯　赋牡丹

昼长人倦。正涢红涨绿,懒莺忙燕解连环。丝雨濛晴,放珠帘高卷醉
蓬莱。神仙笑宴。半醒醉、彩按"彩"字原空格,从花草粹编卷九补莺飞遍雪
狮儿。碧玉阑干,青油幢幕,沉香庭院醉蓬莱。　　　洛阳图画旧见。
向天香深处,犹认娇面解连环。雾縠霞绡,闻绮罗裁剪醉蓬莱。情高
意远。怕容易、晓风吹散雪狮儿。一笑何妨,银台换蜡,铜壶催箭醉
蓬莱。

又　赋海棠

醉痕潮玉。爱柔英未吐,露丛如簇解连环。绝艳矜春,分流芳金谷醉
蓬莱。风梳雨沐。耿空抱、夜阑清淑雪狮儿。杜老情疏,黄州赋冷,
谁怜幽独醉蓬莱。　　　玉环睡醒未足。记传榆试火,高照宫烛解连
环。锦幄风翻,渺春容难续醉蓬莱。迷红怨绿。漫惟有、旧愁相触雪
狮儿。一舸东游,何时更约,西飞鸿鹄醉蓬莱。

水龙吟　赋芍药

杜鹃啼老春红,翠阴满眼愁无奈。飞来何处,凤軿鸾驭,霞裾云佩。
风槛娇凭,露梢慵弹,酒浓微退。念洛阳人去,香魂又返,依然是,
风流在。　　　银烛光摇彩翠。画堂深、莫辞沉醉。十年一觉,扬州

春梦,离愁似海。浩态难留,粉香吹散,几时重会。向尊按"尊"字原为空格,据全芳备祖前集卷三芍药门补前笑折,一枝红玉,帽檐斜戴。

又　赋酴醾

荡红流水无声,暮烟细草黏天远。低回倦蝶,往来忙燕,芳期顿懒。绿雾迷墙,翠虬腾架,雪明香暖。笑依依欲挽,春风教住,还疑是,相逢晚。　　不似梅妆瘦减。占人间、丰神萧散。攀条弄蕊,天涯犹记,曲阑小院。老去情怀,酒边风味,有时重见。对枕帏空想,东床旧梦,带将离恨。

又　淮西重午

会昌湖上扁舟,几年不醉西山路。流光又是,宫衣初试,安榴半吐。千里江山,满川烟草,薰风淮楚。念离骚恨远,独醒人去,阑干外,谁怀古。　　亦有鱼龙戏舞。艳晴川、绮罗歌鼓。乡情节意,尊前同是,天涯羁旅。涨渌池塘,翠阴庭院,归期无据。问明年此夜,一眉新月,照人何处。

又

世间谁似蓬仙,坐间八秩齐眉寿。兰阶更喜,孙枝相映,红芳绿秀。鹤舞修庭,鹭飞青嶂,帘垂晴昼。向闲中时有,奚囊背锦,开松户,看云岫。　　不羡印金垂斗。笑纷纷、白云苍狗。银髯似戟,红颜如炼,风流依旧。野□晴初,陇梅花下,玉笙吹酒。怅今年又是,题笺寄远,倩传杯手。

渡江云　赋荷花

锦云香满镜,岸巾横笛,浮醉一舟轻。别愁萦短鬓,晚凉池阁,此地忽逢迎。柄圆敧绿,倚风流、还恁娉婷。凭画阑,嫣然输笑,无语寄心情。　　　盈盈。露华匀玉,日影醋红,记晚妆慵整。还暗惊、人间离合,羞对池萍。三年一觉西湖梦,又等闲、金井秋声。销魂久,夜深月冷风清。

洞仙歌 赋茉莉

玉肌翠袖,较似酴醾瘦。几度熏醒夜窗酒。问炎洲何事,得许清凉,尘不到,一段冰壶剪就。　　　晚来庭户悄,暗数流光,细拾芳英黯回首。念日暮江东,偏为魂销,人易老、幽韵清标似旧。正簟纹如水帐如烟,更奈向,月明露浓时候。

又

月痕霜晕,雪染冰裁剪。车马尘中甚曾见。自扬州吟罢,踏遍西湖,堪爱处,偏是情高韵远。　　　冷香惊梦破,姑射人归,图画空遗旧妆面。问何事东君,先与春心,还又是、容易飞花片片。对暮寒修竹哽无言,更画角层城,夜闻吹怨。

又 辛未岁,攻媿舅氏辇石筑山于东楼之下,幽深窈窕,与十州三岛相为胜概。攻媿辞荣念归而未获也,赋此寿之

东楼佳丽,缥缈风烟表。幻得楼山更深窈。有苍崖乔木,石磴鸣泉,尘不到,掩映十洲三岛。　　　平生丘壑趣,圭衮何心,自是清时重元老。想月下云根,鹤唳猿吟,人犹道、作计归游太早。待他年功退学商颜,却旋种木奴,缓寻瑶草。

又 上寿

梅窗雪屋,还赋蓬仙寿。闻说今年胜于旧。有芝书催下,竹史颂

春,山好处,留待文章太守。　　商霖消息近,缥缈闲云,一笑无心又出岫。纵高卧十年,八秩初开,天未许、闲向人间袖手。问西州千骑几时来,对月鹤霜猿,也教知否。

又　寿外舅

扁舟入浙,便有家山意。全胜韬车驾边地。爱官尘不到,书眼争明,称寿处,春傍梅花影里。　　平生丘壑志,未老求闲,天亦徘徊就归计。想叠嶂双溪,千骑弓刀,浑不似、白石山中胜趣。怕竹屋梅窗欲成时,又飞诏东山,谢公催起。

望　江　南

疏雨过,芳节到戎葵。缠臂细交纹线缕,称身初试碧绡衣。闲步小亭池。　　花下意,脉脉有谁知。试把花梢和恨数,因看胡蝶著双飞。凝扇立多时。

临　江　仙

南馆西池迎笑处,轻行不耐冰绡。粉香飞过碧阑桥。芙蕖争态度,杨柳学飘飖。　　醉里鸾飙乘月去,碧云依旧迢迢。深情谁为寄娇娆。簟纹风外展,香篆过边销。

又　韩蕲王之曾孙市船招饮,女乐颇盛。夜深,出一小姬,曰胜胜,年十二岁。独立吹笙,声调婉抑,四座叹赏。已而再拜乞词,为赋此曲

洞府堂深花气满,娉婷绿展红围。个中年少出琼姬。双笼金约腕,独把玉参差。　　子晋台前无鹤驭,人间空有清诗。何如娇小贮帘帷。仙风知有待,凉月渐当时。

又

跨鹤云间犹未久,风流全胜年时。唤回和气上梅枝。酒边春市动,
琴外画帘垂。　　长是细吟攻媿寿,还歌连桂新词。早催凫舄向
南飞。一官传鼎鼐,四海看埙篪。

丑 奴 儿 慢

湘筠展梦,还是带恨敧枕。对千顷、风荷凉艳,水竹清阴。半掩龟
纱,几回小语月华侵。娉婷何处,回首画桥,朱户沉沉。　　闻道
近时,题红传素,长是沾襟。想当日、冰弦弹断,总废清音。准拟归
来,扇鸾钗凤巧相寻。如今无奈,七十二峰,划地云深。

木 兰 花 慢

汀莲凋晚艳,又蘋末、起秋风。漫搔首徐吟,微云河汉,疏雨梧桐。
飘零倦寻酒戋,记那回、歌管小楼中。玉果蛛丝暗卜,钿钗蝉鬓轻
笼。　　吴云别后重重。凉宴几时同。纵人间信有,犀灵鹊喜,密
意难通。双星分携最苦,念经年、犹有一相逢。寂寞桥边旧月,可
堪频照西东。

又 赋雪

洒窗声未定,怪襟袖、峭寒欺。渐邑界空明,山河表里,玉幻琼移。
天边占春最早,万花中、不遣一尘飞。清想吟鞭瘦倚,醉怜歌锦红
围。　　谁知。未去心期。慵酒更慵诗。算可人惟有,光浮茗椀,
香浸梅枝。长安又惊岁换,笑吹来、空点鬓成丝。一舸沧江浩渺,
几回归梦参差。

又 别西湖两诗僧

嫩寒催客棹,载酒去、载诗归。正红叶漫山,清泉漱石,多少心期。三生溪桥话别,怅薜萝、犹惹翠云衣。不似今番醉梦,帝城几度斜晖。　　鸿飞。烟水瀰瀰。回首处,只君知。念吴江鹭忆,孤山鹤怨,依旧东西。高峰梦醒云起,是瘦吟、窗底忆君时。何日还寻后约,为余先寄梅枝。

又 寿具舍使母夫人

翠阴春昼永,乍帘幕、暖飘香。正玉节来归,斑衣戏舞,□□荧煌。椿期始开九秩,看芝兰、奕叶早传芳。都把一门瑞气,酿成九酝霞觞。　　相将。诏墨趣星郎。乐事未渠央。渐锦封鸾诰,鱼轩象服,争贲萱堂。西池献桃未熟,醉西湖、日日想偏长。紫燕黄鹂院落,牡丹红药时光。

又 先君买屋蒲江,半属叶氏,似之五兄方并得之。因举六秩之庆,并致贺札

向蒲江佳处,报新葺、小亭轩。有碧嶂青池,幽花瘦竹,白鹭苍烟。年华再周甲子,对黄庭、心事只翛然。都占壶天岁月,便成行地神仙。　　十年。微禄萦牵。梦绕浙东船。更吾庐才喜,藩篱尽剖,门巷初全。何时归来拜寿,尽团栾、笑语玉尊前。吟寄疏梅驿外,思随飞雁行边。

浣 溪 沙

午睡醒来策瘦筇。几痕茸绿径苔封。石榴初□舞裙红。　　中酒情怀滋味薄,肥梅天气带衣慵。日长门巷雨馀风。

卜　算　子

续续露蛩鸣，索索风梧语。瘦骨从来不奈秋，一夜秋如许。　　簟
冷卷风漪，鬓滑抛云缕。展转无人共此情，画角吹残雨。

又

双鬓晚风前，一笛秋云外。木叶飞时看好山，山亦于人耐。　　意
到偶题诗，饮少先成醉。笑折花枝步短檐，此意无人会。

又　水仙

佩解洛波遥，弦冷湘江渺。月底盈盈误不归，独立风尘表。　　窗
绮护幽妍，瓶玉扶轻袅。别后知谁语素心，寂寞山寒峭。

又　忆梅花

寒谷耿春姿，遥夜乘幽兴。忆得和香载月归，醉里清魂醒。　　霜
月解随人，不解将疏影。想见江南万斛愁，云卧衣裳冷。

满庭芳　辛未岁，闻表兄王和叔秘监林屋既成，乃作彩
　　　　　舫，幅巾雪鬓，徜徉湖山间，望之为蓬瀛仙翁也。
　　　　因赋此以寿之，俾舟人歌以和渔唱

盘谷居成，辋川图就，便从鸥鹭寻盟。泛溪窈窕，游钓寄高情。尚忆
儿童旧地，疏帘外、烟雨新晴。微吟罢，渔歌响答，欸乃醉中听。

蓬瀛。归计早，下帆坐阅，涛浪堪惊。爱闲身长占，风澹波平。夜
雪何时访戴，梅花下、同款柴扃。还知否，清时未许，野渡有舟横。

夜　行　船

暖入新梢风又起。鞦韆外、雾萦丝细。鸠侣寒轻，燕泥香重，人在

杏花窗里。　　十二银屏山四倚。春醪困、共篝沉水。却说当时，柳啼花怨，魂梦为君迢递。

瑞鹤仙 赋芙蓉

坡诗云："芙蓉城中花冥冥。谁其主者石与丁。中有一人长眉青。炯如微月澹疏星。"故末章及之。（题从永乐大典补）

江南秋欲遍。正莼际鲈分，酒边螯荐。青林雁霜浅。问风流何事，试华偏晚按此句原为空格，据永乐大典卷五百四十蓉字韵引卢祖皋集补。凌波步远。误池馆、薰风笑宴。梦回时，细鞗荷衣，尚倚半酣妆面。

深院。绮霞低映，步障横陈，暮天慵倦。无言笑倩。尊前恨，仗谁遣。似重来鹤驭，锦城依旧，无复仙风宛转。念疏星澹月，长眉甚时再见。

菩 萨 蛮

芙蓉香卸桐阴薄。水窗未雨凉先觉。何处理秋裳。月高砧杵长。　　袂罗新恨悄。展转屏山晓。长是卷帘时。翠禽相对飞。

又

烛房花幌参差见。疏帘镇日萦愁眼。巫峡小山屏。梦云犹未成。　　带霜边雁落。双字宫罗薄。二十四阑干。夜来相对寒。

又

翠楼十二阑干曲。雨痕新染蒲桃绿。时节又黄昏。东风深闭门。　　玉箫吹未彻。窗影梅花月。无语只低眉。闲拈双荔枝。

鹊桥仙 菊

寒丛弄日，宝钿承露，篱落亭亭相倚。当年彭泽未归来，料独抱、幽香一世。　　疏风冷雨，澹烟残照，日日重阳天气。帽檐已是半敧斜，问瓮里、新篘熟未。

又　寿谢法□

槐阴闵暑，荷风清梦，满院双成侪侣。阶庭一笑玉兰新，把酒更、重逢初度。　　丹书漫启，青云垂上，莫忘八篇奇语。功成休驾玉霄云，且长占、赤城佳处。

又

澄江晓碧，君山秋静，人与江山俱秀。最声吹下紫泥封，看宣献、风流依旧。　　□袍对引，鱼轩徐驾，小队旌旗陪后。万家指点寿星明，更把菊、登高时候。

摸鱼儿　九日登姑苏台

怪西风、晓来敧帽，年华还是重九。天机衮衮山新瘦，客子情怀谁剖。微雨后。更雁带边寒，袅袅欺罗袖。慵荷倦柳。悄不似黄花，田田照眼，风味尽如旧。　　登临地，寂寞崇台最久。阑干几度搔首。翻云覆雨无穷事，流水斜阳知否。吟未就。但衰草荒烟，商略愁时候。闲愁浪有。总输与渊明，东篱醉舞，身世付杯酒。

夜飞鹊慢

骄嘶破清晓，分恨临期。花下恁月明知。馀光是处散离思，最怜香霭霏霏。牵衣搵弹泪，问凄风愁露，划地东西。留鞭换佩，怕匆匆、已是迟迟。　　凉怯几番罗袂，还燕别文梁，萤点书帏。一自秋娘迢递，黄金对酒，争忍轻挥。新来院落，雁难寻、帘幕长垂。怕凋梧敲径，惊回旧梦，应也颦眉。

秋　霁

虹雨才收,正抱叶残蝉,渐老云木。银汉飞星,玉壶零露,万里素秋
如沐。倚颦抱独。盼娇曾记郎心目。向艳歌偏爱,赋情多处寄衷
曲。　　凄凉漫有,旧月阑干,夜凉无因,重照颓玉。扇纨收、鸾孤
蠹损,一番愁绪黯相触。回首寒云空雁足。露井零乱,已是负了桐
阴,可堪轻误,满篱种菊。

虞美人　九月游虎丘

清尊黄菊红萸佩。两度云岩醉。帽檐今日更清狂。冷雨疏风著
意、过重阳。　　故宫历历遗烟树。往事知何处。漫山秋色好题
诗。吟罢阑干、独自立多时。

渔　家　傲

小阁腾腾人似醉。鸣阶籁籁霜林坠。起向楼头看雪意。云犹未。
雁声一片江风起。　　官里从容何日是。偷闲著便寻幽事。见说
小桥清浅水。梅欲蕊。吟边陡觉添风味。

又

檐玉敲寒声不定。水仙瓶里梅相映。半缕篆香云欲暝。窗儿静。
月华时送琅玕影。　　不用五湖寻小艇。吾庐剩有闲风景。薄醉
起来行藓径。多幽兴。悠然一霎风吹醒。

又　寿白石

白石山中风景异。先生日日怀归计。何事黄冈飞雪地。偏著意。
画堂却为东坡起。　　人说前身坡老是。文章气节浑相似。只待

鼎彝勋业遂。梅花外。归来长向山中醉。

　　　醉梅花 叶行之府判自号从好居士,外舅赵西林先生
　　　　　上足也。文学政事皆不愧师承。宦路虽不逮,而
　　　　　寿过之。结屋姑苏台之北,种花弄孙以自适,世
　　　　　念甚轻。今七十有四矣,耳目聪明,髭鬓未白。
　　　　　因其初度,赋醉梅花一首寿之

传得西林一派清。年华垂过欠官称。居无多地花常好,客有来时
鹤自鸣。　　分蕊馆,驻屏星。齐眉相对眼尤明。弄孙教子婆娑
醉,岁岁疏梅入寿觥。

　　　贺新郎 彭传师于吴江三高堂之前作钓雪亭,盖擅渔
　　　　　人之窟宅,以供诗境也。赵子野约余赋之

挽住风前柳。问鸱夷、当日扁舟,近曾来否。月落潮生无限事,零
乱茶烟未久。漫留得、莼鲈依旧。可是从来功名误,抚荒祠、谁继
风流后。今古恨,一搔首。　　江涵雁影梅花瘦。四无尘、雪飞风
起,夜窗如昼。万里乾坤清绝处,付与渔翁钓叟。又恰是、题诗时
候。猛拍阑干呼鸥鹭,道他年、我亦垂纶手。飞过我,共尊酒。

沁园春 双溪狎鸥

几叶凋枫,半篙寒日,傍桥系船。爱洞门深锁,人间福地,双溪分
占,天上星躔。破帽敲寒,短鞭敲月,此地经行知几年。空赢得,似
沈郎消瘦,还欠诗篇。　　沙鸥伴我愁眠。向水驿风亭红蓼边。
有村醪可饮,且须同醉,溪鱼堪鲙,切莫论钱。笠泽波头,垂虹桥
上,橙蟹肥时霜满天。相随否,算江南江北,惟有君闲。

又 戊辰岁寿攻媿舅

台色齐辉,一点长庚,夜来更明。渐日添宫线,功催补衮,春回梅
萼,香趁调羹。鹤禁班高,槐庭恩重,八秩骎骎人共荣。谁知道,纵

身居公辅,心似书生。　东楼见说初成。有帘卷江山万里横。想高情长羡,碧云出处,清时未计,绿野经营。东阁郎君,南宫进士,管领孙枝扶寿觥。齐眉醉,笑尊前乐事,真个全并。

贺新郎 姑苏台观雪

十顷涵空碧。画图中、峥嵘幻玉,乱零吹璧。倚遍危阑吟不尽,把酒风前岸帻。记当日、西湖为客。谁鬊吴淞江上水,笑乾坤、奇事成儿剧。还照我,夜窗白。　崇台目断清无极。引枝筇、琼瑶步软,印登临屐。娃馆娉婷知何在,泪粉愁浓恨积。故化作、飞花狼籍。旧事悠悠浑莫问,有玉蟾、醉里曾相识。聊伴我,夜吹笛。

又 送曹西士宰建昌

万里岷峨路。笑归来、野逸萧闲,旧时风度。玉陛金闺春引处,迟却京华步武。漫赢得、西湖佳趣。香篆琴丝帘影外,有朝云、夜月和鸥鹭。都辨我,醉中句。　飞凫又报匡庐去。怕赤霄、班里依然,有人留取。头黑功名浑好在,漫浪从渠赋予。但爱我、襟期相遇。满把一觞为君寿,有风荷、万顷摇清暑。聊为此,酹金缕。

太常引 趋省闻桂偶成

梦回金井卸梧桐。嘶马带疏钟。草面露痕浓。渐薄袖、清寒暗通。　天低绛阙,云浮碧海,残月尚朦胧。吹面桂花风。峭不似、红尘道中。

小阑干 种桂戏成

露华深酿古香浓。一树□云丛。窗间试与,闲培秋事,聊寄幽悰。　钩帘静对西风晚,尘外小房栊。轻阴澹日,浅寒清月,想见山中。

倚　阑　令

惜春心按"心"字原为空格,据花草粹编卷二补。步花阴。怕春深。风飏游丝吹落絮,满园林。　　日长帘幕沉沉。朱阑畔、斜簪琼簪。笑摘梨花闲照水,贴眉心。

满江红　齐云月酌

楼倚晴空,炎云净、晚来风力。沧海外、等闲吹上,满轮寒璧。河汉低垂天欲近,乾坤浩荡秋无极。凭阑干、衣袂拂青冥,知何夕。

登眺地,追畴昔。吴越事,皆陈迹。对清光只有,醉吟消得。万古悠悠惟月在,浮生衮衮空头白。自骑鲸、仙去有谁知,遥相忆。

又　寿王永叔秘监表兄

拟问扁舟,归来趁、蓬莱寿席。还又向、月城迢递,岁寒为客。多竹襟期居已就,一川图画□堪觅。想玉笙、霜鹤拥蹁跹,真仙伯。

身早退,头翻黑。心最懒,闲偏适。更新来膝下,始看袍色。安石正多人望在,子公何用缄书力。但年年、把酒为梅花,寻消息。

烛影摇红　十月十四日寿藏春孟侍郎

千载风云,庆符良月先呈瑞。旧家阴郭帝恩浓,圭衮公侯地。不道蝉联鼎贵。对秋灯、依然风味。紫囊归去,绿野闲来,青毡都未。

琴鹤相随,小山花竹便幽意。满襟和气是藏春,日觉诗名起。已动金瓯姓字。早梅□,□□□□。□□□□,□□□□,□□□□。

月城春　寿无为赵秘书

五云腾晓。望凝香画戟,恍然蓬岛解连环。玉露冰壶,照神仙风表醉蓬莱。诗书坐啸。唤淮楚、满城春好_{雪狮儿}。雨谷催耕，风帘戏鼓，家家欢笑_{醉蓬莱}。　　南湖细吟未了。看金莲夜直，丹凤飞诏_{解连环}。鬓影青青，办功名多少_{醉蓬莱}。持杯满釂。听千里、载歌难老_{雪狮儿}。试问尊前，蟠桃次第，红芳犹小_{醉蓬莱}。

临 江 仙

六鹤飞来松帐晓，菊迟梅早年光。西池移宴到萱堂。笙箫清弄玉，环佩暖回香。　　未问诰花金五色，新来乐事难量。双添雏凤趁称觞。争书八十字，分抱彩衣旁。_{以上彊村丛书本蒲江词藁}

　　　按此下原有洞仙歌"溶溶泄泄"一首，乃无名氏作，见乐府雅词拾遗卷上。乐府雅
　　　词辑于绍兴十六年，卢祖皋年代不相及，必非卢作。今存目。

贺 新 郎

春色元无主。荷东君、著意看承，等闲分付。多少无情风与浪，又那更、蝶欺蜂妒。算燕雀、眼前无数。纵便帘栊能爱护，到如今、已是成迟暮。芳草碧，遮归路。　　看看做到难言处。怕宣郎、轻转旌旗，易歌襦袴。月满西楼弦索静，云蔽崑城阆府。便恁地、一帆轻举。独倚阑干愁拍碎，惨玉容、泪眼如红雨。去与住，两难诉。
_{豹隐纪谈载平江妓送太守词，引或云：是蒲江卢申之作。}

存　目　词

调　名	首　句	出　处	附　注
洞 仙 歌	溶溶泄泄	蒲江词藁	无名氏词，见乐府雅词拾遗卷上
好 事 近	雁外雨丝丝	蒲江词	此吴文英词，见中兴以来绝妙词选卷十

孙居敬

居敬号畸庵。

喜迁莺 晓行

宿醒初愈。更花焰频催,叶蕉重举。浓露沾丛,薰风入槛,黄叶马头飞舞。梦结尚依征斾,笛怨谁教渔谱。村路转,见寒机灯在,晨炊人语。　　无据。堪恨处。残月满襟,不念人羁旅。天接山光,云拖雁影,多少别离情绪。绣被香温密叠,罗帕粉痕重护。这滋味,最不堪两鬓,菱花羞觑。阳春白雪卷三

临江仙 西湖

触事老来情绪懒,西湖债未曾还。试呼小艇访孤山。昔年鸥鹤侣,总笑鬓斓斑。　　仙去坡翁山耐久,烟霏空翠凭阑。日斜尚觉酒肠宽。水云天共色,欸乃一声间。

又

摘索枝头何处玉,吹来万里春风。须臾陆地遍芙蓉。珠帘和气扑,一笑夺炉红。　　文字红裙相间出,主人钟鼎仙翁。清谈隽语与香浓。太平欢意远,人在玉壶中。

贺新郎 次卢申之韵

风月为佳节。更湖光、平铺十里,水晶宫阙。若向孤山邀俗驾,只恐梅花凄咽。有图画、天然如揭。好着骚人冰雪句,走龙蛇、醉墨成三绝。尘世事,谩如髮。　　真须脚踏层冰滑。倚高寒、身疑羽

化，水平天阔。目送云边双白鹭，杳杳冲烟出没。□□□、□□□□按原无空格，据律补。唤醒儿曹梁甑梦，把逍遥、齐物从头说。洗夜光，弄明月。以上三首见永乐大典卷二千二百六十五湖字韵引孙居敬畸庵词

风入松　次韵代赠人

王孙去后几时归。音信全稀。绿痕染遍天涯草，更小红、已破桃枝。此恨无人共说，梦回月满楼时。　　只应明月照心期。一向舒眉。若还早遂蓝桥约，更不举、玉戋东西。怎望黄金屋贮，只图夸道于飞。

又

画梁燕子报新归。好语全稀。庭芳侵亚红相对，却羞见、蕊蕊枝枝。说与吹箫旧侣，痴心指望多时。　　朝云暮雨失欢期。碧画谁眉。凝愁立处桐阴转，又还是、红日将西。谩道梅花纸帐，鸳鸯终待双飞。以上二首见永乐大典卷三千零六人字韵

好事近　渔村即事

买断一川云，团结樵歌渔笛。莫向此中轻说，汙天然寒碧。　　短篷穿菊更移枨，香满不须摘。搔首断霞夕影，散银原千尺。永乐大典卷三千五百八十村字韵

西江月　次韵席上作

翠幄轻寒护夜，寒妆靓暖宜春。酒筹诗令逐时新。仙佩朋簪清兴。　　凤炬呈妍粟粟，水仙照座盈盈。约君策马贺升平。回首尊前风韵。永乐大典卷二万零三百五十三席字韵引孙居敬畸庵词

郑梦协

梦协字南谷。

按宋元学案卷五十九有郑梦协,字新恩,玉山人。赵蕃高弟,尝官秘阁修撰。殆即其人。词综补遗云亦作郑协,未知何据。

八 声 甘 州

大江流日夜,客心愁、不禁晚来风。把英雄□气,兴衰馀事,吹散无踪。但有山围故国,依旧夕阳中。直北神州路,几点飞鸿。　　欲问周郎赤壁,叹沙沉断戟,烟锁艨艟。听波声如语,空乱获花丛。甚云间、平安信少,到黄昏、偏映落霞红。莼鲈美,扁舟归去,相伴渔翁。阳春白雪卷六

真德秀

德秀字景元,更字景希,浦城人。生于淳熙五年(1178)。庆元五年(1199)进士,继中开禧元年(1205)词科。绍定中,拜参知政事,进资政殿大学士,提举万寿观。端平二年(1235)卒,年五十八。谥文忠。学者称西山先生。有集。

蝶 恋 花

两岸月桥花半吐。红透肌香,暗把游人误。尽道武陵溪上路。不知迷入江南去。　　先自冰霜真态度。何事枝头,点点胭脂汗。莫是东君嫌淡素。问花花又娇无语。全芳备祖前集卷四红梅门

留元刚

元刚字茂潜，永春人。开禧元年(1205)，举博学宏词，授秘书省正字。二年(1206)，太子舍人。嘉定二年(1209)，秘阁校理兼太子舍人。累迁起居舍人，兼权直学士院。十年(1217)，守赣州。十三年(1220)，守温州，褫职罢祠。有云麓集，不传。

满江红　泛舟武夷，午炊仙游馆，次吕居仁韵

风送清篙，沿流泝、武夷九曲。回首处，虹桥无复，幔亭遗屋。翠壁云屏临钓石，银河雪瀑飞寒玉。想当年、铁笛倚林吹，秋空绿。

赛荇带，揢筇竹。披荷芰，餐椒菊。问丹崖碧岭，底堪重辱。青笈不妨娱老眼，乌靴未许污吾足。恰仙游、一枕梦醒来，胡麻熟。
阳春白雪外集

熊　节

节字端操，初名汝舟，字元用，建阳崇泰里人。庆元五年(1199)进士。官通直郎，知闽清县事。

朝中措　寿刘仲吉

麒麟早贵挂朝冠。自合侍金銮。收拾经纶事业，从容游戏人间。

只今侍彩，符分楚甸，名在蓬山。直待疏封大国，秋光长映朱颜。翰墨大全丙集卷十四

范　炎

炎字黄中。辛弃疾之婿。祖邦彦，邢州唐山人。绍兴中，南徙润州

（今镇江）。炎以恩授新淦主簿、德安司理、知晋陵。官宣教郎，湖南运司主管。年四十，以母老弃官归养。特授朝散郎、提举华州云台观。自号闲静先生，卒于家。有诗集，今不传。

沁园春　庆杨平

襟韵何如，文雅风流，王谢辈人。问传家何物，多书插架，放怀无可，有酒盈樽。一咏一谈，悠然高致，似醉当年曲水春。还知否，壮胸中万卷，笔下千军。　　门前我有佳宾。但明月、清风更此君。喜西庐息驾，心间胜日，东皇倚杖，目送行云。闻道君王，玉堂佳处，欲诏长杨奏赋孙。功名看，一枝丹桂，两树灵椿。截江网卷六

汪相如

相如字平叔，自号篁竿，嘉定元年（1208）进士，曾官南陵县尉。

水调歌　寿退休丞相

指点縠江水，遥认作琼醅。介公眉寿，年年倾入紫霞杯。寿与江流无尽，人在壶天不老，谈笑领春回。昨夜瞻南极，列宿拱中台。

补天工，取日手，济时材。不应勇退，归来绿野宴瑶台。天要先生调燮，人要先生休养，虚左待重来。再捧长生篆，依旧面三槐。

截江网卷四

张敬斋

宋徐光溥自号录云：张延祚，自号敬斋。至元嘉禾志卷三十二又载有张揆敬斋诗，不知此张敬斋为何人。

贺新郎　寿欧阳新卿

卓荦按疑是"荦"字之误欧阳子,是江山、毓秀钟灵,异才间世。怜按疑是
"恰"字之误则韶光三月暮,荚叶尧阶有四。正天启、悬弧盛事。金鸭
亭亭书云篆,散非烟、南极真仙至。来为尔,荐嘉瑞。　　神清洞
府丹书字。拥笙歌、绮席高张,更罗珠翠。个里长春人不老,仙籍
玉环暗记。但判取、酴酴沉醉。拟作新诗八千首,待一年、一献称
俾尔。耆而艾,昌而炽。永乐大典卷七千三百二十九郎字韵引宋张敬斋诗集

徐　照

照字道晖,又字灵晖,号山民,永嘉人。与徐玑、翁卷、赵师秀,号
永嘉四灵。

瑞鹧鸪

雨多庭石上苔文。门外春光老几分。为把旧书藏宝带,误翻残酒
湿绡裙。　　风头花片难装缀,愁里莺声怯听闻。恰似剪刀裁破
恨,半随妾处半随君。阳春白雪卷一

南歌子

帘影筛金线,炉烟篆翠丝。菰芽新出满盆池。唤起玉瓶添水、养鱼
儿。　　意取钗虫碧,慵梳鬓翅垂。相思无处说相思。笑把画罗
小扇、觅春词。阳春白雪卷三

清平乐

绿围红绕。一枕屏山晓。怪得今朝偏起早。笑道牡丹开了。

迎人卷上珠帘，小螺未拂眉尖。贪教玉笼鹦鹉，杨花飞满妆奁。

阮　郎　归

绿杨庭户静沉沉。杨花吹满襟。晚来闲向水边寻。惊飞双浴禽。

分别后，忍登临。暮寒天气阴。妾心移得在君心，方知人恨深。以上二首见阳春白雪卷四

玉　楼　春

萤飞月里无光色。波水不摇楼影直。每怜宿粉浣啼痕，懒把旧书观字迹。　枯荷露重时闻滴。君梦不来谁阻隔。妾身不畏浙江风，飞去飞来方瞬息。阳春白雪卷五

可　旻

北山法师。

渔家傲　赞净土　并序

我家渔父，不比泛常。一丈六之身材，三十二之相好。说聪明也，孔仲尼安可齐肩；论道德也，李伯阳故应缩首。绝伦武略，独战退八万四千魔兵；盖世良才，复论败九十六种外道。拱身誓水，坐断爱河。披忍辱之蓑衣，遮无明之烟雨。慈悲帆挂，方便风吹。撑般若之扁舟，游死生之苦海。誓山月白，觉海风清。约沦没之众生，归涅槃之篮笼。如斯旨趣，即是平生。暂歇钓竿，乃留诗曰：

家居常寂本优游。来执鱼竿苦海头。直待众生都入手，此时方始不垂钩。

曾讲弥陀经十遍。孤山疏钞频舒卷。事理圆融文义显。多方便。到头只劝生莲苑。　本性弥陀随体现。唯心净土何曾远。十万

程途从事见。休分辨。临终但自亲行转。

又

　　　　四色莲华间绿荷。一莲华载一弥陀。莫疑净土程途远,日日人生
　　雨点多。
我佛莲华随步踏。黄金妙相青螺髻。因地曾将洪誓发。四十八。
众生尽度成菩萨。　　宫殿红香华影合。宝阶三道琉璃阔。水鸟
树林皆念法。声嘈囋。空中零乱天华撒。

又

　　　　行树阴阴布七重。宝华珠网共玲珑。百千种乐俱鸣处,天雨曼陀
　　散碧空。“鸣处”一作“时作”。
彼土因何名极乐。莲华九品无三恶。虽有频伽并白鹤。非彰灼。
如来变化宣流作。　　九品一生离五浊。自然身挂珠璎珞。宛转
白毫生额角。长辉烁。百千业障都消却。“彰灼”一作“真托”。

又

　　　　六方诸佛说诚言。舌相三千广赞宣。池上托生莲九品,未知生向
　　那枝边。
佛赞西方经现在。广长舌相三千界。为要众生生信解。临终迈。
不修净业犹何待。　　七宝池塘波一派。莲华朵朵车轮大。华内
托生真自在。分三辈。阿鞞跋致长无退。

又

　　　　但得莲中托化来。从教经劫未华开。华中快乐同忉利,不比人间
　　父母胎。
鹦鹉频伽知几只。音声和雅鸣朝夕。演畅五根并五力。令人忆。

心飞恨不身生翼。　　从是西方十万亿。山长水远谁人识。唯是观门归路直。真消息。坐澄劫水琉璃碧。

又

兀坐初修水观成。微风不动翠波平。幽深境界谁人见，一片琉璃照眼明。

清净乐邦吾本郡。娑婆流浪因贪恋。冉冉思归霜入鬓。深嗟恨。塞鸿不解传音信。　　落日尽边沙隐隐。向西望处归应近。天乐是时相接引。宜精进。紫金台上谁无分。"冉冉"一作"荏苒"。"沙"一作"山"。

又

乐邦清净本吾家。既有归期岂惮赊。行计会须勤策进，淹留无虑在天涯。

理性本来长自在。灵通昭彻光无碍。因被无明风恼害。真如海。等闲吹动波千派。　　五蕴山头云叆叇。遮藏心月无光彩。六贼会须知悔改。除贪爱。刹那跳出娑婆界。

又

混然凡圣本同途。一点灵明体一如。只为妄情随物转，至今颠倒未逢渠。

为厌娑婆求净土。驰情送想存朝暮。谁信不劳移一步。西方去。楼台隐隐云深处。　　珠网为光华作雨。金沙布地无尘土。怎不教人思去路。心专注。坐观落日如悬鼓。

又

清风为我拂寥泬。不许残云遮屋角。禅居深掩静无人，坐看一轮红日落。

四相相催生病老。死魔不定朝难保。争似寅昏持佛号。西方好。树林水鸟称三宝。　　磨灭等闲髭鬓皓。乐邦行计唯宜早。万亿国邦非远道。休烦恼。一弹指顷能行到。

又

经赞弥陀愿力强。劣夫为喻从轮王。四天一日行周遍，西去应非道路长。
人世罪冤知底数。前程不是无冥府。争似静焚香一炷。无行住。声声称念弥陀父。　　罪业尽消生有处。弥陀愿力堪凭据。十念一心存旦暮。西方路。功成足步红莲去。

又

谁知端坐却能游。顷刻心飞到玉楼。竹影月移来户牖，便疑行树在檐头。
万事到头无益已。寻思只有修行是。若送此心游宝地。还容易。坐观落日当西坠。　　万顷红光归眼际。眼开眼闭长明媚。此观成时知法味。心欢喜。临终决定生莲里。"是"一作"事"。

又

九品莲华次第排。也应荷叶翠相挨。未知何日生莲界，无奈晨昏甚挂怀。
西望乐邦云杳隔。一钩新月弯弯白。意欲往生何计策。劳魂魄。弥陀一念声千百。　　金殿玉楼为屋宅。七重行树强松柏。华里托生非血脉。真高格。乐天不是蓬莱客。"格"一作"极"。

又

遍看玉轴与埌函。若劝劳生脱世凡。净土好修还不肯，莫教披却有毛衫。

富贵经中谈净域。赤珠玛瑙为严饰。彼土众生当晓色。擎衣裓。妙华供养他方佛。　稚小嬉游随没溺。娑婆是苦何曾识。忻厌迩来方有力。从朝夕。静焚一炷香凝碧。"没"一作"波"。

又

既有身心求净土。可无门路去娑婆。修行也只无多子，十念功成一刹那。

文墨尖新无处用。已将名利浑如梦。一串数珠随手弄。休千种。唯闻念佛心欢勇。　滉漾空中仙乐动。笙箫声细天风送。接引凡夫归圣众。香云捧。男儿此日方崇重。

又

览遍经文与律仪。频频唯劝念阿弥。一声消尽千生业，何况唠唠久诵持。

休纵心猿驰意马。牢将系念绳头把。说破十疑因智者。争传写。庐山又结莲华社。　十八大贤居会下。功成五色云西驾。诸上善人都在那。相迎迓。聚头只说无生话。

又

池边行树不全遮。袅袅金桥露半斜。忽见化生新佛子，红莲开处噪频伽。

三十六般包一袋。脓囊臭秽犹贪爱。恰似蜣螂推粪块。无停待。朝朝只在尘中勩。　若解坚心生重悔。宁拘恶逆并魁脍。一念能消千劫罪。生华内。满身璎珞鸣珂佩。

又

　　　　纷纷世态尽空华。讲外无馀挂齿牙。一串数珠新换线,阿弥陀佛
做冤家。
一点神魂初托魄。青莲华里琉璃宅。毫相法音非间隔。虽明白。
到头不似金台客。　　九品高低随报获。或经劫数华方拆。若是
我生心性窄。应煎迫。未开须把莲华擘。

又

　　　　菊脑姜牙一饭馀。其他安敢费功夫。从今十指无闲暇,且尽平生
弄数珠。
净土故乡嗟乍别。天涯流浪经时节。老去染沾眉鬓雪。思归切。
闻声愿寄辽天月。　　念念时时修净业。临终佛定来迎接。有誓
表为诚实说。广长舌。三千遍覆红莲叶。

又

　　　　唯将焚诵是平生。夜夜唠唠一二更。隻影自怜尘世外,风前月下
恣经行。
善导可嗟今已往。化来老少皆归向。佛念一声分一锣。声才响。
一声一佛虚空上。　　八万四千奇妙相。光明寿命皆无量。金色
臂垂千万丈。鹅王掌。誓来迎接归安养。

又

　　　　暮鼓晨鸡不住催。逡巡容貌变衰颓。莫言白髪浑闲事,总是无常
信息来。
西土纹成东土坏。星飞一点千华界。勿讶神魂生去快。无遮碍。
乐邦只在同居内。　　八德池深华又大。蹒跚端坐莲华载。耳听

法音心悟解。低头拜。从今跳出胞胎外。以上见大正新修大藏经四十七
卷乐邦文类卷五

净　圆

白云法师。

望江南 娑婆苦　六首

娑婆苦，长劫受轮回。不断苦因离火宅，只随业报入胞胎。辜负这
灵台。　　　朝又暮，寒暑急相催。一个幻身能几日，百端机巧衮尘
埃。何得出头来。

又

娑婆苦，身世一浮萍。蚊蚋睫中争小利，蜗牛角上窃虚名。一点气
难平。　　　人我盛，日夜长无明。地狱争头成队入，西方无个肯修
行。空死复空生。争一作尽。

又

娑婆苦，情念骤如风。六贼村中无暂息，四蛇箧内更相攻。谁是主
人公。　　　无慧力，爱网转关笼。一向四楞低搭地，不思两脚欲梢
空。前路更匆匆。

又

娑婆苦，生老病无常。九窍腥臊流秽污，一包脓血贮皮囊。争弱又
争强。　　　随妄想，耽欲更荒唐。念佛看经云著相，破斋毁戒却无
妨。只恐有阎王。

又

娑婆苦，终日走尘寰。不觉年光随逝水，那堪白髪换朱颜。六趣任循环。　　今与古，谁肯死前闲。危脆利名才入手，虚华财色便追攀。荣辱片时间。

又

娑婆苦，光影急如流。宠辱悲欢何日了，是非人我几时休。生死路悠悠。　　三界里，水面一浮沤。纵使英雄功盖世，只留白骨掩荒丘。何似早回头。

又　西方好　六首

西方好，随念即超群。一点灵光随落日，万端尘事付浮云。人世自纷纷。　　凝望处，决定去栖神。金地经行光里步，玉楼宴坐定中身。方好任天真。

又

西方好，琼树耸高空。弥覆七重珠宝网，庄严百亿妙华宫。宫里众天童。　　金地上，栏楯绕重重。华雨飘飖香散漫，乐音嘹亮鼓清风。闻者乐无穷。

又

西方好，七宝甃成池。四色好华敷菡萏，八功德水泛清漪。除渴又除饥。　　池岸上，楼殿势飞翚。碧玉雕栏填玛瑙，黄金危栋间玻璃。随处发光辉。

又

西方好，群鸟美音声。华下和鸣歌六度，光中哀雅赞三乘。闻者悟无生。　　三恶道，犹自不知名。皆是佛慈亲变化，欲宣法语警迷情。心地顿圆明。

又

西方好，清旦供尤佳。缥缈仙云随宝仗，轻盈衣袂贮天华。十万去非赊。　　诸佛土，随念遍河沙。莲掌抚摩亲授记，潮音清妙响频伽。时至即还家。

又

西方好，我佛大慈悲。但具三心圆十念，即登九品越三祇。神力不思议。　　临报尽，接引定无疑。普愿众生同系念，金台天乐共迎时。弹指到莲池。以上见大正新修大藏经四十七卷乐邦文类卷五

刘学箕

学箕字习之，自号种春子，崇安人。子翚孙。隐居不仕。有方是闲居士小蘽。

松江哨遍 长桥，天下绝景也。松江太湖，举目千里，风涛不作，水面砥平。归帆征棹，相望于黄芦烟草之际。去来乎桥之左右者，若非人世，极画工之巧所莫能形容。每来维舟，未尝即去，徜徉延伫，意尽然后行。至欲作数语以状风景胜概，辞不意逮，笔随句阁，良可慨叹。己未冬，自云阳归闽。腊月望后一日，漏下二鼓，舣舟桥西，披衣登垂虹。时

夜将半,雪月交辉。水天一色,顾影长啸,不知身
之寄于旅。返而登舟,谓偕行者周生曰:佳哉斯景
也,讵可无乐乎? 于是相与破霜蟹,斫细鳞,持两
螯,举大白,歌赤壁之赋。酒酣乐甚。周生请曰:
今日之事,安可无一言以识之? 余曰:然。遂檃括
坡仙之语,为哨遍一阕,词成而歌之。生笑曰:以
公之才,岂不能自寓意数语,而乃缀缉古人之词
章,得不为名文疵乎? 余曰:不然。昔坡仙盖尝以
靖节之词寄声乎此曲矣,人莫有非之者。余虽不
敏,不敢自亚于昔人。然捧心效颦,不自知丑,盖
有之矣。而寓意于言之所乐,则虽贤不肖抑何异
哉。今取其言之足以寄吾意者,而为之歌,知所以
自乐耳,子何哂焉

木叶尽凋,湖色接天,雪月明江水。凌万顷、一苇纵所之。若凭虚
驭风仙子。听洞箫、绵延不绝如缕,馀音袅袅游丝曳。乃举酒赋
诗,玉鳞霜蟹,是中风味偏美。任满头堆絮雪花飞。更月澹篷窗冻
云垂。山郁苍苍,桥卧沉沉,夜鹊惊起。　　噫。倚兰桨兮。我今
恍惚遗身世。渔樵甘放浪,蜉蝣然、寄天地。叹富贵何时。功名浪
语,人生寓乐虽情尔。知逝者如斯。盈虚如彼,则知变者如是。且
物生宇宙各有司。非已有纤毫莫得之。委吾心、耳目所寄。用之
而不竭,取则不吾禁,自色自声,本非有意。望东来孤鹤缟其衣。
快乘之、从此仙矣。

蝶恋花　北津夜雪

灯火已收正月半。一夜东风,吹得寒威转。怪得美人贪睡暖。飞
瑛积玉千林变。　　道是柳绵春尚浅。比著梅花,花已都零乱。
漠漠一天迷望眼。多情更把征衣点。

贺新郎 代黄端夫　白牡丹，京师妓李师师也。
画者曲尽其妙，输棋者赋之

午睡莺惊起。鬓云偏、鬖松未整，风钗斜坠。宿酒残妆无意绪，春恨春愁如水。谁共说、厌厌情味。手展流苏腰肢瘦，叹黄金、两钿香消臂。心事远，仗谁寄。　　帘栊渐是槐风细。对梧桐、清阴满院，夏初天气。回首春空梨花梦，屈指从头暗记。叹薄幸、抛人容易。目断孤鸿沉双鲤，恨萧郎、不寄相思字。幽恨积，黛眉翠。

忆王孙 清明病酒

淑景韶光晴昼。帘外雨、欲无还有。流莺枝上转新声，梦初醒、厌厌病酒。　　天连碧草凝情久。思旧事、不堪搔首。怀人有恨水云深，又绿暗、桥西柳。

恋绣衾 闺怨

柳絮风翻高下飞。雨笼晴、香径尚泥。女伴笑、踏青好，凤钗偏、花压鬓垂。　　乱莺双燕春情绪，搅愁心、欲诉向谁。人问道、因谁瘦，捻青梅、闲敛黛眉。

惜分飞 柳絮

池上楼台堤上路。尽日悠扬飞舞。欲下还重举。又随胡蝶墙东去。　　穄径飘空无定处。来往绿窗朱户。却被春风妒。送将蛛网留连住。

浣溪沙 木犀

天上仙人萼绿华。何年分种小山家。九秋风露溢窗纱。　　密密翠罗攒玉叶,团团黄粟刻金花。一枝归插鬓云斜。

贺新郎　近闻北虏衰乱,诸公未有劝上修饬内治以待
外攘者。书生感愤不能已,用辛稼轩金缕词韵述
怀。此词盖鹭鸶林寄陈同甫者,韵险甚。稼轩自
和凡三篇,语意俱到。捧心效颦,辄不自揆,同志
毋以其迂而废其言

往事何堪说。念人生、消磨寒暑,漫营裘葛。少日功名频看镜,绿
鬓髭髯未雪。渐老矣、愁生华发。国耻家雠何年报,痛伤神、遥望
关河月。悲愤积,付湘瑟。　　人生未可随时别。守忠诚、不替天
意,自能符合。误国诸人今何在,回首怨深次骨。叹南北、久成离
绝。中夜闻鸡狂起舞,袖青蛇、夐击光磨铁。三太息,眦空裂。

按此首永乐大典卷一万零八百七十七虏字韵引作国朝刘习之词,盖误以为明人。

同前　再韵赋梅

东阁凭诗说。对丰姿、飘然杖屦,澹然巾葛。竹外一枝斜更好,玉
质冰肌粲雪。谁折向、满头宣发。水驿云窗烟庭院,更宜晴、宜雨
还宜月。霜夜永,景萧瑟。　　孤芳复与群芳别。陇程遥、攀条难
寄,碧云惊合。桃李漫山空春艳,不比仙风道骨。有潇洒、清新奇
绝。我被幽香相懊恼,宋广平、岂但心如铁。飞暗度,石吹裂。东坡
梅诗:"昨夜东风吹石裂,暗随飞雪度关山。"

同前　再韵赋雪

晓听儿曹说。道前村、疏梅莫与,蔽萧缠葛。急与呼童诛翦尽,趁
此江天暮雪。唤小艇、渔翁鹤发,凛冽寒风吹酒面,与何人、共泛山
阴月。归浩叹,御琴瑟。　　世寰恍惚山川别。望琼楼、玉宇相
映,烂银坏合。冰柱雪车新句就,不疗饥肠病骨。奈野鸟、千山飞

绝。我笑书生贫亦甚,诵布衾、岁久寒如铁。儿恶卧,踏里裂。

满江红　避暑

午转槐阴,正炎暑、侵肌似醉。问何处、披襟散发,解衣扬袂。傍沼茅亭杨柳绿,倚崖草阁梧桐翠。唤玉人、纤手掬清泉,生凉意。

开枕簟,浮瓜芰。琼液浅,歌喉细。对文禽雪鹭,助成幽致。十顷碧莲潇洒国,万竿修竹清凉世。算此时、情绪有谁同,吾侬自。

同前　双头莲

一柄双花,低翠盖、呈祥现美。人正在、薰风亭上,满襟如水。二陆比方夸俊少,两乔相并修容止。雨初晴、午永门红酣,真奇耳。

双白鹭,双桢鲤。飞与泳,俱来此。缩双鬟天上,侍香童子,双剑丰城双孕秀,双凫叶县双趋起。谩空谈、国士本无双,今双矣。

沁园春　叹世

浮利虚名,算来何用,蜗角蝇头。笑劳生一梦,两轮催逼,脆如朝露,轻若春沤。有限精神,无穷世路,劫劫忙忙谁肯休。堪惊叹,叹痴人未悟,终日营求。　　百年光景云浮。把意马心猿须早收。有真仙秘诀,飧霞导引,丹砂铅汞,早与身谋。闲是闲非,他强我弱,一任从教风马牛。还知道,上蓬莱稳路,八表神游。

念奴娇　次韵范正之柳絮

水轩沙岸,午风轻、飘动一天晴雪。日色晶荧光眩眼,细逐游丝明灭,帘幕中间,楼台侧畔,浑是瑶瑛积。缀松黏竹,恍然如对三绝。

遥认仿佛飞花,花非还似,恼乱多情客。点染春衫无定度,又转沈香亭北。密密疏疏,斜斜整整,似雪难分别。坡仙不见,后人有口何说。

同前 次人韵

断虹开霁,净秋容、点点初收微雨。夕下生阴山影澹,缥缈烟云吞吐。乌帽风偏,青鞋沙软,误入桃溪坞。多情鸥鹭,偶来忽又飞去。

日暮修竹佳人,雾绡琼佩,绰约疑仙侣。愧我禅心春尽絮,不逐东风飞舞。红叶题诗,紫云传恨,密意渠能诉。此情疏隔,不关楼外烟树。

菩 萨 蛮

暮涛掀浪溪流急。单衣未试春寒力。是处绿阴浓。春深杨柳风。

人依溪岸住。酒美忘归去。巢燕坠芹泥。幽禽花外啼。

同 前

鸦儿学画犹嫌丑。佯羞步步随娘后。春浅瘦花枝。凝愁为阿谁。

那回筵畔见。有意相留恋。只恐后期愆。章台飞柳绵。

鹧鸪天 赋雪

楼外银屏入望赊。楼前鸥鹭舞交加。穿林淅沥飞琼屑,度嶂缤纷过柳花。 歌白雪,醉流霞。晚寒寒似夜来些。明朝酒醒掀帘幕,帘幕依然卖酒家。

西 江 月

世事从来无据,人生自古难凭。茫如天水有云萍。聚散任他形影。

每怪东阳瘦损,常嗤骑省多情。如今我也瘦棱棱。却喜青青两鬓。

水调歌头　饮垂虹

三载役京口,十度过松江。垂虹亭下烟水,长是映篷窗。钓得锦鳞成鲙,快把双螯浩饮,豪气未能降。醉舞影零乱,心逐浪春撞。

　景苍茫,歌欸乃,石空硿。兼葭深处,适意鱼鸟自双双。便拟轻舟短棹,明月清风长共,与世绝纷厖。嘉遁有真隐,不羡鹿门庞。

醉落魄　用范石湖韵

江头离席。晚潮双舻催行色。往来属玉双飞白。笑我多情,犹作未归客。　红尘奔走何时息。归心还似投林翼。角巾醉里从敧侧。独立东风,天际露岑碧。

长相思　西湖夜醉

湖山横。湖水平。买个湖船一叶轻。傍湖随柳行。　秋风清。秋月明。谁捣秋砧烟外声。悲秋无尽情。

鹧鸪天　发舟安康,朋游见留,往复三用韵

芳草萋萋入眼浓。一年花事又匆匆。吐舒桃脸今朝雨,零落梅妆昨夜风。　云接野,水连空。画栏十二倚谁同。两眉新恨无分付,独立苍苔数落红。

同　　前

梦绕天涯去意浓。客愁春恨两匆匆。绿波初涨桃花浪,画鹢轻随柳絮风。　无笔力,判虚空。关山千里两心同。鱼书雁字都休问,只看啼痕翠袖红。

同　前

山色都如归兴浓。春融融处客匆匆。岸花影里莺吟雾,江阁阴中燕受风。　　凭画楯,睇层空。情衷待说几时同。不如且尽樽中绿,图得酶酶醉脸红。

菩萨蛮　杏花

昨日杏花春满树。今晨雨过香填路。零落软胭脂。湿红无力飞。　　转头春易去。春色归何处。待密与春期。春归人也归。

浣溪沙　送连景昭归三山

来日江头柳带香。去时篱下菊花黄。人生离别几凄凉。　　拂面红尘飞冉冉,背人白日去堂堂。尺书休负雁南翔。

眼　儿　媚

十年不见柳腰肢。契阔几何时。天遥地远,秋悲春恨,只在双眉。　　雁声今夜楼西畔,情愫渺难期。杏花风景,梧桐夜月,都是相思。

桃源忆故人

暮霞散绮西溪浦。天上晴云开絮。清绝梅花几树。恼乱春愁处。　　小桥流水人来去。沙岸浴鸥飞鹭。谁画江南好处。著我闲巾屦。

糖多令　登多景楼

何处浣离忧。消除许大愁。望长江、衮衮东流。　·去乡关能几日,才屈指、又中秋。　　芦叶满汀洲。沙矶小艇收。醉归来、明月江楼。欲把情怀输写尽，终不似、少年游。

小　重　山

春水东流一苇杭。春情翦不断，汉江长。江花江草为谁芳。浑不似，沙暖睡鸳鸯。　　且道不思量。怕他知得后，痛肝肠。路遥天阔水茫茫。成病也，教我怎禁当。

行香子 鄱阳□鱼

雪白肥鳒。墨黑修鲇。柳穿腮、小大相兼。金刀批脔，鲜活甘甜。或时熝，或时煮，或时腌。　　揎腕佳人，玉手纤纤。缕银丝、取意无厌。羹须滫煮，滋味重添。滴儿醯，呷儿酒，撮儿盐。

临江仙 富池岸下

人在空江烟浪里，叶舟轻似浮沤。此心无怨也无忧。汉江迷望眼，衮衮直东流。　　两岸荻芦青不断，四山冈岭绸缪。晚风吹袂冷飕飕。谁知三伏暑，全似菊花秋。

渔家傲 白湖观捕鱼

汉水悠悠还漾漾。渔翁出没穿风浪。千尺丝纶垂两桨。收又放。月明长在烟波上。　　钓得活鳞鳊缩项。筜成玉液香浮盎。醉倒自歌歌自唱。轻袅缆。碧芦红蓼清滩傍。

菩萨蛮 鄂渚岸下

烟汀一抹蒹葭渚。风亭两下荷花浦。月色漾波浮。波流月自留。　　若耶溪上女。两两三三去。眉黛敛羞〔蛾〕(娥)。采菱随棹歌。

乌夜啼 夜泊阳子江

长亭急管生愁。楚天秋。落日寒鸦飞尽、水悠悠。　　红蓼岸。白蘋散。浴轻鸥。人在碧云深处、倚高楼。

虞　美　人

寒来暑往何时了。世故催人老。一人口插几张匙。何用波波劫劫、没休时。　　饥来吃饭困来睡。莫把身为累。谁能较短与量长。落叶西风一梦、熟黄粱。

贺新郎 送郑材卿

莫向愁人说。叹人生、不如意事，十常七八。是则中年伤怀抱，客里何堪送客。又添取、一襟凄咽。岸柳凋零秋容澹，黯消凝、怎忍轻攀折。重会面，甚时节。　　杏花丽日梅花雪。记当时、一觞一咏，楚云湘月。别后君休劳春梦，转眼江南塞北。莫漫被、闲愁萦结。且判离筵今夕醉，霎时间、便见兰舟发。空怅望，水云阔。以上汲古阁景元钞本方是闲居士小稿卷下

林正大

　　　　正大字敬之，号随庵，永嘉人。开禧中，为严州学官。著有风雅遗音。

杜工部醉时歌：诸公衮衮登台省，广文先生官独冷。甲第纷纷厌粱肉，广文先生饭不足。先生有道出羲皇，先生有才过屈宋。德尊一代常坎轲，名垂万古知何用。杜陵野客人更嗤，被褐短窄鬓如丝。日籴太仓五升米，时赴郑老同襟期。得钱即相觅，沽酒不复疑。忘形到尔汝，痛饮真吾师。清夜沉沉动春酌，灯前细雨檐花落。但觉高歌有鬼神，焉知饿死填沟壑。相如逸才亲涤器，子云识字终投阁。先生早赋归去来，石田茅屋荒苍苔。儒术于我何有哉，孔丘盗跖俱尘埃。不

须闻此意惨怆,生前相遇且衔杯。

括酹江月

诸公台省,问先生何事,冷官如许。甲第纷纷粱肉厌,应怪先生无此。道出羲皇,才过屈宋,空有名垂古。得钱沽酒,忘形欲到尔汝。

好是清夜沉沉,共开春酌,细听檐花雨。茅屋石田荒已久,总待先生归去。司马子云,孔丘盗跖,到了俱尘土。不须闻此,生前杯酒相遇。

水调歌　送敬则赴袁州教官

人笑杜陵客,短褐鬓如丝。得钱沽酒,时赴郑老同襟期。清夜沉沉春酌,歌语灯前细雨,相觅不相疑。忘形到尔汝,痛饮真吾师。

问先生,今去也,早归来。先生去后,石田茅屋恐苍苔。休怪相如涤器,莫学子云投阁,儒术亦佳哉。谁道官独冷,衮衮上兰台。

满　江　红

衮衮诸公,嗟独冷、先生宦薄。夸甲第、纷纷粱肉,谩甘寥寞。道出羲皇知有用,才过屈宋人谁若。剩得钱、沽酒两忘形,更酬酢。

清夜永,开春酌。听细雨,檐花落。但高歌不管,饿填沟壑。司马逸才亲涤器,子云识字终投阁。且生前、相遇共相欢,衔杯乐。

杜工部饮中八仙歌:知章骑马似乘船,眼花落井水底眠。汝阳三斗始朝天,道逢麹车口流涎,恨不移封向酒泉。左相日兴费万钱,饮如长鲸吸百川,衔杯乐圣称世贤。宗之潇潇美少年,举觞白眼望青天,皎如玉树临风前。苏晋长斋绣佛前,醉中往往爱逃禅。李白一斗诗百篇,长安市上酒家眠。天子呼来不上船,自称臣是酒中仙。张旭三杯草圣传,脱帽露顶王公前,挥毫落纸如云烟。焦遂五斗方卓然,高谈雄辩惊四筵。

括一丛花

知章骑马似乘船。落井眼花圆。汝阳三斗朝天去，左丞相、鲸吸长川。潇洒宗之，皎如玉树，举盏望青天。　　　长斋苏晋爱逃禅、李白富诗篇。三杯草圣传张旭，更焦遂、五斗惊筵。一笑相逢，衔杯乐圣，同是饮中仙。

> 王逸少兰亭记:永和九年,岁在癸丑,暮春之初,会于会稽山阴之兰亭,修禊事也。群贤毕至,少长咸集。此地有崇山峻岭,茂林修竹,又有清流激湍,映带左右,引以为流觞曲水,列坐其次。虽无丝竹管弦之盛,一觞一咏,亦足以畅叙幽情。是日也,天朗气清,惠风和畅,仰观宇宙之大,俯察品类之盛。所以游目骋怀,足以极视听之娱,信可乐也。夫人之相与,俯仰一世。或取诸怀抱,晤言一室之内,或因寄所托,放浪形骸之外。虽取舍万殊,静躁不同,当其欣于所遇,暂得于己,快然自足,不知老之将至。及其所之既倦,情随事迁,感慨系之矣。向之所欣,俛仰之间,已为陈迹,犹不能不以之兴怀。况修短随化,终期于尽。古人云:死生亦大矣。岂不痛哉! 每览昔人兴感之由,若合一契,未尝不临文嗟悼,不能喻之于怀。固知一死生为虚诞,齐彭殇为妄作。后之视今,亦犹今之视昔,悲夫! 故列叙时人,录其所述,虽世殊事异,所以兴怀,其致一也。后之览者,亦将有感于斯文。

括贺新凉

兰亭当日事。有崇山、茂林修竹，群贤毕至。湍急清流相映带，旁引流觞曲水。但畅叙、幽情而已。一咏一觞真足乐，厌管弦丝竹纷尘耳。春正暮，共修禊。　　　惠风和畅新天气。骋高怀、仰观宇宙，俯察品类。俯仰之间因所寄，放浪形骸之外。曾不知、老之将至。感慨旧游成陈迹，念人生、行乐都能几。后视今，犹昔尔。

> 陶渊明归去来:归去来兮,田园将芜胡不归。既自以心为形役,奚惆怅而独悲。悟已往之不谏,知来者之可追。识迷途其未远,觉今是而昨非。舟遥遥以轻飐,风飘飘而吹衣。问征夫以前途,恨晨光之熹微。乃瞻衡宇,载欣载奔。僮仆欢迎,稚子候门。三径就荒,松菊犹存。携幼入室,有酒盈尊。引壶觞以自酌,眄庭柯以怡颜。倚南窗以寄傲,审容膝之易安。园日涉以成趣,门虽设而常关。策扶老以游憩,时矫首而遐观。云无心以出岫,鸟倦飞而知还。景翳翳以将入,抚孤松而盘桓。归去来兮,请息交以绝游。世与我而相遗,复驾言兮焉求。悦亲戚之

情话,乐琴书以消忧。农人告予以春及,将有事于西畴。或命巾车,或棹孤舟。既窈窕以寻壑,亦崎岖而经邱。木欣欣以向荣,泉涓涓而始流。喜万物之得时,感吾生之行休。已矣哉! 寓形宇内复几时,曷不委心任去留,胡为乎遑遑欲何之! 富贵非吾愿,帝乡不可期。怀良辰以孤往,或执杖而耘耔。登东皋以舒啸,临清流而赋诗。聊乘化以归尽,乐夫天命复奚疑!

括 酹 江 月

问陶彭泽,有田园活计,归来何晚。昨梦皆非今觉是,实迷途其未远。松菊犹存,壶觞自酌,寄傲南窗畔。闲云出岫,更看飞鸟投倦。

归去请息交游,驾言焉往,独把琴书玩。孤棹巾车丘壑趣,物与吾生何恨。宇内寓形,帝乡安所,富贵非吾愿。乐夫天命,聊乘化以归尽。

刘伯伦酒德颂:有大人先生,以天地为一朝,万期为须臾。日月为扃牖,八荒为庭衢。行无辙迹,居无室庐。幕天席地,纵意所如。止则操卮执觚,动则挈榼提壶。维酒是务,焉知其馀。有贵介公子,搢绅处士。闻吾风声,议其所以。乃奋袂攘衿,怒目切齿。陈说礼法,是非锋起。先生于是方捧罂承槽,衔杯漱醪。奋髯箕踞,枕麴藉糟。无思无虑,其乐陶陶。兀然而醉,恍然而醒。静听不闻雷霆之声,熟视不睹泰山之形。不觉寒暑之切肌,嗜欲之感情。俯观万物,扰扰焉如江汉之浮萍。二豪侍侧焉,如蜾蠃之与螟蛉。

括 沁 园 春

大人先生,高怀逸兴,酒肉寓名。纵幕天席地,居无庐室,以八荒为域,日月为扃。贵介时豪,搢绅处士,未解先生酒适情。徒劳尔,漫是非锋起,有耳谁听。 先生。挈榼提罂。更箕踞衔杯枕麴生。但无思无虑,陶陶自得,任兀然而醉,恍然而醒。静听无闻,熟视无睹,以醉为乡乐性真。谁知我,彼二豪犹是,蜾蠃螟蛉。

韩文公送李愿归盘谷序:太行之阳有盘谷。盘谷之间,泉甘而土肥,草木丛茂,居民鲜少。或曰:谓其环两山之间,故曰盘。或曰:是谷也,宅幽而势阻,隐者之所盘旋。友人李愿居之。愿之言曰:人之称大丈夫者,我知之矣。利泽施于人,名声昭于时。坐于庙堂,进退百官,而佐天子出令;其在外,则树旗旄,罗弓矢,武夫前呵,从者塞途;供给之人,各执其物,夹道而疾驰。喜有赏,怒有刑,才俊满前,道古今而誉盛德,入耳而不烦;曲眉丰颊,清声而便体,秀外而慧中,飘轻裾,翳长袖,粉白黛绿者,列屋而闲居,妒宠而负势,争妍而取怜;大丈夫之遇知于天子,用力于当世者之所为也。吾非恶此而逃之,是有命焉,不可幸而致也。穷居而野处,升高而望远,坐茂树以终日,濯清泉以自洁。采于山,美可茹,钓于水,鲜可食,起居无时、惟适之安。与其有誉于前,孰若无毁于其后! 与其有乐于身,孰若无忧于其心! 车服不维,刀锯不加,理乱不知,黜陟不闻,大丈夫不遇于时者之所为也,我则行之。伺候于公卿之门,奔走于形势之途,足将进而趑趄,口将言而嗫嚅,处污秽而不羞,触刑辟而诛戮,侥幸于万一,老死而后止者,其为人贤不肖何如也。昌黎韩愈闻其言而壮之,与之酒而为之歌曰:“盘之中,维子之宫。盘之土,维子之稼。盘之泉,可濯可沿。盘之阻,谁争子所。窈而深,廓其有容。缭而曲,如往而复。嗟盘之乐兮,乐且无央。虎豹远迹兮,蛟龙遁藏。鬼神守护兮,呵禁不祥。饮且食兮寿而康。无不足兮奚所望。膏吾车兮秣吾马,从子于盘兮,终吾生以徜徉。”

括水调歌

太行有盘谷,隐者所翱翔,丈夫行世,磊磊落落信行藏。遇则声名利泽,不遇采山钓水,何似两俱忘。谁解盘中趣,与酒为歌章。

　　问何如,盘之乐,乐无央。远驱虎豹,蛟龙于此亦潜藏。盘土可耕可稼,盘水可沿可濯,饮食寿而康。膏车秣吾马,从子以徜徉。

王绩醉乡记:醉之乡,其去中国,不知其几千里也。其土旷然无涯,无丘陵阪险;其气和平一揆,无晦明寒暑;其俗大同,无邑居聚落;其人甚精,无憎爱喜怒,吸风饮露,不食五谷,其寝于于,其行徐徐,与鸟兽鱼鳖杂处,不知有舟车器械之用。昔者黄帝氏尝获游其都,归而杳然丧其天下,以为结绳之政已薄矣。降及尧舜,作为千钟百壶之献,因姑射神人以假道,盖至其边鄙,终身太平。禹、汤立法,礼烦乐杂,数十代与醉乡隔。其臣羲和,弃甲子而逃,冀臻其乡,失路而道夭,故天下不遂不宁。至乎末孙桀纣,怒而升其糟丘,阶级千仞,南向而望,卒不见醉乡。武王得志于世,乃命公旦立酒人氏之职,典司五齐,拓土七千里,仅与醉乡达焉,三十年刑措不用。下逮幽厉,迄于秦汉,中国丧乱,遂与醉乡绝。而臣下之爱道者,往往窃至。阮嗣宗、陶渊明等十数人,并游于醉乡,没身不返,死葬其壤,中国以为酒仙云。嗟乎,醉乡氏之俗,岂古华胥氏之国乎,何其淳寂也如是。余将游焉,故为之记。

括摸鱼儿

醉之乡、其去中国,不知其几千里。其土平旷无涯际。其气和平一揆。无寒暑，无聚落居城，无怒而无喜。昔黄帝氏。仅获造其都，归而遂悟，结绳已非矣。　　及尧舜，盖亦至其边鄙。终身太平而治。武王得志于周世。命立酒人之氏。从此后，独阮籍渊明，往往逃而至。何其淳寂。岂古华胥，将游是境，余故为之记。

杜工部丽人行：三月三日天气新，长安水边多丽人。态浓意远淑且真，肌理细腻骨肉匀。绣罗衣裳照暮春。蹙金孔雀银麒麟。头上何所有？翠微匐叶垂鬓唇，背后何所见？珠压腰衱稳称身。就中云幕椒房亲，赐名大国虢与秦。紫驼之峰出翠釜，水精之盘行素鳞。犀筋厌饫久未下，鸾刀缕切空纷纶。黄门飞鞚不动尘，御厨丝络送八珍。箫鼓哀吟感鬼神，宾从杂遝实要津。后来鞍马何逡巡。当轩下马入锦茵。杨花落雪覆白蘋，青鸟飞去衔红巾。炙手可热势绝伦，慎莫近前丞相嗔。

括 声 声 慢

暮春天气，争看长安，水边多丽人人。意远态浓，肌理骨肉轻匀。绣罗衣裳照映，尽蹙金、孔雀麒麟。夸荣贵，是椒房云幕，恩宠无伦。　　簇簇紫驼翠釜，间去声水精盘里，缕鲙纷纶。御送珍羞，夹道箫鼓横陈。后来宾从杂遝，认青鸾、飞舞红巾。扶下马，似杨花、翻入锦茵。

欧阳公醉翁亭记：环滁皆山也。其西南诸峰，林壑尤美，望之蔚然而深秀者，琅邪也。山行六七里，渐闻水声，潺潺而泻出于两峰之间者，酿泉也。峰回路转，有亭翼然，临于泉上者，醉翁亭也。作亭者谁，山之僧智仙也。名之者谁，太守自谓也。太守与客来饮于此，饮少辄醉，而年又最高，故自号曰醉翁也。醉翁之意不在酒，在乎山水之间也。山水之乐，得之心而寓之酒也。若夫日出而林霏开，云归而岩穴暝，晦明变化者，山间之朝暮也。野芳发而幽香，佳木秀而繁阴，风霜高洁，水涸而石出者，山间之四时也。朝而往，暮而归，四时之景不同，而乐亦无穷也。至于负者歌于涂，行者休于树，前者呼，后者应，伛偻提携，往来而不绝者，滁人之游也。临溪而渔，溪深而鱼肥，酿泉为酒，泉香而酒洌，山肴野蔌，杂然而前陈者，太守宴也。宴酣之乐，非丝非竹，射者中，弈者胜，觥筹交错，起坐而喧哗者，众宾欢也。苍颜白发，颓然乎其间者，太守醉也。已而夕阳在山，人影散乱，太守归而宾客从也。树林阴翳，鸟声上下，游人去而禽鸟乐也。然而禽鸟知山林之乐，而不知人之乐；人知从太守游而乐，不知太守之乐其乐也。醉能同其乐，醒能述以文者，太守也。太守谓谁，庐陵欧阳修也。

括贺新凉

环滁皆山也。望西南、蔚然深秀,者琅邪也。泉水潺潺峰路转,上有醉翁亭也。亭、太守自名之也。试问醉翁何所乐,乐在乎、山水之间也。得之心、寓酒也。　　四时之景无穷也。看林霏、日出云归,自朝暮也。交错觥筹酣宴处,肴蔌杂然陈也。知太守、游而乐也。太守醉归宾客从,拥苍颜白髪颓然也。太守谁,醉翁也。

欧阳公庐山高:庐山高哉,几千仞兮,盘根几百里,巑然屹立乎长江。长江西来走其下,是为杨澜左里兮,洪涛巨浪,日夕相舂撞。云消风止水镜净,泊舟登岸而远望兮,上摩青苍以晻霭,下压后土之鸿庞。试往造乎其间兮,攀缘石磴窥空谾。千岩万壑响松桧,悬崖巨石飞流淙。水声聒聒乱人耳,六月飞雪洒石矼。仙翁释子,亦往往而逢兮,吾尝恶其学幻而言哤。但见丹霞翠壁,远近映楼阁;晨钟暮鼓,杳霭罗幡幢。幽花野草,不知其名兮,风吹露湿香涧谷,时有白鹤飞来双。幽寻远去不可极,便欲绝世遗纷痝。羡君买田筑室老其下,插秧盈畴兮、酿酒盈缸。欲令浮岚暖翠千万状,坐卧常对乎牕窗。君怀磊砢有至宝,世俗不辨珉与矼。策名为吏二十载,青衫白首困一邦。宠荣声利,不可以苟屈兮,自非青云白石有深趣,其气兀硉何由降。丈夫壮节似君少,嗟我欲说,安得巨笔如长杠。

括水调歌

庐山几千仞,屹立并音徬长江。杨澜左里,洪涛巨浪日舂撞。风止雪消冰净,相与泊舟登岸,攀磴望空谾。岩壑响松桧,巨石激流淙。　　事幽寻,遗世俗,绝纷痝。幽花野草香满,时有鹤飞双。羡子买田筑室,欲使浮岚暖翠,坐卧对轩窗。我欲为君说,安得笔如杠。

东坡前赤壁赋:壬戌之秋,七月既望,苏子与客,泛舟游于赤壁之下。清风徐来,水波不兴。举酒属客,诵明月之诗,歌窈窕之章。少焉,月出于东山之上,徘徊于斗牛之间。白露横江,水光接天。纵一苇之所如,凌万顷之茫然。浩浩乎如冯虚御风,而不知其所止;飘飘乎如遗世独立,羽化而登仙。于是饮酒乐甚,扣舷而歌之。歌曰:"桂棹兮兰桨。击空明兮泝流光。渺渺兮余怀,望美人兮天一方。"客有吹洞箫者,倚歌而和之,其声呜呜然,如怨如慕,如泣如诉,馀音袅袅,不绝如缕。舞幽壑之潜蛟,泣孤舟之嫠妇。苏子愀然,正襟危坐,而问客曰:何为其然也? 客曰:"月朗星稀,乌鹊南飞。"此非曹孟德之诗乎! 西望夏口,东望武昌,山川相缪,郁乎苍苍,此非孟德之困于周郎者乎! 方其破荆州, 下江陵, 顺流而东也, 舳舻千里, 旌旗蔽空, 酾酒临江, 横槊赋诗, 固一世之雄也, 而今安在哉! 况我与子, 渔樵于江渚之上, 侣鱼虾而友麋鹿。驾一叶之扁舟, 举匏樽以相属。寄蜉蝣于天地, 渺沧海之一粟。哀吾生之须臾, 羡长江之无穷。挟飞仙以遨游, 抱明月而长终。知不可乎骤得, 托遗响于悲风。苏子曰: 客亦知夫水与月乎? 逝者如斯, 而未尝往也; 盈虚者如彼, 而卒莫消长也。盖将自其变者而观之, 则天地曾不能以一瞬; 自其不变者而观之, 则物与我皆无尽也, 而又何羡乎? 且夫天地之间, 物各有主。苟非吾之所有, 虽一毫而莫取。惟江上之清风, 与山间之明月, 耳得之而为声, 目遇之而成色, 取之无尽, 用之不竭。是造物者之无尽藏也, 而吾与子之所共适。客喜而笑, 洗盏更酌。肴核既尽, 杯盘狼藉。相与枕藉乎舟中, 不知东方之既白。

括酹江月

泛舟赤壁, 正风徐波静, 举尊属客。渺渺予怀天一望, 万顷凭虚独立。桂桨空明, 洞箫声彻, 怨慕还凄恻。星稀月淡, 江山依旧陈迹。

　　因念酾酒临江, 赋诗横槊, 好在今安适。谩寄蜉蝣天地尔, 瞬目盈虚消息。江上清风, 山间明月, 与子欢无极。翻然一笑, 不知东方既白。

东坡后赤壁赋:是岁十月之望, 步自雪堂, 将归于临皋。二客从予过黄泥之坂。霜露既降, 草木尽脱。人影在地, 仰见明月。顾而乐之, 行歌相答。已而叹曰:有客无酒, 有酒无肴, 月白风清, 如此良夜何! 客曰:今者薄暮, 举网得鱼, 巨口细鳞, 状似松江之鲈。顾安所得酒乎? 归而谋诸妇。妇曰:我有斗酒, 藏之久矣, 以待子不时之须。于是携酒与鱼, 复游于赤壁之下。江流有声, 断岸千尺, 山高月小, 水落石出。曾日月之几何, 而江山不可复识矣! 予乃摄衣而上, 履巉岩, 披蒙茸。踞虎豹, 登虬龙。攀栖鹘之危巢, 俯冯夷之幽宫。盖二客不能从焉。划然长啸, 草木震动。山鸣谷应, 风起水涌。予亦悄然而悲, 肃然而恐, 凛乎其不可留也。返而登舟, 放乎中流, 听其所止而休焉。时夜将半, 四顾寂寥。适有孤鹤, 横江东来, 翅如车轮, 玄裳缟衣, 戛然长鸣, 掠予舟而西也。须臾客去, 予亦就睡。梦一道士, 羽衣翩跹, 过临皋之下, 揖予而言曰:赤壁之游乐乎? 问其姓名, 俛而不答。呜呼噫嘻, 我知之矣! 畴昔之夜, 飞鸣而过我者, 非子也耶! 道士顾笑, 予亦惊寤, 开户视之, 不见其处。

又

雪堂闲步, 过临皋、霜净晚林木落。月白风清如此夜, 与客行歌相答。网举松鲈,手携斗酒,赤壁重寻约。悲歌长啸,划然声动寥廓。

试问日月几何,江流山色,今日应如昨。履遍巉岩风露冷,水面怒涛惊跃。一叶中流,听其所止,适有孤飞鹤。横江东下,问予赤壁游乐。以上明刊本风雅遗音卷上

欧阳公昼锦堂记:仕宦而至将相,富贵而归故乡,此人情之所荣,而今昔之所同也。盖士方穷时,困阨闾里,庸人孺子,皆得易而侮之,若季子不礼于其嫂,买臣见弃于其妻。一旦高车驷马,旗旄导前而骑卒拥后,夹道之人,相与骈肩累迹,瞻望咨嗟,而所谓庸夫愚妇,奔走骇汗,羞愧俯伏,以自悔罪于车尘马足之间,而莫敢仰视。此一介之士得志于当时,而意气之盛,昔人比之衣锦之荣者也。惟大丞相魏国公则不然。公,相人也,世有令德,为时名卿。公自少时,擢高科,登显仕,海内之士,闻下风而望馀光者,盖亦有年矣。所谓将相而富贵,皆公所宜素有,非如穷阨之人,侥幸得志于一时,出于庸夫庸妇之不意,以惊骇而夸耀之也。然则高牙大纛不足为公荣,桓圭衮冕不足为公贵,惟德被生民,功施社稷,勒之金石,播之声诗,以耀后世,而垂无穷,此公之志,而士亦以此望于公也,岂止夸一时而荣一乡哉! 公在至和中,尝以武康之节来治于相,乃作昼锦之堂于后圃。既又刻诗于石,以遗相人。其言以快恩雠、矜名誉为可薄,盖不以昔人之所夸者为荣,而以为戒,于此见公之视富贵为如何,而其志岂易量哉! 故能出入将相,勤劳王家,而夷险一节。至于临大节,决大议,垂绅正笏、不动声色,而措天下于泰山之安,可谓社稷之臣矣。其丰功盛烈,所以铭彝鼎而被弦歌者,乃邦家之光,非闾里之荣也。余虽不获登公之堂,幸尝窃诵公之诗,乐公之志有成,而喜为天下道也,于是乎书。

括水调歌

仕宦至卿相,富贵好归乡。高车驷马,都人夹道共瞻望。意气当年尤盛,荣比昔人衣锦,昼锦以名堂。海内知名士,久矣望馀光。

大丈夫,荣与贵,视寻常。丰功令德,要将尧舜致君王。事业光施社稷,勋烈遍铭彝鼎,此志孰能量。妙语勒金石,千古一欧阳。

山谷送王郎:酌君以蒲城桑落之酒,泛君以湘累秋菊之英,赠君以黟川点漆之墨,送君以阳关堕泪之声,酒浇胸次之磊隗,菊制短世之颓龄,墨以传万古文章之印,歌以写平时兄弟之情。江山千里头俱白,骨肉十年眼终青。连床夜语鸡戒晓,书囊无底谈未了。有功翰墨乃如此,何恨别离音书少。炊沙作糜终不饱,镂冰文章费工巧。要须心地收汗马,孔孟行世日杲杲。有弟有弟力持家,妇能养姑供珍鲑。儿大诗书女丝麻。公但读书煮春茶。

括贺新凉

酌以蒲城酒。撷湘纍、秋英满泛，介君眉寿。赠君点漆黟川墨，与印文章大手。问此别、相逢难又。三叠阳关声堕泪，写平时、兄弟情长久。离别事，古来有。　　十年骨肉情何厚。对江山千里，共期白首。夜雨连床追旧事，惟恨音书渐少。便只恐、炊沙不饱。翰墨新功收汗马，话书囊、无底何时了。欢未足，听鸡晓。

范文正听真上人琴歌：银河耿耿霜棱棱，西窗月色寒如冰。江上一扣朱丝绳，万籁不起秋光凝。伏羲去天忽千古，我闻遗音泪如雨。嗟嗟不及郑卫儿，北里南邻竞歌舞。竟歌舞，何时休。师襄堂上心悠悠。击浮金，戛鸣玉，老龙秋啼沧海底，幼猿暮啸寒山曲。陇头瑟瑟咽流泉，洞庭萧萧落寒木。此声感物何大灵，十二衔珠下仙鹄。为予再奏南风诗，神人和畅瞬无为。为予试弹广陵散，鬼物方哀晋方乱。乃知圣人情虑深，将治四海先治琴。兴亡哀乐不我道，坐中可见天下心。感公遗我正始音。

括水调歌

耿耿银潢净，窗月莹如冰。朱丝一扣，万籁不起冷光凝。千古遗音犹在，一洗淫哇郑卫，北里与南陵。孰识兴亡事，哀乐不同情。
　　咽流泉，戛鸣玉，击浮金。老龙啼晓，幼猿忽复暮山吟。为我临风再奏，仙鹄翩翩十二，感物一何灵。此曲谁当听，四海有知音。

山谷听宋宗儒摘阮歌：翰林尚书宋公子，文采风流今尚尔。自疑瞽域是前身，囊中探丸起人死。貌如千载孤松枝，落魄酒中无定止。得钱百万送酒家，一笑不问今馀几。手挥琵琶送飞鸿，促弦聒醉惊客起。寒虫促织月笼秋，独雁叫群天拍水。楚国羁臣放十年，汉宫佳人嫁千里。深闺洞房语恩怨，紫燕黄鹂韵桃李。楚狂行歌惊世人，渔父拏舟在菱苇。问君枯木著朱绳，可能道人意中事。君言此物传数姓，玄璧庚庚有横理。闭门三月传国工。身今亲见阮仲容。我有江南一丘壑，安得与君醉其中，曲肱听君写松风。

括满江红

落魄高人，拚百万、青铜一醉。挥素手、朱绳一抹，四筵惊起。催织寒虫秋弄月，叫群独雁天浮水。更黄鹂、紫燕对春风，争繁脆。

　　悲楚国，羁臣意。怜汉女，逾千里。似深闺恩怨，共相汝尔。我有江南丘壑趣，此弦能道心中事。要曲肱、时听写松风，云窗里。

> 山谷水仙花：凌波仙子生尘袜，水上轻盈步微月。是谁招此断肠魂？种作寒花寄愁绝。含香体素欲倾城，山矾是弟梅是兄。坐对真成被花恼，出门一笑大江横。

括朝中措

凌波仙子袜生尘。水上步轻盈。种作寒花愁绝，断肠谁与招魂。

　　天教付与，含香体素，倾国倾城。寂寞岁寒为伴，藉他礬弟梅兄。

> 韩子苍题伯时画太一真人：太一真人莲叶舟，脱巾露发寒飕飕。轻风为帆浪为楫，卧看玉宇浮中流。中流荡漾翠绡舞，稳如龙骧万斛举。不是峰头十丈花，世间那得叶如许。龙眠画手老入神，尺素幻出真天人。恍然坐我水仙府，苍烟万顷波衮衮。玉堂学士今刘向，禁直嵒峣九天上。不须对此融心神，会植青菜夜相访。

括满江红

太一真人，莲叶向、中流荡漾。凌万顷、风为帆席，浪为轻桨。乱舞翠绡云雾薄，卧看玉宇琉璃晃。似飘然、万斛举龙骧，随波荡。

　　太华顶，花十丈。飘一叶，借清赏。倩龙眠老手，为渠摹放。鳌禁嵒峣谁寓直，玉堂学士今刘向。要清宵、特地杖青藜，来相访。

> 东坡书林和靖诗后：吴侬生长湖山曲，呼吸湖光饮山渌。不论世外隐君子，佣奴贩妇皆冰玉。先生可是绝俗人，神清骨冷无由俗。我不识君曾梦见，瞳子瞭然光可烛。遗篇妙字处处有，步绕西湖看不足。诗如东野不言寒，书似西台差少肉。平生高节已难继，将死微言犹可录。自言不作封禅书，更有悲吟白头曲。我笑吴人不好事，好作祠堂傍修竹。不然配食水仙王，一盏寒泉荐秋菊。

括贺新凉

生长湖山曲。羡吴儿、呼吸湖光，饱餐山渌。世外不须论隐逸，谁似先生冰玉。白骨冷、神清无俗。我不识君曾梦见，炯双瞳、碧色光相烛。遗妙语,看不足。　　　生平高节难为续。到如今、凛凛风生,言犹可录。不作相如封禅稿,身后谁荣谁辱。争肯效、白头吟曲。好与水仙为伴侣,傍西湖、湖畔修修竹。时一酹,荐秋菊。

范文正岳阳楼记:庆历四年春,滕子京谪守巴陵。越明年,政通人和,百废具兴。乃重修岳阳楼,增其旧制,刻唐贤今人诗赋于其上,属予作文记之。予观夫巴陵胜状,在洞庭一湖,衔远山,吞长江,浩浩荡荡,横无际涯,朝晖夕阴,气象万千,此则岳阳楼之大观也,前人之述备矣。然则北通巫峡,南极潇湘,迁客骚人,多会于此,览物之情,得无异乎! 若夫霪雨霏霏,连日不开,阴风怒号,浊浪排空,日星隐耀,山岳潜形,商旅不行,樯倾楫摧,薄暮冥冥,虎啸猿啼。登斯楼也,则有去国怀乡,忧谗畏讥,满目萧然,感极而悲者矣。至若春和景明,波澜不惊,上下天光,一碧万顷,沙鸥翔集,锦鳞游泳,岸芷汀兰,郁郁青青;而或长烟一空,皓月千里,浮光耀金,静影沉璧,渔歌互答,此乐何极。登斯楼也,则有心旷神怡,宠辱皆忘,把酒临风,其喜洋洋者矣。嗟夫! 予尝求古仁人之心,或异二者之为。何哉? 不以物喜,不以己悲。居庙堂之高,则忧其民;处江湖之远,则忧其君。是进亦忧,退亦忧。然则何时而乐耶? 其必曰:先天下之忧而忧,后天下之乐而乐欤! 噫,微斯人,吾谁与归! 时六年九月二十五日记。

括 水 调 歌

欲状巴陵胜,千古岳之阳。洞庭在目,远衔山色俯长江。浩浩横无涯际,爽气北通巫峡,南望极潇湘。骚人与迁客,览物兴尤长。

　　锦鳞游,汀兰郁,水鸥翔。波澜万顷,碧色上下一天光。皓月浮金千里,把酒登楼对景,喜极自洋洋。忧乐有谁会,宠辱两俱忘。

李白将进酒:君不见黄河之水天上来,奔流到海不复回。又不见高堂明镜悲白髮,朝如青丝暮如雪。人生得意须尽欢,莫把金尊空对月。天生我材必有用,千金散尽还复来。烹羔宰牛且为乐,会须一饮三百杯。岑夫子、丹丘生。与君歌一曲,请君为我听。钟鼎玉帛不足贵,但愿长醉不愿醒。古来贤达皆寂寞,惟有饮者留其名。陈王昔时宴平乐,斗酒十千恣欢谑。主人何为言少钱,且须沽酒对君酌。五花马,千金裘。呼儿将出换美酒,与尔同消万古愁。

括木兰花慢

黄河天上派,到东海、去难收。况镜里堪悲,星星白髮,早_{去声}上人头。人生尽欢得意,把金尊、对月莫空休。天赋君材有用,千金散聚何忧。　　　请君听我一清讴。钟鼎复奚求。但烂醉春风,古来惟有,饮者名留。陈王昔时宴乐,拚十千、斗酒恣欢游。莫惜貂裘将换,与消千古闲愁。

王禹偁黄州竹楼记:黄冈之地多竹,大者如椽,竹工破之,刳去其节,用代陶瓦,比屋皆然,以其价廉而工省也。子城西北隅,雉堞圮毁,蓁莽荒秽,因作小楼二间,与月波楼通。远吞山光,平挹江濑,幽阒寥夐,不可具状。夏宜急雨,有瀑布声;冬宜密雪,有碎玉声;宜鼓琴,琴调和畅;宜咏诗,诗韵清绝;宜围棋,子声丁丁然;宜投壶,矢声铮铮然。皆竹楼之助也。公退之暇,披鹤氅衣,戴华阳巾,手执周易一卷,焚香嘿坐,消遣世虑。江山之外,但见风帆、沙鸟、烟云、竹树而已。待其酒力醒,茶烟歇,送夕阳,迎素月,亦谪居之胜概也。彼齐云、落星,高则高矣;井幹、丽谯,华则华矣,止于贮妓女、藏歌舞,非骚人之事,吾所不取。吾闻竹工云:竹之为瓦,仅支十稔;若重覆之,得二十稔。忆吾以至道乙未岁,自翰林出滁上。丙申,移广陵。丁酉,入西掖。戊戌岁除日,有齐安之命。己亥闰三月,到郡。四年之间,奔走不暇,未知明年又在何处,岂惧竹楼之易朽乎!幸后人与我同志,嗣而葺之,庶斯楼之不朽也。咸平四年月日记。

括水调歌

听说竹楼好,佳地占黄冈。月波相接,俯临江濑挹山光。急雨檐喧瀑布,密雪瓴敲碎玉,幽阒兴尤长。琴调更虚畅,诗韵转清扬。

　　公退暇,披鹤氅,戴华阳。手披周易,消磨世虑坐焚香。缥缈烟云竹树,迎送夕阳素月,胜概总难量。欲辨骚人事,瀹茗漱清觞。

李白采莲曲:若耶溪旁采莲女,笑隔荷花共人语。日照新妆水底明,风飘香袖空中举。岸上谁家游冶郎,三三五五映垂杨。紫骝嘶入落花去,见此踟躇空断肠。

括清平乐

若耶溪女。笑隔荷花语。日照新妆明楚楚,香袖风飘轻举。
谁家白面游郎。两三遥映垂杨。醉踏落花归去,踟躇空断柔肠。

玉川子有所思:当时我醉美人家,美人颜色娇如花。今日美人弃我去,青楼珠箔天之涯。娟娟姮娥月,二五盈又缺。翠眉蝉鬓生别离,一望不见心断绝。心断绝,几千里。梦中醉卧巫山云,觉来泪滴湘江水。湘江两岸花木深,美人不见愁人心。含愁更奏绿绮琴,调歌弦绝无知音。美人兮美人,不知为暮雨兮为朝云。相思一夜梅花发,忽到窗前疑是君。

括满江红

为忆当时,沉醉里、青楼弄月。闲想像、绣帏珠箔,魂飞心折。羞向姮娥谈旧事,几经三五盈还缺。望翠眉、蝉鬓一天涯,伤离别。

寻作梦,巫云结。流别泪,湘江咽。对花深两岸,忽添悲切。试与含愁弹绿绮,知音不遇弦空绝。忽窗前、一夜寄相思,梅花发。

东坡海棠(寓居定惠院之东,杂花满山,有海棠一株,土人不知其贵也。):江城地瘴蕃草木,只有梅花苦幽独。嫣然一笑竹篱间,桃李漫山总粗俗。也知造物有深意,故遣佳人在空谷。自言富贵出天姿,不待金盘荐华屋。朱唇得酒晕生脸,翠袖卷纱红映肉。林深雾暗晓光迟,日暖风轻春睡足。雨中有泪亦凄惨,月下无人更清淑。先生食饱无一事,散步逍遥自扪腹。不问人家与僧舍,拄杖敲门看修竹。忽然绝艳照衰朽,叹息无言揩病目。陋邦何处得此花,无乃好事移西蜀。寸根千里不易到,衔子飞来定鸿鹄。天涯流落俱可念,为饮一尊歌此曲。明朝酒醒还独来,雪落纷纷那忍触。

又

寂寞江城,拚只共、梅花幽独。揩病眼、佳人何许,嫣然空谷。幻出天姿真富贵,朱唇滞酒红生肉。笑漫山、繁李与夭桃,俱粗俗。

迟日丽,春睡足。明月照,尤清淑。算移根千里,远从西蜀。流落天涯应可念,为渠剧饮仍歌曲。怕明朝、酒醒落纷纷,那忍触。

李白襄阳歌:落日欲没岘山西,倒著接䍦花下迷。襄阳小儿齐拍手,拦街争唱白铜鞮。傍人借问笑何事,笑杀山翁醉似泥。鸬鹚杓、鹦鹉杯,百年三万六千日,一日须倾三百杯。遥看汉水鸭头绿,恰似蒲萄初发醅。此江若变作春酒,垒麹便筑糟丘台。金鞍骏马换少妾,笑坐金鞍歌落梅。车傍侧挂一壶酒,凤笙龙笮行相催。咸阳市上叹黄犬,何如月下倾金罍。君不见,晋朝羊公一片石,龟龙剥落生莓苔。泪亦不能为之堕,心亦不能为之哀。清风明月不用一钱买,玉山自倒非人推。舒州杓、力士铛,李白与尔同死生。襄王云雨今安在,江水东流猿夜声。

括 水 调 歌

落日岘山下,倒著接䍦回。傍人笑问山翁,日日醉归来。三万六千长日,一日杯倾三百,酾麹筑糟台。汉水鸭头绿,变酒入金罍。

白铜鞮,鸬鹚杓,鹦鹉杯。轻车快马,凤笙龙笯更相催。自有清风明月,刚道不须钱买,对此玉山颓。水自东流去,猿自夜声哀。

欧阳公明妃曲:胡人以鞍马为家,射猎为俗。泉甘草美无常处,鸟惊兽骇争驰逐。谁将汉女嫁胡儿,风沙无情貌如玉。身行不见中国人,马上自作思归曲。推手为琵却手琶。胡人共听亦咨嗟。玉颜流落死天涯,琵琶却传来汉家。汉宫争按新声谱,遗恨已深声更苦。纤纤女手生洞房,学得琵琶不下堂。不识黄云出塞路,岂知此声能断肠。

括 江 神 子

狂胡鞍马自为家。遣宫娃。嫁胡沙。万里风烟,行不见京华。马上思归哀怨极,推却手,奏琵琶。 胡儿共听亦咨嗟。貌如花。落天涯,谁按新声,争向汉宫夸。纤手不知离别苦,肠欲断,恨如麻。

李白蜀道难:噫吁嚱、危乎高哉,蜀道之难难于上青天! 蚕丛及鱼凫,开国何茫然。尔来四万八千岁,不与秦塞通人烟。西当太白有鸟道,可以横绝峨眉巅。地崩山摧壮士死,然后天梯石栈相钩连。上有横河断海之浮云,下有冲波逆折之回川。黄鹤之飞尚不能过,猿猱欲度愁攀缘。青泥何盘盘,百步九折萦岩峦,扪参历井仰胁息,以手抚膺坐长叹。问君西游何当还,畏涂巉岩不可攀。但见悲鸟号古木,雄飞呼雌达林间。又闻子规啼夜月,愁空山。蜀道之难难于上青天,使人听此凋朱颜。连峰去天不盈尺,枯松倒挂倚绝壁。飞湍瀑流争喧豗,砯崖转石万壑雷。其险也若此,嗟尔远道之人,胡为乎来哉! 剑阁峥嵘而崔嵬,一夫当关,万夫莫开。所守或匪亲,化为狼与豺。朝避猛虎,夕避长蛇。磨牙吮血,杀人如麻。锦城虽云乐,不如早还家。蜀道之难难于上青天,侧身西望长咨嗟!

括 意 难 忘

蜀道登天。望峨眉横绝,石栈相连。西来当鸟道,逆浪俯回川。猿与鹤,莫攀缘。九折萦岩峦。算咫尺、扪参历井,回首长叹。

西游何日当还。听子规啼月，愁减朱颜。连峰天一握，飞瀑壑争喧。排剑阁，越天关。豺虎乱朝昏。问锦城，虽云乐土，何似家山。

白乐天庐山草堂记：匡庐奇秀，甲天下大山。山北峰曰香炉，峰北寺曰遗爱寺。介峰寺间，其境胜绝，又甲庐山。元和十一年秋，太原人白乐天见而爱之，若远行客过故乡，恋恋不能去，因面峰腋寺，作为草堂。明年春，草堂成。三间两柱，二室四牖，广袤丰杀，一称心力。洞北户，来阴风，防徂暑也；敞南甍，纳阳日，虞祁寒也。木斫而已，不加丹；墙圬而已，不加白。碱阶用石，幂窗用纸，竹帘纻帏，率称是焉。堂中设木榻四，素屏二，漆琴一张、儒道佛书各三两卷。乐天既来为主，仰观山、俯听泉，旁睨竹树云石，自辰至酉，应接不暇。俄而物诱气随，外适内和，一宿体宁，再宿心恬，三宿后颓然嗒然，不知其然而然。自问其故。答曰：是居也，前有平地，轮广十丈；中有平台，半乎地；台南有方池，倍乎台。环池多山竹野卉，池中生白莲白鱼。又南抵石涧，夹涧有古松老杉，大仅十人围，高不知几百尺，修柯戛云，低枝拂潭，如幢竖、如盖张、如龙蛇走。松下多灌丛，萝茑叶蔓骈织，承翳日月，光不到地，盛夏风气，如八九月时。下铺白石，为出入道。堂北五步，据层崖积石，嵌空垤块，杂木异草，盖覆其上，绿阴蒙蒙，朱实离离，不识其名，四时一色。又有飞泉植茗，就以烹燀，好事者见，可以永日。堂东有瀑布，水悬三尺，泻阶隅，落石渠，昏晓如练色，夜中如环佩、琴、筑声。堂西倚北崖右址，以剖竹架空，引崖上泉，脉分线悬，自檐注砌，累累如贯珠，霏微如雨露，滴沥飘洒，随风远去。其四旁耳目杖屦可及者，春有锦绣谷花，夏有石门涧云，秋有虎溪月，冬有炉峰雪，阴晴显晦，昏旦含吐，千变万状，不可殚纪愧缕而言，故云甲庐山者。噫！凡人丰一屋，华一箦，而起居其间，尚不免有骄稳之态。今我为是物主，物至致知，各以类至，又安得不外适内和，体宁心恬哉！昔永、远、宗、雷辈十八人，同入此山，老死不返，去我千载，我知其心以是哉！矧余自思，从幼迨老，若白屋、若朱门，凡所止，虽一日二日，辄覆篑土为台，聚拳石为山，环斗水为池，其喜山水病癖如此。一旦蹇剥，来佐江郡，郡守以优容抚我，庐山以灵胜待我，是天与我时，地与我所，卒获所好，又何求焉！尚以冗员所羁，馀累未尽，或往或来，未遑宁处。待余异日，弟妹婚嫁毕。司马岁秩满，出处行止，得以自遂，则必左手引妻子，右手抱琴书，终老于斯，以成就我平生之志。清泉白石，实闻此言。时三月二十七日，始居新堂。四月九日，与河南元集虚、范阳张允中、南阳张深之、东西二林长老凑公、朗、满、晦、坚等凡二十有二人，具斋施茶果以乐之，因为草堂记。

括 沁 园 春

庐阜诸峰，炉峰绝胜，草堂介焉。敞明窗净室，素屏虚榻，要仰观山色。俯听流泉。中有池台，旁多竹卉，夹涧杉松高刺仓历反天。堂之北,据层崖积石,绿荫浓鲜。　　　堂东瀑布飞悬。似雨露霏微珠贯穿。有春花秋月,夏云冬雪,阴晴显晦,雾吐烟吞。右抱琴书,左携妻子,杖屦从容尽暮年。平生志,赖清泉白石,实听余言。

叶清臣松江秋泛赋:泽国秋晴,天高水平。遥山晚碧,别浦寒清。循游具区之野,纵泛吴松之湄。东瞰沧海,西瞻洞庭。橘叶微下,斜阳半明。樵风归兮自朝暮,汐溜满兮谁送迎。浩霜空兮一色,横霁景兮千名。于是积潦未收,长江无际。澄澜万顷,扁舟独诣。社橘初黄,汀葭馀翠。惊鹭朋飞,别鹄孤唳。听渔榔之递响,闻牧笛之长吹。既览物以放怀,亦思人而结欷。若夫寇敌初平,霸图方盛。均忧待济,同安则病。鱼贪饵而登钩,鹿走险而忘命。一旦辞禄,扬舲高泳。功崇不居,名存斯令。达识先明,孤风孰竞。又若金耀不融,浴尘其蒙。宗城寡扞,王国争雄。拂衣洛右,振耀江东。托翠纶兮波上,脍蝉翼兮桴中。傥即时之有适,遑我后之为恫。至于著书笠泽,端居甫里。两桨汀洲,片帆烟水。夕醉酒垆,朝盘鱼市。浮游尘外之物,啸傲人间之世。富词客之多才,剧骚人之清思。缅三子之芳徽,谅随时之有宜。非才高见弃于荣路,乃道大不客于祸机。申屠临河而踟蹰,伯夷登山而食薇。皆有谓而然尔,岂得已而用之。别有执简仙瀛,持荷帝柱。晨韬史氏之笔,暮握使臣之斧。登览有澄清之心,临遣动光华之赋。荷从欲之流兹,尉远游之以惧。肇提封之所履,属方割之此忧。将浚疏于汇川,其拯济乎珍畴。转白鹤之新渚,据青龙之上游。灈埃垢于缞袄,刮病膜乎昏眸。左引任公之钓,右援仲由之桴(音浮)。思勤官而裕民,乃善利之远猷。彼全身以远害,盖孔臧于自谋。鲜鳞在俎,真茶满瓯。少回俗士之驾,亦未可为兹江之羞。

括 摸 鱼 儿

泛松江、水遥山碧,清寒微动秋浦。霜云霁色横无际,别鹄惊鸿无数。朝又暮。听牧笛长吹,隐隐渔榔度。骚人才子,既览物兴怀,浮游尘外,啸傲剧清思。　　　人间世。扰扰荣途要路。瀛洲琼馆安所。轩裳何似渔蓑兴,萧散龙游鹤渚。须归去。办双桨孤帆,云月和烟雨。江湖伴侣。趁社橘初黄,汀葭馀翠,成我莼鲈趣。

山谷煎茶赋:汹汹乎如涧松之发清吹,皓皓乎如春空之行白云。宾主欲眠而同味,水茗相投而不浑。苦口利病,解胶涤昏。未尝一日不放箸而策茗碗之勋者也。余尝为嗣直渝著,因录其涤烦破睡之功,为之甲乙。建溪如割。双井如虐。日铸如澌。其馀苦则辛螫,甘则底滞。呕酸寒胃,令人失睡。亦未足与议。或曰:无甚高论,敢问其次?涪翁曰:味江之罗山,严道之蒙顶。黔阳之都濡、高株,泸川之纳溪、梅岭。夷陵之压砖,邛之火井。不得已而去于三,则六者亦可酌兔褐之瓯,瀹鱼眼之鼎者也。或者又曰:寒中瘠气,莫甚于茶。或济之盐,句贼破家。滑窍走水,又况鸡苏之与胡麻! 涪翁于是酌岐雷之醪醴,参伊圣之汤液。斮附子如博投,以熬葛仙之垩。去菽而用盐,去橘而用姜。不夺茗味,而佐以草石之良。所以固太仓而坚作强。于是有胡桃、松实、庵摩、鸭脚、勃贺、糜芜、水苏、甘菊。既加臭味,亦厚宾客。前四后四,各用其一。少则美,多则恶。发挥其精神,又益于咀嚼。盖大匠无可弃之材,太平非一士之略。厌初贪味隽永,速化汤饼。乃至中夜,不眠耿耿。既作温齐,殊可屡歃。如以六经济三尺法。虽有除治,与人安乐。宾至则煎,去则就榻。不游轩后之华胥,则化庄周之蝴蝶。

括 意 难 忘

汹汹松风。更浮云皓皓,轻度春空。精神新发越,宾主少从容。犀箸厌,涤昏懵。茗碗珂策奇功。待试与,平章甲乙,为问涪翁。

　　建溪日铸争雄。笑罗山梅岭,不数严邛。胡桃添味永,甘菊助香浓。投美剂,与和同。雪满兔瓯溶。便一枕,庄周蝶梦,安乐窝中。

李白送张承祖之东都序:吁咄哉! 仆书室坐愁,亦已久矣。每思欲遐登蓬莱,极目四海,手弄白日,顶摩青穹,挥斥幽愤,不可得也。而金骨未变,玉颜已缁,何尝不扪松伤心,抚鹤叹息。误学书剑,薄游人间,紫禁九重,碧山万里,有才无命,甘于后时。刘表不用于祢衡,暂来江夏;贺循喜逢于张翰,且乐船中。遇达人张侯,大雅君子。统泛舟之役,在清川之湄。谈玄赋诗,连兴数月。醉尽花柳,赏穷江夏。王命有程,告以于迈。烟景晚色,惨为愁容。系飞帆于半天,泛渌水于遥海。欲去不去,更开芳尊。乐虽寰中,趣逸天外。平生酣畅,未若此时。至于清谈浩歌,雄笔丽藻,笑饮醁酒,醉挥素琴,余实不愧于古人也。扬袂远别,何时归来。想洛阳之秋风,鲙鲈鱼以相待。诗可赠远,无乃阙乎!

括 酹 江 月

坐愁书室,漫临风、遐想蓬莱高致。抚鹤扪松长叹息,失足误来人世。紫禁九重,碧山万里,无路鸣珂珮。江山胜处,且寻花柳倾醉。

　　不堪送客清川,系帆渌水,烟景供憔悴。更举芳尊浇别恨,逸趣浮游天外。雄笔横挥,素琴轻拍,一笑成扬袂。洛阳秋早,归时同赏鲈鲙。

东坡月夜与客饮杏花下:杏花飞帘散馀春,明月入户寻幽人。褰衣步月踏花影,炯如流水涵青蘋。花间置酒清香发,争挽长条落香雪。山城薄酒不堪饮,劝君且吸杯中月。洞箫声断月明中,惟忧月落酒杯空。明朝卷地春风恶,但见绿叶栖残红。

又

杏花春晚,散馀芳、著处萦帘穿箔。唤起幽人明月夜,步月褰衣行乐。置酒花前,清香争发,雪挽长条落。山城薄酒,共君一笑同酌。

且须眼底柔英,尊中清影,放待杯行数。莫遣洞箫声断处,月落杯空牢寞。只恐明朝,残红栖绿,卷地东风恶。更须来岁,花时携酒寻约。

李贺高轩过:华裾织翠青如葱,金环压辔摇玲珑。马蹄隐耳声隆隆,入门下马气如虹。云是东京才子、文章钜公。二十八宿罗心胸,元精耿耿贯当中。殿前作赋声摩空,笔补造化天无功。庞眉书客感秋蓬,谁知死草生华风! 我今垂翅附冥鸿,他日不羞蛇作龙。

括水调歌

华裾织翡翠,金辔闹珑璁。宝蹄轻稳,香尘满地骤隆隆。云是东京才子,名擅文章钜伯,一世独推雄。高盖拥宾从,下马气如虹。

运元精,钟神秀,贯当中。磊磊落落,二十八宿列心胸。前殿当年奏赋,笔补天工造化,声价欲摩空。却笑庞眉客,垂翅附冥鸿。

刘禹锡武昌老人说笛歌:武昌老人七十馀,手把庾令相闻书。自言年少学吹笛,早事曹王曾赏激。往年征镇戍蕲州,楚山萧萧笛竹秋。当时买林恣搜索,典却身上乌貂裘。古苔苍苍封老节,石上孤生饱风雪。商声五音随指发,水中龙应行云绝。曾将黄鹤楼上吹,一声占尽秋江月。如今老去兴独迟,音韵高低耳不知。气力已无心尚在,时时一曲梦中吹。

括虞美人

武昌七十庞眉叟。学笛从年少。萧萧笛竹楚山秋。当日买林、曾典黑貂裘。　　　声占尽秋江月。天外行云绝。如今老去兴犹迟。尚想时时、一曲梦中吹。

山谷题杜子美浣花醉归图:拾遗流落锦宫城,故人作尹眼为青。碧鸡坊西结茅屋,百花潭水濯冠缨。故衣未补新衣绽,空蟠胸中书万卷。探道欲度羲皇前,论诗未觉国风远。干戈峥嵘暗宇县,杜陵韦曲无鸡犬。老妻稚子且眼前,弟妹漂零不相见。此公乐易真可人,园翁溪友肯卜邻。邻家有酒邀皆去,得意鱼鸟来相亲。浣花酒船散车骑,野墙无主看桃李。宗文守家宗武扶,落日蹇驴驮醉起。愿闻解兵脱兜鍪,老儒不用千户侯。中原未得平安报,醉里眉攒万国愁。生绡铺墙粉墨落,平生忠义命寂寞。儿呼不苏驴失脚,犹恐醒来有新作。常使诗人拜画图,煎胶续弦千古无。

括 江 神 子

拾遗流落锦宫城。故人情。眼为青。时向百花,潭水濯冠缨。韦曲杜陵行乐地,尘土暗,叹漂零。　园翁溪友总比邻。酒盈尊。肯相亲。落日蹇驴,扶醉两眉颦。磊落平生忠义胆,诗与酒,醉还醒。

范文正严先生祠堂记:先生,汉光武之故人也,相尚以道。及帝握赤符,乘六龙,得圣人之时,臣妾亿兆,天下孰加焉,惟先生以节高之。既而动星象,归江湖,得圣人之清,泥涂轩冕,天下孰加焉,惟光武以礼下之。在蛊之上九,众方有为,而独不事王侯,高尚其志,先生以之。在屯之初九,阳德方亨,而能以贵下贱,大得民也,光武以之。盖先生之心,出乎日月之上;光武之器,包乎天地之外。微先生,不能成光武之大;微光武,岂能遂先生之高哉!而使贪夫廉、懦夫立,是有大功于名教也。某来守是邦,始构堂而奠焉。乃复其后为四家,以奉祠事。又从而歌曰:"云山苍苍。江水泱泱。先生之风,山高水长。"

括 沁 园 春

子陵先生,故人光武,以道相忘。幸炎符在握,六龙在御,臣来亿兆,阳德方刚。自是先生,独全高节,归去江湖乐未央。动星象,被羊裘傲睨,一世轩裳。　高哉不事侯王。爱此地山高水更长。盖先生心地,超乎日月,又谁如光武,器量包荒。立懦廉顽,有功名教,万世清风更激扬。无古今,想云山郁郁,江水泱泱。

李白春夜宴诸从弟桃李园序:夫天地者,万物之逆旅;光阴者,百代之过客。而浮生若梦,为欢几何?古人秉烛夜游,良有以也。况阳春召我以烟景,大块假我以文章。会桃李之芳园,序天伦之乐事。群季俊秀,皆为惠连;吾人咏歌,独惭康乐。幽赏未已，高谈转清。开琼筵以坐花，飞羽觞而醉月。不有佳作，何伸雅怀。
如诗不成，罚依金谷酒数。

括 临 江 仙

须信乾坤如逆旅，都来一梦浮生。夜游秉烛尽欢情。阳春烟景媚，
乐事史来并。　　　座上群公皆俊秀，高谈幽赏俱清。飞觞醉月莫
辞频。休论金谷罚，七步看诗成。

李白清平调辞：开元中，禁中初重木芍药，即今牡丹也。得四本：红、紫、浅红通白
者，上移植于沉香亭前。花方繁开，上乘照夜车，太真妃以步辇从。诏选梨园弟
子，得乐一十六色。李龟年以歌擅一时，手持檀版，将欲歌。上曰：赏名花，对妃
子，焉用旧乐？命以金花笺宣赐翰林供奉李白立进清平调辞三章。白承诏旨，宿
酲犹未解，援笔赋之。
云想衣裳花想容。春风拂槛露花浓。若非群玉山头见，会向瑶台月下逢。
一枝红艳露凝香。云雨巫山枉断肠。借问汉宫谁得似，可怜飞燕舞红妆。
名花倾国两相欢。长得君王带笑看。解释春风无限恨，沉香亭北倚阑干。
辞进，促龟年歌之。太真妃持颇黎七宝杯，酌西凉州蒲萄酒，笑领歌辞，意甚厚。
饮罢，敛绣巾重拜。上自是顾李白尤异于诸学士云。

括 酹 江 月

开元盛日，爱名花绝品，浅红深紫。云想衣裳□□映，曲槛软风微
度。群玉山头，瑶台月下，一□香凝露。嫣然倾国，巫山肠断云雨。
　　借问标格风流，汉宫谁似，飞燕红妆舞。解释春风无限恨，博
得君王笑语。七宝杯深，蒲萄酒满，胜赏今何许。沉香亭北，倚阑
终日凝仁。以上明刊本风雅遗音卷下

洪咨夔

咨夔字舜俞，号平斋，於潜人。嘉泰二年进士。累官刑部尚书，翰
林学士，知制诰、加端明殿学士，提举力寿观。端平三年(1236)卒，谥忠

文,有平斋词一卷。

沁园春 寿俞紫薇

诗不云乎,蒹葭苍苍,白露为霜。看高山乔木,青云老干,英华滋液,亦敛而藏。匠石操斤游林下,便一举采之充栋梁。须知道,是天将大任,翕处还张。　　　薇郎玉佩丁当。问何事午桥花竹庄。又星回岁换,腊残春浅,锦熏笼紫,粟玉杯黄。唤起东风,吹醒宿酒,把甲子从头重数将。明朝去,趁传柑宴近,满袖天香。

又 次黄宰韵

归去来兮,杜宇声声,道不如归。正新烟百五,雨留酒病,落红一尺,风妒花期。睡起绿窗,销残香篆,手板楂颐还倒持。无人解,自追游仙梦,作送春诗。　　　风流不似年时!把别墅江山供弈棋。空一川芳草,半池晴絮,歌翻长恨,赋续怀离。桃叶渡头,沉香亭北,往事悠悠难重思。徘徊处,看鸣鸠唤妇,乳燕将儿。

又 寿淮东制置

饮马咸池,总辔崑崀,横弰九州。庆中兴机会,天生山甫,非常事业,天授留侯。左搏龙蛇,右驯虎兕,万里中原谈笑收。功名早,便貂蝉猎猎,飞出兜牟。　　　新氓无限欢讴。尽卖剑卖刀归买牛。正麦摇熏吹,黄迷断垄,秧涵朝雨,绿遍平畴。眼底太平,不图再见,罗拜焚香青海头。从今去,愿君王万岁,元帅千秋。

按此首别误作洪遵词,见花草粹编卷十二。

又 用周潜夫韵

秋气悲哉,薄寒中人,皇皇何之。更黄花吹雨,苍苔滑屐,栏空鬥

鸭,床老支龟。静里聂音,明边眉睫,蹴踏星河天脱轨。清谈久,顿
两忘妍丑,嫫姆西施。　　　濂溪家住江湄。爱出水芙蓉清绝姿。
好光风霁月,一团和气,尸居龙见,神动天随。著察工夫,诚存体
段,个里语言文字非。君家事,莫空将太极。散打图碑。

风流子　和杨帅芍

锦幄醉荼蘼。狻猊暖、银蒜压烟霏。正韩范安边,欧苏领客,红芳
庭院,绿荫窗扉。著句挽春春肯住,更判羽觞挥。金系花腰,玉匀
人面,娇慵无力,娅姹相依。　　　繁华都能几,青油幕、好与遮护晴
晖。寄语东君,莫教一片轻飞。向温馨深处,留欢卜夜,月移花影,
露裛人衣。只恐明朝西垣,有诏催归。

贺新郎　寿成都孙宰

露洗秋光透。指岷峨、无边峭碧,与君为寿。万里同随琴鹤到,只
愿人情长久。尽头白、眼青如旧。从臾功名三尺剑,倚函关、风雨
蛟龙吼。谈笑取,印如斗。　　　从今尽展眉峰皱。看诸郎、翩翩黄
甲,班班蓝绶。一簇孙枝扶膝下,翠竹碧梧争秀。便嘉庆、图中都
有。花影婆娑清昼永,护新凉、更著丝簧手。欢未尽,剩添酒。

又　寿程於潜

风软帘花约。玉壶天、芙蕖欲盖,筑笆初槃。宿霭收阴晴色定,一
点星明碧落。光拍满、浮谿峰崿。银梆铁冠风物古,更秧青、麦熟
蚕登箔。欢取酒,为君酌。　　　华堂衮绣今如昨。长官清、水晶灯
照,珊瑚钩琢。富贵功名知有样,晨起一声檐鹊。便好趁、六更宫
钥。龙尾朝回长燕喜,宝香深、醉引莱衣著。吹紫凤,舞黄鹤。

又 咏梅用甄龙友韵

放了孤山鹤。向西湖、问讯水边，嫩寒篱落。试粉盈盈微见面，一点芳心先著。正日暮、烟轻云薄。欲揽清香和月咽，倩冯夷、为洗黄金杓。花向我，劝多酌。　　单于吹彻今成昨。未甘渠、琢玉为堂，把春留却。倚遍黄昏栏十二，知被儿曹先觉。更笑杀、卢仝赤脚。但得东风先手在，管绿阴、好践青青约。方寸事，两眉角。

又

谁识昂昂鹤。且随缘、剩水残山，东村西落。世事几番新局面，看底却高三著。况转首、西山日薄。雪意压檐梅索笑，任柄长、柄短邻家杓。笃小瓮，动孤酌。　　见花忆得年时昨。正微醺、独步黄昏，被花迷却。冷月吹香春弄影，么风梢头先觉。恍梦断、罗浮山脚，欲寄心期无驿使，想凌寒、不奈腰肢约。空凭暖，画栏角。

汉宫春 老人庆七十

南极仙翁，占太微元盖，洞府为家。身骑若木倒景，手弄青霞。芙蓉飞斾，映一川、新绿平沙。好与问，东风结子，几回开遍桃花。况是初元玉历，更循环数起，希有年华。长把清明夜气，养就丹砂。麻姑送酒，安期生、遗枣如瓜。欢醉后，呼儿烹试，头纲小凤团茶。

夏　初　临

铁瓮栽荷，铜彝种菊，胆瓶萱草榴花。庭户深沉，画图低映窗纱。数枝奇石嵯岈。染宣和、瑞露明霞。於菟长啸，风林未鸣，霜草先斜。　　雪丝香里，冰粉光中，兴来进酒，睡起分茶。轻雷急雨，银篁迸插檐牙。凉入琵琶。枕帏开、又送蟾华。问生涯。山林朝市，取次人家。

满　江　红

送雨迎晴,花事过、一庭芳草。帘影动、归来双燕,似悲还笑。笑我
不知人意变,悲人空为韶华老。满天涯、都是别离愁,无人扫。

　海棠晚,荼䕷早。飞絮急,青梅小。把风流酝藉,向谁倾倒。秋
水盈盈魂梦远,春云漠漠音期悄。最关情、鹁鸪一声催,窗纱晓。

又　老人游东山,追和俞贰卿词,谨用韵

把酒西风,浑莫问、主宾谁恶。千古事、几□遇合,几人流落。肝胆轮
困溟渤小,精神浩荡蓬莱薄。望拒霜、红处是东山,长如昨。　　苍苔
迹,何曾削。黄叶梦,何难觉。等春云出岫,秋波归壑。老子婆娑风度
远,佳人缥缈腰肢约。况登高、节过又登高,须多酌。闰九月

天香　寿朱尚书

云母屏开,博山炉熨,人间南极星现。酥篆千秋,灯图百子,酒浪花
光照面。堂深戏彩,任父老、儿童争劝。耆艾相将潞国,精明恰如清
献。　　春风飘香合殿。仗云齐、漏迟宫箭。正好簪荷入侍,帕柑
传宴。日月华虫茜绚。便与试、胸中五纹线。寿域长开,洪钧长转。

水调歌头　送曹侍郎归永嘉

四海止斋老,百世水心翁。都将不尽事业,付与道俱东。气脉中庸
大学,体统采薇天保,几疏柘袍红,千仞倚寥碧,一点驾归鸿。
扈江蓠,贯薜荔,制芙蓉。午桥绿野深处,心与境俱融。搏控乾坤
龙马,簸弄坎离日月,苍鬓映方瞳。只恐又催诏,飞度橘花风。

又 中夏望前一夕步月

如此好明月,梅里自来无。炎云溽雾收尽,宇宙一冰壶。浅濑乍分随合,清影欲连还断,滉漾玉浮图。风物庾楼似,秋思欠菰蒲。

醉魂醒,尘骨换,我非吾。琼箫紫凤何许,风露足清都。君看流光多处,缥缈澼洸人立,白与藕花俱。只恐姮娥妒,凉透粟生肤。

念奴娇 老人用僧仲殊韵咏荷花横披,谨和

香山老矣,正商量不下,去留蛮素。独立踟蹰肠欲断,一段若耶溪女。水底新妆,空中香袖,斜日疏风浦。向人欲语,垂杨清荫多处。

便好花里唤船,碧筒白酒,微吸荷心苦。佳月一钩天四碧,隐约明波横注。雪藕逢丝,擘莲见薏,枕簟凉如雨。一双宿鹭,伴人永夜翘伫。

又 敬借老人灯韵为寿

光风霁月,信行窝到处,人间天上。一笑唤回新造化,满眼翠舒红放。脑后功名,脚跟富贵,梦断春旗仗。辐巾萧散,任他虮虱龙象。

正是杨柳初眠,海棠半睡,锦绣天开障。鹤骨松筋年望八,得醉不妨澜浪。节过烧灯,时催修禊,迎面韶华荡。宗文扶著,问翁马首何向。

更漏子 次黄宰夜闻桂香

眼生花,灯缀粟。人在黄金列屋。金缕细,道冠明。胆瓶凉意生。

缓歌弦,停酒斝。待得香风吹下。斜月转,断云回。风流不让梅。

好事近 次曹提管春行

二十四番风,才见一番花鸟。已是有人春瘦,正远山横峭。　　踏
青底用十分晴,半阴晴方好。深院日长睡起,又海棠开了。

朝中措 送同官满归

荷花香里藕丝风。人在水晶宫。天上桥成喜鹊,云边帆认归鸿。
去天尺五城南杜,趣对柘袍红。若问安边长策,莫须浪说和戎。

又 次杨仲禹韵

翠盆红药护觥筹。风物似扬州。春事一声杜宇,人生能几狐裘。
　　有山可买,有书可读,不愿封留。一任东风辇路,群公苍佩鸣璆。

又 寿章君举

滂葩七十二滩春。钟瑞石麒麟。流水行云才思,光风霁月精神。
金蕉进酒,斑衣起舞,喜气津津。群玉峰头环珮,紫薇花底丝纶。

点绛唇 次张伯修韵

花事无多,笙歌绾取东风住。玉彝雕俎,楼外更筹屡。　　醉唤骊
驹,催上天梯去。君知否。半边铜虎。邓艾经行路。

西江月 寿章叔厚

庭下宜男萱草,墙头结子榴花。非烟非雾富平家。人物风流如画。
　　宝月曾修玉斧,银河欲泛仙槎。美人睡起绿云斜。一笑扶将
寿斝。

浣溪沙 寿子有

苍鹤飞来水竹幽。初弦凉月一帘秋。木犀花底试新笆。　风味
砚供无尽藏,龙飞牓占最高头。慈闱洗眼看封侯。

又 用吴叔永韵

细雨斜风寂寞秋。黄花压鬓替人羞。归舟云树负篷篌。　燕子
楼寒迷楚梦,凤皇池暖惬秦讴。暮云凝碧可禁愁。

又 寿蔡子及

小雨轻霜作嫩寒。蜡梅开尽菊花乾。清香收拾贮诗肝。　文武
两魁前样在,功名四谏后来看。麻姑进酒斗阑干。

又

六曲屏山似去年。雪花欺得怕寒肩。小窗和月照无眠。　笔点
轻渐心欲折,烛摇斜吹泪空煎。伴人梅影更堪怜。

菩萨蛮 和子有韵

翠翘花艾年时昨。鬥新五采同心索。含笑祝千秋。长眉如莫愁。
流光旋磨蚁。换调重拈起。深院竹和丝。皱红裁舞衣。

鹧鸪天 为老人寿

天理从来屈有信。东风到处物皆春。门前骢马权奇种,台上慈乌
反哺心。　花岛屐,柳湖尊。好将长健傲长贫。诸孙认取翁翁
意,插架诗书不负人。

蝶　恋　花

画斛黄花寒更好。人爱花繁,却被花催老。旧恨新愁谁酝造。带围暗减知多少。　　开眼万般浑是恼。只仗微醺,假寐宽怀抱。隔屋愁眉春思早。数声啼破池塘草。

临　江　仙

万紫千红鬓上粉,聚成一撮精神。宣和宫样太清真。韶风摇斗帐,芳露湿纶巾。　　消得流莺花底滑,一声惊起梁尘。扶将芍药牡丹春。光浮金盏面,香到玉池津。

南乡子 （原作行香子,误,兹从汲古阁本平斋词）

风雨过芳晨。多少愁红恨紫尘。两点眉尖凝远碧,纷纷。又被杨花误一春。　　金凤压娇云。睡起纱窗背欠伸。心事欲言言不尽,沉沉。乳燕雏莺触拨人。

汲古阁本平斋词注:或作贺方回。

眼　儿　媚

平沙芳草渡头村。绿遍去年痕。游丝下上,流莺来往,无限销魂。　　绮窗深静人归晚,金鸭水沉温。海棠影下,子规声里,立尽黄昏。

又 寿钱德成

花光灯影浸帘栊。蓬岛现仙翁。瑶裾织翠,诗瞳点碧,酒脸潮红。　　窦郎阴德知多少,万卷奏新功。前庭梧竹,后园桃李,无限春风。

南乡子 德清舟中和老人韵

霜月冷婷婷。夹岸芦花雪点成。短艇水晶宫里系,闲情。谁道芙蓉更有城。　　阿鹊数归程。人倚低窗小画屏。莫恨年华飞上鬓,堪凭。一度春风一度莺。

祝英台近 为老人寿

脸长红,眉半白,老鹤饱风露。岁换星移,禄运又交午。须知命带将来,福推不去,稳做个、荣华彭祖。　　记初度。谢他紫燕黄鹂,争先送好语。春满湖山,历历旧游处。管教柳外行厨,花边步屧,长占断、好晴奇雨。

谒金门 寿梦祥

春正美。满眼万红千紫。收拾群香归瓮蚁。长年花信里。　　深院帘栊如水。双燕呢喃芳垒。唾碧轻衫人送喜。梅梢新结子。

又 九日

开笑口。又是茱萸重九。好水佳山长似旧。健如黄犊走。　　菊蕊峥峥如豆。风雨轻寒初透。檐外鹊声谁送酒。莫闲金碗手。

卜算子

簸弄柳梢春,呼吸花心露。倦粉娇黄扇底风,尽向眉心度。　　唤醒海棠红,约住樱桃素。上到瑶台最上层,共跨青鸾去。后句梦中得。

又

芍药打团红,萱草成窝绿。帘卷疏风燕子归,依旧卢仝屋。　　贫放麹生疏，闲到青奴熟。扫地焚香伴老仙，人胜连环玉。

柳梢青　老人生日

野服纶巾。白须红颊，无限阳春。二满三平，粗衣淡饭，钟鼎山林。

尊前喜气轮囷，道蚕麦、今朝甲申。天放新晴，人占一饱，老子宽心。以上校汲古阁本平斋词

天仙子　寿陈倅八月十五

风月分将秋一半。昨夜月明今夜满。有人笙鹤御风来，玉绳转。银河淡。凉入天孙云锦段。　　笑捻桂枝香婉娩。十字金书光照眼。看看细札促归来，漏声缓。珂声远。夜宿玉堂谁是伴。翰墨大全丁集卷三

赵与洽

与洽字景周，号戆庵，秦王德芳九世孙。绍定二年(1229)进士。姓氏亦见自号录。洪咨夔平斋文集卷二有寄赵景周抚干诗，盖曾官安抚司干办公事。

摸鱼儿　梅

甚幽人、被花勾引，庭皋遥夜来去。江空岁晚谁为伴，只有琼枝玉树。愁绝处。望万里瑶台，梦断迷归路。花还解语。更雪琢精神，冰相韵度。粉黛尽如土。　　飘仙袂，曾缀蕊珠鹓鹭。云茵月障千步。莫教衣袖天香冷，恐怨美人迟暮。更起舞。任斗转参横，翠羽曾知否。尘缘自误。终待骖鸾，乘风共去。长作此花主。阳春白雪卷六

江城梅花引

单衾寒引画龙声。雨初晴。月微明。竹外溪边，低见一枝横。澹月疏花三四点，尚春浅、早相看、似有情。　　夜来袖冷暗香凝。恨半销，酒半醒。靓妆照影，未忺整、雪艳冰清。只恐不禁、愁绝易飘零。待得南楼三弄彻、君试看，比从前、更瘦生。阳春白雪卷七

李致远

　　　　洪咨夔平斋文集卷八有送李致远安远簿诗。宋别有李致远，见丞相李忠定公长短句，时代较早。今姑编于此。

碧　牡　丹

破镜重圆，分钗合钿，重寻绣户珠箔。说与从前，不是我情薄。都缘利役名牵，飘蓬无定，翻成轻负。别后情怀，有万千牢落。

经时最苦分携，都为伊、甘心寂寞。纵满眼、闲花媚柳，终是强欢不乐。待凭鳞羽，说与相思，水远天长又难托。而今幸已再逢，把轻离断却。花草粹编卷九

张　琳

　　　　琳官都监。

失　调　名

持节助调羹。　密斋笔记卷三

邬 虑

虑字文伯,抚州临川人。

翻 香 令

醉和春恨拍阑干。宝香半炧倩谁翻。丁宁告、东风道,小楼空,斜月杏花寒。　　梦魂无夜不关山。江南千里霎时间。且留得、鸾光在,等归时,双照泪痕乾。阳春白雪卷七

按此首原题邬文伯作。

冯 镕

镕字景范,夔州人,嘉泰间乡贡进士。

如梦令　题龙脊石

素养浩然之气,铁石心肠谁拟。嵩目县前江,不逐队鱼游戏。藏器。藏器。只等时乘奋起。嘉泰壬戌仲春,乡进士冯镕景范游此,因成如梦令一阕,书之于石。　历代词人考略引况周仪鱼龙文字记

刘 镇

镇字叔安,南海人。嘉泰二年(1202)进士。学者称为随如先生。有随如百咏,今不传。

念 奴 娇

调冰弄雪,想花神清梦,徘徊南土。一夏天香收不起,付与蕊仙无

语。秀入精神,凉生肌骨,销尽人间暑。稼轩愁绝,惜花还胜儿女。

长记歌酒阑珊,开时向晚,笑浥金茎露。月浸栏干天似水,谁伴秋娘窗户。困殢云鬟,醉欹风帽,总是牵情处。返魂何在,玉川风味如许。全芳备祖前集卷二十五素馨门

行香子　赠柳儿行(题从花庵词选补)

露叶烟条。天与多娇。算风流、张绪难消。恼人春思,政自无聊。赖敛愁眉,酣醉眼,减围腰。　　风絮相邀。蝶弄莺嘲。最关情、是短长桥。解骖分袂,催上兰桡。更绿波平,红日坠,碧云遥。全芳备祖后集卷十七杨柳门

沁园春　和刘潜夫送孙花翁韵

谁似花翁,长年湖海,蹇驴弊裘。想红尘醉帽,青楼歌扇,挥金谈笑,惜玉风流。吴下阿蒙,江南老贺,肯为良田二顷谋。人间世,算到头一梦,蝼蚁王侯。　　悠悠。吾道何求。况白首相逢说旧游。记疏风淡月,寒灯古寺,平章诗境,分付糟丘。聚散抟沙,炎凉转烛,归去来兮万事休。无何有,问从前那个,骑鹤扬州。

又　题西宗云山楼

爽气西来,玉削群峰,千杉万松。望疏林清旷,晴烟紫翠,雪边回棹,柳外闻钟。夜月琼田,夕阳金界,倒影楼台表里空。桥阴曲,是旧来忠定,手种芙蓉。　　仙翁。心事谁同。付鱼鸟相望一笑中。向月梅香底,招邀和靖,云山高处,问讯梁公。物象搜奇,风流怀古,消得文章万丈虹。沉吟久,想依依春树,人在江东。

花心动　临安新亭

鸠雨催晴,遍园林、一番绿娇红媚。柳外金衣,花底香须,消得艳阳
天气。障泥步锦寻芳路,称来往、纵横珠翠。笑携手,旗亭问酒,更
酬春思。　　　还记东山乐事。向歌雪香中,伴春沈醉。粉袖弹人,
彩笔题诗,陶写老来风味。夜深银烛明如昼,待归去、看承花睡。
梦云散,屏山半熏沉水。

汉宫春　郑贺守席上怀旧

日软风柔,望暖红连岛,晴绿平川。寻芳拾蕊,胜伴陌上鲜妍。玉骢
归路,记青门、曾堕吟鞭。人去后,庭花弄影,一帘香月娟娟。
追念旧游何在,叹佳期虚度,锦瑟华年。博山夜来烬冷,谁换沉烟。
屏帏半掩,奈梦云、不到愁边。春易老,相思无据,闲情分付鱼笺。

水龙吟　丙子立春怀内

三山腊雪才消,夜来谁转回寅斗。试灯帘幕,送寒幡胜,暗香携手。
少日欢娱,旧游零落,异乡歌酒。到而今,生怕春来大早,空赢得、
两眉皱。　　　春到兰湖少住,肯殷勤、访梅寻柳。相思人远,带围
宽减,粉痕消瘦。双燕无凭,尺书难表,甚时回首。想画栏、倚遍东
风,闲负却、桃花咒。

又　庚寅寄远

老来惯与春相识,长记伤春如故。去年今日,旧愁新恨。送将风
絮。粉泪羞红,黛眉颦翠,推愁不去。任琐窗深闭,屏山半掩,还别
有、愁来路。　　　回首画桥烟水,念故人、匆匆何处。客情怀远,云
迷北树,草连南浦。离合悲欢,去留迟速,问春无语。笑刘郎,不道

无桃可种。苦留春住。

又 丙戌清明和章质夫韵

弄晴台馆收烟候,时有燕泥香坠。宿醒未解,单衣初试,腾腾春思。前度桃花,去年人面,重门深闭。记彩鸾别后,青骢归去,长亭路、芳尘起。　　十二屏山遍倚。任苍苔、点红如缀。黄昏人静,暖香吹月,一帘花碎。芳意婆娑,绿阴风雨,画桥烟水。笑多情司马,留春无计,湿青衫泪。

庆春泽 丙子元夕

灯火烘春,楼台浸月,良宵一刻千金。锦步承莲,彩云簇仗难寻,蓬壶影动星球转,映两行、宝珥瑶簪。恣嬉游,玉漏声催,未歇芳心。　　笙歌十里夸张地,记年时行乐,憔悴而今。客里情怀,伴人闲笑闲吟。小桃未静刘郎老,把相思、细写瑶琴。怕归来,红紫欺风,三径成阴。

蝶恋花 丁丑七夕

谁送凉蟾消夜暑。河汉迢迢,牛女何曾渡。乞得巧来无用处。世间枉费闲针缕。　　人在江南烟水路。头白鸳鸯,不道分飞苦。信远翻嗔乌鹊误。眉山暗锁巫阳雨。

柳梢青 七夕

乾鹊收声,湿萤度影,庭院秋香。步月移阴,梳云约翠,人在回廊。　　醺醺宿酒残妆。待付与、温柔醉乡。却扇藏娇,牵衣索笑,今夜差凉。

又 戏简高菊磵

瞥眼光阴。章台旧路,杨柳春深。尚忆风流,殢人倚玉,替客挥金。
　　高阳醉后分襟。想妒雨、嗔云到今。消息真时,笑啼难处,方
表人心。

江神子 (原误小重山,今正) 吊方检详

思君梦里说邯郸。未成欢。已炊残。断送春归,风雨霎时间。空
有生前医国手,医不到,子孙寒。　　欲登诗境吊方干。倩谁看。
北邙山。落落晨星,不见暮云还。莫在人间寻食客,寻见后,匹如
闲。

临江仙 代闺怨

荡紫飘红芳信断,都无人问秾纤。吟鞭倚醉问凉蟾。香消金缕篆,
尘压宝妆奁。　　梦峡朝云飞不到,一春离绪厌厌。却疑归燕碍
重帘。心期花底误,眉恨柳边添。

按金绳武本花草粹编卷十三此首误作刘仙伦词。

浣溪沙 丁亥钱元宵

帘幕收灯断续红。歌台人散彩云空。夜寒归路噤鱼龙。　　宿醉
未消花市月,芳心已逐柳塘风。丁宁莺燕莫匆匆。

清平乐 赵园避暑

柳阴庭院。帘约风前燕。著雨荷花红半敛。消得盈盈绿扇。
竹光野色生寒。玉纤雪藕冰盘。长记酒醒人静,暗香吹月栏干。

贺新郎　题王守西湖书院

云淡天垂野。望晴郊、疏烟半卷,断虹低跨。老树连阴藏远景,十里湖光照夜。看不尽、真山图画。春满轩窗无著处,更银蟾、冷浸鸳鸯瓦。人共境,转幽雅。　　文章太守归来也。似当年、和靖风流,小孤山下。问讯佩兰餐菊友,曾约梅兄入社。待付与、竹膘陶写。尘外闲寻行乐地,任傍人、歌舞喧台榭。诗世界,有王谢。

江神子　三月晦日西湖饯春

送春曾到百花洲。夕阳收。暮云留。想伴花神,骑鹤上扬州。回首湖山情味淡,重把酒,更登楼。　　相思南浦古津头。未拏舟。已惊鸥。柳外归鸦,点点是离愁。空倚阳关三叠曲,歌不尽,水东流。

阮　郎　归

寒阴漠漠夜来霜。阶庭风叶黄。归鸦数点带斜阳。谁家砧杵忙。　　灯弄幌,月侵廊。熏笼添宝香。小屏低枕怯更长。和云入醉乡。

又　丹桂

金茎滟露未成霜。西风只旧凉。蕊仙何事换霞妆。恼人秋思长。　　香世界,锦文章。花神不覆藏。小山骚客政清狂。同花入醉乡。

玉楼春　东山探梅

泠泠水向桥东去。漠漠云归溪上住。疏风淡月有来时,流水行云无觅处。　　佳人独立相思苦。薄袖欺寒修竹暮。白头空负雪边春,著意问春春不语。以上二十二首见花庵中兴以来绝妙词选卷八

木 兰 花 慢

看纤云护月,湛河汉,夜声收。正玉麈生风,银床坠露,凉叶飕飕。襟怀静吞八表,莫登山临水易惊秋。闲想多情宋玉,旧来空替人愁。 温柔。乡解老秋不。丝竹间秦讴。向橙橘香边,持螯把酒,聊伴清游。骚人自应念远,与黄花、评泊晋风流。明日莼鲈兴动,待寻江上归舟。阳春白雪卷四

感皇恩 寿赵路公八十

八十最风流,那谁不喜。况是精神可人意。太公当日,未必荣华如此。儿孙列两行,莱衣戏。 好景良辰,满堂和气。唱个新词管教美。愿同彭祖。尚有八百来岁。十分才一分,那里暨。寿亲养老新书

踏莎行 赠周节推宠姬

兰斛藏香,梅瓶浸玉。炉烟半袅屏山曲。谁烧银烛照黄昏,有人正倚萧萧竹。 白雪歌翻,红牙板促。周郎自是难回目。禁寒不饮告推人,春风吹聚眉尖绿。翰墨大全后丙集卷四

绛都春 清明

和风乍扇,又还是去年,清明重到。喜见燕子,巧说千般如人道。墙头陌上青梅小。是处有、闲花芳草。偶然思想,前欢醉赏,牡丹时候。 当此三春媚景,好连宵恣乐,情怀歌酒。纵有珠珍,难买红颜长年少。从他乌兔茫茫走。更莫待、花残莺老。恁时欢笑,休把万金换了。类编草堂诗馀卷三

以上刘镇词二十六首用赵万里辑随如百咏。

存　目　词

张　侃

　　侃字直夫,邗城(今江苏扬州)人。开禧中知枢密院张嵓之子。与赵师秀、周文璞游。嘉定十六年(1223),自金坛解组。宝庆二年(1226)间,宰句容。端平二年(1235),镇江签判。有张氏拙轩集,自永乐大典辑出。

秦　楼　月

冰肌削。水沉香透胭脂萼。胭脂萼。怕愁贪睡,等闲梳掠。　　花前莫惜添杯酌。五更嫌怕春风恶。春风恶。东君不管,此情谁托。

月　上　海　棠

南枝消息凭谁送。北枝寒、清晓破馀冻。横溪浸疏影,月黄昏、暗香浮动。真仙种。不与梨花同梦。　　洛阳姚魏争先贡。妒纷纷、红紫眩新宠。尽雪压风欺,□和羹、此时须用。烦珍重。莫作桓伊三弄。

感皇恩　元夕后二日,同彦敬郎中饮洪宣慰山园红梅
　　　　　　下,得感皇恩二阕

佳处记曾游,十年重到。罨画湖山最春早。红梅几树,一夜东风开

了。矮松修竹外、依然好。　　　玉色醲酣,香团娇小。消得金尊共倾倒。满怀风味,前度何郎今老。徘徊疏影里、花应笑。

又

换骨有丹砂,阿谁传与。爱惜芳心不轻吐。客来烂熳,解得此情良苦。有时三两点、胭脂雨。　　　旧说江南,红罗亭下,未必春光便如许。认桃辨杏,最是渠家低处。问花曾怨不、娇无语。以上四首见永乐大典卷二千八百零九梅字韵引拙轩初稿

曾　揆

　揆字舜卿,号懒翁,南丰人。与张侃同时。

西　江　月

檐雨轻敲夜夜,墙云低度朝朝。日长天气已无聊。何况洞房人悄。　　　眉共新荷不展,心随垂柳频摇。午眠仿佛见金翘。惊觉数声啼鸟。绝妙好词卷三

谒　金　门

山衔日。泪洒西风独立。一叶扁舟流水急。转头无处觅。　　　去则而今已去,忆则如何不忆。明日到家应记得。寄书回雁翼。

　按词综卷二十八录此首作曾允元词。金绳武本花草粹编卷六作曾揆词,兹从之。以下谒金门、眼儿媚、南柯子三首亦从金绳武本花草粹编卷六卷七及卷九。

又

深院寂。一点春灯衔壁。空说销愁须酒力。病多禁未得。　　　遥

望西楼咫尺。争信今宵思忆。伴我枕头双泪湿。梧桐秋雨滴。以上二首花草粹编卷三

眼儿媚

芙蓉帐冷翠衾单。魂梦几曾闲。怎禁未许，茫茫烟水，叠叠云山。

　　去时频把归期约，远不过春残。而今已是，荷花开了，犹倚栏干。花草粹编卷四

南柯子

桐叶凉生夜，藕花香满时。几多离思有谁知。遥望盈盈一水、抵天涯。　　雨洒征衣泪，月颦分镜眉。相逢又是隔年期。不似画桥归燕、解于飞。花草粹编卷五

曹　豳

　　豳字西士，号东畎，一作东猷，瑞安人。嘉泰二年（1202），登进士第。授安吉州教授，调重庆府司法参军，改知建昌。绍定六年（1233），擢秘书丞，兼仓部郎官。端平元年（1234），出为浙西提举常平，移浙东提点刑狱，召为左司谏。后以宝章阁待制致仕。卒谥文恭。

西河　和王潜斋韵

今日事。何人弄得如此。漫漫白骨蔽川原，恨何日已。关河万里寂无烟，月明空照芦苇。　　漫哀痛，无及矣。无情莫问江水。西风落日惨新亭，几人堕泪。战和何者是良筹，扶危但看天意。只今寂寞薮泽里。岂无人、高卧闾里。试问安危谁寄。定相将、有诏催公起。须信前书言犹未。中兴以来绝妙词选卷九

红　窗　迥

春闱期近也,望帝乡迢迢,犹在天际。懊恨这一双脚底。一日厮赶上五六十里。　　争气。扶持我去,转得官归,恁时赏你。穿对朝靴,安排你在轿儿里。更选个、宫样鞋,夜间伴你。庶斋老学丛谈卷中之下

　　按此首别又误作曹组词,见词苑萃编卷二十二。

周文璞

> 文璞字晋仙,号方泉,又号野斋,又号山楹,阳谷人。曾官溧阳县丞。有方泉先生诗集。

一　剪　梅

风韵萧疏玉一团。更著梅花,轻袅云鬟。这回不是恋江南。只是温柔,天上人间。　　赋罢闲情共倚阑。江月庭芜,总是销魂。流苏斜掩烛花寒。一样眉尖,两处关山。绝妙好词卷一

浪　淘　沙

还了酒家钱。便好安眠。大槐宫里著貂蝉。行到江南知是梦,雪压渔船。　　盘礴古梅边。也信前缘。鹅黄雪白又醒然。一事最奇君听取。明日新年。张雨贞居词

王武子

> 武子字文翁,丰城人。开禧元年(1205)进士,为江夏尉。词综云:一名子武。

朝 中 措

画眉人去掩兰房。金鸭懒薰香。有恨只弹珠泪,无人与说衷肠。

　　玉颜云鬓,春花夜月,辜负韶光。闲看枕屏风上,不如画底鸳

鸯。阳春白雪卷三

玉楼春 闻笛

红楼十二春寒恻。楼角何人吹玉笛。天津桥上旧曾听,三十六宫

秋草碧。　　昭华人去无消息。江上青山空晚色。一声落尽短亭

花,无数行人归未得。花草粹编卷六

　　按此首花草粹编卷六题王子武作。
　　又按杨慎词品卷一以此首为无名氏作。惟杨慎词林万选卷二又以为杜安世作,
　　升庵诗话卷九又引玉楼十二春寒恻句以为许奕作,自相矛盾。茅映词的卷二又
　　误以为晏几道词。

魏子敬

　　　　直斋书录解题卷二十一云:未详何处人。有云溪乐府四卷,不传。

生 查 子

愁盈镜里山,心叠琴中恨。露湿玉阑秋,香伴银屏冷。　　云归月

正圆,雁到人无信。孤损凤皇钗,立尽梧桐影。浩然斋雅谈卷下

韩　淲

　　　　淲字子耕,号萧闲。有萧闲词一卷,不传。赵万里有辑本。

高阳台 除夜

频听银签，重燃绛蜡，年华衮衮惊心。饯旧迎新，能消几刻光阴。老来可惯通宵饮，待不眠、还怕寒侵。掩清尊。多谢梅花，伴我微吟。　　邻娃已试春妆了，更蜂腰簇翠，燕股横金。勾引东风，也知芳思难禁。朱颜那有年年好，逞艳游、赢取如今。恣登临。残雪楼台，迟日园林。阳春白雪卷二

浪　淘　沙

莫上玉楼看。花雨斑斑。四垂罗幕护朝寒。燕子不知人去也，飞认阑干。　　回首几关山。后会应难。相逢袛有梦魂间。可奈梦随春漏短，不到江南。

又 丰乐楼

裙色草初青。鸭绿波轻。试花霏雨湿春晴。三十六梯人不到，独唤瑶筝。　　艇子忆逢迎。依旧多情。朱门只合锁娉婷。却逐彩鸾归去路，香陌春城。以上二首见阳春白雪卷四

长　相　思

郎恩深。妾思深。只为恩深便有今。回纹辜旧吟。　　云沉沉。水沉沉。一点坚如百炼金。郎应知妾心。

又

杜娘家。谢娘家。楼压官桥柳半遮。帘波漾彩霞。　　拾飞花。怨飞花。望断郎来日又斜。东风吹鬓鸦。

又

夜萧萧。梦萧萧。又趁杨花到谢桥。凤沉明月箫。　　来迢迢。去
迢迢。枉把吟笺寄寂寥。飞鸿不受招。以上三首见阳春白雪卷五

　　以上韩疁词六首,用赵万里辑萧闲词。

卓　田

　　田字稼翁,号西山,建阳人。开禧元年(1205)进士。

好事近　三衢买舟

奏赋谒金门,行尽云山无数。尚有江天一半,买扁舟东去。　　波
神眼底识英雄,阁住半空雨。唤起一帆风力,去青天尺五。

昭君怨　送人赴上庠

千里功名歧路。几纳英雄草屦。八座与三台。个中来。　　壮士
寸心如铁。有泪不沾离别。剑未斩楼兰。莫空还。

品令　新秋

立秋十日,早露出新凉面。斜风急雨,战退炎光一半。月上纱窗,
疑是广寒宫殿。　　无端宋玉,撩乱生悲怨。一年好处,都被秋光
占断。你且思量,今夜怎生消遣。以上三首见中兴以来绝妙词选卷七

眼儿媚　题苏小楼

丈夫只手把吴钩。能断万人头。如何铁石,打作心肺,却为花柔。
　　尝观项籍并刘季,一怒世人愁。只因撞着,虞姬戚氏,豪杰都

休。古今合璧事类备要外集卷五十七

酹江月　寿詹守生日在武夷设醮

武夷山字,是使君衔上,新来带得。便觉闲中多胜事,满眼烟霞泉石。云卷尘劳,风生芒竹,去作山中客。晓坛朝罢,自然五福天锡。

　　当此弧矢悬门,步虚声远,直透云霄碧。替却燕姬皓齿按此句缺一字,洗尽人间筝笛。九曲溪深,千岩壁峭,大寿应难匹。辑车有待,日边飞下消息。截江网卷五

沁园春　庆友人陈碧山

才大文豪,朱衣暗里,今须点头。奈兰宫一跌,槐黄时候。银袍逐浪,韦带随流。过尽鹤书,阅周鹗表,必竟都无名字留。空长恨,赍终不第,齿且先侯。　　休愁。有路堪由。最喜徐卿百不忧。正椿松未老,芝兰竞秀,奇毛雏凤,驿角犁牛。汉殿少年,新丰逆旅,岂肯卑微名位休。行将见,长沙召贾,御史除周。截江网卷六

满庭芳　寿富者　三月十八

柳暗千株,蒉翻三荚,当年神岳生申。画堂庆会,今日贺生辰。宝鸭檀烟薰馥,颂椒觞、醽酴频斟。殷勤劝,歌喉宛转,恣乐醉红裙。

　　荣华兼富贵,如君素享,胜似簪缨。虽田彭倚顿,未足多称。好是钱流地上,仓箱积、赈济饥贫。多阴德,子孙昌盛,指日绿袍新。翰墨大全丁集卷二

锦　溪

　　　　按宋有二锦溪,一为张巽,一为洪扬祖,未知孰是。

木兰花 和人女试晬

华堂庆晬。一岁应须千百岁,乐事如何。寿酒斟时妹拜哥。
爹夸利市。笑道看看生舍弟。同著莱衣。玉树森森奉寿卮。翰墨
大全丙集卷三

壶中天 寿陈碧山 十一月十五日

骑鲸直上,问姮娥何日,天生英杰。笑下琼楼,还报道,甫近迎长佳
节。万里无云,一天如水,拥出新团月。正当此夜,文星飞下天阙。

　　蟾苑元有高枝,至今犹待,自是无心折。只爱林泉供笑傲,吟
出阳春白雪。冠玉精神,希夷仙种,秘受长生诀。蓬壶不老,待看
兰玉英发。

满江红 寿八十老人 十一月十六日

蓬岛仙翁,元来是、神钟岳渎。喜遇生申时节,一阳来复。冀荚合
朝曾舞翠,月华昨夜圆如玉。展红笺、泚笔染新章,从头录。
渭川叟,非钧禄。鲁公子,非徽福。况家传、胡氏长生箓。点额婴
儿腾好语。殷勤捧献杯中绿。更九番、屈指筓铿年,为君祝。筓子
老聃。　以上二首翰墨大全丁集卷四

李仲光

　　　　仲光字景温,号肯堂,崇安人。开禧元年(1205)进士。官汀州、雷
　　州教授。有肯堂集,不传。

鹊桥仙 寿赵帅

诗书元帅,风流人物,看取方瞳如漆。铜驼陌上若相逢,当一笑、摩

挚金狄。　　相门事业,中书考第,未数汾阳功绩。若将六十寿行年,才数得、百分之一。截江网卷四

百字令 寿冯宪。是日,宴于古羊寺桃花下

小红开也,问韶华、今年何事春早。尽道福星临照久,勾引东风仙岛。一点恩光,列城生意,万物无枯槁。闉闍深处,也应满地芳草。

却怪有脚阳春,如何移向按"移向"上下缺二字崆峒了。父老牵衣留不住,只有攀援遮道。翠柏杯中,蟠桃花下,君看朱颜好。路人遥指,他年黄阁元老。截江网卷五

鹊桥仙 自寿

焚香清坐,呼童瀹茗,聊当一杯春酒。不须歌舞倩红裙,为祝百千长寿。　　诗书万卷,绮琴三弄,更有新词千首。从今日日与遨游,便是天长地久。截江网卷六

孙惟信

惟信字季蕃,号花翁,开封人。淳熙六年(1179)生,淳祐三年(1243)卒。在江湖颇有标致。多见前辈,多闻旧事,善雅谈,长短句尤工。尝有官,弃去不仕。有花翁集一卷。

失调名 四十九岁自寿

寿花戴了。山童问、华庚多少。待瞒来、又怕旁人笑。况戒腊、淳熙可考。大衍之用恰恰好。学易后、尚一年小。谢展唐衣眉山帽。薰风送下蓬岛。　　生巧。吕翁昨夜钟离早。又曾参、两个先生道。又也曾偷桃啖枣。百屋堆钱都不要。更不要、衮衣茸纛。但

要酒星花星照。鹊笑到老。后村大全集卷一百七十六诗话后集

风　流　子

三叠古阳关。轻寒嚛、清月满征鞍。记玉笋揽衣，翠囊亲赠，绣巾
揾脸，金柳初攀。自回首，燕台云掩冉，凤阁雨阑珊。天有尽头，水
无西注，鬓难留黑，带易成宽。　　啼妆，东风悄，菱花在，拟倩锦
字封还。应想恨蛾凝黛，慵髻堆鬟。奈情逐事迁，心随春老，梦和
香冷，欢与花残。闲煞唾茸窗阁，十二屏山。阳春白雪卷三

烛 影 摇 红

一朵鞓红，宝钗压髻东风溜。年时也是牡丹时，相见花边酒。初试
夹纱半袖。与花枝、盈盈鬥秀。对花临景，为景牵情，因花感旧。
　题叶无凭，曲沟流水空回首。梦云不入小山屏，真个欢难偶。别
后知他安否。软红街、清明还又。絮飞春尽，天远书沉，日长人瘦。
阳春白雪卷三

清 平 乐

秋娘窗户。梦入阳台雨。小别殷勤留不住。恨满飞花落絮。
一天晓月檐西。马嘶风拂罗衣。分付许多风致，送人行下楼儿。

阮 郎 归

满阶红影月昏黄，玉炉催换香。碧窗娇困懒梳妆。粉沾金缕裳。
　鸾髻耸，黛眉长。烛光分两行。许谁骑鹤上维扬。温柔和醉乡。
以上二首见阳春白雪卷四

南 乡 子

璧月小红楼。听得吹箫忆旧游。霜冷阑干天似水，扬州。薄幸声

名总是愁。　　尘暗鹔鹴裘。针线曾劳玉指柔。一梦觉来三十载，休休。空为梅花白了头。阳春白雪卷五

夜　合　花

风叶敲窗，露蛩吟甃，谢娘庭院秋宵。凤屏半掩，钗花映烛红摇。润玉暖，腻云娇。染芳情、香透鲛绡。断魂留梦，烟迷楚驿，月冷蓝桥。　　谁念卖药文箫。望仙城路杳，莺燕迢迢。罗衫暗摺，兰痕粉迹都销。流水远，乱花飘。苦相思、宽尽春腰。几时重恁，玉骢过处，小袖轻招。阳春白雪卷六

　　按词学丛书本阳春白雪此首无撰人姓氏。

昼　锦　堂

薄袖禁寒，轻妆媚晚，落梅庭院春妍。映户盈盈，回倩笑、整花钿。柳裁云剪腰支小，凤蟠鸦耸髻鬟偏。东风里，香步翠摇，蓝桥那日因缘。　　婵娟。留慧盼，浑当了，匆匆密爱深怜。梦过阑干，犹认冷月秋千。杏梢空闹相思眼，燕翎难系断肠笺。银屏下，争信有人，真个病也天天。阳春白雪卷八

醉　思　凡

吹箫跨鸾。香销夜阑。杏花楼上春残。绣罗衾半闲。　　衣宽带宽。千山万山。断肠十二阑干。更斜阳暮寒。绝妙好词卷二

水龙吟　除夕

小童教写桃符，道人还了常年例。神前灶下，被除清净，献花酌水。祷告些儿，也都不是，求名求利。但吟诗写字，分数上面，略精进、尽足矣。　　饮量添教不醉。好时节、逢场作戏。驱傩爆竹，软饧

酥豆,通宵不睡。四海皆兄弟,阿鹊也、同添一岁。愿家家户户,和和顺顺,乐升平世。

望远行 元夕

又还到元宵台榭。记轻衫短帽,酒朋诗社。烂漫向、罗绮丛中,驰骋风流俊雅。转头是、三十年话。　　量减才悭,自觉是、欢情衰谢。但一点难忘,酒痕香帕。如今雪鬓霜髭,嬉游不忺深夜。怕相逢、风前月下。以上二首见浩然斋雅谈卷下

　　按浩然斋雅谈云:古词有元夕望远行,翁宾旸谓是孙季蕃词,然集中无之。
　　以上孙惟信词十一首,用赵万里辑花翁词。

张端义

　　端义字正夫,自号荃翁。郑州人,居姑苏。生于淳熙六年(1179)。端平中,应诏三上书,坐妄言,韶州安置,复谪居化州而卒。有贵耳集三卷。

失调名

怨春红艳冷。贵耳集卷上

　　贵耳集所载不云是诗或词,依其风格乃词,故收于此。

倦寻芳

晓听社雨,犹带馀寒,尚侵襟袖。插柳千门,相近禁烟时候。鬓坠搔头深旧恨,臂宽条脱添新瘦。卷重帘,看双飞燕羽,舞庭花昼。　　谁共语、春来怕酒。一段情怀,灯暗更后。罨画屏山,今夜梦魂还又。愁墨题笺鱼浪远,粉香染泪鲛绡透。待相逢,想鸳衾、凤帏依旧。阳春白雪卷五

卫元卿

元卿,洋州(今陕西洋县)人。尝领乡荐。

谒 金 门

花过雨。又是一番红素。燕子归来愁不语。故巢无觅处。　　谁
在玉楼歌舞。谁在玉关辛苦。若使边尘吹得去。东风侯万户。贵
耳集卷上

　　　按此词阳春白雪卷七作李好古,花草粹编卷三作李好义,未知孰是。

齐天乐　填温飞卿江南曲

藕花洲上芙蓉楫,羞郎故移深处。弄影萍开,搴香袖冷,鸂鶒双双
飞去。垂鞭笑顾。问住否横塘,试窥帘户。妙舞妍歌,甚时相见定
相许。　　归来憔悴锦帐,久尘金狨幰,连娟黛眉颦妩。扇底红
铅,愁痕暗渍,消得腰支如杵。鸾弦解语。镇明月西南,伴人凄楚。
闷拾杨花,等闲春又负。历代诗馀卷八十二

彭　止

止字应期,自号漫者,崇安人。有刻鹄集,不传。

满庭芳　寿平交五十

月闰清秋,时逢诞节,画堂瑞气多多。遥瞻南极,瑞彩照盘坡。好
是年才五十,身当贵、福比山河。无些事,方裙短揭,时复自高歌。
　　欢娱,当此际,杳燃宝鸭,酒酌金荷。恣柳腰樱口,左右森罗。纵

有人人捧拥，争得似、正面嫦娥。思量取，朱颜未老，好事莫蹉跎。

翰墨大全丁集卷一

留　春　令

夜来小雨三更作。近水处、小桃开却。玉女向晓掀朱箔。似与花
枝有约。　　绿池上、柳腰纤弱。燕子过、谁家院落。春衫试着香
罗薄。无奈东风太恶。崇安县志卷六

陈铧

　　铧字子华，号抑斋，侯官人。生于淳熙五年（1178）。开禧元年
（1205）进士。历官至兵部尚书、参知政事、知枢密院事。景定元年
（1260）卒，年八十三。赠少师、谥忠肃。

兰　陵　王

角声切。何处梅梢弄雪。还乡梦，玉井楼前，千朵芙蕖插空碧。邻
翁问消息。为说红尘倦客。应怜笑、弓剑旌旗，度事留人未归得。
　　淮山旧相识。记急处笙歌，静里锋镝。隋堤杨柳犹春色。嗟
十载人事，几番棋局，青油年少已鬓白。漫惆怅京国。　　朱墨。
困无力。似病鹤樊笼，老骥羁勒。夕阳不系栖林翼。待添竹东圃，
种松西陌。功名休问，吾老矣，付俊杰。阳春白雪卷七

临江仙　陈守美任

三十四年台榭，八千馀里江津。去时杨柳正轻鬈。重来桃李少，不
似旧时春。　　风扫半空烟雨，玉虹翠浪如新。可怜箫鼓送行人。
白头梳上见，归梦枕边频。翰墨大全庚集卷十五

哨遍 陈抑斋乞致仕

多病倦游,在家又贫,毕竟如何是。十万钱,骑鹤更扬州,是人间几曾有底。算一生,大都能消几屐,劳神到老成何事。趁齿落已双,髪丝在两,归寻闲里滋味。不见青云路有危机。金缕歌声,渐变成悲。待思大东门,忆鹤华亭,悔之晚矣。　　休,归去来兮,北山幸有闲田地。地瘠宜瓜菜,引泉凿成方沚。这仲子蔬园,三公不换,况东陵自来瓜美。间走马溪头,倚阑垂钓,解衣自濯清沚。酿山泉、时复一中之。琴横膝。古淡无弦有音徽。送归鸿、暮云千里。蓬莱自古无路,玄圃何时到,只消曲几蒲团,镇日闲庐打睡。这乾坤日月,更远游、问他王子。翰墨大全庚集卷十五

方千里

方千里,三衢人。官舒州签判。有和清真词。

瑞　龙　吟

楼前路。愁对万点风花,数行烟树。依依斜日红收,暮山翠接,平芜尽处。　　小留伫。还是画栏凭暖,半扃朱户。帘枕尽日无人,消凝怅望,时时自语。　　堪恨行云难系,赋情杨柳,徘徊犹舞。追想向来欢娱,怀抱非故。题红寄绿,魂断江南句。何时见、轻衫雾唾,芳茵莲步。燕子西飞去。为人试道,相思闷绪。空有肠千缕。清泪满,斑斑多于春雨。忍看鬓髪,密堆飞絮。

琐　窗　寒

燕子池塘,黄鹂院落,海棠庭户。东君暗许,借与轻风柔雨。奈春

光困人正浓,画栏小立慵无语。念冶游时节,融怡天气,异乡愁旅。
朝暮。凝情处。叹聚散悲欢,岁常十五。连飞并羽,未抵鸳朋
凤侣。算章台、杨柳尚存,楚娥鬓影依旧否。再相逢、拚解雕鞍,燕
乐同杯俎。

风 流 子

春色遍横塘。年华巧、过雨湿残阳。正一带翠摇,嫩莎平野,万枝
红滴,繁杏低墙。恼人是,燕飞盘软舞,莺语咽轻簧。还忆旧游,禁
烟寒食,共追清赏,曲水流觞。　　回思欢娱处,人空老,花影尚占
西厢。堪惜翠眉环坐,云鬓分行。看恋柳烟光,遮丝藏絮,妒花风
雨,飘粉吹香。都为酒驱歌使,应也无妨。

渡 江 云

长亭今古道,水流暗响,渺渺杂风沙。倦游惊岁晚,自叹相思,万里
梦还家。愁凝望结,但掩泪、慵整铅华。更漏长,酒醒人语,睥睨有
啼鸦。　　伤嗟。回肠千缕,泪眼双垂,遏离情不下。还暗思、香
翻香烬,深闭窗纱。依稀看遍江南画,记隐隐、烟霭兼葭。空健羡,
鸳鸯共宿丛花。

应 天 长

嫩黄上柳,新绿涨池,东风艳冶天色。又见乍晴还雨,年华傍寒食。
春依旧,身是客。对丽景、易伤岑寂。怅凝望、一带平芜,剪就茵
藉。　　前度少年场,醉记旗亭,联句遍窗壁。调笑映墙红粉,参
差水边宅。芦鞭懒过故陌。恨未老、渐成尘迹。谩无语,立尽斜
阳,怀抱谁识。

荔 枝 香

胜日登临幽趣。乘兴去。翠壁古木千章,林影生寒雾。空濛冷湿
人衣,山路元无雨。深涧、斗泻飞泉溜甘乳。　　渔唱晚,看小棹、
归前浦。笑指官桥,风飐酒旗斜举。还脱宫袍,一醉芳杯倒鹦鹉。
幸有雕章蜡炬。

又

小园花梢雨歇,浪羞泫。碧瓦光霁,罗幕香浮,莺啼燕语交加,是处
池馆春遍。风外、认得笙歌近远。　　醉魂半萦,夜酒吹未散。暗
忆年时,正日赴、西池宴。笑携艳质,郢曲新声妙如剪。有愁容易
排遣。

还 京 乐

岁华惯,每到和风丽日欢再理。为妙歌新调,粲然一曲,千金轻费。
记夜阑沉醉。更衣换酒珠玑委。怅画烛摇影,易积银盘红泪。

　　向笙歌底。问何人、能道平生,聚合欢娱,离别兴味。谁怜露浥
烟笼,尽栽培、艳桃秾李。谩萦牵,空坐隔千山,情遥万水。纵有丹
青笔,应难摹画憔悴。

扫 花 游

野亭话别,恨露草芊绵,晓风酸楚。怨丝恨缕。正杨花碎玉,满城
雪舞。耿耿无言,暗洒阑干泪雨。片帆去。纵百种避愁,愁早知
处。　　离思都几许。但渐惯征尘,斗迷归路。乱山似俎。更重
江浪淼,易沉书素。瞪目销魂,自觉孤吟调苦。小留伫。隔前村、
数声箫鼓。

解 连 环

素封谁托。空寒潮浪叠,乱山云邈。对倦景,无语消魂,但香断露晞,絮飞风薄。杜宇声中,动多少、客情离索。远阑干伫立,暗记那回,赏遍花药。　　依依岁华自若。更低烟暮草,残照孤角。□原无空格。校语云:上脱一字叹息、故里春光,有幽圃名园,算也闲却。早早归休,渐过了芳条华萼。趁良时,按歌唤舞,旧家院落。

玲 珑 四 犯

倾国名姝,似晕雪匀酥,无限娇艳。素质闲姿,天赋淡蛾丰脸。还是睡起慵妆,顾鬈影、翠云零乱。怅平生、把鉴惊换。依约琐窗逢见。　　绣帏凝想鸳鸯荐。画屏烘、兽烟葱茜。依红傍粉怜香玉,聊慰风流眼。空叹倦客断肠,奈听彻、残更急点。仗梦魂一到,花月底、休飘散。

丹 凤 吟

宛转回肠离绪,懒倚危栏,愁登高阁。相思何处,人在绣帏罗幕。芳年艳齿,枉消虚过,会合丝轻,因缘蝉薄。暗想飞云骤雨,雾隔烟遮,相去还是天角。　　怅望不将梦到,素书谩说波浪恶。纵有青青鬓,渐吴霜妆点,容易凋铄。欢期何晚,忽忽坐惊摇落。顾影无言,清泪湿、但丝丝盈握。染斑客袖,归日须问著。

满 江 红

为忆仙姿,相思恨、缠绵未足。从别后、沈郎消瘦,带围如束。消息三年沉过处,关山千里无飞肉。算谁知、中有不平心,弹棋局。　　空想像,金钗卜。时展玩,回纹曲。许何时重到,琐窗华屋。长得一生花里活,软红深处鸳鸯宿。也胜如、骑马著征衫,京尘扑。

瑞　鹤　仙

看青山绕郭。更暮草萋萋,疏烟漠漠。无风自花落。欲黄昏,谁向
官楼吹角。刚肠顿弱。恨别来、辜负厚约。想香闺念旧,还忆去
年,共举杯酌。　　寂寞。光阴虚度,未说离愁,泪痕先阁。珠帘
翠幕。除相见,是奇药。况中年已后,凭高临远,情怀终是易恶。
早归休,月地云阶,剩追笑乐。

西　平　乐

倦踏征尘,厌驱匹马,凝望故国犹赊。孤馆今宵,乱山何许,平林漠
漠烟遮。怅过眼光阴似瞬,回首欢娱异昔,流年迅景,霜风败苇惊
沙。无奈经离易别,千里意,制泪独长嗟。　　绮窗人远,青门信
杳,叙影何时,重见云斜。空怨忆、吹箫韵曲,旋锦回文,想像宫商
蠹损,机杼生尘,谁为新装晕素华。那信自怜,悠飏梦蝶,浮没书
鳞,纵有心情,尽为相思,争如傍早归家。

浪　淘　沙

素秋霁,云横旷野,浪拍孤堞。柔橹悲声顿发。骊歌恨曲未阕。念
一寸回肠千缕结。柳条在、忍使攀折。但怅惘章台路多少,相思拚
愁绝。　　凄切。去程浩渺空阔。奈断梗孤蓬,西风外、蕲蕲残吹
咽。应暗为行人,伤念离别。泪波易竭。凝怨怀、羞睹当时明月。
烟浪无穷青山叠。鱼封远、雁书渐歇。甚时合、金钗分处缺。谩飘
荡、海角天涯,再见日,应怜两鬓玲珑雪。

忆 旧 游

念花边玉漏,帐里鸾笙,曾款良宵。镂鸭吹香雾,更轻风动竹,韵响潇潇。画檐皓月初挂,帘幕縠纹摇。记罢曲更衣,挑灯细语,酒晕全消。　　迢迢。旧时路,纵下马铜驼,谁听扬镳。奈可怜庭院,又徘徊虚过,清梦难招。断魂暗想幽会,回首渺星桥。试仿佛仙源,重寻当日千树桃。

蓦 山 溪

园林晴昼,花上黄峰尾。莺语怯游人,又还傍、绿杨深避。曲池斜径,草色碧于蓝,栏倦倚。帘半起。魂断斜阳里。　　江南春尽,渺渺平桥水。身在一天涯,问此恨、何时是已。飞帆轻桨,催送莫愁来,歌舞地。尊酒底。不羡东邻美。

少 年 游

丹青闲展小屏山。香烬一丝寒。织锦回纹,生绡红泪,不语自羞看。　　相思念远关河隔,终日望征鞍。不识单栖,忍教良夜,魂梦觅长安。

又

东风无力飏轻丝。芳草雨馀姿。浅绿还池。轻黄归柳,老去愿春迟。　　栏干凭暖慵回首,闲把小花枝。怯酒情怀,恼人天气,消瘦有谁知。

秋 蕊 香

一枕盘莺锦暖。初起懒匀妆面。绿云嫋娜映娇眼。酒入桃腮晕浅。　　翠帘半卷香萦线。碍飞燕。画屏浅立意闲远。春锁深沉小院。

渔　家　傲

烛彩花光明似昼。罗帏夜出倾城秀。红锦纹茵双凤斗。看舞后。腰肢宛胜章台柳。　　眼尾春娇波态溜。金樽笑捧纤纤袖。一阵粉香吹散酒。更漏久。消魂独自归时候。

又

冷叶啼螀声恻恻。银床晓起清霜积。魂断江南烟水国。书难得。相思此意无人识。　　绿鬓金钗年少客。愁来懒傍菱花仄。雾阁云窗闲枕席。情何适。杯盈珠泪还偷滴。

南　乡　子

西北有高楼。淡霭残烟渐渐收。几阵凉风生客袖,飕飕。心逐年华衮衮流。　　花卉满前头。老懒心情万事休。独倚栏干无一语,回眸。鼓角声中唤起愁。

望　江　南

春色暮,短艇舣长堤。飞絮空随花上下,啼莺占断水东西。来往燕争泥。　　桑柘绿,归去觅前蹊。夜瓮酒香从蚁斗,晓窗眠足任鸡啼。犹胜旅情凄。

浣　沙　溪

杨柳依依窣地垂。麴尘波影渐平池。霏微细雨出鱼儿。　　先自别来容易瘦,那堪春去不胜悲。腰肢宽尽缕金衣。

又

无数流莺远近飞。垂杨袅袅弄晴晖。断肠声里送春归。　　鬓影
空思香雾湿,袜尘还想步波微。去年花下酒阑时。

又

清泪斑斑著意垂。消魂迢递一天涯。谁能万里布长梯。　　先自
楼台飞粉絮,可堪帘幕卷金泥。相思心上乳莺啼。

迎 春 乐

参差凤铎鸣高屋。渐惊觉、清眠熟。看夕阳倒影花阴速。双燕子、
归来宿。　　几曲危肠愁易束。问雪鬓、何时重绿。料想此情同,
应暗损、香肌玉。

又

红深绿暗春无迹。芳心荡、冶游客。记摇鞭跋马铜驼陌。凝睇认、
珠帘侧。　　絮满愁城风卷白。递多少、相思消息。何处约欢期,
芳草外、高楼北。

点 绛 唇

池馆春深,海棠枝上斑斑雨。酒旗斜举。风滚杨花絮。　　游子
征衫,凭暖阑干处。空凝伫。杜鹃啼苦。还报南楼鼓。

一 落 索

月影娟娟明秀。帘波吹皱。徘徊空度可怜宵,谩问道、因谁瘦。
　　不见芳音长久。鳞鸿空有。渭城西路恨依然,尚梦想、青青柳。

又

心抵江莲长苦。凌波人去。厌厌消瘦不胜衣,恨清泪、多于雨。　旧曲慵歌琼树。谁传香素。碧溪流水过楼前,问红叶、来何处。

垂　丝　钓

锦鳞绣羽。难传愁态颦妩。岸草际天,云影垂絮。人何许。漫并栏倚柱。　　烟光暮。怅榆钱满路。送春殢酒。欢期幽会希遇。彩箫凤侣。回首分携处。双脸吹愁雨。无限语。再见时记否。

满　庭　芳

山色澄秋,水光融日,浮萍飘碎还圆。数行征雁,分破白鸥烟,高下回塘暗谷,写幽思、终日溅溅。闲凝望,残霞暝霭,何处一渔船。　江南,思旧隐,筠轩野径,茅舍疏椽。惯携壶花下,欹帽风前。想像渊明旧节,琴中趣、何必疏弦。归欤计,不将五斗,输与北窗眠。

隔　浦　莲

垂杨烟湿嫩葆。别屿环清窈。绀影浮新涨,夷犹终日鱼鸟,花妥庭下草。鸣蝉闹。暗绿藏台沼。　　野轩小。欹眠断梦,闲书风叶颠倒。诗怀酒思,悔费十年昏晓。投老红尘倦再到。愁觉。悠然心寄天表。

法曲献仙音

庭叶飘寒,砌蛩催织,夜色迢迢难度。细剔灯花,再添香兽,凄凉洞房朱户。见凤枕、羞孤另,相思洒红雨。　　有谁语。道年来、为郎憔悴,音问隔、回首后期尚阻。寂寞两愁山,锁闲情、无限颦妩。

嫩雪消肌,试罗衣、宽尽腰素。问何时梦里,趁得好风飞去。

过　秦　楼

柳拂鹅黄,草揉螺黛,院落雨痕才断。蜂须雾湿,燕嘴泥融,陌上细
风频扇。多少艳景关心,长苦春光,疾如飞箭。对东风忍负,西园
清赏,翠深香远。　　　空暗忆、醉走铜驼,闲敲金镫,倦迹素衣尘
染。因花瘦觉,为酒情钟,绿鬓几番催变。何况逢迎向人,眉黛供
愁,娇波回倩。料相思此际,浓似飞红万点或作“浓于空里,乱红千点”。

侧　犯

四山翠合,一溪碧绕秋容靓。波定。见鹭立鱼跳动平镜。修林散
步屧,古木通幽径。风静。烟雾直、池塘倒晴影。　　　流年旧事,
老矣尘心莹。还暗省。点吴霜、憔悴愧潘令。梦忆江南,小园路
迥。愁听。叶落辘轳金井。

塞　翁　吟

暮色催更鼓,庭户月影胧朣。记旧迹、玉楼东。看枕上芙蓉。云屏
几轴江南画,香篆烬暖烟空。睡起处,绣衾重。尚残酒潮红。
忡忡。从分散,歌稀宴小,怀丽质,浑如梦中。苦寂寞、离情万绪,
似秋后、怯雨芭蕉,不展愁封。何时细语,此夕相思,曾对西风。

苏　幕　遮

扇留风,冰却暑。夏木阴阴,相对黄鹂语。薄晚轻阴还阁雨。远岸
烟深,仿佛菱歌举。　　　燕归来,花落去。几度逢迎,几度伤羁旅。
油壁西陵人识否。好约追凉,小舣兼菱浦。

浣　沙　溪

菱藕花开来路香。满船丝竹载西凉。波摇鬓彩粉生光。　　翡翠
双飞寻密浦，鸳鸯浓睡倚回塘。闲情须与酒商量。

又

密约深期卒未成。藏钩春酒坐频倾。向人娇艳夜亭亭。　　相顾
无言情易觉，归来单枕梦犹惊。眼梢怨泪几时晴。

又

面面虚堂水照空。天然一朵玉芙蓉。千娇百媚语惺憁。　　未散
娇云轻軃鬞，欲融轻雪乍凝胸。石榴裙衩为谁红。

又

刻样衣裳巧刻缯。采枝环绕万年藤。生香吹透縠蚕冰。　　嫩水
带山娇不断，湿云堆岭腻无声。香肩婀娜许谁凭。

点　绛　唇

闲荡兰舟，翠娥仙袂风中举。鸳鸯深浦。绿暗曾来路。　　留恋
荷香，薄晚慵归去。还相顾。练波澄素。月上潮生处。

诉　衷　情

远山重叠乱山盘。江上晚风酸。秋容更兼残日，枫叶照人丹。
　书未到，梦犹闲。鬓先斑。凭高无语，征雁知愁，声断云间。

风 流 子

河梁携手别,临歧语,共约踏青归。自双燕再来,断无音信,海棠开
了,还又参差。料此际,笑随花便面,醉骋锦障泥。不忆故园,粉愁
香怨,忍教华屋,绿惨红悲。　　　旧家歌舞地,生疏久,尘暗凤缕罗
衣。何限可怜心事,难诉欢期。但两点愁蛾,才开重敛,几行清泪,
欲制还垂。争表为郎憔悴,相见方知。

华 胥 引

长亭无数,羁客将归,故园换叶。乳鸭随波,轻蘋满渚时共喋。接
眼春色何穷,更橹声伊轧。思忆前欢,未言心已愁怯。　　　欺鬓吴
霜。恨星星、又还盈镊。锦纹鱼素,那堪重翻再阅。粉指香痕依
旧,在绣裳鸳箧。多少相思,皱成眉上千叠。

宴 清 都

暮色闻津鼓。烟波碧、数行征雁时度。轻榔聚网,长歌和楫,水村
渔户。行人又落天涯,但怅望、高阳伴侣。记旧日、酒卸宫袍,马酬
少妾词赋。　　　如今鬓影萧然,相逢似雪,徒话愁苦。芳尘暗陌。
残花遍野,岁华空去。垂杨翠拂门径,尚梦想、当时住处。纵早归、
绿渐成阴,青娥在否。

四 园 竹

花骢纵策,制泪掩斜扉。玉炉细袅,鸳被半闲,萧瑟罗帏。银漏声,
那更杂、疏疏雨里,此时怀抱谁知。　　　恨凄其。西窗自剪寒花,
沉吟暗数归期。最爱深情密意,无限当年,往复诗辞。千万纸。甚
近日、人来字渐稀。

齐　天　乐

碧纱窗外黄鹂语,声声似愁春晚。岸柳飘绵,庭花堕雪,惟有平芜
如剪。重门尚掩。看风动疏帘,浪铺湘簟。暗想前欢,旧游心事寄
诗卷。　　　麟鸿音信未睹,梦魂寻访后,关山又隔无限。客馆愁
思,天涯倦迹,几许良宵展转。闲情意远。记密阁深闺,绣衾罗荐。
睡起无人,料应眉黛敛。

木　兰　花

溶溶水映娟娟秀。浅约宫妆笼翠袖。舞馀杨柳乍萦风,睡起海棠
犹带酒。　　　憔悴萧郎缘底瘦。那日花前相见后。西窗疑是故人
来,费得罗笺诗几首。

霜　叶　飞

塞云垂地,堤烟重,燕鸿初度江表。露荷风柳向人疏,台榭还清悄。
恨脉脉、离情怨晓。相思魂梦银屏小。奈倦客征衣,自遍拂尘埃,
玉镜羞照。　　　无限静陌幽坊,追欢寻赏,未落人后先到。少年心
事转头空,况老来怀抱。尽绿叶红英过了。离声慵整当时调。问
丽质,从憔悴,消减腰围,似郎多少。

蕙　兰　芳

庭院雨晴,倚斜照、睡馀双鹜。正学染修蛾,官柳细匀黛绿。绣帘
半卷,透笑语、琐窗华屋。带脆声咽韵,远近时闻丝竹。　　　乍著
单衣,才拈圆扇,气候暄燠。趁骄马香车,同按绣坊画曲。人生如
寄,浪勤耳目。归醉乡,犹胜旅情愁独。

塞 垣 春

四远天垂野。向晚景,雕鞍卸。吴蓝滴草,塞绵藏柳,风物堪画。
对雨收雾霁初晴也。正陌上、烟光洒。听黄鹂、啼红树,短长音□
原校:脱一字。据补空格如写。　　怀抱几多愁,年时趁、欢会幽雅。尽
日足相思,奈春昼难夜。念征尘、满堆襟袖,那堪更、独游花阴下。
一别鬓毛减,镜中霜满把。

丁 香 结

烟湿高花,雨藏低叶,为谁翠消红陨。叹水流波迅。抚艳景、尚有
轻阴馀润。乳莺啼处路,思归意、泪眼暗忍。青青榆荚满地,纵买
闲愁难尽。　　勾引。正记著年时,乍怯春寒阵阵。小阁幽窗,残
妆剩粉,黛眉曾晕。迢递魂梦万里,恨断柔肠寸。知何时重见,空
为相思瘦损。

氐 州 第 一

朝日融怡,天气艳冶,桃英杏萼犹小。燕垒初营,蜂衙乍散,池面烟
光缥缈。芳草如薰,更潋滟、波光相照。锦绣萦回,丹青映发,未容
春老。　　倦客自嗟清兴少。念归计、梦魂飞绕。浪阔鱼沉,云高
雁阻,瞪目添愁抱。忆香闺、临丽景,无人伴、轻鞓浅笑。想像消
魂,怨东风、孤衾独晓。

解 蹀 躞

院宇无人晴昼,静看帘波舞。自怜春晚,漂流尚羁旅。那况泪湿征
衣,恨添客鬓,终日子规声苦。　　动离绪。谩原校:"谩"字上下脱一字
徘徊愁步。何时再相遇。旧欢如昨,匆匆楚台雨。别后南北天涯,

梦魂犹记关山,屡随书去。

少　年　游

人如秾李,香濛翠缕,芳酒嫩于橙。宝烛烘香,珠帘闲夜,银字_按“字”原作“宇”,从朱居易校和清真词理鸾笙。　　　归时醉面春风醒,花雾隔疏更。低辗雕轮,轻枕骄马,相伴月中行。

庆　春　宫

宿霭笼晴。层云遮日,送春望断愁城。篱落堆花,帘栊飞絮,更堪远近莺声。岁华流转,似行蚁、盘旋万星。人生如寄,利锁名缰,何用萦萦。　　　骎骎皓发相迎。斜照难留,朝雾多零。宜趁良辰,何妨高会,为酬月皎风清。舞台歌榭,遇得旅、欢期易成。莫辞杯酒,天赋吾曹,特地钟情。

醉　桃　源

良宵相对一灯青。相思写砑绫。去时情泪滴红冰。西风吹涕零。　　　愁宛转,意飞腾。晴窗穿纸蝇。梦知关塞不堪行。忆君犹问程。

又

鸳鸯浓睡碧溪沙。荷花深处家。快风收电掣金蛇。凉波流素华。　　　吴国艳,楚宫娃。红潮连翠霞。坐来忽忽烛光斜。城头闻乱鸦。

点　绛　唇

绿叶阴阴,满城风雨催梅润。画楼人近。朝雾来芳信。　　　从解雕鞍,休数花吹阵。无多闷。燕催莺趁。付与春归恨。

夜　游　宫

一带垂杨蘸水。映芳草、萋萋千里。跋马回堤少年子。拥青娥,向
红楼,南酒市。　　拚饮莺花底。恣欢笑、粉融香坠。不趁临分醉
中起。但依稀,写柔情,留蜀纸。

又

城上昏烟四敛。画楼外、陡听更点。千里相思梦中见。恨年华,逐
东流,随急箭。　　帘影参差转。夜初过、水沈烟乱。剩枕馀衾故
人远。忆闲窗,鬋云鬓_{疑"鬟"之误},低粉面。

诉　衷　情

一钩新月淡于霜。杨柳渐分行。征尘厌堆襟袂,鸡唱促晨装。
　　淮水阔,楚山长。暗悲伤。重阳天气,杯酒黄花,还寄他乡。

伤　情　怨

闲愁眉上翠小。尽春衫宽了。舞鉴孤鸾,严妆羞独照。　　王孙
音信尚渺。度寒食、禁烟须到。趁赏芳菲,今年春事早。

红　林　檎　近

花幕高烧烛,兽炉深炷香。寒色上楼阁,春威遍池塘。多情天孙罢
织,故与玉女穿窗。素脸浅约宫装。风韵胜笙簧。　　游冶寻旧
侣,尊酒老吾乡。清歌度曲,何妨尘落雕梁。任瑶阶平尺,珠帘人
报,剩拚酩酊飞羽觞。

又

晓起山光惨,晚来花意寒。映月衣纤缟,因风佩琅玕。三弄江梅听彻,几点岸柳飘残。宛然舞曲初翻。帘影卷波澜。　　把酒同唤醒,促膝小留欢。清狂痛饮,能消多少杯盘。况人生如寄,相逢半老,岁华休作容易看。

满 路 花

帘篩月影金,风卷杨花雪。天边鸿雁少,音尘绝。春光欲暮,客心归心折。江湖波浪阔。目断家山,料应易过佳节。　　柔情千点,杜宇枝头血。危肠馀寸许,谁能接。眠思梦忆,不似今番切。欲对何人说。揽镜沉吟,瘦来须有差别。

解 语 花

长空淡碧,素魄凝辉,星斗寒相射。凤楼鸳瓦。天风动,冉冉珮环高下。歌清韵雅。对好景、芳樽满把。花雾浓,灯火荧煌,笑语烘兰麝。　　千斛明珠照夜。况人如图画,明艳容冶。绣巾香帕。归来路,缓逐杏鞯骄马。笙歌散也。愁万炬、绛莲分谢。更漏残,惊听西楼,吹小梅初罢。

六 么 令

照人明艳,肌雪消繁燠。娇云慢垂柔领,绀髪浓于沐。微晕红潮一线,拂拂桃腮熟。群芳难逐。天香国艳,试比春兰共秋菊。　　当时相见恨晚,彼此萦心目。别后空忆仙姿,路隔吹箫玉。何处栏干十二,缥缈阳台曲。佳期重卜。都将离恨,拚与尊前细留嘱。

倒 犯

尽日、任梧桐自飞,翠阶慵扫。闲云散缟。秋容莹、暮天清窈。斜阳到地,楼阁参差帘栊悄。嫩袖舞凉飔,拂拂生林表。荡尘襟,写名酝。　　携手故园,胜事寻踪,松篁幽径窈。曲沼瞰静绿,荫檐影、龟鱼小。信倦迹、归来好。倩叮咛、长安游子道。任鬓发霜侵,莫待菱花照。醉乡深处老。

大 酺

正夕阳闲,秋光淡,鸳瓦参差华屋。高低帘幕迥,但风摇环珮,细声频触。瘦怯单衣,凉生两袖,零乱庭梧窗竹。相思谁能会,是归程客梦,路谙心熟。况时节黄昏,闲门人静,凭栏身独。　　欢情何太速。岁华似、飞马驰轻毂。谩自叹、河阳青鬓,苒苒如霜,把菱花、怅然凝目。老去疏狂减,思堕策、小坊幽曲。趁游乐、繁华国。回首无绪,清泪纷于红蔌。话愁更堪剪烛。

玉烛新 海棠

海棠初雨后。似露粉妆成,肉红团就。太真帐里,春眠醒、缓蹙楼前宫漏。潮生酒晕,独自倚、阑干时候。吹鬓影、斜立东风,馀寒半侵罗袖。　　骊山宫殿无人,想笑问君王,艳容如否。万花竞斗。难比并、丽美巧匀丰瘦。闺房挺秀。□原校:脱一字。据补一空格一顾、丹铅低首。应对原校:"对"字上下缺一字、羯鼓声中,清歌美奏。

花犯 荷花

渚风低,芙蓉万朵,清妍赋情味。雾绡红缀,看曼立分行,闲淡佳丽。靓姿艳冶相扶倚。高低纷愠喜。正晓色、懒窥妆面,娇眠欹翠被。　　　秋光为花且徘徊,朱颜迎缟露,还应憔悴。腰肢小,腮痕嫩、更堪飘坠。风流事、旧宫暗锁,谁复见、尘生香步里。谩叹息、玉儿何许,繁华空逝水。

丑　奴　儿

凌波台畔花如剪,几点吴霜。烟淡云黄。东阁何人见晚妆。
江南春近书千里,谁寄清香。别墅横塘。鼓角声中又夕阳。

水龙吟　海棠

锦城春色移根,丽姿迥压江南地。琼酥拂脸,彩云满袖,群芳羞避。双燕来时,暮寒庭院,雨藏烟闭。正□□未足,宫妆尚怯,还轻洒胭脂泪。　　　长是欢游花底。怕东风、陡成怨吹。高烧银烛,梁州催按,歌声渐起。绿态多慵,红情不语,动摇人意。算吴宫独步,昭阳第一,可依稀比。

六　　丑

看流莺度柳,似急响、金梭飞掷。护巢占泥,翩翩飞燕翼。昨梦前迹。暗数欢娱处,艳花幽草,纵冶游南国。芳心荡漾如波泽。系马青门,停车紫陌。年华转头堪惜。奈离襟别袂,容易疏隔。　　　人间春寂。谩云容暮碧。远水沉双鲤、无信息。天涯渐老羁客。叹良宵漏断,独眠愁极。吴霜皎、半侵华帻。谁复省十载,匀香晕粉,髻倾鬟侧。相思意、不离潮汐。想旧家、接酒巡歌计,今难再得。

虞　美　人

花台响彻歌声暖。白日林中短。春心摇荡客魂消。搓粉揉香排比、一团娇。　　　重来犹自寻芳径。吹鬓东风影。步金莲处绿台封。不见彩云双袖、舞惊鸿。

又

高楼远阁花飞遍。急雨捎池面。脩脩杨柳不知门。多少乱莺啼
处、暮烟昏。　　银钩小字题芳絮。宛转回文语。可怜单枕梦行
云。肠断江南千里、未归人。

兰　陵　王

晚烟直。池沼波痕皱碧。年芳为、花态柳情,挼粉揉蓝酿春色。繁
华记上国。曾识。倾城幼客。风流是、联句送钩,笺绿绡红递书
尺。　　行云去无迹。念暖响歌台,香雾瑶席。当时谁信盟言食。
知一岁离聚,几多间阻,人生如梦寄堠驿。况分散南北。　　悲
恻。万愁积。奈鸾凤欢疏,鱼雁音寂。天涯何处相思极。但目断
芳草,恨随塞笛。那堪庭院,更听得,夜雨滴。

蝶　恋　花

漏泄东君消息后。短叶长条,著意遮轩牖。嫩比鹅黄初熟酒。染
匀巧费春风手。　　万缕筛金新月透。入夜柔情,还胜朝来秀。
彩笔雕章知几首。可人标韵无新旧。

又

一搦腰肢初见后。恰似娉婷,十五藏朱牖。春色恼人浓抵酒。风
前脉脉如招手。　　黛染修眉蛾绿透。态婉仪闲,自是闺房秀。
堪惜年华同转首。女郎台畔春依旧。

又

碎玉飞花寒食后。薄影行风,终日穿疏牖。有客思归还把酒。闲
吹倦絮轻黏手。　　　雪满愁城寒欲透。飘尽残英,翠幄成秾秀。
张绪风流今白首。少年襟度难如旧。

又

翠浪蓝光新雨后。整整斜斜,高下笼窗牖。万斛深倾重碧酒。量
愁知落何人手。　　　栊雾梳烟晴色透。照影回风,一段嫣然秀。
白下门东空引首。藏鸦枝叶长怀旧。

西河 钱塘

都会地。东南王气须记。龙盘凤舞到钱塘,瑞烟回起。画图彩笔
写西湖,波光溶漾无际。　　　翠栏最宜半倚。柳阴骏马谁系。鳞
差观阁接飞甍,衙庐万垒。倒空碧浸软琉璃,云收天净如水。
夕阳照晚听近市。沸笙箫、欢动闾里。比屋乐逢尧世。好相将载
酒寻歌玄对。酬答年华莺花里。

三 部 乐

帘卷窗明,听杜宇乍啼,漏声初绝。乱云收尽,天际□ 原校:脱一字 留
残月。奈相送、行客将归,怅去程渐促,雾色催发。断魂别浦,自上
孤舟如叶。　　　悠悠音信易隔。纵怨怀恨语,到见时难说。堪嗟
水流急景,霜飞华发。想家山、路穷望睫。空倚仗、魂亲梦切。不
似嫩朵,犹能替、离绪千结。

菩　萨　蛮

黄鸡晓唱玲珑曲。人生两鬓无重绿。官柳系行舟。相思独倚楼。
来时花未发。去后纷如雪。春色不堪看。萧萧风雨寒。

品　令

露晞烟静。寂寥转、梧桐寒影。天际历历征鸿近。被风吹散，声断
无行阵。　　秋思客怀多少恨。谩厌厌谁问。晕残兰炬按"炬"原作
"地"。校语云：应"炬"香消印。梦魂长定。愁伴更筹尽。

玉　楼　春

华堂银烛堆红泪。解说离人多少意。恨从别后恨无穷，愁到浓时
惟一味。　　江南渭北三千里。憔悴相思何日已。马蹄清晓草黏
天，庭院黄昏花满地。

满　路　花

莺飞翠柳摇，鱼跃浮萍破。班班红杏子，交榴火。池台昼永，缭绕
花阴裹。山色遥供座。枕簟清凉，北窗时唤高卧。　　翻思少年，
走马铜驼左。归来敲镫月，留关锁。年华老矣，事逐浮云过。今吾
非故我。那日尊前，只今问有谁呵。以上校汲古阁本和清真词九十三首。

吴　泳

泳字叔泳，号鹤林，潼川人。嘉定元年(1208)进士。理宗朝，历秘
书丞、秘书少监，仕至起居舍人，兼直学士院，权刑部尚书，终宝章阁学
士，知泉州。有鹤林集。

沁园春　生日自述

鹃鸩鸣兮,卉木萋止,维暮之春。笑憨翁渐老,年加三豆,獃郎多事,诗记三星。六十有三,高吟勇退,只有尧夫范景仁。从今去,且亭前放鹤,溪上垂纶。　　交亲。散落如云。仅留得尊前康健身。有一编书传,一囊诗稿,一枰棋谱,一卷茶经。红杏尚书,碧桃学士,看了虚名都赚人。成何事,独青山有趣,白髪无情。

摸鱼儿　生日自述

甚一般、化工模子,铸成一个拙底。生来不向春头上,却跨暮春婪尾。"婪尾"字或作"蓝尾"。莫省记。早冉冉花阴,瀸瀸循除水。虽然恁地。但笑咏春风,闲推鸣瑟,别自有真意。　　从前看,三十七年都未。醉生声利场里。浮云破处窗涵月,唤得自家醒起。别料理。那玉燕石麟,不当真符瑞。彻头地位。也须是长年,闻些好语,作个标月指。

沁园春　生日和蓬莱仙降词

春事阑斑,桐花烂漫,不堪凤栖。叹交枰世道,容容是福,危航宦海,了了成痴。邵子豪情,乐天狂态,六十六年才觉非。邵尧夫有六十六岁吟,白乐天有六十六岁诗。溪山畔,要看承风月,舍我其谁。　　文章高下随时。料织锦应须用锦机。愧老无健笔,高凌月胁,病无佳句,下解人颐。君昔东坡,我今韩愈,仙自云:某即坡仙。还以韩愈相戏。造化一炉如小儿。都休管,看龟翻荷露,燕落芹泥。

满江红　洪都生日不张乐,自述

手摘桐花,怅还是、春风婪尾。按锦瑟、一弦一柱,又添一岁。紫马西来疑是梦，朱衣双引浑如醉。较香山、七十欠三年，吾衰矣。

　　红袖却，青尊止。檀板住，琼杯废。淡香凝一室，自观生意。事业不堪霜满镜，文章底用花如绮。笑江滨、游女尚高歌，滕王记。

乐天六十七岁诗云：共把十千沽一斗，相看七十欠三年。

又　寿范潼川　并序

　　　嘉定甲申之秋，七月良夜，梦归家山，过鹤林之下。见老鹤翩跹，从西南来，方瞳而朱顶，玉立而长身，其色内白，其气孔神，殆类有道者、既寤，作而曰："岂絜庵老仙诞日之祥耶？"遂书此梦，演成满江红一阕，为斯文寿。

梦绕家山，曾访问、鹤林遗迹。见老鹤、翩跹飞下，方瞳如漆。蕙帐香消形色静，玉笙吹彻丰神逸。梦醒来、忽记鹤归时，翁生日。

　　南陌杖，东山屐。红楼酒，青霄笛。料中梁何似，涪江今夕。君不见洛阳耆英会，花前雅放诗闲适。独北都、留守未归来，七十一。

水龙吟　寿李长孺

清江社雨初晴，秋香吹彻高堂晓。天然带得，酒星风骨，诗囊才调。沔水春深，屏山月淡，吟鞭俱到。算一生绕遍，瑶阶玉树，如君样、人间少。　　未放鹤归华表。伴仙翁、依然天杪。知他费几，雁边红粒，马边青草。待得清夷，彩衣花绶，哄堂一笑。且和平心事，等闲博个，千秋不老。

鹊桥仙　寿崔菊坡

二童一马，素琴独鹤，长与仙翁为伴。自从分付益州来，便蔚有、隆中人望。　　边烽白羽，军符赤籍，弄得不成模样。愿公福德厚如山，为扶起、坤陲一半。

清平乐　寿吴毅夫

梅霖未歇。直透菖华节。荔子才丹栀子白。抬贴诞弥嘉月。
峨冠蝉尾脩脩。整衣鹤骨影影。闻道彩云深处，新添弄玉吹箫。

贺新凉　宣城寿季永弟

碧嶂青江路。近重阳、不寒不暖，不风不雨。杜宇花残银杏过，犹
有秋英未吐。但日对、南山延伫。碧落仙人骑赤鲤，渺风烟、不上
瞿塘去。来伴我，宛陵住。　　西风画角高堂暮。炙银灯、疏帘影
里，笑呼儿女。爷作嘉兴新太守，团拜鹗书天府。况哥共、白头相
聚。天分从来钟至乐，更谁思、野鹘鸳鸯语。提大斗，酌寒露。

渔家傲　寿季武博

翠隐红藏春尚薄。百花头上梅先觉。清晓寒城闻画角。云一握。
鸦翻诏墨天边落。　　碧眼棱棱言谔谔。谏书犹自留黄阁。世事
翻腾谁认错。休话著。绿尊且举鸬鹚杓。

八声甘州　寿魏鹤山

又一番、泸水出牂牁。江声汹鸣鼍。正南人争望，转移虎节，弹压
鲸波。未见元戎羽葆，民气已冲和。不待禁中选，李牧廉颇。
却顾边陲以北，似乘航共济，亡楫中河。纵缆头襦尾，其奈不牢何。
□原无空格，从疆村丛书鹤林词明公、一襟忠愤，想誓江、无日不酾歌。当
津者，岂应袖手，长宴江沱。

青玉案　寿季永弟

杏花时候匆匆别。又欲迫、黄花节。过了三年经八月。骊驹声里，

青鸿头畔,几见刀头折。　　诸生立尽门前雪。半偈重翻为渠说。且莫从头烹瓠叶。已呼童稚,多藏酒秫,共醉陶彭泽。

谒金门 宣城鹿鸣宴

将进酒。吹起黄钟清调。手按玉笙寒尚峭。陇梅春已透。　　蓝染溪光绿皱。花簇马蹄红閙。尽使宛陵人说道。状元今岁又。

又 温州鹿鸣宴

金榜揭。都是鹿鸣仙客。手按玉笙寒尚怯。倚梅歌一阕。　　柳拂御街明月。莺扑上林残雪。前岁杏花元一色。马蹄归路滑。

柳梢青 孙园赏牡丹

元九不回,胡三不问,花说与谁。赖得东皇,调停春住,句管花飞。　　庭前密打红围。想孙子、兵来出奇。似恁丰神,谁人刚道,色比明妃。

摸鱼儿 郫县宴同官

倚南墙、几回凝伫。绿筠冉冉如故。帝城景色缘何事,一半花枝风雨。收听取。这气象精神,则要人来做。当留客处。且遇酒高歌,逢场戏剧,莫作皱眉事。　　那个是,紫佩飞霞仙侣。骎骎云步如许。清闲笑我如鸥鹭。不肯对松觅句。萍散聚。又明月、还寻锦里烟霞路。浮名自误。待好好归来,携筒载酒,同访子云去。

水龙吟 六月宴双溪

修篁翠葆人家,分明水鉴光中住。就中得要,危亭瞰渌,小桥当路。一榻桃笙,半窗竹简,清凉如许。纵武陵佳丽,若耶深窈,那得似、双溪趣。　　一夜檐花落枕，想鱼天、涨痕新露。多君唤我，扫花坐晚，解衣逃暑。脍切银丝，酒招玉友，曲歌金缕。愿张郎，长与莲花相似，朝朝暮暮。

鱼游春水　神泉春日赋

东里韶光早。百舌枝头啼碎了。溪梅开尽，池水绿波还皱。种柳先生觉意阑，看花君子非年少。心似淡云，梦随芳草。　　满地松花不扫。镇日春愁萦怀抱。谁能击筑长歌，吹笛清啸。寄声玉关行人道，未报君恩难便老。鸡塞雨寒，戍楼烟渺。

祝英台　春日感怀

小池塘，闲院落，薄薄见山影。杨柳风来，吹彻醉魂醒。有时低按秦筝，高歌水调，落花外、纷纷人境。　　猛深省。但有竹屋三间，莲田二顷。便可休官，日对漏壶永。假饶是、红杏尚书，碧桃学士，买不得、朱颜芳景。

千秋岁　寿友人

松舟桂楫。苕霅溪头别。秋后雨，春前雪。书凭湖雁寄，手把江蓠折。人未老，相看元似来时节。　　芳草鸣鹧鸪。野菜飞黄蝶。时易去，愁难说。析波浮玉醴，换火翻银叶。拚醉也，马蹄归踏梨花月。

上西平　雪词

似斜斜，才整整，又霏霏。今夜里、窗户先知。嫌春未透，故穿庭树作花飞。起来寻访剡溪人，半压桥低。　　兔园册，渔江画，兰房曲，竹丘诗。怎模得、似当时。天寒堕指，问谁能解白登围。也须凭酒遣挐担，击乱鹅池。

沁园春 洪都病中,闻计浣章成父读示刘潜夫往岁辞
建宁初命之词而壮之,因和一首寄呈

夸说洪都,西滕王阁,北豫章台。对雨帘半卷,江横如旧,沟亭欹
压,梯上无媒。但有江山,更无豪杰,拔脚风尘外一杯。题千墨,须
杜陵老手,太白天才。　　　力能笔走风雷。人道是闽乡老万回。
把崇天普地,层胸荡出,横今竖古,信手拈来。使翰墨场,著伏波
老,上马犹堪矍铄哉。今耄矣,独莼鲈在梦,泉石萦怀。

满江红 和吴毅甫

伶俐聪明,都不似、阿奴碌碌。渐欲买、青山路隐,白云同宿。半醉
尽教乌帻堕,熟眠休管屏风触。算人生、能有几时闲,金乌速。

　粗粗饭,天仓粟。浊浊酒,天家禄。更钓鲜采薇,有何不足。君
不见当年金谷事,绿珠弄笛椒涂屋。到而今、富贵一场空,终非福。

卜算子 和史子威瑞梅

漠漠雨其濛,湛湛江之永。冻压溪桥不见花,安得杯中影。　　明
水未登彝,饰玉先浮鼎。寄语清居山上翁,驿使催归近。

满江红 仓江分韵送晏铃干词

元帅筹边,谁肯办、向前一著。大丞相、孙儿挺伟,素闲兵略。杨柳
依依烟在眼,檀车嘽嘽春浮脚。更何妨、二十五长亭,横冰槊。

　登剑栈,怀关洛。机易去,愁难割。岂而今全是,从前都错。鹿
走未知真局面,兽穷渐近空篱落。早经营、勋业复归来,江头酌。

洞仙歌 惜春和李元膺

翠柔香嫩,乍春风庭院。换却幽人读书眼。淡鹅黄袅袅,玉破梢

头,莺未啭,绿皱池波尚浅。　　　　王孙才别后,长负芳时,碧草萋萋绣裀软。海棠桃花雨,红湿青衫,春心荡,不省花飞减半。待持酒高堂、劝东皇,且爱惜芳菲,留春借暖。

上西平　送陈舍人

跨征鞍,横战槊,上襄州。便匹马、蹴踏高秋。芙蓉未折,笛声吹起塞云愁。男儿若欲树功名,须向前头。　　　　凤雏寒,龙骨朽,蛟渚暗,鹿门幽。阅人物、渺渺如沤。棋头已动,也须高著局心筹。莫将一片广长舌,博取封侯。

贺新凉　送游景仁赴夔漕

额扣龙墀苦。对南宫、春风侍女,掉头不顾。烽火连营家万里,漠漠黄沙吹雾。莽关塞、白狼玄兔。如此江山俱破碎,似输棋、局满枰无路。弹血泪,迸如雨。　　　　轻帆且问夔州戍。俯江流、桑田屡改,阵图犹故。抱此孤忠长耿耿,痛恨年华不与。但月落、荒洲绝屿。君与鹤山皆人杰,倘功名、到手还须做。平滟滪,洗石鼓。

青玉案　送张伯修赴宣府

玉骢已向关头路。待携取、功名去。慷慨不歌桃叶渡。囊书犹在,剑花未落,富有经纶处。　　　　从军缅想当年赋。纵局局翻新只如许。但恐归来秋色暮。薰炉茗碗,葵根瓠叶,落莫灯前雨。

满江红　送魏鹤山都督

白鹤山人,被推作、诸军都督。对朔雪边云,上马龙光酝郁。戊己营西连太白,甲丁旗尾扪箕宿。倚梅花、听得凯歌声,横吹曲。　　　　船易漏,柳难沃。柯易烂,棋难复。阅勋名好样,只推吾蜀。风撼藕塘猩鬼泣,月吞采石鲸鲵戮。管明年、缚取敌人回,持钧轴。

又 和吴毅夫送行

倦客无家,且随寓、瞻乌爱止。浪占得,清溪一曲,水鲜山美。菡萏香浮几案上,芙蓉月落吟窗里。纵结庐、虽不是吾庐,聊复尔。

人似玉,神如水。歌古调,传新意。问老庞何日,携家来此。后著岂无棋对待,前锋自有诗当底。若新秋、京口酒船来,仍命寄。

八声甘州 和季永弟思归

每逢人、都道早归休,何曾猛归来。有邵平瓜圃,渊明菊径,谁肯徘徊。底是无波去处,空弄一竿桅。富贵非吾事,野马浮埃。　　况值清和时候,正青梅未熟,煮酒新开。共倒冠落佩,宁使别人猜。满朱檐、残花败絮,欲问君、移取石榴栽。青湖上,低低架屋,浅浅衔杯。　以上鹤林集卷四十

贺新郎 游西湖和李微之校勘

一片湖光净。被游人、撑船刺破,宝菱花镜。和靖不来东坡去,欠了骚人逸韵。但翠葆、玉钗横鬓。碧藕花中人家住,恨幽香、可爱不可近。沙鹭起,晚风进。　　功名得手真奇隽。黯离怀、长堤翠柳,系愁难尽。世上浮荣一时好,人品百年论定。且牢守、文章密印。秘馆词人能度曲,更不消、檀板标苏姓。凌浩渺,纳光景。

满江红 再游西湖和李微之

风约湖船,微摆撼、水光山色。纵夹岸、秋芳冷淡,亦随风拆。荷芰尚堪骚客制,兰苕犹许诗人摘。最关情、疏雨画桥西,宜探索。

蓬岛上,神仙宅。苍玉佩,青城客。把从前文字,委诸河伯。涵

浸胸中今古藏，编排掌上乾坤策。却仍携、新草阜陵书，归山泽。

以上二首见永乐大典卷二千二百六十五湖字韵

洞庭春色　元夕

金柝声中，铁衣影里，仍旧上元。况银花靮鬓，看承春色，蜡珠照坐，暖热丰年。宝月分明无缺玷，须洗尽黄云别看天。无限意，且平开莲浦，小作桃源。　　灯花夜来有喜，捷书便驰至军前。向乐棚高处，何妨颂圣，体筵侧傍，仍与中贤。不会山人行乐意，道刚把风花作事权。言不尽，倩梅吹汉曲，莺答虞弦。古乐府汉横吹曲有梅花落。杨巨源圣寿无疆辞云：莺歌答舜弦。

又　三神泉元夕(按原书"三"字大写，疑是又字之误，题或应作神泉元夕)

兰切膏凝，柳沟燧落，光景乍新。正石坛人静，风清绮陌，朱筵灯闹，雨压香尘。不似潘郎花作县，且管勾江山当主人。看承处，有帘犀透月，蜡凤烧云。　　徘徊五花泉上，问谁解攻打愁城。算人生行乐，不须富贵，官居游适，必就高明。山寺归来簪花笑，笑老去犹能强作春。无限事，愿长开醉眼，饱看升平。

菩　萨　蛮

莺花旧恨凭谁雪。也须管句灯时节。黄已疑是"色"字之误上眉峰。小槽初滴红。　　好天佳月夕。结珮飞霞客。醒恐不如酲。何妨独屡更。以上三首见永乐大典卷二万零三百五十四夕字韵引吴泳鹤林集

李　铨

李刘梅亭先生四六标准有李通判铨，盖铨为宁宗时人，曾官通判。

点　绛　唇

一朵千金,帝城谷雨初晴后。粉拖香透。雅称群芳首。　　把酒
题诗,遐想欢如旧。花知否。故人清瘦。长忆同携手。全芳备祖前集
卷二牡丹门

王大烈

　　大烈,晋江人。嘉定四年(1211)进士。

鹊桥仙　寿宗女

银潢流派,嫦娥出世。正是麦秋天气。荧煌一点寿星明,又恰向、
今宵呈瑞。　　佳儿龙跳,荣封遽止。试问遐龄知几。从今旋数
一千年,待足了、依前数起。截江网卷六

蓦山溪　寿生女

东风吹物,渐入韶华媚。和气散千门,更灵鹊、前村报喜。月宫仙
子,昨夜下瑶台,人传道,诞兰房,喜把金盆洗。　　中郎传业,此
事今如意。遥想画堂中,有葱葱、云烟滃瑞。休言前日,玉燕不来
投,看释氏,到明年,又送麒麟至。翰墨大全丙集卷三

程公许

　　公许字季与,一字希颖,号沧州,叙州(今四川省宜宾)宣化人。生淳
熙九年(1182)。嘉定四年(1211)进士。理宗淳祐二年(1242),将作少监、
秘书少监、太常少卿。累官中书舍人、礼部侍郎、权刑部尚书。有尘缶
集。

念奴娇　中秋玩月,忆山谷"共倒金荷家万里,难得尊

　　前相属"之句,怅然有怀,借韵作一首

晓凉散策,恨西风不贷,一池残绿。谁与冰轮拟玉斧,恰好今宵圆
足。树杪翻光,莎庭转影,零乱崑台玉。荡胸清露,闲须浇下醽醁。

　　休问湖海飘零,老人心事,似倚岩枯木。万里亲知应健否,脉
脉此情谁属。世虑难平,天高难问,倚遍阑干曲。不妨随寓,买园
催种松竹。

沁园春　用履斋多景楼韵

万里飘萍,送江入海,过古润州。正羁怀无奈,凭高纵览,濛濛烟
雨,簇簇渔舟。南北区分,江山形胜,忧愤令人扶上楼。沈凝久,任
斜飞雪片,急洒貂裘。　　英风追想孙刘。似黑白两奁棋未收。
把烟霞饶与,坡仙米老,丹青难觅,摩诘营丘。斗野号风,海门残
照,长与人间管领愁。凭谁问,借天河一挽,洗甲兵休。

水调歌头　和吴秀岩韵

驼褐倚禅榻,丝鬌飏茶烟。谁知老子方寸,历历著千年。试问汗青
馀几,一笑腰黄紫梦,我自乐天全。出处两无累,赢取日高眠。

　　八千里,西望眼,断霞边。弁苍苔碧,随分风月不论钱。执手还
成轻别,何日归来投社,玉海得同编。经世付时杰,觅个钓鱼船。

以上三首见阳春白雪外集

包　恢

恢字宏父,号宏斋,建昌人,淳熙九年(1182)生。嘉定十三年(1220)

进士。历官刑部尚书、签书枢密院事。咸淳四年(1268)卒，年八十七。

水调歌头　三月初三

羽觞随曲水，佳气溢双清。真贤瑞世，恰与真圣日同生。出侍红云一朵，出按皇华六辔，特地福吾闽。底是长生箓，八郡咏歌声。

奏天子，倾义廪，济饥民。南州指使，青州公案一般仁。却恐紫泥有诏，社稷重臣事业，非晚觐严宸。来岁这般节，宣劝玉堂人。

翰墨大全丁集卷三

岳　甫

甫字大用。岳飞之孙。淳熙十三年(1186)，以朝奉郎知台州兼提举本路常平茶盐。十二月移知明州。十五年(1188)，除尚书左司郎官。

水　调　歌　头

编修楼公易镇武昌，安阳岳甫作歌头一阕，奉祖行色。甫再拜。

鲁口天下壮，襟楚带三吴。山川表里营垒，屯列拱神都。鹦鹉洲前处士，黄鹤楼中仙客，拍手试招呼。莫诵昔人句，不食武昌鱼。

望樊冈，过赤壁，想雄图。寂寥霸气，应笑当日阿瞒疏。收拾周黄策略，成就孙刘基业，未信赏音无。我醉君起舞，明日隔江湖。

满　江　红

甫敬赋满江红，敬祝百千遐算。甫再拜。

碧海迢遥，曾窥见、赤城楼堞。因傲睨尘寰，犹带凭虚仙骨。武库胸中兵十万，文场笔阵诗千百。记向来、小试听胪传，居前列。

世间事，都未说。亲为大，官毫末。况诸郎钟庆，凤龄英发。银菟篇韵皆音兔。"银菟"一作"铜虎"颁符方易地，金銮寓直行趋阙。更相

期、尽节早归来,传丹诀。以上二首见宝真斋法书赞卷二十八

岳　珂

珂字肃之,号亦斋、倦翁、东几,岳飞之孙。淳熙十年(1183)生。历管
内劝农使,知嘉兴。嘉定十五年(1222),朝奉郎、守军器监、淮东总领。宝
庆二年(1226),户部侍郎、淮东总领兼制置使。端平元年(1234)卒,年五
十二。有棠湖诗稿、愧郯录、桯史、金陀粹编、宝真斋法书赞行于世。

木 兰 花 慢

试晨妆淡伫,正疏雨、过含章。早巧额回春,岭云护雪,十里清香。
何人剪冰缀玉,仗化工、施巧付东皇。瘦尽绮窗寒魄,凄凉画角斜
阳。　　孤山西畔水云乡。篱落亚疏篁。问多少幽姿,半归图画,
半入诗囊。如今梦回帝国,尚迟迟、依约带湖光。多谢胆瓶重见,
不堪三弄横羌。全芳备祖前集卷一梅花门

六 州 歌 头

海棠开后,红雨洒江濆。春风路,窥杏菲,剪葵榛。绕梅魂。满院
禽声悄,扶醉起,初睡足,诮不似,玉奴辈,负东昏。回首曲江,多少
花边卧,高冢麒麟。漫名缰利锁,何日濯尘缨。几绊浮生。遣区
惊。　　试从今数,春归日,留不住,掩重门。风雨遇,归阃女,战
吴军。费温存。总被流莺笑,英烂熳,误间关。诗卷债,负便腹,遂
吟肝。长记风光流转,问少陵、曾与春言。便联镳相约,一醉卧红
云。画角城闉。全芳备祖前集卷七海棠门

醉 落 魄

铜彝绣箔。风流不到临春阁。婆娑清影来岩壑。梅魄兰魂,香染

九秋萼。　　　蕊仙拥下青瑶幕。粟肌透入黄金约。有人奚酉逢鱼摸。欲插还羞,重把鬓云掠。全芳备祖前集卷十三岩桂花门

满　江　红

小院深深,悄镇日、阴晴无据。春未足、闺愁难寄,琴心谁与。曲径穿花寻蛱蝶,虚栏傍日教鹦鹉。笑十三、杨柳女儿腰,东风舞。

　云外月,风前絮。情与恨,长如许。想绮窗今夜,为谁凝伫。洛浦梦回留珮客,秦楼声断吹箫侣。正黄昏时候杏花寒,廉纤雨。阳春白雪卷四

生　查　子

芙蓉清夜游,杨柳黄昏约。小院碧苔深,润透双鸳薄。　　　暖玉惯春娇,簌簌花钿落。缺月故窥人,影转阑干角。绝妙好词卷一

祝英台近　登多景楼

瓮城高,盘径近。十里笋舆稳。欲驾还休,风雨苦无准。古来多少英雄,平沙遗恨。又总被、长江流尽。　　　倩谁问。因甚衣带中分,吾家自畦畛。落日潮头,慢写属镂愤。断肠烟树扬州,兴亡休论。正愁尽、河山双鬓。京口三山志卷三

又　北固亭

澹烟横,层雾敛。胜概分雄占。月下鸣榔,风急怒涛飐。关河无限清愁,不堪临鉴。正霜鬓、秋风尘染。　　　漫登览。极目万里沙场,事业频看剑。古往今来,南北限天堑。倚楼谁弄新声,重城正掩。历历数、西州更点。词品卷五

酹 江 月

天然灵种,遍尘寰、不许一枝分植。瀛海沉沉群玉宴,迥出八仙标格。珠幄留云,翠绡笼雪,浅露宫黄额。无双亭下,未容凡卉连璧。

犹是射虎归来,朱阑独倚,曾作东风客。素态自羞时态改,何必铅华倾国。舞影鸾孤,绕心蝶倦,占断春消息。月明十里,坐中还记曾识。曹瑂琼花集卷三

朱　藻

藻号野逸。

采 桑 子

障泥油壁人归后,满院花阴。楼影沉沉。中有伤春一片心。
闲穿绿树寻梅子,斜日笼明。团扇风轻。一径杨花不避人。阳春白雪卷五

陈以庄

以庄字敬叟,号月溪,建安人。黄铢之甥。

水龙吟　记钱塘之恨

晚来江阔潮平,越船吴榜催人去。稽山滴翠,胥涛溅恨,一襟离绪。访柳章台,问桃仙浦,物华如故。向秋娘渡口,泰娘桥畔,依稀是、相逢处。　　窈窕青门紫曲,茜罗新、衣翻金缕,旧音恍记,轻拢慢捻,哀弦危柱。金屋难成,阿娇已远,不堪春暮。听一声杜宇,红殿

绿老,雨花风絮。

贺新郎 和刘潜夫韵

晓梦莺呼起。便安排、诗家厨传,酒家行李。点检花边新雨露,春在万家生齿。道官似、锦溪清驶。但便有人耕绿野,正不妨、鼓吹频来此。方觅句,且夷俟。　　画桥西畔多春意。记年年、曾来几度,落花流水,行到水穷云起处,依约辋川竹里。兴未属、王孙公子。料想明年端门里,有传柑宴罢黄封醉。肯回首,万杉底。以上二首中兴以来绝妙词选卷十

蓦山溪 寿种春翁

亭兰风蕙,昨日山阴曲。又过五峰来,听华堂、管弦丝竹。今年风物,著意庆生朝,□空格据律补,疑原脱一"玄"字鹤舞,黑猿吟,花下眠青鹿。　　九龄五福,盛事人皆祝。谁识种春翁,等浮云、飞蝱过目。上方渴士,忠节起闻孙,金坡近,玉堂深,莫羡春田绿。截江网卷六

存　目　词

历代诗馀卷九载陈以庄菩萨蛮词"举头忽见衡阳雁"一首,乃尊前集所载李白词。杨金本草堂诗馀前集卷下作陈达叟词。

苏　泂

泂字召叟,颂四世孙,山阴(今浙江绍兴)人。有泠然斋集二十卷。

摸鱼儿 忆刘改之

望关河、试穷遥眼,新愁似丝千缕。刘郎豪气今何在,应是九疑三

楚。堪恨处。便拼得、一生寂寞长羁旅。无人寄语。但吊麦伤桃，边松倚竹，空忆旧诗句。　　　文章事，到底将身自误。功名难料迟暮。鹑衣箪食年年瘦，受侮世间儿女。君信否。尽县簿高门，岁晚谁青顾。何如引起。任槎上张骞，山中李广，商略尽风度。

> **雨中花**　余往时忆刘改之，作摸鱼儿，颇为朋友间所喜，然改之尚未之见也。数日前，忽闻改之去世，怅惘殆不胜言。因忆改之每聚首，爱歌雨中花，悲壮激烈，令人鼓舞。辄倚此声，以寓余思。凡未忘吾改之者，幸为我和之

十载尊前，放歌起舞，人间酒户诗流。尽期君凌厉，羽翮高秋。世事几如人意，儒冠还负身谋。叹天生李广，才气无双，不得封侯。　　榆关万里，一去飘然，片云甚处神州。应怅望、家人父子，重见无由。陇水寂寥传恨<small>按"恨"下原有"泪"字，疑误衍，删去</small>，淮山宛转供愁。这回休也，燕鸿南北，长隔英游。<small>以上二首见游宦纪闻卷八</small>

许　玠

> 玠字介之，襄邑(今河南睢县)人。端平三年(1236)，以荐补初品官衡州户掾。有东溪诗稿，不传。

菩　萨　蛮

西风又转芦花雪。故人犹隔关山月。金雁一声悲。玉腮双泪垂。　　绣衾寒不暖。愁远天无岸。夜夜卜灯花。几时郎到家。<small>阳春白雪卷七</small>

王　迈

> 迈字实之，仙游人。生于淳熙十一年(1184)。嘉定十年(1217)，以

第四人登第，官教授，为郑清之所知。因论事镌秩，历通判外州。清之再相，召入为右司郎官，淳祐八年(1248)卒，年六十四，赠司农少卿。有臞轩集，永乐大典辑出。

水调歌头 寿黄殿讲母

天上一灯满，引起万灯明。不知今夕何夕，平地有蓬瀛。西母瑶池称寿，南守锋车催觐，二美一时并。一点魁星现，长侍老人星。

心事好，天与寿，鬓长青。不将钟鼎为乐，念念在朝廷。此母宜生此子，须有医时良策，寿国福苍生。子自坐黄阁，母自课黄庭。

沁园春 尹和靖，宣政间，不为权臣诎，隐于洛中。及兵起，全家受祸，老先生独以身免。贤者之不出如此。杨龟山屡出，不合又去，未几又出。靖康之变，以谏议大夫从驾入金营。贤者之出，竟如此。谨详二先生出处之节，求质正于西山真先生，遂成此词以呈

人物渺然，蕙兰椒艾，孰臭孰香。昔尹公和靖，与龟山老，虽同名节，却异行藏。尹在当年，深居养道，亲见兵戈兴洛阳。杨虽出，又何界于蔡，何救于章。　　公今为尹为杨。这一著须平心较量。正南洲潢弄，西淮鼎沸，廷绅噤舌，举国如狂。招鹤亭前，居然高卧，许大乾坤谁主张。公须起，要擎天一柱，支架明堂。

贺新郎 呈刘后村，时自桂林被召到莆，又遭烦言

出了罗浮洞。有多情、梅花雪片，殷勤相送。见说翛然琴鹤外，诗压牛腰较重。去管甚、群儿嘲弄。岭海三年持翠节，料无时、不作家山梦。驰玉勒，归金凤。金凤池，乃所居也。　　一门朱紫环昆仲。看阶庭、森森兰玉，慈颜欢动。宰相时来须著做，且舞莱衣侍奉。却不信、大才难用。时事多艰人物少，便中兴、谁辨浯溪颂。为大厦，要梁栋。

又 丁未守邵武，宴同官

此是河清宴。觉朝来、薰风满入，生绡团扇。太守愁眉才一展，且喜街头米贱。且莫管、官租难办。绕砌苔钱无限数，更莲池、雨过珠零乱。尽买得，凌波面。　　家山乐事真堪羡。记年时、荔支新熟，荷筒齐劝。底事来寻蕉鹿梦，赢得乾忙似箭。笑富贵、都如邮传。做了丰年还百姓，便莼鲈、归兴催张翰。看卿等，上霄汉。

又 送赵伯泳侍郎守温陵

忆昔同时召。正青山、亲提玉尺，量材廊庙。当日班行比元祐，北玉西珠照耀。一转首、宫商移调。君自乌台登骑省，觉精神、风采增清峭。数贤者，一不肖。　　酒酣耳热惟长啸。便翩翩、辍班荷橐，一麾闽峤。堪笑狂生无用处，垂老云耕月钓。这富贵、非由人要。畴昔评君如玉雪，好翛然、琴鹤风尘表。清献后，又有赵。以上五首臞轩集卷十六

又 为后村母夫人寿

璎珞珠垂缕。看花冠、端容丽服，补陀岩主。只坐尘缘蹉一念，朱紫丛中得度，人世福、夫人兼五。银鹿诸孙来定省，对金屏、绣幕辉云母。人顶礼，柳行路。所居地名柳行。　　朝朝口诵琅函句。觉从来、寿人福善，老夭无误。消得天恩封福国，锦诰鸾翔凤舞。听来岁、日边佳语。上殿肩舆帘蹙绣，遣佳儿、扶掖天应许。笑陈媪，三题柱。有陈夫人者，题闽帅片柱云：尝侍父、从夫、及就养，三至此廨。

摸鱼儿 闽漕王幼学作碧湾丹嶂堂，歌此词，以墨本见
寄，依韵和之

昔元城、一生清峭，南都高卧坚壁。留耕便是元城样，何肯枉吾寻

尺。曾直笔。说社稷安危,屡叩龙墀额。明时逐客。却惠顾丹山,来持翠节,对此一湾碧。　　澄清暇,无奈登临有癖。梅山时访仙迹。神仙偏喜公心事,一见莞然前席。闲不得。有先见蓍龟,消得君王忆。天阍不隔。要济险孤舟,支倾一柱,公外向谁觅。

沁园春　迎方右史德润

首尾四年,台省好官,都做一回。便前头更有,合当做底,何妨且恁,猛省归来。甲第新成,开尊行乐,脆管繁弦十二钗。回头笑,这狂生无用,削尽官阶。　　狂生真个狂哉。泼性气年来全未灰。有龙鳞凤翼,不能攀附,牛衣渔具,早已安排。烂煮园蔬,熟煨山芋,白髮苍颜穷秀才。官休做,莫狂无处著,送去琼崖。

念奴娇　熙春台宴同官

层台云外,阅古今、多少兴衰成败。老木千章,若个是、南国甘棠遗爱。群籁号风,繁阴蔽日,有此清凉界。宾朋在坐,朗然心目明快。　　更向会景亭前,登高吊古,此景何人会。岁岁春来春又去,独有灵台春在。早稻炊香,晚禾摇穗,管取三登泰。酿成春酒,把杯行乐须再。以上四首花庵中兴以来绝妙词选卷九

沁园春　寿史君黄少卿

一笑樽前,数雄甲辰,几位上台。有唐裴相,徜徉绿野,我朝富老,游戏崑台。淮蔡功成,惊天动地,似胜单车和虏回。谁知道,活流民数万,赛过平淮。　　君侯初度奇哉。五百岁、三贤前后来。任朱幡西向,不妨为富,义旗北指,也解为裴,将相功名,时来便做,且醉红蕖三百杯。相期处,要千年汗竹,名节崔嵬。截江网卷五

贺新郎 寿右史　正月初七

曾侍螭头立。吐危言、婴鳞编虎,扶持鳌极。谁炼精金铸刚卯,气节毅然镇国。肯顾恋、眼前官职。碧水丹山持翠节,这福星、特为吾闽出。发义廪,无难色。　　如今世道难扶植。直还他、温公德量,魏公风力。此事又关宗社福,仍系苍生休戚。且称寿、公生人日。炼得内丹成熟后,看河车、常运方瞳碧。五百岁,作良弼。

瑞鹤仙 寿叶路钤　二月初一

芳菲春二月。正软红尘里,踏青时节。山川孕人杰。好赤城丹洞,丰姿奇绝。云霄阀阅。个精神、清如玉雪。看谈兵议论,风霆舞剑,刚肠如铁。　　闻说。年方英妙,已向城边,飞书驰捷。誓清击楫。宁久此,淹车辙。对花朝称寿,朱颜未老,尽有功名事业。便张韩刘岳传名,何如一叶。

满江红 寿黄殿讲母　正月十四

明日元宵,蔼佳气、清凉金粟。人道是、史君寿母,宴瑶池曲。九十春来萱草茂,三千年后蟠桃熟。看鳌头、名字未多时,分符竹。　　熏宝篆,张银烛。佳庆事,人人祝。况平反阴德,在长生箓。最喜芸香怀玉燕,安排锦帐骑银鹿。待雕轩、文驷上堤沙,如天福。

又 寿赵宰　二月初一

轻暖轻寒,正春满、河阳花县。谁报道,金铃声响,百花开遍。天上谪仙人瑞世,佛中有宰官身现。好看承、金母上瑶池,开华宴。　　争捧取,金樽劝。更把取,丹砂炼。要朱颜长对,舞裙歌扇。准拟来年称寿日,沉香亭里春生面。有安期、大枣伴蟠桃,年年献。

以上四首见翰墨大全丁集卷二

念奴娇 寿洪运管　五月初五（丙集题作寿漕幕，此从丁集）

见山堂上，画帘卷、犹是清和天气。绿水红莲，雅称得、瑶碧冰壶标致，名在丹台，籍通紫府，游戏人间世。三洪华阀，自应生此人瑞。

好是佳旦称觞，斑衣拜舞，有鹓雏相对。后院婵娟争劝酒，端午彩丝双系。管取来年，雪罗风葛，荣被君恩赐。黑头公相，直须眉寿千岁。翰墨大全丙集卷十三又丁集卷三

水龙吟 寿刘无竞　十月三十

橙黄橘绿佳期，诘朝又报阳来复。笼葱瑞气，天教蟠绕，名门乔木。上界仙人，来游西塾，骖鸾跨鹤。有如椽彩笔，笺天万字，□按原无空格，赵辑臞轩词补呈了、琅玕腹。　不愿班行鸣玉。问君王、再分符竹。棣华辉映，庭萱春好，举杯相属。伯氏乘轺，诸公须又，安排除目。这堆床牙按"牙"原误作"无"，赵辑校正笏，人人道是，太夫人福。

翰墨大全丁集卷四

沁园春 孟守美任

臞老今朝，载酒渡江，送孟吉州。遇舟之人士，来前问政，此公官去，莫也宜留。老子曰嘻，我游宦海，几度遭他风打头。君休问，但正因遇坎，行则乘流。　江皋一叶惊秋。雁过也、严明白鹭洲。笑如今休顾，从前堕甑，无心相逐，等是虚舟。啄黍鸡肥，新篘酒熟，且作山中万户侯。林泉好，却输公一著，先我归休。翰墨大全庚集卷十五

南歌子 谢送菊花糕

家里逢重九，新篘熟浊醪。弟兄乘兴共登高。右手茱杯、左手笑持

鳌　　官里逢重九,归心切大刀。美人痛饮读离骚。因感秋英、饷
我菊花糕。翰墨大全后甲集卷十

沁园春　凤山出二宠姬歌余词

夜来斗庵,左顾绿云,右盼素娥。好态浓意远,随宜梳洗,轻轻莲
步,艳艳秋波。妒宠争妍,娇痴无际,齐劝诗翁金叵罗。翁微笑、□
一时饮尽,谁少谁多。　　　　月娥。唱后颜酡。莫也怕、浮云妒月
么。问苏州刺史,旧欢如梦,江州司马,衫湿如何。翠幕空垂,唾花
无迹,忍听樽前飞燕歌。销凝处,正潇潇烟雨,偏恼东坡。翰墨大全
后丙集卷四

　　以上王迈词十九首用赵万里辑臞轩词。

叶路钤

贺新凉　寿吴权郡

　　　　共审换七日之书云,西方生妙喜佛;占四明之福地,南极现老人星。
人歌海沂之康,天锡河沙之算。太守与我同理,已传趣诏之音;丈夫何
以假为,伫看即真之拜。某方忻御李,幸际生申。敬翻贺新凉之腔,虔
致归朝欢之祝。

伛指循良吏。袛吴公、传不书名,一人而已。仿佛三生来展骥。就
种棠阴千里。又还是、治平为最。绣线渐添红日影,恰换前、七日
冬书至。吾道长,佛出世。　　　公清但酌螺川水。屏星躔次吴头,
极星先比。节谊家声香国史。中有千秋生意。宜衮衮、公侯昌炽。
充育登庸元有样,况甬东、一脉山东气。珠峰畔,又呈瑞。

水调歌头　寿太守黄少卿

天启黄旗运,复见汉黄香。名高黄榜,飞黄腾踏入鸳行。文彩苏黄

而上,政事龚黄而右,黄纸选循良。黄见眉间色,卿月照黄堂。

　调黄钟,舞黄鹤,醉鹅黄。黄云催熟,黄童老叟庆金穰。闲展黄庭一卷,自爱黄花晚节,黄阁日偏长。印佩黄金斗,黄髮半苍苍。

以上二首见截江网卷五

曾开国

摸鱼儿　寿吴权州

望层霄、五云开处。屏星光射螺浦。复来七日冬将至,恰则岳神生甫。梅半吐。试索笑巡檐,稍稍香风度。花娇欲语。问昔日治平,吴公无传,今请为公歌襦袴。　　□□□,玉粒家家丰贮。因人岂关天数。金城千里谁能护,前召又逢后杜。□□□。见说道、长安新筑沙堤路。班催鹭序。春色醉蟠桃,胸中色线,待把衮衣补。截江网卷五

　　按此首上片末句有衍字;下半片原无空格,据律补。或"今请为公"下夺一字,而"歌襦袴"三字属下半首。

彭　耜

　　耜字季益,号南岳先生,自号鹤林,称鹤林靖。长乐(今福建省)人。拜大都功。

十　二　时

素馨花、在枝无几。秋入阑干十二。那茉莉、如今已矣。只有兰英菊蕊。霜蟹年时,香橙天气。总是悲秋意。问宋玉、当日如何,对此凄凉风月,怎生存济。　　还未知、幽人心事。望得眼穿心碎。青

鸟不来、彩鸾何处，云锁三山翠。是碧霄有路，要归归又无计。
奈何他、水长天远，身又何曾生翼。手捻芙蓉，耳听鸿雁，怕有丹书
至。纵人间富贵，一岁复一岁。此心终日绕香盘，在篆畦儿里。

喜 迁 莺

吾家何处。对落日残鸦，乱花飞絮。五湖四海，千岩万壑，已把此
生分付。怎得海棠心绪，更没鸳鸯债负。春正好，叹流光有限，老
山无数。　　归去。君试觑。紫燕黄鹂，愁怕韶华暮。细雨斜风，
断烟芳草，暑往寒来几度。锁却心猿意马，缚住金乌玉兔。今古
事，似一江流水，此怀难诉。_{以上二首附见葛长庚玉蟾先生诗馀}

婆罗门引　寿长老

中秋皓月，隔霄光倍照尘寰。九龙喷香水，胜沉檀。　　白象珠明
协瑞、尊者诞人间。世称生佛子、派接清原。_{截江网卷六}

　　按此首原题南岳作。

赵　葵

　　葵字南仲，号信庵。衡山人。生于淳熙十三年(1186)。少从父方
军中，补承务郎。以淮东提刑平李全有功，进兵部侍郎。淳祐中，拜右
丞相，兼枢密使。咸淳初，特授少师武安军节度使，封冀国公。咸淳二
年(1266)卒，年八十一，赠太傅、谥忠靖。

南 乡 子

束髪领西藩。百万雄兵掌握间，召到庙堂无一事，遭弹。昨日公卿
今日闲。　　拂晓出长安。莫待西风割面寒。羞见钱塘江上柳，
何颜。瘦仆牵驴过远山。_{钱塘遗事卷三}

方味道

庄椿岁 寿赵丞相

恭审某官间期淑气，特立高标。仰维岳之生贤，一朝献颂；赋缁衣而入相，四海同声。欣逢五百年之期，愿上八千岁之祝。可占耆艾，曷尽形容。音寄水龙吟，名为庄椿岁。倘蒙省览，万有荣光。

纶巾少驻家山，北窗睡觉南薰起。黄庭细看，长生秘诀，神仙奇趣。奈此苍生，愿苏炎热，仰为霖雨。趁丹心未老，将整顿乾坤，手为经理。　　好是今年庆事。抱奇孙、一门佳气。蓬山振佩，麟符重锡，褒纶新美。玉树参庭，桂枝分种，香浮兰芷。看他年、接武三槐，长是伴、庄椿岁。截江网卷四

按此首别又误作解昉词，见填词图谱卷五。

黄　机

机字几仲，一云字几叔，东阳人。尝仕宦州郡，与岳珂唱酬。

沁园春 奉柬章史君再游西园

问讯西园，一春几何，君今再游。记流觞亭北，偷拈酒戏，凌云台上，暗度诗阄。略略花痕，差差柳意，十日不来红绿稠。须重醉，便功名了后，白髪争休。　　定谁骑鹤扬州。任书放床头盏瓮头。况殷勤莺燕，能歌更舞，轻狂蜂蝶，欲去还留。岁月易忘，姓名须载，笔势翩翩回万牛。归来晚，有烛明金剪，香暖珠篝。

又　寿

六月云初，人争议公，公无阻伤。记传飞急羽，舟还海道，渺漫白水，路入沙场。万姓三军，倚公为命，法有逗遛公自当。君还信，似崔嵬砥柱，屹立瞿塘。　　此行阴德难量。到论定才知滋味长。看鱼肥蟹健，妻孥共乐，酒烧稻熟，翁媪相将。何以报公，祝公千岁，多少人家烧夜香。凌烟上，更声名凛凛，冠剑堂堂。

又　寿

问讯梅梢，小春近也，花应渐开。记华堂此日，红牙丝竹，欢声昨夜，翠玉樽罍。雾节童童，金旃曳曳，人自闾风玄圃来。嬉游处，任沧波变陆，劫火成灰。　　行天看取龙媒。笑卫霍当年如此哉。有笔头文字，何妨挥洒，胸中兵甲，解洗氛埃。见说君王，防秋才了，便著芝泥封诏催。功名事，付孱颜燕石，突兀云台。

又　次岳总干韵

日过西窗，客枕梦回，庭空放衙。记海棠洞里，泥金宝幄，酴醾架下，油壁钿车。醉墨题诗，蔷薇露重，满壁飞鸦行整斜。争知道，向如今漂泊，望断天涯。　　小桃一半蒸霞。更两岸垂杨浑未花。便解貂贳酒，消磨春恨，量按“量”原作“星”。毛校：应“量”珠买笑、酬答年华。对面青山，招之不至，说与浮云休苦遮。山深处，见炊烟又起，知有人家。

又　廖总干席上

暑风清微，梅腮渐红，麦须未黄。恨牡丹多病，医治费巧，酴醾易老，点缀无方。客里光阴，愁中意绪，想美人兮山水长。销凝处，有龙丝坠简，来唤持觞。　　华堂。剩贮春光。綮一行珠玑时样妆。
更燕留轻态，词翻古调，莺娇欲啭，曲度新腔。玉漏声沉，银潢影
泻，湍酒犹烧心字香。归来也，判明虹永日，瑞锦鸳鸯。

又　为潘郴州寿

问讯仙翁，殷〔按"殷"原作"因"，毛校：应"殷"〕勤为底，来万山中。想橘边丹
井，鹤寻旧约，松间碧洞，鹿养新茸。雾节亭亭，星旍曳曳，导以浮
丘双玉童。嬉游处，尽祥烟瑞雨，霁月光风。　　欢声已与天通。
更日夜郴江流向东。定催归有谓，泥香芝检，留行无计，路熟花骢。
入侍严凝，密陪清燕，吴水欢然相会逢。年年里，对春如酒好，酒似
春浓。

又　送徐孟坚秩满还朝

人物眇然，落落晓星，如君几何。有飘摇长袖，工持月斧，寂寥遗
韵，妙鼓云和。政事文章，特其馀事，英气横空时浩歌。还堪笑，似
龙文古鼎，谁复摩挲。　　青丝系马庭柯。为小驻寿君金叵罗。
说一时伟望，齐高岳麓，二年遗爱，拍满湘波。世事多端，细凭商
略，痛处不须言语多。从今去，好经从乌府，蹑上銮坡。

又　送赵运使之江西

有美一人，昔在何居，今方见之。俨琼缨翠弁，气清芬只，珠幢绛
节，光陆离兮。吾道非耶，世情复尔，天骥昂藏不受羁。还知否，定
曲高寡和，才大难施。　　行吟湘水之湄。看云卷云舒无定姿。
想粲然长笑，物皆有用，时哉易失，我亦奚为。袖手旁观，何如小
试，欲脱囊中失利锥。君休叹，正梅花将发，尘满征衣。

八声甘州 为遁斋寿

问仙翁、底事到人间,人间足嬉游。向文边书意,诗边著语,□满南
州。逸韵高情总似,野水荡孤舟。所未能忘者,药鼎茶瓯。　　政
恐功名相恼,便扶摇直上,龙尾螭头。想尘缘终薄,归去老莵裘。
有当年、东邻西舍,办鸡豚、相与燕春秋。阶庭里,儿孙衮衮,飞度
骅骝。

乳燕飞 次岳总干韵

击碎珊瑚树。为留春、怕春欲去,驶如风雨。春不留兮君休问,付
与流莺自语。但莫赋、绿波南浦。世上功名花梢露。政何如、一笑
翻金缕。系白日,莫教暮。　　苍头引马城西路。趁池亭、荻芽尚
短,梅心未苦。小雨欲晴晴不定,漠漠云飞轻絮。算行乐、春来几
度。鞭影不摇鞍小据。过横塘、试把前山数。双白鹭,忽飞去。

又 次徐斯远韵寄稼轩

兴泼元同宇。唤君来、浮君大白,为君起舞。满袖斑斑功名泪,百
岁风吹急雨。愁与恨、凭谁分付。醉里狂歌空漫触,且休歌、只倩
琵琶诉。人不语,弦自语。　　诗成更将君自赋。渺楼头、烟迷碧
草,云连芳树。草树那能知人意,怅望关河梦阻。有心事、笺天天
许。绣帽轻裘真男子,政何须、纸上分今古。未办得,赋归去。

又

秋意今如许。怪征鞍、底事匆匆,翩然难驻。斗帐屏围山六曲,怕
见琐窗欲暮。倩谁伴、梧桐疏雨。路入衡阳天一角,更山环、水绕
无重数。容易□,便难阻。　　相思才信相思苦。省疏狂、迷歌踯

酒,把人轻误。问取归期何日是,指点庭前幽树。定冷蕊、疏花将吐。此去西风吹雁过,家身心、别后安平否。聊慰我,至诚处。

摸 鱼 儿

惜春归、送春惟有,乱红扑簌如雨。乱红也怨春狼藉,搵得泪痕无数。肠断处。更唤起、琼鹊催发长亭路。征鞍难驻。但脉脉含颦,嗔人底事,刚爱逐春去。　　阑干凭,芳草斜阳凝伫。愁连满眼烟树。鬓松不理金钗溜,鸾镜一奁香雾。花谁主。怅□□、玉容寂寞春知否。单衣懒御。任门外东风,流莺声里,尽日搅飞絮。

水 龙 吟

晴江衮衮东流,为谁流得新愁去。新愁都在,长亭望际,扁舟行处。歌罢翻香,梦回呵酒,别来无据。恨荼蘼吹尽,樱桃过了,便只恁、成孤负。　　须信情钟易感,数良辰、佳期应误。才高自叹,彩云空咏,凌波谩赋。团扇尘生,吟笺泪渍,一觞慵举。但丁宁双燕,明年还解,寄平安否。

喜迁莺　香风亭上

平湖百亩。种满湖莲叶,绕堤杨柳。冉冉波光,辉辉烟影,空翠湿沾襟袖。静惬邻鸡啼午,暖逼沙鸥眠昼。西园路,更红尘不断,蝶醋蜂瘦。　　知否。堪画处,野荠芜菁,罥地铺茵绣。桃李阴边,桑麻丛里,斜矗酒帘夸酒。竹寺小依山趾,茅店平窥津口。春又晚,正香风有客,倚阑搔首。

木兰花慢　次岳总干韵

叹镜中白髮,元不向、酒边栽。奈诗习未除,客愁易感,剩要安排。

浮名任他有命,怕青山、颇怪不归来。出屋长松招鹤,绕渠流水行
杯。　　　浪驱羸马踏江淮。幽梦苦相催。甚狭路嵚崎,雄心突兀,
谁忍徘徊。此事正烦公等,笑曹刘、只合作舆台。我自人间屈曲,
青云有眼休回。

又　寿

政胡尘满野,问谁与、作坚城。有老子行年,平头六十,无限声名。
向来试陈大略,便群儿、啁哳耳边鸣。争识规模先定,破羌终属营
平。　　　吾心惟有忠诚。羞媚妩,做逢迎。谓干戈锋镝,动关民
命,此不宜轻。听渠自分勇怯,奈何他、天理若持衡。只把从前不
杀,也应换得长生。

又　次岳总干韵

问功名何处,算只合、付悠悠。怕僮仆揶揄,长年为客,楚尾吴头。
春来故园渐好,似不应、不醉把春休。剩买蒌蒿荻笋,河豚已上渔
舟。　　　人间太半足闲愁。蓑笠梦汀洲。向桃杏花边,招邀同社,
秉烛来游。连台听渠拗倒,更麹生、元不厌诛求。世事翻云覆雨,
满怀何止离忧。

满　江　红

呀鼓声中,又妆点、千红万绿。春试手,银花影蔡,雪梅香馥。归梦
不知家近远,飞帆正挂天西北。记年时、歌舞绮罗丛,凭谁续。
　　烟水迥,云山簇。劳怅望,伤追逐。把蛛丝鹊喜,意□占卜。月
正圆时羞独照,夜偏长处怜孤宿。悔从前、轻被利名牵,征尘扑。

又

万灶貔貅，便直欲、扫清关按"关"原作"阕"，毛校：应"关"洛。长淮路、夜亭警燧，晓营吹角。绿鬓将军思饮马，黄头奴子惊闻鹤。想中原、父老已心知，今非昨。　　狂鲵剪，於菟缚。单于命，春冰薄。政人人自勇，翘关还槊。旗帜倚风飞电影，戈铤射月明霜锷。且莫令、榆柳塞门秋，悲摇落。

又

云暗山昏，西风撼、一天悲雨。隐君问、短墙修竹，故园何处。九月江南无雁到，素书封了谁传与。待从头、捋却把心宽，还如故。

吴姬唱，燕姬舞。持玉斝，温琼醑。怅人生欢会，一年几许。莫上小楼高处望，楼前诘曲来时路。便直须、匹马两苍头，东归去。

酹江月

春愁几许，似春云蔼蔼，连空无数。□□眉尖偏易得，没个因由分付。杨柳烟浓，海棠花暗，绿涨墙头路。小楼应是，有人和泪凝伫。

长记宝轴妆成，鸳鸯绣懒，轻笑歌金缕。香雪精神依旧否，风月谁怜虚度。带减衣宽，十分憔悴，两下平分取。黄昏可更，子规声碎烟坞。

又

东篱成趣，有西风解事，催开丛菊。碎擢黄金谁试手，一一清香堪掬。露湿凉轻，霞凝寒重，秀发如新沐。宫妆匀就，岂知红紫粗俗。

因念昔日渊明，微官不受，归伴花幽独。弹压秋光三径里，浊酒床头初熟。饮剧肠宽，醉深吻燥，更把纶巾漉。此翁无恙，唤渠同醉船玉。

水调歌头　为施少仪作

此日足可惜,心事正崔嵬。江淮踏遍,经岁相识定谁来。每向酒边
长叹,更向花边长笑,意虑叵能猜。邂逅忽相遇,有客在尘埃。

脱儒冠,著武弁,太多才。笔墨争似,钩戟容易到云台。馀子何
须转手,便把平生胸臆,勇去莫徘徊。事业上金石,人世自欢哀。

又　次下洞流杯亭作

金篆锁岩穴,玉斧凿山湫。飞泉溅沫无数,六月自生秋。夭矫长松
千岁,上有泠然天籁,清响眇难收。亭屋创新观,客鞿棹还留。

推名利,付飘瓦,寄虚舟。蒸羔酿秫,醅瓮戢戢蚁花浮。唤取能
歌能舞,乘兴携将高处,杯酌荐崑球。径醉双股直,白眼视庸流。

六州歌头　岳总干櫽括上吴荆州启,以此腔歌之,因次韵

百年忠愤,无泪洒江濆。曹刘事,埋露草,锁烟榛。哭英魂。此恨
谁知者,时把剑,频看镜,徒自苦,拳破裂,眼眵昏。从古时哉去速,
鄷人子、反袂伤麟。望家山何在,衮衮已鞶缨。欲划还生。猛堪
惊。　　膏肓危病,宁有药,针匕具,献无门。荆州启,条旧画,汉
将军。已不存。便合囊封去,仓庾地,尚间关。此不用,心漫有,恐
无干。人世欢哀数耳,天或者、又假人言。又一番春尽,高柳暗如
云。梦断重闉。

又　次岳总干韵

将军何日,去筑受降城。三万骑,貔貅虎,戮鲵鲸。洗沧溟。试上
金山望,中原路,平于掌,百年事,心未语,泪先倾。若若累累印绶,

偏安久、大义谁明。倚危栏欲遍,江水亦吞声。目断蘋汀。海门
青。　　　停杯与问,焉用此,手虽子,积如京。波神怒,风浩浩,勃
然兴。卷龙腥,似把渠忠愤,伸恳请,翠华巡。呼壮士,挽河汉,荡
欃枪。长算直须先定,如细故、休苦营营。正清愁满抱,鸥鹭却多
情。飞过邮亭。

永遇乐　章史君席上

别院春深,华堂昼永,嘉燕初启。翠玉樽罍,红牙丝管,睡鸭沉烟
里。弄晴云态,行空絮影,漠漠似飞如坠。最多情,紫绵团就,错落
乱星流地。　　　史君自有,元龙豪气,唤客且休辞醉。蝶困蜂酣,
燕娇莺姹,欢意浓如此。侃其笑语,止乎礼义,衣佩细纫兰芷。遥
归去,残更欲尽,晓鸦又起。

传言玉女　次岳总干韵

日薄风柔,池面欲平还皱。纹楸玉子,碌碌敲春昼。衾绣半卷,花
气浓薰香兽。小团初试,辘轳银甃。　　　梦断阳台,甚情怀、似病
酒。风衾羞对,比年时更瘦。双燕乍归,寄与绿笺红豆。那堪又
是、牡丹时候。

清　平　乐

西园啼鸟。留得春多少。客里情怀无日好。愁损连天芳草。
博山灰冷香残。微风吹满银笺。卓午花阴不动,一双蝴蝶团囷。

又　柬邢宰

晓窗晴日。一点黄金橘。万事如毛随日出。多少人间头白。
未春长恨春迟。春来生怕春归。办取揭天箫鼓,莫教孤负荼蘼。

又　为缪推官寿　清容,缪之亭名也

烟融雨腻。春去三之二。了却兰亭修禊事。判与仙翁一醉。
方壶日月偏长。清容花草吹香。辨取此身强健,功名饱看诸郎。

眼　儿　媚

粉墙朱阁映垂杨。晴绿小池塘。东风飏暖,单衣初试,昼日偏长。
　　鬆松两鬓飞云影,钿合未梳妆。阑干侧畔,闲抛荔子,惊散鸳
鸯。

又

东风挟雨苦无端。恻恻送轻寒。那堪更向,湘湾六六,浅处留船。
　　诗阄酒戏成孤负,春事已阑珊。离愁都在,落花枝上,杜宇声
边。

又

莫嗔日日话思归。归也却便宜。东邻招著,西邻唤酒,一笑开眉。
　　人生万事无缘足,待足是何时。妻能纺绩,儿能耕获,未必寒
饥。

谒　金　门

风又雨。墙外落红无数。人不归来春不住。佳期还已误。　　细
细一团愁绪。薄幸疏狂何处。化作去声青鸾飞得去。问天天亦许。

又

风雨后。枝上绿肥红瘦。乐事参差团不就。一春如病酒。　　楼

外暖烟杨柳。忆得年时携手。燕子双双来未久。颇知人意否。

又

愁万叠。春在雨条烟叶。翠袖倚风寒霙霙。傍阑看乳鸭。　何处一声啼鸠。架上荼蘼欲雪。绣被薰香香未歇。可怜音信绝。

又　寿何令

冬十月。记取生申时节。梅傍小春融绛雪。浅寒犹未却。　且醉笙歌蕉叶。富贵不须频说。国太夫人头半白。看君金印烨。

霜天晓角　梅花

玉粲冰寒。月痕侵画栏。客里安愁无地,为徙倚、到更残。　问花花不言。嗅香香欲阑。消得个温存处,山六曲、翠屏间。

又　仪真江上夜泊

寒江夜宿。长啸江之曲。水底鱼龙惊动,风卷地、浪翻屋。　诗情吟未足。酒兴断还续。草草兴亡休问,功名泪、欲盈掬。

又　金山吞海亭

长江千里。中有英雄泪。却笑英雄自苦,兴亡事、类如此。　浪高风又起。歌悲声未止。但愿诸公强健,吞海上、醉而已。

又　夜舟过娥眉山

江涵落日。风转飞帆急。问讯蛾眉好在,无一语、送行客。　闲情眠未得。倚窗消酒力。却怕鱼龙惊动,且莫要、夜吹笛。

夜行船 京口南园

红溅罗裙三月二。露桃开、柳眠又起。百尺游丝，胃莺留燕，判与
南园一醉。　　历历斜阳明野水。倚危阑、暮云千里。说似游人，
直须烧烛，早晚绿阴青子。

长相思 娥眉亭

东梁山。西梁山。占断长江相对闲。古今双鬓斑。　　天漫漫。
水漫漫。人事如潮多往还。浅颦深恨间。

乌　夜　啼

云容晓色相涵。趣征骖。碎点遥山如豆、是淮南。　　路渐远。
家渐远。恨难堪。□按空格原无，今据律补见窗花叶底、鬓毵毵。

祝 英 台 近

试单衣，扶短策，沙路净如洗。乍雨还晴，花柳自多丽。争知话别
南楼，片帆天际，便孤了、同心连理。　　镇萦系。谩有罗带香囊。
殷红斗轻翠。一纸浓愁，无处倩双鲤。可堪飞梦悠悠，春风无赖，
时吹过、乱莺声里。

鹊桥仙 次韵湖上

黄花似钿，芙蓉如面，秋事凄然向晚。风流从古记登高，又处处、悲
丝急管。　　有愁万斛，有才八斗，慷慨时惊俗眼。明年一笑复谁
同，料天远、争如人远。

西江月　泛洞庭青草

漠漠波浮云影,遥遥天接山痕。一声渔唱起蘋汀。名利缘渠唤醒。

　　短棹拟携西子,长吟时吊湘灵。白鸥容我作同盟。占取两湖清影。

又　垂丝海棠,一名醉美人

捻翠低垂嫩萼,匀红倒簇繁英。秾纤消得比佳人。酒入香肌成晕。

　　帘幕阴阴窗牖,阑干曲曲池亭。枝头不起梦春醒。莫遣流莺唤醒。

忆　秦　娥

秋萧索。梧桐落尽西风恶。西风恶。数声新雁,数声残角。
离愁不管人飘泊。年年孤负黄花约。黄花约。几重庭院,几重帘幕。

定　风　波

短策飘飘胜著鞭。携壶与客洗愁颜。兴到为君抟剧饮。狂甚。论诗说剑口澜翻。　　画烛烧残花影褪。长鲸要使百川乾。醉处不知谁氏子。只记。开窗临水便迎山。

虞美人　黄州江上寄王帅

三年万里黄尘路。只欠江湖去。扁舟二月下湘湾。过了洞庭青草、又春残。　　□□□□□□□。□□□□□。□□□□□□□。□□□□□、□□□。

踏 莎 行

云树参差,烟芜平远。沙头只欠飞来雁。西风方做一分秋,凄凉已觉难消遣。　　窗底灯寒,帐前香暖。回肠偏学车轮转。剩衾闲枕自无眠,谯门更著梅花怨。

蝶 恋 花

碧树凉飔惊画扇。窗户齐开,秋意参差满。先自离愁裁不断。蛩螀更作声声怨。　　山绕千重溪百转。隔了溪山,梦也无由见。归计凭谁占近远。银缸昨夜花如糁。

好 事 近

鸿雁几时来,目断暮山凝碧。别后故园无恙,定芙蓉堪折。　　休文多病废吟诗,有酒怕浮白。不是孤他诗酒,更孤他风月。

小 重 山

梧竹因依山尽头。潇潇疏雨后,几分秋。轻凉无数入西楼。凭栏久,满眼动离愁。　　飞鹭下汀洲。怕知鸿雁到,带书否。诗阑酒戏一齐休。人如削,身在水边洲。

丑 奴 儿

绿阴窗几明如拭,粉黛初匀。无限芳心。翻动牙签却殢人。　　多娇爱学秋来曲,微颤朱唇。别后销魂。字底依稀记指痕。

更 漏 子

秋点长,秋梦短。怕见黄昏庭院。风窸窣,雨萧骚。倚窗魂欲销。

候蛛丝,占鹊喜。依旧浓愁一纸。红袖蘸,翠钿蔫。泪痕犹未乾。

减字木兰花

西风浙浙。满眼芙蓉红欲滴。无限相思。百叠青山百曲溪。
凭谁说与。衣带别来宽几许。好片心肠。不道秋来早晚凉。

临　江　仙

上巳清明都过了,客愁惟有心知。子规昨夜忽催归。驿程那复记,
魂梦已先飞。　　回首故园花与柳,枝枝叶叶相思。归来拚得典
春衣。绿阴幽远处,不管尽情啼。

又

凤翥鸾飞空燕子,宝香犹惹流苏。旧欢凄断数行书。终山方种玉,
合浦忽还珠。　　午枕梦圆春寂寂,依然刻雪肌肤。觉来烟雨满
平芜。客情殊索莫,肯唤一尊无。

南　乡　子

帘幕闷深沉。灯暗香销夜正深。花落画此下原有“屏”字,据毛校本删檐
鸣细雨,岑岑。滴破相思万里心。　　晓色未平分。翠被寒生不
自禁。待得梦成翻恶况,堪鞿。飞雁新来也误人。

鹧　鸪　天

细听楼头漏箭移。客床寒枕不胜欹。凄凉夜角偏多恨,吹到梅花
第几枝。　　人间阔,雁参差。相思惟有梦相知。谢他窗外芭蕉
雨,叶叶声声伴别离。

又　元日呈王帅

柳际梅边腊雪乾。钗头蝴蝶又成团。飘零萍梗江湖客,冷落笙箫
灯火天。　　浇浊酒,惜流年。牙旗夜市几时穿。太平乐事终须
在,老去心情恐不然。

又

济楚偏宜淡薄妆。冰涵清润玉生香。只因梦峡成云雨,便拟吹箫
跨按"跨"原作"夸",毛校云:疑"跨"凤皇。　　新间阻,旧思量。多情翻
不似垂杨。年年才到春三月,百计飞花入洞房。

菩 萨 蛮

池落开遍莲房老。秋声已入梧桐表。葵扇与桃笙。尚宜相带行。
　　危亭三百尺。爽气真堪挹。瀹茗且盘旋。翩翩吾欲仙。

又

相思绕遍天涯路。相思不识行人处。多病怕逢春。那堪春正深。
　　日高梳洗懒。鸾镜香尘掩。双鬓绿鬙松。一帘花信风。

又　次杜叔高韵

惜山不厌山行远。山中禽鸟频惊见。小雨似怜春。霏霏容易晴。
　　青裙田舍妇。饁饷前村去。溪水想平腰。唤船依断桥。

浣 溪 沙

绿锁窗前双凤奁。调朱匀粉玉纤纤。妆成谁解尽情看。　　柳转
光风丝袅娜,花明晴日锦斓斑。一春心事在眉尖。

又 送杜仲高

绿绮空弹恨未平。可堪执手送行人。碧酒谩将珍重意，莫辞斟。

　我定忆君吟渭北，君须思我赋停云。未信高山流水曲，断知音。

又

流转春光又一年。春愁尽日两眉尖。草草幽欢能几许，已天边。

　会得音书生羽翼，免教魂梦役关山。帘卷落花千万点，雨如烟。

又

日转雕栏午漏分。井梧落尽小窗明。宝床丝索懒关心。　　愁压春山应脉脉，困凝秋水想沉沉。低头时露一湾金。

又

墨绿衫儿窄窄裁。翠荷斜𧿹领云堆。几时踪迹下阳台。　　歌罢樱桃和露小，舞馀杨柳趁风回。唤人休诉十分杯。

又

著破春衫走路尘。子规啼断不禁闻。功名似我却羞人。　　象板且须歌皓齿，裹蹄何苦惜黄金。尊前休负此生身。

卜算子 柬赵金

忆自别郎时，数到郎归日。及至郎归郎又行，泪脸香红湿。　　残梦怕寻思，罥绣慵收拾。夏簟青青白昼长，背倚阑干立。

醉蓬莱 　寿史帅

政槐云浓翠,榴火殷红,暑风凉细。紫府神仙,向人间游戏。瑞节珠幢,琼缨宝珮,炯冰壶标致。经济规模,登庸衣钵,家传如此。

礼乐醇儒,诗书元帅,尽洗凡踪,平吞馀子。敬简堂深,且从容一醉。庆祉绵绵,功名衮衮,比衡山湘水。更把阳和,从头付与,满门桃李。

醉　落　魄

初藕花发。薰风庭院凉成霎。碧纱金缕笼香雪。记得年时,心事凭栏说。　　如今陡顿音书绝。夜窗羞见团团月。锦囊尘暗黄金玦。留取多情,归趁好时节。

虞　美　人

十年不作湖湘客。亭堠催行色。浅山荒草记当时。篠竹篱边羸马、向人嘶。　　书生万字平戎策。苦泪风前滴。莫辞衫袖障征尘。自古英雄之楚、又之秦。

又

云情雨意才端的。津鼓催行色。因缘虽浅是因缘。犹胜当初无分、小留连。　　刘郎双鬓青堪照。君也方年少。尊前不用苦沾衣。未信桃源别后、路成迷。

清平乐 　寿林守

钗头蝴蝶。趁舞梅边雪。酒泻黄滕光夺月。岁岁年年蕉叶。边城莺唤春归。沙场马到秋肥。□□熊韬虎略,换渠金甲牙旗。

又

风韶烟腻。春事三之二。说与人生行乐耳。富贵古来如此。
西园已有心期。姚黄魏紫开时。纤指金荷潋滟,香唇银竹参差。

江城子　次洪如晦韵

醉来玉树倚风前。举吟鞭。指青帘。乌帽低昂,摇兀似乘船。傍
路谁家妆束巧,斜映日,半窥帘。　　寻欢端合趁芳年。对鹍弦。
且陶然。纸上从渠,刘蹶与嬴颠。漠漠绿阴春复夏,多少事,总悬
天。

鹊桥仙　寿葛宰

松梢擎雪,竹枝泞露,炯炯照人清韵。仙家谱系合长生,元不藉、药
炉丹井。　　凌云壮志,垂天健翮,九万扶摇路稳。发闻政最有公
车,定飞下、日边音信。

又

一番雨过,江头绿涨,催唤扁舟解去。重来言语是相宽,怎得似、而
今且住。　　阳关声断,同心未绾,簌簌泪珠无数。秋鸿春燕往还
时,莫忘了、锦笺分付。

又

薄情也见,多情也见,不似这番著相。如何容易买归舟,报南浦、桃
花绿涨。　　随君无计,留君无计,赢得泪珠两行。夕阳明处一回
头,有人在、高楼凝望。

诉衷情　宿琴圻江上

子规声老又残春。犹作未归人。天意不能怜客,何事苦教贫。
　归去也,莫逡巡。好从今。秧田车水,麦陇腰镰,总是关心。

临　江　仙

寒食清明都过了,客中无计留春。东风吹雨更愁人。系船芳草岸,
始信是官身。　　怅望故园烟水阔,几时匹马骎骎。别肠何止似
车轮。殢天天不管,转作两眉颦。

朝　中　措

驳云行雨苦无多。晴也快如梭。春思正难拘束,客愁谁为销磨。
寻花觅谶,传杯托意,种种蹉跎。消息不来云锦,泪痕湿满香罗。

又

逢逢船鼓绿杨津。彼此是行人。先自离愁无数,那堪病酒伤春。
　岸花墙燕,低飞款语,满面殷勤。后会不知何日,因风时惠嘉
音。

柳　梢　青

征路迢迢,征旗猎猎,征袖徘徊。扑簌珠泪,怕闻别语,慵举离杯。
　春风花柳齐开。只唤做、愁端恨媒。一片衷肠,十分好事,等
待回来。

丑　奴　儿

绮窗拨断琵琶索,一一相思。一一相思。无限柔情说似谁。

银钩欲写回文曲,泪满乌丝。泪满乌丝。薄幸知他知不知。

满庭芳 次仁和韵,时欲之官永兴

二十年间,旧游踪迹,梦飞岳麓湘湾。征衫再理,秋老菊花天。为客问君何好,爱水光、山色争妍。经行处,旗亭酤酒,曾记屋东偏。

　　噫其,吾甚矣。不惭蹇拙,欲鬭婵娟。办轻舆短艇,强载衰颜。人道〔郴〕(彬)阳无雁,奈情钟、藕断丝联。须相忆,新诗赋就,时复寄吴笺。

清平乐 江上重九

西风猎猎。又是登高节。一片情怀无处说。秋满江头红叶。
谁怜鬓影凄凉。新来更点吴霜。孤负茰囊菊琖,年年客里重阳。

谒金门 秋晚□蕙花为赋

秋向晚。秋晚蕙根犹暖。碧染罗裙湘水浅。羞红微到脸。　　　窣窣绣帘围遍。月薄霜明庭院。妆罢宝奁慵不掩。无风香自满。

木兰花慢 为同年赵必达寿

亶文王前子,自不与、世人同。况地望既华,天资更伟,云骥行空。年少才名蜚动,泛星槎、曾到广寒宫。桂子香浓秋月,桃花浪暖春风。　　　神仙之说朦胧。铅与汞、亦何功。政磐石规模,维城事业,倚重周宗。休要碧油红旆,趁黑头、时节做三公。堂上双亲未老,稳看金紫重重。　以上吴讷唐宋名贤百家词本竹斋诗馀,讹字据毛扆校汲古阁本竹斋诗馀改,不一一注出。

严　羽

　　羽字丹丘,一字仪卿,自号沧浪逋客,邵武人。有沧浪集。

满江红　送廖叔仁赴阙

日近觚棱,秋渐满、蓬莱双阙。正钱塘江上,潮头如雪。把酒送君
天上去,琼裾玉珮鹓鸿列。丈夫儿、富贵等浮云,看名节。　　天
下事,吾能说。今老矣,空凝绝。对西风慷慨,唾壶歌缺。不洒世
间儿女泪,难堪亲友中年别。问相思、他日镜中看,萧萧髪。

沁园春　为董叔宏赋溪庄

问讯溪庄,景如之何,吾为平章。自月湖不见,江山零落,骊塘去
后,烟月凄凉。有老先生,如梅峰者,健笔纵横为发扬。还添得,石
屏诗句,一段风光。　　主人雅兴徜徉。每携客临流泛羽觞。想
归来松菊,小烦管领,同盟鸥鹭,未许相忘。我道其间,如斯人物,
只合盛之白玉堂。还须把,遍舟借我,散髪沧浪。以上二首见沧浪先生
吟卷卷三

严　仁

　　仁字次山,号樵溪,邵武人。与严羽、严参称邵武三严。有清江欸
　　乃集,不传。

贺新郎　寄上官伟长。序云:扁舟何时下沧湾,孤剑尚
　　　　　　客东楚,渺二千里,寄一曲歌,睹物怀人,想见临
　　　　　　风激烈也

兰芷湘东国。正愁予、一江红叶,水程孤驿。欲写潇湘无限意,那

得如椽彩笔。但满眼、西风萧瑟。我所思兮何处所,在镡津、津上沧湾侧。谁氏子,阆风客。　　阆风仙客才无敌。赋悲秋、抑扬顿挫,流离沉郁。百赋千诗朝复暮,解道波涛春力。忆共尔、乘槎吹笛。八表神游吾梦见,渺洞庭、青草烟波隔。空怅望,楚天碧。

按此首别又误作杨炎正词,见永乐大典卷一万四千三百八十一寄字韵。

又　清浪轩送春

碧浪摇春渚。浸虚檐、蒲萄涨漾,翠绡掀舞。委曲经过台下路,载取落花东去。问花亦、漂流良苦。花不能言应有恨,恨十分、都被春风误。同此恨,有飞絮。　　人生聚散元无据。尽凭阑、一尊相对,蓣州春暮。嫉色冲冲空怅望,泪尽世间儿女。君不见、千金求赋。飞燕婕妤今何在,看黏云、江影伤千古。流不去,断魂处。

又　送杜子野赴省

说到城南杜。尽风流、至今人号,去天尺五。家世联翩苍玉佩,自有文章机杼。看鸾凤、九霄轩翥。文阵堂堂新得隽,正少年、壮气虹霓吐。拈彩笔,月城去。　　出关相送梅千树。雪连空、马蹄特特,晓寒人度。帝里春浓花似海,催入明光奏赋。须快展、亨衢阔步。随世功名真漫浪,要平生、所学期无负。须记得,别时语。

归朝欢　南剑双溪楼

五月人间挥汗雨。离恨一襟何处去。双溪楼下碧千寻,双溪楼上匏尊举。晚凉生绿树。渔灯几点依洲渚。莫狂歌,潭空月净,惨惨瘦蛟舞。　　变化往来无定所。求剑刻舟应笑汝。只今谁是晋司空,斗牛奕奕红光吐。我来空吊古。与君同记凭阑语。问沧波,乘槎此去,流到天河否。

又　寿萧禹平知县

云表金茎珠璀璨。当日投怀惊玉燕。文章议论压西鹺，风流姓字
翔东观。紫皇嗟见晚。祥麟五色留金殿。大江西，铜章墨绶，暂尔
烦君绾。　　　十二金钗扶玉盏。锦瑟搋搋随急管。兽炉烟动彩云
高，秋声拍碎红牙板。趣君归翰苑。莱衣焕烂潘舆稳。任方瞳，从
今看到，弱水波清浅。

又　别意

朱户绿窗深窈窕。闪闪华旗红干小。相逢斜柳绊轻舟，渚香不断
蘋花老。西风吹梦草。题诗未了还惊觉。独伤心，凄凉故馆，月过
西楼悄。　　　楼外斜河低浸斗。夜已如何夜将晓。心期欲寄赤鳞
鱼，秋云不动秋江渺。相思千里道。多情直被无情恼。玉台前，请
君试看，华髮添多少。

水龙吟　题连州翼然亭呈欧守

翼然新榜高亭，翰林铁画燕公手。滁阳盛事，何人重继，湟川太守。
太守谓谁，文章的派，醉翁贤胄。对千峰削翠，双溪注玉，端不减、
琅琊秀。　　　坐啸清香画戟，听丁丁、滴花晴漏。棠阴昼寂，细赓
宾客，竹枝杨柳。只恐明朝，绨封趣觐，未容借寇。尽江山识赏，盐
梅事业，焕青毡旧。

又　题天风海涛呈潘料院

飚车飞上蓬莱，不须更跨琴高鲤。嘐然长啸，天风颎洞，云涛无际。
我欲乘桴，从兹浮海，约任公子。办虹竿千丈，辖鈎五十，亲点对、
连鳌饵。　　　谁榜佳名空翠。紫阳仙、去骑箕尾。银钩铁画，龙拏

凤翥,留人间世。更忆东山,哀筝一曲,洒沾襟泪。到而今,幸有高亭遗爱,寓甘棠意。

又　题盱江伟观

城头杰观峥嵘,重阑下瞰苍龙脊。镂珉盘础,凋檀楝桷,玲珑金碧。华子冈头,麻源谷口,神仙窟宅。道至今清夜,月明风冷,常隐隐、闻笙笛。　　翠壁烟霞缥缈,更寒泉、飞空千尺。数峰江上,孤舟天际,夕阳红湿。抖擞征尘,浩然长啸,跨青鸾翼。向凤岗西望,遥酹斗酒,酹文章伯。李泰伯墓在凤皇山下。

水调歌头　上韶州方检详,时有节制之命

惨淡望京阙,慷慨梦天山。引杯中夜看剑,壮气刷幽燕。鼍鼓满天催曙,画角连云啸月,吹断戍骈烟。犀角赤兔马,虎帐绿熊毡。　　仗汉节,伸大义,伐可汗。青冥更下斧钺,赤子要君安。铁骑千群观猎,宫样十眉环座,礔砺听鸣弦。莫厌兜鍪冷,归去又貂蝉。

木兰花慢　社日有怀

东风吹雾雨,更吹起、袂衣寒。正莽莽丛林,潭潭伐鼓,郁郁焚兰。阑干曲、多少意,看青烟如篆绕溪湾。桑柘绿阴犹薄,杏桃红雨初翻。　　飞花片片走潺湲。问何日西还。叹扰扰人生,纷纷离合,渺渺悲欢。想云耕、何处也,对芳时、应只在人间。惆怅回纹锦字,断肠斜日云山。

蝶恋花　快阁

杰阁青红天半倚。万里归舟,更近阑干舣。木落山寒凫雁起。一声渔笛沧洲尾。　　千古文章黄太史。扣虱高风,长照冰壶里。

何以荐君秋菊蕊。癭瓢为酌西江水。

又 春情

院静日长花气暖。一簇娇红,得见春深浅。风送生香来近远。笑声只在秋千畔。　　目力未穷肠已断。一寸芳心,更逐游丝乱。朱户对开帘卷半。日斜江上春风晚。

鹧鸪天 怨别

一径萧条落叶深。离肠凄断月明砧。征鸿送恨连云起,促织惊秋傍砌吟。　　风悄悄,夜沉沉。鸳机坐冷晓霜侵。挑成锦字心相向,未必君心似妾心。

又 闺思

多病春来事事慵。偶因扑蝶到庭中。落红万叠花经雨,斜碧千条柳因风。　　深院宇,小帘栊。几年离别恰相逢。擎觞未饮心先醉,为有春愁似酒浓。

又 别意

行尽春山春事空。别愁离恨满江东。三更鼓润官楼雨,五夜灯残客舍风。　　寒淡淡,晓胧胧。黄鸡催断丑时钟。紫骝嚼勒金衔响,冲破飞花一道红。

又 惜别

一曲危弦断客肠。津桥捩柂转牙樯。江心云带蒲帆重,楼上风吹粉泪香。　　瑶草碧,柳芽黄。载将离恨过潇湘。请君看取东流水,方识人间别意长。

又 春思

病去那知春事深。流莺唤起惜春心。桐舒碧叶悭三寸，柳引金丝可一寻。　　怜绣阁，对云岑。苦无多力懒登临。翠罗衫底寒犹在，弱骨难支瘦不禁。

又 闺情

高杏酣酣出短墙。垂杨袅袅蘸池塘。文鸳藉草眠春昼，金鲫吹波弄夕阳。　　闲倚镜，理明妆。自翻银叶炷衙香。鸣鞭已过青楼曲，不是刘郎定阮郎。

又 闺情

公子诗成著锦袍。王家桃叶旧妖娆。檀槽搊急斜金雁，彩袖翩跹亸翠翘。　　沉水过，懒重烧。十分浓醉十分娇。复罗帐里春寒少，只恐香酥拍渐消。

玉楼春 春思

春风只在园西畔。荠菜花繁胡蝶乱。冰池晴绿照还空，香径落红吹已断。　　意长翻恨游丝短。尽日相思罗带缓。宝奁明月不欺人，明日归来君试看。

按此首周济词辨误作刘过。

阮郎归 春思

鳃花轻拂紫绵香。琼杯初暖妆。贪凭彫槛看鸳鸯。无心上绣床。　　风絮乱。恣轻狂。恼人依旧忙。梦随残雨下高唐。悠悠春梦长。

婆罗门引 春情

花明柳暗,一天春色绕朱楼。断鸿声唤人愁。欲问归鸿何处,身世自悠悠。正东风留滞,楚尾吴头。　　　追思旧游。叹双鬓、飒惊秋。可惜等闲孤了,酒令花筹。断弦难续,谩题诗、分付水东流。流不到、蓬岛瀛洲。

醉桃源 春景

拍堤春水蘸垂杨。水流花片香。弄花嚼柳小鸳鸯。一双随一双。　　帘半卷,露新妆。春衫是柳黄。倚阑看处背斜阳。风流暗断肠。

好事近 舟行

晓色未分明,敲动月边鼍鼓。卯酒一杯径醉,又别君南浦。　　春江如席照晴空,大舶夹双橹。肠断斜阳渡口,正落红如雨。

诉衷情 章贡别怀

一声水调解兰舟。人间无此愁。无情江水东流去,与我泪争流。　　人已远,更回头。苦凝眸。断魂何处,梅花岸曲,小小红楼。

多丽 记恨

最无端,官楼画角轻吹。一声来、深闺深处,把人好梦惊回。许多愁、尽教奴受,些个事、未必君知。泪滴兰衾,寒生珠幌,翠云撩乱枕频欹。窗儿上、几条残月,斜玉界罗帷。更堪听,霜摧败叶,静扣朱扉。　　念别离、千里万里,问何日是归期。关情处、鱼来雁往,断肠是、兔走乌飞。美景良辰,赏心乐事,风流孤负缕金衣。谩赢得、花颜玉骨,瘦损为相思。归须早,刘郎双鬓,莫遣成丝。

一落索　春怀

清晓莺啼红树。又一双飞去。日高花气扑人来,独自价、伤春无绪。　　别后暗宽金缕。倩谁传语。一春不忍上高楼,为怕见、分携处。

南　柯　子

柳陌通云径,琼梳启翠楼。桃花纸薄渍冰油。记得年时诗句、为君留。　　晓绿千层出,春红一半休。门前溪水泛花流。流到西州犹是、故家愁。

菩萨蛮　双溪亭

征鸿点破空云碧。丹霞染出新秋色。返照落平洲。半江红锦流。　　风清渔笛晚。寸寸愁肠断。寄语笛休横。只消三两声。以上三十首见中兴以来绝妙词选卷五

存　目　词

历代诗馀卷八十八有严仁沁园春“竹焉美哉”一首,乃严参作,见中兴以来绝妙词选卷五。

严　参

参字少鲁,自号三休居士,邵武人。

沁园春　自适

曰归去来,归去来兮,吾将安归。但有东篱菊,有西园桂,有南溪月,有北山薇。蜂则有房,鱼还有穴,蚁有楼台兽有依。吾应有、云

中旧隐,竹里柴扉。　　人间征路熹微。看处处丹枫白露晞。况寒原衰草,牛羊来下,淡烟秋水,鲈鳜初肥。自笑平生,颓然骨相,只合持竿坐钓矶。都休也,对西风无语,落日斜晖。

又 题吴明仲竹坡

竹焉美哉,爱竹者谁,曰君子猷。向佳山水处,筑宫一亩,好风烟里,种玉千馀。朝引轻霏,夕延凉月,此外尘埃一点无。须知道,有乐其乐者,吾爱吾庐。　　竹之清也何如。应料得诗人清矣乎。况满庭秀色,对拈彩笔,半窗凉影,伴读残书。休说龙吟,莫言凤啸,且道高标谁胜渠。君试看,正绕坡云气,似渭川图。以上二首见中兴以来绝妙词选卷五

　　按此首别误作严仁词,见历代诗馀卷八十八。

张　辑

辑字宗瑞,号东泽,履信之子,鄱阳人。受诗法于姜夔。冯去非目为东仙。有欸乃集、东泽绮语债。

疏帘淡月 寓桂枝香　秋思

梧桐雨细。渐滴作秋声,被风惊碎。润逼衣篝,线袅蕙炉沉水。悠悠岁月天涯醉。一分秋、一分憔悴。紫箫吟断,素笺恨切,夜寒鸿起。　　又何苦、凄凉客里。负草堂春绿,竹溪空翠。落叶西风,吹老几番尘世。从前谙尽江湖味。听商歌、归兴千里。露侵宿酒,疏帘淡月,照人无寐。

貂裘换酒 寓贺新郎　乙未冬别冯可久

笛唤春风起。向湖边、腊前折柳,问君何意。孤负梅花立晴昼,一

舸凄凉雪底。但小阁、琴棋而已。佳客清朝留不住,为庐、只在家窗里。溢浦去,两程耳。　草堂旧日谈经地。更从容、南山北水,庾楼重倚。万卷心胸几今古,牛斗多年紫气。正江上、风寒如此。且趁霜天鲈鱼好,把貂裘、换酒长安市。明夜去,月千里。

淮甸春 寓念奴娇　丙申岁游高沙,访淮海事迹

短髯怀古,更文游台上,秋生吟兴。闻说坡仙来把酒,月底频留清影。极目平芜,孤城四水,画角西风劲。曲阑犹在,十分心事谁领。　　词卷空落人间,黄楼何处,回首愁深省。斜照寒鸦知几度,梦想当年名胜。只有山川,曾窥翰墨,彷佛馀风韵。旧游休问,柳花淮甸春冷。

如此江山 寓齐天乐

西风扬子江头路。扁舟雨晴呼渡。岸隔瓜洲,津横蒜石,摇尽波声千古。诗仙一去。但对峙金焦,断矶青树。欲下斜阳,长淮渺渺正愁予。　　中流笑与客语。把貂裘为浣,半生尘土。品水烹茶,看碑忆鹤,恍似旧曾游处。聊凭陆谞。问八极神游,肯重来否。如此江山,更苍烟白露。

钓船笛 寓好事近

载酒岳阳楼,秋入洞庭深碧。极目水天无际,正白蘋风急。　　月明不见宿鸥惊,醉把玉阑拍。谁解百年心事,恰钓船横笛。

广寒秋 寓鹊桥仙

杯行将半,月来犹未,潇洒水亭无暑。清宵数客一阑秋,对冰雪、荷花似语。　　雄边台上,文游台上,咫尺红云容与。天风吹送广寒

秋,正画舸、湖光佳处。

月当窗 寓霜天晓角

看朱成碧。曾醉梅花侧。相遇匆匆相别,又争似、不相识。　　南北。千里隔。几时重见得。最苦子规啼处,一片月、当窗白。

山渐青 寓长相思

山无情。水无情。杨柳飞花春雨晴。征衫长短亭。　　拟行行。重行行。吟到江南第几程。江南山渐青。

碧云深 寓忆秦娥

风凄凄。井阑络纬惊秋啼。惊秋啼。凉侵好梦,月正楼西。卷帘望月知心谁。关河空隔长相思。长相思。碧云暮合,有美人兮。

按此下原有沁园春东泽先生一首,又见清江渔谱,题较详,因留后一首,而删此处一首。

南浦月 寓点绛唇 赋潇湘渔父

来翦莼丝,江头一阵鸣蓑雨。孤篷归路。吹得蘋花暮。　　短髪萧萧,笑与沙鸥语。休归去。玉龙嘶处。邀月过南浦。

沙头雨 寓点绛唇

带醉归时,月华犹在吹箫处。晚愁情绪。忘却匆匆语。　　客里风霜,诗鬓空如许。江南去。岸花迎舻。遥隔沙头雨。

花自落 寓谒金门

春寂寞。帘底蕙炉烟薄。听尽归鸿书怎托。相思天一角。　　象笔鸾笺闲却。秀句与谁商略。睡起愁怀何处著。无风花自落。

垂杨碧 寓谒金门

花半湿。睡起一窗晴色。千里江南真咫尺。醉中归梦直。　　前
度兰舟送客,双鲤沉沉消息。楼外垂杨如此碧。问春来几日。

阑干万里心 寓忆王孙

小楼柳色未春深。湘月牵情入苦吟。翠袖风前冷不禁。怕登临。
几曲阑干万里心。

杏梁燕 寓解连环

小楼春浅。记钩帘看雪,袖沾芳片。似不似、柳絮因风,更细与品
题,屡呵冰砚。宛转吟情,纵真草、凤笺都遍。到灯前笑谑,酒被峭
寒,移尽更箭。　　而今柳阴满院。知花空雪似,人隔春远。叹万
事、流水斜阳,谩赢得前诗,醉汗团扇。脉脉重来,算惟有、画阑曾
见。把千种旧愁,付与杏梁语燕。

比梅 寓如梦令

深夜沉沉尊酒。酒醒客衾寒透。城角挟霜飞,吹得月如清昼。僝
僽。僝僽。比著梅花谁瘦。

月上瓜洲 寓乌夜啼　南徐多景楼作

江头又见新秋。几多愁。塞草连天何处、是神州。　　英雄恨,古
今泪,水东流。惟有渔竿明月、上瓜洲。

月底修箫谱 寓祝英台近　乙未之秋高邮朱使君
钱塘北关舟中

客西湖,听夜雨。更向别离处。小小船窗,香雪照尊俎。断肠一曲
秋风,行云不语。总写入、征鸿无数。　　认眉妩。唤醒岩壑风
流,丹砂有奇趣。羞杀秦郎,淮海谩千古。要看自作新词,双鸾飞
舞。趁月底、重修箫谱。

一丝风 寓诉衷情　泊松江作

卧虹千尺界湖光。冷浸月茫茫。当日三高何处,渔唱入凄凉。
　　人世事,纵轩裳。梦黄粱。有谁蓑笠,一钓丝风,吹尽荷香。

忆萝月 寓清平乐　客盱江,秋夜鼓琴,思故山作

新凉窗户。闲对琴言语。弹到无人知得处。两袖五湖烟雨。
坐中斗转参横。珠躔碎落瑶觥。忆著故山萝月,今宵应为谁明。

倚鞦韆 寓好事近

人在玉屏闲,逗晓柳丝风急。帘外杏花微雨,罩春红愁湿。　　单
衣初试麹尘罗,中酒病无力。应是绣床慵困,倚鞦韆斜立。
按此首别见阳春白雪卷五作赵闻礼词,又见绝妙好词卷四作楼采词。

断肠声 寓南歌子

柳户朝云湿,花窗午篆清。东风未放十分晴。留恋海棠颜色、过清
明。　　垒润栖新燕,笼深锁旧莺。琵琶可是不堪听。无奈愁人
把做、断肠声。

念 奴 娇

嫩凉生晓,怪今朝湖上,秋风无迹。古寺桂香山色外,肠断幽丛金碧。骤雨俄来,苍烟不见,苔径孤吟屐。系船高柳,晚蝉嘶破愁寂。

　　且约携酒高歌,与鸥相好,分坐渔矶石。算只藕花知我意,犹把红芳留客。楼阁空濛,管弦清润,一水盈盈隔。不如休去,月悬良夜千尺。

　　按此首别误作刘镇,见广群芳谱卷五天时谱秋。

祝 英 台 近

竹间棋,池上字。风日共清美。谁道春深,湘绿涨沙觜。更添杨柳无情,恨烟颦雨,却不把、扁舟偷系。　　去千里。明日知几重山,后朝几重水。对酒相思,争似且留醉。奈何琴剑匆匆,而今心事,在月夜、杜鹃声里。以上彊村丛书本东泽绮语

忆秦娥　有寄

春寂寂。画阑背倚春风立。春风立。楚山无数,暮天云碧。
琴心写遍愁何极。断肠谁与传消息。传消息。当年情墨,泪痕犹湿。

浣溪沙　寿老母

夏果初收唤绿华。冰盘巧簇映金瓜。荷香飞上玉流霞。　　明月长留千岁色,蟠桃多结几番花。谁知罗带有丹砂。

霜天晓角　日暮

暮天云阔。懒泛琴三叠。恰有梅花相伴,窗儿上、一枝月。　　忆

别。恁时节。吟情谁共说。欹枕偶成清梦,画角晓、更愁绝。

临江仙　望庐山

迢递关山身历遍,烟霞胜处曾游。九江江畔系孤舟。匡庐如画里,南望插天浮。　　瀑布香炉齐五老,层层爽气陵秋。何须魂梦觅瀛洲。云松终可卜,我与谪仙俦。

洞仙歌　代寿张辰川

莲舟玉字,得真人亲授。圯上家风又还有。问因何五马,踏月云台。秋色里,却赏烟霞袖手。酒边听说剑,歌舞升平,方许君为赤松友。任浊世纷纭,海水扬尘,再相见、雪鬓依旧。且岁岁、中秋后逾旬,更半月东篱,菊花重九。

满江红　题马蹄山壁　予读书晋王伯辽马蹄山居,雨
中欲访道会稽,山空鹤寒,落叶自语,大书此句于
碧崖丹壑间,以坚归盟

醉髪吹凉,但拂剑、狂歌而已。倩谁问、九霄黄鹤,更曾来未。玉女窗深松昼静,研朱重点参同契。记前回、赤水得玄珠,骊龙睡。　　空扰扰,人间世。除学道,无真是。把洪崖肩拍,挹浮丘袂。朝驾长风沧岛上,夜骑明月青天际。更几时、回首旧山川,三千岁。

东风第一枝　代寿李夫人

雨蕊方桃,晴梢渐杏,东风娇语弦管。爱香帘约馀寒,唤舞袖翻嫩暖。红颜清健,旧墨竹、扶疏手段。且碧窗、写就黄庭,画楫海山开卷。　　春自好、得花不淡。花又好、得春不浅。晓莺瑶佩秋生,月蘸翠尊波满。长逢花处,笑西母、霜娥偷换。要日边、争看貂蝉,彩侍更迎宣劝。

瑞鹤仙　寿赵右司

柳风双燕语。问有谁留人,岸花去舻。星辰快平步。俯闉扉草色,
青青如许。儿童拥路。玉溪边、当年杜母。料从今、指点山川,总
是绣衣行处。　　　　回顾。东堂深窈,楚帖长春,竹尊清午。红云帝
所。摇佩玉,更容与。把蓬莱一笑,几番清浅,绿野为花作谱。向
花前、三叠琴心,看苍鹤舞。

绮罗香　寿赵太卿

欲雨凉生,初弦月在,画戟香中清啸。旋种芙蕖,深夏木兰芳沼。
银汉入、天镜揽秋,福星度、雪阑争照。又谁写、万幅莼波,一江佳
思到鱼鸟。　　　　吴儿眉语笑里,要见闉扉绿遍,平畴青绕。羽扇纶
巾,萧洒玉貌长好。问千年、庆会风云,正此日、静春花草。更弦
管、非雾非烟,鹤声帘幕晓。

沁园春　予顷游庐山,爱之,归结屋马蹄山中,以庐山
书堂为扁。包日庵作记,见称庐山道人,盖援涪
翁山谷例。黄叔豹谓予居鄱,不应舍近取远,为
更东泽。黄鲁庵诗帖往来,于东泽下加以诗仙二
字。近与冯可迁遇于京师,又能节文,号予东仙,
自是诗盟遂以为定号。十年之间,习隐事业,略
无可记,而江湖之号凡四迁。视人间朝除夕缴
者,真可付一笑。对酒而为之歌曰

东泽先生,谁说能诗,兴到偶然。但平生心事,落花啼鸟,多年盟
好,白石清泉。家近宫亭,眼中庐阜,九叠屏开云锦边。出门去,且
掀髯大笑,有钓鱼船。　　　　一丝风里婵娟。爱月在沧波上下天。
更丛书观遍,笔床静昼,篷窗睡起,茶灶疏烟。黄鹤来迟,丹砂成
未,何日风流葛稚川。人间世,听江湖诗友,号我东仙。

贺新郎　代寿赵饶州

绿荫凉尊俎。映双旌、飞翻新带，日边恩露。千里湖山添鲜碧，玉宇光浮眉妩。料范老、应难独步。君亦胸中兵十万，把甘霖、小小春东楚。江上早，一犁雨。　　赤城霞起连天姥。有丹经、亲曾密授，八篇奇语。道骨仙风骑鲸客，合侍红云帝所。且画戟、清香时度。散入邦人箫鼓里，恰春留、芍药丛歌舞。还更诵，大鹏赋。

前调　寿湛卢先生

鹊喜花间晓。惜凝香、低将帘卷，海棠开早。前度登楼清啸月，吹入春风不老。后五日、花朝方到。趁舞罗衣花讯暖，捻吟髭、玉勒迎东笑。留肯往，春邮小。　　庐峰青里壶天好。一千春、棋声昼永，剑光云表。绛雪骊珠看丹转，金鼎龙盘虎绕。且未可、飞仙蓬岛。河洛按"洛"原作"落"，从彊村丛书本烟芜眠狐兔，握风雪、办此升平了。却共我，拾瑶草。以上十二首见江湖后集卷十七

徴　　招

飞鸿又作秋空字，凄凄旧游湘浦。凉思带愁深，渺苍茫何许。岁华知几度。奈双鬓、不禁吟苦。独倚危楼，叶声摇暮，玉阑无语。　　尺素。欲传将，故人远、天涯屡惊回顾。心事只琴知，漫闲相尔汝。甚时江海去。算空负、白蘋鸥侣。更谁与、翦烛西窗，且醉听山雨。阳春白雪卷四

木兰花慢　寿秘监

望瀛洲尺五，听海客、诧登临。记岛月分秋，天星降夕，神璧精金。他年作霖雨手，且明光奏赋寓良箴。槐府黑头旧业，芹宫青岁雄

襟。　　骎骎。宝勒向东吟。戏彩看而今。更袜步黄云，琴弹碧玉，汇泽杯斟。争先长至几日，料春风多喜鹊传音。梅蕴和羹心在，线添补衮工深。截江网卷四

本书初版卷二百八十一此首误作张楫词。

醉蓬莱 舟次东山忆西湖旧游

记澄湖抱练，画舫参差，闹花时节。油壁鸣堤，有障幕屏列。燕草香融，鸦条香浅，似渭城烟雪。急管斜阳，卫娘葱茜，带围寒怯。

苏小闲情，绿杨如织，阑槛东边，好山千叠。料得如今，也翠销红歇。何限繁华，春来都付与，数声啼鴂。谩怆羁魂，扁舟买醉，谢公明月。永乐大典卷二千二百六十五湖字韵引清江渔谱

好溪山 寓阮郎归词　别盱之胡正臣已数秋，复会于

盱馆，圃菊正芳，因留小醉

孤鸿遥下夕阳寒。秋清怀抱宽。篱根香满菊金团。客中邀客看。

呼浊酒，共清欢。五弦随意弹。西窗仍见好溪山。几年谁倚栏。永乐大典卷一万一千三百十三馆字韵引东泽绮语

山庄劝酒 寓霜天晓角　家君十一月二十九日生，癸

酉冬，自长沙趋京，辑于鄀之境田家，酿酒以俟，
先递词为寿

清吟湘碧。马首春风驿。闻说西湖梅早，又邀我、能诗客。　　书尺知到日。月随人合璧。儿拟山庄劝酒，田家酿，尽筦得。永乐大典卷一万二千零四十三酒字韵引鄀阳张辑词

临江仙 寄西镛黄大闻

忆昔风流秋社里，几人冰雪襟期。凉风吹散梦参差。寒灯多少恨，长笛不堪吹。　　别去化龙潭上水，东来不寄相思。白鸥应笑太忘机。沙头重载酒，休负桂花枝。

琐窗寒 怀旧寄林七膳部

露漏沉沉,洞房灯悄,鹊翻庭树。夜凉如水,人倚玉箫何处。澹纵横、疏星断河,点衣黄叶飞四五。向此时感旧,非关宋玉,悲秋情绪。　　追念章台路。共缓辔芳尘,妬花惹絮。旧游梦寐,总付相思新句。想风流还在匆匆,暗惊鬓底霜几缕。凭危栏、立尽归鸿,脆角凝清曙。以上二首见永乐大典卷一万四千三百八十一寄字韵引清江渔谱

画蛾眉 寓豆叶黄

清明小院杏花开。半启朱扉燕子来。晓起梳头对玉台。照香腮。羞睹惊鸿瘦影回。花草粹编卷一

存　目　词

调　名	首　　句	出　　处	附　　　注
谒　金　门	春寂寂	花草粹编卷三	陈克词,见乐府雅词卷下
又	花事浅	又	黄昇词,见中兴以来绝妙词选卷十
满　江　红	春水连天	古今图书集成人事典卷一百零五	张元幹作,见芦川词卷上
渔　家　傲	楼外天寒山欲暮	又	张元幹作,见芦川词卷下

苏茂一

　　茂一字才叔,号竹里。邹登龙梅屋吟有"竹里苏材叔见梅怀友韵"诗。

琐窗寒　重游东湖

云浦苍寒,烟堤幂翠,旧痕新涨。春愁十里,冉冉碧丝摇荡。记登临、少年思豪,唾壶击玉歌清壮。到如今梦里,秋风鸿阵,晚波渔唱。　　惆怅。重来处,望画舫天边,辔丝原上。山阴秀句,付与一声云响。正东湖、谁家柳下,午阴漠漠人荡桨。最堪怜、白髪周郎,为江山自赏。

点　绛　唇

竹翠藏烟,杏红流水归何处。透帘穿户。更洒黄昏雨。　　织锦题书,谁寄愁情去。浑无绪。绿杨千缕。不似真眉妩。以上二首见阳春白雪卷六

祝　英　台　近

结垂杨,临广陌,分袂唱阳关。稳上征鞍。目极万重山。归鸿欲到伊行,丁宁须记,写一封、书报平安。　　渐春残。是他红袖香收,绡泪点斑斑。枕上盟言。都做梦中看。销魂啼鴂声中,杨花飞处,斜阳下、愁倚阑干。阳春白雪卷八

史　愚

谒　金　门

深院宇。寂寂不禁风雨。苔径流钱青莫数。银泥蜗篆古。　　满院多应无主。却被痴儿拈取。穿向柳丝喧笑语。买将春色去。花草粹编卷三

赵灌园

赵自号灌园耐得翁,有都城纪胜。

满江红　寿云山章尚书

看尽公卿,都输与、云山居士。肯掉了、龙章金印,归来闾里。云染笔头成五色,山来胸次堆空翠。更结庐、近在白鸥边,弄烟水。

只恐怕,明天子。黄纸唤,先生起。教依前插脚,孔鸾丛里。岩壑烟沙真作戏,貂蝉衮绣从兹始。酌凤凰、池沼九天浆,三千岁。

截江网卷四

葛长庚

长庚,闽人,一云琼州人。生于绍熙五年(1194)。自名白玉蟾,入武夷山修道。嘉定中,徵赴阙,馆太一宫,封紫清明道真人。寻别众于鹤林羽化。有海琼集词二卷。

兰　陵　王

一溪碧。何处桃花流出。春光好,寻个□□,小小篮舆漫行适。苍苔满白石。涧底阴风凛栗。疑无路,幽壑琼琤,峡转山回入林僻。

千峰呈翠色。时亦有声声,樵唱渔笛。忽然一树樱桃白。又回头一顾,掀髯一笑,诗情酒思正豪逸。虎蹄过新迹。　　幂幂。雾如织。见异草珍禽,问名不识。山灵勒驾雨来急。欲游观未已,仆言日夕。看来看去,似那里,似少室。

又　题笔架山

三峰碧。缥缈烟光树色。高寒处,上有猿啼,鹤唳天风夜萧瑟。山形似笔格。人道江南第一。游紫观,月殿星坛,积翠楼前吹铁笛。

客来访灵迹。闻王郭当年,曾此驻锡。二仙为谒浮丘伯。从骖鸾去后,云深难觅。丹炉灰冷杵声寂。依然旧泉石。　　泉石。最幽闃。更禽静花闲,松茂竹密。清都绛阙无消息。共羽衣挥麈,感今怀昔。堪嗟人世,似梦里,驹过隙。

又　紫元席上作

桃花瘦。寒食清明前后。新燕子,禁得馀寒,风雨把人苦僝僽。梅粒今如豆。减却春光多少。空自有,满树山茶,似语如愁卧晴昼。

幽人展襟袖。惜莺花未老,江山如旧。杜鹃声里同携手。叹陌上芳草,堤边垂柳。一春十病九因酒。愁来独搔首。　　荳蔻。枝头小。应可惜年华,孤负时候。九十韶光那得久。问芍药觅醉,牡丹索笑。三万六千,能几度,君知否。

沁园春

嫩雨如尘,娇云似织,未肯便晴。见海棠花下,飞来双燕,垂杨深处,啼断孤莺。绿砌苔香,红桥水暖,笑捻吟髭行复行。幽寻懒、就半窗残睡,一枕初醒。　　消凝。次第清明。渺南北东西草又青。念镜中勋业,韶光冉冉,尊前今古,银髮星星。青鸟无凭,丹霄有约,独倚东风无限情。谁知有,这春山万点,杜宇千声。

又

暂聚如萍,忽散似云,无可奈何。向天涯海角,两行别泪,风前月下,一片离骚。啼罢栖乌,望穷芳草,此恨与之谁较多。昏黄后,对青灯感慨,白酒悲歌。　　梦中作梦知么。忆往事落花流水呵。更凭高□远,沈腰不瘦,怅今怀昔,潘鬓须皤。去燕来鸿,寻梅问柳,寸念从他寒暑熬。消魂处,但烟光缥渺,山色周遭。

又　送王侍郎帅三山

锦绣文章,圭璋闻望,碧落侍郎。昨履声渐近,星辰避次,竹符重剖,湖海生光。委羽天空,石桥水冷,每为众生时雨滂。君知否,是民心襦袴,吏胆冰霜。　　少须召入鹓行。也不念无人荷紫囊。有本朝曾旦,移春手段,旧家羲献,补月心肠。此去三山,却登八座,已准金瓯姓氏香。还朝处,双凫作对,五马成行。

又

大丈夫儿,冰肝玉胆,砺山带河。算此身此世,无过驹隙,一名一利,未值鸿毛。相府如潭,侯门似海,那得烟霄尔许高。当初我,是乘云御气,几百千遭。　　此生勋业无多。也手种梅花三百窠。又底曾嗅著,庙堂钟鼎,底曾拈得,帷幄弓刀。玉帝遥知,金书何晚,时有鹤鸣于九皋。如今且,向风前浪舞,月下高歌。

又　寄鹤林

三径就荒,松菊犹存,归去来兮。叹折腰为米,弃家因酒,往之不谏,来者堪追。形役奚悲,途迷未远,今是还知悟昨非。舟轻飏,问征夫前路,晨色熹微。　　欢迎童稚嘻嘻。羡出岫云闲鸟倦飞。有南窗寄傲,东皋舒啸,西畴春事,植杖耘籽。矫首遐观,壶觞自酌,寻壑临流聊赋诗。琴书外,且乐天知命,复用何疑。

又

乍雨还晴,似寒而暖,春事已深。是妇鸠乳燕,说教鱼跃,豪蜂醉蝶,撩得莺吟。鬥茗分香,脱禅衣袂,回首清明上巳临。芳菲处,在梨花金屋,杨柳琼林。　　如今。诗酒心襟。对好景良辰似有妊。念恨如芳草,知他多少,梦和飞絮,何处追寻。病酒时光,困人天气,早有秋秧吐嫩针。兰亭路,渐流觞曲水,修禊山阴。

又

吹面无寒,沾衣不湿,岂不快哉。正杏花雨嫩,红飞香砌,柳枝风软,绿映芳台。燕似谈禅,莺如演史,犹有海棠连夜开。清明也,尚阴晴莫准,蜂蝶休猜。　　朝来。应问苍苔。甚几日都成锦绣堆。念四方宾友,不堪渭树,一年春事,已属庭槐。宿酒难醒,多情易老,争奈传杯不放杯。如何好,看鞦韆戏剧,蹴鞠恢谐。

又　赞吕公

渭水秋深,溢江春老,洞庭一湖。问城南古树,如今在否,洛中狂客,还更来无。独上君山,渺观岩石,八百里鲸波泛巨区。何曾错,有茶中上灶,酒里仙姑。　　终须。度了肩吾。稽首终南钟大夫。自太平寺里,题诗去后,东林沈宅,大醉归欤。天上筵多,人间到少,更不向庐山索鳜鱼。如何好,好借君黄鹤,上我清都。

又　题罗浮山

且说罗浮,自从石洞,水帘以还。是向时景泰,初来卓锡,旧家勾漏,曾此修丹。药院空存,铁桥如故,上更有朱仙朝斗坛。飞云顶,在石桥高处,杳霭之间。　　山前。拾得清闲。也分我烟霞数亩

宽。自竹桥人去,青莲馥郁,柴门闭了,绿柳回环。白酒初筥,清风
徐至,有桃李时新竹几盘。仙家好,这许多快活,做甚时官。

又　赠胡葆元

要做神仙,炼丹工夫,亦有何难。向雷声震处,一阳来复,玉炉火
炽,金鼎烟寒。姹女乘龙,金公跨虎,片晌之间结大还。丹田里,有
白鸦一个,飞入泥丸。　　河车运入崑山。全不动纤毫过玉关。
把龟蛇乌兔,生擒活捉,霎时云雨,一点成丹。白雪漫天,黄芽满
地,服此刀圭永驻颜。常温养,使脱胎换骨,身在云端。

又

岁去年来,思量人生,空自沉埋。既这回冬至,一阳来复,便须修
炼,更莫疑猜。好个鼎炉,见成铅汞,片晌工夫结圣胎。人身里,三
千世界,十二楼台。　　周年造化安排。只在这些些真妙哉。要
先擒日月,后攒星斗,黄庭中畔,化作琼瑰。谁会天机,分明说破,
恰似江头雪里梅。丹成后,做些功行,归去蓬莱。

又　题桃源万寿宫

黄鹤楼前,吹笛之时,先生朗吟。想剑光飞过,朝游南岳,墨篮放
下,夜醉东邻。铛煮山川,粟藏世界,有明月清风知此音。呵呵笑,
知酿成白酒,散尽黄金。　　知音。自有相寻。休踏破葫芦折断
琴。唱白蘋红蓼,庐山日暮,西风黄叶,渭水秋深。三入岳阳,再游
溢浦,自一去优游直至今。桃源路,尽不妨来往,时共登临。

又　题湖头岭庵

客里家山,记踏来时,水曲山崖。被滩声喧枕,鸡声破晓,匆匆惊

觉,依旧天涯。抖擞征衣,寒欺晓袂,回首银河西未斜。尘埃债,叹
有如此髪,空为伊华。　　古来客况堪嗟。尽贫也输他□在家。
料驿舍旁边,月痕白处,暗香微度,应是梅花。拣折一枝,路逢南
雁,和两字平安寄与他。教知道,有长亭短堠,五饭三茶。

按此下原有水龙吟"雨馀叠巘浮空"一首,乃韩元吉作,见中兴以来绝妙词选卷
三,今存目。

水 龙 吟

层峦叠巘浮空,断崖直下分三井。苍苔路古,鹿鸣芝涧,猿号松岭。
露浥凤箫,烟迷枸杞,绿深翠冷。笑携筇一到,登高眺远,是多少、
仙家景。　　长念青春易老,尚区区、枯蓬断梗。人间天上,喟然
俯仰,只身孤影。世事空花,春心泥絮,此回还省。向琼台双阙,结
间茅屋,坐千峰顶。

又 采药径

云屏漫锁空山,寒猿啼断松枝翠。芝英安在,尤苗已老,徒劳展齿。
应记洞中,凤箫锦瑟,镇常歌吹。怅苍苔路杳,石门信断,无人问、
溪头事。　　回首暝烟无际,但纷纷、落花如泪。多情易老,青鸾
何处,书成难寄。欲问双娥,翠蝉金凤,向谁娇媚。想分香旧恨,刘
郎去后,一溪流水。

瑞 鹤 仙

残蟾明远照。正一番霜讯,四山秋老。孤村带清晓。有鸣鞭归骑,
乱林啼鸟。青帘缥缈。懒行时,持杯自笑。甚年来、破帽凋裘,惯
得淡烟荒草。　　多少。客愁羁思,雨泊风餐,水边云杪。西窗正
好。疏竹外,粉墙小。念归期相近,梦魂无奈,不为罗轻寒悄。怕

无人、料理黄花,等闲过了。

又

赋情多懒率。每醉后疏狂,醒来飘忽。无心恋簪绂。漫才高子建,
韵欺王勃。胸中绝物。所容者、诗兵酒卒。一两时,调发将来,扫
尽闷妖愁孽。　　莫说。杀人一万,自损三千,到底巉脆。悬河口
讷。非夙世,无灵骨。把湖山牌印,莺花权柄,喋过清风朗月。且
束之、高阁休休,这回更不。

祝 英 台 近

月如酥,天似玉,长啸弄孤影。十二楼台,昨梦暗寻省。自怜露满
衣襟,风吹毛髪,浑无寐、寒宵漏永。　　捧香鼎。翻起一片龙涎,
梅花对人冷。庭户冰清,何处鹤声警。少时烛暗梧窗,烟生苔砌,
晓钟动。忽然心醒。

水调歌头　咏茶

二月一番雨,昨夜一声雷。枪旗争展,建溪春色占先魁。采取枝头
雀舌,带露和烟捣碎,炼作紫金堆。碾破香无限,飞起绿尘埃。
　　汲新泉,烹活火,试将来。放下兔毫瓯子,滋味舌头回。唤醒青
州从事,战退睡魔百万,梦不到阳台。两腋清风起,我欲上蓬莱。

　　　　按此首广群芳谱卷二十一误作苏试词。

菊 花 新

渺渺烟霄风露冷,夜未艾、凉蟾似水。海山外、五云散彩,三峰凝
翠。一鹤横空何缥缈,见殿阁、笙歌拥罗绮。笑劳生,空如尺鹨,恋
槿花篱。　　于中青鸾唱美。丹鹤舞奇。有粉娥琼女,齐捧芳卮。

天真皇人陈玳席,宴太姥、思之暗生悲。念如今,红尘满面,漫洒晚
风泪。

又

十二楼台,但前回旧迹。想琪花似雪,忘了还思。朝暮痴痴地。只
有老天知。却自省,玉阶金砌。错抛离。　　　梧桐声颤,窗外草虫
吟细。醉魂觉,又听秋鸿悲呖。极目寒空,叹未有紫云梯。绛阙消
息子。也无一二、枉垂涕。

又

宝鸭温香,诉丝诚寸意。记当年事,闷本愁基。人间天上,只争得
那些儿。吃禁持。却念九霄风味。　　　清晨雁字。一句句在天如
在纸。只得向风前,默默自嗟惜。业债俱消,还未了、甚时已。一
日里。滴了俺儿来泪。

又

念我东皇大帝儿。是操瓢弄翰之职。飞落尘寰,似此度,算应希。
向这里。安能便、策景御气。　　　灰头土面、千河水。把我如何
洗。纵便有铢衣,已失眉峰翠。看看皓首,瞒不过镜台儿。除是
去、青松下、碧云底。

又

弱水去蓬莱,四万八千里。远漠漠,俯仰天水青无际。鸟飞不到船
去难,渺无依。蕺锦字。云信待凭鸾翼。　　　青芝素瀑,草舍儿、
隐隐烟霞里。向闲处,批风切月烹天地,三岛十洲,去有日,几何
时。胎仙就,直待鹤书来至。

又

铜壶四水。寒生素被。夜迢迢,烟月熹微。池浸霜荷,槛竹响,井枫飞。宝枕潭无梦,念忡忡地。　　形留神往,镇日价、忘食应忘寐。省得起、都是天上仙家事。珠歌舞,酌玉液,饭云子。怎得麒麟脯,更教知味。

又

有个闷甚处,一向如痴醉。独倚住危阑,坐咬无名指。金鱼玉雁一从去,绝消息。念念怀天帝。密与冥契。　　晴霞照水。叹细草新蒲寒萋萋。对夕照,树色烟光相紫翠。花落莺啼。把往事似川逝。光阴速,何时是伊归日。

又

雪牖风轩度岁。时听芭蕉,雨声凄恻。情多易感,渐不觉鬓成丝。忽又成千古,诮如梦里。　　西山南浦尽秋意。一望芦花飞。有一点沙鸥,点破松梢翠。凄然念起。觉两腋凉飙细。诗兴浑飞在渔乡橘里。

又

忽水远天长,笑把玉龙嘶。一声声,吹断寒云沧波里。幽愁暗恨,弄皓月,怨白日。问太虚不尚,则成休矣。　　云心鹤性,死也要冲霄,乘风去。分自有、终合仙飞。感古怀今聊把笔。落叶寒蝉悲。使人增怨抑。

　　按今人胡忌考证以上九首为大曲。

菩萨蛮 送刘贵伯

阆山云冷风萧瑟。野猿啼罢蟾光白。听彻太清弦。断肠云水天。
　金陵君此去。秋入蒹葭浦。兴满即回辕。明年二月春。

谒 金 门

春又去。愁杀一声杜宇。昨夜海棠无□□。晓来闻燕语。　　缥
缈佳人何处。镇日愁肠万缕。千里无家归未得，春风知我苦。

水调歌头 自述

金液还丹诀，无中养就儿。别无他术，只要神水入华池。采取天真
铅汞，片晌自然交媾，一点紫金脂。十月周天火，玉鼎产琼芝。
　你休痴，今说破，莫生疑。乾坤运用，大都不过坎和离。石里缘
何怀玉，因甚珠藏蚌腹，借此显天机。何况妙中妙，未易与君知。

又

吃了几辛苦，学得这些儿。蓬头赤脚，街头巷尾打无为。都没蓑衣
笠子，多少风烟雨雪，便是活阿鼻。一具骷髅骨，忍尽万千饥。
　头不梳，面不洗，且憨痴。自家屋里，黄金满地有谁知。这里一
声惭愧，那里一声调数，满面笑嘻嘻。白鹤青云上，记取这般时。

又

有一修行法，不用问师传。教君只是，饥来吃饭困来眠。何必移精
运气，也莫行功打坐，但去净心田。终日无思虑，便是活神仙。
　不憨痴，不狡诈，不风颠。随缘饮啄，算来命也付之天。万事不
由计较，造物主张得好，凡百任天然。世味只如此，拚做几千年。

又

一个清闲客，无事挂心头。包巾纸袄，单瓢只笠自逍遥。只把随身风月，便做自家受用，此外复何求。倒指两三载，行过百来州。

百来州，云渺渺，水悠悠。水流云散，于今几度蓼花秋。一任乌飞兔走，我亦不知寒暑，万事总休休。问我金丹诀，石女跨泥牛。

又

不用寻神水，也莫问华池。黄芽白雪，算来总是假名之。只这坤牛乾马，便是离龙坎虎，不必更猜疑。药物无斤两，火候不须时。

偃月炉，朱砂鼎，总皆非。真铅真汞不炼，之炼要何为。自己金公姹女，渐渐打成一块，胎息象婴儿。不信张平叔，你更问他谁。

又

要做神仙去，工夫譬似闲。一阳初动，玉炉起火炼还丹。捉住天魂地魄，不与龙腾虎跃，满鼎汞花乾。一任河车运，径路入泥丸。

飞金精，采木液，过三关。金木间隔，如何上得玉京山。寻得曹溪路脉，便把华池神水，结就紫金团。免得饥寒了，天上即人间。

又

草涨一湖绿，天醮四山青。这千年里，几多兴废不容声。无分貂金佩玉，不梦歌钟食鼎，何处有车旌。便念旌阳剑，枉自染蛟腥。

生诸葛，少马援，尚云萍。醉乡日月，飘然身世付刘伶。知道东门黄犬，不似西山白鹭，风月了平生。起来忽清啸，惊落夜潭星。

又

杜宇伤春去,蝴蝶喜风清。一犁梅雨,前村布谷正催耕。天际银蟾映水,谷口锦云横野,柳外乱蝉鸣。人在斜阳里,几点晚鸦声。

采杨梅,摘卢橘,饤朱樱。奉陪诸友,今宵烂饮过三更。同入醉中天地,松竹森森翠幄,酣睡绿苔茵。起舞弄明月,天籁奏箫笙。

又

一个江湖客,万里水云身。鸟啼春去,烟光树色正黄昏。洞口寒泉漱石,岭外孤猿啸月,四顾寂无人。梦魂归碧落,泪眼看红尘。

烟濛濛,风惨惨,暗消魂。南中诸友,而今何处问浮萍。青鸟不来松老,黄鹤何之石烂,叹世一伤神。回首南柯梦,静对北山云。

又

昔在虚皇府,被谪下人间。笑骑白鹤,醉吹铁笛落星湾。十二玉楼无梦,三十六天夜静,花雨洒琅玕。瑶台归未得,忍听洞中猿。

也休休,无情绪,炼金丹。从来天上,神仙官府更严难。翻忆三千神女,齐唱霓裳一曲,月里舞青鸾。此恨凭谁诉,云满武夷山。

又 和懒翁

昔在虚皇府,啸咏紫云中。不知何事,误蒙天谪与公同。偶到金华洞口,忽见懒翁老子,挺挺众中龙。握手归仙隐,谈笑起天风。

忽相逢,一转瞬,酒杯空。几时再会,唱赓词翰倒金钟。只恐武夷山里,千古猿啼鹤唳,未便蹑飞虹。公欲归仙去,我欲继公踪。

又

误触紫清帝,谪下汉山川。既来尘世,奇奇怪怪被人嫌。懒去蓬莱三岛,且看江南风月,一住数千年。天风自霄汉,吹到剑峰前。

做些诗,吃些酒,放些颠。木精石怪,时时唤作地行仙。朝隐四山猿鹤,夜枕一天星斗,纸被裹云眠。梦为蝴蝶去,依约在三天。

又 丙子中元后风雨有感

一叶飞何处,天地起西风。夜来酒醒,月华千顷浸帘栊。塞外宾鸿来也,十里碧莲香满,泽国蓼花红。万象正萧爽,秋雨滴梧桐。

钓台边,人把钓,兴何浓。吴江波上,烟寒水冷蔚丹枫。光景暗中催去,览镜朱颜犹在,回首鹭巢空。铁笛一声晓,唤起玉渊龙。

又

江上春山远,山下暮云长。相留相送,时见双燕语风樯。满目飞花万点,回首故人千里,把酒沃愁肠。回雁峰前路,烟树正苍苍。

漏声残,灯焰短,马蹄香。浮云飞絮,一身将影向潇湘。多少风前月下,迤逦天涯海角,魂梦亦凄凉。又是春将暮,无语对斜阳。

又 石知院生辰

两鬓青丝髮,双眼黑方瞳。人皆道是,昭庆一个老仙翁。暂别蓬莱弱水,自把星冠月岥,玉佩舞薰风。醉入桃源路,归去不知踪。

举云璈,鸣铁笛,抚丝桐。满前剑弁森列,稽首捧金钟。挺挺松形鹤貌,任待桑田变海,宝鼎粒丹红。玉帝下明诏,独骑上瑶空。

满江红　咏武夷

忆昔秦时,中秋日、武夷九曲。烟寂寂、斜阳数尺,寒鸦枯木。三十
六峰凝晓翠,一溪流水生秋绿。正满林、桂子散天香,飞金粟。

神仙客,金丹熟。玉诏下,云生足。岩头新换骨,尚黏红肉。夜
半月华明似昼,玉皇降辇铺骰悚。笑曾孙、回首幔亭前,空松竹。

又　咏白莲

昨夜姮娥,游洞府、醉归天阙。缘底事、玉簪坠地,水神不说。持向
水晶宫里去,晓来捧出将饶舌。被薰风、吹作满天香,谁分别。

芳而润,清且洁。白似玉,寒于雪。想玉皇后苑,应无此物。只
得赋诗空赏叹,教人不敢轻攀折。笑李粗、梅瘦不如他,真奇绝。

又　听陈元举琴

树色冥濛,山烟暮、鸟归日落。凭阑处、眼空宇宙,心游碧落。古往
今来天地里,人间那有扬州鹤。幸而今、天付与青山,甘寥寞。

好花木,多岩壑。得萧散,耐淡泊。把他人比并,我还不错。一
曲瑶琴知此意,从前心事都忘却。况新秋、不饮更何时,何时乐。

又　别鹤林

明日如今,我已是、天涯行客。相别后、麻姑山上,齐云亭侧。几个
黄昏劳怅想,几宵皓月遥思忆。与二仙、不但此今生,皆畴昔。

频到此,欢无极。今去也,来无的。念浪萍风絮,东西南北。七
八年中相契密,三千里外来将息。怅金丹、未就玉天辽,还凄恻。

又

钧天高处,元自有、琼楼玉阙。又那更、九霞隐映,五云斗绝。八面
玲珑光不夜,四围晃耀寒如月。有广寒、宫殿隐姮娥,冰壶洁。

　　飘飘去,天风冽。星河外,花飞雪。见三千神女,尊前一阕。来
到人间浑似梦,未能归去空悲咽。问仙都、此去几由旬,归心热。

又　赠豫章尼黄心大师尝为官妓

荳蔻丁香,待则甚、如今休也。争知道、本来面目,风光洒洒。底事
到头鸾凤侣,不如躲脱鸳鸯社。好说与、几个正迷人,休嗟讶。

　　纱窗外,梅花下。酒醒也,教人怕。把翠云鬌却,缁衣披挂。柳
翠已参弥勒了,赵州要勘台山话。想而今、心似白芙蕖,无人画。

摸 鱼 儿

问苍江、旧盟鸥鹭,年来景物谁主。悠悠客鬓知何似,吹满西风尘
土。浑未悟。漫自许。功名谈笑侯千户。春衫戏舞。怕三径都
荒,一犁未把,猿鹤笑君误。　　　　君且住。未必心期尽负。江山秋
事如许。月明风静蘋花路。攲枕试听鸣舻。还又去。道唤取。陶
泓要草归来赋。相思最苦。是野水连天,渔榔四处,蓑笠占烟雨。

又　寿觉非居士

雨肥梅、亭台初夏。昙花开向前夜。纯阳鹤会先三日,何处神仙降
驾。知得也。□□是、西山彭抗来胎化。平生性野。自倒指今年,
七旬有六,使节半天下。　　　　焚金兽,毋惜满斝玉斝。儿孙况又潇
洒。公今骨相如松在,一掬精神堪画。于今且。□□炼、金丹成了
为凭藉。归心莲社。便做得乃翁,年登八百,未是寿长者。

又

这身儿、从来业障。一生空自劳攘。生生死死皆如梦,更莫别生妄
想。没伎俩。只管去、天台雁荡寻方广。几人不省。被妻子萦缠,
生涯拘束,甘自归黄壤。　　世间事,一斤两个八两。问谁能去俯
仰。道义重了轻富贵,却笑轮回来往。休勉强。老先生、从来恬淡
无妆幌。一声长啸,把拄杖横肩,草鞋贴脚,四海平如掌。

又 寿傅枢阁中李夫人

跨飞鸾、醉吹瑶笛,蓬莱知在何处。薰风飘散荷花露。梦觉已非帝
所,忘归路,谁知道、人间别有神仙侣。身游枢府。奈诏入玉楼,猛
骑箕尾,四海忆霖雨。　　问王母。天上桃红几度。蕊宫今是谁
主。明年甲子从头数,春入鬟云鬓雾。如今去。是处里、福田都著
黄金布。庭前玉树。看子早生孙,孙还生子,岁岁彩衣舞。

洞仙歌 鹤林赋梅

南枝漏泄,一点春光别。无蝶无蜂正霜雪。向竹梢疏处,瘦影横
斜,真个是,潇洒冰肌玉骨。　　黄昏人静,踏碎阶前月。忍冻相
看惜攀折。巡檐空索笑,似笑无言,夜悄悄、香入寒风清冽。更那
堪、画角恼幽人,又满地落英,愁肠万结。

满庭芳 和陈隐芝韵

百雉城边,乱花深处,竹间一笑双清。天公解事,为我弄阴晴。雨
过槐阴绿净,女墙外、杨柳丝轻。堪嗟惜,诗尤酒殢,镜里失青春。
　　清和,如许在,莺莺燕燕,相与忘情。谪仙风度,命代万人英。
游戏琴棋书画,人间世、别有方瀛。酕醄后,玄裳效舞,所欠董双

成。

瑶　台　月

烟霄凝碧。问紫府清都,今夕何夕。桐阴下、幽情远,与秋无极。念陈迹、虎殿虬宫,记往事、龙箫凤笛。露华冷,蟾光白。云影净,天籁息。知得。是蓬莱不远,身无羽翼。　　广寒宫、舞彻霓裳,白玉台、歌罢瑶席。争不思下界,有人岑寂。羡博望、两泛仙槎,与曼倩、三偷蟠实。把丹鼎,暗融液。乘云气,醉挥斥。嗟惜。但城南老树,人谁我识。

永　遇　乐

懒散家风,清虚活计,与君说破。淡酒三杯,浓茶一碗,静处乾坤大。倚藤临水,步屐登山,白日只随缘过。自归来,曲肱隐几,但只恁和衣卧。　　柴扉草户,包巾纸袄,未必有人似我。我醉还歌,我歌且舞,一恁憨痴好。绿水青山,清风明月,自有人间仙岛。且便随、补破遮寒,烧榾柮火。

又　寄鹤林靖

银月凄凉,绮霞明灭,秋色如此。露满清襟,风生衰鬓,夜已三更矣。寻思往事,千头万绪,回首诮如梦里。指烟霄,不如归去,不知今夕何夕。　　鹑衣百结,胭脂垢腻,犹是小蛮针指。对酒逢诗,高吟大笑,四海今谁似。荷亭竹阁,共风同月,此会今生能几。君须记,去来聚散,只□底是。

好事近　赠赵制机

行到竹林头,探得梅花消息。冷蕊疏英如许,更无人知得。　　　冰枯雪老岁年徂,俯仰自嗟惜。醉卧梅花影里,有何人相识。

又

何事雁来迟,独步秋园默默。莫恨桂花开尽,有菊花堪惜。　　回头顾影背斜阳,听西风萧瑟。无限诗情酒思,那早梅知得。

桂　枝　香

楼前凝望。见水满一溪,云满千嶂。将晚欲行无绪,欲眠无况。岩花涧草春无极,倚东风、忽然惆怅。淡烟飞过,幽禽叫断,远钟嘹亮。　　为底事、沉吟一晌。念只影飘浮,寸心虚旷。无限游丝落絮,此怀难状。江湖淮海行将遍,觉诗肠、酒胆超畅。一丘一壑归来,念我旧家天上。

南乡子　爱阁赋别二首

夜月照千峰。影满荷池静袅风。明日今宵还感慨,梧桐。叶叶随云飏碧空。　　聚散与谁同。野鹤孤云有底踪。别处要知相忆处,无穷。总在青山夕照中。

又

前度几相逢。此日游从乐不同。竹阁荷亭欢聚处,雍容。如在蓬莱第一宫。　　夜半月朦胧。秉烛东园风露中。明日匆匆还入浙,忡忡。却把音书寄远鸿。

霜天晓角　绿净堂

五羊安在。城市何曾改。十万人家阛阓,东亦海、西亦海。　　年年蒲涧会。地接蓬莱界。老树知他一剑,千山外、万山外。

贺 新 郎

且尽杯中酒。问平生、湖海心期，更如君否。渭树江云多少恨，离
合古今非偶。更风雨、十常八九。长铗歌弹明月堕，对萧萧、客鬓
闲携手。还怕折，渡头柳。　　　小楼夜久微凉透。倚危阑、一池倒
影，半空星斗。此会明年知何处，蘋末秋风未久。漫输与、鹭朋鸥
友。已办扁舟松江去，与鲈鱼、莼菜论交旧。因念此，重回首。

又

梦绕荷花国。遍□□、橘州柳市，芙蓉巷陌。桂社兰乡白蘋里，月
冷波寒之夕。有孤鹜、落霞知得。一鹤横空云漠漠，见梅梢、万粒
真珠滴。犹未把，寒香惜。　　　画楼何处吹瑶笛。便□□、酥鬟玉
笑，露鬆霜瘠。姑射真人游紫府，下戏三江七泽。此莫是、冰魂雪
魄。半逐风飞半随水，半在枝、半落苍苔白。酒醒后，晓窗碧。

又 雪

是雨还堪拾。道非花、又从帘外，受风吹入。扑落梅梢穿度竹，恐
是鲛人诉泣。积至暮、萤光熠熠。色映万山迷远近，满空浮、似片
应如粒。忘炼得，我双睫。　　　吟肩耸处飞来急。故撩人、黏衣噀
袖，嫩香堪浥。细听疑无伊复有，贪看一行一立。见僧舍、茶烟飘
湿。天女不知维摩事，漫三千、世界缤纷集。是鞠水，谁能及。

又 咏牡丹

晓雾须收霁。牡丹花、如人半醉，抬头不起。雪炼作冰冰作水。十
朵未开三四。又加以、风禁雨制。□是东吴春色盛，尽移根、换叶
分黄紫。所贵者，称姚魏。　　　其间一种尤姝丽。似佳人、素罗裙

在,碧罗衫底。中有一花边两蕊。恰似妆成小字。看不足、如何可比。白玉杯将青玉绿,据晴香、暖艳还如此。微笑道,有些是。

又　紫元席上作

飞尽桃花片。倚东风、高吟大啸,开怀消遣。芍药牡丹开未遍。不道韶华如电。无心向、小庭幽院。秉烛夜游虽不倦,奈一番、风雨花容变。春去也,无人见。　　何处莺莺啼不断。探后园、红稀翠减,青稠绿满。蝶在花间犹死恋。早有行人摇扇。故自要、与春为饯。笑指白云归去好,对夕阳、泻酒凭谁荐。柳深处,有双燕。

又　肇庆府送谈金华、张月窗

谓是无情者。又如何、临歧欲别,泪珠如洒。此去兰舟双桨急,两岸秋山似画。况已是、芙蓉开也。小立西风杨柳岸,觉衣单、略说些些话。重把我,袖儿把。　　小词做了和愁写。送将归、要相思处,月明今夜。客里不堪仍送客,平昔交游亦寡。况惨惨、苍梧之野。未可凄凉休哽咽,更明朝、后日才方罢,却默默,斜阳下。

又　再送前人

风雨今如此。问行人、如何有得,许多儿泪。为探木犀开也未,只有芙蓉而已。九十日、秋光能几。千里送人须一别,却思量、我了思量你。去则是,住则是。　　归归我亦行行矣。便行行、不须回首,也休萦系。一似天边双鸣雁,一个飞从东际。那一个、又飞西际。毕竟人生都是梦,再相逢、除是青霄里。却共饮,却共醉。

又　檃括菊花新

露白天如洗。淡烟轻、疏林映带,远山横翠。对此情怀成甚也,云断小楼风细。独倚遍、画阑十二。花馆云窗成憔悴。听宾鸿、天外声嘹唳。但不过,闷而已。　　房栊深静难成寐。夜迢迢、银台绛蜡,伴人垂泪。巴得暂时朦胧地。还又匆匆惊起。漫自展、云间锦字。往后各收千张纸。念梦劳魂役空凝睇。终不负,骖鸾志。

又　罗浮作

醉见千山面。晚晴初、蝉声未了,鸟声尤远。知道仙人丹灶在,尚有陈灰犹暖。但只恐、松枯石烂。笑问年华应不换,又如何、洞里笙箫断。还念我,去归晚。　　千岩万壑猿啼遍。一思量、一回懊恨,一回泪眼。岂是自家无仙骨,尚被红尘牵绊。要分此、烟霞一半。当日朱仙和葛老,更老黄、亦合同萧散。上帝近,永容懒。

又　贺大卿生日

仙鹊梁银汉。见青原、白鹭一点,秋光犹嫩。青鸟密传云外信,王母夜临香案。与河鼓、天孙为伴。太素真人乘此景,到芗城、即嗣胡忠简。南极上,星璀璨。　　松溪居士多词翰。是神仙风骨,元自无心仕宦。人道月卿临总饷,便合机廷揆馆。还又爱、山林萧散。玉女金钟紫暖响,指灵椿、仙鹤祈遐算。公自有,青精饭。

又　送赵师之江州

倏又西风起。这一年光景,早过三分之二。燕去鸿来何日了,多少世间心事。待则甚、功成名遂。枫叶荻花动凉思,又寻思、江上琵琶泪。还感慨,劳梦寐。　　愁来长是朝朝醉。划地成、宋玉伤感,三闾憔悴。况是凄凉寸心碎。目断水苍山翠。更送客、长亭分袂。阆皂山前梧桐雨,起风樯、露舶无穷意。君此去,趁秋霁。

又

一别蓬莱馆。看桑田成海,又见松枯石烂。目断虚皇无极处,安得殿头宣唤。指归路、钧天早晚。此去罡风三万里,但九霞、渺渺青云远。望不极,空泪眼。　　　瑶池昔会群仙宴。此秋来、荻花枫叶,令人凄惋。满面朱尘那忍见,酒病花愁何限。知几度、春莺秋雁。从此飞神腾碧落,向清都、来往应无间。丹渐熟,骨将换。

又

遥想阳明洞。夜深时、猿啼鹤唳,露寒烟重。家在神霄归未得,十二玉楼无梦。梦里听、瑶琴三弄。醉卧长安人不识,晚秋天、此意西风共。黄金印,吾何用。　　　云衢高策青鸾鞚。把天书玉篆,留与世人崇奉。垂手入廛长是醉,醉则从教懵懂。那些子、凝然不动。一剑行空神鬼惧,金粟儿、日向丹田种。把得稳,任放纵。

又 西湖作呈章判镇、留知县

万顷湖光绿。是处里、芙蓉金戋,木犀金粟。鹓御飘飘行水縠,正是蟹香橙熟。山色似、风梳雨沐。携取阿娇命豪杰,过北山、瞳处南山曲。寒烟淡,晴鸦浴。　　　巨魭数引苍髯蠹。便论诗说剑,人各有怀西北。两见西风客京国,多在红楼金屋。凝情处、落霞孤鹜。蒲柳凄凉今如许,问功名、志在何时足。更簪取,一枝菊。

又 赠紫元

极目神霄路。斗柄南、丹华翠景,红霞紫雾。手折琪花今似梦,十二楼台何处。犹记得、当时伴侣。东府西台知谁主,忆当时、自泻金瓶雨。人间事,等风絮。　　　上皇赫赫雷霆主。我何缘、清都绛

阙,遽成千古。白鹤青乌消息断,梦想鸾歌凤舞。应未得、翻身归
去。业债须教还净尽,这一回、尝遍红尘苦。归举似,西王母。

又　别鹤林

昔在神霄府。是上皇娇惜,便自酣歌醉舞。来此人间不知岁,仍是
酒龙诗虎。做弄得、襟情如许。俯仰红尘几今古。算风灯、泡沫无
凭处。即有这,烟霄路。　　淮山浙岸潇湘浦。一寻思、柳亭枫
驿,泪珠溅俎。此去何时又相会,离恨萦人如缕。更天也、愁人风
雨。语燕啼莺莫相管,请各家、占取闲亭坞。人事尽,天上去。

又　游西湖

倚剑西湖道。望瀰漫、苍葭绿苇,翠芜青草。华表凄凉市朝古,极
目暗伤怀抱。秋色与、芰荷俱老。桂棹兰舟聊遣兴,仗金风、吹使
芙蓉破。柳阴里,堪少坐。　　衷肠底事君知那。要繁弦急管,又
且沉酣则个。烟水冥茫黄叶断,嘹唳数声雁过。醉归去、山寒云
暮。整日消闲镇来往,问城南、老树知渠么。黄鹤氅,青纱帽。

又　赋西峰

风送寒蟾影。望银河、一轮皎洁,宛如金饼。料得故人千里共,使
我寸心耿耿。浑无奈、天长夜永。万树萧森猿啸罢,觉水边、林下
非人境。睡不著,酒方醒。　　芙蓉池馆梧桐井。悄不知、今夕何
夕,寒光万顷。年少风流多感慨,况此良辰美景。须对此、大拚酩
酊。满目新寒舞黄落,嗟此身、何事如萍梗。桂花下,露华冷。

又　咏雪二首

俯仰天黏水。尽□□、山河大地,光涵表里。一夜春风搜万象,檐

外雨声不已。到晓来、六花靡靡。瑶树琪林寒彻骨,知谁家、娇女慵梳洗。且捏个,小狮子。　　琼楼架就东皇喜。□□使、玉龙战罢,柳绵飞起。千古佳人诗句在,一任如盐似米。君试看、岩头溪底。刹刹尘尘银世界,记当年、曾赴瑶池会。玉清境,还如此。

又

银汉千丝雨。被东风作恶,吹落满空柳絮。恰自江南消息断,才此六花飞舞。最好是、鹅毛鹤羽。万顷平田三尺玉,月明中、不见沙头鹭。苍烟里,一渔父。　　鹊桥半夜寒云妒。到晓来、千岩万壑,了无认处。极目四方银世界,五凤楼前如许。应自感、伤心凝伫。人在神霄玉清府,小狮儿、捏就无佳句。骑汗漫,好归去。

又　赠林紫元

月插青螺髻。柳梢头、夕阳荏苒,西风摇曳。数粒苍山黏远汉,树色烟光紫翠。飞骑气、半醒半醉。剑跨秋空磨星斗,指琼童、不得鸣金辔。恐惊动,紫清帝。　　浮云飞度蓬莱水。忆山中、松寒露冷,猿啼鹤唳。家在武夷岩谷里,一亩烟霞活计。叹捻指、人生百岁。兰畹芝田几今古,洞门前、小鹿衔花戏。不知有,人间世。

又　赋白芍药号为玉盘盂

静看春容瘦。未清明、荼蘼避席,蔷薇出昼。花里流莺骂桃李,似与东风管句。怕虚度、兰亭时候。我也别来天上夕,向年时、感叹湖山旧。旧日事,君知否。　　玉皇驾出清都晓。就御前、三千神女,指麾八九。化作花神下人世,如把粉团搦就。又一似、玉盘在手。莫是蕊珠亲付属,教小心、劝我杯儿酒。也只得,为陪笑。

又　怀仙楼

极目飙尘表。醉酣时、楼中起舞，楼前舒啸。坐见四山烟雾散，是处落花啼鸟。忽惊下、九天星斗。双鹤飞来风露爽，一声声、清唳苍松杪。奈对景，不酾酒。　　旧家三点蓬莱小。有琼台双阙，长是香花缭绕。铁笛夜吹金剑吼，恨此瀛洲路杳。知几度、琪林春老。闲倚朱阑思昨梦，对江山、感慨无人晓。但千里，月华皎。

柳梢青　海棠

一夜清寒，千红晓粲，春不曾知。细看如何，醉时西子，睡底杨妃。　　尽皆蜀种垂丝。晴日暖、薰成锦围。说与东风，也须爱惜，且莫吹飞。

又　寄鹤林

鹤使南翔。词珍翰绮，谊暖情香。如在琼台，梦回初饮，月液云浆。　　风吹芦叶冥茫。夕照外、山高水长。遥想东楼，琪花玉树，梅影昏黄。

又　送温守王侍郎帅三山

五马风流，销金帐暖，药玉船宽。放下荷囊，携来铜虎，又举熊幡。　　棠阴已接三山。此列郡、彼食大藩。柳雪萦旗，东风拦马，父老争看。

一剪梅　赠紫云友

剑倚青天笛倚楼。云影悠悠。鹤影悠悠。好同携手上瀛洲。身在阎浮。业在阎浮。　　一段红云绿树愁。今也休休。古也休休。

夕阳西去水东流。富又何求。贵又何求。

虞　美　人

蘋花零乱秋亭暮。篱落江村路。棹歌摇曳钓船归。搅碎清风千顷、碧琉璃。　　山衔初月明疏柳。平野垂星斗。莫辞沉醉伴孤吟。他日江南江北、两关心。

阮郎归　舟行即事

淡烟凝翠锁寒芜。斜阳挂碧梧。沙头三两雁相呼。萧萧风卷芦。　　何处笛，一声孤。岸边人钓鱼。快帆一夜泊桐庐。问人沽酒无。

酹　江　月

思量世事，几千般翻覆，是非多少。随分随缘天地里，心与江山不老。道在天先，神游物外，自有长生宝。洞门无锁，悄无一个人到。　　一条柱杖横肩，芒鞋紧峭，正风清月好。惊觉百年浑似梦，空被利名萦绕。野鹤纵横，孤云自在，对落花芳草。来朝拂袖，谁来南岳寻我。

又　咏梅

孤村篱落，玉亭亭、为问何其清瘦。欲语还愁谁索笑，临水嫣然自照。甘受凄凉，不求识赏，风致何高妙。松挨竹拶，更堪霜雪偎偎。　　争奈终是冰肌，也过了几个，晴昏雨晓。冷艳寒香空自惜，后夜山高月小。满地苍苔，一声哀角，疏影归幽渺。世无和靖，三花两蕊不少。

又

当初误触，紫微君、谪下神霄玉府。醉后骑龙吹铁笛，酒醒不知何
处。绛阙寥寥，红尘扰扰，老泪滂如雨。人间天上，桑田沧海如许。

遥想十二楼前，琪花开已遍，鸾歌鹤舞。梦到三天还又落，愁
听空中箫鼓。独倚阑干，笑拈花片，细写思归字。东风还会，为伊
吹上天去。

又　次韵东坡赋别

寄言天上，石麒麟、化作人间英物。醉拥诗兵驱笔阵，百万词锋退
壁。世事空花，赏心泥絮，一点红炉雪。识时务者，当今惟有俊杰。

我本浩气天成，才逢知己，便又清狂发。富贵于我如浮云，且
看云生云灭。羊石论交，鹅湖惜别，别恨多于髪。共君千里，登楼
何患无月。

又　罗浮赋别

罗浮山下，正秋高气爽，凄凉风物。瘦落丹枫飞紫翠，峭拔青山石
壁。客鬓萧疏，诗肠清苦，病骨如冰雪。怒髯铁立，有怀不下三杰。

袖里宝剑生寒，中宵起舞，引酒清歌发。襟曲屡兴猿鹤梦，坐
看月痕生灭。露沁桃花，云笼芝草，任长莓苔髪。如今话别，橙黄
橘绿时月。

又

旧家宋玉，是何人、偏到秋来凄惨。细雨疏风天气冷，离别令人销
黯。樯燕飞归，岸花吹送，自是生怀感。挑灯酌酒，平生明目张胆。

二十年在江湖，枫亭柳驿，往事都曾览。胸次可吞云梦儿，也

没尘埃一糁。木落山高,云寒雁断,水瘦溪痕减。不知把菊,又在
何处轩槛。

<h2 style="text-align:center">又</h2>

海天秋老,夜凄清、坐对香温金鸭。听得寒蝉声断续,一似离歌相
答。鸿雁初来,骅骝欲去,永夜烧红蜡。不须别酒,有时亦呷一呷。
　　丈夫南北东西,何天不可,鸣剑雄开匣。岂特东湖徐孺子,下
得陈蕃之榻。黄叶声乾,碧莲香减,枕上凉萧飒。出门一笑,四方
风起云合。

<h2 style="text-align:center">又　送周舜美</h2>

道人于世,已忘情、尚更区区饯别。栖碧先生辞蕙帐,夜夜猿声凄
切。剑上星寒,琴中风惨,眉宇飞黄色。一杯判袂,出门烟水空阔。
　　我今流落江南,朝朝还暮暮,千愁万结。那更荻花枫叶景,又
见长亭短驿。世事空花,人情风絮,山外云千叠。君还到阙,为言
踪迹风雪。

<h2 style="text-align:center">又　春日</h2>

桃花开尽,正溪南溪北,春风春雨。寒食清明都过了,愁杀一声杜
宇。醉跨蹇驴,踏翻芳草,满满斟鹦鹉。游仙梦觉,不知身在何处。
　　因甚青鸟不来,一年春事,捻指都如许。人在白云流水外,多
少莺啼燕语。遣兴成诗,烹茶解酒,日落蔷薇坞。玉龙嘶断,乱鸦
惊起无数。

<h2 style="text-align:center">又　武昌怀古</h2>

汉江北泻,下长淮、洗尽胸中今古。楼橹横波征雁远,谁见鱼龙夜

舞。鹦鹉洲云，凤凰池月，付与沙头鹭。功名何处，年年惟见春絮。

　　非不豪似周瑜，壮如黄祖，亦随秋风度。野草闲花无限数，渺在西山南浦。黄鹤楼人，赤乌年事，江汉亭前路。浮萍无据，水天几度朝暮。

又 西湖

绿荷十里吐秋香，湖水掌平如镜。日落云收天似洗，况又月明风静。露逼葭蒲，烟迷菱芡，缩尽寒鸦颈。两枝画桨，柳阴浓处乘兴。

　　遥想和靖东坡，当年曾胜赏，一觞一咏。是则湖山常不老，前辈风流去尽。我兴还诗，我欢则酒，醉则还草圣。明朝却去，冷泉天竺双径。

促拍满路花 和纯阳韵

多才夸李白，美貌说潘安。一朝成万古，又徒闲。如何猛省，心地种仙蟠。堪叹人间事，泡沫风灯，阿谁肯做飞仙。　　莫思量、骏马与高轩。快乐任天然。最坚似松柏、更凋残。有何凭据，谁易复谁难。长啸青云外，自嗟自笑，了无恨海愁山。

行香子 题罗浮

满洞苔钱。买断风烟。笑桃花流落晴川。石楼高处，夜夜啼猿。看二更云，三更月，四更天。　　细草如毡。独枕空拳。与山麋、野鹿同眠。残霞未散，淡雾沉绵。是晋时人，唐时洞，汉时仙。洞府自唐尧时始开，至东晋葛稚川方来。及伪刘称汉，此时方显，遂兴观。

八六子 戏改秦少游词

倚危亭。恨如芳草，萋萋刬尽还生。念柳外青骢去后，洞中白鹤归来,恍然暗惊。　　　吾家渺在瑶京。夜月一帘花影,春风十里松鸣。奈昨梦、前尘渐随流水,凤箫歌杳,水长天远,那堪片片飞霞弄晚,丝丝细雨笼晴。正消凝。子规又啼数声。

汉宫春 次韵李汉老咏梅

潇洒江梅,似玉妆珠缀,密蕊疏枝。霜风应是,不许蝶近蜂欺。嫣然自笑,与山矾、共水仙期。还亦有,青松翠竹,同今凛冽年时。

何事向人如恨,带苍苔,半倚临水荒篱。孤山嫩寒放晓,尚忆前诗。黄昏顾影,说横斜、清浅今谁。他自是,移春手段,微云淡月应知。

卜算子 景泰山次韵东坡三首

云散雨初晴,蝉噪林逾静。古寺敲钟暮掩门,灯映琉璃影。　　　浩气镇长存,昨梦还重省。独倚阑干啸一声,毛髪萧萧冷。

又

古寺枕空山,楼上昏钟静。饥鼠偷灯尾蘸油,悄悄无人影。　　　长剑匣中鸣,今古深思省。此夕行藏独倚楼,风雨凄凄冷。

又

渔火海边明,烟锁千山静。独坐僧窗夜未央,寂寞孤灯影。　　　感慨辄兴怀,往事无人省。江汉飘浮二十年,一枕西风冷。

鹧 鸪 天

雨过山花向晚香。烟丝空翠柳微茫。旧家丹灶何人葛,今日帘泉阿姥黄。　　　犀角枕,象牙床。椰心织簟昼生凉。杯行无算何曾醉，不觉罗浮日月长。

又

西畔双松百尺长。当时亲自见刘王。山前今日莲花水，往者将军洗马塘。　　南粤路，汉宫墙。晚风历历说兴亡。摩挲东晋苍苔灶，细说仙翁炼药方。

又　灯夕天谷席上作

翠幄张天见未曾。驼峰鹅掌出庖烹。醉酣浑是迷天地，但见尊前万点星。　　人似玉，酒如饧。果盘簇钉不知名。东风吹我三山下，如在神霄上帝庭。

蝶恋花　题爱阁

冷雨疏风凉漠漠。云去云来，万里秋阴薄。笑倚玉阑呼白鹤。烟笼素月青天角。　　竹影松声浑似昨。醉胆如天，谁道词源涸。满地苍苔霜叶落。今宵不饮何时乐。

又

绿暗红稀春已暮。燕子衔泥，飞入谁家去。柳絮欲停风不住。杜鹃声里山无数。　　白马青衫无定据。好底林泉，信脚随缘寓。拚却此生心已许。一川风月聊为主。

　　　　按词综卷二十四此首误作于真人词。

又

楼上风光都占断。楼下风光，还许诗人管。管领风光谁是伴。一堤杨柳开青眼。　　波面琉璃花影乱。玉笋持杯，画舸歌声颤。

醉里寻春春不见。夕阳芳草连天远。

杨 柳 枝

捼碎梅花一断肠。送斜阳。风烟缥缈月微茫。又昏黄。　　平野寒芜何处断,接天长。短篱浅水橘青黄。度清香。以上彊村丛书本玉蟾先生诗馀

沁 园 春

要做神仙,炼丹工夫,譬之似闲。但姹女乘龙,金公御虎,玉炉火炽,土釜灰寒。铅里藏银,砂中取汞,神水华池上下间。山田内,有一条径路,直透泥丸。　　一声雷震崑山。真橐籥、飞冲夹脊关。见白雪漫天,黄芽满地,龟蛇缭绕,乌兔掀翻。自古乾坤,这些离坎,九转烹煎结大还。灵丹就,未飞升上阙,且在人寰。

水 调 歌 头

土釜温温火,橐籥动春雷。三田升降,一条径路属灵台。自有真龙真虎,和合天然铅汞,赤子结真胎。水里捉明月,心地觉花开。
　　一转功,三十日,九旬来。抽添气候,炼成白血换骷骸。四象五形聚会,只在一方凝结,方寸绝纤埃。人在泥丸上,归路入蓬莱。

又

一个奇男子,万象落心胸。学书学剑,两般都没个成功。要去披缁学佛,首下一拳轻快,打破太虚空。末后生华髮,再拜玉清翁。
　　二十年,空挫过,只飘蓬。这回归去,武夷山下第三峰。住我旧时庵子,碗水把柴升米,活火煮教浓。笑指归时路,弱水海之东。

全　宋　词

又　自述

苦苦谁知苦,难难也是难。寻思访道,不知行过几重山。吃尽风僝雨僽,那见霜凝雪冻,饥了又添寒。满眼无人问,何处扣玄关。

好因缘,传口诀,炼金丹。街头巷尾,无言暗地自生欢。虽是蓬头垢面,今已九旬来地,尚且是童颜。未下飞升诏,且受这清闲。

又

天下云游客,气味偶相投。暂时相聚,忽然云散水空流。饱饫闽中风月,又爱浙间山水,杖屦且逍遥。太上包中下,只得个无忧。

是和非,名与利,一时休。自家醒了,不成得恁地埋头。任是南州北郡,不问大张小李,过此便相留。且吃随缘饭,莫作俗人愁。

又

未遇明师者,日夜苦忧惊。及乎遇了,得些口诀又忘情。可惜蹉跎过了,不念精衰气竭,碌碌度平生。何不回头看,下手采来烹。

天下人,知得者,不能行。可怜埋没,如何恁地不惺惺。只见口头说著,方寸都无些子,只管看丹经。地狱门开了,急急办前程。

又

堪笑廛中客,都总是迷流。冤家缠缚,算来不是你风流。不解去寻活路,只是担枷负锁,不肯放教休。三万六千日,受尽百年忧。

得人身,休蹉过,急须修。乌飞兔走刹那,又是死临头。只这眼前快乐,难免无常两字,何似出尘囚。炼就金丹去,万劫自逍遥。

念奴娇 咏雪

广寒宫里,散天花、点点空中柳絮。是处楼台皆似玉,半夜风声不住。万里盐城,千家珠瓦,无认蓬莱处。但呼童、且去探梅花、攀那树。　　垂帘未敢掀开,狮儿初捏就,佳人偷觑。溪畔渔翁蓑又重,几点沙鸥无语。竹折庭前,松僵路畔,满目都如许。问要晴,更待积痕消,须无雨。

满 庭 芳

鼎用乾坤,药须乌兔,恁时方炼金丹。水中虎吼,火里赤龙蟠。况是兑铅震汞,自元谷、上至泥丸。些儿事,坎离复垢,返老作童颜。　　五行,全四象,不调停火候,间断如闲。六天罡所指,玉出崑山。不动纤毫云雨,顷刻处、直透三关。黄庭内,一阳来复,丹就片时间。

又

两种汞铅,黄婆感合,如如真虎真龙。周年造化,蹙在片时中。炉里温温种子,玄珠象、气透三宫。金木处,炼成赤水,白血自流通。　　无中。胎已兆,见龟蛇乌兔,恍惚相逢。但坎离既济,复垢交融。了得真空命脉,天地里、万物春风。阴阳外,天然夫妇,一点便成功。

酹江月 冬至与胡胎仙

因看斗柄,运周天、顿悟神仙妙诀。一点真阳生坎位,点却离宫之缺。造物无声,水中起火,妙在虚危穴。今年冬至,梅花依旧凝雪。　　先圣此日闭关,不通来往,皆为群生设。物物□含生育意,正在子初亥末。自古乾坤，这些离坎，日日无休歇。如今识破"破"字原无，据元刊本上清集补，金乌飞入蟾窟。以上彊村丛书本玉蟾先生诗馀续集

珍　珠　帘

阴阳内感相交结。有铅汞、分八卦罗列。金鼎炼黄芽，正一阳时节。子后午前方进火，向玉炉、烹成白雪。通彻。这玄关、深奥难轻泄。　　因师指诀幽微，把金丹大药，将来分说。捉住虎龙精，自然日月。造化天机人怎晓，换俗骨、永无魔折。超越。望仙都稽首，朝元金阙。鸣鹤馀音卷三

存　目　词

调名	首句	出处	附注
水龙吟	雨馀叠巘浮空	玉蟾先生诗馀	韩元吉词，见中兴以来绝妙词选卷三
山坡羊	默坐寒灰清静	诸真玄奥集成	此乃元人小令，盖出依托，附录于后
又	不刻时阴阳交并	又	又
又	独坐无为宫殿	又	又
又	圆觉金丹太极	又	又

山　坡　羊

默坐寒灰清静。会向时中一定。金城贼返，报乐流星奔。用将须分左右军。出师交征定主宾。排的是天文地理，九宫八卦天魂阵。捉住金精也，送黄庭土釜封。神通。战罢方能见圣人。英雄。不时干戈定太平。

又

不刻时阴阳交并。古盆一声号令。九宫八卦，排列下拿龙阵。领金乌左右军。夺乾坤始媾精。三回九转，交战在西南境。得胜回朝也，河车不曾暂停。辛勤。曲枕昼夜行。专精。铁打方梁磨绣针。

又

独坐无为宫殿。息息绵绵不断。我把生身父母，要使他重相见。青头郎天外玄。白衣妇海底眠。婴儿姹女，阻隔在天涯远。全仗着黄婆也，黄婆在两下缠。团圆。打破都关共一天。托延。赏罢蟾辉斗柄偏。

又

圆觉金丹太极。这造化谁人知昧。傍门小径，正理全然昧。学三峰九鼎奇。习休粮与闲饥。吃斋入定，到底成何济。耽阁了浮生也，道无缘福不齐。思知。不识阴阳莫乱为。修持。莫信愚徒妄指迷。

刘克庄

克庄字潜夫，号后村，莆田人。生于淳熙十四年(1187)。以荫仕。淳祐六年(1246)，赐进士出身，官龙图阁直学士。咸淳五年(1269)卒，年八十三，谥文定。有后村大全集。

哨遍　昔坡翁以盘谷序配归去来词。然陶词既檃括入律，韩序则未也。暇日，游方氏龙山别墅，试效颦为之，俾主人刻之崖石云

胜处可宫，平处可田，泉土尤甘美。深复深，路绝住人稀。有人兮、

盘旋于此。送子归。是他隐居求志。是要明主媒当世。嗟此意谁论，其言甚壮，孔颜犹有遗旨。大丈夫之被遇于时。入则坐庙朝出旗麾。列屋名姬，夹道武夫，满前才子。　　　噫。有命存焉，吾非恶此而逃之。富贵人所欲，如之何、幸而致。向茂树堪休，清泉可濯，谷中别有闲天地。况脍细于丝，蕨甜似蜜，采于山，钓于水。大丈夫不遇之所为。唐处士、依稀是吾师。觉山林、尊如朝市。五侯门下宾客，扰扰趋形势。嗟盘之乐，谁争子所，占断千秋万岁。呼童秣马更膏车，便与君，从此逝矣。

六州歌头 客赠牡丹

维摩病起，兀坐等枯株。清晨里，谁来问，是文殊。遣名姝。夺尽群花色，浴才出，醒初解，千万态，娇无力，困相扶。绝代佳人，不入金张室，却访吾庐。对茶铛禅榻，笑杀此翁癯。珠髻金壶。始消渠。　　　忆承平日，繁华事，修成谱，写成图。奇绝甚，欧公记，蔡公书。古来无。一自京华隔，问姚魏、竟何如。多应是，彩云散，劫灰馀。野鹿衔将花去，休回首、河洛丘墟。漫伤春吊古，梦绕汉唐都。歌罢欷歔。

水调歌头 游蒲涧追和崔菊坡韵

　　　余顷为仪真督邮，白事维扬，崔公锐欲罗致。属先受制置使李公之辟，崔公始聘洪公舜俞入幕。后二十五年，奉使岭外，拜公祠象，俯仰今昔，辄和公所作水调歌头以寓悲慨云。

救使竟空反，公不出梅关。当年玉座记忆，仄席问平安。羽扇尉佗城上，野服仙游阁下，辽鹤几时还。赖有蜀耆旧，健笔与书丹。

青油士，珠履客，各凋残。四方蹙蹙靡骋，独此尚宽闲。丞相祠堂何处，太傅石碑堕泪，木老瀑泉寒。往者不可作，置酒且登山。

又　喜归

遣作岭头使，似戍玉门关。来时送者，举酒珍重祝身安。街畔小儿拍笑，马上是翁璺铄，头与璧俱还。何处得仙诀，髪白颊犹丹。

屋茅破，篱菊瘦，架签残。老夫自计甚审，忙定不如闲。客难扬雄拓落，友笑王良来往，面汗背芒寒。再拜谢不敏，早晚乞还山。

又　解印有期戏作

老子颇更事，打透利名关。百年扰扰于役，何异入槐安。梦里偶然得意，醒后才堪发笑，蚁穴驾车还。恰佩南柯印，仿佛觳曾丹。

客未散，日初昳，酒犹残。向来幻境安在，回首总成闲。莫问浮云起灭，且跨刚风游戏，露冷玉箫寒。寄语抱朴子，候我石楼山。

又　八月上浣解印别同官席上赋

半世惯歧路，不怕唱阳关。朝来印绶解去，今夕枕初安。莫是散场优孟，又似下棚傀儡，脱了戏衫还。老去事多忘，公莫笑师丹。

笔端花，胸中锦，两消残。江湖水草空旷，何必养天闲。久苦诸君共事，更尽一杯别酒，风露夜深寒。回首行乐地，明日隔云山。

又　客散循堤步月而作

落日几呼渡，佳夕每留关。有时来照清浅，鬓雪似潘安。一曲亲蒙君赐，两岸更无人迹，惟见鹭飞还。隙地欠栽接，蕉荔杂黄丹。

柳全疏，松尚幼，怕摧残。旁人笑我痴计，管钥费防闲。翁意在乎林壑，客亦知夫水月，满腹贮清寒。赋咏差有愧，赤壁与滁山。

又　次夕,觞客湖上,赋葛仙事

羯虏问周鼎,柱史出秦关。苦求句漏,何意身世远差安。不见跕鸢
堕水,时有飞鸿遵渚,乐此久忘还。采药寓言耳,胸次有灵丹。

　钓游处,榕叶暗,荻花残。自翁仙后千载,输与水鸥闲。我读内
篇未竟,忽被急符驱去,洞闭白云寒。回首愧幽子,隐约海中山。

又　十三夜,同官载酒相别,不见月作

怪事广寒殿,此夕不开关。林间乌鹊相贺,暂得一枝安。只在浮云
深处,谁驾长风挟取,明镜忽飞还。玉兔呼不应,难觅臼中丹。

　酒行深,歌听彻,笛吹残。嫦娥老去孤另,离别匹如闲。待得银
盘擎出,只怕玉峰醉倒,衰病不禁寒。卿去我欲睡,孤负此湖山。

又　癸卯中秋作

老年有奇事,天放两中秋。使君飞榭千尺,缥缈见麟洲。景物东徐
城上,岁月北征诗里,圆缺几时休。俯仰慨今昔,惟酒可浇愁。

　风露高,河汉澹,素光流。贾胡野老相庆,四海十分收。竞看姮
娥金镜,争信仙人玉斧,费了一番修。衰晚笔无力,谁伴赋黄楼。

又　和仓部弟寿词

岁晚太玄草,深悔赋长杨。向来户外之屦,已饱各飞扬。阁上青藜
安在,院里金莲去矣,且爱短檠光。衰懒倦宾客,谁访老任棠。

　叹时人,怜黠小,笑鲐黄。汝曹变灭臭腐,侬底愈芬香。苦羡阿
龙则甚王导小字,学取幼安亦可,坐穴几藜床。零落雁行小,敢不举
君觞。

沁园春　梦孚若

何处相逢,登宝钗楼,访铜雀台。唤厨人斫就,东溟鲸脍,圉人呈罢,西极龙媒。天下英雄,使君与操,馀子谁堪共酒杯。车千两,载燕南赵北,剑客奇才。　　饮酣画鼓如雷。谁信被晨鸡轻唤回。叹年光过尽,功名未立,书生老去,机会方来。使李将军,遇高皇帝,万户侯何足道哉。披衣起,但凄凉感旧,慷慨生哀。

又　送孙季蕃吊方漕西归

岁暮天寒,一剑飘然,幅巾布裘。尽缘云鸟道,跻攀绝顶,拍天鲸浸,笑傲中流。畴昔奇君,紫髯铁面,生子当如孙仲谋。争知道,向中年犹未,建节封侯。　　南来万里何求。因感慨桥公成远游。叹名姬骏马,都成昨梦,只鸡斗酒,谁吊新丘。天地无情,功名有命,千古英雄只么休。平生客,独羊昙一个,洒泪西州。

又　送包尉

我羡君归,一路秋风,芙蓉木犀。想慈颜望久,灵乌乍噪,新眉画就,郎马频嘶。忙脱征衫,快呼斗酒,细为家人说建谿。争知道,这中年怀抱,最怕分携。　　丈夫南北东西。应笑杀离筵粉泪啼。怅佳人来未,碧云冉冉,王孙去后,芳草萋萋。明日相思,山重水复,古道人稀茅店鸡。元龙老,有高楼百尺,谁共登梯。

又　答九华叶贤良

一卷阴符,二石硬弓,百斤宝刀。更玉花骢喷,鸣鞭电抹,乌丝阑展,醉墨龙跳。牛角书生,虬髯豪客,谈笑皆堪折简招。依稀记,曾请缨系粤,草檄征辽。　　当年目视云霄。谁信道凄凉今折腰。

怅燕然未勒，南归草草，长安不见，北望迢迢。老去胸中，有些磊块，歌罢犹须著酒浇。休休也，但帽边鬓改，镜里颜凋。

又 同前

我梦见君，戴飞霞冠，著宫锦袍。与牧之高会，齐山诗酒，谪仙同载，采石风涛。万卷星罗，千篇电扫，肯学穷儿事楚骚。掀髯啸，有鱼龙鼓舞，狐兔悲嗥。　　英雄埋没蓬蒿。谁摸索当年刘与曹。叹事机易失，功名难偶，诛茅西崦，种秫东皋。栅有鸡豚，庭无羔雁，道是先生索价高。人间窄，待相期海上，共摘蟠桃。

又 癸卯佛生翼日，将晓，梦中有作。既醒，但易数字

有个头陀，形等枯株，心犹死灰。幸春山笋贱，无人争吃，夜炉芋美，与客同煨。何处旛花，忽相导引，莫是天宫迎赴斋。又疑道，向毗耶城里，讲席初开。　　这边尚自徘徊。笑那里纷纷早见猜。有尊神奋杵，拳粗似钵，名缁竖拂，喝猛如雷。老子无能，山僧不会，谁误檀那举请哉。山中去，便百千亿劫，休下山来。

又 和吴尚书叔永

我所思兮，延陵季子，别来九春。笑是非浮论，白衣苍狗，文章定价，秋月华星。独步岷峨，后身坡颍，何必荀家有二仁。中朝里，看叔兮衮斧，伯也丝纶。　　洛中曾识机云。记玉立堂堂九尺身。叹苕溪渔艇，幽人孤往，雁山马鬣，吊客谁经。宣室釐残，玄都花谢，回首旧游存几人。新腔美，堪洗空恩怨，唤起交情。

又 吴叔永尚书和余旧作，再答

莫羡渠侬，白玉成楼，黄金筑台。也不消颠怪，骑麟被髪，谁能委

曲,令鹞为媒。鬓有二毛,袖闲双手,只了持螯与把杯。公过矣,赏
陈登豪气,杜牧粗才。　　　便烦问讯张雷。甚斗宿无光剑不回。
想阁中鸣佩,时携客去,壁间悬榻,近有谁来。撒我虎皮,让君牛
耳,谁道两贤相厄哉。中年后,向歌阑易感,乐极生哀。

又　维扬作

辽鹤重来,不见繁华,只见凋残。甚都无人诵,何郎诗句,也无人
报,书记平安。闾里俱非,江山略是,纵有高楼莫倚栏。沉吟处,但
萤飞草际,雁起芦间。　　　不辞露宿风餐。怕万里归来双鬓斑。
算这边赢得,黑貂裘敝,那边输了,翡翠衾寒。檄草流传,吟笺倚
阁,开到琼花亦懒看。君记取,向中州差乐,塞地无欢。

又　答陈上舍应祥

华髮萧萧,归碧鸡坊,出金马门。把一枝色笔,掷还郭璞,些儿残
锦,回乞天孙。永免朝参,更无宣锁,送老三家水竹村。休休也,任
巫阳来下,未易招魂。　　　茅檐安得庖阘。倩便了沽来酒满樽。
叹角巾东路,吾寻初服,上书北阙,子漫危言。漏院霜靴,火城雪
辔,得似先生败絮温。安危事,付布衣融泰,鼎足膺蕃。

又　平章生日丁卯

　　　某兹者恭审某官,笃生名世,光辅新朝。昴储精、岳降神,方启中兴
之运;河如带、山若砺,未酬再造之功。某逾望三台,敬熏一瓣。短衣饭
牛而至旦,业已归耕;揞笭笼鸽以放生,未由旅贺。
载籍以来,于宇宙间,有功者谁。自唐尧咨禹,水行由地,宗周微
管,夏变为夷。谢傅棋边,莱公骰畔,沘水澶渊送捷旗。天不偶,生
堂堂国老,真太平基。　　　雅怀厌倦台司。新天子殷勤留帝师。

向朝堂衮绣,万羊非泰,湖山绿褐,两鹤相随。寿过磻溪,德如淇澳,进了丹书作抑诗。蒯缑客,愿年年岁岁,来献新词。

又 二鹿

驯于蹇驴,清于赐驹,我行尔从。幸柴车堪驾,何惭韩众,药苗可采,长伴庞公。野涧泉甘,阳坡草暖,有柏叶松枝充短供。休梦想,去游灵囿沼,入望夷宫。　　　　与夸夺子争雄。生与死未知谁手中。况嗼蠥者众,放麂人少,大将触网,小亦伤弓。风月和柔,山林深密,折角何如且养茸。二虫喜,各衔花拜跪,来寿樗翁。

又

剥啄谁欤,户外一宾,布衣麻鞋。有舌端雄辨,机锋破的,袖中行卷,锦绣成堆。阍启上宾,俟观诸老,个主人公喜挽推。怎奈向,今十分衰飒,非昔形骸。　　　　阍言宾怒如雷。因底事朱门晏未开。假使汝主公,做他将相,懒迎揖客,紧闭翘材。病叟惭惶,尊官宁耐,待铁拐先生旋出来。宾性急,怀生毛名纸,兴尽而回。

又 寄竹溪

老子衰颓,晚与亲朋,约法三章。有谈除目者,勒回车马,谈时事者,麾出门墙。已挂衣冠,怕言轩冕,犯令先当举罚觞。书尺里,但平安二字,多少深长。　　　　溪翁苦未相忘。我今有双鱼烦寄将。道荒芜羞对,宫中莲烛,昏花难映,阁上藜光。闻庙瑟音,识关雎乱,诗学专门尽不妨。百年后,尚庶几申白,不数韦康。

又 梦中作梅词

天造梅花,有许孤高,有许芬芳。似湘娥凝望,敛君山黛,明妃远嫁,作汉宫妆。冷艳谁知,素标难褰,又似夷齐饿首阳。幽雅意,纵写之缣楮,未得毫芒。　　　曾经诸老平章。只一个孤山说影香。便诏书存问,漫招处士,节旄落尽,早屈中郎。日暮天寒,山空月堕,茅舍清于白玉堂。宁淡杀,不敢凭羌笛,告诉凄凉。

又　和林卿韵

畴昔遭逢,薰殿之琴,清庙之璋。谢锦袍打扮,佯狂太白,黄冠结裹,老大知章。种杏仙人,看桃君子,得似篱边嗅晚香。从人笑,笑安车迎晚,只履归忙。　　　后身定作班扬。彼撼树蚍蜉不自量。偶有时戏笔,官奴藏去,有时醉坠,宗武扶将。永别鹓鸾,已盟猿鹤,肯学周颙出草堂。从人笑,我韩公齿豁,张镐眉苍。

又　再和

惭愧清朝,罢贡包茅,住发牙璋。便羊裘归去,难留严子,牛衣病卧,肯泣王章。畴昔忧天,如今怀土,田舍鸡肥社酒香。甘雨足,且免扶锄苦,免踏车忙。　　　先生少拟荀扬。晚自觉才衰可斗量。甚都无白凤,飞来玄草,亦无紫气,下烛干将。待得新亭,倒持手版,何似抽还政事堂。荣与辱,算到头由我,不属苍苍。

又　三和

吉梦维何,男子之祥,载弄之璋。嗟我辰安在,斯文后死,力侔元气,手抉天章。学稼田荒,炼丹灶坏,稽首南华一瓣香。休休也,免王良友笑,屑往来忙。　　　浮名斗挹箕扬。世岂有明珠百斛量。叹种来瑶草,年深未熟,挑成锦字,道远难将。迁转不行,形容尽变,盍改称呼号瞎堂瞎堂远,僧中尊宿也。遗弓远,怆帝乡云白,禹会山苍。

又　四和

余少之时，赋如仲宣，檄如孔璋。也曾观万舞，铺陈商颂，曾闻九奏，制作尧章。抖擞空囊，存留谏笏，犹带虚皇案畔香。今归矣，省听鸡骑马，趁早朝忙。　　榻前密启明扬。宰物者方持玉尺量。元未尝弃汝，自云耄及，无宁寿我，或者天将李泰伯云：天将寿我欤。富有图书，贫无钗泽，不似安昌列后堂。新腔好，任伊川看见，非褎穿苍。

又　五和。韵狭不可复和，偶读孔明传，戏成

昔卧龙公，北走曹瞒，西克刘璋。看沙头八阵，百神呵护，渭滨一表，三代文章。绝笑渠侬，平生奸伪，死未忘情履与香。筹笔处，遣子丹引去，仲达奔忙。　　纷纷跋扈飞扬。这老子高深未易量。但纶巾指授，关河震动，灵旗征讨，夷汉宾将汉郊祀志：招摇灵旗，九夷宾将。到得市朝，变为陵谷，千载烝尝丞相堂。锦城外，有啅鹏音好，古柏皮苍。

又　六和

少工艺文，朱丝练弦，黄流在瓒古注云：瓒，璜也。值虞廷戛击，箫韶之乐，周王寿考，追琢其章。汾水雁飞，鼎湖龙远，魂返今无异域香。浮生短，更两轮屋角，来去荒忙。　　人言八十鹰扬。笑千岁如何尺捶量。但负图龟马，藏之为宝，舐丹鸡犬，去不能将。友鲁申公，师浮丘伯，尚可教书村学堂。投老泪，瞻越山紫翠，陵树青苍。

又　七和

安得奇材，颈系单于，首提子璋。便做些功业，胜穷措大，聚萤武

子,吞凤君章罗含字君章。笑杀竖儒,错翻故纸,屈马何曾有艳香。榆塞外,恰枣红时候,想羽书忙。　　腰钱骑鹤维扬。分表事谁能预测量。叹防身一剑,壮图溅落,建侯万里,老境相将。读枕函书,宝家藏笏,免使他人笑弗堂。吾衰矣,虽尚存右臂,不解擎苍坡词云:"左牵黄,右擎苍"。

又 八和。景定壬戌,经筵读唐鉴彻章,余忝劝诵,蒙恩
赐赍内墨二笏。后四年发箧见之,有感

帝赐玄圭,臣妾潘衡,奴隶侯璋。因封还除目,见瞋鬼质,窜涂赘卷,取怨奇章。肯比寒儒,自夸秘宝,十袭庭邦寸许香。下岩石,要朝朝磨试,不论闲忙。　　何须狗监揄扬。这衡尺曾经圣手量。纵埋之地下,居然光怪,栖之梁上,亦恐偷将。蓬户无人,花村有犬,添几重茅覆野堂。交游少,约文房四友,泛浩摩苍。杜牧云:"李杜泛浩浩,韩柳摩苍苍。"

又 九和

历事三朝,觐而执圭,祭而裸璋。更宫莲引入,视淮南草,御屏录了,露会稽章。贪膜外荣,遗身后臭,晔也平生漫传香。颜髪改,独丹基无恙,事在休忙。　　曹丘生莫游扬。这瞎汉还曾自配量。已化为胡蝶,穿花栩栩,懒陪鹓鹭,佩玉锵锵。机蹲面前,钟闻饭后,我上堂时众下堂。从前错,欲区区手援,天下黔苍。

又 十和。林卿得女

莫信人言,虺不如熊,瓦不如璋。为孟坚补史,班昭才学,中郎传业,蔡琰词章。尽洗铅华,亦无璎珞,犹带栴檀国里香。笑贫女,尚寒机轧轧,催嫁衣忙。　　好逑不数潘杨。占梦者曾言大秤量。待银河浪静,金针穿了,蓝桥路近,玉杵携将。倩似凝之,媲如道

韫，帘卷燕飞王谢堂。恁时节，看孙皆朱紫，翁未幡苍。

汉宫春　秘书弟家赏红梅

青女初晴，向丑梢枯干，幻出妍姿。休烦苑吏翦彩，别有神司。东皇
太乙，敕瑶姬、淡傅胭脂。还似得，华清汤暖，薄绡半卸冰肌。
应笑楚宫痴绝，略施朱则个，便妒蛾眉。唐人更无籍在，浪比红儿。
祥云难聚，且丁宁、铁笛轻吹。拚醉倒，花间一霎，莫教绛雪离披。

又　再和前韵

多谢句芒，露十分春信，一种仙姿。主人领客卜夜，也唤分司。天葩
国艳，几曾烦、薄粉浓脂。微似有，酒潮玉颊，更无粟起香肌。
犹记老婆年少，爱斜簪宝髻，浅印红眉。回头笑他桃杏，太赤些儿。
而今零落，更禁当、多少风吹。君看取，梢头点滴，绝胜树下纷披。

又　三和

酷爱名花，本不贪妖艳，惟赏幽姿。乌台旧案累汝，牵惹随司。冰层
雪积，独伊家、点缀凝脂。应冷笑，海棠醉睡，牡丹未免丰肌。
舞殿歌台此际，各新涂妆额，别画宫眉。那知有人淡泊，不识虫儿。
春莺去也，玉参差、分付谁吹。空传得，暗香疏影，琐窗卷了还披。

又　四和

墙角残红，恍徐娘虽老，尚有丰姿。纷纶绛节导从，不要街司。随波
万点，似阿房、漂出残脂。休懊恼，丹铅褪尽，本来冰雪为肌。
老子平生心铁，被色香牵动，愁上双眉。且祝东风小缓，沥酒芒儿。
道伊解冻，甚潘郎、鬓雪难吹。犹忆侍，钧天广宴，万红舞袖披披。

又　呈张别驾

京辇相逢,忆茂陵临御,俱诣天官。绛纱玉斧咫尺,先引头班。桃花
满观,与贞元、朝士同看。归骑晚,春城箫吹,冶游侵晓方还。

回首龙髯何在,漫共谈前事,泪洒桥山。谁怜白头柱史,独出函关。
君如春柳,到而今、也带苍颜。凭寄语,江州司马,琵瑟且止休弹。

又　癸亥生日

老子今年,忽七旬加七,饱阅炎凉。夜窗犹坐书案,点勘偏旁。浮荣
膜外,这些儿、感谢苍苍。试看取,名园甲第,主人几个还乡。

淇澳磻溪二叟,向王朝抑抑,牧野洋洋。申公被蒲轮算,来议明堂。
平章前哲,驾青牛、去底差强。自檃括,山歌送酒,不消假手长房。

又　吴侍郎生日

此老先生,尚不留东阁,肯博西凉。我侬争敢,来近思旷之旁。朱颜
未改,绝胜如、蔡义张苍。元自有,安丹灶地,何须求白云乡。

欲缀小词称寿,□譬如河伯,观海眈洋见庄子注。遥知垂弧甲第,置酒
华堂。且吟梁甫,谁管他、冶子田强。试问取,壶翁仙诀,几时传与
君房。

又　丞相生日乙丑

吉语西来,已衮归行阙,册拜头厅。唐家岂可,一日轻去玄龄。洛英
蜀客,老成人、几半朝廷。但管取,三边无警,活他百万生灵。

槐第安排敕设,有藕如船大,有枣如瓶。瑶环瑜珥绕席,个个宁馨。
一般奇特,中台星、拜老人星。谁知得,眉攒万国,华筵少醉多醒。

又 陈尚书生日

公似寒梅,向层冰积雪,越样清奇。仙溪前辈相望,可比方谁。百篇
剀切,似君谟、又似当时。更正简,相君颛面,崇清老子庞眉。
未可卷怀袖手,续平泉庄记,绿野堂诗。苦言譬如食榄,回味方思。
嗣皇访落,怪鹤书、直恁来迟。烦借问,二童一马,几时入尉瞻仪。

又 题钟肇长短句

谢病归来,便文殊相问,懒下禅床。雀罗晨有剥啄,颠倒衣裳。袖
中赍卷,原夫辈、安敢争强。若不是,子期苗裔,也应通谱元常。
　村叟鸡鸣籁动,更休烦箫管,自协宫商。酒边唤回柳七,压倒秦
郎。一觞一咏,老尚书、闲杀何妨。烦问讯,雪洲健否,别来莫有新
腔。以上彊村丛书本后村长短句卷一

念奴娇 木犀

绕篱寻菊,菊犹迟、舍北芙蓉浑未。却是小山丛桂里,一夜天香飘
坠。约束奴兵,丁宁稚子,莫扫青苔砌。风高露冷,倚栏疑匪人世。
　客有载酒过余,朗吟招隐,洗尽悲秋意。白髮长官穷似虱,刚
被天公调戏。遍地堆金,满空雨粟,不济渊明事。残英剩馥,明朝
犹可同醉。

又 菊

老夫白首,尚儿嬉、废圃一番料理。餐饮落英并坠露,重把离骚拈
起。野艳幽香,深黄浅白,占断西风里。飞来双蝶,绕丛欲去还止。
　尝试诠次群芳,梅花差可,伯仲之间耳。佛说诸天金色界,未
必庄严如此。尚友灵均,定交元亮,结好大随子。篱边坡下,一杯

聊泛霜蕊。

又　壬寅生日

比如去岁前年,今朝差觉门庭静。玉轴锦标无一首,知道先生远佞。假使文殊,携诸菩萨,来问维摩病。无花堪散,亦无香积斋衬。

回首雪浪惊心,黄茅过顶,瘴毒如炊甑。山鬼海神俱长者,饶得书生穷命。不慕飞仙,不贪成佛,不要钻天令。年年今日,白头母子家庆。

又　寿方德润

卯君来处,与眉州仙子,依稀同日。一自前朝龚蔡后,颇觉壶山岑寂。谁料端平,继居遗补,复有斯人出。幅巾林下,姓名玉座长忆。

须信谄语尤甘,忠言最苦,橄榄何如蜜。诸老萧疏星欲晓,留取南都铁壁。洛社自佳,镜湖虽好,莫问君王乞。年年岁岁,大家同做真率。

又　丙午郑少师生日

禁中张宴,苦留公、未许归寻初服。千载君臣鱼有水,不比严光文叔。火德中天,客星一夕,草草聊同宿。重来凝碧,依然赓载相属。

过眼夸夺纷纷,浮云野马,几度棋翻局。客话凤池三入事,洗耳湖光一曲。伯始泉荒,稚珪圃冷,占断西风菊。年年岁岁,金英常泛芳酿。

又　居厚弟生日

素馨茉莉,向炎天、别有一般标致。淡妆绰约堪□□,导引海山大士。从者谁欤,青藜阁下,汉卯金之子。云阶月地,夜深凉意如水。

客又疑这仙翁，唐玄都观里，咏桃花底。且赌樽前身见在，休
管汉唐时事。坡颍归迟，机云发早，得似侬兄弟。屡来户外，但言
二叟犹醉。

　　　　又　七月望夕观月，昔方孚若每以是夕泛湖觞客，云脩
　　　　　　坡公故事

天风浩动，扫残暑、推上一轮圆魄。爱举眉山公旧话，与客泛舟赤
壁。一自奎星，去朝帝所，叹洞箫声息。空馀二赋，至今凄动金石。

　　长记诗境平生，诗豪酒圣，亦自仙中谪。畴昔停桡追欢处，忍
听邻人吹笛。董相林荒，贺公湖在，俯仰成陈迹。两翁已矣，年年
孤负今夕。

　　　　　　　　　又

少时独步词场，引弦百发无虚矢。岁晚却蒙崑体力，世业工脩鞋底
用杨文公事。曾裂白麻，曾涂墨敕，谪堕俄征起。鼎湖龙去，老臣何
以堪此。　　　回首当日遭逢，譬如春梦，误入华胥里。推枕黄粱犹
未熟，封拜几王侯矣。似瓮中蛇，似蕉中鹿，又似槐中蚁。先人书
在，尚堪追补遗史。

　　　　又　和诚斋休致韵

此翁双手，顿闲处、且把香篝笼袖。西掖北门辞不要，肯要南柯太
守。小小亭台，些些竹木，何必灵和柳。地行仙里，合推侬做班首。

　　取次著绝交书，续归田录，谁掣先生肘。莫遣朝衣梅酿了，留
祝南山之寿。苍妓上厅，老僧封院，得似樗庵叟。虚名身后，生前
且一杯酒。

　　　　又　再和

梦中忘却，已闲退、谏草犹藏怀袖。文不会、铺张粉饰，武又安能战

守。秃似葫芦，辣于姜桂，衰飒同蒲柳。没安顿处，不如归去丘首。

　　岁晚筋力都非，任空花眩眼，枯杨生肘。客举前脩三数个，待与刘君为寿。或号憨郎杨朴，或称钝汉玉川，或自呼聋叟次山。一篇齐物，读时咽以卮酒。

又　三和

戏衫抛了，下棚去、谁笑郭郎长袖。小小草庵无宝贝，何必神呵鬼守。黄奴篝灯，青奴拂榻，莫要他桃柳退之二妾。客来问字，此翁高卧摇首。　　仿佛曾子当年，商歌满屋，衣不完衿肘曾子捉衿而肘见。混沌若教休凿窍，巧历安知其寿。文叔故人，仲华几个，输与羊裘叟。浮生如寄，切身之物惟酒。

又　丙寅生日

老逢初度，小儿女、盘问翁翁年纪。屈指先贤，仿佛似，当日申公归邸。跛子形骸，瞎堂顶相，更折当门齿。麒麟阁上，定无人物如此。

　　追忆太白知章，自骑鲸去后，酒徒无几。恶客相寻，道先生、清晓中醒慵起。不袖青蛇，不骑黄鹤，混迹红尘里。彭聃安在，吾师淇澳君子。

又　二和

并游英俊，从头数、富贵消磨谁纪。道眼看来，叹人生如寄，家如旅邸。教婢羹藜，课奴种韭，聊诳残牙齿。草堂绵蕝，百年栖托于此。

　　岁晚笔秃无花，探怀中残锦，鬋裁馀几。腰脚顽麻，赐他灵寿杖，也难扶起。离绝交游，变更名姓，日暮空山里。老儋复出，不知谁氏之子。

又　三和

四朝遗老，鬓眉白、巧历不知其纪瘗鹤铭云：鹤寿不知其纪。真唤九重为座主，肯谒侯门王邸。晚会耆英，未论爵德，乡曲无如齿。酒酣度曲，妙音久不闻此。　　堪叹化鹤重来，但累累华表，旧人存几。散尽黄金，留箧中团扇，怕秋风起。结绮歌阑，披香宴悄，放出深宫里。颠毛虽秃，尚堪封管城子。

又　四和

太丘晚节，把家事、一切传他谌纪。业已休休，又谁解露绶，会稽郡邸。张丈殷兄，阮生朱老，相与为唇齿。酒楼犹记，谪仙尝醉于此。　　一二耆旧贻书，新来强健否，问年今几。谢傅当时，却因个甚，抛了东山起。对局含嚬温飞卿对局诗："含嚬见千里"，闻筝堕泪，围在愁城里。吾评晋士，不如归去来子渊明自称陶子。

又　五和

隆乾间事，两翁有、手泽遗编曾纪。余掌兰台脩纂到，景定初开忠邸。坏起复麻，奋涂归笔，嚼碎张巡齿。德音犹在，非卿何足语此。　　老来兹事都休，问门前宾客，今朝来几。达汝空函，投伊大瓮内，谁曾提起。丹汞灰飞，黄粱炊熟，跳出槐宫里。儿童不识，秃翁定是谁子。

又　六和

轮云世故，千万态、过眼谁能殚纪。只履携归消许急，日暮行人问邸。麝以脐灾，狨为尾累，焚象都因齿。后之览者，亦将有感于此。　　检点洛下同盟，萧疏甚，白髪戴花人几。一觉蘧蘧，笑仆家越石,闻鸡而起。颜髪俱非,头皮犹在,胜捉来官里。俗间俚耳,未曾闻这腔子。

又

自填曲子,自歌之、岂是行家官样。眼瞎背驼方引去,羞杀陈抟种放。摺起残编,寄声太乙,不必烦藜杖。陈人束阁,让他来者居上。

安乐值几多钱,且幅巾绦褐,准云台象。长扇矮壶山南北,忘却晓随天仗。六逸七贤,五更三老,元不论资望。香山误矣,渔翁何减为相。

又 丁卯生朝

小孙盘问翁翁,今朝怎不陈弧矢。翁道暮年惟只眼,不比六根全底。常日谈玄,馀龄守黑,赤眚从何起。鬓须雪白,可堪委顿如此。

心知病有根苗,短檠吹了,世界朦胧里。纵有金箆能去翳,不敢复囊萤矣。但愿从今,疾行如鹿,更细书如蚁。都无用处,留他教传麟史。

解连环 戊午生日

旁人嘲我。甚鬓毛都秃,齿牙频堕。不记是、何代何年,尽元祐熙宁,依常喑么。退下驴儿,今老矣、岂堪推磨。要挂冠神武,几番说了,这回真个。　　　亲朋纷纷来贺。况弟兄对榻,儿女团坐。愿世世、相守茅檐,便宰相时来,二郎休作佐。白苎乌巾,谁信道、神仙曾过。拣人间、有松风处,曲肱高卧。

又 甲子生日

揆余初度。笑汝曹绯绿,乃翁苍素。一甲子、带水拖泥,今岁谢君恩，放还山去。政事堂中，把手版、分明抽付。向门前客道，老子出游，人不知处。　　　小车万花引路。又谁能记得，观里千树。老冉冉、欢意阑珊，纵桃叶多情，难唤同渡。买只船儿，稳载取、笔床茶具。便芸瓜、一生一世，胜侯千户。

又

悬弧之旦。忆争骑竹马，各怀金弹。恨岁月、去我堂堂，向酒畔愁生，镜中颜换。灶坏丹飞，慢追悔、邺侯婚宦。已发心忏悔，免去猴冠，卸下麟楦。　　　依稀仆家铁汉。虽末梢老寿，初节魔难。幸闻早、省了柳枝，更送了朝云，尘念俱断。丈室萧然，独病与、乐天相伴。但归依西方，拈起向来一瓣。

又 乙丑生日

左弧悬了。把柴门闩定，悄无人到。惭愧得、一二亲朋，□□□□□，温存枯槁。玉轴银钩，撺掇我、比磻溪老。乏琼琚可报，惟有声声，司马称好。　　　卷收狨鞯锦袄。且行拾遗穗，醉藉芳草。做一个、物外闲人，省山重担擎，天大烦恼。昔似龙鸾，今踏飒、不惊鱼鸟。愿从兹、享回仙寿，准汾阳考。

木兰花慢 寿王实之

瀛洲真学士，为底事、在红尘。为语触宫闱，沉香亭里，瞋谪仙人。为亲近君侧者，见万言策子慧刘贲。为是尚方请剑，汉廷多惮朱云。　　　君言往事勿重陈。且鬥酒边身。也不会区区，算他甲子，记甚庚寅。尔曹譬如朝菌，又安知、老柏与灵椿。世上荣华难保，古来名节如新。

又　癸卯生日

病翁将耳顺,牙齿落、鬓毛疏。也惭愧君恩,放还田舍,免诣公车。儿时某丘某水,到如今、老矣可樵渔。宝马华轩无分,蹇驴破帽如初。　　浮名箕斗竟成虚。磨折总因渠。帝锡余别号,江湖聱叟,山泽仙臞。樽前未宜感慨,事犹须、看岁晏何如。卫武耄年作戒,伏生九十传书。

又　送郑伯昌

古人吾不见,君莫是、郑当时。更筑就山房,躬耕谷口,名动京师。诸公任他衮衮,与杜陵野老共襟期。有客至门先喜,得钱沽酒何疑。　　昔年连辔柳边归。陈迹恍难追。况种桃道士,看花君子,回首皆非。相逢故人问讯,道刘郎、老去久无诗。把作一场春梦,觉来莫要寻思。

按此首别见古今图书集成交谊典卷七十七饯别部,误题为范成大作。

又　丁未中秋

水亭凝望久,期不至、拟还差。隔翠幌银屏,新眉初画,半面犹遮。须臾淡烟薄霭,被西风扫尽不留些。失了白衣苍狗,夺回雪兔金蟆。　　乘云径到玉皇家。人世鼓三挝。试自判此生,更看几度,小住为佳。何须如钩似玦,便相将、只有半菱花。莫遣素娥知道,和他髮也苍华。

又　渔父词

海滨蓑笠叟,驼背曲、鹤形臞。定不是凡人,古来贤哲,多隐于渔。任公子、龙伯氏,思量来岛大上钩鱼。又说巨鳌吞饵,牵翻员峤方

壶。　　　　磻溪老子雪眉须。肘后有丹书。被西伯载归,营丘茅土,
牧野檀车。世间久无是事,问苔矶、痴坐待谁欤。只怕先生渴睡,
钓竿拂著珊瑚。

又　赵叟生日

郡人元未识,新太守、定何如。待说向诸贤,西桥人物,个个清臞。
相将下车许久,但凝香之乐一些无。残漏几筹视事,浓油一残观
书。　　　　旁人徒见两轮朱。玉色未尝腴。有无穷阴骘,三农衣食,
万衲钟鱼。尔侬迎新送旧,似君侯、清约更谁欤。欲举一杯寿酒,
却愁破费兵厨。

又　己未生日

新来衰态见,书懒读,镜休看。笑量窄才悭,卷无警策,杯有留残。
思量减些年甲,怎奈何、须与鬓难瞒。假使诏催上道,不如敕放还
山。　　　　数年前乞挂衣冠。耄矣尚盘桓。且行歌拾穗,未应天上,
解胜人间。仙家更无理会,至今传、都厕处刘安。莫怪是翁矍铄,
止缘老子痴顽。

又　客赠牡丹

维摩居士室,晨有鹊、噪檐声。排闼者谁欤,冶容袨服,宝髻珠璎。
疑是毗耶城里,那天魔、变作散花人。姑射神仙雪艳,开元妃子春
醒。　　　　鄜延第一次西京。姚魏是知名。向欧九记中,思公屏上,
描画难成。一自朝陵使去,赚洛阳、花鸟望升平。感慨桑榆暮景,
抉挑草木微情。

摸 鱼 儿

怪新年、倚楼看镜,清狂浑不如旧。暮云千里伤心处,那更乱蝉疏
柳。凝望久。怆故国,百年陵阙谁回首。功名大谬。叹采药名山,
读书精舍,此计几时就。　　封侯事,久矣输人妙手。沧洲聊作渔
叟。高冠长剑浑闲物,世上切身惟酒。千载后。君试看,拔山扛鼎
俱乌有。英雄骨朽。问顾曲周郎,而今还解,来听小词否。

又　海棠

甚春来、冷烟凄雨,朝朝迟了芳信。蓦然作暖晴三日,又觉万姝娇
困。霜点鬓。潘令老,年年不带看花分。才情减尽。怅玉局飞仙,
石湖绝笔,孤负这风韵。　　倾城色,懊恼佳人薄命。墙头岑寂谁
问。东风日暮无聊赖,吹得胭脂成粉。吾细认。花共酒,古来二事
天尤吝。年光去迅。漫绿叶成阴,青苔满地,做得异时恨。

又　用实之韵

便披蓑、荷锄归去,何须身著宫锦。与谁共话桑麻事,朱老阮生尤
稔。筛样饼。瓮样茧,长鬓赤脚供樵饪。清流浊品。尽扫去胸中,
置诸膜外,对酒莫辞饮。　　华胥梦,怕杀人惊晓枕。疏窗惟月来
闯。一生常被弓旌误,且告朝家追寝。愁个甚。君管取,有薇堪采
松堪荫。茅山再任。幸不是谋臣,又非世将,免犯道家禁。

转调二郎神　余生日,林农卿赠此词,终篇押一韵,效
颦一首

抽还手版,受用处、十分轻省。便衣鬋家机,饭炊躬稼,且免支移系
省。帝悯龙钟蹒朝谒,予长假、毋烦申省。笑木石虚斋,暮年饮做,
端明提省。　　闲冷。橐金散尽,书简来省。有小小楼儿,看山待

月，绝胜崔公望省。两鹤随轩，一奴负锸，此外诸馀从省。把一身本末，绿章奏过，泰玄都省。

又　再和

黄粱梦觉，忽跳出、北扉西省。今似得何人，老僧退院，秀才下省。罢草河西淮南诏，没一字、谂尚书省^{学士院文字至朝廷，皆云谂报，不云申也}。已交侣樵渔，免教人道，弥封官省。　　多幸。条冰解去，新衔全省。笑杀太师光，赐灵寿杖，有诏扶他入省。死谥醉侯，生封诗伯，此事不关朝省。便茅屋、送老云边，也胜倚金华省。

又　三和

一笻两屦，导从比、在京差省。更不草白麻，不批黄敕，稍觉心清力省。幸有善和书堪读，何必然藜芸省。且阁起庄骚，专看老易，课程尤省。　　梦境。槐阴禁苑，药翻纶省。纸裹里，有青铜钱三百，送与酒家展省。吊李白坟，挂徐君剑，零落端平同省^{端平乙未，李元善为都官，徐直翁为司封，余为侍右，同在南廊}。仅留得、老子婆娑，怎不拂衣华省。

又　四和

近来塞上，喜蜡弹、羽书清省。更万灶分屯，百年和籴，惭愧而今半省。蒙鞑残兵骑猪遁，永绝生猺侵省。做个太平民，戴花身健，催租符省。　　何幸。行人来密，金军抽省。但进有都俞，退无科琐，不用依时出省。子厚南宫，仲舒西掖，又报岑参东省。趁此际、纳禄悬车，亦为大司农省。

又 五和

人言官冗,老病底、法当先省。况行则蹒跚,立时跛倚,幸免做他两省侍立官号小两省。客怕逢迎书慵答,得省处、而今姑省。笑落尽桃花,仆家梦得,重来郎省。　　凉冷。练衣差薄,蒲葵堪省。叹三纪单栖,二毛纯白,情味似潘骑省。駌马遣姬,惟书与画,点检依然难省。也不用、畜犬防偷,老去睡眠常省。

长相思 惜梅

寒相催。暖相催。催了开时催谢时。丁宁花放迟。　　角声吹。笛声吹。吹了南枝吹北枝。明朝成雪飞。

又 寄远

朝有时,暮有时。潮水犹知日两回。人生长别离。　　来有时,去有时。燕子犹知社后归。君行无定期。

按林下词选卷三,此首误作易袚妻词。

又 饯别

风萧萧。雨萧萧。相送津亭折柳条。春愁不自聊。　　烟迢迢。水迢迢。准拟江边驻画桡。舟人频报潮。

又

烟凄凄。草凄凄。野火原头烧断碑。不知名姓谁。　　印累累。冢累累。千万人中几个归。荣华朝露晞。

又

劝一杯。复一杯。短锸相随死便埋。英雄安在哉。　　眉不开。
怀不开。幸有江边旧钓台。拂衣归去来。

昭君怨　牡丹

曾看洛阳旧谱。只许姚黄独步。若比广陵花。太亏他。　　旧日
王侯园圃。今日荆榛狐兔。君莫说中州。怕花愁。

又　琼花

后土宫中标韵。天上人间一本。道号玉真妃。字琼姬。　　我与
花曾半面。流落天涯重见。莫把玉箫吹。怕惊飞。

按扬州琼华集误作刘辰翁词。

又

一个恰雷州住。一个又廉州去。名姓在金瓯。不如休。　　昨日
沙堤行马。今日都门飘瓦。君莫上长竿。下来难。

生查子　元夕戏陈敬叟

繁灯夺霁华。戏鼓侵明发。物色旧时同,情味中年别。　　浅画
镜中眉,深拜楼西月。人散市声收,渐入愁时节。以上彊村丛书本后村
长短句卷二

满江红　夜雨凉甚,忽动从戎之兴

金甲雕戈,记当日、辕门初立。磨盾鼻、一挥千纸,龙蛇犹湿。铁马
晓嘶营壁冷,楼船夜渡风涛急。有谁怜、猿臂故将军,无功级。

平戎策，从军什。零落尽，慵收拾。把茶经香传，时时温习。生怕客谈榆塞事，且教儿诵花间集。叹臣之壮也不如人，今何及。

又　二月廿四夜海棠花下作

老子年来，颇自许、心肠铁石。尚一点、消磨未尽，爱花成癖。懊恼每嫌寒勒住，丁宁莫被晴烘坼。奈暄风烈日太无情，如何得。

张画烛，频频惜。凭素手，轻轻摘。更几番雨过，彩云无迹。今夕不来花下饮，明朝空向枝头觅。对残红满院杜鹃啼，添愁寂。

又　题范尉梅谷

赤日黄埃，梦不到、清溪翠麓。空健羡、君家别墅，几株幽独。骨冷肌清偏要月，天寒日暮尤宜竹。想主人、杖履绕千回，山南北。

宁委涧，嫌金屋。宁映水，羞银烛。叹出群风韵，背时装束，竞爱东邻姬傅粉，谁怜空谷人如玉。笑林逋、何逊漫为诗，无人读。

又　送宋惠父入江西幕

满腹诗书，馀事到、穰苴兵法。新受了、乌公书币，著鞭垂发。黄纸红旗喧道路，黑风青草空巢穴。向幼安、宣子顶头行，方奇特。

谿峒事，听侬说。龚遂外，无长策。便献俘非勇，纳降非怯。帐下健儿休尽锐，草间赤子俱求活。到崆峒、快寄凯歌来，宽离别。

又

落日登楼，谁管领、倦游狂客。待唤起、沧浪渔父，隔江吹笛。看水看山身尚健，忧晴忧雨头先白。对暮云、不见美人来，遥天碧。

山中鹤，应相忆。沙上鹭，浑相识。想石田茅屋，草深三尺。空有鬓如潘骑省，断无面见陶彭泽。便倒倾、海水浣衣尘，难湔涤。

又　送王实之

天壤王郎,数人物、方今第一。谈笑里、风霆惊座,云烟生笔。落落
元龙湖海气,琅琅董相天人策。问如何、十载尚青衫,诸侯客。

易爱底,些官职。难保底,些名节。拟闭门投辖,剧谈三日。畴
昔评君天下宝,当为天下苍生惜。向临分、慷慨出商声,摧金石。

又　寿王实之

鹤驭来时,长占定、一年清绝。九万里、纤云收尽,帝青空阔。月露
偏为丹桂地,风霜欲放黄花节。听玉笙、缥缈度缑山,吹初彻。

曾直把,龙鳞批。曾戏取,鲸牙拔。向绛河濯足,咸池晞髮。俗
子底量吾辈事,天仙不在腥儒列。世岂无、瑶草与蟠桃,堪樊掇。

又　和王实之韵送郑伯昌

怪雨盲风,留不住、江边行色。烦问讯、冥鸿高士,钓鳌词客。千百
年传吾辈话,二三子系斯文脉。听王郎、一曲玉箫声,凄金石。

晞髮处,怡山碧。垂钓处,沧溟白。笑而今拙宦,他年遗直。只
愿常留相见面,未宜轻屈平生膝。有狂谈、欲吐且休休,惊邻壁。

又　四首并和实之

往日封章,曾耸动、君王颜色。今似得、三闾公子,四明狂客。古不
能箝言者口,天方欲寿中朝脉。算人间、岂有病无医,须针石。

年冉冉,袍犹碧。心耿耿,头先白。笑臣舒迂缓,臣山愚直。拂
袖归来羞炙手,望尘拜了难伸膝。把富春濑与首阳山,图斋壁。

又

三黜归来,饭疏食、浑无愠色。中年后、家如旅舍,身如行客。轩冕岂非疣赘具,烟霞已是膏肓脉。有些儿、隙地更疏泉,堆卷石。

邻媪饷,新笋碧。溪友卖,鲜鳞白。向陈编冷笑,孔明元直。俗事不教污两耳,宴居聊可盘双膝。取当年、行脚一枝筇,悬高壁。

又

畴昔胪传,仗下奏、祥云五色。何况是、西山弟子,鹤山宾客。上帝照临忠义胆,老师付授文章脉。问此君、仿佛似何人,徂徕石。

园官菜,登盘碧。田舍米,翻匙白。懒投诗见素,寄书朴直。德耀不嫌为隐耄,龟儿已解摇吟膝。有谁怜、给札老相如,家徒壁。

又

下见西山,料他日、面无惭色。君记取、不为吕党,亦非秦客桧有十客。有意挽回当世事,无方延得诸贤脉。笑海波、渺渺几时平,空衔石。　　园五亩,纷红碧。家四世,传清白。任天孙笑拙,女婴嫌直。老去何烦援以手,向来不要加诸膝。待深山、深处著茅斋,看青壁。

又 寿唐夫人

八十加三,人尽讶、还童返少。争信道、夜春晓织,总曾经了。凛凛共姜当日誓,谆谆孟母平生教。到如今、象服拥鱼轩,天之报。

如船藕,如瓜枣。斑衣舞,金钟釂。望秋宵一点,老人星照。尘世少如娘福寿,上苍知得儿忠孝。待看他、孙子又生孙,添怀抱。

又　和叔永吴尚书,时吴丧少子

著破青鞋,浑不忆,踏他龙尾。更冷笑、痴人擘划,二三百岁。殇子
彭籛谁寿夭,灵均渔父争醒醉。向江天、极目羡禽鱼,悠然矣。

杯中物,姑停止。床头易,聊抛废。慨事常八九,不如人意。白
雪调高尤协律,落霞语好终伤绮。待烦公、老手一摩挲,文公记。

又　丹桂

昨日梢头,点点似、玉尘珠砾。一夜里、天公染就,金丹颜色。体质
翻嫌西子白,浓妆却笑东邻赤。尽重重、帘幕不能遮,香消息。

寒日短,霜飞急。未摇落,须怜惜。且乱簪破帽,旋呼鸣瑟。便
好移来云月地,莫教归去栴檀国。怕彩鸾、隐见霎时间,寻无迹。

又

祷祝封姨,休把做、扬沙吹砾。费西帝、许多薰染,浓香深色。满插
铜匜芳气烈,高张画烛祥光赤。向先生、鼻观细参来,三千息。

人老大,年华急。花妖艳,天公惜。到一枝摇落,千林萧瑟。摘
蕊莫教轻糁地,返魂依旧能倾国。待彩云、月下再来时,寻陈迹。

又

月露晶英,融结做、秦宫块砾。长殿后、一年芳事,十分秋色。织女
机边云锦烂,天台赋里晴霞赤。恍女仙、空际驾翔鸾,来游息。

装束晚,飘零急。今不乐,空追惜。欠红牙按舞,朱弦调瑟。岂
是时无花鸟使,是他自择风霜国。任落英、狼藉委苍苔,稀行迹。

又

谁把灵丹,点化了、荒园瓦砾。奇特处、恰当秋杪,不争春色。因甚素娥脂粉艳,怪他白帝车旗赤。叹暮年、无句比红儿,芳心息。

狂飙起,行云急。开与谢,俱堪惜。唤妓行按酒,客来操瑟。扑鼻微香薰世界,解颜一笑迷人国。怕匆匆、归去广寒宫,难踪迹。

又

楮叶工夫,辛苦似、镂冰炊砾。君看取、天公巧处,自然形色。髹彩已非前度绿,眼花休问何时赤。又谁能、月下待红娘,传音息。

投辖饮,追欢急。持帚扫,痴心惜。有埙篪谐律,不消竽瑟。点点散来居士室,丛丛生占骚人国。便高烧、绛蜡写乌丝,留真迹。

又

糁径红茵,莫要放、儿童抛砾。知渠是、仙家变幻,佛家空色。青女无端工剪彩,紫姑有祟曾迷赤。但双双、戏蝶绕空枝,飞还息。

鲸量减,驹阴急。芳事过,馀情惜。漫新腔窈渺,奏云和瑟。飘荡随他红叶水,萧条化作青芜国。忆桥边、池上共攀翻,空留迹。

又 端午

梅雨初收,浑不辨、东陂南荡。清旦里、鼓铙动地,车轮空巷。画舫稍渐京辇俗,红旗会踏吴儿浪。共葬鱼娘子斩蛟翁,穷欢赏。

麻与麦,俱成长。蕉与荔,应来享。有累臣泽畔,感时惆怅。纵使菖蒲生九节,争如白髮长千丈。但浩然一笑独醒人,空悲壮。

又　丁巳中秋

说与行云,且捆就、嫦娥今夕。俄变见、金蛇能紫,玉蟾能白。九万
里风清黑眚,三千世界纯银色。想天寒、桂老已吹香,堪攀摘。
　　湘妃远,谁鸣瑟。桓伊去,谁横笛。叹素光如旧,朱颜非昔。老
去欢悰无奈减,向来酒量常嫌窄。倩何人、天外挽冰轮,应留得。

又　林元质侍郎生日　四月二十九日

天上人间,好时节、无过初夏。君记取、瞿昙生后,纯阳来也。风骨
清癯如野鹤,门庭低小才旋马。更旁无红粉有青奴,堪娱夜。
　　鲸口吸,银瓶泻。蝇头字,篝灯写。数而今铁笔,谁如公者。便合
去开丞相阁,未应牵入耆英社。待调羹事了却归来,寻前话。

又　庆抑斋元枢八十

屈指耆英,谁似得、三朝元老。尚留个、管夷吾在,何忧江表。世道
方占公出处,裔夷争问今年貌。怎不移、此手整乾坤,长闲了。
　　灵寿却,斑衣绕。如瓶李,如瓜枣。把禅龛闭定,怕蒲轮到。师
尚父年浑未艾,中书令考犹为少。看画盆、岁岁浴曾玄,添怀抱。

又　次韵徐使君癸亥灯夕

箫鼓春城,处处有、丰年语笑。浑忘却、金莲前导,青藜下照。白雪
唱来偏寡和,朱颜老去难重少。羡遨头、四十已专城,真英妙。
　　奎文宠,崇儒教。田毛喜,宽租诏。有春陵之什,无潮州表。怪
雨盲风稀发作,华星秋月争光耀。看来年、此夜侍端门,开佳兆。

又 再和

奎墨西来,落笔处、亲蒙天笑。谁信道、郡人生怕,福星移照。宾客
唱予还和汝,使君安老兼怀少。况醉能同乐醒能文,新腔妙。

无诸国,渐声教。元结辈,宣明诏。恍梦中辽鹤,重来华表。一
戋勘书殊简径,万灯侍辇曾荣耀。怪晴檐、乾鹊语查查,公归兆。

又 傅相生日癸亥

江左惟公,争些子、吾其衽髪。谈笑里、旄头汛扫,斗杓旋斡。投一
粒丹元气转,下三数著输棋活。把晋朝王谢传同看,谁优劣。

飞凯奏,清夔峡。蠲和籴,宽畿浙。有三千功行,待从头说。玉斝
满斟长寿酒,冰轮探借中秋月。更慈帏、喜见凤将雏,添丹穴。

又 傅相生日甲子

见宰官身,出只手、擎他宇宙。筹边外、招徕名胜,登崇勋旧。不下
莱公扶景德,又如涑水开元祐。尽从渠、干赘及吾门,归斯受。

上林苑,多花柳。祁连塞,稀刁斗。更红旗破贼,黄云栖亩。阿
母瑶池枝上实,仙人太华峰头藕。泻铜盘、沆瀣入金卮,为公寿。

又

礼乐衣冠,浑靠定、堂堂国老。出双手、把天裂处,等闲补了。谢傅
东山心未遂,周郎赤壁功犹小。事难于张赵两元台,扶炎绍。

恢鹤禁,迎商皓。开兔苑,延枚叟。喜奎星来聚,旄头都扫。重译
争询裴令貌,御诗也祝汾阳考。更何须、远向海山求,安期枣。

又　海棠

压倒群芳，天赋与、十分秾艳。娇嫩处、有情皆惜，无香何慊。恰则才如针粟大，忽然谁把胭脂染。放迟开、不肯媚梅花，羞寒俭。

时易过，春难占。欢事薄，才情欠。觉芳心欲诉，冶容微敛。四畔人来攀折去，一番雨有离披渐。更那堪、几阵夜来风，吹千点。

又

嫌杀双轮，驾行客、之燕适粤。也不喜、船儿无赖，载他江浙。荡子不归鸳被冷，昭君远嫁毡车发。叹子规、闲管昔人愁，啼成血。

渭城柳，争攀折。关山月，空圆缺。有琵琶改语，锦书难说。若要人生长美满，除非世上无离别。算古今、此恨似连环，何时绝。

水龙吟　己亥自寿二首

年年岁岁今朝，左弧悬罢浑无事。吾衰久矣，我辰安在，老之将至。懒写京书，怕看除目，败人佳思。把东篱掩定，北窗开了，悠然酌、颓然睡。　　客有过门投贽。道先生访华胥氏。谁能辛苦，陪他绮语，记他奇字。屈指先贤，戴花老监，岂其苗裔。待异时约取，宽夫彦国，入耆英会。

又

先生放逐方归，不如前辈抽身早。台郎旧秩，看来俗似，散人新号。起舞非狂，行吟非怨，高眠非傲。叹终南捷径，太行盘谷，用卿法、从吾好。　　闭了草庐长啸。后将军来时休报。床头书在，古人出处，今人非笑。制个淡词，呷些薄酒，野花簪帽。愿云台任满，又还因任，赛汾阳考。

又　自和前二首

病翁一榻萧然<small>刘屏山号病翁</small>，不知世有欢娱事。雀罗庭院，载醵客去，催租人至。报答秋光，要些酒量，要些诗思。奈长鲸罢吸，寒蛩息响，茶瓯外、惟贪睡。　　穷巷幸无干谒。或相过、莫知谁氏。柴门草户，阙人守舍，任伊题字。自和山歌，国风之变，离骚之裔。待从今向去，年年强健，插花高会。

又

平生酷爱渊明，偶然一出归来早。题诗信意，也书甲子，也书年号。陶侃孙儿，孟嘉甥子，疑狂疑傲。与柴桑樵牧，斜川鱼鸟，同盟后、归于好。　　除了登临吟啸。事如天、莫相谐报。田园闲静，市朝翻覆，回头堪笑。节序催人，东篱把菊，西风吹帽。做先生处士，一生一世，不论资考。

又　辛亥安晚生朝

祁公一度貂蝉，先生三度貂蝉了。燔柴升辂，银蟾烛夜，金乌腾晓。喜动龙颜，瑞班虹玉，归功元老。纵擎天力倦，明农心切，先还取、中书考。　　末著留侯难办，算除非、烦他商皓。紫芝产遍，赤松待久，何时高蹈。人世无过，鱼羹饭美，布衾铭好。待角巾东路，蹇驴北皋，伴公游钓。

又　癸丑生日，时再得明道祠

依然这后村翁，阿谁改换新曹号。虚名砂砾，旁观冷笑，何曾明道。吟歇后诗，说无生话，热瞒村獠。被儿童盘问，先生因甚，身顽健、年多少。　　不茹园公芝草。不曾餐、安期瓜枣。要知甲子，陈抟

差大,邵雍差小。肯学痴人,据鞍求用,染髭藏老。待眉毛覆面,看
千桃谢,阅三松倒。

又　丙辰生日

儿童不识樗翁,挽衣借问年今几。少如彦国,大如君实,披襟高比。
德业天渊,有些似处,须眉而已。愿老身无事,小车乘兴,名园内、
行窝里。　　做取出关周史。莫做他、下山园绮。从人谤道,是浮
丘伯,是庚桑子。背伛肩高,幅巾藜杖,敝袍穿履。向画图上面,十
分似个,见端门底。

又

即令七十平头,岂能久作人间客。左车牙落,半分臂小,几茎须白。
挟种树书,举障尘扇,著游山屐。任蛙螟胜负,鱼龙变化,侬方在、
华胥国。　　岛大功名官职。眼中花、须臾无迹。小儿破贼,二郎
作相,有何奇特。同辈萧疏,且留铁汉,要摩铜狄。向宝钗楼里,天
津桥上,月明横笛。

又　丁巳生日

不须更问旁人,劝君自拂青铜照。幅巾短褐,有些野逸,有些村拗。
两度呼来,也曾批敕,也曾还诏。笑先生此手,今堪何用,苔矶上、
堪垂钓。　　白雪新腔高妙。把侬家、调疏称道。六韬未试,抑诗
未作,如何归老。玉带金貂,星儿快活,天来烦恼。待自笺年甲,缴
还官职,换山翁号李建勋云:"幸有山翁号,如何不见呼"。

又　徐仲晦、方蒙仲各和余去岁笛字韵为寿,戏答二君

行藏自决于心,不消谋及门前客。平生慕用,著书么晏,挂冠贞白。

帝奖孤高,别加九锡,一笻双屦。更赐之车服,胙之茅土,依稀在、
槐安国。　　频领竹宫清职。仰飞仙、犹龙无迹。与谁同去,挑包
徐甲,负辕班特。蹉过明师,且寻狎友,杜康仪狄。笑谢公旷达,暮
年垂泪,听桓郎笛。

又　方蒙仲、王景长和余丙辰、丁巳二词,走笔答之

先生避谤山栖,戒门不纳高轩客。谁欤来者,吟诗张碧,诙谐侯白。
礼数由他,谢郎著帽,王郎穿屦。且问花随柳,举杯邀月,那须预、
人家国用桓温语。　　香案旁边供职。鸟飞空、何曾留迹。臞翁铁
汉,两贤安在,百夫之特。但愿王师,早俘颉利,早禽长狄。便太平
无事,卖薪沽酒,骑牛腰笛。

又

当年玉立清扬,屋梁落月偏相照。而今衰飒,形骸百丑,情怀十拗。
久已饰巾,尚堪扶杖,听山东诏。尽后车载汝,营丘封汝,何必在、
磻溪钓。　　晚悟儋书玄妙。懒从他、钟离传道。不论资望推排,
也做五更三老。宋玉多悲,唐衢喜哭,好闲烦恼。问天公,扑断散
人二字,赐龟蒙号。

又

此翁饱阅人间,三生似是刘宾客。若论辈行,早陪韩柳,晚交元白。
老矣安能,为人取履,与人争屦。叹酒泉郡远,醉乡路绝,今何处、
堪开国。　　解去冰衔华职。遍空山、难寻行迹。道旁喘月,田间
卧草,也胜郊特。宰相□□,周公留召,娄公容狄。喜时平身健,三
行社饮,一声樵笛。

又

病夫鬓秃颜苍，不堪持向清溪照。一生枘凿，壮夫瞋懦，通人嫌拗。让当行家，勒涫西颂，草淮南诏。幸脱离沮洳，浮游江海，悠然逝、毋吞钓。　　宴坐蒲团观妙。怪痴儿、舂粮求道。古人尚齿，迎他商皓，拜他庞老。鸠杖蒲轮，把身束缚，替人愁恼。煞为僧不了，下梢犹要，紫衣师号余以年劳，该赐龟紫。

又　林中书生日　六月十九日

虙斋不是凡人，海山仙圣知来处。清英融结，佩瑶台月，饮金茎露。翰墨流行，禁中有本，御前停箸。向弘文馆里，薰风殿上，亲属和、微凉句。　　已被昭阳人妒。更那堪、鼎成龙去。曾传宝苑，曾将玉杵，付长生兔。地覆天翻，河清海浅，朱颜常驻。算给扶朝者，临雍拜者，下梢须做。

又　丁卯生日

此翁幸自偏盲，那堪右目生微翳。羽流禳谢，缁郎忏悔，天乎无罪。客曰不然，也因口腹，也因瞻视。汝夜披黄卷，日餐丹荔，贻伊慼、将谁恝。　　长智都缘更事。尽今生、十分珍卫。暮年怕杀，汗青蠹简，擘红高会。也莫贪他，君谟旧谱，子云奇字。特邀张司业，看花题竹，韩家园内韩喜张籍眸子清朗云："忽见孟生题竹处。"籍诗："昨日韩家后园内，看花犹自未分明"。

风流子　白莲

松桂各参天。石桥下，新种一池莲。似仙子御风，来从姑射，地灵献宝，产向蓝田。曾入先生虚白屋，不喜傅朱铅。记茂叔溪头，深衣听讲, 远公社里, 素衲安禅。　　山间。多红鹤, 端相久, 蓦地飞去蹁跹。但蝶戏鹭翘, 有时偷近旁边。对月中乍可, 伴娥孤另, 墙头谁肯, 窥玉三年。俗客浓妆, 安知国艳天然。

满 庭 芳

凉月如冰, 素涛翻雪, 人世依约三更。扁舟乘兴, 莫计水云程。忽到一洲奇绝, 花无数、多不知名。浑疑是, 芙蓉城里, 又似牡丹坪。　　蓬莱, 应不远, 天风海浪, 满目凄清。更一声铁笛, 石裂龙惊。回顾尘寰局促, 挥袂去、散髮骑鲸。蘧蘧觉, 元来是梦, 钟动野鸡鸣。以上彊村丛书本后村长短句卷三

贺 新 郎

吾少多奇节。颇挪揄、玉关定远, 壶头新息。一剑防身行万里, 选甚南溟北极。看塞雁、衔来秋色。不但槊棋夸妙手, 管城君、亦自无劲敌。终贾辈, 恐难匹。　　酒肠诗胆新来窄。向西风、登高望远, 乱山斜日。安得良弓并快马, 聊与诸公角力。漫醉把、栏干频拍。莫恨寒蟾离海晚, 待与君、秉烛游今夕。欢易买, 健难得。

又 送陈真州子华

北望神州路。试平章、这场公事, 怎生分付。记得太行山百万, 曾入宗爷驾驭。今把作、握蛇骑虎。君去京东豪杰喜, 想投戈、下拜真吾父。谈笑里, 定齐鲁。　　两河萧瑟惟狐兔。问当年、祖生去后, 有人来否。多少新亭挥泪客, 谁梦中原块土。算事业、须由人做。应笑书生心胆怯, 向车中、闭置如新妇。空目送, 塞鸿去。

又　杜子昕凯歌

尽说番和汉。这琵琶、依稀似曲,蓦然弦断。作么一年来一度,欺
得南人技短。叹几处、城危如卵。元凯后身居玉帐,报胡儿、休作
寻常看。布严令,运奇算。　　　开门决鬥雌雄判。笑中宵、奚车毡
屋,兽惊禽散。个个巍冠横塵柄,谁了君王此段。也莫靠、长江能
限。不论周郎并幼度,便仲尼、复起嗟微管。驰露布,筑京观。

又　跋唐伯玉奏稾

宣引东华去。似当年、文皇亲擢,马周徒步。殿上风霜生白简,下
殿扁舟已具。怎不与、官家留住。古有一言腰相印,谁教他、满箧
婴鳞疏。还笏退,不回顾。　　　新来边报犹飞羽。问诸公、可无长
策,少宽明主。攀槛朱云头雪白,流落如今底处。但一片、丹心如
故。赖有越台堪眺望,那中原、莫已平安否。风色恶,海天暮。

又　送唐伯玉还朝

驿骑联翩至。道台家、筹边方急,酒行姑止。作么携将琴鹤去,不
管州人堕泪。富与贵、平生无味。可但红尘难著脚,便山林、未有
安身地。搔白髪,兀相对。　　　前身小范疑公是。忆当年、天章阁
上,建明尤伟。庆历诸贤方得路,便不容他老子。须著放、延州城
里。一句殷勤牢记取,在朝廷、最好图西事。何必向,玉关外。

又　送黄成父还朝

飞诏从天下。道中朝、名流欲尽,君王思贾。时事只今堪痛哭,未
可徐徐俟驾。好著手、扶将宗社。多少法筵龙象众,听灵山、属付
些儿话。千百世,要传写。　　　子方行矣乘骢马。又送他、江南太

史,去游毡厦。老我伴身惟有影,倚遍风轩月榭。怅玉手、何时重
把。君向柳边花底问,看贞元、朝士谁存者。桃满观,几开谢。

又　戊戌寿张守

南国秋容晚。晓寒轻、菊花台榭,拒霜池馆。试向壶山堂上望,万
顷黄云刈遍。总吃著、君侯方寸。不要汉廷夸击断,要史家、编入
循良传。春脚到,福星见。　　家家香火人人愿。要还他、庆元狨
座,建炎蝉冕。稳奉安舆迎两国,谁谓山遥水远。福寿比、河沙难
算。来岁而今黄花节,早骖鸾、入侍瑶池宴。风浩荡,海清浅。

又　端午

深院榴花吐。画帘开、练衣纨扇,午风清暑。儿女纷纷夸结束,新
样钗符艾虎。早已有、游人观渡。老大逢场慵作戏,任陌头、年少
争旗鼓。溪雨急,浪花舞。　　灵均标致高如许。忆生平、既纫兰
佩,更怀椒糈。谁信骚魂千载后,波底垂涎角黍。又说是、蛟馋龙
怒。把似而今醒到了,料当年、醉死差无苦。聊一笑,吊千古。

又　九日

湛湛长空黑。更那堪、斜风细雨,乱愁如织。老眼平生空四海,赖
有高楼百尺。看浩荡、千崖秋色。白髪书生神州泪,尽凄凉、不向
牛山滴。追往事,去无迹。　　少年自负凌云笔。到而今、春华落
尽,满怀萧瑟。常恨世人新意少,爱说南朝狂客。把破帽、年年拈
出。若对黄花孤负酒,怕黄花、也笑人岑寂。鸿北去,日西匿。

又　寄题聂侍郎郁孤台

绝顶规危榭。跨高寒、鸟飞不过,云生其下。斤斸无声人按堵,翁

智青红变化。览城郭、山川如画。阁老凤楼脩造手,笑谈间、突出凌云厦。台上景,买无价。　　　　唾壶麈尾登临暇。似当年、滁阳太守,欧阳公也。倾倒赣江供砚滴,判断雪天月夜。更唤取、邹枚司马。铜雀凌歊歌舞散,访残砖、断甓无存者。馀翰墨,被风雅。

又

动地东风起。画桥西、绕溪桑柘,漫山桃李。寂寂墙阴苍苔径,犹印前回屐齿。惊岁月、飙驰云驶。太息攀翻长亭树,是先生、手种今如此。君不乐,欲何俟。　　　　傍人错会渊明意。笑斯翁、皇皇汲汲,登山临水。佳处径呼篮舆去,仿佛柴桑栗里。从我者、门生儿子。尝试平章先贤传,屈原醒、不似刘伶醉。拚酩酊,卧花底。

又　宋庵访梅

鹊报千林喜。还猛省、谢家池馆,早寒天气。要与瑶姬叙离索,草草杯盘藉地。怅减尽、何郎才思。不愿玉堂并金屋,愿年年、岁岁花间醉。餐秀色,挹高致。　　　　西园飞盖东山妓。问何如、半山雪里,孤山烟外。管甚夜深风露冷,人与长瓶共睡。任翠羽、枝头多事。老子平生无他过,为梅花、受取风流罪。簪白髮,莫教坠。

又　游水东周家花园

溪上收残雨。倚画栏、薄绵乍脱,日阴亭午。闹市不知春色处,散在荒园废墅。渐小白、长红无数。客子虽非河阳令,也随缘、暂作莺花主。那可负,瓮中醑。　　　　碧云四合千岩暮。恨匆匆、余方有事,子姑归去。趁取群芳未摇落,暇日提鱼就煮。叹激电、光阴如许。回首明年何处在,问桃花、尚记刘郎否。公莫笑,醉中语。

又　和咏荼蘼

曾与瑶姬约。恍相逢、翠裳摇曳,珠鞲联络。风露青冥非人世,揽结玉龙骖鹤。爱万朵、千条纤弱。祷祝花神怜惜取,问开时、晴雨须斟酌。枝上雪,莫消却。　　恼人匹似中狂药。凭危栏、烛光交映,乐声遥作。身上春衫香薰透,看到参横月落。算茉莉、犹低一著。坐有猴山王郎子,倚玉箫、度曲难为酢。君不饮,铸成错。

又　用前韵赋黄荼蘼

想赴瑶池约。向东风、名姬骏马,翠鞯金络。太液池边鹄群下,又似南楼呼鹤。画不就、秾纤娇弱。罗帕封香来天上,泻铜盘、沉瀣供清酌。春去也,被留却。　　芳魂再返应无药。似诗咏、绿衣黄里,感伤而作。爱惜尚嫌蜂采去,何况流莺蹴落。且放下、珠帘遮著。除却江南黄九外,有何人、敢与花酬酢。君认取,莫教错。

又　再用约字

浅把宫黄约。细端相、普陀烟里,金身珠络。萼绿华轻罗袜小,飞下祥云仙鹤。朵朵赛、蜂腰纤弱。已被色香撩病思,尽鹅儿、酒美无多酌。看不足,怕残却。　　人间难得伤春药。更枝头、流莺呼起,少年狂作。留取姚家花相伴,羞与万红同落。未肯让、蜡梅先著。乐府今无黄绢手,问斯人、清唱何人酢。休草草,认题错。

又　客赠芍药

一梦扬州事。画堂深、金瓶万朵,元戎高会。座上祥云层层起,不减洛中姚魏。叹别后、关山迢递。国色天香何处在,想东风、犹忆狂书记。惊岁月,一弹指。　　数枝清晓烦驰骑。向小窗、依稀重

见,芜城妖丽。料得花怜侬消瘦,侬亦怜花憔悴。漫怅望、竹西歌
吹。老矣应无骑鹤日,但春衫、点点当时泪。那更有,旧情味。

又　郡宴和韵

草草池亭宴。又何须、珠襦络臂,琵琶遮面。宾主一时词翰手,倏
忽龙蛇满案。传写处、尘飞莺啭。但得时平鱼稻熟,这腐儒、不用
青精饭。阴雾扫,霁华见。　　使君偿了丰年愿。便从今、也无敲
扑,也无厨传。试拂笼纱看壁记,几个标名渠观。想九牧、闻风争
羡。此老饱知民疾苦,早归来、载笔薰风殿。诗有讽,赋无劝。

又　再和前韵

梦断钧天宴。怪人间、曲吹别调,局翻新面。不是先生喑哑了,怕
杀乌台旧案。但掩耳、蝉嘶禽啭。老去把茅依地主,有瓦盆盛酒荷
包饭。停造请,免朝见。　　少狂误发功名愿。苦贪他、生前死
后,美官佳传。白发归来还自笑,管辖希夷古观。看一道、冰衔堪
羡。妃子将军瞋未已,问匡山、何似金銮殿。休更待,杜鹃劝。

又　题蒲涧寺

风露驱炎毒。记仙翁、飘然谪堕,吹笙骑鹄。历历汉初秦季事,山
下瓜犹未熟。过眼见、群雄分鹿。想得拂衣游汗漫,试回头、刘项
俱蛮触。斫鲸脍,脯麟肉。　　越人好事因成俗。拥遨头、如云士
女,山南山北。问讯先生无恙否,齐鲁干戈满目。且游戏、扶胥黄
木。不是世无瓜样枣,便有来、肯饱痴儿腹。聊举酒,笑相属。

又　王实之喜余出岭,命爱姬歌新词以相劳,辄次其韵

此腹元空洞。少年时、诸公过矣,上天吹送。老大被他禁害杀,身

与浮名孰重。这鼓笛、休休拈弄。彩笔掷还残锦去用江淹鲍昭事,愿
今生、来世无妖梦。且饭箨,莫吞风。　　　新来喑哑如翁仲。羡王
郎、骖鸾缥缈,玉箫吹动。应笑夔州村里女,炙面生愁进奉。要绝
代、倾城安用。今古何人知此理,有吾家、酒德先生颂。三万卷,漫
充栋。

又 蒙恩主崇禧,再用前韵

主判茅君洞。有檐间、查查喜鹊,晓来传送。几度黄符披戴了,此
度君恩越重仆五任祠庙:一南岳、二仙都、三玉局、四云台、五崇禧。被贺监、天
随调弄。做取散人千百岁,笑渠侬、一霎邯郸梦。歌而过,风兮风。
　　　灌园织屦希陈仲。问先生、加齐卿相,可无心动。除却醴泉中
太乙,拣个名山自奉。那捷径、输他藏用。有耳不曾闻黜陟,免教
人、贬驳徂徕颂。服兰佩,结茅栋。

又 三和

谪下神清洞。更遭他、揶揄黠鬼,路旁遮送。薄命书生鸡肋尔,却
笑尊拳忒重。破故纸、谁教繙弄。一枕茅檐春睡美,便周公、大圣
何须梦。门前客,任题风。　　　卜邻羊仲并求仲。愿春来、西畴雨
足,土膏犁动。白髪巡官占岁稔,不问京房翼奉。榱与瓮、从今无
用。醉与老农同击壤,莫随人、投献嘉禾颂。在陋巷,胜华栋。

又 席上闻歌有感

妾出于微贱。小年时、朱弦弹绝,玉笙吹遍。粗识国风关雎乱,羞
学流莺百啭。总不涉、闺情春怨。谁向西邻公子说,要珠鞍、迎入
梨花院。身未动,意先懒。　　　主家十二楼连苑。那人人、靓妆按
曲,绣帘初卷。道是华堂箫管唱,笑杀鸡坊拍衮。回首望、侯门天

远。我有平生离鸾操,颇哀而不愠微而婉。聊一奏,更三叹。

又　生日用实之来韵

鬓雪今千缕。更休休、痴心呆望,故人明主。晚学瞿聃无所得,不解飞升灭度。似晓鼓、冬冬挝五。散尽朝来汤饼客,且烹鸡、要饭茅容母。怕回首,太行路。　　麟台学士微云句。便樽前、周郎复出,审音无误。安得春莺雪儿辈,轻拍红牙按舞。也莫笑、侬家蛮语。老去山歌尤协律,又何须、手笔如燕许。援琴操,促筝柱。

又　再用前韵

放逐身蓝缕。被门前、群鸥戏狎,见推盟主。若把士师三黜比,老子多他两度。袖手看、名场呼五。不会车边望尘拜,免他年、青史羞潘母。句曲洞,是归路。　　平生怕道萧萧句。况新来、冠欹弁侧,醉人多误。管甚是非并礼法,顿足低昂起舞。任百鸟、喧啾春语。欲托朱弦写悲壮,这琴心、脉脉谁堪许。君按拍,我调柱。

又　实之三和有忧边之语,走笔答之

国脉微如缕。问长缨、何时入手,缚将戎主。未必人间无好汉,谁与宽些尺度。试看取、当年韩五。岂有谷城公付授,也不干、曾遇骊山母。谈笑起,两河路。　　少时棋柝曾联句。叹而今、登楼揽镜,事机频误。闻说北风吹面急,边上冲梯屡舞。君莫道、投鞭虚语。自古一贤能制难,有金汤、便可无张许。快投笔,莫题柱。

又　四用缕字韵为王实之寿

万字如针缕。忆王郎、丹墀大对,气为文主。贵近旁观俱失色,仰止如天圣度。笑杜牧、成名居五。晚面清光犹苦谏,似封人、恳切

言君母。谪尘世,错行路。　　当时宜和薰风句。又那知、青云一
跌,被才名误。输与灵和殿前柳,柔软随风学舞。怪两鸟、新来停
语。不是先生高索价,问何时、宰相先生许。举杯祝,莫倾柱。

又　实之用前韵为老者寿,戏答

身畔无丝缕。但从前、练裳练帨,做他家主。甲子一周加二纪,兔
走乌飞几度。赛孔子、如来三五徐陵云:小如来五岁,多孔子三年。鹤髮
萧萧无可截,要一杯、留客惭陶母。门外草,欲迷路。　　朗吟白
雪阳春句。待夫君、骊驹不至,鹊声还误。老去聊攀莱子例,倒著
斑衣戏舞。记田舍、火炉头语。肘后黄金腰下印,有高堂、未敢将
身许。且扇枕,莫倚柱。

又　张倅生日

辇路东风里。试回头、金闺昨梦,侵寻三纪。岁晚岿然灵光殿,仆
与君侯而已。漫过眼、几番桃李。珠履金钗常满座,问谁人、得似
张公子。驰骥骡,佩龟紫。　　宿云收尽檐声止。玳筵开、高台风
月,后堂罗绮。恰近洛人修禊节,莫惜飞觞临水。怕则怕、追锋徵
起。此老一生江海客,愿风云、际会从今始。宁郁郁,久居此。

又　九日与二弟二客郊行

老去光阴驶。向西风、疏林变缬,残霞成绮。尚喜暮年腰脚健,不
碍登山临水。算自古、英游能几。客与桓公俱臭腐,独流传、吹帽
狂生尔。后来者,亦犹此。　　篮舆伊轧柴桑里。问黄花、没些消
息,空篱而已。赖有一般芙蓉月,偏照先生怀里。且觅个、栏干同
倚。检点樽前谁见在,忆平生、共插茱萸底。欢未足,饮姑止。末章
追怀无竞、处和二弟。

又 己未九日同季弟子侄饮仓部弟兔庵,艮翁、宫教来会

忆昔俱年少。向斯晨、登高怀古,赋诗舒啸。追数樽前插花客,人
物并皆佳妙。禁几度、西风残照。元子寄奴曾富贵,到而今、一一
消磨了。君不乐,后人笑。　　　山南山北添华表。叹归来、谢池草
合,黄台瓜少。老去爱持齐物论,谁管彭殇寿夭。待细说、教天知
道。不羡两苏并二宋,愿弟兄、岁岁同吹帽。杯到手,莫辞釂。

又 居厚、艮翁皆和,余亦继作

何必游嵩少。屋边山、松风浩荡,虎龙吟啸。旧效楚人悲秋作,晚
爱陶诗高妙。髪如此、临流羞照。屈指向来夸毗子,被西风、一笔
都勾了。曾不满,达人笑。　　　当年玉振于江表。怅而今、老身空
在,欢娱全少。假使真如彭祖寿,蒙叟犹嗤渠夭。偶落笔、不经人
道。岁晚连床谈至晓,胜冈头、出没看乌帽。君举白,我频釂。

又

人老难重少。强追陪、李侯痛饮,刘郎清啸舆、兄也,琨、弟也。报答秋
光无一字,虚说君房语妙。且匣起、青铜休照。赖有多情篱下菊,
待西风、不肯先开了。留晚节,发孤笑。　　　孔璋客绍衡依表。有
谁怜、戴花翁病,插萸人少。生不逢场闲则剧,年似龚生犹夭。吃
紧处、无人曾道。到得扶他迂叟出,算貂蝉、未抵深衣帽。街酒贱,
更沽釂。

又 四用韵

犹记臣之少。兴狂时、过陈遵饮,对孙登啸。岁晚登临多感慨,但
觉齐山诗妙。任蓉月、柳风吹照。金印不来丹飞去,拟神仙、富贵

都差了。空铸错,与人笑。　　　九年前拜悬车表。试回看、柴桑菊老,玄都花少。周也曾言殇子寿,佛以白头为夭□□□：未得平生心,白头亦为夭。末后句、岩头曾道。头似秃鹙巾裹懒,最不宜、蝉冕宜僧帽。杯中物,直须釂。

又　五用韵。读坡公和陶诗,其九篇为重九作,乃叙坡
　　　事而赋之

行乐尤宜少。忆坡公、洞箫听罢,划然长啸。四海共知霜鬓满,莫问近来何妙。也不记、金莲曾照。老没太官餦酒分,把茱萸、便准登高了。齐得丧,等嘻笑。　　　集无韩子潮州表。数当时、南迁者众,北归人少。赤壁玉堂均一梦,此岂蛮烟能夭。与同叔、俱尝知道。谁向进贤冠底说,画出来、不似眉山帽。秋菊盏,献公釂。

又　六用韵。叙谪仙为宫教兄寿

鹏赋年犹少初为大鹏遇希有鸟赋,后悔少作,改为大鹏赋。晚飘蓬、夜郎秋浦,渔歌猿啸"猿啸风中断,渔歌月下闻"。见太白诗。骏马名姬俱散去,参透南华微妙。敛万丈、光芒回照。妃子将军瞋个甚,老先生、拂袖金闺了。供玉齿,粲然笑。　　　解骖赖有汾阳老。叹今人、布衣交薄,绨袍情少。黄祖斗筲何足算,鹦鹉才高命夭。与贺监、其归同道。脱下锦袍与呆底,谪仙人、白苎乌纱帽题太白像：乌纱之巾白苎袍。邀素月,入杯釂。

又　傅相生日壬戌

低局从头错。解危机、除非唤取,国棋来著。不信胡儿能胆大,南岸安他阵脚。谈笑里、乌巢空幕。西起岷峨东海岱,有捷旗、露布无宵柝。莘渭后,到秋壑。　　　淮田犁遍吴田获。问台家、山河宇宙,是谁擎托。自觉怀中残锦尽,彩色彰施技薄。视柳雅、韩碑瞠

若。稽首鲁公黄髪颂,世何人、堪继奚斯作。楚狂语,莫删却。

又 癸亥九日

宿雨轻飘洒。少年时、追欢记节,同人于野。老去登临无脚力,徙倚屋东篱榭。但极目、海山如画。千古惟传吹帽汉,大将军、野马尘埃也。须彩笔,为陶写。　　鹤归旧里空悲咤。叹原头、累累高冢,洛英凋谢。留得香山病居士,却入渔翁保社。怅谁伴、先生情话。樽有葡萄簟有菊,西凉州、不似东篱下。休唤醒,利名者。

又

拂袖归来也。懒追陪、竹林嵇阮,兰亭王谢。谁与此翁相暖热,赖有平生伯雅。且放意、高吟闲话。山鸟山花皆上客,又何须、胜似公荣者。胸磊块,总浇下。　　盘龙痴绝求鹅炙。这先生、黄齑瓮熟,味珍无价。酒颂一篇差要妙,庄列诸书土苴。任礼法、中人嘲骂。君特未知其趣耳,若还知、火急来投社。共秉烛,惜今夜。

又 甲子端午

过眼光阴驶。忆垂髫、留连节物,逢场游戏。初试练衣弄纨扇,斗采菖蒲涧里。今髪白、颜苍如此。艾子萧郎方用事,怪先生、苦死纫兰芷。君不乐,欲何俟。　　头标夺得群儿喜。向溪边、旁观助噪,叹吾衰矣。欲建鼓旗无气力,唤起龙泉改委水心评余诗,有建大将旗鼓,非子孰当之语。但酒户、加封而已去秋裨需,余忝加三百户。晚觉醉乡差快活,那独醒、公子真呆底。聊洗净,笛筝耳。

又 二鹤

家有仙禽二。早追随、先生杖屦,互乡童子。旦旦池边三薰沐,夜夜山中警睡。且伴我、人间游戏。此老生平哀大陆,到末梢、始忆华亭唳。评往事,败佳思。　　古云鹤算谁能纪。叹归来、山川如故,人民非是。但愿主君高飞去,莫爱乘轩禄位。更赛过、令威千岁。假使焦山真羽化,待华阳贞逸铭方瘥。我拍手,渠展翅。

洞仙歌 癸亥生朝和居厚弟韵,题谪仙像

上林全树,曾借君栖宿。朝过瑶台暮群玉。忽翩然、脱下宫锦袍来,□□□,却向齐州受箓。　　等闲挥醉笔,欬唾千篇,长与诗家窃膏馥。身是酒星文星,刚被诗人、□唤做、禁中颇牧。便散发、骑鲸去何妨,从我者谁欤,安期徐福。

又 和居厚弟韵

眇难揽镜,跛尤难穿履。赖有胡公菊潭水。信医言、断了重碧轻红,禁害杀,不遣高吟大醉。　　古来稀七十,添许多年,赢得笺天致君事。莫问客去门前,金尽床头,留宝扇、御诗珍秘。畴昔慕、乖崖老尚书,到晚节依稀,有些儿似。以上彊村丛书本后村长短句卷四

八声甘州 雁

物微生处远,往还来、非但稻粱求。似爱长安日,怕阴山雪,善自为谋。个里幸无鸣镝,随意占沙洲。归兴何妨待,风景和柔。　　昔到衡阳回去,今随阳避地,遍海南头。与西川流寓,彼此各淹留。未得云中消息,登望乡台了又登楼。江天阔,几行草字,字字含愁。

烛影摇红 用林卿韵

拙者平生,不曾乞得天孙巧。那回忝扈属车来,岂是齐卿小。此膝不曾屈了。更休文、腰难运掉。前贤样子,表圣宜休,申公告老。

凉簟安眠,绝胜儓直铃声搅。集中大半是诗词,幸没潮州表。
月夕花朝咏啸。叹人间、愁多乐少。蓬莱有路,办个船儿,逆风也
到。

祝 英 台 近

雨凄迷,风料峭。情绪被花恼。白白红红,满地无人扫。可堪解佩
盟寒,坠楼命薄,更杜宇、枝头闲燆。　　绿阴绕。青帝结束匆匆,
转眼朱明了。怕与春辞,茗艼玉山倒。后期觉做明年,春年年好,
却不道、明年人老。

最高楼　戊戌自寿

南岳后,累任作祠官。试说与君看。仙都玉局才交卸,新衔又管华
州山。怪先生,吟胆壮,饮肠宽。　　去岁拥、旌旗称太守。今岁
带、笭箵称漫叟。傭入闹,惯投闲。有时拂袖寻种放,有时携枕就
陈抟。任旁人,嘲潦倒,笑痴顽。

又　再题周登乐府

周郎后,直数到清真。君莫是前身。八音相应谐韶乐,一声未了落
梁尘。笑而今,轻郢客,重巴人。　　只少个、绿珠横玉笛。更少
个、雪儿弹锦瑟。欺贺晏,压黄秦。可怜樵唱并菱曲,不逢御手与
龙巾。且醉眠,篷底月,瓮间春。

又　乙卯生日

吾衰矣,百事且随缘。只字不笺天。几曾三宿为归计,更巴一岁是
希年。记儿时,闻祖父,说隆乾。　　我不与、少年争遇合。你莫
共、老僧争戒腊。靴皱面,帨垂肩。锦袍夺去饶之问,虎皮撤起付

伊川。剩空身,无长物,可飞仙。

又

吾衰矣,不慕勒燕然。不爱画凌烟。此生惭愧支离叟,何功消受水衡钱。错教人,占卦气,算流年。　　　漫摘取、野花簪一朵。更拣取、小词填一个。晞素髮,暖丹田。罗浮杖胜如旌节,华阳巾不减貂蝉。这先生,非散圣,即臞仙。

又

辛亥后,六请挂衣冠。甲子始休官。白驹恰则来空谷,青牛早已出函关。笑狂生,还筮易,上竿难。　　　也莫爱、宫中请内相。也莫爱、堂中呼六丈。但祷祝,要痴顽。懒挥玉斧重修月,不扶铁拐会登山。免飞升,长快活,戏人间。

又

臣少也,豪举泛星槎。飘逸吐天葩。穆陵误奖推儒宿,龙泉曾唤做行家。今耄矣,文跌宕,字麻茶。　　　同队者、多为公与相。广坐里、都无兄与丈。生有限,望犹奢。补还瞎子重开卷,放教跛子出看花。地行仙,疑是汝,不争些。

又 林中书生日

金闺彦,荷蒉过山前。把钓坐溪边。呼来每得天颜笑,放归犹作地行仙。尽教人,瞋避俗,谤逃禅。　　　且缄了、淳夫三昧口。更袖了、坡公三制手。宁殿后,不争先。小于卫武二十岁,大于绛老两三年。这高名,并上寿,几人全。

风入松 福清道中作

橐泉梦断夜初长。别馆凄凉。细思二十年前事,叹人琴、已矣俱亡。改尽潘郎鬓发,消残荀令衣香。　　多年布被冷如霜。到处同床。箫声一去无消息,但回首、天海茫茫。旧日风烟草树,而今总断人肠。

又 同前

归鞍尚欲小徘徊。逆境难排。人言酒是消忧物,奈病馀、孤负金罍。萧瑟捣衣时候,凄凉鼓缶情怀。　　远林摇落晚风哀。野店犹开。多情惟是灯前影,伴此翁、同去同来。逆旅主人相问,今回老似前回。

又 癸卯至石塘追和十五年前韵

残更难睡抵年长。晓月凄凉。芙蓉院落深深闭,叹芳卿、今在今亡。绝笔无求凰曲,痴心有返魂香。　　起来休镊鬓边霜。半被堆床。定归兜率蓬莱去,奈人间、无路茫茫。缘断漫三弹指,忧来欲九回肠。

又

攀翻宰树暂徘徊。草草安排。昔人徒步陈鸡絮,愧公家、仆马骁罍。华表旧愁满目,黄粱残梦伤怀。　　欲将庄列等欢哀。对卷慵开。凭高指点虚无路,问何年、辽鹤归来。宿酒得风渐解,小舆待月同回。

临江仙　己酉和实之灯夕

玉笛钿车当日事,东涂西抹都曾。等闲曲子压和凝曲子相公。纵游
非草草,已醉强惺惺。　　今向三家村送老,身如罢讲吴僧。高楼
百尺不须登。半炉烧叶火,一盏勘书灯。

又　县圃种花

落魄长官江海客,少豪万里寻春。而今憔悴向溪滨。断无觞咏兴,
惟有簿书尘。　　手插海棠三百本,等闲妆点芳辰。他年绛雪映
红云。丁宁风与月,记取种花人。

又　庚子重阳,余以漕摄帅,会前帅唐伯玉、前漕黄成父
于越王台。明年是日,寓海丰县驿作

去岁越王台上饮,席间二客如龙。凭高吊古壮怀同。马嘶千嶂暮,
乐奏半天中。　　今岁三家村市里,故人各自西东。菊花时节酒
樽空。可怜双雪鬓,禁得几秋风。

又　潮惠道中

不见仙湖能几日,尘沙变尽形容。夜来月冷露华浓。都忘茅屋下,
但记画船中。　　两岸绿阴犹未合,更须补竹添松。最怜几树木
芙蓉。手栽才数尺,别后为谁红。

浪淘沙　丁未生日

去岁诣公车。天语勤渠。绛纱玉斧照寒儒。恰似昔人曾梦到,帝
所清都。　　骨相太清癯。谪堕须臾。今年黄敕换称呼。只为此
翁霜鬓秃,老不中书。

又

早岁类寒蛩。晚节遭逢。曾开黄卷侍重瞳。归去青藜光照牗，阶
药翻红。　　　出昼颇匆匆。主眷犹浓。除官全似紫阳翁宝文、漳州。
换个新衔头面改，又似包公辞郡得小龙。

又

纸帐素屏遮。全似僧家。无端霜月闯窗纱。唤起玉关征戍梦，几
叠寒笳。　　　岁晚客天涯。短髪苍华。今年衰似去年些。诗酒新
来俱倚阁，孤负梅花。

又

叠嶂碧周遮。游子思家。掩藏白髪赖乌纱。落日倚楼千万恨，社
鼓城笳。　　　老去淡生涯。虚掷年华。腊茶盂子太清些。待得痴
儿公事毕，谢了梅花。

又 素馨

目力已茫茫。缝菊为囊。论衡何必帐中藏。却爱素馨清鼻观，采
伴禅床。　　　风露送新凉。山麝开房。旋吹银烛闭华堂。无奈纱
厨遮不住，一地闻香。

凤　凰　阁

元规端委，得似幼舆丘壑。人言此辈宜高阁。几载种天随菊，采庞
公药。龙尾道、难安汗脚。　　　浮荣菌蕣，选甚庶官从槖。对床
句、子真佳作。安用羡伊结驷，叹侬罗雀。呼便了、沽来共酌。

法 驾 导 引

樵柯烂,丹灶熟,一跳出红尘。斗紫一双龙奋蛰,帝青九万里为程。
赤脚踏层云。　　鞭鸾上,骑麟下,仿佛睹昆仑。洒马鬣泉苏赤
地,翻蟾滴水涨沧溟。笑杀懵仙人。

一剪梅　袁州解印

陌上行人怪府公。还是诗穷。还是文穷。下车上马太匆匆。来是
春风。去是秋风。　　阶衔免得带兵农。　　嬉到昏钟。睡到斋
钟。不消提岳与知宫。唤作山翁。唤作溪翁。

又　余赴广东,实之夜饯于风亭

束缊宵行十里强。挑得诗囊。抛了衣囊。天寒路滑马蹄僵。元是
王郎。来送刘郎。　　酒酣耳热说文章。惊倒邻墙。推倒胡床。
旁观拍手笑疏狂。疏又何妨。狂又何妨。

踏莎行　甲午重九牛山作

日月跳丸,光阴脱兔。登临不用深怀古。向来吹帽插花人,尽随残
照西风去。　　老矣征衫,飘然客路。炊烟三两人家住。欲携斗
酒答秋光,山深无觅黄花处。

　　按此首别又误入须溪词。

又　巧夕

驱鹊营桥,呼蟾出海,朝朝暮暮遥相望。谁知风雨此时来,银河便
有些波浪。　　玉兔迷离,金鸡嘲哳,二星无语空惆怅。元来上界
也多魔,天孙长怨牵牛旷。

玉楼春 戏林推

年年跃马长安市。客舍似家家似寄。青钱换酒日无何,红烛呼卢
宵不寐。　　易挑锦妇机中字。难得玉人心下事。男儿西北有神
州,莫滴水西桥畔泪。

鹊桥仙 戊戌生朝

金风淅淅,银河淡淡,长少群贤毕会。平生心事麹生知,怪此夕、惺
惺相对。　　玄花生眼,新霜点鬓,不肯遮藏老态。人间何处有仙
方,擘划得、二三百岁。

又 桃巷弟生日

御屏录了,冰衔换了,酷似香山居士。草堂丹灶莫留他,且领取、忠
州刺史。　　移来芳树,摘来珍果,压尽来禽青李。三千年一荐金
盘,又不是、玄都栽底。

又 答桃巷弟和篇

阁中芸冷,观中桃谢,谁问贞元朝士。吾宗一句好书绅,但记取、毋
汙青史知几告张说语。　　不交平勃,不游田窦,也不朋他牛李。平
章此去似何人,似洛社、戴花舞底。

又 林侍郎生日

出通明殿,入耆英社,谁似侍郎洪福。掌中元自有三珠,更检校、诸
孙夜读。　　管他莱相,管他鹤相,留我本来面目。希夷一枕未曾
醒,笑人世、几回翻局。

又　居厚弟生日

俱登瀛馆,俱还洛社,各自健如黄犊。不消外监与留台,也不要、嵩山崇福。　　我如原父,君如贡父,且把汉书重读。韩公当局等闲过,又看到、温公当局。

又　乡守赵丞相生日

去年无麦,今年多稼,尽是君侯心地。向来寺寺总拘椿,今有不拘椿底寺。　　省仓展日,米场镌价,万落千村蒙惠。更将补纳放宽些,便是个、西京循吏。

又　庚申生日

香芸辟蠹,青藜烛阁,天上宝书万轴。前回读得未精详,更罚走、一遭重读。　　松风如故,丹炉如故,坐阅人间陵谷。回头调戏窃桃儿,且宁耐、等他桃熟。

又　足痛

有时块坐,有时扶起,门外草深三尺。山禽肯唤我为哥,句句道、哥行不得。　　此儿害跛,群儿拍手,次第加公九锡。不消长辀短辕车,但乞取、一枝鹤膝。

又　生日和居厚弟

女孙笄珥,男孙袍笏,少长今朝咸集。且留晚节伴寒香,莫要似、春华性急。　　大招吟了,巫咸下了,未爱修门重入。我侬不做佛漳闽,免大雪、庭中呆立。

又 林卿生日

一封奏御，九重知己，不假吹嘘送上。从今稳稳到蓬莱，三万里、没些风浪。　　臣年虽老，臣卿尚少，一片丹心葵向。何须远比马宾王，且做取、本朝种放。

又 居厚生日

我如龚胜，君如龚舍，拂袖同归乡里。共骑竹马有谁存，总唤入、耆英社里。　　苍华_髪神尚黑，黄婆_脾神方旺，争问翁年今几。一门两个老人星，直看见、孙儿生子。

又 乡守赵计院生日

蒲鞭渐弛，鲊箇渐少，安用知他帘外。从今也莫察渊鱼，做到不忍欺田地。　　四民香火，五营箛吹，来献一杯寿水。大家赞祝太夫人，长伴取、鲁侯燕喜。

柳梢青 贺方听蛙八十

申白苛留。绮园浪出，老不知羞。输与先生，一枝鹤膝，一领羊裘。　　便教赐履营丘。争似把、渔竿到头。冷落磻溪，张皇牧野，著甚来由。

鹧鸪天 腹疾困睡和朱希真词

前度看花白髮郎。平生痼疾是清狂。幸然无事汙青史，省得教人奏赤章。　　游侠窟，少年场。输他群谢与诸王。居人不识庚桑楚，弟子谁从魏伯阳。

又　戏题周登乐府

诗变齐梁体已浇。香奁新制出唐朝。纷纷竞奏桑间曲,寂寂谁知爨下焦。　挥彩笔,展红绡。十分峭措称妖娆。可怜才子如公瑾,未有佳人敌小乔。

卜算子　惜海棠

尽是手成持,合得天饶借。风雨于花有底雠,著意相陵藉。　做暖逼教开,做冷催教谢。不负明年花下人,只负栽花者。

又

片片蝶衣轻,点点猩红小。道是天公不惜花,百种千般巧。　朝见树头繁,暮见枝头少。道是天公果惜花,雨洗风吹了。

又

乱似盆中丝,密似风中絮。行遍茫茫禹迹来,底是无愁处。　好客挽难留,俗事推难去。惟有翻身入醉乡,愁欲来无路。

又　艮翁礼部生日

开阁广延贤,负扆勤求旧。应念南宫老舍人,闲袖丝纶手。　两制必当仁,五福无过寿。且喜新年不要□,天要开元祐。

又　曹守生朝十二月初六日

东甽宁馨儿,南国循良守。先把炉熏祝帝尧,次祝君侯寿。　广致米商船,多酿兵厨酒。客有须眉似盖延,许至华堂否。

又　燕

已怪社愆期，尚喜巢如故。过了清明未肯来，莫被春寒误。　　常傍画檐飞，忽委空梁去。忘却王家与谢家，别有衔泥处。

又　茉莉

老圃献花来，异域移根至。相对炎官火伞中，便有清凉意。　　淡薄古梳妆，娴雅仙标致。欲起涪翁再品花，压了山礬弟。

朝　天　子

宿雨频飘洒。欢喜西畴耕者。终朝连夜。有珠玑鸣瓦。　　渐白水、青秧鸥鹭下。老学种花兼学稼。心两挂。这几树、海棠休也。

清平乐　五月十五夜玩月

纤云扫迹。万顷玻璃色。醉跨玉龙游八极。历历天青海碧。水晶宫殿飘香。群仙方按霓裳。消得几多风露，变教人世清凉。

又

风高浪快。万里骑蟾背。曾识姮娥真体态。素面元无粉黛。身游银阙珠宫。俯看积气濛濛。醉里偶摇桂树，人间唤作凉风。

又　赠陈参议师文侍儿

宫腰束素。只怕能轻举。好筑避风台护取。莫遣惊鸿飞去。一团香玉温柔。笑颦俱有风流。贪与萧郎眉语，不知舞错伊州。

又　丹阳舟中作

休弹别鹤。泪与弦俱落。欢事中年如水薄。怀抱那堪作恶。
昨宵月露高楼。今朝烟雨孤舟。除是无身方了，有身长有闲愁。

又　居厚弟生日

冰轮万里。云卷天如洗。先向海山生大士。却诞卯金之子。
冰盆荔子堪尝。胆瓶茉莉尤香。震旦人人炎热，补陀夜夜清凉。

又　居厚弟生日

人间喘汗。无计翻银汉。有个至人来震旦。宴坐补陀岩畔。
吾闻福寿难量。待看海底生桑。乞取净瓶一滴，普教大地清凉。

好事近　壬戌生日和居厚弟

老不计生朝，惭愧阿连书尺。雪鬓霜髭不管，管眼腰黄赤。　　待
将心事自笺天，莫费子公力。乞赐先生处士，换一张黄敕。

菩萨蛮　戏林推

小鬟解事高烧烛。群花围绕拎蒲局。道是五陵儿。风骚满肚皮。
　　玉鞭鞭玉马。戏走章台下。笑杀灞桥翁。骑驴风雪中。

忆秦娥　暮春

游人绝。绿阴满野芳菲歇。芳菲歇。养蚕天气，采茶时节。
枝头杜宇啼成血。陌头杨柳吹成雪。吹成雪。淡烟微雨，江南三
月。

又　上巳

修褉节。晋人风味终然别。终然别。当时宾主,至今清绝。　　等闲写就兰亭帖。岂知留与人闲说。人闲说。永和之岁,暮春之月。

又

泥滑滑。一声声唤征鞍发。征鞍发。客亭杨柳,不禁攀折。　　荀郎衣上香初歇。萧郎心下书难说。书难说。霎时吹散,一生愁绝。

又

春醒薄。梦中球马豪如昨。豪如昨。月明横笛,晓寒吹角。　　古来成败难描摸。而今却悔当时错。当时错。铁衣犹在,不堪重著。

又

梅谢了。塞垣冻解鸿归早。鸿归早。凭伊问讯,大梁遗老。　　浙河西面边声悄。淮河北去炊烟少。炊烟少。宣和宫殿,冷烟衰草。

西江月　腰痛,旧传陈复斋名方,岁久失之

思邈方书去失,休文老病来攻。新年筋力太龙钟。腰似铁猫儿重。　　雅拜怎生揙笏,徐行也要扶筇。田翁邀饮不能从。难伴诸公上雍。

朝中措　元质侍郎生日

恰为仙佛做生辰。公又绂麒麟。黑白几枰屡变,丹青百奏如新。　　都门饧底,洛中画底,莫是前身。虽老不扶灵寿,有时更上蒲轮。

又 艮翁生日

受持鼻祖五千言。留得谷神存。伴我赋诗茅屋,饶渠待诏金门。

此翁岁晚,有书充栋,有酒盈樽。君看多花早落,孰如仙李蟠根。

又 艮翁生日

仙风道骨北山翁。万卷著胸中。涣若宦情冰释,作□醉面桃红。

千林冻槁,一枝雪艳,消息先通。颜色□青精饭,姓名在碧纱笼。

又 陈左藏生日

海天万顷碧玻璃。风露洗炎曦。鹦鹉绿毛导从,蟾□雪色追随。

分明来处,补陀大士,先后同时。觅取善财童子,膝边要个孙儿。以上彊村丛书本后村长短句卷五

水调歌头 和西外判宗湖楼韵

君看郭西景,浑不减孤山。飞楼突兀百尺、轮奂侈前观。绝唱新词寡和,堕泪旧碑无恙,往事付惊澜。不见辽鹤返,惟对水鸥闲。又何必,珠翠盛,管弦欢。唾壶麈尾潇洒,领客上高寒。丞相功存宗庙,祭酒义兼家国,世事尚相关。风月寓意耳,莫作晋人看。后村别调

贺新郎 琼花

辜负东风约。忆曾将、淮南草木,笔端笼络。后土祠中明月夜,忽有瑶姬跨鹤。迥不比、水仙低弱。天上人间惟一本,倒千钟、琼露花前酌琼露,丹阳酒名。追往事,怎忘却。　　移根应费仙家药。漫回头、关山信断,堡城箫作。问讯而今平安否,莫遣玉箫惊落。但画卷、依稀描著往年崔帅画轴见赐。白发愧无渡江曲,与君家、子敬相

酬酢。新旧恨,两交错。全芳备祖前集卷五琼花门

按此首别又作王广文词,见曾璀琼花集卷三。

满江红　寿汤侍郎

晓色朦胧,佳色在、黄堂深处。记当日、霓旌飞下,鸾翔凤翥。兰省旧游隆注简,竹符新剖宽忧顾。有江南、千里好溪山,留君住。

牙板唱,花茵舞。云液滑,霞觞举。顾朱颜绿鬓,年年如许。见说相门须出相,何时再筑沙堤路。看便飞、丹诏日边来,朝天去。

水调歌头　寿胡详定

风露洗玉宇,星斗灿银潢。云间笙鹤来下,人世变凄凉。九转金丹成后,一朵红云深处,玉立侍虚皇。却笑跨夸子,草草梦黄粱。

君记否,齐桓□元刊本漫漶,似是"寝"字,字迹不清,鲁灵光。中原公案未了,直下欠人当。试问玉门关外,何似金銮殿上,此段及平章。富贵倘来耳,万代姓名香。以上二首见截江网卷四

乳燕飞　寿干官(按调此首乃念奴娇)

风流八十,是人间妆点,孩儿眉额。再著三星添上面,又是一般奇特。且置零头,举将成数,算起君须识。从今十倍,恰当彭祖八百。

更把百倍添来,庄椿身世,又十头添撇。况迈非熊年纪在,管取方来勋业。子既生孙,孙还又子,堆几床牙笏。瑶池会宴,饱看几度桃实。

水龙吟　寿赵瘅斋

昔人风调谁高,二疏盛日还乡里。公卿祖道,百城围尽,争传佳事。闻自垂车日,都门外、送车凡几。今世无工,尽置之勿道,焜煌处、

独青史。　　佳甚东阳山水。是昔时、钓游某地。风流脱似,洛中
耆老,一人而已。好为霞觞釂,正庭阶、彩衣荣侍。便明朝有诏,启
门解说,值先生醉。以上二首见截江网卷五

存　目　词

调　名	首　　　句	出　　　处	附　　　　　　注
烛影摇红	蜀锦华堂	翰墨大全后戊集卷六	翁元龙作,见全芳备祖前集卷七海棠门
沁园春	思远楼前路	类编草堂诗馀卷四	甄龙友作,见齐东野语卷十三
醉太平	情高意真	啸馀谱卷二	刘过作,见龙洲词
如梦令	今夜荼蘼风起	历代诗馀卷八	无名氏作,见全芳备祖前集卷十五荼蘼门
最高楼	司春有序	广群芳谱卷四十二	又
好事近	秋色到东篱	广群芳谱卷五十一	刘子寰词,见全芳备祖前集卷十二菊花门

赵瘫斋

买陂塘 寿监丞吴芹庵

闻掀髯、岭头长啸,梅花一夜香吐。正看鸣凤朝阳影,何事惊鸿翩
举。来又去。但赢得、儿童拍手笑无据。人间何处。有九曲栽芹,
一峰横砚,江上听春雨。　　功名事,不信朝鳞暮羽。九关虎豹如
许。午桥见有闲风月,正自不妨嘉趣。君记取。人尽道、东山安石
难留住。伏龙三顾。待报了君恩,勋铭彝鼎,归作子期侣华子期在芹

溪砚峰廋舟。　截江网卷五

程正同

永乐大典卷八百九十九诗字韵有小湖程正同诗,殆即其人。

贺新郎 寿县宰

久矣无循吏。自当年、弘宽去后,风流谁继。律令喜为鹰击勇,无复
柔桑驯雉。何幸见、真儒小试。手种海棠三百本,有几多、遗爱人须
记。潘岳县,未为贵。　　　文章政事通枫陛。看傅岩、霖雨岁旱,要
须均施。玉色温其山似立,气禀新秋清厉。便好据、经纶要地。却
笑庞才非百里,骤天衢、自合还天骥。厄酒祝,八千岁。截江网卷五

沁园春 为友人寿

富敌陶猗,才卑贾马,气吞曹刘。更妓娱安石,东山名胜,樽盈文
举,北海风流。事冷千年,身兼八子,豪举伊谁与匹俦。应还笑,为
天将降任,未欲东周。　　　优游。宁久淹留。管蓬矢桑弧志早酬。
有棠棣联芳,庭萱不老,砌兰擢秀,蟾桂传秋。要颂椿龄,若将柏
叶,婢膝奴颜应合羞。直须是,功名期会,同跨鳌头。

满庭芳 答友人

五柳先生,宦情无几,赋成归去来兮。吾归何所,任运且随时。曾
向高人问道,清妙处、已悟希夷。谁能羡,胸中芥子,容易纳须弥。
　　　竹林,新职事,神交狂客,志慕天随。但能乐天知命,夫复何
疑。多谢故人念我,平安报、不必纲维。饮君酒,愿君同寿,此外本
无为。以上二首见截江网卷六

按截江网此首同卷重出,不著撰人姓名,题作"生日自赋谢人庆寿"。

思越人　题挟弹人簇

曾把隋珠抵鹊来。拓弓花下不虚开。醉馀戏把行人弹,堪笑齐王谩筑台。　　穿兔手,落雕材。狭斜衢路共徘徊。流星一点高飞处,笑坐金鞍歌落梅。

朝中措　题集闲教头簇

少年不入利名场。花柳作家乡。一片由甲口嘴,几多耍俏心肠。　　周郎学识,秦郎风度,柳七文章。聊借生绡一幅,与君写尽行藏。以上二首见翰墨大全壬集卷十六

阳　枋

　　枋字正父,合州巴川人。淳熙十四年(1187)生。淳祐元年(1241)赐进士出身。历昌州监酒税、大宁理掾、绍庆学官。咸淳三年(1267)卒,年八十一。人称字溪先生。有字溪集十二卷,辑自永乐大典。

临江仙　涪州北岩玩易有感

乐意相关莺对语,春风遍满天涯。生香不断树交花。个中皆实理,何处是浮华。　　收敛回来还夜气,一轮明月千家。看梅休用隔窗纱。清光辉皎洁,疏影自横斜。

念奴娇　丁卯中元作示儿

白尽蒹葭,衰从蒲柳,我只松筠节。君民尧舜,老翁揩眼勋业。以上二首见字溪集卷十二有宋朝散大夫字溪先生阳公行状

　　按此二首原不著调名,据律补。

周端臣

　　端臣字彦良、号葵窗,建业(今南京市)人。卒淳祐宝祐间。斯植采
芝集有挽周彦良诗。武林旧事云:御前应制。

清夜游 越调

西园昨夜,又一番、阑风伏雨。清晨按行处。有新绿照人,乱红迷
路。归吟窗底,但瓶几留连春住。窥晴小蝶翩翩,等闲飞来似相
妒。　　迟暮。家山信杳,奈锦字难凭,清梦无据。春尽江头,啼
鹃最凄苦。蔷薇几度花开,误风前、翠樽谁举。也应念、留滞周南,
思归未赋。

春归怨 越调

问春为谁来、为谁去,匆匆太速。流水落花,夕阳芳草,此恨年年相
触。细履名园,闲看嘉树,蔼翠阴成簇。争知也被韶华,换却诗人
鬓边绿。　　小花深院静,旋引清尊,自歌新曲。燕子不归来,风
絮乱吹帘竹。误文姬、凝望久,心事想劳频卜。但门掩黄昏,数声
啼鴂,又唤起、相思一掬。以上二首见阳春白雪卷五

木兰花慢 送人之官九华

霭芳阴未解,乍天气、过元宵。讶客袖犹寒,吟窗易晓,春色无聊。
梅梢。尚留顾藉,滞东风、未肯雪轻飘。知道诗翁欲去,递香要送
兰桡。　　清标。会上丛霄。千里阻、九华遥。料今朝别后,他时
有梦,应梦今朝。河桥。柳愁未醒,赠行人、又恐越魂销。留取归
来系马,翠长千缕柔条。

玉 楼 春

华堂帘幕飘香雾。一搦楚腰轻束素。翩跹舞态燕还惊,绰约妆容花尽妒。　樽前谩咏高唐赋。巫峡云深留不住。重来花畔倚阑干,愁满阑干无倚处。以上二首见绝妙好词卷五

六桥行 西湖

芙蓉苑。记试酒清狂,骅鞭游遍。翠红照眼。凝芳露、洗出青霞一片。垂杨两岸。窥镜底、新妆深浅。应料似、锦帐行春,三千粉春矜艳。　邂逅系马堤边,念玉笋轻攀,笑簪同欢。岁华暗换。西风路、几许愁肠凄断。仙城梦黯。还又是、六桥秋晚。凝望处,烟淡云寒,人归雁远。

又

苏堤路。正密柳烘烟,嫩莎收雨。野芳竞吐。山如画、隐隐云藏山坞。六桥徙倚。喧处处、行春箫鼓。鸥影外、一片湖光,夷犹彩舟来去。　凝想禊饮花前,爱裙幄围香,款留连步。旧踪未改,还曾记、揽结亭边芳树。愁情几许。更多似、一天飞絮。空自有、花畔黄鹂,知人笑语。

少年游 西湖

四山烟霭未分明。宿雨破新晴。万顷湖光,一堤柳色,人在画图行。　清明过了春无几,花事已飘零。莫待斜阳,便寻归棹,家隔两重城。

喜迁莺令 西湖

青嶂绕，翠堤斜。晴绮散馀霞。一湖春水碧无瑕。可惜画船遮。

　　燕交飞，莺对语。风软香尘凝路。一年春事又杨花。诗酒□

按原无空格，据律补韶华。以上四首见永乐大典卷二千二百六十五湖字韵

贺新郎 代寄

怕听黄昏雨。到黄昏、陡顿潇潇，雨声不住。香冷罗衾愁无寐，难
奈凄凄楚楚。暗试把、佳期重数。楼外一行征雁过，更偏来、撩理
芳心苦。心自苦，向谁诉。　　菱花憔悴羞人觑。叹红低翠黯，不
似旧家眉妩。目断阳台幽梦阻，孤负朝朝暮暮。怕泪落、瑶筝慵
拊。手捻梅花春又近，料人间、别有安排处。云碧袖，为君舞。永乐
大典卷一万四千三百八十一寄字韵引葵窗词稿

　　以上周端臣词九首，用周泳先辑葵窗词稿

赵福元

　　　　刘克庄千家诗中有赵福元诗多首。

沁园春 庆赵运幹

一剑凌风，跨六鳌头，登群玉峰。听金童宣敕，琼胎掇送，大唐进
士，圣宋仙翁。琪树玲珑，宝花散漫，香霭天枝绕绛空。后五日，有
竹湖公相，梦叶非熊。　　峥嵘得子如龙。傲南墅脩篁皓鹤中。
似银瓶碾月，一清彻底，玉虹贯斗，千丈蟠胸。洛殿催班，燃灯赐
对，九万鹏程瞬息通。蟠桃宴，与蟾宫双桂，长伴乔松。截江网卷五

又　寿朱漕　正月初八

斗柄御寅,序启苍涂,气转洪钧。正乾坤交泰,圣贤相遇,风生虎啸,雾瀜龙兴。华渚流虹,璿枢绕电,期迈三朝嵩降申。真希有,庆吾皇万岁,重臣千春。　　　枫震疑是"宸"字之误宠数来频。缩叠组累累辉楚城。看袍将赐锦,带仍佩玉,十行丹诏,单骑红尘。入赞中兴,泰阶上宰,寿域八荒歌太平。运化笔,管烘□按原无空格,据律补,疑应是"春"字桃李,又一番新。

又　寿黄虚庵　三月廿九

珠斗阑干,银河清浅,梦祭帝关。见六丁拥道,一声传跸,翠幢舞凤,彩扇交鸾。寿祝天齐,神夸岳降,报道明朝重整班。璇星烂,有赤松黄石,雾凑苍坛。　　　仙风绿鬓朱颜。才奏罢呼麟游海山。命飞琼步月,瑶台凝净,云英捣雪,玉杵光寒。鹤立芝庭,龟迎荷□按原无空格,据律补,鼎看翩翩彩袖翻。留春醉,醉何须归去,常在人寰。以上二首翰墨大全丁集卷二

减字木兰花　赠草书颠

吮煤弄笔。草圣寰中君第一。电脚摇光。骤雨旋风声满堂。毫厘巧辨。唤起羲之当北面。醉眼摩研。错认书颠作酒颠。

鹧鸪天　赠歌妓

裙曳湘波六幅缣。风流体段总无嫌。歌翻檀口朱樱小,拍弄红牙玉笋纤。　　　腔子里,字儿添。嘲撩风月性多般。忔憎声里金珠进,惊起梁尘落无按"无"字误,圣译楼抄本翰墨大全诗徐作"舞"帘。以上二首翰墨大全壬集卷十六

李　亿

忆号草堂。千家诗中有李亿咏柳绝句。

念 奴 娇

镜鸾分影,望天涯肠断,悄无红叶。几度秋风吹翠被,一缕幽香难灭。燕卜新梁,花移别槛,回首春如客。欢情何在,绿杨空锁愁色。

　　可是今古风流,小乔姝丽,只许周郎得。金谷珠帘空百尺,不碍梦魂飞入。钗股盟深,旧缘未断,月有重圆日。蓝桥路近,乘云先问消息。

菩 萨 蛮

画楼酒醒春心悄。残月悠悠芳梦晓。娇汗浸低鬓。屏山云雨阑。

　　香车河汉路。又是匆匆去。鸾扇护明妆。含情看绿杨。　　以上二首阳春白雪卷五

徵招　梅

翠壶浸雪明遥夜,初疑玉虬飞动。莫弄紫箫吹,堕寒琼惊梦。把红炉对拥。怕清魄、不禁霜重。爱护殷勤,待长留作,道人香供。

　　尘暗古南州,风流远、谁寻故枝么凤。谩举目销凝,对愁云曚曨。向霞扉月洞。且嚼蕊、细开春瓮。这奇绝,好唤苍髯,与竹君来共。

阳春白雪卷七

刘　颉

颉字吉甫,号雪窗。千家诗中有刘吉父诗。

满 庭 芳

莺老梅黄，水寒烟淡，断香谁与添温。宝缸初上，花影伴芳尊。细细轻帘半卷，凭阑对、山色黄昏。人千里，小楼幽草，何处梦王孙。

十年，羁旅兴，舟前水驿，马上烟村。记小亭香墨，题恨犹存。几夜江湖旧梦，空凄怨、多少销魂。归鸦被，角声惊起，微雨暗重门。阳春白雪卷五

冯取洽

　　取洽字熙之，自号双溪拟巢翁，延平(今福建南平)人。有双溪词。

贺新郎　寿张宜轩

九日明朝是。问宜轩何事，今朝众宾交至。长记每年八月八，曾庆饮仙出世。直推到、于今何意。要待千崖秋气爽，向东篱、试探花开未。挝急鼓，舞长袂。　　主人臭味花相似。笑争春、红紫低昂，转头扫地。独占西风摇落候，旋屑黄金点缀。做得个、秋花元帅。旧说东阳流菊水，饮之者、寿过百馀岁。泛此酒，劝公醉。

又　黄玉林为风月楼作，次韵以谢

自顾卑栖翼。似沧洲、白鸟悠悠，静依拳石。聊寄一梯云木表，俯视霓虹千尺。乐江上、山间声色。镜样清流环样绕，笑赐湖、一曲夸唐敕。尘外趣，有谁识。　　飞来妙墨痕犹湿。走盘珠流出，不火食人胸膈。三叹阳春知和寡，但觉光生虚室。何处觅、倚歌箫客。他日玉林来得否，待平分、风月供吟笔。添一友，共闲逸。

又　次韵江定轩咏菊

句里思黄九。笑王郎、不奈寒芳,腰围如柳。得似江郎饶雅趣,时揽黄花诳口。吐妙语、与之争秀。闲绕珍丛吟不尽,尽风前、露下栾栾瘦。香自足,岂劳嗅。　　一尊问我能同否。叹双溪、冷落篱边,傲霜犹有。浩唱云笺金缕调,兴发小槽珠酒。待唤醒、早春梅友。独恨爱花人易老,漫一年、好景还依旧。东望处,立良久。

又　送别定轩

梦折营门柳。送君归、暂戏斑衣,又拢征袖。到得皇州风景异,只有湖山似旧。把感慨、寓之杯酒。雨抹晴妆西子样,且平章、剩赋诗千首。富与贵,本来有。　　青油幕底筹攻守。拥貔貅、朝气凌云,夜锋冲斗。蜀褐淮氛犹在眼,一扫正须健帚。又何惜、驱驰奔走。快展韬钤资世用,看归来、金印悬双肘。倾玉斝,为亲寿。

又　次玉林见寿韵

那得身无事。问双溪老子,而今万缘空否。正使尘劳偿未了,毕竟难昏灵府。已笑唾、功名如土。五十九年风雨过,算非非、是是何须数。垂老也,信缘度。　　绿阴朱夏回清暑。叹病来、觞怯流霞,扇闲白羽。方念生初增感慨,谁寄乐章新语。知是我、花庵庵主。一别三年惟梦见,定何时、相对倾琼醑。惊世路,有豺虎。玉林有池馆,扁曰花庵。

又　次玉林感时韵

知彼须知此。问筹边、攻守规模,云何则是。景色愔愔犹日暮,壮士无由吐气。又安得、将如廉李。燕坐江沱甘自蹙,笑腐儒、枉楦朝家紫。用与舍,徒为耳。　　黄芦白苇迷千里。叹长淮、篱落空疏,仅馀残垒。读父兵书宁足恃,击楫谁盟江水。有识者、知其庸矣。多少英雄沉草野,岂堂堂、吾国无君子。起诸葛,总戎事。

又 花庵老子以游戏自在三昧,寓之乐府。溪翁随喜和韵以咏叹之,不知维摩燕坐次,可授散花女,俾歌之以侑茗饮否?艾子,汝为老人书以寄之

问讯花庵主。这一宗、拍板门槌,是谁亲付。逢翰墨场聊作戏,那个是真实语。算惟有、青山堪住。玉立林幽真脱洒,又何妨、白石和泉煮。底用判,云游据。　　朝三暮四从渠赋。且随缘、家养园收,自然成趣。此外盘蜗馀一室,人我两俱无负。要参到、道心微处。尽做逃禅逃得密,也难遮、拨草来寻路。应为拨,懒残芋。

又 追次玉林所赋溪楼燕集韵

二老交相访。正不妨、勃窣婆娑,舍车而杖。忆在蓉村新雨过,门外春流浩荡。中有个、列仙臞相。把酒论诗饶胜韵,更柳边、花底同心赏。临别句,几回唱。　　忽传风驭来溪上。遣儿曹、策马郊迎,老怀欣畅。争讶金华佳父子,飞下蓬莱昆阆。有四士、追随仙仗。我爱君如何次道,便令人、直欲倾家酿。歌妙曲,郑声放。何充为刘惔所贵,每言见次道饮,令人欲倾家酿。言其能温克也。

又 用前韵自寿

往事休寻访。幸老来、筋力差强,未须扶杖。收脚八风波外立,一片虚空荡荡。悟寿者、本来无相。今日不知何日也,便戊申、重见何须赏。大梦曲,此时唱。　　团栾儿女溪堂上。且一觞、一咏陶然,此情堪畅。漫说神仙华屋好,缥缈峤壶蓬阆。这浮幻、也难凭仗。何似薰风来岁岁,蔼一家、和气如春酿。婚嫁了,尽闲放。

沁园春　次韵四友吴会卿次子西上

我爱□君,结屋并山,友松竹梅。有倦游孤剑,暂悬素壁,醉吟行
履,时印苍苔。得失不惊,知恬交养,浩浩胸中何壮哉。须知道,似
骅骝万里,道路方开。　　　相期湖上舒怀。莫放过花枝与酒杯。
况上天已办,河东新赋,圜桥乐得,海内英才。矍铄溪翁,据鞍一
笑,画饼功名赋倘来。长堤上,正柳花荷气,尽可追陪。

> **又**　次玉林惠示韵　二月三日,诸少载酒邀往遗蜕观
> 桃。半酣,追省昨游,因诵雅词"从此一春须一到"
> 之句,竟堕渺茫,为之黯然。辄用惠示元日沁园春
> 韵,写此怀思,一酹桃花也

人事好乖,云散风流,暗思去年。记竹舆伊轧,报临村里,筇枝颠
倒,忙返溪边。韲韭新炊,寻桃小酌,取次欢谣俱可编。难忘处,是
阳春一曲,群唱尊前。　　　新晴又放花天。况家酿堪携不用钱。
想有人如玉,已过南市,无人伴我,重醉西阡。旧约难凭,新词堪
赋,乐事赏心那得全。归来也,命儿将此意,写以朱弦。

又　用定轩雨馀有感韵写山中之趣

一雨需然,六合全清,空无点埃。喜秋容新沐,为谁媚妩,凉蟾留
照,正尔徘徊。蜡屐清游,渔蓑淡话,富贵於予何有哉。双溪上,总
旧盟鸥鹭,来往无猜。　　　烟霞竹石松梅。更无数幽花陆续开。
渐黄鸡啄黍,肥堪一箸,浮蛆拍瓮,美可三杯。儿解謽门,翁方索
句,俗客来时莫放来。青山好,尽从今日日,闷不妨排。

又　用前韵谢魏菊庄

举世纷纷,风靡波流,名氛利埃。有幽人嘉遁,长年修洁,寒花作

伴,竟日徘徊。餐荐夕英,杯迎朝露,世味何如此味哉。扬扬蝶,尽弄芳来往,我又奚猜。　　双溪约玉林梅。拟真到庄门一扣开。奈衢山风急,勒教回驾,横塘水弱,未许浮杯。恨结停云,神驰落月,白雪风前忽堕来。教儿唱,侑衰翁一醉,无闷堪排衢山、横塘,皆菊庄所居地名。

又　和答吕柳溪

问讯柳溪,溪上柳容,胡为带埃。叹阳春陡变,孰为披拂,赏音难遇,谁与徘徊。好在湖山,吾容不辱,寄径垂条岂偶哉。休摇荡,且深根宁极,免俗人猜。　　何妨傍竹依梅。待青眼春回一笑开。尽攀丝弄叶,效颦施黛,笼鞲拂帽,藉荫传杯。未碍飞绵,一高千丈,风力微时稳下来。天难问,便陶门汉苑,一任安排。

又　二月二日寿玉林

禀气之中,具圣之和,生逢令辰。算三春仲月,方才破二,百年大齐,恰则平分。立玉林深,散花庵小,中有脩然自在身。诗何似,似苏州闲远,庾府清新。　　青鞋布袜乌巾。试勇往蓉溪一问津。有心香一瓣,心声一阕,更携阿艾,同寿灵椿。劫劫长存,生生不息,宁极深根秋又春。聊添我,作风流二老,岁岁寻盟。

又　赠锦江歌者何琼

有孤竹君,音节拂云,谥曰洞箫。纵柳郎填就,周郎顾罢,欠伊品藻,律也难调。惭愧何郎。呜呜袅袅,翻入腭唇齿舌喉。谁知道,是郭郎亲授,共贯同条。　　后来一辈桍桍。甚声响都如鹦鹉娇。叹秦青已往,嘉荣何在,念奴骨朽,李八魂消。试向尊前,听君一曲,前辈风流未觉凋。冯郎老,但点头咽唾,拚解金貂王褒洞箫赋云:

幸得谥为洞箫兮,蒙圣主之渥恩。

水调歌头　四月四日自寿,用玉林韵,兼效其体

林叶润而密,莺语老犹娇。懒翁那记生日,兀兀度昏朝。勘破富贫贵贱,参透死生寿夭,至竟本同条。胸次绝疑碍,物外自超遥。

又何尝,贪七贵,慕三乔。溪山吾所自有,宜钓更堪樵。窃笑傍门小法,休觅驻颜大药,揠长只伤苗。造化大炉耳,愚智一齐销。

又　社后三日,诸少邀登北山之巅,把酒展眺,异趣同乐,又奚可不可之有。因赋是词付何琼,俾歌之以佐一醉

雪霁春已半,露重午方暄。一筇挂上高绝,便觉眼前宽。指点数家楼阁,检校一村花柳,绿水接青烟。峦岫竞围绕,风日更清妍。

闹媒蜂,纷使蝶,菜花繁。少年正尔行乐,谁复顾华颠。自有此丘此坂,那得游人箫鼓,暖响出中天。归步不妨晚,恰则月初弦。

念奴娇　次韵玉林寄示

高堂素壁,漫生绡十幅,图张消暑。不奈火云烧六合,逃也略无逃处。小派秋声,巨籁凉点,吸歘来何许。故人词翰,此时飞落蓬户。

何幸一笑掀髯,停杯浩唱,三叹遗音古。雪碗冰瓯无表里,更贮三危鲜露。咀咽生香,清寒入梦,展转忘宵曙。对床误喜,与君同听风雨。

金菊对芙蓉　奉同刘筼嵘、魏菊庄、冯竹溪、吕柳溪、道士王溪云,赏西渚荷花,醉中走笔用筼嵘韵庚寅

宝镜缘空,玉簪点水,荡摇千顷寒光。正江妃月姊,閗理明妆。扶阑一笑开诗眼,少容我、吟讽其旁。一川风露,满怀冰雪,云海弥

茫。　　　不妨倚醉乘狂。问天公觅取,几曲渔乡。听小楼哀管,偷弄初凉。夜深欢极忘归去,锦江酿透碧筒香。对花无语,花应笑我,不似张郎。

木兰花慢 次韵奉酬玉林病中见示

叹年光婉晚,蒲柳质、易惊秋。况念远怀人,停云幂幂,时雨飕飕。西风堕来雁信,似知予、竟日倚溪楼。报道归调汤剂,不知谁护衣篝。　　　悠然富贵不须求。安乐万缘休。但饱饭煎茶,婆娑永日,也胜闲愁。寒花自便寂寞,怕纷纷、蝶引与蜂勾。莫问障从何起,祇凭心有天游。

摸鱼儿 玉林君为遗蜕山中桃花赋也。花与主人,何幸如之,用韵和谢

叹刘郎、那回轻别,霏霏三落红雨。玄都观里应遗恨,一抹断烟残缕。愁望处。想雾暗云深,忘却来时路。新花旧主。记刻羽流商,裁红翦翠,山径日将暮。　　　空枝上,时有幽禽对语。声声如问来否。人生行乐须闻健,衰老念谁免此。吾所与。在溪上深深,锦绣千花坞。何时定去。但对酒思君,呼儿为我,频唱小桃句。以上彊村丛书本双溪词

蝶恋花 和玉林韵

秋到双溪溪上树。叶叶凉声,未省来何许。尽拓溪楼窗与户。倚阑清夜窥河鼓。　　　那得吟朋同此住。独对秋芳,欲寄花无处。杖屦相从曾有语。未来先自愁君去。

西江月 太岁日作

老子齐头六十,新年第一今朝。放开怀抱不须焦。万事付之一笑。

烟柳效颦翠敛，露桃献笑红妖。已拚行乐到元宵。尚可追随
年少。以上二首中兴以来绝妙词选卷十

　　按冯取洽双溪词，传本残缺。依目尚有蝶恋花一首，渔家傲二首，踏莎行一首，柳
梢青二首，浣溪沙、玉楼春、行香子各一首，西江月三首，如梦令、烛影摇红、昭君
怨各一首，共十五首，已佚。

赵以夫

　　以夫字用父，号虚斋，福之长乐人。郧国公德钧七世孙，彦括第四
子。生于淳熙十六年(1189)。嘉定十年(1217)进士。历知邵武军、漳
州，皆有治绩。嘉熙初，为枢密都承旨。二年(1238)，拜同知枢密院事，
淳祐初罢。寻加资政殿学士、进吏部尚书、兼侍读，诏与刘克庄同纂修
国史。宝祐四年(1256)卒，年六十八。有虚斋乐府。

万年欢　庆元圣节

凤历开新，正微和乍转，丽景初晓。五荚蓂舒，光映玉阶瑶草。在
在东风语笑。庆此日、虹流电绕。鲸波静，翠涌鳌山，嵩呼声动云
表。　　绛节霓旌缥缈。望珠星灿烂，紫微深窈。瑞液香浮，露湿
蟠桃犹小。叠叠仙韶九奏，知春到、人间多少。蓬莱外，若木扶疏，
万年枝上长好。

大酺　牡丹

正绿阴浓，莺声懒，庭院寒轻烟薄。天然花富贵，逞夭红殷紫，叠葩
重萼。醉艳酣春，妍姿浥露，翠羽轻明如削。檀心鸦黄嫩，似离情
愁绪，万丝交错。更银烛相辉，玉瓶微浸，宛然京洛。　　朝来风
雨恶。怕俦偬、低张青油幕。便好倩、佳人插帽，贵客传笺，趁良
辰、赏心行乐。四美难并也，须拚醉、莫辞杯勺。被花恼、情无著。

长笛何处,一笑江头高阁。极目水云漠漠。

按此首刘毓盘误辑入谭宣子在庵词。

孤鸾 梅

江南春早。问江上寒梅,占春多少。自照疏星冷,只许春风到。幽香不知甚处,但迢迢、满汀烟草。回首谁家竹外,有一枝斜好。

　　记当年、曾共花前笑。念玉雪襟期,有谁知道。唤起罗浮梦,正参横月小。凄凉更吹塞管,漫相思、鬓华惊老。待觅西湖半曲,对霜天清晓。

金盏子 水仙

得水能仙,似汉皋遗珮,碧波涵月。蓝玉暖生烟,称缟袂黄冠,素姿芳洁。亭亭独立风前,照冰壶澄彻。当时事,琴心妙处谁传,顿成愁绝。　　六出自天然,更一味清香浑胜雪。西湖秋菊寒泉,似坡老风流,至今人说。殷勤折伴梅边,听玉龙吹裂。丁宁道,百年兄弟,相看晚节。

天香 牡丹

蜀锦移芳,巫云散彩,天孙剪取相寄。金屋看承,玉台凝盼,尚忆旧家风味。生香绝艳,说不尽、天然富贵。脸嫩浑疑看损,肌柔只愁吹起。　　花神为谁著意。把韶华、总归姝丽。可是老来心事,不成春思。却羡宫袍仙子。调曲曲清平似翻水。笑嘱东风,殷勤劝醉。

探春慢 立春

南国收寒,东郊放暖,条风初回台榭。小燕横钗,闹蛾低鬓,根底吴

娃妖冶。纤手传生菜,向人道、新春来也。莫须沉醉樽前,这些风
景无价。　　长记年年此日,迎著个牛儿,彩鞭羞打。飐飐金幡,
星星华髪,得似家山闲暇。都把心期事,待问讯、柳边花下。箫鼓
声中,温存小楼深夜。

又　四明除夜

屑璐飘寒,镂金献巧,妆成水晶亭榭。飞絮悠扬,散花零乱,绝胜翠
娇红冶。粉艳嘻嘻道,尽飞上、使君须也。多情莫笑衰翁,旧时梁
苑声价。　　窗外小梅羞涩,倩羯鼓尊前,慢敲轻打。鲸海停波,
鹤谯宾月,赢得残年清暇。心事知谁会,但梦绕、越王城下。白玉
青丝,且同醉吟春夜。

又　四明次黄玉泉

宝胜宾春,华灯照夜,穷冬浑然如客。炉焰麟红,杯深翡翠,早减三
分寒力。一笑团栾处,恰喜得、雪消风息。苔枝数蕊明珠,恍疑香
麝初拆。　　懊恨东君无准,甚朝做重阴,暮还晴色。唤燕呼莺,
雕花镂叶,机巧可曾休得。静里无穷意,漫看尽、纷纷红白。且听
新腔,红牙玉纤低拍。

龙山会　南丰登高

重整登高屐。群玉峰头,万里秋无极。远山青欲滴。新雁过、缥缈
孤云天北。烟入小桥低,水痕退、寒流澄碧。对佳辰,惊心客里,鬓
丝堪摘。　　风流晋宋诸贤,骑台龙山,俯仰皆陈迹。凭阑看落
日。嗟往事、唯有黄花如昔。醉袖舞西风,任教笑、参差凫舄。但
回首,东篱久负,有谁知得。

又 去年九日,登南涧无尽阁,野涉赋诗,仆与东溪、药
窗诸友皆和。今年陪元戎游升山,诘朝始克修故
事,则向之龙蛇满壁者,易以山水矣。拍阑一笑。
游兄、几叟分韵得苦字,为赋商调龙山会

九日无风雨。一笑凭高,浩气横秋宇。群峰青可数。寒城小、一水
萦洄如缕。西北最关情,漫遥指、东徐南楚。黯销魂,斜阳冉冉,雁
声悲苦。　　今朝黄菊依然,重上南楼,草草成欢聚。诗朋休浪
赋。旧题处、俯仰已随尘土。莫放酒行疏,清漏短、凉蟾当午。也
全胜、白衣未至,独醒凝伫。

又 四明重阳泛舟月湖

佳节明朝九。彩舫凌虚,共醉西风酒。湖光蓝滴透。云浪碎、巧学
波纹吹皱。碧落杳无边,但玉削、千峰寒瘦。留连久,秋容似洗,月
华如昼。　　回头南楚东徐,暝霭苍烟,处处空刁斗。山公今健
否。功名事、付与年时交旧。白发苦欺人,尚堪插、黄花盈首。归
去也、东篱好在,觅渊明友。

芙 蓉 月

黄叶舞碧空,临水处、照眼红苞齐吐。柔情媚态,伫立西风如诉。
遥想仙家城阙,十万绿衣童女。云缥缈,玉娉婷,隐隐彩鸾飞舞。
　　樽前更风度。记天香国色,曾占春暮。依然好在,还伴清霜凉
露。一曲阑干敲遍,悄无语。空相顾。残月淡,酒阑时、满城钟鼓。
按此首别误作吴仲方词,见永乐大典卷五百四十蓉字韵引吴仲方江湖诗乐府。

夜飞鹊 七夕和方时父韵

微云拂斜月,万籁声沉。凉露暗坠桐阴。蛾眉乞得天孙巧,悄悄楼
上穿针。佳期鹊相误,到年时此夕,欢浅愁深。人间儿女,说风流、

直到如今。　　　河汉几曾风浪，因景物牵情，自是人心。长记秋庭往事，钿花蔚翠，钗股分金。道人无著，正萧然、竹枕练衾。梦回时，天淡星稀，闲弄一曲瑶琴。

　　按此首江湖后集卷十七误作吴仲方词。

秋蕊香 木樨

一夜金风，吹成万粟，枝头点点明黄。扶疏月殿影，雅澹道家装。阿谁倩、天女散浓香。十分熏透霓裳。徘徊处，玉绳低转，人静天凉。　　　　底事小山幽咏，浑未识清妍，空自情伤。忆佳人、执手诉离湘。招蟾魄、和酒吸秋光。碧云日暮何妨。惆怅久，瑶琴微弄，一曲清商。

角招 姜白石制角招、徵招二曲，仆赋梅花，以角招歌
之。盖古乐府有大小梅花，皆角声也

晓风薄。苔枝上、蔚成万点冰萼。暗香无处著。立马断魂，晴雪篱落。横溪略彴。恨寄驿、音书辽邈。梦绕扬州东阁。风流旧日何郎，想依然林壑。　　　　离索。引杯自酌。相看冷淡，一笑人如削。水云寒漠漠。底处群仙，飞来霜鹤。芳姿绰约。正月满、瑶台珠箔。徙倚阑干寂寞。尽分付，许多愁，城头角。

徵招 雪

玉壶冻裂琅玕折，骎骎逼人衣袂。暖絮张空飞，失前山横翠。欲低还又起。似妆点、满园春意。记忆当时，剡中情味，一溪云水。

　　天际。绝行人，高吟处，依稀灞桥邻里。更蔚蔚梅花，落云阶月地。化工真解事。强勾引、老来诗思。楚天暮，驿使不来，怅曲阑独倚。

扬州慢 琼花唯扬州后土殿前一本,比聚八仙大率相类,而不同者有三:琼花大而瓣厚,其色淡黄,聚八仙花小而瓣薄,其色微青,不同者一也。琼花叶柔而莹泽,聚八仙叶粗而有芒,不同者二也。琼花蕊与花平,不结子而香,聚八仙蕊低于花,结子而不香,不同者三也。友人折赠数枝,云移根自鄱阳之洪氏。赋而感之,其调曰扬州慢

十里春风,二分明月,蕊仙飞下琼楼。看冰花翦翦,拥碎玉成球。想长日、云阶伫立,太真肌骨,飞燕风流。敛群芳、清丽精神,都付扬州。　　雨窗数朵,梦惊回、天际香浮。似阆苑花神,怜人冷落,骑鹤来游。为问竹西风景,长空淡、烟水悠悠。又黄昏羌管,孤城吹起新愁。

又 诸贤咏赏琼花之次日,复得牡丹数枝,方兹溪又以词来索和,遂并为二花著语

梁苑吟新,高阳饮散,玉容寂寞妆楼。故人应念我,折赠水晶球。不须倩、东风说与,吹箫云路,解佩江流。似天涯、邂逅相逢,低问东州。　　为花更醉,细挼香、酒面酥浮。记桥月同看,帘风共笑,仙枕曾游。无奈乍晴还雨,江天暮、飞絮悠悠。莫先教偷取,春归满地清愁。

惜黄花 菊

众芳凋谢。堪爱处、老圃寒花幽野。照眼如画。烂然满地金钱,买断金钱无价。古香逸韵似高人,更野服、黄冠潇洒。向霜夜。冷笑暖春,桃李夭冶。　　襟期问与谁同,记往昔、独自徘徊篱下。采采盈把。此时一段风流,赖得白衣陶写。而今为米负初心,且细摘、轻浮三雅。沉醉也。梦落故园茅舍。

忆旧游慢　荷花，泛东湖用方时父韵

爱东湖六月，十里香风，翡翠铺平。误入红云里，似当年太乙，约我寻盟。叶舟荡漾寒碧，分得一襟冰。渐际晚轻阴，脩蒲舞绿，倦柳梳青。　　娉婷。黯无语。想怨女三千，长日宫庭。六六阑干曲，有玉儿才貌，谁与看承。柔情一点无奈，频付酒杯行。到夜静人归，凉蟾自照鸥鹭汀。

又

望红渠影里，冉冉斜阳，十里堤平。唤起江湖梦，向沙鸥住处，细说前盟。水乡六月无暑，寒玉散清冰。笑老去心情，也将醉眼，镇为花青。　　亭亭。步明镜，似月浸华清，人在秋庭。照夜银河落，想粉香湿露，恩泽初承。十洲缥缈何许，风引彩舟行。尚忆得西施，馀情袅袅烟水汀。

解语花　东湖赋莲后五日，双苞呈瑞。昌化史君持以见遗，因用时父韵

红香湿月，翠影停云，罗袜尘生步。并肩私语。知何事、暗遣玉容泣露。闲情最苦。任笑道、争妍似妒。倒银河，秋夜双星，不到佳期误。　　拟把江妃共赋。当时携手，烟水深处。明珠溅雨。凝脂滑、洗出一番铅素。凭谁说与。莫便化、彩鸾飞去。待玉童，双节来迎，为作芙蓉主。

烛　影　摇　红

乍冷还暄，小春时候今朝转。三分历日二分休，镜里清霜满。云幕低垂不展。矮窗明、红麟初暖。老来活计，浊酒三杯，黄庭一卷。　　万里关河，朔风吹到边声远。倚楼脉脉数归鸿，谁会愁深浅。

最苦山寒日短。但梅花、相看岁晚。何人金屋,巧啭歌莺,慢调筝雁。

薄媚摘遍　重九登九仙山和张牙嫡韵

桂香消,梧影瘦,黄菊迷深院。倚西风,看落日,长江东去如练。先生底事,有赋飘然。刚道为田园。独醒何为,持杯自劝。未能免。

休把茱萸吟玩。但管年年健。千古事、几凭阑。吾生早、九十强半。欢娱终日,富贵何时,一笑醉乡宽。倒载归来,回廊月满。

沁园春　次刘后村

秋入书帏,漏箭初长,熏炉未灰。向酒边陶写,韩情杜思,案头料理,汉蠹秦煨。天有高情,世无慧眼,刚道先生是不斋。人都笑,这当行铺席,又不成开。　　忘怀。物外徘徊。与鸥鹭同盟两莫猜。似琉璃匣里,光涵牛斗,凤皇台上,声挟风雷。宝汞一钱,冰衔三字,浮利浮名安在哉。太平也,要泥金镂玉,除是公来。

又　自鄞归赋

客问吾年,吾将老矣,今五十三。似北海先生,过之又过,善财童子,参到无参。官路太行,世情沧海,何止嵇康七不堪。归来也,是休官令尹,有髪瞿昙。　　千岩。秀色如蓝。新著个楼儿恰对南。看浮云自在,百般态度,长江无际,一碧虚涵。荔子江珧,莼羹鲈鲙,一曲春风酒半酣。凭阑处,正空流皓月,光满寒潭。

又　次方时父

自笑生来,骨相无奇,壬三甲三。觉紫宸班里,都忘故步,维摩室内,添个新参。壮也不如,老之将至,今日将军战岂堪。江湖客,况诗肥贾岛，笔瘦王厹。　　　纷纷纤紫拖蓝。送水北山人又水南。喜支离得佚，散材可寿，一丘自足，万象中涵。脍炙功名，膏肓富贵，举世黄粱梦正酣。知谁健，且茹芝商岭，饮菊胡潭。

贺新郎　四明送上官尉归吴

满酌蓬莱酒。最苦是、中年作恶，送人时候。一夜朔风吹石裂，惊得梅花也瘦，更衣袂、严霜寒透。卷起潮头无丈尺，甚扁舟、拍上三江口。明月冷，载归否。　　　分携欲折无垂柳。但层楼徙倚，两眉空皱。海阔天高无处问，万事不堪回首。况目断、孤鸿去后。玉样松鲈今正美，想子真、微笑还招手。且为我，饮三斗。

又　次刘后村

葵扇秋来贱。阿谁知、初回轻暑，又教题遍。不是琵琶知音少，无限如簧巧啭。倩说似、长门休怨。莫把蛾眉与人妒，但疏梅、淡月深深院。临宝鉴，欲妆懒。　　　少时声价倾梁苑。到中年、也曾落魄，雾收云卷。待入汉庭金马去，洒笔长江衮衮。好留取、才名久远。过眼荣华俱尘土，听关雎、盈耳离骚婉。歌不足，为嗟叹。

又　送郑怡山归里

载酒阳关去。正西湖、连天烟草，满堤晴絮。采翠撷芳游冶处，应和娇弦艳鼓。看柳外、画船无数。万顷琉璃浑镜净，陡风波、汹汹鱼龙舞。谈笑里，遽如许。　　　流觞满引浇离绪。便东西、斜阳立马，绿波前浦。自是莼鲈高兴动，恰值春山杜宇。漫回首、软红香雾。咫尺佳人千里隔，望空江、明月横洲渚。清梦断，恨如缕。

按此首江湖后集卷十七误作吴仲方词。

又 芝山堂下,兰开双花,瓣外环,两心中并,有同人之
义焉。瑞莲、嘉禾,歌颂多矣,此独创见,小词纪之

草色庭前绿。掩重门、国香伴我,画帘幽独。无奈薰风吹绿绮,闲
理离骚旧曲。觉鼻观、微闻清馥。可是花神嫌冷淡,碧丛中、炯炯
骈双玉。相对久,各欢足。　　冰姿带露如新沐。想当年、夷齐二
子,独清孤竹。千古英雄尘土尽,凛凛西山云木。总付与、一樽醽
醁。学得汉宫娇姊妹,便承恩、贮向黄金屋。终不似,在空谷。

又 夜来月色可人,兰香满室,再用前调

碾破长空绿。看银蟾、一轮似水,照人清独。缥缈风摇环佩碎,疑
是英茎妙曲。忽散作、天花芬馥。帝子双双来洞户,炯肌肤、冰雪
颜如玉。愁易老,意难足。　　楚江万顷疏汤沐。想佳人、依然携
手,碧云修竹。葱茜玲珑方寸许,清过千重夏木。速就我、同倾湘
醁。追忆兰亭当日事,尽凄凉、也胜卢仝屋。应不到,羡金谷。

又 次孙花翁乙酉

春事浑如客。趁新晴、花骢骄俊,纻衫轻窄。腊瓮初倾光欲动,笑
把黄甘旋擘。更喜得、酒朋诗敌。陶写襟怀觞咏里,似风流、王谢
当年集。忘尔汝,任争席。　　疏帘画舫梅妆白。看斜阳、波心镜
面,照伊颜色。缥缈笙歌天上谱,一刻千金莫惜。谁信道、高楼占
得。柳外暝烟人去也,但月钩、冷浸阑干湿。知道了,几寒食。

汉宫春 次方时父元夕见寄

投老归来,记踏青堤上,三度逢君。寒窗冷淡活计,明月空尊。红
红白白,又一番、春色撩人。谁信道,闲中天地,园林几见成尘。

　　今夕偶无风雨,便满城箫鼓,来往纷纷。鳌山宝灯照夜,罗绮千

门。珠帘尽卷,看娉婷、水上行云。应自笑,周郎少日,风流羽扇纶巾。以上陶氏涉园景宋本虚斋乐府卷上

　　按此首江湖后集卷十七误作吴仲方词。

暗香　为毅斋知院赋

冰花炯炯。记那回占断,春风鳌顶。独抱寒香,得意西湖酒初醒。为问玉堂富贵,争得似、山中深靓。向岁晚,竹翠松苍,闲伴一枝冷。　　南浦,水万顷。想月湿断矶,云弄疏影。粉英落尽。孤鹤长鸣夜方永。将见青青似豆,又迤逦、传黄风景。听报道、催去也,再调玉鼎。

疏影　为意一侍郎赋

晴空漠漠。怪雪来底处,飘满篱落。元是花神,管领春风,幽香忽遍林壑。玉仙缓辔江城路,全不羡、扬州东阁。似天教、瑶佩琼裾,荐与翠尊冰勺。　　闻道儿童好语,丰年瑞覆斗,占取红尊。驿使飞驰,羹鼎安排,速趁良辰行乐。联镳一一清都客,也肯把、山翁同约。醉归来、梦断西窗,怕听丽谯悲角。

尾犯　重九和刘随如

长啸蹑高寒,回首万山,空翠零乱。渺渺清秋,与斜阳天远。引光禄、清吟兴动,忆龙山、旧游梦断。夹衣初试,破帽多情,自笑霜蓬短。　　黄花长好在,一俯仰、节物惊换。紫蟹青橙,觅东篱幽伴。感今古、风凄霜冷,想关河、烟昏月淡。举杯相属,殷勤更把茱萸看。

燕春台　送徐意一

绣地残英,画空飞絮,东风又送春归。雨足郊坰,相将翠密成帷。
燕莺犹恋芳菲。向枝头、叶底依依。留春不住,绿波渺渺,碧草萋
萋。　　锦帆开晓,彩仗迎熏,峰回路转,月淡天低。红云影里,群
仙报道班齐。九奏箫韶,算人间、无此埙篪。步新堤。金鼎调羹
也,梅子黄时。

又　送郑毅斋入觐

锦里春回,玉垒天近,东风稳送雕辀。祖帐移来,光流万斛金莲。
十分香月娟娟。照人间、一点魁躔。此时新事,飞来双凤,催上甘
泉。　　寻思京洛,少日芳游,柳遥禁雪,花淡宫烟。鳌山涌翠,通
宵脆管繁弦。再见升平,想红云、缥缈群仙。看明年。金殿传柑
宴,衮绣貂蝉。

玉烛新　和方时父,并怀孙季蕃

寒宽一雁落。正万里相思,被渠惊觉。春风字字吹香雪,唤起西湖
盟约。当时醉处,仿佛记、青楼珠箔。又不是、南国花迟,徘徊酒边
慵酌。　　家山月色依然,想竹外横枝,玉明冰薄。而今话昨。空
对景、怅望美人天角。清尊淡薄。便翠羽、殷勤难托。休品入、三
叠琴心,教人瘦却。

念奴娇　寒食次卢野涉,并怀孙季蕃

重门翠锁,笑侯鲭断绝,又逢寒食。社瓮初开春浩荡,荠蕨漫山谁
摘。榆火传新,柳绵吹老,愁绪空千忆。百花过了,游蜂将次成蜜。
　　追思共醉西湖,诗朋俆几,俯仰成悲恻。月射波心光万丈,犹

想当时颜色。黄鹄翩翩,白驹皎皎,莫待山灵勒。金貂蒻笠,问渠
还肯相易。

又　次朱制参送其行

尊前一笑,问梅花消息,几枝开遍。咳唾随风人似玉,寒夜春生酒
面。故里天遥,殊乡岁晚,忍对骊驹宴。无情潮汐,可能为我留恋。
　　目断雪棹烟帆,匆匆轻别,岂是如鸿燕。要趁盘椒供燕喜,舞
袖斓斑双旋。屈指重来,扬鞭催去,想在金銮殿。云萍无据,莫辞
蘸甲深劝。

又

梅花度曲,被多情勾引,枝枝看遍。暗忆孤山今夜月,疏影横斜镜
面。萼绿凌风,云英怯冷,未放瑶池宴。人间蜂蝶,也知无计迷恋。
　　闻道管领多才,清词好句,泥落空梁燕。好唤蕊珠供彩笔,莫
待随风面旋。千岁蟠虬,双栖幺凤,咫尺蓬莱殿。湖边春暗,料应
日日酬劝。

风流子　中秋群贤集于蜗舍,值雨作,和刘随如

忆昔少年日,吴江上、长啸步垂虹。看飞出玉轮,十分端正,幻成冰
壑,一碧澄空。当此际,醉魂游帝所,凉袂飐秋风。桂殿凤笙,妙音
何处,莼羹鲈脍,清兴谁同。　　今宵欢娱地,千钧笔、模写拟付良
工。无奈云沉顾兔,雨挂痴龙。误骚客宿吟,杯仙梦醉,负他佳节,
戏我衰翁。毕竟孤光长在,后夜重逢。

二郎神　次方时父送春

一江渌净,算阅尽、燕鸿来去。便系日绳长,修蟾斧妙,教驻韶华未

许。白白红红多多态,问底事、东皇无语。但碧草淡烟,落花流水,不堪回仁。　　晴雨。陡寒乍热,清阴庭户。任诗卷抛荒,棋枰休务,寂寞风帘舞絮。我酌君斟,我词君唱,谁似卿卿箫史。拚酩酊,断送春归,恰好听鸠呼妇。

又 次陈唯道

野塘暗碧,渐点点、翠钿明镜。想昼永珠帘,人闲金屋,时倚妆台照影。睡起阑干凝思处,漫数尽、归鸦栖暝。知月下莺黄,云边蛾绿,为谁低整。　　曾倩。雁传鹊报,心期千定。奈柳絮浮云,桃花流水,长是参差不并。莫怨春归,莫愁柘老,蚕已三眠将醒。肠断句,枉费丹青,漠漠水遥烟迥。

木兰花慢 漳州元夕

玉梅吹雾雪,觉和气、满南州。更连夕晴光,一番小雨,朝霭全收。人情不知底事,但黄童白叟总追游。驾海千寻彩岫,涨空万点星球。　　风流。秀色明眸。金莲步、度轻柔。任往来燕席,香风引舞,清管随讴。何曾见痴太守,已登车、去也又迟留。人似多情皓月,十分照我当楼。

按此首江湖后集卷十七误作吴仲方词。

满江红 牡丹和梁质夫

倾国精神,娇无力、亭亭向谁。还知否,羞沉月姊,妒杀风姨。满地胭脂春欲老,平池翡翠水新肥。祇花王、富贵占韶光,真绝奇。

香暗动,人未知。翻玉拍,度金衣。任轻红殷紫,对景偏宜。闻道洛阳夸此地,因思京国太平时。向沉香亭北按新词,乘醉归。

摸鱼儿 荷花归耕堂用时父韵

古城阴、一川新浸,天然尘外幽绝。谁家幻出千机锦,疑是蕊仙云
织。环燕席。便纵有万花,此际无颜色。清风两腋。炯玉树森前,
碧筩满注,共作醉乡客。　　　长堤路,还忆西湖景物。游船曾点空
碧。当时总负凌云气,俯仰顿成今昔。愁易极。更对景销凝,怅望
天西北。归来日夕。但展转无眠,风棂水馆,冷浸五更月。

水龙吟 次周月船

塞楼吹断梅花,晓风瑟瑟添凄咽。关河万里,烟尘四野,眼前都别。
击楫功名,椎锋意气,是人都说。问周郎何日,小乔到手,为君赋、
酹江月。　　　休把愁肠暗结。又相将、鲁云书节。锦围放密,金樽
任满,歌声莫歇。赢得朝朝,半醒半醉,伴痴伴劣。尽謷腾,深入无
何,管甚须鬓成雪。

又 次李起翁中秋

谁家明镜飞空,海天绀碧浮秋霁。西风淡荡,纤云卷尽,小星疑坠。
宇宙冰壶,襟怀玉界,飘然仙思。炯灵犀一点,蟾辉万丈,长相射、
清清地。　　　只有桂花长好,照人间、几番荣悴。年年此夕,持杯
嚼露,挥毫翻水。宝瑟凄清,玉箫缥缈,佩环声碎。唤谪仙起舞,古
今同梦,不知何世。

水调歌 次方时父癸卯五月四日

竞渡楚乡事,夸胜锦缠头。湖光渌净,转胜雪浪舞潜虬。刚道琉璃
宝苑,移作水晶珠阙,鳌顶出中流。一钓惊天地,能动此心不。
　　　活千年,封万户,等虚舟。渺然身世,烟水浩荡一沙鸥。听得长

淮风景,唤起离骚往恨,杜若满汀洲。相对老榕下,五月已先秋。

双　瑞　莲

千机云锦里。看并蒂新房,骈头芳蕊。清标艳态,两两翠裳霞袂。似是商量心事。倚绿盖、无言相对。天蘸水。彩舟过处,鸳鸯惊起。　　缥缈漾影摇香,想刘阮风流,双仙姝丽。闲情不断,犹恋人间欢会。莫待西风吹老,荐玉醴、碧筩拚醉。清露底。明月一襟归思。

桂枝香　四明鄞江楼九日

水天一色。正四野秋高,千古愁极。多少黄花密意,付他欢伯。楼前马戏星球过,又依稀、东徐陈迹。一时豪俊,风流济济,酒朋诗敌。　　画不就、江东暮碧。想阅尽千帆,来往潮汐。烟草萋迷,此际为谁心恻。引杯抚剑凭高处,黯消魂、目断天北。至今人笑,新亭坐间,泪珠空滴。

又　四明中秋

青霄望极。际万里月明,无点云色。一片冰壶世界,水乡先得。年年客里惊秋半,倚西风、鬓华吹白。觅闲无路,相逢且醉,好天凉夕。　　听曲曲、仙韶促拍。趁画舸飞空,雪浪翻激。行乐风流,暗省旧时京国。插空翠巘连星麓,但波痕、浮动金碧。不如归去,扁舟五湖,钓竿渔笛。

永遇乐　七夕和刘随如(原脱如字,据江标刻本虚斋乐府补)

云雁将秋,露萤照夜,凉透窗户。星网珠疏,月奁金小,清绝无点

暑。天孙河鼓,东西相望,隐隐光流华渚。妆楼上,青瓜玉果,多少
騃儿痴女。　　金针暗度,珠丝密结,便有系人心处。经岁离思,
霎时欢爱,愁绪空万缕。人间天上,一般情味,枉了锦笺嘱付。又
何似,吹笙仙子,跨黄鹤去。

鹊桥仙 富沙七夕为友人赋

翠绡心事,红楼欢宴,深夜沉沉无暑。竹边荷外再相逢,又还是、浮
云飞去。　　锦笺尚湿,珠香未歇,空惹闲愁千缕。寻思不似鹊桥
人,犹自得、一年一度。

　　　按以上二首江湖后集卷十七误作吴仲方词。

虞　美　人

天凉来傍荷花饮。携手看云锦。城头玉漏已三更。耳畔微闻新
雁、几声声。　　兰膏影里春山秀。久立还成皱。酒阑天外月华
流。我醉欲眠、卿且去来休。

又 红木樨次谢主簿

秦娥冷淡愁无奈。小作施朱态。霓裙霞佩下瑶台。一朵绿云围
绕、送春来。　　玄霜捣尽丹砂就。拚醉长生酒。羡君幽壑狎流
年。把住西风长对、广寒仙。

荔支香近 乐府有荔支香调,似因物命题而亡其词,辄
　　　　　　为补赋

翡翠丛中,万点星球小。怪得鼻观香清,凉馆薰风透。冰盘快剥轻
红,滑凝水晶皱。风姿,姑射仙人正年少。　　红尘一骑,曾博妃
子笑。休比葡萄,也尽压江瑶倒。诗情放逸,更判琼浆和月釂。细

度冰霜新调。

西江月　次方蒙斋月夜

几点垂垂北斗,一床悄悄西风。山河天地点尘空。月殿蟾蜍欲动。

　　舌本琼浆甘彻,鼻端玉蕊香通。棋边切莫笑衰翁。个里本来空洞。

一落索　牡丹次谢主簿韵

露沁香肌娇秀。燕脂微透。蕊宫仙子驾祥鸾,被风卷、霞衣皱。

　　轻蒻倩他红袖。簪来盈首。直须沉醉此花前,怕花到、明朝瘦。

青玉案　荷花,赣州巢龟亭为曾提管赋

水亭横枕荷花浦。觉水面、香来去。亭上佳人云态度。天然娇韵,十分捐就,唱尽黄金缕。　　　耳边低道清无暑。我欲卿卿卿且住。自笑风情衰几许。一床明月,五更残梦,不到阳台路。

小重山　红木樨次谢先辈韵

一种分香自月宫。人间清绝处,小山丛。谁将仙米掷虚空。丹砂碎,糁遍碧云中。　　　好是窦家风。年年秋色里,又香浓。风流全在主人翁。青青鬓,相映脸潮红。

谒 金 门

梅共雪。著个玉人三绝。醉倒醉乡无宝屑。照人些子月。　　　催得花王先发。一曲阳春圆滑。疑是嵬坡留锦袜。至今香未歇。

醉蓬莱　寿安晚郑丞相

正三边月静,万国年丰,菊多梅小。吐玉擎香,蔼皇都清晓。龙驾徐
驱,貂冠夹侍,天也和人笑。紫陌欢谣,如今事事,胜端平好。

玉带垂虹,衮衣华日,秋水精神,瞿仙容貌。长对凝旒,不羡商岩老。
胸次乾坤,掌中霖雨,造化知多少。便好重将,绛人甲子,数中书考。

凤　归　云

正愁予,可堪去马便骓骓。拟折一枝。堤上万垂丝。离思无边,离
席易散,落日照清漪。苦是禁城催鼓,虚床难寐,梦魂无路归飞。

陡寒还热,急雨随晴,化工无准,将息偏难,更向分携处、立多
时。吟鬓凋霜,世味嚼蜡,病骨怯朝衣。我有一壶风月,荔丹芝紫,
约君同话心期。

芰荷香　端午和黄玉泉韵

倚晴空。爱湖光潋滟,楼影青红。彩丝金黍,水边还又相逢。怀沙
人问,二千年、犹带酸风。骚人洒墨香浓。幽情要眇,雅调惺松。

天上菖蒲五色,倩掺掺素手,分入雕钟。新欢往恨,一时付与
歌童。斜阳正好,且留连、休要匆匆。应须倒尽郫筒。归鞭笑指,
月挂苍龙。　　以上陶氏涉园景宋本虚斋乐府卷下

存　目　词

郑觉斋

扬 州 慢

弄玉轻盈,飞琼淡泞,袜尘步下迷楼。试新妆才了,炷沉水香球。记晓剪、春冰驰送,金瓶露湿,缇骑新流。甚天中月色,被风吹梦南州。　　尊前相见,似羞人、踪迹萍浮。问弄雪飘枝,无双亭上,何日重游。我欲缠腰骑鹤,烟霄远、旧事悠悠。但凭阑无语,烟花三月春愁。全芳备祖前集卷五琼花门

念 奴 娇

卷帘酒醒,怕无言、慵理残妆啼粉。记绾同心双绣带,珠箔青楼花满。琢玉传情,断金订约,总是愁根本。谁知薄幸,肯于长处寻短。　　旧日掌上芙蓉,新来成刺,变却风流眼。自信华年风度在,未怕香红春晚。恩不相酬,怨难重合,往事冰澌泮。分明诀绝,股钗还我一半。

谒 金 门

秋夜永。叶叶梧桐霜冷。皓月窥人深院静。孤鸿窗外影。　　情是相思深井。恩是相思修绠。别后信音浑不定。银瓶何处引。以上二首阳春白雪卷七

张　榘

　　榘字方叔,号芸窗,润州(今江苏镇江)人。淳祐间,句容令。宝祐

中,江东制置使参议、机宜文字。有诗集并乐府,今传芸窗词藁一卷。

孤鸾　次虚斋先生梅词韵(原底本题作次韵二字,前列
赵以夫原词,下首同)

塞鸿来早。正碧瓦霜轻,玉麟寒少。昨夜南枝,一点阳和先到。黄昏半窗淡月,照青青、谢池春草。此际虚斋心事,与此花俱好。

算巡檐、索共梅花笑。是千古风流,少陵曾道。争似油幢下,对一枝春小。江城惯听画角,且休教、玉关人老。好试和羹手段,向凤池春晓。

烛影摇红　再次虚斋先生梅词韵

春小寒轻,南枝一夜阳和转。东君先递玉麟香,冷蕊幽芳满。应把朱帘暮卷。更何须、金猊烟暖。千山月淡,万里尘清,酒樽经卷。

楼上胡床,笑谈声里机谋远。甲兵百万出胸中,谁谓江流浅。憔悴狂胡计短。定相将、来朝悔晚。功名做了,金鼎和羹,卷藏袍雁。

摸鱼儿　送邵瓜坡赴含山尉,且坚后约

正挑灯、共听檐雨,问谁催动行色。风前千点离亭恨,惟有落梅知得。王谢宅。记前度斜阳,燕子曾相识。花香露舃。无计强追随,阳关声断,回首暮云隔。　　文章贯,合上薇垣梧掖。征鞍底事江北。青衫莫对韩彭著,还是玉麟佳客。须记忆。有衿佩锵锵,正愿依重席。荼蘼未折。次第牡丹开,一樽留待,相与醉寒食。

又　送上元主簿回府

正桃花、渐蜚红雨,依稀一半春色。东风十里离亭恨,杨柳丝丝如织。远又忆。向雪月梅边,陶写吟情逸。清愁拍拍。算只暮山知,

栖鸦斜照,春树渺空碧。 文章贯,合整垂云健翼。翔鸾底用栖棘。要寻玉洞烟霞胜,聊趁麟符茧檄。归骑急。看尘袂方清,有恩纶催入。凫仙倦舄。相与问孤山,开樽抵掌,一舸画桥侧。

青玉案 被檄出郊,题陈氏山居

西风乱叶溪桥树。秋在黄花羞涩处。满袖尘埃推不去。马蹄浓露,鸡声淡月,寂历荒村路。 身名多被儒冠误。十载重来漫如许。且尽清樽公莫舞。六朝旧事,一江流水,万感天涯暮。

浪淘沙 和上元王仇香猷、含山邵梅仙有焕叙别

风色转东南。翠拥层峦。杏花疏雨逗清寒。钟阜石城何处是,烟霭漫漫。 行旆已西关。一霎时间。芳樽聊复挽馀欢。明日断魂分付与,万叠云山。

又 再和

雨过暮天南。高下青峦。小楼燕子话春寒。多少夕阳芳草地,雾掩烟漫。 别恨正相关。心上眉间。离歌一曲间悲欢。后夜月明何处梦,钟阜容山。

水龙吟 次韵虚斋先生雨花宴

暮云低锁荒台,凭阑四望天垂地。曼花半夜,篆香缭绕,昔人曾记。往事悠悠,物华非旧,江山仍丽。怅斜阳芳草,长安不见,谁共洒、新亭泪。 开放青峦旧址。动骚人、一番词意。青油幕里,相忘鱼鸟,水边云际。却恨清游,未能追逐,区区僚底。问何时,脱了尘埃墨绶,为虚斋醉。

西 江 月

春事三分之二,落花庭院轻寒。翠屏围梦宝熏残。窗外流莺声乱。

　　睡起犹支雪腕,觉来慵整云鬟。闲拈乐府凭阑干。宿酒才醒一半。

孤鸾 以梅花为赵孄窝寿

荆谿清晓。问昨夜南枝,几分春到。一点幽芳,不待陇头音耗。亭亭水边月下,胜人间、等闲花草。此际风流谁似,有孄窝诗老。

　　向虚檐、淡然索笑。任雪压霜欺,精神越好。最喜庭除,下映紫兰娇小。孤山好寻旧约,况和羹、用功宜早。移傍玉阶深处,趁天香缭绕。

水龙吟 寄兴

暮天丝雨轻寒,二分春色看看过。梅花谢了,苍苔万点,香残粉污。犹喜墙头,一枝娇嫋,杏腮微露。算几回逗晓,朱阑独倚,悄只怕、东风大。　　浮世名缰利锁。这区区、要须识破。沧波夜月,翠微云树,依然还我。重结鸥盟,细听莺语,自歌自和。问黄沙飞镞,红尘走马,又还知么。

又

昼长帘幕低垂,时时风度杨花过。梁间燕子,芹随香嘴,频沾泥污。苦被流莺,蹴翻花影,一阑红露。看残梅飞尽,枝头微认,青青子、些儿大。　　谁道洞门无锁。翠苔藓、何曾踏破。好天良夜,清风明月,正须著我。闲展蛮笺,寄情词调,唱成谁和。问晓山亭下,山茶经雨,早来开么。

又 顽雪欺春,葵轩兄用韵,因次

先来花较开迟,怎禁风雪摧残过。红英紫萼,从他点缀,翻成沾污。一点清香,几多称艳,紧藏不露。伴杨花散漫,逡巡堆积,纤粟处、妆成大。　　多谢东君造化。把群阴、一朝除破。千机锦绣,露浓香软,中间坐我。嚼徵含商,振金敲玉,埙篪相和。问西湖,别有一番桃李,肯同游么。

又 丁经之用韵咏园亭,次韵以谢

近家添得园亭,晓山时看飞云过。拥石栽梅,疏池傍竹,剪除芜污。更喜南墙,杏腮桃脸,含羞微露。算莺花世界,都来十亩,规模好、何须大。　　开放两眉上锁。把春前、新醅拨破。病酒无聊,且容觞客,无多酌我。底用歌喉,柳边自有,鸣禽相和。逗归来,折得花枝教看,似人人么。

念奴娇 重午次丁广文韵

楚湘旧俗,记包黍沉流,缅怀忠节。谁挽汨罗千丈雪,一洗些魂离别。赢得儿童,红丝缠臂,佳话年年说。龙舟争渡,搴旗捶鼓骄劣。
　　谁念词客风流,菖蒲桃柳,忆闺门铺设。嚼徵含商陶雅兴,争似年时娱悦。青杏园林,一樽煮酒,当为浇凄切。南薰应解,把君愁袂吹裂。

又

三闾何在,把离骚细读,几番击节。蒵蕙椒兰纷江渚,较以艾萧终别。清浊同流,醉醒一梦,此恨谁能说。忠魂耿耿,只凭天辨优劣。
　　须信千古湘流,彩丝缠黍,端为英雄设。堪笑儿童浮昌歜,悲

愤翻为嬉悦。三叹灵均,竟罹谗网,我独中情切。薰风窗户,榴花
知为谁裂。

虞美人 和兰坡催梅

金炉钑就裙纹折。香烬低云月。玉钿粘唾上眉心。不似寿阳檐
下、六花清。　　翠禽飞起南枝动。惊破西湖梦。仗谁为作水龙
声。吹绽寒葩诗眼、为君青。

又

小蛮才把鸳衾折。妆就梳横月。探梅不似旧年心。却爱窗前纸
帐、十分清。　　朔风吹起寒云动。午寝都无梦。黄昏更被竹枝
声。唤起醒醒相对、一灯青。

又 借韵

龙香浅渍罗屏折。睡思低眉月。闲愁闲闷不关心。心似窗前梅
影、一般清。　　绣帏交掩流苏动。一觉华胥梦。枕山轻戛宝钗
声。粉褪香腮零乱、鬓鸦青。

沁园春 为赵爛窝寿

静寿先生,笑傲四并,醉眠爛窝。甚一枰棋壤疑"坏"字之误,掉头不
顾,同舟风紧,袖手高歌。太白词华,更生忠愤,为问山林老得么。
须知道,有淮碑未作,浯石当磨。　　年来君子无多。试屈指、如
公能几何。况荔莪公论,新曾推许,冕旒异眷,行见搜罗。泽润生
民,洗清兵甲,待挽钱塘江上波。功名就,访蟠桃把玩,铜狄摩挲。

凯歌　为壑相寿

双阁护仙境,万壑渺清秋。台躔光动银汉,神秀孕公侯。胸次千崖灏气,笔底三江流水,姓字桂香浮。十载洞庭月,今喜照扬州。

捧丹诏,升紫殿,建碧油。胡儿深避沙漠,铃阁飏轻裘。点检召棠遗爱,酝酿潘舆喜色,英裔蔚文彪。整顿乾坤定,千岁侍宸旒。

飞雪满堆山　次赵西里崇行喜雪韵

爱日烘晴,梅梢春动,晓窗客梦方还。江天万里,高低烟树,四望犹拥螺鬟。是谁邀滕六,酿薄暮、同云冱寒。却元来是,铃阁露熏,俄忽老青山。　　都尽道、年来须更好,无缘农事,雨涩风悭。鹅池夜半,衔枚飞渡,看樽俎折冲间。尽青油谈笑,琼花露、杯深量宽。功名做了,云台写作画图看。

绛都春　次韵赵西里游平山堂二词

平山老柳。寄多少胜游,春愁诗瘦。万叠翠屏,一抹江烟浑如旧。晴空栏槛今何有。寂寞文章身后。唤回奇事,青油上客,放怀樽酒。　　知不。全淮万里,羽书静,草绿长亭津堠。小队出郊,花底赓酬闲时候。和薰筹幕垂春昼。坐看蓉池波皱。主宾同会风云,盛名可久。

朝中措　前题

谁云万事转头空。春寓不言中。底问垂杨在否,年年一度东风。

凭高慨古,英雄亦泪,我辈情钟。事业正须老手,清吟留与山翁。

千秋岁　为壑翁母夫人寿

鹤城秋晓。又庆生朝到。人与月，年年好。黑头公相贵，膝下欢娱笑。君知否。个般福分人间少。　　塞上西风老。红入霜前枣。日日有，平安报。慈颜酡晕浅，一呷金杯小。香缭绕。寿星明处台星照。

青玉案　和何使君次了翁韵词三首

严城寂寞山缭绕。觉寒透、貂裘峭。云压江天风破晓。飞琼万顷，看来浑似，泽国芦花老。　　玉山不怕频倾倒。要笔阵、纵横快挥扫。见说今年梅较早。笑将名胜，[千按"千"原作"下"，从朱居易校芸窗词]钟万字，谁似邦侯好。

又

少时贪看琼林绕。任马上、寒威峭。昨暮六花飞逗晓。拥衾慵起，鬓丝笼帽，顿觉年来老。　　朱阑翠竹枝枝倒。把玉鳌、楼层趁风扫。楼上一樽须放早。同云收尽，红轮初上，对面狼峰好。

又

龙香熏被罗屏绕。任窗外、风儿峭。鸳枕梦回鸡唱晓。丫鬟惊笑，琼枝低亚，错认梅花老。　　红炉兽炭装还倒。强梳洗、忙将黛眉扫。贪趁清欢争怕早。弓鞋微湿，玉纤频袖，塑出狮儿好。

沁园春　为壑相寿

思昔买臣，怀绶会稽，年犹五旬。算初无功用，维持国事，但将富贵，夸耀时人。未若先生，方当强仕，掌握长淮百万军。难摹写，是擎天拄地,纬武经文。　　河滨。胡马嘶春。便密运机筹出万全。拥熊旗指授,鹰扬虓唅,毡裘胆落,鼠逸狐奔。褒诏飞来,威名加盛,从此不须关玉门。归朝也,看云台画像,金鼎调元。

金缕曲　次韵拙逸刘直孺见寄言志

枌社新相识。恍瞻君、丰神气貌,飘然仙白。笔底三江鲸浪注,胸次一瓯冰雪。怎不做、龙门上客。坎止流行元无定,敢一朝、挨却尘泥迹。且剩把,锦云织。　　试看自古贤侯伯。一时间、失虽暂失,得还终得。儋石空无君家事,百万付之一掷。渐养就、抟风鹏翼。任你祖鞭先著了,占鸥天、浩荡观浮没。挈富贵,等儿剧。

贺新凉　次拙逸刘直孺维扬客中贺新凉韵

襟度天为侣。价平生、放浪江湖,浮云行住。倒挽峡流归笔底,衮衮二并四具。何尚友、沧波鸥鹭。藻黻皇猷君能事,况贤书、两度登天府。急著手,佐明主。　　晴风一舸来瓜步。剪灯花、樽酒论诗,顿忘羁旅。逗晓蛮笺传金缕,一片瑰词绮语。甚独茧、抽成长绪。当代篁翁文章伯,定不教、弹铗轻辞去。留共济,孤舟渡。

醉落魄　次韵赵西里梅词

瑶姬妙格。冰姿微带霜痕拆。一般恼杀多情客。风弄横枝,残月半窗白。　　孤山仙种曾移得。结根久傍王猷宅。欲笺心事呼云翮。为报年芳,萍梗正南北。

摸鱼儿　为赵孏窝寿

猛思量、孏窝初度,鲁云呈瑞时节。平山杨柳苍茫外,犹是乡关明月。春漏泄。定知有、梅花先向江南发。烟波梦阔。谩约住西风,

呼将塞雁，把酒为君说。　　君看取，世道羊肠屈折。依然熟路轻
辙。林泉暂洗经纶手，桐柏夜香熏彻。趋魏阙。指天上星辰，平步
仪清切。蟠桃未结。待做著功名，却寻曼倩，相与带花折。

瑞鹤仙　次韵陆景思喜雪

碧油推上客。有神机沉密，参运帷幄。威声际沙漠。庆云飞川泳，
和熏三白。霄渊夐鬲。甚探梅、也来相约。更谁怜久客，泥深穿
履，栖栖东郭。　　农麦。年来管好，禾黍离离，讵忘关洛。风高
水涸。多少事、待韬略。看鹅池夜渡，黎按"黎"原作"犁"，校语云："犁"疑
"黎"明飞捷，儿辈惛惛未觉。便冲寒，铁骑横驱，汛扫六合。

沁园春　代人上吴履斋集贤寿

绿野归来，筇杖角巾，岂不快哉。有清泉白石，东西岩岫，翠阴红
影，高下楼台。况是蕤宾，槐庭暑薄，照眼葵榴次第开。轻熏里，翦
香蒲为寿，一笑传杯。　　栽培。多少英材。更霖雨、看看遍九
垓。算支撑厦屋，正资梁栋，调和钧鼎，须用盐梅。旒冕兴思，搢绅
颙望，应有天边丹诏催。依还是，为苍生一起，重位元台。

木兰花慢　上鄠翁寿

豆花轻雨霁，更七日、是中秋。记分野三台，家山双阙，孕秀名流。
平生佐时大略，有忠勤、一念等伊周。十载清风楚泽，三年明月扬
州。　　须知万灶出貔貅。智勇迈前猷。自向来捣颍，□番平海，
胆落毡裘。红旗指关定洛，看春融、喜色动宸旒。著取斑衣绣衮，
揭开玉字金瓯。

好事近　九日登平山和王帅干应奎

素壁走龙蛇,难觅醉翁真迹。惟有断岗衰草,是几番经历。　　　紫萸黄菊又西风,同作携壶客。清兴未阑归去,负晴空明月。

摸鱼儿　九日登平山和赵子固帅机

望神京、目断烟草,青天长剑频倚。香街十里朱帘月,空想当年华丽。堪叹处。渺沙霭兼葭,咿喔雁声起。平山谩记。怅杨柳春风,晴空栏槛,陈迹总非是。　　　重阳好,红叶黄华满地。良辰美景如此。青油幕府传芳罼,苒苒露琼花气。还更喜。看玉闑规恢,笑骋伊吾志。尘清北冀。便向关洛联镳,巍巍冠佩,麟阁画图里。

唐多令　九日登平山和朱帅幹

斜日淡芜烟。重阳又一年。怅垂杨、几度飞绵。只把晴空山色看。多少恨、倩谁笺。　　　沙霭暗中原。横戈谁夜眠。尽今宵、且醉花边。准拟来秋天气好,重把菊、嗅芳妍。

贺新凉　寿垫相母夫人

萸菊香凝雾。记重阳、才经三日,悦悬朱户。紫殿玉垣称寿罼,潋滟琼花清露。正万里、尘清淮浦。地宝从来标瑞应,甚新曾、秀出金芝树。正此处,诞申甫。　　　人间小住千秋岁。画堂深、彩侍怡声,慈颜笑语。况是加恩封大国,锦诰鸾翔凤舞。便娱侍、鱼轩沙路。御果金泥宣晓宴,卷宫帘、争看元台母。家庆事,耀今古。是年加封大国。垫相生于宝应,近芝生于是邦。

又　送刘澄斋制幹归京口

匹马钟山路。怅年来只解,邮亭送人归去。季子貂裘尘渐满,犹是区区羁旅。谩空有、剑锋如故。髀肉未消仪舌在,向樽前、莫洒英雄泪。鞭未动,酒频举。　　西风乱叶长安树。叹离离、荒宫废苑,几番禾黍。云栈紫纡今平步,休说襄淮乐土。但衮衮江涛东注。世上岂无高卧者,奈草庐、烟锁无人顾。笺此恨,付金缕。

满江红　寿垫相

淮海波澄,湛桂影、半规凉月。又还是、中秋相近,垂弧时节。纶诰飞来宸眷重,彩衣著处慈颜悦。注紫清、花露入瑶卮,琼香滑。　　挥羽扇,持旄钺。鲸海浪,阴山雪。看威声到处,遏冲都折。沙溪远标铜柱界,关河尽补金瓯缺。庆君臣、千载会风云,看伊说。

浪淘沙　次韵孙霁窗制参雨中海棠

春梦草茸茸。愁雨愁风。对花须拚酒频中。莫遣枝头银烛暗,辜负嫣红。　　推起簿书丛。何苦匆匆。悭吟却讶少陵公。天定为花开一笑,日上篱东。

又　再用前韵定出郊之约

烟缕暗蒙茸。杨柳轻风。雨声多在夜窗中。春水渐生春事去,流尽残红。　　新笋绿丛丛。莺语匆匆。一樽同酹定林公。十里长松青未了,山北山东。

摸鱼儿　荼蘼

正莓墙、柳绵低度,枝头红紫飞尽。秾阴涨绿冰钿醉,浥浥麝兰成阵。仙骨嫩。悦姑射瑶姬，青幰游琼苑。风前有恨。也一似宫梅，飘香坠粉，轻点寿阳鬓。　　梨花雪，讲道全无清韵。何曾留到春晚。柔条不受真珠露，滴沥紫檀心晕。芳又润。待揎放金樽，拚作通宵饮。日高慵困。任翠幄低云，玉薰泛梦，路入醉乡稳。

木兰花慢　次韵孙霁窗赋牡丹

渐稠红飞尽，早秾绿、遍林梢。正池馆轻寒，杨花飘絮，草色萦袍。天香夜浮院宇，看亭亭、雨槛渍春膏。趁取芳时胜赏，莫将年少轻抛。　　鞭鞘。驱放马蹄高。世事一秋毫。便飞书倥偬，运筹闲暇，何害推敲。花前效颦著句，悄干镆、侧畔奏铅刀。何日重携樽酒，浮瓯细剪香苞。

祝英台近　赋牡丹

柳绵稀，桃锦淡，春事在何许。一种秾华，天香渍冰露。嫩苞叠叠湘罗，红娇紫妒。翠葆护、西真仙侣。　　试听取。更饶十日看承，霞腴污尘土。池馆轻寒，次第少风雨。好趁油幕清闲，重开芳醑。莫孤负、莺歌蝶舞。

满江红　寿鋆相

玉垒澄秋，又还近、桂华如璧。算六载、筹边整暇，几多功绩。铁壁连云东海重，惊波截断狂鲵翼。把向来、捣颍旧规模，平淮北。　　经济妙，谁知得。都总是，诗书力。有召公家法，范公胸臆。赫赫勋名俱向上，绵绵福寿宜无极。著莱衣、辉映衮衣荣，恢霖泽。

鹧鸪天　寿定庵运管兄

饱挹台城白鹭秋。又骑黄鹄上江州。恩波浩荡三千里，多少人家

愿借留。　　□寿斝，菊香浮。姓名还喜到宸旒。片□□□□□，
□振□□□下流。

安庆摸 和孙霁〔窗〕

渺长江、浩无今古，悠悠经几流景。桥家松竹知何在，寂历丹枫如
锦。行阵整。想鬥舰连艘，谈笑烟灰冷。寒光万顷。算只有当年，
暮天霜月，惨澹照山影。　　　　元戎队，画角梅花缓引。楼船飞渡波
稳。中流击楫酬初志，此去君王高枕。应暗省。使万里尘清，谁逊
周公瑾。勋名不泯。看阳蛰潜开，老龙挟雨，渊睡为民醒。以上陆敕
先校本芸窗词

刘克逊

　　　　克逊字无竞，号西墅，刘克庄之弟，淳熙十六年(1189)生。仕为古
　　田令、通判临安、江东提刑。淳祐六年(1246)卒，年五十八。有西墅集，
　　不传。

水调歌头 同黄主簿登清风峡刘魁读书岩赋水调歌头
　　　　　　调

解变西昆体，一赋冠群英。清风峡畔，至今堂已读书名。富贵轻于
尘土，孝义高于山岳，惜不大其成。陵谷纵迁改，草木亦光荣。

　　与仇香，穿阮屐，试同登。石龛虽窄，可容一几短檠灯。千仞苍
崖如削，四面翠屏不断，云雾镇长生。最爱岩前水，犹作诵弦声。
永乐大典卷九千七百六十五岩字韵引刘克逊西墅集
　　　　按此首别作章谦亨词，见铅山县志卷十五，未知孰是。

王广文

　　　　王广文殆官教官者，或非名也。宋赵汝镵野谷诗集中屡见王广文，

未知即其人否。

金　缕　歌

辜负东风约。忆曾将、淮南草木，笔端笼络。后土祠中明月夜，忽
有瑶姬跨鹤。迥不比、水仙低弱。天上人间惟一本，倒千钟、琼露
花前酌。追往事，怎忘却。　　　移根应费仙家药。漫回头、关山信
断，堡城笳作。问讯而今平安否，莫遣玉箫惊落。但画卷、依稀描
著。白髪愧无渡江曲，与吾家、子敬相酬酢。新旧恨，两交错。曹璿
琼花集卷三

按此首又见全芳备祖前集卷五琼花门，题刘克庄作，而本集不载。曹璿琼花集所
收各词，原从宝祐维扬志出，作王广文词，当别有据。

宋自道

自道字吉甫，号兰室。金华人，徙居新建。弟兄六人：自适、自道、
自逢、自迪、自述、自逊，皆世其父学。

点　绛　唇

山雨初晴，馀寒犹在东风软。满庭苔藓。青子无人见。　　　好客
不来，门外芳菲遍。难消遣。流莺声啭。坐看芭蕉展。阳春白雪卷六

宋自逊

自逊字谦父，号壶山，金华人，居南昌。所著乐府，名渔樵笛谱，不
传，有赵万里辑本。

蓦山溪　自述

壶山居士，未老心先懒。爱学道人家。办竹几、蒲团茗碗。青山可

买,小结屋三间,开一径,俯清溪,修竹栽教满。　　　客来便请,随分家常饭。若肯小留连,更薄酒、三杯两盏。吟诗度曲,风月任招呼,身外事,不关心,自有天公管。

沁园春 送戴石屏

归去来兮,田园将芜,云胡不归。既有诗千首,如斯者少,行年七十,从古来稀。地阙东南,天倾西北,人事何缘有足时。江湖上,转不如前日,步步危机。　　　石屏自有柴扉。占海岸、潮头岸一矶。唤彩衣孙子,携壶挈榼,白头翁媪,举桉齐眉。身外声名,世间梦幻,万事一醒无是非。书来往,都不须长语,直写心期。

贺新郎 题雪堂

唤起东坡老。问雪堂、几番兴废,斜阳衰草。一月有钱三十块,何苦抽身不早。又底用、北门摛藻。儋雨蛮烟添老色,和陶诗、翻被渊明恼。到底是,忘言好。　　　周郎英发人间少。谩依然、乌鹊南飞,山高月小。岁月堂堂留不住,此世何时是了。算不满、英雄一笑。我有丰淮千斗酒,把新愁、旧恨都倾倒。三弄笛,楚天晓。

又 七夕

灵鹊桥初就。记迢迢、重湖风浪,去年时候。岁月不留人易老,万事茫茫宇宙。但独对、西风搔首。巧拙岂关今夕事,奈痴儿、騃女流传谬。添话柄,柳州柳。　　　道人识破灰心久。只好风、凉月佳时,疏狂如旧。休笑双星经岁别,人到中年已后。云雨梦、可曾常有。雪藕调冰花熏茗,正梧桐、雨过新凉透。且随分,一杯酒。

满江红　秋感

举扇西风,又十载、重游秋浦。对旧日、江山错愕,鬓丝如许。世事兴亡空感慨,男儿事业谁堪数。被老天、开眼看人忙,成今古。

江上路,喧鼟鼓。山中地,纷豺虎。谩乾坤许大,著身何处。名利等成狂梦寐,文章亦是闲言语。赖双投、酒熟蟹螯肥,忘羁旅。

西　江　月

何敢笑人干禄,自知无分弹冠。只将贫贱博清闲。留取书遮老眼。

世上风波任险,门前路径须宽。心无妄想梦魂安。万事鹤长凫短。以上六首见中兴以来绝妙词选卷九

昼锦堂　上李真州

荷叶龟游,庭皋鹤舞,应是秋满淮涯。昨夜将星明处,仿佛峨眉。干戈已净银河淡,尘沙不动翠烟微。邦人道,半月中秋,当歌不饮何为。　　谁知心事远,但感慨登临,白羽频挥。恨不明朝出塞,猎猎旌旗。文南一矢澶渊劲,夔门三箭武关奇。挑灯看,龙吼传家旧剑,曾斩吴曦。翰墨大全丁集卷三

以上宋自逊词七首,用赵万里辑渔樵笛谱。

存　目　词

沈际飞本草堂诗馀正集卷六有宋自逊贺新郎"步自雪堂去"一首,乃无名氏作,见类编草堂诗馀卷四。

黄　载

载字伯厚,号玉泉,南丰人。仕至广东兵马钤辖。

昼锦堂 牡丹

丽景融晴,浮光起昼,玉妃信意寻春。一笑酒杯翻手,满地祥云。
宝台艳蹙文绡帕,郎官娇舞郁金裙。嫣然处,况是生香微湿,腻脸
馀醺。　　暖烘肌欲透,愁日炙还销,风动成尘。细为品归雪调,
度与朱唇。翠帏晚映真图画,金莲夜照越精神。须拚醉,回首夕阳
流水,碧草如茵。

隔浦莲 荷花

瑶妃香透袜冷。伫立青铜镜。玉骨清无汗,亭亭碧波千顷。云水
摇扇影。炎天永。一国清凉境。　　晚妆靓。微酲不语,风流幽
恨谁省。沙鸥少事,看到睡鸳双醒。兰棹歌遥隔浦应。催暝。藕
丝萦断归艇。

洞仙歌 姑苏旧台在三十里外,今台在胥门上,次潘紫
岩韵

吴宫故墅,是天开图画。缥缈层云出飞榭。隐隐楼空翠巘,水绕芜
城,平畴迥,点染霜林凋谢。　　越来溪上雁,声切阑干,似觅胥门
怨吴霸。属镂沉、香溪断,梦散云空,千年外、等是渔樵闲话。但极
目荒台、郁苍烟,衰草里、又还夕阳西下。以上三首见阳春白雪卷五

孤鸾 四明后圃石峰之下,小池之上,有梅花

冰心孤寂。恋几插灵峰,半泓寒碧。骨瘦和衣薄,清绝成愁极。萧
然满身是雪,怕人知、镜中消息。独向百花梦外,自一家春色。
　　记罗浮幽梦浑如昔。有浸眼鲸波,倚云丹壁。夜醉空山酒,叫裂
横霜笛。回头洞天未晓,但迢迢、江南千驿。饮散东风落月,正海
山浮碧。

东风第一枝 探梅

迅影雕年，嫩晴贳暖，意行问讯春色。不知春在谁家，闯香幔拢玉勒。一枝竹外，似欲诉、经年相忆。奈情多、难剪愁来，寂寞水寒烟碧。　　吟正好、悲箫唤恨，酒正狎、夕阳催客。殷勤片月飞来，更随暗香细索。横斜瘦影，看尽未开时消息。为春来，还怕春多，肠断夜阑霜笛。以上二首见阳春白雪卷六

王平子

平子，吴郡(今江苏苏州)人。

谒金门 春恨

书一纸。小砑吴笺香细。读到别来心下事。蹙残眉上翠。　　怕落傍人眼底。握向抹胸儿里。针线不忺收拾起。和衣和闷睡。吹剑录

俞文豹

文豹字文蔚，括苍(今浙江丽水)人。有吹剑录，成于淳祐年间。

喜 迁 莺

小梅幽绝。向冰谷深深，云阴幂幂。饱阅年华，惯谙冷淡，只恁清腊风骨。任他万红千紫，勾引狂蜂游蝶。惟只共、竹和松，同傲岁寒霜雪。　　喜得。化工力。移根上苑，向阳和培植。题品还经，孤山处士，许共高人攀折。一枝垂此处缺一字，疑应作"垂垂"欲放，只等

春风披拂。待叶底、结青青,恰是和羹时节。吹剑三录

赵希迈

希迈字端行,号西里,永嘉人。燕王德昭八世孙。有西里藁,不传。湖南通志卷一百十二职官三有理宗朝知武冈军赵希迈,盖即其人。

满 江 红

三十年前,爱买剑、买书买画。凡几度、诗坛争敌,酒兵取霸。春色秋光如可买,钱悭也不曾论价。任粗豪、争肯放头低,诸公下。

今老大,空嗟讶。思往事,还惊诧。是和非未说,此心先怕。万事全将飞雪看,一闲且问苍天借。乐馀龄、泉石在膏肓,吾非诈。浩然斋雅谈卷下

八声甘州　竹西怀古

寒云飞万里,一番秋、一番搅离怀。向隋堤跃马,前时柳色,今度蒿莱。锦缆残香在否,枉被白鸥猜。千古扬州梦,一觉庭槐。　　歌吹竹西难问,拚菊边醉著,吟寄天涯。任红楼踪迹,茅屋染苍苔。几伤心、桥东片月,趁夜潮、流恨入秦淮。潮回处,引西风恨,又渡江来。绝妙好词卷三

吴　渊

渊字道夫,号退庵,德清人。绍熙元年(1190)生。登嘉定七年(1214)进士第。累官直焕章阁、知平江府。以枢密副都承旨知江州,迁太府少卿,加集英殿修撰,知镇江、太平州、隆兴府。历江西安抚使、升兵部尚书、进端明殿学士、江东安抚使、拜资政殿大学士、封金陵公、徙

知福州、福建安抚使,予祠。起拜参知政事。宝祐五年(1257)卒,赠少师、谥庄敏。有退庵集。

念 奴 娇

我来牛渚,聊登眺、客里襟怀如豁。谁著危亭当此处,占断古今愁绝。江势鲸奔,山形虎踞,天险非人设。向来舟舰,曾扫百万胡羯。

追念照水然犀,男儿当似此,英雄豪杰。岁月匆匆留不住,鬓已星星堪镊。云暗江天,烟昏淮地,是断魂时节。栏干捶碎,酒狂忠愤俱发。

水 调 歌 头

太白已仙去,诗骨此山藏。胸中锦绣如屋,都乞与东皇。碎剪杏花千树,浓抹胭脂万点,妖艳断人肠。晓露沐春色,晴日涨风光。

孤村路,逢休暇,共徜徉。酒旗斜处,□□一簇几红妆。暂息江头烽火,无奈鬓边霜雪,聊复放疏狂。倚俟玉壶竭,未肯宝鞭扬。

沁园春　寿弟相国

喜我新归,逢戎初度,关情更深。正昼掩柴扉,□寻隐遁,□舒槐府,戎正经纶。白石清泉,紫枢黄阁,□□□□□□□。□□□,□弟为宰相,兄作闲人。　　南园借我登临。都不怕近前丞相瞋。但曳履扶筇,堪怜独步,携壶载酒,每叹孤斟。七秩开颜,六旬屈指,风雨对床频上心。殷勤祝,道何时回首,及早抽身。

又　梅

十月江南,一番春信,怕凭玉栏。正地连边塞,角声三弄,人思乡国,愁绪千般。草草村墟,疏疏篱落,犹记花间曾卓庵。茶瓯罢,问几回吟绕,冷淡相看。　　堪怜。影落溪南。又月午无人更漏三。虽虚林幽壑,数枝偏瘦,已存鼎鼐,一点微酸。松竹交盟,雪霜心事,断是平生不肯寒。林逋在,倩诗人此去,为语湖山。以上彊村丛书本退庵词

满江红　雨花台再用弟履斋乌衣园韵

秋后钟山,苍翠色、可供餐食。登临处、怨桃旧曲,催梅新笛。江近蘋风随汛落,峰高松露和云滴。叹头童、齿豁已成翁,犹为客。
老怀抱,非畴昔。欢意思,须寻觅。人间世、假饶百岁,苦无多日。已没风云豪志气,只思烟水闲踪迹。问何年、同老转溪滨,渔钩掷。

又　乌衣园

投老未归,太仓粟、尚教蚕食。家山梦、秋江渔唱,晚风牛笛。别墅流风惭莫继,新亭老泪空成滴。笑当年、君作主人翁,同为客。
　紫燕泊,犹如昔。青鬓改,难重觅。记携手、同游此处,恍如前日。且更开怀穷乐事,可怜过眼成陈迹。把忧边、忧国许多愁,权抛掷。以上二首景定建康志卷二十二

曾寓轩

　　曾寓轩,不详其人。有寿制帅吴退庵词,当是与吴渊同时人。

满江红　寿章殿院

细数班行,阿谁是、调元手段。君不见、当涂往岁,饥民流散。天幸立庵来歇马,留心济枭无遗算。未须臾、千里复安居,无愁叹。
　公与相,天皆愿。天施报,如符券。看青州阴骘,富公公案。已筑新堤旌异数,便膺虚席非常眷。待明年、弧矢再垂门,蒙宣劝。

沁园春　寿制帅吴退庵

运在东南,千古金陵,帝王旧州。看地雄江左,蟠龙踞虎,事专阃外,缓带轻裘。惟断乃成,非贤罔任,真是富韩文范俦。难兄弟,久齐名天壤,谁劣谁优。　　　冕旒。似欲兼收。命四辈传宣难借留。记适遵昆季,迭行沙路,育充伯仲,并在金瓯。或后或先,相推相逊,等是延陵德泽流。称觞了,便促装西上,同奉宸游。以上二首见截江网卷四

存　目　词

本书初版卷二百八十一有曾寓轩小重山"薄雪初消银月端"一首,据所引翰墨全书后甲集卷五,乃曾实轩作。阳春白雪卷六作曾原一词,或实轩亦曾原一之别号。

吴　淇

浙江通志有吴淇,庆元(今浙江宁波)人。嘉定七年(1214)进士。南剑知州,或即其人。

南乡子　寿牟国史　三月二十

十日借春留。芍药荼蘼不解愁。检点笙歌催酿酒,西州。有谪仙人烂熳游。　　　白鹭自芳洲。咫尺红云最上头。万古沧江波不尽,风流。谁似监州旧姓牟。翰墨大全丁集卷二

杜　东

东字晦之,号月渚。见诗家鼎脔。福建通志云:邵武人,嘉定七年(1214)进士。

喜迁莺　寿杨韩州　正月初五

生申华席。便占却新春,前头五日。椒颂梅英,金幡彩缕,好个早
春天色。使君以仁得寿,和气融春无极。人总道,是阳春有脚,恩
浮南国。　　　应看,丹诏下,昨夜天边,初报春消息。日转黄麾,风
生绛伞,春殿龙颜咫尺。共庆一堂嘉会,万宇同沾春泽。祝眉寿,
便从今细数,好春千亿。翰墨大全丁集卷二

　　按此首原题杜月渚作。

赵汝迕

　　　　汝迕字叔午,一作叔鲁,号寒泉,乐清人。商王元份七世孙。登嘉
　　定七年(1214)进士,金判雷州,谪官而卒。

清　平　乐

初莺细雨。杨柳低愁缕。烟浦花桥如梦里。犹记倚楼别语。
小屏依旧围香。恨抛薄醉残妆。判却寸心双泪,为他花月凄凉。
绝妙好词卷五

楼　采

　　　　采字君亮,鄞(今浙江省宁波)人。登嘉定十年(1217)进士。

瑞　鹤　仙

冻痕销梦草。又招得春归,旧家池沼。园扉掩寒峭。倩谁将花信,
遍传深窈。追游趁早。便裁却、轻衫短帽。任残梅、飞满溪桥,和

月醉眠清晓。　　年小。青丝纤手,彩胜娇鬟,赋情谁表。南楼信
杳。江云重,雁归少。记冲香嘶马,流红回岸,几度绿杨残照。想
暗黄,依旧东风,灞陵古道。

玉　漏　迟

絮花寒食路。晴丝罥日,绿阴吹雾。客帽欺风,愁满画船烟浦。彩
柱秋千散后,怅尘锁、燕帘莺户。从间阻。梦云无准,鬓霜如许。

　夜永绣阁藏娇,记掩扇传歌,翦灯留语。月约星期,细把花须频
数。弹指一襟幽恨,谩空趁、啼鹃声诉。深院宇。黄昏杏花微雨。

　　按此首别误入吴文英梦窗词集。

法曲献仙音

花匣么弦,象奁双陆,旧日留欢情意。梦到银屏,恨裁兰烛,香篝夜
阑鸳被。料燕子重来地。桐阴锁窗绮。　　倦梳洗。晕芳钿、自
羞鸾镜,罗袖冷,烟柳画栏半倚。浅雨压荼䕷,指东风、芳事馀几。
院落黄昏,怕春莺、惊笑憔悴。倩柔红约定,唤取玉箫同醉。

　　按此首别误作姜夔词,见洪正治本白石诗词集。

好　事　近

人去玉屏间,逗晓柳丝风急。帘外杏花细雨,罥春红愁湿。　　单
衣初试麹尘罗,中酒病无力。应是绣床慵困,倚秋千斜立。

　　按以上四首,并见词学丛书本阳春白雪卷五,作赵闻礼词。阳春白雪乃赵氏所编,
　　当不至攘他人之作以为己作。惟瑞鹤仙一首、法曲献仙音一首,宛委别藏本、清吟
　　阁本阳春白雪俱无撰人姓氏。且周密与赵闻礼时代相接,或另有所据。姑两收之。

二　郎　神

露床转玉,唤睡醒、绿云梳晓。正倦立银屏,新宽衣带,生怯轻寒料

峭。闷绝相思无人问,但怨入、墙阴啼鸟。嗟露屋锁春,晴风喧昼,柳轻梅小。　　人悄。日长谩忆,秋千嬉笑。怅烬冷炉薰,花深莺静,帘箔微红醉袅。带结留诗,粉痕销帕,情远窃香年少。凝恨极,尽日凭高目断,淡烟芳草。

玉　楼　春

东风破晓寒成阵。曲锁沉香簧语嫩。凤钗敲枕玉声圆,罗袖拂屏金缕褪。　　云头雁影占来信。歌底眉尖萦浅晕。淡烟疏柳一帘春,细雨遥山千叠恨。以上六首见绝妙好词卷四

失调名 紫丁香

珠蹙花舆,翠翻莲额。

又

汗粉难融,袖香新窃。以上词旨属对

雷应春

应春字春伯,郴人。嘉定十年(1217)进士,分教岳阳,除监行在都进奏院,擢监察御史。归隐九年,又起知临江军。

好　事　近

梅片作团飞,雨外柳丝金湿。客子短篷无据,倚长风挂席。　　回头流水小桥东,烟扫画楼出。楼上有人凝伫,似旧家曾识。阳春白雪卷四

沁园春 官满作

问讯故园，今如之何，还胜昔无。想旧耘兰蕙，依然葱茜，新栽杨柳，亦已扶疏。韭本千畦，芋根一亩，雨老烟荒谁为锄。难忘者，是竹吾爱甚，梅汝知乎。　　茅亭低压平湖。有狎鹭驯鸥尚可呼。把绛纱准拟，新官到也，寒毡收拾，贱子归欤。略整柴门，更芟草径，惟有幽人解柱车。丁宁著，与做添棋局，砌换茶罏。阳春白雪外集

包荣父

荣父字景仁，连江人。嘉定十年(1217)进士。建阳知县，奉议郎。

西江月 寿游侍郎

某恭审某官瑞纪门弧，辉增从橐。适逢八秩，共庆千秋。挂神虎之冠，未酬雅志；叶非熊之卜，会有好音。某受知最深，赞喜尤剧。康宁富寿，公其五福之具全；倬耆期颐，我则一忱而有祷。谩寄西江月调，以寿似山仙人。倘蒙薰慈，特赐采睸，某下情宠耀之至。

雅意浯亭宽碧，何心禁路宽华。芝兰玉树侍臣家。一段洛滨图画。

庆事两年亲见，今年福寿堪夸。更从头上人添些。却是八千岁也。截江网卷四

游文仲

千秋岁 侄庆侍郎致政

今年为寿，都道是、不比寻常时节。预庆我公年八秩，来献新词一阕。算得年时，恰当尚父，入相周西伯。亲逢盛事，宗孙也五十八、

一门富贵荣华,盈床牙笏,何待拈来说。且上祝龟龄鹤算,从此千千百百。笑道儿时,风流丹篆,写向龙驹额。更将彩笔,十字头上添一丿。截江网卷六

　　按此首按调乃念奴娇,或别名千秋岁,亦未可知。

刘清夫

　　清夫字静甫,建阳人。与刘子寰齐名。

念奴娇　武夷咏梅

乱山深处,见寒梅一朵,皎然如雪。的皪妍姿羞半吐,斜映小窗幽绝。玉染香腮,酥凝冷艳、容态天然别。故人虽远,对花谁肯轻折。

　　疑是姑射神仙,幔亭宴罢,迤逦停瑶节。爱此溪山供秀润,饱玩洞天风月。万石丛中,百花头上,谁与争高洁。粗桃俗李,不须连夜催发。

沁园春　咏刘篁嵘碧莲,时内子将诞

浅碧芙蓉,素艳亭亭,前身阿娇。记湘滨露冷,酥容倍洁,华清水滑,酒晕全消。瑶剪丰肥,云翻碎萼,白羽鲜明时自摇。风流处,是古香幽韵,时度鲜飘。　　琼枝璧月清标。对千朵婵娟倾翠瓢。况水晶台榭,低迷净绿,冰霜词调,隐约轻桡。细认金房,钟奇孕秀,已觉青衿横素腰。西风晚,看花开十丈,玉井非遥。

金菊对芙蓉　沙邑宰缩琴妓,用旧韵戏之

浅拂春山,慢横秋水,玉纤闲理丝桐。按清泠繁露,淡伫悲风。素弦瑶轸调新韵,颤翠翘、金簇芙蓉。叠齰重锁,轻挑慢摘,特地情

浓。　　　泛商刻羽无穷。似和鸣鸾凤,律应雌雄。问高山流水,此意谁同。个中只许知音听,有茂陵、车马雍容。画帘人静,琴心三叠,时倒金钟。

水 调 歌 头

残腊卷愁去,春至莫闲愁。荣枯会有成说,无处著机谋。身世石中蔽火,富贵草头垂露,何用苦贪求。三尺布衣剑,千载赤松游。

忆亲朋,方卯角,总白头。羊肠世路巇嶮,莫莫且休休。选甚范侯高爵,遮莫陶公巨产,争似五湖舟。万事付蜗角,止坎谩乘流。

玉 楼 春

柳梢绿小眉如印。乍暖还寒犹未定。惜花长是为花愁,殢酒却嫌添酒病。　　　蝇头蜗角都休竞。万古豪华同一尽。东君晓夜促归期,三十六番花递信。以上中兴以来绝妙词选卷五首

　　按此首历代诗馀卷三十二误作刘因词。

祝　穆

　　　　穆初名丙,字和父,建阳人。理宗时,除迪功郎,为兴化军涵江书院山长。有方舆胜览七十卷,事文类聚四集。

贺 新 郎

此木生林野。自唐家、丝纶置阁,托根其下。长伴词臣挥帝制,因号紫微堪诧。常缥缈、紫微仙驾。料想紫微垣降种。紫微郎、况是名同者。兼二美,作佳话。　　　一株乃肯临茅舍。肌肤薄、长身挺立,扶疏潇洒。定怯麻姑爬痒爪,只许素商陶冶。擎绛雪、柔枝低

亚。我忆香山东坡老,只小诗、便为增声价。后当有,继风雅。全芳
备祖前集卷十六紫薇花门

沁园春　寿宋通判

自有东阳,锦水城山,几千百年。记往时仅说,拥麾刻郡,而今创
见,持橐甘泉。地脉方兴,天荒欲破,还为盐梅生巨贤。清和候,正
风薰日永,作地行仙。　　　题與小驻樵川。常只恐祖生先著鞭。
算谁从井落,重新疆理,谁从襄岘,一洗腥膻。幕府归来,未应袖
手,行有诏书来九天。勋名就,使吾乡夸诧,盛事流传。翰墨大全丙集
卷十三

周文谟

　　　　文谟,官郡守,有爱姬为史弥远夺去。

念　奴　娇

棋声特地,把十年心事,恍然惊觉。杨柳楼头歌舞地,长记一枝纤
弱。破镜重圆,玉环犹在,鹦鹉言如昨。秦筝别后,知他几换弦索。
　　　谁念顾曲周郎,樽前重见,千种愁难著。犹胜玄都人去后,空
怨残红零落。绿叶成阴,桃花结子,枉恨东风恶。盈盈泪眼,见人
欲下还阁。珊瑚网法书题跋卷十引郭天锡手录诗文杂记
　　　按此首别作金蔡松年词,见词学丛书本、清吟阁本阳春白雪卷四。惟宛委别藏本
　　　无撰人姓名。

李好古

　　　　好古,自署乡贡免解进士。有碎锦词。

按宋时姓李名好古或字好古者,约有四五人之多,不知此李好古为何许人。

清吟阁本阳春白雪云,李好古字仲敏,下邳人。

八声甘州 扬州

壮东南、飞观切云高,峻堞缭波长。望别作"叠"蔽空楼橹,重关警柝,跨水飞梁。百万貔貅夜筑,形胜隐金汤。坐落诸蕃胆,扁榜安江。　　游子凭兰凄断,百年故国,飞鸟斜阳。恨当时肉食,一掷赌封疆。骨冷英雄何在,望荒烟、残戍触悲凉。无言处,西楼画角,风转牙樯。

又

古扬州、壮丽压长淮,形胜绝东南。问竹西歌吹,蜀冈何许,杨柳鬖鬖。行乐谁家年少,两两更三三。知我江南客,走马来看。　　过却长亭烟树,云山点点,烟浪漫漫。料桐花飞尽,夜合绕阑干。倦绣闲庭昼永,望天涯、芳草忆征鞍。平安使,吴笺谩遣,欲寄愁难。

江 城 子

从来难翦是离愁。这些愁。几时休。才趁风樯,千里到扬州。见说苍茫云海外,天杳杳,水悠悠。　　男儿三十敝貂裘。强追游。梦魂羞。可解筹边,谈笑觅封侯。休傍塞垣酾酒去,伤望眼,怕层楼。

又

平沙浅草接天长。路茫茫。几兴亡。昨夜波声,洗岸骨如霜。千古英雄成底事,徒感慨,谩悲凉。　　少年有意伏中行。馘名王。扫沙场。击楫中流,曾记泪沾裳。欲上治安双阙远,空怅望,过维扬。

水调歌头 和金焦

历历江南树,半在水云间。不须回首,且来著眼向淮山。过尽金山
晕碧,望断焦山空翠,杨柳绕江边。此意无人会,独自久凭阑。

夜吹箫,朝问法,记坡仙。只今何许,当时三峡倒词源。水调翻
成新唱,高压风流前辈,使我百忧宽。有酒更如海,容我醉时眠。

酹　江　月

西风横荡,渐霜馀黄落,空山乔木。照水依然冰雪在,耿耿梅花幽
独。抖擞征尘,扶携短策,步绕沧浪曲。怅然心事,浮生翻覆陵谷。

试向商乐亭前,冷风台上,把酒招黄鹄。四十男儿当富贵,谁
念漂零南北。百亩春耕,三间云卧,此计何时卜。功名休问,卖书
归买黄犊。

又

平生英气,叹年来、都付山林泉石。不作云霄轩冕梦,只拟纶竿蓑
笠。见说湖阴,飞飞鸥鹭,半是君曾识。梅花时节,试来相与寻觅。

休谩汨没尘埃,浮生能几,镜里催华髪。趁取尊前强健在,莫
负花前别作"朝"倾碧。自遣长须,亲题短句,去约萧闲客。休教惆
怅,梅花飞尽寒食。

贺新郎 僧如梵摘阮

人物风流远。忆当年、江东跌宕,知音南阮。惯倚胡床闲寄傲,妥
腹难凭琴桉。妙制拥、银蟾光满。千古不传谁好事,忽茂陵、金碗
人间见。轻擘动,思无限。　　　长安钗鬓春横乱。仿规模、红绦带
拨,媚深情浅。安识高山流水趣,儿女空传恩怨。使得似、支郎萧

散。听到三闾沉绝处,惨悲风、摇落寒江岸。不肠断,也肠断。

清 平 乐

清淮北去。千里扬州路。过却瓜州杨柳树。烟水重重无数。
柁楼才转前湾。云山万点江南。点点尽堪肠断,行人休望长安。

又

瓜州渡口。恰恰城如斗。乱絮飞钱迎马首。也学玉关榆柳。
面前直控金山。极知形胜东南。更愿诸公著意,休教忘了中原。

浣 溪 沙

为怯頳云挟暑飞。嫩凉故故著征衣。江风吹雨过楼西。　　未必
男儿生不遇,时来咳唾是珠玑。功名终岂壮心迟。

菩 萨 蛮

东园映叶梅如豆。西园扑地花铺绣。春水晓来深。日华娇漾金。
　带烟穿径竹。步入飞虹曲。何处早莺啼。曲桥西复西。

又　垂丝海棠零落

东风一夜都吹损。昼长春㬝佳人困。满地委香钿。人情谁肯怜。
　诗人犹爱惜。故故频收拾。云彩缕丝丝。娇娆忆旧时。

又

纳红销翠春风里。精神一撮金莲底。不是睡杨妃。缘珠娇小儿。
　一般娇绝处。半带疏疏雨。不解吐繁香。却教人断肠。以上
宋元三十一家词本碎锦词

阮秀实

秀实号梅峰,兴化军人。早见知于赵蕃。岳珂主淮南饷,秀实妙年布衣登门。游贾似道之门最久,人号阮怪。咸淳初,摄芜湖茶局。卒年八十馀。

酹江月　庆王漕六十九

汉庭用老,想君王、也忆潜郎白首。底事煌煌金玉节,奔走天涯许久。江右风流,湖南清绝,要借诗翁手。明年七十,人间此事希有。

固是守约堂间,鲂斋亭下,要种归来柳。只恐夜深思贾傅,便有锋车迎候。寿岳峰前,寿星池畔,且寿长沙酒。期颐三万,祖风应管依旧。翰墨大全丁集卷一

按此首别见截江网卷五,题李刘作。翰墨大全丙集卷十三此词亦重出,题李梅亭(李刘)作。丁集卷一题梅峰作,疑是梅亭之误。

刘子寰

子寰字圻父,号篁㟺,建阳人。嘉定十年(1217)进士。居麻沙。早登朱熹之门,刘克庄序其诗。

昼　锦　堂

上缺思纵步,时自驻篮舆,策杖荒郊。为有柔黄可坐,野菜时挑。思忆家山行乐处,片心时逐野云飘。歌长铗、遥寄故人,归路赋隐辞招。

按此首调名原缺,赵万里补。

解语花　雪

龙沙殿腊，兔苑留寒，花照冰壶夜。乱山平野。装珠树满眼，买春无价。墙头苑下。浑不见、桃夭杏冶。疑趁风、庾岭寒梅，触处都飘谢。　　吹面峭寒未怕。览瑶池万里，飞观高榭。霓旌鹤驾。歌黄竹、胜跃踏青骄马。峰峦似画。但点缀、片时相借。惊望中、玉宇琼楼，残溜空鸳瓦。

玉漏迟　夏

翠草侵园径。阴阴夏木，鸣鸠相应。纵目江天，窈窈雨昏烟暝。屋角黄梅乍熟，听落颗、时敲金井。深院静。闲阶自长，花砖苔晕。　　楼居簟枕清凉，尽永日阑干，与谁同凭。旧社鸥盟，零落断无音信。辽鹤追思旧事，向华表、空吟遗恨。萦念损。休怪暮年多病。

又　秋

暮天初过。雨凄清，顿觉今年秋早。夜景虚明，仿佛露华清晓。蕙草繁花竞吐，向暗里、幽香缥缈。下缺　　以上见典雅词本篁嵘词

醉　蓬　莱

访莺花陈迹，姚魏遗风，绿阴成幄。尚有馀香，付宝阶红药。淮海维阳，物华天产，未觉输京洛。时世新妆，施朱傅粉，依然相若。　　束素腰纤，捻红唇小，郭袖娇看，倚阑柔弱。玉佩琼琚，劝王孙行乐。况是韶华，为伊挽驻，未放离情薄。顾盼阶前，留连醉里，莫教零落。全芳备祖前集卷三芍药门

阮　郎　归

长条袅袅串红绡。无风时自摇。十分妖艳更苗条。殢春情态娇。

　　风影舞,露痕潮。买来和蝶饶。故园愁绝楚宫腰。相逢恨怎销。<small>全芳备祖前集卷八桃木门</small>

好　事　近

秋色到东篱,一种露红先占。应念金英冷淡,摘胭脂浓染。　　依稀十月小桃花,霜蕊破霞脸。何事渊明风致,却十分妖艳。<small>全芳备祖前集卷十二菊花门</small>

　　按此首别误作刘克庄词,见广群芳谱卷五十一菊花门。

齐天乐 <small>寿史沧洲</small>

雅歌堂下新堤路。柳外行人相语。碧藕开花,金桃结子,三见使君初度。楼台北渚。似画出西湖,水云深处。彩鹢双飞,水亭开宴近重午。　　溪蒲堪荐绿醑。幔亭何惜,为曾孙留住。碧水吟哦,沧洲梦想,未放舟横野渡。维申及甫。正夹辅中兴,擎天作柱。愿祝嵩高,岁添长命缕。

花发沁园春 <small>呈史沧洲</small>

换谱伊凉,选歌燕赵,一番乐事重起。花新笑靥,柳软纤腰,济楚众芳围里。年年佳会。长是傍、清明天气。正魏紫衣染天香,蜀妆红破春睡。　　一簇猩罗凤翠。遍东园西城,点检芳事。铃斋吏散,昼馆人稀,几阕管弦清脆。人生适意。流转共、风光游戏。到遇景,取次成欢,怎教良夜休醉。

玉楼春 题小竿岭

今来古往吴京道。岁岁荣枯原上草。行人几度到江滨,不觉身随风树老。　　蒲花易晚芦花早。客里光阴如过鸟。一般垂柳短长亭,去路不如归路好。

沁园春 西岩三涧

云壑泉泓,小者如杯,大者如罂。更石筵平莹,宽容数客,淙流回激,环绕飞觥。三涧交流,两崖悬瀑,捣雪飞霜落翠屏。经行处,有丹荑碧草,古木苍藤。　　徘徊却倚山楹。笑山水娱人若有情。见傍回侧转,峰峦叠叠,欲穷还有,岩谷层层。仰视云间,茅茨鸡犬,疑是仙家来避秦。青林表,望烟霞缥缈,隐隐鸾笙。

贺新郎 登玉田峰

拄杖凌高绝。望千山隐隐,波澜动摇天末。下有白云平远壑,涌起潮头喷雪。浸绝岛、孤峰出没。赤县神州何处是,但风烟、杳杳迷空阔。呼不见,古人物。　　碧松枝下青瑶石。举头看、长空湛湛,淡琉璃色。上界星辰多官府,夸父忙鞭日月。任兔走、乌飞超忽。宇宙茫茫如许大,百年间、何用争优劣。身世事,一毛髮。

满江红 风泉峡观泉

云壑飞泉,蒲根下、悬流陆续。堪爱处、石池湛湛,一方寒玉。暑际直当磐石坐,渴来自引悬瓢掬。听泠泠、清响泻琮琤,胜丝竹。　　寒照胆,消炎燠。清彻骨,无尘俗。笑幽人忻玩,滞留空谷。静坐时看松鼠饮,醉眠不碍山禽浴。唤仙人、伴我酌琼瑶,餐秋菊。

霜天晓角 春愁

横阴漠漠。似觉罗衣薄。正是海棠时候，纱窗外、东风恶。　　惜
春春寂寞。寻花花冷落。不会这些情味，元不是、念离索。

洞仙歌 寄刘令君潜夫

风餍雨足，也解为花地。收拾浮云放新霁。爱调亭小翠，点滴猩
红，新妆了，妃子朝来睡起。　　遥知春有主，整顿欢娱，兴在新亭
锦围底。便选歌燕赵，授简邹枚，须记作他日，城山盛事。笑东君
不用管杨花，任飞去天涯，在东风里。以上见中兴以来绝妙词选卷十

醉蓬莱 寿参政

正霜浮菊浅，露染枫深，九秋佳景。梅报南枝，一点和羹信。峻岳
生申，太山瞻鲁，瑞启千年运。飞帛奎文，仪皇韶祉，明良相庆。
　　岁值丰登，道方开泰，塞骑尘收，海鲸波静。几斗璿枢，仰三阶平
正。保定乾坤，亲扶日月，万宇同歌咏。比寿彭聃，侔勋周召，致君
尧舜。截江网卷四

又 寿史令人

正花深绣阁，带拂流酥，暖帘初试。窈窕笙歌，拥新鲜珠翠。艳菊留
金，早梅催粉，趁得瑶池会。画馆凝香，仙家正住，芙蓉城里。
褐寝开祥，玉枝祝寿，列院欢娱，满堂佳瑞。福寿双星，现碧霄云际。
京兆时妆，如皋乐事，占世间荣贵。象服鱼轩，疏封大国，齐眉千岁。

霜天晓角 子庆母八十

满前儿女。今日都欢聚。今也阿弥八十，儿也五十五按此句缺一字

瓷瓯并瓦注。山歌和社舞。但管年年强健,妆成个、西王母。

以上二首见截江网卷六

沁园春 庆叶镇　五月初八

长寿真人,玉佩琼裾,霞衣月裳。趁桃迎初度,千年方熟,蒲经端
午,三日留春。兰杜绥旌,芙蓉寨盖,飞下清源云水乡。摛烟雾,引
天机织组,官样文章。　　　丁年璧水横翔。馀剩馥残膏沾四方。
仰平生声望,九霄星斗,方来事业,万里风樯。经世规模,出尘丰
骨,须合盛之白玉堂。轩腾去,看雍容槐棘,福艾耆厖。翰墨大全丁集
卷二

以上刘子寰词十九首,用赵万里辑篆嵘词。典雅词文字全从赵辑。

姚　镛

镛字希声,一字敬庵,号雪篷,剡溪(今浙江嵊县)人。嘉定十年
(1217)进士,为吉州判,擢赣州太守。坐事贬衡阳。

谒金门

吟院静。迟日自行花影。熏原作"重",从绝妙好词卷三改透水沉云满鼎。
晚妆窥露井。　　　飞絮游丝无定。误了莺莺相等。欲唤海棠教睡
醒。奈何春不肯。阳春白雪卷八

存目词

金绳武本花草粹编卷八有姚镛醉高歌"十年燕月歌声"一首,乃元
人小令,姚燧作,原为二首,见朝野新声太平乐府卷四,附录于后。

醉高歌

十年燕月歌声。几点吴霜鬓影。西风吹起鲈鱼兴。已在桑榆暮

景。　　荣枯枕上三更。傀儡场中四并。人生幻化如泡影。几个临危自省。

尹　焕

　　　　焕字惟晓，山阴(今浙江绍兴)人。嘉定十年(1217)进士。自畿漕除右司郎官，淳祐八年(1248)，朝奉大夫太府少卿兼尚书左司郎中兼敕令所删定官。有梅津集。今不传。

霓裳中序第一　茉莉咏

青鬟絮素靥。海国仙人偏耐热。餐尽香风露屑。便万里凌空，肯凭莲叶。盈盈步月。悄似怜、轻去瑶阙。人何在，忆渠痴小，点点爱轻艳。　　　愁绝。旧游轻别。忍重看、锁香金箧。凄凉清夜簟席。杳杳诗魂，真化风蝶。冷香清到骨。梦十里、梅花霁雪。归来也，恹恹心事，自共素娥说。

眼儿媚　柳

垂杨袅袅蘸清漪。明绿染春丝。市桥系马，旗亭沽酒，无限相思。　　云梳雨洗风前舞，一好百般宜。不知为甚，落花时节，都是颦眉。以上二首见阳春白雪卷七

唐多令　苕溪有牧之之感

蘋末转清商。溪声供夕凉。缓传杯、催唤红妆。慢绾乌云新浴罢，裙拂地、水沉香。　　歌短旧情长。重来惊鬓霜。怅绿阴、青子成双。说著前欢伴不睬，飏莲子、打鸳鸯。绝妙好词卷三

夏元鼎

　　元鼎字宗禹,自号云峰散人,又号西城真人,永嘉人。屡试不第,
宝庆中为小校武官。弃官入道。有蓬莱鼓吹。

沁园春 和吕洞宾

大道无名,金丹有验,工夫片时。似婴儿娇俊,不离门户,盈盈姹
女,缓步深帏。二八当年,黄婆匹配,隔碍潜通势似危。须臾见,见
灵明宝藏,一点星飞。　　　其时。似执躬圭。深保护阴阳造化儿。
转南辰北斗,回风混合,雷轰雨骤,只许天知。梦幻浮生,天长地
久,云路著鞭休要迟。金不坏,合朋合德,三教同归。

二 和张虚靖

太极才分,鸿濛凿破,云收雾开。见曦魂蟾魄,升沉昼夜,光含万
象,机应丹台。火里栽莲,水中捉月,两个人人暗去来。鹊桥畔,任
传神送气,巽户轰雷。　　　微哉。火候休猜。无师授徒劳颜闵材。
问从头下手,收因结果,争魂夺命,何处胚胎。小法旁门,幸勤一
世,漫道修真不惹埃。争如我,水晶宫里,独步琼阶。

三 李将使访道有年,近得旁径。予憩其后圃,且问光
　　　透帘帏之秘,不敢隐默,不敢戏传,始以小词,庸谢
　　雅意

天下江山,无如甘露,多景楼前。有谪仙公子,依山傍水,结茅筑
圃,花竹森然。四季风光,一生乐事,真个壶中别有天。亭台巧,一
琴一鹤,泥絮心田。　　　不须块坐参禅。也不要区区学挂冠。但
对境无心,山林钟鼎,流行坎止,闹里偷闲。向上玄关,南辰北斗,

昼夜璇玑炼火还。分明见，本来面目，不是游魂。

水调歌头 天台元漠子王枞，炷香问道，初意未降。后
以子午寅申之说，破其胎息注想之迷，因与酬唱
水调歌头于后

采取铅须密，诚意辨妍媸。休教错认，夺来鼎内及其时。二物分明
真伪，一得还君永得，此事契天机。记取元阳动，妙用在虚危。

法寅申，行子午，总皆非。自然时节，梦里也教知。不属精津气
血，不是肺肝心肾，真土亦非脾。言下泄多矣，凡辈奈无知。

二

要识刀圭诀，一味水银铅。驴名马字，九三四八万千般。愚底转生
分别，划地唤爷作父，荆棘满心田。去道日以远，至老昧蹄筌。

譬如人，归故国，上轻帆。顺风得路，夜里也行船。岂问经州过
县，管取投明须到，舟子自能牵。悟道亦如此，半句不相干。

三

耳目身之宝，固塞勿飞扬。存无守有，中间无念以为常。把定玄关
一窍，视听尽收归里，坎兑互堤防。瘟瘵神依抱，形气两相忘。

圆陀陀，光烁烁，貌堂堂。分明真我，罔象里全彰。此即非空非
色，自是本来面目，阴鼎炼元阳。出世真如佛，馀二莫思量。

四

真一北方气，玄武产先天。自然感合，蛇儿却把黑龟缠。便是蟾乌
遇朔，亲见虎龙吞唵，顷刻过昆仑。赤黑达表里，炼就水银铅。

有中无，无中有，两玄玄。生身来处，逆顺圣凡分。下士闻之大
笑，不笑不足为道，难为俗人论。土塞命门了，去住管由君。

五

律应黄钟候，天地尚胚浑。腾腾一气，家园平地一枝春。下手依时急采，莫放中宫芽溢，害里却生恩。火候精勤处，加减武和文。

定浮沉，明主客，别疏亲。真铅留汞，造化合乾坤。此是身中灵宝，谁信龙从火出，二八共成斤。些子希夷法，只在弄精魂。

六

擒得铅归舍，进火莫教迟。抽添沐浴，临炉一意且防危。只为婴儿未壮，全藉黄婆养育，丁老共扶持。火力频加减，外药亦如之。

汞生芽，铅作祖，土刀圭。火生于木，炎盛汞还飞。要得水银真死，须待阴浮阳伏，杂类降灰池。用铅终不用，古语岂吾欺。

七

要蹑天仙步，金丹是法身。不知谓气，须还识后自然真。大道从花孕子，点出个中阴魄，乌兔合阳魂。北斗随罡转，天地正氤氲。

采依时，炼依法，莫辞勤。立跻圣域，从此脱沉沦。夜气正当过半，龙虎自然蛰动，势欲撼乾坤。片饷工夫耳，庄算八千春。

八

神气精三药，举世没人知。气随精化，镇常神逐气无归。心地不明天巧，业识更缠地网，背却上天梯。今古多豪杰，生死醉如泥。

树头珠，潭底日，显金机。两般识破，性命更何疑。活捉金精入木，炼就当初真一，方表丈夫儿。信取玄中趣，端的世间稀。

九

闻道不嫌晚，悟了莫悠悠。遇时不炼，今生乌兔恐难留。些子乾坤简易，不问在朝居市，达者尽堪修。火候无斤两，大药本非遥。

守旁门，囚冷屋，望升超。迷迷相授，生死不相饶。未识先天一气，孰辨五行生克，不向眼前求。试道工夫易，福薄又难消。

十

我有一竿竹，偏会取根源。从来汲水桔槔，直掣上西天。不许常人著手，管定竿头先折，提桶落寒泉。拨得机关转，北斗向南看。

仗回风，乘偃月，勿波澜。麻姑此日，西北见张骞。选佛妙高峰顶，饮罢醍醐似醉，独坐玩婵娟。水湛月明处，太极更无前。

西江月

予登龙虎山，朝神谒帝，以祈心事。夜梦神人语之曰：四十修真学道，金鱼要换金丹，龟龄鹤算不知年，子其勉之，当遇赤城人矣。后于祝融峰遇圣师，指迷金丹大道，果应存无守有，顷刻而成之妙。乃知十馀年间钻冰取火，盲修瞎炼，今一得永得，实在目前。因足前梦为西江月调以纪其实并简同行林质父。质父见和，意谓有道无丹，当求画前大易，遂与酬唱十首于后

四十修真学道，金鱼要换金丹。龟龄鹤算不知年。行满身冲霄汉。

此事希夷玄奥，功参造化难言。眼前有药耀山川。好把元阳修炼。

二

面目本来是道，阴阳造化成丹。骑牛寻犊不知原。真是三家村汉。

古圣立言设象，后人得象忘言。且如乾画必三川。舍此如何

烹炼。

三

太一画前是道，全凭龙虎成丹。九还七返保长年。好个逍遥闲汉。
　　日诣金门玉殿，青衣引赞无言。回风混合万神安。功向虚无中炼。

四

举世沉迷大道，傍门小法求丹。咽津纳气等成仙。真个无知痴汉。
　　何异雄鸡抱卵，梦同哑子交言。阴阳非类隔天渊。总是盲修瞎炼。

五

不死谷神妙道，杳冥中有还丹。坤牛乾马运无边。却是修行真汉。
　　脱去名缰利锁，金童玉女传言。工夫片饷彻玄关。水火从教法炼。

六

大隐居尘奉道，衰颜能返朱丹。要须有主种三田。方免驱驰淮汉。
　　天下江山第一，昆仑景胜何言。希夷妙处集真仙。默默重帘修炼。

七

万里担簦访道，要知一点灵丹。日乌月兔在朝元。岂在迢迢云汉。
　　罔象求珠易得，离明契后难言。五金八石是虚传。争似阳修阴炼。

八

达磨西来说道,十年面壁安丹。争知水火不交煎。因果谩成罗汉。

　　仰箭射空力尽,依然坠地何言。虚空拶破强参禅。肯把金丹烧炼。

九

几载鸡窗求道,费他兔楮铅丹。经书子史尽蹄筌。鹿走徒嗟秦汉。

　　百代兴亡瞬息,徒留纸上陈言。谁知太始道常存。乌兔仙家修炼。

十

行处青牛引道,飞来鹤顶呈丹。谈玄玉局在西川。此日方当龙汉。

　　千载寂寥吾道,可怜平叔多言。画蛇添足悟真篇。付与谁人修炼。

水调歌头 三月三日,佑圣降诞。胡节干季辙,捧香设醮,愿以今日闻穷理尽性之道。顾方为世唾弃,曷能明子贡不传之旨。荷来诚既切,竟以诞圣于北方壬癸之位,为水调一词以谢,并呈乡人赵抚干季清、周提干达道,幸反求之,有馀师矣

三三乾妙画,佑圣诞弥辰。北方壬癸,水生于坎产元精。一数先天有象,元始化生相应,灵气属阳神。寿永齐天地,万物尽回春。

　　说龟蛇,名黑杀,蕴深仁。阴中阳长,要知害里却生恩。此意宜参造化,正是金丹大道,不在咽精津。富贵公方逼,肯问出人伦。

又 甲申灯夕,云水唐介然来谒,愿问金丹大道,且举张平叔、薛道光诸丹经以质难。意初未释,凡辩问数十条,乃嚜不语,垂首怅然而去。后忽具信香誓状,

谓历江、淮、闽、浙,拜师几百,不识向上玄关,觉今
是而昨非。不知其所觉何事,谬赠以水调一词。有
天台郭应昌、仪真胡尧咨、徐勋、金陵赵拱、湖湘唐
纯素预焉

人身藏宇宙,乌兔走西东。昼舒夜卷,不拘春夏与秋冬。存想非心
非肾,吐纳非精非气,子午谩行功。一点真灵宝,混合自回风。

感婴儿,交姹女,爱丁公。黄婆匹配,一时辰内上仙宫。恍惚无
中有象,阳火阴符密契,大道属鸿濛。火候能调理,天地与无穷。

西江月 答王和父送□错认水酒

甘露醴泉天降,琼浆玉液仙方。一壶馥郁喷天香。麴糵人间怎酿。

要使周天火候,不应错认风光。浮沉清浊自斟量。日醉蓬莱
方丈。

又 送腊茶答王和父

万汇阳春吐秀,争如雀舌含英。先天一气社前升。啖出昆仑峰顶。

要得丁公煅炼,飞成宝屑窗尘。蜜脾神用脱金形。送与仙翁
体认。

贺新郎 和刘宰潜夫韵

天上神仙路。问谁能、超凡入圣,平虚交付。三岛十洲无限景,稳
驾鸾舆鹤驭。更驯伏、木龙金虎。造化小儿真剧戏,炼阳精、要戴
乾为父。须定力,似愚鲁。　　　三旬一遇交乌兔。便丹成、天长地
久,桑田变否。四象五行攒簇处,全藉黄婆真土。无私授、人多胡
做。堪叹红尘声利客,向花朝月夕寻妆妇。应不解,乘槎去。

满　江　红

人世何为,江湖上、渔蓑堪老。鸣榔处,汪汪万顷,清波无垢。欸乃一声虚谷应,夷犹短棹关心否。向晚来、垂钓傍寒汀,牵星斗。

砂碛畔,蒹葭茂。烟波际,盟鸥友。喜清风明月,多情相守。紫绶金章朝路险,青蓑箬笠沧溟浩。舍浮云、富贵乐天真,酾江酒。

满　庭　芳

久视长生,登仙大道,思量无甚神通。正心诚意,儒释道俱同。虽是无为清净,依然要、八面玲珑。朝朝见,日乌月兔,造化运西东。

黄婆能匹配,天机玄妙,朔会相逢。正三旬一遇,消息无穷。不待存心想肾,非关是、打坐谈空。君知否,灵明宝藏,收在水晶宫。以上吴讷唐宋名贤百家词本蓬莱鼓吹

王　埜

埜字子文,号潜斋,金华人。嘉定十三年(1220),登进士第,辟潭帅幕。历礼部尚书,江西转运副使,知隆兴府、移镇江府。淳祐末,迁沿江制置使、江东安抚使。宝祐二年(1254),拜端明殿学士签书枢密院事、封吴郡侯、主管洞霄宫卒。
词综云:一名王彧。未知所据。

西　河

天下事。问天怎忍如此。陵图谁把献君王,结愁未已。少豪气概总成尘,空馀白骨黄苇。　　千古恨,吾老矣。东游曾吊淮水。绣春台上一回登,一回搵泪。醉归抚剑倚西风,江涛犹壮人意。

只今袖手野色里。望长淮、犹二千里。纵有英心谁寄。近新来、又

报胡尘起。绝域张骞归来未。中兴以来绝妙词选卷九

　　按此首词律卷十八题王或撰。

六 州 歌 头

龙蟠虎踞，今古帝王州。水如淮，山似洛，风来游。五云浮。宇宙
无终极，千载恨，六朝事，同一梦休。更莫问闲愁。风景悠悠。得
似青溪曲，著我扁舟。对残烟衰草，满目是清秋。白鹭汀洲。夕阳
收。　　黄旗紫盖，中兴运，钟王气，护金瓯。驻游跸，开行殿，夹
朱楼。送华辀。万里长江险，集鸿雁，列貔貅。扫关河，清海岱，志
应酬。机会何常，鹤唳风声处，天意人谋。臣今虽老，未遣壮心休。
击楫中流。景定建康志卷三十七

沁园春 子寿母

月地云阶，碧山丹水，春满北园。正慈闱初度，酡颜绿髪，黄堂称
寿，画戟朱幡。戏彩斓斑，安舆游衍，未数当时莱与潘。今朝好，把
一家和气，散在千门。　　　潜藩。误玷君恩。人尚说、淳熙前状
元。幸物情如旧，亲年未老，且开玉帐，共祝金樽。罗绮飘香，管弦
度曲，晚岁欢娱谁与论。亭峰宴，似仙家大姥，尽见曾孙。截江网卷
六

哀长吉

　　　　长吉字叔巽，又字寿之，晚号委顺翁，崇安人。嘉定十三年(1220)
　　进士，授邵武簿，调靖江书记，归隐武夷，有鸡肋集。

水调歌头 贺人新娶，集曲名

紫陌风光好，绣阁绮罗香。相将人月圆夜，早庆贺新郎。先自少年

心意，为惜殢人娇态，久俟愿成双。此夕于飞乐，共学燕归梁。

索酒子，迎仙客，醉红妆。诉衷情处，些儿好语意难忘。但愿千秋岁里，结取万年欢会，恩爱应天长。行喜长春宅，兰玉满庭芳。

翰墨大全乙集卷十七

齐天乐 贺人入赘

青鸾海上传芳信。蓝田路入仙境。万卷书传，六奇计运，冰玉炯然清润。帏褰凤锦。□空格据律补镜启鸾台，烟横鸳枕。一笑相迎，一双两好恰斯称。　　风流人在仙隐。更一县、陶柳按"陶柳"上下缺二字春近。梦想金桃，宴分玉果，指日送尝汤饼。粉榆接畛。管此去亲盟，镇长交聘。自古朱陈，一村惟两姓。翰墨大全乙集卷十九

朝中措 贺生第三子

自从佳偶共黄姑。几见设门弧。方喜阶庭联玉，又闻老蚌生珠。　　一门三秀，贾家虎子，薛氏鸾雏。从此公侯衮衮，看看百子成图。

西江月 贺人生日生孙

百和香凝宝络，长生酒满金尊。葱葱佳气蔼庭萱。同把椿龄祝愿。　　玉树已生谢砌，孙枝复长于门。伫看百子共千孙。此去公侯衮衮。以上二首翰墨大全丙集卷三

瑞鹤仙 寿南康钱守　正月初六

天基佳节后。又诗咏嵩生，贤歌天佑。千龄运非偶。庆一堂风虎，云龙感召，相门华胄。盛少屈、一钱太守。听吏歌、一径棠阴，民颂两岐麦秀。　　知否。海峰天柱，道骨仙风，总天所授。席虚机又似"㨾"字右。金瓯下，署名久。伫泥封飞下，沙堤归去，指日家声复

旧。年年献、金鉴千秋,玉卮万寿。翰墨大全丁集卷二

又 寿萧通判　十月初一日

小春天未雪。见两蕊三花,放梅时节。昴宿孕人杰。对梅花雪片,平分风月。冰清玉洁。天赋与、仙风道骨。更等闲、来访刘仙,觅取秘传真诀。　　闻说。辉联台宿,瑞应文昌,世承阀阅。相门事业。有祖父、旧风烈。管泥封飞下,沙堤归来,光复青毡旧物。庆家传、八叶联芳,又添一叶。翰墨大全丁集卷四

存　目　词

调　名	首　句	出　处	附　注
鱼水同欢	棣萼楼前佳气蔼	花草粹编卷七	无名氏词,见翰墨大全丁集卷四
剔银灯	古来五子伊谁有	花草粹编卷八	无名氏词,见翰墨大全丙集卷三

黄师参

师参字子鲁,号鲁庵,三山(今福州市)人。嘉定十三年(1220)进士。官国子学正、南剑州添差通判。许应龙东涧集卷六有黄师参转一官制。

沁园春　饯郑金部去国

谷口高人,偶泝明河,近尺五天。见紫霄宫阙,空中突兀,玉皇姬侍,云里蹁跹。滴露研朱,披肝作纸,细写灵均孤愤篇。排云叫,奈大钧不管,沙界三千。　　语高天上惊传。早斥去人间伴谪仙。

念赤城丹籍，香名空在，蓬莱弱水，欲到无缘。还倚枯槎，飘然归去，回首清都若个边。家山好，有一湾风月，小小渔船。<small>中兴以来绝妙词选卷九</small>

李义山

义山字伯高，号后林，丰城人，一云嘉鱼人。嘉定十三年(1220)进士。大宗正丞兼金部郎中、知吉州。湖南提举摄帅漕，江东提刑、守池州，劾罢。经赦，主管玉局观。

祝英台近 <small>寿张路钤　四月初一</small>

夏初临，春正满，花事在红药。一阵光风，香雾喷珠箔。画堂旧日张家，梦中玉燕，早拂晓、飞来帘幕。　　酒深酌。曾记走马长安，功名戏樊郭。螺浦如杯，豪气怎生著。直须用了圯编，封侯万户，却归共、赤松翁约。<small>翰墨大全丁集卷二</small>

按此首原题义山作，不著其姓。丁集卷二另有李义山作品，盖即一人。

牟子才

子才字存叟，其先井研人。客湖州。嘉定十六年(1223)进士。宝祐元年(1253)自军器少监除秘书少监。咸淳初，授翰林学士。以资政殿学士致仕卒。

风瀑竹 <small>元宵　（按词律调名当作风敲竹，即贺新郎之别名也）</small>

阁住杏花雨。便新晴、等闲勾引，香车成雾。璧月光中箫凤远，袅袅馀音如缕。诮一似、群仙府。天意乍随人意好，渐星桥、度汉珠还浦。又何啻、列千炬。　　晚来乍觉阴盘固。笑人间、玉瓶瑶瑟,锦茵雕俎。无限升平宣政曲,回首中原何处。慨鸣镝、已无宫武。扑面胡尘浑未扫,强欢讴、还肯轩昂否。萦旧恨,为谁赋。翰墨大全后甲集卷十

戴　翼

翼字汝谐,自号凤池,闽县人。嘉定十六年(1223)进士。摄南康军,知邕州。

水调歌头 寿陈仓使

某共审:瑞启福星,祥开诞月。江左两三年兵火,暂烦一出于虚危;部内几万户生灵,喜遇再来之父子。欢均列郡,喜溢崇台。某忝出师门,幸依化治。忻逢华旦,上南丰一瓣之香;敬缉斐章,祝东道千龄之算。退惭下俚,上渎清都。敢冀熏慈,俯垂采览。

嵩岳周王佐,昴宿汉宗臣。从来间世英杰,出则致升平。况我皇华直指,元是福星出现,来此活生灵。五百岁初度,十一郡欢忻。

挽西江,苏涸辙,洗尘埃。笑谈顷刻间宜,宇宙变为春。泽满赣川无限,福与崆峒齐耸,颂咏几多人。潋滟一卮寿,愿早秉洪钧。

又 寿彭守

某共审:某官,瑞启福星,祥开诞月。横浦十万家生齿,焚一瓣香;章江五十里附庸,上千岁寿。万诚芜句,申庆椒觞。仰冀熏慈,俯垂采览。

渤海卖刀剑,河汉洗戎兵。千金六月一雨,万陇稼云横。时节可人如许,天意开祥有在,申月岳生申。五百岁初度,千万户欢声。

栋梁材,霖雨手,庙堂身。日边褒玺已到,岂久试鱼城。快上承明步武,展尽玉堂事业,再使旧毡青。公寿更天远,鼻祖等长生。

以上二首见截江网卷五

徐经孙

　　经孙字仲立,初名子柔,丰城人。生于绍熙三年(1192)。宝庆二年(1226)进士。累迁刑部侍郎、太子詹事、拜翰林学士、知制诰。忤贾似道,罢归闲居。咸淳九年(1273)卒。年八十二,谥文惠。有矩山存稿。

水调歌头　致仕得请

客问矩山老,何事得优游。追数平生出处,为客赋歌头。三十五时侥幸,四十三年仕宦,七十□归休。顶踵皆君赐,天地德难酬。

　书数册,棋两局,酒三瓯。此是日中受用,谁劣又谁优。寒则拥炉曝背,暖则寻花问柳,乘兴狎沙鸥。知足又知止,客亦许之不。

百　字　令

八旬加二,荷君天垂祐,扶持老拙。目送新来檐外燕,手拣好花轻折。比似去年,十分强健,日看朱诗说。篇三百五,岁前尽有披阅。

　天教两子供官,一男留养,左右相娱悦。五见孙枝三拜授,童冠参差袍笏。四侍鳌峰,拿舟在即,次五今圆月。曾孙淳老,想能随叔嬉劣。

哨　遍

江山风月,耳目声色。取之无禁,用之不竭。造物之无尽藏,月白风清,有客有酒。踞虎登龙,放舟中流。听其所止而休焉。归去来兮,昨非今是。旧菊都荒,新松老矣。吾年今已如此。归去来兮,忘我忘世。草木欣荣,幽人感此。吾生行且休矣。

乳　燕　飞

一雨炎□洗。似天知、溪山佳处,玳筵珠履。六十年前今朝庆,门
左桑弧蓬矢。也似恁、郁葱佳气。绿鬓童颜春未老,问寿星、模样
君真是。新甲子,从头起。　　应门有子能承志。总人间、皱眉底
事,不关君耳。看不日孙枝毓秀,衮衮教人满意。更又报、门阑多
喜。饱受人生真富贵,便蟠桃、三熟堪弹指。知几个,千秋岁。

鹧　鸪　天

安分随缘事事宜。平生快活过年时。长歌赤壁东坡赋,又咏归来
元亮词。　　开八秩,望期颐。人生如此古犹稀。香飘金粟如来
供,岁岁今朝荐酒卮。以上明万历刻本宋学士徐文惠公存稿卷四

冯去非

去非字可迁,号深居,南康军(今江西星子)人。绍熙三年(1192)生。
淳祐元年(1241)进士。尝干办淮东转运。宝祐四年(1256),召为宗学谕。
理宗下诏立石,禁三学诸生上书,去非不肯书名,遂罢归。年八十馀卒。

八声甘州　过松江

买扁舟、载月过长桥,回首梦耶非。问往日三高,清风万古,继者伊谁。
惟有茶烟轻飏,零露湿纯丝。西子知何处,鸿怨蛩悲。　　遥想家山
好在,正倚天青壁,石瘦云肥。甚抛奇孕秀,猿鹤互猜疑。归去好、散
人相国,迥升沉、毕竟总尘泥。须还我,松间旧隐,竹上新诗。

点　绛　唇

秋满孤篷,翠蒲红蓼留人住。一帘香缕。边影惊鸿度。　　　　小据

胡床,旧事新情绪。凭谁诉。蜡灯犀麈。拟共西风语。以上二首见阳
春白雪卷四

喜 迁 莺

凉生遥渚。正绿荄擎霜,黄花招雨。雁外渔村,蛩边蟹舍,绛叶满
秋来路。世事不离双鬓,远梦偏欺孤旅。送望眼,但凭舷微笑,书
空无语。　　慵觑。清镜里,十载征尘,长把朱颜污。借箸青油,
挥毫紫塞,旧事不堪重举。间阔故山猿鹤,冷落同盟鸥鹭。倦游
也,便槛云柁月,浩歌归去。阳春白雪卷五

　　按此首"绿荄擎霜,黄花招雨"二句,别又误作高观国词,见词旨。

善　珍

　　善珍字藏叟,福建泉州人,曾主持杭州径山寺。景炎二年(1277)
卒,年八十四。著藏叟摘稿,日本存刻本。

浪淘沙 寄剑阁

相对两衰翁。身似枯蓬。分飞吹聚谢天风。零落交游无一个,五
十年中。　　生客语藏锋。不答阳聋。心期难话与儿童。共结庵
招猿鹤侣,烟锁云封。

浪淘沙 九日登钓台怀思溪旧游

七十二年翁。曾客吴中。清游占断水晶宫。几度藕花归棹晚,月
渚烟钟。　　追记已陈踪。回首空濛。凭高荒草夕阳同。欲问谢
公歌舞地,落叶鸣蛩。

望　梅　词

寸阴堪惜。趁身强健去,结茅苍壁。错料事、临老方知,国师与高僧,二途俱失。识字吟诗,敌不得、死生何益。看寒山着语,李杜也输,莫道元白。　　　千年过如瞬息。共飞鸿缥缈,沉没空碧。问懒瓒、因甚遭逢,芋魁亦联翩,著名金石。遗臭流芳,老子勿、许多心力。旋消磨、数百瓮齑,掩关入寂。以上三首见日本五山版印善珍藏叟摘稿

熊大经

　　　　大经字仲常,丰城人。建阳县主簿。授龙泉令,不行。除从事郎、广南西路提点刑狱司干办公事。有胖斋集,不传。

酹江月　子庆母八十

人生八十,自儿时祝愿,这般年数。滴露研朱轻点笔,个个眉心丹字。萱草丛边,梅花香里,真有人如此。红颜青鬓,儿时依旧相似。　　　堪笑生子愚痴,投身枳棘,欲了官中事。万叠关山遥望眼,遐瞬白云飞处。膝下称觞,门前问寝,幸有嵩谟子。更望此去,十分好学彭祖。截江网卷六

张

喜　迁　莺

英声初发。记舍选齐驱,祖鞭先著。　　　风月平分,尊罍谈旧,各已苍颜白髮。屈指待拚一醉,祝生申嵩岳。怎知道,为清湘□润,

暂移贤杰。　　　休说。予心渴,里巷争先,拟持杯阶闼。毕竟人
间,赏心乐事,种种尽归缘法。拈取瑞香一瓣,爇向湘山名刹。无
量寿,和一身见在,两尊菩萨。<small>金石补正卷九十二载浯溪题刻</small>

　　　同舍臧徐庚赋喜迁莺,为贱生寿生申之日·适□事□□用调和韵以谢先施,断不
　　　可移之他人。越明年,椿□沙堤之上话□又驰□。嘉定甲戌夏五月崇椿张
　　　□□□。

赵　某

失　调　名

□□□□皆阝□□流垂□断崖依旧横碧。□□独有千古文章,铿锵
炳耀,不与名□□□□□□□尽□□远□□□□□□　□
不□□拳石。举杯相属,坐还有此客。<small>金石补正卷九十二载浯溪石刻词,末
署嘉定庚辰夏五月□日赵□□□□书</small>

翁　定

　　　定字应叟,建安人。宁理间人。有瓜圃集。

壶中天　<small>寿致政邑宰六十三,子任尉,孙领荐</small>

昔时彭祖,闻道有、八百穷崇遐寿。屈指我公今几许,历岁才方七
九。七百修龄,更三十七,犹是公之有。此逢诞节,盍须来献尊酒。
　　　好是子舍孙枝,居官领荐,迭复青毡旧。陶令解龟何太早,去
作幔亭仙友。只恐九重,思贤梦觉,未屈调羹手。周公居左,鲁公
还是居右。<small>翰墨大全丁集卷一</small>

留元崇

元崇字积翁,泉州人。宝庆中、充广东安抚司主管机宜文字,又曾
知连州。

菩　萨　蛮

江头日落孤帆起。归心拍拍东流水。山远不知名。为谁迢递青。

危桥来处路。尚带潇湘雨。楚尾与吴头。一生离别愁。阳春
白雪卷七

沈刚孙

刚孙,荆溪(今江苏宜兴)人。宝庆元年(1225)昌国县令。二年
(1226),致仕。

酹　江　月

我来访古。把尘襟、都付一声鸣橹。笑把瑶觞波浩荡,却忆长鲸吞
吐。坐挹高风,骨清毛冷,不作嚣尘语。客星何在,谩留遗像江渚。

试问泽畔羊裘,当时何事,笑禹弇宫武。金印貂蝉谁不爱,只
为汗颜巢许。幸有高台,较他箕颍,未肯轻输与。酒酣长啸,翩然
谁共飞举。钓台集卷下

王　澜

澜,蕲州乡贡进士。

念奴娇 避地溢江，书于新亭

凭高远望，见家乡、只在白云深处。镇日思归归未得，孤负殷勤杜
宇。故国伤心，新亭泪眼，更洒潇潇雨。长江万里，难将此恨流去。

遥想江口依然，鸟啼花谢，今日谁为主。燕子归来，雕梁何处，
底事呢喃语。最苦金沙，十万户尽，作血流漂杵。横空剑气，要当
一洗残虏。辛巳泣蕲录

　　按常见本辛巳泣蕲录，俱不载此词。此据南京图书馆藏述古堂钞本。

吴　潜

　　　潜字毅夫，号履斋，德清人。庆元二年(1196)生。渊弟。嘉定十
年(1217)进士第一。淳祐十一年(1251)，为参知政事，拜右丞相、兼枢
密使、封庆国公，判宁国府。改封许国公。以沈炎论劾，谪化州团练使、
循州安置。景定三年(1262)卒，赠少师。有履斋诗馀。

满江红 送李御带祺

红玉阶前，问何事、翩然引去。湖海上、一汀鸥鹭，半帆烟雨。报国
无门空自怨，济时有策从谁吐。过垂虹亭下系扁舟，鲈堪煮。

拚一醉，留君住。歌一曲，送君路。遍江南江北，欲归何处。世事
悠悠浑未了，年光冉冉今如许。试举头、一笑问青天，天无语。

又 送陈方伯上襄州幕府

露驿星程，又还控、西风征辔。原自有、孔璋书檄，元龙豪气。蜀道
尚惊鼙鼓后，神州正在干戈里。佐元戎、一柱稳擎天，襄之水。

功名事，山林计。人易老，时难值。看新丝一髪，甚吾衰矣。转
首从游十五载，关心契阔三千里。便秋空、边雁落江南，书来未。

又　齐山绣春台

十二年前,曾上到、绣春台顶。双脚健、不烦筇杖,透岩穿岭。老去
渐消狂气习,重来依旧佳风景。想牧之、千载尚神游,空山冷。

山之下,江流永。江之外,淮山暝。望中原何处,虎狼犹梗。句
蠡规模非浅近,石苻事业真俄顷。问古今、宇宙竟如何,无人省。

又　豫章滕王阁

万里西风,吹我上、滕王高阁。正槛外、楚山云涨,楚江涛作。何处
征帆木末去,有时野鸟沙边落。近帘钩、暮雨掩空来,今犹昨。

秋渐紧,添离索。天正远,伤飘泊。叹十年心事,休休莫莫。岁
月无多人易老,乾坤虽大愁难著。向黄昏、断送客魂消,城头角。

又　金陵乌衣园

柳带榆钱,又还过、清明寒食。天一笑、满园罗绮,满城箫笛。花树
得晴红欲染,远山过雨青如滴。问江南、池馆有谁来,江南客。

乌衣巷,今犹昔。乌衣事,今难觅。但年年燕子,晚烟斜日。抖
擞一春尘土债,悲凉万古英雄迹。且芳尊、随分趁芳时,休虚掷。

按广群芳谱卷二十六误作郑履斋词。

又　和吕居仁侍郎东里先生韵

拟卜三椽,问何处、水回山曲。朝暮景、清风当户,白云藏屋。更得
四时瓶贮酒,未输一品腰围玉。待千章、手种木成阴,周遮绿。

且休殢,陶令菊。也休羡,子猷竹。算百年一梦,谁荣谁辱。唤
客烹茶闲话了,呼童取枕佳眠足。但晨香、一炷愿天公,时丰熟。

又 寄赵文仲、南仲领淮东帅宪

岳后湘灵，曾孕个、擎天人物。临古岘、纶巾羽扇，笑驱胡羯。护塞十年高叔子，出师一表侪诸葛。有孤忠、分付与佳儿，真衣钵。

刘家骥，驰空阔。薛家凤，飞横绝。比君家兄弟，可能豪杰。草木声名如电扫，毡裘心胆闻风折。待安排、江汉一篇诗，归来说。

又

细阅浮生，为甚底、区区碌碌。算只是、信缘随分，早寻归宿。造物小儿忺簸弄，翻云覆雨难撄触。谩一堆、岁月鬓边来，跳丸速。

田二顷，非无粟。官四品，非无禄。更不知足后，待何时足。恰好园池原自有，近来新创三椽屋。且饥时、吃饭困时眠，平为福。

又 送吴叔永尚书

举世悠悠，何妨任、流行坎止。算是处、鲜鱼羹饭，吃来都美。暇日扁舟清霅上，倦时一枕薰风里。试回头、堆案省文书，徒劳尔。

南浦路，东溪水。离索恨，飘零意。况星星鬓影，近来如此。万事尽由天倒断，三才自有人撑抵。但多吟、康节醉中诗，频相寄。

又 九日郊行

岁岁登高，算难得、今年美景。尽敛却、雨霾风障，雾沉云暝。远岫四呈青欲滴，长空一抹明于镜。更天教、老子放眉头，边烽静。

数本菊，香能劲。数朵桂，香尤胜。向尊前一笑，几多清兴。安得便如彭泽去，不妨且作山翁酩。尽古今、成败共兴亡，都休省。

又　禾兴月波楼和友人韵

日薄寒空，正泽国、一汀霜叶。过万里、西风塞雁，数声哀咽。耿耿有怀天可讯，悠悠此恨谁能说。倚阑干、老泪落关山，平芜隔。

提短剑，腰长铗。昔壮志，今华髪。有江湖征棹，水云深阔。要斩鼍鼊埋九地，可怜乌兔驰双辙。羡渠侬、健笔扫磨崖，文章别。

又　和吴季永侍郎见寄

乍雨还晴，正轻暖轻寒帘幕。时怅望、故人烟水，鹭翻鸥落。老去可堪离恨结，新来转觉吟情薄。况等闲、客里送年华，成挥霍。

天一顾，西南角。人万里，风埃阔。笑长卿归蜀，锦衣徒著。不是等闲螳臂怒，也休刚道鸡声恶。但千年、往事误平凉，今番莫。

又　刘长翁右司席上

痴霭顽阴，风扫尽、安排今夕。便放出、一轮金镜，皎然虚碧。照彻肺肝明似水，是中空洞无他物。倚亭皋、搔首问天公，天应识。

人共景，都非昔。君共我，俱成客。且相逢一笑，笙歌箫笛。老去可怜杯酒减，醉来谩把阑干拍。便明朝、烟水挂征帆，还相忆。

又　姑苏灵岩寺涵空阁

客子愁来，闲信马、到涵空阁。谁为我、敛云收雾，青天为幕。八万顷湖如镜静，波神护断东南角。望孤帆、杳杳度微茫，山邀却。

三塞外，纷狐貉。三径里，悲猿鹤。笑鸱夷老子，占他头著。正使百年能几许，看来万事难描摸。问吴王、池馆复何如，霜枫落。

又 梅

试马东风,且来问、南枝消息。正小墅、几株斜倚,数花轻拆。自有山中幽态度,谁知世上真颜色。叹君家、五岭我双溪,俱成客。

长塞管,孤城笛。天未晓,人犹寂。有几多心事,露清月白。好把寒英都放了,莫教春讯能占得。问竹篱、茅舍景如何,惟渠识。

又 京口凤凰池和芦川"春水连天"韵。池,苏魏公旧游也

借问如何,春能好、客怀偏恶。消遣底、闲言闲语,近都慵作。岁月从今休点检,江湖自古多流落。倚危亭、目断野云边,孤舟泊。

人事改,人情薄。退后步,争先著。且开尊洗盏,为君斟酌。拂拭凤凰池上景,凄凉猿鹤山中约。更东阳、憔悴到腰围,浑如削。

哨遍 括兰亭记

在晋永和,癸丑暮春,初作兰亭会。集众贤,临峻岭崇山,有茂林修竹流水。畅幽情,纵无管弦丝竹,一觞一咏佳天气。于宇宙之中,游心骋目,此娱信可乐只。念人生相与放形骸。或一室晤言襟抱开。静躁虽殊,当其可欣,不知老至。　　然倦复何之。情随事改悲相系。俯仰间遗迹,往往俱成陈矣。况约境变迁,终期于尽,修龄短景都能几。谩古换今移,时消物化,痛哉莫大生死。每临文吊往一兴嗟。亦自悼不能喻于怀。算彭殇、妄虚均尔。今之视昔如契,后视今犹昔。故聊叙录时人所述,慨想世殊事异。后之来者览斯文,将悠然、有感于此。

水调歌头 焦山

铁瓮古形势,相对立金焦。长江万里东注,晓吹卷惊涛。天际孤云

来去，水际孤帆上下，天共水相邀。远岫忽明晦，好景画难描。

混隋陈，分宋魏，战孙曹。回头千载陈迹，痴绝倚亭皋。惟有汀边鸥鹭，不管人间兴废，一抹度青霄。安得身飞去，举手谢尘嚣。

又 雪川溪亭

皎月亦常有，今夜独娟娟。浮云万里收尽，人在水晶奁。矫首银河澄澈，搔首金风浩荡，毛发亦泠然。宇宙能空阔，磨蚁正回旋。

倩渔翁。撑舴艋，柳阴边。垂纶下饵，须臾钓得两三鲜。唤客烹鱼酾酒，伴我高吟长啸，烂醉即佳眠。何用骖鸾去，已是地行仙。

又 送赵文仲龙学

宛水才停棹，一舸又澄江。岩花篱蕊开遍，时节正重阳。唤起沙汀渔父，揽取一天秋色，无处不潇湘。有酒时鲸吸，醉里是吾乡。

济时心，忧国志，问穹苍。是非得失，成败何用苦论量。年事飞乌奔兔，世事崩崖惊浪，此别意茫茫。但愿身强健，努力报君王。

又 送叔永文昌

才惜季方去，又更别元方。惊心天上双凤，接翅下高冈。万里瞿塘烟浪，一片昭亭云月，渺渺正相望。夜雨连风壑，此意独凄凉。

杜鹃声，犹不住，搅离肠。黄鸡白酒，吾亦归兴动江乡。人事纷纷难料，世事悠悠难说，何处问穹苍。肯落儿曹泪，一笑付沧浪。

又 江淮一览

勋业竟何许，日日倚危楼。天风吹动襟袖，身世一轻鸥。山际云收云合，沙际舟来舟去，野意已先秋。很石痴顽甚，不省古今愁。

郗兵强，韩舰整，说徐州。但怜吾衰久矣，此事恐悠悠。欲破诸公磊块,且倩一杯浇酹,休要问更筹。星斗阑干角,手摘莫惊不。

沁园春 多景楼

第一江山,无边境界,压四百州。正天低云冻,山寒木落,萧条楚塞,寂寞吴舟。白鸟孤飞,暮鸦群注,烟霭微茫锁戍楼。凭阑久,问匈奴未灭,底事菟裘。　　回头。祖敬何刘。曾解把功名谈笑收。算当时多少,英雄气概,到今惟有,废垅荒丘。梦里光阴,眼前风景,一片今愁共古愁。人间事,尽悠悠且且,莫莫休休。

又 江西道中

落雁横空,乱鸦投树,孤村暮烟。有渔翁拖网,牧儿戴笠,行从水畔,唱过山前。雨阁还垂,云低欲堕,何处行人唤渡船。萧萧处,更柴门草店,竹外松边。　　凄然。倚马停鞭。叹客袂征衫岁月迁。既不缘富贵,功名系绊,非因妻子,田宅萦牵。只有寸心,难忘斯世,磊块轮囷知者天。愁无奈,且三杯浊酒,一枕酣眠。

贺新郎 送吴季永侍郎

说著成凄梦。正尘飞、岷峨滟滪,兔嗥狐舞。颇牧禁中留不住,弹压征西幕府。便一舸、月汀烟渚。四塞三关天样险,问何人、自辟鼪鼯路。成败事,几今古。　　荼蘼芍药春将暮。最无情、飘零柳絮,搅人离绪。屈指秋风吹雁信,应忆西湖夜雨。谩岁月、消磨如许。上下四方男子志,肯临歧、昵昵儿曹语。呼大白,为君举。

又 吴中韩氏沧浪亭和吴梦窗韵

扑尽征衫气。小夷犹、尊罍杖履,踏开花事。邂逅山翁行乐处,何似乌衣旧里。叹芳草、舞台歌地。百岁光阴如梦断,算古今、兴废都如此。何用洒，儿曹泪。　　江南自有渔樵队。想家山、猿愁鹤怨，问人归未。寄语寒梅休放尽，留取三花两蕊。待老子、领些春意。皎皎风流心自许，尽何妨、瘦影横斜水。烦翠羽，伴醒醉。

又　寓言

可意人如玉。小帘栊、轻匀淡泞，道家装束。长恨春归无寻处，全在波明黛绿。看冶叶、倡条浑俗。比似江梅清有韵，更临风、对月斜依竹。看不足，咏不足。　　曲屏半掩青山簇。正轻寒、夜来花睡，半欹残烛。缥缈九霞光里梦，香在衣裳剩馥。又只恐、铜壶声促。试问送人归去后，对一奁、花影垂金粟。肠易断，倩谁续。

又　用赵用父左司韵送郑宗丞

又是春残去。倚东风、寒云淡日，堕红飘絮。燕社鸿秋人不问，尽管吴笙越鼓。但短髪、星星无数。万事惟消彭泽醉，也何妨、袖卷长沙舞。身与世，只如许。　　阑干拍手闲情绪。便明朝、苍鸥白鹭，北山南浦。笑指午桥桥畔路，帘幕深深院宇。尚趁得、柳烟花雾。我亦故山猿鹤怨，问何时、归棹双溪渚。歌一曲，恨千缕。

又　寄赵南仲端明

烟树瓜洲岸。望旌旗、猎猎摇空，故人天远。不似沙鸥飞得渡，直到雕鞍侧畔。但徒倚、危阑目断。自古钟情须我辈，况人间、万事思量遍。涛似雪，风如箭。　　扬州十里朱帘卷。想桃根桃叶，依稀旧家庭院。谁把青红吹到眼，知有醉翁局段。便回首、舟移帆转。渺渺江波愁未了，正淮山、日暮云撩乱。阁酒盏，倚歌扇。

又 春感

笑口开能几。把年年、芳情冶思,总抛闲里。桃杏枝头春才半,寒
食清明又是。但岁月、飙飞川逝。回首秦楼双燕语,到如今、目断
斜阳外。将往事,试重记。　　香罗尚有相思泪。算人生、新愁易
积,旧欢难继。水上流红无觅处,还隔关山万里。但赢得、新来憔
悴。昨夜东风颠狂后,想馀芳、尽是飘零底。词写就,倩谁寄。

满庭芳 春感

漠漠春阴,疏疏春雨,鹁鸠唤起春眠。小园人静,独自倚秋千。又
见飘红堕雪,芳径里、都是花钿。年年事,闲愁闲闷,挂在绿杨边。
　　寻思,都遍了,功名竹帛,富贵貂蝉。但身为利锁,心被名牵。
争似依山傍水,数椽外、二顷良田。无萦绊,炊粳酿秫,长是好花
天。

又 西湖

春水溶溶,春山漠漠,淡烟浅罩按"罩"原作"草",据永乐大典卷二千二百六十
五湖字韵改轻笼。危楼阑槛,掠面小东风。又是飞花落絮,芳草暗、
万绿成丛。闲徙倚,百年人事,都在画船中。　　故园,无恙否,一
溪翠竹,两径苍松。更有鱼堪钓,有秫堪舂。底事尘驱物役,空回
首、社燕秋鸿。功名已,萧骚短鬓,分付与青铜。

酹江月 瓜洲会赵南仲端明

红尘飞骑,报元戎小队,踏青南陌。雪浪堆边呼晓渡,吴楚半江分
坼。岁月惊心,风埃眯目,相对头俱白。杨花撩乱,可怜如此春色。
　　谁道燕燕莺莺,多情犹自,认得年时客。重唱江南肠断句,为

我满倾云液。画鼓舟移，金鞍人远，一饷烟波隔。斜阳冉冉，依然
无限凄恻。

又 梅

晓来窗外，正南枝初放，两花三蕊。千古春风头上立，羞退秾桃繁
李。姑射神游，寿阳妆褪，色界尘都洗。竹扉松户，平生所寄聊耳。
　　堪笑强说和羹，此君心事，指高山流水。陇驿凄凉，却怕被、哀
角城头吹起。此处关情，为他凝伫，淡月清霜里。巡檐何事，岁寒
相誓而已。

又 暇日登新楼，望扬州于云烟缥缈之间，寄赵南仲端明

半空楼阁，把江山图画，一时收拾。白鸟孤飞飞尽处，最好暮天秋
碧。万里西风，百年人事，谩倚阑干拍。凝眸何许，扬州烟树历历。
　　应念老子年来，浮名浮利，已作虚空掷。三径才寻归活计，又
是飘零为客。回首平生，惊心双鬓，容易成凄恻。尊前一笑，且由
醉帽攲侧。

八声甘州 和魏鹤山韵

任渠侬、造物自儿嬉。安能止吾归。有秋来竹径，春时花坞，夏里
荷漪。何事东涂西抹，空遣鬓毛稀。矫首看鸿鹄，远举高飞。
点检人间今古，问谁为赢局，底是输棋。谩区区成败，蚁阵与蜗围。
便掀天卷地勋业，怕山中、拍手笑希夷。如何是，一尊相属，万事休
知。

又 寿吴叔永文昌、季永侍郎

记高冈、两凤揽朝晖，翩翩万里来。向槐厅深处，松厅紧里，却立徘

徊。一舸风帆烟浪,拟竖锦江桅。聊为玄晖老,共拂尘埃。　　我亦归来岩壑,正不妨散诞,笑口频开。算人间成败,何用苦惊猜。便江南、求田问舍,把岁寒、三友一圈栽。今宵酒,只消鲸吸,不要论杯。

二　郎　神

小楼向晚,正柳锁、一城烟雨。记十里吴山,绣帘朱户,曾学宫词内舞。浪逐东风无人管,但脉脉、岁移年度。嗟往事未尘,新愁还织,怎堪重诉。　　凝伫。问春何事,飞红飘絮。纵杜曲秦川,旧家都在,谁寄音书说与。野草凄迷,暮云深黯,浑自替人无绪。珠泪滴,应把寸肠万结,夜帷深处。

解　连　环

彩桡芳苑。嗟东风梦断,燕残莺懒。谩记得、标格精神,正云涨暮天,雨荒闲馆。嫩绿殷红,但回首、一川波暖。想娇情慧态,倚褪淡妆,画楼帘卷。　　吴歌数声冉冉。料移商变羽,人共天远。须信道、飞絮游丝,尽春去春来,景色偷换。扫罢蛮笺,难寄我、浓愁深怨。且如今,问龟问卜,望伊意转。

汉宫春　吴中齐云楼

楼观齐云,正霜明天净,一雁高飞。江南倦客徙倚,目断双溪。凭阑自语,算从来、总是儿痴。青镜里,数丝点鬓,问渠何事忘归。

　　幸有三椽茅屋,更小园随分,秋实春菲。几多清风皎月,美景良时。陶贤乐圣,尽由他、歧路危机。须信道,功名富贵,大都磨蚁醯鸡。

祝英台近 和(原作"送",从吴讷本履斋诗馀)吴叔永
文昌韵

碧云开,红日丽,宫柳碎繁影。犹记朝回,马兀梦频醒。天教一舸
江湖,数椽涧壑,渐摆脱、世间尘境。　　已深省。添买竹坞千畦,
荷溆两三顷。鹤引禽伸,日月峤壶永。不须瓮里思量,隙中驰骛,
也莫管、玉关风景。

又 和辛稼轩"宝钗分"韵

雾霏霏,云漠漠,新绿涨幽浦。梦里家山,春透一犁雨。伤心塞雁
回来,问人归未,怎知道、蜗名留住。　　镜中觑。近年短发难簪,
丝丝不禁数。蕙帐尘侵,凄切共谁语。被他轻暖轻寒,将人憔悴,
正闷里、梅花残去。

又

旋安排,新捻合,莺谷共烟浦。好处偏悭,一向风和雨。今朝揎得
晴明,拖条藜杖,一齐把、春光黏住。　　且闲觑。水边行过幽亭,
修竹净堪数。百舌楼罗,渐次般言语。从今排日追游,留连光景,
但管取、笼灯归去。

摸 鱼 儿

满园林、瘦红肥绿,休休春事无几。杜鹃唤起三更梦,窗外露澄风
细。浑不寐。但且看、一帘夜月移花未。推衾自起。念岁月如流,
容颜不驻,镜里留无计。　　人间事。休说贱贫富贵。天公长把
人戏。萧裴曹郭今何在,空有旧闻千纸。君谩试。数青史荣名,到
底三无二。浮生似寄。争似得江湖,烟蓑雨笠,不被蜗蝇系。

喜　迁　莺

良辰佳节。问底事,十番九番为客。景物春妍,莺花日闹,自是情
怀今别。只有思归魂梦,却怕杜鹃啼歇。消凝处,正丝杨冉冉,寸
肠千折。　　　谩说。临曲水,修竹茂林,人境成双绝。俯仰俱陈,
彭殇等幻,何计世殊时隔。倚楼碧云日暮,漠漠远山千叠。沉醉
好,又城头画角,一声声咽。

千　秋　岁

水晶宫里。有客闲游戏。溪漾绿,山横翠。柳纡阴不断,荷递香能
细。撑小艇,受风多处披襟睡。　　　回首看朝市。名利人方醉。
蜗角上,争荣悴。大都由命分,枉了劳心计。归去也,白云一片秋
空外。

声声慢 和吴梦窗赋梅

挨晴拶暖,载酒呼朋,夷犹按"夷犹"原作"犹夷",据中兴以来绝妙词选卷九改
东圃西园。绿萼枝头,两三初破轻寒。平生自甘寂寞,占冷妆、不
为人妍。林逋去,问影疏香暗,谁赋其间。　　　空想故山奇事,正
烟横岭曲,月浸溪湾。杏错桃讹,那时青子都圆。惟饶梦窗知处,
对翠禽、依约神仙。休引角,怕征人、泪落塞边。

青　玉　案

黄昏先自无情绪。更几阵、风和雨。闲把楼头更点数。挑残灯烬,
装成香缕。此际凭谁诉。　　　新词旧曲歌还住。欲说相思渺无
处。围定寒炉人不语。暗蛩啾唧,征鸿嘹唳,憔悴都如许。

又 和刘长翁右司韵

人生南北如歧路。惆怅方回断肠句。四野碧云秋日暮。苇汀芦岸，落霞残照，时有鸥来去。　　一杯渺渺怀今古。万事悠悠付寒暑。青箬绿蓑便野处。有山堪采，有溪堪钓，归计聊如许。

江城子 示表侄刘国华

家园十亩屋头边。正春妍。酿花天。杨柳多情，拂拂带轻烟。别馆闲亭随分有，时策杖，小盘旋。　　采山钓水美而鲜。饮中仙。醉中禅。闲处光阴，赢得日高眠。一品高官人道好，多少事，碎心田。

鹧鸪天 和古乐府韵送游景仁将漕夔门

去日春山淡翠眉。到家恰好整寒衣。人归玉垒天应惜，舟过松江月半垂。　　千万绪，两三卮。送君不忍与君违。书来频寄西边讯，是我江南肠断时。

南 柯 子

池水凝新碧，阑花驻老红。有人独立画桥东。手把一枝杨柳、系春风。　　鹊绊游丝坠，蜂拈落蕊空。秋千庭院小帘栊。多少闲情闲绪、雨声中。

踏 莎 行

红药将残，绿荷初展。森森竹里闲庭院。一炉香烬一瓯茶，隔墙听得黄鹂啭。　　陌上春归，水边人远。尽将前事思量遍。流光冉冉为谁忙，小桥伫立斜阳晚。

糖多令 湖口道中

白鹭立孤汀。行人长短亭。正垂杨、芳草青青。岁月尽抛尘土里，又隔日、是清明。　　日暮碧云生。魂伤老泪横。算浮生、较甚浮名。万事不禁双鬓改，谁念我、此时情。

谒金门 雪上秀邸溪亭

溪边屋。不浅不深团簇。野树平芜秋满目。有人闲意足。　　旋唤一尊醽醁。菱芡煮来新熟。归去来辞歌数曲。醉时无检束。

又

东风恶。一片梅花吹落。独上小楼闲濩索。云垂天四角。　　春自于人如昨。人自于春难托。惆怅光阴虚过却。情怀无处著。

又

庭垂箔。数点杨花飞落。倚遍阑干人寂寞。闲铺棋一角。　　客里春寒偏觉。睡起春衫偏薄。想得故山猿共鹤。笑人身计错。

鹊 桥 仙

扁舟昨泊，危亭孤啸，目断闲云千里。前山急雨过溪来，尽洗却、人间暑气。　　暮鸦木末，落凫天际，都是一团秋意。痴儿騃女贺新凉，也不道、西风又起。

更 漏 子

柳初眠，花正好。又被雨催风恼。红满地，绿垂堤。杜鹃和恨啼。　　对残春，消永昼。乍暖乍寒时候。人独自，倚危楼。夕阳多少愁。

海棠春 郊行

天涯芳草迷征路。还又是、匆匆春去。乌兔里光阴,莺燕边情绪。

　　云梢雾末,溪桥野渡,尽是春愁落处。把酒劝斜阳,小向花间驻。

卜　算　子

春事到西湖,处处梅花笑。抖擞长安车马尘,眼底青山好。　　身世两悠悠,岁月闲中老。极目烟波万顷愁,此意谁知道。

又

苔雪水能清,更有人如水。秋水横边簇远山,相对盈盈里。　　溪上有鸳鸯,艇子频惊起。何似收归碧玉池,长在阑干底。

忆　秦　娥

娇滴滴。婵娟影里曾横笛。曾横笛。一声肠断,一番愁织。隔墙频听无消息。龙吟海底难重觅。难重觅。梅花残了,杏花消得。

长　相　思

要相逢。恰相逢。画舫朱帘脉脉中。霎时烟霭重。　　怨东风。笑东风。落花飞絮两无踪。分付与眉峰。

又

燕高飞。燕低飞。正是黄梅青杏时。榴花开数枝。　　梦归期。数归期。想见画楼天四垂。有人攒黛眉。

又

上帘钩。下帘钩。夜半天街灯火收。有人曾倚楼。　　　思悠
悠。恨悠悠。只有西湖明月秋。知人如许悠。

按以上二首误入沈愚本龙洲词。

柳　梢　青

衬步花茵,穿帘柳絮,堆地榆钱。乍暖仍寒,欲晴还雨,春事都圆。
　　午窗睡起厌厌。屋角外、初啼杜鹃。百种凄凉,几般烦恼,没
个人怜。

又

断续残虹,翩飞去鸟,别岸孤村。傍水楼台,满城钟鼓,又是黄昏。
　　悠悠岁月如奔。正目断、边尘塞云。两鬓秋风,百年人事,无
限消魂。

阮　郎　归

软风轻霭弄晴晖。鹁鸠相应啼。画堂人静画帘垂。阑干独倚时。
　　闲拾句,困寻棋。沈吟心是非。荼蘼开遍柳花飞。惜春春不知。

诉　衷　情

几回相见见还休。说著泪双流。又听画角呜咽,都和作、一团愁。
　　云似絮,月如钩。忆凭楼。蕙兰情性,梅竹精神,长在心头。

霜　天　晓　角

云收雾辟。万里天空碧。舟过蛾眉亭下,景似旧、人非昔。　　年

事如梭掷。世事如棋弈。抚掌扣舷一笑,今古恨、问谁得。

点　绛　唇

禁鼓三敲,参旗初挂阑干角。浅屏疏箔。夜气侵衣薄。　　欸乃
吴歌,艇子当溪泊。休休莫。五湖烟浪,不是鸱夷错。

蝶恋花　吴中赵园

野树梅花香似扑。小径穿幽,乐意天然足。回首人间名利局。大
都一觉黄粱熟。　　别墅谁家屏簇簇。绮户疏窗,尚有藏春屋。
镜断钗分何处续。伤心芳草庭前绿。

又

客枕梦回闻二鼓。冷落青灯,点滴空阶雨。一寸愁肠千万缕。更
听切切寒蛩语。　　世事翻来还覆去。造物儿嬉,自古无凭据。
利锁名缰空自苦。星星鬓影今如许。

天仙子　舟行阻风

百舌搬春春已透。长驿短亭芳草昼。家山肠断欲归人,风宿留。
船津候。一夜朱颜烦恼瘦。　　不用寻思闲宇宙。倦鸟入林云返
岫。小园自有四时花,铺锦绣。钟醇酎。尽胜累累悬印绶。

如　梦　令

插遍门前杨柳。又是清明时候。岁月不饶人,鬓影星星知否。知
否。知否。且尽一杯春酒。

又

昨日春衫初试。今日春寒犹殢。待得晚风收,独上危楼闲倚。闲倚。闲倚。目断半空烟水。

又

江上绿杨芳草。想见故园春好。一树海棠花,昨夜梦魂飞绕。惊晓。惊晓。窗外一声啼鸟。

又

楼外残阳将暮。江上孤帆何处。搔首立东风,又是少年情绪。凝伫。凝伫。一抹淡烟轻雾。

又

枝上蝶纷蜂闹。几树杏花残了。幽鸟亦多情,片片衔归芳草。休扫。休扫。管甚落英还好。

又

镇日春阴漠漠。新燕乍穿帘幕。睡起不胜情,闲拾瑞香花萼。寂寞。寂寞。没个人人如昨。

又

庭院深深春寂。还是他乡寒食。闲利与闲名,谩把光阴虚掷。虚掷。虚掷。知道几时归得。

又

闲向园林点检。又见小桃开遍。切莫便飘零，且为春光留恋。留恋。留恋。待我持杯深劝。

又

一饷园林绿就。柳外莺声初透。轻暖与轻寒，又是牡丹花候。花候。花候。岁岁年年人瘦。

又

雨过远山如洗。云散落霞如绮。嫩绿与残红，又是一般春意。春意。春意。只怕杜鹃催里。

望　江　南

家山好，好处是三春。白白红红花面貌，丝丝袅袅柳腰身。锦绣底园林。　　行乐事，都付与闲人。挈榼携壶从笑傲，踏青挑菜恣追寻。赢得个天真。

又

家山好，好是夏初时。习习薰风回竹院，疏疏细雨洒荷漪。万绿结成帷。　　呼社友，长日共追随。瀹茗空时还酌酒，投壶罢了却围棋。多少得便宜。

又

家山好，好处是秋来。绿橘黄橙随市有，岩花篱菊逐时开。管领付尊罍。　　新筑就，别馆共闲台。摇手出离名利窟，掉头摆脱簿书堆。只在念头灰。

又

家山好，好处是三冬。梨栗甘鲜输地客，鲂鳊肥美献溪翁。醉滴小槽红。　　识破了，不用计穷通。下泽车安如驷马，市门卒稳似王公。一笑等鸡虫。

又

家山好，结屋在山椒。无事琴书为伴侣，有时风月可招邀。安乐更相饶。　　伸脚睡，一枕日头高。不怕两衙催判事，那愁五鼓趣趋朝。此福要人消。

又

家山好，底事尚忘归。但我辞荣还避辱，从渠把是却成非。跳出世关机。　　将五十，老相已相催。争得气来有甚底，更加官后亦何为。奉劝莫痴迷。

又

家山好，一室白云中。时唤道人谈命蒂，也呼和尚说禅宗。孔佛老和同。　　淘汰尽，八面总玲珑。欲把捉时无把捉，道虚空后不虚空。且问主人公。

又

家山好，负郭有田园。蚕可充衣天赐予，耕能足食地周旋。骨肉尽团圆。　　旋五福，岁岁乐丰年。自养鸡豚烹腊里，新抽韭荠荐春前。活计不须添。

又

家山好，有底尚萦牵。马后乐听馀十载，眼前赤看也多年。滋味只如然。　　身外事，不用强探拈。自古几番成与败，从来百种丑和妍。细算不由贤。

又

家山好，好处是安居。无事不须干郡县，有馀但管济乡闾。及早了王租。　　随日力，也著几般书。静里精神偏爽快，闲中光景越舒徐。腊月尽工夫。

又

家山好，无事挂心怀。早课畦丁勤种菜，晚科园户漫浇花。只此是生涯。　　尘世里，扰扰正如麻。散复聚来膻上蚁，左还右旋壁闲蜗。只为那纷华。

又

家山好，百事尽如如。渴饮饥餐都属我，倒横直立总由渠。更不要贪图。　　三径里，恰好小茅庐。种竹梅松为老伴，养龟猿鹤助清娱。扣户有樵渔。

又

家山好，不是撰虚名。世上盛衰常倚伏，天家日月也亏盈。退步是前程。　　且恁地，卷索了收绳。六宇五胡生口面，三言两语费颜情。赢得鬓星星。

又

家山好，凡事看来轻。一壑尽由侬饂饤，三才不欠你称停。有耳莫闲听。　　静地里，点检这平生。著甚来由为皎皎，好无巴鼻弄醒醒。背后有人憎。

浪淘沙 和吴梦窗席上赠别

家在敬亭东。老桧苍枫。浮生何必寄萍蓬。得似满庭芳一曲，美酒千钟。　　万事转头空。聚散匆匆。片帆稳挂晓来风。别后平安真信息，付与飞鸿。

又

长记去年时。雪满征衣。佳人携手画楼西。今日关山千里外，此恨谁知。　　想见绿窗低。依旧空闺。惜春还是惜花飞。纵有游蜂偷得去，争似帘帷。

小　重　山

溪上秋来晚更宜。夕阳西下处，碧云堆。谁家舟子采莲归。双白鹭，惊起背人飞。　　烟水渐凄迷。渔灯三数点，乍明时。西风一阵白蘋湄。凝仁久，心事有谁知。

昭　君　怨

小雨霏微如线。人在暮秋庭院。衣袂带轻寒。睡初残。　　脉脉此情何限。惆怅光阴偷换。身世两沉浮。泪空流。

南 乡 子

去岁牡丹时。几遍西湖把酒卮。一种姚黄偏韵雅,相宜。薄薄梳妆淡淡眉。　　回首绿杨堤。依旧黄鹂紫燕飞。人在天涯春在眼,凄迷。不比巫山尚有期。

虞 美 人

美人一舸横秋水。冉冉烟波里。绿杨也解织离愁。故向东风摇曳、不能休。　　是非得失都休计。只有抽身是。橙黄蟹熟正当时。想见双溪风月、待人归。

生 查 子

谁家白面郎,画舫朱帘挂。十二列金钗,一局文楸罢。　　歌舞不知休,醉倒荷花下。归棹踏烟波,灯火芜城夜。

武 陵 春

惨惨凄凄秋渐紧,风雨更潇潇。强把炉薰寄寂寥。无语立亭皋。　　客路十年成底事,水国更停桡。苍鸟横飞过野桥。人不似、汝逍遥。以上彊村丛书本履斋先生诗馀

二 郎 神

小亭徙倚,慢一步、立秋千影。渐夕照林梢,晚风池上,缉缉轻寒嫩冷。又是将他春僝僽,酿一种、花愁花病。空客鬓岁迁,征衫人老,倚楼看镜。　　还省。故园多少,紫殷红凝。窗外晓莺啼,拂墙金缕,烟柳慵眠乍醒。挑菜踏青,趁蜂随蝶,长负清明时景。凝伫久,蓦听棋边落子,一声声静。

满　江　红

为问人生，□要足、何时是足。这个底、蜗名蝇利，但添拘束。便使
积官居鼎鼐，假饶累富堆金玉。似浮埃、抹电转头空，休迷局。

　分已定，心能服。宛句畔，昭亭曲。有水多于竹，竹多于屋。闲
看白云归岫去，静观倦鸟投林宿。那借来、拍板与门槌，休掀扑。

瑞　鹤　仙

小亭山半枕。又一番园林，春事整整。微阴护轻冷。早蜂狂蝶浪，
褪黄消粉。阑干日永。数花飞、残崖断井。仗何人、说与东风，莫
把老红吹尽。　　休省。烟江云嶂，楚尾吴头，自来多景。愁高怅
远。身世事，但难准。况禁他，东兔西乌相逐，古古今今不问。算
鸥夷、办却扁舟，个中杀稳。

贺　新　郎

一笑春无语。但园林、阴阴绿树，老红三数。底事东风犹自妒，片
片狂飞乱舞。便燕懒、莺残初起。芍药荼蘼还又是，仗何人、说与
司花女。将岁月，浪如许。　　悠悠倦客停江渚。寄扁舟、浮云荡
月，棹烟帆雨。留得闲言闲语在，可是卿卿记取。待尽把、愁肠说
与。泛梗浮萍无定准，怕吴鳞、楚雁成离阻。歌未了，恨如缕。

水　调　歌　头

每怀天下士，要与共艰危。谁知暗里摸索，得此世间奇。却笑当年
坡老，过眼翻迷五色，遇合古难之。访我鸳湖上，真足慰心期。

　醉谈兵，愁论世，夜阑时。自怜磊块，近来鬓底两三丝。目送云
帆西去，肠断风尘北起，老泪欲垂垂。骐骥思长坂，好鸟择高枝。

青玉案

十年三过苏台路。还又是、匆匆去。迅景流光容易度。鹭洲鸥渚,
苇汀芦岸,总是消魂处。　　　苍烟欲合斜阳暮。付与愁人砌愁句。
为问新愁愁底许。酒边成醉,醉边成梦,梦断前山雨。以上彊村丛书
本履斋先生诗馀续集

水调歌头 闻子规

榆塞脱忧责,兰径遂游嬉。吾年逾六望七,休退已称迟。日日登山
临水,夜夜早眠晏起,岂得不便宜。有酒数杯酒,无事一枰棋。
　　休更□,世途恶,宦久羁。□深林密,去处人物两忘机。昨日既
盟鸥鹭,今日又盟猿鹤,终久以为期。蜀魄不知我,犹道不如归。

又 题烟雨楼

有客抱幽独,高立万人头。东湖千顷烟雨,占断几春秋。自有茂林
修竹,不用买花沽酒,此乐若为酬。秋到天空阔,浩气与云浮。
　　叹吾曹,缘五斗,尚迟留。练江亭下,长忆闲了钓鱼舟。刬更飘
摇身世,又更奔腾岁月,辛苦复何求。咫尺桃源隔,他日拟重游。

满江红 乌衣园

唤出山来,把鸥鹭、盟言轻食。依旧是、江涛如许,雨帆烟笛。歌罢
莫愁檀板缓,杯倾白堕琼酥滴。但惊心、十六载重来,征埃客。
　　秋风鬓,应非昔。夜雨约,聊相觅。叹主恩未报,无多来日。故
国千年龙虎势,神州万里貔貅迹。笑谢儿、出手便呼卢,揵蒱掷。

又 雨花台用前韵

玛瑙冈头,左酾酒、右持螯食。怀旧处,磨东冶剑,弄清溪笛。望里
尚嫌山是障,醉中要卷江无滴。这一堆、心事总成灰,苍波客。

叹俯仰,成今昔。愁易揽,欢难觅。正平芜远树,落霞残日。自
笑频招猿鹤怨,相期早混渔樵迹。把是非、得失与荣枯,虚空掷。

以上彊村丛书本履斋先生诗馀续集补遗

沁园春 丙辰十月十日

夜雨三更,有人欹枕,晓檐报晴。算顽云痴雾,不难扫荡,青天白
日,元自分明。权植油幢,聊张皂纛,坐听前驺鼓角鸣。君休诧,岂
宣申南翰,成旦东征。　　　鸿冥。哽噎秋声。正万里榆关未罢兵。
幸扬州上督,为吾石友,荆州元帅,是我梅兄。约束鲸鲵,奠安鼪
鼠,更使峳夷海晏清。连宵看,怕天狼隐耀,太白沉枪。

又 戊午自寿

笑指颓龄,循环雌甲,卦数已圆。叹蜀公高洁,休官去岁,温公耆
旧,入社今年。底事崎岖,苍颜白髪,犹拥貔貅护海壖。君恩重,算
何能报国,未许归田。　　　遥怜。宛句山前。正水涨溪肥系钓船。
纵葵榴花闹,菖蒲酒美,都成客里,争似家边。寄语儿曹,若为翁
寿,只把鸥盟更要坚。翁还祝,愿欃枪日静,穄稏云连。

又 己未翠山劝农

二十年前,君王东顾,诏牧此州。念昔时豪杰,犹难辟阖,如今老
大,却更迟留。四载相望,三春又半,邂逅劝农得纵游。田畴事,是
桑条正长,麦含初抽。　　　悠悠。身世何求。算七十迎头合罢休。

谩绕堤旌纛，牵连鹢棹，喧天鼓吹，断送龙舟。翠巘层边，碧云堆处，一担担来天外愁。如何好，且同斟绿醑，自课清讴。

宝鼎现 和韵己未元夕

晚风微动，净扫天际，云裾霞绮。将海外、银蟾推上，相映华灯辉万砌。看舞队、向梅梢然昼，丹焰玲珑玉蕊。渐陆地、金莲吐遍，恰似楼台临水。　　老子欢意随人意。引红裙、钗宝钿翠。穿夜市、珠筵玳席，多少吴讴联越吹。绣幕卷、散缤纷香雾，笼定团圆锦里。认一点、星球挂也，士女桃源洞里。闻说旧日京华，般百戏、灯棚如履。待端门排宴，三五传宣禁侍。愿乐事、这回重见，喜庆新开起。瞻圣主、齐寿南山，势拱东南百二。

昼锦堂 己未元夕

绮縠团成，珠玑掇就，极目灯火楼台。七子八仙三教，耍队相挨。管箫笙簧相间閗，远如声韵碧霄来。环千炬，宝栅绛纱，云球雾衮交加。　　千里人笑乐，游妓合、脂尘香霭笼街。尽道今宵节物，天与安排。晚来风阵全收了，夜阑还放月儿些。休辞醉，长愿每年时候，一样情怀。

贺新郎 丁巳岁寿叔氏

未是全衰暮。但相思、昭亭数曲，水村烟墅。只比儿儿额上寿，尚有时光如许。况坎子、常交离午。须信火龙能陆战，更驱他、水虎蟠沧浦。昆仑顶，时飞度。　　东皇蓦向昆仑遇。道如今、金阶玉陛，待卿阔步。犹恐荆人攀恋切，未放征帆高举。怕公去、狐狸嗥舞。江汉一时谁作者，想声声、赞祝明良聚。天下久，望霖雨。

又 和翁处静桃源洞韵

拍手阑干外。想回头、人非物是,不知何世。万事情知都是梦,聊
复推迁梦里。也幻出、云山烟水。白白红红虽褪尽,尽偃条、浪蕊
皆春意。时可醉,醉扶起。　　　瀛洲旧说神仙地。奈江南、猿啼鹤
唳,怨怀如此。三五阿婆涂抹遍,多少残樱剩李。又过雨、亭皋初
霁。惭愧故人相问讯,但一回、一见苍颜耳。谁念我,鹪鹩志。

又 再和

宇宙原无外。问当年、渠缘底事,强逃人世。争似刘郎栽种后,长
恁玄都观里。何用羡、武陵溪水。一见桃花还一笑,领春工、千古
无穷意。儿女恨,且收起。　　　洞中空阔多闲地。但人间、羊肠九
折,未能知此。我已衰翁君渐老,那复颠张醉李。看翻覆、雨阴风
霁。挺得清和时候了,舣扁舟、只待归来耳。惟处静,解吾志。

又 三和

了却儿痴外。撰园林、亭台馆榭,谩当吾世。红楯朱桥相映带,人
在百花丛里。更依约、垂杨衬水。桧柏芙蓉橙桂菊,也还须、收拾
秋冬意。闲坐久,忽惊起。　　　繁华寂寞千年地。便渊明、桃源记
在,几人知此。双手上还银菟印,趁得东风行李。看鄮岭、鄞江澄
霁。从此归欤无一欠,但君恩、天大难酬耳。嗟倦鸟,投林志。

又 和赵丞相见寿

雪鬓难重绿。但翛然、黄庭境界,抱藏龟六。也向无何乡里去,白
堕舟边漾渌。算种种、尘缘都足。争那名缰犹系绊,尽辜他、猿鹤
双溪曲。时又夏,暑将溽。　　　虚舟飘瓦何烦歜。奈羊肠、千歧万

折,近来纯熟。怅望老仙烟水外,惟把江云送目。想裴墅、碧梧金竹。安得结卢相近傍,买闲田、数亩躬耕筑。已梦断,大槐国。

　　又　夜来梦游一所,园林台榭甚饰,数羽流在焉。余与语,相酬酢,有言诗者,有言词者。须臾,以酒见酌。中有一人举令云:各和古词一首。且目余云:相公和叶石林睡起流莺语。余素熟此词成诵,遂援笔赓之,掷笔而寤。枕上记忆,不遗一字,亦异矣。以词意详之,余三上乞归之疏,君父其从欲乎。因录呈同官诸丈,恐可为他时一段佳话云

燕子呢喃语。小园林、残红剩紫,已无三数。绿叶青枝成步障,空有蜂旋蝶舞。又宝扇、轻摇初暑。芳沼拳荷舒展尽,便回头、乱拥宫妆女。惊岁月,能多许。　　　　家山占断凫鸥渚。最相宜、岚烟水月,雾云霏雨。三岛十洲虽铁铸,难把归舟系取。且放我、渔樵为与。从此细斟昌歜酒,况神仙洞府无邀阻。何待结,长生缕。

　　　　又　因梦中和石林贺新郎,并戏和东坡乳燕飞华屋

碧沼横梅屋。水平堤、双双翠羽,引雏偷浴。倚户无人深院静,犹忆棋敲嫩玉。还又是、朱樱初熟。手绾提炉香一炷,黯消魂、伫立阑干曲。闲转步,数修竹。　　　　新来有个眉峰蹙。自王姚、后魏都褪,只成愁独。凤带鸾钗宫样巧,争奈腰围倦束。谩困倚、云鬟堆绿。淡月帘栊黄昏后,把灯花、印约休轻触。花烬落,泪珠簌。

　　　　又　和刘自昭俾寿之词

宝扇驱纤暑。又凄凉、蒲觞菰黍,异乡重午。巧索从来无人系,惟对榴花自语。也何用、讴秦舞楚。生愧孟尝挽一日,叹三千、客汗挥成雨。如伯始,谩台傅原作"传",不叶。疑与"傅"形近之误。　　　　循环浩劫无终古。但坤牛、乾马抽换,是长生谱。安得笺天天便许,归

炼金翁木父。问海运、争如穴处。一笑流行还坎止，算陈陈、往事
俱灰土。南墅鹤，相思主田文、胡广皆生于五日。

　　　　　暗香犹记己卯、庚辰之间，初识尧章于维扬。至己丑
　　　　　嘉兴再会，自此契阔。闻尧章死西湖，尝助诸丈为
　　　　　殡之，今又不知几年矣。自昭忽录示尧章暗香、疏
　　　　　影二词，因信手酬酢，并赓潘德久之诗云

晓霜一色。正恁时陇上，征人横笛。驿使不来，借问孤芳为谁折。
休说和羹未晚，都付与、逋仙吟笔。算只是，野店疏篱，樵子共争
席。　　　寒圃，众籁寂。想暗里度香，万斛堆积。恼他鼻观，巡索
还无最堪忆。萼绿堂前一笑，封老干、苔青莓碧。春漏也，应念我、
要归未得。

疏　　影

佳人步玉。待月来弄影，天挂参宿。冷透屏帏，清入肌肤，风敲又
听檐竹。前村不管深雪闭，犹自绕、枝南枝北。算平生、此段幽奇，
占压百花曾独。　　　　　闲想罗浮旧恨，有人正醉里，姝翠蛾绿。梦
断魂惊，几许凄凉，却是千林梅屋。鸡声野渡溪桥滑，又角引、戍楼
悲曲。怎得知、清足亭边，自在杖藜巾幅梅圣俞诗云："十分清意足。"余别
墅有梅亭，扁曰清足。

暗香 再和

雪来比色。对澹然一笑，休喧笙笛。莫怪广平，铁石心肠为伊折。
偏是三花两蕊，消万古、才人骚笔。尚记得，醉卧东园，天幕地为
席。　　　回首，往事寂。正雨暗雾昏，万种愁积。锦江路悄，媒聘
音沉两空忆。终是茅檐竹户，难指望、凌烟金碧。憔悴了、羌管里，
怨谁始得。

疏　影

寒梢砌玉。把胆瓶顿了，相伴孤宿。寂寞幽窗，筛影横斜，宜松更自宜竹。残更蝶梦知何处，□只在、昭亭山北。问平生、雪压霜欺，得似老枝擎独。　　　何事胭脂点染，认桃与辨杏，枝叶青绿。莫是冰姿，改换红妆，要近金门朱屋。繁华艳丽如飞电，但宛转、断歌零曲。且不如、藏白收香，旋学世间边幅。

暗香

仪真去城三数里东园，梅花之盛甲天下。嘉定庚辰、辛巳之交，余犹及歌酒其下，今荒矣。园乃欧公记、君谟书，古今称二绝。犹忆其词云：高薨巨桷，水光日影，动摇而下上，其宽间深靓，可以答远响而生清风，此前日之颓垣断堑而荒墟也。嘉时令节，州人士女，啸歌而管弦，此前日之晦冥风雨、魑魅鸟兽之噪音也。令人慨然

澹然绝色。记故园月下，吹残龙笛。怅望楚云，日日归心大刀折。犹怕冰条冷蕊，轻点污、丹青凡笔。可怪底，屈子离骚，兰蕙独前席。　　　院宇，深更寂。正目断古邙，暮蔼凝积。何郎旧梦，四十馀年尚能忆。须索梅兄一笑，但矫首、层霄空碧。春在手、人在远，倩谁寄得。末段怀故人。

疏　影

嗤琼笑玉。向画堂可肯，风露边宿。耐冻禁寒，便瘦宜枯，前生莫是孤竹。从来不上春工谱，梦不到、沉香亭北。算只消、澹影疏香，伴个幽栖人独。　　　莫待痴蜂骇蝶，倩青女撽住，多少红绿。落雁寒芦，翠鸟冰枝，近傍三间茅屋。□□□□□□，□□□、□□□□。想这般，夷旷襟怀，渺视乾员坤幅。

暗香 用韵赋雪

九垓共色。想洛滨剑客，吹呼长笛。貔豸老松，别树平欺烂柯折。应是千官鹤舞，腾贺表、谁家椽笔。赐宴也，内劝宣来，真个是瑶席。　　休怪，巷陌寂。有一种可人，扫了还积。悲饥闭户，僵卧袁安我偏忆。凝望天童列嶂，谁大胆、偷藏遥碧。待问讯、清友看，怕难认得。

疏　影

千门委玉。是个人富贵，才隔今宿。冒栋摧檐，都未商量，呼童且伴庭竹。千蹊万径行踪灭，渺不认、溪南溪北。问白鸥，此际谁来，短艇钓鱼翁独。　　偏爱山茶雪里，放红艳数朵，衣素裳绿。兽炭金炉，羔酒金钟，正好笙歌华屋。敲冰煮茗风流衬，念不到、有人泂曲。但老农、欢笑相呼，麦被喜添全幅。

水龙吟 戊午元夕

十洲三岛蓬壶，是花锦、一团装就。轻车细辇，绮罗香里，夜光如昼。朱户笙箫，画楼帘幕，有人回首。想金莲灿烂，星球缥缈，那风景、年时旧。　　应念白头太守。怎红旗、六街穿透。铺排玳席，追陪珠履，且酾春酎原作"耐"，疑形近之误。楚舞秦讴，半慵莺舌，叠翻鸳袖。把千门喜色，万家和气，祝君王寿。

永遇乐 己未元夕

和气熏来，这般光景，管无风雨。画栋朱甍，锦坊绣巷，娘子将媬母。星球高挂，灯楼趱出，良夜正消增五。遨头事，牙旗铁马，且还那时鄞府。　　甘泉见说，捷书频奏，渐次不烦鼙鼓。双凤云间，六鳌海上,祝赞齐手舞。三呼声里,君王万寿,岁岁传柑笑语。便都把,升平旧曲,腔儿旋补。

又 再和

天上人间,这般光景,管无风雨。绣户珠帘,锦坊花巷,戏队将媒母。月扇团圆,星球灿烂,路遍市三街五。升平事,牙旗铁马,且还旧家藩府。　　三陲见说,凯歌频奏,渐次不烦鼙鼓。双凤云间,六鳌尘外,想见都人欢舞。火城春近,金莲地匝,消夜果边曾语。如今但,梅花纸帐,睡魔欠补。元宵,宰执赐消夜果。

又 三和

祝告天公,放灯时节,且收今雨。万户千门,六街三市,绽水晶云母。香车宝马,珠帘翠幕,不怕禁更敲五。霓裳曲,惊回好梦,误游紫宫朱府。　　沉思旧日京华,风景逗晓,犹听戏鼓。分镜圆时,断钗合处,倩笑歌与舞。如今闲院,蜂残蛾褪,消夜果边自语。亏人瞅,梅花纸帐,权将睡补。

隔浦莲 和叶编修士则韵

兰桡环城数叠。雾雨侵帘箔。翠竹交苍树,幽鸟声声如答。苇岸游绿鸭。暮山合。天际浓云罨,水周匝。　　提携一醉,浊贤清圣欢洽。瀛洲美景,尽道东南都压。今日愁颜回笑颊。飞屧。且将萱草归插。

又 会老香堂,和美成

扇荷偷换羽葆。院宇人声窈。独步亭皋下,阑干并、栖幽鸟。新雨抽嫩草。檐花闹。一片萍铺沼。燕雏小。　　　　书空底事,那堪手

版持倒。今来古往,几见北邙人晓。乡号无何但日到。休觉。陶
然身世尘表。

水调歌头 出郊玩水

小队旌旗出,画鹢倚篙行。青秧白水无际,中有一犁耕。听得田翁
相语,今岁时年恰好,眨眼是秋成。老守何能解,持此报皇明。

　望家山,千里外,楚云平。良田二顷,非村非郭枕柴扃。况有蒼
林香透,更有杨堤阴合,魂梦每宵征。巴得西风起,吾亦问前程。

又 小憩袁氏园用前韵

老圃无关锁,放客意中行。颇欣天地开阔,烟钓与云耕。荷长亭亭
翠盖,竹长森森翠葆,景致闹装成。几树榴花发,映水色偏明。

　绮楼空,金屋静,恨难平。鼓笙箫笛,谁怜冷落暗尘扃。回首百
年人事,转眼几番今古,日迈月俱征。且尽一杯酒,退步是前程。

又 夜来月佳甚,呈景回、自昭二兄。戊午八月十八日

过了中秋后,今夜月方佳。看来前夜圆满,才自阙些些。扫尽乌云
黑雾,放出青霄碧落,恰似我情怀。把酒自斟酌,脱略到形骸。

　问渠侬,分玉镜,断金钗。少年心事,不知容易鬓边华。千古天
同此月,千古人同此兴,不是旋安排。安得高飞去,长以月为家。

又 戊午九月,借同官延庆阁过碧沚

重九先三日,领客上危楼。满城风雨都住,天亦相邀头。右手持杯
满泛,左手持螯大嚼,莫菊互相酬。徙倚阑干角,一笑与云浮。

　望平畴,千万顷,稻粱收。江澄海晏无事,赢得小迟留。但恨流
光抹电,假使年华七十,只有六番秋。戏马台休问,破帽已飕飕。

又 再用前韵

天宇正高爽，更蹑最高楼。长风为我驱驾，极目海山头。不用牛山孟浩，不用齐山杜牧，人景自堪酬。举酒酹空阔，汗漫与为游。

捻黄花，怜白首，恨难收。颓龄使汝能制，何待更封留。眼底朱甍画栋，往往人非物是，蟋蟀自鸣秋。万里一搔首，无处著萧飕。

又 喜晴赋

屯结海云阵，奋击藉雷公。忽然天宇轩豁，杲日正当空。照出榴花丹艳，映出栀花玉色，生意与人同。闲纵一翻手，造化不言功。

想平畴，禾穟穟，黍芃芃。老农拍手相问，相劳笑声中。办取黄鸡白酒，演了山歌村舞，等得庆年丰。此际莼鲈客，倚楫待西风。

二郎神 己未自寿

古希近也，是六十五翁生日。恰就得端阳，艾人当户，朱笔书符大吉。卦气周来从新起，怕白髪、苍颜难必。随见定性缘，餐饥眠困，喜无啾唧。　　盈溢。书生做到，能高官秩。况碌碌儿曹，望郎名郡，叨冒差除不一。积世主恩，满家天禄，婚嫁近来将毕。还自祝，愿早悬车里社，始为收拾。

又 再和

近时厌雨，喜午日、放开天日。不用辟兵符，从今去也，管定千祥万吉。已报甘泉新捷到，况更是、年丰堪必。任景物换来，蛙鸣蝉噪，耳边嘞唧。　　洋溢。尽教愿乞，兵厨闲秩。看恰好园池，随宜亭榭，人道瀛洲压一。且恁浮沉，奈何衰悴，惟怕牧之名毕。安得去，占却三神绝顶，瑞芝同拾。

传言玉女　己未元夕

众绿庭前，都是郁葱佳气。越姬吴媛，粲珠钿翠珥。红消粉褪，几许粗桃凡李。连珠宝炬，两行缇骑。　　自笑衰翁，又行春锦绣里。禁肴宫酝，记当年宣赐。休嫌拖逗，且向画堂频醉。从今开庆，万欢千喜。

满江红　戊午二月十七日四明窗赋

芳景无多，又还是、乱红飞坠。空怅望、昭亭深处，家山桃李。柳眼花心都脱换，蜂须蝶翅难沾缀。谩相携、一笑竞良辰，春醲美。

金兽蒸，香风细。金凤拍，歌云腻。尽秦箫燕管，但逢场尔。只恐思乡情味恶，怎禁寒食清明里。问此翁、不止四宜休，翁归未。

又　再和

聊把芳尊，殷勤劝、斜阳休坠。吾老矣，难从仙客，采丹丘李。且趁风光一百五，园林尚有残红缀。更切切、百舌对般春，声能美。

鸾钗绊，游丝细。鸳袖惹，香尘腻。想吴姬越女，踏青才尔。争似江南樗栎社，俚歌声拂行云里。又枝头、梅子正酸时，莺知未。

又　戊午二月二十四日，会碧沚，三用韵

楼观峥嵘，浑疑是、天风吹坠。金屋窈，几时曾贮，粗桃凡李。镜断钗分人去后，画阑文砌苍苔缀。想当年、日日醉芳丛，侯鲭美。

春水涨，鳞鳞细。春草暗，茸茸腻。算流连光景，古犹今尔。椿菌鹍鹏休较计，倚空一笑东风里。喜知时、好雨夜来稠，秧青未。

又 碧沚月湖，四用韵

一笑相携，且休管、兔升乌坠。那更是，可人宾客，未饶崔李。金叵罗中醹醁莹，玉玲珑畔歌珠缀。望湖光、一片浸韶光，真双美。

云絮毳，能纤细。云彩聚，能黏腻。料出山归岫，等闲间尔。碧沚风流人去后，石窗景物春深里。算邯郸、客梦几惊残，炊犹未。

又 二园花卉仅有海棠未谢，五用韵

问海棠花，谁留恋、未教飘坠。真个好，一般标格，聘梅奴李。怯冷拟将苏幕护，怕惊莫把金铃缀。望铜梁、玉垒正春深，花空美。

非粉饰，肌肤细。非涂泽，胭脂腻。恐人间天上，少其伦尔。西子鬈收初雨后，太真浴罢微暄里。又明朝、杨柳插清明，鹃归未。

又 景回计院行有日，约同官数公，酌酒于西园，取吕居仁满江红词"对一川平野，数间茅屋"九字分韵，以钱行色，盖反骚也。余得对字，就赋

把手西园，有山色、波光相对。金马客，明朝飞棹，水肥帆驶。问我年华旬并七，异乡时景春巴二。最堪怜、游子送行人，垂杨外。

聊小小，旌旗队。聊且且，笙歌载。正冥濛烟雨，许多情态。南北枝头犹点缀，东西玉畔休辞避。待莼鲈、归思动西风，相携未。

又 苍云堂后有桂树，为冬青遮蔽，低垂将陨矣。戊午八月，呼梓人为伐而去之，赋□

斫却凡柯，放岩桂、出些头地。从此去，引风披露，畅条昌蕊。待得清香千万斛，且饶老子为知己。趁今宵、新月驾空来，浮觞里。

刘安笑，淹留耳。吴猛约，何时是。想故山深处，翠垂金缀。须信人生归去好，他乡未必江山美。问钗头、十二意如何，非吾事。

又　戊午秋半，偕胡景回，刘自昭二兄小饮待月

试问平生，几番见、中秋明月。今老矣，一年紧似，一年时节。底事层阴生障碍，不教玉界冰壶彻。莫姮娥、嫌此白头翁，心肠别。

风动处，浮云揭。云绽处，清光泄。倩何人扫荡，大家澄澈。且掉悲欢离合事，相逢只怕尊中竭。放儿曹、今夜上青霄，探蟾穴。

又　戊午八月二十七日进思堂赏第二木犀

丹桂重开，向此际、十分香足。最好处，云为幕护，雨为膏沐。树杪层层如宝盖，枝头点点犹金粟。算人间、天上更无花，风流独。

玉坛畔，仙娥簇。玉梁上，仙翁掬。叹吾今老矣，两难追逐。休把淹留成感慨，时闲赏玩时闲福。怕今宵、芳景便凋零，高烧烛。

又　戊午九月七日，碧沚和制几韵

岁岁重阳，何曾是、两般时景。人自有、悲欢离合，晦明朝暝。日月湖边来往艇，楼台水底参差影。又何妨、时暂狎沧波，轻鸥并。

闲顿放，朱门静。新结裹，朱帘整。尽百年人事，移场换境。欲插黄花身已老，强倾绿醑心先醒。羡游鱼、有钓不能收，钩空饼。

又　郑园看梅

安晚堂前，梅开尽、都无留萼。依旧是、铁心老子，故情堪托。长恐寿阳脂粉污，肯教摩诘丹青摸。纵沉香、为榭彩为园，难安著。

高节耸，清名邈。繁李俗，粗桃恶。但山矾行辈，可来参错。六出不妨添羽翼，百花岂愿当头角。尽暗香、疏影了平生，何其乐。

又 再用韵怀安晚

犹记长安，共攀折、琼林仙蕚。人已去，年年梅放，怨怀谁托。和靖吟魂应未醒，补之画手何能摸。更堪怜、老子此时来，愁难著。

云昼晚，烟宵邈。春欲近，风偏恶。早阑干片片，飘零相错。邂逅聊拚花底醉，迟留莫管城头角。且起居、魏卫国夫人，闻安乐。

又 戊午八月十二日赋后圃早梅

问信江梅，渐推出、红苞绿蕚。堪爱处，平生怀抱，岁寒为托。瘦骨皱皮犹老硬，孤标独韵难描摸。怕东君、压住等春来，鞭先著。

止渴事，风烟邈。和羹事，风波恶。想翠禽㖞唶，笑他都错。争似花开颒醉玉，月天更引霜天角。便一年、强作十年人，山中乐。

又 上巳后日即事

寒食清明，叹人在、天涯海角。饶锦绣，十洲装就，只成离索。岁去已空莺燕侣，年来尽负鸥凫约。想南溪、溪水一篙深，孤舟泊。

天向晚，东风恶。春向晚，花容薄。又荼蘼架底，绿阴成幄。舴艋也闻钲鼓闹，秋千半当笙歌乐。问山公、倒载接䍠无，都休却。

又 己未四月九日会四明窗

钉饾残花，也随分、红红白白。缘底事，春才好处，又成轻别。芳草凄迷归路远，子规更叫黄昏月。倚阑干、触处是浓愁，凭谁说。

我不厌，尊罍挚。君莫放，笙歌彻。自河南丞相，有兹宾客。一笑何曾千古换，半醺便觉乾坤窄。怕转头、天际望归舟，江山隔。

又 己未赓李制参直翁俾寿之词

午枕神游，晓鸡唱、城关偷度。俄顷里、筝舆伊轧，征夫前路。路入
江南天地阔，黄云翠浪千千亩。有皤翁、三五喜相迎，邻田父。

旋策杖，寻幽圃。旋挈榼，陈高俎。疑此身归去，朱陵丹府。布
谷数声惊梦断，纱窗小阵梅黄雨。把人间、万事一般看，投芳醑。

<small>按此首下有满江红"拟卜三椽"一首，与原集重出，不录。</small>

又 和刘右司长翁俾寿之词

回首家园，竹多屋、水还多竹。那更是，千峰凝翠，一溪凝绿。多谢
故人相问讯，奚奴步步收珠玉。叹暮林、飞鸟也知还，寻归宿。

遍历了，岳与牧。享过了，官与禄。算平生万事，尽无不足。争
奈乞身犹未可，只缘欠种清闲福。想瞿硎、仙子亦相思，山之陬。

念奴娇 咏白莲用宝月韵

一般妙质，笑乐天、夸诧小蛮樊素。万柄参差罗翠扇，全队西方靓
女。不假施朱，也非涂碧，所乐惟幽浦。神仙姑射，算来合共游处。

一任冶妓秾姬，采莲歌里，尽是相思苦。花气荷馨清入骨，长
傍银河东注。月澹风轻，雾晞烟细，忽洒霏微雨。此时心事，美人
泽畔停仁。

又 再和

为嫌涂抹，向万红丛里，澹然凝素。非粉非酥能样别，只是凌波仙
女。隋沼浓妆，汉池冶态，争似沧浪浦。净鸥洁鹭，有时飞到佳处。

梦绕太华峰巅，与天一笑，不觉跻攀苦。十丈藕船游汗漫，何
惜浮生孤注。午鼓惊回，依然尘世，扑簌疏窗雨。起来寂寞，倚阑

一饷愁伫。

又 三和

白蘋影里，向何人可话，平生心素。月魄冰魂凝结就，犹薄湘妃洛女。吴沼芙蓉，陈陂菡萏，散入玄珠浦。采花蜂蝶，雾深都忘归去。

堪笑并蒂霞冠，双头酡脸，只为多情苦。空遣隔江游冶子，撩乱心飞目注。同出泥涂，独标玉质，不是曼陀雨。风清露冷，有人长自迟伫。

又 四和

天然皛质，想当年此种，来从太素。一点红尘都不染，罗列蟾宫玉女。色压薝林，香欺兰畹，肯向闻筝浦。灵龟千岁，有时游漾其处。

应念社结庐山，翻嗤靖节，底事攒眉苦。纽叶为盘花当盏，有酒何妨频注。太液波边，昆明池上，岂必沾金雨。从教同辈，为他皦皦凝伫。太素，国名，出荷花。

又 戏和仲殊　己未四月二十七日

午飙褪暑，向绿阴深处，引杯孤酌。嘀鸟一声庭院悄，日影偷移朱箔。杏落金丸，荷抽碧箭，景物挨排却。虚檐长啸，世缘菌蕈筊箨。

休问雪藕丝蒲，佩兰钿艾，旧梦都高阁。惟有流莺当此际，舌弄笙簧如约。短棹双溪，么锄三径，归计犹难托。料应猿鹤，近来多怨离索。

八声甘州 赓叶编修倬寿之词

向鄞江、面熟是薰风，吹燕麦凫葵。赖君王洪福，河清海晏，物阜人熙。想见搴帷使者，随处采声诗。羡高禽赠弋，离贴天飞。　　　　飞到苍云深处,便敛收毛羽,望暮林归。可以人不若,划地挂征衣。且招呼、麴生为友,对槐阴、时唱两三卮。今宵好,如钩佳月,放出光辉。

感皇恩 和广德知军韵

老去最难禁,流光如水。甲子从头试□指。年年生日,怕被旁人拈起。若攀儿额,颓龄犹未。　　方丈瀛洲,蓝溪碧沚。转眼鲈莼便秋意。君王定许,整顿江头行李。角巾归去也,休里第。

谒金门 枕上闻鹃赋

纱窗晓。杜宇数声声悄。真个不如归去好。天涯人已老。　　欹枕欲眠还觉。犹有青灯残照。漫道惜花春起早。家山千里杳。

又 和赵参谋

停画鹢。天外水澄烟碧。莫看遨头人似织。今年都老色。　　最苦今朝离夕。未卜今年归日。生怕晚风消酒力。愁城难借一。

又 和刘制几

山客野。新把朝衔书写。应想江南樗栎下。踏歌鸡黍社。　　休问坤牛乾马。大率人生且且。聊唤玉人斟玉斝。莫辞沉醉也。

又 和自昭木香

风韵彻。满架平平铺雪。贾女何郎盟共结。睡浓香更冽。　　春去情怀怎说。却喜不闻啼鴂。月夜时来闲蹀躞。故园三载别。以上彊村丛书本履斋先生诗馀别集卷一

浣溪沙 己未元夕

庆赏元宵只愿情疑是"晴"字之误。天公每事秤能平。管教檐溜便收
声。　　　三市海巡那惜夜，九街社火亦争名。权将歌酒作工程。

又 和谦山

春岸春风荻已芽。推排春事到芦花。只应推上鬓边华。　　投老
未归真左计，久阴得霁且舒怀。红红白白有残葩。

又 再用韵

海棠已绽牡丹芽。犹有东君向上花。不须惆怅怨春华。　　装缀
园林新景物，推敲风月旧情怀。也饶浪蕊与浮葩。

又 三用韵

正好江乡笋蕨芽。他乡却看担头花。只将蝶梦付南华。　　万事
纷纭都入幻，一杯邂逅且忘怀。年年秋卉与春葩。

又 四用韵

雨过池塘水长芽。放开晴日正宜花。十洲三岛撰繁华。　　水畔
丽人唐客恨，山阴佳客晋人怀。可怜云蕊与风葩。

又 己未三月二十五日赏荼蘩

最好荼蘩白间黄。消他蜂蝶采花忙。春残红粉厌梳妆。　　毕卓
正思身夜瓮，刘章底用令秋霜。今宵帏枕十分香。

又 再赋

宫额新涂一半黄。蔷薇空自效鞏忙。澹然风韵道家妆。　　可惜
今宵无皓月,尚怜向晓有繁霜。何妨手捻一枝香。

海棠春 己未清明对海棠有赋

海棠亭午沾疏雨。便一饷、胭脂尽吐。老去惜花心,相对花无语。
　　羽书万里飞来处。报扫荡、狐嗥兔舞。濯锦古江头,飞景还如
许。

又 再用韵

嫩晴还更宜轻雨。最好处、欲开未吐。一点聘梅心,千古凭谁语。
　　脸霞晕锦娇人处。肯浪逐、红围翠舞。银烛莫高烧,春梦无多许。

又 三用韵

苍龙夭矫停今雨。正不待、云吞雾吐。绝笑大夫松,今古闲言语。
　　清光冷艳侵人处。漏月影、婆娑自舞。拟作岁寒人,此愿天应许。

霜天晓角 和叶检阅仁叔韵

倚花傍月。花底歌声彻。最好月筛花影,花月浸、香奇绝。　　双
溪秋月洁。桂棹何时发。客里明朝送客,多少事、且休说。

又

此花此月。一段风流彻。更好参横斗转,更漏断、人声绝。　　有
谁秋共洁。篱菊相将发。留取岁寒心事,待此际、向君说。

又　和刘架阁自昭韵

杯中吸月。桂树飞琼屑。莫道胡床老子，怕风露、向凄冽。　回
首云娥折。老大成痴绝。且醉今宵光景，莫容易、向人说。

又

为花问月。谁把金瑰屑。犹有残英剩蕊，秋向老、香逾冽。　且
莫都攀折。有个人愁绝。纵使姮娥念旧，星星鬓、如何说。

又　和赵教授韵

新词唱彻。字字珠玑屑。更有张颠草圣，何止是、成双绝。　金
粟如霏雪。扫地为芳席。且令诸公一笑，怕明夜、无此月。

又

小山幽彻。遍地堆香雪。只恐今宵入梦，梦到处、魂孤绝。　八
公头已雪。淮南分半席。莫道淹留何事，且长啸、对佳月。

又　戊午十二月望安晚园赋梅上银烛

梅花一簇。花上千枝烛。照出靓妆姿态，看不足、咏不足。　便
欲和花宿。却被官身局。借问江南归未，今夜梦、难拘束。

又　己未五月九日，老香堂送监簿侄归，和自昭韵

秋凉佳月。扫尽轻衫热。便欲乘风归去，冰玉界、琼林阙。　不
须持寸铁。孤吟风揩别。且唱东坡水调，清露下、满襟雪。

又 再和

举杯吸月。一洗烦襟热。想见摩诃池上，星斗转、挂银阙。　　　金
吾传漏铁。此时滋味别。阶砌寒蛩声细，携手处、人如雪。

蝶恋花 和处静木香

澹白轻黄纯雅素。一段风流，欹枕疏窗户。夜半香魂飞欲去。伴
他月里霓裳舞。　　　消得留春春且住。不比杨花，轻作沾泥絮。
况是环阴成幄处。不愁更被红妆妒。

朝中措 和自昭韵

春空一鸟落云干。只遣客心酸。芍药牡丹时候，午窗轻暖轻寒。
流光冉冉，清尊易倒，青镜难看。谩道华堂深院，谁怜凤只鸾单。

又 再用韵

可人想见倚庭干。嚼句有甘酸。休问沈腰潘鬓，何妨岛瘦郊寒。
时光转眼，兔葵燕麦，又是看看。谁念衰翁衰处，春衫晚际尤单。

又 三用韵

杨花撩乱与云干。春事可悲酸。况是雨荒院落，江南但有春寒。
莺残燕懒，蜂慵蝶褪，谩等闲看。不是无情描貌，奚奴且放安单。

又 四用韵

夜来梦绕宛溪干。啼䳌梦中酸。过了他乡寒食，白鸥划地盟寒。
云溪雨壑，月台风榭，借与人看。得似野僧无系，孤藤杖底挑单。

又 五用韵戏呈

兰皋彻夜树旌干。战渴望梅酸。想有歌姬半臂,更深自可鏖寒。
敲门寄曲,惊回蝶梦,旋篝灯看。坛下已收降将,火牛不用田单。

又 老香堂和刘自昭韵

衰翁老大脚犹轻。行到净凉亭。近日方忧多雨,连朝且喜长晴。
谩寻欢笑,翠涛杯满,金缕歌清。况有兰朋竹友,柳词贺句争鸣。

虞美人 和刘制几舟中送监簿韵

东风催客呼前渡。宿鸟投林暮。欲归人送得归人。万叠青山罗
列、是愁城。　　谁家台榭当年筑。芳草垂杨绿。云深雾暗不须
悲。只缘盈虚消息、少人知。

秋霁 己未六月九日雨后赋

阶砌吟蛩,正竹外萧萧,雨骤风驶。凉浸桃笙,暑消葵扇,借伊一些
秋意。枕边茉莉。满尘衮、贮香能腻。也不用,玉骨冰肌,人伴佳
眠尔。　　谁信此境,渐入华胥,旷然不知,庄蝶谁是。笑邯郸、羁
魂客梦,贪他荣贵暂时里。飞鼠扑灯还自坠。展转惊寤,才听禁鼓
三敲,夜声寥阒,又般滋味。

按以下原缺秋霁一首、洞仙歌一首。

洞　仙　歌

□□□□,□□□□瘦。□□□□□□酒。□□深,碎蕊残萼都
收,归簟枕,谁道栀囊敢就。　　月边偏爱惜,冰玉肌肤,应对姮娥
共搔首。疑怪得中原,讹道天花,胡尘后、可堪怀旧。且海国、浮沉

醉花心，喜近日烽烟，渐消亭候。

空格原缺叶韵字，据下首补。

又 三用韵

冠儿遍簇，那时人消瘦。玉斝琼卮劝君酒。是清凉境界，露湿烟凝，香更重，非是沉檀合就。　　四窗花满砌，争似家山，橙蟹将肥重回首。花亦为君怜，草木禽鱼，相思处、莫如乡旧。更西风、溪莼与江鲈，想别墅樵渔，费他侦候。

小重山 己未六月十四日老香堂前月台玩月

碧霄如水月如钲。今宵知为我，特分明。冰壶玉界两三星。清露下，渐觉湿衣轻。　　高树点流萤。秋声还又动，客心惊。吾家水月寄昭亭。归去也，天岂太无情。

醉　桃　源

东风阑槛两三亭。游人步晚晴。蜂回蝶转得能轻。忽然春意生。花未老，酒须倾。劝君休独醒。古来我辈最钟情。举头百舌声。

青玉案 己未三月六日四明窗会客

流芳只怕春无几。拚夜饮、更才二。不用追他欢乐事。绮窗朱户，燕帷莺馆，多少人憔悴。　　踏歌梦想江南市。管春尽、扁舟放行李。寒食休倾游子泪。归去来兮，不如归去，铁定知今是。

点绛唇 己未三月末浣木香亭赋

岸舣扁舟，江南有个人归老。簇新亭沼。分付还他了。　　凝伫晴空，一抹天边鸟。嗟潦倒。去多来少。莫问钟昏晓。

清平乐 和刘制几

轻轻却暑。只是些儿雨。喜看新抽麻与苎。他家烟水墅按此句缺一字。晚山放出青青。是谁簸弄阴晴。老子何时去也，只应露湿金茎。

渔家傲 和刘制几

每日困慵当午昼。出来便解双眉皱。一带朦胧烟雨岫。山翁瘦。林泉纵好他园囿。　　一见此君如话旧。玉版老师呼唤候。万立琅玕争劝酒。踌躇久。清风收拾归怀袖。

又 再用前韵

遍阅芳园闲半昼。残花尚有榴裙皱。倦鸟投林云返岫。人影瘦。可怜身世为他囿。　　燕子飞来还忆旧。回头又是梅黄候。且尽一杯昌歜酒。凝睇久。晚风细雨沾衫袖。

柳梢青 戊午十二月十五日安晚园和刘自昭

绿野平泉，古来人事，空里飞花。月榭风亭，荷潇藓石，说郑公家。老梅傍水茶牙。人那得、光阴似他。万种思量，百年倒断，付与残霞。

又 己未元夕

好把元宵。良辰美景，暮暮朝朝。万盏华灯，一轮明月，燕管秦箫。何人帕坠鲛绡。有玉凤、金鸾绣雕。目下欢娱，眼前烦恼，只在今宵。

贺圣朝 己未三月六日

捷书夜半甘泉去。报天骄膏斧。摩空铜垒，闸流矍澻，扫清云雾。楼兰飞馘，焉耆授首，谩夸称前古。须知开庆，太平千载，方从今数。

浪淘沙 戊午中秋和刘自昭

望月眼穿东。云幕千重。有时推出赖他风。恰似玉环犹未窦，得恁玲珑。　谁在华山峰。一半天中。君逾五十我成翁。未必明年如此夜，笑口难逢。

贺新郎 玩月

汲水驱炎热。晚些儿、披衣露坐，待他凉月。俄顷银盘从海际，推上璇霄璧阙。尽散作、满怀冰雪。万里河潢收卷去，掩长庚、弧矢光都灭。一大片，琉璃揭。　玉虤捣药何时歇。几千年、阴晴隐现，团圆亏缺。月缺还圆人但老，重换朱颜无诀。想旧日、嫦娥心别。且吸琼浆斟北斗，尽今来、古往俱休说。香茉莉，正清绝。

又

月绽浮云里。未须臾、长风扫荡，碧空如水。谁在冰壶玉界上，眄视征蛮战蚁。便弃掷、尘寰脱屣。绤葛清泠襟袖冷，露华浓、暗袭人肌理。和酷暑，争些气。　谯楼漏转三更二。夜沉沉、经星纬宿，换垣移市。万籁渐生秋意思，时节那堪屈指。奈投老、未酬归计。矫首高天天不应，忽林梢、睡鹊惊飞起。同一梦，我与尔。

鹊桥仙 己未七夕

银河半隐，玉蟾高挂，已觉炎光向后。穿针楼上未眠人，应自把、荷花授揉。　双星缥缈，霎时聚散，肯向鹊桥回首。原来一岁一番期，却挼得、天长地久。

又

馨香饼饵，新鲜瓜果，乞巧千门万户。到头人事控抟难，与拙底、无多来去。　　痴儿妄想，夜看银汉，要待云车飞度。谁知牛女已尊年，又那得、欢娱意绪。

秋夜雨 和韵刘制几立秋夜观月，喜雨

不嫌天上云遮月。雨来正是双绝。雷公驱电母，尽收卷、十分袢热。　　三更又报初秋了，少待他、西风凄冽。灵悟话头莫说。且唱饮、刘郎一阕。灵悟，四明日者自号，众推其术。

又 客有道秋夜雨古词，因用其韵，而不知角之为阁也。并付一笑

云头电掣如金索。须臾天尽帏幕。一凉恩到骨，正骤雨、盆倾檐角。　　桃笙今夜难禁也，赖醉乡、情分非薄。清梦何处托。又只是、故园篱落。

又 再和

单于系颈须长索。捷书新上油幕。尽沉边柝也，更底问、悲笳哀角。　　衰翁七十迎头了，先自来、声利都薄。归计犹未托。又一叶、西风吹落。

又 己未八月二日新桃源和韵

吴翁里第还巾角。不妨天地席幕。家僮归报道，快酿酒、休教醨薄。　　相逢聚散应搔首，且趁时、一笑为乐。人世大都渺落。更莫问、是非今昨。

又

西风半入孤城角。人生归燕巢幕。倦翁衰甚也，又不是、官卑禄薄。　　收绳卷索今番稳，尽一丘一壑足乐。还是远空雁落。报宛句、溪光犹昨。

又

晚来小雨鸣檐角。又还烟障云幕。四明窗透荡，渐夜永、练衫轻薄。　　候虫但要吟教老，不管人、老欠欢乐。闲看烛花烬落。浮世事、转头成昨。

生查子　己未八月二日四明窗和韵

坐临芳沼边，荷气侵衣湿。唧唧暗蛩鸣，点点流萤入。　　人生歧路中，底用杨朱泣。一笑倚阑干，颓玉当风立。

又

夜夜云气浮，带得香烟湿。万籁本无情，一一秋声入。　　须臾离合间，应笑儿曹泣。新雨涨鄞江，明日桅樯立。

西河　和旧韵

都会地。东南盛府堪记。蓬莱缥缈十洲中，雄城拥起。凭高一盼大江横，遥连沧海无际。　　壁衙众山翠倚。赤龙、白鹢争系。风帆指顾便青齐，势雄万垒。越栖吴沼古难凭，兴亡都付流水。画堂绮屋锦绣市。是洛阳、耆旧州里。富贵荣华当世。问昔年、贺老疏狂，何事轻寄平生、烟波里。

桂　枝　香

三年海国。又荏苒素秋,天净如沐。凄砌寒蛩暗语,杵声相续。梧桐一叶西风里,对斜阳、好个团簇。老香堂畔,苍然古桧,无限心曲。　　叹石室、棋方半局。便时换人非,光景能蹙。千古鸥夷,尚恐欠些归宿。倚空笑把轮云事,付坤牛、乾马征逐。且巴重九,昭亭句溪,杖藜巾幅。

南乡子　和韵,己未八月十日郊行

野思浩难收。坐看渔舟度远洲。芦苇已凋荷已败,风飕。桂子飘香八月头。　　归计这回酬。犹及家山一半秋。虽则家山元是客,浮休。有底欢娱有底愁。

又

野景有谁收。只在苍鸥白鹭洲。风树飘摇云树暗,衣飕。目断青天天际头。　　壮志世难酬。丹桂红蕖又晚秋。多少心情多少事,都休。载取江湖一片愁。

行香子　开庆己未八月十夜,同官小饮逸老堂,李直翁制参出示东坡题钓台行香子,走笔和韵

世事尘轻。宠辱何惊。□不须、更问君平。一帆客棹,几曲渔汀。正年华晚,露华澹,月华明。　　休论烟阁,莫说云屏。算惟堪、瓜种东陵。驹阴短景,蜗角浮名。但岁难留,身难健,鬓难青。

秋夜雨　依韵戏赋傀儡

腰棚傀儡曾悬索。粗瞒凭一层幕。施呈精妙处,解幻出、蛟龙头

角。　　　谁知鲍老从旁笑，更郭郎、摇手消薄。歧路难准托。田稻
熟、只宜村落。

糖多令 答和梅府教

鸥鹭水中洲。夕阳天际流。倚西风、底处危楼。若使中秋无好月，
虚过了、一年秋。　　　举眼望云头。蟾光一线不。想嫦娥、自古多
愁。安得仙师呼鹤驾，将我去、广寒游。

南乡子 答和惠计院

黄耳讯初收。为说鸥汀与鹭洲。争问主人归近远，飔飔。定是登
高九月头。　　　有酒且相酬。莫管西风满鬓秋。今日是今明日
古，休休。转首鄞江总别愁。

诉衷情 和韵

今宵分破鹊沧秋。孤客兴何悠。要向云中邀月，真个是呆头。
　　　风阵紧，电光流。雨声飔。嫦娥应道，未卜明年，是乐还愁。

水调歌头 己未中秋无月

今岁月和桂，不肯作中秋。一年惟此佳节，底事白教休。我已侵寻
七秩，况复轮囷万感，合恨更分愁。先自无聊赖，雨意得能稠。
　　　天柱峰，知何处，老难游。痴云如妒，不知弦管可吹不。安得风
姨扫荡，推出团圆月姊，便遣桂香浮。世事十常九，不使展眉头。

又 和梅翁韵预赋山中乐，己未中秋中浣书于老香堂

已是三堪乐，更是百无忧。山朋溪友呼酒，互劝复争酬。钓水肥鲜
鳊鳜，采树甘鲜梨栗，穋秜一齐收。树底飞轻盖，溪上放轻舟。

笑鸱夷，名已谢，利还谋。蜗蝇些小头角，何事被渠钩。春际莺翻蝶舞，秋际猿啼鹤唳，物我共悠悠。倚棹明当发，归梦落三洲。

又

老子百般足，无事可闲忧。几年思返林壑，今日愿方酬。潦倒戏衫舞袖，郎讲门槌拍板，端的这回收。日月两浮毂，身世一虚舟。

想鹪鹩，与鸿鹄，不相谋。惊鳞万里深逝，谁肯更吞钩。醉则北窗高卧，醒则南园行乐，莫莫更悠悠。云在山中谷，月在水中洲。

又

若说故园景，何止可消忧。买邻谁欲来住，须把万金酬。屋外泓澄是水，水外阴森是竹，风月尽兜收。柳径荷漪畔，灯火系渔舟。

且东皋，田二顷，稻粱谋。竹篱茅舍，窗户不用玉为钩。新擘黄鸡肉嫩，新斫紫螯膏美，一醉自悠悠。巴得春来到，芦笋长沙洲。

又

且尽一杯酒，莫问百年忧。胸中多少磊块，老去已难酬。见说旄头星落，半夜天骄陨坠，玉垒阵云收。世运回如此，稳泛辋川舟。

鸥鹭侣，猿鹤伴，为吾谋。主人归也，正是重九月如钩。便把三程为两，更趱两程为一，尚恐是悠悠。旁有渔翁道，肯负白蘋洲。

又

处处羊肠路，归路是安便。从头点检身世，今日岂非天。未论分封邦国，未论分符乡国，晚节且圆全。但觉君恩重，老泪忽潸然。

谢东山，裴绿野，李平泉。从今许我，攀附诸老与齐肩。更得十年安乐，便了百年光景，不是谩归田。谨勿伤离别，聊共醉觥船。

浣溪沙 和桃源韵

半饷西风暖换凉。岩花月魄衬云裳。一杯旋擘翠橙香。　　旧酝
不妨排日醉,新篘尚可去时尝。无何乡里是吾乡。

谒金门 老香堂和韵

秋已老。又是败荷衰草。客子安排归棹了。回头烟树渺。　　檀
板休教歌杳。金兽且教香绕。一醉秋堂秋夜悄。从他霜漏晓。

又 和韵赋茶

汤怕老。缓煮龙芽凤草。七碗徐徐撑腹了。卢家诗兴渺。　　君
岂荆溪路杳。我已泾川梦绕。酒兴茶酣人语悄。莫教鸡聒晓。

又

休怨老。更替北邙荒草。勘破人生都已了。江湖归兴渺。　　盘
谷深深杳杳。曲水弯弯绕绕。啼鸟空山山更悄。钟昏钟又晓。

水调歌头 开庆己未秋社维舟逸老堂口占

倚舵秋江浒,明日片帆轻。从头点检身世,百事已圆成。及第曾攀
龙首,仕宦曾居鸥阁,衣锦更光荣。若又不知止,天道恐亏盈。
　　借称呼,遮俗眼,便归耕。但馀心愿,朝暮香火告神明。一愿君
王万寿,次愿干戈永息,三愿岁丰登。四愿老安乐,疾病免相萦。

又 奉别诸同官

便作阳关别,烟雨暗孤汀。浮屠三宿桑下,犹自不忘情。何况情钟
我辈,聚散匆匆草草,真个是云萍。上下四方客,后会渺难凭。

愿诸公,皆衮衮,喜通津。老夫从此归隐,耕钓了馀生。若见江南苍䴔,更遇江东黄耳,莫惜寄音声。强阁儿女泪,有酒且频倾。

贺新郎 和惠检阅惜别

晚打西江渡。便抬头、严城鼓角,乱烟深处。无限珠玑双手接,颇觉奚囊暴富。强载月、空舟回去。劝子不须忧百草,四周维、自著灵鳌柱。亘今古,只如许。　　杭州直北还乡路。想山中、猿呼鹿啸,鹭翔鸥舞。尽道翁归真个也,只怕颜容非故。愿从此、耕云钓雨。盘谷幽深空谷杳,但书来、时寄相思句。千里外,镇延伫。以上彊村丛书本履斋先生诗馀别集卷二

存 目 词

至元嘉禾志卷三十一有吴潜醉翁操"冷冷潺潺"一首,乃郭祥正作,说见前。

方君遇

　　君遇,疑是湖州人。与吴潜同时。

风 流 子

春被雨禁持。伤心事、仿佛去年时。记芳径暮归,褪妆微醉,暗帏先寝,闻笑伴痴。回首别离容易过,杨柳又依依。红烛怨歌,鬓花零落,青绫牵梦,屏影参差。　　桃源今何在,刘郎去,应念瘦损香肌。误约夜阑,从前怪我多疑。但怕收残泪,对人徐语,指弹新恨,推户潜窥。还是恹恹病也,无计怜伊。阳春白雪卷五

平江妓

妓,嘉定间人。

贺新郎 送太守

春色元无主。荷东君、著意看承,等闲分付。多少无情风与浪,又那更、蜂欺蝶妒。算燕雀、眼前无数。纵使帘栊能爱护,到如今、已是成迟暮。芳草碧,遮归路。　　看看做到难言处。怕宣郎、旌旗轻转,易歌襦袴。月满西楼弦索静,云蔽昆城阃府。便恁地、一帆轻举。独倚阑干愁拍碎,惨玉容、泪眼如红雨。去与住,两难诉。

豹隐纪谈

按豹隐纪谈云:或云是蒲江卢申之作。

陈　　垲

垲字子爽,号可斋,三山(今福州)人,寓居崇德。历江西安抚使、知庆元府兼沿海制置副使、户部、工部侍郎、兵部尚书、湖南安抚使、提举太平兴国宫、加端明殿学士。咸淳四年(1268)卒,谥清毅。有可斋瓿藁二十卷,不传。宋史理宗纪:景定三年(1262)正月诏:陈垲等耆年奉祠,宜示崇奖。

满江红 循视江兴水备舟中赋

万里长江,天与限、东南吴楚。何人者,提英□□,指鞭欲渡。孟德舳舻烟赤壁,佛狸心胆寒瓜步。问波涛、说尽几英雄,今犹古。

中原地,纷下阙　阳春白雪外集

此首原题陈可斋撰。

淮上女

淮上良家女。嘉定间(金兴定末),金人南侵,被掠去。

减字木兰花

淮山隐隐。千里云峰千里恨。淮水悠悠。万顷烟波万顷愁。
山长水远。遮住行人东望眼。恨旧愁新。有泪无言对晚春。续夷
坚志卷下

黄孝迈

孝迈字德文,号雪舟。

行　香　子

一春花下,幽恨重重。又愁晴,又愁雨,又愁风。

水　龙　吟

自侧金卮,临风一笑,酒容吹尽。恨东风、忙去熏桃染柳,不念淡妆
人冷。……惊鸿去后,轻抛素袜,杳无音信。细看来,只怕蕊仙不
肯,让梅花俊。以上后村先生大全集卷八十九

湘　春　夜　月

近清明。翠禽枝上消魂。可惜一片清歌,都付与黄昏。欲共柳花
低诉,怕柳花轻薄,不解伤春。念楚乡旅宿,柔情别绪,谁与温存。
　　空樽夜泣,青山不语,残月当门。翠玉楼前,惟是有、一波湘

水,摇荡湘云。天长梦短,问甚时、重见桃根。这次第,算人间没个
并刀,剪断心上愁痕。

水　龙　吟

闲情小院沉吟,草深柳密帘空翠。风檐夜响,残灯慵剔,寒轻怯睡。
店舍无烟,关山有月,梨花满地。二十年好梦,不曾圆合,而今老、
都休矣。　　谁共题诗秉烛,两厌厌、天涯别袂。柔肠一寸,七分
是恨,三分是泪。芳信不来,玉箫尘染,粉衣香退。待问春,怎把千
红换得,一池绿水。以上二首见绝妙好词卷四

吴千能

千能,新郑人。绍定间,知永州。

水　调　歌　头

澹氏人安在,缥缈九霄间。我来唯有石屋,周览百寻宽。一曲中分
夷险,两牖空光平布,满洞贮清寒。高歌自堪仰,何必论金丹。
　　周贤士,知此意,薄秦官。一床一枕,依然犹伴白云闲。门外俗
尘如海,门里道心如水,谈笑足回澜。此事无今古,不信叩崿山。
伊维吴千能守潇湘八阅月,乃得游澹岩,真天下奇观也。赋水调刻诸石。弟千兜、子奕
侍。客蒋泾、曹昌佑偕行。绍定庚寅清明日　金石萃编卷一百五十三
　　按此首别误作张仲仁词,见词综卷三十八。

史隽之

隽之字子声,一字石隐,鄞(今浙江省宁波)人,浩之孙。以祖泽为
太府寺簿。绍定初,知江阴军。洪咨夔平斋文集卷二十二有史隽之除

直宝谟阁致仕制。

望海潮 浮远堂

危岑孤秀,飞轩爽豁,空江泱漭黄流。吴札故邱,春申旧国,西风吹换清秋。沧海浪初收。共登高临眺,尊俎绸缪。凤集高冈,驹留空谷接英游。　　八窗尽控琼钩。送帆樯杳杳,潮汐悠悠。千古兴怀,关河极目,愁边灭没轻鸥。淮岸隔重洲。认澹霞天末,一缕青浮。未许英雄老去,西北是神州。词综卷十八

存　目　词

四明近体乐府卷四有史隽之柳梢青"蓦绿华身"一首,乃罗椅作,见阳春白雪卷七。

张友仁

友仁字仲父,晋陵(今江苏常州)人。官永州郡丞。

水调歌 金石萃编云:郡丞晋陵张友仁仲父,以绍定庚寅二月十六日游澹岩,赋水调歌

石屋势平旷,峭壁几巉岩。妙哉天造地设,谁复谓神剜。畴昔涪翁题品,曾说人寰稀有,岂特冠湘南。趁取脚轻健,相与上高寒。

避秦者,君莫问,意其间。祖龙文密,至今草木尚愁颜。赢得功成丹鼎,久矣乘风而去,跨鹤与骖鸾。犹有白云在,镇日绕禅关。

金石萃编卷一百三十五

按此首别误作张仲仁词,见词综卷三十八。

王　柏

柏字会之,金华人。生于庆元三年(1197)。初号长啸,后更号鲁

斋,受业何基之门。历主丽泽、上蔡两书院。咸淳十年(1274)卒,年七十八,赐谥文献。

酹江月　题泽翁梅轴后

今岁腊前,苦无多寒色、梅花先白。可惜横斜清浅处,谁访孤山仙客。玉勒寻芳,金尊护冷,定与心期隔。夜阑人悄,可无一段春月。
　　怕它香已飘零,罗浮梦断,不与东君接。买得鹅湖千幅绢,留取天然标格。树老梢癯,蕊圆须健,不放风骚歇。花光何处,儿孙声价方彻。永乐大典二千八百十三梅字韵引王鲁斋甲寅稿

刘震孙

　　震孙字长卿,号朔斋,蜀人。生于庆元三年(1197)。尝为宛陵令。嘉熙元年(1237),守湖州。二年(1238)除兵部郎官。官终礼部侍郎、中书舍人。

贺　新　郎

怕绿野堂边,刘郎去后,谁伴老裴度。齐东野语卷二十

周　晋

　　晋字明叔,号啸斋,济南人。密之父。绍定四年(1231)宰富阳。

点绛唇　访牟存叟南漪钓隐

午梦初回,卷帘尽放春愁去。昼长无侣。自对黄鹂语。　　絮影蘋香,春在无人处。移舟去。未成新句。一砚梨花雨。

清　平　乐

图书一室。香暖垂帘密。花满翠壶熏研席。睡觉满窗晴日。

手寒不了残棋。篆香细勘唐碑。无酒无诗情绪，欲梅欲雪天时。

柳梢青 杨花

似雾中花，似风前雪，似雨馀云。本自无情，点萍成绿，却又多情。

　西湖南陌东城。甚管定、年年送春。薄幸东风，薄情游子，薄命佳人。以上三首见绝妙好词卷三

　按此三首俱误入周密草窗词卷一。

曾原一

　　原一字子实，号苍山，赣州宁都人。绍定四年(1231)解试。绍定中，与戴石屏结江湖吟社。

菩　萨　蛮

淡黄斜日留汀草。檐低半露遥岑小。病眼不禁愁。阑干无数秋。

　雁声何处落。旧梦还惊觉。风重葛衣单。深山吹笛寒。阳春白雪卷五

小　重　山

薄雪初消银月单。疏疏浮竹影、矮红阑。梅花梦事落孤山。禁人处，霜重鼓声寒。　　留取晓来看。斑帘低小阁、烛花残。一帆明月去沧湾。空相忆，雪浪月痕翻。

　按此首又见翰墨大全后甲集卷十，题作冬夜，署曾实轩作。本书初版卷二百八十一误作曾寓轩词。

谒　金　门

梅粉褪。点点雨声春恨。半吐桃花芳意嫩。草痕青寸寸。　　把
酒花边低问。莫解寒深红损。等待春风晴得稳。琵琶重整顿。以
上二首见阳春白雪卷六

赵希囤

　　希囤，汴人，端平二年(1235)进士。

临　江　仙

天宇沈寥山气肃，云寒树立无声。读书岩下石纵横。红尘飞不到，
溪水自澄清。　　疏影暗香沙路古，何妨曳杖闲行。巢林冻雀不
曾惊。晚钟穿翠霭，来共话平生。淳祐辛亥岁嘉平月既望，赣曾原一、汴赵
希囤同游独秀峰之阴，循山而东，径益幽窅，徘徊久之。希囤赋此，书于崖壁。　　历代
词人考略引石刻拓本

江万里

　　万里字子远，号古心，都昌人。生庆元四年(1198)。太学上舍出
身。度宗朝，同知枢密院事，进参知政事，忤贾似道，予祠，复又拜左丞
相兼枢密使，匄祠，退居鄱阳。元兵至，城陷，赴止水死，赠太师益国公，
谥文忠。

水调歌头 寿二亲

生日重重见，馀闰有新春。为吾母寿，富贵外物总休论。且说家怀
旧话，教学也曾菽水，亲意尽欣欣。只此是真乐，乐岂在邦君。

吾二老,常说与,要廉勤。庐陵几千万户,休戚属儿身。三瑞堂
中绿醑,酿就满城和气,端又属人伦。吾亦老吾老,谁不敬其亲。

截江网卷六

萧廷之

廷之本名挺之,字天来,号了真子,福州人。从彭耜游,耜授以金
丹秘要。著有金丹大成集。

西江月 十二首

两手辟开混沌,坦然直露丹宗。日魂月魄自西东。牢捉莫轻放纵。
　　外道邪魔缩项,相将结宝中宫。九还七返片时功。皆赖黄婆
相送。

又

默运乾坤否泰,抽添妙在屯蒙。起于复卦剥于终。温养两般作用。
　　沐浴要防危险,吹嘘全藉离风。工夫还返入坤宫。火足不宜
轻弄。

又

要识真铅真汞,都来只一根源。烹煎火候妙中玄。不是知音难辨。
　　采取莫差时日,仍分弦后弦前。玉炉一霎火烧天。无位真人
出现。

又

莫问九三二八,无过阴偶阳奇。大都离坎结夫妻。要识屯蒙既未。

若遇一阳起复,便堪进火无迟。只因差失在毫厘。野战更宜仔细。

又

鼎器法天象地,坎离连用无差。夫妻相会入黄家。共说无生妙话。

雨意云情了当,领头驾动河车。搬归顶上结三花。牢闭玉关金锁。

又

拨动顶门关捩,自然虎啸龙吟。九还七返义幽深。出入不离玄牝。

运用玉炉火候,鼎中炼就真金。强兵战胜便收心。妙在无伤无损。

又

一二复临养火,兔鸡沐浴潜藏。分明变化在中央。结就玄珠片饷。

还返归根脱体,守城抱一堤防。黄庭来往是寻常。恍惚之中纵放。

又

夹脊双关透顶,此为大道玄门。金丹只是此宗根。大要知时搬运。

温养守城野战,华池玉液频吞。玉炉常使火温温。采药审他老嫩。

又

调燮火工非小,差殊只在毫厘。鼎炉汞走黑铅飞。从此恐君丧志。

须共真师细论,无令妄动轻为。幽微玄妙最深机。言语仍须避忌。

又

九曲江头逆浪，霎时冲过天心。昆仑顶上水澄澄。酝就琼浆自饮。　　便向此时采取，河车搬运无停。阴阳一炁自浮沉。锁闭玉关牢稳。

又

药产西南坤地，金丹只此根宗。学人著意细推穷。妙绝无过真种。　　了一万般皆毕，休分南北西东。执文泥象岂能通。恰似哑人谈梦。

又

金液还丹大道，古人万劫一传。倾心剖腹露诸篇。接引直超道岸。　　莫怪天机泄尽，此玄玄外无玄。留传后代与名贤。有目分明觑见。

按以上十二首又见鸣鹤馀音卷八，无撰人姓名。

南乡子　十二首　西南乃产药之地，因此故为名

真汞与真铅。产在先天与后天。大要知时勤采取，玄玄。得穴何愁不作仙。　　进火要精专。审究前弦与后弦。屯卦抽添蒙卦止，难传。毫髪差殊不结丹。

又

两手擘鸿濛。慧剑飞来第一峰。外道修罗惊缩项，神通。造化元来在掌中。　　煅炼玉炉红。橐籥吹嘘藉巽风。十月脱胎吞入

腹, 坤宫。立见三清太上翁。

又

温养象周天。须要微微火力全。爱护婴儿惟藉母, 三年。运用抽添象缺圆。　　牛斗会河边。拾取玄珠种玉田。定意如如行火候, 精专。剖腹分明说与贤。

又

生甲更生庚。此是丹头切要明。药嫩采来归土釜, 煎烹。文武刚柔次第行。　　片饷结丹成。沐浴防危更守城。到此不须行火候, 持盈。火若加临必定倾。

又

木兔与金鸡。刑德临门有偶奇。炉内丹砂宜沐浴, 防危。神水溶溶满玉池。　　年月日并时。刻里工夫一例推。著意研穷丹造次, 毫厘。十月殷勤自保持。

又

鼎器法乾坤。上是天元下地元。若也更能颠倒运, 交番。阖辟循环在八门。　　搬运上昆仑。龟与蛇儿自吐吞。百尺竿头牢把线, 掀援。从此元神命永存。

又

关锁自周天。升降循环三寸田。不在嘘呵并数息, 天然。九转无亏火力全。　　胎息漫流传。要在阴阳不可偏。呼吸吹嘘皆赖巽, 绵绵。妙在前弦与后弦。

又

复卦起潜龙。戊己微调未可攻。九二见龙临卦主,神通。从此炉
中次第红。   泰卦恰相逢。猛火烧乾藉巽风。炼就黄芽并白
雪,奇功。还返归坤道始穷。

又

识得水中金。煅炼烹煎理更深。进退抽添须九转,浮沉。温养潜
龙复与临。   妙运自天心。托仗黄婆配丙壬。酝就醍醐山顶
降,频斟。慢拨无弦一曲琴。

又

长子到西方。少女归乾变六阳。便好下功修二八,堤防。至九方
知道自昌。   牛斗共商量。巧夺天工妙莫量。离坎夫妻交媾
后,难忘。始觉壶中日月长。

又

白雪与黄芽。两味精华共一家。采择辨时衰与旺,堪夸。火候毫
厘不可差。   顶上结三花。驾动羊车与鹿车。乌兔往来南北
面,交加。从此天河稳泛槎。

又

尽净露天机。只恐时人自执迷。颔下藏珠当猛取,休迟。道在身
中更问谁。   尘网忽抛离。百岁年华七十稀。莫待老来铅汞
少,堪悲。业报前途难自欺。以上二十四首见道藏金丹大成集

朱 涣

涣字行父,号约山,庐陵(今江西吉安)人。生淳熙年间。登嘉定
十六年(1223)进士。官大理寺丞,衡州守。寿八十馀卒。

百岁令 寿丁大监

濂溪先生曰:莲,花之君子者也。我判府都运大监,则人之君子者
也。以君子之生值君子花之时,静植清香,二美辉映。某也辄假斯意,
作为乐府,以祝千岁寿云。

瑞芳楼下,有花中君子,群然相聚。笑把箭蒯露沤_{按此句缺一字,}来
庆黄堂初度。净植无尘,清香近远,人与花名伍。六郎那得,这般
潇洒襟宇。　　运了多少兵筹,依红泛绿,向俭池容与。歌袴方腾
持节去,未许制衣湘楚。紫禁荷囊,玉堂莲炬,遍历清华处。归寻
太乙,轻舟一叶江渚。_{截江网卷四}

齐天乐 游洞岩记

白云封断仙岩路,重重洞门深窈。翠竹笼烟,苍崖溅瀑,古木阴森
回抱。坛空不老。锁一片莓苔,几丛莎草。试把桃源,较量风景是
谁好。　　乘鸾人去已久,只今惟有,鹤飞猿啸。树拥香幢,泉敲
玉佩,疑是群仙重到。尘氛可笑。久志慕丹台,梦思蓬岛。愿挹英
游,细参梨与枣。_{见元王礼麟原文集卷一}

周 弼

弼字伯弜,汶阳人。文璞之子。嘉定间进士,江夏令。

二郎神 西施浣沙碛

浪花皱石，飐夜月、欲移还定。想白苎烘晴，黄蕉摊雨，人整斜巾照领。翦断鲛绡何人续，黯梦想、秋江风冷。空露渍藻铺，云根苔毵，指痕环影。　　　重省。五湖万里，谁问烟艇。料宝像尘侵，玉瓢珠锁，羞对菱花故镜。领略鸦黄，破除螺黛，都付渚蘋汀荇。春醉醒，暮雨朝云何处，柳蹊花径。

浣　溪　沙

朴朴精神的的香。荼蘼一朵晓来妆。雏莺叶底学宫商。　　　著意劝人须尽醉，扶头中酒又何妨。绿窗花影日偏长。以上二首阳春白雪卷六

黄时龙

　　　　时龙字同甫，号野桥。周弼汶阳端平诗隽卷二有送黄同甫诗。

浣　溪　沙

雨歇花梢月正明。映帘人静绣灯昏。鸳鸯成字便停针。　　　笑启玉奁明酒晕，缓寻金叶熨香心。一春情绪此时深。阳春白雪卷六

夜　行　船

十四弦声犹未断。星月上、西墙一半。却手休弹，含情微妩，报道春宵短。　　　银烛纱笼须早办。不住地、金蕉催劝。别院人归，小窗灯静，自把花枝看。

虞　美　人

卷帘人出身如燕。烛底粉妆明艳。羯鼓初催按六么。无限春娇都上、舞裙腰。　　画堂深窈亲曾见。宛转楚波如怨。小立花心曲未终。一把柳丝无力、倚东风。以上二首阳春白雪卷七

陈云厓

　　　　陶梁词综补遗以陈云厓为即陈芸崖(陈璧),未知所据,今分编。周弼汶阳端平诗隽卷三有送陈云厓游三衢诗。

玉　楼　春

琼奴家与章台并。路远可怜归梦近。波头浪语脸红潮,镜面频思眉翠晕。　　年年花月年年病。花月无情人有恨。欲将此恨寄湘流,又恐湘流流不尽。阳春白雪卷五

谒　金　门

春昼永。接叶鸣禽相应。风定落红香一径。疏疏窗竹影。　　寂寞年时酒病。远笛悠悠吹醒。闲上层楼天又暝。云山青不尽。阳春白雪卷七

陈东甫

　　　　阳春白雪卷六有谭宣子摸鱼儿“怀云崖陈乘车东甫时游湘潭”词。乐雷发雪矶丛稿有“陈东甫酒间举作归心只有杜鹃知之句犹未成篇因为续之”“赠别陈东甫吴尚书钟公”二诗。
　　　　词综补遗据谭宣子词,以陈云厓、陈东甫为昆季,疑非。(据词题似

是一人）

谒　金　门

西风竹。风入翠烟□蠹。红小阑干知几曲。声声敲碧玉。　　窗下凤台银烛。断梦已惊难续。曾伴去年庭下菊。夜阑听雨宿。全芳备祖后集卷十六竹门

　　按此首别误作陈汝羲词,见花草粹编卷三。别又误作陈亮词,见广群芳谱卷八十五竹门。

长　相　思

花深深。柳阴阴。度柳穿花觅信音。君心负妾心。　　怨鸣琴。恨孤衾。钿誓钗盟何处寻。当初谁料今。阳春白雪卷五

望　江　南

芳思远,南苑惜春时。翠柳枝柔金笛怨,碧桃花老玉笙悲。风日正迟迟。阳春白雪卷六

黄　中

　　中号澹翁,婺州(今浙江金华)人。

瑞鹤仙　用陆淞韵

睡馀抛倦枕。忆篆鼎香销,起来慵整。晴光破清冷。正柳黄梅淡,染金匀粉。茶瓯隽永。试经行、桐花旧井。记前回、未绿鸥波,近日燕芹青尽。　　因省。春风如旧,人面何归,对时伤景。楼高望迥。潮有信,雁无准。任相如多病,沈郎全瘦,都没音尘寄问。便

做无、阿鹊频频，可能睡稳。阳春白雪卷五

李曾伯

　　曾伯字长孺，号可斋，覃怀人。寓居嘉兴。庆元四年（1198）生。
宝祐中进士，通判濠州。历官湖南安抚使，进观文殿学士。又知庆元
府，兼沿海制置使。有可斋类藁。

水龙吟 甲申潼川玩月

西风吹上牛头，天涯慰此人情耳。斜阳任晚，青山全似，故人知己。
迤逦归来，须臾懒去，桂华犹未。待冰轮推上，梧桐树了，更儿是、
点儿几。　　满眼碧天如洗。便分明、水晶宫里。区区玩事，一觞
一咏，一灯而已。欲待无眠，争如且恁，有无穷意。怕嫦娥，隔窗偷
看，须下却、帐儿睡。

又 甲午寿尤制使

几年野渡孤舟，萧然袖此经纶手。归来廊庙，从容进退，祖风犹有。
小队环花，轻艘漕玉，暂临金斗。把诗书帷幄，期年坐啸，尘不动、
依依柳。　　好是公堂称寿。正元戎、阃垣开后。旌旗才举，胡雏
马上，闻风西走。一点阳春，无边德泽，淮山长久。待官军，定了长
安，貂蝉侍、未央酒。

又 己亥寿史督相

明堂一柱擎天，眼看黄阁空诸老。平生方寸，班班四字，诚心公道。
玉帐云旗，金城露布，尚勤征讨。向淮头蜀口，一时做就，安石传、
孔明表。　　谈笑妖氛如扫。看整齐、乾坤都了。衮衣赤舄，归来

廊庙,雍容师保。三相一门,双亲千岁,人间蓬岛。举黄封,细唱调羹,官梅上、正春早。

又 庚子寿史丞相

东南一气当春,便从黄钺登台斗。紫皇举此,亨屯济泰,属之公手。淮浦烽销,未央觞献,捷传清昼。庆太平朝野,骎骎重见,昔淳化、今嘉祐。　　史观年编新就。看勋庸、光前垂后。三槐鼎盛,双椿盘固,古今希有。宴侍龙颜,骅承鹤髮,相期长久。问前朝,相业谁同,八九十、迈文富。文潞公九十,富郑公八十。

又 寿游参政

岷峨寿佛东来,手移斗柄春寰宇。经纶事业,诗书流出,时为膏雨。载采三阶,炳丹一念,雍容枢辅。望岩廊风范,扬休山立,真汉相、殆天与。　　国步时当如许。赖明堂、倚空一柱。苍生引领,整齐中夏,奠安西土。多士相期,直须无愧,范韩文富。且梅边一笑,春风祝公,寿介东鲁。

又 丁未约诸叔父玩月,期而不至,时适台论

举杯长揖常娥,高情怜我霜髯白。婆娑树底,老蟾何物,千秋一色。一镜高悬,肺肝洞烛,了无尘隔。任亿千万里,同然玉界,都不管、天南北。　　老子萍蓬踪迹。对西风、几番行役。平生玩事,从头细数,山川历历。明月明年,知它何处,能如今夕。惜无人共我,登楼酹古,一笑横笛。

又 和韵

少年管领良宵,直须醉待东方白。而今老去,何忧何乐,不空不色。

桐影横斜,桂香摇落,仙凡奚隔。怅银桥梦断,玉箫声杳,人如在、楚天北。　　冷眼乾坤陈迹。笑英雄、等为形役。庾楼袁舫,浩歌长啸,壮游曾历。万里瑶台,乘风归去,不知何夕。对冰轮孤负,欠千钟酒,与三弄笛。

又 和韵

归来袖手江湖,不妨左右持螯白。凉宵幸对,一轮端正,娟娟秋色。万宇冰清,千林霜缟,更无云隔。对金茎露冷,铜壶漏静,梧阴转、画桥北。　　堪叹平生辙迹。算纷纷、为谁驱役。兔蟾应笑,蝇蜗累我,中年虚历。抖擞吟情,徘徊舞影,可怜佳夕。怅力微心在,梦中一曲,似黄楼笛。

又 戊申寿八窗叔

归来三见梅花,年年借此花为寿。八窗轩槛,月边竹畔,数枝开又。姑射肌肤,广平风度,对人依旧。把离骚读遍,椒兰荃蕙,奚敢及、众芳首。　　幸与岁寒为友。任天公、雪僝霜僽。香名一点,西湖东阁,逊逋曾有。金鼎家毡,玉堂椽笔,倘来斯受。且巡檐、管领先春,林外事、付庖酒。

又 己酉寿广西丰宪

几番南极星边,樽前常借南枝寿。今年好处,冰清汉节,与梅为友。老桧苍榕,婆娑环拱,影横香瘦。把草庭生意,蛮烟尽洗,都付与、风霜手。　　岭首小春时候。看明宵、桂轮圆又。此人此地,此花此月,宜诗宜酒。把绣归来,调羹金鼎,西湖春后。愿玉奴、岁与素娥不老,共人长久。

又　和丰宪题林路铃梅轴韵

小窗香雾笼葱,砚寒金井频呵冻。老坡仙去,新声犹寄,绿毛么凤。瘦脸盈盈,不禁偃傺,雪浓霜重。赖墨池佳致,草成玄白,聊以此、当清供。　　长记月明曾共。捻虬髯、几番孤耸。春风一点,著公翠袖,撩人清梦。逮尔何如,西湖惯见,影斜芗动。要岁寒得友,岂容无竹,倩谁添种。

又　辛亥和吴制参赋雪韵

元英燕罢瑶台,玉妃满地花钿委。山川幻出,剡溪梁苑,齐宫郢里。半点瑕无,一团和就,珠圆琼碎。任谢家儿女,庭前争诧,盐空撒、絮风起。　　夜入蔡州城里。问官军、果谁堪比。饮羔烹凤,众宾一笑,直聊尔耳。寒耸玉楼,冻呵金井,属公诗史。更须持大白,浩歌黄竹,为丰年喜。

又　乘雪登仲宣楼,和前韵

玉龙飞下残鳞,千岩万壑皆填委。乾坤一色,不知身隔,蓬莱几里。疑是瑶英,盛开元圃,被风敲碎。倚危楼极目,长江渺处,浑错认、沙鸥起。　　依约青帘遥指。记山家、酒香无比。访梅江路,何时归唤,小苍长耳。孙案袁门,不妨高卧,足娱书史。且摩挲霜鬓,嘲吟冰箸,共荆人喜。

又　席间诸公有赋,再和

琅琅环佩三千,一楼玉立中端委。瑶琚碾就,襄王故国,屈平遗里。多少铅华,飞琼涂抹,一时捼碎。记少年驰逐,银杯缟带,几番被、鸡呼起。　　冷入重貂如水。鬓丝丝、叹非前比。羔儿满泛,狮儿

低唱,飘风过耳。冰释边忧,春生民乐,欢形佐史。倩何人蜚奏,五
云天上,助吾君喜。

醉蓬莱 丁酉春题江州琵琶亭,时自兵间还幕,有焚舟之惊

倚栏干一笑,旧日琵琶,何处寻觅。独立东风,吹未醒狂客。沙外
青归,柳边黄浅,依旧自春色。极目长淮,晴烟一抹,不堪重忆。

老子平生,萍流蓬转,昔去今来,鸥鹭都识。拍拍轻舟,烟浪暗天
北。自有乾坤,江山如此,多少等陈迹。世事从来,付之杯酒,青衫
休湿。

又 戊子为亲庭寿,时方出蜀

是人生好处,仕宦归来,享清闲福。屈指吾翁,恰八年荆蜀。星火
丛中,风涛局上,转青天匀粟。轺传欣还,里闾相庆,双鬓犹绿。

为报中朝,如今老子,肯把貂蝉,换取松菊。西舍东邻,正新篘初
熟。屋仅一椽,田姑二顷,剩种花莳竹。缓引金钗,细斟琼斝,唱长
生曲。

又 乙酉寿蜀帅

把东南温厚,天遣西来,试薰风手。一佛人间,与峨眉长久。玉帐
旌旗,金城鼓吹,笑乌奴歌酒。狐兔烟清,貔貅月淡,凯音新奏。

元祐明时,中朝司马,记得边人,岁问安否。勋业如今,
□□□□□。公衮沙堤,归来无恙,有西湖花柳。更借当年,一龟
一鹤,伴千秋寿。

又 丁亥寿蜀帅

有擎天一柱,殿角西头,手扶宗祐。万里鱼凫,倚金城山立。亭障

惊沙,毡裘卷地,倏度黄龙碛。玉帐从容,招摇才指,顿清边色。

见说中天,翠华南渡,一捷金平,胆寒西贼。帝锡公侯,更高逾前绩。箕尾辉腾,昴街芒敛,看清平天日。周衮归来,凤池麟阁,双鬓犹黑。

又 代寿昌州守叔祖

记石湖佳句,为海棠花,合来西蜀。不道东州,更香霏情淑。汉竹光中,召棠阴里,想清欢未足。少驻旌麾,姑留樽俎,待春风曲。

见说吾家,丹溪老子,万籤名堂,孙枝犹馥。南极星边,正魁星明烛。五马归来,一龟无恙,访旧松新菊。从今长伴,西山一佛,镇岷江绿。

又 寿别制垣

问江东父老,十数年来,谁为安石。万里鲸波,一柱独山立。汉橐班高,郢斤名重,喜动旌旗色。虎踞龙盘,有人于此,千载犹昔。

好是元戎,护寒旧手,到处人传,争道公别。办取风樯,指顾定南北。只恐为霖,玉麟堂小,留不住台席。一片仁心,寿身寿国,与同箕翼。

又 丙午寿八窗叔

自陇头垂谱,调鼎传家,典刑犹有。岁岁芳期,报小春时候。仙骨非凡,生香不断,标格蕙兰右。江路孤山,水边雪际,为渠诗瘦。

白玉堂前,青毡席上,孰谓无人,有如此酒。得意春风,且占万花首。会看常娥,移栽月殿,肯向桂华后,应笑家林,枯松厌塞,岁寒堪友。

又 庚戌寿章仓

正阳生一脉，绣日添长，台云书瑞。劲节昂霄，仁意雪霜里。粟庾
红陈，草扉绿茂，襦袴蔼千里。马熟车轻，铃斋曾到，从容游戏。

好是邦人，能言世美，犹爱其棠，而况其子。洞里桃花，岁月任渠
记。一点梅梢，为传消息，有东皇知己。倚看明年，相逢贡袜，曳星
辰履。

六州歌头 和陈次贾韵饯其行

桂香深处，倾盖岭之西。云南外，曾指点，是弮鞬。酌玻璃。嵾带
江山里，挥银笔，摛绮句，湖海气，羞蓬弱，吐虹霓。回首烟尘碌碌，
公家事、自笑痴儿。盍田园归去，耕钓侣黔黎。月夕花时。恣吟
题。　　怅荆州路，同北望，剡谿兴，又东驰。雄边上，夸前躅，壮
新基。灿宸奎。客问西陲事，公莫惜，语教知。秋城梦，箝却骑，舞
闻鸡。休作中年离恨，聊拚取、一醉如泥。梅边佳致，逸兴与逋齐。
人在苏堤。

摸鱼儿 和陈次贾仲宣楼韵

对楼头、欠招欢伯，和风吹老芳讯。凭阑面面蒲萄绿，依约碧岑才
寸。无尽兴。纵燃竹烹泉，亦自清肠吻。凭谁与问。旧城郭何如，
英雄安在，何说解孤愤。　　铜鞮路，极目长安甚近。当时宾主相
信。翩翩公子登高赋，局面还思著紧。乘暇整。谩课柳评花，援镜
搔蓬鬓。江平浪稳。怅我有兰舟，何人共楫，毋作孔明恨。

八声甘州 庚戌重九约诸友登龙山，阻雨

拟龙山、把酒酹西风，西风苦无情。似秋容不受，骚人登眺，特地悭

晴。依稀两三过雁,何处是方城。目断危楼外,山远烟轻。　　且
对黄花一笑,叹浮生易老,乐事难并。唤遏云低唱,檐溜任霏铃。
问何如、乌纱折角,把芳名、盖取晋参军。东篱下,阴晴不管,输与
渊明。

又 庚戌寿郑丞相

有厐眉、扶杖岘山来,举觥寿南山。道天怜赤子,相逢钧播,久望毡
还。幸际君王神武,上宰是甘盘。少运风霆手,整顿何难。　　好
个霜天时候,听雁门新雁,眺远凭阑。想经纶心上,一点炳如丹。
抚舆图、真儒事了,把勋庸、留在鼎彝看。八千岁,四明洞府,一佛
人间。以上双照楼本可斋杂稿卷之三十一

沁园春 丁酉春陪制垣齐安郡圃曲水之集

形胜风流,乐事良辰,一时四并。正榆更新火,觞浮曲水,那堪上
巳,又是清明。赤壁功名,东坡文字,俯仰人间无古今。诗书帅,对
烽烟静昼,俎豆添春。　　水边天气催人。便须认杨花雪样生。
慨英风满席,思旌绵上,清谈束阁,肯记兰亭。安得长绳,高悬碧
落,系住画檐红日阴。柔桑外,听鸣鸠唤雨,全胜流莺。

又 庚寅为亲庭寿

鸿禧主人,一闲半年,未尝厌闲。谓有溪可钓,有田可秣,有兰堪
佩,有菊堪餐。羽檄秋风,胡笳夜月,多少勋名留汉关。如今且,效
樽罍北海,歌舞东山。　　门前。咫尺长安。但只恐纶音催禁班。
把鹭鬓数茎,更因民白,鸥心一片,犹为君丹。蓝绶儿痴,彩衣家
庆,倦羽伶俜江汉还。春光小,看庭闱岁岁,一笑梅间。

又　代为亲庭寿

轩冕倘来，功名杯水，行藏倚楼。把方略评梅，工夫课柳，精神伴鹤，谈笑盟鸥。草檄寻樵，移文问钓，任江上东南风未休。君知否，问如今绿野，胜似青油。　　从伊万户封留。算得似团栾歌笑不。怕魏阙兴思，高车驷马，江湖难著，缓带轻裘。雪意何如，新醅熟未，乐事良辰聊献酬。后今去，更八千椿算，才一春秋。

又　代寿直院陈文昌

今代清流，北斗以南，文昌一星。对露门进读，銮坡演翰，琐闱批敕，宝牒成文。笔下权衡，胸中律度，礼乐人才俱讨论。鸳行里，羡才高片玉，辉映条冰。　　几年简在吾君。便须把诗书开太平。笑诸公炙手，昔成何事，一贤冷眼，今独修名。花底退朝，槐边听制，一武商岩霖雨新。金罍举，对春风九十，岁岁平分。

又　乙未代寿尤制帅

天下中庸，千载一灯，传之自公。有涵洪雅量，陂澄千顷，坚凝定力，壁立孤峰。佐鼎调梅，参帷借箸，略试斯文经济功。听淮鹤，暂素丝揽辔，玉帐分弓。　　朝来鼓角声雄。庆元帅新除初度逢。任西风局面，人皆颎洞，福星堂上，我独从容。草檄传燕，开门释蔡，了却中原公衮东。归廊庙，把格天勋业，与宋无穷。

又　壬寅饯余宣谕入蜀

画舸呼风，长剑倚天，壮哉此行。指洞庭彭蠡，遍观吴楚，瞿塘滟滪，直上峨岷。帝语春温，军声秋肃，手济时屯开泰平。天应是，念蚕丛父老，公为更生。　　眼看四海无人。今天下英雄惟使君。

想驰情忠武，将兴王业，抚膺司马，忍咎吾民。净洗甲兵，归来鼎
辅，定使八荒同一云。经营事，比京河形势，更近函秦。

又 庚子登凤凰台，和壁间韵

漫浪江头，三听秋砧，一登故台。望烟芜莽苍，令人目断，风樯掀
舞，何日眉开。把酒新亭，围棋别墅，老气当时何壮哉。江东事，百
年无恙，全是时才。　　　　纷然竞付轻埃。还水绕赏心东向淮。叹
阿奴侪辈，因人碌碌，乃翁材略，馀地恢恢。凤阙天高，鹭洲潮落，
约取白鸥归去来。阑干外，英雄陈迹，一酹琼杯。

又 再和

绮阁香销，玉砌梦残，凄凉旧台。对御沟红叶，一番木落，宫墙黄
菊，几度花开。水溯岷源，山联吴会，目送征鸿安往哉。都休问，六
朝人物，谁拙谁才。　　　　平生衮衮烟埃。记匹马当年荆蜀淮。叹
凋零殆尽，词源已竭。消磨未去，酒量犹恢。八跪蟹肥，四腮鲈美，
客有可人招不来。油幢暇，凭栏一笑，相与传杯。

又 和广文叔有季秋既望之约不及赴

目断长空，手拍危栏，高兴酒浓。拟招呼短艇，追陪飞盖，一餐湘
菊，共赋芙蓉。雁字沉秋，雅林噪晚，几陈萧萧雨更风。空凝伫，不
如一鹤，随意西东。　　　　堪嗟乐事难逢。愧元伯、巨卿千里从。望
文星聚彩，交辉吴分，天飚吹翅，独隔昆蓬。野墅荒烟，败荷衰草，
人在可怜憔悴中。还相念，愿持觥薄罚，别许从容。

又 自和即事

雨抹晴妆，脩眉镜清，寸碧翠浓。对蒹葭尽处，丛丛烟树，池塘侧

畔，面面芙蓉。千百栖乌，两三过雁，时有婆娑一笛风。斜阳里，更青帘半卷，在小桥东。　　佳人何日重逢。问还肯扁舟载酒从。笑平生劲概，寸心如铁，中年老态，两鬓成蓬。荷锸栽蔬，腰镰刈稻，且寄西郊图画中。空回首，望五湖鸥鹭，心事容容。

又　再和

秋岂悲人，人不悲秋，比春更浓。有蕙兰丰度，尚存芳菊，牡丹文献，犹在芙蓉。举蟹持醪，得鲈作鲙，晋宋间人有此风。休轻笑，彼柴桑傲吏，醒醒篱东。　　携壶与客还逢。愿时许先生杖屦从。叹尘踪如寄，鸥凫江海，性真聊适，蜩鹦蒿蓬。刮眼青天，惊心黄叶，立尽梧桐月正中。凄然久，看物情终竟，不似春容。

又　甲辰饯尤木石赴九江帅

大江之西，康庐之阴，壮哉此州。有舳舻千里，旌旗百万，襟喉上国，屏翰中流。弹压鲸波，指麾虎渡，著此商川万斛舟。青毡旧，看崇诗说礼，缓带轻裘。　　十年泉石优游。久高卧元龙百尺楼。正九重侧席，相期岩弼，一贤砥柱，聊试边筹。了却分弓，归来调鼎，得见茂洪何复忧。谈兵暇，问琵琶歌曲，无恙还不。

又　甲辰寿王总侍

北固台端，南渡后来，无此伟人。自从容佐鼎，光华揽辔，几年中外，属目经纶。万灶炊烟，千艘漕雪，手整江淮如掌平。诗书效，看马腾士饱，酒好兵精。　　平生。馀事功名。岂管葛诸人能拟伦。暂牙筹游戏，小淹惟月，金瓯注想，便合为霖。沆瀣一襟，风流八咏，秋入诗坛如许清。为公寿，有黄花不老，长伴香名。

又 饯邓季谦赴班

揽秀岷峨,著鞭江淮,诸公所奇。对塞垣烟淡,相随弓剑,城楼月
落,几共灯棋。驿柳摇黄,溪桃涨绿,稳趁春风度玉塠。亨衢去,看
紫微红药,太乙青藜。　　　孤山若放梅时。莫忘却扬州曾有诗。
怅英游难驻,堪怜只影,中年易感,祇付双眉。珍重交情,勉旃时
用,回首岫云从此归。能相忆,有好音遗我,在水之湄。

又 饯税巽甫

　　　唐人以处士辟幕府如石温辈甚多。税君巽甫以命士来淮幕三年
　　矣,略不能挽之以寸。巽甫虽安之,如某歉何。临别,赋沁园春以饯。
水北洛南,未尝无人,不同者时。赖交情兰臭,绸缪相好,宦情云
薄,得失何知。夜观论兵,春原吊古,慷慨事功千载期。萧如也,料
行囊如水,只有新诗。　　　归兮。归去来兮。我亦办征帆非晚归。
正姑苏台畔,米廉酒好,吴松江上,莼嫩鱼肥。我住孤村,相连一
水,载月不妨时过之。长亭路,又何须回首,折柳依依。

又 丙午登多景楼和吴履斋韵

天下奇观,江浮两山,地雄一州。对晴烟抹翠,怒涛翻雪,离离塞
草,拍拍风舟。春去春来,潮生潮落,几度斜阳人倚楼。堪怜处,恨
英雄白髮,空敝貂裘。　　　淮头。虏尚虔刘。谁为把中原一战收。
问只今人物,岂无安石,且容老子,还访浮丘。鸥鹭眠沙,渔樵唱
晚,不管人间半点愁。危栏外,渺沧波无极,去去归休。

又 丙午和淮安朱赞府韵,以同在丙寅安陆围中,朱八
十馀矣

紫金山前,铁骑围中,惟公尚知。怅当时卯角,鱼犹同队,如今缟

鬓,鸥已忘机。故垒荒榛,群贤拱木,畴记官军夜战时。不图见,独岁寒不改,老气犹奇。　　嗟哉月驶舟移。四十载光阴昨梦非。叹荷薪弗克,祗惭弓冶,肩柴却扫,绝望簪圭。菌短椿长,鹪微鹏巨,天分当然何足疑。闻公里,有磻溪堪钓,盍亦云归。

又 丙午寿常丞叔

大疏归来,小阮适闲,喜同此时。问垂弧历载,几番遥祝,举觞华旦,相会良希。颂以松椿,酌之椒柏,预卜明年百事宜。春犹浅,趁雪晴梅放,且和新诗。　　公虽厌直兰闱。如正色朝端当宁知。看大廷诸老,争推前席,吾家五祖,自有传衣。暖律初回,要津立上,卿相时来皆可为。祈公寿,与东君不老,南极齐辉。

又 庚戌初度自赋

弧矢四方,江汉一萍,少年壮游。叹而今老矣,只宜野服,欲何为者,还著轻裘。匹马萧萧,孤鸾杳杳,城郭重来空白头。西风里,对一番新月,又获花秋。　　依然千古荆州。问刘表诸人还在不。向亭前举酒,不堪北顾,船头击楫,忍负中流。远水长天,淡烟衰草,还是当时王粲楼。何如且,倩吴歌楚舞,一洗新愁。

又 月夜自和

嗟戛铄翁,对婵娟月,怀汗漫游。怅江湖幸有。季鹰鲈鲙,田园忍负,晏子狐裘。丹桂开时,青蘋渺处,家在三吴天尽头。庭皋静,又一番叶落,天下皆秋。　　少年弓剑边州。惊转首黄粱还梦不。叹悠悠千载,关山无恙,滔滔一水,岁月俱流。镜老菱花,笛悲芦叶,新雁数行人倚楼。君知否,把眉峰蹙破,岂为身愁。

又 中秋约僚佐观击圆,登怀远,用前韵

唤麹生来,与常娥约,从太守游。把玉箫声寄,萧关短笛,霓裳曲换,清塞重裘。桂影飘摇,桐阴立尽,多少征人霜满头。油幢暇,不掀髯一笑,辜负中秋。　　斗杓蠢处中州。还有解闻鸡起舞不。看鸣弦中鹄,穿杨电激,飞球戏马,策策星流。绣帽归军,玳簪环客,薄晚同登庾亮楼。浮生事,是几番玩月,何苦多愁。

又 以雨不克登楼,用前韵

麹生来言,素娥寄声,偶阆苑游。问去年今夕,逢余桂岭,前年今夕,见子莵裘。何事尘劳,启人厌倦,痴兔老蟾因缩头。宜珍重,要相期后会,直待来秋。　　休休。莫舞凉州。岂巫女风姨相妒不。枉停歌准拟,冰轮东上,持杯顾恋,银汉西流。一笑天悭,四并时少,应负珠帘十二楼。呼蕉叶,且与生酌古,排遣牢愁。

又 钱总干陈公储

百尺楼头,奇哉此翁,元龙后身。当壮年襟度,百川鲸吸,平生出处,一片鸥轻。冷淡逋梅,淋漓旭草,但见风雷笔下生。荆州幕,觉坐间小异,乃有斯人。　　牙樯喜色津津。正江影涵秋无点尘。对白蘋黄苇,且供诗卷,紫薇红药,却演丝纶。举酒延蟾,倚栏闻雁,应念征人归尚春。君王问,尽不妨细说,万里戎情。以上双照楼本

可斋杂稿卷之三十二

水调歌头 甲申春利州漕廨玩月闻琴和周晅仲韵

一段太清境,谁幻出阶坳。不知身住何处,爽气逼霜袍。但见人间一样,似夜又还非夜,栖鸟不安巢。认得在尘世,禁鼓二更敲。

最忱看,来竹底,上梅梢。几家朱户,不如儿女醉蓬茅。谁把琴声三弄,不管骚人幽趣,似向曲中嘲。长啸赋赤壁,有酒更无肴。

又 再和

夜永厌银烛,移步下堂坳。秋风昨梦少年,高兴鹄成袍。世上痴儿睡去,历历江山细数,孤鹘啸危巢。地静未容去,门掩不妨敲。

转巍阑,低画〔桷〕(桷),落寒梢。南楼老子争似,短笛一椽茅。无色界间长啸,不夜城中高卧,随意弄诗嘲。洗斝要更酌,为我问佳肴。

又 丙戌寿蜀阃

千一载英杰,百二国山河。提封几半宇宙,万里仗天戈。十乘晋军旗鼓,三岁秦关肩锁,地利属人和。位次功第一,未数鄮侯何。

建青油,持紫荷,听黄麻。乾坤整顿都了,玉殿侍羲娥。且醉东湖花柳,却泛西湖舟楫,留不住岷峨。谁为语儒馆,浓墨被诗歌。

又 代寿昌州守叔祖

三蜀最佳处,昌是海棠州。清香燕寝闲暇,人与地风流。十万人家寿域,六七十翁儿状,眉寿祝公侯。谁为语廊庙,且许寇恂留。

过书云,才几日,纪千秋。祖孙卮酒相贺,庆事袭箕裘。自有诗书万卷,安用田园千顷,松菊足优游。持以寿公者,梅尊伴清修。

又 丁亥重阳登益昌二郎庙楼

老子世北客,家本住吴头。登临聊复尔耳,佳节懒为酬。刚被西风断送,又为黄花牵帅,草创作斯游。目力眇无际,更上一层楼。

对长江,流不尽,古今愁。凭栏正拟一笑,襟抱怯于秋。高处令人心悸，放旷舒怀何暇，好趁醒时休。留取江湖量，归去醉中州。

又 丁亥送方子南出蜀

行客送行客，况又值新秋。莼乡此去万里，先我上扁舟。三载乌奴聚首，异县乡情对语，乘月几登楼。去去远蜀口，日日望吴头。

丹青手，描不就，此离愁。半生萍梗江汉，别恨最绸缪。远水长空一色，风顺波平如掌，雁序际天游。故旧有相问，犹滞剑南州。

又 丁未沿檄过颖寿

骤雨送行色，把剑渡长淮。西风咄咄怪事，吹不散烟霾。才是橙黄时候，早似梅边天气，寒意已相催。老子尚顽耐，仆马苦虺隤。

叹平生，身客路，半天涯。飞鸢跕跕曾见，底事又重来。回首白云何处，目送孤鸿千里，去影为徘徊。篱菊渐秋色，杜瓮有新醅。

又 和吴鹤林舍人送杨帅韵

万里长淮北，青是汉时山。几年壁垒相望，高枕度春闲。不道草庐豪杰，手袖伊吾长剑，驰志在楼兰。钟鼓令秋肃，毡罽胆冰寒。

诗书帅，金横带，玉为鞍。天生如结数辈，虏岂易江南。京索成皋此际，东郭韩卢俱困，故老正争看。琳檄未能草，冯铗直空弹。

又 庚子寿制阃别尚书

岘山羊叔子，江左管夷吾。勋名掀揭宇宙，金匮侈丹书。两载风寒卧护，一柱狂澜屹立，形势壮陪都。功业笑儿辈，别有大规模。

看东归，游凤沼，转鸿枢。不应廊庙人物，犹佩玉麟符。好是茅峰仙客，更与钟山佛子，同日庆垂弧。一饮共千岁，永永辅皇图。

又　庚子送周畛仲赴江东幕

簪履盛元幕,领袖属英游。登车揽辔馀事,何止客诸侯。看尽巫云
岷雪,却访庐峰溢浦,砥柱赞中流。百叠青山路,一片白蘋洲。

　　今日事,风涛上,一虚舟。长江万顷寒碧,犹谓马能浮。况是眼
前局面,心腹忧如边角,胜著赖帷筹。谈笑济时了,勋业迈前修。

又　辛丑送胡子安赴远安

风卷江湖浪,举足是羊肠。峡山知在何处,榛莽更凄凉。不为渊明
五斗,直为班超万里,雅志未能忘。耿耿富襟抱,行计有诗囊。

　　溯吴头,逾楚尾,界瞿塘。从它昵昵燕语,留不住征樯。芳草天
涯弥望,着我飞凫来去,在在可徜徉。持此见刘表,抵掌与谈王。

又　甲辰中秋和傅山父韵

幻出广寒境,罗袜净无尘。素娥风格分明,玉骨水为神。手揽清光
盈掬,眼看山河一色,阅尽古今人。对影且长啸,一酌瓮头春。

　　千万顷,琉璃色,楚天清。庾楼袁舫何事,汩汩主和宾。但见老
蟾无恙,不管镜圆钩阙,寒暑任相更。此夕幸无雨,何惜放颜醺。

又　幕府有和,再用韵

碾就一轮玉,扫尽四边尘。白乎不涅不磷,千古此丰神。领略常娥
体态,寂寞谪仙材调,四海岂无人。安得金丹诀,长驻玉颜春。

　　镜圆明,冰样洁,水来清。良宵难值如许,何惜且留宾。拟唤桓
伊三弄,影转画檐西畔,钟鼓趣残更。肺腑尽霜雪,麴蘖不能醺。

又 再和

久欲乘槎去,间阔几仙尘。乾坤炯炯不夜,造化抑何神。谁道二分
无赖,到处一轮都满,天未始私人。今夕果何夕,非夏亦非春。

风露下,明作哲,圣之清。纷纷浮世代谢,燕客与鸿宾。欢恨离
愁尽扫,谢赋鲍诗高束,一枕听严更。尔自屋梁落,吾已醉醺醺。

又 送制参向君玉归里

薄酒长亭别,饱饭故园归。两年婉婉席上,甘苦每同之。骐骥群中
独步,麋鹿兴前不瞬,孰可与争驰。力挽不能寸,健翮遽斜飞。

经营事,艰难状,老天知。区区塞马得失,一笑付观棋。用则风
云万里,不用烟霞一壑,两鬓未应丝。回首乌樯外,鸥鸟自忘机。

又 乙巳九月寿城获捷,和傅山父凯歌韵

壁垒壮西塞,形势古州来。九重庙算经远,边隙肯轻开。整顿金城
千仞,遮护风寒数处,蛇豕敢当哉。惆怅倚长剑,扫未尽烟埃。

骑连营,桥列栅,木成排。老酋鱼釜视我,孰与障吾淮。横槊冲
围四出,北府牢之何勇,新进喜多才。老子可归矣,击壤乐春台。

又 幕府有和,再用韵

枣颍上秋色,朔漠寇南来。斧螗锋蜩梦集,腥雾扫难开。细看眼前
局面,惊落人间匕箸,砥柱者谁哉。熊虎贾馀勇,狐兔等轻埃。

炮雷轰,戈日耀,阵云排。不图风定波息,谈笑静长淮。休诧穿
杨妙手,乘早阗篮抽脚,谁拙又谁才。束起楼兰剑,归钓子陵台。

又 戊申和八窗叔为寿韵

壮志小鹏背，万里欲乘风。马瘏裘敝，老来无复旧游重。楚尾吴头
蜀口，三十载间陈迹，衮衮水之东。休说射雕手，且学钓鱼翁。

奚为者，聊尔耳，此山中。壶觞自引，不妨换羽与移宫。蓬矢桑
弧何事，朝菌大椿皆分，识破色俱空。掬润弄明月，长啸倚青松。

又 再和

鸿雁未应到，可怪此番风。木犀天气，何事爽逼夹衣重。长记呼韩
塞下，每向飞廉声里，占见马蹄东。今且闭门睡，都不管山翁。

李北平，班定远，魏云中。纷纷成败，任取勋业纪南宫。幸得明
朝无雨，定是中宵有月，莫放酒尊空。起舞弄庭叶，清影伴岩松。

又 招八窗叔托疾再和

一番蓼花雨，几阵桂枝风。杖藜多暇，准拟同醉小山重。底事阮郎
清致，苦托休文瘦损，咫尺阻西东。秋色浩如许，岂可欠诗翁。

门前事，都莫问，付杯中。纷纷蛮触等耳，富贵大槐宫。何惜振
衣而起，相与凭栏一笑，抵掌共谈空。佳客倘不至，推枕卧云松。

又 戊申送厉守赴濡须漕

缔好恨不早，觌面雅相知。璿星楼上，一见天产此英奇。功在淮梁
砥柱，政蔼汉扶襦袴，仅借寇恂期。懊恼剑花冷，手欲鲙鲸鲵。

濡须坞，咽喉地，腹心谁。公其揽辔凭轼，勋业笑谈为。贯索旄
头息焰，斗极泰阶动色，归佐太平基。客有问仆者，只说在渔矶。

又 己酉宿樟原驿得雨

之子问行役,火伞正当天。酷哉几可炙手,流汗满襟沾。仆仆长亭古道,人在竹舆何似,甑釜受蒸煎。帝悯苍生热,救下九龙渊。

命丰隆,驱屏翳,起蜚廉。神工一炊黍顷,爽气遍垓埏。洗涤山河尘土,转作清凉境界,物类举醒然。稽首谢天赐,伸脚快宵眠。

又 题临江驿和徐意一韵

君莫厌行役,易尔此非难。人情无已、久阴忧潦霁忧乾。借得庭轩一榻,忘却征涂炎暑,小驻沦龙团。世路任渠险,襟抱五湖宽。

叹平生,环辙迹,已苍颜。梅花雪片万里、奚又絷南冠。应是江山好处,犹待推排老眼,天未许休官。莫忆故园竹,日日报平安。

又 庚戌寿静斋叔

乔木老盘谷,仙李盛峨岷。参横井转,月边犹赖有长庚。传得丹溪正派,更是平庵宅相,夷路早蜚英。十载星沙幕,一片玉壶冰。

题舆了,千万里,尽云津。渚宫小驻,不妨谈笑对秋城。四去凭熊驾驷,东下握兰持橐,衮衮看峥嵘。愿借鹫峰桂,岁以寿金觥。

又 辛亥中秋和陈次贾,用坡仙韵

万里净无翳,一镜独当天。老蟾痴兔顽甚,阅世几何年。任尔炎凉千变,不改山河一色,爽气逼人寒。何必乘槎去,直到斗牛间。

叹常娥,元不嫁,只孤眠。古今遗恨,不能长似此宵圆。我有竹溪茅舍,办取金风玉露,一笑四并全。细和坡仙句,低唱教婵娟。

以上双照楼本可斋杂稿卷之三十三

满江红　丁丑登均州武当山

镇日山行，人倦也、马还无力。游历处，总堪图画，足供吟笔。涧水
绿中声漱玉，岭云白外光浮碧。信野花、啼鸟一般春，今方识。

真可羡，林泉客。真可叹，尘埃役。想希夷冷笑，我曹踪迹。七
十二峰神物境，几千万壑仙人室。待身名、办了却归来，相寻觅。

又　甲申春侍亲来利州道间

衮衮青春，都只恁、堂堂过了。才解得，一分春思，一分春恼。儿态
尚眠庭院柳，梦魂已入池塘草。问不知、春意到花梢，深多少。

花正似，人人小。人应似，年年好。奈吴帆望断，秦关声杳。不
恨碧云遮雁绝，只愁红雨催莺老。最苦是、茅店月明时，鸡声晓。

又　甲申寿蜀阃

天顾坤维，烦紫气、来从南斗。鞭才定，匆匆塞上，咏薇吟柳。少借
日边霖雨望，教知天下风云手。听吾民、争说近年无，前朝有。

平安夜，舒长昼。笳鼓静，笙歌奏。记西湖五月，藕花时候。待
把雁门冠带了，归来麟阁丹青旧。放蜀山、万点入樽罍，为君寿。

又　甲午宜兴赋僧舍墨梅

姑射山人，仙去后、唯存标格。犹赖有、墨池老手，草玄能白。留得
岁寒风骨在，岂烦造化栽培力。有世间、肉眼莫教看，非渠识。

元不夜，枝何月。元未腊，花何雪。最孤高不受，多情轻折。只
有暗香天靳予，黄金作指难为术。更若将、解语付真真，空成色。

又 丁未初度自赋

老去生涯,都付与、一丘一壑。功名事,惭非好手,几逢危著。走马
鬥鸡年少趣,椎牛酾酒军中乐。到而今、浑似梦中看,休休莫。

江湖路,西风恶。霄汉志,秋云薄。更那堪州铁,铸成重错。当
贵买臣毋足羡,知非伯玉真能觉。问心期、应有海翁鸥,山人鹤。

又 八窗叔和,再用韵

竹马同游,平生志、相期霄壑。今老矣,儒冠宁误,戎装徒著。卷起
鲸鲵江海事,放教禽鸟山林乐。问尚堪、舞剑渡河无,公应莫。

粟可饭,衣从恶。秫可酒,茶胜薄。但此身长健,老天不错。竹
院昼闲参内景,蒲团夜坐披圆觉。愿此生、无愧北山猿,西湖鹤。

又 再和

小小池亭,仿佛似、洛川岩壑。天付与、老身游戏,馀生吃著。剩喜
酒能消世虑,翻疑书解妨人乐。听两翁、白雪寄新词,愁言莫。

毋自叹,蒿莱恶。甘自味,廇盐薄。对乱花丛竹,翠红交错。元
亮悦闻亲友话,羲之常恐儿曹觉。望碧云、休忆女乘鸾,人骑鹤。

又 再和

既作闲人,便应付、此身沟壑。不应更,将愁半点,寸心中著。责子
渊明徒自苦,忧君范老何时乐。纵一嘲、一咏欲奚为,何如莫。

不自鄙,葵蔬恶。还肯荐,茅柴薄。任侯门海陆,杂陈珍错。有
暇盍联车骑过,相忘勿遣诗情觉。怕家僮、无处买莼鲈,烹琴鹤。

贺新郎 甲申代亲庭送崔菊坡出蜀

万里归朝去。倚江亭、绿波碧色，一川晴絮。赢得威名留草木，玉
垒雪山高处。未应减、平淮裴度。见说金瓯书字久，待公来、便作
商岩雨。休忘却，蜀都赋。　　　　旌旗回首春城暮。听檐头、飞燕似
把，人情低诉。两两三三鸥鹭里，拍拍船儿一羽。算惟有、清芬载
取。百万人家儿样恋，恨柳风、不为留连住。离梦绕，沙堤路。

又 己丑为亲庭寿

满酌荆州酒。望莱庭、斑衣拜祝，俾吾亲寿。玉水雪楼游宦地，近
访甘棠依旧。逢父老、颂声盈口。争道蜀边劳数载，也真宜、略伴
云横岫。小儿辈，任成否。　　　　东皋十月梅开后。想亲朋、团栾一
笑，从容觞豆。塞上弓刀成底事，不过腰金如斗。算不直、渊明株
柳。只恐鲸鲵无计取，更须烦、绿野持竿手。看勋业，国长久。

又 庚戌和薛制参赋雪韵

将谓霏微雨。恍朝来、虚檐生白，寒侵冒絮。拟和盐花凌谢韫，巧
思翻成金注。谁寄我、雪车冰柱。酿熟羊羔炉拥兽，羡画楼、金帐
调宫羽。人应共，回风舞。　　　　围场校猎淮云暮。记当时、银杯缟
带，网禽置兔。老去不禁鞍马力，独对愁吟似甫。问一棹、剡溪何
处。愿与铁衣春解戍，把梁园、旧话供儿语。孤梅外，梦魂度。

又 再和

才过黄花雨。问长堤、依依万柳，未春何絮。一目河山银幻出，惊
诧夜光流注。巍观矗、玉为云柱。风卷寒芦迷过雁，渺沧波、莫认
沙鸥羽。千万蝶，空中舞。　　　　霸桥寂寞前溪暮。耸诗肩、霜裘拥

貔,月毫挥兔。记得梅奴曾索笑,解珮如逢交甫。今孤垒、寒烟深
处。休说鹅池平蔡事,庆新年、一稔欢相语。持大白,勿虚度。

又 辛亥初度自赋

幸得闲中趣。问何为、倏逾桂岭,重来荆渚。唤醒门前弧矢梦,钩
月相辉初度。谩羞听、军中鼙鼓。马上弓刀成底事,仅平明、筛入
襄州去。能不愧,古羊杜。　　此生何以酬明主。怅新来、鬓毛添
白,衰容如许。三万貔貅齐贾勇,好为一清狐兔。看柳色、大堤如
故。世事付之杯酒外,那棋边、得失都休语。来共看,雁儿舞。

念奴娇 壬午徽州道间

黄梅过雨,望隔林、一缕长烟浮碧。亟拥征鞍寻午梦,卧看青山排
闼。扫户风清,拂檐云淡,爽气生萧髪。黄粱惊觉,子规枝上啼彻。
　　堪羡麦熟蚕成,酒香鸡嫩,风味农家别。幸有住山供活计,何
苦江湖南北。菊老陶园,瓜荒邵圃,空负干时策。洛阳三顷,胜如
金印六国。

又 见郑文昌于上柏

平生宦海,是几番风雨,几番霜雪。绿野来归身强健,镜里微添华
髪。剑束床头,书寻架上,富贵轻于叶。南坡石竹,年来尤更清绝。
　　好是梅坞松关,对湘溪一曲,翠屏千叠。柱杖篮舆诗卷里,尚
小东山勋业。只恐鸥盟,难忘鹤怨,未是闲时节。片云收却,照人
依旧明月。

又 丙午和朱希真老来可喜韵

云胡不喜。得抽脚篮中,安身局外。世路风涛都历遍,几度眉攒心

碎。八尺藤床,二升粟饭,方寸恢馀地。翻云覆雨,从伊造物见戏。不见刻木牵丝,鸡皮鹤发,弄罢寂无事。随分风光堪领略,聊放疏狂些子。刘项雌雄,跖颜修短,无彼亦无此。茅檐高卧,不知春到花底。

又　己酉振鹭驿和黄茶坡韵

浮生如寄,叹征尘驱我,担簦西去。烟嶂云屏相迎送,几幅鹅溪缣素。挥汗流金,饮冰漱玉,桃叶呼前渡。若将有意,道傍一鹭延伫。

细读壁上龙蛇,太丘笔在,更著茶坡句。樽酒十年今白髪,不改江流东注。胜概难逢,旅怀易动,信美非吾土。恨无六翮,长风万里高举。

满庭芳　丙午登多景楼和王总侍韵

浪拍金鳌,春浮铁瓮,气清天朗如秋。江皋无事,飞盖强追游。万顷蒲萄光里,风樯共、塔影悠悠。人间事,年华似掷,一水与俱流。

绸缪。千古恨,纷纷离合,晋宋曹刘。望长安何处,落照西头。往事苍苔陈迹,夷吾在、吾属何愁。清樽畔,谁能为我,一曲舞梁州。

又　丙午宜兴山间

山接平芜,烟横远墅,修眉淡抹晴妆。菊梅交际,天未十分霜。几许无穷秋思,空凝伫、衰柳斜阳。溪头路,黄芦一片,凫雁两三行。

平章。风景似,画图一幅,著我徜徉。山中无事,聊尔适吾狂。不用登临感慨,青帘外、新酒堪尝。何为者,东家宋玉,千古叹凄凉。

瑞鹤仙 戊申初度自韵

百年过半也。怅壮心零落,鬓星星也。风儿渐凉也。近中秋月儿,又初生也。田园暇也。矍铄哉、是翁也。记当时,弧矢垂门,孤负四方志也。　　休也。牙签插架,玉帐持麾,总成非也。浮生梦也。皇皇欲、奚为也。趁身闲、随分粗衣淡饭,一笑又何妨也。问神仙,底处蓬莱,醉乡是也。

喜迁莺 乙未中秋同诸北客玩月于颍州之南楼

轻云暮卷,望澄空如水,千里一碧。菱镜冰悬,桂轮玉碾,喜见中原秋色。老蟾炯炯无翳,阅尽尘寰今昔。堪恨处,度霓裳曾到,长生宫阙。　　坐客。休叹息。看此清光,天岂限南北。便好乘风,为持玉斧,修取山河如一。西湖旧时花草,会遣嫦娥重识。从今去,举太平玩事,长如今夕。

声声慢 赋红梅

红绡剪就,绛蜡镕成,天然一种仙姿。竹外家风,凄凉俭薄为宜。东君苦怜消瘦,强教伊、傅粉匀脂。较量尽,胜夭桃轻俗,繁杏粗肥。　　好是新妆雅态,对疏蟾淡淡,薄雾霏霏。迥出红尘,轻盈玉骨冰肌。犹嫌污人颜色,谁云似、虢国娥眉。香韵别,怕满园、蜂蝶未知。

又 和韵赋江梅

修洁孤高,凌霜傲雪,潇然尘外丰姿。一白无瑕,玉堂茅舍俱宜。飘飘羽衣缟袂,都不染、富贵膏脂。调羹事,看水边清瘦,雨后红肥。　　偏爱春工尚浅,向南枝信透,东阁香霏。翠袖犹寒,不禁弱质柔肌。浑如故人邂逅,聊相与、一笑开眉。归去晚,任帘栊、深闭未知。

青玉案　癸未道间

栖鸦啼破烟林暝。把旅梦、俄惊醒。猛拍征鞍登小岭。峰回路转,月明人静,幻出清凉境。　　马蹄踏碎琼瑶影。任露压巾纱未伣整。贪看前山云隐隐。翠微深处,有人家否,试击柴扄问。

又　丁未寿八窗叔

去年曾借梅为寿。转眼垂弧小春又。一笑巡檐清影瘦。雪边聊且,收香藏白,少俟融和透。　　新来东阁高吟就。金鼎家声自依旧。唤取玉妃重举酒。百花头上,一枝芳信,终属东君手。

好事近　甲申春益昌作

春在粉墙西,墙里不知春色。惟有桃花一树,似故园曾识。　　晚来携客上南楼,山外又山隔。准拟清明何处,问东风知得。

柳梢青　丙戌送陈仁父赴班

万里青天,西来后我,先我东归。夜月鞭筹,春风幕府,鹗荐争推。　　杯行到手休辞。道秋菊、春兰有时。若到松江,莫惊鸥鹭,记取坡词。

虞美人　己亥春

韶华只隔窗儿外。病起昏于醉。花开花落总相忘。惟有梦随胡蝶、趁春忙。　　故园芳草应如旧。只恨人消瘦。拟凭飞燕语归期。挤却牡丹开了、有酴醾。

减字木兰花　丙午和朱希真韵

无可不可。还你天公还我我。味触声香。尽付庄周蝶满床。
谩天不过。留取心机休用破。净几明窗。乐取闲中日月长。

又　再和

如何则可。我亦不知其谓我。隐几焚香。对酒一壶书一床。
知仁观过。浑沌翻怜谁凿破。寄傲南窗。堪羡渊明滋味长。

西江月　宜兴山间即事

不暖不寒天气，无思无虑山人。竹窗时听野禽鸣。更有松风成韵。
　　竟日蒲团打坐，有时藜杖闲行。呼童开酒荐杯羹。欲睡携书
就枕。

又　再和

排遣新寒有酒，追寻旧隐无人。四山朔吹又冬鸣。吹送午钟馀韵。
　　过眼霜高木落，寄心月驶云行。归欤闭户饱藜羹。世事华胥
一枕。

糖多令　庚戌六月赴荆阃，宿江亭

枫荻响飕飕。长江六月秋。二十年、重到沙头。城郭人民那似旧，
曾识面、两三鸥。　　落日且登楼。英雄休涕流。望黄旗、王气东
浮。借问烟芜苍莽处，还莫是、古襄州。

点绛唇　辛亥饯陈次贾归

懒上巍楼，楚江一望天无际。漫游萍寄。莫挽东流水。　　一片

秋光，直到山阴里。人还记。戍边归未。更忆鲈鱼美。

摸鱼儿 送窦制幹赴漕趁班

趁西风、且登黄鹤，挥毫先奏秋赋。燕山桂种清芬在，人物翩翩如许。堪羡处。长安近、蟾宫相继金闺步。佳哉盛举。看精淬龙泉，厚培鹏背，自此要津去。　　荆州事，多幸乡情相予。几番灯桁棋墅。转头江阔轻帆速，梦入吴松鸥鹭。君记取。旧王粲、曾言信美非吾土。故人相语。为细数艰难，满头雪白，无奈戍边苦。

又 壬子初度

对垂弧、引觞一笑，凄凉薄分天赋。丁年驰鹜弓刀后，报国孤忠自许。堪叹处。今老矣，强颜犹踵邯郸步。安能远举。谩目送征鸿，梦劳胡蝶，无计便归去。　　清闲禄，旧说天公靳予。何时松菊村墅。生非燕颔鸢肩相，岂是觚棱鹓鹭。收拾取。休直似、文渊定远空怀土。阿戎可语。待乞得身还，屏伊世累，甘受作诗苦。

朝中措 送管顺甫赴漕

少年随分赋鹦洲。得意桂花秋。今日送君行色，梦和月到南楼。　　材名仲父，辞华季子，香满南州。勉力中流击楫，直须连钓鳌头。

齐天乐 壬子和陈次贾为寿韵

少年塞上秋来早，昴街尚馀芒曜。举目关河，惊心弧矢，顾我岂堪戎纛。几番风诰。愧保障何功，恩隆旒藻。笑指呼鹰，露花烟草忆刘表。　　头颅如许相与，岁寒犹赖有，白髮公道。对月怀人，临风访古，往事凄凉难考。何时是了。莫驰志伊吾，贪名清庙。松菊归来,稽山招此老。

八声甘州　壬子饯帅机沈好问

正莼鲈佳梦绕吴乡,牙樯忍轻离。向仲宣楼上,凭高举酒,几共灯
棋。曾记少陵留咏,出幕合持麾。飞盖长安去,华贯平跻。　　好
是倚门迎笑,恰野堂云壑,菊后梅时。庆凤雏新长,携手奉莱衣。
抚孤松、绝胜细柳,念征人、徒老玉关西。归来也,幅巾藜杖,办取
追随。

又　壬子九日约诸幕客游龙山

领青油车骑出郊坰,来游晋龙山。喜水天澄霁,稻畦镰净,榆塞戈
闲。登高谩酬佳节,一笑破苍颜。剩泛茱萸菊,杯莫留残。　　休
说参军往事,意当时凝眺,不到长安。赖座间小异,豪气眇尘寰。
到如今、只成佳话,记封姨、曾荐众宾欢。吾曹事,有如此酒,要共
弹冠。

又　自和

怅浮生、俯仰迹成空,依然此江山。对秋容如画,天长雁度,水阔鸥
闲。追游未甘老态,凭酒借红颜。归骑斜阳外,柳老荷残。　　幸
对黄花时节,喜宾朋晤语,烽火平安。仅风巾一笑,名尚满人寰。
要流芳、相期千载,肯区区、徒恋片时欢。姑聊尔,招呼楚调,慰藉
南冠。

满庭芳　壬子谢吕马帅送蟹

八足横戈,一身衷甲,将军致尔来前。呼僮解缚,亟荐泽虞鲜。族
类横行草地,今骈首、鼎镬连连。荆江上,不图霜后,风味似吴天。

晴川。千里外，分甘遗远，多谢勤拳。对香粆新酒，一洗腥膻。慰我吟情归思，都忘却、张孟鲈鳊。持螯了，老饕作赋，佳话楚乡传。以上双照楼本可斋杂稿卷之三十四

哨遍 和陈次贾为寿韵

大块赋形，皇览揆予，俾尔昌而寿。嗟壮游。岁月老征裘。向秋来、顿如蒲柳。桂开又。鲈莼蟹橙正美，故人应忆传杯手。想薛荔岩峦，梧桐庭院，当时风景依旧。对斜阳、极目倚危楼。问一舸、何时过吴头。乘下泽车，戴华阳巾，锦衣游昼。　　　犹。客有名流。交情金石襟期厚。双湖烟艇里，剑锋紫气冲斗。剩妙墨淋漓，清歌发越，未应独步诗千首。待挂了衣冠，来寻杖屦，陪君此乐须有。到如今、不愿酒泉侯。愿生入、玉门早归休。任远人、从问安否。梁园宾客虽富。谁出相如右。相逢身健，时平无事，是处溪山明秀。与君举斝若为酬。有年年、人月长久。

水龙吟 癸丑二月襄阳得捷，和刘制参韵

黄旗吉语飞来，胡儿已落将军手。吾皇神武，一新城郭，断谟天授。铁骑才临，雕戈竞逐，击蛇先首。快风驱雨洗，江空谷静，淮沘上、似之否。　　　此事老臣何有。想捷传、延英方昼。玉颜应笑，金瓯堪保，贺声交口。吾责免夫，吾归可矣，萧然一叟。把功名，分付诸公，聊自赏酒盈斗。

又 和韵

荆州咫尺神州，几番得失孙刘手。山河天险，东南牖户，钺何轻授。泪落碑存，鹤归城是，不堪回首。喜大堤草色，镇长春在，羊与陆、孰能否。　　　风景依然吾有。柳营深、铁衣闲昼。摩云胜气，追戎

马足,走蛮狐口。往事纷纷,付之蛮触,想忘庄叟。有人焉,中夜闻鸡,剑光正烛牛斗。

又 和幕府贺策应

吾皇神武中兴,直须整顿舆图旧。岂惟天顾,岷峨一角,但西其首。遮护咽喉,扶持气脉,宁无医手。有庙谟先定,傍观何待,留侯蹑、魏侯肘。 天眷我家仁厚。盛英才、载量车斗。中流孤艇,千钧一髪,老夫何有。休对秋风,移宫换羽,吟无绝口。看福星,太乙临梁,此房自不能久。

又 送馆人管顺甫父子赴省

梅边连辔偕来,柳边先我观光去。一门椿桂,尊君孙盛,小儿文举。黄鹤联登,横翔雕鹗,健凌鹦鹉。趁霜晴春小,南宫问讯,又同奏、明光赋。 从此青云阔步。看龙门、锦标双取。荆州时事,不妨大对,细陈当宁。久要论交,中年语别,不堪离绪。约杏园,得意归时,吾已在浙江浒。

满江红 得襄阳捷

千古襄阳,天岂肯、付之荆棘。宸算定、图回三载,一新坚壁。狼吻不甘春哨岨,马蹄又踏寒滩入。向下洲、一鼓扫群胡,三军力。 连帅是,并州勣。宾佐有,雍丘逊。赖因人成事,同心却敌。见说陈尸三十里,投鞍委甲如山积。待老臣、为作岘樊铭,镌诸石。

又 和刘仓咏雪

推枕闻鸡,正怪得、乾坤都白。元是有、福星临照,至和薰出。缘饰夜城疑不夜,瀰漫色界成无色。更摛词、巧欲夺天葩,尤殊特。

貂帽拥，寒何力。羔酿举，情何极。欠开樽细挹，梅花标格。十万铁衣冰到骨，祈天只愿王师息。想家童、日办剡中舟，溪头立。

又 用前韵送刘仓

荡节将行，原隰尽、花毡铺白。人羡道、青丝辔整，红蕖幕出。宇宙中间无点翳，水天上下俱同色。向个中、著此玉为人，真英特。

元自得，融和力。浑不管，凝寒极。看福星临照，政敷民格。且访桃源仙世界，亻宁传梅驿春消息。定明年、拜表贺端闱，螭坳立。

八声甘州 送□制参分司□□，兼摄守漕

自当年、种柳向西门，古今号名州。对风声策策，浪涛衮衮，又是新秋。暂为江山弹压，谁得似贤侯。夜观灯〔棋〕(祺)里，几共边筹。

休效季鹰高兴，为莼羹鲈鲙，遽念吴头。且安排维楫，相与济中流。看邦人、尽歌襦袴，愿紫皇、乞与福星留。令人忆，数行过雁，月在南楼。

又 用前韵答和史制参

续仲宣、一赋小呼鹰，声名满荆州。向宾筵游戏，毫端月露，皮里阳秋。遍历文书刁斗，何患不封侯。横槊风烟表，独占诗筹。　　见说眉攒心事，在岷峨乡国，落日西头。怅英豪遗恨，都付大江流。伟平生、经纶雅志，把重弓、聊为汉关留。中秋近，何如载酒，一笑登楼。

又 和刘仓贺蜀捷

自六朝、用武诧荆州，襟喉重疆陲。更西风似箭，峡江如线，事势夔夔。须仗中流砥柱，天付治平谁。甚矣吾衰矣，将老东篱。　　休

说纷纷往梦,任阴平邓艾,骆谷姜维。向棋边聊且,官事了痴儿。雨未阴、毋忘户牖,挂长绳、系不住铜仪。空遐想,桃源春媚,安得追随。

又 　癸丑生朝

对西风、先自念莼鲈,又还月生西。叹平生霜露,而今都在,两鬓丝丝。当年门垂蓬矢,壮岁竟奚为。磊落中心事,只有天知。　　　多谢君恩深厚,费丁宁温诏,犹真驱驰。看弓刀何事,终是愧毛锥。愿今年、四郊无警,向酒边、多作数篇诗。山林下,相将见一,舍我其谁。

又 　和韵

问秋光、乞得一宵闲,满引玉东西。喜亲朋咸集,宴酣真乐,非竹非丝。坎止流行付分,岂尽是人为。试向君平卜,还可前知。　　　自笑头颅如此,奈乌轮难系,驹隙如驰。慨壮图已矣,指地不须锥。任从渠、翻云覆雨,愿老于耕钓乐于诗。三军事,天家自有,大将为谁。

又 　借八窗叔韵寿之

仿离骚、览揆度新讴,空云霭乌丝。把长庚才调,小施筹笔,犹处囊锥。鸾枳鹓滩发轫,指日问朝衣。雪片梅花外,已露南枝。　　　休羡汉疏晋阮,记当年楚产,同是家儿。怅岁华如许,同官复同时。引宫商、细赓郢唱,向樽前、谁为一歌之。蓬壶侣,长春不老,有美人兮。

又　寿刘舍人

记当年、虏压顺昌城,直欲付靴尖。赖君家乃祖,笑麾白羽,净洗腥
膻。荆州甘棠蔼蔼,浓墨字犹鲜。少出拿云手,整顿青毡。　　　好
个嫩凉天气,想闻鸡听雁,意气犹忺。看相将喜事,眉色已黄占。
祝君龄、有如此酒,举金罍、须放十分添。还知否,封侯事业,正在
华颠。

又　中秋小集无月

问嫦娥、僝僽厌看人,唯复厌人看。正凉宵准拟,招延素魄,慰藉苍
颜。廉纤梧桐细雨,吹彻玉箫寒。仿佛山河影,只在云端。　　　又
似去年今夕,枉教人惆怅,立尽阑干。想菱花尘匣,憔悴女乘鸾。
恨无从、一登天柱,约宾朋、随分荐清欢。持杯祝,老蟾无恙,留待
明年。

朝中措　用八窗叔韵送教忠制机省亲之行

灯棋三载客边头。江汉等萍浮。一片白云关念,对床夜雨难留。
　　堂堂事会,相期柔楫,共济泾舟。今岁雁来应早,着鞭莫待深
秋。

又　就酌菖酒饯教忠,再用韵

南风吹棹过吴头。聚散付云浮。且共一杯怀楚,须期万户封留。
　　藕花时候,五湖烟雨,西子扁舟。转首梦回残角,征人塞上新
秋。

又 癸丑寿安观使

夜来南极十分明。申月应生申。小范龙图老子,大苏玉局仙人。擎天健手,家传方略,功在峨岷。看取芝封夜下,归来尽展经纶。

贺新凉 巧夕雨,不饮,啜茶而散

可恨经年别。正安排、剖瓜植竹,拟酬佳节。应为犁锄机杼懒,天遣阿香磨折。翻一饷、廉纤凄切。寂寞金针红线女,枉玉箫、吹断秦楼月。清漏静,楚天阔。　　东皋且愿三农悦。任从渠、鹊桥蛛网,一番虚设。挽取天河聊为我,尽洗西风残热。休懊恼、云生巫峡。底用乞灵求太巧,看世人、弄巧多成拙。姑止酒,命茶啜。

又 甲寅春闻襄寇退

晓听平安报。信荆州、古今形胜,金汤天造。落日岘山陈迹在,依旧大堤芳草。叹紫塞、黄尘未扫。水合水生来又去,赖胡雏、犹畏熊当道。薇柳戍,甚时了。　　乞身屡上笺天表。感恩深、丁宁帝语,许同方召。自愧黔驴无伎俩,桑土绸缪盍早。空手袖、剑锋懊恼。要鲙鲸鲵封京观,愿汉廷用壮臣年老。毋更取,仲华笑。

又 自和酬书院诸丈

梦觉闻鸡报。问岷边、晋家城郭,旧邦新造。谁遣平明旌旆入,人说当年草草。犹幸把、腥埃俱扫。对越老苍方寸在,任酉渠、远度龙堆道。还又过,一春了。　　少年意气轻三表。到如今、名惭小范,功卑前召。赖有把茅归去是,乘此抽身须早。何苦受、天来烦恼。报国丹忠虽未泯,奈长卿已病文渊老。聊把酒,仰天笑。以上

醉蓬莱 癸丑寿吕马帅

问金城方略,数十年来,谁堪称许。万福威名,草木识淮浦。西顾天
长,中流地重,著此巨鳌柱。见说棋边,风声鹤唳,胆落胡虏。
老子家声,六韬亲授,渭水归来,非熊非虎。江汉滔滔,建大将旗鼓。
弧矢开祥,节旄迎渥,勋业纪盟府。好对芳天,莺花未老,金樽频举。

又 书院延桂有集,不及与

自鹫峰曾见,金粟如来,犹有英烈。碧玉琅玕,点缀碎琼屑。不御纷
华,独餐沆瀣,比众芳殊别。好向凉宵,无风无雨,宜露宜月。
身在山中,名香天下,全似幽人,一种修洁。解使多愁,对此亦纾悦。
绿绮窗前,乌云鬓侧,休为玉人折。剩赋新词,满倾佳醑,为成三绝。

又 灯前想像胜集,和韵

问前身应在,香醉山中,今存风烈。佳夕招延,清论度飞屑。玉斝盈
盈,金英点点,标格侬家别。好个凉天,更无滴雨,只欠些月。
菊客兰兄,纷纷侪辈,纵尔芬芳,输我高洁。鼻观先知,羞取俗颜悦。
解后成欢,从容挹爽,何羡广寒折。我有高吟,为君纪此,一段奇绝。

又 和韵

大不逾粟许,飘散人间,直恁清烈。管领芳樽,底事不渠屑。中夜庭
前,小山丛畔,韵度从来别。那更今年,留连秋色,将傍菊月。
堪羡纱窗,胆瓶斜浸,浅酌低讴,人花双洁。恼杀多情,一见一回悦。
生怕朝来,梧桐过雨,把花神摧折。倩取骚人,黄香作传,笔未宜绝。

又　寿八窗叔

指梅花雪片，问讯八窗，南枝开未。一点春风，消息岭头寄。太白精
神，广平韵度，是岂众芳拟。东阁吟边，水清月淡，不妨游戏。
犹记双湖，几番初度，持酒相期，以花为比。鼎味家传，须向玉堂里。
吏隐南昌，未应高兴，香在岁寒际。倩取瑶姬，花前一唱，寿吾仙李。

沁园春　饯余蜀帅

天顾坤维，持橐秉旄，屈公此行。正地雷观象，一阳将复，天星验
数，五福初临。汉指才宣，蜀民相贺，百万氄倪犹更生。先声布，便
胆寒西贼，关塞无尘。　　休嗟往事营营。要清献、乖崖相拟伦。
看作新精彩，叶符气运，转旋机括，元在人心。奖率三军，扫清万
里，从此西南开太平。功成后，却归来廊庙，细展经纶。

又　和邓季谦通判为寿韵

老子家山，近古苏州，有监本呆。叹长途荷担，斯宜已矣，急湍鼓
枻，岂不危哉。我爱陶潜，休官彭泽，为三径荒芜归去来。君恩重，
奈边戈未偃，阃毂犹推。　　东南休运将回。幸天日清明公道开。
把孤忠自许，我心匪石，一真难灭，人口如碑。青眼旧交，黑头新
贵。快九万里风鹏背培。诗筒寄，正多情未已，聊解君颐。

又　赋静斋叔溪堂

我爱临川，簪绂丛林，有宅一区。记谢墩名字，百年犹在，平泉孙
子，三世重居。皂盖新营，青毡旧识，此复古春秋宜大书。奇哉事，
信当时种子，下到工夫。　　笑渠。驷马门间。是几往过之凡几
墟。喜尚存遗爱，甘棠在在，无穷生意，茂草如如。载酒寻盟，论诗

3578 全 宋 词

结社,想田可秫兮园可蔬。应须念,古㕙亭乔木,无恙还无。

兰　陵　王

甚天色。苦问桃红李白。伊祈氏,沙际才归,依约春回晓烟湿。老寒犹煞忒。景物。中年惯识。天应遣,雨洗风梳,柳睡花眠尚无力。　　名园谩他适。任黄四栽培,殷七奇特。一年好处须寒食。待花畔携酒,酒边索句,春馀太半未须急。记旧隐幽寂。　　我亦。几时得。归检点苔封,评品梅格。教看林下休官一。与莺花分界,渔樵争席。抚松长啸,芳菲事,尽渠惜。

江　神　子

白妃卷絮逐风颠。透朱帘。向空漫。剪出冰花,偏爱腊前看。能费化工多少力,千万里,尽同天。　　歌楼清赏记当年。玉人占。绣衾寒。老去孤高,世虑肯咨煎。争似小窗梅影下,聊一笑,付无言。

浪　淘　沙

昨夜雨兼风。断送残红。老寒犹自著帘栊。为问香篝人语道,翠被还重。　　何处有疏钟。惊起匆匆。惜春休放酒杯空。芳草天涯寒食又,归兴尤酽。

哨　遍

天限长江,云扰中原,一局持棋势。汉将谁。盍为扫清之。彼伎犹、黔驴而止。客亦知。何材不生斯世。丁宁屡费君王旨。向马首论诗,灯前观剑,岂无差强人意。幸崆峒麦熟且休师。又焉用陈琳檄书飞。一笛楼头,万柳营间,从容麾帜。　　噫。代有戎夷。时贤患乏经纶志。紫岩公一出,敌当惊见花字。谩被髪忧邻,汗颜笑骍，客邪终岂婴元气。待拜表笺天，移文问隐，老夫行且归矣。
怕胡雏穴隙尚相窥。有沘水儿曹举兵麾。看中兴、隽烈堪继。随
世样多能底。卿自为卿计。不妨老子，婆娑矍铄，从渠屡盈户外。
何须岘万勒丰碑。有天知、方寸馀地。以上双照楼本可斋续稿卷之八

兰陵王　甲寅初度和次贾韵

问梁益。天设金城铁壁。西风外，依约雁来，还报关山旧秋色。三
秦听汉檄。远恨绵绵脉脉。频年事，虚掷桑阴，祎允诸人竟何策。

彤弓误殊锡。怅活国难医，救世须佛。平生本藉毛锥力。对
弧矢初度，满头白发，何堪兵卫叠画戟。咄青史陈迹。　　酒石。
羡王绩。任击缶呼天，此乐何极。奚须太息惊前席。望天阍休待，
梦如陶翼。柳边春后，放定远，出西域。

八声甘州　送吴峡州

问西陵、治比汉河南，若为遽东归。正峡江衮衮，中流我共，一楫杭
之。倏听攀辕告语，公去袴襦谁。赖有甘棠在，人口如碑。　　百
尺楼头徙倚，记绸缪桑土，几对灯棋。指鹭洲何处，心事想鸥知。
向江湖、毋忘魏阙，正吾皇、当馈急贤时。经纶事，更须玩易，勿但
言诗。

水调歌头　甲寅寿刘舍人

序正象占琥，吉叶梦维熊。身随金粟出世，香满小山丛。铁券丹书
家世，朱阁青毡步武，名字在尧聪。雕鹗健云翮，聊尔待西风。

功名事，书剑里，笑谈中。江涛衮衮如此，天岂老英雄。先我甲
庚三日，伴子春秋千岁，何幸举樽同。歌以寿南涧，愿学稼轩翁。

临江仙　甲寅中秋和刘舍人赏月

同此三秋端正月,地高先得光辉。分明身世玉琉璃。不妨人未老,长与月相期。　　我有芳尊供玩事,从渠魏鹊无枝。直须饮到五更时。大家眠玉界,莫羡宴瑶池。

水龙吟　甲寅中秋

楚乡三载中秋,倚楼辄值萧萧雨。澄空向午,廉纤数点,又疑虚度。卷起云鬟,制开妆鉴,喜瞻眉宇。问常娥丰貌,间何阔矣,元不老、只如故。　　见了悄然无语。但令人、不堪怀古。老蟾应记,旧时人物,孙刘陶庚。俯仰皆空,阴晴何恨,芳樽频举。问他年,忆取今宵,人如许、月如许。

水调歌头　再赋

可爱十分月,都无一点云。清光是处皆有,浑不许人分。独是大江深处,一片水晶世界,仿佛有微痕。坐到夜深际,万籁寂无闻。　　与诸君,同一笑,举芳樽。素娥自有佳约,何必命红裙。顷刻参横斗转,归去华胥一觉,玩事任纷纷。我袖有玉斧,当为整乾坤。

眼儿媚　和八窗叔韵送之

公归东里我西州。枫荻楚天秋。乌樯转首,暮云江树,落日沙头。　　瞿唐此去风涛恶,宁愿贾胡留。明年春晚,松江笠泽,归约追游。

大酺　和陈次贾赠行韵

对剑花凝,箭叶卷,天宇尘清声肃。楼船催解处,正日戈夕照,风旗西矗。虎战龙争,人非地是,形势昔雄三国。景升今何在,怅婆娑老子，奚堪荆牧。岂自古常言，力宁鬭智，智宁如福。　　西征非太速。奈臣职、难负君王嘱。嗟往事，祁山抗表，剑阁刊铭，祗成坠甑并空轴。喜听平安信，岂止为、区区一竹。蚊蝱类、笑谈逐。玉关归老，不愿封侯食肉。愿还太平旧蜀。

浪淘沙　舟泊李家步

斜日挂汀洲。帆影悠悠。碧云合处是吴头。几片寒芦三两雁，人立清秋。　　柳外莫停舟。休问闲愁。人生江海一萍浮。世路相期如此水，万里安流。

八声甘州　登经济楼

上巍楼、指顾剑东西，依然旧江山。怅谁为荆棘，委渠天险，薄我风寒。金瓯经营几载，鸿雁尚漂残。一片迷棋局，著手良难。　　犹幸红旗破贼，有竹边新报，喜听平安。问纷纷遗事，一笑付凭栏。愿天驱、五丁壮士，挽岷峨、生意与春还。斜阳外，梦回芳草，人老萧关。

满江红　乙卯咏海棠

才过新正，能几日、海棠开了。将谓是、睡犹未足，嫣然何笑。一片殷红新锦样，天机知费春多少。更芳期、不待燕黄昏，莺清晓。　　花旧说，南昌好。花宜占，东风早。想香霏地近，融和偏巧。佳句流传千古在，石湖不见坡翁老。倩何人、寄驿报家山，教知道。

又　自和

自入春来，花信费、几番风了。先付与、红妆万点，苍颜一笑。旧说沉香亭北似，今虽濯锦江头少。最可人、枝上月笼春，烟含晓。

亨会称,花王好。嘉聘惜,梅兄早。对芳容细玩,天然新巧。羯鼓不须催太甚,霓裳易散梨园老。任杜鹃、犹自殿韶华,呼殷道。

谒　金　门

风又雨。芳事匆匆如旅。借问甚时才百五。东君浑弗顾。　　红紫园林几许。横笛数声何处。桃涨连天归未去。客和春且驻。

又

春且驻。休惜残红无主。柳色青青还未絮。牡丹犹待雨。　　金鸭沉烟一缕。人在纱窗觅句。仿佛家山三月暮。隔帘闻燕语。

水调歌头　暑中得雨

今岁渝州热,过似岭南州。火流石铄如锹,尤更炽于秋。竟日襟常沾汗,中夕箑无停手,几至欲焦头。世岂乏凉境,老向此山囚。　　赖苍灵,怜赤子,起龙湫。刹那顷耳,天瓢倾下足西畴。荡涤两间炎酷,苏醒一番枯槁,民瘼庶其瘳。清入诗脾里,一笑解吾忧。

又　蒲制帅以喜雨韵为寿,和以谢之

两岁是六秩,万里客他州。一眉新月西挂,又报桂花秋。想见吴中稚子,已办秫田数顷,更种橘千头。堪笑新亭酒,空效楚人囚。　　饭甘粗,衣任恶,屋从湫。世缘道眼看破,闻早问先畴。这服清凉散子,多在病坊弗悟,美疢甚时瘳。膏秣归盘去,无乐亦无忧。

沁园春　乙卯初度和程都大韵

雪山有缘,白首重来,信不偶然。怅怆凄未洗,平戎何策,英灵不绝,赖蜀多贤。耆旧二三,甲兵百万,力障狂澜回巨川。秋声静,共巍楼把酒,自足筹边。　　何人为我笺天。焉用此客星留井躔。
正柴桑栗里,稻肥蟹健,松江笠泽,莼美鲈鲜。百计求闲,一未得,
便得归闲能几年。持公赋,待后堂新唱,夸语彭宣。

一剪梅 乙卯中秋

人生能有几中秋。人自多愁。月又何愁。老娥今夜为谁羞。云意
悠悠。雨意悠悠。　　自怜纵迹等萍浮。去岁荆州。今岁渝州。
可人谁与共斯楼。归去休休。睡去休休。

沁园春 乙卯咏桂

晚出千林,中立三秋,清哉此花。自鹫峰移下,碎成玉屑,蟾宫分
到,缀作金葩。粟许来微,薰天声价,较楚蕙庾梅还韵些。真奇处,
但餐沆瀣,不染繁华。　　酒边一笑婆娑。疑香醉山中尊者家。
怅尘埃俗状,强颜羞对,风骚墨客,乐事堪夸。月照才清,露浓尤
馥,饮待夜深应更佳。姑容我,胆瓶斜插,卧看窗纱。

又 自和

一种孤荄,四出清芬,半秋始花。只些儿肌骨,才逾一芥,许多韵度,迥
压群葩。得雨相催,随风所到,较七里山樊尤远些湖南名桂九里香。纷纷
辈,笑渠侬桃李,徒竞春华。　　试容老子婆娑。恍身在广寒仙子家。
任殷勤唤酒,恣从君赏,徘徊待月,剩向人夸。我有家林,旧栽岩壑,得
归去相延方是佳。姑先约,拚共横船玉,教堕巾纱。

水龙吟 送吴季申赴省

江头雨过黄花,片帆催向春闱去。两年共我,风舟问峡,霜砧闻楚。
定远从军,慈恩策第,岂堪同语。谩咨嗟人事,分明天意,广寒阙、

待平步。　　　健笔凌云如许。看新年、榜登龙虎。转头却笑，弓刀塞上，粗官何取。海阔鹏〔抟〕(搏)，途穷马老，不胜离绪。过旧游、人问征夫，烦为说、戍边苦。

又 再和

天涯舍我先归，还知我以何时去。浮生萍梗，南辕北斾，之吴之楚。岂偶然哉，只堪一笑，无庸多语。向临岐赋别，丁宁祝望，竿百尺、进一步。　　　其奈头颅如许。更藩篱、穴犹据虎。良机一失，付之谁手，探囊堪取。君对天庭，上咨西事，历陈条绪。问相如、汉指来宣，果何益、亦何苦。

沁园春 送乔宾王

二十年前，黄州竹楼，共酬好春。记淮壖江表，群贤毕集，清明上巳，二美相并。一枕黄粱，满头白发，屈指旧游能几人。堪嗟处，怅光阴易老，犹困西尘。　　　今朝又值良辰。空想像、长安天气新。问兰亭癸丑，雪堂壬戌，倏成畴昔，将似来今。觞泛流泉，茗烹新火，领略韶华聊啸吟。鹦洲去，有故人相问，为语归音。

又 乔宾王有和，再用韵

咄咄衰翁，向羽书中，又过一春。正老怀梦想，扁舟访剡，壮图惭负，万里城并。溟翼上之，冀群空矣，自此阳关无故人。岷江路，忆一番风浪，三月烟尘。　　　美哉乐事良辰。正好趁东门官柳新。且舒晴慷慨，何须感旧，转头解后，未必犹今。问讯南楼，劳还西戍，君为楚歌侬越吟。眉黄近，怕洛涯催出，便有佳音。

又　丙辰归里和八窗叔韵

万里戍边,八载去家,始遂一归。怅中年早历,虎头兵幕,平生屡建,豹尾神旗。乞得闲身,毋庸多议,感荷九重渊听知。当时事,似狂澜欲倒,孰障东之。　　天教狂虏灰飞。更莫问儿郎存血衣。把雪裘霜帽,绝交楚徼,雨蓑风笠,投老吴矶_{江上有吴王矶,借用。}径与松荒,人同鹤在,交友晓天星样稀。从今去,共麹生相约,愿乐清时。

又　送章漕赴诏

极目江涛,不有人焉,其能国乎。伟故家风烈,激扬手段,平生践履,精密工夫。冰漕功成,月卿召入,小却犹当登从涂。斯行也,非纪纲省闼,定尹京都。　　猗欤。愿疾其驱。弹指顷暑收秋又初。向玉阶方寸,亲承温问,金城十二,细述嘉谟。苕雪船边,藕花香里,念人在洞庭青草湖。它年事,约携东老酒,附洛英图。

又　送洪漕使宪闽

天目山房,洪崖老仙,亲授一灯。自檄草参筹,宾筵领袖,鼎梅助味,省闼权衡。华国文章,立朝风力,犹有老成人典刑。如公样,尽夜趋宣室,昼对延英。　　乘轺惠我湘民。作翼轸中间一福星。正千艘漕玉,张颐西崤,单车把绣,将指南闽。过阙留中,历阶而上,方值汉朝更化新。南中事,若君王问及,老弗能胜。

满江红　丙辰生初自赋

明日生初,还知否、明年六十。嗟老矣、满头都缟,寸心犹赤。三十载间尘土债,几千里外风涛役。赖君天、许放故山归,恩无极。　　出而作,入而息。美可茹,鲜可食。任浩书空咄,禹笑人寂。断国谋王非我事,抱孙弄子聊吾适。且从今、时复一中之,杯中物。

又　赋腊前三白

今岁潇湘,真个见、嘉平三白。阛阓里、无非和气,不知寒色。宇宙幻成清净境,了无一点红尘入。问太空、此瑞自何来,君王德。

歌笑是,兔园客。辛苦是,鹅池役。任谢家儿女,赋嘲纷出。洗尽腥膻空万里,屏除螟螣深千尺。向此时、何以对梅花,呼欢伯。

又　洪云岩、刘朔斋用韵

蝶梦惊残,仿佛似、东方才白。人报道、城疑不夜,界几无色。敲瓦微听冰线响,开窗倏放风花入。拥重貂、曾不觉寒侵,将何德。

呼刬棹,行为客。平蔡垒,何能役。算争如、穷檐高卧,闭门毋出。安得松江江上去,一蓑独钓丝千尺。要不持、寸铁和前修,文章伯。

又　再和

立雪寒窗,照肝胆、了然明白。浑似得、齐宫气象,郢楼颜色。天籁无声随物应,阳春有脚从中入。与邦人、稽首谢天工,元冥德。

人正作,潇湘客。谁谓有,蓝关役。对江天暮景,鹅溪描出。银浪卷飞鸥一片,玉枝擎重龙千尺。羡联镳、曾作岳峰游,前方伯。

又　用韵饯朔斋

把绣成吟,真压倒、古之元白。佳句有、雪车冰柱,曾无矜色。一点不留烟火气,诗脾时有清风入。更岭边、多少活人恩,于公德。

公自是,朝天客。应笑我,为人役。看时犹多事,公须一出。琅腹细披忠抱寸,龙颜密侍天威尺。借笔端、从此润皇猷,翰林伯。

又　京递至,亲旧皆无书,再用韵简云岩、朔斋

听彻惊乌,起览镜、顿添头白。曾不见、江南人寄,一枝春色。风卷龙鳞残甲下,山无虎迹新蹄入。罄冰天、桂海使同风,修文德。

三十载,江湖客。千万里,关山役。且付之杯酒,何愁西出。天女花边浑似剪,志公杖上平如尺。把富贫、都作一般看,何什伯。

又　立春招云岩,再和以谢之

草草春盘,那敢赋、丝青玉白。湘波动、雁怀归思,柳催行色。冻逐寒梢残雪解,暖随野烧轻烟入。举人间、无物不光辉,东皇德。

莺燕报,朱门客。乌兔老,红尘役。羡翠辂多暇,彩花新出。捧日东城行应制,去天只隔城南尺。趁五更、桦烛向端闱,班常伯。

又　和立春韵简云岩

春自何来,深雪里、南枝先白。伊祁氏、一番陶冶,千林香色。弱柳眼回青尚浅,小桃腮晕红将入。笑渠侬、剪彩与裁花,夸闺德。

九十日,春还客。数千里,官为役。看时来、雁随云去,鱼从冰出。一脉流通天造化,三杯扶植身关尺。对东皇、太乙续离骚,需词伯。

又　招云岩、朔斋于雷园,二公用前雪韵赋梅

万紫千红,都不似、玉奴一白。三数萼、有冰霜操,无脂粉色。长共竹君松友伴,岂容蝶使蜂媒入。似惠和、伊任与夷清,兼三德。

能洁己,能娱客。成子后,调羹役。更岁寒风味,时然后出。春浅吹回羌管寸,夜阑吟费花笺尺。炯使星、两两月黄昏,真诗伯。

贺新郎　送静斋堂召,和朔斋韵

岭蜀天涯路。忆前年、担簦西上,旌麾南去。谁谓潇湘还解后,重对灯前笑语。挺乔木、森森犹故。梅外柳边官事了,记牢之、曾著元戎府。聊访问,旧游处。　　酒边不用伤南浦。为郳亭、百年门户,正烦宗主。见说君王方旰食,借箸哺应为吐。这官职、二郎须做。若见时贤询小阮,愿早携、被襆耕春雨。嗟矍铄,恐迟暮。

又　再用韵助静斋之入告

日近长安路。喜骖鸾、带簪游戏,弓旌招去。闻道汉朝帷幄里,要问峋隈蛮语。嗟时事、尚兹多故。办取忠谋宜入告,见石洪、曾在乌公府。须细访,风寒处。　　左荆右岭中湘浦。愿扶持、东南温厚,老天张主。翘馆钦贤人共说,一饭每勤三吐。公此去、好官须做。从奥泾舟同共济,更绸缪、桑土先阴雨。灭此虏,直朝暮。

又　丁巳初度自赋

老作星沙守。问今年、平头六十,翁还知否。暑葛霜砧都历遍,还著回旋舞袖。奚所用、嫛然一叟。欲觅金丹驻颜色,纵铁鞋、踏破终无有。空自诧,不龟手。　　西风又近中秋候。记相将、桂华开未,月儿圆又。弧矢四方男子事,争奈灰心也久。何以报、国恩深厚。了却官痴归去好,有竹窗、蓬户生涯旧。姑一笑,付杯酒。

又　自和前韵

问讯南州守。怅吾生、今非昔比,后犹今否。涉尽风涛凭个甚,一瓣心香在袖。人竞说、顽哉此叟。识破荣途皆幻境,只形骸、已累它何有。姑勉尔,应之手。　　休烦太卜勤占候。怕漂零、江湖易老,光阴难又。兔魄初生人初度,期共婵娟长久。赖此月、于人犹厚。燕颔封侯非我事,早携书、归卧吾庐旧。渝此约,有如酒。

水调歌头 送印德远经略入广

宵旰轸先虑,岭海屈真儒。金城素有奇略,不待至才图。春满洲鹦楼鹤,天付簪山带水,驱马驾轻车。六月正炎热,吾肯缓吾驱。

越蓬婆,逾邛笮,彼穷庐。其能涉我烟瘴,载籍以来无。联络五溪百粤,托柱南方半壁,中外保无虞。了此经营事,归去位钧枢。

又 长沙中秋约客赏月

洞庭千古月,湘水一天秋。凉宵将傍三五,玩事若为酬。人立梧桐影下,身在桂花香里,疑是玉为州。宇宙大圆镜,沆瀣际空浮。

傍谯城,瞻岳麓,有巍楼。不妨举酒,相与一笑作遨头。人已星星华髪,月只团团素魄,几对老蟾羞。回首海天阔,心与水东流。

又 自和

佳月四时有,举世重中秋。金明水秀竞爽,亘古景难酬。熠火繁星退敛,桂海冰天洞照,清影遍神州。万象自妍丑,一鉴碧虚浮。

昔苏张,夸玉界,赋琼楼。素娥阅人多矣,不怕雪添头。只恐参横斗转,还又酒阑歌散,醉态醒堪羞。安得真仙术,兔魄驻西流。

又 幕府诸公有和,再用韵谢之

敢问辽天月,历几亿春秋。老娥盍相刮目,无一语相酬。似讶经年间阔,类笑衰翁潦倒,岁岁客他州。清照五湖阔,倦影一萍浮。

任渠侬,琴当户,酒当楼。人生适意,封君何似橘千头。月正圆时固好,人欲闲时须早,毋作陇西羞。多谢锦囊句,椽笔富清流。

又　戊午初度自寿

问讯中秋月，瞥见一眉弯。婆娑桂影、今年又向桂林看。蓬矢桑弧初度，罗带玉簪旧识，俯仰十年间。记得老坡语，颓景薄西山。

碧虚人，应笑我，已苍颜。岁寒耿耿，不改惟有寸心丹。目断风涛万里，梦绕烟霞一壑，老矣甚时闲。不愿酒泉郡，愿入玉门关。

木兰花慢　送朱子木叔归池阳

渐吾乡秋近，正莼美、更鲈肥。顾安得相从，征帆衔尾，飞盖追随。南中眼前事势，正相持、边腹一枰棋。将谓灯明月暗，笑谈共和韩诗。　　谁知。催上王畿。无计可，挽留之。想翠微深处，倚楼日望，天际人归。中流江涛衮衮，藉丞徒、共楫属之谁。回首西风过雁，料君为我兴思。

沁园春　己未初度

六十衰翁，更加二龄，此何等时。不退寻岩壑，相安耕钓，重来岭峤，犹事驱驰。绝类文渊，当年矍铄，上马据鞍奚所为。偏怜处，是难堪潦雾，水际鸢飞。　　云台铜柱空题。奈床下伊人心素疑。自古来如此，只须付酒，风光纵好，勿复言诗。莼菜美时，桂花香里，所愿少须臾乐之。西风外，喜羽书夜静，即是归期。

满江红　庚申初度

今岁垂弧，欲自寿、一辞莫措。何可拟、翁头如雪，香山白傅。首夏一番罹重病，去秋数月撄狂痏。赖天公、肯为保馀生，逢初度。　　今幸释，千钧负。尤可喜，归田去。但蹒跚勃窣，龙钟如许。薇柳诸关成底事，菊松三径犹堪主。办篮舆、尚可檄渔樵，盟鸥鹭。

水龙吟　兴安道间

西风涤尽炎欻，连朝更值天无雨。笋舆轧轧，经行三日，碧篸无数。胜绝江山，余行天下，无如此处。任今来昔往，迎新送旧，风景在、只如许。　　谁谓阴山骄虏。去年冬、敢侵吾土。哀哀鸿雁，一番荡析，幸逢多黍。拜表出师，安南定北，岂无忠武。嗟病夫、老矣无能，促归棹，舣江渚。

水调歌头　庚申十六夜月简陈次贾

昨夜虽三五，宝鉴未纯全。今宵既望，兔魄才是十分圆。又得平滩系缆，冷浸玻璃千顷，表里一壶天。扶惫蓬窗下，拚却夜深眠。　　想嫦娥，应笑我，鬓苍然。平生修玩，犹记历历旧山川。安得乘槎访斗，问讯广寒宫殿，怅未了尘缘。愿赐长生药，换我骨为仙。

八声甘州　辛酉自寿

数年来、揆度在南州，今年在家山。叹平生踪迹，荆淮岭蜀，多少间关。幸对园林花竹，一笑且团栾。莫忆西风梦，驰志楼兰。　　赢得维摩多病，奈鬓毛剥落，步武蹒跚。神仙何处，遗我以金丹。愿明时、清平无事，放老翁、长伴白鸥闲。聊相与，桂花香里，满酌开颜。

水龙吟　长沙后圃荷开之久，无人领略，赋此词，具一杯招管顺甫诸公

此花迥绝他花，湘中不减吴中盛。疑从太华，分来岳麓，根荄玉井。炬列千红，盖擎万绿，织成云锦。向壶天清暑，风梳露洗，尘不染、香成阵。　　好是一番雨过，似轻鬓、晚临妆镜。阿环浴罢，珠横翠乱，芳肌犹润。载月同游，隔花共语，酒边清兴。问六郎、凝伫多

时,公不饮、俗几甚。以上双照楼本可斋续稿后卷之十一

郑熏初

熏初字幼霞,号小山。与李曾伯同时。

八 六 子

忆南洲。绀波萦绕,垂杨翠拂朱楼。念十载风流梦觉,满身花影人
扶,旧曾暗游。　　无言空怆离忧。醉袖裛将红泪,吟笺写许清
愁。试与问、杨琼解怜郎否,也应还是,旧家声价,而今艳质不来眼
底,柔情终在心头。黯凝眸。黄昏月沉半钩。

乌夜啼　题月海星天观,即宋武所居故地

春江一望微茫。辨桅樯。无限青青麦里、菜花黄。　　今古恨,登
临泪,几斜阳。不是寄奴住处、也凄凉。以上二首见阳春白雪卷六

氏 州 第 一

开遍来禽,春事过也,江南倦客心苦。料理花愁,销磨酒病,还是年
时意绪。寒浅香轻,早一霎、朝来微雨。柳曲闻莺,河桥信马,旋题
新句。　　漫道而今无贺铸。尽肠断、满帘飞絮。说似风流,除非
小杜,妙绝夸能赋。黯相逢,俱有恨,空流落、江山好处。猛拍阑
干,诉天知、声声杜宇。

一 萼 红

忆燕台。正倚帘吹絮,小立望郎来。撅管调丝,涂妆绾髻,密意曾
托蜂媒。空悬误、湔裙暗约,最无奈、好梦易惊回。想见而今,浅鬖

双翠,沁破妆梅。　　　沉带悄然宽尽,恨年时行处,红糁苍苔。前
事重寻,幽欢难偶,钿合空委鸾钗。这一点、相思清泪,做心下、烦
恼几时灰。数叠蛮笺怨歌,忍对花裁。以上二首见阳春白雪卷八

　　按词学丛书本及清吟阁本阳春白雪,此首无撰人姓氏。此从宛委别藏本。

余　玠

　　玠字义夫,号樵隐,蕲州(今湖北省蕲春)人。少为白鹿洞诸生。赵
葵为淮东制置使,玠作长短句上谒,葵壮之,留之幕中。后官至兵部侍
郎,四川安抚制置使,治蜀御敌有名。宝祐元年(1253),召拜资政殿学
士,未行卒。

瑞　鹤　仙

怪新来瘦损。对镜台、霜华零乱鬓影。胸中恨谁省。正关山寂寞,
暮天风景。貂裘渐冷。听梧桐、声敲露井。可无人、为向楼头,试
问塞鸿音信。　　　争忍。勾引愁绪,半掩金铺,雨欺灯晕。家僮困
卧按"困卧"疑应作"卧困"方叶韵,呼不应,自高枕。待催他、天际银蟾飞
上,唤取嫦娥细问。要乾坤,表里光辉,照予醉饮。阳春白雪卷七

赵崇嶓

　　崇嶓字汉宗,号白云,南丰人。生于庆元四年(1198),商王元份八
世孙。嘉定十六年(1223)进士。授石城令,改淳安。尝上疏极论储嗣
未定及中人专横。官至大宗正丞。卒于宝祐四年(1256)以前。有白云
稿。

如　梦　令

日日酒围花阵。画阁红楼相近。残月醉归来,长是雨羞云困。低

问。低问。独自绣帏睡稳。

又

窗外燕娇莺妒。窗下梦魂无据。梦好却频惊,不到彩云深处。无
绪。无绪。红重一帘花雨。

更　漏　子

玉搔头,金约臂。娇重不胜残醉。留粉黛,晕胭脂。浅寒生玉肌。
　　待归来,浑未准。疑杀那回书信。春又好,思无穷。卷帘花露
浓。

谒　金　门

春尚浅。江上柳梢风软。销尽玉梅春不管。冷香和梦远。　　脉
脉绿窗新怨。花胜无心重嚲。帘押护香闲不卷。卷帘芳事遍。

又

春意泄。香重一枝梅雪。寒透玉壶冰暗结。玉奴情更劣。　　似
语还羞奇绝。妒白怜红时节。酒力未醒双眼缬。一帘风弄月。

又

晴意早。帘外数声啼鸟。有约不来春梦杳。琐窗微弄晓。　　江
上残梅未扫。叶底芳桃红小。天远断云尘不到。过春还草草。

又

春意薄。江上晚来风恶。帘外海棠花半落。睡深浑未觉。　　梦
想当年行乐。新恨暗添金鹊。写就金笺无处托。去鸿天一角。

清平乐 怀人

莺歌蝶舞。池馆春多处。满架花云留不住。散作一川香雨。

相思夜夜情惊。青衫泪满啼红。料想故园桃李，也应怨月愁风。

又

妒红欺绿。轻浪潮温玉。鸾袖卷香金臰觳。娇怯未消寒粟。

锦衾初罢承欢。宿妆微褪香弯。醉眼乍松还困，断云犹绕巫山。

南柯子 小姝

丝髮风轻掠，酥胸冷不侵。背人小立卸瑶簪。一缕柔情、系得几人
心。　　曲槛花方蓓，河桥柳未阴。红羞绿困不能禁。恼乱东风、
无计等春深。

又

掩笑轻抬袖，慵妆浅画眉。嫩晴帘箔玉梅飞。门外寒轻、疏柳趁黄
时。　　绾带香罗结，交钗绿玉枝。看看又误踏青期。倚遍栏干、
心事只春知。

望海潮 泛舟

轻云过雨，炎晖初减，楼台片片馀霞。曲径通幽，小阑斜护，水天薄
暮人家。暝色趣归鸦。竹风交立玉，清透窗纱。断岸涟漪，乱萍芳
苇绕烟沙。　　依稀画艇莲娃。掩鲛绡微沁，急桨咿哑。香雾霏
微，冷光摇曳，娅红深映低花。天际玉钩斜。矶边菱唱答，惊断鸣
蛙。满棹白蘋归去，幽兴绕天涯。

沁　园　春

紫陌芳尘,烟缕收寒,雨丝过云。羡交阴桃叶,窗前曲槛,认巢燕
子,柳底朱门。回首年时,雾鬟风袖,袅袅娉娉娇上春。逢迎处,尽
芳华缱绻,玉佩殷勤。　　谁知此际销魂。漫隐约人前笑语温。
记掌中纤细,真成一梦,花时怨忆,应为双文。载酒心情,教眉诗
句,空悔风流曾误人。凭谁去,待寄将恨事,两处平分。

摸　鱼　儿

卷珠帘、几番花信。轻寒犹自成阵。一年芳事如朝梦,容易绿深红
褪。寒食近。惟自有、断肠垂柳禁春困。琐窗深静。悄叠损缕衣,
凝尘暗掩,金斗熨清润。　　章台恨。准拟芳期未稳。旧游细把
重忖。鉴鸾钗凤平分久,留取年时心印。谁与问。待试写花笺,密
寄教郎认。妒香怜粉。欲写却还羞,轻颦浅叹,字字搅方寸。以上
十四首见江湖后集

过秦楼 和美成韵

隐枕轻潮,拂尘疏雨,幽梦似真还断。莺雏燕婉,依约年时,花下试
翻歌扇。憔悴鬓怯春寒,慢掠轻丝,柳风如箭。甚阳台渺邈,行云
无准,楚天空远。　　应唤觉、当日琴心,只今诗思,惆怅客衣尘
染。钗留股玉,袜袭钩罗,荏苒腻寒香变。问讯多情,别后笑巧颦
娇,对谁长倩。但晚来江上,眼迷心想,越山两点。阳春白雪卷五

归　朝　欢

翠羽低飞帘半揭。宝簟牙床凉似雪。窗虚云母澹无风,隔墙花动
黄昏月。玉钗鸾坠髻。盈盈白露侵罗袜。记逢迎,鸿惊燕婉,灯影

弄明灭。　　　蜀雨巫云愁断绝。罗带同心留绾结。交枝红豆雨中
看,为君滴尽相思血。染衣香未歇。夜阑天净魂飞越。正销凝,一
庭秋意,烟水浸空阔。

恋绣衾 梅

江烟如雾水满汀。早梅花、偏占浅清。倚翠竹、寒无力,想潇湘、斜
日暮云。　　　几回梦断阳春面,问百花、犹隔几尘。趁月夜、霜风
峭,约彩鸾、同载玉笙。以上二首见阳春白雪卷六

蝶　恋　花

一翦微寒禁翠袂。花下重开,旧燕添新垒。风旋落红香匝地。海
棠枝上莺飞起。　　　薄雾笼春天欲醉。碧草澄波,的的情如水。
料想红楼挑锦字。轻云淡月人憔悴。

菩　萨　蛮

桃花相向东风笑。桃花忍放东风老。细草碧如烟。薄寒轻暖天。
　　　折钗鸾作股。镜里参差舞。破碎玉连环。卷帘春睡残。以上
二首见绝妙好词卷三

金明池 素馨

桂海云蒸,瘴山雾暖,片雪何曾到地。羡长日、岛仙清暑,自学得、
剪冰裁□。把岁寒、五出工夫,别妆点薰风,尽成清致。尽虹雨翻
晴,暮霞焦土,一种凄凉如洗。　　　酝藉丰标浑无比。应似惜、潇
湘蕙疏兰弃。纵未入、众芳题品,终自倚、一涯风味。待等闲、留取
遗芬,伴荼蘼芳菲,蔷薇清泚。看佩贯胡绳,心灰宝燎,到了未输兰
蕙。永乐大典卷七千九百六十馨字韵引赵汉宗白云小藁

以上赵崇嶓词二十首,用彊村丛书本白云小稾,另增补。

方　岳

岳字巨山,自号秋崖,祁门人。生于庆元五年(1199)。绍定五年(1232)进士。累官至吏部侍郎,历知饶、抚、袁三州,加朝散大夫。景定三年(1262)卒。年六十四。所著有秋崖先生小稿。

满江红　乙巳生日

说与梅花,且莫道、今年无雪。君不见、秋崖鬓底,茎茎骚屑。笔砚只催人老大,湖山不了诗愁绝。问笈箸、何事下矶来,抛云月。

重省起,西山笋。终负却,东山屐。把草堂借与,鹭眠鸥歇。乌帽久闲苍藓石,青衫今作枯荷叶。笑人间、万事竟何如,从吾拙。

又　九日冶城楼

且问黄花,陶令后、几番重九。应解笑、秋崖人老,不堪诗酒。宇宙一舟吾倦矣,山河两戒天知否。倚西风、无奈剑花寒,虬龙吼。

江欲醨,谈天口。秋何负,持螯手。尽石麟芜没,断烟衰柳。故国山围青玉案,何人印佩黄金斗。倘只消、江左管夷吾,终须有。

又　和程学谕

苍石横筇,松风外、自调龟息。浑不记、东皋秋事,西湖春色。底处未嫌吾辈在,此心说与何人得。向海棠、烂醉过清明,酬佳节。

君莫道,江鲈忆。吾自爱,山泉激。尽月明夜半,杜鹃声急。人事略如春梦过,年光不啻惊弦发。怕醒来、失口问诸公,今何日。

水调歌头　九日醉中

左手紫螯蟹,右手绿螺杯。古今多少遗恨,俯仰已尘埃。不共青山
一笑,不与黄花一醉,怀抱向谁开。举酒属吾子,此兴正崔嵬。

　夜何其,秋老矣,盍归来。试问先生归否,茅屋欲生苔。穷则箪
瓢陋巷,达则鼎彝清庙,吾意两悠哉。寄语雪溪外,鸥鹭莫惊猜。

又　平山堂用东坡韵

秋雨一何碧,山色倚晴空。江南江北愁思,分付酒螺红。芦叶蓬舟
千重,菰菜莼羹一梦,无语寄归鸿。醉眼渺河洛,遗恨夕阳中。

　蘋洲外,山欲暝,敛眉峰。人间俯仰陈迹,叹息两仙翁。不见当
时杨柳,只是从前烟雨,磨灭几英雄。天地一孤啸,匹马又西风。

又　九日多景楼用吴侍郎韵

醉我一壶玉,了此十分秋。江涛还此,当日击楫渡中流。问讯重阳
烟雨,俯仰人间今古,此意渺沧洲。天地几今夕,举白与君浮。旧
黄花,新白发,笑重游。满船明月犹在,何日大刀头。谁跨扬州鹤
去,已怨故山猿老,借箸欲前筹。莫倚阑干北,天际是神州。

又　寿丘提刑

氂社有明月,夜半吐光寒。淮南草木飞动,秀出斗牛间。自有秦沙
以后,试问少游而下,谁卷入毫端。补衮仲山甫,冰雪照云寰。

　霄汉近,绣衣去,锦衣还。江南且为梅醉,莫道岁将阑。三百六
旬欲换,五百岁终才始,日月两循环。酌彼金错落,浇此碧琅玕。

又　寿吴尚书

明日又重午,搀借玉蒲香。劝君且尽杯酒,听我试平章。时事艰难甚矣,人物眇然如此,骚意满潇湘。醉问屈原子,烟水正微茫。

遡层峦,浮叠嶂,碧云乡。眼中犹有公在,吾意亦差强。胸次甲兵百万,笔底天人三策,堪补舜衣裳。要及黑头耳,霖雨趁梅黄。

又　寿赵文昌

剡曲一篷月,乘兴到人间。蓬莱山在何处,鹤骨不禁寒。胸有云门禹穴,笔有禊亭晋帖,风露洗脾肝。秋入紫宸殿,磨玉写琅玕。

问何如,趋琐闼,系狁鞍。江涛今已如此,可奈寸心丹。我宋与天无极,公寿如春难老,王气自龙蟠。勋业付浯石,留与世人看。

又　别庐山题龙湖阁

宇宙一杯酒,暝色倚重湖。青山杳杳何处,烟水渴愁予。别岸风涛喷薄,半夜鱼龙悲啸,能撼我诗无。李白醉不醒,唤起问何如。

是耶非,天莽苍,雪模糊。苍颜白髮如此,空复笑今吾。寄语鹭朋鸥侣,好在风飧水宿,底处不烟芜。吾亦从此逝,从我者谁欤。

沁园春　赋子规

尽为春愁,尽劝春归,直恁恨深。况雨急黄昏,寒欺客路,月明夜半,人梦家林。店舍无烟,楚乡寒食,一片花飞那可禁。小凝伫,黯红蔫翠老,江树阴阴。　　汀洲杜若谁寻。想朝鹤怨兮猿夜吟。甚连天芳草,凄迷离恨,拂帘香絮,撩乱深心。汝亦知乎,吾今倦矣,瓮有馀春可共斟。归来也,问渊明而后,谁是知音。

又 檃栝兰亭序　汪彊仲大卿禊饮水西,令妓歌兰亭,
　　　　　皆不能,乃为以平仄度此曲,俾歌之

岁在永和,癸丑暮春,修禊兰亭。有崇山峻岭,茂林修竹,清流湍激,映带山阴。曲水流觞,群贤毕至,是日风和天气清。亦足以,供一觞一咏,畅叙幽情。　　悲夫一世之人。或放浪形骸遇所欣。虽快然自足,终期于尽,老之将至,后视犹今。随事情迁,所之既倦,俯仰之间迹已陈。兴怀也,将后之览者,有感斯文。

又 用梁权郡韵饯春

莺带春来,鹃唤春归,春总不知。恨杨花多事,杏花无赖,半随残梦,半惹晴丝。立尽碧云,寒江欲暮,怕过清明燕子时。春且住,待新笋熟了,却问行期。　　问春春竟何之。看紫态红情难语离。想芳韶犹剩,牡丹知处,也须些个,付与荼蘼。唤取娉婷,劝教春醉,不道五更花漏迟。愁一饷,笑车轮生角,早已天涯。

又 寿赵尚书

蠢彼魑魎,嗟尔何为,敢瞰长淮。遣诗书元帅,又劳指画,神仙寿日,不放襟怀。略已三年,可曾一笑,天岂悭吾老子哉。诸人者,且携将雅颂,留待磨崖。　　我姑酌彼金罍。便小醉、宁辞鹦鹉杯。问今何时也,子其休矣,有如此酒,奚取吾侪。帝曰不然,政须卿辈,作我长城惟汝谐。凝望处,见红尘飞骑,捷羽东来。

又 和宋知县致苔梅

有美人兮按上四字原作"为羡□兮",改从明嘉靖刻本秋崖先生小藁卷三十五,铁石心肠,寄春一枝。喜薛生龙甲,那因雪瘦,月按上五字原误作"那目□□□",改从四印斋本秋崖词横鹤膝,不受寒欺。云卧空山,梦回孤驿,

生怕渠嗔未敢诗。江头路,问销魂几许,索笑何时。　　赋成字字
明珠。君莫倚、家风旧解题。叹水曹安在,飘然欲去,逋仙已矣,其
与谁归。烟雨愁予,江山老我,毕竟岁寒然后知。微酸在,尽危谯
斜倚,残角孤吹。

又　和赵司户红药

把酒问花,茁栗梢头,春今几何。笑身居近侍,阶翻万玉,面匀菩
萨,髻拥千螺。一一牙签,英英碧字,占定花间甲乙科。归来也,傍
紫薇吟处,揉作阳和。　　只今花事无多。看几许风烟付与他。
待围将翡翠,怕蜂粘粉,织成云锦,遣凤衔梭。谁剪并刀,赠之燕
玉,莫负双娥娇溜波。花应道,尽花强人面,底用能歌。

又　和林教授

子盍观夫,商丘之木,有樗不才。纵斧斤睥睨,何妨雪立,风烟傲
兀,怎问春回。老子似之,倦游久矣,归晒渔蓑羹芋魁。村钼外,闻
韭今有子,芥已生台。　　天于我辈悠哉。纵作赋问天天亦猜。
且醉无何有,酒徒陶陆,与二三子,诗友陈雷。正尔眠云,阿谁敲
月,不是我曹不肯来。君且住,怕口生荆棘,胸有尘埃。

望江南　乙未生日　时赴官淮东,以是日次南徐,泊舟
普照寺下,侍亲具汤饼。寺中门有扁曰寿丘山,
亲意欣然,盖以丘山为岳字云

梅欲老,撑月过南徐。家口纵多难减鹤,路程不远易携书。只是废
春锄。　　霜满袖,茶灶借僧庐。湖海甚豪今倦矣,丘山虽寿竟何
如。一笑荐冰蔬。

蝶恋花 用韵秋怀

雁落寒沙秋恻恻。明月芦花，共是江南客。骑鹤楼高边羽急。柔情不尽淮山碧。　　世路只催双鬓白。菰菜莼羹，正自令人忆。归梦不知江水隔。烟帆飞过平如席。

又

山抹修眉横绿净。浦溆生寒，立尽梧桐影。香灺未消帘幕静。醉红如洗风吹醒。　　一夜秋声连玉井。梦落孤篷，已尽山阴兴。戍角凄凉清漏永。江南烟雨何堪省。

又

秋水涵空如镜净。满镜清寒，倒碧摇山影。药户谁抨圆玉静。碧纱人怯黄昏醒。　　丛桂小山寒井井。唤起江南，一叶莼鲈兴。先自新愁愁夜永。不堪宋□原缺一字，无空格重提省。

木兰花慢 吴尚书宴客涟沧观，即席用韵

慨晴按"晴"原作"情"，从永乐大典卷二万零三百五十三席字韵改江渺渺，乘风下、倚沧浪。问许大乾坤，金焦两点，曾几兴亡。平章古人安在，但青山、烟水共微茫。不道鹭嘲鸥笑，归来鬓已苍苍。　　垂杨。舞尽斜阳。双燕语、尽渠忙。黯柔情不管，花深传漏，羽急飞觞。思量人间如梦，放半分、伴醉半伴狂。明日海棠犹旧，春风未老秋娘。

如梦令 春思

知是谁家燕子。直恁惺松言语。深入绣帘来，无奈落花飞絮。春去。春去。且道干卿何事。

又　海棠

雨洗海棠如雪。又是清明时节。燕子几时来,只了为花愁绝。愁绝。愁绝。枉与春风分说。以上陶氏涉园景元本秋崖先生小稿卷三十五

贺新凉　别吴侍郎　吴时闲居,数夕前梦枯梅成林,一枝独秀

霜月寒如洗。问梅花、经年何事,尚迷烟水。梦著翠霞寻好句,新雪阑干独倚。见竹外、一枝横蕊。已占百花头上了,料诗情、不但江山耳。春已逗,有佳思。　　一香吹动人间世。奈何地、丛篁低碧,巧相亏蔽。尽让春风凡草木,便做云根石底。但留取、微酸滋味。除却林逋无人识,算岁寒、只是天知己。休弄玉,怨迟暮。

又　戊戌生日用郑省仓韵

问讯江南客。怕秋崖、苔荒诗屋,云侵山屐。留得钓竿西日手,梦落鸥傍鹭侧。倩传语、溪翁将息。四十飞腾斜暮景,笑双篷、一懒无他画。惟饱饭,散轻策。　　世间万事知何极。问乾坤、待谁整顿,岂无豪杰。水驿山村还要我,料理松风竹雪。也不学、草颠诗白。自有春襄黄犊在,尽诸公、宝马摇金勒。容我辈,醉云液。

又　寄两吴尚书

雁向愁边落。渺汀洲、孤云细雨,暮天寒角。有美人兮山翠外,谁共霜桥月壑。想朋友、春猿秋鹤。竹屋一灯棋未了,问人间、局面如何著。风雨夜,更商略。　　六州铁铸从头错。笑归来、冰鲈堪鲙,雪螯堪嚼。莫遣孤舟横浦溆,也怕浪狂风恶。且容把、钓纶收却。云外空山知何似,料清寒、只与梅花约。逋老句,底须作。

又　戊申生日

一笑君知否。笑当年、山阴道士,行歌樵叟。五十到头公老矣,只可鹭朋鸥友。便富贵、何如杯酒。好在归来苍崖底,想月明、不负携锄手。谁共酌,蕲霜韭。　　乾坤许大山河旧。几多人、剑倚西风,笔惊南斗。俛仰之间成陈迹,亡是子虚乌有。渺烟草、不堪回首。隔坞筑亭开野径,尽一筇、两屐山前后。春且为,催花柳。

又　己酉生日,用戊申韵。时自康庐归,犹在道也

天意然乎否。待相携、风烟五亩,招邀迂叟。屋上青山花木野,尽可两朋三友。笑老子、只堪棋酒。似恁疏顽何为者,向人前、不解高叉手。宁学圃,种菘韭。　　春猿秋鹤皆依旧。怪吾今,鬓已成丝,胆还如斗。谁与庐山麀之去,尔辈何留之有。黯离绪、暮江搔首。非我督邮犹束带,这一归、更落渊明后。君试问,长亭柳。

西江月　以两鹤寿老人

茅屋何堪翠袖,芝田自有霓裳。一双雪舞碧云乡。富贵人家以上。　　竹外山童敲臼,梅边溪友传觞。青霞道服石炉香。便是寿星模样。

又　和郑省仓韵,因以为寿

燕子催将初度,梨花指定清明。春风可是太多情。乐事良辰一并。　　绛老从头甲子,楚骚几度庚寅。晴光不隔凤凰城。花底举头天近。

又

蔬甲初肥雨润，茶枪小摘春明。野篱是处可诗情。打过下湖船并。

　　捷报秋来旁午，贤关早晚同寅。绿杨连骑带春城。不问南山远近。

一落索　九日

瘦得黄花能小。一帘香杳。东篱云冷正愁予，犹幸是、西风少。

　　叶下亭皋渺渺。秋何为者。无钱持蟹对黄花，又孤负、重阳也。

汉宫春　寿王尉

云涧之癯，有诗盟未了，鸥泛江湖。一官直为仙耳，不受尘驱。高情逸韵，自兰亭、已后都无。准拟画、剡舟夜雪，与君相对成图。

半竹苔寒如此，问谁欬来者，鹤伴熏炉。何如贮之天上，风露冰壶。江南春早，想梅花、不肯欺吾。疑便是，孤山之北，水香月影林逋。

又　探梅用潇洒江梅韵

问讯何郎，怎春风未到，却月横枝。当年东阁诗兴，夫岂吾欺。云寒岁晚，便相逢、已负深期。烦说与、秋崖归也，留香更待何时。

家住江南烟雨，想疏花开遍，野竹巴篱。遥怜水边石上，煞欠渠诗。月壶雪瓮，肯相从、舍我其谁。应自笑，生来孤峭，此心却有天知。

酹江月　梦雪

问天何事，雪垂垂欲下，又还晴却。春到梅梢香逗也，尽有心情行乐。剡曲舟回，灞桥诗在，一笑人如昨。此情分付，暮天寒月残角。

　　谁道飞梦江南，群山如画，一一琼瑶琢。中有玉田三万顷，云

是幼舆丘壑。招我归来,和春醉去,休跨扬州鹤。万花曾约,酒醒
当有新作。

　　又 八月十四,小集郑子重帅参先月楼。是夕无月,和
　　　　朱希真插天翠柳词韵

绿尊翠勺,约秋风、一醉小楼先月。谁取宝奁奔帝所,深琐玉华宫
阙。老桂香寒,疏桐云重,生怕金蛇掣。那知天柱,一峰别与天接。

　　我欲飞舰重游,真之衣袖,照我襟怀雪。玉斧难藏修月手,待
做明宵清绝。天地无尘,山河有影,了不遗毫髮。举杯相属,唤谁
笺与天说。

　　又 寿老父

幅巾云麓。笑人生瓮等,何时是足。莫道年来无好处,第一秋田新
熟。孙息乘鸾,大儿荐鹗,翁已恩袍绿。笑谭戎幕,尽教岳也碌碌。

　　是则江南江北,月明飞梦,认得溪桥屋。多少睡乡闲日月,不
老柯山棋局。唱个曲儿,吃些酒子,检点茅檐竹。问梅开未,一枝
初破寒玉。

　　又 戊戌寿老父

且拌春醉。问人间、谁是十分如意。道不好来人又道,也有一分好
处。管甚长贫,只消长健,切莫眉头聚。尽教江路,梅花依旧留住。

　　儿辈虽不如人,有何不可,怎敢嫌迟暮。但喜吾翁躔度转,唤
起烟霞深痼。否极而亨,剥馀而复,长至迎初度。龟图羲画,直从
今日重数。是年六十四,属有末疾,而生日适冬至也。

　　又 万花园用朱行父韵呈制帅赵端明

花风初逗,喜边亭依旧,春闲营柳。烟草隋宫歌舞地,谁遣万红围

绣。结酒因缘，装春富贵，也要经纶手。笙箫声里，一江晴绿吹绉。

是处羽箭如飞，那知鹤府，花压阑干昼。油幕文书谈笑了，馀事尽堪茶酒。报答东风，流连西日，绿外沉吟久。与春无负，醉归香满襟袖。

又　和君用

槎牙诗骨，想生来无分，史闱经幄。呵护九关多虎豹，谁道去天一握。奏赋两都，闻韶三月，雁远书难托。一寒如许，蟾枝莫倚高擢。

空使满壑风烟，半村雪月，孤负梅花约。渺渺愁予初度也，山冱同云垂幕。鹤帐何如，牛衣无恙，麦陇占优渥。不如归去，檐花深夜春酌。

又　送吴丞入幕

祈山底处，为二松千竹，肯题崖壁。雪洒谈犀麾雁鹜，尔辈何烦涉笔。使者知乎，民其劳止，且莫闲耕织。片言金石，唤回春意无极。

虽则王谢人家，一瓢仙泽，面作苍烟色。茶灶笔床将雨屐，吟到梅花消息。贱子何为，老仙如问，莫道头今白。寒褰几梦，研朱看点周易。

水龙吟　和朱行甫帅机瑞香

当年睡里闻香，阿谁唤做花间瑞。巾飘沉水，笼熏古锦，拥青绫被。初日醋晴，柔风逗暖，十分情致。掩窗绡，待得香融酒醒，尽消受、这春思。　　从把万红排比。想较伊、更争些子。诗仙老手，春风妙笔，要题教似。十里扬州，三生杜牧，可曾知此。趁紫唇微绽，芳心半透，与骚人醉。

又　和朱行父海棠

昼长庭院深深，春柔一枕流霞醉。矇松欲醒，娇羞还困，锦屏围翠。豆蔻初肥，樱桃微绽，玉阑同倚。记华清浴起，渭流波暖，红涨腻、弃脂水。　　燕子来时天气。尽韶风、与诗为地。芳丛雨按“雨”原作“丙”，改从四印斋本歇、露痕日酽，英英仙意。莫恨无香，最怜有韵，天然情致。待问春能几，五更犹是，拌今宵睡。

满庭芳　擘蟹醉题

半壳含黄，双螯擘紫，风流浑是芦花。江头秋老，谁了酒生涯。玉质金相如许，怎消受、明月寒沙。橙香也，不闲左手，除是付诗家。　　草泥，行郭索，横戈曾怒，张翰浮夸。笑鲈鱼虽好，风味争些。醉嚼霜前鬆雪，江湖梦、不枉归槎。停杯问，余其负腹，是腹负余耶。

喜迁莺　和余义夫行边闻捷

淮山秋晓。问西风几度，雁云蛮草。铁色骢骄，金花袍窄，未觉塞垣寒早。箭鼓声中晴色，一羽不飞边报。君莫道，怎乾坤许大，英雄能少。　　谈笑。鸣镝处，生缚胡雏，烽火传音耗。漠漠寒沙，荒荒残照，正恐不劳深讨。但喜欢迎马首，犹是中原遗老。关何事，待归来细话，一尊倾倒。

浣溪沙　赵阁学饷蝤蛑酒春螺

半壳含潮带魇香。双螯嚼雪迸脐黄。芦花洲渚夜来霜。　　短棹秋江清到底，长头春瓮醉为乡。风流不枉与诗尝。

又 寿潘宰

夜醉渊明把菊图。宿醒扶晓又冰壶。秋香留得伴双凫。　　　并日
满浮金凿落，明年初赐玉荣萸。更书欲上有除书。以上陶氏涉园景元
本秋崖先生小稿卷之三十六

齐天乐 和楚客赋芦

孤篷夜傍低丛宿，萧萧雨声悲切。一岸霜痕，半江烟色，愁到沙头
枯叶。澹云没灭。黯西风吹老，满汀新雪。天岂无情，离骚点点送
归客。　　　归去来兮怎得，尽鹭翘鸥倚，乍寒时节。秋晚山川，夕
阳浦溆，赢得别肠千结。涛翻浪叠。那得似西来，一筇横绝。搔首
江南，雁衔千里月。

花心动 和楚客忆梅

雪带边寒，渺愁予、雪中谁抱奇节。逊在扬州，逋老孤山，芳信顿成
消歇。江南茅屋今安在，疏影瘦、只堪叹息。归来未，沙头立尽，暮
天云碧。　　　自笑梁园赋客。倚旧日鞍鞯，春风巾帻。问讯横枝，
暖热新花，无处访寻诗阁。几年不见冰霜面，知谁共、批风支月。
归来也，鸥盟不妨再结。

风流子 和楚客维扬灯夕

小楼帘不卷，花正闹、灯火竞春宵。想旧日何郎，飞金叵罗，三生杜
牧，醉董娇饶。香尘路，云松鸾髻鬖，月衬马蹄骄。仿佛神仙，刘安
鸡犬，分明富贵，子晋笙箫。　　　人生行乐耳，君不见、迷楼春绿迢
迢。二十四、经行处，旧月今桥。但索笑梅花，酒消新雪，纵情诗
草，笔卷春潮。俯仰人间陈迹，莫惜金貂。

瑞鹤仙 寿丘提刑　岁十二月二十有九日,实维绣衣
使者焕章公绂麟盛旦也,岳敢拜手而言曰:月穷
于纪,星回于天,盖三百有六旬有六日于是焉极、
而岁功成矣。惟天之运,循环无穷,一气推移,不
可限量,其殆极而无极欤。分岁而颂椒,守岁而
爆竹,人知其为岁之极耳。洪钧转而万象春,瑶
历新而三阳泰,不知自吾极而始也。始而又极,
极而又始,元功宁有穷已哉。天之生申于此时,
意或然也。岳既不能测识,而又旧为场屋士,不
能歌词,辄以时文体,按谱而腔之,以致其意。

一年寒尽也。问秦沙、梅放未也。幽寻者谁也。有何郎佳约,岁云
除也。南枝暖也。正同云、商量雪也。喜东皇,一转洪钧,依旧春
风中也。　　香也。骚情酿就,书味熏成,这些情也。玉堂深也。
莫道年华归也。是循环、三百六旬六日,生意无穷已也。但丁宁,
留取微酸,调商鼎也。

又 寿宋倅　七月二十三日

中元才过节。正宇宙澄清,一天寒碧。凉飙动秋色。算佳辰恰是,
下弦当日。天生俊杰。富文才、瑰奇挺特。看葱葱,和气薰城,共
庆武夷仙伯。　　难得。钓鳌连六,虎榜登名,新题淡墨。从容莲
幕。游花县,无邀隔。纵风流别驾,难淹紫诏,行对天颜咫尺。更
堪夸,萱草长春,红衣交列。

哨遍 问月

月亦老乎,劝尔一杯,听说平生事。吾问汝,开辟自何时。有乾坤
更应有尔。年几许。鸿荒邈哉遐已。吾今断自唐虞起。繄帝曰放
勋,甲辰践祚,数至今、宋嘉熙。凡三千五百二十年馀。嗟雨僽风

俿儿盈亏。老兔奔驰，痴蟆吞吐，定应衰矣。　　　噫。月岂无悲。
吾观人寿几期颐。炯炯双眸子，明清无过婴儿。但才到中年，昏然
欲眊，那堪老矣知何似。试以此推之。吾言有理，不能不自疑耳。
恐古时月与今时异。恨则恨今人不千岁。但见今、冰轮如洗。阿
谁曾自前古，看到隋唐世。几时明洁，几时昏暗，毕竟少晴多雨。
须臾月落夜何其。曰先生、真之姑醉。

又　用韵作月对和程申父国录

月曰不然，君亦怎知，天上从前事。吾语汝，月岂有弦时。奈人间
井观乃尔。休浪许。历家缪悠而已。谁云魄死生明起。又明死魄
生，循环晦朔，有老兔、自熙熙。妄相传、月溯日光馀。嗟万古谁知
了无亏。玉斧修成，银蟾奔去，此言荒矣。　　　噫。世已堪悲。听
君歌复解人颐。桂魄何曾死，寒光不减些儿。但与日相望，对如两
镜，山河大地无疑似。待既望观之。冰轮渐侧，转斜才一钩耳。论
本来不与中秋异。恐天问灵均未知此。又底用、咸池重洗。乾坤
一点英气，宁老人间世。飞上天来，摩挲月去，才信有晴无雨。人
生圆缺几何其。且徘徊、与君同醉。

眼儿媚　泊松洲

雁带新霜几多愁。和月落沧洲。桂花如许，菊花如许，怎不悲秋。
　　江山例合闲人管，也白几分头。去年曾此，今年曾此，烟雨孤舟。

鹊桥仙　七夕送荷花

银河无浪，琼楼不暑。一点柔情如水。肯捐兰佩了渠愁，尽闲却、
纤纤机杼。　　波心沁雪，鸥边分雨。翦得荷花能楚。天公煞自
解风流，看得我、如何销汝。

又　辛丑生日小尽月

今朝廿九,明朝初一。怎欠秋崖个生日。客中情绪老天知,道这
月、不消三十。　　春盘缕翠,春缸摇碧。便泥做、梅花消息。雪
边试问是耶非,笑今夕、不知何夕。

玉楼春　秋思

木犀过了诗憔悴。只有黄花开又未。秋风也不管人愁,到处相寻
吹短袂。　　露滴碧觞谁共醉。肠断向来携手地。夜寒筮与月明
看,未必月明知此意。

虞美人　见梅

鸥清眠碎晴溪月。几梦寒蓑雪。断桥离落带人家。枝北枝南初
著、两三花。　　曾于春底横孤艇。香似诗能冷。娟娟立玉载归
壶。渺渺愁予肯入、楚骚无。以上陶氏涉园景宋本秋崖先生小稿卷之三十七

一剪梅　客中新雪

谁剪轻琼做物华。春绕天涯。水绕天涯。园林晓树恁横斜。道是
梅花。不是梅花。　　宿鹭联拳倚断槎。昨夜寒些。今夜寒些。
孤舟蓑笠钓烟沙。待不思家。怎不思家。

烛影摇红　立春日柬高内翰

辇路融晴,宫云逗晓青旗报。梅边香沁彩鞭寒,初信花风到。笑语
谁家帘幕,镂冰丝、红纷绿闹。髻横玉燕,鬓颤琼幡,不能知掉。
　　看见春来,麹尘微涨催兰棹。娇黄拂略上柔条,等得莺眠觉。引
出千花万草。喜搀先、椒盘竹爆。问谁天上,瑶帖初供,玉堂归橐。

最高楼　壬寅生日

溪南北,本自一渔舟。烟雨几盟鸥。白鱼不负鸬鹚杓,青蓑不减鹔
鹴裘。怎无端,贪射策,觅封侯。　　既不似、古人能识字。又不
似、今人能识事。空老去,自宜休。帝乡五十六朝暮,人间四十四
春秋。问何如,茅一把,橘千头。

又　寿黄宰　七月十六日

朝元了,万鹤放班回,携月下天来。初平家看青羊石,滕王阁醉绿
螺杯。试鸣琴,花荡漾,玉崔嵬。　　前十日、鹊桥飞宝辔。后一
月、兔奁开玉镜。秋色净,夜徘徊。申从五岳三光出,亥将二首六
身排。问何其,餐沆瀣,燕蓬莱。

又　和人投赠

秋崖底,云卧欲生苔。无梦到公台。有月锄、晓带乌犍去,与烟蓑、
夜钓白鱼来。问谁能,供酒料,办诗材。　　君莫笑、闲忙棋得势。
也莫笑、浮湛鱼得计。胸次老,雪崔嵬。付老夫、小小鸬鹚杓,尽诸
公、衮衮凤凰台。且容侬,多种竹,剩栽梅。

行香子　癸卯生日

说与樵青。紧闭柴门。道先生检校东屯。阿戎安在,未扫愁痕。
且免歌词,休载妓,莫携尊。　　梅自生春。雪立前村。道此杯、
酒也须温。无穷身外,付与乾坤。谁共耕山,闲钓水,饱窥园。

江神子　牡丹

窗绡深隐护芳尘。翠眉颦。越精神。几雨几晴,做得这些春。切

莫近前轻著语, 题品错, 怕渠嗔。　　碧壶谁贮玉粼粼。醉香茵。晚风频。吹得酒痕, 如洗一番新。只恨谪仙浑懒却, 辜负那, 倚阑人。

又 发金陵

梅花吹梦过溪桥。路迢迢。雪初消。似恁天寒, 诗瘦想无聊。听得草堂人有语, 能几日, 是生朝。　　乱云深处洗山瓢。鬓萧萧。酒红朝。回首六朝, 南北黯魂销。纵使钟山青眼在, 终不似, 侣渔樵。

水调歌头 庆平父 七月十七

世不乏季子, 藉甚有休声。芝兰挺秀庭砌, 广厦万间新。胸次金天爽豁, 风骨玉堂清彻, 才器更轮囷。劲节九秋干, 和气万家春。

过中元, 才两日, 是生辰。瓣香西上, 都向此夕颂殷勤。自有阴功天佑, 合享人间长寿, 不独我知君。从此见今日, 丹桂伴灵椿。

瑞鹧鸪

中元过后恰三朝。因甚庭闱喜气飘。李谪若非当此夕, 申生应是在今宵。　　满斝绿醑歌檀口, 慢拍红牙舞柳腰。富贵荣华谁得似, 祝公千岁乐逍遥。

酹江月 寿松山主人 七月十九日

楚天秋早, 过中元捻指, 霙飞四荚。怪得千门佳气满, 恰值生申时节。蓬矢当年, 椒盘今夕, 瑞木金炉爇。主人情重, 酒红潮上双颊。

且看戏彩□□原无空格,据律补, 鼎分丹桂, 兰玉同班列。更喜萱庭南极老, 亲授长生秘诀。养浩颐然, 后昌青紫, 天报公阴德。年年盛会, 祝延椿算千百。

满庭芳　寿刘参议　七月二十日

秋入西郊,律调夷则,韩堂风露清凉。洞天昨夜,响动玉玎珰。朱户银鐶放钥,长庚梦、应诞星郎。垂弧旦,蔼飞五荚,簪履共称觞。

未施经济手,暂参雄府,公论声扬。便好趁昌辰,入辅吾皇。况是中兴启运,正当宁、梦想循良。从兹去,万年佐主,福寿总无疆。

又　寿通判　七月二十二日

星昴呈祥,山川钟秀,果然生此真贤。精神莹澈,秋水共长天。况值西风初起,中元过、七日凉先按上七字原作"中元七日凉生",改从四印斋本。庭院爽,称觞贺客,车马看骈阗。　　开筵。称寿处,红袖歌舞,脆管繁弦。愿公与椿松,对阅天年。纵使平分风月,不容暂、吟醉苕川。龙光近,行看凤诏,促入秉钧权。

百字谣　寿丘郎　七月二十四日

河南灵地,信从生俊杰,皆由天佑。见说簪缨称世袭,复是青毡还旧。学海渊源,笔端锋镝,未逊谁居右。使台暂赞,直须黄阁环召。

欣遇初度良辰,中元节过,九日方称寿。好看莱衣□原无空格,据律补舞处,尽羡一门三秀。名过河东,迭居宰职,复见韦平胄。祝君遐算,南山松柏长茂。以上陶氏涉园景元本秋崖先生小稿卷之三十八

八六子　子寿父

喜椿庭。近来强健,团栾雁序欢声。正柳絮帘栊清昼,牡丹栏槛新晴,缓飞翠觥。　　阿戎碌碌功名。但要无灾无难,何曾著公卿。且抖擞斑衣,笑供儿戏,共将乐事,细酬佳景,须知翠袖全盛绿黛,金章不扌疑是换字菶青。松亭。中间顿个寿星。截江网卷六

楼　槃

槃字考甫，号曲涧。宝庆初(1225)官庆元府学教谕。

霜天晓角 梅

月淡风轻。黄昏未是清。吟到十分清处，也不音、二三更。　　晓
钟天未明。晓霜人未行。只有城头残角，说得尽、我平生。阳春白雪
卷七

又

劖雪裁冰。有人嫌太清。又有人嫌太瘦，都不是、我知音。　　谁
是我知音。孤山人姓林。一自西湖别后，辜负我、到如今。绝妙好词
卷三

　　按此首别误作林逋词，见古今图书集成草木典卷二百十一梅部。别又误作元虞
集词，见诗馀图谱补遗卷七。

徐宝之

宝之字鼎夫，号西麓，江西庐陵(今江西吉安)人。宝庆元年(1225)
解试。

桂 枝 香

人间秋至。对暮雨满城，沉思如水。桐叶惊风，似语怨蛩齐起。南
楼月冷曾多恨，怕而今、夜深横吹。那堪更听，萧萧槭槭，透窗摇
睡。　　问楚梦、闲云何地。但手约轻绡，省人深意。红树池塘，
谁见宿妆凝睇。旧时裘马行歌事，合都归、汀蘋烟芷。思王渐老，

休为明珰，沉吟洛涘。阳春白雪卷六

沁园春 春寒

水榭春寒，梅雪漫阶，竹云堕墙。数花时近也，采芳香径，旧情著处，看月西窗。十二楼中，玉妃卧冷，懒㧁胭脂放海棠。层堤外，渺归鸿无数，江树苍苍。　　席薱夜礼东皇。剪蕙叶为笺当绿章。道杏晴三月，等莺啼晓，草烟万里，待鹀鸣芳。九十日春，三千丈髮，如此愁来白更长。江南岸，正柳边无路，沙雨微茫。

莺　啼　序

荼蘼一番过雨，洒残花似雪。向清晓、步入东风，细拾苔砌馀屧。有数片、飞沾翠柳，萦回半著双归蝶。悄无人、共立幽禽，呢呢能说。　　因念年华，最苦易失，对春愁暗结。叹自古、曾有佳人，长门深闭修洁。寄么弦、千言万语，闷满眼、欲弹难彻。靠珠棇，风雨微收，落花时节。　　春工渐老，绿草连天，别浦共一色。但暮霭、朝烟无际，尽日目极，江北江南，杜鹃叫裂。此时此意，危魂黯黯，渭城客舍青青树，问何人、把酒来看别。思量怎向，迟回独掩青扉，夕阳犹照南陌。　　春应记得，旧日疏狂，等受今磨折。便永谢、五湖烟艇，只有吟诗，曲坞煎茶，小窗眠月。春还自省，把融和事，长留芳昼人间世，与羁臣、恨妾销离恻。自题蕙叶回春，坐听蓬壶，漏声细咽。以上二首见阳春白雪卷八

水调歌 湘阴簿新居

了却意中事，卜筑快幽情。雨帘云栋深窈，歌笑霭春生。春嶂碧溪门户，暖翠浮岚衿席，前日展湘屏。种竹看霜节，栽菊待秋英。

九世图，闲居赋，丽人行。名碑古画，贴遍东阁与西亭。庭下森

兰洁玉,天外骧龙舞凤,心迹喜双清。频瀹炊茶鼎,听我扣门声。

翰墨大全后丁集卷六

祖　吴

吴,建安人,宝庆二年(1226)进士。

水龙吟　寿郑尉,集郑姓事

紫貂南北分荣南郑相、北郑相,有人瑞凤池疏秀郑仁表。月斧云斤,骎成三绝,辉华星斗郑虔三绝。早岁从军,乌戎口伐,奇功立就郑元璹口伐可汗。更题衡忠义,传家清白,人道外甥似舅郑乃陈光州之甥。

好看五经说后郑钦。步蟾宫、桂香盈袖。紫橐持荷,清班布武,履声依旧郑尚书。回忆刊山,当年垂棒,月明烟袖。隐岩清秀郑太师退处隐岩,露玉风金,岁岁祝千秋寿。截江网卷五

水调歌头　寿建阳刘宰

佳丽东阳境,瑞炁晓笼晴。中元逾了十日,上相喜重生。四海文章宗匠,百里弦歌德化,官与水双清。恳切劝分意,赈恤活饥甿。

幸依刘,空颂鲁,阻称觥。遥瞻快倚楼上,一点寿星明。闻道玺书将下,看取蓬瀛直造,指日秉钧衡。大展平戎略,谈笑复神京。

翰墨大全丙集卷十三

按此首原题祖兵作,疑是祖吴之讹,今编于此。

周　申

申,福建建安人。宝庆二年(1226)进士。

沁园春 　寿楚阳赵宰　四月初二

瑞应柯山，昴宿储祥，嵩岳降神。羡堂堂玉莹，汪汪陂量，一襟风月，满腹经纶。试问丹砂，聊乘凫舄，来种锦江桃李春。弦歌地，看吏能绰著，荐墨争新。　　从兹大振家声。待京国来归专秉钧。想宸恩初拜，北门学士，都人尽道，东阁郎君。雨细丝轻，梅黄金重，两荚宝阶呈瑞宸。称觞庆，愿莱衣衮衮，长照庄椿。翰墨大全丁集卷二

壶中天 　寿妇人又良人登科　七月初二

秋来两日，因个甚、乌鹊侵晨传喜。却是常娥亲姊妹，降作人间佳丽。黛柳长青，官梅稳衬，镜里春明媚。花颜难老，寿杯频劝浮蚁。　　闻道潇洒才郎，天庭试罢，名挂登科记。昨夜凉风新过雁，还有音书来寄。千万楼台，三千粉黛，今在谁家醉。归来欢笑，一床真个双美。翰墨大全丁集卷三

赵汝腾

汝腾字茂实，号庸斋，太宗七世孙，居福州。宝庆二年（1226）进士，历官端明殿学士，提举佑神观，翰林学士承旨。景定二年（1260）卒。

沁园春 　寿高运使

人道耻堂，直声劲气，胜如鹤山。记殿庭叱禹，风生九陛，都亭劾冀，影摄群奸。海内英豪，如公有几，此地相逢同左官。丹青阁，望烟云缥缈，曾共凭栏。　　忧时空见眉端。叹西事何由圣虑宽。使蜀居诸葛，兵屯自肃，朝留一范，贼胆须寒。天欲兴唐，昴应相汉，立取勋名久远看。秋香耐，笑菊潭胡广，污简何颜。翰墨大全丙集

卷十三

赵孟坚

孟坚字子固,号彝斋,太祖十世孙。南渡为海盐人。生于庆元五年
(1199)。宝庆二年(1226),登进士第。为湖州掾,入转运使幕,知诸暨
县,以御史言罢归。后终提辖左帑。有彝斋文编。

沁园春 过天下第一江山呈何守

许大江山,镇临弹压,岂小任哉。从嶓冢导漾,东倾注海,截然限
止,南北天开。试向中流,回观铁瓮,万石层棱攒剑堆。金焦峙,号
紫金浮玉,卷雪轰雷。　　君侯文武兼才。天有为生才南国来。
□按原无空格,据彊村丛书本彝斋诗馀补历二十年,筹边给饷,上流襟要,几
为安排。今此雄藩,精明箭鼓,又唤金汤气象回。长淮北,望中原
非远,更展恢规。

鹊桥仙 岩桂和韵

明金点染,枝头初见,四出如将刀剪。芳心才露一些儿,早已被、西
风传遍。　　归来醉也,香凝襟袖,疑向广寒宫殿。便须著个胆瓶
儿,夜深在、枕屏根畔。

沁园春 赏春

晓上画楼,望里笑惊,春到那家。便从臾闲情,安排醉事,寻芳唤
友,行过平沙。最是堪怜,花枝清瘦,欲笑还羞寒尚遮。浓欢赏,待
繁英春透,后会犹赊。　　归时月挂檐牙。见花影重重浸宝阶。

□铜壶催箭，兽环横钉，<small>按"钉"原作"斜"，据彝斋诗馀改</small>浓斟玉醑，芳漱琼芽。步绕曲廊，倦回芳帐，梦遍江南山水涯。谁知我，有墙头桂影，窗上梅花。

朝中措　<small>客中感春</small>

担头看尽百花春。春事只三分。不似莺莺燕燕，相将红杏芳园。　　名缰易绊，征尘难浣，极目销魂。明日清明到也，柳条插向谁门。

好事近　<small>前题</small>

春早峭寒天，客里倦怀尤恶。待起冷清清地，又孤眠不著。　　重温卯酒整瓶花，总待自霍索。忽听海棠初卖，买一枝添却。

感皇恩　<small>初任官所为慈闱寿</small>

官小宦游初，清贫如旧。小簇杯盘旋笇酒。虽然微禄，不比他们丰厚。也知惭愧是，皇恩受。　　富贵千般，享之惟寿。心地平时到头有。摩挲铜狄，祝望比他长久。鼎来荣贵待，通闱后。

感皇恩　<small>次任为慈闱寿，是年慈闱六十二岁本命后一年也</small>

一百二十年，两番甲子。前番风霜饱谙矣。今番甲子，一似腊尽春至。程程有好在，应惭愧。　　莫道官贫，胜如无底。随分杯筵称家计。从今数去，尚有五十八生朝里，待儿官大，做奢遮会。

风流子　<small>清涵万象阁</small>

望极思悠悠。江如练、籁息浪纹收。看帆卷帆舒，往来征艇，鹭飞鹭立，远近芳洲。逝波不舍山常好，只白少年头。杜若满汀，离骚幽怨,鸥夷去国,烟浪遨游。　　江南知何许,青林晚,山断处、白云浮。怀古慨今,谁人似我闲愁。叹醉生浪迹,鲈乡蟹舍,殢红怨粉,莲棹菱舟。敲遍阑干,默然竟日凝眸。

花心动　外祖中司常公春日词曰:"庭院深深春日迟。百花落尽蜂蝶稀。柳絮随风不拘管,飞入洞房人不知。画堂绣幕垂朱户,玉炉销尽沉香炷。半褰斗帐曲屏山,尽日梁间双燕语。美人睡起敛翠眉,强临鸾鉴不胜衣。门外秋千一笑发,马上行人肠断归。"近日风雅遗音多谱前贤名作,因效颦云

庭院深深,正花飞零乱,蝶懒蜂稀。柳絮狂踪,轻入房栊,悄悄可有人知。画堂镇日闲晴昼,金炉冷、绣幕低垂。梁间燕,双双并翅,对舞高低。兰幌玉人睡起,情脉脉、无言暗敛双眉。斗帐半褰,六曲屏山,憔悴似不胜衣。一声笑语谁家女,秋千映、红粉墙西。断肠处,行人马上醉归。

蓦山溪　初改官为慈闱寿

几年修绩,总待荣亲老。每羡院南豪,向寿席、花花草草。如今惭愧,微胜十年前,聊尔办,杯盘了。一对慈颜笑。　　愿亲强健,绿鬓长长好。来岁在琴堂,想凡事、应微热闹。契天交道,只办好心肠,官尽大,尽荣亲,待受金花诰。

又　怨别

桃花雨动,测测轻寒小。曲槛面危阑,对东风、伤春怀抱。酒边心事,花下旧闲情,流年度,芳尘杳。懊恼人空老。　　粉红题字,寄与分明道。消息燕归时,辗柔茵、连天芳草。琐窗孤影,夜卜烛花明,清漏断,月朦胧,挂在梅梢袅。以上彝斋文编卷二

赵崇霄

崇霄字有得，号莲鄳，商王元份八世孙。福建通志云：剑浦（今福建
南平）人，宝庆二年（1226）进士。

东风第一枝

妒雪梅苏，迷烟柳醒，游丝轻飏新霁。卷帘看燕初归，步屧为花早
起。春来犹浅，便做出、十分春意。喜凤钗、才卸珠幡，早换巧梳描
翠。　　著数点、催花雨腻。更一番、递香风细。小莺忺暖调声，
嫩蝶试晴舞翅。清欢易失，怕轻负、年芳流水。好趁闲、共整吟鞯，
日日访桃寻李。绝妙好词卷六

马光祖

光祖字华父，号裕斋，又号桂山，金华人。宝庆二年（1226）进士。
仕至宝章阁直学士，沿江制置使，江东安抚使，知建康府，拜知枢密院
事。以金紫光禄大夫致仕，卒谥庄敏。

减字木兰花

多情多爱。还了平生花柳债。好个檀郎，室女为妻也不妨。
杰才高作。聊赠青蚨三百索。烛影摇红。记取媒人是马公。三朝
野史

李南金

南金字晋卿，自号三谿冰雪翁，乐平人。宝庆二年（1226）进士。

贺新郎 感怀

流落今如许。我亦三生杜牧,为秋娘著句。先自多愁多感慨,更值江南春暮。君看取、落花飞絮。也有吹来穿绣幌,有因风、飘坠随尘土。人世事,总无据。　　佳人命薄君休诉。若说与、英雄心事,一生更苦。且尽樽前今日意,休记绿窗眉妩。但春到、儿家庭户。幽恨一帘烟月晓,恐明年、雁亦无寻处。浑欲倩,莺留住。鹤林玉露卷一

萧　嵿

嵿字则山,号大山,临江人。绍定五年(1232)进士。以太府丞奉祠。各书又载其名为山则,未知孰是,俟考。

朝 中 措

半山社雨欲黄昏。燕子不过门。杨柳染深绿意,海棠啼损红痕。　　绮寮妆束,宝钗歌舞,玉枕温存。一段旧情有味,十分新恨无言。阳春白雪卷三

恋 绣 衾

倚阑闲看燕定巢。旧弹筝、因病久抛。画不尽、残眉黛,被东风、吹在柳梢。　　晓来暗理伤春曲,把金钗、枕畔细敲。书寄与、天涯去,并相思、红泪一包。阳春白雪卷六

满江红 和陈漕使仙湖韵

莫是西湖,分一派、残波剩碧。闲问著、莺仙丹事,老榕知得。荇水

带长鸥踏损, 柳风絮暖鱼吞入。只前山、依旧汉时青, 晴还湿。

　　亭疏好, 何消密。花少好, 无多植。听黄鹂三请, 要诗翁出。消渴泉斟寒玉液, 留题石剥苍苔色。叹而今、翻羡□南春, 乾坤窄。

阳春白雪外集

萧泰来

　　　　泰来字则阳(江西通志云:字阳山), 号小山, 临江人。绍定二年(1229)进士。宝祐元年(1253), 自起居郎出守隆兴府。癸辛杂识别集卷三云:理宗朝为御史。有小山集。

霜天晓月　梅

千霜万雪。受尽寒磨折。赖是生来瘦硬, 浑不怕、角吹彻。　　清绝。影也别。知心惟有月。原没春风情性, 如何共、海棠说。绝妙好词卷三

满江红　寿大山兄

七十人稀, 尝记得、少陵旧语。谁知道、五园庵主, 寿今如许。书底青瞳如月样, 镜中黑鬓无双处。与人间、世味不相投, 神仙侣。

　　文汉史, 诗唐句。字晋帖, 碑周鼓。这千年勋业, 一年一部。晔晔紫芝商隐皓, 猗猗绿竹淇瞻武。问先生、何处更高歌, 凭椿树。

翰墨大全丙集卷十四

　　按历代诗馀卷五十五误作晏几道词。

马天骥

　　　　天骥字德夫, 号方山, 衢州人。绍定二年(1229), 登进士第。淳祐

七年(1247),自考功郎官除秘书少监。宝祐四年(1256),自试尚书礼部侍郎除同签书枢密院事。五年(1257),端明殿学士提举临安洞霄宫。后褫职信州居住。卒于家。

城头月　赠梁弥仙

城头月色明如昼。总是青霞有。酒醉茶醒,饥餐困睡,不把双眉皱。　　坎离龙虎勤交媾。炼得丹将就。借问罗浮鹤侣,还似先生否。花草粹编卷四

黎道静

道静,道士,住持广州斗南楼。

城　头　月

阳光子夜开清昼。照了无何有。弱水蓬莱,河车忽动,万顷金波皱。　　红铅墨汞相交媾。片饷丹成就。把握阴阳,一钟造化,此诀人知否。清刻李忠简公文溪集附录忠简先公事文考

黄判院

满庭芳　寿黄状元　三月初八

桃浪翻花,柳风飘絮,翠冀八叶呈芳。奎星初度,箕宿耀祥光。元是降神崧岳,生英杰、奇伟非常。文章士,青春未老,一鹗快飞黄。　　登瀛,平步上,鳌头独占,头角轩昂。主琼林宴席,荣冠绿衣郎。归侍彩俱庆按此句缺一字,疑"彩"下夺"衣"字,逢生旦、品上椒觞。从

今去，公侯谈笑，福寿等天长。翰墨大全丁集卷二

薛　泳

泳字沂叔，号野鹤，天台人。

青玉案　守岁

一盘消夜江南果。吃果看书只清坐。罪过梅花料理我。一年心事，半生牢落，尽向今宵过。　　此身本是山中个。才出山来便希差。手种青松应是大。缚茅深处，抱琴归去，又是明年话。深雪偶谈

徐元杰

元杰字仁伯，信州上饶人。　绍定五年(1232)进士第一。嘉熙二年(1238)，秘书省正字。累官国子祭酒、权中书舍人，拜工部侍郎。淳祐五年(1245)卒。谥忠愍。有梅埜集。

满江红　以梅花束铅山宰

似玉仙人，三载相见，西湖清客。撼不碎、一团和气，只伊消得。雪里水中霜态度，腊前冬后春消息。看帘垂、清昼一张琴，中间著。　　寒谷里，轻回脚。魁手段，堪描摸。唤东风吹上，兰台芸阁。只怕傅岩香不断，摩挲商鼎羹频作。管一番滋味一番新，今如昨。梅埜集卷十二

国学生

沁园春 挽徐元杰

三学上书,冤乎天哉,哲人已萎。自纲常一疏,为时太息,典刑诸老,尽力扶持。方哭南床,继伤右揆,死到先生事可知。伤心处,笑寒梅冷落,血泪淋漓。　　人心公论难欺。愿君父、明明悟此机。昔九龄疏谏,禄山必叛,更生累奏,王氏为危。变起范阳,祸成新室,说著当年人噬脐。君知否,但皇天祚宋,此事无之。湖海新闻夷坚续志后集卷二

陆　叡

叡字景思,号云西,会稽人。绍定五年(1232)进士。淳祐中沿江制置使参议。宝祐五年(1257),自礼部员外郎除秘书少监,又除起居舍人。景定五年(1264),中大夫、集英殿修撰,江南东路计度转运副使兼淮西总领。咸淳二年(1266)卒。

瑞鹤仙 梅

湿云黏雁影。望征路愁迷,离绪难整。千金买光景。但疏钟催晓,乱鸦啼暝。花惊暗省。许多情、相逢梦境。便行云、都不归来,也合寄将音信。　　孤迥。盟鸾心在,跨鹤程高,后期无准。情丝待翦。翻惹得,旧时恨。怕天教何处,参差双燕,还染残朱剩粉。对菱花、与说相思,看谁瘦损。全芳备祖前集卷一梅花门

八声甘州 送翁时可如宛陵

问缠腰跨鹤、事如何，人生最风流。怕江边潮汐，世间歧路，只是离愁。白马青衫往事，赢得鬓先秋。目送红桥晚，几番行舟。　兰珮空馀依黯，便南风吹水，人也难留。但从今别后，我亦似浮沤。敬亭上、半床琴月，记弹将、寒影落南州。秋声里，塞鸿来后，为尔登楼。阳春白雪卷六

甘州 寿贾师宪

满清平世界庆秋成，看看斗三钱。论从来活国，论功第一，无过丰年。办得闲民一饱，馀事笑谈间。若问平戎策，微妙难传。　玉帝要留公住，把西湖一曲，分入林园。有茶炉丹灶，更有钓鱼船。觉秋风、未曾吹著，但砌兰、长倚北堂萱。千千岁，上天将相，平地神仙。齐东野语卷十二

史可堂

可堂，陆叡同时人。

声声慢 和陆景思黄木香（题从阳春白雪卷七补）

羞朱妒粉，染雾裁云，淡然苍佩仙裳。半额蜂妆，莫道梳洗家常。碧罗乱萦小带，翠虬寒、一架清香。春思苦，倚晴娇无力，如待韩郎。　密幄笼芳吟夜，任露沾轻袖，月轻空梁。弱骨柔姿，偏解勾引诗狂。遗钿碎金满地，恨无情、风送韶光。闲昼永，看青青、垂蔓过墙。全芳备祖前集卷十五荼蘼门

按此首别误作刘之才词，见词综补遗卷九。词学丛书本阳春白雪此首无撰人姓

名。

蓦　山　溪

危阑看月，番做听秋雨。一滴一声愁，似相伴、离人悲苦。笼香袖冷，独立倚西风，红叶落，菊花残，都是关情处。　　如何排遣，赖有高阳侣。长啸酒垆边，且同赋、秋娘词句。山翁醉矣，一笛小楼空，思往事，看孤云，目断征鸿去。阳春白雪卷七

陈　诜

> 诜，湘（今湖南省）人。登第，授岳阳教官。

眼儿媚　饯别

鬈边一点似飞鸦。休把翠钿遮。二年三载，千拦百就，今日天涯。　　杨花又逐东风去，随分入人家。要不思量，除非酒醒，休照菱花。山房随笔

> 按贵耳集卷下以此首为与杨万里同时之某教授作，与陈诜时代不同而同为教授，盖传闻异辞，未知孰是。
> 此首别又误入赵长卿惜香乐府卷八。

余桂英

> 桂英字子发，号野云。
> 浩然斋雅谈卷中作俞桂英，云：苦吟一生，异时贾似道称之。绝妙好词与浩然斋雅谈俱周密作，其姓一作余，一作俞，未知孰是。

小　桃　红

芳草连天暮。斜日明汀渚。懊恨东风，恍如春梦，匆匆又去。早知

人、酒病更诗愁,镇轻随飞絮。　　宝镜空留恨,筝雁浑无据。门外当时,薄情流水,如今何处。正相思、望断碧山云,又莺啼晚雨。

绝妙好词卷六

曾原郕

原郕字子周,号楚山,宁都人。曾原一之从弟。东湖书院山长。

八声甘州　东阳岩

问岩云朵朵为谁飞,向来读何书。道江南名宦,掉头勿顾,彩服归与。无限山中风物,今古属潜夫。渺渺辽天鹤,应费招呼。　　谩说缁巾缟带,与豸冠犀剑,忧乐如何。渐桥横采石,国步已趑趄。想归来、顿成憔悴,叹季鹰、闻早忆莼鲈。丹泉冷,崖钟绝响,夕照啼乌。永乐大典卷九千七百六十三岩字韵引曾楚山词

木兰花　甘泉岩

断崖抛雪瀑,又潜溜、入山跟。听暗壁潺湲,山中紫雾,山下红云。当年七僧甚处,但空馀、老刹葦嶙峋。底事神粮不幻,翠窝剩积香尘。　　纷纷。结社种莲人。名氏已无闻。看银书般若,金陵故国,斜敕空存。争得十虚销殒,为让皇、冤魄脱沉沦。往事犹堪一笑,岩花乱点乌巾。永乐大典卷九千七百六十四岩字韵引曾楚山词

许　棐

棐字忱父,海盐人。自号梅屋。嘉熙中,隐居秦溪。淳祐九年(1249)卒。有献丑集、梅屋诗稿、梅屋诗馀。

三 台 春 曲

昨夜微风细雨,今朝薄霁轻寒。檐外一声啼鸟,报知花柳平安。

又

春是人间过客,花随春不多时。人比花尤易老,那堪终日相思。以
上二首见梅屋四藁

> 按三台乃唐曲,收入尊前集。此二首虽见于许棐诗集中,未入词集,而其调名及
> 字数句法,与唐曲无异。

谒 金 门

微雨后。染得杏腮红透。春色好时人却瘦。镜寒妆不就。　　柳
外一莺啼昼。约略情怀中酒。困起半弯眉印袖。髻松簪玉溜。

鹧 鸪 天

翠凤金鸾绣欲成。沉香亭下款新晴。绿随杨柳阴边去,红踏桃花
片上行。　　莺意绪,蝶心情。一时分付小银筝。归来玉醉花柔
困,月滤窗纱约半更。

柳 枝

冷迫春宵一半床。懒熏香。不如屏里画鸳鸯。永成双。　　重叠
衾罗犹未暖。红烛短。明朝春雨足池塘。落花忙。

小 重 山

正是拈芳采艳时。连朝风雨里,掩朱扉。强排春恨剪新词。词未
就,莺唱〔缕〕(镂)金衣。　　云薄弄晴晖。试穿花径去,拣双枝。

紫香红腻著罗衣。簪不尽,瓶里顿将归。

满宫花 <small>（按花原作春,参据词律、词谱改）</small>

懒拎香,慵弄粉。犹带浅醒微困。金鞍何处掠新欢,偷倩燕寻莺
问。　　柳供愁,花献恨。衮絮猎红成阵。碧楼能有几番春,又是
一番春尽。

浣 溪 沙

欲把香缯暖缬裁。玉箱金锁又慵开。一杯茶罢上春台。　　方向
柳边揉碧缕,又从花畔并红腮。不知凝待阿谁来。

更 漏 子

泪淹红,腮褪粉。等得玉销花损。羞阮凤,怯筝鸾。指寒无好弹。
　　一庭雪。半窗月。又是独眠时节。孤枕怨,小屏愁。天涯梦
里游。

荷 叶 杯

鹊踏画檐双噪。书到。和笑拆封看。归程能隔几重山。远约数宵
间。　　准备绣轮雕笤。游戏。说与百花知。莫教枝上一红飞。
留伴玉东西。

夜 行 船

一翥东风留不住。离歌断、日斜春暮。多事啼莺,妒情飞燕,一路
送人归去。文君自被琴心误。却惆怅、落花飞絮。锦字机寒,玉炉
烟冷,门外乱山无数。

应 天 长

溅紫飘红风又雨。一刻韶芳留不住。燕吞声，莺诤语。待得晴来
人已去。　　怯新歌，怜旧舞。冷落艳腔芳谱。要识此时情绪。
豆梅酸更苦。

喜 迁 莺

鸠雨细，燕风斜。春悄谢娘家。一重帘外即天涯。何必暮云遮。
　　钏金寒，钗玉冷。薄醉欲成还醒。一春梳洗不簪花。孤负几
韶华。

虞 美 人

杏花窗底人中酒。花与人相守。帘衣不肯护春寒。一声娇噎两眉
攒。拥衾眠。　　明朝又有秋千约。恐未忺梳掠。倩谁传语画楼
风。略吹丝雨湿春红。绊游踪。

清 平 乐

凤双鸾偶。天上人间有。檀玉无声花影瘦。夜浅春深时候。
别来几度寒宵。六桥风月迢迢。灯下有谁相伴，一方红湿鲛绡。

山 花 子

挼柳揉花旋染衣。丝丝红翠扑春辉。罗绮丛中无此艳，小西施。
　　腰细最便围舞钯，袖寒时复罩香匜。误点一痕残泪粉，怕人
知。

琴调相思引

组绣盈箱锦满机。倩谁缝作护花衣。恐花飞去，无复上芳枝。
　　已恨远山迷望眼，不须更画远山眉。正无聊赖，雨外一鸠啼。

画　堂　春

一绡香暖看灯衣。领珠襟翠争辉。金球斜觯雪梅枝。著带都宜。
　　桃艳妆成醉脸，柳娇移上歌眉。一轮蟾玉堕花西。携手同归。

相　见　欢

绣围春水锦笼山。冶游天。可惜连朝中酒、怯秋千。　　　妆楼暖。
朱帘卷。燕斜穿。冲落两三花片、镜台边。

后　庭　花

一春不识西湖面。翠羞红倦。雨窗和泪摇湘管。意长笺短。
知心惟有雕梁燕。自来相伴。东风不管琵琶怨。落花吹遍。以上
双照楼本梅屋诗馀

陈　策

策字次贾，号南墅，上虞人。庆元六年(1200)生。积阶至训武郎。
咸淳十年(1274)卒，年七十五。

摸鱼儿 仲宣楼赋

倚危梯、酹春怀古，轻寒才转花信。江城望极多愁思，前事恼人方
寸。湖海兴。算合付元龙，举白浇谈吻。凭高试问。问旧日王郎，

依刘有地,何事赋幽愤。　　　沙头路,休记家山远近。宾鸿一去无信。沧波渺渺空归梦,门外北风凄紧。乌帽整。便做得功名,难绿星星鬓。敲吟未稳。又白鹭飞来,垂杨自舞,谁与寄离恨。

满江红　杨花

倦绣人闲,恨春去、浅颦轻掠。章台路,雪黏飞燕,带芹穿幕。委地身如游子倦,随风命似佳人薄。叹此花、飞后更无花,情怀恶。

心下事,谁堪托。怜老大,伤飘泊。把前回离恨,暗中描摸。又趁扁舟低欲去,可怜世事今非昨。看等闲、飞过女墙来,秋千索。

以上二首见绝妙好词卷三

李昴英

昴英字俊明,番禺人。生于嘉泰元年(1201)。宝庆二年(1226)进士。绍定间,任临汀推官。嘉熙间,历秘书郎、宗正丞、著作郎。三年(1239),直秘阁福建提举。淳祐初,官吏部郎,累擢龙图阁待制,吏部侍郎,归隐文溪。宝祐五年(1257)卒,年五十七,谥忠简。有文溪集。

兰　陵　王

燕穿幕。春在深深院落。单衣试,龙沫旋薰,又怕东风晓寒薄。别来情绪恶。瘦得腰围柳弱。清明近,正似海棠,怯雨芳踪任飘泊。

钗留去年约。恨易老娇莺,多误灵鹊。碧云杳渺天涯各。望不断芳草,更迷香絮,回文强写字屡错。泪欲注还阁。　　　孤酌。住春脚。便彩局谁忺,宝轸慵学。阶除拾取飞花嚼。是多少春恨,等闲吞却。阑干猛拍,叹命薄,悔旧诺。

摸 鱼 儿

晓风痴、绣帘低舞。霏霏香碎红雨。燕忙莺懒春无赖,懒为好花遮
护。浑不顾。费多少工夫,做得芳菲聚。休辜百五。却自恨新年,
游疏醉少,光景恁虚度。　　　狨烟瘦,困起庭阴正午。游丝飞絮无
据。千林湿翠须臾遍,难绿鬓根霜缕。愁绝处。怎忍听,声声杜宇
深深树。东君寄语。道去也还来,后期长在,紫陌岁相遇。

又 用古“买陂塘旋栽杨柳”韵

敞茅堂、茂林环翠,苔矶低蘸烟浦。青蓑混入渔家社原误“杜”,从陆贻
典、毛晟校汲古阁本文溪词,斜日断桥船聚。真乐处。坐芳草,瓦樽满酒
频频注。皋禽自舞。惯松径穿云,梅村踏雪,朗笑自来去。　　　车
乘坠,争似修筇稳步。前尘回首俱误。安闲得在中年好,抱瓮尚堪
蔬圃。高眼觑。算不识、人间宠辱除巢许。风篁解语。应共笑君
狙,无端喜怒,三四计朝暮。

又 五羊郡圃筑壮猷堂落成

绕西园、粉笼千雉,镜池屏石天造。主人意匠工收拾,华屋落成闻
早。轮奂巧。望缥缈、五云深处移蓬岛。油幢羽葆。指貔虎长驱,
鲸鲵网取,电走捷旗报。　　　铙吹发,回庑连屯饮犒。海山波静烟
扫。纶巾萧散环珠履,春满绿杨芳草。人境好。是握穗五翁,福地
无尘到。芝书在道。便整顿乾坤,经营万宇,栋国要元老。

又 送王子文知太平州

怪朝来、片红初瘦,半分春事风雨。丹山碧水含离恨,有脚阳春难
驻。芳草渡。似叫住东君,满树黄鹂语。无端杜宇。报采石矶头,

惊涛屋大,寒色要春护。　　　阳关唱,画鹢徘徊东渚。相逢知又何
处。摩挲老剑雄心在,对酒细评今古。君此去。几万里东南,隻手
擎天柱。长生寿母。更稳步安舆,三槐堂上,好看彩衣舞。

贺新郎　陪广帅方右史登越台

绣谷流明帜。稳飞舆、茵柔草碧,盖欹松翠。遨首意行穷绝顶,彩
树千年胜地。远峰断、莽苍烟水。护日晴云收午暑,飒长风、振叶
生秋思。笼雾炷,飘原作"彩",从校本霞袂。　　　清明官府歌棠芾。
且萧闲事外,下看玉城珠市。山色骄人逢此客,麈尾霏霏露碎。一
笑又、羊衔新穗。田野欢声和气合,唤艒船、猛为鱼占喜。谁会得,
醉翁意。

又　饯广帅马方山赴召

世羡官高大。又谁知、几多卿相,身荣名坏。我辈相逢无愧色,彼
此苍颜健在。又容易、分携越海。写出阳关离别恨,看一行、雁字
斜飞界。天下宝,愿自爱。　　　白衣苍狗须臾改。久冥心、鸡虫得
失,鹓鹏迟快。君带貂蝉头上立,老我荷衣草带。肯此膝、向人雅
拜。远饯元非趋炎者,二十年、相与形骸外。义金石,更坚耐。

又　同年顾君景冲云翼经属官舍白莲盛开,招饮水亭

谁种蓝田玉。碧云深、亭亭月上,水明溪曲。羞作时妆儿女态,冷
淡冰餐露沐。出尘外、风标幽独。除了留侯无此貌,便何郎、傅粉
终粗俗。意凝远,韵清淑。　　　凉台向晚微风馥。讶银杯羽化,折
取戏浮醽醁。安得梅花如许大,天遣辟除暑溽。浑不觉、鹭翘鸥
浴。可恨妖妃污太液,只东林、社友追游熟。宜夜看,灿瑶烛。

又 赋菊

细与黄花说。是天教、开遇重阳，玉裁金屑。老行要寻松竹伴，雅爱山翁鬒雪。任满插、追陪节物。惟有渊明吾臭味，傍东篱、盘薄芳丛撷。便无酒，也清绝。　　芒寒色正孤标洁。惯平生、餐霜饮露，倚风迎月。不比芙蓉偏妩媚，不比茱萸太烈。似隐者、萧闲岩穴。至老枝头犹健在，笑纷纷、红紫尘沙汩。香耐久，看晚节。

又 饯广东吴宪燧时持节宪江西

元日除书湿。到而今、西风老矣，驾轺初入。自是龙颜深注想，孤凤翔而后集。久父老、攀留原隰。庾岭经行梅亦喜，小奚奴、背底惟诗笈。冰雪操，又谁及。　　昨来容易风云翕。便三台两地，也只等闲如拾。天马不鸣凡马喑，百步何如五十。况汹汹、波涛方急。此去一言回天力，著高高^{原作“著著高”，从校本}、百尺竿头立。浇磊块，快鲸吸。

又 再用韵饯吴宪

过雨璇空湿。浩秋香、光浮桂菊，晓风吹入。柳系牙樯应小驻，草草还成胜集。又追趁、牡车原隰。照座玉人风骨耸，想胸蟠、蕊阙琳琅笈。真作者，世难及。　　远山云雾工开翕。共朱阑徙倚，总好锦囊收拾。老我只今才思涩，知二争如知十。戛金缕、檀敲休急。访古夷犹行八^{原作“短”，从校本}境，忆朝阳、鸣凤台端立。笔也醉，砚池吸。

又 丙辰自寿、游景泰小隐作

天地中间大。纵遨游、登山临水，散人一个。学易已来秋又六，肯

趁名缰利锁。得日日、安闲笑过。金马玉堂也曾到,尽不妨、拍手
溪头坐。风蒻笠,月兰舸。　　今朝记是初生我。近小春、黄菊犹
葩,早梅将朵。拔宅危巅穷胜践,指点尘寰蚁磨。看涧底、飞泉珠
颗。松柏苍苍俱寿相,更千年、雪鹤鸣相和。安期老,举杯贺。

水龙吟 癸丑江西持宪自寿

唱恭初意如何,矞来五十三年矣。犁锄颇熟,诗书粗解,簪绅聊耳。
自信柴愚,真成汲黯,却无刘膱。向高秋初度,同时有菊,淡相对、
风霜里。　　最癖登山临水。又何心、蜗名蝇利。俗缘未了,强教
肉食,何曾知味。无事微吟,会心微笑,逢场微醉。把日生、只恁安
排,领取百十二岁。

又 和吴宪韵,且坚郁孤同游之约

驿飞稳驾高秋,迎人满目清新景。秋还有色,芙蓉照水,晨妆对镜。
雪卷寒芦,字横过雁,渡浮孤艇。是骚人行处,腔风调月,香满袖、
过梅岭。　　断岸烟收人静。雨声乾、桐疏枫冷。掀髯独笑,仙翁
起舞,卧龙呼醒。近小阳春,为梅也合,迟迟鞭影。更郁孤、一笑追
欢,料得坡翁首肯。

又 观竞渡

碧潭新涨浮花,柳阴稠绿波痕腻。一声雷鼓,半空雪浪,双龙惊起。
气压鲸猊,怒掀鳞鬣,擘开烟水。算战争蛮触,雌雄汉楚,总皆一场
如此。　　点额许教借一,得头筹、欢呼震地。翻嗤浮世,要津挨
进,奔波逐利。鬭了还休,倩渠衔寄,三闾角黍。会风云、快出为
霖,可但颔明珠睡。以上明刊本文溪存稿卷十六

水调歌头 题舫斋

郭外足幽胜,潮入涨溪流。舫斋小小一叶,老子日遨游。管领白蘋红蓼,披戴绿蓑青箬,直钓任沉浮。玉缕饱鲈鲙,雪阵狎沙鸥。

个中眠,个中坐,个中讴。个中收拾诗料,舣客个中留。休羡乘槎博望,且听洞箫赤壁,乐处是瀛洲。日月荡双桨,天地一虚舟。

又 题斗南楼和刘朔斋韵

万顷黄湾口,千仞白云头。一亭收拾,便觉炎海豁清秋。潮候朝昏来去,山色雨晴浓淡,天末送双眸。绝域远烟外,高浪舞连艘。

风景别,胜滕阁,压黄楼。胡床老子,醉挥珠玉落南州。稳驾大鹏八极,叱起仙羊五石,飞佩过丹丘。一笑人间世,机动早惊鸥。

又 寿参政徐意一

地位到公辅,耆艾过稀年。几人兼此二美,而况是名贤。松柏苍然长健,姜桂老来愈辣,劲气九秋天。鲠鲠撄鳞语,不改铁心坚。

说武夷,同此月,瑞三仙。公虽居后,瓌奇伟特却光前。续得紫阳脉络,了却西山事业,舟楫济商川。饮对黄花榭,一酌岁三千。

又 题登春台

野趣在城市,崛起此台高。谁移原误作"侈",从校本蓬岛,冯夷夜半策灵鳌。十万人家螯碧,四面峰峦涌翠,远岫原作"峙",从校本拍银涛。插汉笔双塔,篸两叶轻舠。　　我乘风,时一到,共嬉遨。江山无复偃蹇,弹压有诗豪。宝剑孤横星动,铁笛一声云裂,寒月冰宫袍。沧海一杯酒,世界眇鸿毛。

念奴娇 寿王守母

瑶池高会,见云香凤背,风柔鹤膝。天遣月卿来拜舞,新拜玺书增秩。有母能贤,生儿如此,总是前身佛。孙曾戏彩,慈颜一笑闲逸。

曾向浑尺轩中,共评今古,手写王言绰。个里乃翁棠荫在,映得梅仙山碧。人爱黄堂,祝萱堂寿,拍拍欢声溢。明年宣劝,蟠桃火枣庭实。

又 宝祐丁巳闰四月,偕十友避暑白云寺

麦秋时候,薄阴罩炎日,山行乘兴。筇屐追随多胜侣,青佩黄冠方领。坐石谈玄,听泉濯暑,直上千山顶。倚风长啸,籁鸣林谷相应。

忽涌云气漫空,海吹急雨,觉冰㴉原作"练",从校本微冷。洗尽人间名利障,便是蓬莱仙境。半日偷闲,一生清福,岂在荣钟鼎。青灯深夜,陶然独妙清圣。

瑞鹤仙 甲辰灯夕

玉城春不夜。映月璧寒流,烛蕖光射。鳌山海云驾。拥遨头箫鼓,锦旗红亚。东风近也。趁乐岁、良辰多暇。想阳和、早遍南州,暖得柳娇桃冶。 堪画。纱笼夹道,露重花珠,尘吹兰麝。歌朋舞社。玉梅转,闹蛾耍。且茧占先探,芋郎戏巧,又下紫姑灯下。听欢声、犹自未归,钿车宝马。

沁园春 监司元宵招饮不赴

才到中年,节物浑闲,赏心顿轻。据随分东风,瓶簪柳雪,应时灯夜,棚缀莲星。自一家春,也三杯酒,巧茧堆香笑语声。又何须,听那西楼弦管,南陌箫笙。 平生。黄卷青灯。肯珠翠奢华八尺

檠。欲趁队闲嬉,雕鞍宝马,回头猛忆,破案囊萤。邻曲渔歌,庭除
鹤舞,尘外冰轮彻骨清。人闲处,这炯然方寸,一点长明。

满江红 江西持宪节、登高作

薄冷催霜,碧空豁、飞鸿斜度。□九日、御风绝顶,下看尘宇。滕阁
芳筵笺笔妙,龙山胜践旌旗驻。料山灵、也要可人游,成佳趣。

吹帽堕,羞千古。题饧原无"饧"字,从校本字,非吾侣。却坐间著得,
煮茶桑苎。万里寒云迷北斗,望远峰夕照频西顾。且满浮、大白送
黄花,剑休舞。

按此首别误作杨观词,见清远县志卷十五。

又 和刘朔斋节亭韵

人似梅花,峭玉立、岁寒风节。新圃辟、种梅千树,幻成南雪。池碎
瀑声荷捧雨,径涵秋影筤筛月。唤石君、错落坐庭前,红尘绝。

嫌聒耳,篸筝戛。慵著眼,俳优狎。但一觞一咏,放怀开阔。涌
地池亭工掩映,擎天柱石觇施设。待枝头、金颗可调羹,休轻折。

菩萨蛮 别刘朔斋后寄词,时朔斋抵峡山拾遗词至

云山叠叠双眸短。梦魂夜趁行人远。千里共襟期。吟风饮月时。
　碧溪穿翠峡。雪意蓬萧飒。安得翅飞来。冲寒同访梅。

渔 家 傲

重著夹罗犹怯冷。隔帘拜祝团圆镜。取片龙涎安古鼎。香阁静。
横窗写出梅花影。　寒鹊颤枝飞不定。回纹刺就更筹永。小玉
欣眠呼不醒。霜气紧。丽谯吹动梅花引。

西　江　月

小鹢载池心月, 长虹夸水中天。主人情重客留连。便欲乘风寒殿。

　　霜竹且传秋信, 镜菤不作春妍。夜凉正好倒金船。朔饮而今再见。

浣　溪　沙

笋玉纤纤拍扇纨。戏拈荷叶起文鸳。水亭初试小龙团。　　　拜月深深频祝愿, 花枝低压髻云偏。倩人解梦语喧喧。

城头月　和广帅马方山韵赠斗南楼道士青霞梁弥仙

工夫作用中宵昼。点化无中有。真气长存, 童颜不改, 底用呵磨皱。　　　一身二五之精媾。积得婴儿就。试问霞翁, 三田熟未, 还解飞冲否。以上文溪存稿卷十七

吴文英

文英字君特, 号梦窗, 晚号觉翁, 四明人。生于庆元六年(1200)。景定时, 尝客荣王邸, 从吴潜等游。约卒于景定元年(1260)。有梦窗甲乙丙丁稿四卷。

琐窗寒　无射商, 俗名越调, 犯中吕宫, 又犯正宫　　玉兰

绀缕堆云, 清腮润玉, 氾人初见。蛮腥未洗, 海客一怀凄惋。渺征槎、去乘阆风, 占香上国幽心展。□遗芳掩色, 真姿凝澹, 返魂骚畹。　　　一盼。千金换。又笑伴鸱夷, 共归吴苑。离烟恨水, 梦杳南天秋晚。比来时、瘦肌更销, 冷薰沁骨悲乡远。最伤情、送客咸

阳，佩结西风怨。

尉迟杯 　夹钟商，俗名双调　赋杨公小蓬莱

垂杨径。洞钥启，时见流莺迎。涓涓暗谷流红，应有缃桃千顷。临
池笑靥，春色满、铜华弄妆影。记年时、试酒湖阴，褪花曾采新杏。

　　蛛窗绣网玄经，才石砚开奁，雨润云凝。小小蓬莱香一掬，愁
不到、朱娇翠靓。清尊伴、人闲永日，断琴和、棋声竹露冷。笑从
前、醉卧红尘，不知仙在人境。

渡江云三犯 　中吕商，俗名小石调　西湖清明

羞红颦浅恨，晚风未落，片绣点重茵。旧堤分燕尾，桂棹轻鸥，宝勒
倚残云。千丝怨碧，渐路入、仙坞迷津。肠漫回，隔花时见，背面楚
腰身。　　逡巡。题门惆怅，坠履牵萦，数幽期难准。还始觉、留
情缘眼，宽带因春。明朝事与孤烟冷，做满湖、风雨愁人。山黛暝，
尘波澹绿无痕。

三部乐 　黄钟商，俗名大石调　赋姜石帚渔隐

江鹚初飞，荡万里素云，际空如沐。咏情吟思，不在秦筝金屋。夜
潮上、明月芦花，傍钓蓑梦远，句清敲玉。翠罂汲晓，欸乃一声秋
曲。　　越装片篷障雨，瘦半竿渭水，鹭汀幽宿。那知暖袍挟锦，
低帘笼烛。鼓春波、载花万斛。帆鬣转、银河可掬。风定浪息，苍
茫外、天浸寒绿。

霜叶飞 　黄钟商　重九

断烟离绪。关心事，斜阳红隐霜树。半壶秋水荐黄花，香嗫西风
雨。纵玉勒、轻飞迅羽。凄凉谁吊荒台古。记醉踏南屏，彩扇咽、

寒蝉倦梦,不知蛮素。　　聊对旧节传杯,尘笺蠹管,断阕经岁慵
赋。小蟾斜影转东篱,夜冷残蛩语。早白髮、缘愁万缕。惊飙从卷
乌纱去。漫细将、茱萸看,但约明年,翠微高处。

瑞鹤仙 林钟羽,俗名高平调

泪荷抛碎璧。正漏云筛雨,斜捎窗隙。林声怨秋色。对小山不迭,
寸眉愁碧。凉欺岸帻。暮砧催、银屏翦尺。最无聊、燕去堂空,旧
幕暗尘罗额。　　行客。西园有分,断柳凄花,似曾相识。西风破
屐。林下路,水边石。念寒蛩残梦,归鸿心事,那听江村夜笛。看
雪飞、蘋底芦梢,未如鬓白。

又

晴丝牵绪乱。对沧江斜日,花飞人远。垂杨暗吴苑。正旗亭烟冷,
河桥风暖。兰情蕙盼。惹相思、春根酒畔。又争知、吟骨萦销,渐
把旧衫重翦。　　凄断。流红千浪,缺月孤楼,总难留燕。歌尘凝
扇。待凭信,拌分钿。试挑灯欲写,还依不忍,笺幅偷和泪卷。寄
残云、剩雨蓬莱,也应梦见。

又 赠丝鞋庄生

藕心抽莹茧。引翠针行处,冰花成片。金门从回辇。两玉凫飞上,
绣绒尘软。丝绚侍宴。曳天香、春风宛转。傍星辰、直上无声,缓
蹑素云归晚。　　奇践。平康得意,醉踏香泥,润红沾线。良工诧
见。吴蚕唾,海沉檀。任真珠装缀,春申客屦,今日风流雾散。待
宣供、禹步宸游,退朝燕殿。

又　丙午重九

乱云生古峤。记旧游惟怕，秋光不早。人生断肠草。叹如今摇落，
暗惊怀抱。谁临晚眺。吹台高、霜歌缥缈。想西风、此处留情，肯
著故人衰帽。　　闻道。菼香西市，酒熟东邻，浣花人老。金鞭馺
裊。追吟赋，倩年少。想重来新雁，伤心湖上，销减红深翠窈。小
楼寒、睡起无聊，半帘晚照。

又　寿史云麓

记年时茂苑。正画堂凝香，璇奎初焕。天边岁华转。向九重春近，
仙桃传宴。银罂翠管。宝香飞、蓬莱小殿。荷玉皇、恩重千秋，翠
麓峻齐云汉。　　须看。鸿飞高处，地阔天宽，弋人空羡。梅清水
暖。苕溪上，几吟卷。算金门听漏，玉墀班早，赢得风霜满面。总
不如、绿野身安，镜中未晚。

又　癸卯岁寿方蕙岩寺簿

辘轳春又转。记旋草新词，江头凭雁。乘槎上银汉。想车尘才踏，
车华红软。何时赐见。漏声移、深宫夜半。问莼鲈、今几西风，未
觉岁华迟晚。　　一片。丹心白发，露滴研朱，雅陪清宴。班回柳
院。蒲团底，小禅观。望罘罳明月，初圆此夕，应共婵娟茂苑。愿
年年、玉兔长生，耸秋井干。

又　饯郎纠曹之严陵

夜寒吴馆窄。渐酒阑烛暗，犹分香泽。轻帆展为翮。送高鸿飞过，
长安南陌。渔矶旧迹。有陈蕃、虚床挂壁。掩庭扉，蛛网黏花，细
草静摇春碧。　　还忆。洛阳年少，风露秋檠，岁华如昔。长吟坠

帻。暮潮送,富春客。算玉堂不染,梅花清梦,宫漏声中夜直。正
逋仙、清瘦黄昏,几时觅得。

又　赠道女陈华山内夫人

彩云栖翡翠。听凤笙吹下,飞軿天际。晴霞剪轻袂。澹春姿雪态,
寒梅清泚。东皇有意。旋安排、阑干十二。早不知、为雨为云,尽
日建章门闭。　　堪比。红绡纤素,紫燕轻盈,内家标致。游仙旧
事。星斗下,夜香里。□华峰□□,纸屏横幅,春色长供午睡。更
醉乘、玉井秋风,采花弄水。

满江红　夷则宫、俗名仙吕宫　淀山湖

云气楼台,分一派、沧浪翠蓬。开小景、玉盆寒浸,巧石盘松。风送
流花时过岸,浪摇晴练欲飞空。算鲛宫、只隔一红尘,无路通。
　　神女驾,凌晓风。明月佩,响丁东。对两蛾犹锁,怨绿烟中。秋
色未教飞尽雁,夕阳长是坠疏钟。又一声、欸乃过前岩,移钓篷。

又　甲辰岁盘门外寓居过重午

结束萧仙,啸梁鬼、依还未灭。荒城外、无聊闲看,野烟一抹。梅子
未黄愁夜雨,榴花不见簪秋雪。又重罗、红字写香词,年时节。
　　帘底事,凭燕说。合欢缕,双条脱。自香消红臂,旧情都别。湘
水离魂孤叶怨,扬州无梦铜华阙。倩卧箫、吹裂晚天云,看新月。

解连环　夷则商,俗名商调

暮檐凉薄。疑清风动竹,故人来邀。渐夜久、闲引流萤,弄微照素
怀,暗呈纤白。梦远双成,凤笙杳、玉绳西落。掩练帐倦入,又惹旧
愁,汗香阑角。　　银瓶恨沉断索。叹梧桐未秋,露井先觉。抱素

影、明月空闲,早尘损丹青,楚山依约。翠冷红衰,怕惊起、西池鱼跃。记湘娥、绛绡暗解,褪花坠萼。

又　留别姜石帚

思和云结。断江楼望睫,雁飞无极。正岸柳、衰不堪攀,忍持赠故人,送秋行色。岁晚来时,暗香乱、石桥南北。又长亭暮雪,点点泪痕,总成相忆。　　杯前寸阴似掷。几酬花唱月,连夜浮白。省听风、听雨笙箫,向别枕倦醒,絮飐空碧。片叶愁红,趁一舸、西风潮汐。叹沧波、路长梦短,甚时到得。

夜飞鹊　黄钟商　蔡司户席上南花

金规印遥汉,庭浪无纹。清雪冷沁花薰。天街曾醉美人畔,凉枝移插乌巾。西风骤惊散,念梭悬愁结,蒂翦离痕。中郎旧恨,寄横竹、吹裂哀云。　　空剩露华烟彩,人影断幽坊,深闭千门。浑似飞仙入梦,袜罗微步,流水青蘋。轻冰润□,怅今朝、不共清尊。怕云槎来晚,流红信杳,萦断秋魂。

一寸金　中吕商　赠笔工刘衍

秋入中山,臂隼牵卢纵长猎。见骏毛飞雪,章台献颖,臞腰束缟,汤沐疏邑。筼管刊琼牒。苍梧恨、帝娥暗泣。陶郎老、憔悴玄香,禁苑犹催夜俱入。　　自叹江湖,雕龙心尽,相携蠧鱼箧。念醉魂悠飐,折钗锦字,黵髯掀舞,流觞春帖。还倚荆溪楫。金刀氏、尚传旧业。劳君为、脱帽篷窗,寓情题水叶。

又

秋压更长,看见姮娥瘦如束。正古花摇落,寒蛩满地,参梅吹老,玉

龙横竹。霜被芙蓉宿。红绵透、尚欺暗烛。年年记、一种凄凉，绣
幌金圆挂香玉。　　顽老情怀，都无欢事，良宵爱幽独。叹画图难
仿，橘村砧思，笠蓑有约，莼洲渔屋。心景凭谁语，商弦重、袖寒转
轴。疏篱下、试觅重阳，醉擘青露菊。

绕佛阁 黄钟商　与沈野逸东皋天街卢楼追凉小饮

夜空似水，横汉静立，银浪声杳。瑶镜夐小。素娥乍起、楼心弄孤
照。絮云未巧。梧韵露井，偏借秋早。晴暗多少。怕教彻胆，蟾光
见怀抱。　　浪迹尚为客，恨满长安千古道。还记暗萤、穿帘街语
悄。叹步影归来，人鬓花老。紫箫天渺。又露饮风前，凉坠轻帽。
酒杯空、数星横晓。

又 赠郭季隐

茜霞艳锦，星媛夜织，河汉鸣杼。红翠万缕。送幽梦与、人闲绣芳
句。怨宫恨羽。孤剑漫倚，无限凄楚。□□□□。赋情缥缈、东风
飏花絮。　　镜里半髯雪，向老春深莺晓处。长闭翠阴、幽坊杨柳
户。看故苑离离，城外禾黍。短藜青屦。笑寄隐闲追，鸡社歌舞。
最风流、垫巾沾雨。

按是调原有周邦彦"暗尘四敛"一阕误入，已由朱祖谋删去。

拜星月慢 林钟羽　姜石帚以盆莲数十置中庭，宴客其中

绛雪生凉，碧霞笼夜，小立中庭芜地。昨梦西湖，老扁舟身世。叹
游荡，暂赏、吟花酌露尊俎，冷玉红香罍洗。眼眩魂迷，古陶洲十
里。　　翠参差、澹月平芳砌。砖花溅、小浪鱼鳞起。雾盏浅障青
罗，洗湘娥春腻。荡兰烟、麝馥浓侵醉。吹不散、绣屋重门闭。又
怕便、绿减西风，泣秋檠烛外。

水龙吟 无射商　惠山酌泉

艳阳不到青山，古阴冷翠成秋苑。吴娃点黛，江妃拥髻，空濛遮断。
树密藏溪，草深迷市，峭云一片。二十年旧梦，轻鸥素约，霜丝乱、
朱颜变。　　龙吻春霏玉溅。煮银瓶、羊肠车转。临泉照影，清寒
沁骨，客尘都浣。鸿渐重来，夜深华表，露零鹤怨。把闲愁换与，楼
前晚色，棹沧波远。

又 用见山韵饯别

夜分溪馆渔灯，巷声乍寂西风定。河桥径远，玉箫吹断，霜丝舞影。
薄絮秋云，澹蛾山色，宦情归兴。怕烟江渡后，桃花又泛，宫沟上、
春流紧。　　新句欲题还省。透香煤、重牒误隐。西园已负，林亭
移酒，松泉荐茗。携手同归处，玉奴唤、绿窗春近。想骄骢、又踏西
湖，二十四番花信。

又 赋张斗墅家古松五粒

有人独立空山，翠髯未觉霜颜老。新香秀粒，浓光绿浸，千年春小。
布影参旗，障空云盖，沉沉秋晓。驷苍虬万里，笙吹凤女，骖飞乘、
天风袅。　　般巧。霜斤不到。汉游仙、相从最早。皴鳞细雨，层
阴藏月，朱弦古调。问讯东桥，故人南岭，倚天长啸。待凌霄谢了，
山深岁晚，素心才表。

又 寿嗣荣王

望中璇海波新，泛槎又匝银河转。金风细袅，龙枝声奏，钧箫秋远。
南极飞仙，夜来催驾，祥光重见。紫霄承露掌，瑶池荫密，蟠桃秀、
蠡莲绽。　　新栋晴晕凌汉。半凉生、兰檠书卷。绣裳五色，昆台

十二,香深帘卷。花萼楼高处,连清晓、千秋传宴。赐长生玉字,鸾回凤舞,下蓬莱殿。

又　寿尹梅津

望春楼外沧波,旧年照眼青铜镜。炼成宝月,飞来天上,银河流影。绀玉钩帘处,横犀麈、天香分鼎。记殿云殿锁,裁花翦露,曲江畔、春风劲。　　槐省。红尘昼静。午朝回、吟生晚兴。春霖绣笔,莺边清晓,金猊旋整。阆苑芝仙貌,生绡对、绿窗深景。弄琼英数点,宫梅信早,占年光永。

又　送万信州

几番时事重论,座中共惜斜阳下。今朝翦柳,东风送客,功名近也。约住飞花,暂听留燕,更攀情话。问千牙过阙,一封入奏,忠孝事、都应写。　　闻道兰台清暇。载鸱夷、烟江一舸。贞元旧曲,如今谁听,惟公和寡。儿骑空迎,舜瞳回盼,玉阶前借。便急回暖律,天边海上,正春寒夜。

又　过秋壑湖上旧居寄赠

外湖北岭云多,小园暗碧莺啼处。朝回胜赏,墨池香润,吟船系雨。霓节千妃,锦帆一箭,携将春去。算归期未卜,青烟散后,春城咏、飞花句。　　黄鹤楼头月午。奏玉龙、江梅解舞。薰风紫禁,严更清梦,思怀几许。秋水生时,赋情还在,南屏别墅。看章台走马,长堤种取,柔丝千树。

又　癸卯元夕

澹云笼月微黄,柳丝浅色东风紧。夜寒旧事,春期新恨,眉山碧远。

尘陌飘香,绣帘垂户,趁时妆面。钿车催去急,珠囊袖冷,愁如海、情一线。　　犹记初来吴苑。未清霜、飞惊双鬓。嬉游是处,风光无际,舞葱歌茜。陈迹征衫,老容华镜,欢惊都尽。向残灯梦短,梅花晓角,为谁吟怨。

又　寿梅津

杜陵折柳狂吟,砚波尚湿红衣露。仙桃宴早,江梅春近,还催客句。宫漏传鸡,禁门嘶骑,宦情熟处。正黄编夜展,天香字暖,春葱蘸、红蜜炬。　　宫帽弯枝醉舞。思飘飏、朣仙风举。星罗万卷,云驱千阵,飞毫海雨。长寿杯深,探春腔稳,江湖同赋。又看看、便系金狨,莺晓,傍西湖路。

玉烛新　夹钟商

花穿帘隙透。向梦里销春,酒中延昼。嫩篁细掐,相思字、堕粉轻黏练袖。章台别后,展绣络、红蔫香旧。□□□,应数归舟,愁凝画阑眉柳。　　移灯夜语西窗,逗晓帐迷香,问何时又。素纨乍试,还忆是、绣懒思酸时候。兰清蕙秀。总未比、蛾眉蝤首。谁诉与,惟有金笼,春簧细奏。

解语花　林钟羽　梅花

门横皱碧,路入苍烟,春近江南岸。暮寒如翦。临溪影、一一半斜清浅。飞霙弄晚。荡千里、暗香平远。端正看,琼树三枝,总似兰昌见。　　酥莹云容夜暖。伴兰翘清瘦,箫凤柔婉。冷云荒翠,幽栖久、无语暗申春怨。东风半面。料准拟、何郎词卷。欢未阑,烟雨青黄,宜昼阴庭馆。

又　立春风雨中饯处静

檐花旧滴,帐烛新啼,香润残冬被。澹烟疏绮。凌波步、暗阻傍墙挑荠。梅痕似洗。空点点、年华别泪。花鬓愁,钗股笼寒,彩燕沾云腻。　　还斗辛盘葱翠。念青丝牵恨,曾试纤指。雁回潮尾。征帆去、似与东风相避。泥云万里。应鹯断、红情绿意。年少时,偏爱轻怜,和酒香宜睡。

庆春宫　无射商　越中钱得闲园

春屋围花,秋池沿草,旧家锦藉川原。莲尾分津,桃边迷路,片红不到人间。乱筼苍暗,料惜把、行题共删。小晴帘卷,独占西墙,一镜清寒。　　风光未老吟潘。嘶骑征尘,只付凭阑。鸣瑟传杯,辟邪翻烬,系船香斗春宽。晚林青外,乱鸦著、斜阳几山。粉消莫染,犹是秦宫,绿扰云鬟。

又

残叶翻浓,馀香栖苦,障风怨动秋声。云影摇寒,波尘销腻,翠房人去深扃。昼成凄黯,雁飞过、垂杨转青。阑干横暮,酥印痕香,玉腕谁凭。　　菱花乍失娉婷。别岸围红,千艳倾城。重洗清杯,同追深夜,豆花寒落愁灯。近欢成梦,断云隔、巫山几层。偷相怜处,熏尽金篝,销瘦云英。

按是调原有周邦彦"云接平岗"一阕,亦已删。原注云附清真,非误入也,今未入存目。

塞垣春　丙午岁旦

漏瑟侵琼管。润鼓借、烘炉暖。藏钩怯冷,画鸡临晓,邻语莺啭。

殢绿窗、细咒浮梅玖。换蜜炬、花心短。梦惊回，林鸦起，曲屏春事
天远。　　迎路柳丝裙，看争拜东风，盈灞桥岸。鬌落宝钗寒，恨
花胜迟燕。渐街帘影转。还似新年，过邮亭、一相见。南陌又灯
火，绣囊尘香浅。

宴清都 <small>夹钟羽，俗名中吕调　饯荣王仲亨还京</small>

翠羽飞梁苑。连催发，暮樯留话江燕。尘街堕珥，瑶扉乍钥，彩绳
双冒。新烟暗叶成阴，效翠妩、西陵送远。又趁得、蕊露天香，春留
建章花晚。　　归来笑折仙桃，琼楼宴蕚，金漏催箭。兰亭秀语，
乌丝润墨，汉宫传玩。红敧醉玉天上，倩凤尾、时题画扇。问几时、
重驾巫云，蓬莱路浅。

又 <small>连理海棠</small>

绣幄鸳鸯柱。红情密，腻云低护秦树。芳根兼倚，花梢钿合，锦屏
人妒。东风睡足交枝，正梦枕、瑶钗燕股。障滟蜡、满照欢丛，嫠蟾
冷落羞度。　　人间万感幽单，华清惯浴，春盎风露。连鬟并暖，
同心共结，向承恩处。凭谁为歌长恨，暗殿锁、秋灯夜语。叙旧期、
不负春盟，红朝翠暮。

又 <small>寿荣王夫人</small>

万壑蓬莱路。非烟霁，五云城阙深处。璇源媲凤，瑶池种玉，炼颜
金姥。长虹梦入仙怀，便洗日、铜华翠渚。向瑞世、独占长春，蟠桃
正饱风露。　　殷勤汉殿传卮，隔江云起，暗飞青羽。南山寿石，
东周宝鼎，千秋巩固。何时地拂龙衣，待迎入、玉京阆圃。看□□、
剩拥湖船，三千彩御。

又　寿秋壑

翠匝西门柳。荆州昔，未来时正春瘦。如今剩舞，西风旧色，胜东风秀。黄粱露湿秋江，转万里、云樯蔽昼。正虎落、马静晨嘶，连营夜沉刁斗。　　含章换几桐阴，千官邃幄，韶凤还奏。席前夜久，天低宴密，御香盈袖。星槎信约长在，醉兴渺、银河赋就。对小弦、月挂南楼，凉浮桂酒。

又　送马林屋赴南宫，分韵得动字

柳色春阴重。东风力，快将云雁高送。书檠细雨，吟窗乱雪，井寒笔冻。家林秀橘霜老，笑分得、蟾边桂种。应茂苑、斗转苍龙，唯潮献奇吴凤。　　玉眉暗隐华年，凌云气压，千载云梦。名笺澹墨，恩袍翠草，紫骝青鞚。飞香杏园新句，眩醉眼、春游乍纵。弄喜音、鹊绕庭花，红帘影动。

又

万里关河眼。愁凝处，渺渺残照红敛。天低远树，潮分断港，路回淮甸。吟鞭又指孤店。对玉露金风送晚。恨自古、才子佳人，此景此情多感。　　吴王故苑。别来良朋雅集，空叹蓬转。挥毫记烛，飞觞赶月，梦销香断。区区去程何限。倩片纸、丁宁过雁。寄相思，寒雨灯窗，芙蓉旧院。

齐天乐　黄钟宫,俗名正宫　与冯深居登禹陵

三千年事残鸦外，无言倦凭秋树。逝水移川，高陵变谷，那识当时神禹。幽云怪雨。翠萍湿空梁，夜深飞去。雁起青天，数行书似旧藏处。　　寂寥西窗久坐，故人悭会遇，同剪灯语。积藓残碑，零

圭断壁，重拂人间尘土。霜红罢舞。漫山色青青，雾朝烟暮。岸锁
春船。画旗喧赛鼓。

又　白酒自酌有感

芙蓉心上三更露，茸香漱泉玉井。自洗银舟，徐开素酌，月落空杯
无影。庭阴未暝。度一曲新蝉，韵秋堪听。瘦骨侵冰，怕惊纹簟夜
深冷。　　当时湖上载酒，翠云开处共，雪面波镜。万感琼浆，千
茎鬓雪，烟锁蓝桥花径。留连暮景。但偷觅孤欢，强宽秋兴。醉倚
修篁，晚风吹半醒。

又　齐云楼

凌朝一片阳台影，飞来太空不去。栋与参横，帘钩斗曲，西北城高
几许。天声似语。便阊阖轻排，虹河平溯。问几阴晴，霸吴平地漫
今古。　　西山横黛瞰碧，眼明应不到，烟际沉鹭。卧笛长吟，层
霾乍裂，寒月溟濛千里。凭虚醉舞。梦凝白阑干，化为飞雾。净洗
青红，骤飞沧海雨。

又

新烟初试花如梦，疑收楚峰残雨。茂苑人归，秦楼燕宿，同惜天涯
为旅。游情最苦。早柔绿迷津，乱莎荒圃。数树梨花，晚风吹堕半
汀鹭。　　流红江上去远，翠尊曾共醉，云外别墅。澹月秋千，幽
香巷陌，愁结伤春深处。听歌看舞。驻不得当时，柳蛮樱素。睡起
恹恹，洞箫谁院宇。

又　毗陵两别驾招饮丁园索赋

竹深不放斜阳度，横披澹墨林沼。断莽平烟，残莎剩水，宜得秋深

才好。荒亭旋扫。正著酒寒轻,弄花春小。障锦西风,半围歌袖半吟草。　　独游清兴易懒,景饶人未胜,乐事长少。柳下交车,尊前岸帻,同抚云根一笑。秋香未老。渐风雨西城,暗欹客帽。背月移舟,乱鸦溪树晓。

又　会江湖诸友泛湖

麹尘犹沁伤心水,歌蝉暗惊春换。露藻清啼,烟萝澹碧,先结湖山秋怨。波帘翠卷,叹霞薄轻绡,氾人重见。傍柳追凉,暂疏怀袖负纨扇。　　南花清鬥素靥,画船应不载,坡静诗卷。泛酒芳筒,题名蠹壁,重集湘鸿江燕。平芜未剪。怕一夕西风,镜心红变。望极愁生,暮天菱唱远。

又

烟波桃叶西陵路,十年断魂潮尾。古柳重攀,轻鸥聚别,陈迹危亭独倚。凉飔乍起。渺烟碛飞帆,暮山横翠。但有江花,共临秋镜照憔悴。　　华堂烛暗送客,眼波回盼处,芳艳流水。素骨凝冰,柔葱蘸雪,犹忆分瓜深意。清尊未洗。梦不湿行云,漫沾残泪。可惜秋宵,乱蛩疏雨里。

又　寿荣王夫人

玉皇重赐瑶池宴,琼筵第二十四。万象澄秋,群裾曳玉,清澈冰壶人世。鳌峰对起。许分得钧天,凤丝龙吹。翠羽飞来,舞鸾曾赋曼桃字。　　鹤胎曾梦电绕,桂根看骤长,玉干金蕊。少海波新,芳茅露滴,凉入堂阶彩戏。香霖乍洗。拥莲媛三千,羽裳风佩。圣姥朝元,炼颜银汉水。

又 赠姜石帚

馀香才润鸾绡汗,秋风夜来先起。雾锁林深,蓝浮野阔,一笛渔蓑鸥外。红尘万里。就中决银河,冷涵空翠。岸帻沙平,水杨阴下晚初舣。　　桃溪人住最久,浪吟谁得到,兰蕙疏绮。砚色寒云,签声乱叶,蕲竹纱纹如水。笙歌醉里。步明月丁东,静传环佩。更展芳塘,种花招燕子。

丹凤吟 无射商　赋陈宗之芸居楼

丽景长安人海,避影繁华,结庐深寂。灯窗雪户,光映夜寒东壁。心凋鬓改,镂冰刻水,缥简离离,风签索索。怕遣花虫蠹粉,自采秋芸熏架,香泛纤碧。　　更上新梯窈窕,暮山澹著城外色。旧雨江湖远,问桐阴门巷,燕曾相识。吟壶天小,不觉翠蓬云隔。桂斧月宫三万手,计元和通籍。软红满路,谁聘幽素客。

扫花游 夹钟商　西湖寒食

冷空澹碧,带翳柳轻云,护花深雾。艳晨易午。正笙箫竞渡,绮罗争路。骤卷风埃,半掩长蛾翠妩。散红缕。渐红湿杏泥,愁燕无语。　　乘盖争避处。就解佩旗亭,故人相遇。恨春太妒。溅行裙更惜,风钩尘污。爵入梅根,万点啼痕暗树。峭寒暮。更萧萧、陇头人去。

又 春雪

水云共色,渐断岸飞花,雨声初峭。步帐素袅。想玉人误惜,章台春老。岫敛愁蛾,半洗铅华未晓。舣轻棹。似山阴夜晴,乘兴初到。　　心事春缥缈。记遍地梨花,弄月斜照。旧时鬬草。恨凌

波路钥，小庭深窈。冻涩琼箫，渐入东风郢调。暖回早。醉西园、
乱红休扫。

又　赠芸隐

草生梦碧，正燕子帘帏，影迟春午。倦茶荐乳。看风签乱叶，老沙
昏雨。古简蟫篇，种得云根疗蠹。最清楚。带明月自锄，花外幽
圃。　　醒眼看醉舞。到应事无心，与闲同趣。小山有语。恨通
仙占却，暗香吟赋。暖通书床，带草春摇翠露。未归去。正长安、
软红如雾。

又　送春古江村

水园沁碧，骤夜雨飘红，竟空林岛。艳春过了。有尘香坠钿，尚遗
芳草。步绕新阴，渐觉交枝径小。醉深窈。爱绿叶翠圆，胜看花
好。　　芳架雪未扫。怪翠被佳人，困迷清晓。柳丝系棹。问阊
门自古，送春多少。倦蝶慵飞，故扑簪花破帽。酹残照。掩重城、
暮钟不到。

又　赋瑶圃万象皆春堂

暖波印日，倒秀影秦山，晓鬟梳洗。步帷艳绮。正梁园未雪，海棠
犹睡。藉绿盛红，怕委天香到地。画船系。舞西湖暗黄，虹卧新
霁。　　天梦春枕被。和凤筑东风，宴歌曲水。海宫对起。灿骊
光乍湿，杏梁云气。夜色瑶台，禁蜡初传翡翠。唤春醉。问人间、
几番桃李。

应天长　夷则商　吴门元夕

丽花闉屬，清麝溅尘，春声遍满芳陌。竟路障空云幕，冰壶浸霞色

芙蓉镜，词赋客。竞绣笔、醉嫌天窄。素娥下，小驻轻镳，眼乱红
碧。　　前事顿非昔，故苑年光，浑与世相隔。向暮巷空人绝，残
灯耿尘壁。凌波恨，帘户寂。听怨写、堕梅哀笛。伫立久，雨暗河
桥，谯漏疏滴。

风流子 黄钟商　芍药

金谷已空尘。薰风转、国色返春魂。半欹雪醉霜，舞低鸾翅，绛笼
蜜炬，绿映龙盆。窈窕绣窗人睡起，临砌脉无言。慵整堕鬟，怨时
迟暮，可怜憔悴，啼雨黄昏。　　轻桡移花市，秋娘渡、飞浪溅湿行
裙。二十四桥南北，罗荐香分。念碎劈芳心，萦思千缕，赠将幽素，
偷翦重云。终待凤池归去，催咏红翻。

又 前题

温柔酷紫曲，扬州路、梦绕翠盘龙。似日长傍枕，堕妆偏髻，露浓如
酒，微醉欹红。自别楚娇天正远，倾国见吴宫。银烛夜阑，暗闻香
泽，翠阴秋寂，重返春风。　　芳期嗟轻误，花君去、肠断妾若为
容。惆怅舞衣叠损，露绮千重。料绣窗曲理，红牙拍碎，禁阶敲遍，
白玉盂空。犹记弄花相谑，十二阑东。

过秦楼 黄钟商　芙蓉

藻国凄迷，縠澜澄映，怨入粉烟蓝雾。香笼麝水，腻涨红波，一镜万
妆争妒。湘女归魂，佩环玉冷无声，凝情谁愬。又江空月堕，凌波
尘起，彩鸳愁舞。　　还暗忆、钿合兰桡，丝牵琼腕，见的更怜心
苦。玲珑翠屋，轻薄冰绡，稳称锦云留往。生怕哀蝉，暗惊秋被红
衰，啼珠零露。能原注去声西风老尽，羞趁东风嫁与。

法曲献仙音 黄钟商　秋晚红白莲

风拍波惊,露零秋觉,断绿衰红江上。艳拂潮妆,澹凝冰靥,别翻翠
池花浪。过数点斜阳雨,啼绡粉痕冷。　　　宛相向。指汀洲、素云
飞过,清麝洗、玉井晓霞佩响。寸藕折长丝,笑何郎、心似春荡。半
掬微凉,听娇蝉、声度菱唱。伴鸳鸯秋梦,酒醒月斜轻帐。

又 放琴客,和宏庵韵

落叶霞翻,败窗风咽,暮色凄凉深院。瘦不关秋,泪缘轻别,情消鬓
霜千点。怅翠冷搔头燕,那能语恩怨。　　　紫箫远。记桃根、向随
春渡,愁未洗、铅水又将恨染。粉缟涩离箱,忍重拈、灯夜裁剪。望
极蓝桥,彩云飞、罗扇歌断。料莺笼玉锁,梦里隔花时见。

还京乐 黄钟商　友人泛湖,命乐工以筝、笙、琵琶、方
响迭奏

宴兰溆,促奏丝萦管裂飞繁响。似汉宫人去,夜深独语,胡沙凄哽。
对雁斜攲柱,琼琼弄月临秋影。凤吹远,河汉去杳,天风飘冷。
　　　泛清商竟。转铜壶敲漏,瑶床二八青娥,环佩再整。菱歌四碧无
声,变须臾、翠罨红暝。叹梨园、今调绝音希,愁深未醒。桂楫轻如
翼,归霞时点清镜。

塞翁吟 黄钟商　赠宏庵

草色新宫绶,还跨紫陌骄骢。好花是,晚开红。冷菊最香浓。黄帘
绿幕萧萧梦,灯外换几秋风。叙往约,桂花宫。为别翦珍丛。
雕栊。行人去、秦腰褪玉,心事称、吴妆晕浓。向春夜、闺情赋就,
想初寄、上国书时,唱入眉峰。归来共酒,窈窕纹窗,莲卸新蓬。

又 饯梅津除郎赴阙

有约西湖去，移棹晓折芙蓉。算才是，称心红。染不尽薰风。千桃过眼春如梦，还认锦叠云重。弄晚色，旧香中。旋撑入深丛。从容。情犹赋、冰车健笔，人未老、南屏翠峰。转河影、浮槎信早，素妃叫、海月归来，太液池东。红衣卸了，结子成莲，天劲秋浓。

丁香结 夷则商　秋日海棠

香褭红霏，影高银烛，曾纵夜游浓醉。正锦温琼腻。被燕踏、暖雪惊翻庭砌。马嘶人散后，秋风换、故园梦里。吴霜融晓，陡觉暗动偷春花意。　　还似。海雾冷仙山，唤觉环儿半睡。浅薄朱唇，娇羞艳色，自伤时背。帘外寒挂澹月，向日秋千地。怀春情不断，犹带相思旧子。

六么令 夷则宫　七夕

露茧初响，机杼还催织。婺星为情慵懒，伫立明河侧。不见津头艇子，望绝南飞翼。云梁千尺。尘缘一点，回首西风又陈迹。　　那知天上计拙，乞巧楼南北。瓜果几度凄凉，寂寞罗池客。人事回廊缥缈，谁见金钗擘。今夕何夕。杯残月坠，但耿银河漫天碧。

蕙兰芳引 林钟商, 俗名歇指调　赋藏一家吴郡王画兰

空翠染云，楚山迥、故人南北。秀骨冷盈盈，清洗九秋涧绿。奉车旧腕，料未许、千金轻償。浅笑还不语，蔓草罗裙一幅。　　素女情多，阿真娇重，唤起空谷。弄野色烟姿，宜扫怨蛾澹墨。光风入户，媚香倾国。湘佩寒、幽梦小窗春足。

隔浦莲近 黄钟商　泊长桥过重午

榴花依旧照眼。愁褪红丝腕。梦绕烟江路,汀菰绿薰风晚。年少惊送远。吴蚕老、恨绪萦抽茧。　　旅情懒。扁舟系处,青帘浊酒须换。一番重午,旋买香蒲浮玖。新月湖光荡素练。人散。红衣香在南岸。

垂丝钓近 夷则商　云麓先生以画舫载洛花宴客

听风听雨,春残花落门掩。乍倚玉阑,旋翦夭艳。携醉靥。放溯溪游缆。波光撼。映烛花黯澹。　　碎霞澄水,吴宫初试菱鉴。旧情顿减。孤负深杯滟。衣露天香染。通夜饮。问漏移几点。

荔枝香近 黄钟商　送人游南徐

锦带吴钩,征思横雁水。夜吟敲落霜红,船傍枫桥系。相思不管年华,唤酒吴娃市。因话、驻马新堤步秋绮。　　淮楚尾。暮云送、人千里。细雨南楼,香密锦温曾醉。花谷依然,秀靥偷春小桃李。为语梦窗憔悴。

又 七夕

睡轻时闻,晚鹊噪庭树。又说今夕天津,西畔重欢遇。蛛丝暗锁红楼,燕子穿帘处。天上、未比人间更情苦。　　秋鬓改,妒月姊、长眉妩。过雨西风,数叶井梧愁舞。梦入蓝桥,几点疏星映朱户。泪湿沙边凝伫。

西河 中吕商　陪鹤林登袁园

春乍霁。清涟画舫融泄。螺云万叠暗凝愁,黛蛾照水。漫将西子比西湖,溪边人更多丽。　　　步危径、攀艳蕊。掬霞到手红碎。青蛇细折小回廊,去天半咫。画阑日暮起东风,棋声吹下人世。

海棠藉雨半绣地。正残寒、初御罗绮。除酒销春何计。向沙头更续,残阳一醉。双玉杯和流花洗。

浪淘沙慢　夷则商　　赋李尚书山园

梦仙到、吹笙路杳,度巘云滑。溪谷冰绡未裂。金铺昼锁乍揭。见竹静、梅深春海阔。有新燕、帘底低说。念汉履无声跨鲸远,年年谢桥月。　　曲折。画阑尽日凭热。半蟾起玲珑楼阁畔,缥缈鸿去绝。飞絮飏东风,天外歌阕。睡红醉缬。还是催、寒食看花时节。　　花下苍苔盛罗袜。银烛短、漏壶易竭。料池柳、不攀春送别。倩玉兔、别捣秋香,更醉踏、千山冷翠飞晴雪。

西平乐慢　中吕商　　过西湖先贤堂,伤今感昔,泫然出涕

岸压邮亭,路欹华表,堤树旧色依依。红索新晴,翠阴寒食,天涯倦客重归。叹废绿平烟带苑,幽渚尘香荡晚,当时燕子,无言对立斜晖。追念吟风赏月,十载事,梦惹绿杨丝。　　画船为市,夭妆艳水。日落云沉,人换春移。谁更与、苔根洗石,菊井招魂,漫省连车载酒,立马临花,犹认蔫红傍路枝。歌断宴阑,荣华露草,冷落山丘,到此徘徊,细雨西城,羊昙醉后花飞。

瑞龙吟　黄钟商,俗名大石调,犯正平调　　蓬莱阁

堕虹际。层观翠冷玲珑,五云飞起。玉虬萦结城根,澹烟半野,斜阳半市。　　瞰危睇。门巷去来车马,梦游宫蚁。秦鬟古色凝愁,镜中暗换,明眸皓齿。　　东海青桑生处,劲风吹浅,瀛洲清浅。山影泛出琼壶,碧树人世。枪芽焙绿,曾试云根味。岩流溅、涎香

惯搅，娇龙春睡。露草啼清泪。酒香断到，文丘废隧。今古秋声里。情漫黯、寒鸦孤村流水。半空画角，落梅花地。

又　送梅津

黯分袖。肠断去水流萍，住船系柳。吴宫娇月娆花，醉题恨倚，蛮江豆蔻。　　吐春绣。笔底丽情多少，眼波眉岫。新园锁却愁阴，露黄漫委，寒香半亩。　　还背垂虹秋去，四桥烟雨，一宵歌酒。犹忆翠微携壶，乌帽风骤。西湖到日，重见梅钿皱。谁家听、琵琶未了，朝骢嘶漏。印剖黄金篰。待来共凭，齐云话旧。莫唱朱樱口。生怕遣、楼前行云知后。泪鸿怨角，空教人瘦。

又　德清清明竞渡

大溪面。遥望绣羽冲烟，锦梭飞练。桃花三十六陂，鲛宫睡起，娇雷乍转。　　去如箭。催趁戏旗游鼓，素澜雪溅。东风冷湿蛟腥，澹阴送昼，轻霏弄晚。　　洲上青蘋生处，斗春不管，怀沙人远。残日半开一川，花影零乱。山屏醉缬，连棹东西岸。阑干倒、千红妆靥，铅香不断。傍暝疏帘卷。翠涟皱净，笙歌未散。簪柳门归懒。犹自有、玉龙黄昏吹怨。重云暗阁，春霖一片。

大酺　无射商　荷塘小隐

峭石帆收，归期差，林沼年销红碧。渔箬樵笠畔，买佳邻翻盖，浣花新宅。地凿桃阴，天澄藻镜，聊与渔郎分席。沧波耕不碎，似蓝田初种，翠烟生璧。料情属新莲，梦惊春草，断桥相识。　　平生江海客。秀怀抱、云锦当秋织。任岁晚、陶篱菊暗，逋冢梅荒，总输玉井尝甘液。忍弃红香叶。集楚裳、西风催著。正明月、秋无极。归隐何处，门外垂杨天窄。放船五湖夜色。

解蹀躞 夷则商

醉云又兼醒雨,楚梦时来往。倦蜂刚著梨花、惹游荡。还作一段相
思,冷波叶舞愁红,送人双桨。　　暗凝想。情共天涯秋黯,朱桥
锁深巷。会稀投得轻分、顿惆怅。此去幽曲谁来,可怜残照西风,
半妆楼上。

倒犯 夹钟商　赠黄复庵

茂苑、共莺花醉吟,岁华如许。江湖夜雨。传书问、雁多幽阻。清
溪上,惯来往扁舟、轻如羽。到兴懒归来,玉冷耕云圃。按琼箫,赋
金缕。　　回首词场,动地声名,春雷初启户。枕水卧漱石,数间
屋,梅一坞。待共结、良朋侣。载清尊、随花追野步。要未若城南,
分取溪隈住。昼长看柳舞。

花犯 中吕商　谢黄复庵除夜寄古梅枝

翦横枝,清溪分影,俏然镜空晓。小窗春到。怜夜冷媚娥,相伴孤
照。古苔泪锁霜千点,苍华人共老。料浅雪、黄昏驿路,飞香遗冻
草。　　行云梦中认琼娘,冰肌瘦,窈窕风前纤缟。残醉醒,屏山
外、翠禽声小。寒泉贮、绀壶渐暖,年事对、青灯惊换了。但恐舞、
一帘胡蝶,玉龙吹又杳。

又 郭希道送水仙索赋

小娉婷,清铅素靥,蜂黄暗偷晕。翠翘欹鬓。昨夜冷中庭,月下相
认。睡浓更苦凄风紧。惊回心未稳。送晓色、一壶葱茜,才知花梦
准。　　湘娥化作此幽芳,凌波路,古岸云沙遗恨。临砌影,寒香
乱、冻梅藏韵。熏炉畔、旋移傍枕,还又见、玉人垂绀鬓。料唤赏、

　　　　　　　　　　　　吴　文　英　　　　　　　　3669

清华池馆，台杯须满引。

蝶恋花　题华山道女扇

北斗秋横云髻影。莺羽衣轻，腰减青丝剩。一曲游仙闻玉磬。月华深院人初定。　　十二阑干和笑凭。风露生寒，人在莲花顶。睡重不知残酒醒。红帘几度啼鸦暝。

又　九日和吴见山韵

明月枝头香满路。几日西风，落尽花如雨。倒照秦眉天镜古。秋明白鹭双飞处。　　自摘霜葱宜荐俎。可惜重阳，不把黄花与。帽坠笑凭纤手取。清歌莫送秋声去。

按此下浣溪沙调有欧阳修"青杏园林"、李璟"手卷珠帘"、晏殊"一曲新词"、苏轼"簌簌衣巾"、李清照"小院闲窗"各首，已删。

浣溪沙　仲冬望后，出迓履翁，舟中即兴

新梦游仙驾紫鸿。数家灯火灞桥东。吹箫楼外冻云重。　石瘦溪根船宿处，月斜梅影晓寒中。玉人无力倚东风。

又　题李中斋舟中梅屏

冰骨清寒瘦一枝。玉人初上木兰时。懒妆斜立澹春姿。　月落溪穷清影在，日长春去画帘垂。五湖水色掩西施。

又　观吴人岁旦游承天

千盖笼花闘胜春。东风无力扫香尘。尽沿高阁步红云。　闲里暗牵经岁恨，街头多认旧年人。晚钟催散又黄昏。

又　琴川慧日寺蜡梅

蝶粉蜂黄大小乔。中庭寒尽雪微销。一般清瘦各无聊。　窗下
和香封远讯，墙头飞玉怨邻箫。夜来风雨洗春娇。

又

门隔花深梦旧游。夕阳无语燕归愁。玉纤香动小帘钩。　落絮
无声春堕泪，行云有影月含羞。东风临夜冷于秋。

又

波面铜花冷不收。玉人垂钓理纤钩。月明池阁夜来秋。　江燕
话归成晓别，水花红减似春休。西风梧井叶先愁。

又　题史菊屏扇

门巷深深小画楼。阑干曾识凭春愁。新蓬遮却绣鸳游。　桃观
日斜香掩户，蘋溪风起水东流。紫荚玉腕又逢秋。

又　桂

曲角深帘隐洞房。正嫌玉骨易愁黄。好花偏占一秋香。　夜气
清时初傍枕，晓光分处未开窗。可怜人似月中孀。

　　　按此下玉楼春调有晏殊"绿杨芳草"一首，已删。

玉楼春　京市舞女

茸茸狸帽遮梅额。金蝉罗翦胡衫窄。乘肩争看小腰身，倦态强随
闲鼓笛。　　　问称家住城东陌。欲买千金应不惜。归来困顿殢春
眠，犹梦婆娑斜趁拍。

又 为故人母寿

华堂夜宴连清晓。醉里笙歌云窈袅。酿来千日酒初尝,过却重阳秋更好。 　阿儿早晚成名了。玉树阶前春满抱。天边金镜不须磨,长与妆楼悬晚照。

点 绛 唇

推枕南窗,楝花寒入单纱浅。雨帘不卷。空碍调雏燕。 　一握柔葱,香染榴巾汗。音尘断。画罗闲扇。山色天涯远。

又

时霎清明,载花不过西园路。嫩阴绿树。正是春留处。 　燕子重来,往事东流去。征衫贮。旧寒一缕。泪湿风帘絮。

又 试灯夜初晴

卷尽愁云,素娥临夜新梳洗。暗尘不起。酥润凌波地。 　辇路重来,仿佛灯前事。情如水。小楼熏被。春梦笙歌里。

秋蕊香 和吴见山落桂

宝月惊尘堕晓。愁锁空枝斜照。古苔几点露萤小。销减秋光旋少。 　佩丸尚忆春酥袅。故人老。断香忍和泪痕扫。魂返东篱梦窅。

又 七夕

懒浴新凉睡早。雪腻酒红微笑。倚楼起把绣针小。月冷波光梦觉。 　怕闻井叶西风到。恨多少。粉河不语堕秋晓。云雨人间未了。

诉　衷　情

阴阴绿润暗啼鸦。陌上断香车。红云深处春在,飞出建章花。
春此去,那天涯。几烟沙。忍教芳草,狼藉斜阳,人未归家。

又

柳腰空舞翠裙烟。尽日不成眠。花尘浪卷清昼,渐变晚阴天。
吴社水,系游船。又经年。东风不管,燕子初来,一夜春寒。

又

片云载雨过江鸥。水色滟汀洲。小莲玉惨红怨,翠被又经秋。
凉意思,到南楼。小帘钩。半窗灯晕,几叶芭蕉,客梦床头。

又　七夕

西风吹鹤到人间。凉月满缑山。银河万里秋浪,重载客槎还。
河汉女,巧云鬟。夜阑干。钗头新约,针眼娇颦,楼上秋寒。

夜游宫　竹窗听雨,坐久隐几就睡,既觉,见水仙娟娟
于灯影中

窗外捎溪雨响。映窗里、嚼花灯冷。浑似潇湘系孤艇。见幽仙,步
凌波,月边影。　　香苦欺寒劲。牵梦绕、沧涛千顷。梦觉新愁旧
风景。绀云敧,玉搔斜,酒初醒。

又

春语莺迷翠柳。烟隔断、晴波远岫。寒压重帘幔扡绣。袖炉香,倩
东风,与吹透。　　花讯催时候。旧相思、偏供闲昼。春滟情浓半

中酒。玉痕销,似梅花,更清瘦。

醉桃源　荷塘小隐赋烛影

金丸一树带霜华。银台摇艳霞。烛阴树影两交加。秋纱机上花。
飞醉笔,驻吟车。香深小隐家。明朝新梦付啼鸦。歌阑月未斜。

又　赠卢长笛

沙河塘上旧游嬉。卢郎年少时。一声长笛月中吹。和云和雁飞。
惊物换,叹星移。相看两鬓丝。断肠吴苑草凄凄。倚楼人未归。

又　芙蓉

青春花姊不同时。凄凉生较迟。艳妆临水最相宜。风来吹绣漪。
惊旧事,问长眉。月明仙梦回。凭阑人但觉秋肥。花愁人不知。

又　会饮丰乐楼

翠阴浓合晓莺堤。春如日坠西。画图新展远山齐。花深十二梯。
风絮晚,醉魂迷。隔城闻马嘶。落红微沁绣鸳泥。秋千教放低。

按此下原钞有曹组如梦令"门外绿阴"一首,删。

如 梦 令

春在绿窗杨柳。人与流莺俱瘦。眉底暮寒生,帘额时翻波皱。风
骤。风骤。花径啼红满袖。

又

秋千争闹粉墙。闲看燕紫莺黄。啼到绿阴处,唤回浪子闲忙。春
光。春光。正是拾翠寻芳。

望江南　赋画灵照女

衣白苧,雪面堕愁鬟。不识朝云行雨处,空随春梦到人间。留向画
图看。　　慵临镜,流水洗花颜。自织苍烟湘泪冷,谁捞明月海波
寒。天澹雾漫漫。

又　茶

松风远,莺燕静幽坊。妆褪宫梅人倦绣,梦回春草日初长。瓷碗试
新汤。　　笙歌断,情与絮悠飏。石乳飞时离凤怨,玉纤分处露花
香。人去月侵廊。

定　风　波

密约偷香□踏青。小车随马过南屏。回首东风销鬓影。重省。十
年心事夜船灯。　　离骨渐尘桥下水,到头难灭景中情。两岸落
花残酒醒。烟冷。人家垂柳未清明。

月中行　和黄复庵

疏桐翠井早惊秋。叶叶雨声愁。灯前倦客老貂裘。燕去柳边楼。
　　吴宫寂寞空烟水,浑不认、旧采菱洲。秋花旋结小盘虬。蝶怨
夜香留。

虞　美　人

背庭缘恐花羞坠。心事遥山里。小帘愁卷月笼明。一寸秋怀、禁
得几蛩声。　　井梧不放西风起。供与离人睡。梦和新月未圆
时。起看檐蛛结网、又寻思。

菩 萨 蛮

落花夜雨辞寒食。尘香明日城南陌。玉屬湿斜红。泪痕千万重。
伤春头竟白。来去春如客。人瘦绿阴浓。日长帘影中。

又

绿波碧草长堤色。东风不管春狼藉。鱼沫细痕圆。燕泥花唾乾。
无情牵怨抑。画舸红楼侧。斜日起凭阑。垂杨舞晓寒。

贺新郎 湖上有所赠

湖上芙蓉早。向北山、山深雾冷,更看花好。流水茫茫城下梦,空
指游仙路杳。笑萝障、云屏亲到。雪玉肌肤春温夜,饮湖光、山渌
成花貌。临涧水,弄清照。　　　著愁不尽宫眉小。听一声、相思曲
里,赋情多少。红日阑干鸳鸯枕,那枉裙腰褪了。算谁识、垂杨秋
袅。不是秦楼无缘分,点吴霜、羞带簪花帽。但嫷酒,任天晓。

又 为德清赵令君赋小垂虹

浪影龟纹皱。蘸平烟、青红半湿,枕溪窗牖。千尺晴霞慵卧水,万
叠罗屏拥绣。漫几度、吴船回首。归雁五湖应不到,问苍茫、钓雪
人知否。樵唱杳,度深秀。　　　重来趁得花时候。记留连、空山夜
雨,短亭春酒。桃李新栽成蹊处,尽是行人去后。但东阁、官梅清
瘦。欸乃一声山水绿,燕无言、风定垂帘昼。寒正悄,郫吟袖。

江城梅花引 赠倪梅村

江头何处带春归。玉川迷。路东西。一雁不飞、雪压冻云低。十
里黄昏成晓色,竹根篱。分流水、过翠微。　　　带书傍月自锄畦。

苦吟诗。生鬓丝。半黄烟雨,翠禽语、似说相思。惆怅孤山、花尽草离离。半幅寒香家住远,小帘垂。玉人误、听马嘶。

婆罗门引 无射羽,俗名羽调　为怀宁赵仇香赋

香霏泛酒,瘴花初洗玉壶冰。西风乍入吴城。吹彻玉笙何处,曾说董双成。奈司空经惯,未畅高情。　　瑶台几层。但梦绕、曲阑行。空忆双蝉□翠,寂寂秋声。堂空露凉,倩谁唤、行云来洞庭。团扇月、只隔烟屏。

又 郭清华席上为放琴客而新有所盼,赋以见喜

风涟乱翠,酒霏飘汗洗新妆。幽情暗寄莲房。弄雪调冰重会,临水暮追凉。正碧云不破,素月微行。　　双成夜笙,断旧曲、解明珰。别有红娇粉润,初试霓裳。分莲调郎。又拈惹、花茸碧唾香。波晕切、一盼秋光。

祝英台近 悼得趣,赠宏庵

黯春阴,收灯后,寂寞几帘户。一片花飞,人驾彩云去。应是蛛网金徽,拍天寒水,恨声断、孤鸿洛浦。　　对君诉。团扇轻委桃花,流红为谁赋。□□□□,从今醉何处。可怜憔悴文园,曲屏春到,断肠句、落梅愁雨。

又 饯陈少逸被仓台檄行部

问流花,寻梦草,云暖翠微路。锦雁峰前,浅约昼行处。不教嘶马飞春,一宵越境,那销尽、红吟绿赋。　　送人去。长丝初染柔黄,晴和晓烟舞。心事偷占,莺漏汉宫语。趁得罗盖天香,归来时候,共留取、玉阑春住。

又　春日客龟溪游废园

采幽香,巡古苑,竹冷翠微路。斗草溪根,沙印小莲步。自怜两鬓
清霜,一年寒食,又身在、云山深处。　　昼闲度。因甚天也悭春,
轻阴便成雨。绿暗长亭,归梦趁风絮。有情花影阑干,莺声门径,
解留我、霎时凝伫。

又　上元

晚云开,朝雪霁,时节又灯市。夜约遗香,南陌少年事。笙箫一片
红云,飞来海上,绣帘卷、缃桃春起。　　旧游地,素蛾城阙年年,
新妆趁罗绮。玉练冰轮,无尘浣流水。晓霞红处啼鸦,良宵一梦,
画堂正、日长人睡。

又　除夜立春

翦红情,裁绿意,花信上钗股。残日东风,不放岁华去。有人添烛
西窗,不眠侵晓,笑声转、新年莺语。　　旧尊俎。玉纤曾擘黄柑,
柔香系幽素。归梦湖边,还迷镜中路。可怜千点吴霜,寒销不尽,
又相对、落梅如雨。

西子妆慢　湖上清明薄游

流水麹尘,艳阳醅酒,画舸游情如雾。笑拈芳草不知名,乍凌波、断
桥西堍。垂杨漫舞。总不解、将春系住。燕归来,问彩绳纤手,如
今何许。　　欢盟误。一箭流光,又趁寒食去。不堪衰鬓著飞花,
傍绿阴、冷烟深树。玄都秀句。记前度、刘郎曾赋。最伤心、一片
孤山细雨。

江南春 中吕商　赋张药翁杜衡山庄

风响牙签,云寒古砚,芳铭犹在棠笏。秋床听雨,妙谢庭、春草吟
笔。城市喧鸣辙。清溪上、小山秀洁。便向此、搜松访石,葺屋营
花,红尘远避风月。　　　瞿塘路,随汉节。记羽扇纶巾,气凌诸葛。
青天万里,料漫忆、莼丝鲈雪。车马从休歇。荣华事、醉歌耳热。
天与此翁,芳芷嘉名,纫兰佩兮琼玦。

梦芙蓉 赵昌芙蓉图,梅津所藏

西风摇步绮。记长堤骤过,紫骝十里。断桥南岸,人在晚霞外。锦温
花共醉。当时曾共秋被。自别霓裳,应红销翠冷,霜枕正慵起。
惨澹西湖柳底。摇荡秋魂,夜月归环佩。画图重展,惊认旧梳洗。去
来双翡翠。难传眼恨眉意。梦断琼娘,仙云深路杳,城影蘸流水。

高山流水 黄钟商　丁基仲侧室善丝桐赋咏,晓达音
　　　　　　　吕,备歌舞之妙

素弦一一起秋风。写柔情、都在春葱。徽外断肠声,霜霄暗落惊
鸿。低颦处、翦绿裁红。仙郎伴、新制还赓旧曲,映月帘栊。似名
花并蒂,日日醉春浓。　　　吴中。空传有西子,应不解、换徵移宫。
兰蕙满襟怀,唾碧总喷花茸。后堂深、想费春工。客愁重、时听蕉
寒雨碎,泪湿琼钟。怎风流也称,金屋贮娇慵。

霜花腴 无射商　重阳前一日泛石湖

翠微路窄,醉晚风、凭谁为整欹冠。霜饱花腴,烛消人瘦,秋光作也
都难。病怀强宽。恨雁声、偏落歌前。记年时、旧宿凄凉,暮烟秋
雨野桥寒。　　　妆靥鬓英争艳,度清商一曲,暗坠金蝉。芳节多
阴,兰情稀会,晴晖称拂吟笺。更移画船。引佩环、邀下婵娟。算

明朝、未了重阳,紫萸应耐看。

澡兰香 林钟羽　淮安重午

盘丝系腕,巧篆垂簪,玉隐绀纱睡觉。银瓶露井,彩箑云窗,往事少年依约。为当时、曾写榴裙,伤心红绡褪萼。黍梦光阴渐老,汀洲烟蒻。　　莫唱江南古调,怨抑难招,楚江沈魄。薰风燕乳,暗雨梅黄,午镜澡兰帘幕。念秦楼、也拟人归,应翦菖蒲自酌。但怅望、一缕新蟾,随人天角。

玉京谣 陈仲文自号藏一,盖取坡诗中"万人如海一身藏"语。为度夷则商犯无射宫腔,制此赠之

蝶梦迷清晓,万里无家,岁晚貂裘敝。载取琴书,长安闲看桃李。烂绣锦、人海花场,任客燕、飘零谁计。春风里。香泥九陌,文梁孤垒。　　微吟怕有诗声翳。镜慵看、但小楼独倚。金屋千娇,从他鸳暖秋被。蕙帐移、烟雨孤山,待对影、落梅清泚。终不似。江上翠微流水。

探芳新 林钟羽　吴中元日承天寺游人

九街头,正软尘润酥,雪销残溜。禊赏祇园,花艳云阴笼昼。层梯峭空麝散,拥凌波、萦翠袖。叹年端、连环转,烂漫游人如绣。肠断回廊伫久。便写意溅波,传愁蹙岫。渐没飘鸿,空惹闲情春瘦。椒杯香乾醉醒,怕西窗、人散后。暮寒深,迟回处、自攀庭柳。

凤池吟 庆梅津自畿漕除右司郎官

万丈巍台,碧罘罳外,衮衮野马游尘。旧文书几阁,昏朝醉暮,覆雨翻云。忽变清明,紫垣敕使下星辰。经年事静,公门如水,帝甸阳春。　　长安父老相语,几百年见此,独驾冰轮。又凤鸣黄幕,玉

霄平溯,鹊锦新恩。画省中书,半红梅子荐盐新。归来晚,待赓吟、殿阁南薰。

暗香 夷则宫　送魏句滨宰吴县解组,分韵得阖字

县花谁葺。记满庭燕麦,朱扉斜阖。妙手作新,公馆青红晓云湿。天际疏星趁马,帘昼隙、冰弦三叠。尽换却、吴水吴烟,桃李靓春靥。　　风急。送帆叶。正雁水夜清,卧虹平帖。软红路接。涂粉闉深早催入。怀暖天香宴果,花队簇、轻轩银蜡。更问讯、湖上柳,两堤翠匝。

暗香疏影 夹钟宫　赋墨梅

占春压一。卷峭寒万里,平沙飞雪。数点酥钿,凌晓东风□吹裂。独曳横梢瘦影,入广平、裁冰词笔。记五湖、清夜推篷,临水一痕月。　　何逊扬州旧事,五更梦半醒,胡调吹彻。若把南枝,图入凌烟,香满玉楼琼阙。相将初试红盐味,到烟雨、青黄时节。想雁空、北落冬深,澹墨晚天云阔。

念奴娇 赋德清县圃明秀亭

思生晚眺,岸乌纱平步,春云层绿。罨画屏风开四面,各样莺花结束。寒欲残时,香无著处,千树风前玉。游蜂飞过,隔墙疑是金谷。　　偏称晚色横烟,愁凝峨髻,澹生绡裙幅。缥缈孤山南畔路,相对花房竹屋。溪足沙明,岩阴石秀,梦冷吟亭宿。松风古涧,高调月夜清曲。

惜红衣 余从姜石帚游苕霅间三十五年矣,重来伤今感昔,聊以咏怀

鹭老秋丝,蘋愁暮雪,鬓那不白。倒柳移栽,如今暗溪碧。乌衣细

语,伤绊惹、茸红曾约。南陌。前度刘郎,寻流花踪迹。　　朱楼水侧。雪面波光,汀莲沁颜色。当时醉近绣箔,夜吟寂。三十六矶重到,清梦冷云南北。买钓舟溪上,应有烟蓑相识。

江南好
友人还中吴,密围坐客,杯深情浃,不觉沾醉。越翼日,吾侪载酒问奇字,时斋示江南好词,纪前夕之事,辄次韵

行锦归来,画眉添妩,暗尘重拂雕栊。稳瓶泉暖,花隘閗春容。围密笼香晻蔼,烦纤手、亲点团龙。温柔处,垂杨艳髻,□暗豆花红。

行藏,多是客,莺边话别,橘下相逢。算江湖幽梦,频绕残钟。好结梅兄攀弟,莫轻侣、西燕南鸿。偏宜醉,寒欺酒力,帘外冻云重。

双 双 燕

小桃谢后,双双燕,飞来儿家庭户。轻烟晓暝,湘水暮云遥度。帘外馀寒未卷,共斜入、红楼深处。相将占得雕梁,似约韶光留住。

堪举。翩翩翠羽。杨柳岸,泥香半和梅雨。落花风软,戏促乱红飞舞。多少呢喃意绪。尽日向、流莺分诉。还过短墙,谁会万千言语。

无闷 催雪

霓节飞琼,鸾驾弄玉,杳隔平云弱水。倩皓鹤传书,卫姨呼起。莫待粉河凝晓,趁夜月、瑶笙飞环佩。正蹇驴吟影,茶烟灶冷,酒亭门闭。　　歌丽。泛碧蚁。放绣帘半钩,宝台临砌。要须借东君,灞陵春意。晓梦先迷楚蝶,早风戾、重寒侵罗被。还怕掩、深院梨花,又作故人清泪。

水调歌头　赋魏方泉望湖楼

屋下半流水,屋上几青山。当心千顷明镜,入座玉光寒。云起南峰未雨,云敛北峰初霁,健笔写青天。俯瞰古城堞,不碍小阑干。

绣鞍马,软红路,乍回班。层梯影转亭午,信手展缃编。残照游船收尽,新月画按"画"原作"书",从朱居易校梦窗四稿帘才卷,人在翠壶间。天际笛声起,尘世夜漫漫。

洞仙歌　方庵春日花胜宴客,为得雏庆。花翁赋词,俾属韵末

芳辰良宴,人日春朝并。细缕青丝裹银饼。更玉犀金彩,沾座分簪,歌围暖、梅靥桃唇斗胜。　　露房花曲折,莺入新年,添个宜男小山枕。待枝上,饱东风,结子成阴,蓝桥去、还觅琼浆一饮。料别馆、西湖最情浓,烂画舫月明,醉宫袍锦。

　　按此下原钞有辛弃疾洞仙歌"花中惯识"一首,已删。

秋思　夹钟商　荷塘为括苍名姝求赋其听雨小阁

堆枕香鬟侧。骤夜声、偏称画屏秋色。风碎串珠,润侵歌板,愁压眉窄。动罗篁清商,寸心低诉叙怨抑。映梦窗,零乱碧。待涨绿春深,落花香泛,料有断红流处,暗题相忆。　　欢酌。檐花细滴。送故人、粉黛重饰。漏侵琼瑟。丁东敲断,弄晴月白。怕一曲、霓裳未终,催去骖凤翼。叹谢客、犹未识。漫瘦却东阳,灯前无梦到得。路隔重云雁北。

江神子　赋碧沼小庵

长安门外小林丘。碧壶秋。浴轻鸥。不放啼红,流水通原注去声宫

沟。时有晴空云过影，华镜里，鬐鱼游。　　　绮罗尘满九衢头。晚
香楼。夕阳收。波面琴高，仙子驾黄虬。清磬数声人定了，池上
月，照虚舟。

又 喜雨上麓翁

一声玉磬下星坛。步虚阑。露华寒。平晓阿香，油壁碾青鸾。应是
老鳞眠不得，云炮落，雨瓢翻。　　　身闲犹耿寸心丹。炷炉烟。暗
祈年。随处蛙声，鼓吹稻花田。秋水一池莲叶晚，吟喜雨，拍阑干。

又 李别驾招饮海棠花下

翠纱笼袖映红霏。冷香飞。洗凝脂。睡足娇多，还是夜深宜。翻怕
回廊花有影，移烛暗，放帘垂。　　　尊前不按驻云词。料花枝。妒
蛾眉。丁属东风，莫送片红飞。春重锦堂人尽醉，和晓月，带花归。

又 送桂花吴宪，时已有检详之命，未赴阙

天街如水翠尘空。建章宫。月明中。人未归来，玉树起秋风。宝粟
万钉花露重，催赐带，过垂虹。　　　夜凉沉水绣帘栊。酒香浓。雾
濛濛。钗列吴娃，腰褭带金虫。三十六宫蟾观冷，留不住，佩丁东。

又 十日荷塘小隐赏桂呈朔翁

西风来晚桂开迟。月宫移。到东篱。簌簌惊尘，吹下半冰规。拟唤
阿娇来小隐，金屋底，乱香飞。　　　重阳还是隔年期。蝶相思。客
情知。吴水吴烟，愁里更多诗。一夜看承应未别，秋好处，雁来时。

又 送翁五峰自鹤江还都

西风一叶送行舟。浅迟留。舣汀洲。新浴红衣，绿水带香流。应是

离宫城外晚,人伫立,小帘钩。　　新归重省别来愁。黛眉头。半痕秋。天上人间,斜月绣针楼。湘浪莫迷花蝶梦,江上约,负轻鸥。

沁园春　冰漕凿方泉,宾客请以名斋,邀赋

澄碧西湖,软红南陌,银河地穿。见华星影里,仙棋局静,清风行处,瑞玉圭寒。斜谷山深,望春楼远,无此峥嵘小渭川。一泓地,解新波不涸,独障狂澜。　　老苏而后坡仙。继菊井嘉名相与传。试摩挲劲石,无令角折,丁宁明月,莫浣规圆。漫结鸥盟,那知鱼乐,心止中流别有天。无尘夜,听吾伊正在,秋水阑干。

又　送翁宾旸游鄂渚

情如之何,暮涂为客,忍堪送君。便江湖天远,中宵同月,关河秋近,何日清尘。玉麈生风,貂裘明雪,幕府英雄今几人。行须早,料刚肠肯殢,泪眼离鞿。　　平生秀句清尊。到帐动风开自有神。听夜鸣黄鹤,楼高百尺,朝驰白马,笔扫千军。贾傅才高,岳家军在,好勒燕然石上文。松江上,念故人老矣,甘卧闲云。

珍珠帘　春日客龟溪,过贵人家,隔墙闻箫鼓声,疑是按舞,伫立久之

蜜沉烬暖萸烟袅。层帘卷、伫立行人官道。麟带压愁香,听舞箫云渺。恨缕情丝春絮远,怅梦隔、银屏难到。寒峭。有东风嫩柳,学得腰小。　　还近绿水清明,叹孤身如燕,将花频绕。细雨湿黄昏,半醉归怀抱。蠹损歌纨人去久,漫泪沾、香兰如笑。书杳。念客枕幽单,看看春老。

风入松　为友人放琴客赋

春风吴柳几番黄。欢事小蛮窗。梅花正结双头梦,被玉龙、吹散幽

香。昨夜灯前歌黛,今朝陌上啼妆。　　最怜无侣伴雏莺。桃叶
已春江。曲屏先暖鸳衾惯,夜寒深、都是思量。莫道蓝桥路远,行
云只隔幽坊。

又

听风听雨过清明。愁草瘗花铭。楼前绿暗分携路,一丝柳、一寸柔
情。料峭春寒中酒,交加晓梦啼莺。　　西园日日扫林亭。依旧
赏新晴。黄蜂频扑秋千索,有当时、纤手香凝。惆怅双鸳不到,幽
阶一夜苔生。

又 桂

兰舟高荡涨波凉。愁被矮桥妨。暮烟疏雨西园路,误秋娘、浅约宫
黄。还泊邮亭唤酒,旧曾送客斜阳。　　蝉声空曳别枝长。似曲
不成商。御罗屏底翻歌扇,忆西湖、临水开窗。和醉重寻幽梦,残
衾已断熏香。

又 麓翁园堂宴客

一番疏雨洗芙蓉。玉冷佩丁东。辘轳听带秋声转,早凉生、傍井梧
桐。欢宴良宵好月,佳人修竹清风。　　临池飞阁乍青红。移酒
小垂虹。贞元供奉梨园曲,称十香、深蘸琼钟。醉梦孤云晓色,笙
歌一派秋空。

又 邻舟妙香

画船帘密不藏香。飞作楚云狂。傍怀半卷金炉烬,怕暖销、春日朝
阳。清馥晴熏残醉,断烟无限思量。　　凭阑心事隔垂杨。楼燕
锁幽妆。梅花偏恼多情月,慰溪桥、流水昏黄。哀曲霜鸿凄断,梦

魂寒蝶幽飏。

莺啼序 丰乐楼节斋新建

天吴驾云阆海，凝春空灿绮。倒银海、蘸影西城，四碧天镜无际。彩翼曳、扶摇宛转，雩龙降尾交新霁。近玉虚高处，天风笑语吹坠。

清濯缁尘，快展旷眼，傍危阑醉倚。面屏障、一一莺花，薜萝浮动金翠。惯朝昏、晴光雨色，燕泥动、红香流水。步新梯，藐视年华，顿非尘世。　　麟翁衮舄，领客登临，座有诵鱼美。翁笑起、离席而语，敢诧京兆，以役为功，落成奇事。明良庆会，赓歌熙载，隆都观国多闲暇，遣丹青、雅饰繁华地。平瞻太极，天街润纳璇题，露床夜沉秋纬。　　清风观阙，丽日罘罳，正午长漏迟。为洗尽、脂痕茸唾，净卷麹尘，永昼低垂，绣帘十二。高轩驷马，峨冠鸣佩，班回花底修禊饮，御炉香、分惹朝衣袂。碧桃数点飞花，涌出宫沟，溯春万里。

又

残寒正欺病酒，掩沉香绣户。燕来晚、飞入西城，似说春事迟暮。画船载、清明过却，晴烟冉冉吴宫树。念羁情游荡，随风化为轻絮。

十载西湖，傍柳系马，趁娇尘软雾。溯红渐、招入仙溪，锦儿偷寄幽素。倚银屏、春宽梦窄，断红湿、歌纨金缕。暝堤空，轻把斜阳，总还鸥鹭。　　幽兰旋老，杜若还生，水乡尚寄旅。别后访、六桥无信，事往花委，瘗玉埋香，几番风雨。长波妒盼，遥山羞黛，渔灯分影春江宿，记当时、短楫桃根渡。青楼仿佛，临分败壁题诗，泪墨惨澹尘土。　　危亭望极，草色天涯，叹鬓侵半苎。暗点检、离痕欢唾，尚染鲛绡，䍐凤迷归，破鸾慵舞。殷勤待写，书中长恨，蓝霞辽海沉过雁，漫相思、弹入哀筝柱。伤心千里江南，怨曲重招，断魂在否。

又　荷和赵修全韵

横塘棹穿艳锦，引鸳鸯弄水。断霞晚、笑折花归，绀纱低护灯蕊。润玉瘦、冰轻倦浴，斜抟凤股盘云坠。听银床声细。梧桐渐搅凉思。　　窗隙流光，冉冉迅羽，诉空梁燕子。误惊起、风竹敲门，故人还又不至。记琅玕、新诗细掐，早陈迹、香痕纤指。怕因循，罗扇恩疏，又生秋意。　　西湖旧日，画舸频移，叹几萦梦寐。霞佩冷，叠澜不定，麝霭飞雨，乍湿鲛绡，暗盛红泪。练单夜共，波心宿处，琼箫吹月霓裳舞，向明朝、未觉花容悴。嫣香易落，回头澹碧销烟，镜空画罗屏里。　　残蝉度曲，唱彻西园，也感红怨翠。念省惯、吴宫幽憩。暗柳追凉，晓岸参斜，露零沤起。丝萦寸藕，留连欢事。桃笙平展湘浪影，有昭华、秾李冰相倚。如今鬓点凄霜，半箧秋词，恨盈蠹纸。

天香　熏衣香

珠络玲珑，罗囊闲斗，酥怀暖麝相倚。百和花须，十分风韵，半袭凤箱重绮。茜垂四角，慵未揭、流苏春睡。熏度红薇院落，烟销画屏沉水。　　温泉绛绡乍试。露华侵、透肌兰泚。漫省浅溪月夜，暗浮花气。荀令如今老矣。但未减、韩郎旧风味。远寄相思，馀熏梦里。

又　蜡梅

蝉叶黏霜，蝇苞缀冻，生香远带风峭。岭上寒多，溪头月冷，北枝瘦、南枝小。玉奴有姊，先占立、墙阴春早。初试宫黄澹薄，偷分寿阳纤巧。　　银烛泪深未晓。酒钟悭、贮愁多少。记得短亭归马，暮衙蜂闹。豆蔻钗梁恨袅。但怅望、天涯岁华老。远信难封，吴云雁杳。

按此下原钞有玉漏迟赵闻礼"絮花寒食路"一首、无名氏"杏花飘禁苑"一首，并删。

玉漏迟 夷则商　瓜泾度中秋夕赋

雁边风讯小，飞琼望杳，碧云先晚。露冷阑干，定怯藕丝冰腕。净洗
浮空片玉，胜花影、春灯相乱。秦镜满。素娥未肯，分秋一半。
每圆处即良宵，甚此夕偏饶，对歌临怨。万里婵娟，几许雾屏云幔。
孤兔凄凉照水，晓风起、银河西转。摩泪眼。瑶台梦回人远。

金琖子 夹钟商　赋秋壑西湖小筑

卜筑西湖，种翠萝犹傍，软红尘里。来往载清吟，为偏爱吾庐，画船
频繁。笑携雨色晴光，入春明朝市。石桥锁，烟霞五百名仙，第一
人是。　　　临酒论深意。流光转、莺花任乱委。泠然九秋肺腑，应
多梦、岩扃冷云空翠。漱流枕石幽情，写猗兰绿绮。专城处，他山
小队登临，待西风起。

又 吴城连日赏桂，一夕风雨，悉已零落。独寓窗晚花
方作小蕾，未及见开，有新邑之役。蹋来西馆，篱落
间嫣然一枝可爱，见似人而喜，为赋此解

赏月梧园，恨广寒宫树，晓风摇落。苺砌扫珠尘，空肠断、熏炉烬销
残蕚。殿秋尚有馀花，锁烟窗云幄。新雁又、无端送人江上，短亭
初泊。　　　篱角。梦依约。人一笑、惺忪翠袖薄。悠然醉魂唤醒，
幽丛畔、凄香雾雨漠漠。晚吹乍颤秋声，早屏空金雀。明朝想，犹
有数点蜂黄，伴我斟酌。

永遇乐 林钟商　过李氏晚妆阁，见壁间旧所题词，遂
再赋

春酌沉沉，晚妆的的，仙梦游惯。锦淑维舟，青门倚盖，还被笼莺
唤。裴郎归后，崔娘沉恨，漫客请传芳卷。联题在，频经翠袖，胜隔
绀纱尘幔。　　　桃根杏叶，胶黏细缥，几回凭阑人换。峨髻愁云，

兰香腻粉,都为多情褪。离巾拭泪,征袍染醉,强作酒朋花伴。留连怕,风姨浪妒,又吹雨断。

又　乙巳中秋风雨

风拂尘徽,雨侵凉榻,才动秋思。缓酒销更,移灯傍影,净洗芭蕉耳。铜华沧海,愁霾重嶂,燕北雁南天外。算阴晴,浑似几番,渭城故人离会。　　青楼旧日,高歌取醉,唤出玉人梳洗。红叶流光,蘋花两鬓,心事成秋水。白凝虚晓,香吹轻烬,倚窗小瓶疏桂。问深宫,姮娥正在,妒云第几。

又　探梅次时斋韵

阁雪云低,卷沙风急,惊雁失序。户掩寒宵,屏闲冷梦,灯飐唇似语。堪怜窗景,都闲刺绣,但续旧愁一缕。邻歌散,罗襟印粉,袖湿茜桃红露。　　西湖旧日,留连清夜,爱酒几将花误。遗袜尘销,题裙墨黯,天远吹笙路。吴台直下,缃梅无限,未放野桥香度。重谋醉,揉香弄影,水清浅处。

<small>按此下原钞有史达祖玉胡蝶"晚雨未摧宫树"一首,已由朱孝臧删去。</small>

玉胡蝶　夷则商

角断签鸣疏点,倦萤透隙,低弄书光。一寸悲秋,生动万种凄凉。旧衫染、唾凝花碧,别泪想、妆洗蜂黄。楚魂伤。雁汀沙冷,来信微茫。　　都忘。孤山旧赏,水沉爇露,岸锦宜霜。败叶题诗,御沟应不到流湘。数客路、又随淮月,羡故人、还买吴航。两凝望。满城风雨,催送重阳。

<small>按此下原钞有丁仙现绛都春"融和又报"一首,已删。</small>

绛都春　夷则羽,俗名仙吕调　　为郭清华内子寿

香深雾暖。正人在、锦瑟华年深院。旧日汉宫,分得红兰滋吴苑。临池羞落梅花片。弄水月、初匀妆面。紫烟笼处,双鸾共跨,洞箫低按。　　歌管。红围翠袖,冻云外,似觉东风先转。绣畔昼迟,花底天宽春无限。仙郎骄马琼林宴。待卷上、珠帘教看。更传莺入新年,宝钗梦燕。

又　饯李太博赴括苍别驾

羁云旅雁。敛倦羽、寄栖墙阴年晚。问字翠尊,刻烛红笺悭曾展。冰滩鸣佩舟如箭。笑乌帻、临风重岸。傍邻垂柳,清霜万缕,送将人远。　　吴苑。千金未惜,买新赋、共赏文园词翰。流水翠微,明月清风平分半。梅深驿路香不断。万玉舞、罘罳东畔。料应花底春多,软红雾暖。

又　题蓬莱阁灯屏,履翁帅越

螺屏暖翠。正雾卷暮色,星河浮霁。路幕递香,衔马冲尘东风细。梅槎凌海横鳌背。倩稳载、蓬莱云气。宝阶斜转,冰娥素影,夜清如水。　　应记。千秋化鹤,旧华表、认得山川犹是。暗解绣囊,争掷金钱游人醉。笙歌晓度晴霞外。又上苑、春生一苇。便教接宴莺花,万红镜里。

又　为李筼房量珠贺

情黏舞线。怅驻马灞桥,天寒人远。旋翦露痕,移得春娇栽琼苑。流莺常语烟中怨。恨三月、飞花零乱。艳阳归后,红藏翠掩,小坊幽院。　　谁见。新腔按彻,背灯暗、共倚筼屏葱茜。绣被梦轻,

金屋妆深沉香换。梅花重洗春风面。正溪上、参横月转。并禽飞上金沙，瑞香雾暖。

又 燕亡久矣，京□适见似人，怅怨有感

南楼坠燕。又灯晕夜凉，疏帘空卷。叶吹暮喧，花露晨晞秋光短。当时明月娉婷伴。怅客路、幽扃俱远。雾鬓依约，除非照影，镜空不见。　　别馆。秋娘乍识，似人处、最在双波凝盼。旧色旧香，闲雨闲云情终浅。丹青谁画真真面。便只作、梅花频看。更愁花变梨霙，又随梦散。

又 余往来清华池馆六年，赋咏屡矣，感昔伤今，益不堪
怀，乃复作此解

春来雁渚。弄艳冶、又入垂杨如许。困舞瘦腰，啼湿宫黄池塘雨。碧沿苍藓云根路。尚追想、凌波微步。小楼重上，凭谁为唱，旧时金缕。　　凝伫。烟萝翠竹，欠罗袖、为倚天寒日暮。强醉梅边，招得花奴来尊俎。东风须惹春云住。□莫把、飞琼吹去。便教移取熏笼，夜温绣户。

惜秋华 夹钟商　重九

细响残蛩，傍灯前、似说深秋怀抱。怕上翠微，伤心乱烟残照。西湖镜掩尘沙，翳晓影、秦鬟云扰。新鸿，唤凄凉、渐入红萸乌帽。

　　江上故人老。视东篱秀色，依然娟好。晚梦趁、邻杵断，乍将愁到。秋娘泪湿黄昏，又满城、雨轻风小。闲了。看芙蓉、画船多少。

又 八日飞翼楼登高

思渺西风，怅行踪、浪逐南飞高雁。怯上翠微，危楼更堪凭晚。蓬莱对起幽云，澹野色山容愁卷。清浅。瞰沧波、静衔秋痕一线。

十载寄吴苑。惯东篱深把,露黄偷鄿。移暮影、照越镜,意销香断。秋娥赋得闲情,倚翠尊、小眉初展。深劝。待明朝、醉巾重岸。

又　七夕

露胃蛛丝,小楼阴堕月,秋惊华鬓。宫漏未央,当时钿钗遗恨。人间梦隔西风,算天上、年华一瞬。相逢,纵相疏、胜却巫阳无准。

何处动凉讯。听露井梧桐,楚骚成韵。彩云断、翠羽散,此情难问。银河万古秋声,但望中、婺星清润。轻俊。度金针、漫牵方寸。

又　七夕前一日送人归盐官

数日西风,打秋林枣熟,还催人去。瓜果夜深,斜河拟看星度。匆匆便倒离尊,怅遇合、云销萍聚。留连,有残蝉韵晚,时歌金缕。

绿水暂如许。奈南墙冷落,竹烟槐雨。此去杜曲,已近紫霄尺五。扁舟夜宿吴江,正水佩霓裳无数。眉妩。问别来、解相思否。

又　木芙蓉

路远仙城,自王郎去后,芳卿憔悴。锦段镜空,重铺步障新绮。凡花瘦不禁秋,幻腻玉、腴红鲜丽。相携。试新妆乍毕,交扶轻醉。

长记断桥外。骤玉骢过处,千娇凝睇。昨梦顿醒,依约旧时眉翠。愁边暮合碧云,倩唱入、六幺声里。风起。舞斜阳、阑干十二。
原注:大曲六幺,王子高芙蓉城事,有楼名碧云。

惜黄花慢　夷则羽　菊

粉靥金裳。映绣屏认得,旧日萧娘。翠微高处,故人帽底,一年最好,偏是重阳。避香只怕春不远,望幽径、偷理秋妆。殢醉乡。寸心似鄿,飘荡愁觞。　　　潮腮笑入清霜。鬥万花样巧,深染蜂黄。

露痕千点,自怜旧色,寒泉半掬,百感幽香。雁声不到东篱畔,满城但、风雨凄凉。最断肠。夜深怨蝶飞狂。

又　次吴江小泊,夜饮僧窗惜别,邦人赵簿携小妓侑尊,连歌数阕,皆清真词。酒尽,已四鼓,赋此词饯尹梅津

送客吴皋。正试霜夜冷,枫落长桥。望天不尽,背城渐杳,离亭黯黯,恨水迢迢。翠香零落红衣老,暮愁锁、残柳眉梢。念瘦腰。沈郎旧日,曾系兰桡。　　仙人凤咽琼箫。怅断魂送远,九辩难招。醉鬟留盼,小窗剪烛,歌云载恨,飞上银霄。素秋不解随船去,败红趁、一叶寒涛。梦翠翘。怨鸿料过南谯。

十二郎　垂虹桥　上有垂虹亭,属吴江

素天际水,浪拍碎、冻云不凝。记晓叶题霜,秋灯吟雨,曾系长桥过艇。又是宾鸿重来后,猛赋得、归期才定。嗟绣鸭解言,香鲈堪钓,尚庐人境。　　幽兴。争如共载,越娥妆镜。念倦客依前,貂裘茸帽,重向淞江照影。醉酒苍茫,倚歌平远,亭上玉虹腰冷。迎醉面,暮雪飞花,几点黛愁山暝。

醉蓬莱　夷则商　七夕和方南山

望碧天书断,宝枕香留,泪痕盈袖。谁识秋娘,比行云纤瘦。象尺熏炉,翠针金缕,记倚床同绣。月斡琼梳,冰销粉汗,南花熏透。　　尽是当时,少年清梦,臂约痕深,帕绡红皱。凭鹊传音,恨语多轻漏。润玉留情,沈郎无奈,向柳阴期候。数曲催阑,双铺深掩,风镮鸣兽。

烛影摇红　黄钟商　毛荷塘生日,留京不归,赋以寄意

西子西湖,赋情合载鸥夷棹。断桥直去是孤山,应为梅花到。几度

吟昏醉晓。背东风、偷闲鬥草。乱鸦啼后，解佩归来，春怀多少。

千里婵娟，茂园今夜同清照。樱脂茸唾听吟诗，争似还家好。昵昵西窗语笑。凤云深、琼箫缥缈。愿春如旧，柳带同心，花枝压帽。

<h3 style="text-align:center">又　麓翁夜宴园堂</h3>

新月侵阶，彩云林外笙箫透。银台双引绕花行，红坠香沾袖。不管签声转漏。更明朝、棋消永昼。静中闲看，倦羽飞还，游云出岫。

随处春光，翠阴那只西湖柳。去年溪上牡丹时，还试长安酒。都把愁怀抖擞。笑流莺、啼春漫瘦。晓风恶尽，妒雪寒销，青梅如豆。

<h3 style="text-align:center">又　饯冯深居，翼日，其初度</h3>

飞盖西园，晚秋却胜春天气。霜花开尽锦屏空，红叶新装缀。时放清杯泛水。暗凄凉、东风旧事。夜吟不绝，松影阑干，月笼寒翠。

莫唱阳关，但凭彩袖歌千岁。秋星入梦隔明朝，十载吴宫会。一棹回潮度苇。正西窗、灯花报喜。柳蛮樱素，试酒争怜，不教不醉。

<h3 style="text-align:center">又　元夕雨</h3>

碧澹山姿，暮寒愁沁歌眉浅。障泥南陌润轻酥，灯火深深院。入夜笙歌渐暖。彩旗翻、宜男舞遍。恣游不怕，素袜尘生，行裙红溅。

银烛笼纱，翠屏不照残梅怨。洗妆清靥湿春风，宜带啼痕看。楚梦留情未散。素娥愁、天深信远。晓窗移枕，酒困香残，春阴帘卷。

<h3 style="text-align:center">又　寿嗣荣王</h3>

天桂飞香，御花簇座千秋宴。笑从王母摘仙桃，琼醴双金琖。掌上龙珠照眼。映萝图、星晖海润。浮槎远到，水浅蓬莱，秋明河汉。

宝月将弦，晚钩斜挂西帘卷。未须十日便中秋，争看清光满。净洗红尘障面。贺朝霖、催班正殿。喜回天上,紫府开筵,瑶池宣劝。

又　赋德清县圃古红梅

莓锁虹梁,稽山祠下当时见。横斜无分照溪光,珠网空凝遍。姑射青春对面。驾飞虬、罗浮路远。千年春在,新月苔池,黄昏山馆。

　　花满河阳,为君羞褪晨妆茜。云根直下是银河,客老秋楼变。雨外红铅洗断。又晴霞、惊飞暮管。倚阑只怕,弄水鳞生,乘东风便。

又　越上霖雨应祷

秋入灯花,夜深檐影琵琶语。越娥青镜洗红埃,山門秦眉妩。相间金茸翠亩。认城阴、春耕旧处。晚春相应,新稻炊香,疏烟林莽。

　　清磬风前,海沉宿袅芙蓉炷。阿香秋梦起娇啼,玉女传幽素。人驾梅槎未渡。试梧桐、聊分宴俎。采菱别调,留取蓬莱,霎时云住。

丑奴儿慢　黄钟商　　麓翁飞翼楼观雪

东风未起,花上纤尘无影。峭云湿,凝酥深坞,乍洗梅清。钓卷愁丝,冷浮虹气海空明。若耶门闭,扁舟去懒,客思鸥轻。　　几度问春,倡红冶翠,空媚阴晴。看真色、千岩一素,天澹无情。醒眼重开,玉钩帘外晓峰青。相扶轻醉,越王台上,更最高层。

又　双清楼　　在钱塘门外

空濛乍敛,波影帘花晴乱。正西子、梳妆楼上,镜舞青鸾。润逼风襟,满湖山色入阑干。天虚鸣籁,云多易雨,长带秋寒。　　遥望翠凹,隔江时见,越女低鬟。算堪羡、烟沙白鹭,暮往朝还。歌管重城,醉花春梦半香残。乘风邀月,持杯对影,云海人闲。

木兰花慢 虎丘陪仓幕游。时魏益斋已被亲擢,陈芬
宙、李方庵皆将满秩

紫骝嘶冻草,晓云锁、岫眉颦。正蕙雪初销,松腰玉瘦,憔悴真真。
轻藜渐穿险磴,步荒苔、犹认瘗花痕。千古兴亡旧恨,半丘残日孤
云。　　　开尊。重吊吴魂。岚翠冷、洗微醺。问几曾夜宿,月明起
看,剑水星纹。登临总成去客,更软红、先有探芳人。回首沧波故
苑,落梅烟雨黄昏。

又 重游虎丘

步层丘翠莽,□□处、更春寒。渐晚色催阴,风花弄雨,愁起阑干。
惊翰。带云去杳,任红尘、一片落人间。青冢麒麟有恨,卧听箫鼓
游山。　　　年年。叶外花前。腰艳楚、鬓成潘。叹宝奁瘗久,青萍
共化,裂石空磐。尘缘。酒沾粉污,问何人、从此濯清泉。一笑掀
髯付与,寒松瘦倚苍峦。

又 送翁五峰游江陵

送秋云万里,算舒卷、总何心。欢路转羊肠,人营燕垒,霜满蓬簪。
愁侵。庾尘满袖,便封侯、那羡汉淮阴。一醉莼丝脍玉,忍教菊老
松深。　　　离音。又听西风,金井树、动秋吟。向暮江目断,鸿飞
渺渺,天色沉沉。沾襟。四弦夜语,问杨琼、往事到寒砧。争似湖
山岁晚,静梅香底同斟。

又 重泊垂虹

酹清杯问水,惯曾见、几逢迎。自越棹轻飞,秋莼归后,杞菊荒荆。
孤鸣。舞鸥惯下,又渔歌、忽断晚烟生。雪浪闲销钓石,冷枫频落
江汀。　　　长亭。春恨何穷,目易尽、酒微醒。怅断魂西子,凌波

去杳，环佩无声。阴晴。最无定处，被浮云、多翳镜华明。向晓东风霁色，绿杨楼外山青。

又　饯韩似斋赴江东漕幕

润寒梅细雨，卷灯火、暗尘香。正万里胥涛，流花涨腻，春共东江。云樯。未传燕语，过罘罳、垂柳舞鹅黄。留取行人系马，软红深处闻莺。　　悠飏。霁月清风，凝望久、邸山苍。又紫箫一曲，还吹别调，楚际吴旁。仙方。袖中秘宝，遣蓬莱、弱水变飞霜。寒食春城秀句，趁花飞入宫墙。

又　饯赵山台

指罘罳晓月，动凉信、又催归。正玉涨松波，花穿画舫，无限红衣。青丝。傍桥浅系，问笛中、谁奏鹤南飞。西子冰绡冷处，素娥宝镜圆时。　　清奇。好借秋光，临水色、写瑶卮。向醉中织就，天孙云锦，一杼新诗。依稀。数声禁漏，又东华、尘染帽檐缁。争似西风小队，便乘鲈脍秋肥。

又　施芸隐随绣节过浙东，作词留别，用其韵以饯

几临流送远，渐荒落、旧邮亭。念西子初来，当时望眼，啼雨难晴。娉婷。素红共载，到越吟、翻调倚吴声。得意东风去棹，怎怜会重离轻。　　云零。梦绕浮觞，流水畔、叙幽情。恨赋笔分携，江山委秀，桃李荒荆。经行。问春在否，过汀洲、暗忆百花名。莺缕争堪细折，御黄堤上重盟。

喜迁莺　太簇宫，俗名中管高宫　同丁基仲过希道家看牡丹

凡尘流水。正春在、绛阙瑶阶十二。暖日明霞，天香盘锦，低映晓

光梳洗。故苑浣花沉恨，化作妖红斜紫。困无力，倚阑干，还倩东风扶起。　　公子。留意处，罗盖牙签，一一花名字。小扇翻歌，密围留客，云叶翠温罗绮。艳波紫金杯重，人倚妆台微醉。夜和露，翦残枝，点点花心清泪。

又　吴江与闲堂王脾庵家

烟空白鹭。乍飞下、似呼行人相语。细縠春波，微痕秋月，曾认片帆来去。万顷素云遮断，十二红帘钩处。黯愁远，向虹腰，时送斜阳凝伫。　　轻许。孤梦到，海上玑宫，玉冷深窗户。遥指人间，隔江烟火，漠漠水葓摇暮。看葺断矶残钓，替却珠歌雪舞。吟未了，去匆匆，清晓一阑烟雨。

又　福山萧寺岁除

江亭年暮。趁飞雁、又听，数声柔橹。蓝尾杯单，胶牙饧澹，重省旧时羁旅。雪舞野梅篱落，寒拥渔家门户。晚风峭，作初番花讯，春还知否。　　何处。围艳冶、红烛画堂，博簺良宵午。谁念行人，愁先芳草，轻送年华如羽。自剔短檠不睡，空索彩桃新句。便归好，料鹅黄，已染西池千缕。

又　甲辰冬至寓越，儿辈尚留瓜泾萧寺

冬分人别。渡倦客晚潮，伤头俱雪。雁影秋空，蝶情春荡，几处路穷车绝。把酒共温寒夜，倚绣添慵时节。又底事，对愁云江国，离心还折。　　吴越。重会面，点检旧吟，同看灯花结。儿女相思，年华轻送，邻户断箫声噎。待移杖藜雪后，犹怯蓬莱寒阔。最起晚，任鸦林催晓，梅窗沉月。

探芳信 夹钟羽　与李方庵联舟入杭,时方庵至嘉兴,
　　　　　　索旧燕同载。是夕,雪大作,林麓洲渚皆琼瑶。
　　　　　　方庵驰小序求词,且约访蔡公甫

夜寒重。见羽葆将迎,飞琼入梦。整素妆归处,中宵按瑶凤。舞春
歌夜棠梨岸,月冷和云冻。画船中、太白仙人,锦袍初拥。　　应
过语溪否,试笑挹中郎,还叩清弄。粉黛湖山,欠携酒、共飞鞚。洗
杯时换铜觚水,待作梅花供。问何时、带雨锄烟自种。

　　又 丙申岁,吴灯市盛常年。余借宅幽坊,一时名胜遇
　　　　　合,置杯酒,接殷勤之欢,甚盛事也。分镜字韵

暖风定。正卖花吟春,去年曾听。旋自洗幽兰,银瓶钓金井。斗窗
香暖悭留客,街鼓还催暝。调雏莺、试遣深杯,唤将愁醒。　　灯
市又重整。待醉勒游缰,缓穿斜径。暗忆芳盟,绡帕泪犹凝。吴宫
十里吹笙路,桃李都羞靓。绣帘人、怕惹飞梅翳镜。

又

为春瘦。更瘦如梅花,花应知否。任枕函云坠,离怀半中酒。雨声
楼阁春寒里,寂寞收灯后。甚年年、鬭草心期,探花时候。　　娇
懒强拈绣。暗背里相思,闲供晴昼。玉合罗囊,兰膏渍红豆。舞衣
叠损金泥凤,妒折阑干柳。几多愁、两点天涯远岫。

又 麓翁小园早饮,客供棋事琴事

转芳径。见雾卷晴漪,鱼弄游影。旋解缨濯翠,临流抚菱镜。半林
竹色花香处,意足多新咏。试衣单、雁欲来时,旧寒才定。　　门
巷对深静。但酒敌春浓,棋消日永。旧曲猗兰,待留向、月中听。
藻池不通原注去声宫沟水,任泛流红冷。小阑干、笑拍东风醉醒。

又 贺麓翁秘阁满月

探春到。见彩花钗头，玉燕来早。正紫龙眠重，明月弄清晓。夜尘不浸银河水，金盎供新澡。镇帷犀，护紧东风，秀藏芝草。星斗粲怀抱。问雾暖蓝田，玉长多少。禁苑传香，柳边语、听莺报。片云飞趁春潮去，红软长安道。试回头、一点蓬莱翠小。

按此下原钞有无名氏声声慢"梅黄金重"一首，删。

声声慢 咏桂花

蓝云笼晓，玉树悬秋，交加金钏霞枝。人起昭阳，禁寒粉粟生肌。浓香最无著处，渐冷香、风露成霏。绣茵展，怕空阶惊坠，化作萤飞。

三十六宫愁重，问谁持金锸，和月都移。掣锁西厢，清尊素手重携。秋来鬓华多少，任乌纱、醉压花低。正摇落，叹淹留、客又未归。

又 友人以梅、兰、瑞香、水仙供客，曰四香，分韵得风字

云深山坞，烟冷江皋，人生未易相逢。一笑灯前，钗行两两春容。清芳夜争真态，引生香、撩乱东风。探花手，与安排金屋，懊恼司空。

憔悴欹翘委佩，恨玉奴销瘦，飞趁轻鸿。试问知心，尊前谁最情浓。连呼紫云伴醉，小丁香、才吐微红。还解语，待携归、行雨梦中。

又 陪幕中饯孙无怀于郭希道池亭，闰重九前一日

檀栾金碧，婀娜蓬莱，游云不蘸芳洲。露柳霜莲，十分点缀成秋。新弯画眉未稳，似含羞、低护墙头。愁送远，驻西台车马，共惜临流。

知道池亭多宴，掩庭花、长是惊落秦讴。腻粉阑干，犹闻凭袖香留。输他翠涟拍弊，瞰新妆、时浸明眸。帘半卷，带黄花、人在小楼。

又　饮时贵家，即席三姬求词

春星当户，眉月分心，罗屏绣幕围香。歌缓□□，轻尘暗簌文梁。秋桐泛商丝雨，恨未回、飘雪垂杨。连宝镜，更一家姊妹，曾入昭阳。

莺燕堂深谁到，为殷勤、须放醉客疏狂。量减离怀，孤负蘸甲清觞。曲中倚娇佯误，算只图、一顾周郎。花镇好，驻年华、长在琐窗。

又　宏庵宴席，客有持桐子侑俎者，自云其姬亲剥之

寒筲惊坠，香豆初收，银床一夜霜深。乱泻明珠，金盘来荐清斟。绿窗细剥檀皱，料水晶、微损春簪。风韵处，惹手香酥润，樱口脂侵。

重省追凉前事，正风吟莎井，月碎苔阴。颗颗相思，无情漫搅秋心。银台蕛花杯散，梦阿娇、金屋沉沉。甚时见，露十香、钗燕坠金。

又　畿漕廨建新楼，上尹梅津

清漪衔苑，御水分流，阿阶西北青红。朱栱浮云，碧窗宿雾濛濛。璇题净横秋影，笑南飞、不过新鸿。延桂影，见素娥梳洗，微步琼空。

城外湖山十里，想无时长敞，罨画帘栊。暗柳回堤，何须系马金狨。莺花翰林千首，彩毫飞、海雨天风。凤池上，又相思、春夜梦中。

又　赠藕花洲尼

六铢衣细，一叶舟轻，黄芦堪笑浮槎。何处汀洲，云澜锦浪无涯。秋姿澹凝水色，艳真香、不染春华。笑归去，傍金波开户，翠屋为家。

回施红妆青镜，与一川平绿，五月晴霞。桢玉杯中，西风不到窗纱。端的旧莲深薏，料采菱、新曲羞夸。秋潋滟，对年年、人胜似花。

又 寿魏方泉

莺团橙径,鲈跃莼波,重来两过中秋。酒市渔乡,西风胜似春柔。宿春去年村墅,看黄云、还委西畴。凤池去,信吴人有分,借与迟留。

应是香山续梦,又凝香追咏,重到苏州。青鬓江山,足成千岁风流。围腰御仙花底,衬月中、金粟香浮。夜宴久,揽秋云、平倚画楼。

又 饯魏绣使泊吴江,为友人赋

旋移轻鹢,浅傍垂虹,还因送客迟留。泪雨横波,遥山眉上新愁。行人倚阑心事,问谁知、只有沙鸥。念聚散,几枫丹霜渚,莼绿春洲。

渐近香菰炊黍,想红丝织字,未远青楼。寂寞渔乡,争如连醉温柔。西窗夜深剪烛,梦频生、不放云收。共怅望,认孤烟、起处是州。

高阳台 丰乐楼分韵得如字

修竹凝妆,垂杨驻马,凭阑浅画成图。山色谁题,楼前有雁斜书。东风紧送斜阳下,弄旧寒、晚酒醒馀。自销凝,能几花前,顿老相如。

伤春不在高楼上,在灯前欹枕,雨外熏炉。怕舣游船,临流可奈清癯。飞红若到西湖底,搅翠澜、总是愁鱼。莫重来,吹尽香绵,泪满平芜。

又 落梅

宫粉雕痕,仙云堕影,无人野水荒湾。古石埋香,金沙锁骨连环。南楼不恨吹横笛,恨晓风、千里关山。半飘零,庭上黄昏,月冷阑干。

寿阳空理愁鸾。问谁调玉髓,暗补香瘢。细雨归鸿,孤山无限春寒。离魂难倩招清些,梦缟衣、解佩溪边。最愁人,啼鸟晴明,叶底青圆。

又　送王历阳以右曹赴阙

汜水秋寒,淮堤柳色,别来几换年光。紫马行迟,才生梦草池塘。便乘丹凤天边去,禁漏催、春殿称觞。过松江,雪弄飞花,冰解鸣玙。　　芳洲酒社词场。赋高台陈迹,曾醉吴王。重上迮山,诗清月瘦昏黄。春风侍女衣篝畔,早鹊袍、已暖天香。到东园,应费新题,千树苔苍。

又　寿毛荷塘

风袅垂杨,雪销蕙草,何如清润潘郎。风月襟怀,挥毫倚马成章。仙都观里桃千树,映麴尘、十里荷塘。未归来,应恋花洲,醉玉吟香。　　东风晴昼浓如酒,正十分皓月,一半春光。燕子重来,明朝传梦西窗。朝寒几暖金炉烬,料洞天、日月偏长。杏园诗,应待先题,嘶马平康。

又　过种山　即越文种墓

帆落回潮,人归故国,山椒感慨重游。弓折霜寒,机心已堕沙鸥。灯前宝剑清风断,正五湖、雨笠扁舟。最无情,岩上闲花,腥染春愁。　　当时白石苍松路,解勒回玉辇,雾掩山羞。木客歌阑,青春一梦荒丘。年年古苑西风到,雁怨啼、绿水葓秋。莫登临,几树残烟,西北高楼。

倦寻芳　林钟羽　花翁遇旧欢吴门老妓李怜,邀分韵同赋此词

坠瓶恨井,分镜迷楼,空闭孤燕。寄别崔徽,清瘦画图春面。不约舟移杨柳系,有缘人映桃花见。叙分携,悔香瘢漫蒸,绿鬓轻翦。　　听细语、琵琶幽怨。客鬓苍华,衫袖湿遍。渐老芙蓉,犹自带霜宜看。一缕

情深朱户掩,两痕愁起青山远。被西风,又惊吹、梦云分散。

又 上元

海霞倒影,空雾飞香,天市催晚。暮餍宫梅,相对画楼帘卷。罗袜轻尘花笑语,宝钗争艳春心眼。乱箫声,正风柔柳弱,舞肩交燕。
念窈窕、东邻深巷,灯外歌沉,月上花浅。梦雨离云,点点漏壶清怨。珠络香销空念往,纱窗人老羞相见。渐铜壶,闭春阴、晓寒人倦。

又 饯周纠定夫

暮帆挂雨,冰岸飞梅,春思零乱。送客将归,偏是故宫离苑。醉酒曾同凉月舞,寻芳还隔红尘面。去难留,怅芙蓉路窄,绿杨天远。
便系马、莺边清晓,烟草晴花,沙润香软。烂锦年华,谁念故人游倦。寒食相思堤上路,行云应在孤山畔。寄新吟,莫空回、五湖春雁。

三姝媚 夷则商

吹笙池上道。为王孙重来,旋生芳草。水石清寒,过半春犹自,燕沉莺悄。稚柳阑干,晴荡漾、禁烟残照。往事依然,争忍重听,怨红凄调。　　曲榭方亭初扫。印藓迹双鸳,记穿林窈。顿隔年华,似梦回花上,露晞平晓。恨逐孤鸿,客又去、清明还到。便靸墙头归骑,青梅已老。

又 过都城旧居有感

湖山经醉惯。渍春衫、啼痕酒痕无限。又客长安,叹断襟零袂,浣尘谁浣。紫曲门荒,沿败井、风摇青蔓。对语东邻,犹是曾巢,谢堂双燕。　　春梦人间须断。但怪得、当年梦缘能短。绣屋秦筝,傍海棠偏爱,夜深开宴。舞歇歌沉,花未减、红颜先变。伫久河桥欲去,斜阳泪满。

又　姜石帚馆水磨方氏,会饮总宜堂,即事寄毛荷塘

酣春青镜里。照晴波明眸,暮云愁髻。半绿垂丝,正楚腰纤瘦,舞衣初试。燕客飘零,烟树冷、青骢曾系。画馆朱楼,还把清尊,慰春憔悴。　　离苑幽芳深闭。恨浅薄东风,褪花销腻。彩箑翻歌,最赋情、偏在笑红颦翠。暗拍阑干,看散尽、斜阳船市。付与金衣清晓,花深未起。

昼锦堂　中吕商

舞影灯前,箫声酒外,独鹤华表重归。旧雨残云仍在,门巷都非。愁结春情迷醉眼,老怜秋鬓倚蛾眉。难忘处,犹恨绣笼,无端误放莺飞。　　当时。征路远,欢事差,十年轻负心期。楚梦秦楼相遇,共叹相违。泪香沾湿孤山雨,瘦腰折损六桥丝。何时向,窗下鬲残红烛,夜杪参移。

汉宫春　夹钟商　　追和尹梅津赋俞园牡丹

花姥来时,带天香国艳,羞掩名姝。日长半娇半困,宿酒微苏。沉香槛北,比人间、风异烟殊。春恨重,盘云坠髻,碧花翻吐琼盂。
洛苑旧移仙谱,向吴娃深馆,曾奉君娱。猩唇露红未洗,客鬓霜铺。兰词沁璧,过西园、重载双壶。休漫道,花扶人醉,醉花却要人扶。

又　寿梅津

名压年芳,倚竹根新影,独照清漪。千年禹梁藓碧,重发南枝。冰凝素质,遣凡桃、羞濯尘姿。寒正峭,东风似海,香浮夜雪春霏。
练鹊锦袍仙使,有青娥传梦,月转参移。遘山傍莺系马,玉蕈新辞。

宫妆镜里,笑人间、花信都迟。春未了,红盐荐鼎,江南烟雨黄时。

又 寿王虔州

怀得银符,卷朝衣归袖,犹惹天香。星移太微几度,飞出西江。吴城驻马,趁鲈肥、腊蚁初尝。红雾底,金门候晓,争如小队春行。
何用倚楼看镜,算橘中深趣,日月偏长。江山待吟秀句,梅靥催妆。东风水暖,弄烟娇、语燕飞樯。来岁醉,鹊楼胜处,红围舞袖歌裳。

秋霁 云麓园长桥

一水盈盈,汉影隔游尘,净洗寒绿。秋沐平烟,日回西照,乍惊饮虹天北。彩阑翠馥。锦云直下花成屋。试纵目。空际、醉乘风露跨黄鹄。　　追想缥缈,钓雪松江,恍然烟蓑,秋梦重续。问何如、临池脍玉,扁舟空舣洞庭宿。也胜饮湘然楚竹。夜久人悄,玉妃唤月归来,桂笙声里,水宫六六。

花心动 郭清华新轩

入眼青红,小玲珑、飞檐度云微湿。绣槛展春,金屋宽花,谁管采菱波狭。翠深知是深多少,不都放、夕阳红入。待装缀,新漪涨翠,小圈荷叶。　　此去春风满箧。应时锁蛛丝,浅虚尘榻。夜雨试灯,晴雪吹梅,趁取玦簪重盍。卷帘不解招新燕,春须笑、酒悭歌涩。半窗掩,日长困生翠睫。

又 柳

十里东风,袅垂杨、长似舞时腰瘦。翠馆朱楼,紫陌青门,处处燕莺晴昼。乍看摇曳金丝细,春浅映、鹅黄如酒。嫩阴里,烟滋露染,翠娇红溜。　　此际雕鞍去久。空追念邮亭,短枝盈首。海角天涯,寒食清明,泪点絮花沾袖。去年折赠行人远,今年恨、依然纤手。
断肠也,羞眉画应未就。

龙山会 夷则商　陪毗陵幕府诸名胜载酒双清赏芙蓉

石径幽云冷,步障深深,艳锦青红亚。小桥和梦过,仙佩杳、烟水茫
茫城下。何处不秋阴,问谁借、东风艳冶。最娇娆,愁侵醉颊,泪绡
红洒。　　摇落翠莽平沙,竞挽斜阳,驻短亭车马。晓妆羞未堕。
沉恨起、金谷魂飞深夜。惊雁落清歌,醉花倩、舣船快泻。去未舍。
待月向井梧梢上挂。

八声甘州 陪庾幕诸公游灵岩

渺空烟四远,是何年、青天坠长星。幻苍厓云树,名娃金屋,残霸宫
城。箭径酸风射眼,腻水染花腥。时靸双鸳响,廊叶秋声。　　宫
里吴王沉醉,倩五湖倦客,独钓醒醒。问苍波无语,华髪奈山青。
水涵空、阑干高处,送乱鸦、斜日落渔汀。连呼酒,上琴台去,秋与
云平。

又 姑苏台和施芸隐韵

步晴霞倒影,洗闲愁、深杯滟风漪。望越来清浅,吴歈杳霭,江雁初
飞。辇路凌空九险,粉冷濯妆池。歌舞烟霄顶,乐景沉晖。　　别
是青红阑槛,对女墙山色,碧澹宫眉。问当时游鹿,应笑古台非。
有谁招、扁舟渔隐,但寄情、西子却题诗。闲风月,暗销磨尽,浪打
鸥矶。

又 和梅津

记行云梦影,步凌波、仙衣翦芙蓉。念杯前烛下,十香搵袖,玉暖屏

风。分种寒花旧益，薛土蚀吴蚕。人远云槎渺，烟海沉蓬。　　重访樊姬邻里，怕等闲易别，那忍相逢。试潜行幽曲，心荡□匆匆。井梧彫、铜铺低亚，映小眉、瞥见立惊鸿。空惆怅，醉秋香畔，往事朦胧。

新雁过妆楼 夹钟羽

梦醒芙蓉。风檐近、浑疑佩玉丁东。翠微流水，都是惜别行踪。宋玉秋花相比瘦，赋情更苦似秋浓。小黄昏，绀云暮合，不见征鸿。

宜城当时放客，认燕泥旧迹，返照楼空。夜阑心事，灯外败壁哀蛩。江寒夜枫怨落，怕流作题情肠断红。行云远，料澹蛾人在，秋香月中。

又 中秋后一夕，李方庵月庭延客，命小妓过新水令，坐间赋词

阆苑高寒。金枢动、冰宫桂树年年。翦秋一半，难破万户连环。织锦相思楼影下，钿钗暗约小帘间。共无眠。素娥惯得，西坠阑干。

谁知壶中自乐，正醉围夜玉，浅鬥婵娟。雁风自劲，云气不上凉天。红牙润沾素手，听一曲清歌双雾鬟。徐郎老，恨断肠声在，离镜孤鸾。

按此下原钞有姜夔凄凉犯"绿杨巷陌"一首，删。

凄凉犯 夷则羽，俗名仙吕调，犯双调　重台水仙

空江浪阔。清尘凝、层层刻碎冰叶。水边照影，华裾曳翠，露搔泪湿。湘烟暮合。□尘袜、凌波半涉。怕临风、□欺瘦骨，护冷素衣叠。　　樊姊玉奴恨，小钿疏唇，洗妆轻怯。氾人最苦，粉痕深、几重愁靥。花隘香浓，猛熏透、霜绡细折。倚瑶台，十二金钱晕半掐。

按此下原钞有柳永尾犯"夜雨滴空阶"一首，删。

尾犯 黄钟宫　赠陈浪翁重客吴门

翠被落红妆,流水腻香,犹共吴越。十载江枫,冷霜波成缬。灯院静、凉花乍翦,桂园深、幽香旋折。醉云吹散,晚树细蝉,时替离歌咽。　　长亭曾送客,为偷赋、锦雁留别。泪接孤城,渺平芜烟阔。半菱镜、青门重售,采香堤、秋兰共结。故人憔悴,远梦越来溪畔月。

又 甲辰中秋

绀海掣微云,金井暮凉,梧韵风急。何处楼高,想清光先得。江汜冷、冰绡乍洗,素娥怵,菱花再拭。影留人去,忍向夜深,帘户照陈迹。　　竹房苔径小,对日暮、数尽烟碧。露蓼香泾,记年时相识。二十五、声声秋点,梦不认、屏山路窄。醉魂幽飏,满地桂阴无人惜。

东风第一枝 黄钟商

倾国倾城,非花非雾,春风十里独步。胜如西子妖娆,更比太真澹泞。铅华不御。漫道有、巫山洛浦。似怎地、标格无双,镇锁画楼深处。　　曾被风、容易送去。曾被月、等闲留住。似花翻使花羞,似柳任从柳妒。不教歌舞。恐化作、彩云轻举。信下蔡、阳城俱迷,看取宋玉词赋。

夜合花 黄钟商　自鹤江入京泊葑门外有感

柳暝河桥,莺晴台苑,短策频惹春香。当时夜泊,温柔便入深乡。词韵窄,酒杯长。翦蜡花、壶箭催忙。共追游处,凌波翠陌,连棹横塘。　　十年一梦凄凉。似西湖燕去,吴馆巢荒。重来万感,依前唤酒银罍。溪雨急,岸花狂。趁残鸦、飞过苍茫。故人楼上,凭谁指与,芳草斜阳。

探春慢　龟翁下世后登研意

径苔深,念断无故人,轻敲幽户。细草春回,目送流光一羽。重云冷,哀雁断,翠微空,愁蝶舞。荡鸣澌,游蓬小,梦枕残云惊寤。

　　还识西湖醉路。向柳下并鞍,银袍吹絮。事影难追,那负灯床闻雨。冰溪凭谁照影,有明月、乘兴去。暗相思,梅孤瘦、共江亭暮。

以上彊村四校本梦窗词

柳梢青　与龟翁登研意观雪,怀癸卯岁腊朝断桥并马之游

断梦游轮。孤山路杳,越树阴新。流水凝酥,征衫沾泪,都是离痕。

　　玉屏风冷愁人。醉烂漫、梅花翠云。傍夜船回,惜春门掩,一镜香尘。

生查子　稽山对雪有感

暮云千万重,寒梦家乡远。愁见越谿娘,镜里梅花面。　　醉情啼枕冰,往事分钗燕。三月灞陵桥,心翦东风乱。

一剪梅　赠友人

远目伤心楼上山。愁里长眉,别后峨鬟。暮云低压小阑干。教问孤鸿,因甚先还。　　瘦倚谿桥梅夜寒。雪欲消时,泪不禁弹。翦成钗胜待归看。春在西窗,灯火更阑。

点绛唇　越山见梅

春未来时,酒携不到千岩路。瘦还如许。晚色天寒处。　　无限新愁,难对风前语。行人去。暗消春素。横笛空山暮。

西江月　赋瑶圃青梅枝上晚花

枝袅一痕雪在,叶藏几豆春浓。玉奴最晚嫁东风。来结梨花幽梦。
　香力添熏罗被,瘦肌犹怯冰绡。绿阴青子老溪桥。羞见东邻娇小。

桃源忆故人

越山青断西陵浦。一片密阴疏雨。潮带旧愁生暮。曾折垂杨处。
　桃根桃叶当时渡。呜咽风前柔橹。燕子不留春住。空寄离樯语。

木兰花慢　寿秋壑

记琼林宴起,软红路、几西风。想汉影千年,荆江万顷,槎信长通。
金狨。锦鞯赐马,又霜横、汉节枣仍红。细柳春阴喜色,四郊秋事
年丰。　　从容。岁晚玉关,长不闭、静边鸿。访武昌旧垒,山川
相缪,日费诗筩。兰宫。系书翠羽,带天香、飞下玉芙蓉。明月瑶
笙奏彻,倚楼黄鹤声中。

夜行船　赠赵梅壑

碧甃清漪方镜小。绮疏净、半尘不到。古鼎香深,宫壶花换,留取
四时春好。　　楼上眉山云窈窕。香衾梦、镇疏清晓。并蒂莲开,
合欢屏暖,玉漏又催朝早。

朝中措　赠赵梅壑

吴山相对越山青。湘水一春平。粉字情深题叶,红波香染浮萍。
　朝云暮雨,玉壶尘世,金屋瑶京。晚雨西陵潮讯,沙鸥不似身轻。

风入松 寿梅墅

一帆江上暮潮平。骑鹤过瑶京。湘波山色青天外,红香荡、玉佩东丁。西圃仍圆夜月,南风微弄秋声。　　阿咸才俊玉壶冰。王母最怜生。万年枝上千年叶,垂杨鬓、春共青青。连唤碧箫传酒,云回一曲双成。

西江月 登蓬莱阁看桂

清梦重游天上,古香吹下云头。箫声三十六宫愁。高处花惊风骤。　　客路羁情不断,阑干晚色先收。千山浓绿未成秋。谁见月中人瘦。

朝中措 题陆桂山诗集

殷云凋叶晚晴初。篱落认奚奴。才近西窗灯火,旋收残夜琴书。　　秋深露重,天空海阔,玉界香浮。木落秦山清瘦,西风几许工夫。

声声慢 和沈时斋八日登高韵

凭高入梦,摇落关情,寒香吹尽空岩。坠叶消红,欲题秋讯难缄。重阳正隔残照,趁西风、不响云尖。乘半暝、看残山濯翠,剩水开奁。　　暗省长安年少,几传杯吊甫,把菊招潜。身老江湖,心随飞雁天南。乌纱倩谁重整,映风林、钩玉纤纤。漏声起,乱星河、入影画檐。

点绛唇 和吴见山韵

金井空阴,枕痕历尽秋声闹。梦长难晓。月树愁鸦悄。　　梅压檐梢,寒蝶寻香到。窗黏了。翠汕春小。波冷鸳鸯觉。

　　按此首误入洪正治本白石诗词集。

又 有怀苏州

明月茫茫,夜来应照南桥路。梦游熟处。一枕啼秋雨。　　可惜人生,不向吴城住。心期误。雁将秋去。天远青山暮。

玉楼春 和吴见山韵

阑干独倚天涯客。心影暗凋风叶寂。千山秋入雨中青,一雁暮随云去急。　　霜花强弄春颜色。相吊年光浇大白。海烟沉处倒残霞,一杼鲛绡和泪织。

柳梢青 题钱得闲四时图画

翠嶂围屏。留连迅景,花外油亭。澹色烟昏,浓光清晓,一幅闲情。　　辋川落日渔罾。写不尽、人间四并。亭上秋声,莺笼春语,难入丹青。

浣溪沙 陈少逸席上用联句韵有赠

秦黛横愁送暮云。越波秋浅暗啼昏。　　空庭春草绿如裙。彩扇不歌原上酒,青门频返月中魂。花开空忆倚阑人。

又

一曲鸾箫别彩云。燕钗尘涩镜华昏。灞桥舞色褪蓝裙。　　湖上醉迷西子梦,江头春断倩离魂。旋缄红泪寄行人。

一剪梅 赋处静以梅花枝见赠

老色频生玉镜尘。雪澹春姿,越看精神。谿桥人去几黄昏。流水泠泠,都是啼痕。　　烟雨轻寒暮掩门。萼绿灯前,酒带香温。风情谁道不因春。春到一分,花瘦一分。

燕归梁　对雪醒坐上云麓先生

一片游尘拂镜湾。素影护梅残。行人无语看春山。背东风、两苍颜。　　梦飞不到梨花外,孤馆闭、五更寒。谁怜消渴老文园。听溪声、泻冰泉。

乌夜啼　题赵三畏舍馆海棠

醉痕深晕潮红。睡初浓。寒食来时池馆,旧东风。　　银烛换。月西转。梦魂中。明日春和人去,绣屏空。

浪淘沙　有得越中故人赠杨梅者,为赋赠

绿树越谿湾。过雨云殷。西陵人去暮潮还。铅泪结成红粟颗,封寄长安。　　别味带生酸。愁忆眉山。小楼灯外楝花寒。衫袖醉痕花唾在,犹染微丹。

踏莎行

润玉笼绡,檀樱倚扇。绣圈犹带脂香浅。榴心空叠舞裙红,艾枝应压愁鬟乱。　　午梦千山,窗阴一箭。香瘢新褪红丝腕。隔江人在雨声中,晚风菰叶生秋怨。

浪淘沙　九日从吴见山觅酒

山远翠眉长。高处凄凉。菊花清瘦杜秋娘。净洗绿杯牵露井,聊荐幽香。　　乌帽压吴霜。风力偏狂。一年佳节过西厢。秋色雁声愁几许,都在斜阳。

思佳客 赋半面女髑髅

钗燕拢云睡起时。隔墙折得杏花枝。青春半面妆如画,细雨三更花又飞。　　轻爱别,旧相知。断肠青冢几斜晖。断红一任风吹起,结习空时不点衣。

满江红 饯方蕙岩赴阙

竹下门敲,又呼起、胡蝶梦清。闲里看、邻墙梅子,几度仁生。灯外江湖多夜雨,月边河汉独晨星。向草堂、清晓卷琴书,猿鹤惊。　　宫漏静,朝马鸣。西风起,已关情。料希音不在,女瑟娲笙。莲荡折花香未晚,野舟横渡水初晴。看高鸿、飞上碧云中,秋一声。

极相思 题陈藏一水月梅扇

玉纤风透秋痕。凉与素怀分。乘鸾归后,生绡净翦,一片冰云。　　心事孤山春梦在,到思量、犹断诗魂。水清月冷,香消影瘦,人立黄昏。 以上梦窗丙稿

思佳客 闰中秋

丹桂花开第二番。东篱展却宴期宽。人间宝镜离仍合,海上仙槎去复还。　　分不尽,半凉天。可怜闲剩此婵娟。素娥未隔三秋梦,赢得今宵又倚阑。

醉落魄 题藕花洲尼扇

春温红玉。纤衣学翦娇鸦绿。夜香烧短银屏烛。偷掷金钱,重把寸心卜。翠深不碍鸳鸯宿。采菱谁记当时曲。青山南畔红云北。一叶波心,明灭澹妆束。

朝中措 题兰室道女扇

楚皋相遇笑盈盈。江碧远山青。露重寒香有恨,月明秋佩无声。
　　银灯炙了,金炉烬暖,真色罗屏。病起十分清瘦,梦阑一寸春
情。

杏花天 咏汤

蛮姜豆蔻相思味。算却在、春风舌底。江清爱与消残醉。悴憔文
园病起。　　停嘶骑、歌眉送意。记晓色、东城梦里。紫檀晕浅香
波细。肠断垂杨小市。

满江红 刘朔斋赋菊和韵

露浥初英,早遗恨、参差九日。还却笑、莫随节过,桂凋无色。杯面
寒香蜂共泛,篱根秋讯蛩催织。爱玲珑、筛月水屏风,千枝结。
　　芳井韵,寒泉咽。霜著处,微红湿。共评花索句,看谁先得。好
漉乌巾连夜醉,莫愁金钿无人拾。算遗踪、犹有枕囊留,相思物。

朝中措 闻桂香

海东明月锁云阴。花在月中心。天外幽香轻漏,人间仙影难寻。
　　并刀翦叶,一枝晓露,绿鬓曾簪。惟有别时难忘,冷烟疏雨秋
深。

梦行云 原注:“即六幺花十八” 和赵修全韵

簟波皱纤縠。朝炊熟。眠未足。青奴细腻,未拌真珠斛。素莲幽
怨风前影,搔头斜坠玉。画阑枕水,垂杨梳雨,青丝乱、如乍沐。娇
笙微韵,晚蝉理秋曲。翠阴明月胜花夜,那愁春去速。

天香 寿筼塘内子

碧藕藏丝,红莲并蒂,荷塘水暖香斗。窈窕文窗,深沉书幔,锦瑟岁华依旧。洞箫韵里,同跨鹤、青田碧岫。菱镜妆台挂玉,芙蓉艳褥铺绣。　　西邻障蓬澡手。共华朝、梦兰分秀。未冷绮帘犹卷,浅冬时候。秋到霜黄半亩。便准拟、携花就君酒。花酒年华,天长地久。

谒金门 和勿斋韵

鸡唱晚。斜照西窗白暖。一枕午醒幽梦远。素衾春絮软。　　紫燕红楼歌断。锦瑟华年一箭。偷果风流输曼倩。昼际生绣线。

点 绛 唇

香泛罗屏,夜寒著酒宜偎倚。翠偏红坠。唤起芙蓉睡。　　一曲伊州,秋色芭蕉里。娇和醉。眼情心事。愁隔湘江水。

夜 游 宫

人去西楼雁杳。叙别梦、扬州一觉。云澹星疏楚山晓。听啼乌,立河桥,话未了。　　雨外蛩声早。细织就、霜丝多少。说与萧娘未知道。向长安,对秋灯,几人老。

瑶华 分韵得作字,戏虞宜兴

秋风采石,羽扇挥兵,认紫骝飞跃。江蓠塞草,应笑春、空锁凌烟高阁。胡歌秦陇,问铙鼓、新词谁作。有秀荪、来染吴香,瘦马青刍南陌。　　冰澌细响长桥,荡波底蛟腥,不浣霜锷。乌丝醉墨,红袖暖、十里湖山行乐。老仙何处,算洞府、光阴如昨。想地宽、多种桃花,艳锦东风成幄。

思佳客　癸卯除夜

自唱新词送岁华。鬓丝添得老生涯。十年旧梦无寻处,几度新春不在家。　　衣懒换,酒难赊。可怜此夕看梅花。隔年昨夜青灯在,无限妆楼尽醉哗。

六丑　壬寅岁吴门元夕风雨

渐新鹅映柳,茂苑锁、东风初掣。馆娃旧游,罗襦香未灭。玉夜花节。记向留连处,看街临晚,放小帘低揭。星河潋艳春云热。笑靥敧梅,仙衣舞缬。澄澄素娥宫阙。醉西楼十二,铜漏催彻。　　红消翠歇。叹霜簪练发。过眼年光,旧情尽别。泥深厌听啼鴂。恨愁霏润沁,陌头尘袜。青鸾杳、钿车音绝。却因甚、不把欢期,付与少年华月。残梅瘦、飞趁风雪。向夜永,更说长安梦,灯花正结。

青玉案　重游黟歙园

东风客雁黟边道。带春去、随春到。认得踏青香径小。伤高怀远,乱云深处,目断湖山杳。　　梅花似惜行人老。不忍轻飞送残照。一曲秦娥春态少。幽香谁采,旧寒犹在,归梦啼莺晓。

采桑子　瑞香

茜罗结就丁香颗,颗颗相思。犹记年时。一曲春风酒一卮。　　彩鸾依旧乘云到,不负心期。清睡浓时。香趁银屏胡蝶飞。

水龙吟　云麓新葺北墅园池

好山都在西湖,斗城转北多流水。屋边五亩,桥通双沼,平烟蘸翠。

旋叠云根，半开竹径，鸥来须避。四时长把酒，临花傍月，无一日、不春意。　　独乐当时高致。醉吟篇、如今还继。举头见日，葵心倾□，□□归计。浮碧亭□，泛红波迴，桃源人世。待天香□□，开时又胜，翠阴青子。

望 江 南

三月暮，花落更情浓。人去秋千闲挂月，马停杨柳倦嘶风。堤畔画船空。　　恹恹醉，长日小帘栊。宿燕夜归银烛外，啼莺声在绿阴中。无处觅残红。

采 桑 子

水亭花上三更月，扇与人闲。弄影阑干。玉燕重抽拢坠簪。　　心期偷卜新莲子，秋入眉山。翠破红残。半簟湘波生晓寒。

清平乐　书栀子扇

柔柯蒴翠。胡蝶双飞起。谁堕玉钿花径里。香带薰风临水。　　露红滴□秋枝。金泥不染禅衣。结得同心成了，任教春去多时。

燕归梁　书水仙扇

白玉搔头坠髻松。怯冷翠裙重。当时离佩解丁东。澹云低、暮江空。　　青丝结带鸳鸯珑，岁华晚、又相逢。绿尘湘水避春风。步归来、月宫中。

西 江 月

江上桃花流水，天涯芳草青山。楼台春锁碧云湾。都入行人望眼。　　一镜波平鸥去，千林日落鸦还。天风袅袅送轻帆。莽过星槎银汉。

满　江　红

翠幕深庭,露红晚、闲花自发。春不断、亭台成趣,翠阴蒙密。紫燕
雏飞帘额静,金鳞影转池心阔。有花香、竹色赋闲情,供吟笔。

　　闲问字,评风月。时载酒,调冰雪。似初秋入夜,浅凉欺葛。人
境不教车马近,醉乡莫放笙歌歇。倩双成、一曲紫云回,红莲折。

夜行船　寓化度寺

鸦带斜阳归远树。无人听、数声钟暮。日与愁长,心灰香断,月冷
竹房扃户。　　画扇青山吴苑路。傍怀袖、梦飞不去。忆别西池,
红绡盛泪,肠断粉莲啼路。

好事近　僧房听琴

翠冷石床云,海上偷传新曲。弹作一檐风雨,碎芭蕉寒绿。　　冰
泉轻泻翠筩香,林果荐红玉。早是一分秋意,到临窗修竹。

鹧鸪天　化度寺作

池上红衣伴倚阑。栖鸦常带夕阳还。殷云度雨疏桐落,明月生凉
宝扇闲。　　乡梦窄,水天宽。小窗愁黛澹秋山。吴鸿好为传归
信,杨柳闾门屋数间。

虞美人影　咏香橙

黄包先著风霜劲。独占一年佳景。点点吴盐雪凝。玉脍和齑冷。
　　洋园谁识黄金径。一棹洞庭秋兴。香荐兰皋汤鼎。残酒西窗
醒。

花 上 月 令

文园消渴爱江清。酒肠怯,怕深觥。玉舟曾洗芙蓉水,泻清冰。秋梦浅,醉云轻。　　庭竹不收帘影去,人睡起,月空明。瓦瓶汲井和秋叶,荐吟醒。夜深重,怨遥更。

卜 算 子

凉挂晓云轻,声度西风小。井上梧桐应未知,一叶云鬟袅。　　来雁带书迟,别燕归程早。频探秋香开未开,恰似春来了。

凤栖梧 甲辰七夕

开过南枝花满院。新月西楼,相约同针线。高树数声蝉送晚。归家梦向斜阳断。　　夜色银河情一片,轻帐偷欢,银烛罗屏怨。陈迹晓风吹雾散。帘钩空带蛛丝卷。

霜天晓角 题胭脂岭陶氏门

烟林褪叶。红藕游人屧。十里秋声松路,岚云重、翠涛涉。　　伫立。闲素箑。画屏萝嶂叠。明月双成归去,天风里、凤笙浃。

乌夜啼 桂花

西风先到岩扃。月笼明。金露啼珠滴翠,小银屏。　　一颗颗,一星星。是秋情。香裂碧窗烟破,醉魂醒。

夜 行 船

逗晓阑干沾露水。归期杳、画檐鹊喜。粉汗馀香,伤秋中酒,月落桂花影里。　　屏曲巫山和梦倚。行云重、梦飞不起。红叶中庭,绿尘斜□，应是宝筝慵理。

凤栖梧 化度寺池莲一花最晚有感

湘水烟中相见早。罗盖低笼，红拂犹娇小。妆镜明星争晚照。西
风日送凌波杳。　　惆怅来迟羞窈窕。一霎留连，相伴阑干悄。
今夜西池明月到。馀香翠被空秋晓。

生查子 秋社

当楼月半奁，曾买菱花处。愁影背阑干，素鬓残风露。　　神前鸡
酒盟，歌断秋香户。泥落画梁空，梦想青春语。

霜 天 晓 角

香莓幽径滑。萦绕秋曲折。帘额红摇波影，鱼惊坠、暗吹沫。
浪阔。轻棹拨。武陵曾话别。一点烟红春小，桃花梦、半林月。

西江月 丙午冬至

添线绣床人倦，翻香罗幕烟斜。五更箫鼓贵人家。门外晓寒嘶马。
　帽压半檐朝雪，镜开千靥春霞。小帘沽酒看梅花。梦到林逋山下。

恋 绣 衾

频摩书眼怯细文。小窗阴、天气似昏。兽炉暖、慵添困，带茶烟、微
润宝薰。　　少年娇马西风冷，旧春衫、犹浣酒痕。梦不到、梨花
路，断长桥、无限暮云。

杏 花 天

鬓棱初翦玉纤弱。早春入、屏山四角。少年买困成欢谑。人在浓

香绣幄。 霜丝换、梅残梦觉。夜寒重、长安紫陌。东风入户先情薄。吹老灯花半萼。

醉桃源 元日

五更枥马静无声。邻鸡犹怕惊。日华平晓弄春明。暮寒愁褶生。

新岁梦，去年情。残宵半酒醒。春风无定落梅轻。断鸿长短亭。以上见汲古阁本梦窗丁稿

唐多令 惜别

何处合成愁。离人心上秋。纵芭蕉、不雨也飕飕。都道晚凉天气好，有明月、怕登楼。 年事梦中休。花空烟水流。燕辞归、客尚淹留。垂柳不萦裙带住，漫长是、系行舟。

按此首别误作姜夔词，见草堂诗馀别集卷二此词注。

好事近 秋饮

雁外雨丝丝，将恨和愁都织。玉骨西风添瘦，减尊前歌力。 袖香曾枕醉红腮，依约唾痕碧。花下凌波入梦，引春雏双鹩。

按此阕汲古阁刻蒲江词有之，今考明钞足本蒲江词不载。

忆旧游 别黄澹翁

送人犹未苦，苦送春、随人去天涯。片红都飞尽，正阴阴润绿，暗里啼鸦。赋情顿雪双鬓，飞梦逐尘沙。叹病渴凄凉，分香瘦减，两地看花。 西湖断桥路，想系马垂杨，依旧欹斜。葵麦迷烟处，问离巢孤燕，飞过谁家。故人为写深怨，空壁扫秋蛇。但醉上吴台，残阳草色归思赊。

宴　清　都

病渴文园久。梨花月,梦残春故人旧。愁弹枕雨,衰翻帽雪,为情
偧偬。千金醉跃骄骢,试问取、朱桥翠柳。痛恨不、买断斜阳,西湖
酝入春酒。　　吴宫乱水斜烟,留连倦客,慵更回首。幽蛩韵苦,
哀鸿叫绝,断音难偶。题红泛叶零乱,想夜冷、江枫暗瘦。付与谁、
一半悲秋,行云在否。

金缕歌　陪履斋先生沧浪看梅

乔木生云气。访中兴、英雄陈迹,暗追前事。战舰东风悭借便,梦
断神州故里。旋小筑、吴宫闲地。华表月明归夜鹤,叹当时、花竹
今如此。枝上露,溅清泪。　　遨头小簇行春队。步苍苔、寻幽别
坞,问梅开未。重唱梅边新度曲,催发寒梢冻蕊。此心与、东君同
意。后不如今今非昔,两无言、相对沧浪水。怀此恨,寄残醉。右五
阕见花庵中兴以来绝妙词选卷十

醉落魄　院姬□主出为戍妇

柔怀难托。老天如水人情薄。烛痕犹刻西窗约。歌断梨云,留梦
绕罗幕。　　寒更唱遍吹梅角。香消臂趁弓弰削。主家衣在羞重
著。独掩营门,春尽柳花落。阳春白雪卷四

朝　中　措

晚妆慵理瑞云盘。针线傍灯前。燕子不归帘卷,海棠一夜孤眠。
　　踏青人散,遗钿满路,雨打秋千。尚有落花寒在,绿杨未褪春
绵。阳春白雪卷五

青 玉 案

短亭芳草长亭柳。记桃叶,烟江口。今日江村重载酒。残杯不到,
乱红青冢,满地闲春绣。　　翠阴曾摘梅枝嗅。还忆秋千玉葱手。
红索倦将春去后。蔷薇花落,故园胡蝶,粉薄残香瘦。

又

新腔一唱双金斗。正霜落、分甘手。已是红窗人倦绣。春词裁烛,
夜香温被,怕减银壶漏。　　吴天雁晓云飞后。百感情怀顿疏酒。
彩扇何时翻翠袖。歌边拌取,醉魂和梦,化作梅边瘦。

好 事 近

飞露洒银床,叶叶怨梧啼碧。蘄竹粉连香汗,是秋来陈迹。　　藕
丝空缆宿湖船,梦阔水云窄。还系鸳鸯不住,老红香月白。

杏花天　重午

幽欢一梦成炊黍。知绿暗、汀苽几度。竹西歌断芳尘去。宽尽经
年臂缕。　　梅黄后、林梢更雨。小池面、啼红怨暮。当时明月重
生处。楼上宫眉在否。

浪 淘 沙

灯火雨中船。客思绵绵。离亭春草又秋烟。似与轻鸥盟未了,来
去年年。　　往事一潸然。莫过西园。凌波香断绿苔钱。燕子不
知春事改,时立秋千。

思　佳　客

迷蝶无踪晓梦沉。寒香深闭小庭心。欲知湖上春多少，但看楼前柳浅深。　　愁自遣，酒孤斟。一帘芳景燕同吟。杏花宜带斜阳看，几阵东风晚又阴。

采桑子慢　九日

桐敲露井，残照西窗人起。怅玉手、曾携乌纱，笑整风欹。水叶沉红，翠微云冷雁慵飞。楼高莫上，魂消正在，摇落江蓠。　　走马断桥，玉台妆榭，罗帕香遗。叹人老、长安灯外，愁换秋衣。醉把茱萸，细看清泪湿芳枝。重阳重处，寒花怨蝶，新月东篱。右七阕见绝妙好词卷四

古香慢　自度腔　夷则商犯无射宫　赋沧浪看桂

怨娥坠柳，离佩摇荭，霜讯南圃。漫忆桥扉，倚竹袖寒日暮。还问月中游，梦飞过、金风翠羽。把残云、剩水万顷，暗熏冷麝凄苦。　　渐浩渺、凌山高处。秋澹无光，残照谁主。露粟侵肌，夜约羽林轻误。剪碎惜秋心，更肠断、珠尘藓路。怕重阳，又催近、满城细雨。右见铁网珊瑚书品卷七

蹋莎行　敬赋草窗绝妙词

杨柳风流，蕙花清润。蘋□未数张三影。沉香倚醉调清平，新辞□□□□□。　　鲛室裁绡，□□□□。□□白雪争歌郢。西湖同结杏花盟，东风休赋丁香恨。右见蘋洲渔笛谱附录　以上彊村遗书本梦窗词补（原未注所出各书之卷帙，今补）

失 调 名

霜杵敲寒,风灯摇梦。见词旨属对

存　目　词

调　名	首　　句	出　　处	附　　　　注
绕佛阁	暗尘四敛	梦窗词集	周邦彦词,见片玉集卷九
浣溪沙	青杏园林煮酒香	又	晏殊或欧阳修词,见珠玉词或近体乐府卷三
又	手卷珠帘上玉钩	又	李璟词,见南唐二主词。录附于后
又	一曲新词酒一杯	又	晏殊词,见珠玉词
又	蔌蔌衣巾落枣花	又	苏轼词,见东坡词卷下
又	小院闲窗春色深	又	李清照词,见乐府雅词卷下
玉楼春	绿杨芳草长亭路	又	晏殊词,见唐宋诸贤绝妙词选卷三
如梦令	门外绿阴千顷	又	曹组词,见乐府雅词卷下
洞仙歌	花中曾识	又	姜夔词,见白石道人歌曲别集
玉漏迟	絮花寒食路	又	赵闻礼词,见阳春白雪卷五
又	杏花飘禁苑	又	韩嘉彦词,见花草粹编卷九
玉蝴蝶	晚雨未摧宫树	又	史达祖词,见梅溪词
绛都春	融和又报	又	丁仙现词,见草堂诗馀后集卷上

调　　名	首　　句	出　　处	附　　　　注
声 声 慢	梅黄金重	梦窗词集	无名氏词,见草堂诗馀前集卷下
凄 凉 犯	绿杨巷陌	又	姜夔词,见白石道人歌曲卷三
尾　　犯	夜雨滴空阶	又	柳永词,见乐章集卷上
玲珑四犯	波暖尘香	词律卷十五	周密作,见蘋洲渔笛谱卷一

浣溪沙 春情

手卷珠帘上玉钩。依前春恨锁重楼。风里落花谁是主,思悠悠。　　青鸟不传云外信、丁香空结雨中愁。回首绿波三峡暮,接天流。

翁元龙

　　　　元龙字时可,号处静,四明(今浙江宁波)人。吴文英亲伯仲,杜范之客。

烛 影 摇 红

蜀锦华堂,宝筝频送花前酒。妖娆全在半开时,人试单衣后。花面围春竞秀。如红潮、玉腮微透。欲苏还坠,浅醉按全芳备祖原作“酒”,从阳春白雪卷八改扶头,朦胧晴昼。　　金屋名姝,眼情空贮闲眉岫。世间还有此娉婷,拚尽珠量斗。真艳可令消受。倩莺催、天香共袖。冷烟庭院,淡月梨花,空教春瘦。全芳备祖前集卷七海棠门
　　按此首别误作刘克庄词,见翰墨大全后戊集卷六。

齐天乐 游胡园书感

曲廊连苑吹笙道,重来暗尘都满。种石生云,移花带月,犹欠藏春

庭院。年华过眼。便梅谢兰销,舞沉歌断。露井寒蛩,为谁清夜诉
幽怨。　　人生乐事最少,有时得意处,光阴偏短。树色凝红,山
眉弄碧,不与朱颜相恋。临风念远。叹蝶梦难追,鹭盟重换。一片
斜阳,送人归骑晚。

菩 萨 蛮

春心莫共花争发。花开不管连环缺。梦断小楼空。杜鹃啼晓红。
　　眼看连理树。纤手移筝柱。调遍错成声。无人知此情。

又

玉纤闲捻花间集。赤阑干对芭蕉立。藦叶晚生凉。竹阴移小床。
　　拗莲牵藕线。藕断丝难断。弹水没鸳鸯。教寻波底香。以上
三首见阳春白雪卷四

倦 寻 芳

燕帘挂晚。莺槛迷晴,花思零乱。试觅娉婷,日日傍湖亭苑。掷果
墙阴窥驻马,采香深径抛春扇。醉归来,任钗云半落,绣帘慵卷。
　　念灿锦、年华如旧,飞絮游丝,萦恨难翦。蜀羽无情,早带怨红
啼断,厚约轻辞寒食夜,行云空梦梨花院。莫凭阑,正斜阳、淡烟平
远。阳春白雪卷五

瑞 龙 吟

清明近。还是递趱东风,做成花讯。芳时一刻千金,半晴半雨、酹
春未准。　　雁归尽。离字向人欲写,暗云难认。西园猛忆逢迎,
翠纨障面,花间笑隐。　　曲径池莲平砌,绛裙曾与,濯香渐粉。
无奈燕幕莺帘,轻负娇俊。青榆巷陌,蹋马红成寸。十年梦、秋千

吊影，袜罗尘褪。事往凭谁问。昼长病酒添新恨。烟冷斜阳紧。山黛远、曲曲阑干凭损。柳丝万尺，不如轻鬟。

隔浦莲近

街檐插缀翠柳。憔悴清明后。泪蜡堆香径，一夜海棠中酒。枝上酸似豆。莺声骤。恨软弹筝手。　　搵眉袖。嘶骢过尽平芜，绿衬飞绣。沉红入水，渐做小莲离藕。亭冷沉香梦似旧。花瘦。欲留春住时候。

玲珑四犯

窗外啼莺，报数日西园，花事都空。绣屋专房，姚魏渐邀新宠。葱翠试剪春畦，羞对酒、夜寒犹重。误暗期、绿架香洞。月黯小阶云冻。　　算春将揽邮亭鞭。柳成圈、记人迎送。蜀魂怨染岩花色，泥径红成陇。楼上半揭画帘，料看雨、玉笙寒拥。怕骤晴，无事消遣，日长清梦。

风流子 闻桂花怀西湖（题原作"木樨"，从绝妙好词卷四改）

天阔玉屏空。轻阴弄、淡墨画秋容。正凉挂半蟾，酒醒窗下，露催新雁，人在山中。又一片，好秋花占了，香原作重，据绝妙好词改换却西风。箫女夜归，帐栖青凤，镜娥妆冷，钗坠金虫。　　西湖花深窈，闲庭砌、曾占席地歌钟。载取断云归去，几处房栊。恨小帘灯暗，粟肌消瘦，薰炉烟减，珠袖玲珑。三十六宫清梦，还与谁同。

西 江 月

山色低衔小苑，春云暗宿空庭。秋千无月冷双绳。闲却画栏人静。

一夜海棠如梦,半窗银烛多情。好花留不到清明。日日阴晴无定。

忆 秦 娥

三月时。杨花飞尽无花飞。无花飞。不教春去,争得春归。　　高楼望断黄金羁。绿窗眉黛伤新离。伤新离。好将别后,长做归时。

恋 绣 衾

兽炉烟重火半焦。卷帘时、雪意又销。过数点、残鸦外,想梅花、寒在灞桥。　　谢娘春恨深如柳,未东风、先遣絮飘。且莫把、冰丝剪,有灯球、红绣未描。以上七首见阳春白雪卷八

水 龙 吟　雪霁登吴山见沧阁,闻城中箫鼓声

画楼红湿斜阳,素妆褪出山眉翠。街声暮起,尘侵灯户,月来舞地。宫柳招莺,水荭飘雁,隔年春意。黯梨云,散作人间好梦,琼箫在、锦屏底。　　乐事轻随流水。暗兰消、作花心计。情丝万轴,因春织就,愁罗恨绮。昵枕迷香,占帘看夜,旧游经醉。任孤山、剩雪残梅,渐懒跨、东风骑。

醉桃源　柳

千丝风雨万丝晴。年年长短亭。暗黄看到绿成阴。春由他送迎。　　莺思重,燕愁轻。如人离别情。绕湖烟冷罩波明。画船移玉笙。

谒 金 门

莺树暖。弱絮欲成芳茧。流水惜花流不远。小桥红欲满。　　原

上草迷离苑。金勒晚风嘶断。等得日长春又短。愁深山翠浅。

绛都春　秋晚，海棠与黄菊盛开

花娇半面。记蜜烛夜阑，同醉深院。衣袖粉香，犹未经年如年远。玉颜不趁秋容换。但换却、春游同伴。梦回前度，邮亭倦客，又拈笺管。　　　慵按。梁州旧曲，怕离柱断弦，惊破金雁。霜被睡浓，不比花前良宵短。秋娘羞占东篱畔。待说与、深宫幽怨。恨他情淡陶郎，旧缘较浅。

江　城　子

一年箫鼓又疏钟。爱东风。恨东风。吹落灯花，移在杏梢红。玉屧翠钿无半点，空湿透，绣罗弓。　　　燕魂莺梦渐惺松。月帘栊。影迷濛。催趁年华，都在艳歌中。明日柳边春意思，便不与，夜来同。以上四首见绝妙好词卷四

西江月　立春

画阁换黏春帖，宝筝抛学银钩。东风轻滑玉钗流。织就燕纹莺绣。　　　隔帐灯花微笑，倚窗云叶低收。双鸳刺罢底尖头。剔雪闲寻荳蔻。

朝中措　赋茉莉

花情偏与夜相投。心事鬓边羞。薰醒半床凉梦，能消几个开头。　　　风轮慢卷，冰壶低架，香雾飅飅。更著月华相恼，木犀淡了中秋。

鹊桥仙　巧夕

天长地久，风流云散，惟有离情无算。从分金镜不成圆，到此夜、年

年一半。　　　　轻罗暗网，蛛丝得意，多似妆楼针线。晓看玉砌淡无
痕，但吹落、梧桐几片。以上三首见浩然斋雅谈卷下

　　以上翁元龙词二十首，用赵万里辑处静词。

翁孟寅

　　　　　　孟寅字宾旸，号五峰，钱塘(今杭州)人。登临安乡书，曾为贾似道客。

烛　影　摇　红

楼倚春城，锁窗曾共巢春燕。人生好梦比春风，不似杨花健。旧事
如天渐远。奈情缘、素丝未断。镜尘埋恨，带粉栖香，曲屏寒浅。
　　　　环佩空归，故园羞见桃花面。轻烟残照下阑干，独自疏帘卷。
一信狂风又晚。海棠花、随风满院。乱鸦归后，杜宇啼时，一声声
怨。阳春白雪卷二

阮　郎　归

月高楼外柳花明。单衣怯露零。小桥灯影落残星。寒烟蘸水萍。
　　　　歌袖窄，舞鬟轻。梨花梦满城。落红啼鸟两无情。春愁添晓
醒。阳春白雪卷四

齐　天　乐

幽香不受春料理，青青尚馀秋鬓。硼曲岩隈，烟梳露浴，甘与菰蒲
共隐。芳标瘦迥。看缨结丁香，带萦晴荇。恨水东流，楚江憔悴乱
云暝。　　　　凄凉梦游故苑，纵妒花风暴，吹梦难醒。艳李妖桃，纤
青佩紫，争似广文官冷。尘波万顷。算谁是同心，自怜孤影。收敛
风流，素弦清夜永。

又 元夕

红香十里铜驼梦,如今旧游重省。节序飘零,欢娱老大,慵立灯光蟾影。伤心对景。怕回首东风,雨晴难准。曲巷幽坊,管弦一片笑声近。　　飞棚浮动翠葆,看金钗半溜,春妆红粉。凤辇鳌山,云收雾敛,迤逦铜壶漏迥。霜风渐紧。展一幅青绡,净悬孤镜。带醉扶归,晓醒春梦稳。以上二首见阳春白雪卷五

摸　鱼　儿

卷西风、方肥塞草,带钩何事东去。月明万里关河梦,吴楚几番风雨。江上路。二十载头颅,凋落今如许。凉生弄麈。叹江左夷吾,隆中诸葛,谈笑已尘土。　　寒汀外,还见来时鸥鹭。重来应是春暮。轻裘岘首陪登眺,马上落花飞絮。拚醉舞。谁解道,断肠贺老江南句。沙津少驻。举目送飞鸿,幅巾老子,楼上正凝伫。浩然斋雅谈卷下

　　以上翁孟寅词五首,用赵万里辑五峰词

万俟绍之

　　　　绍之字子绍,郢(今湖北省钟祥)人。万俟咼曾孙。有郢庄吟藁。

蝶恋花 春风

啼鸠一声云榭晚。好梦惊回,蓬岛疑行遍。无绪东风帘自卷。香苞云压荼蘼院。　　似有还无烟色展。絮暖鱼肥,时复吹池面。扇影著花蜂蝶见。药栏春静红尘远。

风　入　松

一春心事与谁同。绿聚眉峰。小楼彻夜听鸣雨,想西园、锦绣成空。栏漾金鱼池水,钩闲紫燕帘风。　　年时忺折海棠红。来比芳容。如今玉减香销似,怕轻寒、懒出房栊。尘满谢娘吟卷,从教飞絮濛濛。

贺新郎　秣陵怀古

决眥入飞鸟。正江南、梅雨初晴,乱山浮晓。风去台空箫声断,惟有疏林鸦噪。但空锁、吴时花草。指点中原青山外,奈征尘、迷望愁云绕。佳丽地,谩凝眺。　　清风助我舒长啸。问其中、虚帘曲槛,阅人多少。风景不殊江山在,况是英雄未老。且拚与、尊前一笑。欲说前朝兴亡事,唤谪仙、来共传清醑。归路晚,月明照。以上三首见江湖后集卷十一

江神子　赠妓寄梦窗

十年心事上眉端。梦惊残。琐窗寒。云絮随风,千里度关山。琴里知音无觅处,妆粉淡,钏金宽。　　瑶箱吟卷懒重看。忆前欢。泪偷弹。我已相将,飞棹过长安。为说崔徽憔悴损,须觅取,锦笺还。永乐大典卷一万四千三百八十一寄字韵引万俟子绍词

丁　宥

宥字基重(绝妙好词作仲),号宏莽。钱塘(今杭州)人。

水　龙　吟

雁风吹裂云痕,小楼一线斜阳影。残蝉抱柳,寒蛩入户,凄音忍听。

愁不禁秋,梦还惊客,青灯孤枕。未更深,早是梧桐泫露,那更度、
兰宵永。　　　空叹银屏金井。醉乡醒、温柔乡冷。征尘倦扑,闲花
谩舞,何心管领。葱指冰弦,蕙怀春锦,楚梅风韵。怅芙蓉城杳,蓝
云依黯,锁巫峰暝。阳春白雪卷四

法曲献仙音

蝉碧句花,雁红攒月。

失调名 寒梅

疏绮笼寒,浅云栖月。以上词旨属对

六 么 令

清阴一架,颗颗蒲萄醉花碧。词旨警句

周 氏

　　　　氏,丁宥侧室,号得趣居士。

瑞鹤仙 和丁基仲

画楼帘卷翠。正柳约东风,摇荡春霁。缃桃雨才洗。似妆临宝镜。
脂凝铅水。云偏髻子。坠钗梁、羞看燕垒。最堪怜,锦绣香中,早
有片红飘砌。　　　闲记。琴弹古调,曲按清商,旧年时事。屏山画
里。江南信,梦中寄。感春浓怀抱,午醒初解,浅酌依然又醉。傍
阑干、犹怯馀寒,倦和袖倚。阳春白雪卷七

潘　牥

　　牥字庭坚，号紫岩，闽（今福建省）人。生于嘉泰四年（1205）。端平二年（1235）进士第三，历太学正，通判潭州。淳祐六年（1246）卒，年四十三。有紫岩集。

水　龙　吟

上缺玉带悬鱼，黄金铸印，侯封万户。待从头，缴纳君王，觅取爱卿归去。后村大全集卷一百七十六诗话后集

南乡子　题南剑州妓馆

生怕倚阑干。阁下溪声阁外山。惟有旧时山共水，依然。暮雨朝云去不还。　　应是蹑飞鸾。月下时时整佩环。月又渐低霜又下，更阑。折得梅花独自看。花庵中兴以来绝妙词选卷九

　按此首别又误作周邦彦词，见草堂诗馀隽卷四。

乌　夜　啼

无端小雪廉纤。入平檐。金鸭旋添龙饼，莫开帘。　　寻梅约。开还落。可曾忺。合作一年春恨，上眉尖。阳春白雪卷六

满　江　红

筑室依崖，春风送、一帘山色。沙鸟外，渔樵而已，别无闲客。醉后和衣眠犊背，醒来瀹茗寻泉脉。把心情、分付陇头云，溪边石。　　身未老，头先白。人不见，山空碧。约钓竿共把，自惭钩直。相蜀吞吴成底事，何如只抱隆中膝。漫长歌、歌罢悄无言，看青壁。

阳春白雪外集

洞　仙　歌

雕檐绮户，倚晴空如画。曾是吴王旧台榭。自浣纱去后，落日平芜，行云断，几见花开花谢。　　凄凉阑干外，一簇江山，多少图王共争霸。莫闲愁、金杯潋滟，对酒当歌，欢娱地、梦中兴亡休话。渐倚遍、西风晚潮生，明月里、鹭鹚背人飞下。吴中旧事

　　以上潘牥词五首，用赵万里辑紫岩词。

存　目　词

调　名	首　句	出　处	附　注
清　平　乐	凄凄芳草	历代诗馀卷十四	刘翰词，见阳春白雪卷三
鹊　桥　仙	青林雨歇	历代诗馀卷二十九	黄昇词，见中兴以来绝妙词选卷十附录

赵希彭

　　希彭字清中，号十洲，四明人，燕王德昭八世孙。开禧元年(1205)生。宝庆二年(1226)进士。曾除南雄守，不赴。咸淳二年(1266)卒，年六十二。

霜天晓角　桂

姮娥戏剧。手种长生粒。宝斡婆娑千古，飘芳吹按"吹"原作"草"，从绝妙好词卷三改、满虚碧。　　韵色。檀露滴。人间秋第一。金粟如来境界，谁移在、小亭侧。阳春白雪卷七

秋　蕊　香

髻稳冠宜翡翠。压鬓彩丝金蕊。远山碧浅蘸秋水。香暖榴裙衬

地。　　　亭亭二八馀年纪。恼春意。玉云凝重步尘细。独立花阴宝砌。绝妙好词卷三

孙吴会

吴会字楚望,淮安人,居京口。端平二年(1235)进士。宝祐间,沿江制置使参议。景定五年(1264),以朝请郎知常州。自号霁窗,晚年更号牧隋翁。诗文豪健。有煮石吟稿若干卷,不传。

摸鱼儿　题甘露寺多景楼

八窗空、展宽秋影,长江流入尊俎。天围绀碧低群岫,斜日去鸿堪数。沉别浦。但目断、烟芜莽苍连平楚。晨钟暮鼓。算触景多愁,关人底事,倚槛听鸣橹。　　英雄恨,赢得名存北府。寄奴今寄何所。西风依旧潮来去,山海颉颃吞吐。霜月古。直耐冷、相随燕我瑶芝圃。掀髯起舞。看猱伏苍苔,龙吟翠葆,天籁奏韶舞。至顺镇江志卷二十

赵　溍

溍字元晋,号冰壶,潭州(今湖南长沙)人,赵葵子。咸淳中,沿江制置使、知建康府。宋季三朝政要云:广王登极于福州,改元景炎,以赵溍为江西制置使,进兵邵武。山房随笔云:赵静斋淮被执,死于瓜洲。其兄冰壶溍自京口迁金陵,北兵至,弃家而遁,南徙不返,死葬海旁山上。

临江仙　西湖春泛

堤曲朱墙近远,山明碧瓦高低。好风二十四花期。骄骢穿柳去,文

艋挟春飞。　　　萧鼓晴雷殷殷,笑歌香雾霏霏,闲情不受酒禁持。断肠无立处,斜日欲归时。

吴山青　水仙

金璞明。玉璞明。小小杯桦翠袖擎。满将春色盛。　　　仙珮鸣。玉珮鸣。雪月花中过洞庭。此时人独清。以上二首见绝妙好词卷五

刘　澜

澜字养源,号江村,天台人。尝为道士,还俗,干谒无成。景炎元年(1276)卒。

庆宫春　重登峨眉亭感旧

春翦绿波,日明金渚,镜光尽浸寒碧。喜溢双蛾,迎风一笑,两情依旧脉脉。那时同醉,锦袍湿、乌纱欹侧。英游何在,满目青山,飞下孤白。　　　片帆谁上天门,我亦明朝,是天门客。平生高兴,青莲一叶,从此飘然八极。矶头绿树,见白马、书生破敌。百年前事,欲问东风,酒醒长笛。

瑞鹤仙　海棠

向阳看未足。更露立阑干,日高人独。江空佩鸣玉。问烟鬟霞脸,为谁膏沐。情闲景淑。嫁东风、无媒自卜。凤台高,贪伴吹笙,惊下九天霜鹄。　　　红蹙。花开不到,杜老溪庄,已公茅屋。山城水国。欢易断,梦难续。记年时马上,人酣花醉,乐奏开元旧曲。夜归来,驾锦漫天,绛纱万烛。

齐天乐 吴兴郡宴遇旧人

玉钗分向金华后,回头路迷仙苑。落翠惊风,流红逐水,谁信人间
重见。花深半面。尚歌得新词,柳家三变。绿叶阴阴,可怜不似那
时看。　　刘郎今度更老,雅怀都不到,书带题扇。花信风高,苕
溪月冷,明日云帆天远。尘缘较短。怪一梦轻回,酒阑歌散。别鹤
惊心,感时花泪溅。以上三首见绝妙好词卷五

买陂塘 游天台雁荡东湖

御风来、翠乡深处,连天云锦平远。卧游已动蓬舟兴,那在芙蓉城
畔。巾懒岸。任压顶嵯峨,满鬓丝零乱。飞吟水殿。载十丈青青,
随波弄粉,菰雨泪如霰。　　斜阳外,也有新妆半面。无言应对花
怨。西湖千顷腥尘暗。更忆鉴湖一片。何日见。试折藕占丝,丝
与肠俱断。遐征渐倦。当颍尾湖头,绿波彩笔,相伴老坡健。浩然
斋雅谈卷下

魏庭玉

庭玉字句滨,宛陵(今安徽宣城)人。嘉熙四年(1240)任吴县令。

水调歌头 饮芜湖雄观亭

璧月挂银汉,冷浸一江秋。天公付我清赏,仙籍桂香浮。极目江山
如画,际晚云烟凝紫,秋色黯羁愁。领看上雄观,波影动帘钩。
　　雁排空,渔唱晚,楚天幽。湖阴一曲千载,成败倩谁筹。试问谪
仙何处,唤起于湖同醉,小为作遨头。老子欲起舞,摆脱利名休。

贺新凉 赠送行诸客

暮雨初收霁。凭阑干、一江新绿，远山凝翠。漠漠春阴添客思，怅
望天涯无际。又猛省、平生行止。楚尾吴头多少恨，付吟边、醉里
消磨矣。浮世事，只如此。　　　阳关三叠徒劳耳。也何须、琵琶江
上，掩青衫泪。一斗百篇乘逸兴，要借青天为纸。儿辈诧、龙蛇飞
起。今夜月明呼酒处，待明朝、酒醒帆千里。且为我，唱新制。以上
二首见阳春白雪外集

李霜涯

霜涯，嘉熙间人。武林旧事卷六云：书会李霜涯，作赚绝伦。

晴偏好 原无调名，此据花草粹编卷一，疑出杜撰

平湖百顷生芳草。芙蓉不照红颠倒。东坡道。波光潋滟晴偏好。
山居新话

王　谌

谌字子信，阳羡人。著有潜泉蛙吹集。

渔父词 嘉熙戊戌季春一日，画溪吟客王子信为亚愚
诗禅上人作渔父词七首

兰芷流来水亦香。满汀鸥鹭动斜阳。声欸乃，间鸣榔。侬家只合
岸西旁。

其　　二

翁妪齐眉妇亦贤。小姑颜貌正笄年。头髪乱,髻鬟偏。爱把花枝
立柁前。

其　　三

湘妃泪染竹痕斑。风雨连朝下钓难。春浪急,石矶寒。买得茅柴
味亦酸。

其　　四

满湖飞雪搅长空。急起呼儿上短篷。蓑笠具,画图同。铁笛声长
曲未终。

其　　五

离骚读罢怨声声。曾向江边问屈平。醒还醉,醉还醒。笑指沧浪
可濯缨。

其　　六

白髪鬈鬆不记年。扁舟泊在荻花边。天上月,水中天。夜夜烟波
得意眠。

其　　七

只在青山可卜邻。妻儿笑语意全真。休识字,莫嫌贫。方是安闲
第一人。以上七首见江湖后集卷十三

　　按以上七首别又见薛嵎云泉诗。

厉寺正

厉寺正,不知其名。

万年欢 寿乔丞相

恭审特进枢使大丞相国公先生,神钟维岳,帝赍肖岩。方夔开第一
叶之初,正椿衍八千岁之始。眷隆神极,福被海隅。某凤荷陶镕,倍增
喜抃,效勤一乐阕,寄调万年欢。伏乞钧慈,俯垂电览。
卫武期颐,与文公福艾,俱号贤相。今我元台,齿德又居其上。玉
立擎天一柱,似泰华、气凌秋壮。明良会,千载风云,长为龙衮凭
仗。　　清知孔山叠嶂。有猿吟鹤舞,日俟鸠杖。无奈苍生依依,
未容高尚。待整顿、乾坤了当,与蓬岛、神仙来往。摩铜狄,点检笙
歌,菊浮香泛新酿。截江网卷四

施 枢

枢字知言,号芸隐,丹徒(今江苏镇江)人,寓居湖州。嘉熙时,尝为
浙东转运司幕属,又为越州府僚。淳祐三年(1243),从事郎知溧阳。

摸 鱼 儿

柳蒙茸、暗凌波路。烟飞惨淡平楚。七香车驻猊环掩,遥认翠华云
母。芳景暮。鸳鸯悄、铢衣来按飞琼舞。凄凉洛浦。渐玉漏沉沉,
清阴满地,乘月步虚去。　　销凝处。谁说三生小杜。翔螭声断
箫鼓。情知禁苑酥尘浣,羞与倡红同谱。春几度。想依旧、苔痕长
印唐昌土。风流千古。人在小红楼,朱帘半卷,香汗玉亸露。金芳
备祖前集卷五琼花门

疏影 催梅

低枝亚实。望翠阴护晓,幽梦难觅。凄楚霓裳,琼阙瑶台,经年暗锁清逸。春风似怪重门掩,未许入、玉堂吟笔。想寿阳,却厌新妆,倦抹粉花宫额。　　还记孤山旧路,未应便负了,波冷蟾白。莫寄相思,惟有寒烟,伴我骚人闲寂。东君须自怜疏影,又何待、山前雪积。好试敲、羯鼓声催,与约鼎羹消息。阳春白雪卷七

柳梢青

飞露初霜。冷侵金井,响到银床。懊恨碧梧,不留一叶,月占纱窗。　　雁声做尽凄凉。又陡顿、衾寒夜长。曲曲屏山,重重客梦,无限思量。阳春白雪卷五

储　泳

　　　　泳字文卿,号华谷(见自号录),云间(今江苏松江)人。著华谷祛疑说。

齐　天　乐

东风一夜吹寒食,枝头片红犹恋。宿酒初醒,新吟未稳,凭久栏杆留暖。将春买断。恨苔径榆阶,翠钱难贯。陌上秋千,相逢谁认旧时伴。　　轻衫粉痕褪了,丝缘馀梦在,良宵偏短。柳线经烟,莺梭织雾,一片旧愁新怨。慵拈象管。待寄与深情,难凭双燕。不似杨花,解随人去远。阳春白雪卷五

存　目　词

金绳武本花草粹编卷十有储泳西江月“壁断何人旧字”一首,乃金

宗室文卿作,见元好问中州乐府。录附于后。

西江月　题邯郸吕仙翁祠堂

壁断何人旧字,炉寒隔岁残香。洞天人去海茫茫。玩世仙翁已往。

西日长安道远,春风赵国台荒。行人谁不悟黄粱。依旧红尘陌上。

刘子实

子实,嘉熙二年(1238)进士。

念奴娇　寿仓使

一门相种,剩河英岳粹,共扶昌箓。夹辅正宜资鲁卫,左右秉持钧轴。缓驾轻车,任回虎节,何事劳山国。东民欲靖,作新少借康叔。

况是鹙鹭佳辰,雪霜深处,秀孕椿松绿。天意特教荣晚节,挺挺世臣乔木。绣斧功成,衮衣促觐,莫恨公归速。一陶和气,要令天下蒙福。截江网卷五

沁园春　寿太守　十二月十三日

腊后寒收,柳眼青归,梅花笑生。正阳和有脚,日边送暖,洪钧换轴,天上回星。试巧春盘,介眉春酒,生意从头乐意新。须知道,是东风近也,玉燕逢辰。　　举头阊阖开明。便稳驾轻车熟路行。向玉堂青琐,从容洒翰,长淮赤壁,谈笑麾兵。周洛犹尘,商〔岩〕(严)未雨,天下苍生望太平。休橐涧,任清溪九曲,不放舟横。翰墨大全丙集卷十三

翁　合

　　合字与可，或云字叔备，号丹山，崇安人。嘉熙二年(1238)进士。浙西提刑。咸淳中，知赣州兼江西提刑。又曾官侍郎、兼直学士院。

贺新郎　寿蔡参政

世事今如许。只先生、寿身寿国，尚堪撑拄。一脉宽仁忠厚意，留到如今可数。问谁是、擎天一柱。名节难全官职易，这娥眉、肯效争妍妒。几而作，色斯举。　　沧州万顷舟横渡。对和风、桃花流水，一蓑烟雨。亲得紫阳传正印，且作斯文宗主。世望皋夔伊傅。天意须酬平治愿，抚参同、一卷长生谱。平治了，仙为侣。翰墨大全丙集卷十三

卜算子　赠陈五星

口诵百中经，手运周天数。试问薇垣一小星，谁知是、韩王普。　　知得客星来，知得贤人聚。我若乘槎犯斗牛，莫向常人语。翰墨大全壬集卷十四

　　按全宋词卷三百七十九此首误作李敬则词。

存　目　词

调　名	首　句	出　处	附　注
满江红	律转鼓钟	新编事文类要启札青钱别集卷六	范飞作，见新编通用启札截江网卷五

王　庚

庚官教授。

贺新郎　寿蔡久轩参政,癸丑生

满劝黄封酒。是年年、春色长绕,径花宫柳。碧水丹山添清气,岁
月兰亭癸丑。看枢极、光腾台斗。细数中书堂壁记,自欧韩、富范
题名后,还有似、我公否。　　好知天意生贤候,正造化安排,孕出
五阳之秀。何物一阴犹踟蹰,尽决还公只手。这一着、邦家之寿。
宰相时来须教做,算人间、是处鱼羹有。名与节,久轩久。翰墨大全
丙集卷十三

黄　铸

铸字亦颜,一作晞颜,号乙山,邵武人。官柳州守。词综补遗卷十
三云:黄敏求横舟小藁有讯黄乙山于寿宁诗。

小　重　山

凉入秋檐雨意长。竹深啼络纬,响虚堂。一枝灯影耿昏黄。疏帘
外,风度木樨香。　　心事易成伤。燕支坡下路,语如簧。定仙螺
子玉钗梁。鸳屏梦,应到旧韦郎。阳春白雪卷六

秋蕊香令

花外数声风定。烟际一痕月净。水晶屏小欹醉枕。院静鸣蛩相
应。　　香销斜掩青铜镜。背灯影。寒砧夜半和雁阵。秋在刘郎

绿鬓。阳春白雪卷七

李宏模

宏模字希膺,号敏轩。豫章人。胡仲弓苇航漫游稿有次韵柬李希
膺及寒食雨中用希膺韵诗,当是淳祐间人。宝祐间监泉州舶务。

庆清朝　木芙蓉

碧玉云深,彤绡雾薄,芳丛乱迷秋渚。重城傍水,中有吹箫俦侣。
应是琼楼夜冷,月明谁伴乘鸾女。仙游处。翠帟障尘,红绮随步。
　　别岸玉容伫倚,爱浅抹蜂黄,淡笼纨素。娇羞未语,脉脉悲烟
泣露。彩扇何人,妙笔丹青,招得花魂住。歌声暮。梦入锦江,香
里归路。阳春白雪卷六

杨子咸

子咸号学舟。宋末人。与萧立等同时。

木兰花慢　雨中荼蘼

紫凋红落后,忽十丈,玉虹横。望众绿帏中,蓝田璞碎,鲛室珠倾。
柔条系风无力,更不禁、连日峭寒清。空与蝶圆香梦,枉教莺诉春
情。　　深深。苔径悄无人。栏槛湿香尘。叹宝髻鬟鬆,粉铅狼
藉,谁管飘零。不愁素云易散,恨此花、开后更无春。安得胡床月
夜,玉醅满蘸瑶英。绝妙好词卷五

太学士人

临 江 仙

莫怪钱神容易致,钱神尽是愚夫。为何此鬼却相于。只因频展义,长是泣穷途。　　韩氏有文曾饯汝,临行慎莫踌躇。青灯双点照平湖。蕉船从此逝,相共送陶朱。岁时广记卷十三引古今词话

李之问

　　　　绿窗新话卷下引古今词话载有聂胜琼赠李之问鹧鸪天词,未知即其人否。

失 调 名

愿得年年,长共我儿解粽。岁时广记卷二十一

吴敏德

失 调 名

御符争带,更有天师神咒。岁时广记卷二十一

郭子正

失　调　名

清晓开庭，茱萸初佩。岁时广记卷三十四

舜　韶　新

香满西风，催岁晚东篱，黄花争吐。嫩英细蕊，金艳繁、妆点高秋偏富。寒地花媒少，算自结、多情烟雨。每年年妆面，谢他拒霜相顾。

宝马王孙，休笑孤芳，陶令因谁，便思归去。负春何事，此恨惟、才子登高能赋。千古风流在，占定泛、重阳芳醑。堪吟看醉赏，何须杏园深处。花草粹编卷十

鄱阳护戎女

望　海　潮

云收飞脚，日祛怒暑，新蝉高柳鸣时。兰佩紫囊，蒲抽碧剑，吴丝两腕双垂。闻道五陵儿。蛟龙吼波面，冲碎琉璃。画鼓声中，锦标争处飐红旗。　　使君冠盖追按"追"字上下缺一字。正霞翻酒浪，翠敛歌眉。扇动水按此句缺一字，风生玉宇，微凉透入单衣。日暮楚天低。金蛇掣电漾，千顷霜溪。宴罢休燃宝蜡，凭月照人归。岁时广记卷二十一引蕙亩拾英集

尹词客

词客,成都官妓。

西 江 月

韩愈文章盖世,谢安才貌风流。良辰开宴在西楼。敢劝一卮芳酒。
　　记得南宫高第,弟兄都占鳌头。金炉玉殿瑞香浮。名在甲科
第九。

> 按此首别云苏琼作,见能改斋漫录卷十六,盖传闻异辞,或展转傅会。花草粹编
> 卷四又载作尹温仪词,题作"席上呈蔡相押排行十九韵"。尹温仪殆即尹词客,兹
> 不另出。

玉 楼 春

浣花溪上风光主。燕集瀛洲开幕府。商岩本是作霖人,也使闲花
沾雨露。　　　谁怜氏族传簪组。狂迹偶为风月误。愿教朱户柳藏
春,免作飘零堤上絮。以上二首见岁时广记卷三十五引蕙亩拾英集

王 氏

王氏,张熙妻。

菩萨蛮 西湖曲

横湖十顷琉璃碧。画桥百步通南北。沙暖睡鸳鸯。春风花草香。
　　闲来撑小艇。划破楼台影。四面望青山。浑如蓬莱间。永乐
大典卷二千二百六十五湖字韵引蕙亩拾英集

虞　珏

珏字成夫，会稽人，其先为仁寿人，虞刚简之子，虞允文之曾孙。淳祐八年(1248)，以通直郎通判建康府。宝祐元年(1253)，知永州。累官知连州，以文学知名。

水调歌头　和退翁赋梅为寿韵

憔悴朔家种，零落雪边枝。淡妆素艳，无桃笑面柳眉低。懒向深宫点额，甘与孤山结社，照影水之湄。不怨风霜虐，我本岁寒姿。

谢东君。开冷蕊，弄斜晖。强颜红紫同□，皎洁性难移。只好竹篱茅舍，若话玉堂金鼎，老恐负心期。歌罢饮先醉^{"先醉"二字原作"心肠"，平侧不叶，改从词综补遗卷四，残月堕深卮。铁网珊瑚书品卷五}

按词综补遗卷四、皖词纪胜俱误以此首为虞允文作，本书初版卷一百二十六从之。

洪　瑹

瑹字叔玙，自号空同词客。有词一卷。

月华清　春夜对月

花影摇春，虫声吟暮，九霄云幕初卷。谁驾冰蟾，拥出桂轮天半。素魄映、青琐窗前，皓彩散、画阑干畔。凝盻。见金波混漾，分辉鹊殿。　　况是风柔夜暖。正燕子新来，海棠微绽。不似秋光，只照离人肠断。恨无奈、利锁名缰，谁为唤、舞裙歌扇。吟玩。怕铜壶催晓，玉绳低转。

水龙吟 追和晁次膺

经年不见书来，后期杳杳从谁问。柳英蜡小，柳枝金嫩，艳阳春近。罗幕风柔，泛红浮绿，连朝花信。念平生多少，情条恨叶，镇长使、芳心困。　　可是风流薄命。镜台前、松松蝉鬓。茜桃凝粉，薰兰涨腻，翠愁红损。纵使归来，灯前月下，恐难相认。卷重帘憔悴，残妆泪洗，把罗襟搵。

蓦山溪 忆中都

潮平风稳，行色催津鼓。回首望重城，但满眼　红云紫雾。分香解佩，空记小楼东，银烛暗，绣帘垂，昵昵凭肩语。　　关山千里，垂柳河桥路。燕子又归来，但惹得、满身花雨。彩笺不寄，兰梦更无凭，灯影下，月明中，魂断金钗股。

齐天乐 闺思

辘轳声破银床冻，霜寒又侵鸳被。皓月疏钟，悲风断漏，惊起画楼人睡。银屏十二。叹尘满丝簧，暗消金翠。可恨风流，故人迢递隔千里。　　相思情绪最苦，旧欢无续处，魂梦空费。断雁无情，离鸾有恨，空想吴山越水。花憔玉悴。但翠黛愁横，红铅泪洗。待剪江梅，倩人传此意。

菩萨蛮 宿水口

断虹远饮横江水。万山紫翠斜阳里。系马短亭西。丹枫明酒旗。　　浮生长客路。事逐孤鸿去。又是月黄昏。寒灯人闭门。

又 湖上

吴姬压酒浮红蚁。少年未饮心先醉。驻马绿杨阴。酒楼三月春。
相看成一笑。遗恨知多少。回首欲魂销。长桥连断桥。

踏莎行 别意

满满金杯,垂垂玉箸。离歌不放行人去。醉中扶上木兰船,醒来忘
却桃源路。　　带绾同心,钗分一股。断魂空草高唐赋。秋山万
叠水云深,茫茫无著相思处。

瑞鹤仙 离筵代意

听梅花吹动,凉夜何其,明星有烂。相看泪如霰。问而今去也,何
时会面。匆匆聚散。恐便作、秋鸿社燕。最伤情、夜来枕上,断云
零雨何限。　　因念。人生万事,回首悲凉,都成梦幻。芳心缱
绻。空惆怅,巫阳馆。况船头一转,三千馀里,隐隐高城不见。恨
无情、春水连天,片帆似箭。

浪淘沙 别意

花雾涨冥冥。欲雨还晴。薄罗衫子正宜春。无奈今宵鸳帐里,身
是行人。　　别酒不须斟。难洗离情。丝鞘如电紫骝鸣。肠断画
桥芳草路,月晓风清。

南柯子 新月

柳浪摇晴沼,荷风度晚檐。碧天如水印新蟾。一罅清光斜露、玉纤
纤。　　宝镜微开匣,金钩半押帘。西楼今夜有人攲。应傍妆台
低照、画眉尖。

永遇乐　送春

歌雪徘徊,梦云溶曳,欲劝春住。薄幸杨花,无端杜宇,抵死催教去。参差烟岫,千回百匝,不解禁春归路。病厌厌,那堪更听,小楼一夜风雨。　　金钗鬥草,玉盘行菜,往事了无凭据。合数松儿,分香帕子,总是牵情处。小桃朱户,题诗在否,尚忆去年崔护。绿阴中,莺莺燕燕,也应解语。

谒金门　春晚

风共雨。催尽乱红飞絮。百计留春春不住。杜鹃声更苦。　　细柳官河狭路。几被婵娟相误。空忆坠鞭遗扇处。碧窗眉语度。

菩萨蛮　春感

玉琴不疗文园病。对花长抱深深恨。恨入鬓霜边。才情输少年。　　蛾眉梳堕马。翠袖薰兰麝。醉梦未全醒。绿窗啼晓莺。

阮郎归　壬辰邵武试灯夕

东风吹破藻池冰。晴光开五云。绿情红意两逢迎。扶春来远林。　　花艳艳,玉英英。罗衣金缕明。闹蛾儿簇小蜻蜓。相呼看试灯。

行香子　代赠

楚楚精神。杨柳腰身。是风流、天上飞琼。凌波微步,罗袜生尘。有许多娇,许多韵,许多情。　　十年心事,两字眉嚬。问何时、真个行云。秋衾半冷,窗月窥人。想为人愁,为人瘦,为人颦。

鹧鸪天　情景

意态婵娟画不如。莹然初日照芙蕖。笑捐琼佩遗交甫,肯把文梭掷幼舆。　　花上蝶,水中凫。芳心密意两相于。情知不作庭前柳,到得秋来日日疏。以上十六首见中兴以来绝妙词选卷十

存　目　词

传本空同词,载有清平乐"阵鸿惊处"一首,乃连久道词,见中兴以来绝妙词选卷十。

楼　栿

栿字叔茂,号梅麓。鄞(今浙江宁波)人。端平中,沿江制置司干官。淳祐间,知泰州军事。陈允平西麓诗稿有哭楼梅麓诗,楼盖卒于淳祐年间。

水龙吟　次清真梨花韵

素娥洗尽繁妆,夜深步月秋千地。轻腮晕玉,柔肌笼粉,缁尘敛避。雾雪留香,晓云同梦,昭阳宫闭。怅仙园路杳,曲栏人寂,疏雨湿、盈盈泪。　　未放游蜂叶底。怕春归、不禁狂吹。象床困倚,冰魂微醒,莺声唤起。愁对黄昏,恨催寒食,满襟离思。想千红过尽,一枝独冷,把梅花比。

菩　萨　蛮

丝丝杨柳莺声近。晚风吹过秋千影。寒色一帘轻。灯残梦不成。　　耳边消息在。笑指花梢待。又是不归来。满庭花自开。以上二首见绝妙好词卷五

沁园春　登候涛山

开辟以来,便有此山,独当怒涛。正秋空万里,寒催雁信,尘寰一
簇,轻等鸿毛。小可诗情,寻常酒量,到此应须分外豪。难为水,算
平生未有,此番登高。　　　飘飘。身踏金鳌。笑终日风波无限劳。
看樯乌缥缈,帆归远浦,罾鱼杂沓,网带馀潮。待约诗人,相将月
夜,取次携杯持蟹螯。乘桴意,问谁人领解,空立亭皋。延祐四明志卷
七

章谦亨

> 谦亨字牧之,一字牧叔,吴兴人。绍定间,为铅山令,为政宽平,人
> 号为佛家。嘉熙二年(1238),除直秘阁,浙东提刑,兼知衢州。

念　奴　娇

垂杨得地,在楼台侧畔,无人攀折。不似津亭舟系处,只伴客愁离
别。丝过摇金,带铺新翠,雅称莺调舌。芳筵相映,最宜斜挂残月。
　　　却得连日春寒,未教轻滚,一片庭前雪。应恨张郎今老去,难
比风流时节。醉眼浑醒,愁眉都展,舞困腰肢怯。有时微笑,把伊
绾个双结。

步蟾宫　守岁

团圈小酌醺醺醉。厮捱著、没人肯睡。呼卢直到五更头,便铺了妆
台梳洗。　　　庭前鼓吹喧人耳。蓦忽地、又添一岁。休嫌不足少
年时,有多少、老如我底。

摸鱼儿 过期思稼轩之居,漕留饮于秋水观,赋一词谢之

想先生、跨鹤归去。依然上界官府。胸中丘壑经营巧,留下午桥别墅。堪爱处。山对起、飞来万马平坡驻。带湖鸥鹭。犹不忍寒盟,时寻门外,一片芰荷浦。　　秋水观,环绕滔滔瀑布。参天林木奇古。云烟只在阑干角,生出晚来微雨。东道主。爱宾客、梅花烂漫开樽俎。满怀尘土。扫荡已无馀,□□时上,玉峤翠瀛语。

念奴娇 同官相招西湖观梅,用东坡大江东去韵

画楼侧畔,试与君、管领南枝风物。影浸西湖清浅水,旁倚云崖烟壁。艾纳全披,檀心俱露,一片前村雪。碧松修竹,岁寒真是三杰。　　长向酒欲冰时,魁英相放,不待阳和发。一任无情风又雨,毕竟清香难灭。幻玉精神,添酥标致,羞上萧萧髪。脆圆可爱,更看春二三月。

浪淘沙 云藏鹅湖山

台上凭阑干。犹怯春寒。被谁偷了最高山。将谓六丁移取去,不在人间。　　却是晓云闲。特地遮拦。与天一样白漫漫。喜得东风收卷尽,依旧追还。

按此首别又作陈康伯词,见江西通志卷一百五十八,未知孰是。

小重山 同仇香过汭川,道间偶成

久雨初晴天气佳。远峰犹□被,乱峰遮。更无一朵路旁花。春归也,光景只桑麻。　　山径曲如蛇。□□□□□,□□□。薄醪邀客去程赊。都输与,鹭鸶立平沙。

石　州　引

半角庭阴,弓月映眉,珠露侵靸。花棚倒挂风枝,低胃鬓唇匐叶。
凭肩笑问,甚日罢织流黄,泥人无语吟虫答。灯近悄分携,溜钗钿
犀合。　　　　一霎。莲丝易折。未稳栖鸳,陡惊弹鸭。几度空阶,宵
永笛声孤屟。玉腰烟瘦,□□梨梦香消,醒来凉袖阑干压。不尽度
檐云,写闲愁千叠。以上七首见湖州词微卷二十六

水调歌头　同黄主簿登清风峡刘状元读书岩

解变西崑体,一赋冠群英。清风峡畔,至今堂以读书名。富贵轻于
尘土,孝义重于山岳,惜不大其成。陵谷纵迁改,草木亦光荣。
　与仇香,穿阮屐,试同登。石龛虽窄,可容一几短檠灯。千仞苍
崖如削,四面翠屏不断,云雾镇长生。最爱岩前水,犹作诵弦声。

按此首又见永乐大典卷九千七百六十五岩字韵引刘克逊西墅集,未知孰是。

画堂春　上县后春登台

连朝檐溜几曾乾。韶华一似衰颜。牡丹开尽木香残。忆家山,愁
倚危阑。以下原阙　以上二首见铅山县志卷十五

王同祖

同祖字与之,号花洲,金华人。嘉熙元年(1237),朝散郎、大理寺主
簿。淳祐中,建康府通判,添差沿江制置司。有学诗初稿。

阮　郎　归

一帘疏雨细于尘。春寒愁杀人。桐花庭院近清明。新烟浮旧城。

寻蝶梦，怯莺声。柳丝如妾情。丙丁帖子画教成。妆台求晚晴。阳春白雪卷五

摸鱼儿

记年时、荔枝香里，深红一片成阵。迎风浴露精神爽，谁似阿娇丰韵。黄昏近。望翠幕珖席，粉面云鬟映。娇波微瞬。向烛影交相，歌声闲绕，私语画阑并。　　佳期事，好处天还悭吝。莺啼燕语无定。一轮明月人千里，空梦云温雨润。萧郎病。恨天阔鸿稀，杳杳沉芳讯。日长人静。但时把好山，学他媚妩，偷就眉峰印。阳春白雪卷六

西江月

往事星移物换，旧游雨冷云沉。真娘墓草几回青。问著寒潮不应。　　何处芙蓉别馆，依前杨柳离亭。东风吹泪入重扃。为唤香魂教醒。阳春白雪卷八

杨伯嵒

伯嵒字彦瞻，号泳斋，杨沂中诸孙，居临安。淳祐间，除工部郎，出守衢州。钱塘薛尚功之外孙，弁阳周密之外舅也。宝祐二年（1254）卒。有六帖补二十卷，九经韵补一卷行世。

踏莎行　雪中疏寮借阁帖，更以薇露送之

梅观初花，蕙庭残叶。当时惯听山阴雪。东风吹梦到清都，今年雪比年前别。　　重酿宫醪，双钩官帖。伴翁一笑成三绝。夜深何用对青藜，窗前一片蓬莱月。绝妙好词卷三

李彭老

彭老字商隐，号筼房。景定建康志：李彭老，淳祐中沿江制置司属官。

木 兰 花 慢

正千门系柳，赐宫烛、散青烟。看秀靥芳唇，涂妆晕色，试尽春妍。田田。满阶榆荚，弄轻阴、浅冷似秋天。随处饧香杏暖，燕飞斜舞秋千。　　朱弦。几换华年。扶浅醉、落花前。记旧时游冶，灯楼倚扇，水院移船。吟边。梦云飞远，有题红、都在薛涛笺。听绝残箫倦笛，夜堂明月窥帘。

壶中天 登寄闲吟台

素飙荡碧，喜云飞寥廓，清透凉宇。倦鹊惊翻台榭迥，叶叶秋声归树。珠斗斜河，冰轮辗雾，万里青冥路。香深屏翠，桂边满袖风露。　　烟外冷逼玻璃，渔郎歌渺，击空明归去。怨鹤知更莲漏悄，竹里筛金帘户。短髪吹寒，闲情吟远，弄影花前舞。明年今夜，玉樽知醉何处。

高阳台 落梅

飘粉杯宽，盛香袖小，青青半掩苔痕。竹里遮寒，谁念灭尽芳云。么凤叫晚吹晴雪，料水空、烟冷西泠。感凋零。残缕遗钿，迤逦成尘。　　东园曾趁花前约，记按筝筹酒，戏挽飞琼。环佩无声，草暗台榭春深。欲倩怨笛传清谱，怕断霞、难返吟魂。转消凝。点点随波，望极江亭。

法曲献仙音 官圃赋梅,继草窗韵

云木槎枒,水溟摇落,瘦影半临清浅。翠羽迷空,粉容羞晓,年华柱弦频换。甚何逊、风流在,相逢共寒晚。　　　总依黯。念当时、看花游冶,曾锦缆移舟,宝筝随辇。池苑锁荒凉,嗟事逐、鸿飞天远。香径无人,甚苍藓、黄尘自满。听鸦啼春寂,暗雨萧萧吹怨。

一萼红 寄弁阳翁

过蔷薇。正风暄云淡,春去未多时。古岸停桡,单衣试酒,满眼芳草斜晖。故人老、经年赋别,灯晕里、相对夜何其。泛剡清愁,买花芳事,一卷新诗。　　　流水孤帆渐远,想家山猿鹤,喜见重归。北阜寻幽,青津问钓,多情杨柳依依。最难忘、吟边旧雨,数菖蒲、花老是来期。几夕相思梦蝶,飞绕蘋溪。

高阳台 寄题苏壁山房

石笋埋云,风篁啸晚,翠微高处幽居。缥简云签,人间一点尘无。绿深门户啼鹃外,看堆床、宝晋图书。尽萧闲,浴砚临池,滴露研朱。　　　旧时曾写桃花扇,弄霏香秀笔,春满西湖。松菊依然,柴桑自爱吾庐。冰弦玉柱风流在,更秋兰、香染衣裾。照窗明,小字珠玑,重见欧虞。

探芳讯 湖上春游,继草窗韵

对芳昼。甚怕冷添衣,伤春疏酒。正绯桃如火,相看自依旧。闲帘深掩梨花雨,谁问东阳瘦。几多时,涨绿莺枝,堕红鸳甃。　　　堤上宝鞍骤。记草色薰晴,波光摇岫。苏小门前,题字尚存否。繁华短梦随流水,空有诗千首。更休言,张绪风流似柳。

祝 英 台 近

杏花初,梅花过,时节又春半。帘影飞梭,轻阴小庭院。旧时月底
秋千,吟香醉玉,曾细听、歌珠一串。　　忍重见。描金小字题情,
生绡合欢扇。老了刘郎,天远玉箫伴。几番莺外斜阳,阑干倚遍,
恨杨柳、遮愁不断。

踏莎行 题草窗十拟后

紫曲迷香,绿窗梦月。芳心如对春风说。蛮笺象管写新声,几番曾
试琼壶觖。　　庾信书愁,江淹赋别。桃花红雨梨花雪。周郎先
自足风流,何须更拟秦箫咽。

浪 淘 沙

泼火雨初晴。草色青青。傍檐垂柳卖春饧。画舫载花花解语,绾
燕吟莺。　　箫鼓入西泠。一片轻阴。钿车罗盖竞归城。别有水
窗人唤酒,弦月初生。

四 字 令

兰汤晚凉。鸾钗半妆。红巾腻雪初香。擘莲房赌双。　　罗纨素
珰。冰壶露床。月移花影西厢。数流萤过墙。

生 查 子

罗襦隐绣茸,玉合消红豆。深院落梅钿,寒峭收灯后。　　心事卜
金钱,月上鹅黄柳。拜了夜香休,翠被听春漏。

壶 中 天

水西云北，记前回同载，高阳伴侣。一色荷花香十里，偷把秋期频数。脆管排云，轻桡喷雪，不信催诗雨。碧筒呼酒，秀笺题遍新句。

谁念病损文园，岁华摇落，事与孤鸿去。露井邀凉吹短髮，梦入蘋洲菱浦。暗草飞萤，乔枝翻鹊，看月山中住。一声清唱，醉乡知有仙路。

木兰花慢 送客

折秦淮露柳，带明月、倚归船。看佩玉纫兰，囊诗贮锦，江满吴天。吟边。唤回梦蝶，想故山、薇长已多年。草得梅花赋了，棹歌远和离舷。　　风弦。尽入吟篇。伤倦客、对秋莲。过旧经行处，渔乡水驿，一路闻蝉。留连。漫听燕语，便江湖、夜语隔灯前。潮返浔阳暗水，雁来好寄瑶笺。

祝 英 台 近

载轻寒、低鸣橹。十里杏花雨。露草迷烟，紫绿过前浦。青青陌上垂杨，绡丝摇佩，渐遮断、旧曾吟处。　　听莺语。吹笙人远天长，谁翻水西谱。浅黛凝愁，远岫带眉妩。画阑闲倚多时，不成春醉，趁几点、白鸥归去。

清 平 乐

合欢扇子。扑蝶花阴里。半醉海棠扶不起。淡日秋千闲倚。宝筝弹向谁听。一春能几番晴。帐底柳绵吹满，不教好梦分明。

章　台　月

露轻风细。中庭夜色凉如水。荷香柳影成秋意。萤冷无光，凉入树声碎。　　玉箫金缕西楼醉。长吟短舞花阴地。素娥应笑人憔悴。漏歇帘空，低照半床睡。

青　玉　案

楚峰十二阳台路。算只有、飞红去。玉合香囊曾暗度。榴裙翻酒，杏帘吹粉，不识愁来处。　　燕忙莺懒青春暮。蕙带空留断肠句。草色天涯情几许。荼蘼开尽，旧家池馆，门掩风和雨。

浣溪沙　题草窗词

玉雪庭心夜色空。移花小槛斗春红。轻衫短帽醉歌重。　　彩扇旧题烟雨外，玉箫新谱燕莺中。阑干到处是春风。

天香　宛委山房拟赋龙涎香

捣麝成尘，薰微注露，风酽百和花气。品重云头，叶翻蕉样，共说内家新制。波浮海沫，谁唤觉、鲛人春睡。清润俱饶片脑，芬菲半是沉水。　　相逢酒边花外。火初温、翠炉烟细。不似宝珠金缕，领巾红坠。荀令如今憔悴。消未尽、当时爱香意。烬暖灯寒，秋声素被。

摸鱼子　紫云山房拟赋莼

过垂虹、四桥飞雨，沙痕初涨春水。腥波十里吴歈远，绿蔓半萦船尾。连复碎。爱滑卷青绡，香袅冰丝细。山人隽味。笑杜老无情，香羹碧涧，空只赋芹美。　　归期早，谁似季鹰高致。鲈鱼相伴菰米。红尘如海丘园梦，一叶又秋风起。湘湖外。看采撷、芳条际晓

随鱼市。旧游漫记。但望里江南，秦鬟贺镜，渺渺隔烟翠。以上彊村
丛书本龟溪二隐词

失 调 名

暗雨敲花，柔风过柳。词旨属对

存 目 词

词综卷二十三有李彭老桂枝香"松江岸侧"一首，据乐府补题，乃
吕同老作。

李莱老

莱老字周隐，号秋崖。新定续志：严州知州李莱老，咸淳六年
(1270)任。

惜红衣 寄弁阳翁

笛送西泠，帆过杜曲。昼阴芳绿。门巷清风，还寻故人屋。苍华髪
冷，笑瘦影、相看如竹。幽谷。烟树晚莺，诉经年愁独。　　残阳
古木。书画归船，匆匆又南北。蘋洲鸥鹭素熟。旧盟续。甚日浩
歌招隐，听雨弁阳同宿。料重来时候，香荡几湾红玉。

青玉案 题草窗词卷

吟情老尽江南句。几千万、垂丝缕。花冷絮飞寒食路。渔烟鸥雨，
燕昏莺晓，总入昭华谱。　　红衣妆靓凉生渚。环碧斜阳旧时树。
拈叶分题觞咏处。荀香犹在，庾愁何许，云冷西湖赋。

扬州慢 琼花次韵

玉倚风轻,粉凝冰薄,土花祠冷无人。听吹箫月底,传暮草金城。
笑红紫、纷纷成雨,溯空如蝶,恐堕珠尘。叹而今、杜郎还见,应赋
悲春。　　　佩环何许,纵无情、莺燕犹惊。怅朱槛香消,绿屏梦渺,
肠断瑶琼。九曲迷楼依旧,沉沉夜、想觅行云。但荒烟幽翠,东风
吹作秋声。

谒　金　门

春意态。闲却远山横黛。香径莓苔嗟粉坏。凤靴双鬥彩。　　　折
得花枝懒戴。犹恋鸳鸯飞盖。旧恨新愁都只在。东风吹柳带。

浪　淘　沙

榆火换新烟。翠柳朱檐。东风吹得落花颠。帘影翠梭悬绣带,人
倚秋千。　　　犹忆十年前。西子湖边。斜阳吹入画楼船。归醉夜
堂歌舞月,拚却春眠。

生　查　子

妾情歌柳枝,郎意怜桃叶。罗带绾同心,谁信愁千结。　　　楼上数
残更,马上看新月。绣被怨春寒,怕学鸳鸯叠。

高阳台 落梅

门掩香残,屏摇梦冷,珠钿糁缀芳尘。临水搴花,流来疑是行云。薛梢
空挂凄凉月,想鹤归、犹怨黄昏。黯消凝。人老天涯,雁影沉沉。
断肠不在听横笛,在江皋解佩,翳玉飞琼。烟湿荒村,背春无限愁深。
迎风点点飘寒粉,怅秋娘、燕袖啼痕。更关情。青子悬枝,绿树成阴。

木兰花慢　寄题荪壁山房

向烟霞堆里,著吟屋、最高层。望海日翻红,林霏散白,猿鸟幽深。双岑。倚天翠湿,看浮云、收尽雨还晴。晓色千松逗冷,照人眼底长青。　　闲情。玉麈风生。摹茧字,校鹅经。爱静翻缃帙,芸台篆几,荷制兰缨。分明。晋人旧隐,掩岩扉、月午籁沉沉。三十六梯树杪,溯空遥想登临。

清 平 乐

绿窗初晓。枕上闻啼鸟。不恨王孙归不早。只恨天涯芳草。
锦书红泪千行。一春无限思量。折得垂杨寄与,丝丝都是愁肠。

台城路　寄弁阳翁

半空河影流云碎,亭皋嫩凉收雨。井叶还惊,江莲乱落,弦月初生商素。堂深几许。渐爽入云帱,翠绡千缕。纨扇恩疏,晚萤光冷照窗户。　　文园憔悴顿老,又西风暗换,丝鬓无数。灯外残砧,琴边瘦枕,一一情伤迟暮。故人倦旅。料渭水长安,感时吟苦。正自多愁,砌蛩终夜语。

浪 淘 沙

宝押绣帘斜。莺燕谁家。银筝初试合琵琶。柳色春罗裁袖小,双戴桃花。　　芳草满天涯。流水韶华。晚风杨柳绿交加。闲倚阑干无藉在,数尽归鸦。

杏 花 天

年时中酒风流病。正雨暗、蘼芜深径。人家寒食烟初禁。狼藉梨花雪影。　　　西湖梦、红沉翠冷。记舞板、歌裙厮趁。斜阳苦与黄昏近。生怕画船归尽。

小 重 山

画檐簪柳碧如城。一帘风雨里,近清明。吹箫门巷冷无声。梨花月,今夜负中庭。　　　远岫敛修矡。春愁吟入谱,付莺莺。红尘没马翠埋轮。西泠曲,欢梦絮飘零。

倦 寻 芳

缭墙黏藓,糁径飞梅,春绪无赖。绣压垂帘,骨有许多寒在。宝幄香消龙麝饼,钿车尘冷鸳鸯带。想西园,被一程风雨,群芳都碍。　　　逗晓色、莺啼人起,倦倚银屏,愁沁眉黛。待拚千金,却恨好晴难买。翠苑欢游孤解佩,青门佳约妨挑菜。柳初黄,罩池塘、万丝愁霭。

点 绛 唇

绿染春波,袖罗金缕双鸂鶒。小桃匀碧。香衬蝉云湿。　　　舞带歌钿,闲傍秋千立。情何极。燕莺尘迹。芳草斜阳笛。

西江月 海棠

绿染晓云冉冉,红酣晴雾冥冥。银簪悬烛锦官城。困倚墙头半影。　　　雨后遍饶艳冶,燕来同作清明。更深犹唤玉靴笙。不管西池露冷。

清平乐 题草窗词

日寒风细。庭馆浮花气。白发潘郎吟欲醉。绿暗蘼芜千里。

西园南浦东城。一春多少闲情。日暮采蘋歌远,梦回唤得愁生。

以上彊村丛书本龟溪二隐词

黄应武

应武字景行。

念　奴　娇

乾坤开辟,桂林有、元气自来融结。石磴盘空行木杪,天柱屹然中立。窟宅幽深,泉源清远,不是灵神擘。潜通后洞,张刘万古遗迹。

　　输我长剑凌虚,六尘尽扫,银海秋波碧。志气飘飘游物外,惟有清风知得。唤起白龙,护持飙驭,稽首朝金阙。山灵欣喜,紫云已在诗壁。粤西金石略卷十二　　按金石略云:此刻在临桂元岩。又载其原题云:淳祐换号五月一日,黄应武景行同刘子真、侯时举、廖彦植、吴汉卿、谭谦夫、简衡甫、郭温夫、霍庆昌、霍元善游白龙洞。景行赋词,子真命工刻于石。

如愚居士

满　庭　芳

吾乃当涂,弃儒奉道,遵行圣海多年。已逾三纪,截灭六尘缘。因习业、自营度日,未尝谒见豪贤。般若力,掀翻烦恼,坦荡独翛然。

　　来斯,十四载,装銮佛像,塔宇尽光鲜。造遮旸石道,直至水碨边。都系束修已镪,舍为助道安禅。知惭愧,了无所得,本觉性明圆。江宁金石记卷八

　　按严观跋云:右词后题"淳祐四年十月望日如愚居士书",殆隐逸之流,惜莫能考其名氏。今在牛首山辟支塔右,字类山谷。又一行云:庚戌年九月初二化。

林　革

革号西皋。

满江红　淳祐己酉良月，自淦入桂，舣舟溪浒，有感而作

十载扁舟，几来往、三吾溪上。天宝事，一回看著，一回惆怅。笔画
模糊犹雅健，文章褒贬添悲壮。枉教人、字字费沉吟，评轻重。

　西北望，情无量。东南气，真长王。想忠臣应读，宋中兴颂。主
圣自然皆乐土，时平正合储良将。笑此身、老大尚奔驰，知何用。
金石粹编卷一百三十二

曾宏正

宏正，临江人。曾三聘之子。尝为大理丞，淳祐中，直秘阁，湖南提
刑，广西转运判官，调广西运使。

水调歌头　临桂水月洞

风月无尽藏，泉石有膏肓。古今桂岭奇胜，骚客费平章。不假鬼谋
神运，自是地藏天作，圆魂按“魂”字疑“魄”字之误镇相望。举首吸空
翠，赤脚踏沧浪。　　惊龙卧，攀栖鹘，翳鸾凰。秋爽一天凉露，桂
子更飘香。坐我水精宫阙，呼彼神仙伴侣，大杓挹琼浆。主醉客起
舞，今夕是何乡。临江曾宏正作。同游崇仁吴湜、庐陵杨寿德、三山陈华子、羽士
李可道，子公迈、公适侍。淳祐癸卯九月望。　　粤西金石略卷十二

吴景伯

景伯字季甲，号金渊，建康江宁（今江苏省南京）人。开禧三年
（1207）生。宝祐四年（1256）进士。

沁园春　登凤凰台

再上高台，访谪仙兮，仙何所之。但石城西踞，潮平白鹭，浮图南峙，
云淡乌衣。凤鸟不来，长安何处，惟有碧梧三数枝。兴亡事，对江山
休说，谁是谁非。　　庭花飘尽胭脂。算结绮、繁华能几时。问何
人重向，新亭挥泪，何人更到，别墅围棋。笑拍阑干，功名未了，宁肯
绿蓑寻钓矶。深深饮，任玉山醉倒，明月扶归。景定建康志卷二十二

邓有功

有功字子大，号月巢，南丰人。嘉定三年（1210）生。少举进士，累
试礼部不中，以恩补迪功郎，为抚州金谿尉。得年七十以卒。后学尊称
之曰月巢先生。

点　绛　唇

卷上珠帘，晚来一阵东风恶。客怀萧索。看尽残花落。　　自把
银瓶，买酒成孤酌。伤漂泊。知音难托。闷倚阑干角。

过　秦　楼

燕蹴飞红，莺迁新绿，几阵晚来风急。谢家池馆，金谷园林，还又把
春虚掷。年时恨雨愁云，物换星移，有谁曾忆。把一尊试酌，落花
芳草，总成尘迹。　　频自笑、流浪孤萍，沾泥弱絮，有底困春无

力。银屏香暖,宝簟波寒,又负月明今夕。往事梦里,沉思惟有罗
襟,泪痕犹湿。奈垂杨万缕,不系西风白日。以上二首见隐居通议卷九

李振祖

振祖字起翁,号中山。闽县(今福州)人。嘉定四年(1211)生,宝祐
四年(1256)登第。

浪　淘　沙

春在画桥西。画舫轻移。粉香何处度涟漪。认得一船杨柳外,帘
影垂垂。　　谁倚碧阑低。酒晕双眉。鸳鸯并浴燕交飞。一片闲
情春水隔,斜日人归。绝妙好词卷三

汤　恢

恢字充之,号西邨,眉山人。或作杨恢,疑误。此从汲古阁抄本绝
妙好词,花草粹编卷十一。

二郎神　用徐幹臣韵

琐窗睡起,闲伫立、海棠花影。记翠楫银塘,红牙金缕,杯泛梨花
冷。燕子衔来相思字,道玉瘦、不禁春病。应蝶粉半销,鸦云斜坠,
暗尘侵镜。　　还省。香痕碧唾,春衫都凝。悄一似荼蘼,玉肌翠
帔,消得东风唤醒。青杏单衣,杨花小扇,闲却晚春风景。最苦是、
蝴蝶盈盈弄晚,一帘风静。

倦　寻　芳

笏箫吹暖,蜡烛分烟,春思无限。风到楝花,二十四番吹遍。烟湿浓

堆杨柳色，昼长闲坠梨花片。悄帘栊，听幽禽对语，分明如蒨。
记旧日、西湖行乐，载酒寻春，十里尘软。背后腰肢，仿佛画图曾见。
宿粉残香随梦冷，落花流水和天远。但如今，病厌厌、海棠池馆。

满 江 红

小院无人，正梅粉、一阶狼藉。疏雨过，溶溶天气，早如寒食。啼鸟
惊回芳草梦，峭风吹浅桃花色。漫玉炉、沉水熨春衫，花痕碧。

绿縠水，红香陌。紫桂棹，黄金勒。怅前欢如梦，后游何日。酒
醒香消人自瘦，天空海阔春无极。又一林、新月照黄昏，梨花白。

祝 英 台 近

宿醒苏，春梦醒，沉水冷金鸭。落尽桃花，无人扫红雪。渐催煮酒
园林，单衣庭院，春又到、断肠时节。　　恨离别。长忆人立荼蘼，
珠帘卷香月。几度黄昏，琼枝为谁折。都将千里芳心，十年幽梦，
分付与、一声啼鴂。

又　中秋

月如冰，天似水，冷浸画阑湿。桂树风前，酽香半狼藉。此翁对此
良宵，别无可恨，恨只恨、古人头白。　　洞庭窄。谁道临水楼台，
清光最先得。万里乾坤，原无片云隔。不妨彩笔云笺，翠尊冰酽，
自管领、一庭秋色。

八 声 甘 州

摘青梅荐酒，甚残寒、犹怯苎萝衣。正柳腴花瘦，绿云冉冉，红雪霏
霏。隔屋秦筝依约，谁品春词。回首繁华梦，流水斜晖。　　寄隐
孤山山下，但一瓢饮水，深掩苔扉。羡青山有思，白鹤忘机。怅年

华、不禁搔首, 又天涯、弹泪送春归。销魂远, 千山啼鴂, 十里荼蘼。

以上六首绝妙好词卷五

失 调 名

绾燕吟莺。词旨词眼

二 郎 神

碧崖倒影, 浸一片、寒江如练。正岸岸柳花, 村村修竹, 唤醒春风笔砚。溯水舟轻轻如叶, 只消得、溪风一箭。看水部雄文, 太师健笔, 月寒波卷。　　游倦。片云孤鹤, 江湖都遍。慨金屋藏妖, 绣屏包祸, 欲与三郎痛辨。回首前朝, 断魂残照, 几度山花崖藓。无限都付宷尊, 漠漠水天远。厉鹗绝妙好词笺卷五引浯溪集

八 声 甘 州

想当年、龙舟凤舻, 乐宸游、摇曳锦帆斜。伤心是, 御香染处, 树树栖鸦。词苑粹编卷十四引皆山楼馀话

李 演

演字广翁, 号秋堂, 有盟鸥集。

摸鱼儿 太湖

又西风、四桥疏柳, 惊蝉相对秋语。琼荷万笠花云重, 袅袅红衣如舞。鸿北去。渺岸芷汀芳, 几点斜阳字。吴亭旧树。又系我扁舟, 渔乡钓里, 秋色淡归鹭。　　长干路。草莽疏烟断墅。商歌如写羁旅。丹溪翠岫登临事, 苔屐尚黏苍土。鸥且住。怕月冷吟魂, 婉

冉空江暮。明灯暗浦。更短笛衔风,长云弄晚,天际画秋句。

声　声　慢

轻鞯绣谷。柔屐烟堤,六年遗赏新续。小舫重来,惟有寒沙鸥熟。徘徊旧情易冷,但溶溶、翠波如縠。愁望远,甚云销月老,暮山自绿。

　　嗢笑人生悲乐,且听我尊前,渔歌樵曲。旧阁尘封,长得树阴如屋。凄凉五桥归路,载寒秀、一枝疏玉。翠袖薄,晚无言、空倚修竹。

醉桃源　题小扇

双鸳初放步云轻。香帘蒸未晴。杏镕暗泪结红冰。留春蝴蝶情。

　　寒薄薄,日阴阴。锦鸠花底鸣。春怀一似草无凭。东风吹又生。

南乡子　夜宴燕子楼

芳水戏桃英。小滴燕支浸绿云。待觅琼觚藏彩信,流春。不似题红易得沉。　　天上许飞琼。吹下蓉笙染玉尘。可惜素鸾留不得,更深。误剪灯花断了心。

八六子　次笕房韵

乍鸥边、一番腴绿,流红又怨蘋花。看晚吹、约晴归路,夕阳分落渔家。轻云半遮。　　萦情芳草无涯。还报舞香一曲,玉瓢几许春华。正细柳青烟,旧时芳陌,小桃朱户,去年人面,谁知此日重来系马,东风淡墨欹鸦。黯窗纱。人归绿阴自斜。

祝英台近　次笕房韵

采芳蘋,萦去橹。归步翠微雨。柳色如波,萦恨满烟浦。东君若是多情,未应花老,心已在、绿成阴处。　　困无语。柔被赛损梨云,

间修牡丹谱。妒粉争香，双燕为谁舞。年年红紫如尘，五桥流水，知送了、几番愁去。以上六首见绝妙好词卷五

贺新凉 多景楼落成

笛叫东风起。弄尊前、杨花小扇，燕毛初紫。万点淮峰孤角外，惊下斜阳似绮。又婉娬、一番春意。歌舞相缪愁自猛，卷长波、一洗空人世。闲热我，醉时耳。　　绿芜冷叶瓜州市。最怜予、洞箫声尽，阑干独倚。落落东南墙一角，谁护山河万里。问人在、玉关归未。老矣青山灯火客，抚佳期、漫洒新亭泪。歌哽咽，事如水。浩然斋雅谈卷下

卫宗武

宗武字淇父，自号九山，华亭（今江苏松江）人。淳祐间，历官尚书郎，出知常州，罢归。入元隐居不仕。至元二十六年（1289）卒。有秋声集。

水调歌头 自适

风雨卷春去，绿紫总无馀。窈窕一川芳渚，软草接新蒲。杨柳垂垂飘絮，桑柘阴阴成幄，殷绿正菜敷。迁木莺呼友，营垒燕将雏。　　金蕉举，珠樱累，豆梅腴。寿乡歌舞，樽前暂得皱眉舒。往事南柯印绶，晚岁北山杖屦，寂寞笑今吾。幸作耆年侣，写入洛英图。

摸鱼儿 咏小园晚春

小林峦、一年芳事，乱红还又飞雨。生香冉冉花阴转，云擘满空晴絮。游宴处。看乐意相关，庭下胎仙舞。歌声缓度。任圆玉敲寒，飞觞传晓，未许放春去。　　闲中趣。明月清风当户。莘莘容屋陈俎。翦裁妙语频赓唱，巧胜郢斤般斧。心自许。拚洞景颓龄，为

莺俦燕侣。同盟会取。共花下小车,竹间三径,长作老宾主。

前调 叠前韵

见春来、又将春尽,狂风那更痴雨。一番芳径催人老,回首绿杨飘絮。欢会处。有小小池亭,止欠妙歌舞。光阴梭度。对草木幽姿,候禽雅奏,客至未应去。　　十年里,冷落翟公庭户。朋来草草樽俎。投闲赢得浮生乐,肯羡油幢绣斧。春几许。任洛谱名葩,留宴耆英侣。浮荣竞取。纵带玉围腰,印金系肘,争似莺花主。

木兰花慢 和野渡赋菊

聚林园芳景,尽输韩圃陶篱。任雨虐风饕,露凝霜压,丛木离披。正色幽香不减,与冬兰、并秀结心知。天赋花中名节,不教桃李同时。　　清奇。秋后尤宜。浮卉尽、尚芬菲。称处士庭除,先生简册,声续吾伊。便好竹间松下,擅晚芳、长伴岁寒姿。懊恨携樽已晚,明年来把花枝。

酹江月 山中霜寒有作

露华凝聚,夜更长、寒压一床衾重。局缩龟藏灯幌悄,明灭银釭欲冻。鼻观流珠,肌纹浮粟,欹枕难成梦。明蟾交映,一窗清影梅弄。　　晓见黄陨丹空,但琼华点缀,万梢森耸。橘柚香来分好景,书后尽堪题送。青女呈工,玉妃传信,渐六霙飞动。瑞花盈尽,看看叠嶂银涌。

前调 和友人催雪

暮云凝冻,耸玉楼、捻断冰髯知几。今岁天公悭破白,未放六霙呈瑞。瘗马发祥,妖麋应祷,终解从人意。腊前三白,瑶光一瞬千里。

便好劖刻漫空,落花飞絮,滚滚随风起。莫待东皇催整驾,点点消成春水。巧思裁云,新词胜雪,引动眉间喜。欺梅压竹,看看还助吟醉。

满江红　寓古杭和南塘咏欲雪词

屑玉飞霙,正堪称、冯夷展布。空几度、痴云凝聚,狂风掀舞。点点抛扬珠作霰,纤纤断续丝垂雨。借银河、劖刻六花飘,天应许。

水漠漠,斜桥渡。烟淡淡,长亭路。望寒莎衰草,总成愁绪。坡老新堤须好在,逋仙孤屿犹堪去。共寻梅、止欠雪双清,烦青女。

前调　寿野渡

弧矢开祥,喜从此、旬兼九日。新岁改、椒盘献颂,齐头七十。渐入唐人诸老画,可追洛社耆英集。有陶潜、三径健吟哦,贫而适。

摘仙桂,探蟾窟。敛洪藻,归麟笔。总古先传记,讥评得失。不朽芬芳垂简册,浮荣土苴轻簪笏。看年如、卫武粲成章,诗传抑。

天仙子　前题

搭宅亭园虽不大。花木成阴难论价。豪端点缀有珠玑,竹一带。梅一派。明月清风何用买。　　子子孙孙纡寿彩。家庆成图和蔼蔼。更添三岁古来稀,酒满罍。诗满架。直到耆颐年未艾。

水龙吟　和野渡生朝

桑蓬扫尽闲愁,未应人比梅花瘦。眉峰顿展,恰如云卷,北山□九。萦锦绣肠,袖丝纶手,骎骎希有。□□□博取,巍科□□,儒冠于我何负。　　初度年来年去,喜称觞、腊前还又。安时委命,金鱼玉带,倘来斯受。傍屋园林,抚松对竹,共朋三寿。且逍遥、安乐窝中,岁岁进、长生酒。

金缕曲　寿南塘八月生朝

强半秋澄穆。半月弦、南极巑高,寿星明煜。今岁户庭殊旧岁,洗尽闲愁千斛。沸春夏、欢声相续。兰已种成香满砌,更莽华、得偶颜如玉。双捧劝,寿齐祝。　　郤枝芳映庄椿绿。觉这番、初度称觞,桂增芬馥。生子生孙从此始,剩有人传祖笏。看八座、青毡须复。两两闱中俱秀质,待子平、婚嫁人人足。碧桃下,跨青鹿。以上秋声集卷四

李敬则

敬则字庄翁。淳祐间人。朱继芳静佳乙稿有送李敬则之升扬诗。

沁园春　寿徐知院

南渡盛时,壬寅之秋,生此伟人。是皇家柱石,端平君子,吾儒宗主,意一先生。'自起丹山,晋登紫府,天下欣然望太平。至夷狄,亦慕吾中国,司马声名。　　愿君为尧舜之君。举一世民皆尧舜民。羡当年三渐,直声已著,近来四蜀,先虑尤深。事验平凉,眷隆当宁,指日须还公秉钧。愿公寿,以寿吾国脉,以寿斯文。截江网卷四

存　目　词

本书初版卷二百七十九有卜算子“口诵百中经”一首,乃翁合作,见翰墨大全壬集卷十四。

吴　益

宋人名吴益者甚多,不知此吴益为何人。

玉楼春　寿尊长

玉楼春信梅传早。三八芳辰阳复后。称觞喜对一椿高,莱庭双桂
森兰茂。　　惭无好语为公寿。富贵荣华公自有,请歌诗雅祝遐
龄,永如松柏如山阜。翰墨大全丁集卷四

利　登

登字履道,号碧涧,金川(在今江西省)人。以礼记擢淳祐元年
(1241)进士第。仕至宁都尉。

绿　头　鸭

晚春天。柳丝初透晴烟。黯离怀、绿房深处,艳游曾记当年。衬龙
绡、亭亭玉树,步鸳褥、窄窄金莲。烧蜜调蜂,翦花挑蝶,香云微湿
绿弯鬟。嬉游困,倚郎私语,还爱抚郎肩。共携手,海棠院左,翡翠
帘边。　　恨无情、锦笼鹦鹉,等闲轻语花前。昔相怜、关山咫尺,
今相望、咫尺关山。是妾心阑,是郎意懒,是郎无分妾无缘。都休
问、金枝云里,何日跨金鸾。深盟在,香囊暗解,终值双鸳。

菩　萨　蛮

玉阑干外重帘晚。流云欲度长天远。花草不知名。春来各自春。
　　绿鞍游冶客。何处垂杨陌。不信不归来。海棠花又开。

玉 楼 春

夹帘不卷重堂暮。白骑少年何处去。云根稚藕已胜花,烟外子松今作树。 金梯月涩知无与。宝瑟风惊犹自语。斜河一道界相思,横隔天心寒似雾。以上三首见阳春白雪卷五

水 调 歌 头

日月换飞涧,风雨老孤松。千岩万壑秋重,白气接长空。一笑掀髯徐起,苍珮腰间相照,犹自涌晴虹。桑海几番覆,人尚醉春风。

横白石,结绿绮,送飞鸿。十年梦事消歇,长剑吼青龙。却笑人间多事,一壳蜗涎光景,颠倒死英雄。云日空濛里,玉鹤任西东。

洞 仙 歌

弄香吹粉,记前回酒困。绿露沉沉转花影。翠帘深,隐隐红雾依人,荷月静,新样双鸾交映。 如今谁念省。短雨长云,曾托琵琶再三问。最苦绿屏孤,夜久星寒,无处顿、风流心性。又莫是偷香寄韩郎,到漏泄春风,一枝花信。

过 秦 楼

眉黛山分,靥朱星合,郁郁夜堂初见。芙蓉寄隐,荳蔻传香,便许翠鬟偷剪。迎夜易羞,欲晨先怯,风流楚楚未惯。正流苏帐掩,绿玉屏深,红香自暖。 谁信道、媚月难留,惊云易散,从此三桥路远。巢燕春归,剪花词在,难寄红题一片。料想伊家,如今羞傍琴窗,慵题花院。但碧桃影下,应对流红自叹。

齐 天 乐

淡云荒草秋汀暮,归心又寒烟水。论槛移花,量船载酒,寂寞当年
情味。孤蓬夜闭。听四壁松声,欲高还细。似近如遥,露鸿声乱楚
天外。　　蓝桥人断岁久,旧家曾共赏,九华花事。艳雪初融,生
香自暖,消得金莲贴地。相思破睡。谩一点琴心,暗关千里。愁怯
潮生,晓帆风又起。

鹧 鸪 天

凤尾鬤香再叠梳。藕丝衫嫩蹙双鱼。闲收末利熏藤枕,自插芙蓉
绕翠鬟。　　新浴后,浅妆初。卫夫人帖学行书。西窗一霎黄昏
雨,笑问新凉饮酒无。以上五首见阳春白雪卷七

风 流 子

梨园花柳地,扶残醉、曾记问妖娆。叹惹住轻烟,柔丝未改,霏零疏
雨,腻粉先飘。更低道,花无三日艳,柳有一年娇。卷翠未迟,醉红
易失,共偎香影,同赏良宵。　　如今知何处,三山远,云水一望迢
迢。傍砌青鸾好在,谁送归飚。但花下红云,尚通夕照,柳边白月,
自落寒潮。最是无端,子规啼破寒梢。

风 入 松

断芜幽树际烟平。山外又山青。天南海北知何极,年年是、匹马孤
征。看尽好花成子,暗惊新笋抽林。　　岁华情事苦相寻。弱雪
鬤毛侵。十千斗酒悠悠醉,斜河界、白日云心。孤鹤尽边天阔,清
猿咽处山深。以上二首见阳春白雪卷八

水 调 歌 头

相聚不知好,相别始知愁。笋舆伊轧,穿尽斜照古平州。今夜荒风脱木,明夜山长水远,后夜已他州。转觉家山远,何计去来休。

酒堪沽,花可买,月能留。相思酒醒按"酒醒"上下缺二字,花落五更头。长记疏梅影底,一笛紫云飞动,相对大江流。此别无一月,一月一千秋。

失 调 名

花外潮回,剑边虹去,抚寒江千里。

虞 美 人

当时养士知何许。总把降幡去。汉家王气塞乾坤。一树盈盈、不为汉家春。下缺 以上见隐居通义卷九

吴势卿

势卿字安道,号雨岩,建安人。淳祐元年(1241)进士。宝祐中,知处州。又曾为军器监。景定二年(1261)淮东总领。景定三年(1262),浙西转运副使致仕。官至朝奉大夫。

沁园春 寿董宪使

碧瓦霜融,绣阁寒经"经"疑"轻"字误,春浮寿杯。羡华年七衮,人生稀有,新阳七日,天意安排。丹凤门开,黄麾仗立,此际应须召促回。人道是,却暂时绣斧,索笑盐梅。 旴江假守非才。犹记得当时传庚台。算良机再会,抠衣来久,归鞭何速,祝寿方才。应与邦人,

传为佳话，只为先生诞日来。明年看，是侬方九曲，公已三台。_{翰墨}
_{大全丙集卷十三}

刘　浩

　　　　浙江通志有刘浩，瑞这人。淳祐元年（1241）进士。或即其人。李
　　　莘梅花衲中集有刘浩诗句。

满江红　_{寿陈侍郎　十一月十五}

岳渎储精，冰壶里、精神可掬。三万卷、龙蛇落纸，琅玕撑腹。便合
弹冠登要路，如何袖手缄空谷。又谁知、天独授先生，长生箓。

　　鹤易怨，龟多缩。竹太瘦，梅偏独。算人间何物，可传心曲。但
愿君如天上月，年年此夜团如玉。更有人、千里共婵娟，偷香祝_{时出}
_{爱姬。翰墨大全丁集卷四}

赵希汰

　　　　希汰，燕王德昭八世孙。与吴势卿同时。

沁园春　_{寿处州吴雨岩}

持节浙东，六十年前，紫阳老师。看粟移七郡，功深到处，棠阴一
道，民尚思之。心印亲传，雨岩来括，寅岁幸无庚子饥。仁同视，更
备存先具，仓积千斯。　　　青州阴德天知。只此事堪为嵩岳祈。
与太夫人寿，相看华髪，转中书令，长著斑衣。岁岁梅花，樽前索
笑，霜月先圆两夜规。称觞了，报春风千里，班觐龙墀。_{翰墨大全丙集}
_{卷十三}

徐俨夫

俨夫字公望，号桃渚，平阳人。淳祐元年(1241)进士第一。淳祐十二年(1252)，著作郎兼礼部郎官、兼沂靖惠王府教授，除秘书丞。

西 江 月

曲折迷春院宇，参差近水楼台。吹箫人去燕归来。空有落梅香在。
　　花底三更过雨，酒阑一枕惊雷。明朝飞梦隔天涯。肠断流莺声碎。阳春白雪卷八

陈　合

合字惟善，号中山，长乐人。淳祐四年(1244)进士。宝祐五年(1257)，著作佐郎。历官礼部侍郎，拜端明殿学士，签书枢密院。卒谥文惠。

宝鼎现　寿贾师宪

神鳌谁断，几千年再，乾坤初造。算当日、枰棋如许，争一著、吾其袵左。谈笑顷、又十年生聚，处处豳风葵枣。江如镜，楚氛馀几，猛听甘泉捷报。　　天衣细意从头补。烂山龙、华虫黼藻。宫漏永、千门鱼钥，截断红尘飞不到。街九轨，看千貂避路，庭院五侯深锁。好一部、太平六典，一一周公手做。　　赤舄绣裳，消得道、斑斓衣好。尽庞眉鹤髮，天上千秋难老。甲子平头才一过，未说汾阳考。看金盘，露滴瑶池，龙尾放班回早。齐东野语卷十二

存　目　词

调　名	首　句	出　处	附　注
声 声 慢	澄空初霁	词谱卷二十七	陈郁词,见随隐漫录卷二
宝 鼎 现	虞弦清暑	词谱卷三十八	又

李芸子

芸子字耘叟,号芳洲,昭武人。

木兰花慢 秋意

占西风早处,一番雨,一番秋。记故国斜阳,去年今日,落叶林幽。悲歌几回激烈,寄疏狂、酒令与诗筹。遗恨清商易改,多情紫燕难留。　　嗟休。触绪茧丝抽。旧事续何由。奈予怀渺渺,羁愁郁郁,归梦悠悠。生平不如老杜,便如它、飘泊也风流。寄语庭柯径竹,甚时得棹孤舟。中兴以来绝妙词选卷十

按此首误入李洪芸庵类稿卷五。

存　目　词

调　名	首　句	出　处	附　注
卜 算 子	蜜叶蜡蜂房	广群芳谱卷四十一蜡梅门	李石词,见全芳备祖前集卷四蜡梅门
捣 练 子	红粉里	广群芳谱卷六十三荔支门	李石词,见全芳备祖后集卷一龙眼门
满 庭 芳	香满千岩	本书初版卷一百四十三	李洪词,见芸庵类稿卷五
满 江 红	梅雨成霖	又	又
南 乡 子	挂席泛安流	又	又

调　名	首　句	出　处	附　注
鹧鸪天	十月南闽未有霜	本书初版卷一百四十三	李洪词,见芸庵类稿卷五
西江月	渺渺长汀远壑	又	又
菩萨蛮	寒山横抹修眉绿	又	又
浣溪沙	夭矫翔鸾翳上峰	又	又
又	碧涧霜崖山四围	又	又
又	扫地焚香绝点尘	又	又

张　榅

　　榅字仁溥,号斗埜,扬州人。嘉熙间沿江制置使属官。宝祐四年(1256),干办行在诸司粮料院。有斗墅稿。

洞仙歌 游大涤赋

花泥絮浪,殢春怀如酒。书卷炉熏梦清昼。唤玉京稳携手松乔,飞光里,笑傲白云林岫。　　仙人犹狡狯,洒雪吹冰,声落星河翠蛟走。问箬下留丹,别已千年,华表鹤、亦归来否。有洞口、桃花识刘郎,共一笑相迎,朱颜如旧。洞霄诗集卷四

游子西

　　子西,龙溪人。

念　奴　娇

暑尘收尽,快晚来急雨,一番初过。是处凉飙回爽气,直把残云吹
破。星律飞流,银河摇荡,只恐冰轮堕。云梯稳上,琼楼今夜无锁。

　　便觉浮世卑沉,回翔偃薄,似蚁空旋磨。想得九天高绝处,不
比人间更火。独立乾坤,浩歌春雪,可惜无人和。广寒宫里,有谁
潇洒如我。诗人玉屑卷二十一

施乘之

清平乐 元夕

风消云缕。一碧无今古。欲坏上元天不许。晴了晚来些雨。
莫言冷落山家。山翁本厌繁华。试问莲灯千炬,何如月上梅花。
中兴以来绝妙词选卷八

周济川

　　　　济川号堑舟。

八 声 甘 州

有乾坤、清气入诗脾,随龙散神仙。蘸西湖和墨,长空为纸,几度诗
圆。消得宫妃捧砚,夜烛照金莲。试问隔屏坐,谁后谁先。　　长
是花香柳色,更风清月白,天入吟笺。自霞觞误覆,谪下玉皇边。
笑随归、山中随隐,且醉拚、斗酒写新篇。天应笑,呼来时后,记上
襟船。随隐漫录卷三

应次蘧

次蘧字正之。

点绛唇 梅

雪意娇春,腊前妆点春风面。粉痕冰片。一笑重相见。　　倚竹
偎松,谁道罗浮远。寒更转。楚骚为伴。韵绕香篝暖。深雪偶谈

李　璮

璮小字松寿,潍州(今山东潍县)人。李全之子。仕元,为益都行省
江淮大都督。景定三年(1262)降宋,拜保信宁武军节度使、督视京东河
北等路军马、齐郡王。旋为元兵所获,杀之。齐东野语卷九云:璮乃徐
希稷之子,与李全为后。

水　龙　吟

腰刀首帕从军,戍楼独倚闲凝眺。中原气象,狐居兔穴,暮烟残照。
投笔书怀,枕戈待旦,陇西年少。叹光阴掣电,易生髀肉,不如易腔
改调。　　世变沧海成田,奈群生、几番惊扰。干戈烂漫,无时休
息,凭谁驱扫。眼底山河,胸中事业,一声长啸。太平时、相将近
也,稳稳百年燕赵。前闻记

黄　昇

昇字叔旸,号玉林。胡季直云:玉林早弃科举,雅意读书,吟咏自
适。游受斋称其诗为晴空冰柱。楼秋房闻其与魏菊庄友善,并以泉石

清士目之。有绝妙词选二十卷,散花庵词一卷。

贺新郎 题双溪冯熙之交游风月之楼

倦整摩天翼。笑归来、点画亭台,按行泉石。落落元龙湖海气,更著高楼百尺。收揽尽、水光山色。曾驾飚车蟾宫去,几回批、借月支风敕。斯二者,惯相识。 玲珑窗户青红湿。夜深时、寒光爽气,洗清肝膈。似此交游真洒落,判与升堂入室。有万象、来为宾客。不用笙歌轻点涴,看仙翁手搠虹霓笔。吟思远,两峰碧_{楼对两峰甚奇}。

又 _{乙巳正月十日,双溪携酒遗蜕亭,桃花方开,主人浩歌酌客,欢甚,即席作此}

风送行春步。渐行行、山回路转,入云深处。问讯花梢春几许,半在诗人杖屦。点点是、祥烟膏露。中有瑶池千岁种,整严妆、来作巢仙侣。相妩媚,试凝伫。 风流座上挥谈麈。更多情、多才多调,缓歌金缕。趁取芳时同宴赏,莫惜清樽缓举。有明月、随人归去。从此一春须一到,愿东君、长与花为主。泉共石,闻斯语。

又 _菊

莫恨黄花瘦。正千林、风霜摇落,暮秋时候。晚节相看元不恶,采采东篱独秀。试揽结、幽香盈手。几劫修来方得到,与渊明、千载为知旧。同冷淡,比兰友。 柴桑心事君知否。把人间、功名富贵,付之尘垢。不肯折腰营口腹,一笑归软五柳。怅此意、而今安有。若得风流如此老,也何妨、相对无杯酒。诗自可,了重九。

又 _梅

自扫梅花下。问梢头、冷蕊疏疏,几时开也。间者阔焉今久矣,多

少幽怀欲写。有谁是、孤山流亚。香月一联真绝唱,与诗人、千载
为嘉话。馀兴味,付来者。　　　清癯不恋华亭榭。待与君、白髮相
亲,竹篱茅舍。喜甚今年无酒禁,溜溜小槽压蔗。已准拟、雪天霜
夜。自醉自吟仍自笑,任解冠、落珮从嘲骂。书此意,寄同社。

木兰花慢　题冯云月玉连环词后

自沉香梦断,风雨外、失馀春。怅袍锦淋漓,金銮论奏,四海无人。
蛾眉古来见妒,奈昭阳、飞燕亦成尘。惟有空梁落月,至今能为传
神。　　　神游八表跨长鲸。谁是再来身。爱云月溪头,玉环一曲,
笔力千钧。人间不堪著眼,但香名、百世尚如新。乞我九霞蜚珮,
梯空共上秋旻。

又　乙巳病中

问潘郎两鬓,更禁得、几番秋。怅病骨臞臞,幽怀渺渺,短髮飕飕。
云边一声长笛,这风情、多属赵家楼。欹枕困寻药裹,薰衣慵讯香
篝。　　　悠悠。老矣复焉求。何止赋三休。念少日书癖,中年酒
病,晚岁诗愁。已攀桂花作证,便从今、把笔一齐勾。只有烟霞痼
疾,相陪风月交游。

又　怀旧

问春春不语,谩新绿、满芳洲。记历历前游,看花南陌,命酒西楼。
东风翠红围绕,把功名、一笑付糟丘。醉里了忘身世,吟边自负风
流。　　　风流。莫莫复休休。白髮渐盈头。怅十载重来,略无欢
意,惟有闲愁。多情向人似旧,但小桃、婀娜柳纤柔。望断残霞落
日,水天拍拍飞鸥。

南柯子　丁酉清明

天上传新火，人间试夹衣。定巢新燕觅香泥。不为绣帘朱户、说相
思。　　侧帽吹飞絮，凭栏送落晖。粉痕销淡锦书稀。怕见山南
山北、子规啼。

又　丙申重九

兰佩秋风冷，茱囊晓露新。多情多感怯芳辰。强折黄花来照、碧粼
粼。　　落帽参军醉，空樽靖节贫。世间那复有斯人。目送归鸿
西去、一伤神。

行香子　梅

寒意方浓。暖信才通。是晴阳、暗拆花封。冰霜作骨，玉雪为容。
看体清癯，香淡伫，影朦胧。　　孤城小驿，断角残钟。又无边、散
与春风。芳心一点，幽恨千重。任雪霏霏，云漠漠，月溶溶。

卖花声　己亥三月一日

莺蝶太匆匆。恼杀衰翁。牡丹开尽状元红。俯仰之间增感慨，花
事成空。　　垂柳绿阴中。粉絮濛濛。多情多病转疏慵。不是东
风孤负我，我负东风。

又　忆旧

秋色满层霄。剪剪寒飚。一襟残照两无聊。数尽归鸦人不见，落
木萧萧。　　往事欲魂消。梦想风标。春江绿涨水平桥。侧帽停
鞭沽酒处，柳软莺娇。

长相思　秋怀

天悠悠。水悠悠。月印金枢晓未收。笛声人倚楼。　　芦花秋。
蓼花秋。催得吴霜点鬓稠。香笺莫寄愁。

又　秋夜

砧声齐。杵声齐。金井栏边败叶飞。夜寒乌不栖。　　风凄凄。
露凄凄。影转梧桐月已西。花冠窗外啼。

又　春晚

惜春归。爱春归。脱了罗衣著古苎。绿阴黄鸟啼。　　酒醒时。
梦醒时。清簟疏帘一局棋。丁东风马儿。

感皇恩　送饶溪台游浙

骑鹤上扬州,腰缠十万。拈起诗人旧公案。看山看水,此去胜游须
遍。烦君收拾取,归吟卷。　　少日风流,暮年萧散。佳处何妨小
留款。沙河塘上,落日绣帘争卷。也须拂拭起,看花眼。

蝶恋花　春感

百计留春春不住。褪粉吹香,日日催教去。心事欲凭莺语诉。流
莺划地无凭据。　　绿玉阑干围绮户。一点柔红,应在深深处。
想倚翠帘吹柳絮。浅颦惆怅芳期误。

月照梨花　闺怨

昼景。方永。重帘花影。好梦犹酣,莺声唤醒。门外风絮交飞。
送春归。　　修蛾画了无人问。几多别恨。泪洗残妆粉。不知郎

马何处嘶。烟草萋迷。鹧鸪啼。

摸鱼儿 为遗蜕山中桃花作,寄冯云月

问山中、小桃开后,曾经多少晴雨。遥知载酒花边去,唱我旧歌金
缕。行乐处。正蝶绕蜂围,锦绣迷无路。风光有主。想倚杖西阡,
停杯北望,望断碧云暮。　　花知道,应倩蜚鸿寄语。年来老子安
否。一春一到成虚约,不道树犹如此。烦说与。但岁岁、东风妆点
红云坞。刘郎老去。待有日重来,同君一笑,拈起看花句。

水龙吟 赠丁南邻

少年有志封侯,弯弓欲挂扶桑外。一朝敛缩,萧然清兴,了无拘碍。
袖里阴符,枕中鸿宝,功名蝉蜕。看舌端霹雳,剧谈玄妙,人间世、
疑无对。　　阆苑醉乡佳处,想当年、绿阴犹在。群仙寄语,不须
点勘,鬼神功罪。碧海千寻,赤城万丈,风高浪快。待踞龟食蛤,相
期汗漫,与烟霞会。

西河 己亥秋作

天似洗。残秋未有寒意。何人短笛弄西风,数声壮伟。倚栏感慨
展双眸,离离烟树如荠。　　少年事,成梦里。客愁付与流水。笔
床茶具老空山,未妨肆志。世间富贵要时贤,深居宜有馀味。
大江东去日西坠。想悠悠千古兴废。此地阅人多矣。且挥弦寄
兴、氛埃之外。目送蜚鸿归天际。

清平乐 宫怨

珠帘寂寂。愁背银缸泣。记得少年初选入。三十六宫第一。
当年掌上承恩。而今冷落长门。又是羊车过也,月明花落黄昏。

又　宫词

深深禁籞。霁日明莺羽。风动槐龙交翠舞。恰恰花阴亭午。
一帘暖絮悠飔。金炉旋炷沉香。天子方看谏疏，内人休鬥新妆。

酹江月　戏题玉林

玉林何有，有一弯莲沼，数间茅宇。断堑疏篱聊补葺，那得粉墙朱户。禾黍秋风，鸡豚晓日，活脱田家趣。客来茶罢，自挑野菜同煮。

多少甲第连云，十眉环座，人醉黄金坞。回首邯郸春梦破，零落珠歌翠舞。得似衰翁，萧然陋巷，长作溪山主。紫芝可采，更寻岩谷深处。

又　夜凉

西风解事，为人间、洗尽三庚烦暑。一枕新凉宜客梦，飞入藕花深处。冰雪襟怀，琉璃世界，夜气清如许。划然长啸，起来秋满庭户。

应笑楚客才高，兰成愁悴，遗恨传千古。作赋吟诗空自好，不直一杯秋露。淡月阑干，微云河汉，耿耿天催曙。此情谁会，梧桐叶上疏雨。

浣沙溪　醮坛

钟磬泠泠夜未央。梨花庭院月如霜。步虚声里拜瑶章。　　紫极清都云渺渺，红尘浊世事茫茫。未知谁有返魂香。

鹧鸪天　暮春

沉水香销梦半醒。斜阳恰照竹间亭。戏临小草书团扇，自拣残花插净瓶。　　莺宛转，燕丁宁。晴波不动晚山青。玉人只怨春归去，不道槐云绿满庭。

又 张园作

雨过芙蕖叶叶凉。摩挲短髪照横塘。一行归鹭拖秋色，几树鸣蝉
饯夕阳。　　花侧畔，柳旁相。微云澹月又昏黄。风流不在谈锋
胜，袖手无言味最长。

秦楼月 秋夕

心如结。西风老尽黄花节。黄花节。塞鸿声断，冷烟凄月。　　汉
朝陵庙唐宫阙。兴衰万变从谁说。从谁说。千年青史，几人华髪。

重叠金 壬寅立秋

西风半夜惊罗扇。蛩声入梦传幽怨。碧藕试初凉。露痕啼粉香。
　　清冰凝簟竹。不许双鸳宿。又是五更钟。鸦啼金井桐。

又 冬

南山未解松梢雪。西山已挂梅梢月。说似玉林人。人间无此清。
　　此身元是客。小住娱今夕。拍手凭阑干。霜风吹鬓寒。

又 除日立春

银幡彩胜参差剪。东风吹上钗头燕。一笑绕花身。小桃先报春。
　　新春今日是。明日新年至。擘茧莫探官。人间行路难。

谒金门 初春

花事浅。方费化工匀染。墙角红梅开未遍。小桃才数点。　　人
在暮寒庭院。闲续茶经香传。酒思如冰诗思懒。雨声帘不卷。

按花草粹编卷三此首误作张辑词。

南乡子 夏夜

多病带围宽。未到衰年已鲜欢。梦破小楼风马响,珊珊。缺月无情转画栏。　　凉入苎衾单。起探灯花夜欲阑。书册满床空伴睡,慵观。拈得渔樵笛谱看。

又 冬夜

万籁寂无声。衾铁棱棱近五更。香断灯昏吟未稳,凄清。只有霜华伴月明。　　应是夜寒凝。恼得梅花睡不成。我念梅花花念我,关情。起看清冰满玉瓶。

按此首草堂诗馀隽卷二误作秦观词。

花发沁园春 芍药会上

晓燕传情,午莺喧梦,起来检校芳事。荼蘼褪雪,杨柳吹绵,迤逦麦秋天气。翻阶傍砌。看芍药、新妆娇媚。正风紫匀染绡裳,猩红轻透罗袂。　　昼暖朱阑困倚。是天姿妖娆,不减姚魏。随蜂惹粉,趁蝶栖香,引动少年情味。花浓酒美。人正在、翠红围里。问谁是、第一风流,折花簪向云髻。

阮郎归 效姜尧章体

粉香吹暖透单衣。金泥双凤飞。闲来花下立多时。春风酒醒迟。　　桃叶曲,柳枝词。芳心空自知。湘皋月冷佩声微。雁归人不归。

鹊桥仙 春情

青林雨歇,珠帘风细,人在绿阴庭院。夜来能有几多寒,已瘦了、梨

花一半。　　　宝钗无据,玉琴难托,合造一襟幽怨。云窗雾阁事茫
茫,试与问、杏梁双燕。以上中兴以来绝妙词选卷十

　　按历代诗馀卷二十九此首误作潘牥词。

鹧　鸪　天

天气清和仅两旬。一旬前是佛生辰。当年来应徐卿梦,此夕遥瞻
寿宿明。　　　拚一笑,对诸贤。山翁何以祝龟龄。蟠桃瓜枣皆虚
诞,愿把阴功福后人。翰墨大全丁集卷二

存　目　词

词　名	首　句	出　处	附　注
木兰花慢	莺啼啼不尽	散花庵词	戴复古词,见石屏长短句
水调歌头	轮奂半天上	又	又
满庭芳	三月春光	又	又
又	草木生春	又	又,见石屏词
清平乐	今朝欲去	又	又,见石屏长短句
瑞鹧鸪	门前杨柳绿成阴	草堂诗馀续集卷下	程垓作,见书舟词
长相思	芦花秋	丰韵情词卷五	明人依托
菩萨蛮	东风约略吹罗幕	词汇卷二	张孝祥作,见于湖居士文集卷三十四

杨泽民

　　　泽民,乐安人。有和清真词。时人合周邦彦、方千里词刻之,号三
英集。

瑞　龙　吟

城南路。凝望映竹摇风,酒旗标树。郊原游子停车,问山崦里,人

家甚处。　　　去还伫。徐见画桥流水,小窗低户。深沉绿满垂杨,
芳阴娅姹,娇莺解语。　　　多谢佳人情厚,卷帘羞得,庭花飘舞。
可谓望风知心,倾盖如故。犹殢香玉,休赋断肠句。堪怜处、生尘
罗袜,凌波微步。底事匆匆去。为他系绊,离情万绪。空有愁如
缕。忆桃李春风,梧桐秋雨。又还过却,落花飘絮。

琐 窗 寒

倦拂鸳衾,羞临鹊鉴,懒开窗户。韶华暗度,又过炉花风雨。掩熏
炉、怕闻旧香,柳阴只有黄莺语。似向人、欲说离愁,因念未归行
旅。　　　春暮。知何处。便不念芳年,正当三五。轻衫快马,去逐
狂朋怪侣。便罗帏、香阁顿忘,枕边要语曾记否。趁芳时、即早归
来,尚可殢清姐。

风流子　咏钱塘

佳胜古钱塘。帝居丽、金屋对昭阳。有风月九衢,凤皇双阙,万年
芳树,千雉宫墙。户十万,家家堆锦绣,处处鼓笙簧。三竺胜游,两
峰奇观,涌金仙舸,丰乐霞觞。　　　芙蓉城何似,楼台簇中禁,帘卷
东厢。盈望虎貔分列,鸳鹭成行。向玉宇夜深,时闻天乐,绛霄风
软,吹下炉香。惟恨小臣资浅,朝觐犹妨。

渡 江 云

渔乡回落照,晚风势急,鸂鶒集汀沙。解鞍将憩息,细径疏篱,竹隐
两三家。山肴野蔌,竞素朴、都没浮华。回望时,绕村流水,万点舞
寒鸦。　　　休嗟。明年秋暮,一叶扁舟,望平川北下。应免劳、尘
巾乌帽,宵炬红纱。青蓑短棹长江碧,弄几曲、羌管吹葭。人借问,
鸣桹便入芦花。

应　天　长

夭桃弄粉,繁杏透香,依然旧日颜色。奈彼妒花风雨,连阴过寒食。
金钗试寻妙客。正昼永、院深人寂。善歌更解舞,传闻触处声藉。

　　当日俊游时,屡向平康,吟咏共题壁。自后纵经回曲,难寻阿
姨宅。芳华苑,罗绮陌。怎断得、怪踪狂迹。惯来往,柳外花间,莺
燕都识。

荔　枝　香

瞰水自多佳处。春未去。绣桷斗起凌空,隐隐笼轻雾。已飞画栋
朝云,又卷西山雨。相与。共煮新茶取花乳。　　开宴处。俯北
榭、临南浦。迤逦扁舟,双桨棹歌齐举。座上嘉宾,妙句无非赋鹦
鹉。莫惜高烧蜡炬。

又

未论离亭话别,涕先泫。旋涤瑶觯,深挹芳醪,凝愁满眼。偎人大
白须卷。歌遍。三劝。记得当时送□远。　　素蟾屡明晦,彩云
易散。后约难知,又却似、阳关宴。乌丝写恨,帕子分香为郎觐。
愿郎安信频遣。

还　京　乐

春光至,欲访清歌妙舞重为理。念莺轻燕怯媚容,百斛明珠须费。
算枕前盟誓。深诚密约堪凭委。意正美,娇眼又洒,梨花春泪。

　　记罗帏底。向鸳鸯、灯畔相偎,共把前回,词语咏味。无端浪迹
萍蓬,奈区区、又催行李。忍重看、小岸柳梳风,江梅鉴水。待学鹣
鹣翼,从他名利荣悴。

扫　花　游

素秋渐老,正叶落吴江,雁横南楚。暮霞散缕。听寒蝉断续,乱鸦
鼓舞。客舍凄清,那更西风送雨。又东去。过野杏小桥,都在元
处。　　心事天未许。似误出桃源,再寻仙路。去年燕俎。记芳
腮妒李,细腰束素。事没双全,自古瓜甜蒂苦。欲停伫。奈江头、
早催行鼓。

解　连　环

塞鸿难托。奈云深雾阔,水遥山邈。感两情、浑若连环,念恩爱厚
深,利名浮薄。便好归来,怎禁得、许多萧索。免恹恹瘦减,漫滞寝
馈,枉费汤药。　　伊心料应未若。对香消兽吻,月转楼角。怎便
是、铁石心肠,有当日盟言,怎忍辜却。冶叶倡条,尚自得、连枝双
萼。不成将、异葩艳卉,便教谢落。

玲　珑　四　犯

韵胜江梅,笑杏俗桃粗,空眩妖艳。尽屏铅华,天赋翠眉丹脸。门
闭昼永春长,看燕子、并飞撩乱。叹岁华若箭频换。深院有谁能
见。　　夜来初得同相荐。便门阑、瑞烟葱茜。天然素质真颜色,
直是惊人眼。曾向众里较量,似六个、骰儿六点。应自来恨闷,和
想忆,都消散。

丹　凤　吟

荏苒秋光虚度,玩月池台,登高楼阁。风传霜信,遍送晓寒侵幕。
凄凉细雨,洒窗飘户,漏永更长,枕单衾薄。梦里惊鸿唤起,坐对寒
釭,犹听晨漏残角。　　先自宿醒似病,共愁造合滋味恶。虽有丁

宁语,怕旁人多口,还类金铄。如斯情绪,戚戚怎禁牢落。纵欲凭江鱼寄往,漫霜毫频握。几时得见,诸事都记著。

满 江 红

袅娜身材,经行处、金莲涉足。晨妆罢,黛眉新晕,素腰如束。丹脸匀红香在臂,秀肌腻滑凉生肉。记那回、同赌选花图,赢全局。

相思病,休殢卜。辜负却,杨枝曲。漫榴花堆火,翠阴笼屋。菡萏方池闲艳蕊,画堂未许归云宿。任利名、踪迹久尘埃,教谁扑。

瑞鹤仙 忆旧居,呈超然,示儿子及女

依山仍负郭。有松桂扶疏,烟霞渺漠。一年自成落。奈孤踪还系,蝇头蜗角。休嗤句弱。赋郊居、何让沈约。记乡人过我,儽立阼阶,酒行先酌。　　远映江山奇胜,下瞰重湖,上飞高阁。风帘絮幕。筑新槛,种花药。幸瓜期已近,秋风归去,免得奔驰味恶。待开池、剩起林亭,共同宴乐。

西 平 乐

圃韭畦蔬,嫩鸡野腊,邻酝稚子能赊。罗幕新裁,画楼高耸,松梧柳竹交遮。应便作归休计去,万揖渊明,下视林逋,到此如何,又走风沙。都为啼号累我,思量事、未遂即咨嗟。　　连年奔逐,旁州外邑,舟楫轻扬,鞭□倾斜。仍冒触、烟岚邃险,风雪纵横,每值初寒在路,炎暑登车,空向长途度岁华。消减少年,英豪气宇,潇洒襟怀,似此施为,纵解封侯,宁如便早还家。

浪 淘 沙 慢

禁城外,青青细柳,翠拂高堤。征鼓催人骤发。长亭渐觉宴阑。情

绪似丁香千百结。忍重看、手简亲折。听怨举离歌寄深意,新声更
清绝。　　心切。暮天塞草烟阔。正乍裛轻尘,新晴后,汩汩清渭
咽。闻西度阳关,风致全别。玉杯屡竭。思故人千里,唯同明月。
扶上雕鞍还三叠。那堪第四声未歇。念蟾魄、能圆还解缺。况人
事、莫苦悲伤悴艳色。归来复见头应雪。

忆　旧　游

念区区远宦,带月侵晨,燃烛中宵。在昔曾游遍,过三湘下浙,二水
通潇。小舟暂辍兰棹,羸马复鞭摇。但旧日雄图,平生壮气,往往
潜消。　　迢迢。向年事,记艳质平堤,曾共听镳。醉□游沙市,
被疏狂伴侣,朝暮相招。怎知后约难再,牛女隔星桥。待远结双
成,他时去窃千岁桃。

蓦　山　溪

当年苏小,家住苕溪尾。一棹采莲归,悄羞得、鸳鸯飞避。蘋洲蓼
岸,花脸两难分,崖半倚。风乍起。荡漾烟光里。　　平生强项,
未肯轻鱼水。溪上偶相逢,这一段、风情怎已。纫兰解佩,不负有
情人,金尊侧,罗帐底。占尽人间美。

少　年　游

金炉喷兽枕攲山。衾帐不知寒。数片飞花,初临窗外,犹作堕梅
看。　　明年此际应东去,藤轿逐征鞍。山水屏中,莺花堆里,相
与下临安。

又

三分芳髻拢青丝。花下见仙姿。㶉雨情怀,沾风踪迹,相见恨欢

迟。　　能言艳色如桃李,曾折最先枝。冶叶丛中,闲花堆里,那有者相知。

秋 蕊 香

向晓银瓶香暖。宿蕊犹残娇面。风尘一缕透窗眼。恨入春山黛浅。　　短书封了凭金线。系双燕。良人贪逐利名远。不忆幽花静院。

渔家傲 再过兴国

秾李素华曾缟昼。当年独冠群芳秀。今日再来眉暗鬥。谁人后。追思恰似章台柳。　　先自病来迟唧溜。肌肤瘦减宽襟袖。已是无聊仍断酒。徘徊久。者番枉走长亭候。

又 戒酒

未把金杯心已恻。少年病酒还成积。一昨宦游来水国。心知得。陶陶大醉何人识。　　日近偶然频燕客。尊前巾帽时欹仄。致得沉疴盟枕席。吾方适。从今更不尝涓滴。

南乡子 宁都登楼

乘月上高楼。一片清光浩莫收。帘卷好风知客意,飕飕。山自纵横水自流。　　却绕古城头。尘事匆匆得少休。遥送征鸿千里外,明眸。消尽人间万种愁。

望 江 南

寻胜去,驱马上南堤。信脚不知人远近,醉眠犹劝玉东西。归帽任冲泥。　　春雨过,农事在瓜蹊。野卉无名随路满,山禽著意傍人啼。鼓角已悲凄。

浣溪沙 山矾

芳蕊髠松夹道垂。珠幢玉节下瑶池。异香团就小花儿。　　应念
裴航佳句好,休论白傅送行悲。月娥亲自送仙衣。

又 蔷蕾

原上芳华已乱飞。林间佛日却晖晖。一花六叶殿春归。　　身外
色香空荏苒,鼻端消息正霏微。禅林曲几坐忘时。

又 木樨

金粟蒙茸翠叶垂。月宫仙种下天涯。儿曹攀折有云梯。　　枕畔
幽芳醒睡思,炉中换骨脱金泥。待持金蓓怕儿啼。

迎 春 乐

池边刺竹初成屋。拨芳瓮、酒初熟。奈巾车秣马催人速。还又伴、
孤云宿。　　蜗角蝇头相窘束。满眼地、水青山绿。要解别来愁,
除是再偎香玉。

又

沉吟暗想狂踪迹。亲曾作、燕堂客。赏春风、共醉垂杨陌。云鬟
鬋、金钗侧。　　对酒何曾辞大白。十年后、音尘俱息。今日走江
西,空怅望、荆湖北。

点绛唇 集句

流水泠泠,闭门时候廉纤雨。菱歌齐举。风暖飘香絮。　　一叶

扁舟,过尽莺啼处。空凝伫。到头辛苦。暮色闻津鼓。

一　落　索

水与东风俱秀。一池春皱。满庭花卉尽芳菲,只有朵、江梅瘦。

谱里知名自久。真情难有。纵然时下有真情,又还似、章台柳。

又

识尽人间甘苦。不如归去。先来孤馆客愁多,更倾下、连宵雨。

尽日登山绕树。禄非尺素。竹鸡啼了杜鹃啼,甚都在、人愁处。

满　庭　芳

春过园林,雨馀池沼,嫩荷点点青圆。昼长人静,芳树欲生烟。一径幽通邃竹,松风漱、石齿溅溅。平生志,功名未就,先觅五湖船。

不如,归去好,良田二顷,茅舍三椽。任高歌月下,痛饮花前。果解忘情寄意,又何在、频抚无弦。烟波友,扁舟过我,相伴白鸥眠。

隔浦莲近拍

桑阴柔弄羽葆。莲渚芳容窈。翠叶浓障屋,绵蛮时啭黄鸟。闲步挼嫩草。鱼儿闹。作队游蘋沼。　　画屏小。纱厨簟枕,接䍦沉醉犹倒。华胥境界,燕子几声催晓。携手兰房未步到。还觉。衷情知向谁表。

法曲献仙音

汀蓼收红,井梧凋绿,呖呖征鸿南度。静听寒砧,闷欹孤枕,蟾光夜深窥户。露暗滴、芭蕉重,萧萧本非雨。　　砌蛩语。怎知人、漏长无寐,因念游子,路修道又阻。早起懒晨妆,自秋来、眉黛谁妩。

净几明窗, 但无憀、空对蛮素。早知伊、别后恁久, 悔教伊去。

选官子

塞雁呼云, 寒蝉噪晚, 绕砌夜蛩凄断。迢迢玉宇, 耿耿银河, 明月又歌团扇。行客暮泊邮亭, 孤枕难禁, 一窗风箭。念松荒三径, 门低五柳, 故山犹远。　　堪叹处。对敌风光, 题评景物, 恶句斐然挥染。风埃世路, 冷暖人情, 一瞬几分更变。唯有芳姿为人, 歌意尤深, 笑容偏倩。把新词拍段, 偎人低唱, 风鞋轻点。

侧犯

九衢艳质, 看来怎比他闲靓。清韵。似照水横斜暮临镜。林间顿画阁, 花底藏芳径。幽静。将绛烛、高烧照双影。　　琼瑶皓素, 未及肌肤莹。伊试省。我从今、还肯再孤另。记取兰房, 夜深人迥。窗外月照, 一方天井。

按此首"窗外月照, 一方天井"二句, 别又误作周邦彦词, 见郑元佐新注断肠诗集卷八。

塞翁吟　芙蓉

院宇临池水, 桥边绕水胧腮。桥左右, 水西东。水木两芙蓉。低疑洛浦凌波步, 高如弄玉凌空。叶百叠, 蕊千重。更都染轻红。
冲冲。能消尽, 忧心似结, 看艳色、浑如梦中。为爱惜芳容未尽, 好移去, 满插家园, 特与培封。年年对赏美质, 朝朝披玩香风。

苏幕遮

日烘晴, 风却暑。帘幕中间, 紫燕呢喃语。嫩竹新荷初沐雨。曲槛幽轩, 四面明窗举。　　夏初临, 春又去。不愿封侯, 只怕为羁旅。

溪上故人无恙否。欲唱菱歌，发棹归南浦。

浣溪沙　素馨茉莉

南国幽花比并香。直从初夏到秋凉。素馨茉莉占时光。　　梅□
正寒方著蕊，芙蓉过暑即空塘。个中春色最难量。

又　兰

一径栽培九畹成。丛生幽谷免欹倾。异芳止合在林亭。　　馥郁
国香难可拟，纷纭俗眼不须惊。好风披拂雨初晴。

又　水仙

仙子何年下太空。凌波微步笑芙蓉。水风残月助惺忪。　　矾弟
梅兄都在眼，银台金琖正当胸。为伊一醉酒颜红。

又　荼䕷

风递馀花点素缯。日烘芳炷下萝藤。为谁雕琢碎青冰。　　玉蕊
观中犹得誉，木樨岩下尚驰声。何如高架任伊凭。

点绛唇　集句

雨歇方塘，清圆一一风荷举。舣舟南浦。忘却来时路。　　醉拍
春衫，便欲随君去。犹回顾。阿原本作“小”蛮樊素。更有留人处。

诉　衷　情

眼前时果漫堆盘。莫是又贪酸。因何近来销减，微褪脸霞丹。
　　还只为，枕衾闲。泪痕斑。我能医疗，一服收功，只霎时间。

风 流 子

行乐平生志,方从事、未出已思归。叹欢宴会同,类多暌阻,冶游踪
迹、还又参差。年华换,利名虚岁月,交友半云泥。休忆旧游,免成
春瘦,莫怀新恨,恐惹秋悲。　　惟思行乐处,几思为春困,醉枕罗
衣。何事暗辜芳约,偷负佳期。念待月西厢,花阴浅浅,倚楼南陌,
云意垂垂。别后顿成消黯,伊又争知。

华 胥 引

征车将动,愁不成歌,对罂翠叶。静掩兰房,香铺卧鸭烟罢喋。别
后羞看霓裳,更把筝休轧。频数更筹,乍寒孤枕偏怯。　　尝为霜
髭,弄纤纤,向人轻鋷。旧词新句,幽窗时时并阅。药饵衣衾,愁顿
放、一番行箧。朝晚归家,又烦春笋重叠。

宴 清 都

早作听晨鼓。征车动、画桥乘月先度。邻鸡唱晓,人家未起。尚扃
柴户。沙边塞雁声遥,料不见、当时伴侣。似怎地、满眼愁悲,秋如
宋玉难赋。　　休论爱合暌离,微官系缚,期会良苦。封侯万里,
金堆北斗,不如归去。欢娱渐入佳趣,算画在、屏帏邃处。仗小词、
说与相思,伊还会否。

四 园 竹

残霞殿雨,嗥气入窗扉。井梧堕叶,寒砧叫蛩,秋满屏帏。罗袖匆
匆叙别,凄凉客里,异乡谁更相知。　　念伊其。当时芍药同心,
谁知又爽佳期。直待金风到后,红叶秋时。细写情辞。何用纸。
又却恐、秋深叶渐稀。

齐天乐 临江道中

护霜云澹兰皋暮,行人怕临昏晚。皓月明楼,梧桐雨叶,一片离愁
难翦。殊乡异景,奈频易寒暄,屡更茵簟。案牍纷纭,夜深犹看两
三卷。　　平川回棹未久,简书还授命,又催程限。贡浦南游,桃
江西下,还是水行陆转。天寒雁远。但独拥兰衾,枕檀谁荐。再促
征车,月华犹未敛。

木 兰 花

奇容压尽群芳秀。枕臂浓香犹在袖。自从草草为传杯,但觉厌厌
长病酒。　　堤上路长官柳瘦。愁在月明霜落后。须知斗帐夜寒
多,早趁西风回鹢首。

霜叶飞 咏雪

朔风严紧,长空布、同云低黯天表。更堪中夕振寒威,欹枕风声悄。
望皓洁、窗纱向晓。珠帘才上银钩小。听美人都惊□,老尽群山,
远近相照。　　深意劝客金尊,皑皑千里,琼台瑶圃重到。绮罗香
暖恣欢娱,暂尔宽怀抱。更几朵、梅花开了。巡檐聊与花相调。算
瑞气、丰穰兆。来岁强如,旧年多少。

蕙兰芳 赣州推厅新创池亭、画桥,时宴其
中,令小春舞。小春乃吾家小妓也

池亭小,帘幕初下,散飞凫鹜。乍风约云开,遥障几眉横绿。画桥
架月,映四岸、垂杨遮屋。绕翠栏满槛,尽是新栽花竹。　　风送
荷香,凉生冰簟,岂畏炎燠。便催唤双成,看舞相时丽曲。及瓜虽
近,要娱我目。教后人行乐,亦非吾独。

塞 垣 春

绣阁临芳野。向晚把、花枝卸。奇容艳质,世间寻觅,除是图画。
这欢娱已系人心也。更翰墨、新挥洒。展蛮笺、明窗底,把□心事
都写。　　谢女与檀郎,清才对、真态俱雅。风枕乐春宵,绛帷度
秋夜。便同云黯淡,冰霰纵横,也并眠鸳衾下。假使过炎暑,共将
罗扇把。

丁 香 结

梅雨犹清,冷风乘急,遥送万丝斜阴。听水翻雷迅。冒雾湿,但觉
衣裘皆润。乱山烟嶂外,轻寒透、未免强忍。崎岖危石,笪峭峻岭,
都齐行尽。　　指引。看负弩旌旗,谩卷空、排素阵。向晚收云,
黎明见日,渐生红晕。堪叹萍泛浪迹,□事无长寸。但新来纤瘦,
谁信非因病损。

氏 州 第 一

潇潇寒庭,深院绣盖,佳人就中娇小。半额装成,纤腰浴罢,初著铢
衣缥缈。徐整鸾钗,向凤鉴、低徊斜照。情态方浓,憨痴不管,绿稀
红老。　　阆苑春回花枝少。漫微步、芳丛频绕。密意难窥,幽欢
未讲,时把琵琶抱。但多才强傅粉,何须用、千金买笑。一枕春酲,
笑巫阳、朝云易晓。

解 蹀 躞

一掬金莲微步。堪向盘中舞。主人开阁,呼来慰行旅。暂时略得
舒怀,事如橄榄,馀甘卒难回苦。　　惹愁绪。便□偎人低唱,如
何当奇遇。怎生真得、欢娱效云雨。有计应不为难,待□押出门

时,却教休去。

少　年　游

鸾胎麟角,金盘玉箸,芳果荐香橙。洛浦佳人,缑山仙子,高会共吹
笙。　　挥毫便扫千章曲,一字不须更。绛阙瑶台,星桥云帐,全
胜少年行。

庆　春　宫

曲渚澜生。遥峰云敛,据鞍又出江城。青子垂枝,翠阴遮道,乍闻
一两蝉声。素蟾犹在,但惟有、长庚殿星。征夫前路,应怪劳生,尘
事相萦。　　年来厌逐时迎。千里追寻,两鬓凋零。佳景良辰,无
憀虚度,谁怜客里凄清。不如归去,任儿辈、功名遂成。旧欢重理,
莫笑渊明,却赋闲情。

醉　桃　源

十年依旧破衫青。空书制敕绫。但知心似玉壶冰。牛衣休涕零。
　　聊謇傲,莫升腾。毋为附骥蝇。前山可数且徐行。不须催去
程。

又

大都修炼似蒸沙。阴阳失两家。正如飞鳖舞长蛇。宁知饮月华。
　　回老貌,假群娃。熏蒸成绛霞。但教心地不倾斜。巢中能养
鸦。

点　绛　唇

岸草离离,暮天雨过添清润。小舟移近。怕得江头信。　　　　无奈

风高,雁字难成阵。思排闷。管弦难趁。怎解心头恨。

夜 游 宫

一叶飘然下水。船头转、已行十里。冷落杯盘荐梅子。又经过,岭边村,江上市。　　那更轻帆底。一路上、翠飘红坠。深夜方眠五更起。说相思,试挥毫,还满纸。

又

泪眼偎人强敛。鲛绡上、尚馀斑点。别后何愁不相见。只愁伊,被旁人,施暗箭。　　致得心肠转。教令得、神魂撩乱。那更日疏又日远。恁时节,想难为,看我面。

诉 衷 情

侵晨呵手怯清霜。闲写两三行。都将旧游新恨,收拾入行装。　　人乍别,路尤长。漫嗟伤。不如归去,只者温柔,便是仙乡。

伤 情 怨

娇痴年纪尚小。试晚妆初了。自戴黄花,开奁还自照。　　临岐离思浩渺。道未寒、须管来到。记取叮咛,教人归且早。

红林檎近　雪

轻有鹅毛体,白如龙脑香。琼笋缀飞桷,冰壶鉴方塘。浑如瑶台阆苑,更无茅舍蓬窗。画阁自有梅装。贪要罢弹簧。　　鼓舞沽酒市,蓑笠钓鱼乡。遐观自乐,吾心何必濠梁。待乔木都冻,千山尽老,更烦玉指劝羽觞。

又

梅信初回暖,风棱犹壮寒。禾稼响圭璧,帘旌隐琅玕。门外群山尚满,窗前数片馀残。冻底潜有鱼翻。东风渐生澜。　　杖策扶半醉,燕寝有馀欢。儿童自捧,皅皅调蜜盈盘。兆丰穰和气,来呈美瑞,莫同轻薄飞絮看。

满 路 花

双眼滟秋波,两脸凝春雪。尊前初见处,琴心绝。千磨百难,石上琼簪折。人非天样阔。车马难通,奈何没个关节。　　深盟密约,啮臂曾流血。须知弦断有,鸾胶接。别离日久,转觉归心切。先把新词说。憔悴相容,怕伊相见难别。

解 语 花

星桥夜度,火树宵开,灯月光交射。翠檐铜瓦。相辉映、隐隐绛霞飘下。风流艳雅。向柳陌、纤纤共把。筵宴时、频酌香醪,宝鸭喷沉麝。　　已是欢娱尽夜。对芳时堪画,条倡叶冶。鸳灯诗帕。嬉游看、到处骤轮驰马。十千换也。惟好事、寸心难谢。听九衢、三市行歌,到晓钟才罢。

六么令　壬寅四月,扶病外邑催租,寄内

道骨仙风,本自无寒燠。谁教勉从人事,风雨充梳沐。酒病从来屡作,汤药宜谙熟。五穷难逐。折腰升斗,辜负当年旧松菊。　　今岁重更甲子,已是难题目。那更频陪俎宴,几度山颓玉。扶病奔驰外邑,宛转溪山曲。蛛丝应卜。音书频寄,止酒加餐不须嘱。

倒犯 蓝桥

画舫、并仙舟远窥,黛眉新扫。芳容衬缟。佳人在、翠帘深窈。逡巡遽赠诗语,因询屏帏悄。道自有、蓝桥美质诚堪表。倩纤纤、捧芳醑。　　琴剑度关,望玉京人,迢迢天样夐。下马叩靖宇,见仙女、云英小。算冠绝、人间好。饮刀圭、神丹同得道。感向日,夫人指示相垂照。寿齐天后老。

大 酺

渐雨回春,风清夏,垂柳凉生芳屋。馀花犹满地,引蜂游蝶戏,慢飞轻触。院宇深沉,帘栊寂静,苍玉时敲疏竹。雕梁新来燕,恣呢喃不住,似曾相熟。但双去并来,漫萦幽恨,枕单衾独。　　仙郎去又速。料今在、何许停双毂。任梦想、频登台榭,遍倚阑干,水云千里空流目。纵遇双鱼客,难尽写、别来心曲。媚容幸倾城国。今日何事,还又难分媐菽。寸心天上可烛。

玉烛新 梨花

梨花寒食后。被丽日和风,一时开就。濛濛雨歇,香犹嫩、渐觉芳心彰漏。墙头月下,似旧日莺莺相候。纤手为、攀折翘枝,轻盈露沾红袖。　　风流出浴杨妃,向海上何人,更询安否。百花任斗。应粉艳、未减杏粗梅瘦。肤丰肉秀。□可与群芳推首。□方待、酺饮花前,轻歌缓奏。

花犯 桃花

百花中,夭桃秀色,堪餐作珍味。武陵溪上,□宋玉墙头,全胜姝丽。去年此日佳人倚。凝情心暗喜。恨未得、合欢鸳帐,归来犹半

被。　　　寻春记前约因□,题诗算怎耐、相思憔悴。攀玩对、东君
道,莫教轻坠。尖纤向、鬓边戴秀,芳艳在、多情云翠里。看媚脸、
与花争好,休夸空觅水。

丑奴儿 梅花

冰姿冠绝人间世,傲雪凌霜。蕊点檀黄。更看红唇间素妆。
清芬不是先桃李,桃李无香。迥出林塘。万木丛中独秉阳。

水龙吟 木樨

腻金匀点繁英,好风更与花为地。梅魂蕙魄,素馨□长,酴醾请避。
拍塞清香,远闻十里,如何藏闭。笑东篱嫩菊,空攒细蕊,只供得、
重阳泪。　　　争似青青叶底。傍西窗、时复轻吹。玉炉换骨,宝瓶
熏梦,幽人睡起。管领秋光,留连佳景,几多新意。怕姮娥、不□蟾
宫桂种,□高枝比。

六　　丑

叹浓欢易散,便忍把、恩情抛掷。怎时寸心,惟思生翅翼。别后踪
迹。不定如萍泛,暂抛江沔,又留连京国。芳容料见尤光泽。共赏
青楼,同游绮陌。皆曾痛怜深惜。纵鳞鸿托意,云水犹隔。　　　兰
房深寂。映轻红淡碧。翠竹名花底、同燕息。杯盘屡肯留客。见
真诚厚爱,意深情极。乌纱翦为新冠帻。谁知道、荏苒尘埃带抹,
任他倾侧。朝云信、且候潮汐。但寸心、未改伊人在,应须近得。

虞　美　人

层层楼阁薰风暖。花裹香苞短。清芬不逐火云消。看了一重姿
媚、一重娇。　　　几回池上寻芳径。惊见波中影。似将千叶再苞

封。肠断昭阳一笑、付飞鸿。

又 红莲

小池芳蕊初开遍。恰似新妆面。扁舟一叶过吴门。只向花间高卧、度朝昏。　　浮萍点缀因风絮。更共鸳鸯语。花间有女恰如云。不惜一生常作、采花人。

兰陵王 渔父

翠竿直。一叶扁舟漾碧。澄江上、几度啸日迎风,怡怡钓秋色。渔乡共水国。都属沧浪傲客。烟波外,风笠雨蓑,才掷丝纶便千尺。　　飘然去无迹。恣脚扣双船,帆挂轻席。盈钩香饵鱼争食。更拨棹蕸岸,放篙菱浦,才过新栅又旧驿。占江南江北。　　堪恻。利名积。算纵有豪华,难比清寂。须知此乐天无极。有一斗芳酒,数声横笛。芦花深夜,半醉里、任露滴。

蝶恋花 柳

腊尽江南梅发后。万点黄金,娇眼初窥牖。曾见渭城人劝酒。嫩条轻拂传杯手。　　料峭东风寒欲透。暗点轻烟,便觉添疏秀。莫道故人今白首。人虽有故心无旧。

又

初过元宵三五后。曲槛依依,终日摇金牖。瘦损舞腰非为酒。长条聊赠垂鞭手。　　几叶小梅春已透。信是风流,占尽人间秀。走马章台还举首。可人标韵强如旧。

又

寂寞春残花谢后。落絮轻盈,点点穿风牖。浓绿阴中人卖酒。凉
生午扇都停手。　　叶密啼莺飞不透。要咏清姿,除是凭才秀。
往日周郎为唱首。今将高韵重翻旧。

又

百卉千花都绽后。浥露依风,翠影笼芳牖。杏脸桃腮匀著酒。青
红相映如携手。　　一段帘丝风约透。妆点亭台,表里俱清秀。
几度长堤频矫首。青青颜色新如旧。

西河 岳阳

形势地。岳阳事见图记。因山峭拔耸孤城,画楼涌起。楚吴巨泽
坼东南,惊涛浮动空际。　　半天楼栏翠倚。记原本作"玉",疑应作
"汜"人凤舸难系。空馀细草没章华,但存故垒。二妃祠宇隔黄陵,
精魂遥接云水。　　蟹鱼橘柚渐上市。是当年、屈宋乡里。别有
老仙高世。袖青蛇屡入,都无人对。唯有枯松城南里。

三部乐 榴花

浓绿丛中,露半坼芳苞,自然奇绝。水亭风槛,正是蘸宾之月。固
知道、春色无多,但绛英数点,照眼先发。为君的皪,尽是重心千
叶。　　红巾又成半蹙。试寻双寄意,向丽人低说。但将一枝,插
著翠环丝髪。映秋波、艳云近睫。知厚意、深情更切。赏玩未已,
看叶下、珍味还结。

菩　萨　蛮

吟风敲遍阑干曲。极目澄江千顷绿。长笛下扁舟。一声人倚楼。
　　床头醅正发。帐底人如雪。月色夜来看。可堪霜信寒。

品令　咏棋

日长风静。浓香在、珠帘花影。棋具对著明窗近。未排角势,鸦鹭
先分阵。　　双叠远山非有恨。正藏机休问。便如喝采争堂印。
局番无定。有幸君须尽。

玉　楼　春

笔端点染相思泪。尽写别来无限意。只知香阁有离愁,不信长途
无好味。　　行轩一动须千里。王事催人难但已。床头酒熟定归
来,明月一庭花满地。

满　路　花

愁得鬓丝斑,没得心肠破。上梢恩共爱,忒过火。一床锦被,将为
都包裹。刚被旁人隔,不似鸳鸯,等闲常得双卧。　　非无意智,
触事须偏左。那堪名与利,相羁锁。一番记著,一夜还难过。伊还
思念我。等得归来,恁时早早来呵。以上博增湘校江标宋元十五家词本和
清真词

陈　郁

　　郁字仲文,号藏一,临川人。理宗时,充缉熙殿应制,又充东官讲堂
掌书。

声声慢 应制赋芙蓉、木樨

澄空初霁,暑退银塘,冰壶雁程寥寞。天阙清芬,何事早飘岩壑。花神更裁丽质,涨红波、一奁梳掠。凉影里,算素娥仙队,似曾相约。　　闲把两花商略。开时候、羞趁观桃阶药。绿幕黄帘,好顿胆瓶儿著。年年粟金万斛,拒严霜、绵丝围幄。秋富贵,又何妨、与民同乐。

按此首词谱卷二十七误作陈合词。　　　　　　　　　　　　　·

宝　鼎　现

虞弦清暑,佳气葱郁,非烟非雾。人正在、东闱堂上,分瑞祥辉腾翠渚。奉玉斝,总欢呼称颂,争羡神光葆聚。庆诞节、弥生二佛,接踵瑶池仙母。　　最好英慧由天赋。有仁慈宽厚襟宇。每留念、修身忱意,博问谦勤亲保傅。染宝翰、镇规随宸画,心授家传有素。更吟咏、形容雅颂,隐隐赓歌风度。　　恩重汉殿传觞,宣付祝、恭承天语。对南薰初试,宫院笙箫竞举。但长愿,际升平世,万载皇基因睹。问寝日,俟鸡鸣舞拜,龙楼深处。

按此首词谱卷三十八误作陈合词。

绛　都　春

晴天媚晓。正禁苑乍暖,莺声娇小。柳拂玉阑,花映朱帘韶光早。熙朝多暇舒长昼。庆圣主、新颁飞诏。贻谋恩重,齐家有训,万邦仪表。　　偏称宫闱欢笑。酿和气共结,天香缭绕。侍宴回车,韶部将迎金莲照。鸡鸣警戒丁宁了。但管取、咸常同道。东皇先报宜男,已生瑞草。以上三首见随隐漫录卷二

念　奴　娇

没巴没鼻，霎时间、做出漫天漫地。不论高低并上下，平白都教一
例。鼓动滕六，招邀巽二，一任张威势。识他不破，只今道是祥瑞。

却恨鹅鸭池边，三更半夜，误了吴元济。东郭先生都不管，关
上门儿稳睡。一夜东风，三竿暖日，万事随流水。东皇笑道，山河
原是我底。钱塘遗事卷四

按此首草木子卷四上误作文及翁词。

冯伟寿

伟寿字艾子，号云月，取洽子。

玉连环　忆李谪仙

谪仙往矣，问当年、饮中俦侣，于今谁在。叹沉香醉梦，胡尘日月，
流浪锦袍宫带。高吟三峡动，舞剑九州隘。玉皇归觐，半空遗下，
诗囊酒佩。　　云月仰挹清芬，揽虬髯、尚友千载。晋宋颓波，羲
皇春梦，尊前一慨。待相将共蹑，龙肩鲸背。海山何处，五云暧暧。

春风袅娜　春恨　黄钟羽

被梁间双燕，话尽春愁。朝粉谢，午花柔。倚红阑故与，蝶围蜂绕，
柳绵无数，飞上搔头。风管声圆，蚕房香暖，笑挽罗衫须少留。隔
院兰馨趁风远，邻墙桃影伴烟收。　　些子风情未减，眉头眼尾，
万千事、欲说还休。蔷薇露，牡丹球。殷勤记省，前度绸缪。梦里
飞红，觉来无觅，望中新绿，别后空稠。相思难偶，叹无情明月，今
年已是，三度如钩。

春云怨 上巳 黄钟商

春风恶劣。把数枝香锦,和莺吹折。雨重柳腰娇困,燕子欲扶扶不
得。软日烘烟,乾风吹雾,芍药荼蘼弄颜色。帘幕轻阴,图书清润,
日永篆香绝。　　盈盈笑靥宫黄额。试红鸾小扇,丁香双结。团
凤眉心倩郎贴。教洗金罍,共看西堂,醉花新月。曲水成空,丽人
何处,往事暮云万叶。

云仙引 桂花 夹钟羽

紫凤台高,红鸾镜里,霏霏几度秋馨。黄金重,绿云轻。丹砂鬓边
滴粟,翠叶玲珑烟剪成。含笑出帘,月香满袖,天雾萦身。　　年
时花下逢迎。有游女、翩翩如五云。乱掷芳英,为簪斜朵,事事关
心。长向金风,一枝在手,嗅蕊悲歌双黛颦。绕临溪树,对初弦月,
露下更深。

眼儿媚 春情

自颦双黛听啼鸦。帘外翠烟斜。社前风雨,已归燕子,未入人家。
　　鞋儿试著无人看,莫是忒宽些。想它楼上,闷拈箫管,憔悴莺
花。

木兰花慢 和答玉林韵

酒醒人世换,碧桃靓、海山春。任青鸟沉沉,紫鳞杳杳,有玉林人。
宫袍掉头未爱,爱荷衣、不染市朝尘。仙梓蓬莱翰墨,云间鸾凤精
神。　　笑呼银汉入金鲸。琼苑自由身。羡咳唾成章,香薰花雾,
音和韶钧。六丁夜来捧去,便天人、也自叹尖新。那得金笺飞洒,
浩歌飞步苍旻。以上六首见中兴以来绝妙词选卷十

存　目　词

按刘毓盘辑云月词有冯伟寿踏莎行"殢酒情怀"一首,乃无名氏
作,见阳春白雪卷七。

陈无咎

　　无咎号龙坛居士。

失　调　名

一年一度春来,何时是了。花落花开浑是梦,只解把人引调。可怜
浮世,等闲过日,却不识,绿水青山,四时都好。　　遇笔题诗,逢
人饮酒,世间万事,看尽多多少少。怎得似、羽扇纶巾,云屏烟障,
几曾受些儿烦恼。便乘风归去小蓬莱,听门外、猿啼鹤啸。爱日斋丛
钞卷四

陈草阁

沁　园　春

霜剥枯崖,何处邮亭,玉龙夜呼。唤经年幽梦,悠然独觉,参横璇
汉,漏彻铜壶。漠漠风烟,昏昏水月,醉耸诗肩骑瘦驴。孤吟处,更
寻香吊影,搔首踟蹰。　　古心落落如予。悄独立高寒凌万夫。
对荒烟野草,浅溪沙路,班荆三嗅,此意谁如。高卧南阳,归来彭
泽,借问风光还似无。难穷处,待凭将妙手,作岁寒图。全芳备祖前集
卷一梅花门

徐介轩

木　兰　香

一帘疏雨。道是无情还有思。坐久魂销。风动珠唇点点娇。
生平浩气。静乐机关随处是。熏透寒衾。蝴蝶休萦万里心。 全芳
备祖前集卷七海棠门

章耐轩

步蟾宫 原作鹊桥仙,误,据律改

未开大如木犀蕊。开后是、梅花小底。翛然只欲住山林,肯容易、
结根城市。　　叶儿又与冬青比。算何止、香闻七里。不因山谷
品题来,谁知道、是水仙兄弟。 全芳备祖前集卷二十一山礬花门

昭顺老人

浣　溪　沙

的䃈堪为席上珍。银铛百沸麝脐熏。萧娘欲饵意中人。　　拈处
玉纤笼蚌颗,剥时琼齿嚼香津。仙郎入口即轻身。 全芳备祖后集卷二
茨门

陈舜翁

南　柯　子

德祖家珍熟, 钱塘五月中。碧梧桐盖翠筠笼。倾向水晶盘内、閧尝
空。　　绛粟成团小, 清甜笑蜜浓。微酸犹解惨人容。最是玉纤
拈处、染轻红。全芳备祖后集卷六杨梅门

洪子大

浪　淘　沙

上苑又春残。樱颗如丹。明光宫里水晶盘。想得退朝花底散, 宣
赐千官。　　往事记金銮。荔子难攀。多情更有酪浆寒。蜀客筠
笼相赠处, 愁忆长安。全芳备祖后集卷九樱桃门

　　按此首又见词综卷十六, 误作李洪子大词。

郑子玉

八 声 甘 州

渐莺声近也, 探年芳、河畔扼轻轮。旋东风染绿, 绵绵平野, 无际烟
春。最苦夕阳天外, 愁损倚阑人。无奈潇湘杳, 留滞王孙。　　冷
落池塘残梦, 是送君归后, 南浦消魂。赖东君能客, 醉卧展香茵。
尽教更、行人远, 也相伴、连水复连云。关山道, 算无今古, 客恨长

新。全芳备祖后集卷十草门

文　珏

虞　美　人

歌唇乍启尘飞处。翠叶轻轻举。似通舞态逞妖容。嫩条纤丽玉玲
珑。怯秋风。　　虞姬珠碎兵戈里。莫认埋魂地。只应遗恨寄芳
丛。露和清泪湿轻红。古今同。全芳备祖后集卷十一虞美人草门

顾　卞

虞　美　人

帐前草草军情变。月下旗旌乱。褪衣推枕惜离情。远风吹下楚歌
声。正三更。　　抚鞍欲上重相顾。艳态花无主。手中莲萼凛秋
霜。九泉归路是仙乡。恨茫茫。全芳备祖后集卷十一虞美人草门

陈景沂

景沂号肥遁,天台人。著全芳备祖前后集。

壶　中　天

江邮湘驿。问暮年何事,暮冬行役。马首摇摇经历处,多少山南溪
北。冷著烟扉,孤芳云掩,瞥见如相识。相逢相劳,如痴如诉如忆。
　　最是近晓霜浓,初弦月挂,傅粉金鸾侧。冷淡生涯忧乐忘,不

管冰檐雪壁。魁榜虚夸,调羹浪语,那里求真的。暗香来历,自家
还要知得。全芳备祖前集卷一梅花门

点 绛 唇

今古凡花,词人尚作词称庆。紫薇名盛。似得花之圣。　　为底
时人,一曲稀流咏。花端正。花无郎病。病亦归之命。全芳备祖前集
卷十六紫薇花门

水 龙 吟

阶前砌下新凉,嫩姿弱质婆娑小。仙家甚处,凤雏飞下,化成窈窕。
尖叶参差,柔枝袅娜,体将玉造。自川葵放后,堂萱谢了,是园苑、
无花草。　　自恨西风太早。逞芳容、紫围绯绕。管里低昂,篦头
约略,空成懊恼。圆胎结就,小铃垂下,直开临□。□凡间谪堕,不
如西帝,曾关宸抱。全芳备祖前集卷二十六金凤花门

松 洲

念奴娇 题钟山楼

麦场桑陇,道都是、六代宫城遗迹。梦里江山经几觉,还似埭旁征
驿。燕去燕来,花开花谢,那个成端的。人烟牢落,晚风何处羌笛。
　　堪叹挥泪新亭,算兴亡莫补、万分之一。到我凭阑,休更向酒
畔,是今非昔。击楫誓清,闻鸡起舞,毕竟英雄得。伤心残照,塔尖
遥露秋碧。景定建康志卷二十一

韩　准

准号鹤山,见宋诗纪事卷七十引诗林万选。

浣　溪　沙

潇洒梧桐几度秋。凤凰飞去旧山幽。风景不殊人物换,恨悠悠。
　　衰草远从烟际合,夕阳空趁水西流。恰好凭楼便回首,怕生
愁。景定建康志卷二十二

　　按景定建康志原题鹤山韩□撰。

王云焕

沁　园　春

四十君王,三百载间,兴亡一家。叹幕府峰高,生涯社燕,胭脂井
暗,富贵飞花。山骨呈羞,江声带恨,磨尽英雄岁月赊。君知否,是
枋头灞上,著数全差。　　倚空长剑吁嗟。奈争战年来似乱麻。
但苍陵古冢,白杨啼鸩,荒园废沼,青草鸣蛙。旗盖东南,风涛天
堑,难比兴亡隙地些。休凝伫,望长安路杳,夕照愁鸦。景定建康志卷
二十二

王　淮

淮,天台人。

满江红 用吴渊吴潜二公韵

踏遍江南,予岂为、解衣推食。漫 "漫" 字原脱,据永乐大典卷二千六百零三
台字韵补赢得、烟波短棹,月楼长笛。看剑功名心已死,积薪涕泪今
谁滴。想中原、一望一伤情,英雄客。　　　形势地,还如昔。谈笑
里,封侯觅。岂有于前代,无于今日。龙豹莫藏韬略手,犬羊快扫
腥膻迹。看诸公、事业卜枭卢,何劳掷。景定建康志卷二十二

叶　润

莺　啼　序

离骚困吟梦醒,访台城旧路。问流水、东入沧溟,还解流转西否。
乌衣梦、浪传故国,晴烟冉冉宫墙树。念吟魂凄断,待随燕子来去。
　　　回首十年,阆锦花场,趁吟云赋雨。可曾对、宝瑟知音,高轩为
谁轻驻。倚东风、愁长笑短,水云深、春江日暮。伴羁怀,唯有征
衫,贮寒半缕。　　　高情谩赋。蕙带兰襟,蛾眉古来相妒。英雄
到、江南易老,后来谁更,风景伤心,泪沾樽俎。登山宴水,横江酹
酒,倾将慷慨酬形势,付兴亡、一笑翻歌舞。独醒难继山公,上马旌
旗动,又还惊起鸥鹭。　　　危亭恨极,落尽寒香,怕道断肠句。有
多少、行星翠点,春浅寒深,孕粉藏香,蝶清蜂瘦。因孤彩笔芳笺,
拟待倩取游丝,系却离绪。旋□□、写入鸣弦柱。曲高调古。更人
何在,谁比和、此幽素。景定建康志卷二十二

张　杜

杜号樗岩。

柳 梢 青

燕里花深,鹭汀云澹,客梦江皋。日日言归,淮山笑我,尘锁征袍。

　　几回把酒凭高。阑干外、魂飞暮涛。只有南园,一番风雨,过了樱桃。景定建康志卷二十二

　　按绝妙好词笺卷六引景定建康志此首作张林词,疑误。

王泳祖

泳祖字乐道,宝祐中沿江制置司机宜文字。

风 流 子

东风长是客,帘枕静、燕子一双飞。看花坞日高,翠阴护晓,柳塘风细,绿涨浮漪。肠断处,渭城春树远,江国暮云低。芳径听莺,暗惊心事,画檐闻鹊,试卜归期。　　小楼凝伫地,疏窗下,几度对说相思。记得菱花交照,素手曾携。有新恨两眉,向谁说破,芳心一点,惟我偏知。休为多情瘦却,重有来时。阳春白雪卷五

刘天游

王琼雅林小藁有与刘天游伯仲夜话雪中戏赠诗。

氐　州　第　一

冰缩寒流,川凝冻霭,前回鹭渚冬晚。燕阁红炉,驼峰翠釜,曾忆花
柔酒软。云海沧洲,甚又寄、南来客雁。洒雪朱门,回桡刬曲,镜华
霜满。　　　万里银霄凝望眼。恁吟袖、画阑空暖。树带潮墟,笳鸣
古戍,簇仲宣幽怨。想愁思、春近也,随宫绣、时宽一线。昨夜扁
舟,梦湖山、眉横黛浅。阳春白雪卷四

柴　望

　　　望字仲山,号秋堂,又号归田,衢之江山人。嘉定五年(1212)生。
嘉熙中,为太学上舍。淳祐丙午元旦日蚀,诏求直言,乃撰丙丁龟鉴十
一卷上之,忤贾似道,诏下府狱。大尹赵与𥲅疏救放归。景炎二年
(1277),以布衣特旨授迪功郎,史馆编校。宋亡,自名宋逋臣。与其从
弟通判随亨、制参元亨、察推元彪,称柴氏四隐。至元十七年(1280)卒,
年六十九。有道州台衣集一卷,凉州鼓吹一卷。

摸鱼儿　丙午归田,严滩褚孺奇席上赋

问长江、几分秋色,三分浑在烟雨。何人折尽丝丝柳,此日送君南
浦。帆且驻。试说著、羊裘钓雪今何许。鱼虾自舞。但一舸芦花,
数声霜笛,鸥鹭自来去。　　　年年事,流水朝朝暮暮。天涯长叹飘
聚。衾寒不转钧天梦,楼外谁歌白纻。君莫诉。君试按、秦筝未必
如钟吕。乡心最苦。算只有娟娟,马头皓月,今夜照归路。

齐天乐　戊申百五王野处酌别

青青杨柳丝丝雨,他乡又逢寒食。几度刘郎,当年曼倩,迢递水村
烟驿。寻踪访迹。正马上相逢,杏花狼藉。惟有沙边,旧时鸥鹭似

相识。　　　天涯流浪最久,十年何所事,幽愫历历。换字鹅归,看梅鹤去,回首征衫泪渍。新欢旧忆。笑客处如归,归处如客。独倚危阑,乱山无数碧。

祝英台　丁巳晚春访杨西村,湖上怀旧

小船儿,双去橹。红湿海棠雨。燕子归时,芳草暗南浦。自从翠袖香消,明珰声断,怕回首、旧寻芳处。　　　向谁语。可怜金屋无人,冷落凤箫谱。翠入菱花,蛾眉为谁妩。断肠明月天涯,春风海角,恨不做、杨花飞去。

阳关三叠　庚戌送何师可之维扬

西风吹鬓,残发早星星。叹故国斜阳,断桥流水,荣悴本无凭。但朝朝、才雨又晴。人生飘聚等浮萍。谁知桃叶,千古是离情。
正无奈、黯黯离情。渡头烟暝,愁杀渡江人。伤情处,送君且待江头月,人共月、千里难并。笳鼓发,戍云平。　　　此夜思君,肠断不禁。尽思君送君。立尽江头月,奈此去、君出阳关,纵有明月,无酒酹故人。奈此去、君出阳关,明朝无故人。

摸鱼儿　宝祐甲寅(按"寅"原作"戌",而宝祐无甲戌。
此据丁氏藏钞秋堂集本改)春赋

这情怀、怎生消遣。思量"量"下原有"也"字,据彊村丛书本秋堂诗徐删只是凄怨。一春长为花和柳,风雨又还零乱。君试看。便杜牧风流,也则肠先断。更深漏短。更听得杜宇,一声声切,流水画桥畔。
人间世,本只阴晴易换。斜阳衰草何限。悲欢毕竟年年事,千古漫嗟修短。无处问。是闲倚帘栊,尽日厌厌闷。浮名尽懒。但笑拍阑干,连呼大白,心事付归燕。

念奴娇 丙辰寄钱若洲

匆匆别去,算别来、又是几番春暮。酒债不偿还似可,负了若干吟句。渭北春天,江南夜雨,总是伤情处。黯然消歇,绿杨一阵莺语。

　　空记十载嬉游,如今墓地,两处成离阻。纵是相逢天涯路,难觅年时欢侣。寄语东君,岁华不驻,谁为留春住。小楼昨夜,东风依旧飞絮。

摸鱼儿 景定庚申会使君陈碧栖

便无他、杜鹃催去,匆匆春事能几。看来不见春归路,飞絮又随流水。留也是。怎禁得、东风红紫还飘坠。天涯万里。怅燕子人家,沉沉夜雨,添得断肠泪。　　嬉游事。早觉相如倦矣。谢娘庭院犹记。闲情已付孤鸿去,依旧被莺呼起。谁料理。正乍暖还寒,未是晴天气。无言自倚。想旧日桃花,而今人面,都是梦儿里。

满江红 别沧洲赵茂仲

载酒何人,登临处、沧洲空阔。凭阑外、晴杨两岸,晚烟泼□。水鸟不知梁燕去,溪山半属冬青阁。有小舟、隐约载歌姝,调新曲。

　　留与去,如何得。风又雨,催行色。共白蘋红蓼,好生飘泊。别后三年重会面,人生几度三年别。正乡心、客梦两绸缪,城头角。

贺 新 郎

满酌西湖酒。觉湖山、依然未老,游人如旧。数过清明才六日,欲暖未晴时候。正画舫、春明波透。记得名园曾驻马,锦鞍鞯、浅映堤桥柳。寻胜赏,重回首。　　不妨旋摘枝头有。喜青青、垂丸带子,脆圆如豆。想是和羹消息近,报与醉翁太守。道玉铉、有人启奏。红药当阶明似锦,觉娇莺、舞燕皆称寿。唱此曲,付红袖。

念奴娇 山河

登高回首,叹山河国破,于今何有。台上金仙空已去,零落逋梅苏柳。双塔飞云,六桥流水,风景还依旧。凤笙龙管,何人肠断"何人肠断"原作"肠断何人",据彊村丛书本秋堂诗馀改重奏。　　　闻道凝碧池边,宫槐叶落,舞马衔杯酒。旧恨春风吹不断,新恨重重还又。燕子楼高,乐昌镜远,人比花枝瘦。伤情万感,暗沾啼血襟袖。以上柴氏四隐集卷一

又

春来多困,正日移帘影,银屏深闭。唤梦幽禽烟柳外,惊断巫山十二。宿酒初醒,新愁半解,恼得成憔悴。鬖鬆云鬓,不忺鸾镜梳洗。　　　门外满地香风,残梅零乱,玉糁苍苔碎。乍暖乍寒浑莫拟,欲试罗衣犹未。鬪草雕阑,买花深院,做踏青天气。晴鸠鸣处,一池昨夜春水。

　　　按此首别误作尚希尹词,见古今别肠词选卷四。

桂 枝 香

今宵月色。叹暗水流花,年事非昨。潇洒江南似画,舞枫飘柞。谁家又唱江南曲,一番听、一番离索。孤鸿飞去,残霞落尽,怨深难托。　　　又肠断、丁香画雀。记牡丹时候,归燕帘幕。梦里襄王,想念王孙飘泊。如今雪上萧萧鬓,更相思、连夜花发。柘枝犹在,春风那似,旧时宋玉。以上二首见阳春白雪卷五

齐 天 乐

凄凄杨柳潇潇雨,悄窗怎禁滴沥。思里传螿,愁边落雁,多少东吴

山色。知他恨极。料为我窗前,强鸣刀尺。竟日西风,那堪无寐更邻笛。　黄花开遍未也,花开应笑我,年少难觅。灞上长安,河边渭水,都把韶华暗掷。何人碎璧。尚衰草连天,暮烟凝碧。怕说相思,撼枫喧夜寂。阳春白雪卷七

王　玉

王字宁翁。词综补遗卷十一云:柴望秋堂遗稿有石头寺和王宁翁诗。

朝 中 措

杨花绕昼暖风多。晴云点池波。戏数翠萍几靥,零星未碍圆荷。　软人天气,半如溽暑,半似清和。说与香篝缊火,酒痕梅却衣罗。阳春白雪卷七

张　桂

桂字惟月,号竹山。张俊裔孙,曾官大理司直。

菩 萨 蛮

东风忽骤无人见。玉塘烟浪浮花片。步湿下香阶。苔黏金凤鞋。　翠鬟愁不整。临水闲窥影。摘得野蔷薇。游蜂相趁归。

浣 溪 沙

雨压杨花路半乾。蜂遗花粉在阑干。牡丹开尽正春寒。　懒品么弦金雁并,瘦惊双钏玉鱼宽。新愁不放翠眉间。以上二首见绝妙好

词卷六

张　枢

枢字斗南,一字云窗,号寄闲,西秦(今陕西省)人,居临安。善词名
世。

瑞　鹤　仙

卷帘人睡起。放燕子归来,商量春事。风光又能几。减芳菲、都在
卖花声里。吟边眼底。被嫩绿、移红换紫。甚等闲、半委东风,半
委小桥流水。　　　还是。苔痕溜雨,竹影留云,待晴犹未。兰舟静
舣。西湖上、多少歌吹。粉蝶儿、守定落花不去,湿重寻香两翅。
怎知人、一点新愁,寸心万里。

风　入　松

春寒懒下碧云楼。花事等闲休。红绵湿透秋千索,记伴仙、曾倚娇
柔。重叠黄金约臂,玲珑翠玉搔头。　　　薰炉谁熨暖衣篝。消遣
酒醒愁。旧巢未著新来燕,任珠帘、不上琼钩。何处东风院宇,数
声揭调甘州。

南　歌　子

柳户朝云湿,花窗午篆清。东风未放十分晴。留恋海棠颜色、过清
明。　　　垒润栖新燕,笼深锁旧莺。琵琶可是不堪听。无奈愁人
把做、断肠声。

谒　金　门

春梦怯。人静玉闺平帖。睡起眉心端正贴。绰枝双杏叶。　　　重

整金泥蹀躞。红皱石榴裙褶。款步花阴寻蛱蝶。玉纤和粉捻。

庆　宫　春

斜日明霞,残虹分雨,软风浅掠蘋波。声冷瑶笙,情疏宝扇,酒醒无
奈秋何。彩云轻散,漫敲缺、铜壶浩歌。眉痕留怨,依约远峰,学敛
双蛾。　　银床露洗凉柯。屏掩香销,忍扫茵罗。楚驿梅边,吴江
枫畔,庾郎从此愁多。草蛩喧砌,料催织、回文风梭。相思遥夜,帘
卷翠楼,月冷星河。

壶中天　月夕登绘幅堂,与筠房各赋一解

雁横迥碧,渐烟收极浦,渔唱催晚。临水楼台乘醉倚,云引吟情闲
远。露脚飞凉,山眉锁暝,玉宇冰奁满。平波不动,桂华底印清浅。
　　应是琼斧修成,铅霜捣就,舞霓裳曲遍。窈窕西窗谁弄影,红
冷芙蓉深苑。赋雪词工,留云歌断,偏惹文箫怨。人归鹤唳,翠帘
十二空卷。以上六首见绝妙好词卷五

恋　绣　衾

屏绡裛润惹篆烟。小窗闲、人泥昼眠。正雪暖、荼蘼架,奈愁春、尘
锁雁弦。　　杨花做了香云梦,化池萍、犹泛翠钿。自不怨、东风
老,怨东风、轻信杜鹃。

清　平　乐

凤楼人独。飞尽罗心烛。梦绕屏山三十六。依约水西云北。
晓奁懒试脂铅。一绢鸾鬐微偏。留得宿妆眉在,要教知道孤眠。

木 兰 花 慢

歌尘凝燕垒,又软语、在雕梁。记剪烛调弦,翻香校谱,学品伊凉。
屏山梦云正暖,放东风、卷雨入巫阳。金冷红绦孔雀,翠间彩结鸳
鸯。　　　银缸。焰冷小兰房。夜悄怯更长。待采叶题诗,含情赠
远,烟水茫茫。春妍尚如旧否,料啼痕、暗里浥红妆。须觅流莺寄
语,为谁老却刘郎。以上三首见浩然斋雅谈卷下

惜花春起早

琐窗明。词源卷下

失 调 名

金谷移春,玉壶贮暖。

又

拥石池台,约花阑槛。以上见词旨属对

叶隆礼

　　　　隆礼字士则,号渔村,嘉兴人,淳祐七年(1247)进士。为建康府西
厅通判、国子监簿、临安少尹。有契丹国志。

兰陵王　和清真

大堤直。袅袅游云蘸碧。兰舟上,曾记那回,拂粉涂黄弄春色。施
鞏托倾国。金缕尊前劝客。阳台路,烟树万重,空有相思寄鱼尺。
　　飘零叹萍迹。自懒展罗衾,羞对瑶席。折钗分镜盟难食。看

桃叶迎笑,柳枝垂结,萋萋芳草暗水驿。肠断画阑北。　　寒恻。泪痕积。想柱雁尘侵,笼羽声寂。天涯流水情何极。悲沈约宽带,马融怨笛。那堪灯幌,听夜雨,镇暗滴。阳春白雪卷七

家铉翁

铉翁号则堂,眉州人。生嘉定六年(1213)。以荫补官,赐进士出身。历端明殿学士、签书枢密院事。宋亡,守志不仕,改馆河间。至元三十一年放还,时年八十二。

水调歌头 题旅舍壁

瀛台居北界,觌面是重城。老龙蹲踞不动,潭影净无尘。此地高阳胜处,天付仙翁为主,那肯借闲人。暂挂西堂锡,仍同旦过宾。

六年里,五迁舍,得比邻。儒馆豆笾于粲,弦诵有遗音。甚喜黄冠为侣,更得青衿来伴,应不叹飘零。夜宿东华榻,朝餐泮水芹。

念奴娇 中秋纪梦

神仙何处,人尽道、我州三神之一。为问何年飞到此,拔地倚天无迹。缥缈琼宫,溟茫朱户,不与尘寰隔。翩然鹤下,时传云外消息。

露冷风清夜阑,梦高人过我,欢如畴昔。道骨仙风谁得似,谈笑云生几席。共踏银虬,追随绛节,恍遇群仙集。云韶九奏,不类人间金石。

又 送陈正言

南来数骑,问征尘、正是江头风恶。耿耿孤忠磨不尽,惟有老天知得。短棹浮淮,轻毡渡汉,回首艎棱泣。缄书欲上,惊传天外清跸。

路人指示荒台，昔汉家使者，曾留行迹。我节君袍雪样明，俯
仰都无愧色。送子先归，慈颜未老，三径有馀乐。逢人问我，为说
肝肠如昨。以上则堂集卷六

石正伦

正伦号瑶林，官帅干。

清　平　乐

香摇穗碧。梅巧红酥滴。云涴宝钗蝉坠翼。娇小争禁酒力。
绣窗芳思迟迟。无端又敛双眉。贪把兰亭学字，一冬忘了弹棋。
阳春白雪卷四

绮寮怨 宫人斜吊古

绿野春浓停骑，暖风飘醉襟。渐触目、景物凄悲，花无语、曲径沉
沉。重檐缭垣静锁，丹青暗、断轴尘半侵。叹绛纱、玉臂封时，何期
掩、夜泉流恨深。　　已矣霜凋蕙心。兰昌旧事，云容好信难寻。
伫立孤吟。怕凤履、有遗音。今宵珮环奏月，知倦客、苦登临。惊
飞翠禽。松杉弄碎影、晴又阴。阳春白雪卷六

渔　家　傲

春入桃腮生妩媚。妆成日日行云意。贪听新声翻歇指。工尺字。
窗前自品琼箫试。　　玉碾鸾钗珠结桂。金泥络缝乾红袂。从把
画图夸绝世。金莲地。六朝未识双鸳细。阳春白雪卷七

霓裳中序第一

凭高快醉目。翠拂遥峰相对簇。千丈涟漪泻谷。爱溶漾坠红，染

波芬馥。何人笑掬。想温泉、初卸绡縠。春风荡，六宫丽质，那日赐汤沐。　　双浴。绣凫飘逐。恍记展、江南数幅。而今鬓边渐鹄。阮洞音稀，懒访仙躅。系船桥畔宿。听静夜、泠泠奏曲。长安远，渭流香腻，暗忆晓鬟绿。阳春白雪卷八

陈　著

著字子微，号本堂，鄞县人。嘉定七年(1214)生。宝祐四年(1256)进士。官著作郎，出知嘉兴府。忤贾似道，改临安通判。有本堂集。大德元年(1297)卒，年八十四。

宝鼎现 寿京尹曾留远侍郎渊子

玉宸凝眷。要得培□，神皋根本。天赋与、经纶好手，门外红尘谈笑遣。任草色、遍空庭交翠，月往风来自便。便纸帐、时供小憩，长理灯窗公案。　　五行俱下流光电。笔如神、毫髪都见。是则是、霜严雪劲，到底春风生意满。唤得应、雨和晴恰好，旗舞舣艘百万。更社鼠城狐扫影，雁鹜惊人避箭。　　最是满腹精神，担负处、浑身皆胆。又谁知、条理元在，规模里面。天下事、又何难办。待副苍生愿。渺宇宙、多少关心，留取功名久远。

真珠帘 寿孙古岩

纶巾古貌尘寰表。风流处、别是英雄才调。胸次著乾坤，触景皆诗料。金碧楼台新筑就，傍翠麓、旋添花草。仙棹。更逍遥来访，十洲三岛。　　遮眼富贵人多，算如公有子，人间应少。看膝下功名，共月林清皎 西倅厅堂。象简绯袍亲侍策，且胜赏、先春独笑 二亭名。都道。馆中书就养，云翘偕老。

大酺 寿江东运使陆云西集撰

把雪冰心,钧韶手,飞上青云时早。红尘难染著,十年前曾坐,凤池鳌岛。晕锦锵环,重金压带,相去能争多少。从容何心问,到如今都领,绣春花草。算耐处光阴,淡中滋味,世人那晓。 笺天新有稿。要归去、盘礴山阴道。便整顿、随琴霜鹤,带石秋兰,约松乔、倚风清啸。争奈俞音杳。明月棹、又还停了。但珍重、经纶料。时来须做,休管急流人笑。功名尽迟尽好。

又 寿沿江大制使观文马裕斋同知

问大江东,长淮上,缘分如何修到。轻裘还熟局,第三番又是,五年春了。菜饭工夫,露香心事,惟靠天公分晓。林泉琴书梦,算飞笺觅去,不知多少。奈雅意难酬,又还留住,口衔新诏。 都无他嗜好。玉麟静、公事供谈笑。满眼是、风花飘忽,惟有长松,雪霜里、插天苍老。休忆家山好。安乐处、便成蓬岛。正春雨、秧畦饱。边城如画,处处绿杨芳草。青溪不妨寄傲。

又 寿王修斋枢密

自有乾坤,扶人极,宗主须还人物。今为何时节,满红尘富贵,絮花飘忽。抵障狂澜,提携正印,一柱天擎突兀。平生分明处,是从容处□,不差毫髪。把朝市山林,一般看了,无边风月。 深衣清到骨。紫枢府、谁信曾簪笏。炊脱粟、黄鸡白酒,补菊栽梅,碧溪绕、竹篱茅屋。无限轻描貌。都说道、诏书催发。想回首、招黄鹄。微微自笑,惟有赤松衣钵。相陪对门石佛。

沁园春 单景山雪中以学佛自夸,因次韵戏抑之

潇洒书斋,香清缕直,灯冷晕圆。忽惊窗鸣瓦,霰如筛下,裁冰剪玉,片似花鲜。深怕妨梅,也愁折竹,才作还休亦偶然。更深也,漫题窗记瑞,诗思绵绵。　　　　闻君礼佛日千。浪说道繁华不值钱。想鸳衾底下,都将命乞,蒲龛里畔,未必心安。兜率天宫,清凉境界,总是由心不是缘。雪山上,自有人坐了,不到君边。

又 丁未春补游西湖

出禁城西,湖光自别,唤醒两瞳。有画桥几处,通人南北,绿堤十里,分水西东。问柳旗亭,簇山梵所,空翠烟飞半淡浓。偏奇处,看笙歌千舫,泛绮罗宫。　　　　从容。莫问城中。是则是繁华九市通。奈一番雨过,沾衣泥黑,三竿日上,扑面尘红。那壁喧嚣,这边清丽,咫尺中间复不同。休归去,便舣舟荷外,梦月眠风。

又 寿吴竹溪

潇洒纶巾,风流野服,红尘外身。向南窗听雨,澜翻墨客,北亭恋月,笔走诗神。倚竹听琴,逢花倒槛,更得放晴游冠春。清闲好,算东洲人物,难得如君。　　　　华堂瑞气如云。西风到帘帷才一分。喜星桥鹊语,佳传依旧,缑山鹤舞,仙样翻新。箫玉香中,烛花影里,听取捧觞低祝人。千千岁,看功名事业,都在儿孙。

又 寿六二叔父德光

月旦评中,有如公者,更谁与俦。看纷纷仁意,春风和气,堂堂义事,砥柱中流。已重物轻,身穷道泰,却占人间第一筹。回头笑,彼纷纷名利,过影浮沤。　　　　夷犹。庭户清幽。算此境神仙别一洲。

但烧香挂画,呼童扫地,对山揖水,共客登楼。付与儿孙,只将方寸,此外无求百不忧。宜多寿,自今开八秩,到八千秋。

又 □竹窗纸枕屏

小枕屏儿,面儿素净,吾自爱之。向春晴欲晓,低斜半展,夜寒如水,屈曲深围。消得题诗,不须作画,潇洒风流未易涯。人间世,但此身安处,是十分奇。　　笑他富贵家儿。这长物何为著意□。便绮罗六扇,何如玉洁,丹青万状,都是钱痴。假托伊来,遮阑便了,免得惊风侵梦时。何须泥,要物常随我,不物之随。

又 寿应茸芷参政籥

运在东南,温厚气钟,吾茸芷翁。羡槩窗学问,迂斋正印,玉堂词翰,攻媿流风。制胜枢庭,参谋政府,一片平心扶大中。黄扉近,却翻然东顾,归宴方蓬。　　潘舆日奉从容。全胜□貂蝉趋汉宫。如名山镇静,出云相望,大川渟蓄,有水皆宗。吾道胚腪,诸贤命脉,阴受春风和气浓。宜多寿,与瑶图同庆,绿竹歌公。

又 寿竹窗兄

吾竹窗兄,吾能评者,只将竹看。是丹山佳气,胚腪茂直,嵩溪润脉,滋养清坚。雪虐霜凌,风饕雨恶,撼顿侵欺今几年。元无损,这虚心实节,却自依然。　　人间。输此君贤。可曾向红尘里著鞭。称翩翩侣凤,舞依翡翠,昂昂雏鹤,立倚琅玕。动处非情,静中自韵,全得生来潇洒天。须长在,在月窗窗北,石涧东边。

又 寿陈菊坡枢密卓

吾菊坡兄,细观花□,元来一般。是鄮山佳气,胚腪长茂,鄞江润脉,滋养清妍。移傍云霄,浓沾雨露,曾亚百花头上班。谁知道,待芬香透了,收敛东边。　　笑他红紫纷然。算眼底何曾长久看。这秋芳自韵,不争春艳,霜根难老,偏耐风寒。占得清名,尊为寿客,晚节谁能如此全。千千岁,把黄金正色,照映人间。

水龙吟 寿江阃姚橘洲学士希得

玉麟堂上神仙,算来便合归廊庙。天教且住,堂堂裘带,舒舒旗纛。一笑谈中,遍江淮上,太平花草。待金瓯揭了,黄扉坐处,只依此、规模好。　　恰似虹流节后,庆生申、佳期还到。乾坤开泰,君臣相遇,机缘恁巧。谁信苍生,举头凝望,锋车催召。向芜湖,更有无言桃李,愿春风早。

又 寿婺州守赵岩起右撰孟传

玉鳌头上蓬莱,十分好处饶松壑。无边风月,阴阴乔木,重重华葇。秋水门庭,淡交簪履,随宜斟酌。向西风回首,双旌缥缈,从天下、招琴鹤。　　是则阳春有脚。被金华、洞天留著。相传好语,新来初见,分明鼓角。田里相安,袴襦歌了,却来持橐。称年年,橘绿橙黄时节,与松乔约。

瑞鹤仙 寿赵德修检讨必昔

云无心出岫。游戏间、声名掀揭宇宙。红尘事看透。任高官惟有,鹤随诗瘦。溪山如绣。小轩亭、笃新话旧。想时时,梦到家林,但未有归时候。　　知否。分明世界,多少经纶,莫轻回首。平生抱负。金銮殿,有新奏。便相扶君相,从头做去,他又谁能出手。看明年、此日传宣,赐酴醾酒。

摸鱼儿　随湖南安抚赵德修自长沙回至澧港,值其生日

碧油幢、一开藩后,便思量早归去。工夫著紧新城好,风月万家笙
鼓。游宴处。要管领春光,补种花无数。何须更驻。只画了潇湘,
扁舟径发,挥手谢南楚。　　　江帆卸、撑入清溪绿树。家山三两程
路。安排小马随猿鹤,勾引诗朋酒侣。潇洒处。是则是初心,只恐
难留驻。忙须著句。把泉石烟霞,平章一遍,回首凤纶舞。

洞仙歌　次韵花蕊夫人

冰肌玉骨,自清凉无汗。云影髹鬖翠山远。颤金莲缓步,手托珠
帘,风微透,扇底荷花香满。　　　归檐双飞燕,流盼消凝,微带羞红
上娇面。又还黄昏近,一片闲情,天涯去、云也遮阑不断。回首处、
沉思梦时曾,对十二屏山,怕拈秦阮。

又　次韵苏子瞻

冰肌玉骨,自清凉无汗。午梦醒来盼娇满。扇轻拈又放,浅炷兰
薰,微笑处、吹著烟丝散乱。　　　凉亭还独步,曾是凭阑,携手心盟
指云汉。碧云斜阳外,信有如今,音书杳、寸肠千转一作"千百转"。漫
伫立、无言对荷花,看转眼秋风,翠移红换。

念奴娇　咏牡丹

洛阳地脉,是谁人、缩到海涯天角。绿树成阴芳雾底,得见当年台
阁。园杏贵客,海棠姬侍,拥入青油幕。人间那有,风流天上标格。
　　　如困如懒如羞,夜来应梦入,西瑶仙宅。为你闲风轻过去,
□□不教妨却。娇不能行,笑还无语,惟把香狼藉。花花听取,年
年无负春约。

又　献再一兄成室大任

轻衫短帩，几年来、游遍江南江北。扰扰浮生争富贵，金碧楼台满目。厦屋千间，夜床八尺，此理谁能烛。翩然归去，家山是事都足。

　　笑指旧隐逍遥，分猿鹤地，云顶栽花竹。乘兴生涯随处好，卜市心囗新筑。山色窥帘，杏阴依户，门外从尘俗。朱颜雪鬓，清闲十二分福。

又　夏夜流萤照窗

暑天向晚，最相宜、一簇凉生新竹。潇洒轩窗还此景，此景真非凡俗。猿鹤相随，烟霞自在，与我交情熟。人生如梦，个中堪把心卜。

　　休叹乌兔如飞，功名富贵，有分终须足。不管他非非是是，不管他荣和辱。净几明窗，残编断简，且恁闲劳碌。流萤过去，文章如在吾目。

又　寿姚橘州

紧头上立，问如何、犹向清溪盘礴。应为春防须熟局，且借轻裘弹压。野聚晴炊，烟波暖唱，尽出江南北。从容归衮，三年功满棋柝。

　　真个福比南山，谁无富贵，无此团圞乐。锦瑟瑶琴清对处，青紫诸郎参错。楚楚孙枝，温温婿玉，帘幕欢声拍。抠衣小子，寿公也趁龟鹤。

满江红　丁未九月望赏月

落枕鸿声，龙山梦、蓦然惊觉。还堪喜、木樨香底，鹊声翻晓。弄雨未成霜意懒，望寒先怯山容老。最难逢、无一点西风，惊乌帽。

　　竹叶酒，倾杯小。橙蓄鲙，银盆好。称良辰欢宴，及今年少。须信从来黄菊寿,未应便放青霜恼。但看花、日日是重阳,金尊倒。

又　寿庆元西倅孙元实

越水稽山,清明气、钟为人极。影缨早、□中学问,从头施设。不受
尘来霜壁立,常生意处春流活。与世间、别是一规模,师夔契。

仙岛上,分风月。苍梧下,怀冰雪。更双亲犹是,朱颜时节。勋
业要从青鬓上,乾坤如许丹山折。看凤衔、芝诏下层霄,朝金阙。

又　寿小叔母

修茂堂深,芳尘满、沉烟一朵。帘半卷,好风催晓,晴光才破。新润
顿教萱草凹,轻寒未放酴醿过。称鱼轩、容与寿如山,群仙贺。

琴帏底,声调和。庭阶下,儿孙大。喜新来咿喔,又还添个。总
是人生如意处,休将时事关眉锁。趁莺花、时节绮罗筵,年年作。

烛影摇红　寿元实通判母

风月堂中,画屏不动香猊吐。珠翘环拥蕊宫仙,双鬓青如许。相对
童颜寿侣。看庭前、绯袍拜舞。十洲三岛,柳探春时,梅欺雪处。

甲子花周,自从今日重新数。碧瑶杯重翠涛深,笑领飞琼语。
此去华筵喜聚。听传宣、云间紫府。万分如意,凤诏便蕃,香轩容
与。

水调歌头　寿颐斋兄安世

风骨最魁岸,宇宙更宽平。□人皆道,天上南极寿星精。随意后园
花木,满眼家山松竹,尽可适平生。门外底须问,好占菊轩清。

听乡评,义方训,莫如兄。元方既玉就□,更要季方成。不使尘
劳顿挫,他日功名入手,当不负椿庭。不见窦谏议,教子有馀荣。

又　寿陈菊坡枢密卓

身到紫枢府,一蹴凤池间。何妨到头富贵,却自恋家山。多少名缰
利锁,尘满霜髯雪鬓,役役不知还。桃李竞春事,坡菊自清闲。

　绿杨边,门径小,似僧关。吟情饮兴相将,二十载优闲。无限功
名事业,分付儿孙纵靶,青镜尽朱颜。一语劝公酒,天下达尊三。

千秋岁　寿从母夫冯

燕前莺底。一日春犹在。香雾晓,祥云霁。烟交槐影重,风约花尘
卸。当此际。桃源不是人间世。　　彩袖环庭砌。华裾纷珂佩。
欢声洽,童颜醉。金丹功已到,绿髮生须再。萧鼓沸。飞琼来祝千
千岁。

踏莎行　寿季父吉甫

杏苑长春,椿姿耐老。画堂琴幌融融调。生涯分付宁馨儿,西园手
种闲花草。　　露浴明河,风浮素颢。桂花著蕊今年早。佳占端
的在孙枝,明年寿席呪呕笑。

鹊桥仙　次韵舅氏竺九成试黜

云南钟秀,间生人望。底事未成美况。当知大器大成时,更莫叹、
贤关难上。　　前程分定,算来无妄。命达时终不放。且须寄语
甲科人,断不下、一筹中榜。

一剪梅　寿吴景年禩

记得儿时识景年。翕忽光阴,二十馀年。梅边聚首又三年。结得
因缘。五百来年。　　把酒君前欲问年。笑指松椿,当是同年。

愿从今后八千年。长似今年。长似今年。

惜分飞 吴氏馆寄内童氏

筑垒愁城书一纸。雁雁儿将不起。好去西风里。到家分付眉鬟底。　　落日阑干羞独倚。十里江山万里。容易成憔悴。惟归来是归来是。

西江月 寿季父吉甫六十

宝瑟屏金深处,斑衣箫玉香中。人生二美古难逢。杏苑今朝喜共。　　一霎豆花新雨,半帘梧叶清风。年年此景绿尊同。笑指南山称颂。

又 寿吴景年

箫玉和鸣云里,彩衣娱舞风前。好从龟鹤问长年。看取蟠桃结遍。　　事业都随分定,儿孙也靠心传。隐耕窗下腹便便。相去神仙不远。

又 答族侄圭惠扇

当此朱炎火日,恨无玉骨冰肌。问来思欲动凉飔。宝箑荷君相遗。　　如铁又添颜甲,报琼难续声诗。愿言长在奉扬时。似恁团图到底。

小重山 次韵定海赵簿咏梅

松是交朋竹是邻。横枝临水瘦,月黄昏。冲寒香入岭头云。清到底,人共一般清。　　好句更无痕。门前无俗客,不须扃。暂将骚致答花神。从此去,题动玉堂春。

柳梢青　晚凉到季父处观荷,花心已敛,遂赋此

淡淡新妆,盈盈娇态,谁道荷花。料想香肌,不禁畏日,翠盖儿遮。

　　我来胜赏高歌。故敛著、芳心为何。莫是伊花,恨余来晚,欲媚晨霞。

又　寿吴竹溪内

缥缈瑶城。客情春小,本分寒轻。霞佩云裾,步联西母,笑倚飞琼。

　　那堪四美都并。喜气与、祥云共生。自在风流,融融箫玉,楚楚兰馨。

霜天晓角　丙寅十一月七日夜江行,纪今春风雪中送
　　　　　　云西先生陆景西处,伤感不已

江寒雁咽。短棹还催发。曾是玉堂仙伯,相别处、满篷雪。　　此别。那堪说。溯风空泪血。惟有梅花依旧,香不断、夜来月。

　　按此下原有霜天晓角"一声阿鹊"一首,乃无名氏作,另编。

卜算子　次韵舅氏竺九成试黜

一自梦卢头,应学乘裴蹇。元是都门向上人,大用何嫌晚。　　三岁事非遥,三捷功非远。管取微生共此荣,联步云程稳。

又　寿竹窗兄

雨逗一分寒,未放晴光透。绮席春风自十分,畅饮长春酒。　　花气渐薰帘,佳致归诗手。的是诗中陆地仙,左挹浮丘袖。

又 嘲二十八兄

风急雁声高,露冷蛩吟切。枕剩衾寒不耐烦,长是伤离别。　　望得眼儿穿,巴得心头热。且喜重阳节又来,黄菊花先发。

减字木兰花 嘉熙元年七月,如浦城。二十三日,□永康界赵店宿,为喜雨作

浮萍踪迹。又作南东□□客。不奈秋阳。一似朱明赫赫光。惊雷叱雨。料是阿香怜逆旅。好个凉天。称我前程步步便。

又 丁未泊丈亭

夜帆初上。准拟今朝过越上。及到今朝。却被西风挫一潮。丈亭一处。要得纵观赢得住。行止皆天。谁道人生客路难。

如梦令 西湖道中

家在明山南住。身在明山西路。回首碧云端,自笑不如飞鹜。飞去。飞去。飞入明山深处。

又 舟泊咸池

晚泊江湾平处。楚楚蘋花自舞。风蓊雨丝轻,江上潮生船去。看取。看取。湿橹不惊鸥鹭。

捣练子 晓起

花影乱,晓窗明。莺弄春笙柳外声。和梦卷帘飞絮入,牡丹无语正盈盈。

鹧鸪天　和黄虚谷石榴韵

看了山中薜荔衣。手将安石种分移。花鲜绚日猩红妒,叶密乘风翠羽飞。　　新结子,绿垂枝。老来眼底转多宜。牙齿不入甜时样,醋醋何妨荐酒卮。

念奴娇　代人寿外舅

翠云弄晓,芰荷香、微透凉飔帘箔。彩袂蹁跹欢舞处,勾引衔桃双鹤。骤马风前,奔鲸浪里,独有壶天乐。如何不醉,放教杯量宽著。　　消得寿八千春,百分才一,更童颜如渥。听取飞琼含笑道,堪学孩儿书额。舃令骖凫,瑶仙跨凤,喜聚家人酢。心香遥上,也随风过蓬弱。

摸鱼儿　寿虚谷

竹洲西、有人如玉一作“玉丰标、饮冰胸次”,南柯一觉归早。青山绿水亭轩旧,犹有未荒花草。谁信道。又自爱湖光一作“还自要。向郭里寻梅”,买屋三间小。都无长好。但凤跃雄文,蝇书小楷,转老转奇妙。　　人间世,如许年高是少。浮生惟有闲好。回头翻讶磻溪叟,轻把一丝抛了。凉新到。记当日天香,露浴如今老。瑶卮寿晓。称酒到眉间,醺醺醉也,儿女满前笑。

庆春泽　丙申乡人酢赏风花

翔凤阑干,啼鹃院宇,相逢似梦才醒。谁道无情,飞红舞翠欢迎。青春绿髮花前饮,醉自歌、记那时曾。到如今,心事凄凉,怕说芳盟。　　追思艮岳归来后,稳依山护得,雨翻风翎。燕燕莺莺,从他巧舌饶声。翩翩一种天然艳,笑向人、不与春争。羡花花,好岁寒交, 有卧云亭。

又

春困时光, 风流昨梦, 逢花便自醒醒。回首宣和, 宫莺掖燕相迎。归来只恋春山好, 到上林、枉是亲曾。又谁知, 自有蟠松, 相与论盟。　　　　阑干可是妨飞去, 怕惊尘浣却, 翠羽红翎。舞态亭亭, 浑疑暗折韶声。忺人眼处还看破, 道凤来、难与真争。醉扶归, 但见啼鹃, 怨夕阳亭。

水龙吟　代寿贾秋壑

蓬莱风月神仙, 却来平地为霖雨。乾坤清了, 如今多是, 退行一步。寸寸归心, 轻轩娱侍, 竹溪花圃。奈君王眷眷, 苍生恋恋, 那肯放、钱塘渡。　　　　天也知公此意, 问升平、要抽身去。把些夏潦, 和些秋哨, 轻轻缀住。一转移来, 元勋力量, 他谁堪付。待汾阳、了却中书, 别又商量出处。

真珠帘　代寿秋壑母

鱼轩富贵人间少。那堪更、有子雍容廊庙。衮绣当斑衣, 转色难心小。手把乾坤重整顿, 略□□、微生一笑。分晓。是慈闱心事, 如今著到。　　　　帘幕早是寒生, 又橙黄近也, 菊花香了。已劝九霞觞, 春意浓于酒。玉带金鱼欢舞处, 更捷骑、红尘峡□。知否。这花添锦上, 年年重九。

宝鼎现　寿范著林

著林仙叟, 梦境炊得, 才香还觉。回首渺, 觚棱何处, 云与商量浮计小。矮矮屋、半弓来闲地, 也著三花两草。沸眼底、鞭风笠雨, 不满茶边一笑。　　　寿骨奇耸神清峭。散人装、游戏尘表。帘昼永、长留雅伴，吟唾宽飞潇洒料。最好是、瑟和琴同调，眉里相看耐老。更绿草、孙枝可意，谱得家传较早。　　　争指画额儿儿，欢祝处、荷薰吹晓。记兰汤初试，当日风光又到。拚酼饮、任金尊倒。醉把羲娥傲。算万事、都是空花，雪柏霜松镇好。

又　四时怀古春词

问今何日，旧也曾尾，东风鹎鹭。回首念、家山桃李，归去来分闻早赋。梦境里、尽何妨疏散，时趁莺晴信步。是则是、清闲自好，一点心犹怀古。　　　记得平世痴儿女。自灯宵、游了三五。还次第、湖边去也，寒食清明炊未住。是处处、是丹青图画，随意狂歌醉舞。奈蓦被、烟花浪手，一掷残阳孤注。　　　须信乐极悲来，谁道是、曾歌琼树。夕阳亭遗浼，翻得江涛似许。忍望著、□天津路。最是鹃啼苦。算世事、消把春看，还有落花飞絮。

真珠帘　寿元春兄八十策

如梅在壑清标格。襟怀好、又是融融春拍。鸳梦早惊飞，惯一窗岑寂。谱曲裁诗心自在，任雪月、风花需索。奇特。问生涯却道，浮云如得。　　　回首门外黄尘，算何如、稳占溪光山色。八百岁为期，却十分才一。弟自高歌儿自舞，簇小小、榴花筵席。真率。镇无妨欢醉，年年今日。

又　四时怀古夏词

青云玉树南薰扇。京华地、别是潇湘图展。茉莉芰荷香，拍满笙箫院。雪藕盈盈歌袅处，早已带、秋声凄怨。堪叹。把时光轻辇，冰山一片。　　　从古幻境如轮，问铜驼、应是多番曾见。谁把笛吹

凉,总是腔新换。水枕风船空入梦,但极目、波流云远。消黯。更
华林蝉咽,系人肠断。

又 寿内六十

闲居是念随云散。琴帘底、却自平生心满。百二十年期,笑道今才
半。一味齑盐清得瘦,婉娩似、梅花香晚。相伴。老霜松宁耐,溪
山寒惯。　　探借十日前春,小杯盘、也做寿筵模范。绕膝舞斑
衣,有酒从他劝。但任真来浑是处,梦不到、笙歌瑶燕。双健。任
旁人播尽,风流眉案。

金珑子 四时怀古秋词

眼底时光,奈老来、如何奈得秋何。黄叶最多情,天分付、凉意一声
先做。是处著露莎虫,也酸吟相和。新雁想,飞到故都徘徊,未忍
轻过。　　往事是堪唾。红枣信、烽折尽任他。湖山桂香自好,笙
歌舫、沉沉醉也谁拖。可怜瘦月凄凉,把兴亡看破。如今□,但留
下满城□,西风悲些。

玉漏迟 四时怀古冬词

故都冬亦好。风光可是,人间曾有。问雪楼台,肉阵不教寒透。妙
手揽春弄巧,唤得应、千花如绣。灯市酒。笙歌镇似,元宵时候。
　　见说是事都新,但破冻潮声,去来依旧。老梦无情,不到六桥
风柳。回首孤山好景,倩人问、梅花安否。应自瘦。雪霜可能僝
僽。

沁园春 次韵弟茞雪中见寄

天盖西倾,地轴东翻,两年以来。那关中形势,已归勃勃,江南人

马，都是回回。咄咄书空，栖栖问路，岁晚山空风雪催。如何得，与浑家踏遍，雪顶岩隈。　　谁知有客敲推。把世变心烦都说开。道严霜不杀，不成葭苇，冱寒惯耐，方是松梅。万事过前，一场梦里，分付茅柴三两杯。犹痴望，有太平时节，游戏春台。

又

旗盖运迁，衣冠事乖，岂非命来。自黄粱枕觉，分明看破，翠蓬舟近，及早抽回。谁料山深，也同鼎沸，步步危机忙里催。愁无奈，过青山万叠，碧水千隈。　　此愁何计能推。算何日天教眉锁开。记六桥花舫，晴边访柳，孤山草酌，雪后评梅。回首西湖，伤心前事，覆水如何收上杯。东风好，问如今吹入，谁处楼台。

又　次韵刘改之

人生功名，在醉梦中，早须掉头。自南宫一券，尘泥偶脱，前程双毂，日月如流。蕙帐真盟，莱羹馀味，江上归舟谁得留。谁知道，有邵平瓜圃，何日封侯。　　天天又不人由。奈危世山林也有忧。况青冈不助，晋家风鹤，黑云直卷，吴分星牛。分寸残生，万千魔障，他事如今都罢休。关心处，是离离禾黍，故国宗周。

又　次韵侄演自遣

无价韶华，一笑相酬，青钱似苔。奈东风轻劣，催红雨去，西园次第，放绿阴回。老后时光，眉间心事，恰似怕酸人著梅。须知道，有谁能百岁，日日开杯。　　从教世变轮推。也莫问人间春去来。看渊明归了，有形谁役，少陵醉里，无闷堪排。贫贱何妨，风流自别，不是沉沉浊世杯。层霄上，与大鹏盘礴，下视浮埃。

又 和元春兄自寿

人生几何，如何不自，珍重此生。向蠹残字上，甘心抛掷，蜗尖争处，著意丁宁。箭过时光，剑炊世界，谁带经锄谁笔耕。分明似，满一锅汤沸，无处清□。　　输兄。炼得闲成。□无辱无忧无惧惊。但菜羹粝饭，不求他味，芒鞵竹杖，足畅幽情。八十年来，万千看破，胸次春风秋月明。梅花帐，称困眠醒起，无打门声。

又 示诸儿

信书成痴，捱到如今，无生可谋。奈浑家梦饭，谷难虚贷，长年断肉，菜亦悭搜。风雨潇潇，江山落落，死又还生春复秋。八十岁，是这般多活，堪吊堪羞。　　休休。盍自回头。要铁汉须从穷处求。那袁安闭户，恬然僵卧，少陵任妇，长是贫愁。一等清风，千年佳话，蚁蚋看他金谷楼。是是是，笑出门天阔，一片云浮。

水龙吟 牡丹有感

好花天也多悭，放迟留做残春主。丰肌弱骨，晴娇无奈，新妆相妒。翠幕高张，玉阑低护，怕惊风雨。记年时、多少诗朋酒伴，逢花醉、簪花舞。　　那料无情光景，到如今、水流云去。残枝剩叶，依依如梦，不堪相觑。心事谁知，杜鹃饶舌，自能分诉。日西斜，烟草凄凄，望断洛阳何处。

又

百花开遍园林，又春归也谁为主。深黄浅紫，娇红腻白，他谁能妒。似不胜情，醉归花月，梦回云雨。又丰肌、恰被东风摇动，盈盈底、霓裳舞。　　世事纷纷无据。与杨花、飞来飞去。当年斗大，知他

多少,蜂窥蝶觑。金谷春移,玉华人散,此愁难诉。漫寻思,承诏沉
香亭上,倚阑干处。

又 <small>次韵黄蓬轩虚谷咏风花</small>

杜鹃啼正忙时,半风半雨春悭霁。酴醾未过,樱甜初熟,梅酸微试。
一种红芳,九苞真色,舞窗翻砌。自仙樊去后,无人题凤,阑干外、
成孤媚。　　谁信阳春妙手,锦云机、新番裁制。东君冷看,如何
描摸,天然艳美。浑欲乘风,又如羞日,做双飞体。仾骖鸾,称得花
前弄玉,与吟箫婿。

瑞鹤仙 <small>寿王之朝</small>

对南山翠峭。几百年、银青门第转好。梅花弄春小。向重帘暖处,
华筵开早。斑衣簇绕。舞香云、哄堂颂祷。稳生涯、都自心田,自
有老天堪靠。　　应道。□□□□,乐事难逢,可轻过了。鲈肥蟹
健,桑落酒、酿来妙。称瑶卮争劝,襟怀宽放,一点尘嚣不到。但从
今、家庆年年,醉乡里笑。

洞仙歌 <small>寿卢竹溪</small>

清溪带竹,竹外山光抱。新筑浑如图画了。称闲心、管领昨夜天
风,吹送□,端的琅音恰到。　　谁知青云上,鸾凤翱翔,曾把功名
试多少。到如今梦觉,佩著飞霞,浑家问、玉芝瑶草。试冷看、重门
外如何,怎得似,壶中羽衣尘表。

贺新郎 <small>次韵戴时芳</small>

北马飞江过。画图中、花城柳郭,万摧千挫。羌管直惊猿鹤梦,愁
得千山翠锁。有多少、风餐雨卧。回首西湖空溅泪,醉沉沉、轻掷

金瓯破。平地浪,如何舝。　　　君家志气从来大。舞蓝袍、牵丝幕外,肯饶他个。谁料腥埃妨阔步,孤瘦依然故我。待天有情时须可。且占雪溪清绝处,看精神、全是梅花做。嫌暖饱,耐寒饿。

念奴娇 留范景山处有感

晓村深处,记当年、轻被东风吹别。重得相看春雨屋,心事从头细说。深院灯寒,流苏帐暖,曾梦梅花月。如今何在,消凝分付啼鴂。

亭馆飞入腥烟,残香惟有,数朵酴醾雪。旧燕寻巢来又去,也觉双飞声咽。泛梗生涯,空花世界,且做杯中活。可人兰玉,风光还有时节。

又 次韵弟茞

百年光景,算山中、多占人间分数。一片清风梅是主,弹压粗花俗树。小小鱼池,深深莺谷,曲曲香云路。堪诗堪画,是天分付闲处。

闻要跨鹤西游,家林自好,且何妨留驻。趁取酴醾新煮酒,烧笋煎花为具。万事皆空,千金一刻,底用闲愁苦。无情杜宇,笑他催我归去。

又 端午酒边

雨帘高卷,见榴花、应怪风流人老。是则年年佳节在,无奈闲心悄悄。巧扇风轻,香罗雪湿,梦里曾看了。如今溪上,欢盟分付年少。

遍是眉好相宜,呼儿扶著,把菖蒲迎笑。说道浮生饶百岁,能有时光多少。幸自清贫,何妨乐趣,谱入瑶琴调。杯杯酒满,这般滋味谁晓。

绮罗香 咏柳外闻蝉三章

障暑稠阴,梳凉细缕,□□□□□□。露腋玲珑,多少闹中幽趣。
断又续、可是无情,□相送、短长亭路。记春风、曾著莺啼,便娇那
得裛如许。　　　知音人自暗省,凝睇青云影里,黄昏犹伫。一部笙
箫,消得翠腰供舞。堪对景、翻入新妆,鬓影低、衬教眉妩。试回
头、旧日章台,怕听声咽处。

又

裛入风腔,清含露脉,声在丝丝烟碧。破暑吹凉,天付弄娇双腋。
似恋恋、舞翠纤腰,断还续、忍相离拆。最欢时、微雨初晴,夕阳犹
湿淡云隔。　　　新来多少怆感,心怕无情过马,攀条惊著。梦里妆
台,休说听来曾昨。凝伫漫、番节笙音,暗自将、玉阑轻拍。问谁
能、唤起陶潜,醉翁同赋却。

又

霁晓楼台,斜阳渡口,凉腋新声初到。占断清阴,随意自成宫调。
看取次、颤引薰风,想无奈、露餐清饱。有时如、柔裛篆丝,忽如笙
咽转娇妙。　　　谁知忧怨极处,轻把宫妆蜕了,飞吟枝杪。耳畔如
今,凄感又添多少。愁绪正、萦绕妆台,怎更禁、被他相恼。送残
音、立尽黄昏,月明深院悄。

满江红 次吕居仁韵

梦里京华,忽听得、庭花遗曲。到醒来、愁满东风山屋。春事已非
空结绮,晓班无分随群玉。想天涯、沦落杜秋娘,攒眉绿。　　　谁
能顾,荒芜菊。谁能问,平安竹。任时光流转,都成虚辱。无可奈

何天地隘，只饶走得溪山足。但逢人、相问麦青青，何时熟。

烛影摇红 _{寿族叔父衡之八十铨}

吾菊山翁，鹤骖来自蓬云界。平铺心地有天知，楚楚生兰茞。膝下青衫舞拜。更参差、斑衣戏队。清闲无事，门外从他，惊尘飞隘。

寿八千年，百分才一朱颜耐。何妨长主翠嵩春，酒约诗盟在。家庆堂前欢会。领霞卮、醮红浅带。是人说道，真吕先生，风流潇洒。_{常裹吕公巾。}

又 _{寿内子}

潇洒琴帘，月灯归后新谐好。青云香里共清风，消得金花诰。争奈天颠地倒。好光阴、都惊散了。更听人说，七七年时，多多烦恼。

捱到如今，信知空挂闲怀抱。天于贫处最饶人，鞏也翻成笑。牢闭柴门自好。对梅花、杯盘草草。满前儿女，耐后夫妻，齑盐偕老。

又 _{寿声仲}

双杏堂深，山明水秀潆洄著。稳铺心事做平生，不买鞏眉错。是则苍髯白髪。笑微微、朱颜自渥。一团春意，半隐风流，他谁能学。

六十年华，又从今起新花甲。葵榴初艳芰荷香，争赴开筵约。家庆真堪恣乐。碧瑶杯、须拚满酌。瑟琴声里，弟劝兄酬，儿歌孙拍。

声声慢 _{次韵黄子羽咏风花}

珍丛凤舞，曾是宣和，春风送归禁幄。翠浅红深，婉娩步空金落。腥尘未飞动处，是先知、早辞华萼。好在□，四并难多少，怨怀无托。　　猛拍阑干谁会，浮世事、悠悠白云黄鹤。有酒当花，休得是今非昨。花犹百年宁耐，算人生、能几欢乐。又匆匆，醉梦里、春去不觉。

祝英台近 次韵前人咏盘莲

小盆池,新压藕,翠盖已擎雨。巧弄红妆,明艳便能许。自怜华发萧萧,风流无分,醉时眼、何妨偷觑。　　黯然伫。回首今是何时,逢花笑还语。梦里西湖,双落泪如缕。斜阳十里烟芜,六桥风浪,有谁掉、采莲舟去。

江城子 中秋早雨晚晴

中秋佳月最端圆。老痴顽。见多番。杯酒相延,今夕不应悭。残雨如何妨乐事,声淅淅,点斑斑。　　天应有意故遮阑。怕人间。等闲看。好处时光,须用著些难。直待黄昏风卷霁,金滟滟,玉团团。

又 重阳酒边

人生难满百年心。得分阴。胜千金。吹帽风流,时节又相寻。回首赐萸休说梦,真率具,自山林。　　逢迎一笑且开襟。酒频斟。量犹禁。相劝相期,长健似如今。醉也从他儿女手,争把菊,满头簪。

又 七夕风雨

纷纷都说会双星。鹊桥成。凤骖迎。风雨凄凉,何故锁苍冥。儿女空愁谁解意,须道我,试来听。　　人间天上不同情。最无凭。是柔盟。应怪痴人,虚妄做浮生。正值楼台多簇燕,教没兴,不开晴。

又 元宵书怀

笼街弹压上元灯。满瑶城。簇珠星。老矣如今,谁记旧来曾。眼底相逢惟有月,空对面,若为情。　　残生消不尽蔍茎。瘦棱棱。困腾腾。扶起眉间,杯酒酹寒檠。也为风光陪一笑,心下事,梦中惊。

又 重午书怀

年年端午又今朝。鬓萧萧。思摇摇。应是南风,湘浦正波涛。千古独醒魂在否,无处问,有谁招。　　何人帘幕倚兰皋。看飞桡。夺高标。饶把笙歌,供笑醉陶陶。孤坐小窗香一篆,弦绿绮,鼓离骚。

青玉案 次韵戴时芳

钱塘江上潮来去。花落花开六桥路。三竺三茅钟晓暮。当年梦境,如今故国,不忍回头处。　　他谁做得愁如许。平地波涛挟风雨。往事凄凄都有据。月堂笑里,夕亭话后,自是无人悟。

又

青山流水迢迢去。总是东风往回路。送得春来春又暮。莺如何诉。燕如何语。只有春知处。　　时光渐渐春如许。何用怜春怕红雨。到处空飞无实据。花开也好,花飞也好,此意须双悟。

渔家傲 次前人

浪麦风微花雾扫。痕沙水浅溪桥小。属玉双双飞杳杳。山宽绕。新晴绣得春分晓。　　独立无言心事渺。曾将宇宙思量了。世变何涯人已老。休烦恼。林泉况味终须好。

又

山弄夕辉眉淡扫。溪分新水支流小。醉梦风光凝望杳。云树绕。杜鹃怨处谁能晓。　　浮世悠悠波渺渺。蜗争何事何时了。天为无情方不老。休苦恼。随缘诗酒清闲好。

踏莎行 中秋

豆雨空晴，桂花风静。碧虚飞上圆明镜。谁能唤起秃翁吟，只应笑得嫦娥醒。　　可奈良宵，不堪残境。强拚一醉偷光景。夜凉渐搅雪霜心，昏眵犹认山河影。

卖花声 立春酒边

残梦腾腾。好鸟一声呼醒。小窗明、萧萧鬓影。当年头上，惯曾簪幡胜。到如今、有谁怀省。　　东风著面，却自依然相认。哄痴儿、饮声弄景。盘蔬杯酒，强教人欢领。也微酣、带些春兴。

鹊桥仙 次韵元春兄

兄年八十，弟今年几，亦是七旬有九。人生取数已为多，更休问、前程无有。　　家贫是苦，算来又好，见得平生操守。杯茶玩水也风流，莫负了、桂时菊候。

蝶恋花 次韵黄子羽重午

世变无情风挟雨。长夜漫漫，何日开晴午。白髮萧疏惊岁序。儿嬉漫说重重午。　　粒啄偷生如抟黍。过计何须，负郭多南亩。曾著宫衣沾雨露。如今掩袂悲湘浦。

虞美人 次韵人咏菊

故园处处都荒雨。寂寞蜗书户。人间春事杏桃花。独有诗人依旧、菊为家。　　老来犹解高叉手。遥上花前寿。华颠无分插花枝。乞取霜根风月、送将归。

浪淘沙 与前人

有约泛溪篷。游画图中。沙鸥引入翠重重。认取抱琴人住处,水浅山浓。　　一笑两衰翁。莫惜从容。瓮醅灰芋雪泥菘。直到梅花飞过也,桃李春风。

又 留城

记得去年时。采菊东篱。眉间一笑捧花枝。说道愿如花不老,交劝双卮。　　又是菊花期。客况谁知。便无风雨也凄凄。白发夫妻时节酒,堪几参差。

又 立春日卖春困

窗影弄晴红。欢笑成丛。一声春困到衰翁。回首太平儿戏事,雨过云空。　　人世暗尘中。如梦方浓。也须留取自惺憁。试问若教都困了,谁管春风。

又 示吴应奎

迟饭甑炊红。青蕲蔬丛。鸡声邻里狎田翁。兵后故人能有几,岁晚江空。　　谁信淡交中。依旧情浓。白头青眼转惺憁。相见莫教轻别去,负月孤风。

又 次韵示弟观

春事紫和红。蜂蝶争丛。消磨多少看花翁。不用借他炊黍枕,何梦非空。　　茅屋莱畦中。村瓮醅浓。醉时啼鸟唤惺憁。不道白头添一岁,舞月歌风。

又

年事夕阳红。霜满髯丛。摩挲苍藓石婆翁 在京口夹冈。能见几人曾百岁，一笑书空。　　回首棣华中。消得春浓。平生心事两惺憁。杖屦相从须放密，山月溪风。

糖多令 九月留城书怀

雁阵晓来霜。鸦村夕照黄。满人间、风景凄凉。幸有菊窗堪一醉，争又滞、水云乡。　　沽酒也三行。邀风与较量。便明朝、吹送归航。趁得老盆新熟信，日日是、我重阳。

又 次前韵范纯甫留饮

蟹熟晕橙霜。蛆浮染菊黄。淡交情、都没炎凉。说道白头难会面，留一日、醉中乡。　　世事与轮行。时光逐寸量。任人间、涛海风航。拜了老庞归去也，高著枕、卧南阳。

又 城归泊湖山

倦枕寄渔乡。篷低被怯霜。月窥人、多少思量。自是欲眠眠不稳，禁听得、雁声双。　　和梦早催行。归来梅竹窗。小柴门、分破闲忙。翻笑白云飞不定，谙得静、憩诗床。

行香子 次韵元春兄

吾辈么麼。休叹蹉跎。得闲时、且逐时过。人间名利，都是浮华。但退如进，失如得，少如多。　　谁信生来，从髪尖磨。到如今、方见霜涯。算天亦自，无奈吾何。是饥能忍，寒能耐，老能歌。

恋绣衾 寿内子

梅窗归坐几岁寒。老生涯、寂寞自便。最喜得、双双健,与粗茶、淡饭结缘。　　眉前把酒深深劝,这时光、惟有靠天。看许大、痴儿女,且随宜、笑到百年。

西江月 书怀

老去坐来睡重,病多吟得诗悭。有时忽自拍阑干。一点心随天远。　　柳絮飞从何处,莺声啼破空山。春风依旧满人间。不奈双鬟闲管。

又 寿王之朝

华胄银青气脉,仙风斑白鬖眉。儿孙玉雪满庭帏。家庆人间难比。　　浮世事等云过,平生心有天知。举杯相约小春时。岁岁梅花里醉。

卜算子 寿族弟藻夫妇八十

月下百年缘,天上双星样。九秩齐开自是稀,清健那堪两。　　红叶景翻新,黄菊香宜晚。笑拥眉开祝寿声,满劝鸳鸯戋。

又 用前韵弟藻次日又设酒

喜气满清门,庆集还新样。卜醉筵开意转浓,昨日今朝两。　　愧我一年多,见汝双欢晚。自觉人生此会稀,有酒宁论戋。

南乡子 中秋无月

流景去难縻。浮世危如拍浪埼。才遇中秋聊对月,佳期。最怕晴明未可涯。　　　人月本相依。果是今朝恰背违。孤负楼台多少醉,堪悲。何忍滂沱与毕离。

宝鼎现 代邑士送韩君美经历

望京门外,怕见催发,东风行马。清到底、冰壶满了,欲借留来无计也。祖劝酒、看依依情恋,都在眉尖眼下。任万户、诗旗曲帐,有笔应难描写。　　　是则龟组随瓜卸。好规模、分付来者。才泛绿、依红小暇,移讲芹宫时促驾。又指点、秀宁城来脉,疏瀹春流似画。更巧为、溪山著句,留作千年佳话。　　　最念一邑酸寒,风雨暗、真儿成假。向纛牙交处,还得儒珍旧价。便父母、又如何做,但结心香社。愿阔步、直上云霄,犹□回头奉化。

沁园春 代人送阃戎

莲叶山前,戎帐宏开,轰然最称。羡铺心如水,肯教尘涴,为民乞雨,唤得天霅。紫逻□锋,绿林扫影,夜户都开无犬声。三乡里,笑嬉嬉度日,歌舞清平。　　　溪头载月舟□,□□帐龙旗忍送行。算浮云自在,初无著相,薰风正好,却问归程。折柳依依,憩棠□□,□□□春无尽情。趋朝去,看青冥玉钺,金锷红缨。

喜迁莺 代邑士送梁宰观赴昆山同知

南庐佳号。是自许孔明,经纶才调。对柳鸣琴,凭花制锦,小试一同谈笑。怎知画帘难驻,忽又星舆催召。但谶得、耀碑潭水月,交光相照。　　　驿道。春正好。簇帐擎杯,听取殷勤祷。略鲙松鲈,便膺芝凤,陵溯紫清津要。当家得时行志,回首旧封文庙。疏化雨,障狂澜不尽,生生芹藻。

西江月　送公棠戒

钱影何曾过眼，笔头那肯亏心。系门瘦马影沉沉。夜柝不惊春枕。
　　一去轻如蕉梦，三乡都是棠阴。等闲换取印黄金。催上云程
新任。

水龙吟　代寿徐宰　以后缺　以上彊村丛书本本堂词

赵与鉰

与鉰字庆御，号崑嵞。燕王德昭九世孙。淳祐十年(1250)进士。

谒　金　门

归去去。风急兰舟不住。梦里海棠花下语。醒来无觅处。　　薄
幸心情似絮。长是轻分轻聚。待得来时春几许。绿阴三月暮。绝
妙好词卷三

存　目　词

词谱卷二十五有赵与鉰瑶台第一层"嶰管声催"一首，乃赵仲御
作，见墨庄漫录卷十。

王义山

义山字元高，丰城人。嘉定七年(1214)生。景定三年(1262)进士。
主管尚书刑工部架阁文字、权主管官告院，通判瑞安。入元官提举江西
学事。至元二十四年(1287)卒。有稼村类稿三十卷。

千年调 游葛岭归有感

胜地独湖山,满堂贮风月。歌舞太平气象,雪回云遏。红鞋朱帽,隔岸唤船,芙蓉万叠。人稀到,这清绝。　　因思旧事,庄敞平泉宅。莫与他人树石,对儿孙说。难全晚节,不如一丘壑。住茅屋三间,任穷达。

水调歌头 寿湖南胡太初

沆瀣金茎露,清洁玉壶冰。分明昨夜,光见南极老人星。山甫秀钟嵩岳,傅说上符箕尾,造物为时生。一代词科伯,飞上到蓬瀛。　　紫薇天,丹禁地,掌丝纶。盘洲益国,个样人物只三人。辞却翰林风月,故就湖湘霖雨,天下共为春,试看玉堂□,太半秉洪钧。

临江仙 寿章丞相

明日中元生上相,真上相上元生。满城灯火昼三更。台星呈瑞处,一点寿星明。　　和气薰蒸开泰运,湖山万里光荣。愿推天地发生仁。八荒开寿城,一气转洪钧。

满庭芳 寿余节使

线柳迎风,锦棠媚日,十分春色豪奢。青烟宫烛,飞入侍臣家。　　瑞霭深笼画戟,寿星照、曲蘖高牙。因知是、嵩高华旦,玳宴醉琼花。　　翻鸦。新诏墨,闻枢庭召入,已办宣麻。比汾阳福寿,公更穷华。伫看稠青叠紫,书香蔼、桂子兰芽。鸣珂处,西湖路上,接武筑堤沙。

水调歌头 乙亥春永嘉归舟

宇宙邮亭耳,游子问舟归。滩上滩下,转柂欲速□□ 四库全书本稼
村类稿卷三十作"点篙" 迟。安得泛河一叶,寻见江南归处,多只是旬
馀。此身无地著,惊浪湿征衣。　　独张翰,见风起,早知机。谁
把乘舟,偏重良策济明时。夷岛人烟相接,恰在永嘉上浦,猛忆浩
然诗。乡间万馀里,失路一相悲。

贺新郎 乙亥春题雁荡山

雅有登山癖。觉老来、尚可跻攀,浪游踉屣。险怪嶙峋称雁荡,争
秀群山第一。更耸出、穹崖千尺。景物深藏长谷里,最上瓮,水凿
时冲激。砰砊处,钜□石。　　地生天作谁能识。睹江山如故,恨
无一时人物。灵运当年为太守,佳处都曾游历。独不见、此山脚
迹。风月直须人管领,怎不移、石壁题岩壁。今且著,老夫笔。

念奴娇 题临湖阁。阁在东阳,向巨源所创,洪容斋作
记,旧赘漕幕居其下

南昌奇观,最东湖、好景重重叠叠。谁瞰湖光新佳阁,横抱翠峰巀
嶭。十里芙蓉,海神捧出,一镜何明彻。鸢鱼飞跃,活机触处泼泼。
　　容斋巨笔如椽,迎来一记,赢得芳名独。猛忆泛莲前日事,诗
社杯盘频设。倚看斜阳,檐头燕子,如把兴亡说。谁迎谁送,一川
无限风月。

瑞龙吟 寿京尹曾留远

晨光曙。遥见□库本作"昭"灼文奎,照天心处。峨眉棱上西飞,北魁
南极,腾辉灿丽。　　神皋地。争看碧幢旗戟,霭然佳气。深深有
美堂中,绣帏□库本作"锦"幕,笙歌不住。　　知是元戎初度,玉觥

频举,云堤烟市。时听笑声,都人相贺相语。人人说是,活佛生今
世。襟怀内、严霜莹月,春风秋水。文肃貂蝉贵。南丰学问,文昭
节义。若问庄椿岁。堪谁比,清源曾公寿齿。郎君宥府,衮衣荣
侍。

贺新郎 自贺生孙。丙戌四月

自笑斟醽醁。作皤然一老,逍遥东湖湖曲。好事爆然来子舍,报道
生孙新浴。算天也、从人所欲。万事足虽缘有子,见孙时、万事方
为足。诗礼脉,今有续。　　　吾家本是山阴族。见生来、风神稍
秀,足娱吾目。吾子吾孙同此月,日月才争五六。喜听得、欢声满
目。愚鲁聪明天所赋,只无灾无难为多福。且愿汝,书勤读。

乐　语

寿崇节致语 隆兴府

　　万年介寿,星辰拱文母之尊;四海蒙恩,雨露宠周臣之宴。颂声交
作,协气横流。与天同心,为民立命。以圣子承承继继,九州悉臣;奉太
后怡怡愉愉,亿载永久。宝册加徽称于汉典,彩衣绚瑞色于舜庭。捧金
炉香,胥庆寿崇之旦;□玉卮酒,永延长乐之春。躬禀聪明,性纯爱敬。
晋福介王母,三千年之桃皋新红;华封祝圣人,八九叶之萐开并绿。耳
风韶之雅奏,身鱼藻之深仁。臣等幸囿明时,忭逢盛事。遥瞻禁卫,蔼
播衢谣:

　　东极承颜肃紫宸。恩酾湛露宴群臣。香传禁柳鸣球瑟,影颤宫花
蔼缙绅。璀璨神光三殿晓,怡愉和气万年春。明朝又纪流虹瑞,更效封
人祝圣人。

对厅致语

　　怡愉奉太后,称觞盛长乐之仪;普率皆王臣,会□(库本作"宴")接
镐京之饮。欢浮鱼藻,光射斗牛。恭惟特进大观文大丞相国公四海儒

宗,两朝元老。巨川舟楫,旱岁霖雨;不有其功,清时钟鼓,胜事园林,自
乐以道。暂游洛社,更筑沙堤。宫使端明相公吟遍玉堂,来寻绿野。听
星辰履,久联紫殿之清;依日月光,已觉黄扉之近。宫使阁学尚书为国
喉舌,同姓腹心。寄兴西山,虽喜林泉萧散;召还北阙,要推社稷经纶。
观使提刑户部曾策驹骃,肯盟鸥鹭。入直天上,尚记青藜;趣起山中,便
持紫橐。提刑诏使提刑部洒人寒露,厉古清风。衡岳云开,会见郎官列
宿;甘泉地近,即依天子九重。观使提刑判府监丞玉节犹香,幅巾自适。
胸中宇宙,素存开济之心;足下风云,直峻清华之武。观使判府刑部老
成器局,光霁襟怀。赞白云之司,早培朝望;翔紫霄之表,简在帝心。众
位判府郎卿金石春鸣,琳琅映照。吟万柳阴中之句,香入诏芝;接五花
影里之班,望高玉笋。及梓里满前之材俊,皆兰台向上之磁基。我知
府、运使、华文、国史、秘监、侍郎,渠观联辉,节麾叠组。不知昼锦为邦
家之光、闾里之荣;但喜阳春在天庭之间、湖山之外。嘉兴十一郡黎献
之众,载歌万亿载慈祥之诗。寿崇方庆于坤闱,既醉共分于天禄。合星
垣之宾佐,偕月乘之儒流。蓉府材能,柳营韬略。客坐联杏坛之秀,男
邦蔼花县之英。笾豆肆陈,笙簧迭奏。福介于王母,幸永瞻慈极之尊;
河清生圣人,更同效华封之祝。□(库本作"某")等敷陈俚词,扬厉休
期。

　　八叶冀香夏气清。坤闱有庆佛同生。枫宸称寿云霄迥,苹野沾恩
雨露深。祚永万年齐晋福,孝濡九有乐升平。电枢又报祥光绕,虎拜扬
休天子明。

　　　　　　　唱

金阙深深,正夏日初长禁柳青。祥烟纷簇,红云一朵,飞度彤庭。
千妃随步处,觉薰风、微拂觚棱。天颜喜,向东朝长乐,献九霞觥。

　　分明。西崑王母,来从光碧驾飞轺。为言今日,金仙新浴,共
庆长生。捧桃上寿,天一笑、赐宴蓬瀛。沸欢声。道明朝前殿,又
祝椿龄。

　　　按此调乃瑶台第一层

勾问队心

　　妾闻舜殿重华,薰风初奏;唐宫兴庆,寿日新逢。远方称赞效微诚,女队蹁跹呈妙舞。腰翻翠柳,步趁金莲。岂无皓齿之歌,可表丹心之祝。相携纤手,共蹑华茵。

唱柘枝令

西山元是神仙境,瑞气郁森森。彩鸾飞下五云深。急管递繁音。
　　碧鬓□库本作"影"斜花欲颤,轻盈莲步移金。紫檀催拍莫沉吟。
传入柘枝心。

花　心　唱

慈元宫殿五云开。寿献九霞杯。步随王母共徘徊。仙子下瑶台。
　　红袖引翻鸾镜媚,婆娑雪□风回。繁弦脆管莫相催。齐唱柘
枝来。

四　角　唱

风吹仙袂飘飘举,底事下蓬莱。东朝遥祝万年杯。玉液泻金罍。
　　天上蟠桃又熟,晕酡颜、红染芳腮。年年摘取献天阶。齐舞柘
枝来。

遣　队

　　铜壶漏转,屡惊花影之移;桂棹风轻,已觉蓬莱之近。覆茵已蹙,雪鼓重催。歌舞既周,好去好去。

勾　队

　　瞻寿星于南极,瑞启东朝;移仙驭于西山,望倾北阙。式歌且舞,共

祝无疆。

吴 仙 诗

一曲清歌艳彩鸾。金炉香拥气如兰。西山高与南山接,剩有当时却老丹。

唱

千年紫极锁烟萝。艳质含羞敛翠蛾。远睇慈元称寿处,不妨连臂,大家重与,楚舞更吴歌。

谌 仙 诗

冉冉飞霜缀绮裳。遥知谌母下丹阳。黄金炼就三山药,来采蒲花献寿觞。

唱

秘传玉诀自灵修。家在仙山最上头。更有仙茅香馥郁,年年今日,薰风时候,掇取献龙楼。

鹤 山 诗

饮马池边号浴仙。仙姿化鹤古今传。金经尤有延年诀,未数庄椿寿八千。

唱

自在云间白鹤飞。晴川浴罢不胜衣。旋裁五色冰蚕锦,千花覆处,三呼声里,惹得御香归。

龙 仙 诗

楚尾吴头风乍薰。沧波深拥小龙君。愿朝帝母龙楼晚,来曳霞裾驾五云。

唱

闲云潭影日悠悠。暮倚朱帘更少留。龙寿本齐箕与翼，□从今日，一年一度，东极庆千秋。

柏 仙 诗

古柏林间小剑仙。云鬟低绾髀轻蝉。愿持天上长生箓，来祝东朝亿万年。

唱

新吴曾遇许旌阳。宝气横空一剑长。愿祝慈闱长不老，天长地久，有如此柏，万古镇苍苍。

遣 队

花朝日转，睹妙舞之初停；莲步云生，学飞仙之难驻。遥瞻翠阆，已启金扃。待拟重来，不妨好去。

王母祝语

长乐宫中，永壶天之日月；蓬莱岛上，曳洞府之烟霞。不辞弱水之遥，来祝南山之寿。恭惟体坤至静，与佛同生。德比周任，知文王之所以圣；尊为太后，喜唐帝之孝于亲。和蔼一堂，庆流万宇。崑圃五城宅，幸居至治之朝；云璈九霞觞，因献长生之箓。恭惟丕丞慈训，克绍洪休。八九叶蓂开，接虹流于华渚；三千年桃熟，侑宴饮于瑶池。薰风迭奏于虞弦，湛露载沾于周泽。臣□(库本作“等”)喜游化国，适际昌辰。密依天阙之光，好诵仙家之句。

壶峤天低乐圣时。南薰初试度兰池。影飞霞佩朝金殿，曲奏云和献玉卮。稽首万年尧历永，承颜五色舜衣垂。仙家更有蟠桃在，明日重来谒帝墀。

唱

龙楼日永,鹤禁风薰,拂晓寿星光现。无限霞裾,欣传帝母,与佛同生华旦。佳气慈闱,看龙颜欢动,玉厄亲劝。捧祝殷勤,对萱草青鬆,菖蒲翠软。奇香喷,阶前芍药,频繁红深紫浅。　　遥望千官鹭序,晓仗初齐,趋觐慈元宫殿。更喜明朝,虹流佳节,同听嵩山呼万。湛露重重,燕庆两宫,盛事如今亲见。齐祝愿、西崑凝碧,南山增绿,与天齐算。身长好,年年拜舞宫花颤。<small>按此调乃玉女瑶仙佩</small>

勾　　队

　　万岁山前,三呼祝寿;千花海里,一□□□。从来无日不春,况是薰风初夏。蔷薇□□,芍药翻阶。葵欲向阳,榴将喷火。正好共寻奇卉,来献芳筵。对仙李之盘根,今朝一转;庆蟠桃之结实,明日重来。上侑清欢,千花入队。

万 年 枝 诗

　　百子池边景最奇。无人识是万年枝。细花密叶青青子,常得披香雨露滋。东风向晚薰风早。禁路飞花沾寿草。年年圣主寿慈闱,先献此花名字好。

唱

先献此花名字好。密叶长青,翠羽摇仙葆。紫禁风薰惊夏到。花飞细□香堪扫。　　拂晓宫娃争报道。无限琼妃,缥缈来蓬岛。来向慈闱勤颂祷。万年枝□同难老。<small>按以下唱词皆蝶恋花</small>

长 春 花 诗

　　东风不与世情同。多付春光向此中。叶里尽藏云外绿,枝头剩带

日边红。百花能占春多少。何似春颜长自好。清和时候卷红绡,端的
长春春不老。

唱

端的长春春不老。玉颊微红,酒晕精神好。多谢天工相懊恼。花
间不问春迟早。　　风外新篁摇翠葆。长乐宫边,绿荫笼驰道。
此际称觞非草草。绛仙亲下蓬莱岛。

菖 蒲 花 诗

昔年有母见花轮。富贵长年不记春。今报紫茸依碧节,献来慈极
寿庄椿。汉家天子嵩山路。又见蒲仙相与语。而今帝母两怡愉,莫忘
九疑山上侣。

唱

莫忘九疑山上侣。住在山中,白石清泉处。好与长年沾雨露。灵
根下遣蟠虬护。　　青青九节长如许。早晚成花,教见薰风度。
十二节添须记取。千年一节从头数。

萱 草 花 诗

当年子建可诗章。绿叶丹花有晔光。为道宜男仍永世,福齐太姒
炽而昌。犹记夏侯曾与赋。灼灼朱华入嘉句。紫微右极是慈闱,岁岁
丹霞天近处。

唱

岁岁丹霞天近处。借问殷勤,何以逢兰杜。碧砌玉阑春不去。清
香长逐薰风度。　　况是恩光新雨露。绿叶青青,葱翠长如许。
端的萱花仙伴侣。年年今日阶前舞。

石 榴 花 诗

待阙南风欲上场。阴阴稚绿绕丹墙。石榴已著乾红蕾,无尽春光
尽更强。不因博望来西域。安得名花出安石。朝元阁上旧风光,犹是
太真亲手植。

唱

犹是太真亲手植。猩染鲜葩,岁岁如曾拭。绛节青旄光耀日。分
明是个神仙匹。　　引领金扉红的的。下有仙妃,纤手轻轻摘。
为道朱颜常似得。今朝摘取呈慈极。

栀 子 花 诗

当年曾记晋华林。望气红黄栀子深。有敕诸官勤守护,花开如玉
子如金。此花端的名薝蔔。千佛林中清更洁。从知帝母佛同生,移向
慈元供寿佛。

唱

移向慈元供寿佛。压倒群花,端的成清绝。青萼玉包全未拆。薰
风微处留香雪。　　未拆香包香已洌。沉水龙涎,不用金炉爇。
花露轻轻和玉屑。金仙付与长生诀。

蔷 薇 花 诗

碎翦红绡间绿丛。风流疑在列仙宫。朝真更欲薰香去,争掷霓衣
上宝笼。忽惊锦浪洗春色。又似宫娃逞妆饰。会当一遣移花根,还比
蒲桃天上植。

唱

还比蒲桃天上植。稚柳阴中,蜀锦开如织。万岁藤边娇五色。宜

春馆里香寻觅。　七十二行鲜的的。岁岁如今，早趁薰风摘。金掌露浓堪爱惜。龙涎华润凝光碧。

芍药花诗

倚竹佳人翠袖长。阿姨天上舞霓裳。娇红凝脸西施醉，青玉阑干说叠香。晚春早夏扬州路。浓妆初试鹅红妒。何如御伞披垣中，日日传宣金掌露。

唱

日日传宣金掌露。当殿芳菲，似约春长驻。微紫深红浑谩与。淡妆偏趁泥金缕。　拂早薰风花里度。吹送香尘，东殿称觞处。歌罢花仙归洞府。彩鸾驾雾来南浦。

宫柳花诗

御墙侧畔绿垂垂。接夏连春花点衣。好似雪茵胡旋舞，楼台帘幕燕初飞。薰风日永龙墀晓。宫妃簇仗呈千巧。就中妙舞最工奇，戏衮玉球添一笑。

唱

戏衮玉球添一笑。笑道轻狂，似恁人间少。偏倚龙池依凤沼。随风得得低回绕。　掠面点衣夸百巧。似雪飞花，点束梁园好。惹住金虬香篆袅。上林不放春光老。

蟠桃花诗

蕊珠仙子驾红云。来说瑶池□□（库本作"分外"）春。道是当年和露种，三千花实又从新。红云元透西崑路。青鸟衔枝花□□（库本作"颤舞"）。薰风初动子成初，消息一年传一度。

唱

消息一年传一度。万岁枝香，总是留春处。曾倚东风娇不语。玉阶霞袂飘飘举。　　蓬莱清浅红云路。结子新成，要荐金盘去。一实三千须记取。东朝宴罢回青羽。

众　唱

十样仙葩天也爱。留住春光，一一娇相赛。万里莺花开世界。园林点检随时采。　　□□□_{库本作"照坐十"}眉仙体态。天与司花，舞彻歌还再。献与千官头上戴。年年万岁声中拜。_{以上彊村丛书本稼村乐府}

刘云甫

云甫号爱山，赣州人。

蝶恋花 寿陈山泉（"陈"字原作"东"，从一百二十七卷本翰墨大全）

一点郎星光彻晓。许大乾坤，难著经纶手。拂袖归来应自笑。山翁偏爱林泉好。　　．庭下儿孙歌寿酒。不献蟠桃，不数安期枣。且喜今朝云出岫。定知霖雨苍生早。_{翰墨大全丙集卷十四}

按此首原题刘爱山作。